उत्तरआधुनिक अवधारणाएँ

उत्तरआधुनिक अवधारणाएँ

श्रीप्रकाश मिश्र

लोकभारती प्रकाशन

उत्तरआधुनिक अवधारणाएँ

आमुख

(1)

द्वितीय महायुद्ध के आरम्भ में महात्मा गाँधी ने हिटलर को लिखा था कि महान् लड़ाइयाँ विचारों से लड़ी जाती हैं, हथियारों से नहीं। हिटलर को चाहिए कि वह हथियार छोड़कर विचारों से लड़े। हिटलर ने तो गाँधी की बात नहीं मानी, पर आज अमेरिका उसका बहुत हद तक अनुसरण कर रहा है। यह नहीं कि उसने हथियार का प्रयोग बन्द कर दिया है। यह कि वह हथियार से अधिक विचारों पर जोर दे रहा है। वह सुन त्सु के इस विचार का कायल है, "To break the enemy's resistance without fighting is wisest thing." इस सूचना के युग में विचार हथियार हैं। आज युद्ध तकनीक-केन्द्रित न रहकर समाज-केन्द्रित हो गया है। इस हथियार का प्रयोग करनेवाले समाजशास्त्रीय, नृतत्त्वशास्त्रीय, मनोवैज्ञानिक, वैधानिक, ऐतिहासिक और आर्थिक पक्षों पर दृष्टि केन्द्रित कर रहे हैं और पूरी दुनिया को एकध्रुवीय बना रहे हैं।

बीसवीं सदी सपनों की सदी थी। सपना सर्वोदय का था। उसके दो ढंग थे--एक मार्क्स का, दूसरा गाँधी का। मार्क्सवादी सबका उत्थान बलात् और अपने मानदण्ड, अपनी दृष्टि के अनुसार करना चाहते थे, गाँधी भरसक सबकी सहमति से। बलात् तानाशाही की ओर ले जाता है। बीसवीं सदी में उसके तीन रूप उभरे--एक हिटलर का, दूसरा स्टालिन का, तीसरा नव-स्वतन्त्र कुछेक देशों में सैनिक तानाशाहियाँ--कभी बनतीं, कभी बिगड़तीं। सहमति जनतन्त्र की ओर ले जाती है। उसके कई रूप उभरे। जनतन्त्र एक विकसनशील विचारधारा है, इसलिए वे रूप चरणों के रूप में हों--ऐसा स्वाभाविक था। शक्ति दोनों चाहते थे, पर दोनों के प्रारूप में अन्तर था। पहला मानता था कि वह वैधानिक ढंग से मिले तो ठीक, नहीं तो बलात् ले लेना चाहिए। दूसरा वैधानिक के पीछे चला। इस शक्ति को प्राप्त करने के दौर में दोनों में टक्कर हुई तो तानाशाही समाप्त हुई, कुछ प्रथम महायुद्ध के बाद, कुछ द्वितीय महायुद्ध के बाद, कुछ शताब्दी के अन्तिम वर्षों में। पर इस समाप्ति के कारण, संघर्ष के समाप्त हो जाने के कारण, जो जनतान्त्रिक शक्तियों का प्रतीक बना, वह स्वयं तानाशाह बनता गया। अपनी तानाशाही चलाते रहने के लिए नयी अवधारणाओं का जाल रचा, मनुष्य के मन पर नियन्त्रण के लिए, हालाँकि उन्हीं अवधारणाओं में उसका काट भी छिपा था। आवश्यकता है उनका पर्दा हटाकर सामान्य जन के सामने लाने की। उसका एक प्रयत्न दिखेगा इस पुस्तक के तमाम अध्यायों में यत्र-तत्र।

बीसवीं सदी का सातवाँ दशक एक निर्णायक दशक है। इसमें एक तरफ शीतयुद्ध का तनाव समाप्त हुआ, तो दूसरी तरफ उत्तर-औद्योगिक आर्थिक संरचना बनी। दूसरी दुनिया कमजोर पड़ने लगी और तीसरी दुनिया, जो योजना बनाकर विकास कर रही थी, वह टूटने लगी। नयी तरह की तानाशाहियाँ अस्तित्व में आयीं। सबको कभी न्यायोचित ठहराने के लिए, तो कभी प्रतिकार करने के लिए नये दर्शन की जरूरत

पड़ी। उसे विमर्श की अवधारणाओं ने प्रदान किया। उसे नोट करने से पहले यह नोट करना जरूरी है कि उत्तर-औद्योगिक स्थिति केन्द्रीय स्थिति थी। इसके तीन पक्ष थे। एक तो यह कि इसने राजनीति को केन्द्र से विस्थापित कर अर्थ को केन्द्र में स्थापित किया। दूसरे अभी तक पश्चिम में उत्पादन आवश्यकता को देखकर आवश्यकता के अनुसार होता था और 'माँग तथा पूर्ति' का नियम काल करता था। अब उत्पादन के बाद बाजार खोजने का दौर चला। पश्चिम का जीवनस्तर काफी बढ़ गया था और तथाकथित सुख-सुविधा के उपकरण 90% जनता को उपलब्ध हो गये थे। इसलिए वहाँ व्यापार की सम्भावनाएँ मिटने लगी थीं। बाजार की तलाश विश्व के दूसरे हिस्सों में जरूरी हो गयी थी। ऐसा पहले भी होता था। अब अन्तर यह था कि तब बाजार में वे उत्पाद लाये जाते थे, जो उपभोक्ता चाहते थे। अब उत्पाद पहले बना लिये जाते थे, तब बाजार खोजा जाता था। उपभोक्ता के लिए जो जरूरी नहीं था, उसे जरूरी बनाकर पेश करने के लिए विज्ञापन ही नहीं, जीवन-दर्शन तक रचा जाने लगा और बताया जाने लगा कि सभ्य वे हैं जो इन उत्पादों का इस्तेमाल करते हैं। उसके लिए तमाम देशों की परम्परागत जीवनशैली को सिरे से खारिज कर दिया गया। सबकी जीवनशैली का मॉडल अमेरिका और उसके इर्द-गिर्द घूमनेवाले देश के नागरिकों को बनाया गया। इन उत्पादों का स्वाभाविक और तत्काल उपलब्ध बाजार तीसरी दुनिया के देश थे। उसे बढ़ाने के लिए दूसरी दुनिया में रूस के वर्चस्व को तोड़ने के लिए सब-कुछ किया गया। तीसरे वास्तविक उत्पाद की जगह टेक्नोलॉजी और सर्विस का निर्यात किया जाने लगा और उपभोक्ता देशों को सलाह दी गयी कि वे अपने सस्ते श्रम और कच्चे माल से उन्हें अपने यहाँ निर्मित कर लें। यह भी छूट दी गयी कि स्थानीय माँग के अनुसार उत्पादन के मॉडल और गुणोपसारी में थोड़ा-बहुत परिवर्तन कर लिया जाये। स्थानीय उत्पादन को ध्वस्त करने के लिए विश्वस्तरीय मानकों की चर्चा की गयी और तमाम चीजों की उपयोगिता का पता लगाकर अमेरिका में पेटेण्ट होने लगा। लाभ का बड़ा हिस्सा इकट्ठा करने के लिए और तकनीक वितरित करने के लिए बहुराष्ट्रीय कम्पनियों का विस्तार किया गया और राज्यों की सम्प्रभुता को तमाम तरह के समझौतों से कमजोर किया गया। संचार के माध्यमों में हुई प्रगति से कहीं की बात कहीं फौरन पहुँचायी जा सकती थी, इसलिए अभाव जैसी कोई चीज नहीं रह गयी। दुनिया उपभोग और आपूर्ति के स्तर पर सिकुड़ गयी। इसे एक तरफ विश्वग्राम, तो दूसरी तरफ विश्वबाजार कहा जाने लगा।

जिन देशों को उपभोक्ता बनाया गया वे अमूमन गरीब और पिछड़े देश थे, जिनके सामान्य नागरिकों की आर्थिक स्थिति अच्छी नहीं थी। उसे अच्छी करने के लिए कहा गया कि जो समाजकल्याण से जुड़े काम हैं और जिन्हें सरकार अपने बूते पर चलाती है, उसे निजी हाथों में सौंप दिया जाये। इससे एक तरफ सरकार का आर्थिक बोझ घटेगा, तो दूसरी तरफ तमाम लोगों के लिए यह कमायी का साधन बनेगा। लिहाजा स्वास्थ्य से लेकर शिक्षा तक क्रय-विक्रय की वस्तु बन गयी। भारत जैसे देश में जहाँ मिश्रित अर्थव्यवस्था थी, वहाँ सरकारी कम्पनियों और कारपोरेशनों की सम्पत्ति बेचने के लिए बाकायदा एक मन्त्रालय बना दिया गया। इसी तरह बहुराष्ट्रीय कम्पनियों को धन लगाने का मौका देने के लिए, उन्हें लुभाने के लिए भी मन्त्रालय बन गया। नेता और अधिकारी लोग इसके लिए सपरिवार विदेश-भ्रमण करने लगे। इससे मिले धन का उपयोग जनता के तथाकथित विकास के लिए किया जाने लगा—विकास यानी मुफ्त में राशन-पानी, अधिकारियों की बेईमानी और श्रमशील वर्ग को आलसी बनाने की मुहिम, जिससे आनेवाले वर्षों में विदेशी कारपोरेट खेती के लिए रास्ता सुगम हो जाये। किसान अपने ही खेत पर मजदूर बन जाये। विकास का दूसरा क्षेत्र इन कम्पनियों के माध्यम से प्राकृतिक संसाधनों का विक्रय और दोहन था, जिसके लिए वन पर निर्भर लोगों को जल, जमीन और जंगल से विस्थापित किया गया, बिना उनके पुनर्वास के लिए कोई ठोस काम किये। इससे जुड़ा भ्रष्टाचार किसके-किसके मत्थे नहीं चढ़ा। रही-सही कसर अन्तरराष्ट्रीय सहायता देकर पूरी कर दी गयी। सबके पीछे इरादा दस प्रतिशत आबादी को समृद्ध करना था। इतनी ही आबादी काफी थी फिलहाल पश्चिम के माल को खपाने के लिए।

इन सबका लाभार्थी अमेरिका और उसके पिछलग्गू देश थे। पेरेस्त्रोइका और ग्लासनोस्त के चलते रूस के पतन के बाद दुनिया एकध्रुवीय हो गयी। रूस के पतन की तीन परिणतियाँ एक साथ हुईं। एक तो इससे उस विचारधारा की असफलता और अन्त बताया गया जो पश्चिम के तन्त्र का मुकाबिला करती थी, एक विकल्प प्रस्तुत करती थी। उसके लिए तमाम विश्व को बाँधकर रखती थी। उदारीकरण और वैश्वीकरण की धारणा ने उसके आर्थिक-राजनैतिक जीवन को पूरी तरह से ध्वस्त कर दिया—नागरिक समाज तो वहाँ पहले से ही ध्वस्त था। रूस के इर्द-गिर्द घूमनेवाले देश उसके वर्चस्व से मुक्त हुए तो उनमें अराजकता फैल गयी, राष्ट्रीयताओं की माँग ने उन्हें जमकर तोड़ा तथा राजनीति की जगह अर्थनीति पर जोर बढ़ा, जो अमेरिका के लिए बड़े काम का था। विश्व बैंक और अन्तरराष्ट्रीय मानेटरी फण्ड को उसने औजार बनाया, अपना वर्चस्व कायम करने के लिए। जहाँ सम्भव हो पाया वहाँ अपनी तरफदारी करनेवाली सरकारों को बिठाया। बहुलता के नाम पर तमाम जातियों में मारकाट मचवाया। एशिया और अफ्रीका की कई वामपन्थी झुकावोंवाले देश इससे प्रभावित हुए। चीन भी इससे अछूता न रहा और अर्थतन्त्र में उदारता लाने के लिए बाध्य हुआ। हालाँकि राजनीति और समाजनीति में साम्यवादी वर्चस्व बना रहा। लोगों ने वहाँ राजनैतिक स्वतन्त्रता की माँग की और मुसलमानी पट्टी में विभाजन की बात भी उठी। पर वह चल न पायी।

(2)

इस उत्तर-औद्योगिक स्थिति को दर्शन उत्तरआधुनिकतावाद से प्रदान किया गया, जिसके बारे में यह आज तक स्पष्ट नहीं हो पाया है कि वह आधुनिकता का ही एक चरण है, उसी का विस्तार है, या कोई नया विचार। इतना स्पष्ट है कि उसमें क्या है, क्यों है, कैसा है का उत्तर बहुत और विविध है, पर क्या होना चाहिए की चर्चा नहीं है। इसलिए यह 'चाहिए' के स्तर पर यथास्थितिवाद को स्वीकार करता है, आदर्श के रूप में नहीं, तो कम-से-कम एक 'Working principle' के रूप में। और उसका लाभार्थी अमेरिका है। दरअसल यह तमाम अलग-अलग विचारों का जखीरा है, जिन्हें समेकित करने का सिद्धान्त नहीं है। सिर्फ स्थितियों पर बात करने से यही होगा, उससे कोई आदर्श नहीं रचा जा सकेगा। उन्हें बिना सूत्रबद्ध किये 'मौजूदा स्थिति ही वरेण्य है' का मत लोगों के मन में बिठाया जाने लगेगा। इसे आधार प्रदान किया है पहले संरचनावाद ने, फिर विखण्डनवाद ने। भाषा आधारित संरचनावाद के दार्शनिक ने प्रस्तावित किया कि जैसे भाषा में अर्थ समय के एक विशेष बिन्दु पर एक आत्मपूरित संरचना के विश्लेषण से जाना जाता है, उसी प्रकार व्यवस्था की तमाम इकाइयों का अर्थ सिर्फ एक विशेष देश-काल में उनके एक-दूसरे के सम्बन्ध से जाना जा सकता है। लेवी स्ट्रास ने कहा कि सामाजिक जीवन की संवृत्ति के उद्घाटन के लिए उस अन्तर्निहित यान्त्रिकी का विश्लेषण किया जाना चाहिए जो उस सामाजिक जीवन की संवृत्ति को व्यवस्थित करती है। इससे उन अचेतन मानसिक संरचनाओं का खुलासा होगा, जो सभी मानवीय संस्थाओं के भीतर काम करती हैं। मार्क्सवादी संरचनावादियों ने इस पर विशेष जोर दिया, जिसको लेकर शोषक लोग कार्य-कारण सम्बन्ध के रूप में काम करते हैं। इसकी कमियों को दूर किया देरिदा ने। अपनी उत्तर-संरचनावादी अवधारणा से उसने स्पष्ट किया कि टिकनेवाली संरचना में, जो दो ध्रुवीय सिद्धान्तों के सहारे चलती है, अर्थ को नहीं खोजा जा सकता। अर्थ हमेशा ही प्रवाह में रहता है, प्रक्रिया में रहता है। इसलिए उसे साथ के दूसरे तत्त्वों के सहयोग और सह-सम्बन्ध से ही जाना जा सकता है। इसमें भिन्नकों और विभेदकों की अपनी भूमिका होती है। इसे और विकसित करते हुए एण्टोनी गिडेन्स ने उत्तरआधुनिकता को एक बहुलवादी दर्शन बना दिया। विकेन्द्रीकरण उसकी आधारभूत विशेषता है। परिणामस्वरूप आज ज्ञान शंकाओं और अनिश्चितताओं से भर गया है। ऊपर से सापेक्षता और जोखिम की अपनी भूमिका है। आधुनिकता ने ज्ञान का आधार अनुभव, साधन विवेक और स्वरूप वस्तुगत, निरपेक्ष, सत्यापनपरक, देशकालातीत और सर्वव्यापी माना था। उत्तरआधुनिकता ने इस पर जबरदस्त

हमला किया है। उसे आत्मगत, पक्षसापेक्ष, देश-कालसापेक्ष, रहस्यमयी, प्रपन्नमति की देन, संवेगात्मक और ज़रूरत पड़े तो देववाणी युक्त भी माना है। इससे अनुभववाद, प्रत्यक्षवाद, द्वन्द्ववाद, वैज्ञानिकवाद और आइन्स्टाइन का सापेक्षवाद एक साथ ही ध्वस्त हो गया है।

सामाजिक विज्ञानों में विज्ञानवाद यह मानकर चलता है कि ज्ञान मूल्यनिरपेक्ष होता है, संवृत्तियों का लेखा-जोखा कार्य-कारण सम्बन्ध के आधार पर तैयार किया जाता है, उसे अनुभवात्मक ढंग से परीक्षित किया जा सकता है और प्राप्त प्रमाणों से उसे गलत या सही सिद्ध किया जा सकता है। तब शोध का काम सार्वभौमिक नियमों और सिद्धान्तों की खोज बन जाता है। पापर कहता है कि स्वतन्त्र परीक्षणों से और प्रासंगिक अनुभवपरक प्रति-तथ्यों से उन्हें गलत या सही सिद्ध किया जा सकता है। इसलिए यह ज्ञान मिथ्याभाषी (falsiable) होता है। ये सारभौम नियम और सिद्धान्त एक तरफ तुलना, तो दूसरी तरफ भावी घटनाओं और प्रक्रियाओं की भविष्यवाणी के लिए आधार का काम करते हैं। भौतिक जगत् की व्याख्या और भविष्यवाणी में प्राकृतिक विज्ञानों की अचिन्न सफलता और सामाजिक विज्ञानों में उनकी सुसंगत सफलता, सामाजिक विज्ञानियों पर काफी दबाव बनाकर रखते हैं, जिसे हम तार्किक प्रत्यक्षवाद, व्यवहारवाद, संरचनावादी प्रकार्यवाद के कुछ रूपों, आलोचनात्मक यथार्थवाद और मार्क्सवाद (यानी द्वन्द्ववाद) में देखते हैं। इधर के वर्षों में मानवजाति विज्ञान, मनोविश्लेषण, उत्तर संरचनावाद (यानी विखण्डन), पश्चिमी कहें दार्शनिक मार्क्सवाद और उत्तर-विश्लेषणवादी दर्शन-जैसी विश्लेषण की व्याख्यात्मक और आलोचनात्मक पद्धतियों ने प्रत्यक्षवाद की प्रभुता को तोड़ा है। भाष्यवादियों का इरादा अर्थपूर्ण सामाजिक व्यवहतियों को भीतर से समझने और व्याख्यायित करने का रहा है, जबकि प्रत्यक्षवादियों का इरादा स्वतन्त्ररूप से अस्तित्ववान् वास्तविकता की वस्तुगत व्याख्या करना रहा है। वे वस्तुगत वास्तविकता को उदासीन द्रष्टा की तरह न देखकर अपने को रचे-रचाये अर्थ और व्यवहतियों के बीच खड़ा कर इस जगत् को और अधिक ज्ञेय बनाया है। जो व्याख्या और लेखा-जोखा वे प्रस्तुत करते हैं वह यह मानकर चलता है कि वे उन वस्तुओं को समझने में सक्षम हैं जिनकी पड़ताल वे कर रहे हैं तथा उनकी व्याख्या व विवरण इस उद्देश्य से सम्बन्धित व सापेक्ष्य हैं। विंच कहता है कि सामाजिक विज्ञानों का उद्देश्य अर्थपूर्ण या नियम-प्रशासित सामाजिक व्यवहार को जानना है : "The Central Role which the concept of understanding plays in the activities is characteristic of human societies." इसमें उन अर्थों और बिन्दुओं को समझा जाता है जिनके बारे में बात होती है और ऐसा आकड़ों और कार्य-कारण सम्बन्धों की दुनिया से हटकर होता है। विमर्श के अंशों के आन्तरिक सम्बन्धों को पकड़ने में रूचि रखता है। विज्ञानवाद से हटकर विमर्श में शोधकर्त्ता और शोध दोनों का उद्देश्य सामाजिक संरचनाओं से सम्बन्धित होता है। इसलिए उन्हें एक तरफ उन नियमों और परम्पराओं को समझना होता है जो उनकी अपनी ही पड़ताल की व्यवहृति को प्रशासित करती हैं, तो दूसरी तरफ पड़ताल के उद्देश्यों को प्रशासित करती हैं। भाष्यवादी कहते हैं कि समाजविज्ञानी उन पृष्ठभूमियों की, उन मान्यताओं की उपेक्षा नहीं कर सकते जो उनके शोध को सम्भव बनाते हैं, क्योंकि वे आगे बढ़ने की पद्धति पर पूरी तरह से एकमत नहीं होते। इसलिए वे विज्ञानवादियों की तरह कोई रूपावली पहले से ही नहीं रच सकते। वे पद्धति और उपलब्धि पर निरन्तर असहमत होते रहते हैं, झगड़ते रहते हैं।

लोता कहता है कि विज्ञान दो आख्यानों पर आधारित है। एक राजनैतिक है, दूसरा दार्शनिक। पहले का सम्बन्ध 18वीं सदी, ज्ञानोदय और फ्रान्सीसी क्रान्ति से है। 18वीं सदी को 'एज ऑफ रीजन' कहा गया है, क्योंकि वाल्टेयर, रूसो, वाफो, केण्डिया, दिदरो आदि ने विवेक को जीवन के हर क्षेत्र में—धर्म, नैतिकता, राजनीति, सामाजिक जीवन, आर्थिक क्रिया आदि में—लागू किया। इनकी उपस्थिति और दबदबे के कारण उस युग को ज्ञानोदय कहा गया। उनकी सदाशयता, स्वतन्त्रता, समानता, भाईचारा, सहमति की सरकार आदि को लागू करने के लिए जो आपसी युद्ध हुआ उसे फ्रान्सीसी क्रान्ति कहते हैं। इस फ्रान्सीसी आख्यान के साथ एक दूसरा आख्यान जर्मन आख्यान भी जुड़ गया—मुक्ति के सन्दर्भ

में हीगेल विरचित समस्त ज्ञानों का एकीकरण। हीगेल के अनुसार मानव मन के अज्ञान से लेकर पूर्ण भविता (Being) का शनैः-शनैः हुआ विकास ज्ञान की देन है। उस फ्रान्सीसी ज्ञानोदयी आख्यान (Enlightenment Narrative) और जर्मन ज्ञान (Knowledge) को लोता महाआख्यान, भव्य आख्यान, बड़ी कहानी कहता है : द स्टोरी आफ इथिक प्रपोजिशन्स, "That claim to be able to account for, explain the subordinate, all lesser, little local narratives." इसमें वह मार्क्स के परकीयन और श्रम के आख्यान को भी जोड़ता है और ईसाइयों के मुक्ति-आख्यान को भी। कहता है कि ये चारों प्राकृतिक विज्ञानों और दार्शनिक विज्ञानों के वस्तुगत और निष्पक्ष आख्यान के रूप में रखे जाते हैं, जो सत्य से परे है। यह भी कि सिर्फ विज्ञान महाआख्यानों के समस्त को प्रदत्त नहीं कर सकता। आधुनिकता की कमी यह है कि एक तो वह ज्ञान को विज्ञान के क्षेत्र तक सीमित मानता है, दूसरे वह ज्ञान को अन्तिम मानता है। लोता कहता है कि ऐसा मानना गलत है। "It is philosophy rather than science as such which decides what is to be classed as 'real' science and what is to be stigmised as 'mere' narrative; it is philosophy which exists to inform us of what the true essence and end points of story of human progress and knowledge are; and it is philosophy which judges what counts as true and what does not." इसलिए ज्ञानोदयी ज्ञान की अवधारणा को स्वीकार नहीं किया जा सकता।

यह ज्ञान के प्रति संशय की ओर ले जाता है, अज्ञेयवाद की ओर ले जाता है। इसे समझने के लिए भाषा की ओर मुड़ना पड़ता है। और ज्ञान खण्ड-खण्ड हो जाता है। वह विटगेस्टेन के द्वारा सुझाये गये खेल के नियमों की तरह काम करने लगता है। परिणति ज्ञान के स्थानीय, बहुलवादी और बहुरूपी स्वरूप में होती है, जिसमें महाआख्यान खण्ड-खण्ड हो जाते हैं।

इसके आधार पर वह कहता है कि वही ज्ञान भविष्य में बना रह सकेगा जो कम्प्यूटर की भाषा में तब्दील हो जाये, सूचना की मात्रा बन जाये। अब सीखने का मतलब मन को प्रशिक्षित करना नहीं रहेगा, क्योंकि ज्ञान का भण्डारण और सम्प्रेषण व्यक्ति पर नहीं, कम्प्यूटर पर आधारित होगा। वहीं उत्पादित होगा और वहीं खरीदा-बेचा जायेगा। पहले जिस तरह से भूखण्ड के लिए राज्य लड़ा करते थे, उसी तरह अब सूचना के लिए लेड़ेंगे। उसका प्रसारण पूरी दुनिया में विद्युत्-गति से होगा और लोग उसे चुरा-चुरा कर प्राप्त करना चाहेंगे। राज्यों की भूमिका विश्व परिप्रेक्ष्य में घटती जायेगी और बहुराष्ट्रीय कम्पनियों का दबदबा बढ़ता जायेगा।

लोता का समर्थक दार्शनिक मिशेल फूको है। वह स्थानीयता का दर्शन ज्ञान और शक्ति के सम्बन्ध के आधार पर रचता है। उसके चिन्तन के बीज शब्द ज्ञान, निर्वचन और शक्ति है। लिखता है, "Post-modernism swims, even wallows, in the fragmentary and the chaotic currents of change as if that is all there is."

कहता है कि ज्ञान आधिभौतिक, कालातीत या सर्वव्यापी नहीं होता। बल्कि एक देश-काल के लिए विशिष्ट होता है। वह ज्ञानोदय के 'सत्य-अपने-आप-में' की जगह सत्य के क्षेत्राधिकारों की बात करता है। लिखता है, "Knowledge is perspectival in character. There can be no one totalizing knowledge which is able to grasp the 'objective' character of world. Rather, we both have required multiple view points or truth by which to interpret a complex heterogeneous human existence."

इसलिए ज्ञान शुद्ध या निरपेक्ष नहीं होता। वह शक्ति के अधिकार क्षेत्र में निहित होता है। उसमें ऐसी कोई गहराई नहीं होती जिसे व्याख्या या भाष्य के द्वारा खोला जाये। बल्कि जो सतह पर व्यक्त है, उसका वर्णन और विश्लेपण किया जाता है। उसके प्रभाव के प्रदत्त को ऐतिहासिक और भौतिक स्थितियों में देखा-परखा जाता है। इसलिए फूको ज्ञान की प्रगतिशील भूमिका को स्वीकार नहीं करता। कहता है कि ज्ञान अनवरत न होकर खण्डित होता है, इसलिए वह मानवीय इतिहास को कोई दिशा नहीं देता,

जैसा कि मार्क्स और हीगेल समझते थे। वास्तव में ज्ञान को सार्वभौमिक और सार्वकालिक रूप से लागू नहीं किया जा सकता, क्योंकि वह वस्तुगत न होकर आत्मगत होता है। उसे खोजा नहीं जाता, बनाया जाता है। इसे बनाने की प्रक्रिया को विमर्श कहते हैं। "Discourse constructs, defines and produces the object of knowledge in an intelligible way while including other forms of reasoning as unintelligible."

निर्वचन सिद्धान्त का सम्बन्ध सामाजिक रूप से उत्पादित अर्थ को समझने और उसकी व्याख्या करने से है, वस्तुगत कार्यकारण-व्याख्या की खोज से नहीं। यानी सामाजिक पड़ताल का उद्देश्य उन ऐतिहासिक रूप से प्राप्त विशिष्ट नियमों और प्रचलनों को रेखांकित करना है जो अर्थ उत्पादन को एक विशेष ऐतिहासिक परिप्रेक्ष्य में करते हैं। इसे ही मानवजाति-शास्त्री, "Thick description or culturist model of understanding and explanation" कहते हैं। ऐसे पड़ताल में सामाजिक अभिकर्मी के अर्थ पहचानों के क्या, क्यों और किसलिये के उत्तर खोजे जाते हैं, निर्वचनात्मक व्यवहृति की व्याख्या की निर्मिति, कलाप और रूपान्तरण की प्रक्रिया के साथ-साथ। फिर विमर्श की पद्धति भाषाविद् की पद्धति मात्र नहीं है। ये सिर्फ समाज के विशिष्ट समूहों के सामान्य अर्थ और व्यवहृतियों को पुनर्निर्मित नहीं करते, न ही पाठ और कलाप के छिपे अर्थों का खुलासा करते हैं। वे घटनाओं और व्यवहृतियों को नया अर्थ राजनैतिक शक्तियों और सामाजिक कर्त्ताओं के ढंग को अपूर्ण और अनिश्चित सामाजिक संरचनाओं में विश्लेषित कर प्रदान करते हैं।

फूको भाषा के रूपवादी सिद्धान्तों के विरुद्ध कहता है कि भाषा का विकास और अर्थ की उत्पत्ति भौतिक तथा ऐतिहासिक स्थितियों में होती है। ज्ञान चूँकि भाषा के माध्यम से निर्वचनित होता है, इसलिए एक युग से दूसरे युग में संक्रमण के दौरान सामाजिक जगत् देखने में, वर्णित करने में, वर्गीकृत करने में और जानने में वही नहीं रह जाता है। इसलिए उसकी जानकारी भिन्न भाषा और ज्ञान में होती है।

शक्ति के सन्दर्भ में फूको कहता है कि वह पूरे सामाजिक सम्बन्धों में वितरित रहती है। इसलिए उसे न तो केन्द्रीकृत आर्थिक रूपों और निर्धारकों में अपचयित किया जा सकता है, न ही विधिक, न्यायिक विशेषताओं में। वह सिर्फ दमनात्मक नहीं होता, उत्पादक भी होता है—वह विषयों को भविता (being) बनाता है। "Power is implicated in generating forces, making them grow, and ordering them, rather than are dedicated to impending them, making them submit or destroying them."

ज्ञान और शक्ति का सम्बन्ध ऐसा है कि ज्ञान को शक्ति की शासन-व्यवस्था से अलगाया नहीं जा सकता। शक्ति की व्यवहृतियों में ही उसका निर्माण होता है और शक्ति ही उसका विकास, परिष्कार और नयी तकनीकों का प्रचुरोद्भवन करता है। ज्ञान शक्ति को सूक्ष्म राजनीति के रूप में देखता है। शक्ति सामाजिक सम्बन्धों से अलग होकर नहीं रह सकती। अपने स्वरूप में तो वह तटस्थ होती है और प्रणोद या क्षमता के रूप में काम करती है। फूको के लिए व्यक्ति निर्वचन के नियामक शक्ति 'के विषय' (subject to) हैं। इस नियामक शक्ति के द्वारा ही 'वास्ते विषय' (subject for) बनते हैं, अपने लिये भी, दूसरों के लिए भी। जाहिर है कि यह विषयगतता निर्वचन में विषय की स्थिति के द्योतक हैं। यह बोलनेवाला (विषयी-व्यक्ति) बयानों का निर्माता नहीं है। वह निर्वचनात्मक स्थिति के पूर्व अवस्थित अस्तित्व से परिचालित है। वह स्थिति, "Can be filled by virtually any individual when he formulates the statements and in so far as one and the same individual may occupy, in tern in the same series of statements, different positions, assume the role of different subjects."

जाहिर है कि ऐसे में ज्ञान वस्तुगत न होकर विषयगत, कहें आत्मगत होता है। उसका प्रतिनिधान सिर्फ व्यक्ति नहीं, परिवार, वर्ग, जाति, समुदाय कोई भी हो सकता है। चूँकि ज्ञान का कार्यक्षेत्र केन्द्रीकृत नहीं होता, इसलिए उससे प्राप्त शक्ति की प्रकृति भी केन्द्रीकृत नहीं होगी। उसका आधार हमेशा ही स्थानीय, सन्दर्भित और सांस्कृतिक होगा—स्थानीकृत, प्रासंगित, खण्डित या विखण्डित, वैश्विक नहीं।

इसी तरह सत्य को न तो विवेकपरक ढंग से परिभाषित किया जा सकता है, न ही उसके मूल में विवेक होता है। लारेंस काहून लिखता है, "Postmodernists...reject foundationalism—the attempt to justify realist knowledge through recourse to 'basic' or fundamental or incorrigible cognition... They are utterly sceptical of the three great western sources of cognitive norms: God, Nature and Reason."

फूको, जो न तो संरचनावाद से प्रभावित था, न ही मार्क्सवाद से, ने तार्किकता या विवेक को इसलिए नकार दिया, क्योंकि उसकी प्रकृति सम्पूर्णतावादी (totalizing) थी। एक इतिहासज्ञ के नाते उसने ज्ञान के रूपों तथा दमनकारी संस्थाओं व उनकी व्यवहृतियों में सम्बन्धों को खोज निकाला था। जिस देश में कहा जाता है कि इस देश में नारियों की पूजा होती है, इसलिए देवता रमते हैं, उस देश में नवजात स्त्री शिशु से लेकर वृद्धा तक के साथ बलात्कार होता है। इसलिए, "Discourses are not true or false in themselves, scientific or ideological. Each society has its own regime of truth, its own accepted discourses which function as true its own mechanism and procedures for deciding what counts as true."

इसलिए सत्य को जानने के लिए तर्क, विवेक, ज्ञान के अलावा भी और साधन हैं। तब हम पाते हैं कि आधुनिक सत्य बस एक गलत चेतना है। सिर्फ विवेक पर आधारित हो जाने का मतलब है कि हम साधन को महत्त्व दे रहे हैं, सारतत्त्व को नहीं। सारतत्त्व को तो प्रपन्नमति से भी जाना जा सकता है। कहते हैं कि वह ईश्वर की वाणियों में भी झलकता है। बयान ज्ञान-मीमांसा की दृष्टि से नहीं बनाये जाते, वे स्थितियों को व्यक्त करने के लिए बनाये जाते हैं। उन्हें ज्ञान के खाने में ले जाने के लिए निर्वचन की जरूरत पड़ती है। इसलिए विवेक कल्पित है, जबकि सत्य हमेशा ही वास्तविकता का खण्डित व स्थानीकृत रूप होता है, जिसे इतिहास की लम्बी प्रक्रिया में एक स्थिर रूप मिल गया होता है।

अपने विखण्डनवाद को लेकर देरिदा भी इसी नतीजे पर पहुँचता है। लिखता है, "The entities referred to in discourse are constituted solely, in and through the forms of discourse in which they are specified. Objects of discourse cannot be specified extra-discursively...There is no question here of whether 'objects of discourse' exist independently of discourses which specify them. Objects of discourses do not exist at all in that sense. They are constituted in and through the discourses, which refer to them."

इसलिए ज्ञान वस्तुगत नहीं होता। इससे और अधिक प्रभावशाली बात हिडेन्स और हर्स्ट कहते हैं, "Every epistomology assumes that there is a level of discourse which serves as the absolute standard against which all claims of knowledge are evaluated. Within this absolute yard-stick, epistemology assesses the degree of correspondance between knowledge and objective reality achieved by other discourses. But this privileged form of discourse is not itself rationally demostrable except by means of forms of discourse that are themselves held to be privileged."

अपने मूल की ही तरह ज्ञान स्वभाव से ही गत्यात्मक और स्वतः प्रवर्तित होता है। सभी सामाजिक व्यवहृतियों को विवेककेन्द्रित एकआयामी ज्ञान-मीमांसा से समझना असम्भव है। यह स्थापना ज्ञान-मीमांसा का अन्त ही कर देता है। वहीं बुद्धिवाद का भी : "Discources can only be judged in terms of their own internal consistancy. Then no discourse can be said to 'represent' or 'misrepresent' an external reality." सत्य पाये नहीं जाते, बनाये जाते हैं। इसलिए वे सारभौम नहीं होते, सापेक्ष होते हैं।

फूको, देरिदा, लोता, बैरी हिडेन्स और पाल हर्स्ट मार्क्सवादी नहीं हैं। मार्क्सवादी लकलाऊ और माऊफ ने भी विवेककेन्द्रित सारभौमवाद और सारभौम केन्द्रित विवेकवाद को अस्वीकार किया है। वे कहती हैं

कि सभी प्रगतिशील मूल्यों को बिना किसी वैध्यीकरण के किसी परम मानदण्डों का सहारा लिये विशिष्ट नैतिक परम्पराओं के एक विशिष्ट सन्दर्भ के भीतर परिभाषित किया जाना चाहिए। आज के सन्दर्भ में न्याय, सहिष्णुता, जनतन्त्र, सामाजिक समेकन, स्वतन्त्रता आदि ऐसे ही मूल्य हैं। सामाजिकता को एक पूर्णता के रूप में समझने की जगह भिन्नता के सम्भाव्य सम्बन्धों के समुच्चय के रूप में लिया जाना चाहिए, जो एक साथ ही मुखर निर्मात्री और सीवन लिये हुए है। "The identity and unity of a discourse is a purely relational and does not depend on a founding subject, rather diverse subject positions appear dispursed within a discursive formulation but these subject formulation can neither be permanently fixed nor enter into permanently fixed relation." यह सब उत्तर-सत्य (host-truth) के सिद्धान्त के रूप में हैं।

वे मार्क्सवादविरचित सारतत्त्ववाद, बुनियादवाद (foundationalism) और अपचयनवाद (reductionism) के विरुद्ध हैं। वे नहीं मानती कि वर्ग, इतिहास, उत्पादन के ढंग जैसे कुछ अनिवार्य विश्वव्यापी चीज़ें हैं, जो विश्व के अपरिवर्तनशील स्वरूप के द्योतक हैं, परिवर्तन के लिए जिन्हें हटाया जाना जरूरी है। निर्वचनात्मक अवधारणाओं को आर्थिक आधार जैसे अपचयनवादी अवधारणाओं में घटाया नहीं जा सकता। वे समाज को वास्तविकता के एक परिवर्तनशील निर्वचनकारी भिन्नकों के रूप में लेती हैं, जिसमें सामाजिक, राजनैतिक पहचान राजनैतिक और सांस्कृतिक कोटियों की खुली और सम्भाव्य 'आर्टीकुलेशन' होती हैं। इसलिए कोई सारतात्त्विक विषय नहीं होता, कोई अनिवार्यता नहीं होती, संघर्ष में किसी सफलता की गारण्टी नहीं होती। समाजवाद जरूर संघर्ष का एक महत्त्वपूर्ण आयाम है, एक क्रान्तिकारी और बहुलवादी जनतन्त्र के लिए, पर वह एकमात्र और सबसे महत्त्वपूर्ण बात नहीं। जरूरी नहीं कि उत्पादन के असमान प्रक्रिया को ध्वस्त कर देने से सभी प्रकार की असमानताओं का विनाश हो जाये। स्वयं रूस और चीन की व्यवस्था इसका उदाहरण हैं। यानी विवेक से प्राप्त सामाजिक वास्तविकता की तस्वीर अधूरी है और बहुत-सी जानकारियाँ अविवेक और प्रपन्नमति से प्राप्त होती हैं।

सारतत्त्ववाद यह मानकर चलता है कि शब्दों के टिकनेवाले, स्थिर रहनेवाले सन्दर्भी (referent) होते हैं और सामाजिक कोटियाँ एकसारभूत पहचान को प्रतिबिम्बित करती हैं। लेकिन जब उत्तरआधुनिकता में कोई स्थिर सत्य, विषय या अस्मिता नहीं होता—सभी भाषा के उत्पाद होते हैं, जिसमें स्थिर सन्दर्भी होते ही नहीं हैं—तब किसी सारभूतता की बात उठती ही नहीं। किन्तु इस कथन का मतलब यह नहीं है कि हम किसी सत्य या अस्मिता के बारे में बात ही नहीं कर सकते। सत्य और पहचान देश-काल के भीतर संस्कृति के उत्पाद होते हैं और पूर्व स्थित निर्वचनात्मक स्थितियों पर निर्भर रहते हैं। यदि पाये नहीं जाते हैं तो निर्मित होते रहते हैं, और इसलिए परिवर्तनशील होते हैं। इनका अध्ययन इधर दो तरह से हुआ है : एक सांस्कृतिक व स्थानीय सन्दर्भ में, दूसरा स्त्रीवादी सन्दर्भ में। पहले में पहचान समाजीकरण और संस्कृतिकरण से होती है, किसी संसक्त आत्म के इर्द-गिर्द नहीं। इसलिए उसमें विरोधाभाषी तत्त्व होते हैं, जो विभिन्न अवसरों पर गोचर होते हैं। यह हाल लिखता है, "The inner core of subject was not autonomous and self-sufficient, but was formed in relation to 'significant others', who mediated to the subject the values, meanings and symbols—the culture—of worlds he/she inhabited."

फूको इसी को, "perspective of the selected (elite) people of the society" कर देता है। उन्हीं के हाथ में शक्तियों के सभी स्रोत होते हैं। फूको से पहले यह बात माइकेल ने और फिर ग्राम्शी ने की थी। अब गायत्री स्पीवाक् करती हैं। लिखती हैं, "The first part of my position—that the phased development—of the subaltern is complicated by the collection of individuals who may be called the subaltern studies group. They must ask, can the subaltern speak?"

भारतीय सन्दर्भ में रंजीत गुहा ने लिखा है, "The historiography of Indian nationalism has for a longtime been dominated by elitism—colonist elitism and bourgeois-nationalism elitism—sharing the prejudice that the making of Indian nation and the development of the consciousness—nationalism—which conformed this process were exclusively or predominantly elite achievement." इस सबाल्टर्न लोगों को अपनी स्थानीय सांस्कृतिक व्यवहृतियों का महत्त्व समझ में नहीं आया था। आज वृहत्तर वैश्विक सांस्कृतिक एकीकरण के दौर में दलित, आदिवासी और पिछड़ों का उत्थान ही नहीं, बोलियों और क्षेत्रों का उत्थान इसी विमर्श की निर्मिति है।

स्त्रीवाद के सन्दर्भ में सारतत्त्ववाद का विरोध वहाँ है जहाँ कहा जाता है कि सिर्फ जैविक इकाई में समानता होने के कारण उनके पूर्व और पश्चिम, उत्तर और दक्षिण, काले, पीले और गोरे, विकसित और विकसनशील, गरीब और धनी, गृहणी और कमासुत, हिन्दू, मुसलमान और ईसाई आदि स्त्रियों की समस्याएँ एक जैसी हैं। वे भिन्न हैं। एकता बस मुक्ति की माँग में है, बाकी सब अनेकता है और सभी कुछ जैविकता पर आधारित न रहकर सामाजिक निर्मिति पर आधारित है—वैसी स्त्रियाँ पैदा नहीं होतीं, बनायी जाती हैं। यह बनाया जाना सामाजिक है, इसलिए संघर्ष का आधार "personal is political" बनता है। इसके प्रवक्ता निकोलसन, जुडिथर बटलर, जुलिया क्रिस्तोवा आदि हैं। फ्राँस्वालायन लिखती हैं, "The approach we propose would not take the individual subject as its point of departure, but would look at the human being as a member of a diversified community. This would avoid the resource to either the pure cultural relativism that undermines the unity of the human race of the total pseudo-universalism that would refuse right to difference and lead to the negotiation of all cultural and religious identity, in keeping with the modern individualist configuration of values."

इसी बात को तीसरी दुनिया और भारत के सन्दर्भ में चन्द्रा तालपड़े महन्ती कहती हैं, "The feminist writing I analyse here discursively colonizes the material and historical heterogeneties of the lives of the women in the third world, thereby producing/representing a composite, singuler third world women—an image which appears arbitrarily constructed but nevertheless carries with it the authorising signature of western humanist discourse."

उत्तरआधुनिकता का कमोबेश केन्द्रीय दार्शनिक बादरिला है। शुरुआत वह मार्क्सवाद की कमजोरियों से करता है। लिखता है कि आधुनिक समाजों को मार्क्सवाद ठीक से प्रकाशित नहीं कर पाता है, जिनका संगठन उत्पादन की जगह प्रतीकात्मक विनियम के इर्द-गिर्द होता है। दूसरे मार्क्सवाद ने पूँजीवादी समाज की उतने क्रान्तिकारी ढंग से आलोचना नहीं की, जितनी जरूरत थी आत्यन्तिक विच्छेद के लिए। वह उत्पादन और उपयोगिता के उस तर्क को—जो आधुनिक समाजों को संगठित करते हैं—को मिथ्याभास (Simulation) के तर्क से अलगाता है, जिसे वह आधुनिक समाज के संगठन की धुरी मानता है। वह आधुनिक और उत्तरआधुनिक को उसी शिद्‌दत से अलगाता है, जिस शिद्‌दत से आधुनिक और पूर्व आधुनिक को। इसमें वह 'राजनैतिक अर्थव्यवस्था' (Political economy) का अन्त घोषित करता है, जिसमें उत्पादन ही सामाजिक संगठन की धुरी था। उत्तर आधुनिक समाज को परिभाषित करते हुए वह लिखता है, "The end of labour. The end of production. The end of political economy. The end of signifier/signified dialectic, which facilitates the accumulation of knowledge and meaning, the linear syntagma of cumulative discourse. And at the same time, the end simultaneously of the exchange value/use vlaue/dialectic, which is the only thing that makes accumulation and social production possible. The end of linear dimension of the commodity. The end of the classical era of sign. The end of the era of production." यही इतिहास के अन्त की ओर ले जाता है। उसके बाद का जो समाज बनता है वह मिथ्याभास का समाज है जिसमें सामाजिक पुनरुत्पाद जैसे सूचना, संचार, ज्ञान उद्योग, अभिसंस्कार आदि उत्पादन की जगह ले लेते हैं, और उन्हीं के इर्द-गिर्द समाज का पुनर्संगठन होता है। अब हम 'hyper reality' की दुनिया में रहते हैं, जिसमें बिम्ब, दृश्य और संकेतों की क्रीड़ा उत्पादन और वर्ग संघर्ष के तर्क को विनष्ट कर देती है। वह आगे लिखता है, "In the societies of simulation, identities are constructed by the appropriation of images and codes and models determine how individuals perceive themselves and relate to other people. Economics, politics, social life and culture are governed by the logic of simulation, whereby codes and models determine how goods are consumed and everyday life is lived."

बादरिला की दुनिया एक 'रैडिकल इम्प्लोजन' की दुनिया है जिसमें सामाजिक वर्ग, राजनैतिक विभिन्नताएँ, जेण्डर और समाज तथा संस्कृति का एक स्वायत्त जगत् एक-दूसरे में ध्वस्त होकर इस तरह से मिल जाते हैं कि पहले की खिंची सीमाएँ और विभेद मटियामेट हो जाते हैं। यही, "de-differentiation is implosion which is antonim of explosion." व्यक्ति और समूह समाज और संस्कृति में विलीन हो जाते हैं, कला व साहित्य विरोध की भूमिका त्याग कर राजनीति और अर्थनीति में समाहित हो जाते हैं, कामुकता सर्वत्र व्याप्त हो जाती है। इस हाइपर-रियल संसार में मनोरंजन, सूचना और संचार तकनीक ऐसे उत्कट और तीव्र अनुभूतियों और अनुभवों का निर्माण करते हैं जो पहले सम्भव नहीं था। वही हमारे नित्य-प्रति के जीवन को अनुशासित करते हैं। आभासी दुनिया यानी वास्तविकता का मिथ्यारोपण, डिजनी लैण्ड और एम्युजमेण्ट पार्क, माल और उपभोक्ताओं का फैण्टेसीलैण्ड, टी. वी. एक्सकर्सन और काल्पनिक आदर्श जगत् अधिक वास्तविक दुनिया बनकर हमारे सामने आते हैं, जो हमारे विचार व व्यवहार को नियन्त्रित करते हैं। वे हमारी कटिबद्धता को विनष्ट करते हैं और विकल्पों का संज्ञान नहीं होने देते।

(3)

इस विखण्डन, अस्थिरता, आभासी जगत्, बहुलता, निर्मिति, तर्कणा में खेल का सिद्धान्त, तद्जनित भाषा का सिद्धान्त आदि के आधार पर सतत मूल्यों का तिरोधान और उसकी परिणति एक नये औद्योगिक, उपभोक्ता, सूचना नियन्त्रित समाज में होने पर अमेरिका के विश्वव्यापी वर्चस्व को दर्शन दिया है। इस नव संरचनावाद के आधार पर अमेरिकी विचारक केनेथ वाल्ज ने अन्तरराष्ट्रीय सम्बन्धों के यथार्थवादी सिद्धान्त को मोड़ देते हुए कहा है कि अस्थिरता और युद्ध मनुष्य की भ्रष्ट प्रकृति या राज्यों की अपर्याप्त निर्मित से बढ़कर अराजक अन्तरराष्ट्रीय व्यवहार में राज्य की शक्तियों के परिवर्तनशील वितरण की देन होते हैं। युद्ध पर रोक तभी लग सकती है जब दुनिया दो-ध्रुवीय या बहु-ध्रुवीय न रहकर एक ध्रुवीय हो जाये। अमेरिका को वह भूमिका क्रमशः मिलते जाने से यह हो सकेगा। और इसके लिए अमेरिका चल पड़ा है। कुछ दशकों तक उसका विरोध होगा, कुछ लड़ाइयाँ लड़ी जायेंगी, बाद में सब ठीक हो जायेगा। संयुक्त राष्ट्र संघ में पैसे के बल पर बढ़ती उसकी भूमिका और उसका इस्तेमाल इसमें शान्तिपूर्वक योगदान कर रहा है। वैश्वीकरण उसकी परिणति है। महायुद्धों तक के साम्राज्यवाद में वैश्वीकरण राजनैतिक व फौजी रहा है, युद्धों के बाद आर्थिक, बीसवीं सदी के अन्तिम दशक में वह सांस्कृतिक हो गया है। एक तरफ स्थानीय संस्कृतियों की बात कही जा रही है, दूसरी तरफ विश्वव्यापी संस्कृति की। दोनों का उपयोग राष्ट्रीय संस्कृति और राष्ट्रीयता को मिटाने का हो रहा है। एक बार राष्ट्र और राष्ट्रीय संस्कृति समाप्त हो गयी तो स्थानीय संस्कृति अपने आप अमेरिकी संस्कृति के उदर में पैठ जायेगी और उसका वर्चस्व आगे के लिए सनातन हो जायेगा।

फ्रेडरिक जेमसन भी अमेरिकी विचारक हैं और मार्क्सवादी हैं। वह भी मानता है उत्तरआधुनिकतावाद का दर्शन अमेरिका का समर्थक है। कहता है कि उत्तरआधुनिकतावाद पूँजीवाद के तीसरे चरण बहुराष्ट्रीय

पूँजीवाद को वैधता प्रदान करनेवाला दर्शन है। यह सतही दर्शन है, जो व्यक्तिगत, विशिष्ट शैली और इतिहासबोध को धता बताकर उसकी जगह 'पास्तीशे' को रखता है, जो आधुनिकता की पैरोडी न होकर, "rewriting or transcoding of typical modernist idioms into jargon, badges and other decorative codes" होता है। वह गृहासक्ति को भी इसमें जोड़ता है। उनका ऐसा उत्सव रचता है कि व्याख्याशास्त्र की गहराई ही नष्ट हो जाती है। इससे संस्कृति उपभोग की एक वस्तु बनकर रह जाती है। बिना जड़ और गहराई की, बिना ऐतिहासिक प्रकृति की यह उथली संस्कृति सहशाकारिता या मिथ्याभास (simulacrum) या 'हाइपर रिअलिटी' बन जाती है, जिसमें मौलिकता नहीं होती—उलटे वह मौलिकता का उपहास उड़ाती है और परकीयन की ओर ले जाती है। उत्पादन आधारित तकनीक की जगह तकनीक आधारित उत्पादन के कारण बाजार का निदेशन व्यक्तियों के द्वारा न होकर बाजार द्वारा व्यक्ति का निदेशन ही नहीं, उस पर नियन्त्रण भी होने लगता है। यह बड़ी भयावह स्थिति है। मनुष्य सोचनेवाला प्राणी न रहकर उपभोग करनेवाला प्राणी बन जाता है। इस सांस्कृतिक पतन को रोकने के लिए जेमसन, 'संज्ञानपरक मानचित्र का सौन्दर्यशास्त्र' रचता है। लिखता है, "Cognitive mapping is a reorientation of our experience of time and space in an era where the opportunity to place ourselves into a definite time-space location (viz. a place which is unique, individual identity) has become systematically challenged by the culture of global capitalism."

इसी तरह टेरी इगलटन दो ध्रुवीय विरुद्धों के सिद्धान्त, जिसमें एक तरफ भिन्नता, बहुलता जैसे सकारात्मक शब्द आते हैं और दूसरी तरफ एकता, पहचान, सम्पूर्णता, सर्वव्यापी जैसे अनिष्टकारी शब्द—को अस्वीकार कर उत्तरआधुनिकता का विरोध करता है। वह इतिहास का अन्त, विचारधारा का अन्त जैसे बयानों को स्वीकार नहीं करता है। एक तो इतिहास, विचारधारा वगैरह गतिशील अवधारणाएँ हैं और देश-काल के अनुसार काम करती चलती हैं। उत्तरआधुनिकता स्वयं एक अवधारणा है जो आज विचारधारा की तरह काम करने लगी है अमेरिकी पूँजीवाद के पक्ष में। तीसरे किसी भी सिद्धान्त का निर्माण बिना किसी केन्द्रीयता या संगति के नहीं हो सकता। उसकी जरूरत उत्तरआधुनिकता को भी पड़ रही है। अमेरिकी वर्चस्व वही प्रदान कर रहा है।

जर्मन दार्शनिक हेबरमास बातेई से लेकर देरिदा तक बरास्ते फूको के आधुनिकतावाद विरोध के बरक्स आधुनिकतावाद की योजना को पुनः खड़ा करता है। उसका तर्क यह है कि आधुनिकता का सामाजिक-राजनीतिक एजेण्डा अभी अधूरा पड़ा है। बिना उसके पूरा हुए ही उसके अन्त की घोषणा की जा रही है। वास्तव में यह नव-अनुदारवादी प्रतिक्रियावाद की स्थापना है, जो उसके जनतान्त्रिक और मुक्तिकामी क्षमता को नजरन्दाज करता है। यहाँ आधुनिकता से हेबरमास का मतलब ज्ञानोदय है, "and hence seeks to defend many of those principles which perceive individual freedom emerging from shared communicative rationality and authentic creativity between several people." देरिदा की आलोचना करते हुए कहता है कि चिह्नों की शृंखला के रूप में उसकी भाषा की समझ पाठ की निश्चित व्याख्या की सम्भावना को नष्ट कर देती है। उसकी जगह वह तार्किक सहमति का सिद्धान्त विकसित करता है, जो सकारात्मक स्थिति (यानी वैज्ञानिक, अनुभववादी, वस्तुगत निरीक्षण से उत्पन्न सत्य) का विरोध तो करता है, पर जो उत्तरआधुनिकता के क्रान्तिकारी पाठ (radical textuality) की ओर नहीं जाता। (जहाँ पाठ को खुले अन्तोंवाला 'डिसरपटिव सिग्नीफिकेशन' की अनिश्चित प्रक्रिया के रूप में लिया जाता है।) हेबरमास के लिए निर्वचन बिना किसी कसौटी की 'सिग्नीफाई' करनेवाली अन्तःक्रीड़ा नहीं है। वह ऐसे सर्वव्यापी प्रयोजनमूलों की बात करता है, जिसे बोधगम्यता, सत्यता और औचित्य जैसे विशिष्ट वैधता प्रदान करनेवाले के प्रसंग में सम्भव समझ की विश्वव्यापी स्थितियों को पहचाना जा सके। यह सम्प्रेषणात्मक कार्यवाही की ओर ले जाता है, जो सभी समाजों में एक गहरी संरचना के रूप में गड़ा

होता है। अपने तर्कों से हेबरमास हीगेल को मानवमुक्ति और ज्ञान की एकता सम्बन्धी दोनों सिद्धान्तों को पुनः वैधानिकता प्रदान करता है, जिन पर लोता ने हमलाकर खण्ड-विखण्ड करने की बात की थी।

(4)

उत्तरआधुनिकता की मूर्त परिणति वैश्वीकरण है। वैश्वीकरण राजनैतिक परिप्रेक्ष्य में अमेरिका का विश्ववर्चस्व है, जिसमें तमाम राज्यों की सम्प्रभुताएँ कमजोर पड़ती जा रही हैं। अपना दबदबा बनाने के लिए वह आर्थिक हथकण्डों से लेकर संयुक्त राष्ट्र संघ और बहुराष्ट्रीय कम्पनियों का इस्तेमाल करता है। सर उठानेवाले राज्यों में सेना भेजना और उनकी भीतरी राजनीति में उठा-पटक का विकसिल आदि के माध्यमों से खुलासा कर शासकों की छवि को कमजोर करना उसकी फितरत में है। आर्थिक परिप्रेक्ष्य में वह बाजारवाद और विश्वग्राम है, जिसका लाभार्थी अमेरिका है। सांस्कृतिक परिप्रेक्ष्य में वह मनोरंजन की नशीली गोली है और वह बहुलवाद है, जो राष्ट्र के भीतर की छोटी-छोटी अस्मिताओं को बढ़ावा देकर राष्ट्र को कमजोर करता है, जिससे कि वे उसके वर्चस्व के खिलाफ सिर न उठा सकें और उसे अपनी संस्कृति और जीवन प्रणाली को लादने का पूरा मौका मिल सके मनुष्य के मन को अपनी ओर अनुकूलित करने के लिए।

ऐसे में सवाल उठता है कि अमेरिका के बढ़ते वर्चस्व और नव उपनिवेशवाद का मुकाबिला कैसे किया जाये? तीन हथियारों से—राष्ट्रीय संस्कृति को बढ़ावा देकर राष्ट्रवाद को मजबूत कर, विभिन्न जीवन पद्धतियों और सभ्यताओं को मजबूत कर, अमेरिकी मॉडल का विकल्प खोज कर।

कार्यवाहीप्रणीत राष्ट्र की अवधारणा को राष्ट्रवाद कहते हैं। नाजी और फासी लोगों के हाथों में पड़कर यह बदनाम हो चुका है। लेकिन तब उनका इरादा विश्व पर वर्चस्व बनाने का था। आज इरादा इस उभर रहे वर्चस्व से बचने का, उसका मुकाबिला करने का है। इसलिए यह आज एक सकारात्मक अवधारणा है। यह अवधारणा और उसकी कार्यवाही स्वतन्त्रता, समानता, न्याय की स्थापना के साथ-साथ नव उपनिवेशवाद और आर्थिक गुलामी के विरोध के लिए है। इसे प्राप्त करने के लिए राज्य की सम्प्रभुता को बाहरी और भीतरी दोनों संकटों से बचाना होगा। उसे सशक्त करना होगा। जिस स्थानीय संस्कृतियों के उभार के बल पर अमेरिका राज्यों को कमजोर कर रहा है, उन्हीं संस्कृतियों के युक्तन से राष्ट्रीय संस्कृति का निर्माण करना है। स्थानिकता की नहीं, राष्ट्रीयता की पहचान बनानी है। इसी राष्ट्र की ताकत से यूरोपीय उपनिवेशवाद को समाप्त किया गया था, इसी से अमेरिकी उपनिवेशवाद का भी खात्मा होगा। इसके प्रति भारत, चीन, ईरान समेत दुनिया के तमाम देश सक्रिय हैं।

दूसरा है मिटायी जा रही बड़ी संस्कृतियों को पुनः समायोजित करना। हण्टिंगटन कहता है कि संस्कृति सभ्यता का अनिवार्य घटक है जो एक जीवन पद्धति को मजबूत मूल्यबोध देती है। धर्म उसका अनिवार्य हिस्सा और केन्द्रीय तत्त्व होता है। अमेरिका के खिलाफ उनके उत्थान को हण्टिंगटन 'सभ्यताओं का भावी संघर्ष' कहता है। इसमें इस्लाम और हिन्दू धर्म की महती भूमिका है।

इस्लाम के एक आधुनिक विचारक सर मुहम्मद इकबाल कहते हैं कि समाज एक बच्चे की तरह होता है। यह बच्चा अपनी अर्थवत्ता तब पाता है जब वह अपने अतीत को याद कर उसे अपने वर्तमान और सम्भाव्य भविष्य से जोड़ता है। यानी वह अपना इतिहास रचता है। बच्चे का व्यक्तिगत इतिहास उसकी 'भविता की आँख' खोलता है, उसकी स्मृति उसके 'आत्म' का निर्माण और पहचान बनाती है। इसी तरह एक समुदाय की स्मृति, उसकी परम्पराएँ, उसका जीवित इतिहास उसे आत्मचेतस् बनाता है और इसी आत्मचेतना के आधार पर लोगों का एक समुदाय, एक समाज बन जाता है। जाहिर है कि ऐतिहासिक परम्पराएँ स्थिर नहीं होतीं। हर पीढ़ी को उसको पुनः खोजना पड़ता है पुरानी पीढ़ी से सांस्कृतिक विरासत पाने के दौरान। अतीत और वर्तमान की सघन बुनाई से ही परिवर्तन को अर्थपूर्ण रूप मिल पाता है।

इस चिन्तन का प्रयोग इधर तमाम इस्लामी देशों में अमेरिकी प्रभुत्व का मुकाबिला करने के लिए हो रहा है। इसके प्रति चेतन अमेरिकी विचारक 'प्राच्यवाद' की अवधारणा को पुनः जीवित कर रहे हैं। कह रहे हैं कि प्राच्य हमेशा ही 'अहम्' का उत्सव मनाता है। चूँकि उत्तरआधुनिकता भी वही कर रही है, इसलिए प्राच्य को उसमें समाहित हो जाना चाहिए। उसे अलग बने रहने की क्या जरूरत है। अलग बने रहने से तो 'अल्प' की धारणा विकसित होगी जो वैश्विक एकरूपता में बाधक होगी। इसके उत्तर में दो बातें कही जा रही हैं। एक तो यह कि पूर्व का अहम् पश्चिम के व्यक्तिवाद का 'मैं' नहीं है। यह 'नफ्स' नहीं है जो स्वार्थ, लालच, अनन्त वासना और मानव द्वेष की ओर ले जा रहा है। यह अहम् सर्वव्यापी के जोड़नेवाले तत्त्व का अंश है जो मनुष्यों के बीच एकता देखती है, निजी स्वार्थ के लिए नहीं, सर्वांगीण विकास के लिए। जरूरत है इस अहम् को बचाकर रखने के साथ-साथ उसे बढ़ाने की, जिससे अमेरिका के स्वार्थी वर्चस्व को तोड़ा जा सके। इसलिए इस्लाम का सांस्कृतिक उत्थान जरूरी है। दूसरे एडवर्ड सईद ने स्पष्ट किया है कि 'प्राच्यवाद' का इस्तेमाल अतीत में पूर्व की एक छवि गढ़ने के लिए दी गयी है, जिसकी तुलना पश्चिम से कर उसे अदबदा कर घटिया, नीचा, तुच्छ और त्याज्य बताया गया है। इसका मानदण्ड भी पश्चिम के ही आधार पर बनाया गया है। इसलिए जरूरत है नव प्राच्यवाद के आधार पर उसे तोड़ने की और पूर्व की एक नयी छवि गढ़ने की जिसके आधार पर पश्चिम के नये हथकण्डे का मुकाबिला किया जा सके।

भारत के सन्दर्भ में इस नव प्राच्यवाद के प्रयोगकर्त्ता अमर्त्य सेन, आशीश नन्दी और कोनराड एल्स हैं। उनका कहना है कि पश्चिम का न तो सब-कुछ सराहनीय है और न ही अनुकरणीय। जरूरत है अपने देशज छवि को समृद्ध करने की, जिससे नये उपनिवेशवाद से बचा जा सके।

एक बड़े ही मार्के की बात जियाउद्दीन सरकार कहते हैं। उत्तरआधुनिक विचारक इतिहास और परम्परा को खारिज कर पूर्व और गैर-यूरोपीय देशों पर वर्चस्व बनाना चाहते हैं। वे भूल जाते हैं कि ये देश अपनी परम्परा और इतिहास के कारण ही महत्त्वपूर्ण हैं और उनका इतिहास अमेरिका की तरह कोई तीन-साढ़े तीन सौ वर्षों का नहीं है। हजारों और कई हजार वर्षों का है। आज जहाँ अमेरिका है वहाँ भी कुछ पुराने लोगों का इतिहास उतना ही पुराना था। उनके कमजोर पड़ते ही न केवल यूरोपवालों ने एक जाति के रूप में उन्हें मार डाला, उनके इतिहास को भी समाप्त कर दिया। हमारे इतिहास को समाप्त कर वे हमें भी एक जाति एक नस्ल के रूप में नष्ट कर देना चाहते हैं, नहीं तो गुलाम बनाकर रखना चाहते हैं। वे लिखते हैं : "Post modernism in fact dismembers other cultures by attaching their immune system, eradicating identity, erasing history and tradition, reducing everything that makes sense of life for non-secular cultures into meaninglessness. It places the inhuman and degrading on a par with the human and ethical."

जियाउद्दीन कहते हैं कि उत्तरआधुनिकता का जो दर्शन बहुलता के नाम पर स्थानीय संस्कृति को न केवल स्वीकार करता है, बढ़ावा देता है, वही दर्शन वृहत्तर संस्कृति का विरोध करता है, क्योंकि उससे अपने ही विनष्ट हो जाने का खतरा महसूस करता है। यह उसी तरह है जिस तरह उदारवादी जनतन्त्रवाला देश मुक्त बाजार के पूँजीवादी स्वरूप में तानाशाह हुआ जाता है। इसे लगता है कि तमाम आगामी युद्ध सिर्फ तोपों और बन्दूकों से नहीं लड़े जा सकेंगे, इसलिए वह एक संस्कृति का काल्पनिक निर्माण कर रहा है। तीसरी बात वे यह कहते हैं, "By declaring that there is no truth and no morality, that all is meaningless and that life itself is a meaningless problem, by announcing that religion and philosophy, history and tradition are symptoms of will of power and symbols of decadance, by raising doubt, cynicism and ambivalance to an arch value; by its acceptance of barbarism and embrace of evil and hence legitimization of every act of cruelity, neglect and intolrance, by appropriating the knowledge, history and cultural products of the others; by embarking on a crusade to transform other cultures into ahistorical, identityless masses, and perpetual consumers of its cultural products, by isolating and further marginalizing other cultures by irony and ridicule; by attempting to subsume other cultures into the grand narrative of bourgeois liberalism, free market capitalism and secularism, by giving a new life to the old tools of colonial domination and regularization—by all these means, post modernism has declared a war on non-western cultures and societies."

क्रिस्तोफर नोरिस कहता है कि उत्तरआधुनिकता एक अनैतिक नहीं तो नैतिकताविहीन सिद्धान्त है ही, जिसका काम बन रही यथास्थिति को मजबूत करना है और यह यथास्थिति अमेरिका के पक्ष में जा रही है। पर जीवन बिना नीति और नैतिकता के नहीं चलता। शाप्रिओ कहता है कि ज्ञान जब तक संगत नहीं होता, उसका मतलब नहीं होता। उसके लिए आज एक नये तरह के सामाजिक अभियन्त्रण और सामाजिक न्याय की जरूरत है जो इन तमाम गैर-अमेरिकी, गैर-यूरोपीय देशों में उभर रहा है। उन्हें नव प्राच्य और उत्तर-उपनिवेशवाद कह कर खारिज नहीं किया जा सकता। दरअसल उत्तर-उपनिवेशवाद की अवधारणा यूरोप की दासता से मुक्त हुए देशों को हीन ठहराने के लिए विकसित की जा रही है—कि भले ही तुम मुक्त हो गये हो हमारे लिये उपनिवेशवाद के ही आगामी विकास हो। डेविड सिम्पसन इसीलिए इसका विरोध करता है और तीसरी दुनिया के देशों को अमेरिकी चिन्तन के समानान्तर चिन्तन गढ़ने की वकालत करता है।

तीसरा हथियार साम्यवाद है। जब तक उससे अधिक सशक्त कोई और विकल्प अमेरिकी साम्राज्य के विरुद्ध नहीं रचा जाता, उसे लेकर चलना ही होगा। रूस और पूर्वी यूरोप के पतन और चीन के बदल जाने से यह जो भ्रम पैदा हो गया है कि मार्क्सवाद समाप्त हो गया है तो यह गलत है। राज्य समाप्त हुए हैं, उसके अनुयायी नहीं। वे बचे रहे तो फिर राज्य स्थापित कर लेंगे। इधर मार्क्सवाद का स्वरूप बदला है। उसने उत्तरआधुनिकतावाद में अपनी पुनः रचना की है। उसे उत्तर साम्यवाद कहा जा रहा है।

वाक्लाव हावेल ने लिखा है कि कभी-कभी छोटी-छोटी चीज़ों की तुलना बड़ी-बड़ी चीजों से करना बड़ा संगत जान पड़ता है। यदि यह बात सही है तो यह कहने में हर्ज नहीं है कि 1989-1991 के बीच साम्राज्यवादी समाजवाद का पतन वही ऐतिहासिक महत्त्व रखता है, जो रोमन साम्राज्य के पतन का था। यदि 1917 में बोल्शेविकों का सत्ता में आना बीसवीं सदी की एक बीजभूत घटना थी, जिसने विश्वराजनीति और विश्व-इतिहास को कई दशकों तक प्रभावित किया, तो उसका पतन भी कम महत्त्वपूर्ण नहीं है। यह महत्त्व युगीन भी है और विशिष्ट भी। युगीन इस मामले में है कि बीसवीं सदी विचारधाराओं के घमासान की सदी रही है और यह घमासान अतियों की रही है। प्रजातन्त्र, पूँजीवाद, नाजी-फासीवाद, समाजवाद, साम्यवाद, अराजकतावाद आदि कटायुद्ध करते रहे हैं। उसमें नाजी-फासीवाद पहले ही भूलुण्ठित हो गया था। समाजवाद जनतन्त्र का ही हिस्सा बनता चला गया था विकासशील देशों में, और विकसित देशों ने समाजकल्याण को अपना उद्देश्य बनाकर उसे पी डाला था। ऐसे में साम्यवाद के पतन से संघर्षरत सामाजिक व्यवस्थाओं की सिर्फ भौगोलिक व राजनीतिक मुठभेड़ ही समाप्त न हो गयी, यह भी स्पष्ट हो गया कि पूँजीवाद और समाजवाद में विचारधारा के स्तर पर संघर्ष सनातन है। अब तक यह संघर्ष राज्यों और राज्यों के गुटों के बीच होता रहा है, अब स्वयं जन के बीच होगा, क्योंकि इनका गतिशास्त्र राज्यों तक ही सीमित नहीं है। यह भी स्पष्ट है कि पूँजीवाद को मिलनेवाली क्रान्तिकारी समाजवादी चुनौती की ताकत इस पतन के बाद समाप्त चाहे जितनी हो गयी हो, विकल्प की सम्भावना उतनी धूमिल नहीं हुई है।

पतन से पहले साम्यवाद के दो रूप थे, एक सैद्धान्तिक दूसरा व्यावहारिक। सैद्धान्तिक रूप मार्क्स, एंजेल्स, लेनिन, स्टालिन समेत तमाम विचारकों के लेखन में निबद्ध था। व्यावहारिक रूप सोवियत रूस, पूर्वी यूरोप, चीन और कैरिबियन सागर के कई देशों, क्यूबा और अफ्रीका के कई देशों की शासन व्यवस्था में था। यदि व्यावहारिक साम्यवाद में कोई कमी दिखती थी तो उसका औचित्य सैद्धान्तिक लेखन में

तलाश लिया जाता था। किसी तरह का विवाद उठने पर सैद्धान्तिक की समय-सापेक्ष व्याख्या कर ली जाती थी। तो भी निकिता ख्रुश्चेव और माआ त्से तुंग के नये कार्यक्रमों की मीमांसा कर डेनियल बेल जैसे विचारक इन्हें विचारधारा के पतन के ही रूप में देखते थे, जिसमें राज्य की समसामयिक आवश्यकता मानवता की वृहत्तर मुक्ति के आड़े आती गोचर होती थी। दरअसल इस मुक्ति की भी तदाधारित दो रूप थे। इसलिए उत्तर साम्यवाद के भी दो रूप बनते हैं : एक सैद्धान्तिक, दूसरा व्यावहारिक। व्यावहारिक रूप चल पड़ा है। सैद्धान्तिक रूप बनने में थोड़ा समय लगेगा। व्यावहारिक के भी कई उपरूप हैं। एक तो वह जो इन तमाम राज्यों में पतन के बाद जन्म ले रहा है। उनके साथ वहाँ भी कम्युनिस्ट पार्टियों का क्या सम्बन्ध बन रहा है, वह आचक्षु किया जा रहा है—देश की दूसरी पार्टियों, राज्य और जन के साथ सम्बन्ध आदि। फिर दुनिया-भर की कम्युनिस्ट पार्टियों का आपसी सम्बन्ध क्या बन रहा है, उसे भी देखा जा रहा है। तीसरे जहाँ साम्यवाद बचा है वहाँ की कम्युनिस्ट पार्टियों का जहाँ से साम्यवाद समाप्त हो गया है, वहाँ की सत्ताधारी पार्टियों और विपक्षी पार्टियों से क्या सम्बन्ध बनता है, उसका भी अध्ययन किया जा रहा है। सैद्धान्तिक स्तर पर भी दो तल हैं। एक वह जो विचारधारा के स्तर पर पूरे विश्व में व्याप्त है, जिसका रूप इस पतन के बाद बननेवाला है, जैसे उत्तरआधुनिकतावाद। विखण्डन, निर्वचन और संस्कृति आदि के ढंग और अन्तर्वस्तु को स्वीकार कर इधर मार्क्सवाद का कुछ विकास हो रहा है। जेमसन, इगलटन, लकलाऊ, माऊफ, ज़िज़ेक आदि इसके उदाहरण हैं। संस्कृति के सन्दर्भ में ज़िज़ेक के विचार नोट करने लायक हैं। कहता है कि मार्क्स ने श्रम में जगत् को चलानेवाली शक्ति को देखा था। लेनिन ने विचारधारा में। ग्राम्शी ने संस्कृति में देखा है। आज वह अमेरिका के हाथों में पड़कर उत्पादन और शोषण का साधन बन गयी है। जरूरत है पलटकर उसी का इस्तेमाल अमेरिका के खिलाफ करने की। ऐसे मार्क्सवादी विचारकों की कमी नहीं है जो सर्वहारा की तानाशाही को अनिवार्य चरण के रूप में अस्वीकार करते हैं और पूँजीवाद से सीधे साम्यवाद में आने की बात करते हैं। क्योंकि श्रमिकों का स्वरूप आज वह नहीं रह गया जो मार्क्स व लेनिन के समय में था। आज शारीरिक श्रम करनेवाले की जगह ह्वाइट कालरवाले प्रोफेशनल और सर्विस वर्कर की भरमार हो गयी है, जिनका संगठन क्राफ्ट के अनुसार होता है, उद्योग के अनुसार नहीं। उसका आधार 'प्रोफेशनल नालेज' है, धन नहीं। वे सीधे-सीधे वस्तुओं के उत्पादक भी नहीं हैं और उनके कौशल की कीमत 'मार्केट पावर' पर आधारित होती है। इसलिए वे काफी हद तक स्वायत्त होते हैं। उत्पादन के साधन पर नियन्त्रण न रखकर उसमें 'शेयर होल्डर' होते हैं। इसलिए वे पूँजीपति वर्ग के अधिक करीब होते हैं। शारीरिक श्रम करनेवाले भी पहले की तरह नहीं रह गये हैं और 'कैश-ओरिएण्टेड पोस्ट इण्डस्ट्रियल वर्किंग क्लास' बन गये हैं। उनकी एक 'एरिस्टोक्रैसी' बन गयी है जो बेरोजगार 'अण्डरक्लास' से भिन्न है। संस्कृति को इन्हीं सबको लेकर काम करना है।

दूसरा तल वह है जो क्लैसिकल मार्क्सवाद के साथ सम्बन्ध जोड़कर विकसित होनेवाला है, जिसके बारे में कहा जा रहा है कि, "After post modernism what?" का जवाब उनसे ही बननेवाला है। तीसरी दुनिया में मार्क्सवाद की जो चर्चा है, इसी के इर्द-गिर्द है। उसका स्वरूप क्या होगा—वह आनेवाले वर्षों में तय होगा।

इसी अर्थ में हम सभी उत्तर साम्यवादी युग में हैं, जिससे उम्मीद है कि वह उत्तरआधुनिक युग को विस्थापित करेगा। इन तमाम बातों का आपसी सम्बन्ध नये चिन्तन को प्रभावित करनेवाला है। स्वीकृत शासन प्रणाली जनतन्त्र है जिसमें सामाजिक न्याय और सामाजिक अभियन्त्रण पर जोर है।

(5)

इस पुस्तक में इन्हीं बातों से जुड़ी अवधारणाओं को विवेचित किया है, जो आज की दुनिया को मथ रही है। अक्सर उनकी चर्चा हिन्दी पट्टी में खण्डित रूप से होती रही है, जिससे अंग्रेजी न पढ़े पाठकों

को भ्रम हो जाता रहा है। मेरा इरादा इन अवधारणाओं को समझाना अधिक रहा है, मूल्यांकन करना कम। इसलिए पक्ष और प्रतिपक्ष की अधिक-से-अधिक सामग्री को इकट्ठा कर देना चाहा है, जिससे पाठक अपनी राय स्वयं बनायें। हमारे समय में जोर शक्ति पर अधिक है। पहले भी था, पर तब वह साधन के रूप में लिया जाता था, आज साध्य के रूप में। आज जोर व्यक्ति और चुने हुए लोगों (elite) की शक्ति पर कम समूह और देश की शक्ति पर अधिक है, क्योंकि वर्चस्व व्यक्तिगत न रहकर सामूहिक हो गया है। इसी तरह लाभ व्यक्ति की जगह उसकी 'कम्युनिटी एस ए होल' को मिलने लगा है। वह कुछ ऐसे हैं जो पुराने जमाने में पूरे कबीले का होता था। तब उसका प्रतिकार भी व्यक्ति के द्वारा नहीं, समूह के द्वारा ही सम्भव होगा, चाहे वह राष्ट्र से, राष्ट्रों के बने संगठनों से, सभ्यताओं और संस्कृतियों से, मतों के अनुयायियों से बना होगा। ऐसी अन्तःध्वनि इन लेखों में मिलेगी।

इन लेखों में से कुछ इतिहासबोध, परिचय, पाण्डुलिपि, जनपथ, नया ज्ञानोदय और वाक् में छपे हैं। इतिहासबोध, परिचय और पाण्डुलिपि ने कई लेखों को क्रमवार छापा है। मैं उनके सम्पादकों का आभारी हूँ। इनको लिखने के दौरान जो उत्साहवर्द्धन मुझे डॉ. लालबहादुर वर्मा (इलाहाबाद), वीरभारत तलवार (दिल्ली), विश्वरंजन (रायपुर), डी. लारेंस (त्रिचुर), प्रभु देसाई (दमन), विनोद शाही (जलन्धर), वी. के. चेतिया फूकन (गुवाहाटी), श्रीरंग पाण्डेय (इलाहाबाद) आदि से मिला है उसका आभारी हूँ। कुछ लेख उच्च अध्ययन संस्थान, शिमला हिन्दी विश्वविद्यालय वर्धा और स्वराज विद्यापीठ इलाहाबाद में पढ़े गये थे। उनके संयोजकों का भी आभारी हूँ। मुझे जब भी पुस्तकों की जरूरत पड़ी उसे ह्वीलर बुक कम्पनी, इलाहाबाद विश्वविद्यालय के विधि विभाग की लाइब्रेरी और श्री डी. के. गुप्ता ने उपलब्ध कराया। मैं उनका भी आभारी हूँ।

—श्रीप्रकाश मिश्र

उत्तरआधुनिकतावाद

(1)

मैं पहले ही स्पष्ट कर दूँ कि दो शब्द हैं 'माडर्निटी' और 'माडर्निज्म'। दोनों का अलग-अलग अनुवाद हिन्दी में 'आधुनिकता' और 'आधुनिकवाद' किया जाता है। पश्चिम में 'माडर्निटी' का उपयोग सामाजिक सन्दर्भों में किया जाता है और 'माडर्निज्म' का प्रयोग सांस्कृतिक सन्दर्भ में। इसलिए पहले का क्षेत्र पूँजीवाद—जिसमें प्रौद्योगिकी भी समाहित है—और उपभोग है। दूसरे का सन्दर्भ संस्कृति सम्बन्धी कर्म यानी साहित्य, चिन्तन, कला, संगीत, स्थापत्य आदि से है। मैं दोनों को समेटकर इकट्ठे बात करना चाहता हूँ। (गौर करने की बात है कि जब पूँजीवाद की बात होती है, मार्क्सवाद की बात होती है, सामन्तवाद या इस तरह के किसी और वाद की बात होती है तो सामाजिक और सांस्कृतिक सन्दर्भों को अलग नहीं किया जाता।) इसलिए शब्द को लेकर बड़ी दिक्कत होती है। ये उच्चारण में स्पष्ट होने के बावजूद अवधारणा के रूप में बहुत स्पष्ट नहीं हैं। यह कहीं शर्त के रूप में उपस्थित होता है, तो कहीं स्थिति के रूप में। मैं समग्रता में बात करने के लिए, दोनों को समेकित करने के लिए एक नया शब्द गढ़ता हूँ 'आधुनिकतावाद'। जानता हूँ यह व्याकरण की दृष्टि से गलत है। 'आधुनिकता' स्वयं 'आधुनिक' का भाववाची संज्ञा है और इस भाववाची का पुनः अमूर्तन नहीं किया जा सकता। तो भी करता हूँ।

इसी तरह दूसरी समस्या तब होती है जब हम उसमें 'उत्तर' जोड़कर इसके स्वरूप को देखते हुए सोचते हैं कि यह आधुनिकता व आधुनिकवाद का विस्तार है कि उसे त्याग कर एक नया प्रस्थान है। जो लोग इसे विस्तार या आगे की कड़ी के रूप में मानते हैं वे कहते हैं कि आधुनिकतावाद विज्ञान की देन थी। विज्ञान की पराकाष्ठा प्रौद्योगिकी है। इसलिए उत्तर आधुनिकतावाद प्रौद्योगिकी का दर्शन है। यानी एक चाहत की, एक मूल्य की, एक आदर्श की, एक Ought की स्थापना है, जो वैसे तो विज्ञानवाद के पाये पर टिका है, फिर भी उससे इस मामले में भिन्न है कि जहाँ आधुनिकतावाद का आदर्श विज्ञान की यान्त्रिकता को पार करना था और उसे साधन बनाकर रखना था, वहाँ उत्तरआधुनिकतावाद का आदर्श प्रौद्योगिकी को पार करने में नहीं, उससे समझौता करने में है। इसका आधार वाक्य है, "The essence of technology is not technical." इसका खुलासा मैं आगे करूँगा।

जो लोग इसे नया दर्शन मानते हैं वे कहते हैं कि आधुनिकतावाद में ठहराव आ गया है। उसके स्थानापन्न के रूप में एक नया दर्शन उभर रहा है, जो उत्तरआधुनिकतावाद है। तर्क यह है कि ज्ञानोदयी योजना (Enlightenment Project) जो आधुनिकतावाद का आधारभूत दर्शन था, अब चरमराकर गिर पड़ा है। उसका उद्देश्य था दुनिया के तमाम लोगों को, उसके विभिन्न लोगों को एक ही तरह से देखने का। देखने का यह ढंग विवेकपूर्ण था। हार्वे ने लिखा था, "The thinkers of Enlightenment took it as axiomatic that there was only one possible answer to any question. From this it followed that the world would be controlled and rationally ordered if it could only picture and present it rightly. This presumed that there existed a single correct mode of representation, which, if we would uncover (and this was what scientific and machanical endeavours were all about) would provide the means to Enlightenment Ends." इससे जो वैज्ञानिक विवेकवाद उपजा, वह कोई दो सौ वर्षों तक न केवल एक दार्शनिक प्रयत्न बना रहा, 'उन्नति की विचारधारा' भी बना रहा। यह विचारधारा मानती थी कि उन्नति की एक सीधी एकरेखीय दिशा होती है, कुछ परम (absolute) सत्य होते हैं और इस दोनों के आधार पर एक आदर्श सामाजिक व्यवस्था के लिए आदर्श योजना तैयार की जा सकती है। इसका प्रत्याख्यान करते हुए डब्ल्यू. बी. ईट्स ने लिखा था, "The centre cannot hold." यही नहीं, सभी केन्द्र मिलकर भी 'होल्ड' नहीं करते : "We are exposed to a babble of diverse and contradictory fragments of stories, arts and sciences to their various ways." उत्तरआधुनिकतावाद इसी को दर्शाता है।

तीसरी बात यह है कि जैसे आधुनिकतावाद की अवधारणा किसी एक व्यक्ति या पुस्तक की देन नहीं थी, उसी तरह उत्तरआधुनिकतावाद की अवधारणा भी एक पुस्तक या व्यक्ति की देन नहीं है। फिर जहाँ आधुनिकतावाद के विकसित होने में कोई तीन सौ वर्ष का समय लगा था—प्रस्थान-बिन्दु 1660 माना जाता है जब कहा गया था, "Word has awakened and become good when magic has disappeared and finally realised that sticks and stones can break your bones, but words never"—उत्तरआधुनिकतावाद 20वीं सदी के सत्तर के दशक से विकसित हो रहा है। लेकिन इस छोटे से दौर में ही इतना विपुल साहित्य लिखा जा चुका है कि सबकी मीमांसा करना कौन कहे, पढ़ा जाना भी मुश्किल हो गया है। इसलिए स्वाभाविक है कि तमाम बातें इस लेख में यूँ ही छूट जायेंगी। फिर इतने विपुल साहित्य के उत्पाद से सरल बात भी काफी जटिल हो जायेगी। तब यह स्वभावतः जटिल अवधारणा भी कितनी जटिल हो जायेगी, यह स्वतः कल्पनीय है। यह अवधारणा अपने आधाररेखीय विस्तार में ही नहीं, लम्बवत् सन्तरणों में भी काफी जटिल है, तब उसकी प्रस्तुति भी काफी जटिल ढंग से ही हो पायेगी। इरादा मेरा समझाने का है, मूल्यांकन प्रकान्तर से है। इसलिए पाठकों को थोड़ा धैर्य रखना ही पड़ेगा।

(2)

प्राथमिक प्रश्न यह है कि 'उत्तर' के साथ जो 'आधुनिक' जुड़ा हुआ है, वह क्या है? इसकी विस्तृत चर्चा मैं एक स्वतन्त्र लेख में पहले ही कर चुका हूँ। यहाँ इतना ही कहना पर्याप्त है कि इसका सम्बन्ध अपने पूर्ववर्ती और परावर्ती या भावी दोनों से है। पूर्व के मामले में इसे प्राचीन और मध्यकालीन के बरक्स समझा गया है। प्राचीन में संस्कृति पर जोर है। ज्ञान का साधन इहलाम और विश्वास है। व्यवस्था जनजातीय और स्थानीय है। सत्ता तमाम लोगों के हाथों में केन्द्रित है। नियम ईश्वरीय हैं। आवश्यकताएँ और साधन सीमित हैं। युग जंगल सम्पदा संकलन, शिकार, पशुपालन और आरम्भिक कृषि का है। मध्यकालीन में जोर मतवाद और सभ्यता पर है। ज्ञान का साधन प्रपन्नमति भी है और अनुभव भी। व्यवस्था सामन्ती और विस्तृत है। सत्ता चन्द लोगों के हाथों में सीमित है। विधान ईश्वरीय और परम्पराप्रणीत है। अमीर और गरीब की आवश्यकताओं के बीच फाँक है। साधनों पर सत्ताधारी वर्ग का नियन्त्रण है। युग कृषि और कुटीर उद्योग का है। आधुनिक में मत-निरपेक्ष और लौकिक पर जोर है। ज्ञान का साधन प्रत्यक्ष तथा विश्लेषण से प्राप्त सामान्यीकरण है। दृष्टि वैज्ञानिक है जो तद्जन्य तर्क और विवेक की देन है। सत्ता चन्द लोगों के हाथों में सीमित होने के बावजूद तमाम लोगों के हाथों में संक्रमित होने के लिए उन्मुख है। परम्पराप्रणीत नियम की जगह स्वनिर्मित नियमों के स्थापित होने का सिलसिला है, जिसकी जड़ें आर्थिक विकास, प्रजातन्त्र, विज्ञान आदि में हैं। बल आवश्यकताओं के विस्तार पर है। साधन पूँजी का रूप लेता है, जो उत्पादन और वितरण की क्रिया पर बढ़ता जाता है।

इससे सम्बन्धों की नयी जटिलता पैदा होती है, जो कृषि मजदूरों को उखाड़कर घुमन्तू औद्योगिक शहरियों में रूपान्तरित कर देती है। यह किसी भी कर्म की परम्परागत पद्धति और कौशल पर प्रश्नचिह्न लगाती है। परिणति पूँजीवाद में होती है, जिसमें प्रौद्योगिकी आधारित उद्योग की विशेष भूमिका होती है।

आधुनिकतावाद दो आख्यानों के अनुभावन और टूटन में व्यक्त होता है। पहला है हीगेल का, "राज्य धरा पर प्रभु का प्रचरण है।" दूसरा है रूसो की प्रतिस्थापना कि मनुष्य पैदा तो स्वतन्त्र हुआ है, पर हर जगह जंजीरों में जकड़ा है। अपने अवगाहन में एक मानवीय इतिहास की बात करता है, दूसरा मानवीय समाज की। अपनी टूटन में ये नये मनुष्य की अवधारणा प्रस्तुत करते हैं। अपनी जकड़न में ये राज्य की सत्ता की बात करते हैं। दोनों के केन्द्र में 'पावर' है—चाहे बात राज्य बनाम व्यक्ति के बारे में हो, चाहे समाज बनाम व्यक्ति या राज्य बनाम समाज के रूप में हो, या इन तीनों द्वैधों के संश्लेषण के रूप में। परिणामस्वरूप व्यवस्था एक तरफ जनतन्त्र की ओर जाती है, तो दूसरी तरफ तानाशाही की ओर—चाहे वह फौजी तानाशाही हो, नाजी-फासी तानाशाही हो, या सर्वहारा के नाम पर पार्टी की।

आधुनिकतावाद अपने भावी से कैसे जुड़ता है, यह जानने के लिए नोट कर लेना जरूरी है कि यह अवधारणा तब चलन में आयी, जब ज्ञानोदय के पेट से निकली एक ऐसी सामाजिक व्यवस्था काम करने लगी थी, जिसमें अभूतपूर्व गत्यात्मकता थी। उसने परम्परा की सत्ता को भी खारिज कर दिया था। जहाँ नहीं कर पायी थी, वहाँ निरन्तर हाशिये पर ढकेलती जा रही थी। इसका परिणाम विश्वव्यापी रहा। इसने काल को गति दिया और देश को विस्तृत बनाया। इसकी आगे देखने की क्षमता ने 'उन्नति' (Progress) में विश्वास पैदा किया। मानवीय विवेक में स्वतन्त्रता प्रदान करने की क्षमता देखी। प्रौद्योगिकी आधारित उद्योग की इसमें विशेष भूमिका रही। लेकिन बीसवीं सदी का उत्तरार्द्ध आते-आते स्थितियों में तेजी से बदलाव आया। द्वितीय महायुद्ध के बाद पश्चिमी यूरोप दुनिया के केन्द्र के रूप में विस्थापित हो गया और उसकी जगह आ गया अमेरिका। शीत युद्ध की समाप्ति के बाद धीरे-धीरे पूरी दुनिया में एक आर्थिक संकट उभरने लगा था। पहले विश्वयुद्ध का उद्देश्य उपनिवेश कब्जा करने का था, जिससे कि कच्चे माल, उर्जा के स्रोत और बाजार को बढ़ाया जा सके। दूसरा विश्वयुद्ध उसी का विस्तार था। लेकिन इस युद्ध में दोस्त व दुश्मन वही नहीं थे, जो पहले महायुद्ध में थे। तब पश्चिमी यूरोप में उत्पादन के दो उपकेन्द्र थे—एक सोवियत रूस और दूसरा तमाम पश्चिमी यूरोपीय देश। पहले की पूँजी राज्याधारित थी, दूसरे की व्यक्तिगत और विस्तार में कारपोरेट। पश्चिमी यूरोप का बाजार जहाँ पूरी दुनिया था, रूस का बाजार मध्य एशिया के वे भूभाग बनते जा रहे थे, जो उसमें क्रमशः मिलते जा रहे थे। युद्ध के बाद पूर्वी यूरोप भी उसके प्रभाव में आ गया। युद्ध के दौरान दोनों ही केन्द्र युद्ध की सामग्री के निर्माण में इतने संलग्न हो गये थे कि उपभोक्ता उत्पादन ठप-सा हो गया था। इस रिक्ति को भरने के लिए अमेरिका आगे आया, जो युद्ध में नहीं के बराबर लिप्त रहने के कारण पूँजी और संसाधन में बढ़ा-चढ़ा था। पहले वह अपने उत्पाद की खपत घरेलू बाजार और बचने पर अपने महाद्वीपों में करता था। मुनरो डाक्ट्रिन से उसे यह एकाधिकार मिला हुआ था। वहाँ के लोगों का पेट भर गया तो खपत की समस्या होने लगी। मन्दी से बचने के लिए वह पूरी दुनिया की ओर बढ़ा। बाजार की दृष्टि से उसने दुनिया को तीन भागों में बाँटा: पश्चिमी यूरोप को केन्द्र में रखकर पहली दुनिया, जहाँ खपत उसके पुनर्निमाण के लिए करना था, रूस केन्द्रित दूसरी दुनिया जिसके उत्पाद को पीछे ढकेलकर अपना विकल्प लादना था, और बाकी बची तीसरी दुनिया जिसमें पाटना था। उसने कई तरह के अध्ययनों से पता लगाया कि उसके औद्योगिक उत्पादों को खरीदने की क्षमता तीसरी दुनिया के लोगों में नहीं के बराबर है। लेकिन उनमें से यदि 10% लोगों की आर्थिक स्थिति में सुधार कर दिया जाये तो अगले तीस-पैंतीस वर्षों तक उसके उत्पाद आसानी से खरीदे जा सकेंगे। इसके लिए उन देशों से राजनीतिक सम्बन्ध सुदृढ़ कर स्वयं ही सीधे-सीधें कर्ज देने के साथ-साथ विश्व बैंक और अन्तरराष्ट्रीय मुद्रा कोष की मदद ली। उसका विरोध करनेवाला देश सोवियत

रूस उस दौरान निरन्तर कमजोर पड़ता चला गया, जिसके परिणामस्वरूप अमेरिका न केवल विश्व के केन्द्र में आ गया, अपनी एकच्छत्रता कायम करने लगा।

विश्व के केन्द्र में अमेरिका के आ जाने से आधुनिकतावाद के स्वरूप में अन्तर आया। यह आधुनिकतावाद स्वयं अमेरिकी शब्द है, जिसका प्रयोग यूरोप के शब्द 'पूँजीवाद' की जगह होता रहा है। इसका सबसे पहले प्रयोग एडगर एलेन पो ने साहित्य के सन्दर्भ में किया था और फ्रान्स के साहित्यकारों ने उसे 'सररिअलिज़्म' का रूप देकर विकसित किया था। खैर, आधुनिकतावाद के सन्दर्भ में उत्पादन के क्षेत्र में अमेरिका का शब्द उद्योग है, जबकि यूरोप का शब्द पूँजी है। सत्तर के दशक में जो स्थिति बनी, उसे उत्तर-औद्योगिक (Post Industrialism) कहा गया। उसे परिभाषित करते हुए डेनियल बेल ने कहा कि अगड़े समाज उस ऐतिहासिक काल के पार जा रहे हैं, जिसे औद्योगिक काल कहा गया था। औद्योगिक काल में जोर पूँजी और श्रम पर था। अब प्रौद्योगिकी (Technology) यानी सैद्धान्तिक ज्ञान पर होने जा रहा है। पाया जा रहा है कि जिस तरह भूमि पर आधारित कृषक समाजों ने मैन्युफैक्चर केन्द्रित औद्योगिक समाज के लिए जगह दिया था, उसी तरह औद्योगिक समाज की जगह सेवा केन्द्रित (Service Centred) समाज अस्तित्व में आ रहे हैं। ये सूचना समाज (Information Society) के लिए सामाजिक ढाँचा प्रदान कर रहे हैं, जिसमें दूर संचार माध्यम तथा कम्प्यूटर आर्थिक और सामाजिक विनिमय के निर्णायक ढंग हैं। उनमें ज्ञान निर्मित होता है, पुनः प्राप्त किया जाता है, आदमी के काम और उसके संगठन का चरित्र निर्धारित होता है। परिणामस्वरूप आज वही आधुनिकता 1970 के बाद के आधुनिक समाजों की खास विशेषताओं का समुच्चय बन गयी है : "Summing up of the social and political processes associated with technology led economic growth." और समस्या यह है कि इन विशेषताओं को कैसे अविकसित समाजों में संक्रमित किया जाये। रोस्तोव का कहना है कि यदि कुछ परिस्थितियों का निर्माण कर लिया जाये, कुछ मानदण्डों को पूरा कर लिया जाये तो कोई भी देश एक खास गति (Momentum) पाने के बाद अपने आप आधुनिकता में कदम रख देगा। उदाहरणस्वरूप कहा जा सकता है इसके लिए पहले मजदूरों को मशीन का सहयोग मिल गया होना चाहिए, उसके काम की देख-रेख के लिए एक ही छत से गुंजाइश बन गयी होनी चाहिए, उत्पादन के लिए ऊर्जा के अपरम्परागत स्रोतों का विकास हो गया होना चाहिए, श्रम का बाजार खुल गया होना चाहिए और पूँजी लगानेवाले लोग (Entrepreneur) अस्तित्व में आ गये होने चाहिए। ये पूँजी लगानेवाले लोग ही नायक की भूमिका अदा करेंगे। वे ही तमाम दूसरे देशों के औद्योगिक नगरों के बीच बिचौलिये का काम करेंगे। पिटर बरजर कहता है कि यह व्यवस्था एक संस्कृति का भी निर्माण करेगी, जो तत्कालीन आर्थिक, राजनीतिक तथा प्रौद्योगिक क्रिया-कलापों के अनुरूप होगी। ये परम्परा से चले आ रहे मानवीय सम्बन्धों को कहीं विकसित करेगी, तो कहीं बिलकुल नये सम्बन्ध रचेगी।

इस सन्धिस्थल पर जहाँ से आधुनिकता उत्तरआधुनिकता में संक्रमित होती है, यह देखने की आवश्यकता है कि आधुनिकता की उपलब्धि क्या है और वह कमी क्या है जिसके कारण उसके रूपान्तरित होने की जरूरत हमारे समय में आन पड़ी है।

आधुनिकता के त्रिदेव थे—विवेक, स्वभाव और उन्नति। तीनों एक आशावाद की ओर ले जा रहे थे। लगता था कि दुनिया को विवेक के नाम पर जीता जा सकता है। सामाजिक व्यवस्था को उन्नति के रास्ते पर लगाकर मानव को मुक्त किया जा सकता है। दो सौ वर्षों तक लगता रहा कि इस पर निरन्तर काम हो रहा है। लेकिन बीसवीं सदी के उत्तरार्द्ध में यह सब भ्रम की तरह लगने लगा। आदमी मुक्त होने की जगह एक स्वायत्त में इस तरह से घिर कर स्थिर हो गया कि सामाजिक ताने-बाने से कटकर एकान्त और अकेलेपन का त्रास भोगने लगा। जीवन से वह उद्देश्य गायब हो गया, जिसके लिए वह कभी जान देने तक की बहादुरी दिखा देता था। उसका औजार की तरह काम करता विवेक लागत-लाभ की व्यवस्था तक सीमित होकर इस स्वायत्तता से भी हाथ धोने लगा। दोनों का मिला-जुला परिणाम यह हुआ कि एक

ढीला-ढाला अधिनायकवाद उस पर हावी होने लगा। यह ढीला-ढाला अधिनायक नौकरशाही थी। विवेक की क्षमता की कलई तब पूरी तरह खुल गयी जब अन्तिम दशक आते-आते विज्ञानों का युद्ध देखने को मिला। स्पष्ट हो गया कि विवेक का अस्त्र तर्क जितना मृत पदार्थों पर लागू होता है, उतना रसायनों पर नहीं। जितना रसायनों पर लागू होता है, उतना जीवन पर नहीं। जितना वनस्पतियों के जीवन पर लागू होता है, उतना प्राणियों के जीवन पर नहीं। जितना पशु-प्राणियों के जीवन पर लागू होता है उतना आदमी के जीवन पर नहीं। जितना वह मनुष्य के शरीर पर लागू होता है उतना मन, चेतना और आत्मा पर नहीं। मूल्यबोध पर नहीं। लगा कि सत्य और सच्चाई जितनी निर्मित की जाती है, उतनी खोजी नहीं जाती। टामस कुन्ह ने दिखाया कि वैज्ञानिक क्रान्तियाँ तब नहीं जन्म लेतीं जब स्थापनाओं के पक्ष में अविवादित नये साक्ष्य खोज लिये जाते हैं, तब होती हैं जब निष्कर्षों और मान्यताओं में संशोधन होता है। विज्ञान के तथाकथित पक्षधरता से ऊपर उठे सिद्धान्त दरअसल दुनिया को समझाने की रूपावली के भीतर होते हैं। पाल फेयरावेन्द ने कहा कि जिस सांख्यिकी को लेकर वैज्ञानिक काम करते हैं वह सिद्धान्त-आधारित होता है उस पर काम करनेवाला वैज्ञानिक पहला प्रश्न करता है कि : क्या है डाटा। यानी सम्बद्ध वास्तविकता और उसके वर्णन के बीच व्याप्त भाषाई रिक्ति, शक्ति और निर्वचन के बीच का खेल, उसका अतिसरलीकरण भाषाई खेल बनकर रह जाता है। इसी को लेकर ल्योता-फूको-देरिदा की तिकड़ी ने विज्ञान के वस्तुगत स्वरूप पर जमकर प्रहार किया। ब्रूनो लाटूर ने वैज्ञानिक नियमों के स्थिर और विश्वव्यापी स्वरूप पर पहले ही सन्देह प्रकट किया था। ऊपर से न्यूयार्क विश्वविद्यालय के भौतिकशास्त्री अलन सकाल ने 1996 में स्थापना रखी कि सत्य उचित सामाजिक व्यवहृति की देन है, किसी वस्तुगत विन्यास के नहीं। लेकिन उसकी पुस्तक की समीक्षा करते हुए स्टेवेन वेनबर्ग ने लिखा कि इस दुनिया से इतर यदि कोई और ऐसी ही दुनिया होगी और यदि उसमें आदमी जैसे प्राणी रहते होंगे तो वे भी ऐसे ही वैज्ञानिक नियम रखते होंगे जैसे नियम हमारे पास हैं। इससे हटकर वातिमों ने इस विवाद को आगे बढ़ाते हुए इस बात पर जोर दिया कि दार्शनिक मूल्यबोधों और वैध राजनीति का कोई वैसा सारभौम और निरपेक्ष वैज्ञानिक आधार नहीं होता। स्थानीय और सीमित वास्तविकताओं का बहुल ही हमारा विश्व है। विचारक रोर्ती व्यवस्थित विज्ञान और प्रातिनिधानिक वास्तविकता की जगह शास्त्रार्थमीमांसा (Hermeneutic) या उपदेशदायी निर्वचन पर जोर दिया, जो हर बार बहुलता की ओर ले जाता है। परीक्षण के लिए मनुष्य को वस्तु में बदलना एक बात है, विकल्प सुझाना बिलकुल दूसरी। इन तमाम विवादों से बाहर निकलने के लिए रोर्ती सुझाता है कि वस्तुगतवादियों और आत्मगतवादियों को मोर्चे पर डटी अपनी फौज में कुछ इस तरह से कटौती करनी चाहिए कि शक्ति का एक सन्तुलन स्थापित हो सके। जो भी हो निश्चय ही इस विवाद ने विज्ञान का अन्त दर्शाया। दरअसल सत्य और सच्चाइयाँ कई तरह के महाआख्यानों के टूटने से बनती हैं। इधर एक महाआख्यान यह टूटा है कि विज्ञान के नियम सबसे ऊपर हैं, उनका नैतिकता से कोई मतलब नहीं।

आधुनिक जीवन के वर्गीकरण, व्यवस्थितिकरण और विवेकीकरण के प्रभाव ने मानवीय सभ्यता के पर ही कतर दिये। इससे एक तरफ यह महाआख्यान टूटा कि वैज्ञानिक सोच पर आधारित वर्ग संघर्ष और तद्जन्य क्रान्ति मानवमुक्ति के संवाहक हैं। दूसरी तरफ एक जैसा मकान, एक जैसा भोजन, एक जैसा मनोरंजन, वही-वही नित्य के काम-धाम ने मानवीय जीवन को एक नीरस रूटीन में बदल दिया। इससे बचने के लिए जो लोग चेतन हुए, उनके सामने दो प्रश्न तत्काल उठकर खड़े हो गये : (1) मैं कौन हूँ (यानी पहचान का प्रश्न), और (2) जो मैं कर रहा हूँ, उसे किसने कहा (यानी प्राधिकृति/सत्ताशीलता का प्रश्न)। इनका तत्काल उत्तर देना जरूरी हो गया जो आधुनिकता में नहीं मिलता था। क्योंकि वे वहाँ निःसृत न होकर निर्मित थे।

इसलिए आधुनिकता का विस्थापन हुआ। उसकी जगह जो उभर रहा है उसे लोकेट करने के लिए कई अनुपूर्वी सामने आये। जैसे 'हाई' जोड़कर समझा गया कि आधुनिकता एक प्रौढ़ चरण पर आ पहुँची

है। 'लेट' जोड़कर बताया गया कि इसका अन्त आ गया है। 'हाइपर' जोड़कर कहा गया कि इसकी कुछ विशेषताओं को बढ़ा-चढ़ाकर मीमांसित किया जा रहा है। 'मेटा' जोड़कर कहा गया कि कुछ आधुनिक शर्तपरक स्थितियों के पार हुआ जा रहा है। 'रिफ्लेक्टिव' जोड़कर बताया गया कि अब यह पहले से अधिक स्पष्ट और सार्थक धारणा बन गयी है। मैं 'पोस्ट' शब्द चुनता हूँ, सिर्फ इसलिए नहीं कि यह बहुप्रचलित और शालीन शब्द है, बल्कि इसलिए भी कि यह आधुनिकता के रुक जाने का संकेत करता है और आगे जो नवीन उभर रहा है उसे गोचर करने के लिए आगे बढ़ता है, इस सावधानी के साथ कि उभर रही सामाजिक निर्मितियों पर निर्णय देने में जल्दबाजी नहीं दिखानी चाहिए।

(3)

मैं अपनी बात आगे बढ़ाने के लिए एक परिकल्पना की तर्ज पर कहता हूँ कि उत्तरआधुनिकतावाद उपभोगवाद का दर्शन है। इसमें विज्ञापन की अपनी भूमिका है जो एक तरफ आवश्यकता की पूर्ति की सामग्री के बारे में बताता है, तो दूसरी तरफ स्वयं आवश्यकता को ही पैदा करता है। इस विज्ञापन में टेलीविजन और मास कम्युनिकेशन की अपनी-अपनी भूमिका है। इसने पूरी दुनिया को सिकोड़कर एक गाँव में और उस गाँव को एक बाजार में बदल दिया है। परिणति अमेरिका के वर्चस्व में हुआ है, जो आर्थिक शक्ति के आधार पर राजनीतिक शक्ति अख्तियार करता जा रहा है। दूसरे देशों पर विजय सैनिक अभियानों के बूते पर कम, समझौतों से ज्यादा प्राप्त करता जा रहा है।

उपभोग की पहचान जीवन-स्तर से है और उसे नापने का यन्त्र ऊर्जा की खपत है। खपत फ्रिज, टी. वी., गीजर, ए. सी., ओवन, कम्प्यूटर यानी औद्योगिक उत्पादों को चलाने के लिए होती है। इनके लिए जो जितना ही ज्यादा ऊर्जा खपत करता है, उसका जीवन-स्तर उतना ही ऊँचा माना जाता है। जो विलासिता की जगह सादा जीवन व्यतीत करने की बात करते हैं, वे या तो गरीब लोग हैं, मूर्ख लोग हैं या पिछड़े हुए समाजों के जकड़े हुए लोग हैं, जो भौतिक उन्नति की जगह आध्यात्मिक उन्नति की रट लगाते हैं। लोगों को उनका अनुसरण न कर भौतिक सुविधाओं का ऊँचा जीवन-स्तर व्यतीत करनेवालों का अनुकरण करना चाहिए।

उपभोगवाद का सीधा सम्बन्ध उपभोक्ता, उत्पाद यानी उपभोग की वस्तु और उत्पादन की व्यवस्था से है। इसकी जड़ें पूँजीवाद में हैं। इसके दो दार्शनिक हैं एडम स्मिथ और कार्ल मार्क्स। एडम स्मिथ ने आधुनिकता को स्वीकार करते हुए पूँजी को स्वीकार किया। पूँजी को आधुनिकता का एक ऐसा अनिवार्य घटक माना जो श्रम समेत उत्पादन के सभी साधनों पर अधिकार रखता है। यह पूँजी व्यक्ति के हाथों में होती है, जिसे वह मुक्त समाज में अपने कौशल से कमाता है। उत्पादन की उन्मुक्त प्रतियोगिता, उत्पादन और उससे सम्बन्धित शक्तियों को विकसित करती हैं, जो लोगों के सम्बन्धों को एक नया आयाम देती है। मार्क्स ने आधुनिकता को स्वीकार करने के बावजूद उसकी धाय पूँजी के स्वरूप की कड़ी आलोचना की। कहा कि लाभ प्राप्त करने की नीयत के कारण एक तो वह शोषण आधारित है, दूसरे प्रौद्योगिकी की निरन्तर बेहतरी, बाजार में प्रबल बने रहने की हठ और पूँजी की विकासमान वैश्विक प्रवृत्ति ने (1) पूँजीपति और श्रमिक के बीच, (2) स्वयं श्रमिकों के बीच और (3) श्रमिक और उसके निज की पहचान के बीच ऐसी खाईं पैदा करती चली गयी है कि वे निरन्तर अलग-थलग पड़ते चले गये हैं। इस अलगाव ने उद्देश्यपरक कलाप, आजादी और मानवता को ही छीन लिया है। यह शोषण की अमानवीय पराकाष्ठा है। मार्क्स ने पूँजी का विश्लेषण एक समग्र और समेकित पद्धति के रूप में किया है और पाया है कि पैसे की अर्थ-व्यवस्था ही अब वास्तविक बिरादरी बन गयी है, जिसके परिणामस्वरूप निर्वैयक्तिक, वस्तुगत किस्म के सम्बन्ध पूरे जगत् में हावी होते जा रहे हैं।

इसके बाद मार्क्स का चिन्तन 'वाद' बनने के बाद कई धड़ों में बँट जाता है, पर नवमार्क्सवादियों के कट्टर तबके ने कहा है कि दूसरे महायुद्ध के बाद जो उदार पूँजी का बोलबोला बढ़ा है, उसने व्यक्ति

द्वारा प्राप्त किये जानेवाले उत्पादों और सेवाओं के उपभोग की कीमत ऊर्जा के उपभोग की मात्रा पर आधारित जीवन-स्तर का शिगूफा छोड़कर आंका है। यह परम्परागत सम्बन्धों को, जो आमने-सामने के व्यवहार पर आधारित हैं, नष्ट कर देता है। इसकी प्रबलता उत्तर आधुनिक जगत् में बढ़ती ही जा रही है, जिसके कारण सम्बन्ध सतही, संक्रमणशील, खण्डित और धूमिल होते जा रहे हैं। लेकिन नवमार्क्सवादियों के तथाकथित उदार तबके ने, जिसे 'निउलेफ्ट' कहा गया है, अपनी स्थापनाओं में कहीं नाम लेकर, और कहीं बिना नाम लिये ही उत्तरआधुनिकता का विश्लेषण उसे एक तरह से समर्थन देते हुए किया है और उसे उत्तरआधुनिकता में ढाला है। ऐसा ही एक विचारक ब्राडिला है, जो जेनेरल द गाल के विरुद्ध हुए 1968 के विद्यार्थियों के विद्रोह के सिद्धान्तकारों में से है। वह कहता है कि आधुनिक से उत्तरआधुनिक वहाँ छटककर अलग हो जाता है, जहाँ माँग का उत्पादन—यानी उपभोक्ता का उत्पादन—केन्द्रीय बन जाता है। कहता है कि क्लासिकल मार्क्सवाद में उत्पादन की विधि (Mode of Production) पर जोर है। वह आज के उपभोक्ता समाज को समझने के लिए अपर्याप्त है। इस वर्चस्ववादी पूँजीवाद में लोगों को उपभोक्ता बनने के लिए उकसाया जाता है। उनकी आवश्यकताएँ उतनी ही अनिवार्य बना दी गयी हैं, जितनी उनकी श्रमशक्ति। यहाँ टेलीविजन उपभोक्ता संस्कृति का हिस्सा भी है और उसे बनाने का साधन भी है। वह जरूरतों और इच्छाओं की सृष्टि करता है, आकांक्षाओं और फन्तासी को चलिष्णु करता है। यह अनन्त छवियों का निर्माण करता है और लोगों को उन्हें अपनाने के लिए प्रेरित करता है, क्योंकि उन्हें अपना चुके लोग समाज के अगड़े यानी प्रभुवर्ग यानी संस्कृति का निर्धारण करनेवाले लोग माने जाते हैं। इस तरह यह उपभोक्तावाद का माहौल, जरूरत की वस्तु और बाजार आदि की सृष्टि प्रचार के माध्यम से करता है। यहाँ सामान की खरीदारी जरूरत के लिए नहीं, दिखाने के लिए—अपना स्तर जताने के लिए—समय बिताने के लिए, मनफेर के लिए होती है। ब्रादला कहता है कि उपभोग की वस्तुएँ वास्तव में चिह्नों की वह व्यवस्था बन जाती है जो लोगों के बीच बिलगाव, बँटवारा पैदा करती है। जैसे चिह्नक (Signifier) टेलीविजन पर दिखाये जानेवाले विज्ञापन बिना वास्तविक वस्तुओं से कोई अनिवार्य सम्बन्ध बनाये रखे, बिना रोक-टोक के तैरते रहते हैं, उसी तरह वे प्रतिरूपी (simulera) और आत्यन्तिक वास्तविकता (hyper-reality) का ऐसा संसार निर्मित करते हैं, जहाँ वास्तविकता बस टेलीविजन पर तैरती, विज्ञापित होती छवि बनकर रह जाती है। वह छवि ही वास्तविकता की जगह ले लेती है, जो दर्शकों में प्राप्त करने की चाहत पैदा करती है।

यही काम मास कम्युनिकेशन भी करता है। सूचना प्रौद्योगिकी, कम्प्यूटर, इलेक्ट्रॉनिक मेडिएटेड कम्युनिकेशन, मीडिया सभी बार-बार उन्हीं खण्डित छवियों को बनाकर, दिखाकर, प्रचारित कर एक अनावश्यक, अनचाही, बेमतलब की जरूरत पैदा करते हैं। इसका दार्शनिक मार्क पेस्टर एक तरफ नियन्त्रण और दूसरी तरफ सम्भाव्य (contingent) के युग्म से स्पष्ट करता है कि क्रियाकलाप आधारित सामाजिक सिद्धान्त विखण्डित हो गया है, क्योंकि यहाँ ज्ञान-विज्ञान बस भाषा का खेल बनकर रह गया है। उस पर नियन्त्रण मशीन का हो गया है, जो एक सम्भाव्यता जगाती है। "The scientist projects intelligence subjectivity on to the computer, that becomes the criterion by which to define intelligence." कम्प्यूटर द्वारा प्रस्तुत सांख्यिकी को दूसरे माध्यमों से प्राप्त सांख्यिकियों पर वरीयता दी जाती है, उसे अधिक गम्भीरता से लिया जाता है। कम्प्यूटर प्रदत्त सांख्यिकी में कोई गलती दिखती भी है तो भी वह न केवल ज्ञान के शक्ति को बढ़ा देती है, वह विषयवस्तु को, self को भी बहुगुणित कर देती है। दूसरी तरफ साइबर स्पेस में पहचान और अस्मिताएँ खण्डित हो जाती हैं, जो किसी भी तरह की तुलना की प्रासंगिकता को ही नष्ट कर देती हैं। नियन्त्रण के लिए किसी बाह्य औचित्य की जरूरत नहीं पड़ती। सूचनाएँ तमाम चीज़ों के उपभोग के लिए आकर्षित तो करती ही हैं वे स्वयं ही उपभोग की वस्तु बन जाती हैं। कभी न बन्द होनेवाले स्टॉक एक्सचेंज की घटत-बढ़त की सूचनाएँ, चौबीस घण्टे आतंकवादी हमले का सीधा प्रसारण इसका उदाहरण हैं। फिर वे उसी वस्तु के उपभोग के लिए उत्साहित

करती हैं, जिसे 'प्रमोट' करती हैं। दूसरों को नहीं। इसलिए वे विकल्प को विनष्ट करती हैं। वही कोक, वही पीजा, वही केंतुकी चिकन पूरी दुनिया में कहीं भी, कभी भी खाया-पीया जा सकता है। पेप्सी भी है, ढोसा भी है, ताल की मछली भी है, इसकी चर्चा तक नहीं होने दी जाती।

जाहिर है कि यहाँ स्थितियाँ मार्क्सवाद के पार चली गयी हैं। परिणतियाँ बड़ी विचित्र हैं। पहले जो छोटे-छोटे तमाम विश्व होते थे, वे सभी तिरोहित होकर एक और एक मात्र विश्व में समाहित हो गये हैं। सांस्कृतिक सीमाएँ नष्ट हो गयी हैं। इतिहास विरासत बन गया है तो मन्दिर और म्यूजियम एक जैसे पर्यटन स्थल। कहा जा रहा है कि यह संस्कृति और इतिहास का अन्त है। एक ही संस्कृति में आभिजात्य की संस्कृति और जन की संस्कृति को पिरोकर उनको बिलगानेवाली रेखाओं को धुँधला कर दिया गया है। दुनिया छोटी हो गयी है। एक गाँव बन गयी है। वह भी बाजार के लिए। वैश्वीकरण का यह अधुनातन अवदान है जो जरूरी बातों से ध्यान हटाकर वर्चस्व की राजनीति करता है।

उपभोग का दायरा इतना विस्तृत हो गया है कि हर वस्तु उपभोग्य है। यहाँ तक कि आदमी का यह अपना शरीर भी। सिर्फ इतना ही नहीं कि गात का कॉस्मेटिक रूपान्तरण सम्भव है, इस शरीर से कामानन्द लेने के लिए अब विपरीत लिंगों के युग्म की जरूरत नहीं है। ऐसे उपकरण बन गये हैं कि एक की अनुपस्थिति में दूसरा उनकी मदद से और भी कल्पनाशील और कलात्मक ढंग से कामानन्द ले सकता है। वहाँ अपने गात की गुलामी से बचकर एक 'वर्चुअल रिअलिटी' में प्रतीयमान प्रभावोत्पादक वास्तविकता में, साइबर स्पेस में अधिक उत्फुल्लता से विचरण कर सकता है। वहाँ गात को पार कर, गात की कमजोरी, बीमारी, जरा, मृत्यु को पार कर चिरयौवन की दुनिया की पिनक में डुबाये रहा जा सकता है। इस सेक्स में आनन्द और सुरक्षा की गारण्टी रहती है—जब तक प्लग साकेट में लगा रहता है। वहाँ मशीन वास्तव में हमारे लिये सोचने में सक्षम हो जाती है। वह एक दूसरे तरह के भिन्न गात का निर्माण करती है। शरीर वहाँ अधिक आकर्षक सत्याभास लिये, ठोक-पीटकर या काट-छाँटकर बढ़ाने योग्य बन जाता है। दर्शक की कल्पना को अप्रत्याशित उड़ान देने के लिए माइकल जैक्सन और आरलोन इसका पूरा उपयोग करते हैं। यही नहीं आठ साल की लड़की को सूई लगाकर कुछ ही महीनों में अट्ठारह साल की बनाया जा सकता है और अस्सी साल के बूढ़े को बयालीस साल का। श्रम करने के लिए नहीं, बौद्धिक चेतना के लिए नहीं, सम्भोग करने के लिए। बौद्धिक चेतना के लिए 1998 में केविन वारविक ने अपनी चमड़ी के नीचे रेडियो रिसीवर और चिप फिट कर जहाँ भी जाता था अपने साइबोर्ग की दुनिया में विचरता था। साइबोर्ग का मतलब है, "The compound of hybrid techno-organic embodiments and textuality." इससे न तो मृत्यु से पीछा छुटाना है, न ही वास्तविकता से, बल्कि earthly survival प्राप्त करना है।

इस उपभोक्ता संस्कृति में गात दरअसल स्वयं ही उपनिवेश बन जाता है, जो शरीरी सुनिश्चितता और सुस्पष्ट बेजोड़ या अनन्य न रहकर सन्देह, विवाद और निर्णयापेक्षी बन जाता है। सन्तति पैदा करने के लिए किराये की कोख, किराये का जमाया हुआ वीर्य, कुमारी मातृत्व आदि नये तरह के सम्बन्ध पैदा करते हैं। लोग मानवभ्रूण को जकार्ता के पंच सितारा होटल में मुर्गी के अण्डे की तरह खाते नजर आ सकते हैं। क्लोन बनाकर दूसरे का इलाज किया जा सकता है। समलैंगिक सम्बन्धों की वकालत बढ़ती जा रही है। 'Self' की जगह 'Me' की धारणा विकसित हो रही है।

इस गात को गात के साथ ही नहीं, पर्दे पर भी भोग सकते हैं। 'पल्प फिक्शन' में कहीं युद्ध में विदीर्ण गात का इस्तेमाल हो रहा है तो कहीं एण्डी पहाड़ी में हुई विमान दुर्घटना में क्षत-विक्षत हुए लोगों का। कहीं आग में जली वियतनामी लड़की का उपयोग हो रहा है तो कहीं इराकी युद्धबन्दियों पर बलात्कार करती अमेरिकी स्त्री सैनिकों का। कहीं बोस्निया की सिर कटी लाशों को खाते सुअरों का। गुरिल्लों की पोशाक फैशन में उतारकर सिलेसिलाये वस्त्र का उद्योग करनेवाली कम्पनियाँ मुनाफा कमा रही हैं। इन तमाम दृश्यों का उपयोग हिंसा की भयावहता को दिखाने के लिए नहीं, उससे बचने के उपाय सोचने के

लिए नहीं, धन कमाने के लिए, मनोरंजन कराने के लिए हो रहा है। केविन राबिन्स कहता है, "The screen that provides us with information about world's realities is also a screen against the shock of seeing and knowing about those realities."

शरीर और मशीन के बीच दूरी की जगह निरन्तरता के आगमन से सोचने के आधुनिक ढंग में बड़ा अन्तर आया है। कहा जा रहा है कि शरीर जन्मना नहीं होता, उसे बनाया जाता है। यह शरीर का अन्त है। डोन्ना हारवे कहती हैं कि यह हमें लिंग की सीमा से मुक्त करता है। लिंग के पार ले जाकर उसकी अस्पष्टता में एक नये तरह के आनन्द की अनुभूति कराता है और इस विनिर्मिति की जिम्मेदारी भी उपभोक्ता पर नहीं आती। फिर इस मुखौटे को लगाकर अनन्त मुक्ति पाया जा सकता है। स्त्रीवाद इसी से निकलता है। कहा जा रहा है कि अभी तक स्त्री को उसके सेक्स के अनुसार नहीं रहने दिया गया है, पुरुष ने उसे अपने सेक्स के अनुसार रखा है। मानव प्राणी स्वभाव से ही बहुगात भोगी है। पुरुष ने इसका उपभोग खूब किया है, पर स्त्री को रोका है। अब स्त्री मुक्त होकर मनचाहे कई पुरुषों के साथ खुल्लमखुल्ला सम्बन्ध बनाने के लिए आगे आ रही है, बच्चा पैदा करने के लिए या उनका परिवार चलाने के लिए नहीं, गात का आनन्द लेने के लिए। स्वतन्त्र आर्थिक स्थिति, अकेले का जीवन, मोबाइल और गर्भ-निरोधक उपाय इसमें योग दे रहे हैं। यह एक नये समाज को, नये सामाजिक सम्बन्धों को जन्म दे रहा है, खासकर पिछड़े समाजों में। यही नहीं समलैंगिक सम्बन्ध, चाहे स्त्री और स्त्री के बीच हों, या पुरुष और पुरुष के बीच, कानूनी पहचान की माँग कर रहे हैं। यह उनके सेक्स की अभिव्यक्ति का आधार है। यदि अधिक उम्र का पुरुष कमसिन लड़की से सम्बन्ध बना सकता है, तो वृद्धा को भी तरुण के साथ सम्बन्ध बनाने की सामाजिक मान्यता मिलनी चाहिए। इसके लिए क्लब बनना चाहिए। क्लब तो पशुओं के साथ सम्बन्ध बनाने के लिए भी बनने चाहिए। इसे 'परवर्सन' नहीं, 'डाइवर्सिटी' माना जाना चाहिए, जिसको उत्सवपूर्वक 'सेलेब्रेट' किया जाना चाहिए।

क्या इस सोच की कोई सीमा है? यदि उत्तरआधुनिक गात और उसकी लैंगिक पहचान मुक्त होकर लिये गये उपभोक्ता-निर्णय की देन हैं, तो जुडिथ बटलर को इस पर सन्देह है। अपनी पुस्तक 'बाडी दैट मैटर्स' में लिखती हैं, कि 'कान्स्ट्रक्टेड' का मतलब 'आर्टीफीशियल' या 'डिस्पेन्सिबुल' लगाना गलत है।'' "White constructing both heterosexuality and homosexuality and moving well beyond all classifications based on male and female anatomy, construction is a constitutive constraint." उसी को आगे बढ़ाते हुए टेरी लावेल कहता है, "Sex, gender and sexuality may be constructed, but they cannot be dispensed with. After all the heterosexual matrix is universal, though always located in different histories and cultural contexts, and the pertinent question of 'construction' may be how to overcome domination and exploitation both for those within and outside such relationships." लेकिन मैनुअल कास्टेल को ऐसा नहीं लगता। जरूरी नहीं कि शरीर की युद्ध-भूमि में शक्ति और पहचान के बीच का संघर्ष व्यक्ति को मुक्त ही करता हो और समाज एक व्यक्तिगत फन्तासियों का सुपरबाजार बन जाता हो, जहाँ व्यक्ति पैदा करने की जगह एक-दूसरे को हजम करते रहते हों। इस बहस के आधार पर फिलिप मेलर और किस सिलिंग कहते हैं कि उत्तरआधुनिकतावाद में गात केन्द्रीय होने के बावजूद उसकी खींचा-तानी एक ही समय में दो दिशाओं में है संज्ञान और ऐन्द्रीकता के। इससे वह बोरोक गात बन जाता है। इस बोरोक बाडी पर ब्रियाँ टरनर कहता है, "Like our own time the Boroque crisis, specially in Spain and France was sparked off by unmanageable fiscal crisis resulting from a transformation of the world economy and it was associated with a chronic urban crisis of population growth and urban unrest. More importantly, Boroque politics were a response to the cultural crisis of the protestant reformation, and its associated with individualism and commercialism." उस स्थिति ने लाइबनीज के ईश्वरीय न्याय मण्डनवाद, इसी जगत् की सर्वोत्तम् स्थिति के दर्शन को जन्म दिया था, ध्वनि-रसायन के रूप में मोटेवर्दी

के संगीत को जन्म दिया था, कामुकता को दैवी-उदात्त में रूपान्तरित करते हुए बेरनीनी के मूर्तियों को जन्म दिया था। ऊपरले और निचले तबके की संस्कृति को घुला-मिला दिया था, रूपक और उदासी को मिलाकर नयी फन्तासियाँ गढ़ी गयी थीं। इनकी पृष्ठभूमि में वर्चस्ववादी राज्यों ने अपनी प्रजा को मास-कल्चर के माध्यम से समेकित करने का प्रयत्न किया था। क्या आज वही स्थिति उभरती नजर नहीं आ रही है? समाजशास्त्रीय एजेण्डे पर आज धर्म वापस आ रहा है। अजागतिक जीवन में विश्वास बढ़ाया जा रहा है। वहीं एमिल डरखेइम और फ्रायड ने आत्महत्या, श्रम के विभाजन, अग्रघर्षण, असहजता, चिन्ता, स्वप्नभंग, उदासी आदि की चर्चा जीवन-पद्धति में गहरी पैठ के रूप में किया है। निजात अविवेक और भ्रम के जीवन में उभरता देखा गया है। यह नया-युग एक सन्देहवाद और पलायनवाद को जन्म दे रहा है। और अमेरिका का वर्चस्व बढ़ता जा रहा है। पर्यावरण का संकट, AIDS की पृष्ठभूमि में नैतिक भय, पूरब के उत्थान का दानव तो भी उसे ललकार रहा है।

इस खण्ड की चर्चा समाप्त करने के लिए मैं एक दूसरी बात कहता हूँ। उत्तरआधुनिकतावाद के त्रिदेव हैं उपभोक्तावाद, प्रौद्योगिकी और विकास। इसके चार कोने हैं, जो दरअसल चार आयाम हैं। पहला है आत्म की अवधारणा : आज हम सामाजिक भूमिका या परम्परा से तय पहचान के आधार पर 'हम कौन हैं' और 'क्या हैं' की धारणा में स्पष्ट होने की जगह, अपनी पहचान निर्मित करते हैं। उसके कई सांस्कृतिक भूमियों में जड़ जमाये होने पर चौंकते नहीं हैं। दूसरा है नैतिक (moral) और नीतिक (ethical) निर्वचन : इकहरे धार्मिक या सांस्कृतिक रिक्थ से प्राप्त नैतिकता की तरफ से हम संवाद और चुनाव से निर्मित हो रही नैतिकता की तरफ संक्रमित हो रहे हैं। दूसरी तरफ हम सापेक्षवादी होने से बचना चाहते हैं। सापेक्षवाद किसी निर्णय तक नहीं पहुँचा पाता, विडम्बनावादी, उत्तरआधुनिक मानववादी या 'कान्स्ट्रक्टीविस्ट' बनाकर छोड़ देता है। सापेक्षतावादी जिस जमीन पर खड़ा होकर अपना निर्णय तैयार करता है, वह सामाजिकता से निर्मित सांस्कृतिक विश्वदृष्टि की जमीन निरन्तर खिसकती जा रही है। तीसरा है वैश्वीकरण : एक ऐसी सभ्यता जो तीव्र सूचना विनियोग और अभूतपूर्व गतिशीलता की देन है। यह अपना रूप निरन्तर बदलती जा रही है, जिसकी सीमाएँ तय नहीं हो पा रही हैं। लोग इसे अपनी इच्छा के अनुसार बनाते रहते हैं, बिगाड़ते रहते हैं, और कूद-कूदकर एक-दूसरे में प्रवेश करते रहते हैं। इसी के आधार पर वे कहते हैं कि वे स्वतन्त्र हैं। चौथा है कला और संस्कृति का देश : वहाँ शैली का कोई मोल नहीं है। मोल विषय-वस्तु का भी नहीं है। वह विभिन्न संस्कृतियों का सर्वसर्वोत्तमग्राही बनना चाहता है, उनकी परम्पराओं, कर्मकाण्डों, मिथकों का कोलाज बनाता है, उनमें घमासान कराता है, उनका भेद खोलता है। चौंकाकर सबका ध्यान आकर्षित करना चाहता है।

(4)

कोई भी विचार या अवधारणा न तो एकदम से हवा में जन्म लेता है, न ही अपने पूर्ववर्ती से एकदम से छिटक कर। मौलिकता का मतलब अभूतपूर्व नहीं, अपनी जड़ों के समस्त विस्तार के साथ होता है। उसके तत्त्व तमाम विचारकों में धीरे-धीरे विकसित होते रहते हैं। जब एक नयी जरूरत के दौर में देश, काल और परिस्थिति का दबाव बढ़ता है, तब वे एक गुच्छ में सिमटकर सामने पड़ते हैं और हम कहते हैं कि एक नयी अवधारणा ने, दर्शन ने जन्म ले लिया।

यही उत्तरआधुनिकतावाद के भी सन्दर्भ में हुआ। इसी को इंगित करते हुए लिओनार्दो कोहन ने अपनी कविता 'Future' में लिखा :

The blizzard of the world
Has crossed the threshold
And...has over turned
The order of the soul.

हम इसकी जड़ों पर आते हैं।

नवें दशक के उत्तरार्द्ध में मैंने भोपाल में उदयन वाजपेयी को सन्त आगस्टाइन की पुस्तक 'सीटी आफ गॉड' को पढ़ते हुए पाया। मुझे बड़ा आश्चर्य हुआ कि मेडिकल साइन्स का विद्यार्थी राजनीतिक दर्शन की पुस्तक इतनी गहराई से पढ़ रहा है। राजनीतिशास्त्र के विद्यार्थी के रूप में उस पुस्तक को मैंने साठ के दशक में पढ़ रखा था। जिज्ञासावश मैंने कारण पूछा। उनका उत्तर मेरी आँख खोलनेवाला था : उत्तर आधुनिकतावाद की जड़ें इसी में हैं।

उस पुस्तक में नियति की चर्चा है और नियति का उद्दाम प्रगति में देखा गया है। उत्तरआधुनिकतावाद कहता है कि प्रगति की परिणति अन्ततः नास्तिवाद में होती है। 'सीटी आफ गॉड' में बताया गया है कि जगत् को पैदा करने के बाद ईश्वर उसकी भलाई के लिए उसका पालन-पोषण करता है। इस पालन-पोषण के चरण इतिहास के एकरेखीय उन्नति को दर्शाते हैं, जिसका एक स्पष्ट उद्देश्य है। जाहिर है कि आगस्टाइन इतिहास में मानवद्वेषी गतिविधि को नकारता है। और ऐसा करते हुए निराशाजनक भाग्यवाद की जगह भविष्यप्रणीत आशावाद की प्रेरणा देता है। इस चिन्तन का यूरोप के भावी चिन्तन पर बड़ा प्रभाव पड़ा। परिणति ज्ञानोदय के विचारों में हुई। मध्यकालीनता और विवेक को बिलगाकर कई विचारकों ने विश्वास दिलाया कि अधिक तेजी से और आगे बढ़ने की क्षमता आदमी में है। यूँ तो इस पर सन्त टामस एक्वीनास समेत कई ईसाई भाष्यकारों ने जोर दिया था, लेकिन ईश्वरीय हस्तक्षेप की जगह विवेक की भूमिका पर जोर देकर कई विचारकों ने धर्मनिरपेक्ष उन्नति पर जोर दिया। ज्ञान के लिए ईश्वरीय नियम पर आधारित रहने की जगह इन्द्रियों के अनुभव की सुनिश्चितता पर भरोसे ने आधुनिक वैज्ञानिक विश्वदृष्टि को जन्म दिया। उन दिनों यूरोप आर्थिक व राजनीतिक मामले में पूरी दुनिया पर सत्ता अख्तियार कर रहा था। इसलिए यह दुनिया का एक मात्र आधार बनने लगा। जैसा कि गिडेन्स लिखता है, "The growth of European power provided, as it were, the material support for the assumption that the new outlook on the world was founded on a firm base which both provided security and offered imancipation from the dogma of tradition."

सवाल उठता है कि आधार कितना मजबूत था?

हम पाते हैं कि विवेक के इस स्वयंशासी दुनिया का आधार बनते ही इस पर सन्देश पैदा होने लगा। आधुनिकता की विचारसरणी में ज्ञान की सापेक्षता की धारणा तुरन्त सामने आ गयी, यद्यपि की प्रकृति के नियमों के प्रचलन के कारण शुरू में इस सन्देह को सिर्फ 'nuisance' माना गया। ह्यूम जैसे विचारकों ने जब स्पष्ट कर दिया कि प्रकृति के नियम सिर्फ मान्यताएँ (assumptions) हैं, तब ज्ञान की सापेक्षता ने अधिक स्वाभाविक होकर हमारे बीच दखल बनायी। नीत्शे इसका पहला दार्शनिक बना जिसने आधुनिकतावाद की कोख में नास्तिवाद का बीजारोपण किया। जब आधुनिक विवेक का न रुकनेवाला सन्देही दृष्टिकोण स्वयं विवेक की ओर मुड़ा तब नास्तिवाद का जन्म हुआ। उसने कला, दर्शन, विज्ञान में निहित सापेक्षता पर प्रहार किया। नीत्शे कहता है कि विवेक की व्यवस्था वास्तव में दृढ़ विश्वास (persuation) की व्यवस्था है। सत्य को खोज निकालने की राहें दरअसल शक्ति की इच्छा है। इस तरह का दावा करनेवाले लोग वास्तव में जिस पर दावा करते हैं उस पर प्रभुत्व बनाते हैं। गौर करने की बात है कि उत्तरआधुनिकतावाद में चर्चा वास्तविकता के इर्द-गिर्द घूमती है—चाहे वह वास्तविकता के बहुलवादी स्वरूप को लेकर हो या उसके स्वरूप को खारिज ही कर देने के लिए हो। नीत्शे के विचार से इसकी साम्यता आसानी से देखी जा सकती है।

दूसरे, नीत्शे ने ईश्वर की मृत्यु की घोषणा की थी। उसका आधार तार्किक था, पर परिणति धर्म के प्रति गम्भीर नकार थी, निश्चितता के दावों के खोखलेपन का इजहार था। परिणामस्वरूप नैतिकता एक झूठ की तरह दिखी, सत्य एक कल्पना की तरह। यानी सही और गलत का द्विभाजन आधारहीन हो गया। मात्र एक भ्रम बन गया। यह शक्ति की इच्छा को मजबूती प्रदान करनेवाला था। उत्तर आधुनिकतावाद

के सहारे अमेरिका भी वर्चस्व प्राप्त करना चाहता है। नीत्शे का चिन्तन उसे एक दार्शनिक आधार देता है।

यहाँ हेडेग्गर की चर्चा करने से पहले थोड़ी चर्चा मार्क्स की कर लेनी चाहिए। यीट्स ने कहा था कि कोई एक केन्द्र पूरी दुनिया को धारण नहीं कर पा रहा है। उसके हटकर अनेक केन्द्र हो गये हैं। यही मान्यता एक-दूसरे तरह से विलियम शेक्सपियर ने रखा था, जब टेम्पेस्ट में लिखा था, "All that is solid melts into air." गौर करने की बात यह है कि स्पैरो का यह कथन प्रतिदिन के जीवन—खासकर आदमी के जीवन—का जो गोचर पक्ष है, उसको एक बड़ी वास्तविकता के लिए रास्ता बनाने के लिए है। कम्युनिस्ट मैनिफेस्टो में इसे उद्धरित कर मार्क्स इस बात पर जोर देना चाहता है कि, "Constant revolutionizing of production means that all that is solid melts into air!" पूँजीवाद के क्षयकारी प्रभाव से कुछ भी बच नहीं पाता। ऐसा कहते हुए वह नीत्शे के उस कथन को प्राकारान्तर से समर्थन देता है जो उसने विज्ञान, विवेकवाद और आधिभौतिकी के बारे में कहा था, गो उसने अपनी बात बूर्जुआ आर्थिक व्यवस्था के नित्य-प्रति के नाशकारी कलाप पर रखी थी। यह यूँ ही नहीं है कि तमाम नव-मार्क्सवादी, जिनमें से अधिकांश फ्रान्स से हैं, उत्तरआधुनिकतावाद के दार्शनिक बनकर उभरे हैं और भारत में इसका ढिंढोरा मार्क्सवादियों ने ही पीटा है, भले ही वह आज के साहित्य की प्रवृत्ति और मूल्यांकन के सन्दर्भ तक ही सीमित क्यों न हों।

पूँजीवाद में लोग बाजार को पूरी छूट देते हैं अपने जीवन को संगठित करने के लिए। इसमें हमारा बाह्य ही नहीं, आन्तरिक जीवन भी अनुशासित हो जाता है। बाजार आत्मा का अभियन्ता बन जाता है। हर चीज का मूल्य बाजारू बन जाने पर, यानी कमोडिटी में रूपान्तरित हो जाने पर उससे अनुरूपता स्थापित कर हम उसकी अर्थवत्ता, वास्तविकता आदि प्रश्नों का उत्तर तलाशते हैं।

मार्क्स में उत्तर आधुनिकीकरण की ठोस वास्तविकताएँ अम्ल में गल जाती हैं वास्तविकता और उसके अर्थ को विनष्ट करती हुई। लेकिन नीत्शे में किसी बृहत्तर वास्तविकता की धारणा की अनुपस्थिति के कारण भ्रमहीन जीवन की नयी शुरुआत की गुंजाइश बनी रहती है। इसी को आगे बढ़ाते हुए हेडेग्गर मनुष्य में निहित विचार की प्रकृति की चर्चा करता है। कहता है कि ब्रेताँ, दोस्तोवस्की और कीर्केगार्ड नीत्शे की तरह अस्तित्व सम्बन्धी समस्या से जूझते हुए उससे भिन्न निष्कर्षों पर पहुँचे। दोस्तोवस्की की समस्या यह थी कि ईश्वर के न होने के कारण क्या आदमी को कुछ भी करने की छूट मिल जाती है? कीर्केगार्ड की समस्या दूसरी थी। वह यह जाँचना चाहता था कि बिना ईश्वर से समुचित सम्बन्ध बनाये क्या मानवीय अस्तित्व हो सकता है? हेडेग्गर ने इन दोनों ही बातों पर अलग ढंग से सोचते हुए नीत्शे के विभेद के दर्शन से आगे बढ़कर कहा कि दर्शन के केन्द्र में खोजने के लिए सत्य को नहीं, मनुष्य को रखा जाना चाहिए : "Being is prior to all the many beings we encounter on earth including human being. So it is not our wills, but Being itself that produces difference. The mistakes of philosophers including Nitzche is to focus on truth in exploring the relationship between beings. Their prior existence should rather be the central concern."

हेडेग्गर कहता है कि मानववाद के सामने जो कठिनाई आती है वह इसलिए है कि मानववाद ईश्वर की जगह मानव को ला खड़ा कर देता है विश्व के केन्द्र में। आदमी ही सभी चीजों का मानदण्ड बन जाता है और beings के बीच का अन्तर भुला दिया जाता है। इस अर्थ में मानववाद प्रौद्योगिकी के विरुद्ध नहीं है।

ये विचारक पहले के हैं। कुछ उत्तरआधुनिकतावाद के बाद के विचारकों को भी देख लिया जाये। इनमें जार्ज सिमेल समाजशास्त्र की दृष्टिकोण से संस्कृति की त्रासदी पर विचार करता है। वह समाज की समग्रता से बात शुरू करने के बजाय, उसके विखण्डितस्वरूप से शुरुआत करता है। पाता है कि संस्कृति का संकट वस्तुगत संस्कृति या प्रौद्योगिकी और आदमी के परकीयन (e-alienation) के बीच बढ़ते

फाँक के कारण है, जिसमें व्यक्तिपरकता की तलाश भी सन्निहित है। राजनीति में समाजवाद या कला में प्रभाववाद जीवन में व्याप्त अन्तिम उद्देश्य की तलाश के रूप में हमारे सामने पड़ता है, जो जीवन के रूप के विखण्डन की जगह उसकी समग्रता की स्थापना करना चाहता है। किन्तु वहाँ हर क्षण एक बीतता हुआ क्षण है, जिसमें कुछ भी स्थिर नहीं है, न इतिहास, न साहित्य, न विज्ञान, न उत्पादन, न जरूरत। यह अन्त की तरह खड़ी प्रवहनशीलता ही उत्तरआधुनिकता का लक्षण है। सिमेल आधुनिकता को बढ़ते हुए नगरीकरण में नकदी के प्रौढ़ अर्थशास्त्र में, और तद्जन्य परकीयन में महसूस करता है। प्रौद्योगिकी नियन्त्रण और प्रभुत्व को अभिव्यक्त करती है। "The essence of technology is not technical" का यही अर्थ है। बिना इसे स्वीकारे प्रौद्योगिकी के दबाव से नहीं बचा जा सकता। यही हमें स्थितियों के साथ होने देता है, पुनर्निर्माण के लिए मौका देता है। धर्म की जगह इतिहास धर्मनिरपेक्ष होकर आगे का विकल्प सुझाता है। फिर भी उसकी परिणति आदमी के आन्तरिक जीवन की खण्डित छवियों में होती है। इस तरह वह मार्क्स के पूँजीवादी समाज के बाह्य विश्लेषण की जगह आदमी के अन्तर की मनोवैज्ञानिक विश्लेषण का विकल्प प्रस्तुत कर मूल्यहीनता को ही एक मूल्य की तरह स्थापित होता पाता है, जहाँ ब्रिक्री, प्रसार, वितरण, विनिमय और उपभोग अपेक्षाकृत स्वचालित ढंग से अपने नियमों से अनुशासित होते दिखते हैं। वहाँ मुद्रा और वस्तु प्रतीक बन जाते हैं। यह वस्तुओं का जगत् मानवीय जगत् को अवमूल्यित कर देता है। विवाह जैसी संस्थाएँ जीवनहीन और उत्पीड़ित करनेवाली बन जाती हैं। तमाम धार्मिक मत अपने विश्वासों से सम्बन्ध तोड़कर या तो दिखावा बन जाते हैं, या फिर रहस्यवाद। यानी बाह्यरूप जीवन के विरोध में खड़ा हो जाता है। निजात कलाओं में दिखती है जो रूप के सबसे बड़े दिग्दर्शक हैं। उत्तरआधुनिकतावाद भी यही बात करता है, जहाँ एक देश के लोग दूसरे देश की कलाओं से अपना घर सजाकर अत्याधुनिक होने का दम भरते हैं। तो क्या इससे वाकई निजात मिल जाती है? आदमी अन्तरराष्ट्रीय बन जाता है? नहीं, सिर्फ एक ढोंग फैलता है।

उत्तरआधुनिकतावाद चिन्तन, ज्ञान और निर्वचन से सम्बद्ध है। अमेरिका के केन्द्र में होने के बावजूद वह भौगोलिक रूप से बिखरा हुआ है। ऐतिहासिक रूप से संक्रमणशील है। फिर भी इसके समसामयिक दार्शनिकों का सम्बन्ध किसी-न-किसी रूप में अमेरिका से जरूर है। ऐसा ही एक विचारक जैक देरिदा है। नीत्शे ने जो बहुल वास्तविकताओं की बात की थी, उस पर निर्वचन करते हुए वह लिखता है कि भाषा के बाहर कोई अर्थ नहीं होता, निर्वचन जगत् को अलगाकर होता है। चूँकि चिह्नकों की गारण्टी के लिए कोई ईश्वर नहीं है, इसलिए (1) वे स्वतन्त्रतापूर्वक विचरते रहते हैं, (2) उन्हें एक-दूसरे से सम्बन्ध के सिलसिले में ही समझा जा सकता है, और (3) उसके लिए भिन्न-भिन्न निर्वचनों की जरूरत पड़ती है। जैसे गर्मी में नदी पर जमी बर्फ टूट-टूट कर तैरती रहती है, उसी तरह अर्थ टूट-टूट कर टुकड़ों में तैरते रहते हैं, जिसके कारण उन्हें परम्परागत माने में अर्थ कहना भी मुश्किल है। इसी को आगे बढ़ाते हुए फूको कहता है कि यह बात सही होने के बावजूद कि ज्ञान के बारे में समय-स्वीकार्य चिन्तन के ढंग के हवाई हो जाने के बावजूद, उन्हें शक्ति के सम्बन्ध मं निर्मित सतहों के रूप में पुनर्विनियोजित करना होता है। दिक्कत यह है कि प्राप्त करने की सम्भावना या जगत् को समझाने की सम्भावना के रूप में विज्ञान पर पहले से ही प्रश्नचिह्न लगा हुआ है। सिद्ध कर दिया गया है कि विज्ञान सत्य का खोजी साधन नहीं है। ज्ञान दरअसल खोजा नहीं जाता, निर्मित किया जाता है। हम तो देखना चाहते हैं कि कैसे ज्ञान की संरचना उसे पैदा करनेवाले समाज की संरचना को प्रतिबिम्बित करती है, लेकिन उत्तर-आधुनिकतावाद ज्ञान और समाज में इस संरचना को ही नकार देता है। यानी ज्ञान और समाज प्राप्त न होकर निर्मित होते हैं। इसलिए वे सारभौम और अनुभव-निरपेक्ष नहीं होते हैं। ज्यँ जैक लोता इसे पोस्ट माडर्न कण्डीशन कहता है। कहता है, "Signifying the extreme, I define post modern as incredulity towards meta narratives." कहता है कि आधुनिक ज्ञान अकूत धन के उत्पादन या सर्वहारा की क्रान्ति जैसे महाआख्यानों के सम्बन्ध में न्यायोचित ठहरता है। हमें उसके चक्कर में पड़ने की जरूरत नहीं,

क्योंकि विज्ञान, जो औरस ज्ञान की कसौटी माना जाता था, की स्वीकार कर ली गयी एकता आज नष्ट हो गयी है। वह मेटानैरेटिव में विसर्जित हो गया है। वह ज्यों-ज्यों एक विषय से दूसरे विषय में आबद्ध रूप से गुँथता चला जाता है, त्यों-त्यों लगता है कि वह एक ही दिदर्श की कड़ी नहीं है। हम इसे इस तरह से समझ सकते हैं : ज्ञान का सबसे विश्वसनीय माध्यम तर्क है। इसकी पराकाष्ठा गणित में है। वह जितना मृत पदार्थों पर लागू होता है, उतना जीवित पदार्थों पर नहीं। चेतना, मन और मूल्यबोध पर और भी कम। यह दूरी ज्यों-ज्यों बढ़ती जाती है, वैज्ञानिकता दूर होती जाती है। समाज के, समूहों के व्यवहार में तो लगभग अदृश्य और अमूर्त हो जाती है। निर्वचन का प्रत्येक रूप बाह्य हो जाता है एक आत्मप्राधिकार निर्मित करने के लिए। इसलिए सत्य की जगह वह सम्मति का निर्माण करता है। जैसा कि जिगमत बोमान कहता है सोचने-विचारनेवाले लोग विधायक नहीं होते, व्याख्याता होते हैं। वे भाषा के खेल का प्रक्षेपित विन्यास बनाते हैं। जाहिर है कि इससे ज्ञान का परम्परागत रूप विखण्डित हो जाता है। लोता कहता है कि विज्ञान और प्रौद्योगिकी के क्षेत्र से सम्बद्ध होकर ज्ञान एक सामाजिक व सांस्कृतिक प्रक्रिया बन जाता है। इसकी एक परिणति इस स्थापना में होती है कि ज्ञान की प्राप्ति के लिए वास्तव में कोई बाह्य जगत् नहीं होता—विज्ञान अन्ततः वस्तुपरक न होकर व्यक्तिपरक, उसका अन्तःपरक होता है। उसका काम आदमी की कार्यकुशलता और उत्पादन क्षमता बढ़ाना है, उद्देश्य निष्पादनता है, कोई मूल्यबोध नहीं। हर तरह के वैज्ञानिक ज्ञान का सम्बन्ध तात्कालिकता से है, कालातीतता से नहीं, जहाँ प्रयोग शताब्दियों तक चलते रहते हैं, वहाँ भी। "Who needs metanarratives when management would do." यह मैनेजमेण्ट उदार पूँजीवाद को जन्म देता है जो साम्यवादी विकल्प को धराशायी कर देता है और वस्तुओं तथा सेवाओं को व्यक्तिकेन्द्रित उपभोग की ओर ले जाता है। कहता है कि पहले विचारधारा के रूप में, फिर राजनीतिक व्यवस्था के रूप में 1989 में साम्यवाद के पतन ने अपने विश्वव्यापकता के दावे को ध्वस्त करने के बाद व्यक्ति की रुचि और फैशन को बढ़ावा दिया—सामाजिक का आणवीकरण किया।

यदि लोता के लिए सामाजिक का आणवीकरण स्थानीय भाषा-खेल है तो देरिदा के लिए यह पाठ का प्रश्न है। वह कहता है, "Cultural life involves texts we produce, intersecting with other texts that influence ours in the ways we cannot ever unravel." विखण्डन का काम अपने पाठ के बारे में (और फिर दूसरे के पाठ के बारे में भी) संगीन प्रश्नों को उठाना है और बताना है कि कोई भी पाठ न तो निश्चित होता है, न ही स्थिर। भाषा के ऐसे हस्तक्षेप से, कहें मध्यस्थता से आधुनिकता का तर्क-केन्द्रित रूप बुरी तरह से विचलित हो जाता है। जाहिर है कि जहाँ लोता ने कहा कि वैज्ञानिकों का रुतबा समाप्त हो गया है, वहीं देरिदा ने कहा कि स्वयं सत्ता (authority) का रुतबा छिन गया है।

इन सबकी परिणति क्या हुई है? परम्परा पर से विश्वास उठ जाने पर इच्छाएँ सीमाहीन हो गयी हैं। सांस्कृतिक उत्पादनों में जनप्रिय भागीदारी बढ़ी है। टी. वी. में जो धारावाहिक दिखाये जाते हैं उनकी परिणति के बारे में 'ओपिनियन पोल' उसी तरह से किया जाता है, जिस तरह से आतंकवाद पर या किसी राजनीतिक बयान पर। तमाम नकारा लोगों को वहाँ महत्त्वपूर्ण बनाकर दिखाया जाता है। ऊटपटांग को ही अधुनातन की संज्ञा से नवाजा जा रहा है और विज्ञापनों के बल पर 'मास मार्केट मैनिपुलेशन' किया जा रहा है। वस्तुओं की अदला-बदली, आमने-सामने न होकर सांकेतिक रूप से किया जाता है, विचारों के माध्यम से, जहाँ हमारी वास्तविकता की समझ को 'रिवाइज', गलती सुधारने के लिए पुनर्पाठ किया जाता है। इन धारावाहिकों के कारण कहा जा रहा है कि साहित्य का अन्त हो गया है।

भाषा के बारे में देरिदा के विचारों से प्रेरणा लेकर लूस इरगाराय औरत और मर्द की भाषा के विभेद और औरत की भाषा की अतिरिक्त बारीकियों को तलाशने की बात करती है। उसके आधार पर लिंग विभाजन की वकालत कर स्त्री की अलग अस्मिता निर्मित करने का सुझाव देती है। इससे न केवल स्त्रीवादी साहित्य और कला स्त्रियों द्वारा अलग से रचा जाना है, उसकी चर्चा भी अलग से की जानी है,

राजनीति, अर्थ-व्यवस्था आदि में, यानी पूरे समाज में उसे विशेष प्रश्रय दिया जाना है—भारत में तो आरक्षण की सीमा तक। यह 'वैसा ही' (sameness) की तानाशाही से बचने के लिए है। जूलिया क्रिस्तोवा, हेलेन किओस, जूडिथ बटलर इसके दार्शनिक और कर्मठ कार्यकर्त्ता की तरह उभर रही हैं। फूको इनके तर्कों को बिना अपनाये ही स्वतन्त्र रूप से वंशावली और गात के अध्ययन और उपभोग की बात कहता है, उनके व्यवहार को समझने और उन पर नियन्त्रण करने के लिए। इसका खुलासा कुछ इस तरह से है कि सत्तरहवीं सदी से आरम्भ हुए नव-क्लासिक चिन्तन में प्राणी के रूप में मानव का कोई विशेष स्थान नहीं था। लेकिन उन्नीसवीं सदी से आगे आये आधुनिक ज्ञानशास्त्र में अध्ययन के लिए आदमी ने उद्देश्य और विषयवस्तु दोनों ही रूपों में विशेष स्थान ग्रहण कर लिया है। भाषा जब प्रातिनिधान की भूमिका से हटती है और 'सामान्य' (normal) 'स्वाभाविक' (natural) की जगह ले लेता है, तब मानव विज्ञान में अनेक बलवती सम्भावनाएँ जन्म ले लेती हैं। यदि वे जन्म लेती हैं तो जाहिर है कि अन्त भी पायेंगी। फूको इस अन्त को समाजशास्त्र में भी देखता है और मनोवैज्ञानिक में भी। और दावा करता है कि आदमी को भी विनिर्मित (unmake) किया जा सकता है। गवाह मनोविश्लेषण का विज्ञान है। इसके आधार पर उसने स्थापना रखी है कि न केवल आधुनिक ज्ञानशास्त्र चरमरा उठा है, स्वयं आदमी मर गया है। इसे हम कैदी जीवन और वासना की जकड़बन्दी, उसे नियन्त्रित करने की कोशिश दोनों में ही देख सकते हैं। यह आदमी का अन्त है। देखिये न, जो चिन्तन ईश्वर की मृत्यु से चला था, वह आदमी के अन्त तक कैसे पहुँच गया? और ऐसा शून्य में नहीं हुआ। मार्शल बेरमान कहता है कि फूको 1960 के दशक के छात्रों व श्रमिकों के आन्दोलन से बच निकलने के लिए इस तरह का बहाना गढ़ता है। तर्क देता है कि फ्रान्स में वर्तमान अन्याय से लड़ने का क्या मतलब है, जब स्वतन्त्रता के संघर्ष का मतलब जंजीर की कड़ियों को और बढ़ा लेना है। हम जब एक बार इस सत्य को, इस व्यर्थता को पूरी तरह से आत्मसात् कर लेते हैं तो कुछ आराम जरूर पा जाते हैं। बेरमान को लगता है कि फूको इस तरह की निराशा में इसलिए डूबता है कि वहाँ छात्रों और मजदूरों के संघर्ष को वर्ग-संघर्ष में तब्दील नहीं किया जा रहा है। नेतृत्व देनेवाले मार्क्सवादी लोग हैं तो भी ऐसा नहीं हो रहा है। क्यों? क्योंकि समस्या का समाधान मार्क्स से परे है। हम पाते हैं कि भारतीय कम्युनिस्टों ने भी मजदूरों का आन्दोलन सिर्फ बोनस-वेतन तक सीमित रखा, मुकम्मल वर्ग-संघर्ष में तब्दील नहीं किया। यह स्थिति तमाम दूसरे देशों में भी रही।

खैर, बादरिला आदमी का अन्त आधुनिक संचार माध्यमों में देखता है, जो हमारी जरूरतों को, इच्छाओं को, आदर्शों को, कर्म को कहीं नियन्त्रित करती हैं तो कहीं उकसाती हैं और इस तरह हम पर इस तरह से काबिज हो जाती हैं कि हम हम नहीं रह जाते, उसके हाथ का खिलौना बन जाते हैं। हमारी इच्छा-शक्ति और पहल करने की क्षमता उनको प्राप्त करने तक सीमित हो जाती है, जीवन के वृहत्तर मूल्यों से उनका सरोकार समाप्त हो जाता है। इसके लिए वह 'simulera' शब्द का प्रयोग करता है, जिसमें सम्बन्ध चिह्नित वस्तुओं से विच्छेदित रहते हैं। यह कल्पित यथार्थ (virtual reality) की स्थापना करता है, जिसमें कल्पित और यथार्थ का सीमांकन गायब रहता है। इस कल्पित यथार्थ के बारे में वह कहता है, "What is experienced in virtual reality environments is real enough for those wired up with head sets and sensors, just as a dream is real to dreamer at the time of dream or psychomatic ointment is real to sufferer as the time of suffering." मिथ्याभास झूठा नहीं होता, क्योंकि आभास के वक्त वास्तविक प्रभाव डालता है। लेकिन तब वह अर्थ के नहीं, बनावटी (fake) अर्थापन के पुराने संकेतों की खिल्ली जरूर उड़ाता है—उसके सामाजिक प्रसंगों को भुला देता है। उसे सामाजिक उपकरण (यानी बाजार में काम कर रहे कारपोरेशन, सरकारें) और संस्कृति (यानी यह स्थापना कि अर्थ व्यक्तिगत होता है, या उसे दूसरों के साथ बाँटा नहीं जा सकता) के बीच पड़ी दरार में खोजता है और वहीं पाता है। अर्थ अस्मिता के इर्द-गिर्द चक्कर काटता रहता है। ऐसी स्थापनाओं की रोशनी में बादरिला मुझे तो आधुनिकता विरोधी लगता है।

(5)

उत्तरआधुनिकतवाद की सीधी चर्चा पर हम एक बार फिर आते हैं। उत्पादन की विधि पर कुछ और कहना बाकी है। हम पाते हैं कि आधुनिकता के दौर में स्थानीय उत्पादन की गुंजाइश थी, अब नहीं है। स्थानीय उत्पादन है तो केन्द्रीय रूप से तय, डिजाइण्ड मॉडल का, वह भी वहाँ जहाँ श्रम सस्ता है, सस्ती सूद पर पूँजी उपलब्ध है, या कच्चा माल सस्ता है। ओरिजिनल और डुप्लीकेट में कोई अन्तर नहीं रह गया है। उस डिजाइण्ड मॉडल में उपभोक्ता की इच्छा के अनुसार आवरण में, बाहरी खोल में थोड़ा-बहुत परिवर्तन किया जा सकता है। यानी बाजार के लिए एक नगण्य परिवर्तन। लाभ वास्तविक मालिकों में बँटता है। इन्वेस्टमेण्ट और संसाधन दोनों की रक्षा के लिए राज्य होगा, कूटनीति होगी, फौज होगी, समझौते होंगे। पूरी दुनिया के बाजार व संसाधन दोनों को कब्जा करने के लिए युद्ध होगा। उसके लिए आदर्शवादी बहाने बनाये जायेंगे।

आधुनिकता के दौर में निर्यात किया जाता है। अब बहुराष्ट्रीय कम्पनियों के दौर में उसकी जरूरत घटती जा रही है। उस दौर में उत्पादन और वितरण के मैनेजमेण्ट में बहुत भेद नहीं था। आज है। तब जहाँ उत्पादन किया जाता था वहाँ उत्पादन में मिलिटरीज़्म होता था। श्रमिक से लेकर बोर्ड आफ डाइरेक्टर्स की श्रेणीबद्धता स्पष्ट होती थी अपेक्षित अनुशासन के लिए। नीचेवाला ऊपरवाले के अधीन स्पष्ट रूप से रहता था। जो जितना ही ऊपर होता था, नीति-निर्धारण में उसकी भूमिका उतनी ही स्पष्ट होती थी। एक बार नीति बन जाने के बाद उसका अनुपालन यान्त्रिक ढंग से होता था। श्रमिकों पर निगाह रखने के लिए न केवल सुपरवाइजर रखे जाते थे, बल्कि कैमरे भी लगे रहते थे उनके काम को मॉनीटर करने के लिए, चोरी और घोटाला रोकने के लिए और सारा काम एक ही छत के नीचे होता था। आज जरूरी नहीं कि सारा उत्पादन का काम एक ही छत के नीचे हो। हो सकता है कि तमाम पुर्जे अलग-अलग कई जगहों पर बनते हों, वह भी ठीके पर। उनको जोड़ना भी कई जगहों पर होता हो और सभी जोड़ों को मिलाकर मुकम्मल वस्तु कहीं और बनती हो। आज बहुराष्ट्रीय कम्पनियों के दौर में नियन्त्रण प्रौद्योगिकी पर है। यह प्रौद्योगिकी समझौता करनेवाली यूनिटों को प्रदान कर दी जाती है, जो स्थानीय स्तर पर उत्पादन कर सकती हैं। सर्वेलेन्स तो रहेगा पर मैनेजमेण्ट में मिलिटरीज़्म नहीं रहेगा। फिर भी ये मैनेजर इतने दक्ष होंगे कि फैक्ट्री ही नहीं, जरूरत पड़ने पर पूरे देश को चला सकेंगे, वह भी राजनीतिज्ञों की तुलना में अधिक सफलतापूर्वक।

आधुनिकता में उत्पादन के दौरान जो सम्बन्ध बनते थे, वे एक सभ्यता का निर्माण करते थे। समाजशास्त्री एमिल डरखेइम कहता है कि उस दौर में श्रम विभाजन कार्यकुशलता और विशेषज्ञता के आधार पर होता था। यह विभेदीकरण एक दूसरी तरह के समेकन को जन्म देता है, जिसे वह यान्त्रिक समरसता से बढ़कर आयविक समरसता कहता है जो पारस्परिकता पर आधारित होता है, किसी कुचलनेवाली परम्परा पर नहीं। यह विभेदीकरण जीवन के सभी क्षेत्रों में पैठ बनाता चला जा रहा था। 'काम' सिर्फ 'घर' से ही अलग नहीं था, 'अवकाश' 'धर्म' आदि से भी भिन्न था। 'प्राइवेट लाइफ' 'पब्लिक लाइफ' से भिन्न था। पारिवारिक जीवन में भी विभेदन था। स्त्री का जीवन कमाने के बावजूद 'गृहिणी' का था, न कमाने के बावजूद पुरुष का 'रोजी कमाने' का। पर बीसवीं शताब्दी का मध्य आते-आते ये 'परिवार' उत्पादन की जगह उपभोग की इकाई बन गये। परिवार और धार्मिक संस्थाओं द्वारा किये जानेवाले काम धीरे-धीरे एक तरफ विद्यालयों, युवकों के संगठन और जनसंचार द्वारा होने लगा तो दूसरी तरफ स्थानीय अस्पतालों और समाज कल्याण विभाग द्वारा। अब स्थिति यह बन गयी है कि इस समेकन को चुनौती मिलने लगी है। पारसोन कहता है कि इस पर विजय 'मेरिटोक्रैसी' से मिलेगी। "Remove the old barriers to social involvement imposed by automatically ascribing people to particular roles and let them achieve what they can within a free market for skills and abilities."

तब उत्पादन में लगे लोगों में आत्म-अनुशासन और आत्म-नियन्त्रण पर बहुत जोर था, जिससे उनकी अलग पहचान बनती थी। फोर्ड की फैक्ट्री में न केवल बहुत अच्छी कारें बनती थीं, उसके कर्मचारी भी बहुत अनुशासित और कार्यकुशल होते थे। अपने घरों में वे शराब, सिगरेट नहीं के बराबर पीते थे, परिवार के सदस्यों से सौहार्द बरतते थे, बाजारों और रेस्तराँओं में उनके भाव काबिले तारीफ और अलग से पहचान में आनेवाले होते थे। आज इस तरह की पहचान ब्रैण्डेड सामानों की चाहे जितनी हो, लोगों की नहीं होती।

उपरोक्त विश्लेषणों से स्पष्ट हो गया होगा कि उत्तरआधुनिक सम्बन्ध बदलते औद्योगिक परिदृश्य से अनुशासित हैं, जो गतिशील लचीली उत्पादन व्यवस्था से सम्बन्धित है, जो अपनी आकुपेशनल संरचना में सेवाओं और तथाकथित सूचना कार्यकर्त्ताओं का बहुमत बनाता है। उसका संसार बहुत संकुचित है, जहाँ नयी प्रौद्योगिकी न केवल उत्पादन के नये तरीकों को सम्भव बनाती है, नये सामाजिक सम्बन्ध भी रचती है। यह हमारी संवेदनग्राह्यता में आये स्थान परिवर्तन से बढ़कर भी कुछ है, जिसे मात्र 'सांस्कृतिक'—समकालीन समाज में चल रहे जीवन के लिए अप्रासंगिक—कहकर खारिज नहीं किया जा सकता। उपन्यासों में, चलचित्रों में, संगीत में, स्थापत्य में अभिव्यक्त उत्तरआधुनिकता अपने आप में तो महत्त्वपूर्ण है ही, वह सामाजिक और राजनैतिक परिवर्तन के दर्पण के रूप में भी महत्त्वपूर्ण है। प्रश्न है कि इस परिवर्तन की शक्ल क्या है? निश्चय ही यह बादरिला के लिए अर्थ के सन्दर्भ में भयावह है, लोता के लिए निर्वचन में संशोधन है। लेकिन भाषा विज्ञान और हाइपर-यथार्थ सामाजिक प्रश्न के साथ न्याय नहीं कर सकते। जरूरत है प्रभावी सांस्कृतिक कूट की धुरी की पिन और अनुमानित नयी सामाजिक स्थिति के रूप में उपभोगवाद की थोड़ी और गहराई से अध्ययन।

राक, वीडियो, थीम पार्क और शापिंग मॉल ने आज बाजार से बढ़कर विज्ञान, धर्म, लिंग भेद, जातीयता और मानव गात तक को झाड़ फेंका है। तब जीवनशैली, समरसता, पहचान, उम्मीद और सत्ता आदि जैसे मूल्यों के क्या सम्भावित परिणाम हैं?

हम पाते हैं कि धर्म व वफादारी जैसी परम्परागत संस्थाओं और सत्ता के केन्द्रों को चैलेंज किया जा रहा है। महाआख्यानों की टूटन से उपजे मेटा-आख्यानों का प्रभाव संकुचित हो गया है। सत्य और न्याय जैसी धारणाओं पर तो प्रश्नचिह्न लगा हुआ ही है, सभी मूल्यों को 'एक्सचेंज वैल्यू' में अपचयित कर दिया गया है। हेबरमास इसे 'वैधता का संकट' (Legitimization crisis) कहता है और पूछता है कि क्या उत्तरआधुनिक स्थितियाँ हमें सापेक्षता के स्थायी प्रवाह में छोड़ देती हैं, जहाँ सभी कुछ बाजार की निरंकुश यान्त्रिकता का विषय बनता जा रहा है?

बादरिला इसका उत्तर अपनी पुस्तक 'अमेरिका' में कुछ इस तरह से तलाशना शुरू करता है। पहले पूछता है कि क्यों लास एंजेल्स इतना आकर्षक लगता है? फिर पूछता है कि क्यों रेगिस्तान इतना आकर्षक लगता है? फिर स्वयं ही जवाब देता है, "Because you are delivered from all depth there." अमेरिका उसके लिए एक विशाल सांस्कृतिक मरुस्थल है, "an outer hyperspace with no origin, no reference point." यदि कोई रिफरेन्स प्वाइण्ट है तो वह उपभोग है। लास एंजेल्स उसी का नमूना है। इस लास एंजेल्स को उत्तरआधुनिकतावाद के तमाम विचारक एक सच्चे उत्तरआधुनिक शहर के रूप में उद्धरित करते हैं। समुद्र के किनारे बसे इस नगर में 'हाई-टेक आक्यूपेशन' में संलग्न लोग बहुतायत से रहते हैं। उन्हीं के बीच बहुत कम पैसों पर काम करनेवाले, दरअसल गरीबी की रेखा पर बसर करनेवाले लोग भी रहते हैं। वहाँ वि-औद्योगिकीकरण (de-industrialization) बहुत तेजी से हुआ है। उसकी जगह जो निर्मित हुआ है उसके बारे में एडवर्ड सोजा कहता है कि यह Paradigmatic window बन गया है, जिससे बीती शताब्दी का पूरा उत्तरार्द्ध बखूबी देखा-परखा जा सकता है। उसी तरह का खण्डित नगरीय, निरन्तर प्रवाह पूरी दुनिया में अब हर जगह देखा जा सकता है।

इस लास एंजेल्स में 'स्टार वार' के वैज्ञानिक और प्रौद्योगिकीविद् भी रहते हैं और फिल्मी सितारे भी। लेकिन सभी अपने-अपने दबड़े में, सन्तरियों के पहरे में। वहाँ स्लम भी है और अर्द्ध आधुनिक 'ग्रैण्डीफाइड' पड़ोसी भी। शहर को अपने बहुत बड़े हवाई अड्डे LAX पर जितना गर्व है, उतना ही अपने होटलों पर, दफ्तर के लिए बने मकानों पर, शापिंग मालों पर। यह कई दर्जन वर्गमील में कुछ इस तरह से फैलकर बसा है कि उसका केन्द्र कहाँ है, उसकी नाभि कहाँ है, पहचाना नहीं जा सकता। दरअसल केन्द्र है ही नहीं—न बाजार, न दफ्तर, न विश्वविद्यालय, न खेल का मैदान, न फैक्ट्री, न पिकनिक स्पॉट। फिर भी सोजा 'होटल कोनबेंचर' को केन्द्र मानता है (वर्णन करने की सुविधा के लिए) जो एक "amazingly storeyed architectural symbol of the splintered labyrinth that stretches sixty miles around it." है। इसके इर्द-गिर्द विभिन्न भौगोलिक इलाकों की गृहासक्ति लिये उपनगर बसे हुए हैं, जैसे वेनिस, मैनेहट्टन बीच, ओण्टोरियो, वेस्टमिनिस्टर। सबकी उपस्थिति एक साथ है, सहसम्बद्धता है, जीवन्तता है, "A postmodern, depthless, soft city":

लेकिन जैसा कि माइक डेविस कहता है वह, "bad edge of post modernity" का भी प्रतीक है। वहाँ के वासी स्थानीय और वैश्विक के पाटों के बीच दबे हुए हैं। वैश्विकता की अभिव्यक्ति वहाँ है, जहाँ हॉलीवुड की बनी फिल्में पूरी दुनिया में बेची जाती हैं, हिस्पैनिक और तरह-तरह के एशियाई लोग 'पोस्ट-फोर्डियन औद्योगिक युग' में काम की तलाश में विचरते रहते हैं। एक तरफ ये मजदूर मशीन नियन्त्रित सर्वेलेन्स की हाई टेक की दुनिया में अपने लिये जगह बनाते हैं, तो दूसरी तरफ आपसी नस्लभेद, घृणा, दरिद्रता और दुःख की दुनिया में डूबे रहते हैं। वहाँ के तमाम समृद्धवासी अपनी आजादी की अभिव्यक्ति मनचाही विज्ञापित वस्तुओं की खरीदारी में करते हैं। यानी, "The project of the self becomes translated into one of the possessions of desired goods and the pursuit of artificially framed styles of life." गिडेन्स इस 'मास मार्केट' के उपभोग को दिन-प्रतिदिन के जीवन की स्थितियों को नयी शक्लों में ढालता हुआ पाता है, जो आत्म का इस सम-सामयिक माहौल में पुनर्निर्माण करता है।

हम कह सकते हैं कि लास एंजेल्स उपभोक्ता संस्कृति का रूपक बन गया है, जहाँ सब-कुछ खण्डित है, बहुलित है, विसर्जित है। सभी तरह के उपभोक्ताओं की पसन्द का प्रतीक है। वहाँ डिजनीलैण्ड है, जो आज की अमेरिकन यूटोपिया का प्रतीक है। वह शहर को एक बड़े से पर्दे में तब्दील करता है, जहाँ इतिहास उपभोक्ता की माँग में तब्दील होकर अजायब घर और हेरिटेज पार्क बन जाता है। उपन्यासकार एम्बर्टो इको इसे अमेरिका का सिस्ताइन चैपेल कहता है, तो बादरिला एक ऐसा कल्पित बिम्बविधान जो इंगित करता है कि बाकी बचा अमेरिका एक वास्तविकता है। इसका हर प्रदर्शन, हर अनुभव का आकर्षण, पिछले प्रदर्शन और अनुभव को खारिज कर एक नयी दृष्टि से साक्षात्कार कराता है। वहाँ कला और नित्य प्रति का जीवन बिम्बों और सूरतों की खिचड़ी बन जाता है। नाटक और मनोरंजन, उपभोग और सैलानी की घूरती दृष्टि, भागीदारी और अलिप्ति, वाटर पार्क और उड़ान पार्क, शेक्सपियर पार्क और जुरासिक पार्क, होटल और मॉल, सिनेमाघर और प्रेम करने के कुंज सभी एक साथ मौजूद हैं। आप जो कुछ करना चाहें, उसकी सारी सुविधाएँ उपलब्ध हैं। बस आपके पास पैसा होना चाहिए, समय होना चाहिए, इच्छा होनी चाहिए। वहाँ धर्म, विश्वास और बौद्धिक सम्पदा सभी कुछ बिकाऊ है। आप किसी भी कर्मकाण्ड को खरीदकर उसके अनुभव से गुजर सकते हैं। वहाँ ठोस हवा में तिरोहित हो जाता है और फिर उसके स्थानापन्न के रूप में कुछ और जन्म ले लेता है। जैसे पिछले जमाने में भविष्यवाणी सामाजिक सरोकार में तिरोहित होकर नियति में, भविष्य की बेहतरी में तिरोहित होकर उन्नति बन गयी, विवेक बन गयी, वैसे ही आज 'solid has melted into air' और उसके स्थानापन्न के रूप में कुछ और जन्म ले रहा है। वह भविष्य की निश्चिन्तता पैदा करनेवाला है, जिसमें परिस्थितियों के साथ तालमेल मिलाने की क्षमता होगी, प्रशासन होगा, संचार होगा। जो कारबूसीयर की 'मशीन एस्थेटिक्स' की जगह, बादलेयर की

सररिअलिज़्म की जगह दूसरे तरह की विवेकपरक प्रगतिशील स्थिति बनायेगी, जिसमें विवेक और प्रगति अन्तर्गुम्फित होगी। बस इसे पहचान और वैधता दिया जाना है। इसीलिए हैबरमास इसे 'लेजिटिमाइजेशन क्राइसिस' कहता है, क्योंकि इसे भोगा चाहे जितना जा रहा हो, अभी नाम रूप से परे है। कहता है कि पिछले प्रसंगों में, यानी आधुनिकता में पहचान का आधार 'क्या', 'क्यों' और 'कैसे' जैसे प्रश्न थे। विज्ञान का अन्त हो जाने पर वे जाते रहे। अब दर्शन का भी अन्त हो गया है। 'क्या होना चाहिए' का प्रश्न पूछा जाना बेमानी है, क्योंकि जब पहचान और अर्थ ही नहीं है, तो उससे बेहतर की अवधारणा भला कहाँ से बन पायेगी। इसलिए अभी तो जड़ की, मूल की ही चर्चा की जानी बाकी है। यह बहुत कठिन है, क्योंकि मूल और आदर्श का भी तो अन्त हो गया है। फिर भी वहाँ कुछ बचा लगता है। वह क्या है—इसी को वैधिक करने का, उचित ठहराने का, टेक्नोलॉजी के नान-टेक्निकल एसेन्स का, जो 'परमानेण्ट फ्लक्स आफ रिलेटिविटी' में दाबे हुए है, का प्रश्न है। यह राष्ट्रीयता का भी अन्त करता है। इसलिए अमेरिका के विरुद्ध 'रेसिस्टेन्स' का भी अन्त करता है। नेता वहाँ नीति नहीं बनाता, सम्मति इकट्ठा करता है। इसी में 'रेसिस्टेन्स' की सारी क्षमता क्षय हो जाती है। 'पब्लिक ओपिनियन' बन्दूक की ओपिनियन, अकूत आर्थिक भोग की ओपिनियन के आगे बेकार हो जाती है, नतमस्तक हो जाती है। अरविन्द केजरीवाल, उनका दल, उनकी महत्त्वाकांक्षा, कार्य संस्कृति राजनीति में उसका भारतीय उदाहरण है।

जाहिर है कि यह सब-कुछ नगर केन्द्रित है, धन केन्द्रित है, अवकाश केन्द्रित है, सत्ता केन्द्रित है। जिनके पास यह सब नहीं है, वे इस दुनिया के लिए नहीं हैं।

साहित्य का नव मार्क्सवादी आलोचक फ्रेडरिक जेम्सन कहता है कि उत्तरआधुनिकतावाद का घूँघट उत्तर पूँजीवाद के सांस्कृतिक तर्कशास्त्र के रूप में खोला जा सकता है। किसी भी उपभोग्य वस्तु के उत्पादन से सांस्कृतिक उत्पाद को यूँ ही समेकित कर देने से और संस्कृति को सांस्कृतिक कार्यक्रमों में अपचयित कर देने से और उसे राजनीतिक-सामाजिक संरक्षण प्रदान कर देने से जो संघर्ष उत्पादन तक सीमित रहता था, वह अब सांस्कृतिक क्षेत्र में भी पसर गया है। इस अनुष्ठानिक दायरे में अभिरुचि की परिभाषा से लेकर 1960 के बाद के मास-कल्चर के नाम पर चले प्रति-सांस्कृतिक आन्दोलनों तक को समझा जा सकता है। डेविड हार्वे हमें आत्यन्तिक रूप से तरल खण्डित दुनिया में विचरता हुआ पाता है। मुझे लगता है कि इस तरलता को, जिसमें उत्तर-फोर्डिज्म, लचीली उत्पादन व्यवस्था और पूँजीवाद के भीतरी तर्क-विज्ञान पर जोर है, ऐतिहासिक भौतिकवाद के दायरे में अभी भी देखा जा सकता है। प्रश्न के पाँच पहलू बनते हैं, प्रौद्योगिक और सामाजिक सांस्कृतिक परिवर्तन; केन्द्रीकरण और विकेन्द्रीकरण, अर्थ और वास्तविकता; एकरूपता और बहुरूपता तथा एक विस्तृत समीक्षा और मूल्यांकन, जिसे अंग्रेजी में critique कहते हैं।

पहले के सन्दर्भ में कहना चाहूँगा कि उत्तर औद्योगिक और सूचना समाज की बढ़ोतरी ज्ञानोदय की तकनीकी विकास पर आधारित उन्नति की अवधारणा पर आधारित होकर हुई थी। उसकी मान्यता थी कि एक नये तरह का सामाजिक अनुभव जन्म ले रहा है। उत्तरआधुनिकतावाद का विकास सामाजिक विश्लेषण से निःसृत अवधारणा के रूप में हुआ। समस्या तकनीकी परिवर्तनों को सामाजिक रूपान्तरण से जोड़ने की थी। पहले उन्नति को तकनीक से जोड़कर देखा गया था। उत्तरआधुनिकता में उसे त्यागकर देखा गया। मुझे लगता है कि उन्नति में पहले का विश्वास खोखला साबित हो जाने का मतलब यह नहीं है कि तकनीकी विकास को समझने में उसकी भूमिका भी समाप्त हो गयी है। बल्कि उसकी जरूरत आज और भी ज्यादा आन पड़ी है। इसीलिए बेल यह तलाशने की कोशिश करता है कि जनसंख्या का कितना हिस्सा आर्थिक सेक्टर में लगा होता है। वह पाता है कि अमेरिका की आधी से काफी कम जनसंख्या आज सूचना के कारोबार में लगी हुई है, जिसमें कम्प्यूटिंग, टेलीविजन, मीडिया, विज्ञापन, पत्रकारिता, एकाउण्टिंग और प्रकाशन आदि आते हैं। इस पर जोर उस आधी जनसंख्या को नजरअन्दाज कर देना है जो शारीरिक श्रम में लगी हुई है। तब श्रमिक की जगह कंज्यूमर पर जोर देना समस्या को

नजरअन्दाज करना है। इन दोनों पर एशिया और अफ्रीका के सस्ते शारीरिक श्रम करनेवाले और सफेदपोश श्रमिकों का हमला आरम्भ हो गया है। इससे सन्तुलन भी बिगड़नेवाला है, सिर्फ अमेरिका में ही नहीं, उन देशों में भी जहाँ उत्तरऔद्योगिक तो नहीं आया है, पर शिक्षा उसी के अनुरूप दी जा रही है। उनके श्रम की खपत न होने पर मन्दी छायेगी। ऊपर से बीस प्रतिशत की समृद्धि के चलते तनाव ऐसा बढ़ेगा कि चौतरफा संघर्ष होंगे।

यहाँ यदि उत्तरआधुनिकता के क्रिटीक की बात की जाये तो दो विशेषताएँ सामने पड़ती हैं। एक तो है इलेक्ट्रानिक आधारित प्रौद्योगिकी की बढ़ोत्तरी से पैदा हुई गहराती सामाजिक और आर्थिक असमानता। दूसरी है इस प्रौद्योगिकी में समाहित सामाजिक नियन्त्रण की अधिकाधिक क्षमता तथा गुंजाइश। जाहिर है कि इससे आज के पूँजीवादी विकास को दर किनार नहीं किया जा सकता। कुछ श्रेणीबद्धताओं को यदि सूचना समाज ने नष्ट किया है तो इसका मतलब यह नहीं है कि इसने शोषण समाप्त कर दिया है। उलटे अमेरिका या उस तरह के विकसित देशों को इतना वर्चस्व प्रदान कर दिया है कि असमानता की खाईं और गहराने लगी है। वैश्वीकरण ने गरीब देशों की सम्पदा का अधिग्रहण क्रूरतम ढंग से करना आरम्भ कर दिया है।

केन्द्रीकरण और विकेन्द्रीकरण के सन्दर्भ में लगता है कि बिग ब्रदर की भूमिका अधिक घातक होती जा रही है। पोस्टर कहता है कि आनेवाले समय में एक नये तरह का प्रभुत्ववाद जन्म लेनेवाला है। उसका स्वरूप क्या होगा—यह देखा जाना शेष है। यह प्रवृत्ति इस तथ्य के बावजूद है कि तमाम क्षेत्रों में आज किसी सर्वग्राही सत्ता के विरुद्ध विस्फोटों की संख्या काफी है। लेकिन वे स्थानीय और सीमित होकर रह गये हैं, जबकि दबाव बनानेवाली शक्तियों में एका है। एडोर्नो भले ही इन विभाजित, सीमित और स्थानीय शक्तियों को 'पावर' के तमाम रूपों में देखे, वास्तविकता यह है कि फिलहाल वे प्रभावहीन हैं। गुरिल्ला युद्ध स्वयं में कभी निर्णायक नहीं बन पाता। यह प्रतिरोध चाहे जितना दर्ज कर दे, वास्तविक परिवर्तन नहीं ला पाता। माओ त्से तुंग कहता है कि शहीद बनने से ज्यादा अच्छा होता है क्रिमिनल बनकर प्रतिरोध की शक्तियों में एका पैदा करना। वह जन से उम्मीद करता है कि शहीद हो रहे लोगों को श्रद्धा की नजर से देखने की जगह उनकी मदद करें।

अर्थ और वास्तविकता के सन्दर्भ में प्रश्न उठता है कि क्या अर्थ वाकई मीडिया की शब्दावली-छवियों में विसर्जित हो जाता है? क्या हम अपने सम्प्रेषण में वाकई छवियों तक सीमित हो गये हैं? बिना सन्दर्भ के ही चिह्न हमारे पास हैं? हम लोग आख्यानों की जगह कोलाजों और मोंटाजों तक सीमित हो गये हैं? क्या हम इन छवियों में सन्देशों को नहीं खोज सकते? इन खण्डित छवियों को जोड़-जाड़ कर बनायी छवियों के प्रवक्ता बादरिला ने अपने राजनैतिक तर्कों से झटपट स्थापना रख दिया था कि कभी खाड़ी युद्ध हुआ ही नहीं। युद्ध, हार, विजय और चल रही अरब-इजराइली वार्त्ता की कम्प्यूटरीकृत छवियों ने उजागर किया था कि वास्तविकता दृश्य से, जो दिखायी दे रहा था, उससे कितना परे थी। पर इसका अर्थ यह नहीं है कि वह परिघटना घटी ही नहीं। बल्कि उसने युद्ध के ढंग में, उसके इतिहास में एक नया रूप जोड़ा था। शायद यह पहला पोस्ट माडर्न युद्ध था।

इसी से जुड़ा एकरूपता और बहुरूपता का प्रश्न है। क्या सी आई टी वास्तव में एक विश्व, वैश्विक गाँव का निर्माण कर रही हैं, जिसमें पूरा आर्थिक और राजनीतिक जीवन समाहित होता जा रहा है? या कि वे नये तरह के जनजातीय विवाद, बाजार और जीवनशैली को उकसा रही हैं? हमें तो लग रहा है कि दोनों ही हो रहा है और दोनों एक साथ हो रहा है। वैश्विक स्थिति एक अखाड़ा बन गयी है, जहाँ राजनीतिक, आर्थिक और सांस्कृतिक समस्याएँ कभी आपस में घुलमिल जाती हैं तो कभी ताल ठोंककर एक-दूसरे से पंजा लड़ाने लगती हैं। एकरूपता की एकरेखीय प्रक्रिया में जहाँ अमेरिकी और यूरोपीय उत्तरआधुनिकता सबके लिए आकर्षक बनी हुई है, वहीं स्थानीय अन्तर और भी स्पष्ट होते जा रहे हैं। दूर-दराज के तमाम ऐसे समूह आपस में निकटता अनुभव करने लगे हैं। आपसी विवादों में समझौता भी कर रहे हैं। उससे दुनिया का क्या नक्शा बनेगा, उसे थोड़ा प्रतीक्षा कर देखना पड़ेगा।

अन्त में हम 'क्रिटीक' की तलाश पर आते हैं। प्रश्न है कि क्या इस सम्प्रेषण समाज के 'बैबल' का, जो अब विश्वव्यापी हो गया है, उसकी मुक्तिदायिनी सम्भावना के आधार पर स्वागत होना चाहिए, या कि उसके मानवीय सम्बन्धों को विनष्ट करने या फिर तोड़-फोड़ करने की क्षमता के कारण विरोध किया जाना चाहिए? हाबरमास एक बीच का रास्ता सुझाता है। कहता है कि मानवीय सामाजिकता और समरसता की सम्प्रेषणीय समझदारी या विवेकशीलता में ही पायी जा सकती है। भाष्यशास्त्र या निर्वचन में ही आज पारस्परिक समझ और बिना तोड़-मरोड़ का सम्प्रेषण पाया जा सकता है। वहीं हम जान सकते हैं कि मानवीय क्या है! हम स्वभावतः अन्तः व्यक्तिनिष्ठ (inter-subjective) और अभिव्यक्तिशील हैं। नीत्शे और हेडेग्गर इसे नहीं मानते। कहते हैं कि व्याख्या की आचारपरकता नास्तिवाद को स्वीकृति देते हैं। यह नियतिवाद को स्वीकार करता है : हम एक निश्चित जगह से आ रहे हैं और एक तयशुदा जगह तक जाना है। इसलिए उत्तरआधुनिकता की जकड़ मुकम्मल है। आप उसका विरोध नहीं कर सकते। स्वीकार तो करना ही पड़ेगा, कारण चाहे जो भी हो।

विरोध करनेवाले तर्क रखते हैं कि नैतिक जमीन पर खड़े होने से ही राजनीतिक विकल्प पैदा होते हैं। उत्तरआधुनिकता उसके लिए गुंजाइश बनाती है। एक बार स्वीकार कर लिया जाये कि यह दर्शन अमेरिकी के वर्चस्व की वकालत करता है, कम-से-कम उसकी परिणति वही होती है, और अमेरिका का वर्चस्व अन्ततः बुरा है, क्योंकि वह नये तरह के शोषण की ओर ले जाता है तो उसका विरोध होना ही चाहिए। यह विरोध करनेवाली शक्तियाँ और उनकी जमीन वहीं पर उपलब्ध हैं। बहुलवाद उसमें से एक है।

वीको ने 1700 में कहा था कि विभिन्न स्थानों और समयों के विभिन्न लोगों की वास्तविकताएँ मूलतः भिन्न होती हैं। "As God's truth is what God comes to know as He creates and assembles it, so human truth is what man comes to know as he builds it, shaping it by his activities." इसी तर्क को आगे बढ़ाते हुए उसने कहा था कि तमाम संस्कृतियों से उठकर उसके बाहर खड़े होने का वास्तव में कोई वस्तुपरक रास्ता नहीं है जिसके आधार पर कहा जा सके कि एक समुदाय की कला, कविता, संगीत, स्थापत्य या जीवन-मूल्य दूसरे से बेहतर हैं। सभी को अपना-अपना ही बेहतर लगता है। वही जीवन-पद्धति के बारे में भी सच है। जब से अमेरिकन उभार को वहाँ के ब्राउन ली जैसे कुछ विचारकों ने एक नये तरह का प्रोटेस्टैण्ट उभार कहा है, पैन-इस्लाम के विचारकों, उदार और धार्मिक कट्टर दोनों ने ही इसे अपने हमले का पहला केन्द्र बनाया है। आर्थिक संसाधनों को बलात् अधिकृत करने की मुहिम जबसे अमेरिका ने खाड़ी देशों में चलायी है, तब से यह विरोध और मुखर हो गया है। दूसरे सांस्कृतिक समूह भी इस वर्चस्व के प्रति चेतन हैं। ओरियेण्टलिज्म और पोस्ट कालोनियलिज्म की अवधारणाएँ उन्हें जमीन प्रदान कर रही हैं। इसी तरह तमाम एथनिक ग्रुप भी विरोध में खड़े हो रहे हैं अपने-अपने कारणों से। फिर आर्थिक विकास, नगरीकरण, जनतान्त्रिक नीति, टेक्नोसाइन्स, वैश्वीकरण दुधारी तलवार की तरह हैं। जिस तरह से आधुनिकता के दौर की कुछ अवधारणाओं ने स्वयं आधुनिकता को नष्ट किया था, उसी तरह ये अवधारणाएँ भी उत्तरआधुनिकता के लिए घातक होंगी। आज भले ही नये माहौल में नैतिक मूल्यों पर अविश्वास किया जाये, नैतिक व्यवहार मानव जीवन का अपरिहार्य पक्ष है। वही इसकी जड़ में मट्ठा डालेगा। स्वयं वैश्वीकरण में दरार दिखने लगी है। जो टोकियो, मास्को या इलाहाबाद के मैक्डोनेल में आइसक्रीम खाते हैं वे अमेरिकन नहीं बन जाते। राबर्ट्सन जापानी बाजार की अवधारणा सम्बन्धी शब्द 'डोचाकुका' को सामने रखकर कहता है कि अन्तरराष्ट्रीय और स्थानीय हमेशा सम्बद्ध होते हैं। "**Dochakuka** refers to adopting of global outlooks and practices to local conditions in marketing context." नरेन्द्र मोदी का 'मेक इन इण्डिया' उसका अचेतन उदाहरण है। राबर्ट्सन इसे **glocalization** कहता है। मार्टिन एल्ब्रो कहता है कि यह glocalization एक दिन globalization को ले डूबेगा। फिर उत्तरआधुनिकता तीसरे देशों के लोगों के 20 प्रतिशत की बेहतरी पर टिका है। क्या 80 प्रतिशत वंचित इसे यूँ ही छोड़ देंगे? 40% ह्वाइट कालर मजदूर को 60% गन्दे गरीब मजदूर यूँ ही छोड़

देंगे? समृद्ध नगरवालों को क्या वंचित गाँववाले घेरेंगे नहीं। तब वर्चुअल यथार्थ समाप्त होकर रिअल यथार्थ की दुनिया लौट आयेगी। लगता तो यह है कि आधुनिकता के बूढ़ी होने में कोई दो सौ वर्ष लगे हैं, पर उत्तरआधुनिकता चालीस साल में ही बूढ़ी होने लगी है।

(6)

भारत जैसे तीसरी दुनिया के देशों में जहाँ उत्तरआधुनिकतावाद अभी जड़ें जमा रहा है, वहीं स्वयं अमेरिका में पूछा जा रहा है, "After post modernity what?" वहाँ के विचारकों को लगने लगा है कि खण्डित छवियों और वर्चुअल रिअलिटी की दुनिया में बहुत दिनों तक नहीं रहा जा सकता। तब इसकी जगह क्या आयेगा? इसकी चर्चा भी कुछ-कुछ होने लगी है। तीन विकल्प सुझाए जा रहे हैं। एक तो यह कि आधुनिकतापूर्व ज्ञानोदय के उस पार सोचा जाये; दूसरा यह कि इससे आधुनिकता की बाकी बची सम्भावनाओं पर जोर दिया जाये; तीसरा यह कि उत्तरआधुनिकता को स्वीकार कर उसे पूरा किया जाये।

आधुनिकपूर्व की वकालत करनेवाला एक विचारक असल्दायर मैक्इन्तायर कहता है, "Either one must follow through the aspirations and the collapse of the different versions of Enlightenment project until there remains only the Nitzchean diagnosis and the Nitzchean problematic or one must hold that the Enlightenment project was not only mistaken but should never have been commenced in the first place."

यानी हमें नीत्शे और अरस्तू के बीच चुनना है, नैतिकविहीनता और नैतिकता के बीच चुनना है। सदाचार पर आधारित राज्यव्यवस्था में हमें यह स्वीकार करना ही पड़ेगा कि मनुष्य के लिए एक 'सही और सरल' रास्ता होता ही है, जिसे उस मनुष्य के पार देखकर पहचाना जा सकता है। नैतिकता का औचित्य स्थापित करने के लिए कोई बना-बनाया सैद्धान्तिक आधार नहीं होता। वे हमेशा बाहर से प्राप्त किये जाते हैं, जो तमाम दूसरों की आवाज होते हैं। शिक्षा और लक्ष्य के आधार पर हम उन्हें तमाम लोगों में बलवती बनाते हैं। इसी पर जोर देते हुए लोता कहता है कि हम वास्तव में अरस्तू के विवेकी मनुष्य की तरह ही हैं, जो उचित और अनुचित का निर्धारण बिना किसी मानदण्ड के प्रति चेतन हुए भी कर सकता है। फूको इसे आत्मानुशासन की देन मानता है जैसा कि तमाम यूनानी विचारक मानते थे। राय बोयन इसमें यह जोड़ता है कि इसके लिए लोगोस (logos) के संसाधन की जरूरत पड़ती है। वही इसे शक्ति और दिशा देता है।

इन तर्कों को न स्वीकार करते हुए भी जान ग्राण्ट और मिलबर्न पीछे की तरफ जाने के लिए दूसरी तरह के तर्क गढ़ते हैं। ग्राण्ट अफलातूनी और ईसाइयत सम्बन्धी जड़ों की ओर जाता है और कहता है कि नीत्शे आधुनिकता का सबसे बड़ा निर्माणकर्त्ता है। उसने स्पष्ट रूप से बताया कि आदमी को अपना इतिहास स्वयं रचना है, बिना ईश्वरीय और प्राकृतिक व्यवस्था के योग के। आधुनिक प्रौद्योगिकी नीत्शे के इसी सोच को व्यक्त करती है। उसके पार जाकर ही आज के प्रौद्योगिकी और विज्ञान के दमन से निजात पाया जा सकता है। आशा अफलातूनी और ईसाइयत में है, जो मूर्तिपूजा बन चुके विज्ञान और प्रौद्योगिकी की यन्त्रणा से मुक्ति दिलायेगी। कुछ इसी तरह की बात इस्लाम को लेकर मुहम्मद इकबाल ने और हिन्दू धर्म को लेकर ओशो ने भी कह रखा है।

मिलबैंक अपने मतनिरपेक्ष तर्क के आवरण में कहता है कि नीत्शे के नास्तिवाद के बरक्स ईसाई मिथोस (Mythos) ही तनकर खड़ा हो सकता है। दूसरों पर हावी होने की मानसिकता की जड़ में हिंसा होती है, जिसे आधुनिकता और उत्तरआधुनिकता दोनों ही रूपों में देखा जा सकता है। बुनियादवाद (Foundationalism) के विकल्प के रूप में विज्ञान या परम्परा में पाँव जमाने की जगह वह शान्ति की ईसाई आशा (आत्मविश्वास के रूप में, आशावाद के रूप में नहीं) में गोता लगाता है। पाता है कि सन्त

आगस्टाइन के ईश्वरीय नगर और धरती के नगर के बीच जो संघर्ष था, वह आज के संघर्ष का रूपक है। वहाँ विश्वास (Faith) और मतावलम्बियों का समुदाय भविष्य की कुंजी था। वह आज भी हो सकता है। मजेदार बात यह है कि आगस्टाइन के सिद्धान्त का जन्म तब हुआ था, जब रोमन साम्राज्य टूटकर जनजातियों के राज्य में तब्दील हो रहा था। यूरोप के साम्राज्य के टूटने पर मिलबैंक के विचार आये हैं। इस पर प्रतिक्रियाएँ भी देखने को मिल रही हैं। कुछ मुस्लिम विचारकों को अमेरिका का नवसाम्राज्यवाद और नव-उपनिवेशवाद नये सिरे से उठ रहा ईसाइयत का सिर लगता है। उन्होंने पैन-इस्लामिज़्म के तहत उसका विरोध करने का बीड़ा उठाया है, जिसकी परिणति एक नयी तरह की हिंसा और विश्वव्यापी आतंकवाद में हो रहा है। तमाम कम्युनिस्ट जो अब अमेरिका का जुबानी विद्रोह करने तक सीमित हो गये हैं, इसे प्रतिरोध की राजनीति मानते हैं और समर्थन देते हैं। यह सोच कितनी प्रगतिशील है, आप जानिये। दूसरा स्वर 'ओरियण्टलों' का है। इसका प्रवक्ता एडवर्ड सईद कहता है कि पश्चिमवालों ने प्राच्य की अवधारणा उसे अधीनस्थ और गौण बनाकर रखने के लिए रखी थी। जरूरत है उसे पश्चिम के वर्चस्व को तोड़ने के लिए एक हथियार के रूप में ढालने की। उत्तरआधुनिक के दबाव का मुकाबला करने के लिए हमें 'भिन्न' की शब्दावली में परिभाषित होना है। इस भिन्नता का आधार न केवल एथनिक होगा, बल्कि सांस्कृतिक भी होगा। मदन सरूप और सत्य महन्ती ने इस विचार को बढ़ाया है, खासकर यूरोप में रह रहे भारतीयों और एशिया के लोगों को लेकर। जरूरत है वहाँ न रह रहे तीसरी दुनिया के लोगों को लेकर भी बढ़ाने की।

खैर, आधुनिकपूर्व की वकालत करने के लिए मैक्इन्तायर, ग्राण्ट या मिलबैंक के तर्कों पर बहुत भरोसा करने की जरूरत नहीं है। उत्तरआधुनिकता को आधुनिकता के समाप्त हो जाने के रूप में लेने की जगह उसके विपथगामी या गलत दिशा में मोड़ दी गयी सामाजिक व्यवस्था के रूप में लेने पर आधुनिकता में ही टटोलने के लिए बहुत-कुछ बचा रह जाता है, नये के निर्माण के लिए। जो लोग इससे इत्तफाक रखते हैं वे कहते हैं कि हम सभी पूरी तरह से या सही अर्थों में आधुनिक हो ही नहीं पाये। उसकी सम्भावनाओं को पूरी तरह से आचक्षु नहीं कर पाये। इसलिए ज्ञानोदयी विवेक पर नये सिरे से भरोसा करने की जरूरत है। अरनेस्ट गेलनर कहता है कि भावनात्मक रूप से तृप्तिदायी न होने के बावजूद ज्ञान प्राप्त करने के साधन और नैतिकता के निर्धारण में उसकी भूमिका अभी भी उतनी ही बलवती है। आधुनिकता संकट में हो सकती है, पर इस संकट का शमन आधुनिकता के चौखटे में हो सकता है। इसका एक प्रवक्ता जुरगेन हेबरमास कहता है कि उत्तरआधुनिकतावाद ने राजनीतिक जिम्मेदारियों और युग की यातना से मुँह मोड़ लिया है। आज के विचारकों पर हमला बोलते हुए वह कहता है कि वे देरिदा और हेडेग्गर के रास्ते नीत्शे की शरण में जा बैठे हैं, "Who search solution in the portentious moods of cultic rejuvenation of a young conservatism... This neo-convervatism and aesthetically inspired anarchism in the name of farewell to modernity are merely trying to revolt against it once again." हेबरमास के लिए आधुनिकता एक अपूर्ण योजना है। वह विज्ञान के प्रति फाउण्डेशनलिस्ट दृष्टि पर प्रश्नचिन्ह्न लगाता है, लेकिन सामाजिक विज्ञानों पर नहीं। इसी तरह वह संचार के नये साधनों के महत्त्व को स्वीकार करता है, किन्तु इस बात पर वह सन्देह करता है कि वे हमारे सामाजिक और सांस्कृतिक अनुभव में तार और टेलीफोन से बढ़कर कोई इतर गुणात्मक परिवर्तन लाते हैं। इसके बावजूद वह Communicative rationality की क्षमता में, तद्‍जन्य स्वतन्त्रता, खुशहाली और न्याय की सम्भावना में विश्वास करता है, जो ideal speech situation का निर्माणकर खुले संवाद में आनेवाली बाधाओं को दूर करेगा। कहता है कि आधुनिक काल-खण्ड की सामाजिक व्यवस्था—पूँजीवाद, नौकरशाही आदि ने हमारे 'life-world' में काफी अतिक्रमण किया है और उसकी कीमत पर तर्कसंगतता प्राप्त किया है। इन्हें कमतर कर दोनों के बीच एक नये तरह की एकता स्थापित किये जाने की जरूरत है। उसके लिए 'Public sphere' में विस्तार करना होगा, जो आज नये सामाजिक धड़कनों से बन रहा है और जो life world के उपनिवेशीकरण पर रोक लगायेगा।

हेबरमास का संवाद फूको से होता है। फूको को लगता है कि हेबरमास अपनी स्थापनाओं में कुछ जरूरत से ज्यादे ही यूटोपियन बन गया है। वह कोई ऐसा सार्वजनीन सिद्धान्त या standpoint नहीं रखता, जिससे हमारी स्थिति का परीक्षण हो सके। इसके उत्तर में हेबरमास कहता है कि फूको स्वयं ही स्वरचित निष्पादनी विरोधाभासों (Performative Contradictions) के जाल में फँस गया है। उसे उसी तर्कणा, उसी 'reason' का उपयोग करना पड़ता है, जिससे वह बचना चाहता है। जाहिर है कि आधुनिकता को इतनी आसानी से झकझोरा नहीं जा सकता। वास्तव में हेबरमास और फूको तर्कणा का, 'रीजन' का अर्थ भिन्न-भिन्न लगाते हैं।

जेमसन जरा दूसरे तरह से सोचता है। कहता है कि उत्तरआधुनिकता उत्तर पूँजीवाद का तर्कशास्त्र है। यह पहले के बाजार और औपनिवेशिक चरण दोनों से छिटक गयी व्यवस्था का नाम है, जिसके वास्तविक और काल्पनिक के बीच 'मास कल्चर' आकर बैठ गया है, जो दोनों का भेद समाप्त करता जा रहा है। लेकिन अभी पूरी तरह से समाप्त नहीं कर पाया है। क्रिटीक की तलाश के लिए पूँजीवादी समुच्चय अभी भी आरम्भन बिन्दु है। एडोर्नो का नव-मार्क्सवाद उसका एक उदाहरण है।

स्त्रीवादी भी आधुनिकता पर बल देते हैं। श्रेणीबद्धता में दरार और पितृसत्तात्मक आवाज के विशेषाधिकार की विनष्टि इसी आधुनिकता की देन है। इसके बने रहने की अभी सख्त जरूरत है। 'सिचुएटेड नालेज', 'पोजीशनल स्टैण्ड प्वाइण्ट' और 'क्रिटिकल इन्स्टान्स' सभी इंगित करते हैं कि निर्णय के मानदण्ड के लिए, खण्डित को तरल को जोड़ने के लिए केन्द्र की तलाश इस सामाजिक सिद्धान्त में निहित है—वह भी गृहासक्ति या प्रतिक्रियावादी किस्म का नहीं। लिण्डा निकोलसन कहती हैं कि स्त्रीवाद और आधुनिकतावाद स्वाभाविक मित्र हैं। दोनों ही ईश्वर को छोड़कर लौकिक आधारों पर सारभौम वैज्ञानिक सिद्धान्तों की तलाश करते हैं, स्वाभाविक और सामाजिक वास्तविकता का खुलासा करने के लिए। इसलिए दोनों का आपसी सम्बन्ध स्वाभाविक है। आधुनिकता जैसी तटस्थता और आत्मगतता स्त्रीवाद को दृढ़ करने के लिए जरूरी है। सच्चाई यह है कि सामाजिक विज्ञान की सभी खोजें स्थानीय और ऐतिहासिक स्थितियों की देन होती हैं। उनके पार जाने के लिए आधुनिकता की जरूरत है।

चार्ल्स टेलर मार्क्सवाद व स्त्रीवाद दोनों को त्यागकर ज्ञानोदय के पक्ष में एक तीसरी बात कहता है। प्रामाणिकता का आधुनिक आदर्श एक अग्रगामी कदम है। आत्ममुग्धता को खारिज कर वह स्वयं में दूसरों के लिए विश्वसनीय होती है और निज की सन्तुष्टि से बाहर जाकर नैतिक दावों की ताकत को स्वीकार करती है।

एक दूसरे विचारक अनू गेम का कहना है कि विखण्डन ने सैद्धान्तीकरण के अनेक रूपों को जन्म दिया है। समाजशास्त्र को उपन्यास की तरह पढ़ा जाने लगा है। तब लगता है कि वह सामाजिक या वास्तविक को प्रस्तुत करने का पारदर्शी माध्यम नहीं है। इसका उलट यह भी है कि उपन्यास को समाजशास्त्र की तरह पढ़ा जाने लगा है, जिसमें एक देशकाल खण्ड का प्रतिदिन का अनुभव गोचर होता है और वास्तविकता और भी स्पष्ट होकर सामने पड़ती है। सवाल उठता है कि दोनों में व्यक्त वास्तविकता से इतर भी कोई वास्तविकता है? यदि है तो उसे कैसे जाना जा सकेगा? निश्चय ही उत्तरआधुनिकता से नहीं, क्योंकि वह अपने खण्डित छवियों और वर्चुअल रिअलिटी के दर्शन से और भी भ्रमित करता है, अस्पष्ट करता है। उसे आधुनिकता से ही जाना जा सकता है। कीथ टेस्टर को यह बात नहीं जँचती। कहता है कि उत्तरआधुनिक और आधुनिक स्थिति को द्वन्द्वात्मक ढंग से ही समझा जा सकता है और उस शब्दावली में ही समझा जा सकता है, जिसमें वह विखण्डित होती है और जिससे पार जाने के लिए

प्रतिबिम्ब बनाती है। इसलिए उपन्यास को उपन्यास की तरह और समाजशास्त्र को समाजशास्त्र की ही तरह पढ़ा जाना चाहिए, उसके मर्म तक पहुँचने के लिए। इसके लिए सीख आधुनिकतावाद से मिलती है, न कि उत्तरआधुनिकतावाद से। इसलिए आधुनिकता की तरफ लौट चलना चाहिए। उत्तरआधुनिक स्थिति के प्रति संवेदनशील होना चाहिए, लेकिन उस संवेदन में खो जाने के बजाय व्यवस्थित रूप से उसकी विशेषताओं को विश्लेषित किया जाना चाहिए, जिसके लिए 'क्रिटीक' आधुनिकता प्रदान करती है।

तीसरी स्थिति भविष्य में जन्म लेनेवाले दर्शन की है। उसकी दो सम्भावनाएँ हैं—एक स्वयं पश्चिम की और दूसरी तीसरी दुनिया के देशों की। तीसरी दुनिया की सम्भावना वृहत्तर और बलवती इसलिए है कि तमाम अन्तों के बीच राष्ट्रीयता की, राजनीति के अन्त की बात नहीं की जा रही है। फिर अमेरिकन वर्चस्व से उपभोक्तावाद के दर्शन से आक्रान्त भी वही सबसे ज्यादा हैं। उसका स्वरूप क्या हो सकता है, उसके चिह्न कहाँ-कहाँ दिखायी दे रहे हैं—इसकी विस्तृत चर्चा फिर कभी किसी स्वतन्त्र लेख में।

•

उत्तर साम्यवाद

(1)

उत्तर साम्यवाद एक आन्दोलन भी है और एक आदर्श भी। आन्दोलन का सम्बन्ध एक उद्देश्य बनाकर उस तक जाने का रास्ता बनाना है, जबकि मन की एक दशा के रूप में वह युगान्त की मानसिकता की कई चिन्ताओं से सम्बन्धित है। हमारे युग की अनिश्चितता को व्यक्त करनेवाला कई 'उत्तर' अवधारणाओं में से एक है, उनसे सम्बन्धित है। उत्तरआधुनिकतावाद से उसका सम्बन्ध जग-जाहिर है, किन्तु जोर उससे अलगाने पर है। दोनों यूटोपिया के अन्त में विश्वास रखते हैं और यूटोपिया का अर्थ लगाते हैं यह विश्वास कि मानवता की कोई बेहतर स्थिति होती है और वह बेहतर स्थिति राज्य के माध्यम से इस धराधाम पर लायी जा सकती है। इस मामले में आज हम विचारधारा के उस युग के पार चले आये हैं, जिसका सूत्रपात ज्ञानोदय के जमाने में हुआ था। अब हम एक ऐसे युग में रह रहे हैं जो विचारधारा की जगह विचारों का एक नया युग है, मानव विकास के उद्देश्य के प्रति अधिक खुला, अधिक मानवीय। आज विचारों की कमी नहीं है, तो भी यह विचार कमजोर पड़ गया है कि जगत् का कल्याण मात्र 'एक विचार' कर सकता है। साम्यवाद ने राजनीति की सम्भावनाओं को बढ़-चढ़कर आँका था, लेकिन उत्तर साम्यवाद राजनीतिक क्रियाकलाप को किसी बड़े उद्देश्य तक पहुँचने की क्षमता पर अविश्वास करता है। 1989-1991 की खामोश क्रान्तियों ने आदर्श के रूप में न केवल तमाम राज्यों का भट्ठा बिठा दिया, खुले सामाजिक विकास की अनन्त सम्भावनाएँ भी जगा दीं। 'तीसरे रास्ते' का मुहावरा एक बार फिर प्रचलन में आया है, जो 'उत्तर-विचारधारा' युग में 'वाम व दक्षिण से इतर' की बात करता है सामाजिक विकास के लिए। यही यह भी इंगित करता है कि उसे एक स्पष्ट एजेण्डा भी मिलना चाहिए। यदि वैश्वीकरण सरकारी क्रियाकलाप को सीमित करता है, तो इसका मतलब यह नहीं है कि वह सरकारी क्रियाकलाप व जिम्मेदारी को एकदम से ही नकार देता है, सामाजिक विकास के क्षेत्र में। निर्बल राज का मतलब राज्य का न होना नहीं होता।

उत्तर साम्यवाद एक नकारवादी अवधारणा है, जो वर्तमान को अतीत की शब्दावली में परिभाषित करना चाहती है। अपने विस्तृत रूप में यह 'उत्तर' को उसी तरह से संजोए हुए है, जिस तरह से 'आधुनिक', 'औद्योगिक' आदि। इसलिए इसकी शब्दावली में तमाम नये शब्द आ गये हैं, जिनसे हमारा सम्पर्क विवेचन के दौरान होगा।

उत्तर साम्यवाद की अवधारणा का जन्म 1989-1991 की खामोश क्रान्ति के दौरान हुई, जिसने साम्यवादी देशों का अन्त कर दिया। जहाँ नहीं किया वहाँ इतना आमूल-चूल परिवर्तन ला दिया कि वे पहले की व्यवस्था के ही क्रमागत रूप हैं—ऐसा पहचानने में दिक्कत होने लगी। इसका विकास इन देशों में हो रहे विकास के साथ-साथ हो रहा है। विद्वानों ने उत्तर साम्यवाद के निम्न लक्षण गिनाये हैं।

(1) राजनीति, अर्थव्यवस्था व समाज पर साम्यवादी दल के एकाधिकार की समाप्ति।

(2) बहुल समाजों का आविर्भाव। लेकिन ये समाज ऐसे हैं जहाँ स्वार्थों और हितों को बहुत स्पष्ट रूप से अभी पहचाना नहीं गया है। संस्था के रूप में राजनीतिक दल, जो सामाजिक शक्ति के वाहक हैं, अभी काफी कमजोर हैं। परिणामस्वरूप बहुदलीय व्यवस्था बहुलवाद का ठीक-ठीक प्रतिनिधित्व नहीं कर पा रही है।

(3) नौकरशाहीग्रस्त अर्थव्यवस्था में बाजार के तत्त्वों का असमान ढंग से प्रवेश, जो आर्थिक व्यवस्था में भ्रष्टाचार को जन्म दे रहे हैं।

(4) एकाधिकार के साथ-साथ कीमतों में उदारीकरण, जो अन्ततः मुद्रास्फीति को बढ़ावा दे रहा है उदारीकरण के आरम्भिक चरण में।

(5) वर्ग-संरचना में बड़ी तेजी से परिवर्तन और एक ऐसे नये वर्ग का जन्म जिसे सम्पत्ति अभी हाल ही में हाथ लगी है, राज्य की सम्पत्ति के प्रबन्धक होने के कारण, उसके विशेषाधिकारों का आनन्द उठाते हुए।

(6) उसी तेजी से रोजगार की व्यवस्था में परिवर्तन, जिसमें जोर उत्पादन और उद्योग से हट कर सेवा पर हो गया है।

(7) विदेश नीति और सुरक्षा नीति में आमूल-चूल परिवर्तन।

(8) रूप परिवर्तन की अधूरी प्रकृति, जिस पर साम्यवादी जमाने की संस्थाओं, संस्कृति और समाज की छाप गहराई से पड़ी हुई है। राजनीति के विशिष्ट जन अभी भी कार्यरत हैं।

(9) नयी संस्थाओं और व्यवहारों का जन्म, जो अपने अधिकांश में पुरानों के साथ घालमेल कर बनाये गये हैं। वहाँ लगता है कि पुरानी संस्थाओं से ही नया काम लिया जा रहा है।

(10) राज्य की क्षमता में ह्रास।

(11) उन लोगों में तनाव जो अतीत को वर्गाकर उसे अलग-थलग कर देना चाहते हैं, और जो उन्हें बाकायदे कठघरे में खड़ा करना चाहते हैं।

(12) सामान्य-सा विश्वास कि पुराने समय की योजनाबद्ध विकास नीति बेकार हो गयी है। उसे वैश्विक अर्थव्यवस्था से जोड़कर नया रूप देना चाहिए।

(13) राष्ट्रीय, सांस्कृतिक, जातीय पहचान को लेकर शुरू हो रही राजनीति, जिसके चलते 'नेटिव' व 'कास्मोपोलिटन' में तनाव बढ़ रहा है।

ये मुद्दे बात को शुरू करने के लिए तो ठीक हैं, लेकिन उत्तर साम्यवाद के मुकम्मल रूप, उसकी अन्तःधारा, उसकी परिणति, उसका कारण, उसका संकट, उसका भविष्य, उसकी सम्यक् विवेचना आदि के लिए अपर्याप्त हैं। इनसे उसकी सत्ता-मीमांसा और उद्देश्य-मीमांसा नहीं हो सकती। इसलिए थोड़ा इतिहास की ओर मुड़ना होगा।

(2)

ज्ञानोदयी क्रान्तिवाद यह मानकर चला था कि मानव संगठन की जटिल समस्याओं का समाधान उग्र हस्तक्षेप से किया जा सकता है, यदि हस्तक्षेप करनेवाले लोग सही इतिहास दर्शन और सही विवेचना लेकर चलें। क्रान्तिकारी कर्म स्वयं ही नयी संस्थाओं और नयी राजनीतिक अस्मिताओं को जन्म देनेवाला है। साम्यवादी क्रान्तियाँ इसी आधुनिकतावादी निर्वचन पर आधारित ज्ञानोदय के प्रोजेक्ट, विकास, विवेकसंगत संस्था आदि को एक झटके से सुलभ बनाने के लिए हुई थीं। इन्होंने प्राकारान्तर से संस्कृति, परम्परा, राष्ट्रवाद आदि को अस्वीकार कर दिया था। कोण्डार्सेट ने सभी ऐतिहासिक सभ्यताओं और मानवता के स्तरप्रदानीकरणों को ध्वस्त कर देने की बात कही थी। मार्क्स ने भी कहा था कि मात्र संस्थाओं में परिवर्तन कर देने से कुछ नहीं होगा, क्रान्ति द्वारा मानव हृदय में परिवर्तन लाना होगा, जिससे

गुणात्मक ढंग से बेहतर एक नये युग का सृजन हो सके। अक्टूबर 1917 में लेनिन ने रूस में जो क्रान्ति की वह मार्क्स के इसी विजन को ठोस रूप देने के लिए था, जिसमें वस्तुओं के उत्पादन के पुराने ढंग और तत्सम्बन्धी सम्बन्धों को त्याग दिया जाना था। 1989-91 के साम्यवाद विरोधी आन्दोलन ने इस विजन के रूप और अन्तर्वस्तु दोनों को ही झुठला दिया और इस तरह से यूरोपीय इतिहास के एक लम्बे युग को समाप्त कर दिया।

आधुनिकता को गले लगाने के दौरान पश्चिमी यूरोप में आधुनिकता का जो पूँजीवादी स्वरूप था, उसको नकारना साम्यवाद की अपनी विशेषता थी। इसलिए वहाँ औद्योगीकरण, शहरीकरण और शिक्षा का विकास तो हुआ, लेकिन नागरिक स्वतन्त्रता, नीति निर्माण में विवेक की भूमिका, अर्थव्यवस्था में व्यक्तिगत सम्पत्ति और बाजार विवेक नदारद रहा। इसलिए विकास में वहाँ एक गलत ढंग का आधुनिकीकरण Mis-modenization हुआ। इसका एक कारण यह था कि उसने न तो दूसरों के अनुभव से कुछ सीखा, न ही अपना अनुभव प्राप्त करने के लिए कोई नया प्रयोग किया। परिणामस्वरूप आर्थिक स्तर पर ब्लैकबर्न के शब्दों में कहें तो योजना बनाने के मामले में, "simply imposed a thoughtless incrementalism, with each plant or enterprise seeking to increase its output of goods or services compared with the previous period"। इसने मात्रात्मक बढ़ोत्तरी पर ध्यान दिया, गुणात्मक बढ़ोतरी पर नहीं। नवीनता व नवीनीकरण के प्रति तिरछी निगाह, बढ़ती जा रही उत्पादकता की गिरावट के प्रति उपेक्षा भाव, खराब गुणवत्ता और बेकार होते जा रहे कच्चेमाल व श्रम को न रोक पाने की प्रवृत्ति, योजना बनाने के मामले में सामंजस्य का अभाव आदि दिन-प्रति-दिन बढ़ता ही गया।

राजनीतिक स्तर पर इसने राजनीतिक जनतन्त्र की समस्या को नजरअन्दाज किया, जन की प्रभावशाली भागीदारी और संलग्नता को नजरअन्दाज किया, संघीय प्रणाली को प्रभावशाली नहीं बनने दिया, इससे राष्ट्रीय समस्याएँ जस-की-तस धरी रह गयीं। उससे उत्पन्न तनाव खिंचता गया। परकीयन पर विजय और स्वतन्त्रता की उपलब्धि जैसी जिन समस्याओं को लेकर मार्क्सवाद चला था, उसे कारगर करने के लिए, उसके समाधान के लिए इसने कुछ भी प्रभावशाली ढंग से नहीं किया। परिणामस्वरूप सासून के शब्दों में कहें तो, "The failure was one of imagination... Not one novelty worth writing or thinking about had been envisioned or predicted by European socialist movement."

सैद्धान्तिक साम्यवाद सामाजिक परिवर्तन के सकारात्मक मुक्तिदायिनी कार्यक्रम को कायम रखने में भी गच्चा खा गया। इसकी जड़ें स्वयं मार्क्स में थीं। एक ही उदाहरण काफी होगा। एलेक नोम पूछता है, "How would a society, which had abolished the private ownership of the means of production and the market, manage the common economic affairs of the society?" वह स्वयं ही जवाब देता है, " Each possible solution entailed so many deleterious consequences as to constitute a worse hazard than the problem they sought to overcome ...Marxian communism had been devised on the pre-corporate age of entrepreneurial capitalism and had little to say about the management of complex economic systems in mass democratic societies."

मार्क्स ने कहा था कि चूँकि पूँजीवाद में उदारवाद अपनी प्रतिज्ञाओं को, स्थापनाओं को पूरा नहीं कर पाता, क्योंकि व्यवस्था मैनेजरों के हाथों में होती है, इसलिए नये समाज में "self managing society" का निर्माण किया जायेगा। इसी को आगे बढ़ाते हुए लेनिन ने कहा था कि समाजवादी समाज में 'हर रसोइया अपनी व्यवस्था स्वयं करने में सक्षम होगा।' किन्तु उत्तरक्रान्तिकारी रूसी समाज में नौकरशाही कुछ इस तरह से हावी हो गयी कि संघर्षरत स्वार्थों के बीच मध्यस्थता, शक्तियों का विभाजन, शक्ति के अतिक्रमण को रोकने के लिए निष्पक्ष संस्था, व्यक्ति के अधिकारों के अतिक्रमण को रोकने के लिए प्रयत्न जैसी चीजें गायब हो गयीं। समाज पारदर्शी, समतामूलक और पारस्परिकता पर आधारित नहीं रह गया। यानी साम्यवाद अपनी ही नीयत को कार्यान्वित नहीं कर पाया।

फिर आगे के दिनों में साम्यवादी सोच में विकास होना अन्तिम दिनों में बन्द हो गया। ब्रेझनोव का वृद्धशासन का जराविज्ञान (Gerontology) क्यूबा का वैयक्तिक (पर अपेक्षाकृत परहितापेक्षी) सत्तावाद, माओ त्से तुंग की सांस्कृतिक क्रान्ति इसके उदाहरण और परिणाम दोनों हैं। इनसे राष्ट्रहित, व्यावहारिकता और विचारधारा की जटिल प्रक्रियाओं पर नीतियों का विकास लगभग त्याग ही दिया गया। स्टालिन के हाथों में व्यावहारिक साम्यवाद पहले ही गिरफ्तार होकर व्यक्तियों के बीच सम्बन्धों की गुणवत्ता की जगह वस्तुओं के बीच सम्बन्धों की मात्रा बन गया था। इसकी जड़ें मार्क्सवाद में ही थीं। स्वयं मार्क्स ने अपने अर्थशास्त्र में उत्पादन की पूँजीवादी पद्धति को शोषण की पद्धति में अपचयित कर दिया था। वही स्टालिन में, "Primarily the common ownership of the means of production" बन गया। त्रात्स्की ने भी इशारा किया था कि रूसी समाज के पिछड़ा होने का कारण अभी साम्यवाद के प्रथम चरण में होने के कारण हमारा पहला काम आर्थिक विकास करना है और उसके लिए मानवमुक्ति का कार्यक्रम स्थगित रखा जा सकता है। ऐसा करने के लिए स्टालिन ने ज़ार के समय की भ्रष्ट नौकरशाही की तरह की अपनी नौकरशाही विकसित की। इसकी अन्तिम परिणति छिपकर काम करनेवाला पुलिस तन्त्र, शिविर कारागार, सामूहिक हत्या आदि में हुई। चीन में भी एक ही प्रतिदर्श का जन्म हुआ। उसकी व्याख्या करते हुए जैक ग्रे लिखता है, "The first book on Marxism read by young Mao was Thomas Kirkup's History of Socialism, in which he argued that socialist visions of the future involved an unresolved contradiction between the idea of St. Simonain technocratic elitism and the communitarian concept of Robert Owen. Kirkup chose the latter and so did Mao." 1956 में माआ त्से तुंग ने 'Ten Great Relationsihips' में लिखा कि भारी उद्योगों को प्राथमिकता नहीं दी जानी चाहिए। "If you are really serious about heavy industry you will give priority to agriculture and light industry." और इसके आधार पर स्टालिनवाद की विवेचना करते हुए ग्रेट लीप फारवर्ड की परिघटना सामने रखी, जिसके परिणामस्वरूप 1958 का वह दुर्दिन आया, जिसके कारण कई लाख लोग काल-कवलित हो गये।

इन तमाम प्रवृत्तियों का अध्ययन कर मेरले फेजसाड पूरी व्यवस्था को अक्षम totaliarism या totalitarian facade कहता है, जिसे कभी-न-कभी अपने भीतरी विरोधाभासों के कारण विखण्डित होना ही था। उसकी दिशा भी पहले से ही तय हो रही थी। कैथराइन वेरडेरी कहती है कि 1989 के काफी पहले से शक्ति मन्त्रालयों के हाथों से खिसककर इण्टरप्राइजों और सम्बन्धित अनौपचारिक नेटवर्क की तरफ चलायमान होने लगी थी। इसके नियन्ता जानते थे कि साम्यवादी ताकत का विघटन होना ही है, जो एक दिन उन्हें मालिक बना देगा। इसलिए वे विघटन को तेज करने के लिए खूब हवा देने लगे। चौंकानेवाली बात यह है कि वेरडेरी इस हस्तानान्तरण को उत्तर साम्यवाद के दौर में समाजवाद से सामन्तवाद की ओर संक्रमित होते पाती है, जिसमें नियन्ता लोग प्राप्त होनेवाली शक्ति को पहले से ही वैधानिक बनाने में लगे थे।

हम यहाँ पाते हैं कि साम्यवाद स्टेटक्राफ्ट के मूलभूत परीक्षण के साथ ही प्रभाव के परीक्षण में ही असफल हो गया, और अन्ततः अपने जीवन की ही रक्षा नहीं कर पाया। यह सब एक दिन में नहीं हुआ।

(3)

यूँ तो साम्यवाद का पतन विभिन्न राज्यों में विभिन्न ढंग से हुआ, फिर भी उनमें कुछ उभयनिष्ठ बातें देखी जा सकती हैं। पूर्वी यूरोप में इसके कारक घरेलू और बाहरी दोनों थे। अल्बानिया और यूगोस्लाविया को छोड़कर इन देशों में साम्यवाद द्वितीय महायुद्ध के बाद बलात् थोपा गया था। सोवियत

रूस के द्वारा, जहाँ उसकी सेनाएँ पहले से मौजूद थीं। इसके लिए कठपुतली सरकारों का गठन किया गया था। यानी क्रान्ति और नयी व्यवस्था भीतर से विकसित नहीं हुई थी, इसलिए साम्यवाद में विश्वास रखने के बावजूद स्थानीय लोग इसे कभी पचा नहीं पाये। लिहाजा 1989 से जो आन्दोलन शुरू हुए वे जनतान्त्रिक होने के साथ-साथ देशभक्ति की भावना से भी ओत-प्रोत थे। उनका इरादा स्वायत्तता प्राप्त करना था और उसके बूते पर अन्तरराष्ट्रीय मंच पर अपनी भूमिका निभानी थी। यूगोस्लाविया में साम्यवाद भीतर से विकसित हुआ था और एक समय में तो साम्यवाद के लिए सोवियत रूस और पूर्वी यूरोप के बीच तीसरा रास्ता दिखानेवाला देश माना जाता था। इसी तरह अमेरिका व सोवियत रूस के बीच तनातनी में वह भारत के साथ गुटनिरपेक्ष जमात में शामिल होकर अन्तरराष्ट्रीय मंच पर भी तीसरी राह दिखानेवाला देश बन गया था। किन्तु चूँकि वह सामाजिक, आर्थिक और राजनीतिक जीवन-क्षमता प्रदान करने में असफल हो गया, इसलिए लोगों ने वह व्यवस्था उखाड़ फेंका। वहाँ सामाजिक विषमता बढ़ती गयी थी, विशेषाधिकार प्राप्त जन और उससे वंचित जन में दूरी बढ़ती गयी थी, आर्थिक आधुनिकीकरण सिरे से गायब होता गया था, इसलिए शासन व्यवस्था पूरे देश के लिए अप्रासंगिक हो गयी थी।

साम्यवादी व्यवस्थाओं ने आधुनिकीकरण के लिए जो केन्द्रोंमुखी नौकरशाहीप्रणीत योजनाओं को बहुत महत्त्व दिया था और उसके लिए क्षेत्रीय विशेषताओं और जरूरतों को नजरअन्दाज कर दिया था, उससे लोगों का जीवन स्तर बढ़ने की जगह घटने लगा था और समूह का आतंक (Terror of mass) फलीभूत होने लगा था। एखार्ट कहता है, "The Polish state experienced a fact similar to those of all military dictatorships. It defined itself as a classical 'regime exceptional,' and by doing this it abandoned communist regimes' historical mission to other permanent alternative to political democracy and market economy. Its only justification was based on the claim to deliver efficiency, a better eonomic performance and therefore better standard of living and economic security, as well as to put an end to injustice, corruption and anarchy. When this claim failed there was nothing left to justify the necessity and indispensibility of the oppressive political rule." इसमें लेसली होम्स यह जोड़ता है कि जो महान् भविष्योन्मुखी विश्वासों की प्रतिज्ञा मार्क्सवाद ने किया था, वह दूर-दूर तक पूरा होता नजर नहीं आ रहा था। उनकी जगह जीवन स्तर बढ़ाने की प्रतिज्ञाएँ, समाजकल्याण की प्रतिज्ञाएँ लोगों को भा नहीं रही थीं। इसलिए लोगों की सामूहिक निराशा ने उसे उखाड़ फेंका।

स्टालिन के अन्तिम दिनों से ही सरकार का काम सोवियत यूनियन में 'क्राइसिस मैनेजमेण्ट' बन कर रह गया था। साम्यवादी शासन शक्ति की एक पद्धति तक सीमित होकर रह गया था, व्यवस्था की पद्धति नहीं। यहाँ व्यवस्था का मतलब है सरकार की सत्ता, सत्ता-संगठन और दीगर सामाजिक इकाइयों के बीच मिलाप। सोवियत सिस्टम शक्ति का यूटोपिया बनता चला गया था, जिसमें व्यवस्था ऊपर से लादी जा रही थी, भीतर से विकसित नहीं की जा रही थी। जैसा कि अशोक मेहता कहते हैं : वहाँ जनतान्त्रिक विकेन्द्रीकरण का नितान्त अभाव था। समय की माँग को नजरअन्दाज कर तमाम बूढ़े लोग सत्ता से चिपके रहे और समय की धारा के विपरीत चलने का यत्न करते रहे।

विचारक कहते हैं कि इन तमाम बातों की परिणति जिस विघटन में हुई उसकी जड़ें मार्क्स में ही हैं। एक जड़ की ओर इशारा हम ऊपर कर आये हैं। दूसरे की ओर इशारा नील हार्डिंग करता है। कम्युनिस्ट मैनिफेस्टो पर टिप्पणी करते हुए लिखता है, "How could two bourgeoise intellectuals manage to arrive at a knowledge of past, present and future of the working-class movement that was superior in every respect of the knowledge of working class itself? How had two bourgeoise intellectuals who had, moreover, framed a general sociology of knowledge on terms of which social situation was held to determine individual consciousness, themselves emerge as the most conspicuous exceptions to their own general rule?"

दल और उसकी भूमिका के कुछ अस्पष्ट तत्त्व मार्क्स और एंजेल्स के लेखन में थे। उसे संस्थागत रूप दिया लेनिन के लेखन ने। उनकी अस्पष्टता दूर करने के बजाय लेनिन ने उन्हें पार्टी के वर्चस्व को कायम करने में तब्दील कर दिया। कहा कि दल 'Line of march' को समझता है, जबकि सर्वहारा जन समझता कम है, अनुसरण अधिक करता है। इन दोनों के बीच सम्बन्ध को सामंजस्यपूर्ण बनाने की जगह कह दिया कि यह कोई समस्या ही नहीं है। परिणामस्वरूप श्रम करनेवालों को उसने बौद्धिक रूप से हाशिये पर डाल दिया। क्रान्ति के बाद वे 'Political appropriation of class' बन गये। स्टालिन का युग आने पर साम्यवाद सिर्फ वह बनकर रह गया जो स्टालिन कहे।

किन्तु इस विघटन में और साथ ही उत्तर साम्यवाद के निर्माण में जबरदस्त भूमिका निभायी एक दूसरी प्रवृत्ति ने। उसे संशोधनवाद कहते हैं। इसके दो रूप हैं : एक सुधारवादी संशोधनवाद, दूसरा क्रान्तिकारी संशोधनवाद। उनकी भूमिका के प्रति कुछ इशारा यहाँ किया जा सकता है। पहले सुधारवादी संशोधनवाद को लेते हैं।

मार्क्सवाद के अनुसार समाजवाद साम्यवाद के रास्ते में एक पड़ाव है। 'जर्मन आइडिओलॉजी' में साम्यवाद को उद्देश्य और समाजवाद को उसकी प्रक्रिया, उसका रास्ता बताया गया था। लेकिन बीसवीं शताब्दी का इतिहास बताता है कि दोनों में कोई कोटिपरक अन्तर नहीं है। एक विकसनशील निरन्तरता में दोनों ही स्थान बदलते रहते हैं। फिर भी क्रान्तिकारी समाजवाद यानी साम्यवाद और विकसनशील समाजवाद यानी जनतन्त्र में भारी अन्तर है। इसका जिक्र लेनिन ने कोमिनटर्न की सदस्यता के लिए निश्चित किये गये इक्कीस बिन्दुओं में किया है। कहा है कि विकसनशील समाजवाद सामाजिक जनतन्त्र में रूपान्तरित होकर पूँजीवाद को विनष्ट करने की जगह उसे अधिक सभ्य बनाने में लग जाता है, लेकिन क्रान्तिकारी समाजवाद यानी साम्यवाद पूँजीवाद को जड़ से समाप्त करने के लिए कटिबद्ध रहता है। फिर भी यह प्रश्न बना ही रह जाता है कि पूँजीवाद में क्या नष्ट किया जाये और किस हद तक किया जाये? यानी क्या पूँजीवाद की जड़ ही खोद डाली जाये कि उसका राष्ट्रीयकरण कर लिया जाय? बाजार को ध्वस्त कर दिया जाये कि उस पर कब्जा कर लिया जाये? राज्य व्यवस्था और कानून की बूर्जुआ उपलब्धि को किस हद तक अपना कर रखा जाये? इस प्रश्नों के आधार पर इधर यह स्थापना रखी गयी है कि, "Communism itself emerged as a coherent ideology advocating the radical transformation of capitalist society." इसी स्थापना ने अन्ततः साम्यवाद को नष्ट कर दिया।

मार्क्सवाद समाजवाद का ऐसा सिद्धान्त है, जिसके आधार पर क्रान्ति के द्वारा उदारतावाद और पूँजीवाद के पार चले जाना है। लेकिन आज समयचक्र मार्क्सवाद के ही पार चला गया है। सुधारवादी संशोधनवाद का इसमें अपना अवदान है। इसका पहला सिद्धान्तकार एडवर्ड बर्न्सटेन था। जर्मनी में जब संसदीय सरकार बनी, उसके पहले ही सभी नागरिकों को मत देने का अधिकार बिस्मार्क ने दे दिया था। इसके परिणामस्वरूप दूसरे इण्टरनेशनल में वहाँ की सोशल डिमोक्रैटिक पार्टी सबसे बड़ी और सबसे अधिक प्रभावशाली होकर उभरी। 1891 में इसने एर्फुर्ट प्रोग्राम प्रस्तुत करने के दौरान एक अध्ययन में स्पष्ट किया कि पूँजीवाद का अन्त स्वाभाविक है, पर उसके साथ ही श्रमिक वर्ग का भिखारी बन जाना भी उतना ही स्वाभाविक है। इसी को हथियार बनाकर एर्फुर्ट ने क्रान्तिकारी समाजवाद पर ऐसा हमला बोला कि उसके सिद्धान्तकारों के पाँव डगमगा गये। आगे अपनी पुस्तक 'Evolutionary Socialism' में बर्न्सटेन ने सप्रमाण साफ-साफ लिखा कि पूँजीवादी उत्पादन मार्क्सवाद विरचित विकास के चरण के रूप में स्वाभाविक रूप से समाप्त नहीं हो जायेगा, उलटे इसकी विकासशील नफासत किसी भी तरह की समाप्ति की सम्भावना ही समाप्त कर देगी। दूसरे पूँजीवादी समाज में वर्गसंरचना के ध्रुवीकरण होने की जगह एक मध्यवर्ग का उभार गोचर हो रहा है, जो पूँजीपति और सर्वहारा के बीच की दूरी अस्पष्ट करता जा रहा है। परिणामस्वरूप वर्गों के बीच संघर्ष समाप्त होता जा रहा है। कम-से-कम स्थगित तो हो ही गया है। यह तीसरी बात है। चौथे, इनके परिणामस्वरूप किसी समाजवादी क्रान्ति की जरूरत नहीं रह

गयी है। उसकी स्थापनाओं की दार्शनिक परिणति यह हुई कि समाजवाद का जो आधार था– व्यवस्था में अन्तर्भुक्त विरोधाभास का तथाकथित वैज्ञानिक विश्लेषण--वह खिसककर काण्ट के सामाजिक न्याय की नैतिक कोटि में चला गया। उस वक्त सोशल डिमोक्रैटिक पार्टी एक साथ ही एक तरफ क्रान्ति लाने के लिए चीख-पुकार कर रही थी, तो दूसरी तरफ व्यवहार में सुधारवादी की तरह काम कर रही थी। इस विरोधाभास के समाहार के लिए उसने मार्क्सवादी सिद्धान्तों में संशोधन की वकालत की। स्पष्ट लिखा, "I frankly admit that I have extraordinarily little feeling for, or interest in, what is usually termed 'the final goal of socialism'. The goal whatever it may be is nothing to me, the movement is everything. And by movement I mean both the general movement of society and the political and economic agitation and organization to living about this progress."

बाद के वर्षों में जब जनतन्त्र, राजनीतिक नैतिकता और मानवाधिकार के प्रश्न उठे तो त्रात्स्की की व्याख्या का जन्म हुआ। तब तक पूँजीवाद एक विवेकपरक सामाजिक उत्पादन की पद्धति में व्यवहृत होकर बैंकिंग के व्यवसाय को एक अपरिहार्य स्तर तक विकसित कर चुका था। इसके परिणामस्वरूप श्रमिकों का संघर्ष दरअसल पूँजीवादी विकास की शक्ति बन गया था। "More the workers gained, richer the capital became. Greater the successes of the labour movement, more they became steps towards its own distruction, creating a non-revolutionary idealogy... and this betrayal did not very much bother those who were betrayed." ऐसे में त्रात्स्की ने कहा कि कानून और दूसरे शान्तिपूर्ण तरीकों का इस्तेमाल समाजवाद की ओर बढ़ने के लिए किया जाना चाहिए। सर्वहारा की तानाशाही की जगह संसदीय सुधार को प्रभावी ढंग से अपनाया जाना चाहिए। अपनी पुस्तक "The Day after Revolution" में उसने एक ऐसा विवाद उठाया जो आज तक जीवित है। वह यह था कि समाजवाद किस तरह से अपनी अर्थव्यवस्था को व्यावहारिक रूप से चलायेगा? सामाजिक अर्थव्यवस्था में कीमतों का निर्धारण किस तरह से होगा? इनका जवाब देते हुए कहा कि बाजार, मजदूरी और मुद्रा के तत्त्व तो बरकरार रखे जायेंगे, जो पूँजीवाद के हैं, किन्तु समाजवादी राज्य चाहे तो बड़े-बड़े उद्योगों में हाथ लगा सकता है। यानी बाजारी पूँजीवाद, यानी उत्पादन के साधनों पर निजी स्वामित्व की समाप्ति का नकार स्वयं ही एक रास्ता है समाजवाद के लिए। 1950 आते-आते पश्चिमी यूरोप के सभी साम्यवादी और समाजवादी दलों ने इसे स्वीकार कर लिया था। जर्मनी की सोशल डिमोक्रैटिक पार्टी ने 1959 के अपने गोडेस्बर्ग कांग्रेस में मार्क्स का नाम तक नहीं लिया और साफ-साफ निर्णय लिया कि बाजार और विकास को पूरी तरह से आगे स्वीकारेगी और दूरगामी उद्देश्य तथा तात्कालिक माँगों के अन्तर को अस्वीकार करेगी। ब्रिटेन में एण्टोनी क्रासलैण्ड ने लेबर पार्टी को मार्क्सवादी सिद्धान्तों से पूरी तरह से अलग कर दिया और 1994 में टोनी ब्लेयर ने अर्थव्यवस्था के राष्ट्रीयकरण के कार्यक्रम को, जो 1917 के कार्यक्रम की धारा 4 द्वारा स्वीकृत था, पार्टी संविधान से ही हटा दिया। फ्रान्स, इटली आदि के समाजवादी दलों ने क्रान्ति, साम्यवाद आदि के प्रति प्रतिबद्धता की जगह जनतान्त्रिक ढंग से सामाजिक समता, कर नीति में सुधार, समाज कल्याण और सामाजिक उद्देश्यों की पूर्ति के लिए केयेन्स के सिद्धान्त में विश्वास करने का निर्णय लिया।

हम क्रान्तिकारी संशोधनवाद पर आते हैं। इसका जनक मिखाइल बाकुनिन है। वह क्रान्तिकारी तो था, पर अराजकतावादी था। इस दृष्टि से उसने संगठन सम्बन्धी प्रश्नों पर विशेष ध्यान दिया। अपनी पुस्तक 'Statism and Anarchy' में लिखा, "...no state, however democratic its form, not even the reddest political republic...is capable of giving the people what they need: The free organization of their own interests from below upword, without any interference, tutelage or coercion from above. That is because no state...in essence presents anything but government of the masses from above downward by an educated and thereby privileged minority which supposedly understands the real interest of the people better than the people themselves."

आगे बतलाया कि मार्क्स का क्रान्तिकारी दर्शन बस इतना कर सकता है कि वैज्ञानिक विवेक की व्यवस्था स्थापित कर दे, जो अब तक की शासन पद्धतियों में सबसे अधिक कुलीन तानाशाह (elite dictator), घमण्डी व धृष्ट होगी। राबिन ब्लैकबर्न कहते हैं कि बाकुनिन के इन विचारों को जानकर मार्क्स ने 'गोथा प्रोग्राम' में 'Statism' की अवधारणा को त्याग दिया था। इस बात ने एक दूसरी समस्या पैदा कर दी। उसके कम्युन जनतन्त्र की परिणति एक विकेन्द्रीकृत आत्म-प्रबन्धित राजनीतिक संरचना में होनी थी, लेकिन वह आर्थिक जीवन कैसे चलायेगी—यह स्पष्ट नहीं था। परिणामस्वरूप 1917 में जब रूस में क्रान्ति हुई तो स्वयं बोल्शेविक पार्टी में यह विवाद का विषय बन गया। जो लोग मिली-जुली सरकार के समर्थन में थे, वे चाहते थे कि एक ढीली-ढाली समाजवादी सरकार का गठन हो जिसका परिप्रेक्ष्य काफी विस्तृत हो। ऐसा वे सिर्फ व्यावहारिक कारणों के नाते नहीं सोच रहे थे। उन्हें पूरा भय था कि एक दल की सरकार बनने पर गृहयुद्ध भड़क उठेगा और उसके परिणामस्वरूप तानाशाही की स्थापना हो जायेगी। हम जानते हैं कि लेनिन को वामपन्थी साम्यवादियों, जनतन्त्रवादी सेण्ट्रलिस्टों और श्रमिकों के संगठन की मुखालफत बार-बार झेलनी पड़ी थी। मार्च 1921 से तो श्रमिकों ने खुलेआम नारा लगाना शुरू कर दिया था कि सोवियतों का निर्माण बिना बोल्शेविकों को साथ लिये किया जाय। यह तो लेनिन का व्यक्तिगत चातुर्य था कि इन तमाम विरोधियों के बीच वे अपनी सत्ता कायम करा सके, बरकरार रख सके। तो भी मार्क्स की ही तरह उन्होंने भी समाजवाद सम्बन्धी राजनीतिक संस्थाओं के निर्माण और विकास पर कम ही ध्यान दिया। सच पूछिये तो उनके प्रति एक अपचयकारी दृष्टि रखी। सिर्फ इतना देखा कि इन संस्थाओं को जो लोग चला रहे हैं उनकी सामाजिक पृष्ठभूमि क्या है। उनमें काम करने की क्षमता भी है और संस्थाएँ ठीक से काम कर भी रही हैं, इस पर ध्यान नहीं दिया। फिर वे 'क्रान्ति का ही विरोध' और 'क्रान्ति के भीतर विरोध' के अन्तर को समझ नहीं पाये। परिणामस्वरूप उसे गुटबाजी का नाम दे दबा तो दिया, किन्तु इसके साथ ही पार्टी के भीतर जनतन्त्र भी समाप्त हो गया। इसके बड़े भयंकर परिणाम स्टालिन के दिनों में निकले।

रूस की बोल्शेविक क्रान्ति पर टिप्पणियों में सबसे महत्त्वपूर्ण और जानदार टिप्पणी तत्कालीन जर्मनी की कम्युनिस्ट पार्टी की रोजा लक्जमबर्ग की थी। उसने लेनिन की उपलब्धि को "Putting socialism on the order of day" कहकर प्रशंसित किया था, लेकिन उसके साथ यह चेतावनी भी नत्थी कर दी थी कि "Lenin's method would undermine, the very purpose of socalism" क्योंकि समाजवाद को प्रजातन्त्र से अलगाया नहीं जा सकता और मानवता की शक्ति हमेशा ही रचनात्मक होती है। इसलिए समाजवाद को बूर्जुआ प्रजातन्त्र की सीमाओं को पार कर एक नये और वास्तविक प्रजातन्त्र की स्थापना करनी चाहिए, जिसमें न तो हिंसा के लिए स्थान हो, न ही तानाशाही के लिए। अगर रहे भी तो बड़े ही सीमित समय के लिए, वह भी अस्थायी स्वरूप में। उसका कहना था कि विवेक पर किसी का एकाधिकार नहीं माना जा सकता। आगे कहा कि क्रान्ति को लोगों की स्वतन्त्र और स्वतःस्फूर्त रचनात्मकता को दिग्दर्शित- प्रतिबिम्बित करना चाहिए।

इस तरह रोजा लक्जमबर्ग ने सामाजिक जनतन्त्र और साम्यवाद में विभाजन किया और कहा कि रूसी क्रान्ति पूँजीवाद विरोधी आन्दोलन का हिस्सा न होकर युद्ध से विनष्ट रूस की तत्कालीन स्थिति का परिणाम है। इसलिए फिलहाल इसका कोई विश्वव्यापी महत्त्व नहीं हो सकता। लेनिन उसके तर्कों का सटीक जवाब अपने "The Proletariate Revolution and Renegald Kautsky" जैसे लेखों में नहीं दे पाये।

आगे इटालियन मार्क्सवादी विचारक एण्टोनियो ग्राम्शी ने वर्चस्व और सामाजिक व्यवस्था का सिद्धान्त विकसित किया। कहा कि समाजवादी निर्वचन में नागरिक समाज पूँजीवादी शोषण का अखाड़ा

होने से बढ़कर राजनीतिक कार्यवाही का क्षेत्र है। इसमें समाजवाद पूँजीवाद के पार जा सकता है और उसके लिए विरोधियों की भी अच्छी बातों को स्वीकार किया जा सकता है। ऐसा कर एक निष्क्रिय क्रान्ति (passive revolution) की जा सकती है। इस स्थापना का अधिग्रहण अन्य सिद्धान्तकारों ने क्रान्तिकारी समाजवाद के पार जाने के लिए कर लिया और रूसियों की निगाह में ग्राम्शी को संशोधनवादी बना दिया। ग्राम्शी के विचारों का उपयोग पोलैण्ड की मुक्ति के लिए दूसरे तर्कों पर विकसित कर किया गया। हीगेल ने राज्य और नागरिक समाज में विभेद कर बताया था कि नागरिक समाज में छोटे-छोटे टुकड़ों के स्वार्थ संघर्षरत रहते हैं, जिनका समाहार विश्वव्यापी राज्य में पाया जा सकता है। मार्क्स ने इस विश्वव्यापी राज्य की अवधारणा को खारिज कर दिया था। मार्क्स के लिए राज्य वर्गीय शोषण का औजार मात्र था। इसके साथ ही उसने नागरिक समाज को बाजारी सम्बन्धों पर आधारित और वहीं तक सीमित कर दिया था। आधुनिक समाज की जटिल संस्थाओं को मार्क्स ने उत्पादन की पद्धति में निहित शोषक सम्बन्धों में अपचयित कर दिया था। व्यक्ति की स्वतन्त्रता के लिए हुआ लम्बा संघर्ष (जिसकी परिणति Habeas Corpus के writ में हुई थी) के साथ-साथ तमाम नागरिक समुदायों को उसने कोई महत्त्व नहीं दिया। यह ग्राम्शी था, जिसने इस बात पर बल दिया कि राज्यव्यवस्था और अर्थव्यवस्था दोनों से ही भिन्न नागरिक समाज में सम्बन्धों का दायरा होता है। इसलिए समाजवादी लोग नागरिक समाज में प्रभुत्व के लिए हो रहे संघर्ष का उपयोग राज्य के वर्चस्व को समाप्त करने के लिए कर सकते हैं। पोलैण्डवालों ने इस तर्कजाल का उपयोग रूस समर्थित कठपुतली साम्यवादी सरकार को उखाड़ फेंकने के लिए किया था। कहा गया कि नागरिक समाज का दो काम है : एक प्रतिरोधक, दूसरा मुक्ति। मुक्ति के तहत यह अवधारणा साम्यवाद और पूँजीवाद के बीच सामाजिक कलाप प्रदान करने के लिए एक सकारात्मक व्यावहारिक कार्यक्रम प्रदान करने का माध्यम बन गयी। इसे एक तीसरा रास्ता कहा गया, जो सामाजिक संगठन को पुनर्जीवन प्रदान करेगा। यह विडम्बना ही थी कि 'प्रति-राजनीति' का विचार जो मजदूरों को खुद-इन्तजामिया प्रदान करनेवाला था, आत्मनिर्णय प्रदान करनेवाला था, वह मार्क्सवादी समाज के वास्ते परकीयित राजनीतिक शक्ति का पुनर्स्थापक बन गया। राजनीति और राज्य का यह विभाजन 1989-91 में प्रतिरोध की राजनीति बन गया और उसकी मुक्तिदायिनी भूमिका साम्यवाद को ले बैठी। उत्तर साम्यवाद में यह नागरिक समाज उदारवाद की सीमाओं के साथ खुद-इन्तजामिया समाज में आशा भरने लगा।

बुखारिन ने लेनिन के सरकारी पूँजीवाद के विरोध में श्रमिकों की खुद-इन्तजामिया की धारणा रखी थी। 1920 आते-आते उसने एक दूसरी धारणा रखी–"ride to socialism on the peasant nag"। आगे इसका उपयोग स्टालिन के न्यू इकोनॉमिक प्लान के विकल्प के रूप में किया गया। इसके आधार पर स्टालिन के बरक्स लेनिन को कुछ नये तर्कों के साथ खड़ा किया गया। लेनिन के बाद के लेखन को "assertion of a gradual path of socialism" कहा गया।

25 फरवरी, 1956 को दिये गये अपने गुप्त भाषण में ख्रुश्चेव ने स्टालिन के अपराधों का न केवल पर्दाफाश किया था, उसकी निन्दा भी की थी। लेकिन ख्रुश्चेव स्वयं स्टालिनवाद से बाज नहीं आये। लोगों को उम्मीद थी कि वह स्टालिनवाद को समाप्त कर कुछ नया, कुछ अधिक मानवीय चेहरे का शासन प्रदान करेंगे। पर ऐसा हुआ नहीं। 1968 में प्राग की घटनाओं ने समाजवाद के इस ईमानदार मानवीय चेहरे को बेनकाब करने का पूरा मौका दिया। वहाँ के लोग पार्टी और समाज के बीच अधिक क्रियाशील सम्बन्धों की माँग कर रहे थे, अल्पसंख्यकों की बातों को सुनने की माँग कर रहे थे, बाजारी सम्बन्धों को स्वीकार करने की माँग कर रहे थे और कह रहे थे कि कम्युनिस्ट पार्टी को सत्ता में रहने का लाइसेंस समाज की शक्तियों को हथिया लेने से नहीं मिलता, राज्य का निर्माण करनेवाले तमाम घटकों के साथ पारस्परिक सम्बन्ध बनाने से मिलता है। लेकिन चेकोस्लोवाकिया के आन्दोलन को वारसा पैक्ट के देशों को साथ लेकर कुचल दिया गया।

आगे ब्रेझनेव ने तो स्टालिन की आलोचना से भी किनारा कस लिया। उसने स्टालिनवाद को पूरी तरह से अपनाया। 1985 में जब गोर्बाचेव सत्ता में आये तो एक बार फिर स्टालिन पर हमला आरम्भ हुआ। लेकिन तब तक जनता हाथ से निकल चुकी थी। उसने तो लेनिन पर ही प्रहार करना शुरू कर दिया था। परिणामस्वरूप गोर्बाचेव को एक पार्टी के भीतर ही बहुलवाद को स्वीकार करना पड़ा। वहाँ चेकोस्लोवाकिया के सन्दर्भ में आत्मालोचना शुरू हुई और जब वह पराकाष्ठा पर पहुँची तो स्वयं गोर्बाचेव ने "Limited sovereignty for communist countries" की बात स्वीकार कर ली। इसका एक असर यह हुआ कि विरोधियों ने इसके द्वारा समाजवाद में सुधार लाने की जगह उसके पार चले जाने का दर्शन रचा, उसके लिए कार्यक्रम बनाया। अगस्त, 1975 के हेलसिंकी फाइनल ऐक्ट में "Third basket of human rights principle" को पहले ही स्वीकार किया जा चुका था। इन सबके परिणामस्वरूप पूर्वी यूरोप के देश अपने आन्दोलन के लिए एक अन्तरराष्ट्रीय दस्तावेज की वैधता पा गये।

इटली की कम्युनिस्ट पार्टी के प्रमुख पाल्मिरो तोग्लियाती ने 1970 के यूरोकम्युनिज़्म की अवधारणा को स्वीकार करते हुए दल को विशाल जन पर आधारित बनाकर चुनाव द्वारा सत्ता में आना स्वीकार कर लिया था। फ्रान्स की कम्युनिस्ट पार्टी के साथ मिलकर 1975 में, "Law, nature and democratic functioning of state" को भी स्वीकार कर लिया। इसके साथ ही बहुलवाद, प्रजातान्त्रिक विरोध और उससे उत्पन्न विकल्प, स्वतन्त्र व सारभौम मताधिकार के महत्त्व को भी स्वीकार कर लिया। क्रान्तिकारी व विकसनशील समाजवाद के विभेद को अस्वीकार कर दिया, हालाँकि यूरोसाम्यवाद ने क्रान्तिकारी भाव को बनाये रखने पर जोर दिया। कहा कि लेनिनवाद राजनीतिक हिंसा के माध्यम से क्रान्ति के बाह्य पक्ष पर जोर देता है जबकि यह नया यूरोसाम्यवाद अपने आन्दोलन में क्रान्ति के भीतरी पक्ष पर जोर देता है। यानी घूम-फिरकर क्रान्ति के पार चले जाने की मार्क्स की अवधारणा, जिसे ग्राम्शी स्वीकार करता है, उसे भी स्वीकार कर लिया। इस नीति पर चलते हुए एनरिको बरलिंगर के नेतृत्व में इटली की कम्युनिस्ट पार्टी ने 'ऐतिहासिक समझौते' के रास्ते पर चल 1976 के चुनाव में काफी सफलता पायी। किन्तु चूँकि सत्ता में भागीदारी न प्राप्त कर सकी, इसलिए बाद में काफी समर्थक खिसक गये। जून 1988 के बाद दल ने अचीले ओछेरो के नेतृत्व में गोर्बाचेव के पेरेस्तोइका यानी पुनर्रचना को पूरा समर्थन दिया।

गौर करने की बात है कि गोर्बाचेव ने न केवल यूरोसाम्यवाद के कई प्रतिपाद्यों को स्वीकार कर लिया, प्रागस्पिंग के मुख्य प्रतिपाद्य 'Socialism with a human face' को अपने चिन्तन और क्रियाकलाप का आधार बना दिया। ग्लास्नोस्त यानी खुलापन का आरम्भ अतीत में हुए रूस की बर्बरताओं के खुलासों से हुआ—पहले स्टालिन के युग का, फिर लेनिन के युग का। फिर यह राजसत्ता के आधार की विवेचना पर ही हमलावर हो गया। गोर्बाचेव के एक सहयोगी त्सीप्को (Tsipko) ने यहाँ तक कह डाला कि किसी भी तरह के मार्क्सवादी समाजवाद की परिणति तानाशाही में ही होगी यदि वह बाजार की जगह केन्द्रीकृत योजना (planning) को स्वीकार करता है। समाज से पहले समाजवाद को क्रियान्वित करना असफलता की ओर बढ़ना होगा, जैसा कि एंजेल्स और प्लेखानोव ने पहले ही कहा था। और भी आगे बढ़कर उसने कहा कि क्रान्तिकारी समाजवाद को प्राप्त करने का कोई भी प्रयत्न अन्ततः व अनिवार्यतः विनाश ही पैदा करेगा।

पेरेस्तोइका की अवधारणा ने रूस की अर्थव्यवस्था और समाज को आधुनिक बनाने पर जोर दिया और उसके लिए इन्तजामिया का नया ढाँचा, अधिक संवेदनशील राजनीतिक पद्धति, सहकारिता और संयुक्त उद्यम के लिए कुछ छूट की वकालत की। इसके माध्यम से रूसी साम्यवाद में जनतन्त्र की गुंजाइश बनायी और लेनिन के समय से ही जनतन्त्र और समाजवाद में जो सम्बन्ध टूट गया था, उसकी पुनर्स्थापना करनी चाही। अपनी पुस्तक 'पेरेस्तोइका' में गोर्बाचेव ने लिखा कि उन्हें जो विरासत में मिला है वह साम्यवाद नहीं केन्द्रीकृत नौकरशाही है, जो श्रमिकों को राजनीति और उत्पादन दोनों से ही अलग रखती है। इसलिए वे पलटकर ठीक 1917 की स्थिति पर जाना चाहते हैं इस खामी को दूर करने के लिए।

इसके लिए उन्होंने में बोल्शेविकों का यह तर्क स्वीकार कर लिया कि, "It was impossible to skip stages in the transition from bourgeoise democracy to socialism"। जाहिर है कि इसके द्वारा क्रान्तिकारी समाजवाद की अवधारणा उन्होंने अस्वीकार कर दी। और यह स्वीकार कर लिया कि विकास की जो पूरी योजना बनायी गयी थी, जो रणनीति बनायी गयी थी, वह गलत मान्यताओं और परिकल्पनाओं पर आधारित थी। इनमें प्रमुख थी यह मान्यता कि साम्यवाद को पूँजीवाद से पहले ही लाया जा सकता है जो पूँजीवाद के स्थानापन्न के भी रूप में काम करेगा। तीसरी दुनिया के तमाम विचारकों ने जो यह कहा था कि समाजवाद पूँजीवाद के पूर्ण विकसित समाज के बाद ही आ सकता है, वह सही था। इसलिए अक्टूबर क्रान्ति और उसके बाद की व्यवस्था, चाहे राजनीतिक हो सामाजिक हो, या आर्थिक गलत थी। यानी एक नये तरह का संशोधनवाद, जिसकी जड़ें पहले के तमाम संशोधनों में फैली थीं, अब सुधार की शासकीय विचारधारा बन गया।

इस पर टिप्पणी करते हुए गोर्बाचेव का एक दूसरे अधीनस्थ येगोर लिगाचेव कहता है कि पेरेस्तोइका राजसत्ता की विवेचना का आधार प्रस्तुत करती है, किन्तु 'deideologization' बनने से रह जाती है। "It was created in the interest not only of Soviet people, but also for universal benefit. In fact Perestoika was the last great ideological compaign for soviet regime, drawing on the rich heritage of Marxist thinking and indeed, commune democracy's imphasis on the soviets and popular self management." दरअसल गोर्बाचेव ने क्रान्ति के रूमानी मिथक को पुनर्प्रक्षेपित करना चाहा था, स्वयं पेरेस्तोइका को क्रान्ति कह कर। किन्तु उसमें विजन का विस्तार नहीं था; समसामयिक राजनीतिक व्यवहृति के लिए भी प्रचुर सामग्री नहीं थी, एक नकारात्मक नाशवादी तर्क की परिणति थी। क्रान्ति के भीतर क्रान्ति की अवधारणा ने क्रान्ति के अर्थ की रीढ़ ही तोड़ दी। इसकी एकमात्र उपलब्धि यह थी कि इसने सुधार की सीमाओं को विस्तृत किया।

जाहिर है कि क्रान्ति के दुश्मन जितने खतरनाक क्रान्ति के बाहर थे, उससे अधिक खतरनाक क्रान्ति के भीतर थे। संशोधनवादी विचारक उसके पुष्ट रूप हैं। दूसरी ओर, साम्यवाद इसलिए नहीं हटा कि उस पर बाहर से हमला हुआ, बल्कि इसलिए हटा कि इसकी संरचना में बड़ी गम्भीर खामियाँ थीं। शीर्ष के चन्द लोगों के हाथों में शक्ति का केन्द्रित हो जाना सबसे बड़ी खामी थी, जिसने जन को समाज, राजनीति और अर्थव्यवस्था तीनों से ही निकाल दिया था। ऐसे में देखें तो संशोधवाद एक नयी शक्ति के संचरण के विकल्प के रूप में था। इसीलिए उसके कुछ तत्त्व उत्तर साम्यवाद के तत्त्व बन जाते हैं। यही कारण है कि जिन देशों में साम्यवाद नहीं हटा उन देशों के क्रियाकलाप में उनकी यानी संशोधनवाद की सैद्धान्तिक अनुगूँज है। उसे हम आगे देखेंगे। यहाँ यह नोट करना समीचीन होगा कि इस प्रवृत्ति को टीमोथी गार्टन "REFOLUTION' कहता है, यह इंगित करने के लिए कि यह सुधारवादी राजनीतिक शैली और घटनाओं की गम्भीर क्रान्तिकारी परिणतियों का समुच्चय है। जुरगेन हेबरमास इसे 'Process of rectifying revolution' कहता है : "An attept to overcome the distortions of actually existing socialism while recognizing the logic of capitalist accumulation battered down the Chinese Walls (as Communist Manifesto described the way cheap commodities forced all nations to adopt the capitalist mode of production) of the past capitalist societies as much as it did of the precapital ones." होम्स इसे 'rejective revolution' कहता है, जो पूर्वी यूरोपीय देशों के सन्दर्भ में दोहरा अस्वीकार है—एक साम्यवाद का, दूसरा रूस के अधिनायकत्व का। मुझे लगता है कि क्रान्ति के पार चले जाने के तर्क में न केवल साम्यवादी सरकारों के पतन के तथ्य की बात है, वे जिस तरह से पतित हुईं, उस प्रक्रिया की भी बात है। ये पार निकल जानेवाली क्रान्तियाँ थीं, जो न केवल शक्ति के साम्यवादी व्यवस्था पर हावी हो गयीं; जो राजनीतिक अम्बार और उसका तर्कजाल था, उसको भी अस्वीकार कर गयीं।

ये पार निकल जानेवाली क्रान्तियाँ दरअसल प्रतिक्रान्तियाँ थीं। दूसरे इनमें हिंसा की जगह शान्तिपूर्ण प्रदर्शन का बोलबाला था। (क्या इस तरह से गाँधी पूरी दुनिया में स्वीकार होते चले गये?) थोड़ी-बहुत हिंसा सिर्फ रूमानिया में देखने को मिली। तीसरे फोरम पालिटिक्स का बोलबाला बढ़ा, जिसमें गोलमेज वार्त्तालाप का बाहुल्य था। यह जाहिर करता है कि लोग मानसिक रूप से अधिक सभ्य हो गये थे—उन्होंने साम्यवादी राजनीतिक व्यवस्था को बातचीत के द्वारा ही बदल दिया, जैसे पोलैण्ड और हंगरी में। पाँचवें इन देशों में भ्रष्टाचार की पराकाष्ठा थी, किन्तु परिवर्तन की चर्चा का आधार भ्रष्टाचार नहीं, तानाशाही था। यह भी कि भारत समेत तमाम खुली दुनिया के देशों में भ्रष्टाचार की इन्तहा है, पर इसके आधार पर कोई राजनीतिक परिवर्तन नहीं होनेवाला है, क्योंकि तानाशाही नहीं है। लोग एक निश्चित समय पर अपने मताधिकार का प्रयोग कर एक की जगह दूसरे दल की सरकार ला देते हैं, इस उम्मीद से कि वह बेहतर काम करेगी और यह प्रक्रिया चलती रहती है। छठें, ये खामोश क्रान्तियाँ, जनप्रिय क्रान्तियाँ रही हैं। बर्लिन की दीवार तो सिर्फ इतने भर से टूट गयी कि लोगों ने आने-जाने की अनुमति को अपने अधिकार में बदल दिया। ऐसा होते ही पूर्वी जर्मनी से साम्यवाद भाग पराया। सातवें, रूस में यह परिवर्तन नीचे से न आकर थोड़ी आर्थिक झंझट, स्वायत्तशासी बहुराष्ट्रीय आकार, सत्ता में एक तरफ ईसाई व मुसलमान के विभेद तो दूसरी तरफ एशियाई और यूरोपीय के विभेद के कारण आया। आठवें, ये परिवर्तन स्वयं क्रान्तिकारी चाहे न भी हों, इनके परिणाम क्रान्तिकारी हैं।

(4)

हम चीन और कैरिबियन सागर के देशों में हुए परिवर्तन पर आते हैं। चीन, मंगोलिया, उत्तरी कोरिया, वियतनाम, लाओस और क्यूबा इस तरह के विघटनकारी परिवर्तन से बचे हुए हैं, क्योंकि वे 'self transcendence of communism' का प्रोजेक्ट लेकर चले हैं। सेल्फ-ट्रेन्सेण्डेन्स इसलिए कि पश्चिम के यूरो साम्यवाद की पारगामिता से इन्हें कुछ नहीं लेना-देना। यह देसी जरूरतों और दबावों से पैदा हुआ है, इसलिए यहाँ उत्तर साम्यवाद का रूप वही नहीं है जो पश्चिम में है। रूस में जब डीस्टेबिलाइजेशन का आन्दोलन चल रहा था, तब चीन में माओ त्से तुंग की विशेषताओं और खामियों में वर्गीकरण कर उनकी महान् उपलब्धियों को स्वीकार किया गया और महान् भूलों को सुधारने के लिए मद्धिम आन्दोलन चलाया गया 1978 के बाद। गलती 30% मानी गयी, उपलब्धि 70%। परिणामस्वरूप वहाँ टूट वैसी नहीं हुई जैसे रूस में। फिर चीन एक ऐसा साम्यवादी देश है जिसने जान-बूझकर, एक बड़ी इच्छाशक्ति के तहत पूँजीवाद को अंगीकार किया है। यह एक तरफ उत्तर साम्यवाद का सबसे बड़ा विरोधाभास है, तो दूसरी तरफ मार्क्सवादी क्रान्ति पर एक अतुलनीय टिप्पणी।

अन्य साम्यवादी देशों ने चीन का ही प्रतिदर्श अपनाया है। फिर वहाँ क्रान्तियाँ अपने भीतर से जन्मी थीं और उस दौरान क्रान्तिविरोधी शक्तियों से काफी दिनों तक संघर्ष किया था, इसलिए अपना बूता मजबूत कर रखा था। इन देशों में अपने से पार जाने की क्रान्तियाँ राजनीतिक व्यवस्था को विनष्ट कर, शक्तियों के नये रूपों में परावर्तित कर नहीं हो रही हैं, स्वयं साम्यवादी व्यवस्था के भीतर बाजार-प्रणीत राष्ट्रीय विकास के काम को अपनाकर हो रही हैं। चीन का साम्यवाद तेंग झिजाओ मिंग की विकासवादी रणनीति और माओ त्से तुंग की स्थायी वर्ग संघर्ष की स्थापना, जिसमें विकासवाद को साम्यवाद के निर्माण के अधीन रखा गया है, के बीच दोलता रहा है। पर साम्यवाद के प्रति प्रतिबद्धता ने पार्टी की निर्णायक भूमिका के साथ-साथ 'आधुनिकीकरण के चार सिद्धान्त' को लेकर, जिसे तेंग ने अपने विरोधियों पर विजय के बाद लागू किया था, चीन के भविष्य को लगभग सुरक्षित बना दिया है। पश्चिम के प्रभाव में आरम्भ हुए जनतान्त्रिक आन्दोलन को 1989 में तियानमेन स्कायर में दफनाकर तेंग ने सिद्ध कर दिया कि चीन के इतिहास का प्रचरण अपने तरह का एक ही है। इसी तरह वियतनाम में 1986 में 'दोई मोई' यानी अर्थव्यवस्था में जान डालने की नीति के तहत मुद्रास्फीति पर नियन्त्रण प्राप्त कर राष्ट्रीय विकास

की वार्षिक दर 8% प्राप्त कर ली है, जिससे पूँजी का प्रवाह बढ़ गया है और वह 'एशिया के शेर' के नाम से जाना जाने लगा है। भ्रष्टाचार बढ़ा है जरूर, लेकिन उसके खिलाफ आन्दोलन बहुत शान्तिपूर्ण और प्रभावी रहा है।

कम्बोडिया का साम्यवाद अपने ही तरह का रहा है और उसकी उत्पत्ति किसी क्रान्ति के कारण नहीं, पड़ोसियों के डर से हुई है। इसलिए उसमें किसी भी डर से बचने की क्षमता है। उसी के अन्तर्गत उसने स्वयं ही साम्यवाद के पार जाने का रास्ता बनाकर आज समृद्ध होता जा रहा है। यही बात उत्तरी कोरिया पर भी लागू होती है। इन देशों में समृद्ध किसानी परम्परा रही है। फिर विदेशी विचारधारा को तोड़-मरोड़ कर अपनी जरूरत के अनुसार ढालने की अद्भुत क्षमता यहाँ के अर्द्धशिक्षित बुद्धिजीवियों में रही है। उपनिवेशवाद का रिक्थ, पड़ोसी विशाल शक्तियों की प्रतिस्पर्द्धा तथा बढ़े-चढ़े नेतृत्ववाद ने उन्हें गजब का जीवट दिया है।

निकारागुआ में चुनाव के बाद साम्यवादी सान्दिनित्सा की सरकार ने सत्ता जनतन्त्रवादियों के हाथ सौंप दिया था। इसलिए वहाँ साम्यवाद ऐच्छिक रूप से ही समाप्त हो गया। बचा रहा क्यूबा। उसने पूँजीवाद का कट्टर विरोध करने के बावजूद बाजारवाद को तरजीह दिया है और देश को पर्यटन के लिए खोलकर काफी विदेशी मुद्रा बनाया है। सत्ता में आने के दिन से ही फिदेल कास्त्रो ने राष्ट्रवाद समाजवाद और राष्ट्रनायकी नेतृत्व के योग से ऐसी राजनीति की है कि तमाम लोगों को वह साम्यवाद की वकालत करता इसलिए लगता है कि जिससे अमेरिका के वर्चस्व से बचा रह सके। कास्त्रो ने अपनी वृद्धावस्था के कारण सत्ता अपने भाई के हाथों में सौंप दी है। यह परिवारवाद का नमूना लगता है, साम्यवाद का नहीं। जो भी हो कास्त्रो के शासन ने जिस तरह से स्वास्थ्य, सुरक्षा, शिक्षा, संचार, समाज कल्याण, लोगों के बीच समता और समरसता की स्थापना की है, वह अति प्रशंसनीय है। उसका एक बड़ा आधार 1991 तक मिलनेवाली रूस से मदद रही है। उसके बन्द हो जाने पर उसे स्वयं के स्रोतों को बढ़ाना पड़ा है और कई तरह के समझौते भी करने पड़े हैं। फिर भी कई तरह का खतरा मँडराता रहा है। स्थिति पूर्वी यूरोप जैसी ही रही है—जेलों में बन्द तमाम विरोधी, मानवाधिकारों का हनन, देश छोड़कर भागे लोगों का हमला और उनको अमेरिका की शह तथा वृद्ध नेतृत्व। फिर भी शासन का पतन नहीं हो पाया। अतीत की साम्यवादी उपलब्धियों और भविष्य के जनतन्त्र के बीच सामंजस्य बिठाने की निरन्तर कोशिश इसे बचाये हुए है।

अफ्रीकी देशों में अंगोला, मोजाम्बिक, मदागास्कर, कांगो, ब्राजाविले, बेनिन और इथोपिया में रूस समर्थित वामपन्थी सरकारें काम करती रही हैं, जो अपना शासकीय उद्देश्य मार्क्सवाद-लेनिनवाद की स्थापना बताती रही हैं। इसी तरह अल्जीरिया, लीबिया, तंजानिया, केथवेर्दे, गिनिया-विसाऊ, सावोटोने और प्रिंसिए, जाम्बिया और सेचेलिस की सरकारें अपना शासकीय उद्देश्य साम्यवाद बताती हैं। अफ्रीका में साम्यवादी प्रयोग 1950 के दशक से ही होने लगा था, जब घाना में न्क्रूमा की सरकार बनी थी। दूसरा कदम तंजानिया के स्वतन्त्र होने के बाद जुलियस न्येरेरे की 1961 में बनी सरकार का था। सर्वसत्तावाद को प्रगतिशील व्यवस्था का नाम दे शेकोतोरे ने गिनिया में एक बड़े ही अत्याचायी शासन का सूत्रपात किया था, जिसमें सभी प्रकार के व्यक्तिगत व्यापार पर रोक लगा दिया गया था और जो व्यापार सरकारी समितियों द्वारा होता था, उस पर राज्य बड़ी कड़ी नजर रखता था। इसे तब 'सोशलिस्ट डेवेलपमेण्ट' कहा गया। इस आततायी सरकार को लोगों ने जल्दी ही उखाड़ फेंका। इसी तरह चुनावों के परिणामस्वरूप कांगों ब्राजाविले की सरकार भी गयी, पर पीछे बड़ी मारकाट मची। मारकाट अंगोला में भी मचा हुआ है। तंजानिया, इथोपिया में कुछ भी आर्थिक विकास नहीं हो पाया है। अफ्रीका के अनुभवों के आधार पर विचारकों ने निष्कर्ष निकाला है कि पिछड़े देशों में अगड़े देशों की विचारधारा का क्रियान्वयन लोगों की मुश्किलें घटाने के बजाय बढ़ा देता है। विक्रयनिवेशीकरण में भी वह कोई कारगर भूमिका नहीं निभा पाता। ऊपर से अराजक तानाशाही लाद देता है और विकास तो कर ही नहीं पाता। इसलिए वहाँ के तमाम देश

इसे एक-एक कर छोड़ते जा रहे हैं। पश्चिम के मार्ग की जगह अपनी नेटिव राह की खोज कर रहे हैं और विकास कर रहे हैं। इन तमाम प्रवृत्तियों का व्यवस्थित अध्ययन कर साक्वा कहता है, "The communist exprience, both as a subjective appreciation of the attempt to implement a form of Marxian socialism and as a social experiment on the grandest of all possible scales, proved a tortured failure and was unable to sustain its claims to provide a viable alternative to western capitalist modernity. It is to the consequences of that failure and attempts to overcome them that we now turn."

(5)

उत्तर साम्यवाद का मतलब है, जिन देशों में साम्यवाद था उन देशों में साम्यवाद के पतन के बाद जो राजनीतिक, आर्थिक, सामाजिक और अन्तरराष्ट्रीय सम्बन्ध बनते हैं उनका स्वरूप। इस स्वरूप के विकास में उन देशों के पास जो मालमत्ता था, उसका बहुत असर है। यह मालमत्ता दरअसल मानवीय पूँजी के रूप में था। लोग शिक्षित थे और उत्तर औपनिवेशिक देशों के शिक्षित लोगों की तुलना में तकनीक के मामले में अधिक नफीस थे, कुछ अनुभवी शासनकर्त्ता थे। जो नहीं था, उनमें व्यक्तिगत सम्पत्ति थी, संगठित स्वार्थ इच्छावाले समूह थे, राजनीतिक दल थे, तरह-तरह के संगठित और अनौपचारिक समुदाय थे, कानून की व्यवस्था थी और राजनीतिक उत्तरदायित्ववाली नौकरशाही थी। पहले के कारण वहाँ के लोगों ने जनतन्त्र को स्वाभाविक रूप से वरा। दूसरे के कारण नयी-नयी समस्याएँ पैदा हुईं।

हम पहले राजनीतिक स्वरूप को लेते हैं। यह पहले ही नोट कर लेना जरूरी है कि जनतन्त्र एकमात्र विकल्प के रूप में नहीं उभरा। बाल्कान और सेण्ट्रल एशिया के देशों में साम्यवाद के पहले की जो दशा थी उसकी ओर प्रत्यागमन हुआ। कुछ दूसरे देशों में जनतन्त्र और साम्यवाद का अजीब घालमेल देखने को मिला।

लिंज और स्टेपेन अपने अध्ययन में स्पष्ट करते हैं कि तमाम देशों में एक साथ ही राज्यवाद, राष्ट्रवाद और जनतन्त्र तथा उनके आपसी सम्बन्धों का विकास हो रहा है। हाँ, उनकी मात्रा और प्रकार विभिन्न देशों में भिन्न जरूर है, जो उनकी रिक्थ के साथ ही पिछले संकट की देन है। उसमें उनके इतिहास और संस्कृति की भूमिका है, फौज की भूमिका है और वर्तमान पूँजी की भी भूमिका है। इसका स्वरूप कहीं जनतन्त्र और तानाशाही के बीच के सम्बन्ध जैसा है तो कहीं जनतन्त्रीकरण और उत्तर साम्यवाद के सम्बन्धों जैसा है। कहीं यह सरकार में परिवर्तन, अर्थव्यवस्था में परिवर्तन और देश की सीमा में परिवर्तन के त्रिक जैसा है, तो कहीं उनमें ब्यूरोक्रैटिक-क्रिप्टो पॉलिटिक्स भी घुसी हुई है। मध्य यूरोप में मुख्य संघर्ष प्रोटो-डिमोक्रैटिक एक्टर्स के बीच था। रूस और उक्रेन में पुराने साम्यवादी दलों ने पुरानी सरकार को समर्थन नहीं दिया। तमाम देशों में जनतन्त्र और बाजारी अर्थव्यवस्था को आगे-पीछे नहीं, एक साथ बलपूर्वक लागू किया गया। वहीं चीन समेत एशिया के तमाम साम्यवादी देशों में यह थोपा नहीं गया, बल्कि वहाँ की सरकारों ने पहले जनतन्त्र की ओर संक्रमण किया, फिर बाजार की ओर। इससे लगा कि अर्द्धतानाशाही, अर्द्धजनतान्त्रिक सरकारें आर्थिक व राजनीतिक व्यवस्था ठीक करने में अधिक सक्षम हैं। उनकी गति पर बात करते हुए राल्फ डेहेण्डार्फ तीन घड़ियों के अहजह की बात करता है। "In the hour of lawyer the constitutional and political framework is established during the course of several months, in the hour of economist the requirements of a market economy are built in a process that may take five or six years, and finally in the hour of citizen the social impulses of civil society are regenerated in the course of process that will inevitably take decades."

यूरेशिया के उत्तर साम्यवादी देशों में जनतन्त्र का औपचारिक स्वरूप कमोबेश लागू हो गया है और यह अपने आप में कोई छोटी उपलब्धि नहीं है। जहाँ तक स्वतन्त्र और निष्पक्ष चुनाव की बात है, वह

बहुत सन्तोषजनक नहीं है। सी.आई.एस. देशों में संसद को बहुत सीमित अधिकार दिया गया है और कार्यकारिणी के विशेषाधिकार पर बहुत कम नियन्त्रण है। जहाँ तक भागीदारी और सामाजिक जनतन्त्र की बात है, चूँकि कम्यून जनतन्त्र में साम्यवादी सरकारों ने रक्षा के उपायों को नीतिगत तौर पर नहीं बनाया था और पार्टी कार्यकर्त्ताओं को स्वविवेक का वर्चस्व प्रदान कर दिया था, इसलिए निचले स्तर पर अभी भी जनतन्त्र का अभाव है। असहमति की राजनीति के लिए स्वतन्त्र संगठनों की आवश्यकता पड़ती है, किन्तु उन्होंने उसे 'प्रति-राजनीतिक' कहकर बनने ही नहीं दिया था। इसी तरह तात्त्विक या सारभूत जनतन्त्र के लिए जो कार्यपालिका, विधायिका और न्यायपालिका में शक्ति विभाजन तथा केन्द्रीय और स्थानीय राजनीतिक संस्थाओं में अधिकारों के वितरण की जरूरत होती है, उसे भी पूरा नहीं किया गया है। इससे समाज की अपनी संस्थाओं के बीच सम्बन्धों का विकास नहीं हो पा रहा है। ऊपर से जनतन्त्र और बाजार के आपसी सम्बन्धों पर भी गम्भीर विचार नहीं किया जा रहा है। राजनीति व बाजार चन्द हाथों में निहित हो गयी हैं, जिन्होंने जनप्रिय दबाव व सन्तुलन तथा अड़क बनानेवाले संगठनों को हाशिये पर ढकेल दिया है। इनके विचारक व्यक्तिगत तौर पर तो मानवाधिकार और नागरिक अधिकार पर जोर देते हैं, पर सकारात्मक उदार किस्म के अधिकारों के कालातीत एजेण्डे पर कोई बात नहीं करते, जिनमें अभिव्यक्ति की स्वतन्त्रता, जीवन का अधिकार या बराबरी का अधिकार जैसी बातें शामिल हों। उनके लिए आर्थिक उदारीकरण की तुलना में राजनीतिक उदारीकरण गौण किस्म की संवृत्ति है, जिनकी जड़ें समाज व उसकी समितियों में नहीं हैं, जो राजनीतिक चौखटे का निर्माण करती हैं। आर्थिक उदारीकरण ने अपनी व्यवस्था को बनाये रखने के लिए निजीकरण की ऐसी रणनीति बनायी है कि सम्पत्तिशालियों का एक नया वर्ग पैदा हो गया है, जिसने समाज को लम्बवत् के साथ-साथ आधारवत् टुकड़ों में बाँट दिया है, जिसके कारण सन्दर्भ और कार्यक्रम में एका नष्ट हो गया है।

आज कई पूँजीवादी समाज जनतान्त्रिक नहीं हैं। इसके उलट यह भी सही है कि कई जनतान्त्रिक समाज पूँजीवादी नहीं हैं। उत्तर साम्यवाद के सामने दोनों ही विकल्प हैं। फिर भी वहाँ के राजनीतिक उदारवादी आर्थिक उदारवादी चाहे जितना हो जायें, आर्थिक उदारवादी राजनीतिक उदारवादी बनते नहीं दिखते। एक कारण यह है कि उनको पूँजीवाद एक नया यूटोपिया बनकर उभरता लग रहा है, क्योंकि उत्तर साम्यवादी देशों में कोई परम्परागत उच्च वर्ग नहीं रह गया है, जिसे आर्थिक अधिकार और तकनीकी विशेषाधिकार विरासत से प्राप्त हो। इसलिए अब जिन्हें मिल रहा है उसे वे हड़प कर अपने पास रख रहे हैं और कह रहे हैं कि इससे वे कालान्तर में समूचे जन का भला करेंगे।

चीन में जनतन्त्र और बाजारवाद का तनाव दूसरी तरह का है। बढ़ती हुई बेरोजगारी, बड़ी संख्या में लोगों का एक क्षेत्र से दूसरे क्षेत्र में स्थानान्तरण, पर्यावरण में बढ़ता असन्तुलन, समुद्र के किनारों के इलाकों तथा भीतरी भाग के इलाकों में बढ़ती आर्थिक विषमता आदि ने काफी तनाव पैदा किया है, किन्तु शासनतन्त्र उसे सुलझाने में काफी सक्षम होकर उभरा है, क्योंकि वहाँ बचत की दर ऊँची रही है, मददगार प्रवासी रहे हैं, अनुशासित व शिक्षित जनशक्ति रही है, उद्योग से हटकर एक विकसित कल्याणकारी व्यवस्था रही है। ऊपर से पाँच करोड़ अस्सी लाख का अनुशासित और हर परिस्थिति के साथ तालमेल बिठालेनेवाला दल का कैडर रहा है। उसके सचिव जियांग जेमिन पहले दल में, फिर व्यवस्था में जनतन्त्र लाने का उपक्रम पहले से ही करते आ रहे थे।

जिन देशों में साम्यवाद टूटा था वहाँ संविधान निर्माण पहला चरण था। इसमें दो विरोधी बातें एकसाथ काम कर रही थीं। पहली थी प्रक्रिया में विवेक का उपयोग, जिससे कि जनहित का पक्षपातविहीन आकलन हो सके। दूसरा था भावातिरेक, जो कहीं पहले की अपेक्षाओं से अनुनादित था, तो कहीं सेक्शनल, संस्थागत या व्यक्तिगत हितों का अनुरक्षण चाहता था। रूस में उसका स्वरूप साम्यवादी दौर की संसद और मौजूदा राष्ट्रपति प्रणाली के बीच टकराव का था, वहीं उक्रेन और पोलैण्ड में एक लम्बे अनिर्णय की स्थिति थी। पूर्वी यूरोप के देशों में मूलभूत सिद्धान्तों को एक कठोर संविधान

में शामिल करने का था। जब इनके संविधान बने तो मुख्य संवैधानिक संस्थाओं की निर्मिति के साथ ही स्वतन्त्रता सहित तमाम मूलभूत नागरिक अधिकारों को शामिल कर लिया गया। इसके साथ ही नागरिक व उसकी भूमिका को, संघीय या ऐकिक स्वरूप को, प्राथमिक और गौण भाषाओं की भूमिका आदि को परिभाषित कर दिया गया। अधिकतर देशों ने संसदीय प्रणाली को अपनाया। उन्हें लगा कि राष्ट्रपति प्रणाली में उत्तरदायित्व जरा कम रहता है और वह तानाशाही की ओर संक्रमित हो सकता है।

कुछ विचारकों ने इस प्रश्न पर मनन किया है कि कब से इन देशों में जनवाद का लागू होना माना जाये? पाया है कि इसका उत्तर दो अलग-अलग प्रश्नों के उत्तर में निहित है। एक यह कि जिन संस्थाओं का निर्माण किया गया है क्या वे स्थायी हैं और क्या वे दिया गया काम करती हुई दिखती हैं? दूसरा यह कि वहाँ जनतान्त्रिक सुधार को उलटा तो नहीं जा रहा है? संस्थाओं का काम तब उन्नत दिखेगा, जब वे उसको चलानेवाले व्यक्तियों के व्यक्तित्व से अप्रभावित दिखें। अभी तो वे पहले से ही शासक रहे चन्द चुने हुए लोगों के आपसी सम्बन्धों से संचालित होती दिखती हैं, जिसमें असम्बद्धता कम होती है, सौदेबाजी अधिक। न्यायपालिका या उस तरह की किसी निरपेक्ष और विधिसम्मत काम करनेवाली एजेंसी में मध्यस्थता की भूमिका अभी विकसित नहीं हो पा रही है। कानून की जगह व्यक्ति के शासन का प्राधान्य है। परन्तु चूँकि इस संविधानों में शक्ति के विभाजन का प्रावधान है, इसलिए उम्मीद है कि आनेवाले वर्षों में 'चेक ऐण्ड बैलेंस' का विकास हो सकेगा। जनतन्त्र की प्रक्रिया को उलटने के प्रयत्न फिलहाल सामने नहीं आये हैं, अफ्रीका के कुछ देशों को छोड़कर। हम उम्मीद करते हैं कि आनेवाले दिनों में भी ऐसा नहीं होगा और अफ्रीका में स्थिति सुधरेगी।

अल्बानिया, बल्गारिया, हंगरी, पोलैण्ड और रूमानिया को छोड़कर सारे राज्यों को पुनर्गठन की जरूरत पड़ी है। चेकोस्लोवाकिया, रूस और सर्बिया चूँकि पुरानी राजधानियों के साथ स्वतन्त्र हुए, इसलिए उन्हें प्रशासन का ढाँचा बना बनाया मिल गया। दूसरों को निर्मित करना पड़ा। कुछ को तो बिलकुल निचले स्तर से। फिर कहीं-कहीं सीमा-निर्धारण की समस्याएँ उठीं। जहाँ एक ही जाति के लोग एक से अधिक राज्यों में बसते थे, वे मिलकर एक होना चाहते थे, जबकि राज्य उन्हें छोड़ना नहीं चाहते थे। मध्य एशिया के देशों में राष्ट्रीयता या जाति की पहचान जो भी हो, क्षेत्र के रूप में उनकी पहचान पहले भी नहीं थी। इसलिए उन्हें यह पहचान बनाने में काफी हुज्जत व मशक्कत करनी पड़ी। कहीं-कहीं तो लड़ाइयाँ छिड़ गयीं। क्योंकि निष्ठा का आधार कबीला, क्षेत्र और जाति अधिक था, देश व राष्ट्रीयता नहीं के बराबर। फिर संघर्ष कहीं-कहीं देश और राष्ट्रीयता में भी हुआ, कहीं एक से अधिक राष्ट्रीयताओं को मिलाकर देश बनाने के लिए तो कहीं एक ही देश को कई राष्ट्रीयताओं में तोड़ने के लिए तो कहीं एक ही राष्ट्रीयता व देश के जन क्षेत्रीय हितों के लिए दो देशों में टूटने लगे।

राज्य के गठन की समस्याएँ सिर्फ अतीत की ही देन नहीं थीं, कुछ नयी भी पैदा हुई थीं। नयी नीतियों के अपनाये जाने के कारण। पहले की व्यवस्था में राजनीतिक और आर्थिक में कोई विभाजन नहीं था। अब अर्थ व्यवस्था को राजनीतिक व्यवस्था से मुक्त किया जा रहा था, बल्कि अर्थ व्यवस्था के अधीन राजनीतिक व्यवस्था को किया जा रहा था। उस वक्त निजी सम्पत्ति की कोई अवधारणा नहीं थी। जिनके पास वह पहले थी, उनको नेस्तनाबूद कर दिया गया था। नयी अर्थव्यवस्था के लिए निजी सम्पत्ति की जरूरत थी। वह आये कहाँ से? जब औद्योगिक और व्यापारिक संस्थानों का निजीकरण किया जाने लगा तो जो लोग प्रबन्धन से जुड़े हुए थे, वे लोग उसे अपने-अपने चंगुल में करने लगे, और अपने कब्जे को वैधानिक रूप देने लगे। इससे वो लूट-मार मची कि पूछिये मत। सभी एक डूबती नाव से अपना-अपना हिस्सा नोचने लगे। इसने शुरू-शुरू में बाजार-व्यवस्था में रुकावट ही डाला। इसे देखते हुए विश्व बैंक और अन्तरराष्ट्रीय मुद्रा कोष ने अपना ध्यान वहाँ से हटाकर 'एशिया के शेरों' पर केन्द्रित किया।

अल्बानिया इस नये राज्य के निर्माण में बुरी तरह से असफल रहा। राष्ट्रपति बरीशा के नेतृत्व में उस वक्त एक बहुत ही भ्रष्ट सरकार काम कर रही थी जिसने पूँजी निवेश के पिरामिडीय स्वरूप को पूरी

तरह से पचा लिया। उससे अर्थव्यवस्था चौपट ही हो गयी। उनसे पहले अनवर होक्सा की सरकार ने कभी नागरिक समाज बनने ही नहीं दिया था जो इसे रोकने के लिए कुछ करता। फलिस नानो के नेतृत्व में साम्यवादी दल का एक धड़ा टूट कर कुछ कदम उठाने की पहल की, पर वह कोई निदान देने में असफल रहा।

इसी तरह अफ्रीका में राजनीतिक राज्यों के निर्माण की जगह आर्थिक राज्यों का निर्माण शुरू हुआ, जिसके चलते बड़ी मार काट मची और संयुक्त राष्ट्र संघ को व्यवस्था बनाने के लिए बड़ी मात्रा में शान्ति सैनिकों को भेजना पड़ा।

हम नागरिक समाज के निर्माण पर आते हैं। सरकारी समाजवाद के पतन के बाद नागरिक समाज के विरुद्ध जो सर्वग्रासी सरकारों की दृष्टि थी, वह समाप्त हो गयी। साथ ही राज्य की तानाशाही रोकने के लिए और नयी अन्तरराष्ट्रीय आर्थिक सम्बन्धों की नीति को बढ़ावा देने के लिए उसकी जरूरत शिद्दत से महसूस की जाने लगी। स्थितियाँ जिस तेजी से बदल रही थीं, उस तेजी से इस समाज के बनने की सम्भावना नहीं थी, इसलिए एक तरह से उसे बलात् ही थोपा जाने लगा। ग्लीसन लिखता है, "The trimphant recovery and idealization of civil society is only one dimention of the wide spread notion that the world cannot be reformed, perhaps cannot even be improved, without an unacceptable risk of tyranny. The state could no longer be trusted either as the organizer of modernization or as the carrier of a broader social project like equality and thus it felt to the task of society to take up the burden."

क्या उत्तर साम्यवादी समाज इस भूमिका को स्वीकार कर पा रहा है? हम ऊपर देख आये हैं कि नागरिक समाज की तानाशाही के खिलाफ बड़ी कारगर भूमिका रही है। यह पहले आत्ममुक्ति लाती है, फिर राज्य को समाज के प्रति जिम्मेदार बनाती है। जार्ज ऑरवेल की भविष्यवाणी काफी हद तक गलत सिद्ध हुई है। लेकिन तब शासक वर्ग ने प्रति-समाजों का भी निर्माण किया है। इसकी क्षमता को कमजोर करने के लिए और उनके माध्यम से सब-कुछ पर पूर्ण नियन्त्रण प्राप्त करने के लिए। विचारकों का मानना है कि दि ताक्विल ने जो राज्य और व्यक्ति के बीच समाज की आवश्यकता महसूस की थी, दोनों को अपने-अपने दायरे में रखने के लिए, उसकी आज सख्त व्यावहारिक जरूरत है।

समाज की प्रक्रिया दुधारी है। एक तरफ यह नागरिक संगठनों, पैसा लगानेवालों, परोपकारियों, संगठित मजहबों, विविध प्रचार आदि को सम्भव बनाती है तो दूसरी तरफ सामाजिक रुग्णता का विलासी प्रवाह, अपराध, भ्रष्टाचार, गरीबी, असमानता, वर्णवाद, लिंगवाद, जातीय असमानता आदि को जन्म दे रही है, उसे बढ़ावा दे रही है। इस उत्तर समाजवादी प्रक्रिया में हमें दोनों ही एक साथ देखने को मिल रहा है। चेकोस्लोवाकिया में क्लाउस का हावेल के साथ विवाद, दार्शनिक स्तर पर व्यक्ति व समाज पर अस्तित्ववादी दृष्टिकोण व मूल्यों का हावी होते जाना, कानून पर अविश्वास, उसकी जगह नैतिकता व मतवादी विश्वास पर जोर, और राजनीति-विरोधी मानसिकता का विकास द्रष्टव्य है। यही नहीं, जिन मूल्यों को स्वयं पश्चिमी समाज ने छोड़ दिया है, उन्हें नये सिरे से स्थापित करने की बात होने लगी है। इस पूरी स्थिति पर साक्वा कहता है, "Post communist societies are characterized by pre-modern ethnic and territorial cleavages and stratification rather than complex socio-economic and interest cleavages of (post) modernity. If in the past parties tended to represent identifiable objective interests, such as the landed gentry or the industrial working class, now with fragmented societies in which the economic interests of the population were defused and depoliticized, while those of the elite were crudely direct and prepolitical, the role of political parties appeared redundant. With the decline of ideological politics classic lines of party affiliation were blurred, and parties had an inexorable tendency to become defused into movements and 'fronts', in which new forms of opinion and power were directly aggregated rather than mediated through a party hierarchy and organization. This is universal phenomen on, applying as much to former communist states as to others."

उसी समय, यद्यपि कि सामाजिक चितकबरापन काफी अगोचर था, साम्यवाद के साथ-साथ उत्तर साम्यवाद की सामाजिक संरचना में कई तरह के विभेद काम कर रहे थे, कई तरह के स्वार्थ समूह एक साथ सक्रिय थे। संक्रमण की प्रक्रिया से इन समूहों का सहयोग और टकराव दोनों की अपनी भूमिका है। प्रशासन से जो उनका सम्बन्ध बना उससे उन्हें नये-नये 'Client' मिले। धीरे-धीरे वे ही नागरिक सभ्यता व वैकल्पित elite में तब्दील हो गये जो अन्ततः उत्तर साम्यवाद लाने और उसका समाज बनाने में काम करने लगे, वही साम्यवाद के पतन के बाद नये लाभार्थी बने।

नये बने नागरिक समाजों ने कहीं-कहीं जनप्रियतावाद (populism) को जन्म दिया। जहाँ तात्कालिक अतीत से नाता गहरा था, वहाँ उसने वैश्वीकरण का जमकर विरोध किया। स्लोवाकिया में अपनी हार से पहले माशियर की सरकार ने पश्चिम का बड़ा मुखर विरोध किया। वह अपने अतीत को भुला नहीं पा रही थी। वह अल्पसंख्यकों के प्रति असहिष्णु भी थी। लगा कि जनप्रियतावाद स्वभाव से ही अनुदार होता है और नगर को भ्रष्टाचार का केन्द्र मानकर उसका विरोध करता है। इसका थोड़ा इतिहास भी है। इसी जनप्रियतावाद के चलते जर्मनी में नाजीवाद का उदय हुआ था। पतन के बाद रूस में भी कई नाजीवादी समूह तेजी से बढ़े, जैसे ब्लादिमीर झिरीनोवस्की की लिबरल डिमोक्रैटिक पार्टी। इसी तरह रूमानिया में, कई चेक गणराज्यों में स्लादेल की रिपब्लिक पार्टी और हंगरी में जुर्का की जस्टिस ऐण्ड लाइफ पार्टी अस्तित्व में आयीं।

जनतन्त्र सामान्यतः सामाजिक विकास की परिणति है। वह सांस्कृतिक विकास की अपेक्षा से उत्पन्न होता है। बिना जनतन्त्र के नागरिक समाजों का निर्माण उत्तर साम्यवादजन्य आधुनिकता का अपना विशिष्ट लक्षण है। बाजारी सुधारों के सन्दर्भ में लगता है कि निर्णय से पहले इच्छा की जरूरत पड़ती है, साथ ही संस्थागत और सांस्कृतिक ढाँचा की जरूरत पड़ती है, किये गये चुनाव को थामकर रखने के लिए। यह तार्किक विसंगति है कि पहले बाजार और आर्थिक विकास को स्वीकार कर लिया जाये, फिर उसके लिए समाज का, समितियों का ढाँचा खड़ा किया जाये।

नागरिक समाज और राजनीतिक व्यवस्था से जुड़ा है उत्तर साम्यवादी देशों में राजनीतिक दलों का निर्माण। इसके लिए तीन तरह की दृष्टियों का इस्तेमाल हो रहा है। एक है सामाजिक संरचनावादी दृष्टि। यह सामाजिक फाँक पर ध्यान देती है, जिसमें वर्ग, लिंग, मजहब और क्षेत्र की भूमिका रहती है। दूसरा है मनोवैज्ञानिक दृष्टि। वह दलगत पहचान और विचारधारात्मक सहयोग पर आँख गड़ाती है। तीसरा है ऐतिहासिक दृष्टिकोण। चूँकि साम्यवादी काल में एक ही दल होता था, साम्यवादी दल, इसलिए वह उसका विरोध करती है और साम्यवाद पूर्व के दलों को पुनर्जीवित करना चाहती है—कम-से-कम उनके विचारों को। हम पाते हैं कि मध्य यूरोप और स्लोवानिया में अपेक्षाकृत अधिक स्थायी दलीय पद्धति विकसित हुई, जबकि दूसरे राज्यों में यह नहीं हो पाया। इटली, भारत व जापान में वर्चस्ववादी धारणावाले दल जरूर विकसित हुए। राष्ट्रपति प्रणालीवाले देशों में चूँकि संसद को थोड़ा कम महत्त्व रहा, इसलिए ये दल सरकार की कारगुजारियों से थोड़ा दूर रहे, क्योंकि वहाँ कुछ सकारात्मक करने का अवसर कम ही था। शायद इसीलिए वे राष्ट्रपति प्रणाली से थोड़ा खिंचे-खिंचे रहे। रूस में साम्यवादी दल एकमात्र दल होने के कारण सरकार का पर्याय बन गया था। जहाँ-जहाँ भी ऐसी पद्धति रही वहाँ-वहाँ दलों ने विधायिका और प्रशासन के एक बड़े अंश पर एकाधिकार कर लिया। यानी दल ने जन में जड़ जमाने के बजाय शीर्ष पर अधिकार जमाया। पेरेस्तोइका के बाद रूस में कम्युनिस्ट पार्टी आफ रसियन फेडेरेशन ने उसी प्रकार का अधिकार जमाकर रखना चाहा, खासकर संसद पर। इसके लिए बड़े ही आश्चर्यजनक ढंग से बाहर के उग्र राष्ट्रवादी या जनतन्त्रवादी गुटों पर खूब प्रहार किया। सत्ता पर काबिज दल और कम्युनिस्ट

विरोध के बीच दूरी धीरे-धीरे धुँधली पड़ती गयी। यही प्रवृत्ति उक्रेन में भी काम करती दिखी, जहाँ पेत्रोसिमोनेको की नेतृत्ववाली कम्युनिस्ट पार्टी वेरखोवना रादा में सबसे शक्तिशाली होकर उभरी।

उत्तर साम्यवादी युग में हर जगह परम्परागत दलों और दलगत व्यवस्था का विरोध दिखायी देता है। मीडिया विश्वसनीय राजनीतिक निर्वचन का स्थानापन्न बन गया है। वर्ग और महान् राजनीतिक विचारधाराओं ने छवि निर्माण और उत्तर औद्योगिक आवश्यकताओं के लिए स्थान बनाया है। बहुत-से देशों में चुनाव पद्धति को अभियन्त्रित किया गया है, इस इरादे से कि वे राजनीतिक समेकन की ओर ले जायेंगी और विस्तृत आधारवाली पार्टियाँ अस्तित्व में आयेंगी। किन्तु यह पर्याप्त नहीं लगता। आज जनतान्त्रिक देशों में दलों का काम बहुत बढ़ गया है। वे सरकार के समेकित और स्पष्ट कार्यक्रमों के लिए जनाधार जुटाती हैं, नागरिक समाज की जरूरतों और हित का प्रतिनिधित्व करती हैं, राष्ट्रीय उद्देश्य का विजन स्पष्ट करती हैं। किन्तु उत्तर साम्यवादी देशों में हम पाते हैं कि ये दल अभी इतने प्रौढ़ नहीं हो पाये हैं कि इन उद्देश्यों को पूरा कर सकें। वे प्रगतिशील रूपान्तरण, सही विकल्प और नागरिक समाज की जरूरतों को रेखांकित करने में अभी पीछे हैं। राष्ट्रीय उद्देश्य के भविष्य पर अभी भ्रमित हैं। इसलिए दूरदृष्टिवाली, दूरगामी परिणाम के कार्यक्रमों को लेकर चलनेवाले दल नहीं बन पा रहे हैं। वे अभी भी शक्तिशाली नेताओं के पिछलग्गू हैं, सर्वसर्वोत्तमग्राही कार्यक्रमों को लेकर चलनेवाले हैं और पिछले दलीय जीवन का कोई अच्छा विकल्प नहीं बना पा रहे हैं।

हम आर्थिक रूपान्तरण पर आते हैं। 1957 में आरम्भ किये गये फ्रेंको के आर्थिक उदारीकरण से उत्तर साम्यवाद के उदारीकरण के स्वरूप का आरम्भ माना जा सकता है, गो फ्रेंकों फासी तानाशाह था। उसने उदारीकरण का इस्तेमाल अपने यहाँ की अर्थव्यवस्था को ठीक करने के लिए, 'शाक थेरेपी' के रूप में किया था। इसमें आर्थिक तन्त्र को अन्तरराष्ट्रीय प्रभावों के लिए खोल दिया गया था और घरेलू क्षेत्र में राज्य के एकाधिकार को समाप्त कर निजीकरण को प्रोत्साहित किया गया था। 1980 के दशक में तमाम लैटिन अमेरिकी देशों ने इसका इस्तेमाल अपने वित्तीय और मुद्रा की स्थिरता के लिए, मुद्रा विनिमय के लिए, व्यापार की उदारता से मूल्यों की स्थिरता प्राप्त करने के लिए और राज्य द्वारा पैसा लगाने की प्रवृत्ति की जगह निजीकरण को प्रोत्साहित करने के लिए किया था। भारत समेत तमाम तीसरी दुनिया के देशों ने जिनका रूझान समाजवाद की ओर था, देर-सबेर इसे अपना लिया था। वही प्रवृत्ति उत्तर साम्यवादी देशों में भी पनपी। इसकी जड़ में था राष्ट्रीय उत्पादन में भयंकर और असहनीय गिरावट। उस वक्त चर्चा चली थी कि यह आर्थिक अपसर्पण या मन्दी (recession) संक्रमण पूर्व की नीतियों के कारण था, कि बाद के? पोलैण्ड में यह गिरावट 1982 से ही हो रही थी, 25% प्रतिवर्ष की दर से। स्वयं रूस में 'विकास की थकान' जन्म ले चुकी थी, जिसमें न केवल योजना के अनुसार उत्पादन नहीं हो पा रहा था, पार्टी-राज्य बढ़ रही बेरोजगारी और वेतन में वृद्धि की माँग को पूरा करने में असमर्थ पा रहा था। दूसरे साम्यवादी देशों में उत्पादन का एक 'निष्क्रिय चक्र' (idle cycle) काम करने लगा था। परिणामस्वरूप मौका मिलते ही राज्य नियन्त्रित विकास की योजना पर प्रहार होने लगा, हालाँकि बाजारवाद का हल्ला अभी शुरू नहीं हुआ था, न ही उसके लिए कोई यान्त्रिकी विकसित की गयी थी। इसी अवस्था के दौर में कुछ देशों ने 'शाक थेरेपी' का प्रयोग करना शुरू किया। इसके लिए मूल्यों में तेजी से उदारीकरण, कई तरह के उत्पादनों पर दिया जानेवाला आर्थिक इमदाद पर रुकावट, मुद्रा स्फीति को रोकने के लिए कड़े कदम और मेक्रोइकानॉमिक स्थिरता को प्राप्त करने के लिए नये कदम उठाये गये। बहस शुरू हुई कि उदारीकरण और निजीकरण की प्रक्रिया संकट के आ जाने के बाद आरम्भ की जानी चाहिए कि पहले ही? यानी उदारीकरण व निजीकरण संकट के परिणाम बनने चाहिए कि संकट का आधार? विवाद आगे ले जाने का मौका नहीं मिला और परिस्थितियाँ इतनी तेजी से हाथ से निकल गयीं कि दोनों काम स्वतःस्फूर्त ढंग से होने लगा बिना किसी नीति-निर्धारण के। 'शाक थेरेपी' साम्यवादी देशों पर जैसे लद गयी।

विचारकों के एक दल ने माना है कि इस शाक थेरेपी से बहुत लाभ नहीं हुआ। विश्व औद्योगीकरण ने बेरोजगारी को बढ़ावा दिया, जीवन स्तर गिरता गया और राज्यों की आर्थिक क्षमता घटती गयी। उसी के अनुपात में अमेरिका का वर्चस्व बाजार व उत्पादन, पूँजी और निवेश पर बढ़ता गया। दुनिया एकध्रुवी होती चली गयी। इसके राजनीतिक परिणाम सामने आये। साम्यवादी सिस्टम जो गया सो गया ही, विचारकों ने कहा कि शाक थेरेपी की गति मन्द होनी चाहिए अन्यथा, इसी तरह का अन्त अपरिहार्य होगा। दूसरों ने कहा कि जब एक बार स्पष्ट हो गया कि साम्यवादी व्यवस्था समय के अनुकूल नहीं है तो उसका जल्दी-से-जल्दी चला जाना ही ठीक है। अन्यथा अहजह की स्थिति बनी रहेगी जैसे उक्रेन में और वाइलोरसा बचा रहा तो रूस से मिलनेवाली मदद के कारण। हाँ, गति के कम होने से शायद बेरोजगारी उतनी तेजी से नहीं बढ़ती, न ही जीवन स्तर एकदम से गिर जाता।

इस संक्रमण ने एक नये शासकवर्ग को जन्म दिया, जिनके हाथ में आर्थिक सत्ता थी। उसने भ्रष्टाचार को जन्म दिया। दूसरे विदेशी व्यापारियों के प्रवेश से आर्थिक व्यवस्था उससे सम्बन्धित संस्थाओं में एक स्तर बना। प्रतियोगिता और 'पूँजीवाद की दक्षता' ने स्थानीय बाजार को बेहतर बनाया और उन वस्तुओं को सुलभ बनाया, जिसके लिए साम्यवादी देश के लोग तरसते थे। तीसरे रूस में स्थानीय उत्पादन को बढ़ावा देने के लिए जो प्रयास हुए वे बेकार सिद्ध हुए। वर्ल्ड ट्रेड आर्गनाइजेशन ने 'संरक्षणवादी नीति' को दूर तक जाने नहीं दिया। चौथे इससे प्रभावित राज्यों को कर तहसीलने की मशीनरी बनने का मौका नहीं मिला, जिससे कि इस आर्थिक व्यवस्था का तात्कालिक लाभ राज्य को नहीं मिल पाया। कम वसूली ने शासन को भी प्रभावित किया। पाँचवें कुछ देशों में सरकारी सम्पत्ति के स्रोत को पहचान कर उसे क्रान्तिपूर्व के मालिकों को लौटाने की प्रक्रिया चली। इससे बड़ा भ्रम फैला और नयी तरह की समस्याएँ सामने आयीं, जिनसे निपटने के लिए राज्य के पास साधन नहीं था। छठें समाज कल्याण वगैरह की योजनाएँ अस्तित्व में आयीं। जो पहले से थीं उन्हें स्थानीय प्रशासन को सौंप दिया गया। फिर शेयरों और स्टाक एक्सचेंज के प्रबन्धन की नयी समस्याएँ सामने आयीं। भारी उद्योग की जगह सर्विस सेक्टर आने से भी नयी समस्याएँ उठ खड़ी हुईं। पर्यावरण पर कुछ नियन्त्रण हुआ, किन्तु समाज के वे तमाम अनछुये वर्ग के लोग बाजारवाद से जिस तेजी से प्रभावित हुए, उससे वे चकरा गये। सबसे बड़ी बात यह थी कि स्वयं राज्य को नयी अर्थव्यवस्था से अपने को साटना था। बैंकों के साथ राज्य का सम्बन्ध एक नयी बात थी। कोटा, परमिट, सब्सिडी को समाप्त करना पड़ा।

अन्तरराष्ट्रीय सम्बन्धों पर आते हैं। इसके कई रूप हैं। पहले सभी कम्युनिस्ट देश एक ब्लाक के रूप में काम करते थे। फिर रूस के वर्चस्व के कारण उनकी स्वतन्त्र भूमिका कम ही दिखती थी। इस एकाधिकार के हटने के बाद तमाम साम्यवादी देश एक-दूसरे के साथ कैसे बरतते हैं? निश्चय ही उनका आपसी सम्बन्ध आपसी समझौतों पर आधारित होता जा रहा है। दूसरे रूस से जो देश टूट रहे हैं, उनमें कुछ रूस के साथ हैं। जो नहीं हैं, वहाँ सेना काम कर रही है, भले ही कारण दूसरे हों। फिर एक नये तरह का क्षेत्रीय चैलेंज देखने को मिल रहा है अफ्रीका, चीन व दक्षिण अमेरिका के देशों में। तीसरी दुनिया के देशों के साथ रूस, चीन को छोड़कर बाकी देशों के सम्बन्ध अभी निर्माण की स्थिति में हैं। पश्चिमी यूरोप और अमेरिका से काफी हद तक बन गये हैं। आधार आर्थिक सहयोग है। रूस और अमेरिका में अभी कुछ तनातनी बाकी है, पर वह बहुत प्रभावशाली नहीं है।

आज अन्तरराष्ट्रीय व्यवस्था में साम्यवाद के पतन की भूमिका क्या है? इसका उत्तर देते हुए राबर्ट कूपर कहते हैं कि, इसने यूरोप में 'शक्ति के सन्तुलन' को समाप्त कर दिया। परिणामस्वरूप पुरानी व्यवस्था को अब नये सिरे से व्यवस्थित किया जा रहा है। इससे एक नयी व्यवस्था जन्म ले रही है नयी परम्पराओं पर आधारित राज्य की सीमाएँ बदलती जा रही हैं और नये राज्यों का उदय हो रहा है। यह एक तरफ अन्तरराष्ट्रीय संस्थाओं के अधिकार क्षेत्र को बढ़ावा दे रहा है तो दूसरी तरफ इण्टरनेशलन कोर्ट

आफ जस्टिस, विश्वव्यापी अन्तरराष्ट्रीय घोषणाओं, सन्धियों आदि के लागू होने पर सम्प्रभुता का क्षरण हो रहा है। इसे Internationalization न कहकर Universalization कहा जा रहा है। इसके कुछ ऐसे norms विकसित हो रहे हैं जो पर्यावरण संरक्षण, व्यापारिक शासन तन्त्र, मानवाधिकार, फाइनेन्शियल सिस्टम आदि पर संयुक्त राष्ट्र संघ, विश्व बैंक आदि के माध्यम से उनकी Policing कर रहे हैं। अन्तरराष्ट्रीय स्तर पर एक पुलिस राज्य जन्म ले रहा है।

इसी तरह भौगोलिक सीमाओं के वर्णन में अन्तर आया है। युद्ध के बाद पश्चिमी यूरोप को मिलनेवाली सुविधाओं को तटस्थता की कीमत पर पुर्तगाल को भी दिया जा सके, इसके लिए प्राग से बहुत आगे होने के बावजूद वियना को पश्चिम में शुमार कर लिया गया था 1954 में। आज पूर्वी यूरोप में उक्रेन, मालडोवा, बेलारूस और बाल्टिक राज्य भी समाहित हो गया है। पूर्वी राज्य बन जाने के बाद हंगरी व चेकोस्लोवाकिया मध्य यूरोपीय राज्य माने जा रहे हैं। रूस के पूर्वी राज्य बन जाने के बाद उसमें समाहित पहले के कई राज्य पहले के पूर्वी राज्यों के बहुत करीब आते जा रहे हैं। कुछ यूरोपीय यूनियन और नाटो के सदस्य बनते जा रहे हैं। वियतनाम और लाओस में अभी भी साम्यवादी दल काम कर रहे हैं, फिर भी दक्षिण-पूर्वी एशिया का जो पहले साम्यवादी व असाम्यवादी विभाजन था, वह महत्त्वपूर्ण नहीं रह गया है। नया विभाजन आर्चीपेलाजिक (जिसमें इण्डोनेशिया, सिंगापुर, मलयेशिया, ब्रुनेई व फिलिपीन्स शामिल हैं) तथा पेनिनसुलर (जिसमें बर्मा, वियतनाम, लाओस, कम्बोडिया व थाईलैण्ड शामिल हैं) के नाम से जाना जा रहा है।

कभी साम्यवादी देश एक दिशा में बढ़ रहे थे तो तमाम दूसरे गैर साम्यवादी देश एक दूसरी दिशा में। आज सबकी दिशा एक हो गयी है। देशों के विदेश नीति में नाटकीय परिवर्तन आया है। पहले का आधार मित्र और शत्रु का विभाजन था, आज का आधार दोनों की जगह 'दूसरे' का है। विचित्र बात यह है कि एक ही सोवियत यूनियन से टूट कर जो 15 नये राज्य बने हैं, उन्हें भी एक दूसरी तरह का पोस्ट-कोलोनियल राज्य कहा जा रहा है, जो पश्चिम के पोस्ट कोलोनियल से थोड़ा भिन्न है। प्रश्न उठा करता है कि क्या रूस एक साम्राज्य था? यदि उत्तर हाँ है तो इस विघटन का मतलब है रूस का हार कर भाग जाना, जबकि वही 15 अन्य के लिए मुक्ति है। इन सबकी गतिकी भिन्न किस्म की है, इसलिए उन्हें किसी एक अनुभव में अपचयित करना बेमानी है।

अफ्रीका में क्रान्तिकारी संघर्षों में कमी आयी है। कई देशों में साम्यवादी दलों पर लगा प्रतिबन्ध इधर हटा लिया गया है। वहाँ जो तानाशाहीवाले राज्य थे, नस्ल भेद को बढ़ावा देते थे, भूमण्डलीय आर्थिक दबावों में उनका भी पतन हुआ है। फुकुयामा कहता है, "If there is any single answer to the question why South Africa is moving toward full democracy on the begining of 1990, it is because it, like the Soviet Union, China, South Korea, Brazil and Taiwan has gone through a period of authoritarion modernization that completely transformed the social and economic character of the courntry's elites." जाम्बिया और जायर का भी वही हाल हुआ है।

इधर कहा जा रहा है कि उत्तर साम्यवादी समय में जो नया अन्तरराष्ट्रीय सम्बन्ध देखा जा रहा है, वह न तो बनाया गया है, न ही विकसित हुआ है, बस जो पश्चिम में बना बनाया था, उसे थोप दिया गया है। अनुभव बताता है कि थोपी गयी व्यवस्थाएँ बहुत दिन तक नहीं चलतीं, विकसित व्यवस्थाएँ चलती हैं। द्वितीय महायुद्ध के बाद शान्ति के लिए उस तरह के कान्फ्रेन्स नहीं हुए थे, जिस तरह से 1815 में वियना में, या 1919 में पेरिस में। इसी तरह शीत युद्ध की समाप्ति पर भी कोई कान्फ्रेन्स नहीं हुआ था, जिसमें नयी व्यवस्था के लिए कुछ सिद्धान्त रचे जाते। हावेल कहता है कि पुरानी व्यवस्था चरमरा कर ध्वस्त तो हो गयी, किन्तु उसकी जगह नयी व्यवस्था नहीं बनी। इसलिए चेतावनी देता है कि, "If the west along with all the other democratic forces in the world is incapable of rapidly engaging in the common creation of a new order in European and Euro-Asian affair—a better order than the old bi-polar one—then someone else might well begin to do the job..."

उत्तरआधुनिक नयी विश्व-व्यवस्था का सूत्रपात जार्ज बुश (सीनियर) ने किया था 1990 में। उस अवधारणा को आज तक पूरी तरह से विकसित नहीं किया गया है। किन्तु इसके विरोधियों को एकजुट होने का आधार जरूर मिल गया है। जोविट इसे नया 'dis order' कहता है। बचे-खुचे मार्क्सवादियों ने, खासकर तीसरी दुनिया के बुद्धिजीवियों ने इसे नव-साम्राज्यवाद तथा नव-पूँजीवादी कहकर थोड़ी भर्त्सना जरूर की है। स्वयं रूस के सी. पी. आर.एफ. के नेता ज्यूगानोव ने इसे रूस को और कमजोर कर हाशिये पर डालने के लिए एक 'कास्मोपोलिटन' और 'मैसोनिक' सर्किल कहा है। कहा है कि बुश ने जिस दिन अपनी नयी विश्व-व्यवस्था का सिद्धान्त रखा था, उसी दिन डालर के नोट पर मैसोनिक मोटो छपना शुरू हुआ था। इससे भिन्न हावेल को लगता है कि साम्यवाद के पतन ने पश्चिम को एक नया सिरदर्द दे दिया है—पहले एक विरोधी था और उसकी नीति, चाल, शक्ति, सब-कुछ स्पष्ट थी। वह एक यथास्थिति बनाकर रखना चाहता था। इससे पश्चिम के सभी देश एकजुट हो गये थे। किन्तु शीतयुद्ध की समाप्ति के बाद दो खतरे एक साथ सामने आ गये। एक न्यूक्लीअर हथियार से सम्बन्धित है। रूस के साथ तनाव के चलते न्यूक्लीअर हथियार बनाने की सामग्री व प्राविधि दोनों पर दोनों खेमों में नियन्त्रण था। अब उसका प्रसार बढ़ गया है। भारत तथा पाकिस्तान समेत कई राज्यों ने उसे प्राप्त कर लिया है। रूस के टूट जाने के बाद उससे जुड़े कुछ राज्यों ने आणविक हथियारों को रूस के नियन्त्रण में डाल दिया है। जिन्होंने नहीं डाला है वहाँ उसकी सुरक्षा के खतरे बढ़ गये हैं। दूसरा है क्षेत्रीय युद्धों का खतरा। शीतयुद्ध के दौरान यूगोस्लाविया में गृहयुद्ध के बारे में सोचा भी नहीं जा सकता था। यही नहीं, यदि रूस सशक्त होता जो बुश जूनियर इराक़ पर चढ़ाई करने का साहस नहीं जुटा पाते। अल्कायदा, तालीबान और दूसरे आतंकवादी संगठनों के कारण पाकिस्तान, अफगानिस्तान और भारत में तनाव बढ़ता ही जा रहा है। उनकी मार स्वयं अमेरिका के भीतर हो चुकी है। ऐसा ही तनाव दक्षिण अमेरिका के देशों में भी पनप रहा है। आज इस बात की कोई गारण्टी नहीं है कि वैंकुवर से ब्लादीवोस्तक तक जनतन्त्र बना रह सकेगा कि नहीं। दो महायुद्धों के बीच के वर्षों में पूरी दुनिया के जनतन्त्र पर खतरा महसूस हुआ था। आज भी वैसा ही लग रहा है विशेषकर भ्रष्टाचार, मतवाद, निराशा, संघर्षरत राष्ट्रीयताओं, निराश जनमानस और अधिनायकी मानसिकता के नेताओं के चलते। कहा जा सकता है कि तानाशाही से जनतन्त्र की ओर संक्रमण के बजाय जनतन्त्र से तानाशाही की ओर संक्रमण की सम्भावनाएँ अधिक बलवती हैं। रूस में पुतिन, अमेरिका में ट्रम्प और भारत में मोदी कुछ ऐसे ही इशारे हैं।

(6)

यह जाँचे जाने की जरूरत है कि उत्तर साम्यवाद साम्यवाद से किस तरह का सम्बन्ध बनाता है। इस सम्बन्ध की तीन समस्याएँ हैं—1. साम्यवादी अतीत के साथ तालमेल बिठाना, 2. साम्यवाद के पतन के बाद कम्युनिस्टों की स्थिति, और 3. साम्यवाद के पतन के बाद साम्यवाद।

हम पहले को लेते हैं। इसके दो पक्ष हैं, सैद्धान्तिक व व्यावहारिक। सैद्धान्तिक के आधार कई तरह के हैं। एक तो यही कि जहाँ पूर्वी यूरोप के लिए साम्यवाद बाहर से और पूर्व की तरफ से लादी गयी व्यवस्था था, वहीं रूस के लिए वह पश्चिम से ली गयी एक विचारधारा था। पूर्व का तात्पर्य स्वाभाविक तानाशाही है, जो रूस में सामन्तकाल से ही अस्तित्व में था, जिसकी परिणति सर्वहारा की तानाशाही में हुई थी, क्रान्ति के बाद। पश्चिम का तात्पर्य स्वाभाविक उदारता है, आधुनिकता का लक्षण, जो मार्क्स के हाथों मुक्ति का एजेण्डा बन गया था। दूसरा यह कि बीसवीं सदी के पाँचवें दशक तक साम्यवाद जज की भूमिका में था, वहीं नवें दशक में निर्णयों का गुलाम बन गया। तीसरा यह कि साम्यवाद का जन्म वर्ग शत्रुओं को मार डालने के दर्शन से हुआ था, जिसे करटोइस 'classicide' कहता है। स्टालिन के समय में जब साम्यवाद प्रौढ़ हुआ तो उसने इसका इस्तेमाल अपने विरोधियों को मार डालने के लिए किया। जब उसकी कलई खुली तो वह 'Genocide' से कम जघन्य नहीं दिखा। फिर भी स्टालिन की तरफदारी

करनेवाले कहते हैं कि Genocide फासिस्टों के सन्दर्भ में प्रयुक्त होनेवाला शब्द है, जिन्होंने इसका इस्तेमाल इतर जाति व संस्कृति के लोगों को नष्ट करने के लिए किया। स्टालिन ने तो इसका विरोध किया था और फासिस्ट शक्तियों को हराया था। किन्तु इस तर्क से उसका अपराध कम नहीं हो जाता, भले उसे नाम देने के लिए जो शब्द इस्तेमाल हो। वहाँ व्यक्ति द्वारा किये गये अपराध की सजा देने की जगह एक पूरे समूह को ही वर्ग और विरोध के आधार पर अपराधी मान लिया गया और कन्सण्ट्रेशन कैम्पों और लाओगाई में बन्द कर दिया गया 'डिक्लास' करने के लिए। चौथा यह कि, जैसा कि एलेक्जेण्डर याकोवलेव कहता है, साम्यवाद को बूर्जुआ के विरुद्ध मानने की जगह, क्यों न उसे उत्तर-बूर्जुआ माना जाये? पाँचवें, क्यों न उसे मुक्त करानेवाले आन्दोलन की जगह, एक असफल प्रयोग माना जाये। "It was not capitalism, but communism that was consigned to the dustbin of history." छठें, स्टालिन के ऐतिहासिकीकरण (historicization) को वस्तुओं की स्वाभाविक व्यवस्था व विवेक के विरुद्ध विद्रोह माना जाये (सत्ता की एक ऐसी यूटोपिया, जो आदमी को उसी तरह कच्चा माल मानती है जैसे लकड़हारा लकड़ी को : स्टालिन अक्सर कहता था कि जब लकड़ी पर कुल्हाड़ी चलेगी तो चैलियाँ निकलेंगी ही), कि आधुनिकता का एक दूसरा रूप, जिसमें ऐतिहासिक पिछड़ेपन और राष्ट्र की कमजोरियों पर सामूहिक नैतिकता के बल पर विजय प्राप्त किया गया था? सातवें, साम्यवाद के मूल्यांकन के लिए नैतिकता को इतिहास की अच्छाई से किस तरह से जोड़कर आज देखा जाये? वैसे साम्यवाद ने कभी भी नैतिकता को राजनीति से जोड़कर नहीं देखा था।

इन बिन्दुओं पर विचार कर विचारकों ने पाया है कि आधुनिकता लाने में साम्यवाद के दर्शन में जरूर कोई ऐसी कमी थी, जिसके कारण साम्यवादी राज्यों को अस्तित्व में आने के बावजूद एक ऐतिहासिक चरण पर उसे छोड़ देना पड़ा। उत्तर साम्यवाद का जन्म हुआ ही इस त्याग से। उत्तर साम्यवाद में साम्यवाद उसके रिक्थ को याद रखने के लिए नहीं है, सिर्फ उस भौगोलिक क्षेत्र के परिदृश्य को, इतिहास को याद रखने के लिए है, जहाँ कभी साम्यवाद आया था, फिर भाग पराया था, या इतना रूप बदल लिया कि पहचानना ही मुश्किल हो गया। इसलिए दार्शनिक स्तर पर दोनों में कोई सम्बन्ध नहीं है।

इसी तरह व्यावहारिक के कई दृश्य हैं और दो चरण हैं--

(1) टूटने के दौर का, (2) टूटने के बाद का।

टूटने के दौर से थोड़ा पहले देखें तो हम पाते हैं कि पूर्वी यूरोप में आधुनिकता साम्यवाद के चोले में ही आयी। वही हाल मध्येशिया का था। वहाँ इसे प्रगतिशील कदम कहा गया जो आधुनिकता का लक्षण है। बहुतों के लिए वह न्याय का आदर्श है, एक बेहतर नैतिक व राजनीतिक चुनाव है। इतिहास के साथ अपने विवाद में साम्यवाद भले ही हार गया हो, इसने अपनी शक्ति इतिहास के दर्शन से ही अर्जित की थी। एक बार जब इतिहास का अर्थ और उसकी स्पिरिट उजागर हो जाता है तो उसके व्यवहृति के लिए स्वयं की और दूसरों की आहुति स्वाभाविक बन जाती है। चेस्लाव मिलोज इसे 'हेगेलियन बाइट' कहता है।

साम्यवादी सरकारों के व्यवहार को आधुनिकता के सन्दर्भ में उनके ऐतिहासिक परिप्रेक्ष्य में देखा जाना चाहिए। पोलैण्ड रूस के प्रभाव में माल्टा सन्धि के बाद आया। प्रभाव में आने के बावजूद उसने काफी स्वतन्त्रता दिखायी। स्टालिन के मरने पर तिगोदनिक पाउजेश्नी ने उसकी प्रशंसा छापने से मना कर दिया था। दूसरी तरफ रूस के प्रभाव में मान लिये जाने के कारण बाहर से आक्रमण का खतरा जाता रहा और लम्बे समय तक शान्ति बनी रही, जिससे काफी विकास हुआ। साक्षरता शत-प्रतिशत हो गयी, उच्च शिक्षा का स्तर बढ़ गया और लोगों के बीच असमानता में काफी कमी आयी। कई साम्यवादी देशों की तुलना में आर्थिक विकास भी बेहतर हुआ। लेकिन वह इटली, स्पेन और फिनलैण्ड की तुलना में कम था। पर्यावरण का बहुत नुकसान हुआ। फिर भी स्थानीय लोगों के मन में यह यातना घर किये रही कि साम्यवाद एक विदेशी धारणा है और उन पर बलात् थोपी गयी है। इसलिए जब उत्तर साम्यवाद आया

तो उसका स्वरूप अन्य जगहों से थोड़ा भिन्न हुआ। रूस के लिए साम्यवाद उसके इतिहास का ऐसा अंग है, जो बाहर से लादा हुआ नहीं है, वहाँ के लोगों द्वारा किसी हद तक स्वीकार कर बनाया गया है, जिसमें उपलब्धि और सन्त्रास का अजीब घालमेल है। इसलिए वहाँ उत्तर साम्यवाद से तालमेल बिठाना कुछ ज्यादे ही कठिन है।

फिर उत्तर साम्यवाद को सिर्फ साम्यवाद से ही तालमेल बिठाना नहीं है, उस संस्कृति से भी तालमेल बिठाना है, जिसने क्रान्तिकारी समाजवादी चुनौती को जन्म दिया था। रूस की समस्या यह है कि वह शान्तिपूर्वक कैसे रह सकता है उत्तर साम्यवादी समय में जब कि उसकी व्यवस्था चलानेवाले आज भी हजारों वे लोग हैं, जो लाखों के कत्ल के लिए जिम्मेदार हैं। इससे बचने के लिए येल्तसिन ने क्षमा करने पर जोर दिया इस हिदायत के साथ कि इसे 'भूल में न बदल दिया जाये,'— भूल बदला लेने का भी और साम्यवादियों द्वारा किये गये अपराध की भूल के रूप में भी। येल्तसिन ने उन पर मुकद्दमा नहीं चलने दिया, क्योंकि इससे पीड़ितों का एक नया समुदाय बन जाता। फिर वे व्यवस्था को चलानेवाले लोग हैं। उनके न रहने पर एक ऐसी रिक्ति उभरती, जिसे तत्काल भरा नहीं जा सकता था। उससे बड़ी अव्यवस्था पैदा होती। स्वयं ये अपराधी भी बड़े पेशोपेश में थे। नयी व्यवस्था चलाने में वे आत्म-भ्रमित मूर्ख हैं कि आत्म-सेवी खलनायक? खैर, उन पर एक तरह से अप्रत्यक्ष सामूहिक माफीनामा काम करता रहा। हाँ, कुछ देशों में ऊँचे पदों पर सत्तासीन लोगों पर मुकद्दमा जरूर चलाया गया। लेकिन उनकी संख्या काफी कम थी। छोटे अधिकारियों की अपराध में जिम्मेदारी तय करना काफी कठिन था। इसलिए भी कई देशों ने उनके लिए शुद्धि कानून बनाकर उनकी रक्षा की। उन्होंने भी उत्तर साम्यवाद को तहेदिल से स्वीकार कर लिया और बदली व्यवस्था में बड़े मनोयोग से काम करने लगे।

हम साम्यवाद के पतन के बाद कम्युनिस्टों पर आते हैं। उत्तर साम्यवाद का विकास दो दिशाओं में हुआ। पहला था सामाजिक जनतन्त्र की ओर, उसके समस्त ऊहापोह के साथ, जिसमें सबसे बड़ा यह था कि बाजार को पूरी तरह से उन्मूलित कर दिया जाये कि उसे एक अधिक मानवीय चेहरा प्रदान किया जाये? दूसरा था 'राष्टीय साम्यवाद' जिसे सर्बिया में मिलेजोबिच और रूस में ज्यूगानोव ने अपनाया। पहले भी 'राष्ट्रीय साम्यवाद' की अवधारणा थी, जो वर्चस्ववाद का प्रतिकार करती थी। जन्म रूस में ही हुआ था और विकसित किया था रूमानिया के चोसेस्कू ने। लेकिन उत्तर साम्यवाद में वह 'साम्यवादी राष्ट्रवाद' बन गया, "The power system of communism focused on a dominant party, mostly shorn of the fundamentals of Marxist-Leninist ideology, fused with an agenda of radical and mostly xenophobic nationalism." उत्तर साम्यवाद में आधुनिकता के बरखिलाफ उग्र दक्षिणपन्थी और उग्र वामपन्थी दोनों ने ही हाथ मिला लिया है। उनका इरादा व्यक्तिवाद, बाजार की भूमिका, स्वतन्त्र नागरिक संस्थाओं और संसदवाद का विरोध करना है।

कहीं-कहीं ये उत्तर साम्यवादी कम्युनिस्ट कुछ समय के लिए सत्ता में आ सके हैं। तब धड़ से कह दिया गया है कि यह साम्यवाद का ही पुनरागमन है। उन लोगों ने पुरानी elite से कुछ सामाजिक समझौता जरूर किया है, पर इसका मतलब यह नहीं है कि उन्होंने पुरानी राजनीतिक शासन व्यवस्था से ही समझौता कर लिया है। इसलिए लिथूवानिया, बल्गारिया, हंगरी व पोलैण्ड में उनकी विजय कम्युनिस्टों की विजय है, साम्यवाद का नहीं। उनका विजयी होना आश्चर्यजनक भी नहीं है, क्योंकि वे वहाँ के सबसे शिक्षित, अनुभवी और योग्य लोग हैं, जिन्होंने नये जनतन्त्र के खेल के नियमों को अपने बरताव के लिए स्वीकार कर लिया है। कुछ दल जिन्होंने इस सिस्टम के विरुद्ध काम करने का वादा किया, वे और भी हाशिये पर चले गये। सत्ता में आ जाने पर उन कम्युनिस्टों के खिलाफ पिछले अपराधों के लिए माफी मिल गयी। उनसे बदला लेने की भावना लोगों में धीरे-धीरे क्षीण हो गयी।

गौर करने की बात है कि आज साम्यवाद एक आन्दोलन के रूप में तो लोगों को ग्राह्य है, लेकिन 'प्रोजेक्ट' के रूप में स्वीकार्य नहीं है। कोट्टा लिखता है, "The political delegitimation of communist regime no longer entails the delegitimation of successor parties." हर जगह समाजकल्याणवाद का बोलबाला हो गया है और समाजवाद के लिए क्रान्ति नहीं, विकास यानी जनतन्त्र को वरीयता मिल गयी है। हाँ उसके लिए राज्य समाजवाद की नौकरशाही की जगह सामाजिक जनतन्त्र की सभा-समितियों को महत्त्व दे रहे हैं। फिर नवउदारवाद का पहला उत्साह थोड़ा फीका पड़ने लगा है, इसलिए सिस्टम का स्थायित्व बनता नजर आ रहा है। इन कम्युनिस्टों ने आधुनिकीकरण के लिए दक्षिणपन्थी नीतियों को पूरी तरह से स्वीकार कर लिया है। अपने को चुनावी राजनीति की मर्जी पर पूरी तरह से डाल दिया है। सरकार में परिवर्तन उसी चुनाव के आधार पर हो रहा है।

लेकिन रूस की कम्युनिस्ट पार्टी अपनी पुरानी भयावहता को कुछ हद तक बनाये हुए है। पहले राष्ट्रीयता और अन्तरराष्ट्रीयता में जो द्वन्द्व देखा जाता था, उसे वह आज भी स्वीकार करती है। दिक्कत यह है कि विचारधारा के स्तर पर वह दोनों को बचाकर नहीं रख पा रही है। उसका जनप्रियतावाद (populism) परम्परागत वर्ग राजनीति को नहीं बचने दे रहा है। राष्ट्रीयता की जड़ें इतनी गहरी हैं कि उसका इस्तेमाल आज आधुनिकता का विकल्प बनाने के लिए प्रचारित हो रहा है। यही प्रचार उसको समाज का विकल्प बनाने के लिए भी हो रहा है। ठीक उसी समय साम्यवाद का कोई विश्वव्यापी आन्दोलन न होने के कारण आधुकिता ही उसका स्थान लिये हुए है। इस द्वन्द्व से उबरने का कोई रास्ता न मिलने के कारण पार्टी विचारधारा के स्तर पर अपने को पुनर्नवा नहीं कर पा रही है। रूस से निकले कुछ दूसरे राज्यों में जैसे अजरबैजान व उक्रेन में पुराने दल से रिश्ता जोड़कर वहाँ की साम्यवादी पार्टियों ने संसद में अपनी संख्या कुछ जरूर बढ़ा ली है, लेकिन सत्ता में आ जाने पर उनका एजेण्डा क्या होगा, रपष्ट नहीं है।

सच पूछिये तो इन साम्यवादियों का 'Will to power' टूट गया है। "Power is here defined as the monopolistic dominance over the constitutions and processes of government." रूस की कम्युनिस्ट पार्टी आज भारत की कम्युनिस्ट पार्टियों की तरह सिस्टम का अंग भी हैं जो उस सिस्टम के भीतर अपना एक राजनीतिक कार्यक्रम लेकर एक 'interest group' का प्रतिनिधित्व भी करती हैं और उसके सहारे कुछ सत्ता में भागीदारी प्राप्त करती हैं। स्वयं सिस्टम का कोई विरोध नहीं करतीं। उसका बरताव तमाम पश्चिमी देशों की कम्युनिस्ट पार्टियों की तरह है।

साम्यवाद के पतन से उन साम्यवादी दलों में भी परिवर्तन दिखा जो सत्ता में नहीं थे। इटली की पार्टी 1990 में विभाजित हो गयी। उसका एक धड़ा पुरानी विचारधारा पर टिका रहा। दूसरा धड़ा जो ज्यादा प्रभावशाली था, उसने उदारवादी समाजवादी जनतन्त्र को स्वीकार किया और अपने सांसदों की संख्या बढ़ा ली और मिली-जुली सरकार में 1996 में भागीदारी प्राप्त की। ब्रिटेन की कम्युनिस्ट पार्टी ने न केवल अपना एजेण्डा बदला, नाम भी बदलकर 'डिमोक्रैटिक लेफ्ट' कर लिया। फ्रान्स में हू ने 'सर्वहारा की तानाशाही के सिद्धान्त' को ताख पर रखकर बहुलवाद को स्वीकार किया, बातचीत की संस्कृति अपनायी। 1957 में सत्ता में सहभागिता भी अर्जित कर ली। भारत में कम्युनिस्ट आन्दोलन कभी भी बहुत स्वतन्त्र नहीं रहा। आजादी के पहले ब्रिटेन की कम्युनिस्ट पार्टी से निर्देश प्राप्त करता था, आजादी के बाद रूस से। रूस और चीन में विवाद बढ़ने से उसका भी विभाजन हो गया। क्रान्तिवादी कम्युनिस्टों ने एक तीसरा विभाजन किया। फिर तो व्यक्तिनिष्ठित विभाजन की ऐसी परम्परा चली कि आज 64-65 धड़े हैं। खैर, सी. पी. एम. अपने सहयोगियों के साथ चुनावी पद्धति से सत्ता में आती रही है। 1981 से बंगाल में, फिर त्रिपुरा व केरल में। अविभाजित दल भी 1957 में केरल में सत्तासीन हुआ था। यह संवैधानिक जनतन्त्र को मूलभूत रूप से स्वीकार करती है और अपने शासित राज्यों की आर्थिक स्थिति ठीक करने के लिए आधुनिकता, विदेशी पूँजीनिवेश, जन कल्याण आदि को पूरी तरह से स्वीकार करती है। तमाम

क्रान्तिवादी धड़े भी चुनाव प्रक्रिया में हिस्सा लेने लगे हैं। जो चुनाव का बायकाट करने का नारा देते हैं, उन्हें जनसमर्थन नहीं मिलता। वे कहीं-कहीं आतंकवाद जरूर मचाते हैं, जिसमें वर्गशत्रु कम मरते हैं, निर्दोष लोग अधिक। जापान की कम्युनिस्ट पार्टी भी मौका-बे-मौका राष्ट्रवादी पार्टियों के साथ समझौता कर अपनी उपस्थिति दर्ज करती रहती है।

जाहिर है कि दुनिया के तमाम साम्यवादी दल बचे रहने के लिए अपनी क्रान्ति सम्बन्धी नीतियों में परिवर्तन कर सामाजिक जनतन्त्र की ओर मुखातिब हैं। उनका व्यवहार किसी भी राजनीतिक दल की तरह है। तब वे अपने को कम्युनिस्ट क्यों कहते हैं? यह प्रश्न लोगों को चौंकाता है।

हम साम्यवाद के पतन के बाद साम्यवाद पर आते हैं। साम्यवाद का भाग्य, जिन देशों में साम्यवाद आया था, उनके भाग्य से जैसे बँधा था। उनके समाप्त होते ही साम्यवाद भी मृतप्राय हो गया। ऐसी कोई विचारधारा न बची जो उदारवाद से टक्कर ले सके। लेकिन कई विचारक इसे स्वीकार नहीं करते। लिगाचेव कहते हैं, ''Can anyone burry communism as an idea of social justice, the embodimant of age-old dream of labouring humanity? Of course not. Communism can be eliminated only by wiping out the working people, but if that were to happen, humanity would disappear. No, it is as impossible to wipe out communism as it is unthinkable to extinguish the sun."

साम्यवाद का जन्म इस विश्वास में हुआ था कि पूँजीवाद अन्ततः लोगों का भला नहीं कर सकेगा। लेकिन पूँजीवाद कई मोड़ों के बावजूद अन्ततः बहुत सक्षम निकला, न केवल अपने को जीवति रखने में, लोगों का जीवन स्तर ऊँचा करने में भी। फिर भी वह कुछ असमानता की, संस्कृति की, पर्यावरण की समस्याओं को सुलझा नहीं पाया और साम्यवाद इन्हीं को सुलझाने के लिए बचा हुआ है। दिक्कत यह है कि उत्तर साम्यवादी जमाने में पूँजीवाद की सीमाएँ गोचर होने के बावजूद साम्यवाद उसका एक मात्र विकल्प नहीं रह गया है। इसलिए यह भारत के गाँवों में, नेपाल की ऊँची-नीची जमीन में, इटली के भ्रष्ट समाज में, फ्रान्स के जाति समर्थक समाज में, रूस के पश्चिम-विरोधी माहौल में सिर्फ एक विरोध या प्रतिरोध का ढंग बन कर रह जा रहा है। वहाँ उसकी मुक्तिदायिनी भूमिका समाप्त हो गयी लगती है। पुराने कम्युनिस्ट देशों में इसके कुछ समर्थक चुनाव के दौरान बढ़े हैं जरूर, लेकिन वह इसलिए नहीं है कि उनकी निगाह में साम्यवाद कुछ बेहतर करने जा रहा है, बल्कि इसलिए है कि जिस विचारधारा से वे ताजिन्दगी जुड़े रहे हैं, उसे कैसे छोड़ दें। उस पुरानी पीढ़ी के समाप्त होते ही उन देशों की नयी पीढ़ी इसे पूरी तरह से नकार देगी--इसके लक्षण उदित होने लगे हैं।

(7)

इस उत्तर साम्यवादी समय को विरोधाभासों का युग (age of paradoxes) कहा जा रहा है। यदि साम्यवाद का विरोधाभास इस प्रश्न में था कि कैसे एक महान् आदर्श नेताओं के अपराध में बदल गया तो उत्तर साम्यवाद का विरोधाभास ठीक इसके उलट है कि कैसे नेताओं का अपराध एक आदर्श में रूपान्तरित हो गया। जैसा कि हावेल लिखता है, ''Post communism is not just something that makes life difficult for rest of the would, but represents a challenge to the thought and to action." यह एक सैद्धान्तिक रूपावली की ओर ले जाता है। पहले विरोधाभासों की चर्चा कर लें।

यह विरोधाभास उत्तर साम्यवाद की कोई अपनी विशेषता नहीं है, ज्ञानोदय के बाद के पूरे वितान की विशेषता है। काण्ट ने अपने लेख, 'What is Enlightenment' में लिखा है, "... a strange and unexpected pattern in human affairs in which nearly everything is paradoxical," तो उत्तर साम्यवाद के साथ भी ऐसा है तो भला क्या खास बात?

उत्तर साम्यवाद का पहला और सबसे बड़ा विरोधाभास यह है कि यह क्रान्तिविरोधी क्रान्ति है और क्रान्ति की ही तरह गतिशील है। एक तरफ यह आधुनिकतावाद के दायरे में है (गो यह आधुनिकतावाद की सीमा से भी उतना ही वाकिफ है) तो दूसरी तरफ यह साम्यवाद का अनुवर्तन, उसका अगला चरण न होकर उसके विकल्प के रूप में खड़ा है। यह साम्यवाद को त्यागने से बना है, उसके पार जाकर बना है और उसके प्रति-क्रान्ति की गतिकी निर्धारित करता है। हावेल कहता है, "These anti-revolutions were transcendenting revolutions, overcoming not only state socialism regimes in particular countries and the associated structures of the old war, but also the very logic of enlightenment revolutionism itself."

1989-91 की घटनाएँ प्रतिक्रन्ति न होकर क्रान्ति-विरोधी थीं। दो अर्थो में—एक तो यह कि जिन देशों में वास्तविक क्रान्तियाँ हुई थीं, उनको अतिक्रमित कर ये घटीं। दूसरा यह कि उन्होंने क्रान्तिकारी चिन्तन के उस पूरे तर्कजाल को ही छिन्न-भिन्न कर दिया, जिसके आधार पर दो शताब्दियों तक पूरे यूरोप की कल्पना विचरती रही थी। रूस और पूर्वी यूरोप में हुई यह क्रान्ति ज्ञानोदयी क्रान्तिवाद को राजनीतिक कलाप के रूप में पूरी तरह से समाप्त कर दिया था। इसने न केवल क्रान्तिकारी सिद्धान्तों को चुनौती दे डाला, यह भी सिद्व कर दिया कि स्वयं क्रान्ति कालदोष से ग्रसित है। जिस क्रान्तिकारी युग का आरम्भ आरम्भिक आधुनिक काल से हुआ था, जिसमें सामन्ती व्यवस्था और सर्वग्रासी मजहबी व्यवस्था का नाश हुआ था और जो 18वीं सदी में अपने शीर्ष पर पहुँचा, उसी का नाश आधुनिकता के पतन के साथ हो गया। विरोधाभास स्पष्ट हैः 1989-91 की क्रान्तियाँ क्रान्ति विरोधी थीं। एण्ड्र एरोतो कहता है, "We are confronted by the historical novelty of revolutions that reject the tradition of modern revolutions."

यही नहीं, इसने राजनीतिक और सामाजिक परिवर्तन की एक पूरी प्रक्रिया को ही एक युग से तोड़कर फेंक दिया। कोसेलेक ने बड़े विस्तार से समझाया है कि कैसे ज्ञानोदयी यूटोपिया ने इतिहास के दर्शन में रूपान्तरित होकर राजनीति के सर्वथा अलग क्षेत्र को सामाजिक, सांस्कृतिक और नैतिक आवश्यकताओं की पूर्ति का साधन बना दिया था। फिर भी राज्य और समाज, नीति और राजनीति के बीच खाईं बढ़ती गयी, जिसने क्रान्तिवाद की एक ऐसी विवेचना को जन्म दिया, जिसके कारण राजनीति और प्रशासनकला की स्वायत्तता के लिए संकट खड़ा कर दिया। ज्ञानोदयी क्रान्तिवाद मानता था कि मानवीय संगठनों की जटिल समस्याओं को हस्तक्षेप के द्वारा निपटाया जा सकता है, यदि यह हस्तक्षेप सही इतिहास दर्शन और उसकी सम्यक् विवेचना के आधार पर किया जाये। क्रान्तिकारी कलाप स्वयं ही नयी राजनीतिक पहचानों को जन्म देंगे। 1989-91 की क्रान्तियों ने इन धारणाओं को रूप और अन्तर्वस्तु दोनों ही स्तरों पर झुठला दिया और यूरोपीय क्रान्ति-इतिहास की अवधारणा को नष्ट कर दिया।

साम्यवादी आन्दोलन ज्ञानोदय के उस प्रोजेक्ट का हिस्सा था, जिसका सम्बन्ध आधुनिकता, प्रगति, विवेकसम्मत संगठन आदि से था। वह अपनी विवेक्षा में राष्ट्र, संस्कृति और परम्परा को नकारता था। कण्डोरसेट इसे, "destruction of all historical civilizations and standardization of mankind according to the pattern of the Paris intellectual" कहता था। कार्ल मार्क्स मानता था कि सिर्फ संस्थाओं में परिवर्तन कोई परिवर्तन नहीं है, सिर्फ क्रान्ति लोगों के हृदय में वह परिवर्तन लायेगी, जो गुणात्मक रूप से एक नये युग का सूत्रपात करेगा। लेकिन 1917 के बाद का विखण्डन 'पेरिस के बुद्धिजीवियों' के स्तर पर तो नहीं पहुँच पाया, लेकिन रूसी बुद्धिजीवियों की आकांक्षा के अनुसार फीलवक्त जरूर पैटर्न ग्रहण करने लगा, जिसमें व्यवहार की गम्भीर अव्यवस्था गोचर होती थी। वलीकी कहता है कि अन्य बातों में चाहे साम्य न भी हो, वस्तुओं के उत्पादन के ढंग के विनाश और तद्जन्य व्यवहार में वह मार्क्स के करीब जरूर था। 1989-91 की क्रान्ति इन्हीं परिणामों के विरोध में थी। इनके विरोध में पहले जो छोटी-छोटी क्रान्तियाँ होती थीं, उन्हें 'प्रति-क्रान्ति' कहा जाता था। वे राज्य के आतंक

के खिलाफ होती थीं। किन्तु 1989-91 की क्रान्ति ने उस 1917 की क्रान्ति को ही मटियामेट कर दिया जिसे मुक्तिप्रदायिनी क्रान्ति कहा गया था। इसलिए यह "counter revolutionary" न होकर 'Counter to revolution' थी। पहलेवाले के अनुयायी थोड़े से लोग होते थे, इसलिए दबा दिये जाते थे। बादवाले की अनुयायी पूरी साम्यवादी दुनिया ही बन गयी, इसलिए क्रान्तिकारियों को ही दबा दिया गया। उसने अपना वर्चस्व स्थापित कर लिया। परिणामस्वरूप जैसा कि मायस्त्रे कहता है, "Revolutions of the oppressed and the downcast will of course continue, but the special late eighteenth-century view of revolution as a distinctly emancipatory act casting aside the burden of superstition, obscuratism and tradition to allow access to the sunlit uplands of modernity is irrevocal by dead. The Marxist accretion to the tradition of enlightenment revolutionism that a particular class by rising up will achieve some universal goals in the development of humanity has also gone."

गौर करने की बात है कि जिन चन्द लोगों ने 1989-91 की क्रान्ति का विरोध किया था उन्हें उत्तर साम्यवादी काउण्टर-रिवोल्यूशनरी नहीं कहते। वे उस क्रान्ति की तिथियों की भी चर्चा नहीं करते। और सच पूछिये तो इस क्रान्ति का सम्यक् विरोध कहीं हुआ भी नहीं था। सिस्टम धीरे-धीरे खोखला होता चला गया था और 89-91 की घटनाएँ बस उसकी पराकाष्ठा थीं। हम पाते हैं कि उत्तर साम्यवाद बड़े ही विरोधाभासी ढंग से उत्तर आधुनिक भी है। यह आधुनिकता-पूर्व स्थिति की ओर संक्रमित है—औद्योगिक क्रान्ति के पूर्व की धारणाओं को लेकर चलती है और इस मामले में पूर्व-भौतिकवादी है। लेकिन तब वही सामाजिक वर्ग और वही सामाजिक स्थिति अब नहीं रह गयी है। मास राजनीतिक कार्यवाही अब खण्डित है। नये मानवतावाद का सांस्कृतिक तर्क सार्वदेशिक-सार्वकालिक मूल्यों पर जोर देता लग रहा है, वर्ग मूल्यों पर नहीं। वे नागरिक समाज की स्वतन्त्रता, लोगों की स्वायत्तता और राजनीति में नैतिकता की भूमिका पर बल दे रहे हैं। डि टाक्विल की इस स्थापना को बल मिल रहा है कि समाज द्वारा निर्धारित राजनीतिक क्रियाकलाप के प्रतिदर्शों की जगह संस्कृति पर बल और तद्जन्य राजनीतिक कार्यवाही एक बेहतर समाज का निर्माण करती है। मार्क्स की इस स्थापना कि मनुष्य का भौतिक स्थान उसकी चेतना को निर्धारित करता है, के ठीक उलट कहा जा रहा है कि, "Consciousness ultimately determines being...the key to future lies not in the external, objective condition of state-political, military, economic, technological—but in the internal subjective condition of individuals".

सवाल उठता है कि नीति और नैतिकता, 'living by truth and rejecting the lie' पार्टी-राज्य के खिलाफ एक सक्षम हथियार की तरह कारगर तो है, पर क्या वे बाजार के अत्याचार के खिलाफ भी कारगर सिद्ध होंगे? स्कोकपोल एक और बात कहता है, "Anthropological ideas about cultural systems and full of pitfalls in complex stratified socities, the 1989 - 91 anti-revolutions represented a qualitative reappraisal of the scope for revolutionary political action to ameliorate the contingency of human affairs." यही यह जाहिर करता है कि उत्तरसाम्यवाद उत्तर क्रान्तिवाद भी है। इसमें क्रान्ति का कर्त्ता वर्ग विशेष न होकर लोगों की जमात है। क्रान्ति का मतलब पूँजीवाद के अत्याचार से मुक्ति था, उत्तर क्रान्ति का मतलब इन मुक्तिकामियों से ही मुक्ति है। इसलिए ये मार्क्स के उद्देश्य को पूरा करने के बजाय उसके पार चले जाने की बात करते हैं।

क्रान्ति के पार चले जाने की अवधारणा स्वयं यूटोपिया है। एक तरफ वह एक उद्देश्य को पूरा करने की कामना रखती है, तो दूसरी तरफ यह कामना एक असन्तुष्टि और दगाबाजी को जन्म देती है। साम्यवाद के खिलाफ क्रान्तियों के पार जाने के दो स्तर हैं, व्यक्तिगत और व्यवस्थागत। व्यवस्थागत में स्वयं के पार जाने का भाव भी रहा है, जिसके तहत पहले की 'एलीट' नये शासक समूह का अंग बन गयी। व्यक्तिगत में पुरानी व्यवस्था के विरुद्ध गहरे जनप्रिय आन्दोलन का भाव रहा है। पहले के विजय

को दूसरा दगाबाजी ही कहेगा—पहले द्वारा किया गया बाजार का विकास दूसरे के लिए नैतिक पुनर्निर्माण पर पर्दा डालने जैसा ही है। राजनैतिक सम्भावना के प्रबन्धन के लिए कोई विकल्प बचा नहीं दिख रहा है, मानवीय नियति को रूप देनेवाली काली शक्तियों पर नियन्त्रण के लिए कोई हथियार नहीं बचा रह गया है और इस पूरे 'बिट्रेयल' को क्रान्ति के तर्क के भीतर ही समझा जाना है।

उत्तर साम्यवाद न केवल साम्यवाद की विदाई का प्रतिनिधित्व करता है, वह साम्यवाद में हो रहे सुधारों की विदाई का भी प्रतिनिधित्व करता है। 1967 से साम्यवादी देशों में बाजार और तद्जन्य प्रवृत्तियों को अपनाने के प्रति सम्मान बढ़ा था। विरोधाभास यह था कि उदारवादी नेता जो विकास के केन्द्रीकृत योजनाओं के प्रति अविश्वास रखते थे और बाजार की स्वायत्तता की बात करते थे, उनको इस रूपान्तरण की प्रक्रिया को लागू करने में वही सख्ती बरतनी पड़ी, जो केन्द्रीकृत योजनाओं को लागू करनेवाले बरतते थे। उसके 'शाक थेरेपी' की भर्त्सना पूरी दुनिया में उसी तरह से हुई। रूपान्तरण की जगह रूपान्तरण की प्रक्रिया ही उसकी विशेषता बन गयी। कुछ विचारक कहते हैं कि जनतान्त्रिक क्रान्ति का बलोन्नयन हो गया, जिससे कि इन तमाम देशों के लोगों के बीच असन्तुष्टि का भाव व्याप्त हो गया। लेकिन तब यहाँ यह भूला जा रहा है कि आदर्शवाद को मानवीय व्यवहार में संचारित करते वक्त ऐसा होना बहुत अस्वाभाविक नहीं है। यह कहकर हम यह नहीं कह रहे हैं कि मानवीय व्यवहार का यथार्थ ऐसा ही कृतघ्न होता है। हम यह कह रहे हैं कि क्रान्तियों के अपने तर्क होते हैं। चूँकि वह मुक्तिदायी जनप्रिय हस्तक्षेपों के प्रति संवेदनशील होती है, इसलिए उसे विश्वासघात कहने से पहले संक्रान्ति को भी समझ लेना चाहिए।

यह विश्वासघात कम्युनिस्ट देशों तक ही सीमित नहीं रहा है। गुण्टरग्रास कहते हैं कि जर्मनी का एकीकरण दोनों ही हिस्सों के लिए ध्वस्तकारी रहा है। वे एक होने के बजाय एक-दूसरे से दूर होते चले गये हैं। फेडरल रिपब्लिकवालों को लगता रहा है कि इस एकता से वह आधार सिद्धान्त ही नष्ट हो गया, जिसके लिए फेडरल रिपब्लिक बना था, "Without communist prompting which we once believed we had overcome through social democracy has reconstituted itself." इससे पूँजी और श्रम का सन्तुलन बिगड़ गया है। कम्युनिस्टों को लगता है कि इस एकत्व से सामाजिक नवीकरण का जो मौका मिला था, वह फेडरल रिपब्लिकवालों की मौजूदगी से जाता रहा है। विरोधाभास यह है कि ठीक उसी क्षण से, जिस क्षण विविधता सम्भव हुई, समाजों के बीच की और विभिन्न तरह के समाजों की विविधता घटती चली गयी। तोग्लीयाती और दि गाल की बहुलवादी, बहुध्रुवीय और विविध यूरोप का विजन आज हवा हो गया है। जापान की आक्रामकता से चीन की मुक्ति, पश्चिम के हाथों झेला सौ वर्ष की फजीहत, नाजियों पर रूस की विजय और सदी के सबसे बड़े युद्ध में वियतनाम की विजय जैसी उपलब्धियाँ तिरोहित हो गयीं। अमेरिका के डालर ने वियतनाम के दाग को नष्ट कर उसकी वित्तीय व्यवस्था पर आज कब्जा ही कर लिया है। वैश्वीकरण और खुले बाजार ने बाकी बची दुनिया को चपेट में ले लिया है।

एक विरोधाभास इसमें भी है कि उत्तर साम्यवाद को लानेवाले जो नेता थे, वे हाशिये पर चले गये। गोर्बाचेव व सोल्जेनित्सिन को 1993 के बाद कोई पूछनेवाला नहीं रह गया। वही हाल वसेला का हुआ। गौर करने की बात है कि भारत में पिछड़ों की राजनीति लानेवाले वी. पी. सिंह का यही हश्र हुआ। देखते-ही-देखते वे राजनीतिक पटल से अदृश्य हो गये। उनकी जगह मुलायम सिंह यादव, लालू यादव और नितीश कुमार जैसे नेता आगे आ गये। यह फेनामेना अलग से अध्ययन माँगता है।

एक दूसरा विरोधाभास राजनैतिक अर्थव्यवस्था बनाम अर्थव्यवस्थायी राजनीति का है। सासून कहता है, "The paradox of new revisionists was that while they were relinquishing belief in the 'continuous upward line of social progress,' they were adopting a belief in the 'continuous upward line' of economic growth under capitalism". इस प्रवृत्ति ने उत्तर साम्यवाद की राजनीति और अर्थव्यवस्था में एक विचित्र सम्बन्ध पैदा कर दिया है। साम्यवादी दलों के अस्थिर होते ही राजनीति और

अर्थशास्त्र के बीच उलट का सम्बन्ध बन गया है। अब राजनीति अर्थव्यवस्था को नियन्त्रित नहीं करती, अर्थव्यवस्था राजनीति को नियन्त्रित करती है, वह भी जनतन्त्र लाने के लिए। वहाँ नियम इतिहास का उद्देश्य नहीं रह गया है, अर्थव्यवस्था में सुधार की जरूरतें कारक का काम कर रही हैं। राज्य का आदर्श मुक्ति की स्थापना न होकर अर्थ के लिए काम करना हो गया है। वहाँ आर्थिक नीति का राजनीतिकरण किया जा रहा है, राज्यों के आर्थिक रूप से कमजोर होने के कारण, उस कमजोरी को दूर करने के लिए।

उत्तर साम्यवाद उत्तर औद्योगिक समाज से जहाँ मिलता है, वहाँ का उत्तर औद्योगिक समाज उत्तर अर्थशास्त्रीय समाज नहीं है। बेल लिखता है, "If the industrial society is based on machine technology, post industrial society is shaped by an intellectual technology. If the capital and labour are the major structural features of industrial society, information and knowledge are those of post industrial society." यहाँ विरोधाभास यह है कि बेल के ठीक उलट आधुनिक युग पूँजीपरक उत्पादन की रणनीतियों से पहले की तुलना में अधिक बिद्ध है। सिर्फ पूँजी लगाने या उद्योग खोलने के स्तर पर ही नहीं, वैश्विक व्यवस्था के स्तर पर राज्य और स्थानीय समाज के स्तर पर व्यक्ति की भूमिका पर भी। आज बाजार वस्तुओं की स्वाभाविक व्यवस्था बन गया है। इसका जीवन के छोटे-से-छोटे क्षेत्र में प्रवेश हो गया है और इसका विरोध किसी भी स्तर पर सम्भव नहीं रह गया है, चाहे वह किसी संगठित मत के द्वारा हो, चाहे व्यक्तिगत आस्था के आधार पर; बौद्धिक लोग उस पर अकादमिक बातें चाहें जितना कर लें।

इधर उत्पादन की शक्तियों और तद्जन्य सम्बन्धों के अध्ययन की जगह अस्मिता और आत्मपूर्ति के सवालों का अध्ययन आरम्भ हुआ है। वह उत्तरआधुनिक की सांस्कृतिक व्याख्या की जगह लेता जा रहा है।

साम्यवाद और पूँजीवाद में विश्वव्यापी विरोधी सम्बन्ध के चलते दुनिया को दो ऐसी व्यवस्थाएँ मिल गयी थीं, जो आधुनिकता के दो तरह के विवेक के बीच संघर्ष की स्थिति बनाये रखती थीं। इस संघर्ष ने विवेकी आधुनिकता के स्वरूप को कुछ हद तक स्थिर करके रखा था। इसके नष्ट हो जाने पर आधुनिकता के लिए ही संकट पैदा हो गया। 1945 के समझौतों के बाद स्वयं पूँजीवाद सुधारों के साथ तालमेल बिठाने के लिए बाध्य हुआ था। बहुत हद तक शीत युद्ध के कारण कल्याणकारी राज्यों का जन्म हुआ था। अगड़े समाजों के लिए यह लाजिमी था, क्योंकि श्रमिकों के आन्दोलन के साथ-साथ साम्यवादी राज्य का एक खुला विकल्प मौजूद था। यह विरोधाभास ही है कि कम्युनिस्ट चुनौती के कारण पूँजीवादी देश अधिक न्यायप्रिय बनते गये और राष्ट्रीय सहमति को तथा राष्ट्रीय बाजार को बढ़ावा देकर अधिक प्रभावशाली बनते चले गये। यह बाहरी 'करेक्टिव' अब गायब हो गया है।

आज उदारवाद की विजय और साम्यवाद की हार ने विश्व पर यूरोप के दबदबे को समाप्त कर दिया है। एक तरफ उनकी जगह अमेरिका आया है तो दूसरी तरफ तीसरी दुनिया के तमाम देशों में उसकी मुखालफत करने की क्षमता बढ़ी है। साम्यवाद के पतन ने विरोधाभासी रूप से पूँजीवादी देशों की जीवनशक्ति को क्षरित किया है।

यह सब हमें उस अन्तिम विरोधाभास की ओर ले जाता है, जिसे मार्क्सपूर्व के एक विचारक आदम मूलर ने पहले ही अन्दाज लगाया था। उसने तर्क दिया था कि बाजार माँग और पूर्ति के बीच स्थायी सन्तुलन बनाकर नहीं रख सकता। वह पूँजीवाद को एक आत्मविरोधाभासी व्यवस्था मानता था, जिसे यदि उसके तार्किक परिणति तक पहुँचने की छूट दे दी जाये—यानी विश्व बाजार में परिणत हो जाने की छूट दे दी जाये—तो वह अपनी बुनियाद को ही हिलाकर रख देगा और आत्मविघटित हो जायेगा। उत्तर साम्यवाद उसके लिए पूरा मौका देता है। यानी पूँजीवाद को साम्यवाद की वैसी ही जरूरत थी, जैसे मार्क्स को अपना सिद्धान्त विकसित करने के लिए पूँजीवाद की। अब उत्तर पूँजीवाद और उत्तर साम्यवाद को अपनी कल्पनाओं के लिए नयी क्षितिजों की जरूरत है।

(8)

यह कहनेवालों की कमी नहीं है कि साम्यवाद के पतन ने किसी सैद्धान्तिकी को जन्म नहीं दिया। ओफ का कहना है कि 1989-91 की घटनाओं का कोई सैद्धान्तिक आधार नहीं है, इसलिए, "Nothing else is visible in the ruins of communist societies other than the familiar reportoir of liberal democracy." लेकिन तब यह क्रान्ति उन तमाम विचारों को मुक्त कर हुई थी, जो अभी तक किसी सैद्धान्तिकी में ढल नहीं पाये थे, जो उनकी एक बड़ी समृद्ध परम्परा थी। वे तमाम प्रतिदृश्यों, रूपावलियों की देन थे। एक ऐसी ही रूपावली यह उक्ति है कि साम्यवाद का अन्त इतिहास का अन्त है। कृष्ण कुमार कहते हैं, "1989 spelled the end of several major projects in modern European history." आधुनिकता का एक बहुत बड़ा प्रोजेक्ट क्रान्तिकारी समाजवाद था, जिसकी जड़ें इस विश्वास में थीं कि मानवीय क्रियाकलाप पूर्णतागामी होता है, विवेक और विवेक से संचालित सामाजिक संगठन उसके वाहक होते हैं। यह बीसवीं सदी का सबसे बड़ा मेटा-नैरेटिव बना। इसका विलोप सिर्फ यूटोपिया का विलोप नहीं है, मानवीय मुक्ति के आदर्श और सामाजिक आत्मपूर्ति के आदर्श का ही विलोप है।

इतिहास के इस अन्त की अवधारणा को फुकुयामा खींचकर थोड़ा और आगे ले जाता है और कहता है," (It) is the end point of mankind's ideological evolution and the universalization of western liberal democracy as the final form of human government... the unabashed victory of economic and political liberalism." वह कहता है कि फासीवाद और साम्यवाद उदार जनतन्त्र के विकास में दो शताब्दियों तक एक घुमावदार रास्ता और प्रतिगमन की तरह था। साम्यवाद का पतन हो गया क्योंकि वह एक सही विकल्प नहीं था, बल्कि उदारवाद के विजय के बढ़ते दर्द का लक्षण था। गौर करने की बात है कि साम्यवाद के पतन को वह इतिहास का ही पतन नहीं मान लेता है। कहता है कि राष्ट्रीयता, जातिवाद, स्त्रीवाद, पर्यावरण सम्बन्धी चिन्ता, मूलवादी कारगुजारियाँ आदि ऐसी बड़ी ताकतें हैं जो आगे इतिहास की धारा में योग देंगे। विचारधारा के अन्त का मतलब टकराव और संघर्ष का अन्त नहीं है। वे तो होंगे ही। यह और बात है कि वे अन्तरराष्टीय स्तर पर न होकर स्थानीय स्तर पर होंगे। वह मार्क्स के ऐतिहासिक भौतिकवाद का इस्तेमाल मार्क्सवाद द्वारा सुझाये उद्‌देश्यों के विपरीत दूसरे उद्‌देश्यों की पूर्ति के लिए करता है। मार्क्स के लिए इतिहास का उद्‌देश्य शोषण का अन्त करना था। वह यमक बनाकर कहता है "end of history as the end of exploitation." एक में end का मतलब 'उद्‌देश्य' लगाता है, तो दूसरे में 'अन्त'। वह उद्‌देश्य और अन्त को एक बना देता है। जब 1917 की घटना घटी तो लगा कि जब पूरी दुनिया साम्यवादी हो जायेगी, तब इतिहास का उद्‌देश्य पूरा हो जायेगा और कालक्रम में, 'Withering of state' से इतिहास का अन्त हो जायेगा। इतिहास का अन्त तब होगा जब सब जगह उसका उद्‌देश्य पूरा हो जायेगा। एक जगह पूरा होने पर नहीं होगा, हो ही नहीं सकता। इसलिए इतिहास का अन्त सब जगह होगा, अन्यथा होगा ही नहीं। मार्क्सवादी इतिहासकारों को यह विरोधाभास 'ऐतिहासिकवाद' लगता है।

उदारवादी विचारक उदारवाद के लिए बड़े-बड़े विचार रखते हैं, पर वे उसे इतिहास का उद्‌देश्य या अन्त नहीं कहते, मानवीय हस्तक्षेप से निर्मित व्यावहारिक आदर्श कहते हैं। इसलिए फुकुयामा के विचार उनके लिए असंगत हैं। समसामयिक इतिहास को ही नजर में रखकर लिखने के कारण स्वीकार करने योग्य नहीं है। इतिहास अपनी परिभाषा और चरित्र के कारण निरन्तर गतिशील है और अक्सर ही ऐसी चीजों को गोचर कराता है, जिसकी उम्मीद नहीं होती। वह तत्कालीन कार्य-कारण पर आधारित नहीं होता। इसलिए साम्यवाद के पतन को उदारवादी जनतन्त्र के विजय के रूप में चिरस्थायी रूप से स्वीकार नहीं

किया जा सकता। वह वैश्विक पूँजीवाद के विकास के लिए, 'last possible shell' चाहे जितना हो, दोनों के बीच के सम्बन्ध पहले की ही तरह समस्यास्पद हैं। उदार जनतन्त्र और पूँजीवाद को आज भले ही अलगाया न जा सकता हो, पर एक के विजय का मतलब अपने आप दूसरे की विजय नहीं है। पुरानी साम्यवादी व्यवस्थाओं के उदारीकरण ने अवसर में विस्तार जरूर किया है, किन्तु उसने धीमीगतिवाली पूँजीवाद को भी जन्म दिया है। अन्तरराष्ट्रीय स्तर पर वैश्वीकरण का मतलब है मानव जीवन के बाजारीकरण की तीव्र अभिवृद्धि—शोषण की अवधारणा की ही परिसमाप्ति, जो उसका मुकाबला करती। इससे सामाजिक समूहों और कुछ छोटे राज्यों को हाशिये पर डाल दिया है। सामाजिक मूल्यों की रक्षा के लिए होनेवाले सामाजिक आन्दोलनों को समाप्त कर दिया है। राज्य की क्षमता में गिरावट आ गयी है। ऊपर से नये संकटों का निर्माण हुआ है।

अब प्रचरण विचारधारा से संस्कृति की ओर है। सैमुअल हण्टिंगटन ने अपनी पुस्तक, 'The Clash of Civilizations' में स्पष्ट कहा था कि आनेवाले दिनों में पूरे भूमण्डल में जनजातियों का संघर्ष बढ़ेगा और लगभग स्पेंगलर के स्वर-से-स्वर मिलाते हुए कहा था कि पश्चिम की जगह अब अमेरिका का पतन होगा। शीतयुद्ध में पश्चिम की विजय विजय न होकर उसकी थकान है। सोवियत रूस के अदृश्य हो जाने के बाद एक ऐसा दुश्मन अदृश्य हो गया है जो ताकतवर करता रहता था। इसके परिणामस्वरूप अस्मिता का संकट उठ खड़ा हुआ है। इसलिए हण्टिंगटन एक नये दुश्मन की तलाश में निकलता है। नहीं मिलता है तो उसका पुतला खड़ाकर उसमें जान फूँकने का प्रयत्न करता है। कहता है कि साम्यवाद के पतन के बाद संस्कृति ने विचारधारा का स्थान ले लिया है। एक आकर्षण और विकर्षण पैदा करनेवाले चुम्बक के रूप में। विचारधारात्मक संघर्ष की जगह विभिन्न संस्कृतियों से आकर एक जनजातीय संघर्ष उठ खड़ा हुआ है। इस्लाम और चीन की विशाल लहरें मारनेवाली संस्कृति के आगे आज पश्चिम की संस्कृति काफी कमजोर लगने लगी है। इसमें चीन ने पश्चिमीकरण को अस्वीकार कर आधुनिकता को अपनाया है। जापान ने अपनी स्थिति में पश्चिमी तकनीक को आत्मसात् कर लिया है। भारत में राजनीतिक संघर्ष इस बात का है कि पश्चिम को पूरा-का-पूरा अपना लिया जाये कि भारतीयता को बचाते हुए आधुनिकता को अपनाया जाये। इस भारतीयता को बचाने के भी दो छोर हैं एक राष्ट्रीय स्वयं सेवक संघवालों का, दूसरा साम्यवादियों का। लेकिन पाकिस्तान, बाँग्लादेश और तुर्की को छोड़कर इस्लामिक देशों ने, या जहाँ मुसलमानों की संख्या बहुमत में है, आधुनिकता के पश्चिमी स्वरूप को नकारने के लिए कमर कस लिया है। वे उनकी भौतिक उपलब्धियों का लाभ तो लेना चाहते हैं, लेकिन जीवन शैली परम्परागत ही रखना चाहते हैं। जहाँ स्खलन हुआ है, वहाँ वे ठीक करने के लिए पीछे जाना चाहते हैं। इसके लिए संघर्ष जारी है।

हण्टिंगटन के चिन्तन में एक सांस्कृतिक सापेक्षवाद का ऐसा दबाव है जिसके कारण उदारवादी सार्वदेशिकता की ताकत नजरअन्दाज हो जाती है। द्वितीय महायुद्ध के बाद 1948 में हुए मानवाधिकार की घोषणा से लेकर हेलसिंकी फाइनल ऐक्ट की जो बुनियादी कारगुजारियाँ हैं, उनकी ताकत बहुत बड़ी है। उत्तर साम्यवाद की जड़ में अन्तरराष्ट्रीयतावाद नहीं, विश्वव्यापीवाद काम कर रहा है। हण्टिंगटन आधुनिक कास्मोपोलिटन राज्यों में बिखरी पड़ी अस्मिताओं की बहुलताओं को भी आचक्षु नहीं कर पाते। सांस्कृतिक परम्पराओं का स्वरूप अखण्डता से हटकर और बढ़कर है और आधुनिकता की संवादी विश्व सभ्यता की अवधारणा उसे च्युत करती जा रही है। इसके लिए गिडेन्स 'post-tradition' शब्द का प्रयोग करते हैं। यह इशारा करने के लिए नहीं कि परम्पराएँ अदृश्य हो गयी हैं, बल्कि यह बताने के लिए कि परम्परा समाज में अपना विशेषाधिकार खो चुकी है। अस्मिता का निर्धारण जन्मस्थान, देश, जाति, मजहब आदि के आधार पर होने की जगह, चुनाव और निर्णय जैसी बातों को लेकर निर्मिति की अनवरत प्रक्रिया से गुजर रही है। मूलवाद की भाषा, चाहे वह कुरान पर आधारित हो या बाइबिल पर, वेद पर आधारित

हो या मार्क्स पर, पश्चिम को चुनौती देने की जगह असमानता पर जोर दे रही है। ग्राहम फुलर का तर्क है, "Civilizational clash is not so much over Christ, Confucius or Prophet Mohammed as it is over unequal distribution of world power, wealth, influence, and percieved historical lack of respect accorded to small states and people by large ones. Culture is the vehicle for a expression of conflict, not its cause." हमला आज वैकल्पिक जीवन शैली पर हो रहा है, डार्विनवाद पर हो रहा है, कुछ जातियों के बैद्धिक विकास पर हो रहा है, गर्भपात पर हो रहा है। इस तरह की सांस्कृतिक सैद्धान्तिकी के आधार पर जनतन्त्रीकरण को चुनौती नहीं दी जा सकती। इस सन्दर्भ में संस्कृति की एक दूसरी भूमिका बताये हुए स्टुअर्ट हाल ब्रिटेन के सन्दर्भ में कहता है, "Culture has transformed our conceptions of power, which we used to think of in a rather crude and reductionist way. Instead of seeing power simply in terms of government or the military it is everywhere, from the family and gender relations to international sports. Our very identities and subjectivities are formed culturally."

लेकिन तब यदि राजनीति हर जगह है तो उसी की बिना पर वह कहीं नहीं है। हम पाते हैं कि ट्रेड यूनियन जैसे परम्परागत संगठन, यहाँ तक कि राजनीतिक दलदल की माँगों, छविनिर्मितियों, लाबी, पार्टनरशिप, प्रोफेशनल्स आदि में घुलते-मिलते जा रहे हैं।

साम्यवाद के बाद पूँजीवाद पर नियन्त्रण रखनेवाला कोई व्यावहारिक संगठन नहीं रहा। इसके कई परिणाम निकलते हैं। सोरोस कहता है, "Although I have made a fortune in financial markets, I now fear that the untremmeled intensification of laissez-faire capitalism and the spread of market values into all areas of life is endangering our open and democratic society." वह चेतावनी देता है कि वैश्विक कर्जदारी का बाजार आत्म संचालित नहीं है और यह स्पष्ट नहीं है कि मुक्त बाजार का मूलाधार किस तरह से शासित किया जायेगा। बिल ह्यूटन कहता है, "The world's financial markets need to be brought to heel. They do not themselves sponteneously provide international order, it has to be created by public agency and then governed, which means rule by some super national authority."

लेविस लेफाम तक दूसरी बात कहता है, "The collapse of communism at the end of cold war removed from the world's political theatre the lost pretence of a principle opposition to the rule of money, and the pages of history suggest that oligarchy unhindered by conscience or common-sense seldom takes much of an interest in the cause of civil liberty."

इसने अन्तरराष्ट्रीय मुद्रा कोष, विश्व बैंक आदि को पूँजी को नियन्त्रित व विकसित करने के लिए एक बड़ी भूमिका प्रदान की। बाजार में विदेशी विनिमय 14 गुना बढ़ गया। आर्थिक शक्तियाँ 'एक्ट्राटेरिटोरियल पावर' की तरह काम करने लगी हैं। बहुराष्ट्रीय कम्पनियों की शक्ति इतनी बढ़ गयी है कि उनके सामने राज्यों की शक्ति कमजोर हो गयी है। अपने हित में वे राज्यों के चुनाव तक को प्रभावित करने लगी हैं। तमाम राज्य तो अपने यहाँ पैसा लगाने के लिए गिड़गिड़ाने लगते हैं, भिखारी की मुद्रा में झुके जाते हैं। पूँजी के लिए निजीकरण के दौरान वे दलाल की भूमिका अख्तियार कर लेते हैं। राजनीतियों के साथ राजनीतिवेत्ता कम, अर्थवेत्ता अधिक विदेशों का भ्रमण कर रहे हैं। विदेशियों के दबाव में नीची मुद्रास्फीति की दर, घटा ब्याज दर, स्थिर मुद्रा, प्रशिक्षित लचीला व सस्ता श्रम पर तवज्जह देना सरकारों के लिए जरूरी हो गया है, भले ही उससे देश के भीतर बेरोजगारी फैले, महँगाई बढ़े, सामाजिक जीवन अस्थिर हो जाये। इन समस्याओं को यदि राज्य दूर भी करना चाहे तो सिर्फ अपने बूते और अपनी नीति के आधार पर नहीं कर सकता। अन्तरराष्ट्रीय बाजार के नियन्त्रकों की जरूरत के अनुसार झुककर उनकी सहमति लेनी पड़ेगी। यानी शोषण से भी बढ़कर खराब स्थिति पैदा हो रही है।

सब पूछिये तो यह वैश्विक आर्थिक व्यवस्था उतनी खुली नहीं है, जितनी प्रचारित की जाती है। वह 'fragmentalization' और 'localization' की शिकार है। उससे उत्तर साम्यवाद को नहीं समझा जा सकता। राष्ट्रीय विकास नीतियों का प्रबन्धन जनतान्त्रिक पद्धति को हिलाकर रख दे रही है। एकाण्टेबिलीटी गैप बढ़ता जा रहा है। आर्थिक उदारवाद एक नये तरह का राजनीतिक अनुदारवाद पैदा कर रहा है। सरकार कांग्रेस की हो या बी.जे.पी. की, कोई बुनियादी परिवर्तन नीति में नहीं कर सकती। हाफमैन कहता है, "The global economy is literally out of control, not subject to the rule of accountability and the principles of legitimacy which apply between individual and states. उत्तर साम्यवादी इसकी सख्त आलोचना करते हैं। यूरोपीय यूनियन को मजबूत करने के लिए कहते हैं और दूसरे इलाकों में इस तरह की यूनियन बनाने पर जोर देते हैं। कुछ दूसरे लोग राज्यों के लिए एक नयी भूमिका तलाश करना चाहते हैं। क्लिण्टन के लेबर सचिव राबर्ट रीश ने इसे ही, "Post-neo-classical endogenous growth theory" कहा था, जिसके अनुसार "A Country can raise its own growth rate by investing in human capital, about all in education and training—an idea taken by new labour."

साम्यवाद के बाद के समाजवाद की स्थिति पर आते हैं तो पाते हैं कि अब न तो विकास के लिए कोई अपूँजीवादी रास्ता रह गया है, न ही आधुनिकीकरण के लिए कोई अबाजारी समाजवाद। तो भी मैक्राई जैसे विचारक के लिए उत्तर साम्यवाद ही उत्तर समाजवाद है। उसका तर्क है, "It is not just that communism has collapsed, it is the whole concept of command economy. The idea that countries can improve their economic performance by heavy state regulation of economic life is dead. Whereas in 1979 perhaps 40 percent of the world's population lived in countries in which the market economy was the dominant ideology more than 90 percent does that". यानी पिछली सदी समष्टिवादी युग (collectivity era) की उत्थान और पतन (rise and fall) की सदी थी। जबकि 1989-91 की घटनाएँ उदार व्यक्तिवादी वर्चस्व की संस्थापिका थीं। केनेसियन कल्याणकारी राज्य, योजनाओं का बिखराब और सामाजिक जनतन्त्र ने विचारधारा का स्थान ले लिया है। सामाजिक न्याय और समता की जगह आर्थिक दक्षता और बाजारी विवेक आन पड़े हैं। यह चीन समेत एशिया के राज्यों पर भी लागू होता है। परिणामस्वरूप आज समाजवाद को एक प्रतिगामी विचार कहा जा रहा है। उसकी व्यवस्था को अनुपयुक्त माना जा रहा है। वह ऐसा नया समाज नहीं बना सकता जिसमें वह जीवित रहता। दरअसल समाजवाद पूँजीवाद की सफलता पर निर्भर था। जब पूँजीवाद पर संकट आए तो जाहिर है समाजवाद पर संकट आना स्वाभाविक था। चूँकि श्रम की मुक्तिदायिनी भूमिका फिलहाल समाप्त प्रायः हो गयी है, इसलिए समाजवाद भी मृतप्राय है। यदि समाजवाद जीवित बना रहना चाहता है तो उसे कोई दूसरा सम्बल तलाश करना होगा। यूटोपिया के रूप में भंग हो जाने के बाद यह 'Wither- out' होता जा रहा है। फिर भी बोबियो मानता है कि वाम और दक्षिण का विभाजन अभी पूरी तरह से समाप्त नहीं हुआ है और लोग अपनी बातचीत में इनका प्रयोग एक निश्चित 'Stand' बताने के लिए करते हैं। हाँ उसके रूप बदले जा रहे हैं। माइकल रिचार्ड 'Free market socialism' शब्द का इस्तेमाल कर रहा है और एलेपर गोमालेज 'supply side socialism' का। ब्लेयर 'Socialism' लिखकर परिभाषित कर रहा है, "as the-power of market with a vision of social justice. कुछ लोग 'de-regulatory society— side socialism" जैसी शब्दावली बना रहे हैं। फिर 'Liberty' एक अच्छी अवधारणा हो सकती है, पर क्या उससे समानता व भाईचारे की अवधारणा की जरूरत नहीं रह जाती है? नये समाज में यह जरूरत बढ़ती ही जा रही है क्योंकि समाजवाद या वाम के समष्टिवाद बहुराष्टीय कम्पनियों को समष्टिवाद को चुनौती नहीं दे पा रहा है। आर्थिक मामलों में दखलन्दाजी के लिए राज्यों का उपयोग समानता व भाईचारे को तेजी से समाप्त करता जा रहा है।

इधर विचारकों का एक दल ऐसा उभर रहा है जो कहता है कि रूस के पतन से समाजवाद पर चढ़ी एक भ्रम पैदा करनेवाली धारणा दूर हुई है, जो रूस से इतर एक वैकल्पित समाजवाद के लिए रास्ता खोलती है। उससे एक तीसरा विकल्प बनेगा जिसमें हस्तक्षेप न करनेवाले राज्य का, जाति का विरोध करने राज्य का उदय होगा। वह राष्ट्रीकरण और केन्द्रीय योजना पद्धति को त्याग कर बनेगा। वह पुरानी शब्दावली और पुराने Universal को एक बार पुन प्रतिष्ठित करेगा। इसके वकीलों में क्रिटिकल थियरी के मार्टिन जे हैं, जो कहते हैं कि रूस में दरअसल समाजवाद का पतन नहीं हुआ है, उसके स्टालिनी व्याख्या का पतन हुआ है। इसलिए समाजवाद अब अपना अधूरा एजेण्डा पूरा कर सकता है। इसने मार्क्सवादी विवेचना को एक नयी सम्भावना दिया है। त्रात्स्कीवादी इसे पहले से ही स्वीकार करते हैं। कुछ दूसरे लोग उसे 'anti-Leninism revolutionary socialism' के रूप में भी लेते हैं जो कहते हैं कि रूस का पतन मार्क्सवाद का पतन नहीं है, बल्कि मार्क्सवाद के कमियों को खोजकर उसे नयी ताकत प्रदान करने का मौका है।

(9)

आदम मिचनिक ने लिखा है कि यदि साम्यवाद एक बड़ी बुराई था जिस पर पूँजीवाद ने विजय प्राप्त कर ली है, तो इसके बाद जो बुराई आयेगी तो वह और भी बड़ी होगी। मार्क्सवाद ने पूँजीवाद को एक बड़ी बुराई माना था और उस बुराई से निजात पाने के लिए ही मार्क्सवाद से चलकर साम्यवाद आया था। वह चाहे जितना बुरा हो, पूँजीवाद की वृहत्तर बुराई को रोकने का एक माध्यम था। अब पूँजीवाद को अपनी बुराई फैलाने और दूसरों पर लादने की पूरी छूट मिल गयी है। यह यूँ ही नहीं है कि विचारकों के बीच चिन्ता और चिन्तन का विषय आज यह है कि उत्तरआधुनिकता के बाद क्या? और जवाब में पाते हैं वही मार्क्सवाद, उसमें आज तक के अनुभवों के आलोक में चाहे जितना संशोधन कर लिया जाये।

विचारकों का एक दूसरा धड़ा यह भी कहता है कि एक विचार और एक व्यवहार के रूप में साम्यवाद के ऊपर तथाकथित विजय स्पष्ट नहीं है—पश्चिम को शीतयुद्ध में कोई स्पष्ट विजय तो मिला नहीं था। उसके बाद जिस तरह से अन्तरराष्ट्रीय क्रियाकलापों की व्यवस्था बनी थी वह भ्रमोत्पादक और स्वेच्छाचारी ही थी। स्वयं उत्तर साम्यवादी देशों में शक्तिशाली और शक्तिहीन के बीच अन्तराल बढ़ा है, आर्थिक पश्चगमन बढ़ा है, अन्तरराष्ट्रीय संस्थाओं का उपयोग एक राज्य के हित साधन के लिए हो रहा है, तनाव इतना उभरा है कि सवाल उठने लगा है कि विजय पूँजीवाद की है कि जनतन्त्र के एक खास रूप की। यह जाहिर भी हो जाये कि विजय किसे मिली है तो भी यह जाहिर नहीं होता कि विजय किस बात की मिली है।

ऐसे में उत्तर साम्यवाद की भूमिका क्या होगी यह विचारणीय है। इतना तो जाहिर है कि साम्यवाद के न रहने पर एक जाहिरा विकल्प समाप्त हो गया है। इसलिए विकल्प की राजनीति के लिए खतरा पैदा हो गया है। इस खतरे का असर जनतन्त्रों को कमजोर करने में भी होगा। यह इस बात से भी जाहिर है कि वह अधिकाधिक तानाशाही की ओर लपकता जा रहा है—तानाशाही चाहे क्षेत्र की हो, जाति की हो, मजहब की हो, लिंग की हो, वर्ण की हो, वाद की हो, पूँजी की हो, या नेता की। उम्मीद की जाती है कि उत्तर साम्यवाद का विकास एक विकल्प बना सकेगा। उसका स्वरूप क्या होगा, यह देखा जाना है, सोचा जाना है।

स्वयं उत्तर साम्यवाद में [illegible] चुनावहीनता व्याप्त है। स्वयं पेरेस्तोइका ने कोई विकल्प नहीं सुझाया था। उत्तर साम्यवादी समाजों का अध्ययन एक द्वैत की ओर ले जाता है। उसमें जो वाकई है का परीक्षण पूरी तरह से इसलिए नहीं हो पाता है कि इससे इतर भी कुछ आयेगा का खटका बना रहता है। यदि यह संक्रमण पूँजीवादी जनतन्त्र की ओर है तो बाजार तथा उस जनतन्त्र का स्वरूप क्या होगा, बहुत स्पष्ट

नहीं है। 'है' और 'चाहिए' के विभेद के पार अभी जाया नहीं जा सका है। इस 'चाहिए' का रूप क्या होगा उसकी प्रतीक्षा की जा रही है। हावेल कहता है कि उत्तर साम्यवाद यदि कोई तीसरा रास्ता होगा तो वह तीसरी दुनिया की ओर जाता दिखेगा। दूसरे कहते हैं कि नहीं यह पहली दुनिया की ओर जाता दिख रहा है। कुछ तीसरे भी हैं जो कहते हैं कि यह चौथी दुनिया बनायेगा जिसमें औद्योगिकीकरण, भ्रष्टाचार, अपराधीकरण, जन सम्मिश्रीकरण, मास इमीग्रेशन और मध्यस्थ पूँजीवाद का मिश्रण होगा। इस रूप निर्धारण में एक तत्त्व यह भी काम करेगा कि सभी साम्यवादी देशों का इतिहास व पृष्ठभूमि एक नहीं रही है। इसलिए हो सकता है कि उत्तर साम्यवाद का जो रूप उभरे, वह कई तरह का हो। उसे सिर्फ पश्चिम और पश्चिम के विचारक नहीं तय कर सकते। एक प्रश्न यह भी है कि उसका रूप तय किया जायेगा, कि वह अपने देश, काल और परिस्थिति के अनुसार विकसित होगा? और फिर क्या वह सिर्फ भाषा का खेल होगा?

चेरीसोनोव कहता है कि दुनिया न तो पश्चिम बनाम पूरब, तानाशाही बनाम जनतन्त्र, सभ्यता बनाम बर्बरता जैसे स्पष्ट विभाजनों के साथ रह सकती है, न ही बिना किसी विकल्प के। दिक्कत यह है कि यह द्विभाजन तीसरी सम्भावना के लिए जगह नहीं छोड़ रहा है, जबकि जरूरत है इस तीसरे विकल्प के बनने की। वह वास्तविक जनतन्त्र और औपचारिक जनतन्त्र के बीच अवस्थित फॉक को ध्यान में रखकर ही विकसित होगा, जो वस्तुओं की, स्थितियों की वास्तविकता को ध्यान में रख कर सामाजिक न्याय की ओर बढ़ेगा। उसमें उदारवाद की अपनी भूमिका होगी, जो सामाजिक जीवन के बीच संघर्षों का सीमांकन न करेगा, सम्प्रभुता को सीमित करेगा, ऐसी निजता का निर्माण करेगा जिसका उल्लंघन करना ठीक नहीं होगा—जैसे यह काम वह आज भी करता है। कलेक्टिव एक्शन के बरक्स आत्मा की आवाज की अवधारणा पिछले दिनों विकसित हुई थी, जो स्वयं सोशल एक्शन का आधार बनी थी। उसे संस्थागत बनाने की जरूरत पड़ेगी। उत्तर आधुनिक संस्कृति पर बल देनेवाले लोग नये मध्य वर्ग के लोग हैं, जिनकी पहचान मीडिया कर्मी, उच्च शिक्षित, धनार्जन करने में लगे नये लोग—चाहे कम्पनियों की नौकरी से हों, विज्ञापन से हों, अन्तरराष्ट्रीय मुद्रापरिवर्तन के व्यवसाय से हों, शेयर के दलाल हों—के रूप में होती है। वे ही उत्तर साम्यवादी समाज के भी निर्धारक लोग हैं जो धीरे-धीरे ट्रेड यूनियन, राजनीतिक दल, यहाँ तक कि संसद में भी पहुँच रहे हैं और उन्हें नया रूप और भूमिका दे रहे हैं, पहले की एलीट (elite) का स्थान ले रहे हैं, नये सामाजिक आन्दोलन को जन्म दे रहे हैं।

वहीं राज्याधारित राष्ट्रीयता कमजोर पड़ रही है। पावर व नॉलेज का नया सम्बन्ध उभर रहा है। साम्यवाद की शक्ति के क्षीण होने पर ज्ञान का लेवा कोई नहीं बचा है। बल्कि बुद्धिजीवियों को उत्तर साम्यवादी समाजों में सन्देह की दृष्टि से देखा जा रहा है, कि वे हमेशा यूटोपिया में घूमते रहते हैं, व्यावहारिक स्तर पर कुछ खास नहीं करते। परिणामस्वरूप वैचारिक प्रगति क्षीण हुई है, आर्थिक प्रगति बढ़ी है। तो क्या इससे सुख भी बढ़ा है? यह भी प्रश्न उठता है कि प्रगति है क्या? निश्चय ही वह आज वह नहीं है जो ज्ञानोदय के एजेण्डे में थी। इसी तरह ज्ञान की भूमिका भी वह नहीं है जो ज्ञानोदय के जमाने में था। तब माना जाता था कि ज्ञान के सहारे अनिश्चितताओं को दूर किया जा सकता है। आज माना जाता है कि ज्ञान अनिश्चितता पैदा करता है। इससे अच्छा तो सूचना है जो उत्पादन के काम आता है। फिर ज्ञान भविष्य के लिए योजना बनाता है। लेकिन आज भौतिक और प्रौद्योगिक उन्नति ने एक ऐसे नये समाज का निर्माण कर दिया है, जिसने पूरे जगत् को विकास के दायरे में ला दिया है, जिससे सामाजिक न्याय की प्राप्ति दिन-प्रतिदिन बढ़ती जा रही है। ऐसे में एक आदर्श और कार्य योजना के रूप में भविष्य का अन्त ही हो गया है। इसलिए ज्ञान की जरूरत भी नहीं रह गयी है। आज हम एक रोमांसहीन दुनिया में रह रहे हैं। उत्तर समाजवाद लकवाग्रस्त राजनीति का समाज है।

उत्तर साम्यवादी समाज का संक्रमण चार अनिवार्य तत्त्वों से निर्मित है— अतीत पर काबू पाना, विकास के सामान्य प्रकटीकरण से पुनरुस्थापन से पहले परिवर्तन की त्वरित कालावधि, देशों के बीच अपेक्षाकृत एकरूपीय परिवर्तन का विन्यास और एक ज्ञान-मीमांसा का तत्त्व, जो एक अन्त सुझाये। इन

चारों ही तत्त्वों की खूब आलोचना की जा सकती है। यही कि अतीत पर कितना नियन्त्रण किया जा सकता है? क्या स्वयं साम्यवाद अतीत पर नियन्त्रण का एक ढंग नहीं था? फिर इस साम्यवादी अतीत पर काबू पाने का ढंग और उसके आगे की दशा भिन्न-भिन्न है, विभिन्न देशों में उनके अतीत के कारण। क्या साम्यवादी अतीत पर नियन्त्रण साम्यवाद से पहले की दुनिया में जाना है, कि साम्यवाद के दाग के साथ एक भविष्य की दुनिया में जाना है? क्या सामान्य का मतलब पश्चिमी यूरोप की आज की दुनिया है? क्या वह परम्पराओं में बँधी कबिलाई राजनीति है?

उत्तर साम्यवाद ने साम्यवादी, कहिये मार्क्सवादी ऐतिहासिकवाद को त्याग दिया है, किन्तु वहीं उदारवादी ऐतिहासिकवाद को अपना लिया है। संक्रमण का तर्कसंगत चरण किसी भविष्य की कल्पना से ही जुड़ा हुआ है जो आधुनिकता का ही मेटानैरेटिव होगा जो समाज का एक रेखीय और विश्वव्यापी विकास से ही जुड़ा होगा। यह संक्रमण स्वभाव से उपचारी है। अवधारणा के रूप में यान्त्रिक है, जो एक दिये हुए उद्‌देश्य की ओर बढ़ता है और उस क्रम में रूप बदलता रहता है, तमाम देशों के साथ सापेक्ष होकर। सामाजिक जनतन्त्र और बाजारवाद की सापेक्षता वहाँ गोचर है। उसका सम्बन्ध जितना समाज के निर्माण से है उतना ही राज्य के निर्माण से है। इसलिए चीन और जापान को जितना 'विकसनशील' देश कहा जाता है उतना ही 'preservenist state'। रूस को ऐसा अभी नहीं कहा जा पा रहा है, क्योंकि दोनों में सापेक्षता का तालमेल नहीं बैठ पा रहा है। वहाँ राजनीतिक-आर्थिककरण पूँजी की गतिकी की जगह उसका स्थानापन्न बना हुआ है। इन तमाम देशों में पूँजीवाद नव-क्लासिक पूँजीवाद से भिन्न रूप ग्रहण कर विकसित हो रहा है, तो भी वैश्वीकरण को तो स्वीकार कर लिये हुए है। इसलिए खण्ड-खण्ड होने, विसन्धिकरण होने के बावजूद उत्तर साम्यवादी देशों में आर्थिक विकास का मानदण्ड पूँजी में सकल राष्ट्रीय विकास है।

यह संक्रमण कब समाप्त होगा? जब राष्ट्रीय जनतन्त्रों की स्थापना प्रभावी ढंग से हो जायेगी। इसके लक्षण तब गोचर होंगे तब दो-चार बार मताधिकार के आधार पर सरकारें बिना किसी खून-खराबा के कानूनी रूप से बदलेंगी। जब बाजारवाद की स्थापना हो जायेगी। इसका लक्षण होगा : जब मूल्यों का नियन्त्रण सरकार नहीं प्रतिस्पर्द्धा करेगी, निजी सेक्टर का बोलबाला होगा, सम्पत्ति का निजीकरण होगा, प्रभावशाली बैंकिंग सेक्टर होगा और व्यापार पूरी दुनिया के लिए खुला होगा। यह सब उत्तर साम्यवाद के नाते नहीं होगा, स्वयं उत्तर साम्यवाद की पहचान इनके नाते होगी।

साम्यवाद के पतन ने स्पष्ट कर दिया है कि ज्ञानोदय और उदारवाद का भी भविष्य सीमित है, क्योंकि स्वयं पश्चिम का भविष्य सीमित है। वैश्विक बाजार ने वहाँ भी स्थानीयता को, राष्ट्रीय पहचान को, सामाजिक जीवन को, स्थितियों की समझ को, समझदारी को रूपान्तरित कर दिया है। उससे जो रिक्ति पैदा हो रही है, क्या उसे पूरब का उठान भरेगा? यह उठान भी कैसा होगा? क्या आर्थिक समृद्धि, क्या सांस्कृतिक विन्यास, क्या राजनीतिक चेतना, क्या वहाँ रची-बसी धार्मिक चेतना, क्या जातीय विजय? कुछ भी स्पष्ट नहीं है। रूस में साम्यवाद के पतन ने यह भी स्पष्ट किया है कि बहुत दिनों तक लोगों को दबाकर नहीं रखा जा सकता, कि समृद्धि और मुक्ति में यदि आदमी को चुनना है तो मुक्ति ही चुनेगा, कि रूस में साम्यवाद और उसकी तानाशाही उसके इतिहास में जनमानस में रची-बसी तानाशाही का अन्तिम दौर था। उत्तर साम्यवाद को इन सभी बातों को साथ लेकर चलना है। तब सवाल यह भी है कि उत्तर साम्यवाद जो उत्तरआधुनिकता नहीं है, उसका कोई स्वतन्त्र रूप भविष्य में बचा रहेगा, कि पूरी दुनिया जो ऊपर से एक हो जायेगी तो चकत्ते की तरह बस चमकता रहेगा, उस दुनिया की एकमात्र खाल पर 'Method as powerlessness, art as consolation and pessimism as quiescence"? या कि पिछले अनुभवों के आधार पर वह मार्क्सवाद की एक नयी व्याख्या प्रस्तुत करेगा जो उत्तर पूँजीवाद का विकल्प बनेगा? यही 'उत्तरआधुनिकता और उत्तर साम्यवाद के बाद का' जैसे प्रश्न का उत्तर होगा। वही उत्तर साम्यवाद का अन्त होगा—आदर्श और मृत्यृ दोनों अर्थों में।

•

प्राच्यवाद : आज

(1)

आज 'प्राच्यवाद' यूरोपियों द्वारा किये गये पूर्व के अध्ययन और उससे निर्मित पूर्व की छवि पर पूर्व के आधुनिक विचारकों द्वारा व्यक्त प्रतिक्रिया है। वह उन अध्ययनों को संकलित कर एक 'वाद' में रूपान्तरित कर देता है और स्थापना रखता है कि उन अध्येताओं ने प्राच्य का अध्ययन पश्चिम की तुलना में उसे नीचा दिखाने, यूरोप की श्रेष्ठता स्थापित करने और साम्राज्यवाद को न्यायोचित ठहराने के लिए किया था।

मैंने अन्यत्र स्पष्ट किया है कि उपनिवेशवादियों ने बाहुयुद्ध में परास्त करने के बाद उपनिवेशों को आर्थिक रूप से भी परास्त किया। उन्हें लम्बे समय तक गुलाम बनाये रखने के लिए सेना रखने के साथ-साथ उन्होंने मानसिक रूप से भी गुलाम बनाकर रखना चाहा। इसके लिए उन्होंने सभ्यता, नृतत्त्वशास्त्र और संस्कृति की अवधारणा रची। अपने को 'अन्य' कहा। अफ्रीका, अमेरिका, आस्ट्रेलिया आदि महाद्वीपों के लोगों को अपने से और अपने मानदण्डों से तुलना कर विकास के आरम्भिक चरणों पर डाला और उनके अध्ययन के लिए नृतत्त्वशास्त्र का विकास किया। जो देश अविकसित नहीं थे, बल्कि यूरोप के देशों की तुलना में पहले से ही विकसित थे, पर बाहुयुद्ध में कमजोर पड़ गये थे, उनके लिए संस्कृति की अवधारणा रखी जो पहले थी, अब नहीं है। अपने को सभ्य कहकर रखा और स्वयं ही ठेका ले लिया कि वे बाकी दुनिया को सभ्य बनाकर छोड़ेंगे—ईश्वर ने उन्हें इसी काम के लिए इन इलाकों में भेजा है। वे यह मानकर चले कि योजना बनाकर, उस योजना को बलात् लादकर उन्हें ठीक किया जा सकता है और यह ठीक करना उनका पवित्र दायित्व है। इसके लिए जरूरी है कि वे जिन देशों में रह रहे हैं उनका तात्त्विक अध्ययन करें, उनकी अच्छाइयों से अधिक उनकी बुराइयों पर, कमियों पर दृष्टि टिकायें—इस बुराई और कमी का मानदण्ड यूरोपवाली की अच्छाई ही अदबदा कर होगा—और बतायें कि इन बुराइयों और कमियों के कारण वे पिछड़े हुए लोग हैं। यहाँ भी अगड़े होने का मानदण्ड यूरोप ही होगा। वैसा अगड़ा बनने के लिए उन्हें अपना पिछड़ापन छोड़ना होगा। यह पिछड़ापन दिखाकर वे यह भी कहना चाहते थे कि उपनिवेशों के लोग प्रभुत्वशाली लोगों से लड़ने में, उनका मुकाबला करने में असमर्थ हैं। यदि उन्हें जीना है तो उन्हीं के वर्चस्व के भीतर जीना है। इस दर्शन के गढ़ने में जो भूमिका संस्कृति बनाम सभ्यता की अवधारणा की हुई, वही भूमिका प्राच्य की भी रही।

प्राच्य इस विवाद का देन था कि किसी देश और जाति को उसके इतिहास से ठीक-ठीक समझा जा सकता है कि उसके साहित्य से? इतिहास में तो समुदाय द्वारा भोगे गये जीवन का तथ्य होता है, वे मोड़ होते हैं, जिनसे होकर वह समुदाय गुजरा होता है, जिसकी छाप उसकी जीवन-पद्धति में बरकरार होती है। लेकिन साहित्य में उसके सपने होते हैं, उसकी चाहत और उसका मन होता है। साहित्य में उसका

दर्शन होता है, जो उसके जीवन-मूल्य और लक्ष्य का खुलासा करता है। साहित्य में वह कर्मकाण्ड भी होता है, जो उसकी जीवन-पद्धति को अनुशासित करता है। इन तीनों को यदि विश्लेषित कर लिया जाये तो देश और जाति के मन को भली प्रकार समझा जा सकता है, उसको मोड़ा जा सकता है, उस पर कब्जा किया जा सकता है।

यूरोपवालों की निगाह में पूर्व के देशों का इतिहास नहीं था, क्योंकि वह किसी ईशा, मूसा के जीवन काल, या किसी महत्त्वपूर्ण घटना के दिन से क्रमबद्ध कर नहीं लिखा गया था। उन्होंने इसे लिखना शुरू किया। इसी तरह उनके जातीय साहित्य का न तो कोई इतिहास था न ही कोई तुलनात्मक तात्त्विक अध्ययन। वे यह दोनों काम करने में लगे और नाम दिया 'प्राच्यविद्या'। इस विद्या से उनके काम का जो दर्शन उभरा उसे 'प्राच्यवाद' कहा गया। इसलिए प्राच्यवाद अध्ययन की अन्तर्वस्तु भी बना और पद्धति भी। दोनों का दो किन्तु आपस में सम्बद्ध असर पड़ा प्राच्य की छवि गढ़ने में। इस छवि का विवेचन पश्चिम यानी Occident के मानदण्ड पर हुआ। यद्यपि कि इस छवि ने स्वयं पश्चिम को अपनी छवि अर्जित करने में, उसके आत्म (self) के निर्माण में एक प्रतिपक्ष की भूमिका निभायी, लेकिन उसे खुलकर स्वीकार नहीं किया गया, क्योंकि इससे उसके (पश्चिम के) गर्व को ठेस पहुँचता था। यह प्राच्यविद्या और उसका वाद अन्तः अनुचिन्तन का एक रूप है, जो पूरी तरह से पश्चिम की बौद्धिक चिन्ताओं, समस्याओं, आशंकाओं और आकांक्षाओं से सम्बन्धित है जो उस कल्पित और निर्मित वस्तु से उत्पन्न है, जिसे परम्परागत रूप से प्राच्य कहा जाता है। स्वयं प्राच्य एक ऐसा स्थान बदलता, अस्पष्ट, व्यापक सारग्रन्थन है, जिसमें लेखक, उत्कीर्णक या मान्य निरीक्षक जिस क्षण जो चाहें, उस क्षण वह अर्थ ग्रहण कर लेते हैं। यह पश्चिम के लोगों के द्वारा बनायी गयी पूर्व के लोगों के बारे में धारणा है। अपने अधिकांश में वह व्यक्तिगत और आत्मगत है, हालाँकि उसे अध्ययनों, यात्रा वृत्तान्तों और अनुभवों से निर्मित कर वस्तुगत वास्तविकता का रूप देने का प्रयत्न होता रहा है। इसलिए यह एक अवास्तविक, इतर लोक की रचना करता है, जो वास्तविकता से भिन्न, अस्वाभाविक, उद्देश्यपरक और अपने अधिकांश में पूर्व के लोगों को नीचा दिखानेवाला है। इसलिए निरपेक्ष चिन्तन नहीं है। इसका अध्ययनकर्त्ता एक निश्चित पृष्ठभूमि और दृष्टिकोण लेकर आता है। यह The other यानी पराये का भान लेकर चलता है। उसके विश्लेषण और उसके माध्यम से तह तक पहुँचना बड़ा कठिन है। यह कठिनाई ही उसके बरकरार रहने का कारण है। आज इसका क्षेत्र सिर्फ पूर्व नहीं रह गया है। उसमें पश्चिम ही नहीं, पूरा विश्व समाहित हो गया है। इसके क्षेत्र में आज अकादमिक अध्ययन ही नहीं, लोग, जगह, इतिहास, विचार, साहित्य, कला, चलचित्र, कहें आज के अस्तित्व का एक बड़ा भाग आता है। इसका एक इतिहास है और उसके कम-से-कम चार चरण हैं। इसमें कम-से-कम छह संस्कृतियाँ समाहित हैं। इसका एक वर्गीकरण उपनिवेश बनाने वाले देशों के आधार पर भी किया जा सकता है, जिसके चार रूप बनते हैं। उनमें से एक जर्मनी साम्राज्य नहीं बना पाया था। फिर औपनिवेशिक देशों के सम्बन्ध में यह आधुनिकता के साथ है।

इधर यह चर्चा में एडवर्ड सईद की 1978 में प्रकाशित पुस्तक 'ओरिएण्टलिज़्म' के प्रकाशन के बाद आया है। इस पुस्तक को उसने अपने बाद की प्रकाशित दो पुस्तकों 'कल्चर एण्ड इम्पीरिअलिज़्म' और 'द पॉलिटिक्स ऑफ डिस्पोजीशन' से परिपूरित किया है। इनमें सईद ने साम्राज्यवाद के विचारधारात्मक नकाब को उठाया है और कहा है कि साम्राज्यवादी देशों ने उपनिवेशों के ज्ञान का इस्तेमाल उपनिवेशों के ऊपर वर्चस्व बनाने के लिए किया है। पूर्व के बारे में उनका पढ़ना-पढ़ाना, शोध करना और लिखना हमेशा ही इसी भावना से अनुप्रेरित रहा है। उसी का पिछलग्गू बना रहा है : The peculiar western style of dominating, restructuring and having authority over orient is inextricable from the peculiar western style of studying and thinking about orient.

यहाँ स्पष्ट कर देना जरूरी है कि कुछ आलोचक आजतक के पूर्व के बारे में समग्र लेखन को प्राच्यवाद कहते हैं। कुछ लोग सईद और उनके साथ के पूर्व के विचारकों के लेखन से पहले के लेखन को प्राच्यवाद कहते हैं, और बाद के लेखन को नेयो-ओरिएण्टलिज़्म। कुछ लोग नेओ-ओरिएण्टलिज़्म को सईद की पीढ़ी के पश्चिमी विचारकों तक सीमित करते हैं और प्रतिरोध में लिखे पूर्व के विचारकों को 'पोस्ट ओरिएण्टलिज़्म' नाम के तहत विवेचित करना चाहते हैं। हम इस पचड़े में न पड़कर पूरे परिदृश्य को 'प्राच्यवाद' मानकर चलते हैं और सईद के साथ के लेखन को, चाहे वह पूर्ववालों के द्वारा हो या पश्चिमवालों के द्वारा एक चरण के रूप में लेते हैं। इरादा इस चरण का विवेचन और मूल्यांकन करना है, जो नया है।

(2)

एडवर्ड सईद पहले के प्राच्यविदों ने प्राच्य का जो चित्र खींचा है उसकी मीमांसा करते हैं, उनके इरादे स्पष्ट करते हैं और अपना उद्देश्य बताते हैं। इस तरह से वे अपने से पहले के पश्चिम के अध्येताओं की एक प्रतिछवि बनाते हैं। इसलिए उनका प्राच्यवाद दरअसल प्रतिप्राच्य या उत्तर प्राच्य बनकर उभरता है। ऐसा करने में वे अकेले नहीं हैं। स्वयं पूर्व के विचारकों में उनके निकट के परवर्ती तिवाई, अलतास, अब्दुल मलिक, जायत अब्दुल्ला, लारौवी तलत असद, के.एम. पणिक्कर, रोमेला थापर आदि हैं। पश्चिम के साथी विचारकों में बोलिओ, कैम्पबेल, क्लीफोर्ड, डेनियल, लरोई, लेविस, यंग, मैकेंजी, स्पेंस, टर्नर आदि हैं। इन सबों के चिन्तन का मिला-जुला रूप क्या है, उसे हम बाद में देखेंगे। यहाँ हम सईद के विचारों को थोड़ा विस्तार से देखते हैं। उसने प्राच्यवाद को कुछ इस तरह से परिभाषित-विश्लेषित किया है :–

(1) यह भाषा और लेखन के आधार पर एक क्षेत्र का अध्ययन है। जो कोई भी इस क्षेत्र का अध्ययन करता है, शोध करता है, लिखता है और पढ़ाता है, उसे प्राच्यविद् कहा जाता है, विशेषज्ञ और अधिकारी प्रवक्ता के रूप में स्वीकार किया जाता है और उसके ज्ञान के आगे दूसरे के ज्ञान को गौण समझा जाता है।

(2) यह यूरोप या पश्चिम के अनुभव में पूर्व का जो विशिष्ट अनुभव है उसके आधार पर पूर्व के साथ सम्बन्ध बनाने का एक ढंग है।

(3) यह पूर्व और पश्चिम के बीच ज्ञानात्मक और सत्ता-मीमांसक विभेदों के आधार पर प्रागैतिहासिक काल तक का सर्वेक्षण और उसके लिए विचार की मेहराबदार शैली का निर्माण है।

(4) यह प्राच्य के पुनर्निर्माण और एकाधिकार के लिए प्रयुक्त पश्चिम की एक शैली है।

(5) यह प्राच्य को लेकर वाचनालय और पुरातात्त्विक संग्राहलय का निर्माण करता है, जिसमें ऐसी सूचनाएँ इकट्ठा कर रखी जाती हैं, जिनके विश्लेषण और संश्लेषण से पूर्व के लोगों के विचारों तथा मूल्यों का पुनर्निमाण किया जा सके, जो उनके व्यवहार की पुनर्व्याख्या कर सके। उनकी मानसिकता, परिवेश, वंशावली का पुनर्निमाण किया जा सके। उनकी नियमित विशेषताओं को जाना, जाँचा, निर्मित और नियन्त्रित किया जा सके।

(6) उन सारी शक्तियों द्वारा निर्मित प्रतिनिधित्व की एक पूर्ण व्यवस्था है, जिन्होंने प्राच्य को पश्चिम के ज्ञान की चेतना और पश्चिम के साम्राज्य का निर्माण किया।

(7) प्राच्य के साथ सम्बन्ध बनाने के लिए पश्चिम की एक समाहारी संस्था है, जो प्राच्य को प्राप्त करे, जो उसका वर्णन करे, अध्ययन करे, अध्यापन करे, उसके बारे में बयान दे, दिये गये बयानों को पुष्ट करे, नियन्त्रित करे और उनके लिए साधन तथा संसाधन जुटाये।

यद्यपि कि इन बिन्दुओं में कई विरोधाभासी तत्त्व हैं, फिर भी इनके आधार पर सईद प्राच्यवाद को एक समेकित विवेचन की तरह प्रस्तुत करता है, जो प्रागैतिहासिक काल से लेकर आज तक के पूरे वृत्त

को समाहित करता है। यह प्राच्यविद्या की ऐसी वंशावली सामने रखता है, जिसकी मूलमूत विशेषताएँ मानव इतिहास के विभिन्न युगों में अपने को दुहराती चलती हैं। उनको दिखाते हुए सईद बताता है कि प्राच्यविद् पाठ से न केवल ज्ञान का सृजन करते हैं, उस यथार्थ का, बल्कि उस सत्य का भी निर्माण करते हैं, जिसका विवेचन करते हुए वे दिखते हैं। उपयुक्त समय पर यह ज्ञान और यह सच एक परम्परा का निर्माण कर लेते हैं जो भविष्य के प्राच्यवादी अध्ययन की दिशा तय कर देती है। यह ज्ञान-परम्परा आर्थिक और राजनीतिक शक्ति की संरचना से इतनी सम्पृक्त हो उठती है कि उपनिवेशवाद की सेविका बन जाती है। दरअसल यह उपनिवेशों के बनने से पहले ही उपनिवेश की महत्त्वाकांक्षा रखनेवाली शक्तियों को मुखर करती है और उसे न्यायोचित भी ठहरा देती है।

सईद एक तरफ यह दिखाता है कि कैसे यूरोप ने प्राच्यवाद और प्राच्य के लोगों की काल्पनिक खोज की और दूसरी तरफ इसने कैसे इस प्रस्तुति का इस्तेमाल एक औजार की तरह उपनिवेशों पर कब्जा और नियन्त्रण के लिए किया। जाहिर है कि इस तरह की सामान्यीकृत स्थापना की खूब आलोचना होनी थी और वह हुई। एजाज अहमद इसकी एक आलोचना मार्क्सवादी दृष्टि से करते हैं, दूसरी मानववादी दृष्टि से। कहते हैं कि 1970 के बाद का युग मार्क्सवाद विरोधी युग है। इस विरोध के लक्षण उत्तर संरचनावाद में हैं और विश्व चर्चा के केन्द्र में तीसरी दुनिया को लाने में है। सईद का प्राच्यवाद उसी की देन है। हम सईद के मार्क्सवाद का विरोध तब लक्षित करते हैं जब वह मार्क्सवाद के ज्ञान-मीमांसक और सत्ता-मीमांसक सीमाओं का वर्णन करता है। कहता है कि राजनीतिक क्रियाकलाप की पूर्व विचारित पूर्णापेक्षी ज्ञान व्यवस्था से हटाकर बहुविध घटनाओं की ओर, यानी जानने की प्रक्रिया की ओर संक्रमित की जानी चाहिए। क्योंकि उसके द्वारा निर्मित कोटियाँ सभी प्रकार की राजनीतिक आवश्यकताओं और अनुभवों को आत्मसात् करने में सक्षम नहीं हैं। दूसरे वह विशिष्ट आलोचनाओं के आलोक में अपने को परिवर्तित नहीं कर पाता। तीसरे वह भविष्य की सम्भावित घटनाओं के बारे में पहले से कोई विचार नहीं बना पाता। सिर्फ पूर्वघटित घटनाओं, वस्तुकरण से उत्पन्न विक्षोभ तथा अपने विशिष्ट हितों, गिल्डों, साम्राज्य में समाहित कर लिये गये अन्तर्राज्यों और मन की कट्टर आदतों तक सीमित हो जाता है। यही कारण है कि 1960 के दशक में पश्चिमी यूरोप और दुनिया के अन्य भागों में क्रान्ति की जो लहर आयी थी, वह पेरिस की सड़कों पर पिट गयी। एजाज अहमद कहते हैं कि ऐसा कहकर एडवर्ड सईद राजनीतिक क्रियाकलाप का ध्यान पूर्व विचारित ज्ञान व्यवस्था से हटाकर एक तरफ बहुविध घटनाओं की ओर तथा दूसरी तरफ जानने की प्रक्रिया की ओर संक्रमित करने की वकालत करते हैं। यह काम तो तत्कालीन ऐंग्लो-अमेरिकन अकादमियाँ कर ही रही थीं। सईद के चिन्तन में उसी का प्रतिबिम्ब है। दूसरे उस क्रान्ति को नेतृत्व संरचनावादियों ने दिया था, जो उसके लिए सक्षम पुरुष नहीं थे। उनकी आलोचना करते हुए सईद दरअसल उत्तर संरचनावादियों के साथ चले जाते हैं। इन उत्तर संरचनावादियों ने उत्तर आधुनिकतावादियों के साथ मिलकर महाआख्यानों के विघटन की बात की है। वही काम प्रकारान्तर से सईद करते हैं। इस मामले में वे लोता और फूको की तरह बात करते हैं, जो पूर्णता के साथ नैतिक और बौद्धिक को मुक्त करना चाहते हैं। ऐसा कर वे उसे देश-कालातीतता और पूर्णपेक्षिता में बदल देना चाहते हैं।

एजाज अहमद से भिन्न तमाम पाठक यह पाते हैं कि सईद लोता और फूको से इतर 1968 की घटनाओं के कारण मार्क्सवाद से विरत नहीं होता। उन घटनाओं ने उन समस्त राजनीतिक सिद्धान्तों, चिन्तन प्रणालियों तथा उन संगठनों को हिलाकर रख दिया था, जो पूरी सामाजिक संरचना को ध्यान में रखकर कार्यवाही करने की माँग करते आये थे। वह इसलिए विरत होता है कि मार्क्सवाद की कोटियाँ सभी प्रकार की राजनीतिक जरूरतों और अनुभवों को जगह देने में असफल और अपर्याप्त लगती हैं। मध्य पूर्व के मुस्लिम राज्यों में विकसित मार्क्सवाद तत्कालीन समस्याओं को सुलझाने में सक्षम नहीं हैं। फिलिस्तीन की स्थिति से यह साफ है। यह इराक और अफगानिस्तान में तो गोचर हो ही चुका है, आगे ईरान में भी गोचर होनेवाला है। वहाँ मार्क्सवाद ने न तो स्वयं कोई विरोध पैदा कर पाया न ही विरोध

विद्रोह को नेतृत्व दे पा रहा है। दूसरे देशों के मार्क्सवादी सिर्फ कभी-कभार उस आतंकवाद का समर्थन करके रह जा रहे हैं जो अमेरिका का मुकाबला करने में बहुत कारगर नहीं सिद्ध हो पा रहा है। इस कमी को सईद मार्क्सवाद के भीतर ही गुम्फित पाता है, जिसने प्रकारान्तर से यूरोपीय साम्राज्यवाद का समर्थन एशिया और अफ्रीका के देशों के लिए किया था। उसकी दृष्टि यूरोप केन्द्रित थी और एशिया तथा अफ्रीका उसी के पुछल्ले की तरह उसके चिन्तन में आते थे। तभी उसने भारत में हो रहे साम्राज्यवाद के विरोध पर लिखा था, ''इंग्लैण्ड को भारत में दोहरी भूमिका निभानी है–एक तरफ विध्वन्सात्मक, दूसरी तरफ निर्माणात्मक–एशियाई समाज की समाप्ति और उसकी जगह पश्चिमी समाज की पक्की भौतिक बुनियाद।'' यानी उपनिवेशीकृत देशों की दृष्टि से मार्क्स के समाजार्थिक सिद्धान्त में नैतिक खोट है। एक तो इसलिए कि वह पूर्व और पश्चिम को अनिवार्यतः भिन्न, असमान और विरोधाभासी मानता है। दूसरे वह औपनिवेशीकृत प्राच्य को अपने सिद्धान्त के अमूर्त उदाहरण के रूप में इस्तेमाल करता है, अत्याचार का दुःख झेल रहे मूर्त मजलूम की तरह नहीं। तीसरे वह साम्राज्य बना रहे देशों को उपनिवेशों में वही मुक्तिदायी भूमिका उसी प्रकार प्रदान करता है, जिस प्रकार का साम्राज्यवादी स्वयं अख्तियार कर रहे थे। अन्तर यह है कि वे इसे ईश्वर प्रदत्त मिशन और गोरे लोगों के ऊपर बोझ कहते थे, मार्क्स लौकिक मिशन और इतिहास की गति। यानी कि जैसा अफ्रीकी विचारक फैनन कहता है, यूरोपियों के लिए समाजवाद तक, "part of prodigious adventure of European spirit" बन जाता है।

एजाज अहमद सईद की इस तर्कणा का कोई सीधा जवाब नहीं देते। कहते हैं कि एक तो सईद का पाठ परिचायक (Indicative) है, सम्भाव्यक्रियार्थक (subjective) नहीं। रेमाण्ड विलियम्स के अनुसार पाठ परिचायक तब होता है जब सूचना देता है कि जगत् में क्या हो रहा है, या क्या हो चुका है। सम्भाव्यक्रियार्थक तब होता है जब क्रान्तिकारी परिप्रेक्ष्य या धड़कन की ओर इशारा करता है, जो अभी सामाजिक या राजनीतिक रूप से उपलब्ध नहीं है, न ही स्वीकृत या अपेक्षित। सम्भाव्यक्रियार्थक हमेशा ही किन्हीं दबावों को कम करता है, सीमाओं को आगे ढकेलता है, यह जानते हुए कि वह अपने लक्ष्य को सम्भवतः कभी भी पूरी तरह से नहीं प्राप्त कर सकेगा। सईद का पाठ पहली तरह का है, इसलिए न तो नया है, न ही शुभंकर। दूसरे दुनिया में इधर दक्षिणपन्थी सरकारों का बाहुल्य बढ़ता जा रहा है, जो अमेरिकी एकच्छत्रता को पहेटने में समर्थ नहीं है। सईद का चिन्तन उन्हीं के पक्ष में जाता है, क्योंकि किसी मजबूत वामपन्थी चिन्तन का निर्माण करने के बजाय तीसरी दुनिया में मूड़ गाड़ लेता है। सईद ने इसका उत्तर यह कहकर दिया है कि दूसरी दुनिया में, यानी मार्क्सवाद में ही वह ताकत कहाँ रही कि वह अमेरिका का मुकाबला करे। उलटे ध्वस्त होकर उसी की चिन्तन राहों पर चलने लगा है। इसलिए तीसरी दुनिया का मुखापेक्षी होना हमारी नियति है।

एजाज अहमद की आलोचना का दूसरा सेट मानववाद से सम्बन्धित है। एडवर्ड सईद का कहना है कि प्राच्यवाद की असफलता जितनी बौद्धिक है, उतनी ही मानवीय है, "for in having to take up a situation of irreducible opposition to a region of the world it considered alien to its own, Orientalism failed to identify with human experience, failed to see it as human experience." दिक्कत यह है कि सईद जिसे 'मानवीय' कहता है वह स्वयं ही उसी परम्परा का अन्तर्भुक्त अंश है जिसने प्राच्यवाद का निर्माण किया, गोरे आदमी की श्रेष्ठता की नस्ली विचारधारा का भी निर्माण किया, जिसकी अर्नाल्ड विरचित 'उच्च सांस्कृतिक मानववाद' की वाग्मिता को बौद्धिक और सांस्कृतिक तुच्छता के बरक्स परिभाषा दिया गया। यंग कहता है कि सईद दरअसल अपनी जटिल स्थिति से आँखें चुराता लगता है। इसी को आगे बढ़ाते हुए एजाज अहमद कहते हैं कि सईद मानववाद को ठीक उस वक्त अपनाता है जब इतिहास के रूप में मानववाद को पूरी और बुरी तरह से नकार दिया गया होता है। परिणामस्वरूप पश्चिम की विरोधाभासी परम्परा से उसका नाता चकित करनेवाली स्थापनाओं की ओर ले जाता है। एक तो यही कि जैसे इतिहास के आरम्भ से ही पश्चिम या यूरोप की कोई एकीकृत पहचान है और जिसे

इसके विचारों और पाठों ने शक्ल प्रदान की है। दूसरे यह कि यूरोप की यह सन्धिरहित एकीकृत ऐतिहासिक पहचान और विचार खास तरह के विश्वासों व मूल्यों की बिना पर—जो अनिवार्यतः वही रहते हैं तथा कालक्रम में सिर्फ और ठोस होते जाते हैं—प्राचीन यूनान से लेकर बीसवीं सदी के अन्त तक चलायमान बना रहा है। तीसरे यह कि यह इतिहास अवश्यम्भावी है एवं इसीलिए इसकी संहिता कुछ महान् पुस्तकों के सहारे रची जा सकती है। एजाज अहमद कहते हैं कि सईद इस आदर्शवादी आधिभौतिकी को तब भी स्वीकार किये रहता है जब वह इन महान् पुस्तकों की महानता पर प्रश्न खड़ा करता है। दूसरे शब्दों में कहें तो सईद, "duplicates all those procedures even as he debunks the very tradition from which he has borrowed them."

एडवर्ड सईद की एक बड़ी कड़ी आलोचना उसके पुस्तकों के समीक्षक बर्नाड लेविस ने की है, जो सईद की प्रोफेशनल क्षमता पर ही प्रश्न उठाता है। कहता है कि सईद इस्लामिक अध्ययन के क्षेत्र में तिबाई, जायत या अब्दुल मलिक जैसा विद्वान् नहीं है कि पूरे अधिकार के साथ, अध्ययनप्रणीत प्रमाणों के साथ अपनी स्थापनाएँ रख सके। फिर प्राच्यवाद् कोई एक दिन की और सिर्फ इस्लाम तक सीमित निर्मिति नहीं है। इसका कम-से-कम बाईस-तेईस सौ वर्षों का इतिहास है, और कम-से-कम चार चरण हैं। तीसरे चरण में यूरोप के विद्वानों ने बड़े निरपेक्ष भाव से काम किया है और उनका क्षेत्र सिर्फ इस्लाम का अध्ययन न रह कर हिन्दू, बौद्ध, कन्फुत्सू, यहूदी, जोरोवास्टर आदि सम्बन्धी देशों का क्षेत्र भी रहा है। हाँ, उन विद्वानों के काम को यदि शासक वर्ग ने अपने हित में ढाल लिया है तो उसमें भला उनका क्या दोष? क्या वे काम ही न करें? उनके अध्ययन से पता चलता है कि वे न तो पश्चिम के तरफदार हैं, न इस्लाम आदि के। वे न तो पूर्व का अध्ययन किसी षड्यन्त्र के तहत करते हैं, न ही पश्चिम को बुरा या अच्छा मानकर चलते हैं। वे सम्मानित विद्वान् हैं, विशेषज्ञ हैं, पद्धति के मामले में क्लासिक अनुशासन से बँधे हैं। उनका चिन्तन निर्विकार नहीं तो निरपेक्ष अवश्य है। वह अपने आप में राजनीति और सत्ता से बहुत मतलब नहीं रखता। दरअसल प्राच्य के अध्ययन और साम्राज्यवाद के आविर्भाव में कोई सम्बन्ध नहीं है। न ही इस्लाम को पश्चिम के अँधेरे पक्ष में जड़ने की कोई मन्शा है।

एक दूसरे समीक्षक गेलनर सामाजिक विज्ञानों की वैज्ञानिक दृष्टि और ज्ञानोदय की योजना के कायल हैं। वे साम्राज्यवाद के अच्छे तत्त्वों, जैसे संचरण (Mobility), समता (equalitarianism) और पहचान (identity) के लिए स्वतन्त्र चुनाव आदि की प्रशंसा करते हैं। इसलिए उन्हें सईद का प्राच्यवाद रास नहीं आता और उसे 'बोगी' कहते हैं। सईद को उपनिवेशवाद का औंधा वाक्पटु।

ये दोनों ही विद्वान् मूल्यनिरपेक्षता पर बल देते हैं। रिचार्ड फाक्स इस मूल्यनिरपेक्षता की विस्तृत विवेचना करता है और कहता है कि ऐसी मूल्यनिरपेक्षता भ्रम के सिवाय कुछ और नहीं होती। वास्तविकता तो कत्तई नहीं। लेविस और गेलनर दोनों ही इसके शिकार हैं। यदि सईद का लेखन उद्देश्यपरक है, तो तीसरे चरण के प्राच्यविदों का लेखन भी उद्देश्यपरक था। इसलिए उसे इस सिद्धान्त पर खारिज नहीं किया जा सकता। यह बेईमानी है। उसकी आलोचना किसी अन्य आधार पर की जानी चाहिए। जॉन मैकेंजी एक ऐसा ही आधार देता है।

जॉन मैकेंजी कहता है कि सईद द्वारा प्रस्तुत प्राच्य सीमित और सामान्यीकृत तो है ही, वह स्थिर, अपरिवर्तनशील, अखण्डित पुरुष प्रधान भी है। जबकि प्राच्य में अनेक आवाजों का कोरस है। इस्लामग्रस्तता से लेकर इस्लामविरोध तक, वर्चस्ववादी हरकतों से लेकर वर्चस्वविरोध तक, जो लिंग, विचारधारा और 'सेक्सुअल प्रिफरेन्स' के विभेदनों से बनते हैं। उसमें अपेक्षित गतिशीलता भी है। इनको ध्यान में न रखने के कारण वह पलटकर 'आक्सीडेण्टलिज़्म' बन जाता है।

लेकिन तब मैकेंजी से यह पूछा जा सकता है कि यदि अखण्डित और स्थिर होने के कारण प्राच्य पश्चिम का पर्याय बन जाता है, तो क्या पश्चिम का मतलब स्थिरता और अखण्डता है? यदि मैकेंजी इससे इन्कार करता है और दोनों को गतिशील तथा खण्डित पाता है, तो दोनों के विभाजक तत्त्व क्या

हैं—स्पष्ट कर पाता है। दूसरे यदि स्थिर और अविभाज्य प्राच्य पश्चिम में घुसता है तो क्या वह उसकी विविधता और गतिशीलता को खण्डित नहीं करता? यदि इस्लाम की पहचान एक देव, एक पैगम्बर, एक पुस्तक से है जो मुसलमानों की विश्वदृष्टि का निर्माण करता है, तो यह तौहीद क्या यूरोप की बहुलता को नष्ट नहीं करेगा? और यदि पश्चिम की बहुलता को इस्लाम स्वीकार कर ले तो क्या उसका स्वरूप खण्डित नहीं हो जायेगा? तब किसका खण्डित होना समीचीन है? जाहिर है कि मैकेंजी के तर्क गोल-मोल हैं और वे कहीं ले नहीं जाते। वे या/वा के नकली द्विभाजी तर्क पर आधारित हैं, जिससे लगता है कि प्राच्यवाद दोनों ही हो सकता है—एक विविध और समृद्ध कल्पना मेहराबदार आख्यान के भीतर।

एक कमी की ओर यंग इशारा करता है। कहता है कि यदि प्राच्य सिर्फ एक प्रस्तुति है, जिसका वास्तविकता से कोई सम्बन्ध नहीं (जैसा कि सईद मानता है), तब भला यह कैसे सम्भव हो पाया कि वह नकली निर्मिति और तद्जन्य ज्ञान एक वास्तविक साम्राज्य की सेवा में लग गया? औपनिवेशिक विजयों, अधिकारों और प्रशासन के काम आने लगा? यदि वह सिर्फ प्रस्तुति था तो भी कभी-न-कभी उसे वास्तविकता से मुठभेड़ करना ही पड़ता होगा और भौतिक स्तर पर शक्ति व नियन्त्रण के रूप में प्रभावशाली बनना पड़ता होगा। तब यदि साम्राज्यवादी विजय के लिए वह वास्तविक शक्ति प्रदान करता था तब वह मात्र काल्पनिक कैसे होगा?

हमें लगता है कि यंग बतकुच्चन कर रहे हैं। झूठ और फरेब भी चेतना का निर्माण करते हैं और वह चेतना वांछित काम करती है। नियन्त्रित राज्य व्यवस्थाओं में ही नहीं, आज जनतान्त्रिक राज्य व्यवस्थाओं में इसका इस्तेमाल प्रभुत्वशाली वर्ग अपनी खामियों, असफलताओं को छिपाने के लिए और वर्चस्व बनाये रखने के लिए खूब करता है। प्रचार उसका कारगर हथियार होता है। यही क्राम यदि प्राच्य की अवधारणा ने साम्राज्यवाद के लिए किया तो इसमें तर्कतः असम्भव होने की बात कहाँ? इस स्थिति से वाकिफ होने के कारण ही सम्भवतः डेनिस पोर्टर प्रश्न करता है क्या सभी प्रस्तुतियाँ कमोबेश अवास्तविक नहीं होतीं, या गलत प्रस्तुतियाँ (misrepresentations) नहीं होतीं? तब यदि प्रस्तुति में सच्चाई का सत्त्व होता है, (जैसा कि सईद कहीं-कहीं स्वीकार करता दिखता है) तब यह कैसे सम्भव है कि वह एक मूलजाभासी सिद्धान्त के आधार पर (जो यह मानता है कि निर्वचनीय प्रस्तुति के बाहर चेतना या इच्छाशक्ति के बूते पर जाया ही नहीं जा सकता) उसे न्यायोचित ठहराया जा सके? वास्तव में सईद अपना चिन्तन दो आधारों पर विकसित करता है। एक है ग्राम्शी का वर्चस्ववाद (Hegemony) और दूसरा है फूको का निर्वचनवाद (Discourse)। अब ग्राम्शी कहता है कि एक समय में एक ही संस्कृति हावी रहती है। इसको लेकर सईद कहता है कि दूसरी संस्कृतियाँ अपने अधिकांश में उससे तालमोल बिठाकर ही चलती हैं। जो नहीं चलती हैं, उन्हें चलने के लिए बाध्य कर दिया जाता है। प्राच्य के प्रति पश्चिम यही करता है। लेकिन तब सईद भूल जाता है कि वर्चस्व होने के बावजूद सत्ताविहीन वर्ग की एक ऐसी दूसरी संस्कृति होती है जो हावी होने के लिए निरन्तर संघर्ष करती रहती है। सईद की कमी यह है कि उसका ध्यान इस संघर्ष और इस संघर्षशील संस्कृति पर नहीं जाता। अन्यथा कम-से-कम भारत के सन्दर्भ में उसे दिखायी देता कि गरम दल के नेता विपिनचन्द्र पाल और बाल गंगाधर तिलक उसी निर्मित प्राच्य के बल पर ब्रितानी हुकूमत का मुकाबला करते हैं। विवेकानन्द और एनी बेसेण्ट उसी के आधार पर भारत के गौरव की स्थापना विश्वगुरु बताकर करते हैं। गाँधी सीधे प्राच्यविद्या से तो नहीं, पर भारतीय जीवनपद्धति और मूल्य के बूते पर एक पूरा जनसंघर्ष खड़ा कर देते हैं। 'हिन्द स्वराज्य' जैसी पुस्तक लिखते हैं। डेनिस पोर्ट एक दूसरी बात कहता है। वर्चस्व के निर्माण में एक ऐतिहासिक प्रक्रिया लगी होती है, ठोस ऐतिहासिक संकट कालों में अधिरचनात्मक संघर्षों को लेकर जिनमें शक्ति के सम्बन्ध लगातार नुमाया किये जाते हैं। यह सईद की पुस्तकों से पूरी तरह से गायब है। परिणामस्वरूप सिकन्दर से लेकर जिमी कार्टर तक पूरी प्रस्तुति एक अनवरत प्रखण्ड बन जाती है, जो इतिहास को एक बेमतलब की चीज बना देती है, उसे बार-बार उद्धरित करने के बावजूद।

फूकों के अनुसार निर्वचन (Discourse) या निर्वचनीय निर्मितियों का सम्बन्ध हमेशा ही शक्ति के उपयोग से होता है। ये उच्चार के ढंग या अर्थ की व्यवस्था हैं, जो हावी सामाजिक व्यवस्था को बनाये रखने के लिए उस व्यवस्था द्वारा निर्मित और उस व्यवस्था के प्रति प्रतिबद्ध दोनों ही रहते हैं। सईद प्राच्यवाद को निर्वचन ही मानता है। यह औपनिवेशिक निर्वचन जब भी पूर्व के मूक और अबोध लोगों के लिए बोलता है तो उसे नकारा, पश्चिम के विवेक का उलट, एक छिपा बिम्ब और 'दरिद्र दूसरा' बनाकर प्रस्तुत करता है। दूसरे शब्दों में प्राच्यवाद तब निर्वचन बन जाता है जब वह पूर्व के बारे में लगातार कुछ स्टीरिओटाइप छवियों को सामने रखने लगता है—रहस्यमय, धूप और गर्द से भरा, वेश्याओं के साथ, भीड़ भरे बाजारवाला, जहाँ तानाशाह शासन करते हैं, भाग्यवादी गरीब अपने भोलेपन में उन्हें देवता मानते हैं। ऐसा वे पश्चिम की स्थितिगत उच्चता और पूर्व का अतुलनीय निम्न स्तर साबित करने के लिए करते हैं। इसके द्वारा वे पूर्व को अपनी एक विजित जाति बताते हैं, जिसके बारे में वह विजेता जाति पूरी तरह से जानती है और उसके आधार पर उनके भले के लिए शासन करती है। क्योंकि उनका भला किस बात में है, जितना वे जानते हैं, उतना विजित जातियाँ नहीं जानतीं।

यंग कहता है कि सईद प्राच्यवाद का कोई विकल्प नहीं सुझा पाता, क्योंकि इस निर्वचन सिद्धान्त के चलते उसे अतीत में कोई विकल्प दिखायी ही नहीं देता।

इस वर्चस्व और निर्वचन के कारण सईद के चिन्तन के कुछ बड़े ही भयंकर परिणाम निकलते हैं। एक तो यही कि उसका चिन्तन अन्ततः पश्चिम के पक्ष में जाता है। दूसरा यह कि वह जिस धुँधलके को छाँटना चाहता है उसे और प्रगाढ़ कर देता है। सईद को किसी विकल्प की आवश्यकता महसूस नहीं होती, क्योंकि जो सामान्य और जरूरी रूपावली प्राच्य का ज्ञान बनाती है, वह प्राच्य को विषयवस्तु भी बनाती है। यदि उसका कोई विकल्प बन गया तो वही विवाद का विषय बन जायेगा। सईद कहता है कि वस्तु (object) यानी प्राच्य "cannot challenge subject (प्राच्यविद्) by developing alternative models'." इस पर रिचार्डसन कहता है, "Since the object has no real existence, being only a conceptualization of the subject's mind, it can never be a question of the former acting upon the latter. The only way out for this impasse is for the subject to represent the object more faithfully. But how this can be achieved? By the representations concurring with Said's own understanding? By what right Said stand as a representative of the Orient? He is consequently forced into a position that rallies on precisely the same discourse he is criticising. Thus, while Said gives lip service to such alternative discourses as feminism and subaltern studies, he actually has no use of these discourses."

सईद के लिए विकल्प बनाना सम्भव भी नहीं है, क्योंकि उसे ऊँची संस्कृति और लौकिक मानववाद से भिन्न कोई विकल्प दिखायी ही नहीं देता। सईद के वास्ते सिर्फ एक संस्कृति हैः पश्चिम की संस्कृति। उसी में सभी प्रकार के प्रतिरोध और मुक्ति के बीज भरे पड़े हैं। सईद पश्चिमोत्तर चीजों के प्रति उतनी ही नफरत रखता है, जितनी प्राच्यविद् प्राच्य की वस्तुओं के प्रति। फिलिस्तीन पर लिखी उसकी पुस्तक में हम पाते हैं कि वह इस्लाम के प्रति उतना ही आलोच्य है, जितना कोई भी पुराना प्राच्यविद्। वह मुसलमानों को कुछ जरूरत से ज्यादा ही कट्टर और दकियानूस मानता है और इनके चलते हीनता से भरपूर—सरल, संवेगी और निष्ठावान्। मतवाद मानववाद की ही तरह विवेकपरक हो सकता है या मत लोगों के लिए वाकई मूल्यवान् और उपयोगी होता है—यह बात सईद की समझ से परे है। इसलिए उसे प्राच्य का विवरण बचकाना लगता है, इस्लाम की बातें काल्पनिक लगती हैं। इसीलिए प्राच्य और इस्लाम प्रतिरोध की ताकतें नहीं बन सकते। वे लौकिक मानववाद के विकल्प नहीं बन सकते। और यह लौकिक मानववाद भी प्राच्य की अवधारणा के प्रति कोई प्रतिरोध दर्ज नहीं करता। इस प्रकार सईद का चिन्तन अन्ततः यूरोपकेन्द्रित और लौकिकता-धर्मनिरपेक्षता की वकालत बन जाता है। उसका लौकिक या धर्मनिरपेक्ष विवेचन जितना विचार एक की शैली है, ज्ञान-मीमांसक और सत्ता-मीमांसक है, उतना ही प्राच्य

और पश्चिम का विभाजनकर्त्ता भी है। वास्तव में इसके माध्यम से वह एक नयी तरह की द्विकेन्द्रिता स्थापित करता है—धार्मिक प्राच्य की धुरी की केन्द्रिता और अधार्मिक जगत् की धुरी की केन्द्रिता। यह वैसे ही है जैसे सलमान रुश्दी की 'धर्मनिरपेक्षता या लौकिकता का प्रकाश' और 'धर्म का अँधेरा'। सईद कहता है कि लौकिक जगत् यानी हमारा जगत् हमें इतिहासबोध देता है, मानवीय अर्थवत्ता देता है और संस्कृति की तमाम सरकारी मूर्तियों के प्रति श्रद्धाभाव का स्वस्थ परिमार्जन करता है। दूसरी तरफ अन्धविश्वास पर आधारित धर्म न तो विचार के लिए कोई आधार प्रदान करता है और न ही किसी चीज की व्याख्या सहमति के अधिकार को त्यागकर कर सकता है। जाहिर है कि यह प्रपत्ति ज्ञानोदय के धर्म सम्बन्धी सिद्धान्त से भिन्न नहीं है। ऊपर से यह इस्लाम की प्राच्यपूर्ण व्याख्या है—इस्लाम का तौहीद सहमति से मिला अधिकार ही तो है। इस सहमति द्वारा मिले अधिकार से लोगों का बड़ा अहित हुआ है, बहुत हिंसा हुई है, बहुत संघर्ष हुआ है, बहुत दलन हुआ है। इतिहास की बड़ी त्रासदियाँ धर्मयुद्धों की देन हैं और आज वे सकारात्मक काम करने में असमर्थ हैं।

सईद का इस्लाम पर ऐसा हमला हमें बहुत आश्वस्त नहीं करता। कोहन पूछता है कि क्या इससे कम खून-खराबा, हमला, उथल-पुथल और दलन तथाकथित लौकिक या धर्मनिरपेक्ष विचारधाराओं से नहीं हुआ है, जैसे उपकरण बनी विवेकपरता से, राष्ट्रवाद से, विकासवाद, प्रगतिवाद, आधुनिकतावाद से, पोटपोल, माओवाद, स्टालिनवाद से और फासीवाद से? सईद इस्लामी मूलवाद को वास्तव में पहले अऐतिहासिक संवृत्ति के रूप में प्रस्तुत करते हैं, फिर उसे एक चौखटे में सामान्यीकृत करते हैं। पश्चिम की उच्च संस्कृति के साथ उनका साहचर्य यह देखने से रोक देता है कि उपनिवेशवाद की ही तरह प्राच्यवाद ने स्वयं पश्चिम की संस्कृति का अंग भंग कर दिया—जैसा कि जायत कहता है। फिर मानववाद इस्लाम में भी उसी तरह अन्तर्भुक्त है, जिस तरह वह पश्चिम के तथाकथित मतनिरपेक्ष चिन्तन में। जार्ज मकदीशी तो यहाँ तक कहता है कि पश्चिम में मानववाद बरास्ते इस्लाम ही आया था, 12वीं सदी में इस्लाम से सम्पर्क होने के बाद। लेकिन सईद तो इस्लाम के दार्शनिकों, उसके इतिहास, उसकी विश्वदृष्टि को स्वयं बोलने ही नहीं देता। उनकी जगह स्वयं बोलने लगता है और ऐसा करते हुए इस्लाम की पैरोडी बना डालता है।

(3)

यही हमें सईद की प्रोफेशनल क्षमता पर लगे तोहमत की याद आती है। लेविस ने उसके अध्ययन को यह कहकर खारिज किया है कि वह तिवाई जैसा इस्लामिक अध्ययन का विद्वान नहीं है। तिवाई अपना मत इस प्रतिज्ञा के साथ प्रस्तुत करते हैं कि मुस्लिम विश्वास और मत को पूरी तरह से तथा स्पष्ट रूप से प्रस्तुत करने की आज बहुत जरूरत है, जिससे कि गलतबयानी के लिए कोई जगह न रह जाये। जब एक बार ऐसा हो जायेगा तभी पिछले दौर के प्राच्यविदों से ठीक से पंगा लिया जा सकेगा, बहस की जा सकेगी। एडवर्ड सईद ऐसा नहीं करते, इसलिए उनके तर्क कमजोर पड़ते हैं।

अच्छा होगा यदि हम तिवाई के तर्कों पर एक नजर डाल लें। तिवाई कहते हैं कि प्राच्यविद् लोग अपने विचार को ही तथ्य बनाकर प्रस्तुत करते हैं और फिर उन तथ्यों से कुछ परिणाम निकालते हैं। चूँकि ये परिणाम उनके विचार यानी कल्पित तथ्यों से निकलते हैं, इसलिए वे सरासर गलत हैं। उदाहरण के लिए वे कहते हैं कि पैगम्बर मुहम्मद साहब की जीवनी लिखते हुए ए. गुलाम (A. Guillam) सत्यापित करते हैं कि कुरान पाक उन्हीं का लिखा हुआ है, वहीं दूसरी तरफ कहते हैं कि मोहम्मद साहब लिखे-पढ़े आदमी नहीं थे। तब ऐसा क्योंकर हो गया? उसके लिए झूठ गढ़ते हैं कि वे जब पेड़ के नीचे बैठते थे और कोई देवदूत उन्हें ईश्वरीय सन्देश बताता था, जो वह कोई और नहीं एक ईसाई विद्वान् था, जो यहूदी और ईसाई विरासत के ईश्वरीय उपदेशों को फुसफुसा देता था। इसलिए मुहम्मद साहब ईश्वरीय उपदेश

का भ्रम रचते थे। इसी तरह वाट कहता है कि आरम्भिक इस्लामी लेखन बाइबिल से उदाहरण ले-लेकर किया गया है। यह कैसे सम्भव है जब उस जमाने में बाइबिल का कोई अरबी अनुवाद हुआ ही नहीं था और मोहम्मद साहब और दूसरे विद्वान् निपट-निपढ़ लोग थे, और दूसरी भाषाएँ नहीं जानते थे?

वे आगे कहते हैं कि पश्चिम के प्राच्यविद् लोग मुसलमानों के लिए अक्सर ही गाली-गलौज की भाषा प्रयुक्त करते थे। आज परिमार्जित भाषा में वस्तुगतता का भ्रम पैदा करने के लिए साधारण तुलनाओं के आधार पर उनके खोट को जाहिर किया जाता है। वहाँ ईसाइयत को इस तरह से प्रस्तुत किया जाता है कि वह इस्लाम से बेहतर होकर उभरे। जो ऐसा नहीं करते हैं वे इस्लाम की व्याख्या कुछ इस तरह से करते हैं कि जैसे वे ही एकमात्र इस्लाम के अभिभावक हों, स्वयं इस्लाम या मुसलमान नहीं। वे अपने ही तर्कों को श्रेष्ठ यानी उँचा और अच्छा मानते हैं, स्वयं इस्लाम के तर्कों को नहीं--उसे तो भरसक दरकिनार करते हैं। वे स्वयं ही रवायत का निर्माण करते हैं और उसकी अनुरक्षा करते हैं। ऐसा वे इस्लाम में सुधार लाने के लिए करते हैं और चाहते हैं कि उसको मान्यता मुसमलानों से नहीं, गैर-मुसलमानों यानी उन्हीं से मिले। एक तरफ वे यह कहते हैं कि इस्लाम स्वभाव से ही बहुत रुढ़ है और उसे हमारा लखाया परिवर्तन स्वीकार करना ही चाहिए, क्योंकि आज की दुनिया सातवीं सदी की दुनिया से बहुत भिन्न हो गयी है और बदलाव पीछे जाने के लिए नहीं, आगे जाने के लिए किया जाना चाहिए, और यह आगे जाना क्या है, इसे हम तय करेंगे, कोई और नहीं। यानी इस्लाम को इस्लाम न कह कर उनकी कल्पनाओं का, उनकी मान्यताओं का इस्लाम बन जाना चाहिए। जैसे बेहतर दुनिया के वे ही एकमात्र ठीकेदार हों, जानने और बनाने दोनों के लिए। यही कारण है कि इस्लामी देश जब अपने कानून में सुधार करते हैं, अपनी शासन पद्धति को व्यवस्थित करते हैं, अपनी आर्थिक स्थिति बेहतर करते हैं, विकास के नये पैमाने अपनाते हैं, उसकी रक्षा के लिए अपने को सुदृढ़ करते हैं तो ये स्वघोषित अभिभावक भिन्ना उठते हैं, गुस्से में हमें तहस-नहस करने के लिए निकल पड़ते हैं। तब वे कहते हैं कि हमें इस्लामिक रवायत के भीतर ही रहना चाहिए, बरतना चाहिए। यही नहीं, यदि वे मध्यपूर्व और फिलिस्तीन पर चर्चा करते हैं तो उसके केन्द्र में सामाजिक, धार्मिक, कृषि, उद्योग, पर्यावरण जैसी जाने क्या-क्या समस्याएँ रखते हैं निपटने के लिए, लेकिन जो मुख्य समस्या है राजनीति, उस पर कन्नी काट जाते हैं। हम जब अरब राष्ट्र और अरब देशभक्ति की बात करते हैं तो वह इब्नखातून के लेखन की गलत व्याख्या कर, गलत उद्धरण पेश कर कहते हैं कि यह भाव विचार तो वहाँ कभी रहा ही नहीं है। फिर पश्चिम की जीवनशैली अपना चुके मुसलमान जिस परिवर्तन की बात करते हैं, उसकी तो प्रशंसा करते हैं, श्रेयस्कर कहते हैं, लेकिन 'नेटिव मुसलमान' जिनके अनुयायियों की संख्या काफी बड़ी होती है, यदि कोई परिवर्तन करता है तो प्रतिगामी कह उसकी भर्त्सना की जाती है। हमारे पुरुखे जो बीच का रास्ता अपनाकर चलते थे, उन्हें तो लोग कायर कहते रहे हैं--कहते रहे हैं कि उनमें न तो इतनी हिम्मत रही कि वे कट्टरपन्थ का विरोध करते, न इतना जोश कि पश्चिम के नयेपन को दिल खोलकर अपना लेते।

तिवाई कहते हैं कि इस्लाम का क्या छोड़ना है और क्या बनाकर रखना है, इसका फैसला करने का हक मुसलमान को है, किसी प्राच्यविद् को नहीं, उसका पृष्टपेषण करनेवाले शासक को नहीं। उसके लिए हमारे पास दो सिद्धान्त हैं--मस्लाहा यानी समुदाय का हित, और अदल यानी न्याय का सिद्धान्त। उसके आधार पर हम अपना सुधार कर लेंगे। आप अपने यहाँ के सुधार से वास्ता रखिये।

तिवाई ने अपने गुरु गम्भीर विश्लेषण से तीन बातें रखी हैं--

(1) अकादमिक उपलब्धियों के बावजूद आधुनिक प्राच्यवाद अभी भी इस्लाम की मध्यकालीन छवि तक ही सीमित है। कुरान व मुहम्मद साहब के बारे में ही नहीं धर्म विज्ञान, कानून, इतिहास आदि सम्बन्धी अपनी स्थापनाओं को न्यायोचित ठहराने के लिए वह आज भी वहीं से उदाहरण देता है।

(2) इस्लाम के दृष्टिकोण के प्रति वह अभी भी असहिष्णु, अशिष्ट तथा वस्तुगतताहीन बना हुआ है। अपने को तो वे धर्म व राजनीति को मिलाकर बात करने का विशेषाधिकार प्राप्त मानते हैं, लेकिन जब हम ऐसा करते हैं तो उन्हें आग लग जाती है।

(3) इस्लाम और पैगम्बर के बारे में उनकी धारणाएँ कल्पित हैं और उसमें बाइबिल का प्रभाव खाहमखाह आरोपित किया जाता है। ऐतिहासिक कारणों से उत्पन्न कुछ कौमी प्रचलनों के आधार पर यह एका देखना उचित नहीं। लिखते हैं, "History in general is one of the most vulnerable of disciplines to the invasion of the people from outside. It is often assumed that anyone who wields a pen can write history. In Islamic sources, the linguistic, literary, and historical materials are so intertwined that scholars are prone to attempt too much and find themselves writing history almost unconsciously with scant qualification for the task."

यहाँ हम अब्दुल मलिक के विचारों को भी देखते चलें। वह कहता है कि प्राच्यविदों का इरादा उन भूमियों को खोदने और परीक्षण करने का था, जिन्हें वे कब्जा किये जा रहे थे या भविष्य में कब्जा करने का इरादा रखते थे। इसके द्वारा वे वहाँ के वासियों के दिलोदिमाग में, चेतना में ही पैठते जा रहे थे, जिससे कि वे आसानी से उन्हें अपना गुलाम बनाकर रख सकें। यह बात सिर्फ प्राच्यविदों के साथ नहीं थी, किसी भी सामाजिक विज्ञानी के साथ थी। यहाँ तक कि विज्ञान का इस्तेमाल भी इसी काम के लिए हो रहा था, चाहे संचार के माध्यमों के विकास के रूप में हो, वस्तुओं के उत्पादन के साधन के रूप में हो या लोगों की दृष्टिकोण और मानसिकता बनाने के लिए हो। 1808 में लिओन में प्राच्यविदों का जो तीसरा प्रान्तीय सम्मेलन हुआ था, उसकी कार्यवाही सम्बन्धी दस्तावेज इसके प्रमाण हैं।

अब्दुल मलिक परम्परागत प्राच्यविदों और नवप्राच्यविदों में अन्तर करता है। पहले में दो तरह के लेखक आते हैं। एक वे जो अकादमिक विद्वान्, यात्री और व्यापारी थे। दूसरे प्रशासक, सैन्य अधिकारी और पादरी। कुछ बैठकर भाषा और साहित्य का गहरा अध्ययन करते थे, दूसरे अपना यात्रावृत्तान्त और संस्मरण के माध्यम से आया अनुभव लिखते थे। वे एक आदमी की तरह परायेपन के भाव से लिखते थे कि जैसे सब-कुछ एक वस्तु हो, जो एक ऐसे वर्णन और विवरण की माँग करती हो, जिसके आधार पर आदर्श यूरोपीय आदमी—यानी यूनानी और रोमन गुणों से सम्पन्न आदमी—से तुलना कर नीचा दिखाया जा सके। नव-प्राच्यविद् भी वस्तुगत रूप से पराया (other) बनाकर ही अध्ययन करते हैं। किन्तु उनका इरादा एक तरफ पश्चिमवालों के दृष्टिकोण और इरादे को खोलना होता है, तो दूसरी तरफ इस्लाम को नवईसाइयत और उससे प्रभावित अमेरिका के साम्राज्यवाद से मुकाबला करने का होता है। एडवर्ड सईद इससे उबर नहीं पाया। इसलिए उसका अध्ययन वस्तुगत होकर भी वस्तुगत नहीं रह पाया।

अब्दुल मलिक तिवाई की ही तरह परम्परागत प्राच्यविदों की अध्ययन पद्धति का विश्लेषण और खुलासा करते हैं। पाते हैं कि—

(1) वे पूर्ववालों के राष्ट्र और संस्कृति के अतीत का अध्ययन करते हैं और निष्कर्ष निकालते हैं कि उनका गौरवशाली युग, स्वर्णिम काल बीत चुका है। उनका यह पतन स्वाभाविक और अवश्यम्भावी था, क्योंकि विनाश के तत्त्व वहीं उनके चरित्र में गुम्फित थे।

(2) चूँकि उसे मृत घोषित करना था, इसलिए अध्ययन अतीत की भाषा, साहित्य, प्रचलन, विश्वास, मत-मतान्तर आदि का किया गया, मौजूदा जीवित जीवन का नहीं। यह कुछ ऐसे ही हुआ जैसे मार्तिन द गार्द, सार्त्र और अरागोन के साहित्य, भाषा और उनके समय के मत, विश्वास और संस्कृति पर शासों द गास्ते के समय की टिप्पणी चिपका दी जाये, या बर्नार्ड शा और बरट्रेण्ड रसेल पर ऐंग्लो-सेक्सन, एवं क्रोचे, ग्राम्शी और मोराविया पर लाटीनी जमाने की टिप्पणी घुसेड़ दी जाये।

(3) परिणामस्वरूप तत्कालीन सिर उठाता इतिहास पुराने भव्य इतिहास का एक सीमित निरन्तरता सदृश दिखा, जीवनी शक्ति से च्यूत।

(4) इसलिए प्राच्यों का ज्ञान-विज्ञान, भौतिक उपलब्धि आदि को जान-बूझकर उपेक्षित किया गया। भरसक उन्हें नष्ट करने की कोशिश की गयी, जिससे कि उपनिवेशवाद की स्थापना की जा सके, उसे अनिवार्य बताया जा सके, उसके पापों को सिरे से धोया जा सके। कहा गया कि यह सब प्राच्य के भले के लिए ही है।

अब्दुल मलिक आगे कहता है कि इसके लिए जो औजार प्रयुक्त हुए वे बड़े ही घटिया थे। शोध की सामग्रियों को इकट्ठाकर यूरोप के अजायबघरों, अकादमियों, वाचनालयों और विश्वविद्यालयों में पहुँचा दिया गया। इसके लिए वो लूट मची कि पूछिये ही नहीं। वहाँ के अध्येता उनका वस्तुनिष्ठ अध्ययन कर सकें, इसलिए उन्हें इन देशों में आने के लिए हतोत्साहित किया गया, जिससे कि वे यहाँ की तत्कालीन जीवन स्थिति को न देख सकें, उससे प्रभावित न हो सकें। भारतविद् मैक्समूलर ने कभी भी भारत की धरती पर पाँव नहीं रखा। उन सामग्रियों में से सिर्फ उनका अध्ययन किया गया, विश्लेषित किया गया, प्रकाशित किया गया, जो उनके पक्ष में पड़ते थे। बाकी को छोड़ दिया गया। उन्हें यहाँ के अध्ययनकर्त्ताओं की पहुँच से बाहर कर दिया गया। उन्हें ही पढ़ने को मिलता था जो उनके दान, अनुदान और अनुकम्पा से वहाँ जा सकें। भेजने से पहले उनकी निष्ठा आँकी जाती थी कि पक्ष में ही बोलेंगे। यानी देशी विद्वानों को अपने पर निर्भर बना कर उनकी मानसिकता बदली गयी। जो ऐसा नहीं कर पाये जैसे मोहम्मद सिफाई और दयानन्द सरस्वती, वे दो कौड़ी के अध्ययनकर्ता माने गये। जो अपने ही देश में रहकर अध्ययन करना चाहते थे, उन्हें गौण स्रोतों पर ही निर्भर करना पड़ा—प्राच्यविदों की पुस्तकों, छपे यात्रा वृत्तान्तों, दफ्तरों के रिकार्ड, पादरियों, सिपाहियों और प्रशासकों के दुर्भावनापूर्ण संस्मरण और साहित्यिक झूठ और नकल। यही स्थिति आज भी है। मुल्कों के आजाद हो जाने के बावजूद इन सामग्रियों को लौटाने की चर्चा नहीं होती जब कि वे तमाम अकादमियाँ अब बन्द हो गयी हैं। चर्चा किसी सामन्त की जंग खायी तलवार या ताज में काटकर जड़े हीरे को लौटाने की होती है। नव-प्राच्यविद् आज भी उन्हीं जूठी सामग्री में चोंच मार रहे हैं। मौलिक पुस्तकों तक नहीं पहुँच पा रहे हैं, वह भाषा नहीं सीख रहे हैं, जिनमें वे लिखी गयी हैं। प्राच्यविद्या को आज की लिखी चन्द कृतियों के आधार पर आँकने का पैमाना बना रहे हैं। कुछ दिन बाद उसी पैमाने रो आज की अपने यहाँ की कृतियों को भी देखेंगे। इसलिए उनका परम्परागत प्राच्यविदों का विरोध बहुत प्रभावी, कारगार और मौलिक नहीं है। सिर्फ उच्छ्वास भरा है।

अब्दुल मलिक के सुझाये रास्ते को ध्यान में रखकर सैयद हुसैन अल्तास प्राच्यवाद का एक सामाजिक विश्लेषण करने का प्रयास करते हैं। चूँकि वे सुदूर पूर्व के रहनेवाले हैं, इसलिए वे हिन्दचीन, मलयेशिया और फिलिपीन्स को अपने अध्ययन के दायरे में लेते हैं और पाते हैं कि प्राच्यविदों ने वहाँ के वाशिन्दों को बिना किसी अपवाद के अकर्मण्य और आलसी कहा है। इसे केन्द्र में रखकर वे यूरोपियों के प्रति वहाँ के तत्कालीन लोगों की मानसिकता और व्यवहार का अध्ययन करते हैं। पाते हैं कि इन विदेशियों को वहाँ के स्थानीय लोग 'कम्फोर्ट' नहीं प्रदान करते थे। वे अपनी खेती और कुटीर उद्योग में ही व्यस्त रहते थे। यदि किसी मलय को बलात् उनकी सेवा में लगाया जाता था तो वह अपने आलस्य, अकर्मण्यता, निरुत्साह, नया न सीखने की जिद के माध्यम से प्रतिरोध जताता था। फिर भी दासता से मुक्त न किये जाने पर वह इसे अपना भाग्य समझकर और भी अकर्मण्य बन जाता था। हाँ हुक्म की तामील जरूर करता था, एक तो शारीरिक प्रताड़ना के डर से, दूसरे यन्त्रवत् काम कर नजरों से ओझल हो जाने की इच्छा से। भोजपुरी कहावत है, "न अच्छा गीत गाइब, न दरबार पकड़ के जाइब।" "Here was the ideological and sociological origin of indolent malays."

यह comfort या तो वहाँ बसे चीन के लोग प्रदान करते थे, या फिर भारत से आकर बसे लोग। ये बिना किसी हील-हुज्जत के उनका आदेश मानते थे और अच्छी तरह से काम कर उनकी नजरों में ऊँचा उठ जाने के लिए होड़ लगाते थे, जिससे कि इनाम-इकराम पाकर कुछ अतिरिक्त धन कमा लें। दोनों ही वहाँ के मूल निवासी नहीं थे और रोजगार की तलाश में ही वहाँ आये थे। इसके बावजूद यूरोप के लोग उन्हें झूठा, मक्कार, बेईमान, चालाक और दगाबाज कहते थे। चीनवासियों को ऊपर से अफीमची और वेश्याओं की औलाद कहते थे।

ऐसे तमाम अध्ययनों के आधार पर हिशेम जायत ने प्राच्य के बारे में अपनी दार्शनिक व्याख्या प्रस्तुत की है। कहा है कि यूरोपवालों ने अपने इतिहास को एकमात्र इतिहास माना है। और उसे एक ऐसा

इतिहास माना है जो एक शाश्वत उद्देश्य से संचालित है और वह उद्देश्य पूरी दुनिया को एक जैसा, यानी यूरोप जैसा बनाकर रखना है। अपनी इस विशिष्टता (Uniqueness) के कारण यूरोप का इतिहास दूसरे महाद्वीपों के इतिहास से तालमेल नहीं बिठा पाता।

ऐसी स्थापना लेकर सभ्यताओं, संस्कृतियों, मत-मतान्तरों का तुलनात्मक अध्ययन हो ही नहीं सकता, क्योंकि तुलना का आदर्श और मानदण्ड पहले से ही घोषित है और सभी को तथा सभी कुछ उसी के अनुरूप होना है। यदि नहीं हो पाता है तो वह हीन है, अकिंचन है, अप्रशंसनीय है, त्याज्य है। चूँकि पश्चिमी एशिया यूरोप के करीब रहा है, इस्लाम का वहाँ प्रवेश रहा है, जिहादी युद्धों का दबाव रहा है, धर्म के मामले में एक पुस्तक, एकदेव, एक पैगम्बर में विश्वास रहा है, इसलिए उसके साथ फिर भी कुछ बराबरी का, कुछ अन्तरंगता का मौका रहा है। यह हिन्दुओं के भारत, कन्फ्यूशियस के चीन, बौद्ध पूर्वी एशिया और लगभग पूरा अफ्रीका और दोनों अमेरिका, आस्ट्रेलिया के मूल निवासी के लिए यह मौका भी नहीं रहा है। इसलिए वे तमाम सभ्यताएँ और संस्कृतियाँ पश्चिम के लिए समस्या पैदा करती हैं। उस समस्या से निजात के लिए बजाय अपने में परिवर्तन करने के पश्चिमवाले विचारक उन्हें घटाकर आँकते हैं या छोड़ ही देते हैं। जैसे अफ्रीका और दक्षिणी अमेरिका के लिए किया। उत्तरी अमेरिका और आस्ट्रेलिया के निवासियों को मार ही डाला। उनकी स्त्रियों से सम्बन्ध बनाकर आज की पूरी जनसंख्या को वर्णसंकर बना डाला जिससे उन पर अपनी पद्धति लादने की और सुविधा हो गयी। इस्लाम को लेकर उनकी केन्द्रीय समस्या यह है कि यूरोप के उत्थान में इसने बड़ी भूमिका निभायी है। बिना उनके योगदान के यूरोप का वह बौद्धिक, वैज्ञानिक और तकनीकी विकास नहीं हो पाया होता, जो आज है। ऊपर से वह आज उनकी आधुनिकता का मुकाबला करने के लिए डटकर खड़ा है।

जायत ने प्राच्यविद्या को एक तो आधुनिकता के उत्पाद के रूप में देखा है, दूसरे पाया है कि पश्चिमवालों ने इस आधुनिकता को कसने की कसौटी बना दिया है। उन्होंने मुस्लिम मन को प्राच्य द्वारा रखी छवि को इसी कसौटी से कसना चाहा है, उससे मुक्त करना चाहा है। ऊपर से स्वयं प्राच्यवाद को उसकी सीमा से बाहर लाना चाहा है। फिर भी प्राच्य ने एक तरफ आधुनिकता को पीछे छोड़ दिया है, दूसरी तरफ उसके सामने नये प्रश्न खड़े कर दिये हैं। आज का प्राच्य मुसलमानों को पश्चिम में ढल जाने के लिए प्रेरित नहीं करता, बल्कि स्वयं इस्लाम में सुधारकर उसे विवेकपरक और समकालीन बनाने के लिए कहता है। ध्यान देने की बात यह है कि आधुनिकता ने स्वयं पश्चिम को विखण्डित कर दिया है। एक लम्बा उद्धरण देने का मोह संवरण नहीं हो पा रहा है। "Western culture was bound up with moral values as with a certain fundamental aspiration. Both of these, however, have managed to change their content while protecting their overall purpose. The civilization of west was its way of envisaging life as a whole, its attempt to conquer nature, its endeavour to build in the cities and the countryside, a particular human existance, and provide an orientation for human activity. Up until the industrial revolution there was a culture and a civilization and nothing more. Later and until recently, these two structures succeeded in dominating the nascent power of technology, civilization by harnessing it, culture by simply ignoring it. But the invasion of technological modernity has broken the rythms of the one and drained the substance of other. The malaise of the west arises from the fact that it can save neither its culture nor its civilization because of modernist logic. If the west desired to move boldly and bring about this sort of separation, it would not be able to, precisely because of the long and deep influence that industrialization has had on civilization, as well as because more significantly, technological thinking itself devices, even though indirectly, from a fundamental cultural choice in favour of rationality. The renewed stress on regionalism, the impassioned questions raised about the anguish of modern times, the proliferation of sects, the culture of marginality, the rediscovery of communitarian values-- all these reactions testify cofusedly to same malaise over the rising tide of inhumanity. And this response comes just when everywhere else one sees atonce the longing for that modernity and the extreme difficulty of getting it."

जायत के ऐसे विश्लेषणों में आधुनिकता उलटकर प्राच्यवाद का ही विस्तार बन जाती है। गैर-पश्चिम की संस्कृतियों, सभ्यताओं को आधुनिकता के दायरे में ले लेने से उसकी मानवता की समझ फिट करने में आधुनिकता एक तरफ प्राच्यवाद का विस्तार बन जाती है, तो दूसरी तरफ पश्चिम की चेतना में बढ़ रहे संकट का प्रतिबिम्ब बन जाती है। प्राच्यवाद की तरह आधुनिकता 'Homo Occidentatis' को, अपने 'प्रमेथियस विजन' को बनाये रखने की क्षमता देती है : आधुनिकता की संगति पर ही वह अपना लय बनाकर रखता है, उसके लिए दूसरों के बीच से चुनाव करता है। अन्यथा उसे लगता है कि अवशिष्ट बन जाने का दर्द भुगतना पड़ेगा। हो न हो, ऐतिहासिक रूप से मृत्यृ ही न हो जाये। गौर करने की बात यह है कि आधुनिकता वास्तविक इतिहास की उपेक्षा करके चलती है—उसका संघर्ष, उसकी हिंसा, उसकी माँगों पर ध्यान ही नहीं देती। यह गैर पश्चिमी देशों को अपने ही हथियारों के बूते पर पश्चिम से लड़ने के लिए उकसाती है, तो विकास के नाम पर हथियार डाल देने के लिए भी कहती है। अपनी सूक्ष्मदर्शी दृष्टि के बूते पर जायत ने हण्टिंगटन से दो दशक पहले ही कहा था कि हम सभ्यताओं के संघर्ष की ओर बढ़ रहे है। पश्चिम में वर्चस्व के लिए आधुनिकता सबसे पहले साम्यवाद को नष्ट करेगी—उसकी मुकाबला करने की क्षमता लगभग चुक गयी है, फिर इस्लाम को। हिन्दू और बौद्ध व यहूदी संस्कृतियाँ तो उसकी निगाह में कुछ हैं ही नहीं। इस्लाम के नष्ट होते ही वे स्वयं ही नष्ट हो जायेंगी। इससे बचने का एक ही रास्ता है "If there is any sort of solidarity that can provide a basis for a truly universal aspiration, it is surely the solidarity of cultures, including that of the west, against the enemy that denies them all uncontrolled modernity. Within this framework Islam can send home its sublime message."

यहाँ से प्राच्यवाद के प्रति मुस्लिम प्रतिक्रिया और यूरोप का विरोध एक अधिक सकारात्मक मोड़ लेता है। जरूरत यह है कि मुस्लिम बुद्धिजीवी पश्चिम की सभ्यता को उसके भीतर से समझें, उसके मूलभूत स्वभाव पर प्रश्न उठायें, आलोचनात्मक दूरी बनाये रखने के साथ-साथ सहानुभूतिपरकता भी बनाये रखें। यह तब और जरूरी हो गया है कि जब स्वयं पश्चिम ने अपने भीतर झाँकना आरम्भ कर दिया है। यह भी जरूरी है कि ये पश्चिमवाले घबरा-घबराकर इस्लाम के अतीत, पुराकथा और आत्मवंचना को देखने की जगह उसे तौलें। मुस्लिम बुद्धिजीवी उसे देशकालानुरूप बनाने के लिए सोचें और ठोस सुझाव दें। "The role of muslim intellectual is thus not to put Europe's record of rationality on trial, but to oppose the whole range of European experience, in depth to other norms, other values, and perhaps other categories. This is the way to hammer out a universal that will not be utopian, nor destructive but the outcome of creative synthesis."

यह काम सईद नहीं कर पाता।

(4)

ऊपर के विवचेन से स्पष्ट है कि आज के प्राच्यविद् मुस्लिम जगत् को ही केन्द्र में रखकर अपना निर्वचन प्रस्तुत कर रहे हैं। उसके कारण हैं। एक तो यही कि मार्क्सवाद के एक शासन-पद्धति के रूप में विफल हो जाने और चिन्तन पद्धति में कुछ नया व जोर न विकसित हो पाने, बल्कि आधुनिकता का ही घालमेल उसमें बढ़ते जाने के कारण उन्हें लगता है कि बरास्ते अमेरिका पश्चिम की एकच्छत्रता का सामना करने का भार उन्हीं पर आ पड़ा है और इसका कोई विकल्प भी नहीं रह गया है। अमेरिका अरब देशों को अपने पहले शत्रु के रूप में देखने लगा है और एक-एक कर सभी पर हमला करने के लिए

उद्धत है। इरादा सिर्फ तेल के भण्डारों पर कब्जा करना ही नहीं है, दुनिया से किसी भी विकल्प को समाप्त कर देना है। तेलों की बिक्री से समृद्ध हुए देशों के पास भौतिक शक्ति काफी मात्रा में जमा हो गयी है, जरूरत है उसे बढ़ाने की और एक दार्शनिक जामा देने की। प्राच्यवाद की अवधारणा उसे बौद्धिक रूप से, मूल्यबोध के स्तर पर बलवती करेगी। इसलिए वे इसका विकास कर रहे हैं।

अपने विमर्श में भारत को छोड़ देने का कारण तिवाई ने यह बताया है कि लम्बे समय तक मुसलमानी राज और बड़ी संख्या में मुसलमानों की उपस्थिति के कारण वह इस्लाम से बहुत इतर नहीं है। आज राजनीतिक इकाई के रूप में भारत जितना भी इस्लामी राज्यों से अलग हो, पश्चिम से टकराव में उसकी समस्या इस्लामी राज्यों से भिन्न नहीं होगी। फिलहाल यह टकराव कहीं गोचर नहीं होता। खैर, भारत में जो इस्लाम से इतर है, वह काल में इतना दूर (remote और distant, दोनों ही अर्थों में) है कि उसका विशेष स्थान आज के प्राच्यवाद में नहीं बनता। वहाँ के हिन्दुओं में, जिसमें आज बौद्ध, जैन, सिक्ख, पारसी आदि समाहित हो गये हैं, जो पुनरुत्थान दिख रहा है उसका प्रणोद बहुत सीमित है और पश्चिम का मुकाबला करने में नाकाफी। क्योंकि उसको माननेवाली बहुसंख्यक जनसंख्या बरबस पश्चिम की ओर जीवन पद्धति और मूल्यबोध दोनों ही स्तरों पर खींची जा रही है। कहते हैं कि अंग्रेज के रहते वहाँ अंग्रेजियत उतना नहीं रंग पायी, जितना अंग्रेजों के चले जाने के बाद रंग रही है। फिर प्राच्यवाद के विमर्श में मुसलमानों को विशेषतः अरब के लोगों को सबसे नीचा दिखाने की अधिकतम कोशिश की गयी है। इसके प्रतिकार की कोशिश भी उन्हीं को अधिकतम करनी पड़ेगी।

लेकिन तब इससे एक बड़ी और महत्त्वपूर्ण चर्चा छूट जा रही है। सुनीतिकुमार चैटर्जी कहते हैं कि एक पद्धति के रूप में प्राच्यवाद की शुरुआत आधुनिककाल में भारत में हुई हिन्दुओं को लेकर। अंग्रेजों को लगा कि भारत के अंग्रेजों का गुलाम बन जाने के बाद हिन्दुओं का पुराना ज्ञान, कर्मकाण्ड, विज्ञान, ग्रन्थ, कला, शिल्प, कहिये एक पूरी जीवन-पद्धति लुप्त हो जायेगी। फिर लम्बे समय तक मुसलमानों का शासन रहने के कारण वे यूँ ही पिछड़े हो गये हैं। आधुनिकता के आगे देश में फैला वैविध्य नष्ट हो जायेगा। इसिलए उसके रिक्थ को सजोने के वास्ते एक प्रयास शुरू हुआ। दूसरे एक विवाद चला कि एक देश को जानने के लिए इतिहास का अध्ययन सुगम और प्रमाणित होता है कि साहित्य? इतिहास में उस देश के अतीत से लेकर आज तक की घटनाओं के सिलसिले के रूप में सत्य होता है जो उसकी कारगुजारी, बल और कमजोरी को खोलता है, जबकि साहित्य और संस्कृति में उसका स्वप्न और चाहत होता है, जो उस कौम के मन, आत्मा और उपलब्धि का साक्षात्कार कराता है। भारत में सब लुप्तप्राय हो गया था तमाम बर्बर विदेशी हमलों को झेलते-झेलते। दोनों का नये सिरे से पुनर्निर्माण होना था जो प्राच्यविदों ने किया। तीसरे आधुनिकता के लिए, नयी व्यवस्था के लिए, तद्‌जन्य जीवन पद्धति के लिए इस देश की परम्परा, प्रचलन, आचरण के ढंग, सामाजिक संरचना, शासन-पद्धति, जीवन मूल्य आदि को समझना जरूरी था, जिसमें यहाँ-वहाँ, और जरूरत पड़े तो आमूल-चूल परिवर्तन किया जा सके। यह काम भी प्राच्यविदों ने किया। सालातोर और के. एम. पणिक्कर कहते हैं कि इसका मतलब यह नहीं है कि अंग्रेजों ने भारतीयों को, विशेषतः हिन्दुओं को नीचा दिखाने के लिए परिकल्पनाएँ नहीं रचीं। दरअसल भारतवविदों के तीन रूप थे। जैसा कि अमर्त्य सेन ने स्पष्ट किया है, कुछ लोग विदेश प्रेम से जुड़ी पद्धति को लेकर चल रहे थे और उन लोगों को भारत विलक्षण अद्‌भुत लगा था। यही उनकी सीमा भी थी। वे लोग यहाँ की अलग और विस्मयकारी बातों को नोट करने तक ही सीमित रह गये। और यह विलक्षणता बहुत वस्तुगत न होकर हीगेल के शब्दों में, ''हजारों वर्षों से यूरोपियों की कल्पना में बसा हुआ था।'' दूसरा रूप दण्डाधिकारियों का था, जो मुख्यतः साम्राज्यवादी शक्तियों के किसी अधीनस्थ क्षेत्र में प्रयोग से जुड़े ब्रिटिश शासकों के दृष्टिकोण को दर्शाते हैं। जिस देश को जेम्स मिल ने 'महान् ब्रिटिश कार्रवाई का क्षेत्र' घोषित किया था, उसके प्रति अपनी जातीय श्रेष्ठता और स्वामित्व भाव की अभिव्यक्ति इन व्याख्याओं में भरी पड़ी है। यह सच है कि बहुत-से अंग्रेज अध्येता इस श्रेणी में नहीं आते और कुछ

गैर-अंग्रेज भी उनमें शामिल पाये जाते हैं, फिर भी इस श्रेणी को राज के प्रशासकीय कार्यों से अलग स्वरूप में देख पाना सहज नहीं रहता। तीसरी श्रेणी सबसे निष्पक्ष दिखायी देती है। इसमें भारतीय संस्कृति के विभिन्न आयामों को देखा गया है, उन्हें वर्गीकृत कर, उनका प्रदर्शन करने पर बल दिया गया है। यह संग्रहाध्यक्षीय विधि विदेश-प्रेमी विधि की तरह केवल आश्चर्यजनक तत्त्वों पर ध्यान नहीं देती, बस इतना आग्रह करती है कि प्रत्येक अलग आयाम प्रदर्शन के योग्य होना चाहिए। साथ ही यह दण्डाधिकारी की भाँति शासन की वरीयताओं का बोझ नहीं ढोती। तो भी उस मानसिकता का पूरी तरह से परिहार नहीं हो पाया है, क्योंकि इस विधि के अनेक भागीदार शासन कर रहे अभिजात वर्ग के अंग थे। ऊपर से यह विधि के अपनी समझ के भारत को एक विशेष और असाधारण दिलचस्पी का विषय मानने और उसी रूप में निरूपित करने की आग्रही थी।

इन तमाम दृष्टिकोणों से हुए अध्ययन ने भारत की एक छवि बनायी। हालवेल के शब्दों में, "From practical experience all modern Hindus are degenerative, crafty, superstitious, litigious and wicked." ये अपने साथ के तमाम मुसलमानों से भिन्न हैं, जो "very silly. sothic ignorant sort of people, who are so ignorant in their principles as they scarcely know the particulars they hold." दोनों में यह कैसा फर्क है, भगवान् ही जाने या फिर अंग्रेज जाने। दरअसल पहले तो उन्होंने भारत को हिन्दू और मुस्लिम मतावलम्बियों में बाँटा, फिर मुसलमानों को हिन्दुओं पर अत्याचार करते दिखाया। इस अत्याचार को स्वाभाविक माना क्योंकि मुसलमान शासकों को उम्मेदिया और उस्मानी सल्तनतों के ही विस्तार के रूप में देखा। इसलिए भारतीय मुसलमानों को अलग से अध्ययन का विषय भी नहीं बनाया। जब हिन्दू ग्रन्थों का थोड़ी गहराई और विस्तार से अध्ययन किया तो कहा कि बिना किसी सन्देह के ये बड़े पुराने लोग हैं, पुरानी इंजील में वर्णित जेण्टाइल लोग यही हैं, क्योंकि मूर्तिपूजा करते हैं, इसलिए 'जेण्टू' कहना ठीक रहेगा। शायद उसी से 'हिन्दू' शब्द निकला है। पहले की अवधारणा में थोड़ा सुधार करते हुए एब्बे रेनाल के शब्दों में कहा गया कि, "amidst a variety of absurd superstitions, peurile and extravagant customs, strange ceremonies and prejudices, we may also discover the traces of sublime morality, deep philosophy and refined policy." तब चार्ल्स विल्किस को यह कहने में देरी नहीं लगी कि "We found the teaching of shashtras on the origin of moral evil to be sublime and a few Brahmins who actually lived the code were the purest model of genuine piety that now exits or can be found on the face of the earth."

इन लोगों ने दार्शनिक हिन्दूवाद को इसके नाम पर प्रचलित मत से अलगाया और कहा कि जहाँ दूसरा किसी अध्ययन के काबिल नहीं, वहीं पहला अराद्धान्तिक प्रौटेस्टेनिज़्म की तरह है और ब्राह्मण तो यूनिटैरियनों की तरह हैं। यानी यहाँ भी उन्होंने हिन्दू धर्म को ईसाइयत के चौखट में फिट किया और प्रशंसा की तो इसलिए कि वह ईसाइयत के अनुरूप या करीब था। शायद इस्लाम नहीं हो सकता था, इसलिए छोड़ दिया। यानी हिन्दू धर्म को उन्होंने अपनी पहले की छवि के अनुरूप ढाला, उसका वस्तुगत अध्ययन नहीं किया। फिर आगे की पीढ़ी ने जब रहस्यवाद को केन्द्रीभूत कर अध्ययन करना शुरू किया तो उन्होंने इसकी रहस्यवादी छवि भी बना डाली, सिर्फ ब्लावट्स्की और एनी बेसेण्ट ने ही नहीं, अण्डरहिल और यीट्स ने भी। उससे जो हिन्दुओं के बारे में नया भ्रम उपजा उसे दूर करनके के लिए जयशंकर प्रसाद को भारतीय रहस्यवाद पर एक लम्बा लेख लिखना पड़ा और परशुराम चतुर्वेदी को एक पूरी पुस्तक।

भारतविदों द्वारा प्रस्तुत प्रशंसात्मक और निन्दात्मक दोनों ही छवियों से यह अवधारणा बनी कि तमाम एशिया की तरह ही भारतीय उपमहाद्वीप भी (1) "a sub-continent of bizarre religions, fanatically adhered to और (2) a sub-continent whose people changed very little" है। इसने अंग्रेज प्रशासकों को ज्ञानोदय का कार्यक्रम लागू करने का पूरा मौका दिया। इसने यूरोप को 'सुपीरियर रेस' में तब्दील किया जो विभिन्न इलाकों में वहाँ की जातियों के भाग्यविधाता बनकर उभरे। उसके लिए जरूरी था कि

पूरे भारत को जीता जाये। चूँकि एक तरफ उसकी सैनिक और राजनीतिक शक्ति तथा दूसरी तरफ आर्थिक और सांस्कृतिक समृद्धि को नकारा नहीं जा सकता था, इसलिए तीन तरह के युद्ध छेड़े गये—बाहुयुद्ध, आर्थिक युद्ध और बौद्धिक युद्ध। बाहुयद्ध प्रेसिडेन्सियों के प्रेसिडेण्ट और गवर्नर जेनेरल तथा सैनिक अधिकारी कर रहे थे, आर्थिक युद्ध ईस्ट इण्डिया कम्पनी और बनिये, और बौद्धिक युद्ध प्राच्यविद् विचारक। बौद्धिक युद्ध में तीन बातें शामिल थीं—भारत की छवि बिगड़ना, यूरोप की छवि बेहतर करना, मौका मिलते ही यूरोप की छवि को भारत की वास्तविक छवि पर चस्पा कर देना। यूरोप की बेहतर छवि सम्मोहन पैदा करने के लिए बनायी गयी। धार्मिक रूप से चर्च ने, लौकिक रूप से मैकाले ने। दोनों ने समाज को बाँटने के लिए हिन्दू मुसलमान में भेद करने के बाद सवर्ण और दलित में अन्तर किया, हिन्दू और बौद्ध में अन्तर करना चाहा। खैर, शासक वर्ग की भारत नीति के प्रतिरोध की जो राजनीति थी, जो भारतीयों से तथाकथित रूप से कुछ सहानुभूति दिखायी थी, जैसे बर्क और जोन्स की राजनीति। वे भी इन छवियों को मिटाने के लिए कुछ नहीं करते थे, ज्यादा-से-ज्यादा यही कहते थे कि वे जैसे हैं, वैसा ही छोड़ दो।

आश्चर्यजनक है कि आज भारत को लेकर प्राच्य का वैसा अध्ययन भारतीयों के द्वारा नहीं किया जा रहा है, जैसा इस्लाम को लेकर वहाँ के लोगों द्वारा हो रहा है। लेकिन गुलामी के दिनों में काफी बातें हुई हैं। उनमें से चार को हम लेते हैं। पहले हैं विपिन चन्द्र पाल। उन्होंने अपनी जीवनी में बड़े जीवन्त ढंग से चित्रित किया है कि किस तरह से ईसाई मिशनरियाँ, विशेषकर जेसुइट और इवांजलिस्ट भारत की छवि ब्रिटेनवालों के सामने अपने डिस्पैचों के माध्यम से रच रहे थे, ब्रिटेन की छवि भारतवालों के लिए अपनी शिक्षा से रच रहे थे। कह रहे थे कि उनका बहुदेववाद 'प्रिमिटिव रेलिजन' है, उसमें 'एनिमिज़्म' है, प्रकृतिवाद है, महाप्रलय की धारणा नहीं है, है तो बहुत बाद में पुराणों में समोया गया है, 'सेवियर' की धारणा नहीं है, पतन की धारणा नहीं है। इसलिए उसे त्याग देना चाहिए और उनके मॉडल पर अपना धर्म गढ़ना चाहिए। उस रंग में ढालने के लिए उन्होंने भारत में ही एक मित्र वर्ग तैयार किया था। ब्रह्म-समाज और प्रार्थना-समाज उसी के मॉडल पर बने। उसी की आड़ में वे विक्टोरियन मॉरैलिटी का पाठ पढ़ा रहे थे। मैकाले की शिक्षा पद्धति थी तो बाबू बनाने के लिए, लेकिन बंगालियों, मराठियों और मद्रासियों में इतनी मानसिक शक्ति थी कि उन्हीं के द्वारा प्रस्तुत कुछ जीवन मूल्यों को लेकर वे साम्राज्य से लड़ने लगे। खासकर 1857 के बाद विवेकानन्द ने भारतीय गौरव का प्रचार पश्चिम में किया। उसे दूसरा आयाम और पर्त दिया दयानन्द ने। उन्होंने एक तरफ प्राच्य के द्वारा रची जा रही भारत की छवि को रोका। मैक्समूलर को कहा कि वैदिक संस्कृत ग्रन्थों का अनुवाद सिर्फ व्याकरण के आधार पर न करें। निरुक्त, ज्योतिष, दर्शन और कल्प का ज्ञान भी उतना ही जरूरी है। और यह समेकित है, छिनगाया हुआ नहीं। दूसरे उन्होंने पौराणिक धर्म और तद्जन्य कुरीतियों को स्वयं हिन्दू धर्म से बाहर करना चाहा। तीसरे सच्चे भारत के निर्माण के लिए अपनी आजादी का राग छेड़ा और क्रान्तिकारियों को बल दिया। इन सबसे देशज प्राच्यवाद को बल मिला। अंग्रेज घबराये और प्राच्य के अध्ययन का क्रेन्द कलकत्ता से हटाकर लाहौर में स्थापित कर दिया, जिससे कि भारतीय अपनी उच्चता की घोषणा वहाँ से करें और शासक वर्ग कलकत्ता में चैन से सोये। तीसरे विचारक लाल हरदयाल थे। उन्होंने प्राच्यवादियों की मानसिकता का खुलासा करते हुए स्पष्ट लिखा, "जब तक कोई विजेता विजित जाति के मन पर कब्जा नहीं जमा लेता और वैसा करने के लिए उसके निर्माण के तत्त्वों का संचालन नहीं करने लगता, तब तक उसकी राजनीतिक विजय पूरी नहीं होती। बिना ऐसा किये राजनीतिक स्थिरता प्राप्त नहीं की जा सकती। जाति की आत्मा को नष्ट करने के लिए दिलोदिमाग पर कब्जा करने की जरूरत पड़ती है।" प्राच्यविद्या के माध्यम से अंग्रेज यही कर रहा था। इसलिए उन्होंने आह्वान किया था कि भारतीय अपनी छवि स्वयं गढ़ें। लेकिन सबसे महत्त्वपूर्ण है सखाराम गणेश देउस्कर का अध्ययन। उन्होंने अपनी पुस्तक 'देश की बात' में इस बौद्धिक युद्ध का लम्बा खुलासा रखा है। उन्होंने लिखा है कि अंग्रेज हमें सभ्य

बनाने का दावा करते हैं, लेकिन यह वास्तव में भारतीयों के चित्त पर विजय का अभियान है, जिसके माध्यम से वे भारतीय समाज और संस्कृति को अपने उद्‌देश्यों के अनुरूप ढालना चाहते हैं। सच्ची बात तो यह है कि यदि वे भारतीयता के कुछ अंशों को खुले दिल से अपनायें तो स्वयं ही सभ्य बन जायें। वे कहते हैं कि पूर्व के शासक तानाशाह होते हैं तो क्या पश्चिम के शासक तानाशाह नहीं होते? उन्हीं के द्वारा रचा उनका इतिहास ऐसे शासकों की कारगुजारियों से भरा पड़ा है। तब वे किस आधार पर इसे पूर्व पर तोहमत की तरह लगाते हैं?

आजादी के बाद के. एम. पणिक्कर, रोमेला थापर और कुछेक लेखकों में अमर्त्य सेन ने पश्चिम द्वारा रची गयी भारत की छवि का विरोध किया है। वह छवि तब और भी गलत लगती है जब चीन और मुस्लिम देशों के यात्रियों का वृत्तान्त हम पढ़ते हैं। इसलिए जरूरी है कि उन वृत्तान्तों के आधार पर पश्चिम के प्राच्यविदों द्वारा रची छवि का प्रत्याहार किया जाये। उसके विस्तार को हम छोड़ते हैं।

चीन के बारे में प्राच्यवाद का निर्माण जेसुइटों के द्वारा प्रदान की गयी जानकारी के आधार पर हुआ। उसके पहले मार्को पोलो का यात्रा वृत्तान्त आया था। उनसे चीन की छवि कुछ इस प्रकार की बनी थी कि वह एक विशाल भूखण्ड और जनसंख्यावाला अतिसमृद्ध देश है, जहाँ तानाशाह शासन करते हैं। वहाँ की जीवनशैली और मूल्य ऐसे हैं कि धर्म परिवर्तन की अकूत सम्भावनाएँ हैं, क्योंकि वहाँ कट्टर मुसलमानों की संख्या बहुत कम है और कन्फुत्सू, लाओ त्जू और बौद्ध स्वभाव से ही कट्टर धर्म नहीं हैं और ईसाइयत की तुलना में बहुत विकसित भी नहीं हैं। तो भी जेसुइटों ने उनकी भयावहता और क्रूरता की चर्चा कुछ कम न की थी। गैलियाट परेरा ने बड़े विस्तार से लिखा था कि कैसे तमाम पादरियों को वहाँ गिरफ्तार किया गया था, सजा दिया गया था, आदमखोरों के बीच भेज दिया गया था, जो अपने शिकार को पहले खिला-पिलाकर मोटा करते थे, फिर रेतते थे। उसने यह भी लिखा था कि मार्को पोलो का यह बयान बिलकुल सत्य है कि वहाँ के लोग गुदा मैथुन में बहुत आनन्द लेते हैं। मार्को पोलो के यात्रा वृत्तान्त के कई संस्करण हैं और हर संस्करण में कुछ नयी बातें जुड़ती जाती हैं। उस वृत्तान्त की प्रामाणिकता पर सन्देह है। यहाँ तक कहा जाता है कि मार्को पोलो कभी चीन पहुँचा ही नहीं। फिर उसने अपना वृत्तान्त अपने साथी व सचिव रुस्तीसेलो को बोलकर लिखवाया। विचारकों का कहना है कि वह इसका 'ghost writer' है। उसका झूठ इसलिए महत्त्वपूर्ण नहीं है कि वह एक मिथ रचता है, बल्कि इसलिए है कि उस मिथ को स्वीकार कर वहाँ के लोगों के प्रति आनेवाले बर्षों में कारवाइयाँ की गयीं, यानी उसे एक ऐसा सत्य मान लिया गया, जिसके आधार पर लोग उनके बारे में एक खास तरह से सोचने लगे, जानकारी का दम भरने लगे, उस पर निर्णय लेने लगे। दूसरा वृत्तान्त मानेसो रिक्की का है, जिसने 1583 में वहाँ पहला मिशन खोला और वहाँ के लोगों के बारे में अपने जरनल में विस्तार से लिखा। उसका इरादा धर्मपरिवर्तन करने का था और निगाह उसमें आनेवाली बाधाओं पर था जिसे बढ़ा-चढ़ा कर लिखा। उसमें एक तरफ कन्फुत्सू के विचार पर चलनेवाला एक विशाल साम्राज्य था, जिसमें बोली जानेवाली बोलियाँ तो भिन्न-भिन्न थीं, लेकिन लिखी जानेवाली भाषा एक थी। राजा मुसलमान शासकों के ठीक उलट लोगों की भलाई पर ध्यान देता था, नौकरशाही का निर्माण लिखित परीक्षा द्वारा आदमी की योग्यता जानकर होता था। यानी उन्हें शिक्षित होना जरूरी था। वे लोगों की राय मानते थे और उनकी आलोचना लोगों द्वारा की जा सकती थी। उनकी श्रेणीबद्धता निश्चित थी और काम करने के लिए पूरे देश में एक जैसे नियम थे और उनकी व्याख्या तय थी। पूरे देश का शासन एक परिवार मानकर किया जाता था। पर लोगों की माली हालत ठीक नहीं थी और उद्योग धन्धे विकसित नहीं थे, क्योंकि वहाँ के लोगों की दृष्टि यूरोपवालों की तरह वैज्ञानिक नहीं थी (कि जैसे यूरोप में वैज्ञानिक दृष्टि आदिकाल से ही थी) वैज्ञानिक यानी तार्किक, और नैतिकता के सिद्धान्त अटकलपच्चू थे। स्वयं कन्फ्यूशियस का विचार पैगनों जैसा था, फिर भी उनसे बेहतर था। उसका वितान धर्म का नहीं एक नैतिक चौखट था। इसलिए उसे भेदकर धर्मान्तरण करना आसान था। किन्तु बौद्ध धर्म उसमें बहुत बड़ा बाधक था, क्योंकि वह भारत से आया होने के कारण

अन्धविश्वासों का विशाल जखीरा था, जिसके स्थानीय अधिष्ठाता गँवार, अशिक्षित, नैतिक रूप से पतित और निष्ठुर भिक्षुक थे। दूसरी बाधा ज्योतिष थी, जो अवैज्ञानिक ढंग से भविष्यवाणियाँ करती थी और लोग उस पर पूरी तरह से विश्वास करते थे। तीसरी बाधा पितृपूजन था। इनका मुकाबला करने के लिए जेसुइटों ने मलाबार से चलकर गोवा में पुरोहितपूर्णता प्राप्त की, अर्चना पद्धति को वहाँ स्थापित किया। पितृपूजन को उन्होंने लाभ प्राप्त करने के लिए पितरों की आत्माओं के आवाहन की जगह उनके प्रति श्रद्धा करने का माध्यम बनाकर पेश किया। बाल विवाह, हिन्दू-बौद्ध प्रतीकों का इस्तेमाल, जातिव्यवस्था आदि को स्वीकार कर लिया। लेकिन धर्मपरिवर्तन के बदले रखैलों को छोड़ देने का और गुदामैथुन त्याग देने का वादा कराते थे। इन जेसुइटों के विचारों का विरोध दोमनिकों ने जमकर किया। जेसुइटों की उदारता को कमजोरी कहा और चीन के सम्राट को बर्बर तातार कहा, जिसकी तानाशाही पूर्व के तानाशाहों से घटिया और भिन्न थी। उनके ज्ञान-विज्ञान को नकली कहा और उत्पादन को अनुकरण।

लाइबनीज ने दोनों विचारों में सन्तुलन बनाना चाहा। कहा कि चीन के लोग सन्तुलित और मध्यममार्गी हैं। पश्चिम के लोग जिस तरह से अपने विज्ञान पर गर्व करते हैं, उसी प्रकार चीनवाले अपने नागरिक समाज पर कर सकते हैं। "Indeed it is difficult to describe how beautifully all the laws of the Chinese, in contrast to those of other people, are directed to the achievement of public tranquility and the establishment of social order so that men should be disrupted in their relations as little as possible. Chinese political philosophy right redeem his own society because the Chinese moral sense offered in Confucian and other values constituted a kind of natural religion."

मिस्र और उसके वाशिन्दों के बारे में भी प्राच्यविद् अरब के मुसलमानों के बारे में जो अवधारणा रखते थे, उससे बहुत भिन्न होकर बात नहीं करते थे, यद्यपि कि उनकी संस्कृति के पुरातन होने को भी स्वीकार करते थे और प्रतिपक्ष के रूप में ही सही यहूदी और ईसाई धर्म की उत्पत्ति में उसकी भूमिका स्वीकार करते थे। ई. डब्ल्यू. लेन ने उसका जो चित्र खींचा उससे उसे जादू और इन्द्रजाल, ज्योतिष और किमियागिरी, भाँग और अफीम, सपेरों, बाजीगरों, नटों, अन्धविश्वासों और फन्तासियों का खजाना बना दिया। कामुकता का दर्पण बना दिया। लोग इतने स्पष्ट वक्ता थे कि पता ही न चले वे कब नैतिकता की बात कर रहे हैं और कब धार्मिक ढकोसला कर रहे हैं। अपने यात्रा-वृत्तान्त में डाटी उन्हें किसी भी तरह के मुसलमान की तरह क्रूर, कामुक और अवास्तविक जीवन जीनेवाला प्राणी बनाकर प्रस्तुत करता है। कहता है कि शायद इस्लाम के सुझाव में ही कुछ ऐसा है कि उससे आदमी के मस्तिष्क का एक हिस्सा कुन्द पड़ जाता है, सोचने कि शक्ति मारी जाती है। शायद मोहम्मद की जो छवि उनके मन में चस्पा है वही उसका कारण हो। इस छवि के बारे में लिखता है, "The most venerable image indetermined is the personage of Mohammad...and nothing can amend this picture...of Arabian and Egyptian man's barbaric ignorance, his sleight and murderous cruelity in the institution of his religious fashion..an hysterical prophetism and polygamous living of prophet Mohammad who persuaded others to live like him, confident in himself, persuaded by the good success of his own doctrine." डाटी की पुस्तक, "Travels in Arabia Deserta" के बारे में टी. ई. लारेन्स लिखता है कि, "Doughty events among these people dispassionately... the realism of his book is complete as Doughty triked to tell the full and exact truth of all that he saw." स्वयं लारेन्स मिस्रवालों का चित्र इन शब्दों में खींचता है, "Semites are black and white and not only in vision, with their inner furnishing, not merely inclarity but in opposition. Their thoughts live easiest among extremes. They inhabit superlatives by choice...They are limited narrow minded people who inert intellects incuriously follow....They show no longing for great industry no organization of mind of body anywhere. They invent no system of philosophy or mythologies.

पूर्वाग्रह, नस्लवाद और कठमुल्लापन को ही प्रशासकों ने भी अपने लेखन से सत्यापित किया। क्रोमर कहता है कि मिस्र के लोग दुनिया के सबसे बेवकूफ लोगों में से एक हैं। "The Egyptian mind like that of all oriental races is naturally inaccurate and incapable of precision of thought and expression". वे सत्ता के आगे तुरन्त झुक जाते हैं और अपना शासन स्वयं नहीं कर सकते।

इसी तरह की बातें फारस और तुर्की के बारे में भी हैं, जिन्हें हम विस्तार भय के कारण यहाँ छोड़ दे रहे हैं।

(5)

प्राच्यवाद का एक दूसरा विभाजन उपनिवेश बनानेवाले पश्चिम के देशों की अपनी-अपनी अलग-अलग अवधारणाओं के आधार पर भी हो सकता है। लेकिन विस्तार भय से हम उन्हें भी छोड़ रहे हैं। इतना जरूर कह रहे हैं कि ब्रिटेन और पुर्तगाल तथा नार्वेवाले जितना अपने व्यवहार में क्रूर थे उसी अनुपात में वे अपने उपनिवेशवासियों को नीची निगाह से देखते थे। फ्रान्सवाले अपेक्षाकृत उदार थे। बहुत पहले ही उन्होंने अपने उपनिवेशों का अपने ही देश का विस्तार मान लिया था और वहाँ के प्रतिनिधियों को अपनी संसद में बिठाते थे और उनकी बात सुनते थे। पर इसका मतलब यह नहीं है कि वे शोषण नहीं करते थे या उपनिवेशवासियों को नीची निगाह से नहीं देखते थे। फर्क मात्र का था गुण का नहीं। जर्मनीवाले उपनिवेश बनाने में अभी सफल नहीं हुए थे, पर उसके लिए प्रयत्न जारी था। उपनिवेशवाद का दर्शन तो वहीं से गढ़ा गया था। हीगेल उनका पुरुखा है। उसके विचार का केन्द्रबिन्दु विकास (development) है। इतिहास में वह एक विकासवादी प्रक्रिया की तरह चलायमान है जो विभिन्न कालखण्डों और सभ्यताओं से होती हुई विवेक के प्रगतिशील मूर्त स्वरूप और आत्म प्राप्ति के लिए आगे बढ़ती रहती है। इस इतिहास के चार चरण हैं। पहला प्राच्य का विश्व, दूसरा यूनानी विश्व, तीसरा रोमन विश्व और चौथा आगामी विकसनशील जर्मन विश्व। उसने जर्मन विश्व को सभ्यता का निष्कर्ष (epitome) माना, क्योंकि यह स्वतन्त्रता को राज्य की बुनियाद बनाकर विवेक के हाथों में सत्ता को पूरी तरह से सौंप देगा। उसकी योजना में पूर्व जर्मन काल के निर्माण में सीढ़ी का पत्थर था, जिससे होकर मानवता अपनी पूर्णता प्राप्त करेगी। इसमें इस्लाम विशेष रूप से मददगार हो सकता है, क्योंकि वह एक की पूजा और सत्ता में विश्वास करता है और प्रशिया का बादशाह एक है। चूँकि इस्लाम का यह 'एक' बहुत अमूर्त है, इसलिए प्रशिया के बादशाह का मूर्त रूप उन्हें रास आ सकेगा। आखिर 'खलीफा' की अवधारणा उसी अमूर्त को मूर्त करने की अप्रत्यक्ष इच्छा से ही तो विकसित हुई है। इस अमूर्त ने उन्हें जागतिक सत्य में सहभागिता लेने से अभी तक रोकता रहा है और वे धर्मोन्मत्तता के एक छोर से दूसरे छोर तक दोलते रहे हैं। कुछ ऐसे ही हिन्दू भी हैं। चीन तो एक सोता हुआ दैत्य है, उसे जगाना ठीक नहीं। ये सभी धर्मान्धता, कामुकता और तानाशाही में रमे हुए हैं। यूरोप का भाग्य अपने इस विवाद (anti-thesis) को लील जाने में छुपा है, जिससे अपने एक नये वाद (thesis) का जन्म होगा।

बाद के दूसरे दार्शनिकों ने हीगेल का ही अनुसरण किया। एल. वान रॉके ने भी प्राच्य को पश्चिम का विवाद या प्रतिवाद (anti-thesis) कहा। जैकब बर्नार्ड ने उसकी हाँ-में-हाँ मिलाया। इन सबों ने पहले यूरोप फिर जर्मनी को केन्द्र में रखा। रेनान ने पश्चिम यूरोप के सभी देशों को केन्द्र में रखा, जब पश्चिम ने कहा। इसी तरह इस्लाम को केन्द्र में रखा जब पूर्व ने कहा। कहा कि पूर्ववालों को, विशेषतः मुसलमानों को इस्लाम से नाता तोड़ लेना चाहिए, क्योंकि वे ही इस्लाम के सबसे बड़े शिकार हैं। इसके लिए उन्हें यूरोपवालों का अनुसरण करना चाहिए, जिन्होंने ईसाइयत से नाता तोड़ लिया है। इसी नाते वे प्रगति और विकास के रास्ते पर हैं। लेकिन उसके मन में यह गाँठ जरूर थी कि पूर्व के लोगों में सम्भवतः पश्चिम के लोगों की तरह प्रगति करने और विकसित होने की क्षमता नहीं है। वे सम्भवतः यूरोपीयं सभ्यता के

मानदण्डों को कभी छू नहीं सकेंगे। इसका कारण वह उनकी नस्ल में खोजता है। कहता है कि नस्ल ही इतिहास का 'स्पिरिट' होता है। इस्लाम, हिन्दू, बौद्ध वगैरह न केवल ईसाइयत से इतर धर्म हैं, इतर नस्लें भी हैं। ईसाइयत आर्य जाति की देन है, इसलिए एक बार हिन्दुओं में पश्चिम की क्षमता आ सकती है, इस्लाम के सेमाइट और बौद्धों के मंगोलों में वह क्षमता सम्भव नहीं लगती। उनमें तार्किक विचार और दर्शन गढ़ने की क्षमता नहीं है, इसलिए ज्ञान और विज्ञान उनके जीवन के दायरे में नहीं आते। मुसलमानों के जिस विज्ञान की बात कही जाती है वह यूनान की देन है। उसे उन्होंने कुछ समय तक बचाकर जरूर रखा। अब पश्चिम को सौंप दिये हैं और इसके साथ ही उनकी भूमिका समाप्त हो गयी है।

मार्क्स ने हीगेल के ही विचारों को स्वीकार किया, बस अमूर्त की जगह मूर्त पर ध्यान दिया। इतिहास को उसने ईश्वर द्वारा निर्मित प्रक्रिया न मानकर मनुष्य द्वारा निर्मित प्रक्रिया माना। जियाउद्दीन सरदार कहते हैं कि मनुष्य निर्मित प्रक्रिया होने के कारण मार्क्स मानता है कि उसे मनुष्य द्वारा नियन्त्रित किया जा सकता है, उसमें मोड़ दिया जा सकता है। यह मोड़ मानव मुक्ति के लिए होगा, जो एक बहुत ही पुरानी इतिहास की प्रतिज्ञा है और उसके लिए इतिहास की प्रक्रिया में लम्बे समय से संघर्ष होता आ रहा है। धर्म उसमें बाधा है, क्योंकि वह या तो इस संघर्ष को रोककर रखता है, या गलत दिशा में मोड़ देता है। इस तरह से हम पाते हैं कि मार्क्सवाद जो जूडो-क्रिश्चियन धर्म का ही अपधर्म (heresy) है, जो धार्मिक अन्तःविद्या (eschatology) की जगह ऐतिहासिक भौतिकवाद रख देता है। फिर भी वह पूर्व के विकास के लिए कहता है कि पहले उसका पूरी तरह से विनाश करना होगा, फिर यूरोप के अनुभव से प्राप्त साम्यवाद, सर्वहारा की तानाशाही आदि को लादना होगा। दरअसल एडम स्मिथ और मिल से लेकर मार्क्स और एंजेल्स ने पश्चिम और पूर्व के इतिहास में एक typological विभेद किया। तर्क का आधार जलवायु और कृषि कर्म बनाया गया। कृषि के लिए जल की जरूरत थी। उसकी आपूर्ति के लिए बड़ी-बड़ी नहरें चाहिए थीं। इसलिए तानाशाही की जरूरत थी कि राजा नहरें बलात् लोगों से बनवा सके। इसलिए पहले कृषि पद्धति को समाप्त करना होगा। कुटीर उद्योग तो अपने मिलों से उन्होंने पहले ही समाप्त कर दिया था। भारत में अंग्रेजों को उन्होंने दोहरी भूमिका प्रदान की— पहले समाप्त करो, फिर अपना लादो। और इस लाद को कहो कि सभ्य बना रहा हूँ। यह दोनों ही पूर्व के लिए कितना विध्वंसक था उनका ध्यान इस पर नहीं था, अपने सिद्धान्त के लिए अतिरिक्त तर्क प्रदान करने पर था।

आगे जर्मनी में उत्पन्न नाजीवाद और फासीवाद के सिद्धान्त इस्लाम और पूर्व के लिए कितने समीचीन थे—इसकी कल्पना सहज ही की जा सकती है।

(6)

प्राच्यवाद का एक लम्बा इतिहास है। वह इतिहास एक तरह से पश्चिमवाद (Occidentalism) का भी इतिहास है उसके विचारों, चिन्ताओं, क्रियाओं, प्रचलनों आदि का इतिहास। उसकी अभिव्यक्ति प्रकट और अप्रकट दोनों रूपों में हुई है।

पश्चिम के इतिहास का आरम्भ यूनान और रोम के रिक्थ और स्मृति से आरम्भ होता है, विशेषतः ज्ञान के क्षेत्र में। इसलिए वे मान ही नहीं पाते कि किसी और के इतिहास का आरम्भ इसके पहले से भी हो सकता है। अपने ही ज्ञान को मानदण्ड मान लेने से इसी तरह की गड़बड़ियाँ होती हैं। इसलिए प्राच्यवाद का इतिहास यूनानियों और रोमनों की ज्ञान की सीमा से आरम्भ होता है। इस सीमा पर ध्यान जाते ही प्राच्य यूनान और रोम के विचारों और ज्ञान संवर्धित छवि का भंजक बन जाता है, तो दूसरी तरफ यह यह भी सिद्ध करता है कि इतिहास को यूनान व रोम से आरम्भ करना न तो उचित है न ही बहुत लाभकारी। यह प्राच्यवाद की अपनी उपलब्धि है।

यहीं यह भी जाहिर होता है कि वहाँ के लोग शुरू से ही पूर्व को पराया (The other) मानकर चलते थे। प्रतिक्रिया में जब भी मौका मिला हम भी उन्हें पराया (The other) मान कर चले। और यह खाई

इतनी गहरी पड़ गयी कि आज यह पाटने से नहीं पटती। इसका एक कारण यह है कि दोनों में सम्पर्क या तो युद्ध से हुआ या फिर व्यापार से। दोनों में ही इरादा दूसरे को परास्त करने का होता है चाहे बल से या छल से, लाभ प्राप्त करने का होता है। इसलिए संयुक्त भावनाएँ नहीं के बराबर बन पाती हैं। यही पीढ़ी-दर-पीढ़ी हस्तान्तरित होती रहती है। उसी के आलोक में नयी अनुभूतियाँ आत्मसात् होती हैं। इसलिए वस्तुगतता—यदि वह वाकई होती है—छूटती चली जाती है। इससे पूर्व और पश्चिम की जो अपनी-अपनी चेतना बनती है, उसमें दूसरों के तत्त्व कितना सम्पृक्त हैं, उन्हें नजरअन्दाज कर दिया जाता है। यही कारण है कि पश्चिम के दर्शन, विज्ञान और पूजापद्धति आदि में पूर्व का कितना योगदान है, उसे लगभग स्वीकार ही नहीं किया जाता। फिर विजेता और व्यापारी होने की छवि बनाने के लिए जरूरी होता है कि बात-बात में अपनी श्रेष्ठता साबित की जाये। यह श्रेष्ठता की चेतना दूसरे की श्रेष्ठता को बर्बर, पिछड़ी और संकीर्ण साबित करने में लग जाती है, जैसे कि दूसरे की चेतना का कोई मोल ही न हो। जब वे ऐसा नहीं कर पाते तब वे अपनी ही चेतना का संकट महसूस करने लगते हैं। ऐसी स्थितियाँ उत्पन्न होने पर पश्चिमवालों ने प्राच्य की ऐसी अवधारणा रची है कि जिससे वे दूरी बनाकर रखना ही श्रेयस्कर समझें। परिणामस्वरूप वे पूर्व को बाहर का अँधेरे में डूबा हुआ कहकर संज्ञापित करते हैं। यूनानियों और रोमनों ने यही किया है।

इस संकट का दूसरा तथा अधिक सशक्त व ठोस दौर तब शुरू होता है, जब इस्लाम का इतिहास शुरू होता है। उस पर हमलावर होने के लिए पश्चिम न केवल उसका इस्तेमाल करता है जो इस्लाम का है, उसका भी इस्तेमाल करता है जो यूनानी और रोमन रिक्थ से प्राप्त है। उससे वह एक तरफ अपनी आत्म परिभाषा रचता है, तो दूसरी तरफ उस परिभाषा का प्रयोग अपने से इतर प्राच्य के मूल्यांकन के लिए करता है, बिना पूर्व को पूर्व के स्रोतों से विवेचित किये, सिर्फ अपने उथले अनुभवों के आधार पर अपने अधिकांश में यात्रा वृत्तान्तों और किस्से कहानियों पर आधारित कर।

थोड़ा विस्तार में जायें तो पाते हैं कि पश्चिम के लिए—जो इस्लाम के आगमन तक ईसाइयत में डूब गया था, और जहाँ नहीं डूबा था, वहाँ अगल-बगल के ईसाई डुबो रहे थे—इस्लाम हमेशा ही एक समस्या रहा है। आखिर ईसा के कोई छह सौ वर्षो के ही बाद एक अरबी पैगम्बर के प्रकटीकरण का क्या मतलब, क्या जरूरत? जब कि वह पैगम्बर ईसाइयत को स्वीकार करता है, वैध मानता है, अपने को इब्राहीम, मुसा, ईसा समेत तमाम दूसरे पैगम्बरों के कृत्यों की निरन्तरता में, सार संक्षेप रूप में अन्तर्भुक्त मानता है। वह स्वीकार करता है कि ईसा का जन्म एक कुमारिका से हुआ था और वह उचित था। बाइबिल को ईश्वरीय ग्रन्थ के रूप में स्वीकार करता है (हालाँकि उसमें कुछ मनुष्यकृत क्षेपकों को भी देखता है), इसलिए इस्लाम को ईसाइयत से कोई समस्या नहीं पैदा होती। वह अपनी भूमि पर गिरजाघर और उसमें स्थापित प्रतिमाओं को नष्ट नहीं करता, उन्हें पूरी सुरक्षा प्रदान करता है। लेकिन तब ईसाई लोग अपनी बिरादरी को इस्लाम के खिलाफ कट्टर बनाने में लगे हुए थे।

100 वर्षों के भीतर ही जब इस्लाम यूरोप की सीमा पर पहुँच गया तो यूरोपवालों के लिए वह एक राजनीतिक समस्या बन गया। फिर मुस्लिम संस्कृति और उसके माध्यम से पूर्व की संस्कृति उनके लिए बौद्धिक व सामाजिक समस्या भी बन गयी। तब प्राच्यवाद का निर्माण इस नयी चुनौती से मुकाबला करने के लिए नये सिरे से आरम्भ हुआ। ऐसा करनेवाला पहला व्यक्ति दमिश्क का जॉन था। वह उमैद खलीफा यजीद का मित्र था। उसने पहले पैगम्बर मुहम्मद पर लांछन लगाया कि वे स्थिर और साफ चरित्र के आदमी नहीं थे और नये तथा पुराने इंजील से एक अरबी संन्यासी की सहायता से अपनी पुस्तक की रचना की। इसलिए वह ईश्वरीय वचन नहीं है। इस्लाम वास्तव में एक पैगन सम्प्रदाय है और काबा एक मूर्तिस्थल है। इस अर्थ में जॉन की स्थापना पैट्रिशिया क्रोन और मिखाइल क्रुक रचित 'हैगरवाद' का मूल स्रोत बन जाता है जो इस्लाम पर ईसाई हमले का सशक्त हथियार आज तक है। खैर, जॉन दमिश्की ने इस्लाम पर प्रहार यूरोपीय जीवन पद्धति से भिन्न होने के आधार पर भी किया। उसकी व्याख्या करते हुए

आर. डब्ल्यू. साउदर्न कहता है, "The greater part of the Middle Ages and most of its area, the West formed a society primarily agrarian, feudal and monastic, at a time when the strength of Islam lay in its great cities, wealthy courts and long lines of communication. To Western ideals, essentially celibrate, sacerdotal and hierarchical, Islam opposed the outlook of a laity frankly indulgent and sensual, in principle egalitarian enjoying a remarkable freedom of speculation, with no priests and no monasteries built into the basic structure of society as they were in the west."

इस विकसनशील मत, जीवन-पद्धति और समाज से मुकाबला के लिए ईसाइयों ने एक दूसरा छद्म रचा। पॉल अल्वारस ने दानियल रचित पुस्तक से यह बात जुटायी कि इस्लाम सिर्फ सत्तर वर्षों के साढ़े तीन गुना यानी चार सौ पैंतालीस वर्ष ही जीवित रह सकता है। चूँकि इस्लाम का जन्म छह सौ बाईस में हुआ था और वह आठ सौ चौवन में लिख रहा था, कहा कि इस्लाम के दिन बस गिने-गिनाये हैं। आठ सौ बावन में कार्डोवा के अमीर अबू अर्रहमान तृतीय की मृत्यृ पर उनका पुत्र मोहम्मद प्रथम शासक बना था, जो अपनी करतूतों से न सिर्फ ईसाइयों में बल्कि मुसलमानों में भी शैतान का साक्षात् रूप माना जाता था। उन्हीं दिनों अल्वारस को किसी की गढ़ी मोहम्मद साहब की एक छोटी-सी जीवनी प्राप्त हुई थी (शायद किसी स्पेनी संन्यासी के द्वारा लिखी) जो अपने अधिकांश में ईसा मसीह की जीवनी की पैरोडी लगती थी। उसमें मोहम्मद की मृत्यृ के लिए भविष्यवाणी दर्ज थी कि वह स्पेनी कैलेण्डर के मुताबिक छह सौ छाछठ में मरेंगे। इस 666 संख्या को ईसू विरोधी संख्या माना जाता है, क्योंकि इसका अर्थ होता है : "Beast of Revelation"। इन सभी बातों को मिलाकर मुहम्मद विरोधी एक पूरी तस्वीर रची गयी और कहा गया कि वे ईसा विरोधी थे, और इस्लाम को ईसाइयत के खिलाफ एक दुरभिसन्धि की तरह चलाया। जाहिर है कि यह पूरी तस्वीर अज्ञान और गप्प पर बनायी गयी थी। और यह अज्ञान और गप्प एक विशेष प्रकार का था। साउदर्न कहता है, "The men who had developed this view were men writing of what they had deeply experienced, and they related their experience to the one firm foundation available to them- the Bible. They were ignorant of Islam, not because they were far removed from it like the Carolingian scholars, but for the contrary reason that they were in the middle of it. If they saw and understood of what went around them and they knew nothing of Islam as a religion, it was they who wished to know nothing."

यही जान-बूझकर प्राप्त किया गया अज्ञान और गलतबयानी ही प्राच्यवाद की बुनियाद बनी। ज्यों-ज्यों इस्लाम पनपता गया और पश्चिम के सम्पर्क में पूर्व की तमाम संस्कृतियाँ आती गयीं यह अज्ञान और गलतबयानी बढ़ती गयी। आज तक वही स्थिति बनी हुई है, सुलभ वैकल्पिक सूचनाओं के बावजूद। यानी आज भी प्राच्य का निर्माण पश्चिम की इच्छा से तय होता है, पूर्व की वास्तविकता से नहीं।

इस दूसरे दौर के दूसरे खण्ड में धर्म युद्धों का सिलसिला आरम्भ हुआ, जिनका उद्देश्य साम्राज्य बढ़ाना तो था ही, अपना धर्म बढ़ाना और दूसरे का धर्म नष्ट करना भी था। इसमें इस्लाम पर हमला नयी कल्पनाओं के साथ हुआ। इसका पहला प्रवचन 1096 में पोप अरबन ने फ्रान्स के क्लेमाण्ट में किया। कहा कि धार्मिक कर्म की वास्तविक अभिव्यक्ति अच्छे काम व तीर्थयात्राओं में होता है। आज इस्लाम दोनों में बाधा डाल रहा है। लड़ाई के कारण अच्छे काम के लिए अवकाश नहीं है और ईसाइयों के तीर्थस्थल उसके कब्जे में हैं। इसलिए इस्लाम को पराजित करना जरूरी है। यह इसलिए भी जरूरी है कि वे इलाके कभी रोमन साम्राज्य के अंग थे। परिणामस्वरूप यूरोप के लोग काफी बड़ी संख्या में उन इलाकों में आकर बसने लगे। यहीं से उपनिवेशवाद का जन्म हुआ।

दरअसल यह जगत् के केन्द्र पर विजय का अभियान था। केन्द्र पर काबिज हो जाने के बाद पूरी परिधि पर अधिकार एक स्वाभाविक परिणति थी। यह बिना इस्लाम को पराजित किये सम्भव नहीं था। इसलिए इस्लाम उनका शाश्वत अरि था। यह पराजय सम्बन्धी बात उनकी चेतना का दूसरा स्तम्भ था।

इसमें मोहम्मद को काले लोगों का प्रतिनिधि बनाया गया, जिसने अफ्रीका और पूर्व के देशों में गिरजाघरों, मन्दिरों और बौद्धविहारों को नष्ट-भ्रष्ट करवाया। मोहम्मद उनके लिए शैतान की प्रतिमूर्ति बन गये, जिनके अनुयायी एक गलत त्रयी—ईश्वर, ईश्वर का पुत्र और पवित्र आत्मा की जगह ईश्वर, उसका पैगम्बर और कुरान—की पूजा करते हैं। इसके आधार पर 'Songs of Ronald' जैसी कृतियों की रचना हुई, जिसमें दिखाया गया कि सरासिन ईसाई जगत् का दर्पण-बिम्ब है, जिसमें सब-कुछ तो वैसा ही है किन्तु नैतिकताबोध सभी अर्थों में अन्ततः विकृत है। परिणामस्वरूप जब रोनाल्ड मरता है तो देवदूतों के हाथों में उसकी आत्मा अपने आप चली जाती है, पर जब उसका विरोधी सारसिन मरसीला मरता है तो यमदूतों को उसकी आत्मा बलात् निकालनी पड़ती है। दान्ते के 'डिवाइन कामेडी' के 'इन्फर्नो' खण्ड में 'मोहमातों काण्ड' भी कुछ इसी तरह का दृश्य उपस्थित करता है।

आर्थिक स्तर पर पूर्व सोने, चाँदी और दुनिया भर की उम्दा वस्तुओं व उत्पादों से भरा पड़ा था जो यूरोपवालों के लिए नयी तथा आनन्दप्रदायिनी थीं। इसलिए वे पूर्व पर कब्जा करने के लिए लालायित हो उठे थे। यही नहीं, जिस ज्ञान को यूरोप भूल गया था, उसे मुस्लिम विद्वानों ने न केवल अपने मदरसों में जिन्दा रखा था, उसे बढ़ाकर विश्वव्यापी बना दिया था। इसीलिए मदरसों की जगह पश्चिम में 'यूनिवर्सिटी' शब्द आया, जिससे चेलों को पढ़ाकर, शोधकर ज्ञान बढ़ाना अधिक भासित होता है। रोजर बेकन और टामस एक्वीनास उसे ही प्राप्त करने के लिए परेशान थे। उसे प्राप्त करने के लिए और पुनरुत्पादित करने के लिए अरबी अध्ययन के केन्द्रों के निर्माण की जरूरत महसूस की जाने लगी। कुछ प्रयत्न भी हुए। उसका दार्शनिक प्रभाव जल्दी ही महसूस किया जाने लगा। इब्न सीना ने कहा था कि मनुष्य कभी भी ईश्वर का साक्षात्कार सीधे नहीं कर सकता। एक्वीनास ने इस पर लम्बा विवाद प्रस्तुत किया और कहा कि कर सकता है। लेकिन इस कथन की प्रमाणिकता के लिए उसे एक दूसरे अरबी विद्वान् पर निर्भर करना पड़ा, इब्न रुश्द के इस कथन पर कि कृपाप्राप्त लोगों की आत्मा ईश्वर का दर्शन बिना किसी माध्यम के कर सकती है। एक्वीनास के लिए यहूदी और मुसलमान दोनों ही जाहिल थे क्योंकि एक को ईसू को सुनने का मौका नहीं मिला था, और दूसरा उनकी उपेक्षा कर गया था। इस उपेक्षा के कारण तो मुसलमान और बड़े जाहिल सिद्ध होते हैं। रोजर बेकन ने तो इस्लामी दर्शन का प्रचार इस्लाम के खिलाफ करने का अपना जीवन-उद्देश्य ही बना लिया था। कहा था कि दर्शन वे बनाते हैं, जो विश्वास नहीं करते। उसको बनानेवाले इस्लाम में विश्वास नहीं करते। इसलिए इस्लाम उनके लिए सार्वदेशिक विश्वास का मत नहीं है। इससे इस्लाम का तो कुछ नहीं बिगड़ा पर इतना जरूर हुआ कि अल्गजाली, अल्फराबी, अल्किन्दी, इब्न सीना, इब्न रुश्द आदि छह दार्शनिकों के अलावा आगे और कोई दार्शनिक नहीं हुआ। इकबाल तक को यह जगह नहीं मिल पायी, क्योंकि वे अपना चिन्तन तत्कालीन यूरोप के चिन्तन पर आधारित कर आगे बढ़े, उसी को न्यायोचित इस्लाम के भीतर से ठहराते रहे।

आगे जॉन विक्लीफ ने इस्लाम को न केवल धर्म विज्ञान के स्तर पर पाखण्ड कहा, नैतिकता व व्यवहार के स्तर पर भी ढोंग कहा, क्योंकि उसकी निगाह में सिर्फ ईसाई धर्म नैतिकता व व्यवहार के स्वाभाविक जीवन का उदाहरण और मानदण्ड था, जो प्रकृति के नियम के अनुसार स्वाभाविक ढंग से चलायमान था। इस्लाम पर और तेज हमला बोलने के लिए जॉन सोगावियार्ड ने कुरान की सच्चाई पर ही एक बार फिर प्रश्न उठाया। पूछा कि क्या यह वास्तव में ईश्वर वचन है? है तो इसके पाठ में इतना विरोधाभास, गलतियाँ, भ्रम और कई तरह की भाषा क्यों हैं? लगता है कि वह कई लोगों के लिखे का समुच्चय है। इसलिए वह ईश्वरीय वचन नहीं हो सकता। 1312 के वियना के कान्फ्रेन्स में तय किया गया कि चूँकि मुसलमानों को समझाकर या तलवार के बल पर धर्म परिवर्तन के लिए राजी नहीं किया जा सकता, क्योंकि वे बहुत कट्टर हैं और उनकी शिक्षा प्रणाली इस कट्टरता को और बढ़ाती है, पत्थर दिल बनाती है, जाहिल और तर्कविरोधी बनाती है, दूसरों के धर्म ग्रन्थों पर ध्यान नहीं देती है और कुरान को झूठ के प्रति प्रतिबद्ध बनाती है, इसलिए उन पर अकादमिक हमला किया जाना चाहिए। इसके लिए

पेरिस, बोलोग्ना और सालामांका में पीठ बनाने की बात चली। इसी बात का समर्थन 1343 के वासील कान्फ्रेन्स में भी किया गया। यह और बात है कि इन चेयरों की स्थापना 17 वीं शताब्दी के मध्य से लेकर 18 वीं सदी के आरम्भ तक में हो पायी, जब यूरोप एशिया व अफ्रीका में वाणिज्य का छद्म और तलवार की वास्तविकता लेकर साम्राज्य बनाने निकल पड़ा।

यह प्राच्यवाद की निर्मिति का एक पक्ष था। दूसरा पक्ष यात्रा वृत्तान्त था। आरम्भ तीर्थस्थलों के वर्णन से हुआ, परिणति काल्पनिक यात्राओं से लेकर गल्प लेखन तक में हुई। लिखनेवाले धर्म प्रचारक थे, राज्याधिकारी थे, व्यापारी थे, बुद्धिजीवी थे, उत्साही खोजकर्त्ता थे—जमीन के भी, विचार के भी। इनमें स्त्रियाँ भी थीं। सभी के प्रतिदर्श गिल्वर्ट नोजेनिया और सन्त बर्नार्ड थे। इन दोनों का प्रतिदर्श बारहवीं सदी में लिखित गप्प 'Wonders of East' था। यहाँ इसका अर्थ पवित्र भूमि के इर्द-गिर्द फैला मिस्र और बेबीलोनिया है। उससे ही अलगाने के लिए पवित्र भूमि शब्द का प्रयोग हुआ। पवित्र भूमि के बारे में मेरी बी. कैम्पवेल का कहना है, “The east is a concept separable from any purely geographical area. It is essentially elsewhere.” खैर, गिल्वर्ड का कर्त्तव्य हमेशा ही पैगम्बर पर हमला करने से पूरा होता था। और बर्नार्ड हर मुस्लिम की मृत्यु में ईसू की इच्छा पूरी होते देखते थे। दोनों के लिए पूर्व की भूमि अजूबों की भूमि बन गयी। उनके अनुयायियों के लिए वहाँ के वाशिन्दे पशुवत् थे जो घास की तलाश में पूर्व से और पूर्व की ओर विचरते रहते थे। शक्ल में वे दैत्याकार लोग थे जो मानवभक्षण करते थे, सिर कुत्तों जैसा था और कन्दरावासी थे।

इस अवधारणा के दो परिणाम निकले। एक तो यह कि सभी नीग्रो, मंगोल और आर्य इसी एक जगह से निकलकर पूरी दुनिया में फैले, जैसे कि दुनिया में न तो ऐसी कोई जगह थी जहाँ मनुष्य जन्म ले सके, न ही Homo sapiun को अन्यत्र ऐसी स्थितियाँ व परिवेश मिल सकीं कि वे विकसित होकर मनुष्य बन जाये। इस स्थापना से उपनिवेशवादियों ने अपने वर्चस्व को विभिन्न देशों में न्यायोचित ठहराने का प्रयत्न यह कहकर किया कि लोग आते गये, अपने से पहले बसे लोगों को हराकर उन पर राज करते गये। हर हरानेवाला हारनेवाले से बेहतर था, भुजबल में ही नहीं, संस्कृति और सभ्यता में भी, जिसे वह विजितों पर लादता गया। वही यदि हम कर हैं तो क्या बुरा कर रहे हैं? इसे सिद्ध करने के लिए आगे जाने कितने ‘वैज्ञानिक अध्ययन’ करा डाले गये! दूसरा यह कि Occident हमेशा Orient से बाहर रहा, इतर रहा और पूर्व को अर्थ हमेशा इस बाहरी पश्चिम से ही मिलता रहा। पूर्व की कोई अपनी इयत्ता नहीं। आगे भी उसी से मिलेगी। बाद में जो तथाकथित धर्मनिरपेक्ष खोजें हुईं वह इसी को न्यायोचित ठहराने के लिए हुईं। तथाकथित इसलिए कि वे एक विशिष्ट धर्म में रहकर धर्मनिरपेक्ष कहनेवाले लोगों की सोसाइटी में रहते थे, जिनकी अपनी चेतना, मूल्यबोध, आकांक्षा, विश्वदृष्टि किसी आदि लौकिक जीवन से नहीं, उस धार्मिक दृष्टि के भीतर बने धर्मनिरपेक्ष से निःसृत होती थी। वह धर्मनिरपेक्षता सिर्फ इतना गोचर कराता है कि वे क्या जानना और संज्ञान में लेना चाहते थे और क्या नहीं। इसलिए यात्री ने सिर्फ वह देखा जो वह देखना चाहता था और जो उसकी नैतिकता की जद में आता था—चाहे स्वीकार करने के लिए या भर्त्सना करने के लिए। पहले ही सन्त आगस्टाइन ने स्पष्ट कर दिया था कि सभी निरीक्षणों का मतलब भले और बुरे में अन्तर करना होता है। यह तभी हो सकता है जब भले से बढ़कर बुरे को देखा जाये। और दोनों का मानदण्ड हमारा यानी ईसाइयत का होता है। वे वही कर रहे थे।

इससे एक विपुल साहित्य का निर्माण हुआ। वह इतना विपुल था कि उसे पढ़कर ही तमाम लेखक बिना कोई यात्रा किये ही यात्रा वृत्तान्त लिखने लगे। ऐसा ही एक वृत्तान्त सरजान मॉडविले का है ‘द ट्रवेल्स’। वह सन् 1356 में सन्त अल्वांस से मिखाइलमास जहाज पर निकला और अपने वाचनालय से दस पग भी आगे नहीं गया। विश्लेषण करनेवालों ने बताया है कि न तो मिखाइलमास था न कोई विले। हाँ, सन्त अल्मास जरूर है जहाँ के वाचनालय में उसके वृत्तान्त की सारी स्रोत सामग्री पुस्तकों में संचित है। कुछ विचारक उसकी फन्तासियों को यूँ ही खारिज नहीं कर देते। उसका एक समसामयिक

अर्थ प्रदान करने की कोशिश करते हैं जैसे प्रदीप सक्सेना ने देवकीनन्दन खत्री के मध्यकालीन जीवन शैली पर लिखे तिलस्मी गप्प को बिलकुल अंग्रेजों के साथ संघर्ष में पाठान्तरित कर दिया है। इसे ही देखकर मैं अपनी एक कविता में लिखता हूँ :-

एक दिन उसी कविता में
वह भी पढ़ा जा सकता है
जो उस कविता में नहीं है
तब क्या वह मेरी कविता होगी
कि पढ़नेवाले की?

खैर, इस वृत्तान्त में स्थान को हवा में लटका दिया गया है, जिस पर समय का कोई प्रभाव ही नहीं पड़ता। जो येरुशलम सन 1400 में है, वही 1730 में है। जो बगदाद, बसरा, मक्का, मदीना, कुस्तुनतुनिया 15वीं सदी में है, वही 18वीं सदी में थी, कि जैसे 300 वर्षों का समय एक स्थिर शून्य है, जिसमें लोग पैदा होते, जीते और मरते तो हैं, पर मिट्टी के खिलौनों की तरह, बिना अपने पूर्वजों और सन्ततियों पर कोइ प्रभाव डाले। यह अद्भुत जादुई यथार्थ है। इसे भला मार्खेस, बर्खेस, इक्को या उदय प्रकाश क्या रचेंगे? शायद यह इसलिए है कि, "इतिहास परिवर्तन गोचर कराता है"—इतिहास की यह अवधारणा अभी जन्म नहीं ले पायी थी। इतिहास में इन जगहों का महत्त्व इसलिए है कि वे रोम और यूनान से जुड़े हैं, ईसाइयत और तबके इतिहास से जुड़े हुए हैं—यह जुड़ाव चाहे इस्लाम से विरोध के नाते ही क्यों न हो। इनका जुड़ाव और महत्त्व आज भी वैसा ही है जैसा जब वे जुड़े हुए थे, तब था। आज नहीं जुड़े हैं तो काल में स्थिर हैं, देश के रूप में आकाश में टँग गये हैं, जिन पर इस धराधाम की तात्कालिक घटनाओं का कोई असर नहीं, कम-से-कम यूरोपीय चेतना के लिए। सर जॉन यही अपने दिमाग में बिठाकर अपना वृतान्त रचते हैं जिसमें इस्लामी देशों का ही नहीं चीन, भारत और सुदूर पूर्व के देशों का दौड़ लगा आते हैं। उन्हें हर जगह दैत्य ही मिलते हैं। वे हर जगह मानवभक्षी हैं। आश्चर्य है कि वे जॉन साहब को नहीं निगलते। उन्हीं के वृत्तान्त को पढ़कर कोलम्बस को लगा था कि यदि दुनिया गोल है तो बजाय पूर्व की ओर से यात्रा शुरू कर पश्चिम की ओर से शुरू कर भी पूर्व की ओर पहुँचा जा सकता है। उसने यही किया तो क्या इससे गप्प सही हो गया? तथ्य बन गया? बनबरी तो यही कहते हैं, पूर्व के लोगों के बारे में। डॉ. चाचा जो कोलम्बस के वैद्य थे, अपना वृत्तान्त जैसे जॉन के उद्धरणों से ही रचते हैं, जहाँ मानवभक्षी लोग अपने शिकार को पहले खिला-पिलाकर मोटा करते हैं, फिर आग में भूनते हैं। यह करनेवाले लोग इण्डियन हैं—बाद में इन्हें रेड इण्डियन कहा गया। यानी रेड इण्डियन लोगों की जो छवि गढ़ी गयी, वह उसी मध्य-पूर्व के आदमी की छवि थी। यूरोप के बाहर हर आदमी इण्डियन था, चाहे ब्लैक हो या रेड और हर जगह वह हू-ब-हू वैसा ही था, जैसा कि मध्यपूर्व का आदमी था, यदि शक्ल-सूरत में कम तो आचार-विचार, स्वभाव, करतूत वगैरह में शत-प्रतिशत।

कोलम्बस के प्रयत्नों के साथ तीसरा दौर शुरू हुआ। उस्मानों के उठान ने यूरोपवालों को पहले मध्य पूर्व से भगाया, फिर यूरोप में अपना विस्तार शुरू किया। इसे फ्रैन्सिस बेकन ने 'Present terror of West' कहा, जो यूरोपियों के विश्व की खोज में बाधा डालनेवाला था। इसने 'Pan European Defence' को जन्म दिया, जिसका केन्द्र आस्ट्रिया को बनाया गया। और बाल्कन को इससे जोड़ा गया। ये देश सोना देकर पूर्व से वस्तुएँ खरीदते थे और यह सोना वे 'मगरीब' से प्राप्त करते थे। रास्ता बन्द हो जाने पर वे सीधे सोने का उत्पादन करनेवाले स्थानों पर कब्जा करने की इच्छा जाहिर किये। ऊपर से वे 'जॉन येस्टर' को खोजना चाहते थे, जो कहीं पूर्व में शासन करता था, जो एक ईसाई था। फिर वे मार्को पोलो के महान् खान से दोस्ती करना चाहते थे। लेकिन एक ही पीढ़ी, यानी 20-25 वर्षों के ही भीतर कोलम्बस द्वारा अमेरिका की खोज और सुधारवादी आन्दोलन ने पश्चिम को पूर्व से सम्बन्ध बनाने की गति बदलने के लिए बाध्य कर दिया। न केवल ईसाई राजा येस्टर जॉन कल्पना सिद्ध हुए, वास्को डि गामा एक मुसलमान

नाविक की मदद से अफ्रीका से भारत के मलाबार तट के एक ऐसे स्थान पर पहुँच गया, जहाँ मुसलमान-ही-मुसलमान थे। भारत के शासक मुगल थे और बड़े स्तर पर कोई व्यापार बिना उनकी सहमति से सम्भव नहीं था। ऊपर से जिस शहर को टामस पायर ने 'Cornucopia of riches', 'The greatest intrapot post of world' कहा था, उस मलयेशियाई मल्का शहर का सुलतान तक शक्तिशाली मुसलमान था। मसालों के द्वीप समूह मलयेशिया में टेरनेट और टिपोर के दो मुसलमान सुलतान भिड़े पड़े थे। दोनों ही यूरोप के व्यापारियों को खिलौना समझते थे। इन तमाम नयी बातों ने पूर्व को एक नयी पहचान दिया, जो यूरोप की चेतना की आत्मछवि के बाहर था। इसी ने प्राच्यवाद के नये चरण को जन्म दिया जो आज भी चल रहा है।

पुनर्जागरण, सुधार और पुनरावलोकन की मिली-जुली शक्तियों ने पूर्व को नयी तरह से देखने का अवसर दिया। इन नयी जगहों और नयी खोजों ने मनुष्य की उत्पत्ति, विकास, प्रकृति, जीवन और नियम पर नये सिरे से दृष्टि डालने के लिए बाध्य किया। सुधार ने जगत् को नये सिरे से और नये ढंग से देखने का द्वार खोला, क्योंकि उसने मनुष्य और जगत् की उत्पत्ति, अस्तित्व और उद्देश्य के बारे में नये-नये प्रश्न खड़े किये। उन्होंने अपनी जाँच की योजना के लिए यूरोप के ही, जिसे विवेकपरक वैज्ञानिक दृष्टि कहा—बौद्धिक संसाधन और विचार को मूलबिन्दु मानकर प्रस्थान किया—चाहे वह यूनान से प्राप्त हो या बाइबिल से या रोम की क्लासिक रिक्थ से—प्राच्य को उसकी जाँच की प्रयोगशाला की तरह इस्तेमाल करना शुरू किया। इसने यूरोप की आत्मचेतना को नये सिरे से प्रभावित किया। उसके लिए नये कयास बनाये गये, साक्ष्य जुटाये गये और कह दिया गया कि सिद्ध हो गया। यूँ तो अर्नेस्ट गेलनर ने 'संरक्षित प्रयोगशाला' शब्द का प्रयोग नृतत्त्वशास्त्रीय अध्ययनों के सन्दर्भ में किया है विशेषतः अफ्रीका और सुदूर पूर्व के लिए, लेकिन वह उन पर भी लागू होता है जो संस्कृति से जुड़े देश थे—जीवित संस्कृतियों में भारत व चीन, मृत संस्कृतियों में मिस्र, बेबिलोन, सुमेरिया वगैरह। आश्चर्य की बात यह है कि बिना कोई ओरिएण्ट जैसे नाम दिये यह अमेरिकी और आस्ट्रेलियाई मूल के निवासियों तथा मय, मावरी जैसी सभ्यता संस्कृति पर भी लागू होता है। अपने ही मॉडल को मानदण्ड बनाकर फौरन घोषित कर दिया कि हम पश्चिमवाले इन तमाम देशों से अधिक सभ्य हैं, अगड़े हैं, प्रगति की राह पर हैं, समृद्ध हैं, ऊँचे हैं, शक्तिशाली हैं (आदमी को मारने में माहिर हैं चाहे फरेब से ही क्यों न हो?) इसलिए इस्लाम का ओरिएण्ट मध्यकालीन है, भारत व चीन का प्राचीन। यह सब उनकी सम्पदा छीनने के लिए किया गया—भौतिक ही नहीं आधिभौतिक भी।

अध्ययन की दृष्टि यह बनी कि हिब्रू को समझने के लिए अरबी पढ़ा जाये, जिससे कि यूरोप की वर्नाक्युलर भाषाओं में बाइबिल का अनुवाद किया जा सके। पाली और प्राकृत पढ़कर संस्कृत की आत्मा समझी जाये, जिससे कि बाइबिल का अनुवाद वर्नाक्युलर भाषाओं में किया जा सके। यही काम चीनी, जापानी और दुनिया भर की भाषाओं में किया जाये। यह सब लोगों के बीच ईसाइयत के प्रचार के लिए किया जाये। बिना इन्हें ईसाई बनाये एक तो इन्हें जीतना मुश्किल था, जीत लेने पर लम्बे समय तक दबाकर रखना मुश्किल था, जैसा कि भारत में वास्तव में हुआ। जहाँ वे ईसाई बनाने में सफल हुए वहाँ के राज्यों को घोंट गये।

तीसरा चरण पश्चिमवालों को अपनी कल्पना को पूरा विस्तार देने से शुरू होता है, जिसमें डेनियल डिफो का 'राबिन्सन क्रूसो' आता है (जिसे लम्बे समय तक एक चीनी द्वीप की सत्यकथा माना जाता था) ओलिवर स्मिथ का 'सिटीजन्स आफ वर्ल्ड' आता ह, एडीसन, स्टील मानसन, होरेस वालपोल का तमाम लेखन आता है, वालतेयर का 'द आर्फेन आफ चाओ' आता है। इनके अध्ययन से जाहिर होता है कि पहले जो देश-काल में स्थिर हो गया था, वह चलने लगा है। यानी उसने मध्य काल की जो स्थापना की थी उसे अधिक विवेकसंगत बना दिया गया था। यानी उसमें स्थायी समकालीनता को स्वीकार कर

रखा गया, जिसमें एक प्राच्य की भावना को दूसरे प्राच्य या पूरे प्राच्य पर बिठा दिया गया जो पश्चिम के आत्म में बैठकर भी उससे उसी प्रकार दूरी बनाकर रही।

ज्ञानोदय के दौर में पश्चिम यह मानकर चलता रहा कि सभी तालों के लिए बस एक ही कुंजी काफी है। इतिहास के बारे में वह कुंजी यह थी कि उसमें (इतिहास में) जो कुछ भी है वह एक 'टाइपोलॉजी' है, जिसके कई चरण हैं, जिनको मिला देने से एक पूरी सीढ़ी बन जाती है, एक निश्चित तल से एक निश्चित ऊँचाई तक जाने के लिए। दरअसल इस ज्ञानोदय में जो रोशनी थी, वह वही पुरानी पश्चिम की लौ थी और भी पश्चिम जाती हुई। उससे पूर्व का जो विचारक तालमेल बिठा ले उसकी बात दूसरे दर्जे के अतिरिक्त प्रमाण की तरह साथ हो सकता थी। माण्टेस्क्यू का 'Spirit of Laws' पढ़ें तो ऐसा ही लगता है। वह कहता है कि पूरे मानवीय इतिहास को मथ जाइये, सरकार के बस तीन ही रूप मिलेंगे—राजतन्त्र, तानाशाही और गणतन्त्र। तीनों में अलग-अलग एक-एक स्पिरिट काम करती है—सम्मान, भय और गुण। परिणामस्वरूप राजतन्त्र सम्मान के आधार पर श्रेणीबद्धता निर्मित करता है, तानाशाही भय के आधार पर बस एक सम्प्रभु जो अपनी भावनाओं के आधार पर राज करता है, गणतन्त्र छोटे-छोटे गुणों के आधार पर समानता पैदा करता है। यह तर्क सिर्फ यह सिद्ध करने के लिए था कि पश्चिम हमेशा ठीक रहा है, उसका विकास सही दिशा में हो रहा है, और पूर्व हमेशा गलत रहा है। 19वीं सदी आते-आते पश्चिम का सामाजिक दर्शन, सामाजिक विज्ञान "mores, manners and laws" का हिमायती बन गया। इसके बनाने में तत्त्व, भौगोलिक जलवायु, पर्यावरण, सामाजिक संरचना, धार्मिक मत और इतिहास के थे। पूर्व का गलत था क्योंकि इन्हीं तत्त्वों पर आधारित एक मजबूत राज्य के बगल में अनेक कमजोर राज्य थे, जिनकी नियति विजित होते जाना था। यानी तानाशाही की ओर निरन्तर प्रचरण स्वाभाविक था। पश्चिम में ऐसा नहीं हो सकता था, क्योंकि वहाँ साहस और बहादुरी का स्तर सबमें लगभग एक बराबर और एक जैसा था। इस विश्लेषण से नीतिवचन यह निकाला गया कि जहाँ यूरोप के लिए स्वतन्त्रता कायम है, वहाँ प्राच्य के लिए दासता। इसी तरह वाल्टेयर ने अपने "History of Manners and Spirit of Nations" में कहा कि जहाँ चीन आज अवरूद्ध हो गया है, वहाँ यूरोप "is tardy in discoveries but then we have speedily brought everything to perfection." आगे आदम फरगुसां अपनी पुस्तक "Essay on the History of Civil Society" में कहते हैं कि इतिहास को हम तीन खण्डों में बाँट सकते हैं, "savagery, barbarism and civilisation. Asia being firmly fixed in the despotic mould that had extended from Ottomans to be consensus on all Asia". स्पेंगलर ने अपनी पुस्तक 'Decline of West' में संस्कृति के तीन चरणों को देखा है—क्लासिकल, मागी और फास्टीयन। प्राच्य को मागी में फिट किया है, जो धार्मिक संस्कृति का समुच्चय है। इसमें यहूदी, ईसाई, मुस्लिम, हिन्दू, चाल्डियन, जोरोवास्टरी आदि सभी आते हैं। मागी संस्कृति की विशेषता आत्मा (soul) और स्पिरिट में द्वैध देखना है। यह भावप्रवणता में मेसियानिक है। इसने यूनान वगैरह की क्लासिक संस्कृति जिसमें आत्मा व स्पिरिट में विभाजन नहीं है को पीछे ढकेल दिया है। लगता है कि आगे इसी मागी संस्कृति का विकास होगा। कारण यह है कि पश्चिम की मौजूदा संस्कृति जो पूँजीवाद के दबदबे से शुरू हई थी, अब वह प्रथम महायुद्ध के बाद हार कर सभ्यता में तब्दील हो रही है। संस्कृति के नाम पर मागी ही बचते हैं। मोहम्मद इकबाल कहते हैं कि स्पेंगल की बात विकास के सन्दर्भ में जो भी हो, किन्तु वह पूर्व की चेतना और आत्मा के विभेद की जो बात करता है, वह गलत है। खुदी यानी 'I' का एक स्वतन्त्र और स्वायत्तशासी रूप से महत्त्व है। और धार्मिक अनुभूति के साथ-साथ जगत् में काम करने के लिए उसे बड़ा महत्त्वपूर्ण स्थान प्राप्त है। वही हाल काल की अवधारणा का है। दरअसल स्पेंगलर हीगेल के प्रभाव से मुक्त नहीं हो पाता जो स्पिरिट की बात करता है, जो समूह का होता है। इस्लाम में समूह की चेतना है तो आत्मावाला आदमी भी है। कुछ-कुछ इसी से सहमति रखते हुए अरविन्द कहते हैं कि हिन्दुओं में आत्मा पर जोर व्यक्ति और उसके माध्यम से समूह की बेहतरी पर है। समूह की स्पिरिट पर जोर तानाशाही की ओर

ले जाती है। पश्चिमवालों ने जो पूर्व में तानाशाही देखी है, तो उसमें उन्होंने अपने यहाँ की तानाशाही को ही रूपान्तरित किया है 'स्पिरिट' के जोर पर। पूर्व का तानाशाह भी एक सीमा के बाहर नहीं जा सकता, क्योंकि अच्छे लोगों की आत्मा उसे हमेशा रोकती रहेगी। यदि पश्चिम का पतन होता है और पूर्व का उत्थान तो वह इस कारण बेहतर ही होगा।

स्पेंगलर यदि संस्कृति का दार्शनिक है तो ट्यान्वी सभ्यता का। रंग वही है। कहता है कि आज के विश्व का निर्माण बाईस सभ्यताओं से हुआ है, जिनमें से कुछ मृत हैं और कुछ जीवित। हर सभ्यता के तीन चरण होते हैं–(1) आरम्भ में यह धर्म आधारित होता है जो व्यक्तिगत अनुभूति की देन और वस्तु होता है। लेकिन कालान्तर में वह (2) संस्था बनकर व्यापक राज्य में परिवर्तित हो जाता है। राजा यदि धर्माधीश नहीं होता है तो भी जो भी राजा बनता है, उसमें धर्मगुण आरोपित कर दिया जाता है। (3) वह जल्दी ही सारभौम राज्य की आकांक्षा पालने लगता है और उसके लिए निकल पड़ता है। उसका पतन तब होता है जब बर्बर लोग उसके केन्द्र पर आक्रमण करते हैं। भारत में यह पतन तब हुआ जब तुर्क और मंगोल लोगों ने आक्रमण किया। इसी तरह अरब व फारस का पतन तब हुआ जब तुर्कों ने उन पर हमला किया। पश्चिम आज तीसरे चरण में है और हो सकता है, पूर्व के बर्बर उसे विनष्ट कर दें।

हर्डर, मार्शल, ममफोर्ड, सोरोकिन, सुजुकी जैसे इतिहासविद् इसी स्पेंगलर व ट्यान्वी के अनुयायी हैं। उनके चिन्तन का समुच्चय आगस्ट विटफोगेल की पुस्तक 'Oriental Despotism' में देखने को मिलता है। विटफोगेल मार्क्सवादी रहा है, तर्क भी कुछ वैसे ही हैं, पर परिणति हीगेलवाद में होती है। वह अपनी पुस्तक चीन को लेकर लिखता है, जिसके अध्ययन में पूरा जीवन ही लगा दिया था। पाता है कि वहाँ तानाशाही सदैव से रही है और कड़ी-से-कड़ी जोड़कर बढ़ती रही है। आज के कम्युनिस्ट चीन की तानाशाही उसी की स्वाभाविक परिणति है और उसमें पूरे प्राच्य की तानाशाही झलकती है। हीगेल ने उसे सोता हुआ दैत्य कहा था, जो जगने पर पूरी दुनिया को निगल जायेगा। अभी (1955) की जो स्थितियाँ हैं, यदि वे वैसी ही बनी रहीं तो हीगेल की बात सच हो जायेगी। वह भारत, मध्यपूर्व, दक्षिणी अमेरिका की तानाशाहियों का अध्ययन करता है, सभी को ओरिएण्ट के चौखटे में रखता है और अपनी बात इस तरह से रखता है कि जैसे मध्यकाल की छवि को पुनरावर्तित कर रहा हो। यानी प्राच्य की अपनी छवि से पश्चिम अभी मुक्त नहीं हो पाया है।

स्पेंगलर और ट्यान्वी का अनुसरण मैकार्थी, निक्सन, किसिंजर और दोनों बुश भी करते हैं और उससे दूसरा काम लेते हैं। वे कहते हैं कि भले ही उपनिवेशवाद आज खत्म हो गया हो, साम्राज्यवाद अभी भी चालू है और वह पूँजीवाद का एक दूसरा रूप है, जिसमें सेना द्वारा विजय प्राप्त करने की बात बाद में उठती है, पहले तो आर्थिक रूप से, समझौता करके ही साम्राज्य फैलाया जाता है। उसके लिए पिट्ठू सरकारें तैयार की जाती हैं। अमेरिका का यह विकास स्पेंगलर और ट्यान्वी के बताये संस्कृति और सभ्यता की स्पिरिट के अनुरूप ही है, जो पूर्व की तानाशाही का मुकाबला करेगी। यही बात आज राष्ट्रपति ट्रम्प कह रहे हैं।

दरअसल आधुनिक युग में पश्चिम में दो शासन पद्धतियाँ काम करती रही हैं। जनतन्त्र चूँकि विकास का परिणाम था, अनुभव का परिणाम था और विकासमान् था, इसलिए उसका कोई संहितापरक दर्शन नहीं रचा जा सका। तानाशाही विकास नहीं, थोपे जाने की परिणति थी, इसलिए उसका दर्शन रचा गया। हीगेल ने उसे व्यक्ति-बादशाह के लिए रचा, वर्ग की तानाशाही के लिए उसके शिष्य मार्क्स ने रचा, नेतृत्व की तानाशाही के लिए सोरेल और शोपेनहावर ने रचा, जिसकी परिणति नाजीवाद-फासीवाद में हुई। गौर करने की बात है कि ये सभी विचारक जर्मनी के थे, जिसके पास उपनिवेश नहीं था। कहा गया था कि उपनिवेश पाने के लिए पहले पूरी जर्मन जाति को एक होना पड़ेगा, भरसक किसी तानाशाह के नेतृत्व में। बिस्मार्क आया तो उसकी एक आश जगी। हिटलर आया तो उसकी एक वास्तविकता बनती दिखी। प्राच्य के लिए इसकी परिणति यह थी कि चूँकि तानाशाही में रहना पूर्ववालों की आदत और नियति है

तो वे अपने तानाशाहों की जगह पश्चिम के तानाशाहों के अधीन रहें—उससे उन्हें क्या फर्क पड़ता है? और पड़ता है तो यह उनकी बेहतरी के लिए है, उनके आधुनिकीकरण के लिए है, ज्ञानोदय की य़ोजना के तहत पश्चिमीकरण के लिए है। उसके लिए वे चाहें तो वे अपने देश के भीतर अतः जनतन्त्र की स्थापना कर लें जैसे अमेरिका समेत पश्चिम के तमाम दूसरे देश किये हैं। बाह्य में अधीनता को ही महत्त्व दें पूर्व में अपने लिये, पश्चिम में दूसरों के लिए।

इन स्थापनाओं से यह भी जाहिर है कि पश्चिम ने पूर्व के बारे में सूचनाओं का अम्बार इकठ्ठा कर लिया, उसके आधार पर ज्ञान का विस्तार भी किया, किन्तु अपने निर्णय का विस्तार नहीं किया। जब फ्रान्सीसी क्रान्ति की असफलता के साथ ज्ञानोदय के कार्यक्रम को पहली असफलता मिली तो रूमानवाद पर प्रतिक्रिया की तरह वह सामने आया, जिससे अतीत के प्रति लगाव बढ़ा, औद्योगीकरण के मानसिक विलोम के रूप में। उसके साथ ही धार्मिक पुनर्जागरण भी बढ़ा। इन दोनों ने अपरिवर्तनशील प्राच्य के प्रति नया अनुराग और उत्साह जगाया, उसको समझने के लिए नहीं, शनैः-शनैः ईसाई बनाकर परिवर्तित करने के लिए। विक्टोरिया युग की 'चैरिटी' इसी की देन थी। जैसा कि जियाउद्दीन सरदार कहते हैं, "The militant conversion of the first Colombian Era of Western Expansion was inspired by seeking to add converts to the battalions opposing European enemies, increasing contract and involvement with orient and changed terms of Western self perception gave a new twist to the missionary drive. Offering the developmental balm of the progressive spirit that was the special possession of the West to be the tyrannized people of the Orient."

इस इतिहास से जाहिर है कि प्राच्य एक स्टीरिओटाइप रहा है पश्चिम के लिए, जिसमें से जो हिस्सा चाहें एक जगह से उठाकर दूसरी जगह चस्पा कर दें। वह असम्बद्धता का ऐसा जखीरा रहा है, जिसमें तर्क और सममिति की कोई जरूरत नहीं महसूस की गयी है, क्योंकि उसे कभी 'Consider' नहीं किया गया, हमेशा 'construct' किया गया, पश्चिम के विचार और इरादा की पूर्ति के लिए। उसे एक निश्चित वस्तु न बनाकर, सिर्फ एक पैटर्न बुक बनाकर रखा गया, जिससे कुछ टुकड़े लेकर वह बनाया जा सके जो पश्चिम की जरूरत के अनुकूल पड़ता हो।

(7)

आज प्राच्य की स्थिति क्या है? चार दृश्य बनते हैं। एक उनका, जिन्हें 'प्राच्यकृत प्राच्यवादी', कहा जा रहा है। ये पूर्व के ही पढ़े-लिखे लोग हैं, जो पश्चिम में रहकर प्राच्यवाद की चर्चा करते हैं। फिर उनके पश्चिम के समीक्षक हैं। उनमें से अधिकांश की चर्चा एडवर्ड सईद के सन्दर्भ में कर आये हैं। उन्होंने प्राच्यवाद को पश्चिम द्वारा निरूपित अपने वर्चस्व के हथकण्डे के रूप में देखा है। उसी को विकसित कर प्रतिवाद के रूप में पश्चिम के वर्तमान वर्चस्ववादी प्रयासों का मुकाबला करना चाहते हैं। पश्चिम के उनके समीक्षक अधिकांश में उनसे इत्तफाक नहीं करते और विभिन्न तर्कों से उनकी स्थापनाओं का विरोध करते हैं।

दूसरा दृश्य उन लोगों के लेखन से बनता है, जो आज भी प्राच्यवाद का विकास पश्चिम से नीचा दिखाने के लिए और पश्चिमी वर्चस्व को नये सिरे से हावी करने के इरादे से कर रहे हैं। इनके दो दल हैं: एक धर्मनिरपेक्ष विचारकों का, दूसरा धर्मसापेक्ष विचारकों का।

धर्मनिरपेक्ष विचारक प्राच्य को बेहतर (improved) और आधुनिक बनाने के इरादे से अपना अध्ययन प्रस्तुत करते हैं। कैण्टवेल स्मिथ, एस. ए. आर. गिब्स, फिलिप हित्ती इनमें प्रमुख हैं। अब जब आधुनिकता का इस्तेमाल पश्चिम द्वारा अपनी बाह्य दृष्टि के रूप में पश्चिमोत्तर चीजों को देखने के लिए होता है तब वह नयी भाषा, नयी शब्दावली और अर्थशास्त्र, समाजशास्त्र व राजनीतिशास्त्र की नयी

अवधारणाओं में व्यक्त होता है। लेकिन उससे जो प्रभावित होता है और उसका जो परिणाम निकलता है, वह उसी मिशनरी और वर्चस्ववादी मूल प्रवृत्ति से अनुशासित होते हैं, जो आधुनिकता से पहले थे और जिनके मूल में विस्तारवादी—शारीरिक और मानसिक रूप से प्राच्य को विजय करने की—आकांक्षा निहित थी। वास्तव में मध्यकालीन पश्चिम के मन में जो आप्त बचन और छवि पूर्व की बन गयी थी, वह इस युग में भी चलती चली आयी है, बस आज उन्हें नयी अनुभूतियों में पुनर्सृजित कर दिया जा रहा है। इसका मुख्य कारण यह है कि वे आज भी पूर्व को पारम्परिक पश्चिम की निगाह से देखते हैं और उसे जीतने का इलाका मानते हैं। इसमें आधुनिकता पश्चिम की चन्द ऐतिहासिक प्रक्रियाओं के अमूर्तिकरण और मिलावट से बढ़कर कोई नयी बात नहीं बन पाती। ये विचारक कहते हैं कि प्राच्य स्वभाव से ही आधुनिक विश्व के साथ चलने में अक्षम हैं, क्योंकि वह अपनी निर्मिति और स्वभाव में अनिवार्यतः पश्चिम से निम्न कोटि का है। इसके लिए वे पूर्व की वास्तविकता को विपर्यवसित कर प्रस्तुत करते हैं या इधर-उधर से कुछ बातों को चुनकर, उन्हीं को प्रमुख बनाकर समग्रता के रूप में पेश करते हैं। उदाहरण के लिए कैण्टवेल स्मिथ मिस्र के, 'इख्वान अल् मुसलमीन' को संवेगात्मक रूप से पगलाये लोगों की जमात कहता है, जो "driven by hatred, frustration, vanity and distructive fury of the people, who for long have been prey to poverty, impotence and fear" रहे हैं। (क्या यही बात आज के भारतीय गोरक्षकों के लिए कही जा सकती है?) वे आधुनिकता के विरोधी तो हैं ही, देश के सामने खड़ी समस्याओं को सुलझाने में लगे लोगों के खिलाफ आम जनता को भड़काते रहते हैं। स्मिथ को यह नजर नहीं आता कि इस मुस्लिम बिरादरी में सैयद कुत्ब, अब्दुल कादिर औदा, मुस्तफा अल्सबाई, अब्दुल मजीद अल्बद्री जैसे लोग हैं, जो स्मिथ से कम लिखे-पढ़े नहीं हैं। ऊपर से देश के भीतर उनके अनुयायियों की बहुत बड़ी संख्या है। और उनके अनुयायी सिर्फ अशिक्षित, गरीब, पिछड़े और मूर्ख लोग न होकर, शिक्षित डॉक्टर, इंजीनियर, प्रोफेसर, वकील, वैज्ञानिक, व्यापारी, प्रशासक और राजनयिक लोग भी भारी मात्रा में हैं, छात्र हैं, समाजसेवक हैं, जो समाज और दुनिया को न केवल समझते हैं, उसे बेहतर करने की मंसूबा भी रखते हैं और उसके लिए प्रयत्न करते हैं। फिर भी पश्चिम ने जमाल नासिर को कुछ भी नहीं कहा, जिसने कुत्ब और उनके ढेर सारे समर्थकों को इसलिए मरवा दिया, क्योंकि वे सत्ता संघर्ष में नासिर के विरोधी थे, जो घोषित गुटनिरपेक्षता के बावजूद पश्चिमपरस्त था और वे उसकी इस नीति का विरोध करते थे और कहते थे कि हम मिस्र को उसकी जरूरतों के अनुसार आधुनिक बनायेंगे, पश्चिम की जरूरतों के अनुसार नहीं।

प्राच्य पश्चिम नहीं बन सकता, इसको सिद्ध करने के लिए फिलिप हित्ती ने इस्लाम का इतिहास नये सिरे से लिखा है, किन्तु तर्क वे ही पुराने रखे हैं, इस्लाम, मोहम्मद और कुरान के बारे में।

इसी तरह की बात उन्होंने भारत, चीन और जापान के बारे में भी कही है। अमर्त्य सेन और होमी भाभा ने उपरोक्त किस्म के तर्कों के आधार पर उनके विचारों की असत्यता का पर्दाफाश किया है। यह नहीं कि धर्मनिरपेक्षता, विकास या आधुनिकता अपने आप में बुरी है। यह कि पश्चिम द्वारा उनका उपयोग जिस तरह से पूर्व को नीचा दिखाने और उसे अपने अँगूठे के नीचे रखने के लिए हो रहा है, वह बुरा है।

इन धर्मनिरपेक्षवादियों ने तो यह सिद्ध करना चाहा कि पूर्व के देश आधुनिक जगत् के लिए अप्रासंगिक हैं, उन्हें उठान धर्मनिरपेक्षता से ही मिल सकती है, वही महाविनाश से बचा सकती है, लेकिन केनेथ क्रग और नार्मन एण्डरसन जैसे धर्मसापेक्ष ईसाई प्राच्यविदों ने एक बार फिर पूर्व के मतों को ईसाई मानदण्डों से नापना शुरू किया है और कहा है कि ईसाई मत ने तो अपने को आधुनिक बना लिया है, आज के जगत् के लिए नये सिरे से प्रासंगिक कर लिया है, लेकिन पूर्व के मत जरा भी इधर-उधर नहीं हुए हैं। वहाँ सुधार नहीं आया है, जबकि वहाँ इसकी सख्त जरूरत है और उसके लिए सही समय भी आ गया है।

लेकिन यह इल्जाम सिरे से गलत है। हिन्दुओं में सुधार के आन्दोलन तो चले ही हैं , वह दार्शनिक व व्यावहारिक स्तर पर अपना रूप पहले से बदल चुका है। कोनराड एल्स्स कहता है कि राजनीतिक रूप से यदि भारतीय जनता पार्टी हिन्दुत्व की बात करती है तो वह हिन्दू धर्म की बात नहीं करती, हिन्दू जन की बात करती है। उसमें धर्मनिरपेक्षता के लिए काफी स्थान है, क्योंकि वहाँ दूसरे समुदाय के लोग इतनी बड़ी संख्या में रहते हैं कि उनकी उपेक्षा नहीं की जा सकती। यद्यपि कि एल्स्स की स्थापना पूर्णतः स्वीकार करने में बड़ी दिक्कत है, फिर भी वह एक तर्क तो प्रस्तुत ही करता है।

सिन्तारो भी जापान में प्रचलित बौद्धमत के बारे में बात करते हुए बताता है कि उसे सुधारने के लिए, अधुनातन बनाने के लिए आन्दोलन चले हैं और वांछित परिवर्तन आया है। इस्लाम में भी पुनर्निर्माण की बात खूब हुई है। दार्शनिक पक्ष पर इकबाल ने पुनर्निमाण की बात कही है। कानून यानी विवाह, तलाक, उत्तराधिकार आदि के क्षेत्र में भी अनेक सुधार हुए हैं। तुर्की और पाकिस्तान में तो काफी परिवर्तन हुआ है।

केनेथ क्रेग का जबरदस्त हमला वास्तव में इस्लाम पर है। वह कहता है कि वह ईसाइयत से इसलिए हीन है कि—

(1) इस्लाम में बुराई पर प्रायश्चित्त और उससे उद्धार की (redemption) की अवधारणा नहीं है। सीधे निकाल फेंकने (eliminate) की अवधारणा है।

(2) पवित्र और लौकिक (profane) के अन्तर को विलोपित कर इस्लाम एक राजनीतिक विश्वास बन जाता है। ईसाइयत में तो यह है कि मनुष्य के पापमय जगत् में ईश्वर सीधे हस्तक्षेप करता है, लेकिन इस्लाम व्यक्ति की बात न कर समुदाय की बात करता है और उसके पास व्यक्ति की ठीक-ठाक अवधारणा है ही नहीं।

कहना न होगा कि व्यक्ति सम्बन्धी उसकी स्थापना गलत है। इकबाल ने जो खुदी, किस्मत और मुकद्दर और नसोब क़ी बात की है, उससे व्यक्ति की इयत्ता पूरी तरह से स्थापित होती है।

(3) पश्चिम में प्रतिबद्धता में लचीलापन डालकर सन्देह और पाप के लिए जगह बनायी गयी है। यह ईसाइयत को बल प्रदान करता है। इस्लाम में सन्देह करनेवालों को कोई स्थान नहीं है। वहाँ ईश्वर से कोई सवाल ही नहीं पूछ सकता। इसलिए इस्लाम में न तो आधुनिकता के लिए कोई जगह है, न ही सामर्थ्य। यदि इस्लाम का ईसाईकरण हो जाये तो सन्देह और पाप के लिए रास्ते खुल जायेंगे और इससे आदमी ईश्वर के और नजदीक पहुँच जायेगा।

(4) पुराने इंजील में पैगम्बरिअत की पहचान और सीमा मानवीय बुराई की अन्तिम छोर तक पैगम्बर द्वारा उसका मुकाबिला करने में दिखायी देती है। इस्लाम के पैगम्बर में वह बात नहीं। इसलिए कुरान के सन्देश को बाइबिल के सन्देश से जोड़कर पूरा किया जाना चाहिए।

इस्लाम के बारे में एण्डरसन के तर्क दूसरे प्रकार के हैं। कहता है कि इस्लाम के अनुयायी अपने ईश्वर से प्रेम नहीं कर सकते, क्योंकि प्रेम करना, कराना उसका गुण नहीं। फिर मोहम्मद के उपदेश उन्हें पूरी तरह से पुष्ट नहीं करते। उन्हें ईसा तक जाना पड़ता है, स्वीकार करना पड़ता है। सिर्फ कुरान के बल पर ईश्वर को नहीं जान सकते। उसमें वह व्यक्त नहीं होता। इसलिए भी उन्हें ईसा की ओर देखना पड़ता है।

कहा जा सकता है कि क्रैग तथा एण्डरसन इतने भोले हैं कि वे नहीं जानते कि इस्लाम और ईसाइयत एक नहीं हैं। लेकिन वे भोले नहीं हैं, इतने दुष्ट हैं कि ईसाइयत के मानदण्ड पर इस्लाम को तौलते हैं नीचा दिखाने के लिए। ऐसे मानदण्ड से सिर्फ वह देखा जा सकता है, जो नहीं है और उससे अपनी कपोलकल्पना को तुष्ट किया जा सकता है। पलटकर इस्लाम या हिन्दू या बौद्ध धर्म के मानदण्ड से ईसाइयत को देखा जाय, तो चूँकि उनकी बातें ईसाइयत में नहीं मिलेंगी, इसलिए उसे भी घटिया घोषित

किया जायेगा। इस तरह की तुलना करनेवाले एक बड़ी बात यह भूल जाते हैं कि बिना किसी मत का रादान्त स्वीकार किये ऐसे मानवीय मूल्य स्वीकार किये जा सकते हैं, जो पूरी दुनिया की मानवता के लिए श्रेयस्कर हैं। फिर रादान्त अपने धर्म और अनुयायियों के लिए प्रासंगिक होते हैं। बिना उनके पचड़े में पड़े भी ईश्वर से प्यार किया जा सकता है।

1970 और 1980 के दशक में पैट्रीशिया क्रोन, मिखाइल कुक और डेनियल पाइप्स ने 'हैगरवाद' की स्थापना की। हैगरवाद की स्थापना है, "There is nothing Islamic about Islam. Islam in fact is a barbarian conspiracy with Indian roots." इसी तरह वे हिन्दू धर्म के लिए कहते हैं कि यूरोपियनों के आने से पहले इसकी धारणा थी ही नहीं, और बौद्धधर्म को तो लोग भारत में भूल ही गये थे। तथाकथित हिन्दू समुदाय 87-88 धड़ों में बँटा था जिसके अपने देवता थे, धर्मग्रन्थ और पुराण थे, पूजा पद्धति थी, संस्कार विधि थे। उसे लेकर वे आपस में लड़ते रहते थे। वह तो भला हो यूरोपवालों का कि वे भारत में आये, उन्हें जीता और एक सूत्र में पिरोया। सबका तुलनात्मक अध्ययन किया और प्राच्यवाद ने तब धर्म रचा 'हिन्दुइज़्म'। उसके पहले वह 'way of life' चाहे जितना रहा हो एक विश्वास का, एक दर्शन का, एक कर्मकाण्ड का, एक पुराकथा का, एक पुस्तक का और एक देवता का धर्म कभी नहीं रहा है, जिससे धर्म की पहचान होती है। वे दरअसल इजराइल के 'जेण्टाइल' हैं जो यहाँ आकर बस गये हैं। उन्हें 'हिन्दू' नहीं 'जेन्दू' कहना चाहिए। दरअसल 'हिन्दू' 'जेन्दू' का ही बिगड़ा हुआ रूप है। यह उसी प्रकार है जिस प्रकार अरब के मुसलमान यहूदी हैं, बेदुइन हैं।

लियोनार्द बाइण्डर इसका विस्तृत अध्ययन कर कहता है कि, "Hegerism may be described as a primitive pagan, inconsistent, pervenu barbaric, where religious books are absurd, inconsistent and inconsequential both in language and content." इसके अन्तर्गत आनेवाले हिन्दू, बौद्ध, इस्लाम, ताओ, कन्फ्यूशियस और तमाम दूसरे मत "all its religion, statical, physical and mental dimention" हैं।

इसके आधार पर माइप्स कहता है कि इस्लाम और उसके माध्यम से पूरा प्राच्य पश्चिम के लिए खतरा है धर्म के स्तर पर, राजनीति के स्तर पर, अर्थनीति के स्तर पर और इतिहास की धड़कन के स्तर पर। इसी से प्रेरणा प्राप्त कर पहले मैकार्थी और जॉन एफ. कैनेडी ने और फिर हेनरी किसिंजर। दोनों बुश को पूर्व को दबाने के लिए उनकी नीति–तर्कनीति और राजनीति–दोनों गढ़ी। आज ट्रम्प गढ़ रहे हैं।

एक तीसरा दृश्य काले अंग्रेजों का है। इस शब्द को न्यागत सोग्रम ने गढ़ा है 'ब्राउन साहब' कह कर ओरिएण्ट के निवेदन के लिए। पहले इसका प्रयोग मार्क्सवादी लोग उपनिवेशों के समाप्त होने के बाद नये स्वतन्त्र देश के नेतृत्व के लिए प्रयुक्त करते थे। सोगुम इन्हें Orientalized Orient का एक दूसरा 'Version' मानता है। इनमें वह जवाहरलाल नेहरू, टुंकु अब्दुल रहमान, सुकार्णो, जमाल नासिर, आंगसेन, यू नू, सोलोमन बण्डारनायके, जुल्फिकार अली भुट्टो, ली कुआन एऊ, चाउ एन लाई आदि को समाहित करता है। नेहरू को केन्द्र में रखकर कहता है कि उन्होंने हिन्दूधर्म को धर्म नहीं 'way of life' माना जो उपरोक्त किस्म के विचार निर्मिति की जड़ बनने की स्थिति में पहले से ही थी और प्राच्यवाद की देन थी। उन्होंने अपने देश को अपने स्रोतों से नहीं ओरिएण्ट के लखाये स्रोतों से जाना जिसका कारण मैकाले की शिक्षा पद्धति थी जो वरास्ते हण्टर मजबूत होकर एशिया और अफ्रीका के ब्रिटिश उपनिवेशकों में लागू हुई थी और उसे ही बाद में फ्रान्स, पुर्तगाल आदि साम्राज्यवादी देशों ने अपने उपनिवेशों के लिए अपनाया था। परिणामस्वरूप ये पूरे साहब यह तो जानते थे कि मैग्नाकार्टा पर दस्तखत कब किया गया था, पर यह नहीं जानते थे कि जजिया का क्या परिणाम हुआ था–जैसा कि एम. आर. सिंगर ने दिखाया है। इन्हें पश्चिम के अनुसार बताया प्राच्य की तो सारी जानकारी थी किन्तु अपने ही देश के विद्वानों का इस देश में हुए अध्ययन की बहुत कम जानकारी थी। छवि ऐसी थी कि सत्ता में आने के बाद में जब अपने-अपने देशों का शासन हाथ में लिया तो उसे उसी पश्चिम के रिक्थ में ढालना शुरू किया चाहे वह आधुनिकता के सन्दर्भ में हो या प्रगति के, अर्थनीति के सन्दर्भ में हो या राजनीति के। गाँधी और फैनन

जैसे देश के विचारकों को एकदम से भुला दिया गया या उनकी जबानी प्रशंसा की जाती रही। इससे उखड़े हुए वृहत्तर जनसमूह को बड़ा 'धक्का' लगा और समाज में एक दूसरे तरह का असन्तुलन बढ़ने लगा जो माइनारिटी, बंचित, दलित आदि की राजनीति में तब्दील होकर जातीय संघर्ष और क्षेत्रीय असन्तोष में परिवर्तित हो गयी।

सईद ने प्राच्यवाद के अध्ययन में एक नया आयाम जोड़ा है, और सईद का महत्त्व उसके लिए कहीं अधिक है। एक तो उसने इतिहास के विद्वतापूर्ण विश्लेषण के साथ-साथ साहित्य आलोचना को जोड़ा। उन साहित्यिक कृतियों को फिर से पढ़ने पर जोर दिया जो साम्राज्यवाद के जमाने में पढ़ाई जाती थीं, नये मूल्यों की जानकारी के लिए, जिससे साम्राज्यवाद मजबूत होता था और साम्राज्यवादी शोषण न्यायोचित ठहरता था। दूसरे उसने समाजशास्त्र, राजनीतिशास्त्र, अर्थशास्त्र, साहित्य आदि के तमाम विवेचना पद्धतियों को सहसम्बद्ध और एकीकृत कर पूरे प्राच्य के परीक्षण के लिए द्वार खोला। उनके माध्यम से निर्मित संस्कृतियों के अध्ययन की बात की। तीसरे उसने फूको के निर्वचनात्मक ढंग और साहित्य सिद्धान्त का इस्तेमाल कर प्राच्यवाद को एक नये 'stratagic location' में रख दिया, जिसमें वह 'grandest of all narrative' होकर उभरा। इनके आधार पर आधुनिकतावादी और उत्तरआधुनिकतावादी ढंग से साहित्य का अध्ययन और सृजन दोनों हुआ। वी. एस. नायपाल और सलमान रुश्दी की कृतियों को नया अर्थ और ऊँचाई मिली। यहाँ पर विस्तार में जाने की आवश्यकता नहीं है। इतना ही कहा जा सकता है कि नायपाल के 'Among the Believers' रुश्दी के 'Midnight Children' और 'Satanic Verses' उपदिके का 'The Coup', कैपिरो का 'Horn of Africa', राण्डाल का 'The Jihad Ultimatum फोर्सिक का 'The First God' एक दूसरे तरह के उपन्यासों की दुनिया बनाते हैं पूर्व के सन्दर्भ में, जो थेकरे, ओकले, गिब, क्रोमर, कर्जन, वोल्ने, चाटोब्रियाँ, बर्टन, डाटी, किपलिंग, फार्स्टर, कोनराड, आस्टेन, डिकेन्स, हार्डी आदि की दुनिया से भिन्न और 'ग्रैण्ड' जीवन रचते हैं।

'ओरिएण्ट' का प्रभाव फिल्मों पर भी है। यहाँ विस्तार में जाने का अवकाश नहीं है, तो भी इतना कहा जा सकता है कि 'द सोर्ड ऑफ इस्लाम', 'बैक टू फ्यूचर', 'जी आई जेन', 'लाइव्स ऑफ बंगाल लांसर्स', 'द लास्ट पेट्रोल', 'बैड लैण्ड्स', 'सहरा', 'बातन', 'एक्सोडस', 'खारतूम', 'द फेस ऑफ फू मांचू', 'द मिड नाइट एक्सप्रेस', 'द ऐम्बैसेडर', 'आयरन इगल', 'गुड अर्थ', 'इथर ऑफ ड्रैगन', 'डेल्टा फोर्स', 'जेवेल आफ नील', 'ट्र लाइस', 'एक्जेक्यूटिव डिसीजन', 'द सेइज', 'नार्थवेस्ट फ्रण्टियर' 'मादाम बटरफ्लाई' सभी प्राच्य की वही विस्तृत और नयी तसवीर रचती हैं, जिसमें न केवल पश्चिमवालों की स्थापना है, पूर्ववालों का प्रतिरोध भी है। प्राच्य पर शोषण के आधार पर रचित पान्थेर पांचाली, असली संकेत और सलाम बांके जैसी फिल्मों को भी अमर्त्य सेन प्राच्य के महावृत्तान्त में शामिल करना चाहते हैं।

प्राच्य का असर पोण्टिंग पर भी रहा है। अलिफ लैला के दृश्यों को, कहानियों के सार को लेकर कामसूत्रों और फरफ्यूम्ड गार्डेन के कथनों को लेकर आजेन डेलाक्रोई की लामोर्त द सर्दाना, आगस्त पोमिनीक इंग्र की ओदासीक ऐण्ड स्लेव, तुर्किश बाथ, हेनरी रेनार्ट की समरी एक्जेक्यूशन अण्डर मूरीश किंग्स ऑफ ग्रेनाडा सर विलियम एलेन का द स्लेव मार्केट कान्स्टेंटिनोपूल जैसे चित्रों का विस्तार देने का यहाँ समय नहीं है, लेकिन वे उसी छवि का निर्माण करते हैं, जिसे प्राच्यविदों ने अपने वृत्तान्त में बनाया था।

इसी तरह इन वृत्तान्तों को लेकर अलीबाबा, सिन्दबाद, अलादीन और उसका चिराग, वांग फांग, चीन का जोकर, लाला रुख जैसे पचासों नाटक लिखे और खेल गये हैं।

(8)

आज एक विशेष बात जो गौर करने की है वह जापान का ओरिएण्ट के विमर्श में प्रवेश करना है। अमेरिका के ही अनुदान पर द्वितीय महायुद्ध के दौरान बर्बाद हुए जापान ने जिस तेजी से विकास किया

उसे देखते हुए अमेरिका एकीकृत जर्मनी की जगह जापान से उद्योग और विदेश व्यापार के क्षेत्र में भय खाने लगा। परिणामस्वरूप जापान उसके विस्तृत अध्ययन के जद में आया। उत्तरआधुनिक काल की सबसे बड़ी परिणति वैश्वीकरण है। इसमें देशों की सीमाएँ संकुचित होती जाती हैं, उपयोग तात्कालिक जीवनशैली बन जाता है, और एक जनप्रिय उथली संस्कृति पूरी दुनिया को देखते-ही-देखते अपनी चपेट में ले लेती है। बाजारीकरण वैश्विक उपभोक्ता और श्रोता पैदा करता है, जिसमें पूर्व और पश्चिम एक जैसे डूब जाते हैं। उभार और दबदबा रहता है तो एक देश का। इसमें प्राच्यवाद भी वैश्वीकृत शक्ति के अभिव्यक्ति का माध्यम बन जाता है। वह एक साथ ही उस शक्ति के उपभोग का साधन बन जाता है, तो विरोध का भी। शारीरिक स्तर पर यह विरोध अमेरिका यदि इस्लाम में देखता है, वैचारिक स्तर पर भारत में, तो आर्थिक स्तर पर जापान में देखता है। वैसे भी जापान कभी पश्चिम का उपनिवेश नहीं बन पाया। यह मलाल तो पश्चिम को सालता ही रहा, जिस तरह से और जितनी तेजी से वह आधुनिक बना, बिना ईसाई बने, वह भी उन्हें बड़ी गहराई से चुभता है। उसका परम्परागत सौन्दर्यबोध, बगीचों, वास्तुकला, काबूकी थियेटर, चाय सम्बन्धी कर्मकाण्ड, गीशा, सामुराई, बूशीडो, निंजा, कामीकाजे जैसी योद्धा व युद्धक कलाएँ जिस उच्चता का बोध कराती हैं, उसके नीचे पश्चिम अपने को बौना पाता है। परिणामस्वरूप अपनी उच्चता दिखाने के लिए वह जापान के लोगों को क्रूर, संवेदन-संवेगहीन, रोबो जैसा व्यवहार करनेवाला, जेन आध्यात्मिकता में डूबा निरपेक्ष चित्रित करता है। पहले जापान का अध्ययन जापानियों के हाथ में था, इसलिए वे उस तरह का छद्म उन पर आयत नहीं कर पाये थे, जिस तरह का भारतीयों, चीनियों और दुनिया भर के मुसलमानों पर किये थे। इससे पश्चिम को कोई विशेष फर्क नहीं पड़नेवाला था, जब तक वह आधुनिक बनने के लिए पश्चिम का नकल करता रहे। फर्क पड़ना तब शुरू हुआ जब वह एक आर्थिक शक्ति के रूप में उभरा और पश्चिम की तुलना में सस्ते वस्तुओं को बेचना शुरू किया। अमेरिका ने पाया कि वह फोर्ड के उत्पादन प्रणाली की जगह, जिसमें 'परफारमेन्स' के आधार पर कर्मचारियों को पदोन्नति जल्दी-जल्दी देकर निर्णय लेनेवाली कमेटी में शामिल किया जाता है, जापानी लोग अपने उद्योग को परिवार की तरह चलाते हैं, जिसमें निर्णय लेने से पहले सबकी सुनी जाती है और निर्णय हो जाने के बाद उसके विरोधी तक जी जान से जुट जाते हैं। इसे पश्चिमवाले प्रशंसित करने की जगह निन्दा करते हैं, क्योंकि पश्चिम के लोगों में यह परिवार की भावना है ही नहीं। उनका तो कथन है—"मैं, मेरी बीवी, मेरे बच्चे, मेरी कार, फ्लैट और नौकरी, बाकी दुनिया जाये भाड़ में।" जापान या पूरब के लोग अपने सम्बन्धों को भरसक भाड़ में नहीं डालते, भरसक जोगाते हैं। हाँ, पश्चिमी संस्कृति का इधर अन्धानुकरण उन पर कुछ रंग डालने लगा है। चूँकि जापान पर उतना नहीं चढ़ रहा है, इसलिए चिढ़ते हैं। कहते हैं कि पहले हमारी हर बात में 'येस' कहता था, आज 'नो'। इसी को लेकर सिन्तारो इशिहारा 'द जापान दैट कैन से नो' जैसी प्रभावशाली पुस्तक रचते हैं। इसकी अभिव्यक्ति द टी हाउस आफ द अगस्त मून, ब्लैक रेन, राइजिंग सन, एल ए ला, गाडजिला, न्यूरोमान्सर, ब्लेड रनर जैसी पिक्चरों में होती है। इनमें से कई में अमेरिका के उत्तरआधुनिक पतन को दिखाया गया है।

(9)

इस छोटे से पूरे अध्ययन से प्राच्यवाद की क्या तस्वीर बनती है? संक्षेप में हम कुछ बिन्दुओं को गिना सकते हैं—

(1) यह द्विकेन्द्रीय विभाजन पर आधारित है। पहला केन्द्र पश्चिम है, दूसरा केन्द्र पूर्व। दोनों का सम्बन्ध विरोध का है, एक-दूसरे को खारिज कर देने का है। पूर्व वह सब-कुछ है जो पश्चिम नहीं है, और पश्चिम वह सब-कुछ है जो पूर्व नहीं है। यानी एक-दूसरे का रूपान्तरित अहम् (Alter Ego) है।

किन्तु यह विरोध बराबरवालों के बीच का विरोध नहीं है। पूर्व पश्चिमवालों के लिए नकारात्मक बातों का समुच्चय है, जिससे तुलना कर पश्चिम अपनी उच्चता और ताकत सिद्ध करता है। यदि पश्चिम ज्ञान

और अध्ययन का पीठ है तो पूर्व उसके लिए अज्ञान और अन्दाज का। लेकिन पूर्ववाले कहते हैं कि पश्चिम यदि भौतिकता और शारीरिक पाशविक शक्ति का प्रातिनिधान है तो पूर्व आध्यात्मिकता और मन के बल का।

पश्चिमवाले न केवल अपने को ताकतवर मानते हैं, पूर्व को वे बाहरी, भिन्न या दूसरा मानते हैं और तलवे चाटने की स्थिति में देखते हैं। इसलिए उनका सम्बन्ध 'A dynamical higher' का है। पूर्ववाले अपने को पश्चिमवालों में समाहित मानते हैं। उसके आत्म को निरन्तर बनाते हुए मानते हैं और उसकी भौतिक समृद्धि में अपनी भी भूमिका देखते हैं। एक खुदमख्तारी (Proxy) के द्वारा, पूर्व अपनी पश्चिमी वर्णना में वर्णन करनेवालो का कुछ ज्यादे ही खुलासा कर देता है। डेविड रिचर्ड कहता है कि दूसरी संस्कृतियों का प्रतिनिधित्व बिना किसी अपवाद के आत्मछवि प्रस्तुत करता है, जिसमें देखनेवाला देखे जानेवाले लोगों को धुँधला कर देता है, यह उन पर ग्रहण की छाया डाल देता है। सईद इस बात पर जोर देता है कि प्राच्यवाद पश्चिम को परिभाषित करने में मूलाधार की भूमिका निभाता है विचार, व्यक्तित्व अनुभव की विरोध भरी छवि निर्मित करने में। वाया प्राच्यवाद पश्चिम अपने को आश्वस्त करता है कि वह जो जानता है वह वैसा नहीं है। परिणामस्वरूप पश्चिम की शक्ति अपने को प्राच्य के बरक्स खड़ा कर शक्ति और पहचान प्राप्त करता है, क्योंकि प्राच्य को वह धाय, कहें भुमिगत या छुपे आत्म के रूप में स्वीकार करता है।

(2) प्राच्यवाद एक पश्चिम की कल्पना (fantasy) है। क्योंकि इसका आधार उसका निरीक्षण नहीं है, जो पूर्व के देशों में मौजूद है; बल्कि पश्चिम की कल्पना का फीतूर है, जिसे वे पूर्व पर चस्पा कर देते हैं, एक भिन्नता निर्मित करने के लिए। इसलिए प्राच्यवाद एक 'फैब्रिकेटेड कान्स्ट्रक्ट' है, छवियों की एक ऐसी श्रृंखला है, जिसे पश्चिम अपने मन में वास्तविकता की तरह बिठा लेता है। यह निर्मित वास्तविकता न तो पूर्व में मौजूद रहती है, और न ही जो मौजूद है उसका प्रतिनिधित्व करती है। इसलिए वह पश्चिम के मन के बाहर कहीं भी मौजूद नहीं होती। वह प्रकृति और स्वभाव का तथ्य न होकर शासन करनेवालों के मन की उपज होती है। फिर भी वह उनके शासकीय जगत् से दूरी नहीं बनाती, उल्टे उनके शासन के लिए भौतिक प्रभाव उत्पन्न करती है।

(3) प्राच्यवाद एक संस्था है। उसमें प्राच्य सम्बन्धी काल्पनिक मान्यताओं को ठोस तथ्यों के रूप में स्वीकार करके रखा गया है। उसे पूरी तरह से विश्वसनीय सत्य और वस्तुगत ज्ञान के रूप में वितरित किया जाता है। उस पर मत व्यक्त किये जाते हैं और ऐसा करने के लिए अनेक तरह की सस्थाएँ बनायी जाती हैं। राणा कब्बानी कहते हैं कि जिस तरह साम्राज्य की विचारधारा कभी भी पूरी तरह से पाशविक जिंगोवाद नहीं बन पायी—बल्कि उसने विवेक का बड़े ही शातिराना ढंग से इस्तेमाल किया और विज्ञान तथा इतिहास को अपनी सेवा में लगा लिया—उसी तरह प्राच्य का उपयोग अकादमियों में पढ़ने-पढ़ाने, अजायबघरों में प्रदर्शित करने, उपनिवेश सम्बन्धी दफ्तरों में पुनर्निर्मित करने, नृतत्त्वशास्त्रीय, जीव वैज्ञानिक, भाषाई, नस्ली, कौमी और इतिहास सबन्धी सैद्धान्तिक स्थापनाओं की पुष्टि के लिए वस्तुगत उदाहरण के रूप में उसका इस्तेमाल किया गया। विकास, क्रान्ति, सांस्कृतिक व्यक्तित्व, राष्ट्रीय मतवादी चरित्र को उजागर करने के लिए आर्थिक और समाजशास्त्रीय सिद्धान्त के रूप में उद्धरित किया गया। इसने पश्चिम को अपनी विश्वदृष्टि, विश्वज्ञान और उच्च स्थान बनाने के लिए जुगाड़ का काम किया। इस तरह से इससे ज्ञानोदय की उस योजना को संवर्द्धित किया जिसके तहत वे मानवता का विकास वैज्ञानिक और वस्तुगत ज्ञान के आधार पर करना चाहते थे। विडम्बना ही है कि उसका आधार पूर्व के बारे में उनकी लगभग कोरी कल्पना थी। अफसोस की आज भी वही स्थिति है। अन्यथा परमाणु हथियारों का छिपा जखीरा खोजने का बहाना बनाकर बुश जूनियर इराक पर हमला अपने पिता बुश सीनियर के बारे में कहे गये शब्दों का बदला लेने के लिए नहीं करते। वही काम ओबामा ईरान में करने जा रहे थे।

(4) प्राच्य का जुड़ाव अपने अधिकांश में साहित्य से है—पश्चिम में साहित्य लिखकर उसकी छवि गढ़ी गयी। पूर्व के साहित्य को पढ़कर उसका वाद रचा गया। भाषा के इतिहास का अध्ययन, शब्दकोष का निर्माण, इतिहास, अर्थव्यवस्था, राजनीति आदि का सिद्धान्त, जीव विज्ञान, उपन्यास लेखन, नाटक,

कविता सभी इसकी परिधि में आते हैं। यात्रा वृत्तान्त और एडवेन्चर से भरी गाथाएँ भी उसका विषयवस्तु हैं। ये सभी प्राच्यवाद की संरचना, पूर्वमान्यता, पश्चिमवालों द्वारा रचे स्टीरिओटाइप आदि से समाविष्ट हैं जो याद दिलाता है कि पश्चिम की संस्कृति पश्चिम के उपनिवेशवाद से पूरी तरह से नाभिनालबद्ध है।

(5) प्राच्यवाद पश्चिम के प्रभुत्व को औचित्य प्रदान करता है। उसके प्रताड़नापरक प्रशासनिक और न्यायिक ढाँचा को तेलियाता है, क्योंकि वह पूर्व के लोगों की बड़ी घटिया छवि बनाता है। वह छवि क्या है, उसे हम आगे देखेंगे।

(6) प्राच्यवाद के प्रकट और गुप्त दो रूप हैं। फ्रायड की चिन्तन प्रणाली का उपयोग करते हुए सईद कहता है कि गुप्त प्राच्यवाद वहाँ है जहाँ उसके बारे में पश्चिम की कल्पना देशकाल से परे, स्थिर बनी रहती है। प्रकट प्राच्यवाद वहाँ है, जहाँ ऐतिहासिक सन्धियों पर कुछ परिवर्तन होते देखा जाता है। इससे विभिन्न विचारकों की प्रस्तुति में जो भिन्नता गोचर होती है, अन्तःस्रवित वही उद्देश्य बना रहता है। गुप्त प्राच्यवाद एक स्थायी ब्लूप्रिन्ट की तरह होता है, जिसके आधार पर प्रकट प्राच्यवाद की विभिन्न इमारतें बनती हैं। यानी परिवर्तन उसके अन्तर्वस्तु और उसके प्रभाव में नहीं होता, प्रस्तुति की शैली और उदाहरणों की खोज में होता है।

प्राच्यवाद के कुछ स्टीरिओटाइप निम्न प्रकार के हैं—

(1) प्राच्य कालातीत है। यानी पश्चिम जहाँ ऐतिहासिक प्रगति कर रहा होता है, वैज्ञानिक विकास कर रहा होता है, वहाँ पूर्व इससे अलग-थलग स्थिर बना बैठा रहता है। कितने भी युग बीत जायें, मूल्यबोध और विश्वदृष्टि में परिवर्तन आता ही नहीं। इसलिए यह जड़ समाज का निर्माण करता है, जो सिर्फ अपना अतीत जीता है। पश्चिम का याची जब इनके बीच से गुजरता है तो वह सिर्फ एक जगह से दूसरी जगह नहीं जाता, आज के समय से पीछे के समय में जाता है। पश्चिम के ज्ञानोदय से स्वयं कुछ सीखता ही नहीं। यूरोपवालों को उन्हें बलात् सिखाना पड़ेगा। पिछड़े से अगड़ा बनाना होगा। रास्ता चाहे पूँजीवाद का हो या मार्क्सवाद का—सईद इसे ऊपर से जोड़ता है।

(2) यह प्राच्य एक अजूबा है। यह अस्वाभाविक है, काल्पनिक है, अनोखा है, बेतुका है। यहाँ हर तरह के दृश्य मिल जायेंगे। आँखों पर विश्वास करनेवाले ऐसे भिखारी मिल जायेंगे जो पश्चिम के उस ज्ञान को धता बता देंगे, जो विवेकपरक है, इन्द्रियबोध प्रदत्त है, चिर परिचित है।

(3) प्राच्यवाद नस्लवाद की स्थापना करता है। अरबों की नस्ल के बारे में कहता है कि वे जाहिल हैं, हिसक हैं। भारतीयों के बारे में कहता है कि वे कट्टर हैं, आलसी हैं, बन्दर, हाथी, कुत्ता, घोड़ा पूजते हैं। चीनी अफीमची और मूर्ख हैं। सबकी स्त्रियाँ बड़ी कामुक और सर्वसुलभ हैं। यानी पूर्व के लोग उनके द्वारा रचित सभी नकारात्मक गुणों के समुच्चय हैं। इसलिए हीन हैं। वे तभी ऊँचे उठ सकते हैं जब पश्चिमवालों के गुणों से सिक्त हो जायें। यही गुण प्रदान करने के लिए ईश्वर ने उन्हें पूर्व में भेजा है।

(4) प्राच्यवाद में लिंग के बारे में भी मत प्राप्त है। पश्चिम मानता है कि पुरुष को सक्रिय, हिम्मती और बलिष्ठ होना चाहिए, स्त्री को निष्क्रिय, नैतिक व शीलवन्त। किन्तु पूर्व के पुरुष स्त्रैण हैं, कायर हैं, कमजोर हैं। इसका राजन्य वर्ग तो कसरत करता ही नहीं, सिर्फ विलास करता है। स्त्रियाँ बड़ी कामुक हैं और बड़ी आसानी से प्राप्त की जा सकती हैं। भारत में उनकी कामुकता मन्दिरों तथा वात्स्यायन और कोका के कामशास्त्रों में वर्णित है, तो अरब की 'परफ्यूम्ड गार्डेन' में। यानी दोनों ही लिंग अपनी स्वाभाविक भूमिका नहीं निभाते। इसलिए इनका व्यवहार अस्वाभाविक होता है।

इसकी राजनीतिक परिणति यह है कि पश्चिम को पूर्व में साम्राज्य स्थापित करना स्वाभाविक है। क्योंकि जब पूर्व और पश्चिम में फर्क होगा तो वहाँ के पुरुषोचित गुणोंवाले सक्रिय, हिम्मती और बलिष्ठ, आत्मसंयमी और साधु प्रवृत्ति के लोग निष्क्रिय, कायर और लुजलुज, विलासी, रहस्यमयी कामवृत्ति के स्त्रियोचित गुणोंवाले कमजोर पर अपने-आप वर्चस्व कायम कर लेंगे। इसलिए उन्हें साम्राज्य बनाना ही चाहिए, अपने गुणों को इनमें रोपकर इनकी भलाई करने के लिए।

(5) यानी प्राच्य स्त्रीमुखी है। लेखन में पश्चिम के देश प्राच्य को 'पेनेट्रेट' कहते हैं, उनका पैशन एराउज होता है, वह 'पोजेस' करता है, 'रब' करता है, 'इम्प्रेस' करता है, 'रैबिश' करता है, 'डोमिस्टीकेट' करता है। यानी जो भी शब्दावली इस्तेमाल करता है, वह स्त्री संसर्ग से सम्बन्धित होंती है।

(6) पूर्व का आदमी अधम (degenerate) होता है। उनमें कायरता, आलस्य, मन्दबुद्धि, चाटुकारिता, बेवफाई, क्षणैरुष्टा, क्षणैतुष्टा, हिंसक और कामुक होता है। उनमें नैतिकता नहीं होती है और बहुत जल्दी हार मान लेता है, शरणागत हो जाता है। अपने साथ के लोगों को धोखा देने में नहीं चूकता और छोटी-छोटी बातों को लेकर जीवन भर मुकदमेबाजी करता है। यह तभी समाप्त हो सकता है, जब उसे पश्चिम के रंग में पूरी तरह से रंग दिया जाये। दिक्कत यह है कि अपने आलस्य, गँवरपन और कट्टरता के कारण जल्दी रंगना नहीं चाहता। उसके लिए कड़ाई करनी पड़ेगी—प्रशासन, कानून-व्यवस्था और शिक्षा के माध्यम से। लालच भी देना होगा।

प्राच्यवाद के इन रूपों की आलोचना कई विमर्शों में हुई है। एक यही कि यह अनैतिहासिक है। इतने विशाल इलाके का, जिसमें विविध जातियाँ, जनजातियाँ रहती हैं, और जिनका लम्बा इतिहास है, उन्हें इस तरह के सरपेटिया मन्तव्यों में अपचयित नहीं किया जा सकता। क्या प्राच्य के इतिहास में मोड़ आये ही नहीं? भारत, चीन, तुर्की, फारस, मिस्र, अरब, सुदूर पूर्व के इतिहास तो ऐसा नहीं बताते।

दूसरे यह कि प्राच्य ने पश्चिम का जो कदम-कदम पर विरोध किया, सैनिक रूप से या सांस्कृतिक रूप से, बौद्धिक रूप से या कलात्मक रूप से, पश्चिम के ही विचारों का पश्चिम पर प्रहार का अस्त्र बनाकर, उसको प्राच्यवाद जान-बूझकर संज्ञान में नहीं लेता। 1947 तक भी पूरा भारत ब्रिटेन का पूरी तरह से गुलाम नहीं हो पाया था। चीन से लेकर अरब तक अभी भी तमाम देश स्वतन्त्र या अर्द्धस्वतन्त्र बचे थे। उसका क्या? वे प्राच्य को सिर्फ एक और उनकी मनचाही दिशा में बढ़ते देखते हैं। क्या यह सच है?

तीसरे इधर जो पूर्व के नवप्राच्यवादी दिख रहे हैं वे यह नहीं देख रहे हैं कि स्वयं पश्चिम में प्राच्य की काल्पनिक और घटिया छवि का कितना और किस प्रकार का विरोध हुआ था। इसलिए उनकी मीमांसा एकतरफा होती जा रही है, इस तरह का विरोध दरअसल उसी अन्धराष्ट्रवाद की ओर ले जाता है, जिसका वे विरोध कर रहे हैं, प्राच्य के परिप्रेक्ष्य में।

तो भी आज प्राच्यवाद पश्चिम के दबदबे के विरोध में राष्ट्रवाद, उत्तर उपनिवेशवाद की तरह एक महत्त्वपूर्ण हथियार की तरह उभर रहा है, विशेषकर मार्क्सवाद के आज कमजोर पड़ जाने के बाद।

●

उत्तर उपनिवेशवाद

(1)

प्राच्यवाद की ही तरह उत्तर उपनिवेशवाद के दो अर्थ हैं—जिन्होंने उपनिवेश बनाया उनके लिए एक, जिनके यहाँ उपनिवेश बना उनके लिए दूसरा। हम उपनिवेशों के लोग भले ही अपने को आजाद कहें, अपनी सामाजिक, राजनीतिक, आर्थिक व्यवस्था को स्वतन्त्र कहें, अपनी संस्कृति की विशेषता पर जान दे दें, पश्चिमवालों की निगाह में हम अभी भी उपनिवेश से ही ताल्लुक रखते हैं, चाहे वह 'उत्तर' के ही रूप में क्यों न हों। यह दृष्टि आस्ट्रेलिया, न्यूजीलैण्ड, कनाडा, आईलैण्ड और कुछ हद तक साउथ अफ्रीका के उन अंग्रेज पुत्रों के प्रति भी है, जो उन उपनिवेशों के स्वतन्त्र हो जाने के बाद सत्ता पर काबिज हुए। वहाँ के स्थानीय लोग या तो पहले ही मार डाले गये थे—यदि पूरी तरह नहीं, तो भी उनकी संख्या इतनी कम कर दी गयी थी और उन बचे लोगों को सबसे निचले पायदान पर इस तरह से डाल दिया गया था कि उनका होना, न होना एक ही बात थी—जिससे कि सत्ता वहाँ बस गये लोगों को सौंप दी गयी थी। उनके द्वारा लिखे साहित्य पर पश्चिम के विचारकों ने—भले ही वे मूल रूप से इन्हीं उपनिवेशित इलाकों से आकर अमेरिका में बसे हों—अपने देशों में लिखे जा रहे साहित्य को, जो अदबदाकर अंग्रेजी में ही था, मूल्यांकित करने के लिए 'पोस्ट कालोनियल' शब्द का प्रयोग किया—एक तरफ उपनिवेश के बाद के जमाने को आचक्षु करने के लिए, तो दूसरी तरफ इस आचक्षुकरण के दौरान उसके पहले के साहित्य से जोड़कर मूल्यांकित करने के लिए, कभी तुलना के रूप में, कभी निरन्तरता के रूप में, तो कभी अलग हो जाने के रूप में। तब प्रश्न उठा कि उत्तरऔपनिवेशिकता कालखण्ड है कि प्रवृत्ति? जब उसे कालखण्ड में अपचयित कर दिया गया तो उनकी देखा-देखी दुनिया के तमाम पूर्व-औपनिवेशिक देश पहले अपने अंग्रेजी साहित्य को, फिर स्थानीय भाषा के साहित्य का आंकलन करने लगे, आस्ट्रेलिया और कनाडा के साहित्य आंकलन के सूत्रों के आधार पर। उससे जो संगति बनी उसे सामान्य सिद्धान्तों में निरूपित किया गया, जो असंगति बनी उसे देशी साहित्य की अपनी विशेषता कहा गया। प्रवृत्ति के रूप में उन्होंने पहले से चली आ रही एक तरफ अंग्रेजी की प्रवृत्तियों से जोड़कर, दूसरी तरफ अपनी भाषा की प्रवृत्तियों से जोड़कर नहीं, उससे अलग कर देखा, इसे स्वायत्तता प्रदान करने के लिए। बाद में यह काम दूसरे अनुशासनों में भी किया जाने लगा। राजनीति, समाज, अर्थ, संस्कृति सबका विमर्श उत्तरऔपनिवेशिकता के चौकठे में होने लगा। तब इसके सैद्धान्तिकी की जरूरत पड़ी। इसका निर्माण दुनिया भर के 'उत्तर' बोधी विमर्शों के घालमेल से किया गया। एक ऐसा ही विमर्श था 'हालात बयान करती संस्कृति'। इसमें संस्कृति का मतलब था दृष्टिकोण, विचारधारा और विश्वास की व्यवस्थाएँ, हालात का मतलब था इतिहास, राजनीति, अर्थशास्त्र और समाजशास्त्र। किसका? 'सब-आल्टर्न' का। 'सबाल्टर्न' का मतलब था दलित प्रजा। इस सबाल्टर्न शब्द का प्रयोग सबसे पहले ग्राम्शी ने किया था 'सब-आल्टर्न क्लासेस' कहकर। वैसे सब-आल्टर्न फौज का शब्द है। वहाँ पद-शृंखला में जो सबसे निचले पायदान पर होता

है, उसे सब-आल्टर्न कहते हैं। इस सबाल्टर्न का अध्ययन रंजीत गुहा ने शुरू किया था सत्तर के दशक में, "to promote a systematic discussion of subaltern themes in the field of south-asian studies—whether it is oppressed in terms of class, caste, age, gender or office, or in other way." यानी, "subaltern studies defined itself as an attempt to allow the people finally to speak within the jealous pages of elitist histerography and in doing so, to speak for, to sound the musted voices of the truely oppressed." इस अध्ययन के परिणाम अस्सी के दशक में आने लगे थे जब पश्चिम की अकादमियों में जाति और वर्ग की दृष्टि उभरने लगी थी। उनके विश्लेषण के दौरान गायत्री स्पीवाक् ने प्रश्न उठाया कि क्या 'दलित प्रजा' बोल सकती है? इस प्रश्न के कई अर्थ थे। एक तो अध्ययन प्रक्रिया से सम्बन्धित था कि जानकार अध्ययनकर्त्ता और अनजान विषयी, यानी जिसके बारे में अध्ययन हो रहा है, में क्या सम्बन्ध है? क्या अध्येता दमित प्रजा की चेतना को छू सकता है? वह किस ध्वनि चेतना से बोलता है? क्या अध्येता उसकी बात का अध्ययन, विश्लेषण प्रस्तुत करने के दौरान स्वयं ही उसका प्रतिनिधि तो नहीं बन जाता? कहीं अपने पूर्व-विचारों को उन पर आरोपित तो नहीं कर देता? इस जोखिम से कैसे बचा जा सकता है? क्या दमित प्रजा को प्रतिनिधित्व प्रदान किया जा सकता है? फिर, कौन-सा बुद्धिजीवी सबाल्टर्न क्लास का प्रतिनिधित्व करता है? क्या ऐसा सबाल्टर्न क्लास है, जिसका आज तक प्रतिनिधित्व नहीं हुआ है? या नहीं हो पाता? क्या वह भी बोल सकता है? स्वतन्त्रता के पूर्व जायें तो क्या सबाल्टर्न क्लास वह है, जिसका राज्य, जमींदारी, धन या पद छीन लिया गया था? क्या वह है जिसका यह सब नहीं छिना—उसके पास था ही नहीं—पर उसे वहीं रहने दिया गया, जहाँ वह था? या वह, जिसे थोड़ा ऊँचा उठने का मौका मिला? क्या वह, जो लड़ा? उसमें भी क्या वह, जो अपना छीना गया वापस पाना चाहता था? कि वह जो विदेशी दासता से मुक्त होना चाहता था—एक नयी धारणा के तहत? कि वह जो इनका मौन साथ देता था? कि वह जो इनसे दूर निरपेक्ष खड़ा सब-कुछ होता देख रहा था, जो जानता था कि इससे उसे कुछ नहीं मिलनेवाला है? कि उनके बीच वह, जो जानता था कि कुछ-न-कुछ तो मिलेगा ही? कि वह जो न जानता था, न चाहता था, फिर भी उसे कुछ-न-कुछ मिला ही? इन प्रश्नों से गायत्री स्पीवाक् ने एक तरफ शोधकर्त्ता और सबाल्टर्न के सम्बन्ध को बताना चाहा, फिर मेथाडॉलोजी के क्षेत्र में यह बताना चाहा कि अध्येता कितना सबाल्टर्न को 'रिप्रेजेण्ट' करता है और कि सबाल्टर्न कितना 'रिप्रेजेण्टेबुल' है। फिर उसने अध्येताओं के क्षेत्र के बारे में बात की। 'डॉमिनेण्ट' और 'डॉमिनेटेड' के सम्बन्ध को बताना चाहा। पाया कि पश्चिम की अकादमीवाले अभी भी 'डॉमिनेण्ट' की 'पोजोशन' में हैं। इसलिए स्थापना रखी कि, "subaltern cannot speak".

आशीश नन्दी का सबाल्टर्न सम्बन्धी चिन्तन उपनिवेशवाद को दो अलग-अलग कोटियों में बाँटकर बना है। पहले का आधार शारीरिक रूप से भूभाग को कब्जा करने यानी फौजी कार्यवाही तक सीमित है। दूसरे का आधार (चाहे शारीरिक विजय हो, या न हो) मन पर, आत्मा पर, चेतना पर, संस्कृतियों पर कब्जा करने तक विस्तृत है। पहले का रूप हिंसात्मक और डकैती का है, फिर भी वह आत्महित, लालच और लोलुपता (rapacity) के मामले में बहुत पारदर्शी था। दूसरे का रूप मसीहाई था—विवेक, आधुनिकता और उदारता के नाम पर कहता था कि उपनिवेश बनानेवाले सभ्य लोग वास्तव में असभ्य उपनिवेशितों के कल्याण के लिए अपनी कार्रवाई कर रहे हैं। यह दूसरे तरह का उपनिवेशवाद दरअसल एडवर्ड सईद का लखाया हुआ है। यहाँ उत्तर उपनिवेशवाद प्राच्यवाद से सीधे जुड़ता है, उस पर आधारित होता है। पहले सईद और बाद में आशीश नन्दी के चिन्तन की पृष्ठभूमि में शक्ति की अवधारणा है, जिसका विवेचन हमारे समय में वेनीता पारी और फूको ने किया है। वेनीता पारी ने कहा है कि शक्ति का तर्क हमेशा जोर-जबरदस्तीवाला (coercive) होता है और उसका अभियान अक्सर पथ-भ्रष्टकारी (seducting) होता है। दोनों का माध्यम चकित कर देनेवाली विविध आत्मप्रस्तुतियाँ होती हैं। एक तरफ वह शक्ति

के प्रयोग का रूप लेता है, तो दूसरी तरफ सांस्कृतिक ज्ञानोदय और सुधार का रूप धरता है। अपने दुमुँहे रूप में शक्ति एक तरफ राजनीतिक सीमा लखाती है, तो दूसरी तरफ सांस्कृतिक सम्भावना। एक तरफ जिनके पास शक्ति है और जिनके पास नहीं है, उन दोनों के बीच एक गुणात्मक रिक्ति पैदा करती है, तो दूसरी तरफ एक ऐसी काल्पनिक जगह प्रदान करती है, जिसे एक सांस्कृतिक प्रतिदर्श कब्जा कर सकता है चाहे वह शक्तिशाली की संस्कृति का अनुकरण का हो, या किसी प्रकार की अपनी निजी निर्मिति का हो। इसी की बिना पर– राजनीतिक शक्ति के वर्चस्व की बिना पर– फूको कहता है कि शक्ति का इस्तेमाल एक जाल जैसे संगठन के माध्यम से होता है। इसके धागों के बीच लोग न केवल विचरण करते रहते हैं, इन शक्तियों के प्रयोग की स्थिति में भी बने रहते हैं। वे न केवल इसके प्रतिस्पर्द्धी लक्ष्य हैं, वे इसके व्यक्तिकरण (articulation) के तत्त्व भी हैं। दूसरे शब्दों में कहें तो व्यक्ति शक्ति के वाहन जैसे हैं, प्रयोग के बिन्दु जैसे नहीं। यानी विषयियों की सहभागिता से, सहमति से अपनों को अधिक छितराया (disseminate) करती है। बड़ी बात यह है कि यह गोचर सहभागिता वास्तव में सर्वव्याप्त और सर्वउपस्थित का पहचान-निरूपण है। यह अपने शिकार के अभ्यन्तर और बाहर दोनों ही जगह मौजूद रहनेवाला अनुकूलन है। इसलिए शक्ति अगर अधीन बनाने का एक रूप है, तो वह व्यक्तियों को अधीन बनाने की एक प्रक्रिया भी है। इसलिए फूको के अनुसार कोई शक्ति के बाहर नहीं रह सकता। इस विश्लेषण को केन्द्र में रखकर आशीश नन्दी लिखते हैं : "This colonialism colonizes minds in addition to bodies and it releases forces within colonized societies to alter their cultural priorities once and for all. In the process it helps to generalize the concept of modern west from a geographical and temporal entity to a psychological category. The west is now everywhere within the west and outside, in structures and in mind."

अप्रासंगिक न होगा यदि हम यहाँ हीगेल के मालिक और गुलाम के सम्बन्ध का विवेचन याद कर लें। हीगेल कहता है कि व्यक्ति अपनी पहचान या आत्मचेतना तभी प्राप्त कर सकता है, जब कोई दूसरा उसे पहचाने। हर आत्म के सामने एक दूसरा आत्म होता है, जिसके भीतर और जिसके द्वारा वह अपनी पहचान प्राप्त करता है। वैसे तो इन दोनों आत्मों में शत्रुता होती है, जिसमें एक-दूसरे को खारिज कर देना चाहता है, करता रहता है। इसलिए अस्थायी रूप से ही सही एक-दूसरे की पहचान करता है, दूसरा पहले द्वारा पहचाना जाता है। इसे यदि एक ऐतिहासिक प्रक्रिया में डाल दिया जाये तो उसका उचित शमन इस तथ्य की स्वीकारोक्ति में होगी कि दोनों की आपसी पहचान, पारस्परिक और सारभौम होगी। टेलर इसे इस तरह से कहता है, "मैं जो कुछ भी हूँ, वह एक आदमी की आदमी के रूप में पहचान है; और इसलिए सिद्धान्ततः यह पहचान सभी के लिए है।" लेकिन यह पहचान की बराबरी लम्बी नहीं खिंचती। शक्ति का व्यावहारिक मतलब होता है दूसरे से काम लेने की क्षमता। इसके नाते एक मालिक बन जाता है दूसरा उसकी इच्छा का पूर्तिकर्त्ता, यानी दास। दोनों ही एक अनिवार्य मृत्युपर्यन्त संघर्ष में जकड़ जाते हैं। अन्ततः कमजोर इच्छाशक्तिवाला दास (कहें परिस्थिति का मारा दास) स्वतन्त्रता की जगह जीवन चुनकर मालिक की अधीनता स्वीकार कर लेता है। यानी इस संघर्ष से उबरने पर सिर्फ मालिक को पहचान मिल पाती है। दास की पहचान या तो मालिक में तिरोहित हो जाती है, या फिर मालिक के द्वारा उसे रूप प्रदान किया जाता है। विजेता इसे दूसरा या अन्य (the other) के रूप में प्रदान करता है। इसे ही सार्त्र इस तरह से लिखते हैं, "I lay claim to this being which I am, that is, I wish to recover it, or, most exactly. I am the project of the recovery of my being."

ऐसे विश्लेषणों को ध्यान में रखकर ज्ञान प्रकाश कहते हैं कि उपनिवेशवाद एक ऐसी ऐतिहासिक प्रक्रिया है, जिसमें पश्चिम गैर-पश्चिम के सांस्कृतिक अन्तर और मूल्य को पूरी तरह से नकार या खारिज कर देता है। यह नकार और खारिजी तभी सम्भव है जब गैर-पश्चिम यानी पूर्व को पहले पूरी तरह से खाली कर किया जाये, खोखला बना दिया जाये, फिर उसकी जगह, उसकी खोखल में पश्चिम को भर

दिया जाये। ऐसा करने के लिए पश्चिम हिंसा का इस्तेमाल सिर्फ जमीन कब्जा करने के लिए ही नहीं करता, मन और आत्मा पर भी कब्जा करने के लिए करता है। एक दूसरी तरह की हिंसा वह सभ्य और असभ्य की (जिसमें संस्कृत लोग भी आते हैं), पश्चिम और प्राच्य की, मालिक और गुलाम की, ज्ञान और विषय की, वैज्ञानिक और विश्वास की, पिछड़े और विकसित की श्रेणीबद्धता बनाकर करता है। इसमें वह उपनिवेशित को उपनिवेशक की नकारात्मक (inverse) छवि बनाकर पेश करता है। उसका साहित्य और संस्थाएँ दो कौड़ी की घोषित कर दी जाती हैं और उसके लिए एकतरफा तर्क गढ़े जाते हैं।

(2)

हमने बात करना शुरू किया था उत्तर उपनिवेशवाद का और आ पहुँचे उपनिवेशवाद पर। क्यों? क्या इसलिए कि उत्तर उपनिवेश में उपनिवेश शब्द अन्तर्भुक्त है? अगर उत्तर उपनिवेश स्थिति है तो उपनिवेश अन्तर्वस्तु है? नहीं, बल्कि इसलिए कि उत्तर उपनिवेशवाद उपनिवेशवाद का विरोध है। यह विरोध तब नहीं आरम्भ होता जब तमाम देशों की दासता समाप्त हुई, बल्कि तभी आरम्भ हो गया जब वे दास थे। मुक्ति उन्हें इसलिए मिली क्योंकि उन्होंने इसका विरोध किया। तब इस उपनिवेश-विरोध का स्वरूप क्या था, जो उत्तर उपनिवेश का अंश बनता है? उसका एक तत्त्व अंग्रेजों द्वारा लादी जा रही मानसिक दासता की पहचान थी। भारत को लेकर चलें तो पात हैं कि अंग्रेज जिन्हें अपना सहयोगी बनाकर ले चल रहे थे, उन्हीं में इसके लक्षण गोचर होने लगे थे। राजा राममोहन राय ने ब्रह्म समाज की स्थापना भारतीय परम्परा के बन्धन से मुक्त होने के लिए किया था और उसका मॉडल पश्चिम की चर्च साधना पद्धति, संहिता और जीवनादर्श बनाया था। केशव चन्द्र सेन ने उसे पराकाष्ठा पर पहुँचाया। लेकिन तब उस पर प्रतिक्रिया आरम्भ हुई। पुनर्निर्माण की जड़ें स्वयं भारत में ढूँढ़ी जाने लगीं विरोध दर्ज करने के लिए। दयानन्द और विवेकानन्द उसके अग्रदूत बने। नवजागरण पुनर्जागरण में तब्दील हो गया। आधार धर्म का था। लौकिक आधार पर दादाभाई नौरोजी और रमेशचन्द्र दत्त ने कुछ किया। उसे मुकम्मल स्वरूप दिया सखाराम गणेश देउस्कर ने। बिहार में रह रहे इस मराठी ने 1904 में बंगाली में एक किताब लिखी 'देशेर कथा' जिसकी कुछ पंक्तियों ने 1905 में स्वदेशी आन्दोलन के घोषणा-पत्र का काम किया। नौरोजी और दत्त दोनों ने अपनी पुस्तकें अंग्रेजी में लिखीं, इसलिए वे आम आदमी के लिए सुलभ नहीं थीं। देउस्कर ने बंगाली में लिखा आम लोगों के लिए। उसका अनुवाद तुरन्त ही मराठी और हिन्दी जैसी भाषाओं में हुआ, जिससे वृहत्तर जनता को पढ़ने का मौका मिला। इसमें स्थानीयता और पूरे देश का ऐसा योग था, जो सभी के लिए तत्काल प्रासंगिक बन जाता था। दादाभाई नौरोजी और रमेशचन्द्र दत्त सिर्फ ब्रितानी शोषण को खोलकर रख देना चाहते थे। उससे निजात के लिए किसी आन्दोलन की आकांक्षा नहीं रखते थे। लेकिन देउस्कर आम जन में स्वदेशी की भावना और स्वाधीनता की चेतना पैदा करना चाहते थे। गौर करने की बात है कि वे कांग्रेस द्वारा संचालित स्वाधीनता आन्दोलन का समर्थन तो करते थे, लेकिन उसकी रीति-नीति की कड़ी आलोचना करते थे। यहीं एक और बात गौर करने की है कि अनुवादों की राजनीति के बारे में डॉ. मैनेजर पाण्डेय एक बड़े मार्के की बात कहते हैं। कहते हैं कि अंग्रेजों ने यूरोप की तमाम भाषाओं की पुस्तकों का अनुवाद अंग्रेजी और भारतीय भाषाओं में कराया था यूरोप की छवि गढ़ने के लिए भारतीय मानस में। भारतीय भाषाओं, विशेषकर संस्कृत, पाली व तमिल के पुस्तकों का अनुवाद कराया था भारत की छवि गढ़ने के लिए यूरोपीय मानस में। उपनिवेशवादियों ने दोनों में अनुवाद का इस्तेमाल भारतीय परम्परा और मानस पर कब्जा करने के लिए किया था, तो भारतीयों ने औपनिवेशिक प्रभावों के विरुद्ध प्रतिरोध के साधन के रूप में किया। फिर आधुनिक चिन्तन और ज्ञान-विज्ञान से परिचित कराने के लिए किया। बंगाली से हिन्दी में देउस्कर की पुस्तक का अनुवाद पराधीनता के यथार्थ की जटिल समग्रता और स्वाधीनता की अदम्य आकांक्षा की अभिव्यक्ति है।

उनकी राजनीतिक दृष्टि मूलगामी है। वे प्रत्येक समस्या की जड़ तक जाने का प्रयत्न करते हैं और उसे हल करने के उपायों के बारे में सोचते हैं। वे किसानों के आन्दोलन को शेष जनता के आन्दोलन

से अलग कर नहीं देखते। वे चाहते हैं कि शिक्षित लोग किसानों के बीच जायें और उन्हें संगठित करें, क्योंकि उन्हें यह विचार ठीक नहीं लगता कि किसान स्वयं संगठित हों, अपने आप विद्रोह करें, जिससे कि उनकी चेतना शुद्ध बनी रहे। वे पश्चिम के विचारकों की इस धारणा पर प्रहार करते हैं कि पूर्व के देश हमेशा तानाशाही में रहते हैं। लिखते हैं, "कुछ ही दिन पहले तक यूरोप के राजन्यगण प्रजा की पारिवारिक, सामाजिक, नैतिक सभी बातों में हस्तक्षेप किया करते थे। वज्र-बन्धन से प्रजा की देह और मन को बाँधे रहना चाहते थे। धर्म और शास्त्र की व्याख्या राजा ही करते थे। कोई भी प्रजा यदि उनके विरुद्ध चूँ भी करे तो जिन्दा ही जला दी जाती थी। कोई महात्मा यदि ज्ञान-विज्ञान के क्षेत्र में कोई नयी बात ढूँढ़ निकाले तो राज्यादेश के द्वारा जीते-जी चिता में जला दिया जाता था। लोगों की स्वाधीन चिन्ता में भी राजा बाधा डालते थे—ये सब बातें यूरोपीय इतिहास के प्रत्येक पृष्ठ पर पढ़कर भी हमारा भ्रम दूर नहीं होता।" वे उपनिवेशवादियों के बाहुयुद्ध के बाद आर्थिक युद्ध को लखते हैं, फिर चित्त पर विजय की बात उठाते हैं। वे लाला हरदयाल को उद्धरित करते हैं, "जब तक कोई विजेता विजित जाति के सामाजिक कार्यों पर अपना प्रभुत्व नहीं जमा लेता तथा जब तक उनका परिचालन नहीं करने लगता, तब तक उसकी राजनीतिक जय पूरी नहीं होती और उस जय की स्थिरता भी कायम नहीं होती। जाति की आत्मा नष्ट करने के लिए सामाजिक जय की आवश्यकता पड़ती है।"

यह चित्त के निर्माण का एक पक्ष है। दूसरा पक्ष है उपनिवेशवादियों द्वारा अपनी व्यवस्था को उत्तम बनाकर पेश करना और कहना कि यह उपनिवेशितों के लिए अनुकरणीय है। उसके माध्यम से वे देशी व्यवस्था को अपर्याप्त और अक्सर ही घृणित बनाकर पेश करते हैं, जिससे कि देशी मानस अपने को अयोग्य और नैतिक रूप से शून्य समझने लगे। देश-प्रेम की भावना, स्वाधीनता की चेतना और आत्मशक्ति का ह्रास हो जाये, जिससे कि स्वाधीनता आन्दोलन एक तो बन ही न सके, और यदि बने भी तो सफल न हो सके। इसे तोड़ने के लिए उन्होंने भारत के इतिहास को कुछ इस तरह से लिखा कि हिन्दू और मुसलमान दो समुदायों में हमेशा बँटे रहें और 1857 की लड़ाई जैसी एकता फिर न प्राप्त कर सकें।

दूसरे विचारक हैं मोहनदास करमचन्द गाँधी। देउस्कर की पुस्तक 'देश की बात' अंग्रेजों ने 1910 में प्रतिबन्धित कर दिया। तब तक उसके पाँच संस्करण हो चुके थे और कोई पन्द्रह हजार प्रतियाँ वितरित हो चुकी थीं। उसका हिन्दी और मराठी अनुवाद प्रतिबन्धित नहीं किया गया। किन्तु गाँधी की मूल गुजराती में 29 पृष्ठों की प्रश्नोत्तरी के रूप में लिखी, और दक्षिण अफ्रीका में छपी पुस्तक 'हिन्द स्वराज' बम्बई पहुँचते ही भारत के लिए प्रतिबन्धित हो गयी थी। विदेशियों के बीच प्रचार के लिए उन्होंने उसका एक चलताऊ अनुवाद किया और छपी प्रति टाल्सटाय समेत दुनिया के तमाम बुद्धिजीवियों को पढ़ा दिया। उसकी जो स्थापना थी वह बहुतों को रास नहीं आयी, क्योंकि उसमें यूरोप की सभ्यता की बड़ी कड़ी आन्लोचना की गयी थी और उसे उपनिवेशीकृत देशों के लिए अप्रासंगिक माना गया था। कहा गया था कि सभ्यता वह आचरण है, जिससे मनुष्य अपना कर्त्तव्य पूरा करता है। कर्त्तव्यपालन का मतलब है नीति का पालन करना। नीति पालन का मतलब है अपने मन और इन्द्रियों को वश में रखना। ऐसा करते हुए हम अपनी असलियत पहचानते हैं। यही सभ्यता है। यह भारत का है। इसका जो उलट है वह बिगाड़नेवाला है क्योंकि उसका झुकाव अनीति को मजबूत करनेवाला है। यह आज की पश्चिम की सभ्यता है। इस सभ्यता की सही पहचान इस बात से होती है कि लोग बाहरी दुनिया की खोजों को और शरीर के सुख की सार्थकता को पुरुषार्थ मानते हैं। यह सभ्यता एक तरफ दूसरों का नाश करनेवाली और दूसरी तरफ स्वयं नाशवान् है। इससे दूर रहना चाहिए और इसके लिए अंग्रेजों को भारत से जाना चाहिए। वे बिना हटाये जायेंगे नहीं, इसलिए हटाये जाने चाहिए। उसके लिए रास्ता अहिंसा, असहयोग और सत्याग्रह का होगा। क्योंकि हिंसा से हिंसा उपजती है और फिर हिंसा में पूरे समाज की सहभागिता नहीं हो सकती। असहयोग और सत्याग्रह में होगी। सिर्फ अंग्रेजों के राज्य के चले जाने से ही न तो

भारत का कल्याण होगा, न सभ्यता बनेगी, न स्वराज्य आयेगा। सच्चा स्वराज्य तब आयेगा जब भारत का पुनर्निर्माण किया जायेगा, अंग्रेजों की सभ्यता और आदर्श को हटाकर। उनका यन्त्रवाद हमारे काम का नहीं, क्योंकि वह लोगों को बेरोजगार करता है और उत्पादन में आदमी की भूमिका को नकारता नहीं, तो सीमित करता ही है। वह अनीति से पैसा कमाने के लिए प्रोत्साहित करता है।

अफ्रीकी महाद्वीप में स्वाधीनता का संघर्ष उस तरह के प्रभावी ढंग से नहीं चला जैसे भारत में। दरअसल वहाँ के उपनिवेशों को आजादी इसलिए मिली कि उपनिवेश बनानेवाले देश द्वितीय महायुद्ध में इतने जर्जर हो गये थे कि उपनिवेशों पर पकड़ बनाये रखना असम्भव हो गया था। इसलिए सत्ता हस्तान्तरण के साथ तानाशाही और खून-खराबों का दौर चला। तानाशाही और हिंसा को न्यायोचित ठहराने के लिए वे मार्क्सवाद, साम्यवाद के जहाज पर चढ़े, किन्तु पार नहीं उतर पाये। जनचेतना ने उन्हें बदला और सीमित अर्थों में सही जनतन्त्र का विकास हुआ। तो भी उपनिवेशों के प्रति प्रतिरोध का कुछ चिन्तन मिलता है, विशेषतः साहित्य में। ऐसे ही एक साहित्यकार हैं फ्रान्सीसी में लिखनेवाले अल्जीरिया के फ्रेंज फैनन। उन पर दृष्टि उनकी दो रचनाएँ, 'ब्लैक स्किन, व्हाइट मास्क' और 'द रेचेड ऑफ द अर्थ' के प्रकाशन के बाद गयी, वह भी जब उत्तर उपनिवेशवादी विमर्श का आन्दोलन चला।

अल्जीरिया फ्रान्स का उपनिवेश था। फ्रान्स इस मामले में ब्रिटेन से भिन्न था कि वह अपने उपनिवेशों को मुख्य-भूमि यानी फ्रान्स का ही विस्तार मानता था। अपनी संसद में उन्हें प्रतिनिधित्व देता था, उनके हितों पर थोड़ा ध्यान देता था। इसका असर फैनन के चिन्तन में है। वह सार्त्र के अस्तित्ववादी मानववाद से प्रभावित है। कहता है कि मुक्ति के लिए हमें सम्पूर्ण मनुष्य को रचना होगा, जिसे रचने में यूरोप ने कोताही की है। यूरोप ने 'द अदर' के रूप में अफ्रीका के लोगों को 'नीग्रो' बना दिया है, जिसके कारण वह अपने को मानवीय 'विषय' (Subject) के रूप में न पाकर 'वस्तु' (Object) के रूप में पाता है, "a peculiarity at the mercy of a group that identifies him as inferior, less than fully human, placed at the mercy of their definitions and representations." इसी तरह हीगेल से इशारा पाकर कहता है कि दास को अन्ततः मालिक से विरत होकर ही श्रम में अपना अस्तित्व बनाना होगा। "He can regain his integrity by working over the density of matter to which he is henceforth confined." दास-मालिक का सम्बन्ध नस्ल पर आधारित कर दिये जाने पर एक दूसरे तरह की अक्षमता और असन्तोष पैदा होता है। काला दास जब गोरे मालिक का सामना करता है तो एक तरफ ईर्ष्या और दूसरी तरफ आकांक्षा से भर उठता है। नीग्रो अपने गोरे मालिक की तरह बनना चाहता है, इसलिए वह उससे अधिक दास बन जाता है, जितना हीगेल का अभिप्राय है। "In Hegel the slave turns away from the master and abandons the object." इसलिए उसका अस्तित्व अपना न होकर 'derivative' बन जाता है। यही पश्चिम द्वारा प्रस्तुत पूर्ण मुक्ति की रचनात्मक असफलता है। इसकी पराकाष्ठा इस बात में है कि यदि वह यूरोप की सभ्यता से पूरी तरह से अपने को आवरित कर लेता है तो भी वह गोरों द्वारा स्वीकृत नहीं हो पाता। इसलिए उपनिवेशवाद के अन्त का अर्थ सिर्फ राजनीतिक और आर्थिक परिवर्तन नहीं है, एक मनोवैज्ञानिक परिवर्तन भी है—सोचने के ढंग में परिवर्तन की माँग है।

गोरों द्वारा अफ्रीकियों को 'नीग्रो' और भारतीयों को 'कुली' कहना एक दबाव पैदा करनेवाली भाषा का सृजन करना है। इस बात के प्रति ध्यान एक दूसरे अफ्रीकी लेखक केनिया के 'ङ्गी व थियोङ'ओ ने खींचा। लिखा, "Language carries culture and culture carries, particularly through oratary and literature, the entire body of values by which we come to perceive ourselves and our place in world. How people perceive themselves affects how they look at their culture, at their politics and at the social production of wealth, at their entire relationship to nature and to other human beings. Language is thus inseparable from ourselves as a community of human beings with a specific form and character, a specific history, a specific relationship to the world."

जाहिर है कि भाषा निष्क्रिय ढंग से सिर्फ वास्तविकता का प्रतिबिम्बन नहीं करती, व्यक्ति के लिए अपनी दुनिया को समझने का वितान भी रचती है और उसमें उन मूल्यों को भरती है, जिसे हम स्वेच्छा से या फिर दबाव से अपने जीवन में ग्रहण करते हैं। उपनिवेशवाद में उपनिवेशित लोग उपनिवेशकों के जीवन मूल्य के अरदब में आते हैं उनकी भाषा और साहित्य से। यह भाषा और यह साहित्य एक विशेष प्रकार के जीवन मूल्य को सच्चा और सारभौम बनाकर पेश करता है। उपनिवेशितों से कहता है कि स्वयं उनके मूल्य घटिया, असभ्यतावाले और अनुपयोगी हैं और उन्हें यथाशीघ्र त्याग दिया जाना चाहिए।

इसी स्थापना को विस्तृत कर त्रिनिदाद का लेखक सैम सल्वान कहता है कि जहाँ भाषा और शक्ति मिलते हैं, वहीं से उपनिवेशवादी विवेचन शुरू होता है। भाषा सिर्फ बातचीत करने का साधन नहीं होती, एक विश्वदृष्टि का भी निर्माण करती है, वास्तविकता को तमाम अर्थपूर्ण इकाइयों में काटकर उसे एक नयी व्यवस्था प्रदान कर। इनको जो अर्थ प्रदत्त होता है, उसके माध्यम से हमें मूल्यों का महत्त्व समझाया जाता है, विवेक रचा जाता है, यह विभाजन करने के लिए कि कौन से मूल्य उच्च हैं और कौन से निकृष्ट और उनमें से किन्हें अपने लिये चुना जाना चाहिए। इसे शक्ति के रूप में इस्तेमाल कर अंग्रेजों ने हमें बताना चाहा कि साम्राज्य की भाषा ही स्वाभाविक और सच्ची जीवन-व्यवस्था का प्रतिनिधित्व करती है।

इन्हीं तीनों की पृष्ठभूमि में एडवर्ड सईद ने अपनी पुस्तक 'ओरिएण्टलिज्म' लिखी। इसमें उसने उपनिवेशितों की जगह उपनिवेशकों पर अधिक ध्यान केन्द्रित किया। उपनिवेशकों ने अपनी बात प्राच्यवाद के रूप में रखी थी। सईद उनकी मीमांसा करता है। उससे जाहिर होता है कि उपनिवेशकों की दृष्टि से की गयी आलोचना प्राच्यवाद है तो उपनिवेशितों की दृष्टि से की गयी आलोचना उत्तर उपनिवेशवाद है। इस नये प्राच्यवाद को पुराने प्राच्यवाद से अलगाने के लिए इधर 'नव-प्राच्यवाद' कहा जाने लगा है। यह एक सही नामकरण है। सईद के प्राच्यवाद के दो स्तम्भ है, एक मार्क्सवादी चिन्तन में हुई शक्ति की विवेचना, विशेषतः अन्तानियो ग्राम्शी की, दूसरी मिशेल फूको की। फूको के आधार को हम ऊपर दिखा आये हैं। ग्राम्शी के आधार पर विवेचन हम प्राच्यवाद पर एक स्वतन्त्र लेख में कर आये हैं। यहाँ इतना ही नोट करना पर्याप्त होगा कि सईद अन्ततः यह पाता है कि वर्चस्व विरोधी विचार के लिए प्राच्यविदों के अध्ययन में कोई स्थान नहीं था। अपनी दो और पुस्तकों 'द क्वेश्चन आफ पेलेस्टाइन' और 'कवरिंग इस्लाम' के साथ वह एक तरफ इस्लामी जगत्, मध्यपूर्व और प्राच्य तथा दूसरी तरफ पहले यूरोप और अब अमेरिका के साम्राज्यवाद के बीच ऐतिहासिक असन्तुलित सम्बन्ध की सैद्धान्तिक व्याख्या करता है। उसका सार-संक्षेप कुछ इस तरह से रखा जा सकता है कि फ्रान्स और इंग्लैण्ड जैसे पश्चिम के देशों ने काफी समय लगाया था उन देशों के सम्बन्ध में ज्ञान प्रदान करने के लिए, जिन पर वे काबिज थे। इरादा अपने वर्चस्व को न्यायोचित ठहराने का था। इसके लिए उनके अनुसन्धानकर्त्ता, नौकरशाह, अनुवादक और घुमक्कड़ों ने स्थानीय लोगों को सीधे-सीधे जानने की कम ही कोशिश की। अपने विवरण कुछ पूर्व निर्धारित मान्यताओं पर आधारित की, जिनमें रहस्यमयता, काल्पनिक उड़ान, नैतिक कमजोरियों और कामुक विकृतियों पर जोर था। इन्हें 'वैज्ञानिक सत्य' कहकर प्रचारित किया गया और इनसे स्थानीय लोगों को निजात दिलाने के लिए साम्राज्य को न्यायोचित ठहराया गया। सईद के ही शब्दों में, "Colonial power was buttressed by production of knowledge about colonized cultures which endlessly produced a degenerate image of orient for Occident." यानी साम्राज्य ने कल्पनाओं को निरन्तर उपनिवेशित किया।

(3)

यहाँ यह नोट करना जरूरी है कि देउस्कर और गाँधी जहाँ उपनिवेश के दौर के विचारक हैं, ङ्गी और फैनन उपनिवेश की समाप्ति और उत्तर उपनिवेश के सन्धि के विचारक हैं, सल्वान और सईद उत्तर उपनिवेशवाद के जनक विचारक हैं। होना तो यह चाहिए था कि उपनिवेशों के विउपनिवेशित होने के

साथ ही उत्तर औपनिवेशिक विमर्श आरम्भ हो जाता, किन्तु इसकी रुनझुन बहुत बाद में सुनायी दी, सईद के लेखन में। जान मैक्लियाड ने लिखा है, "Emerging in 1980's were dynamic, exciting, new forms of textual analysis notable for their electicism and interdisciplinary, combining the insights of feminism, philosophy, psychology, politics, anthropology and literary theory in provocative and energetic way."

इसके तीन रूप बने : एक विदेशों में रहकर अध्ययन कर रहे उपनिवेशी, विशेषकर भारतीय विचारकों का, दूसरे अपने ही देश में रहकर अध्ययन कर रहे विचारकों का, तीसरे पूर्व उपनिवेशक देशों के विचारकों का। पहली कोटि में संरचनावाद से जुड़े होमी भाभा और गायत्री स्पीवाक् हैं और सबाल्टर्न अध्ययनों से जुड़े लोग हैं।

उत्तर-संरचनावाद से जुड़े, जैक देरिदा, मिशेल फूको और जैक लाकान के विभिन्न तरह के औपनिवेशिक पाठों में वहाँ के लोगों के प्रतिनिधित्व पर ध्यान केन्द्रित किया गया। देरिदा ने कहा कि पश्चिम का बुद्धिवाद नस्ली और साम्राज्यवादी है। फूको ने कहा कि पश्चिम का ज्ञान और बुद्धिवाद उपनिवेशवाद के लिए आर्थिक डॉमिनेशन और राजनीतिक वर्चस्व प्रदान करता है। लाकान ने दो बातें कहीं। एक तो यह कि उपनिवेशवाद में डेकार्त की यह स्थापना कि 'चिन्तयामि अतः अस्मि' को बदलकर, "I think where I am not, therefore I am where I do not think" कर दिया जाना चाहिए। दूसरे यह कि स्मृतिलोप (amnesia) के रूपों (verdrangung) यानी स्मृति (memory) और (verwerfung) यानी मानसिक त्याग (psychotic repudiation) में मौलिक भेद होता है। "If the activity of Vendrangung censors and thereby disguises a vast reservoir of painful memories, the deceptions of Verwerfung tend to transform the troublesome past into a hostile delirium." नकार की हिंसा द्वारा बहिष्कृत स्मृतियाँ और छवियाँ विषय की पारस्परिक और सांकेतिक विरोध में प्रवेश कर जाती हैं। "These phantasmic memories thus become simultaneously alien, antagonistic and unfathomable to the suffering self."

संरचनात्मक डॉमिनेशन पर प्रतिक्रियास्वरूप एडवर्ड सईद ने स्थापित किया कि यदि उपनिवेशवादी विचारक उपनिवेश के लोगों को घटिया ठहराने के लिए किसी सत्य का अन्वेषण और निर्माण कर सकते हैं तो उपनिवेशों में रहनेवाले विचारक उसके प्रतिरोध का दर्शन भी रच सकते हैं। उसे तलाशा जाना चाहिए। होमी भाभा ने इसी विचार को आगे बढ़ाते हुए पूछा कि क्या उपनिवेशवादी निर्वचन का अध्ययन एक अन्तहीन द्वैधवृत्ति (ambivalence) विभाजित और अस्थायी निर्वचन के रूप में किया जा सकता है, जो उन औपनिवेशिक मूल्यों को समर्थन नहीं देते, जिनके पक्ष में खड़े होते हैं? इस द्वैधवृत्ति (ambivalence) में भाभा पाते हैं कि उपनिवेशक और उपनिवेशित का टकराव स्वाभाविक और शाश्वत है। एक तरफ उपनिवेशवाले नस्ल के आधार पर उपनिवेशितों को विपथगामी बताते हैं अपने प्रशासन और शिक्षा को न्यायोचित ठहराने के लिए और इस छवि को बार-बार दुहराकर स्टीरिओटाइप बना देते हैं। दूसरी तरफ अपने उद्देश्य को उपनिवेशवाले कभी भी पूरी तरह से प्राप्त नहीं कर पाते, क्योंकि उनका उपनिवेशवाद का निर्वचन उनकी योजना के अनुसार पूरी तरह से चल नहीं पाता, क्योंकि उसके दो छोर दो विपरीत दिशाओं में हमेशा खींचते रहते हैं। एक तरफ वे पूर्ववालों को बिलकुल ही एक अजनबी प्राणी के रूप में देखते रहते हैं, जिसके कारण वह जिज्ञासा व चिन्ता, दोनों का विषय एक साथ बन जाता है। यह 'अन्य' दूसरा प्राणी पश्चिम की सभ्यता से पूरी तरह से बाहर और खारिज होता है। दूसरी तरफ वही प्राणी पालतू बनाया जाता है, उसके परायेपन को अपने भीतर समाहित किया जाता है—उसके लिए ज्ञान सम्बन्धी प्राच्यवाद की योजना बनायी जाती है। इस तरह यह 'अन्य' एक साथ ही पश्चिमी ज्ञान के बाहर और भीतर विभाजित हो जाता है। होमी भाभा कहते हैं, "Colonial discourse produces the colonized as a social reality which is at once an other, and yet entirely knowable and visible." एक तरफ

यह स्टीरिओटाइप अपरिचित को स्पष्ट शब्दों में किन्हीं अजनबी रूपों में परिचित बनाता है—अजनबी को कुछ दुहरावों के बाद अजनबी नहीं रहने देता पश्चिम के ज्ञान के भीतर। दूसरी तरफ यह अपरिचय और अजनबीयत उसे पश्चिम से काटकर, दूर कर रखता है—वे उसे पूरी तरह से स्वीकार नहीं करते। दरअसल कर ही नहीं सकते, अन्यथा उनका शासन और ज्ञानोदय की योजना धरी-की-धरी रह जायेगी।

वह आगे कहता है कि उपनिवेशवादियों की स्टीरिओटाइप की फन्तासियाँ हमेशा ही भयाक्रान्तक रूप से उभारी जाती हैं, जिसमें उपनिवेशितों की जंगलीपना, मानवभक्षर्ण, वासना और अराजकता भरी रहती है। उनसे सभ्य समाज को बचाना होता है। इसके लिए उन्हें दबाकर रखना होता है। दूसरी तरफ आगे बढ़कर पालतू बनाना होता है। उन्हें हानिरहित करने के लिए योजना बनायी जाती है। यानी उपनिवेशवादी विमर्श में यह 'अन्य' हमेशा गतिशील रहता है, "Sliding ambivalently between the polarities of similarity and difference she will not stand still." इस गतिशीलता को कैद करने के लिए ही वे स्टीरिओटाइप का स्थिर रचते हैं। लेकिन यह भी उपनिवेशितों को एक जगह खड़ा नहीं रख पाता। इसीलिए इस स्टीरिओटाइप को बार-बार दुहराने की जरूरत पड़ती है, "The same old stories of the Nigro's animality, the Coolie's inservability, Ivish stupidity, Arabian violence and Chinese 'pinak' must be told compulsively again and afresh, which are differently gratifying and terrifying each time." इस स्थिरता और चलायमानता, विभेद और समरूपता, ambivalence और Anxious reparation, दोनों में से कोई भी अपना वांछित लक्ष्य पूरी तरह से प्राप्त नहीं कर पाता। उलटे एक-दूसरे से लड़ता रहता है। वह ज्ञान-मीमांसा नहीं बना पाता, जिसके लिए अग्रसर रहता है।

यह बात उपनिवेशकों की तरफ से हुई। भाभा उपनिवेशितों की तरफ से भी जाँच करता है। ऊपर हम भयाक्रान्तता पर लाकाँ के विचारों की चर्चा कर आये हैं। उसे आगे बढ़ाते हुए भाभा कहता है कि उपनिवेश के समाप्ति काल में verdengung और verwerfang दोनों के ही गले हुए अंश abfuscation जुड़े रहते हैं। उपनिवेशकाल का नस्लसम्बन्धी इतिहास और नस्लवाद से जुड़ी दर्दनाक और फजीहतनाक स्मृतियों को याद की जद में लाने की अनिच्छा एक तरफ अतीत की भयावह लीपापोती की ओर ले जाती है तो दूसरी तरफ यूटोपियन निष्कासन की ओर ले जाती है। इसकी प्रतिक्रिया में औपनिवेशिक स्थिति की सैद्धान्तिक पुनर्स्मृति से दो काम लेने का प्रयत्न किया जाता है। एक तो यह कि भयावह स्मृतियों की अनुगूँजों से मुक्ति के लिए उपनिवेशीकरण के दौर की तमाम हिंसा को पूरी तरह से अनपीहित कर दिया जाता है, जिससे कि विमलीकरण प्राप्त किया जा सके। दूसरे उस संघर्षशील और हिंसात्मक दौर को अधिक परिचित और बोधगम्य बनाने की प्रक्रिया में उससे पूरी तरह से संगति बिठाने के लिए प्रयत्न किया जाता है। इस दूसरे काम को करने में उत्तर उपनिवेश के दौर के verwerfang की हिंसा के द्वारा जिन छवियों को बहिष्कृत कर दिया गया होता है, उन्हें पुनः सृजित किया जाता है, उन्हें अपना बनाया जाता है। यानी अपने अतीत की भयावहता और गलतियों को स्वयं अपने भीतर जगह देना होता है। सारा सुलेरी के शब्दों में, "To tell the history of another is to be pressed against the limits of one's own—thus culture learns that terror has a local habitation and a name."

दूसरी बात भाभा यह कहता है कि हीगेल के परिप्रेक्ष्य के स्वामी-दास सम्बन्ध में दास जब अपने विगत पर दृष्टि डालता है तो पाता है कि उसकी स्थिति स्वामी के विशेषाधिकार की दारुण उपज है। वहाँ दास अपने को मालिक की छवि में देखने के बजाय उसके 'अलावा' (beside) देखने के लिए बाध्य हो जाता है, "It is compelled to envision the image of post-enlightenment man tethered to, not compelled by, his dark reflexion, the shadow of colonized man, that splits his presence, distorts his outline, breaches his boundaries... divests and distants the very time of his being." यही कारण है कि गाँधी और फैनन पश्चिम की आधुनिकता के पुनर्लेखन में उसके शिकार हाशिये के आदमी को समाहित करते हैं। वहाँ औद्योगीकरण शोषण का, तकनीकी युद्ध का, जनतन्त्र

विरोधी स्वरों का और चिकित्साविज्ञान सासत का पर्याय बन जाता है। उसी के आधार पर आधुनिकता द्वारा रचित हिंसा की श्रेणीबद्धता पर गाँधी, और विकास तथा मानववाद पर फैनन प्रहार करते हैं। स्वामी की नैतिक अपर्याप्तता दास को वस्तु तक सीमित कर उसके समस्त मानवीय पहलू को छीन लेती है। नस्लवाद और हिंसा पर आधारित नस्लवाद मानवता को इस हद तक नकार देती है कि उस अस्तित्ववादी सीमा से पार जाने के लिए एक व्यक्ति के स्तर पर अहिंसा का, तो दूसरा सामूहिक हिंसा का सहारा लेता है।

खैर, स्वयं उपनिवेशित व्यक्ति इससे निजात के लिए 'मिम्रिक्री' का, 'नकल उतारने' का सहारा लेता है। वह ऐसे कि शासक वर्ग अपनी शासन व्यवस्था चलाने के लिए शासितों के बीच से ही कुछ लोगों को चुनता है, उन्हें अपनी भाषा, साहित्य, विधि, संस्कृति और सभ्यता में शिक्षित करता है, फिर अन्य शासितों पर कुछ अधिकार देता है। इसी के लिए लार्ड मैकाले ने भारत के सन्दर्भ में कहा था, "The British in India need to create a class of Indians capable of taking on English opinions, morals and intellect." कालान्तर में यह विचार सभी ब्रितानी उपनिवेशों और यूरोप के तमाम उपनिवेशकों के लिए ग्राह्य बन गया। उससे बना आदमी पश्चिम का नकलची आदमी बन गया। उसका एक पूरा वर्ग बना गया—एक नया वर्ग, मध्यवर्ग, बुद्धिजीवी वर्ग। भारतीय कम्युनिस्टों ने उसे 'काला अंग्रेज' कहा। उसे लगा कि शासक वर्ग का सहयोगी बनकर वह दासता से मुक्त हो जायेगा। इस गर्व को वह लम्बे समय तक पालता रहा। उसकी देखा-देखी समाज के दूसरे तबकों के, विशेषतः निचले तबके के लोग भी उसका अनुकरण और अनुसरण करने लगे। परिणामस्वरूप नकलचियों की एक पूरी जमात बन गयी। उनका दुर्भाग्य यह था कि उपनिवेशकों ने उन्हें अपने बराबर कभी स्वीकार नहीं किया और दूसरी तरफ वे नेटिवों के बराबर भी नहीं रह गये। इस 'न घर के, न घाट के' की स्थिति से उबरने के लिए उन्होंने उपनिवेशकों के खिलाफ एक हथजोड़ ठण्डा आन्दोलन चलाया, जो कालक्रम में समाज के तमाम स्तरों से जुड़ उग्र होता गया और अन्ततः उपनिवेशों की मुक्ति का आन्दोलन बन गया। उपनिवेशकों के लिए वह 'Worrying threat of resemblance between colonizer and colonized' बना रहा। यह ज्ञान के प्राच्यवादी ढाँचे को तोड़ने लगा। जहाँ नकल पहले उपनिवेशकों की सेवा के लिए था, वही अब शक्ति में हिस्सेदारी का हथकण्डा बन गया। इसकी एक बहुत ही बढ़िया प्रस्तुति वी.एस. नायपाल ने अपने उपन्यास 'The Mimic Men' में किया है। लेकिन भाभा उसके पराजयवादी स्वर से इत्तेफाक नही रखता और उसे और शक्तिशाली बनाकर प्रस्तुत करता है।

एक तीसरी बात यह है कि होमी भाभा सांस्कृतिक विविधता (यानी एक साथ कई अलग-अलग संस्कृतियों का बराबरी के स्तर पर सह-अस्तित्व) को एक भ्रमित करनेवाली अवधारणा मानता है। कारण यह है कि यह अवधारणा इस सोच पर आधारित है कि संस्कृति सम्पूर्णताबोधी (holistic), स्थायी, बिलगायित, पहले से ही प्रदत्त परम्पराओं और सांस्कृतिक तत्त्वों पर आधारित होती है। जब कि हमें संस्कृति की सीमाओं के उन छिद्रों पर नजर टिकानी चाहिए जिनसे होकर वे एक-दूसरे में प्रवाहित होती रहती हैं। यानी संस्कृति स्वभाव से ही प्रवहनशील और संकर होती है। "Cultural interaction emerges only at the significatory boundaries of cultures, where meaning and values are (mis) real or signs are misapropriated." यानी संस्कृतियाँ अन्तःक्रिया करती हैं और विभिन्न प्रकार की सम्भावित स्रोतों से निर्मित व पुनर्निर्मित होती रहती हैं। यह धारणा एक उपयोगी राजनैतिक काम करती है। वह यह कि पश्चिमवालों ने प्रवासियों के लिए जो 'घेटो' बना रखा है, अलगाव की दुनिया रचनी चाही है अपनी सभ्यता की शुद्धि के लिए, वह गलत है। आप्रव्रजन सिर्फ सीमा पार करना नहीं है, संस्कृति रचने में भूमिका निभाना है। लेकिन तमाम विचारकों को भाभा की स्थापना यूटोपिया लगती है, वास्तविक समाधान नहीं।

गायत्री स्पीवाक् के सबाल्टर्न की सीमाओं का विवेचन हम ऊपर देख आये हैं। वह सुझाव देती है कि इन तमाम प्रश्नों का उत्तर पाने के लिए अमेरिकी अकादमी के सुविधासम्पन्न शोधकर्त्ताओं व सिद्धान्तकारों को अपनी सुविधाओं को विस्मृत कर काम करना चाहिए। याद रखना चाहिए कि इन सुविधाओं ने ज्ञान के तमाम दूसरे पक्षों से उन्हें वंचित कर रखा है। एक ऐसा ही क्षेत्र हाशिये के लोगों का अध्ययन है। कारण यह है कि पहली दुनिया के महानगरों के वंचितों तक इस अध्ययन को सीमित कर देने से तीसरी (और अब दूसरी) दुनिया की एक बड़ी जनसंख्या इस अध्ययन की जद में नहीं आ पाती है। ऐसा इसलिए भी हो रहा है कि वे शक्ति के तत्त्व नहीं बन पाये हैं। वह बौद्धिक क्रियाकलाप और राजनीतिक वास्तविकता के बीच दरार की खिलाफत उसी तरह से करती है, जिस तरह से केन्द्र (पहली दुनिया) और परिधि (तीसरी दुनिया) के दरमियान भेद का विरोध करती है। कहती है कि संस्कृति (exotic culture) के निर्माण के लिए ऐसा करना जरूरी है और उसके लिए तीसरी दुनिया के आसूचकों (Informants) से मदद ली जानी चाहिए। एडवर्ड सईद ने इसी आसूचक का काम किया है जिसके परिणामस्वरूप उपनिवेश व साम्राज्य का विमर्श ऐंग्लो-अमेरिकन साहित्यिक व सांस्कृतिक सैद्धान्तिक विमर्श में केन्द्रीय स्थान प्राप्त कर लिया है।

गायत्री स्पीवाक् उत्तर उपनिवेशवाद में बरास्ते देरिदा और फूको के बीच विवाद और संवाद के प्रवेश करती है। दोनों ही उत्तर औपनिवेशिक विमर्श से सीधे नहीं जुड़े हैं। उनकी मूल स्थापनाओं की कुछ चर्चा ऊपर और अन्यत्र कर आये हैं। उससे स्पष्ट है कि दोनों ही पश्चिम की सभ्यता और ज्ञान-मीमांसा को सार्वदेशिक और सार्वकालिक नहीं मानते। गायत्री स्पीवाक् वहीं से अपनी बात उठाती हैं। कहती हैं कि उपनिवेशवाद केवल ऐतिहासिक-राजनीतिक चिह्न नहीं है, जाति, नस्ल, राष्ट्र, लिंग, अभिव्यक्ति आदि विषमताओं का भी चिह्न है। उसका विखण्डन समताओं की ओर ले जाता है, जो 'अन्य' के साथ सम्बन्ध स्थापित कराता है, जिसमें भिन्नता, दया और अपनी ही छवि आरोपित करने का दम्भ मारा जाता है, क्योंकि उत्तरआधुनिकतावाद स्वभाव से ही पार्थिव, वस्तुगत, ऐतिहासिक सुनिश्चितता और सारभूत अस्मिता को नहीं मानता।

गायत्री स्पीवाक् के चिन्तन के जड़ में पश्चिम के मानववाद और ज्ञानोदय पर उठते प्रश्न हैं। उनकी चर्चा हम आगे करेंगे। यहाँ यही नोट कर लेना पर्याप्त होगा कि वह स्त्री को दोहरे स्तर पर हाशिये पर पड़ी पाती है, एक उपनिवेशित के स्तर पर, दूसरे पुरुष वर्चस्व के स्तर पर। यहीं यह भी दिखाती है कि मार्क्स द्वारा किया गया अलगाव का निरूपण अपर्याप्त साक्ष्यों पर आधारित है क्योंकि वह श्रमिक और उत्पादित वस्तुओं के अलगाव में 'गर्भ की कायशाला' का विमर्श नहीं आने देता। वह यह भी कहती हैं कि मार्क्सवाद के आधार पर पहली और तीसरी दुनिया के सम्बन्ध को पूँजी के वैश्वीकरण और श्रम के अन्तरराष्ट्रीय विभाजन के आधार पर नये सिरे से व्याख्यायित किया जा सकता है। लिखती हैं, "Marxism relies on the possibility of suggesting to the worker that the worker produces capital because the worker, the container of labour power, is the source of value. By the same token it is possible to suggest to the so called 'Third World' that it produces the wealth and the possibility of the cultural self-representation of the 'First World.'

वहीं स्पीवाक् फ्रायड के सन्दर्भ में कहती हैं कि उसका 'शिश्न ईर्ष्या' का सिद्धान्त स्त्री-पुरुष के अलगाव को ठीक से व्याख्यायित नहीं कर पाता। स्पीवाक् स्त्रीवाद को उससे सम्बन्धित पाठों का विखण्डन कर उसके पुनर्पाठ के माध्यम से उजागर करना चाहती हैं। सांस्कृतिक प्रतीकन के निर्माण में साहित्य की भूमिका की अवहेलना की कड़ी आलोचना करती है और पहले तथा तीसरे विश्व को केन्द्र और परिधि के रूप में लिये जाने का विरोध करती है, क्योंकि विषय और वस्तु तो दोनों में अन्तःस्त्रवित होता रहता है।

उसके अन्य विचारों की चर्चा हम यथाप्रसंग करते रहेंगे।

एजाज अहमद मार्क्सवादी हैं और इस दृष्टि से वह प्राच्यवाद और उत्तर उपनिवेशवाद पर लिखी पुस्तकों की समीक्षा करता है। उसकी पहचान तब बनी जब उसने एडवर्ड सईद की पुस्तक 'ओरिएण्टनिज़्म' की विषद समीक्षा लिखी। उसकी चर्चा हम 'प्राच्यवाद' वाले लेख में कर आये हैं। यहाँ इतना ही नोट कर लेना पर्याप्त है कि एजाज के अनुसार सईद ने कभी भी इस बात पर ध्यान नहीं दिया कि पश्चिम की प्रस्तुतियों को स्वयं पूर्व ने किस तरह से लिया, उसमें संशोधन किया, उसका विरोध किया, त्याग दिया या उसे अपनाकर आगे बढ़ाया। यानी सईद ने पश्चिम के एजेण्ट के रूप में लिखा, वह भी इतिहास से प्राप्त उपनिवेशक लोगों की आवाज को लेकर और उन प्रभावशाली निर्वचनों के विरोध को ध्यान में नहीं रखा। परिणामस्वरूप उसकी कृति के स्वयं प्राच्यवाद में रूपान्तरित हो जाने के खतरे हैं, क्योंकि वह किसी विकल्प को अपने चिन्तन के जद में नहीं लाता। एजाज अहमद की इस आलोचना में कितना दम है, यह इसी तथ्य से स्पष्ट है कि आज सईद को 'प्रोटेस्ट' के विचारक के रूप में स्वीकार किया जाता है।

इसी तरह वह उत्तर उपनिवेश की अवधारणा की आलोचना करता है। पहले कहता है कि यह पूरा-का-पूरा विमर्श अमेरिकी अकादमियों के उस काल की देन है जब पश्चिम तो एक वैचारिक संक्रमण से गुजर ही रहा था, सोवियत रूस और उसके साथ मार्क्सवादी चिन्तन भी कमजोर पड़ता जा रहा था। उसका विकल्प बनाने के लिए बूर्जुआ शक्तियों ने तीसरी दुनिया के चन्द सम्पन्न और अमेरिका की रोटी पर पल रहे बुद्धिजीवियों को आगे बढ़ाकर रचना चाहा। इसलिए इस चिन्तन की नीयत शुरू से ही साफ नहीं थी। दूसरे ये विदेशी लोग अंग्रेजी में लिखे साहित्य को भारत का प्रतिनिधि साहित्य मानकर पढ़ते हैं, जो झूठ है। अंग्रेजी में लिखा साहित्य भारत का प्रतिनिधित्व नहीं करता—न लोग का (जिनका जीवन उसमें चित्रित होता है, वे भारत का प्रतिनिधित्व करनेवाले लोग नहीं होते; जो उसे पढ़ते हैं, वे भी नहीं होते और जो लोग लिखते हैं वे महानगरों में अल्प संख्या में रहनेवाले उच्चवर्ग के लोग हैं), न परम्परा का, न समस्या का, न सोच का। ये वे ही काले अंग्रेज हैं, जिन्हें सत्ता से हटाने की बात जनवादी शक्तियाँ करती रही हैं। वह दरअसल चूँ-चूँ का मुरब्बा है नव-उपनिवेशवादियों के भोग के लिए। यह अंग्रेजी में गलत-सलत लिखा दस्तावेज इन अमेरिकनों और कहीं के भी नव-उपनिवेशवादियों के लिए साहित्यिक राष्ट्रीय दस्तावेज बन जाता है, जिसमें न राष्ट्र का चेहरा होता है, न देश का, न साहित्य का। जिसमें यह है उसे 'नेटिव' साहित्य कहकर उपेक्षित किया जाता है, क्षेत्रीय और सीमित कह कर खारिज किया जाता है। न तो उनका अंग्रेजी में अनुवाद होता है, न ही चर्चा। उन्हें विस्मृत कर दिये जाने के योग्य माना जाता है, क्योंकि उसमें उपनिवेश और उपनिवेशवाद की कड़ी आलोचना होती है। वहाँ अंग्रेजी को प्रशासन और संस्कृति की भाषा के रूप में सशक्त कर उसे कई भाषाओं में एक मानकर, एकमात्र भाषा के रूप में पेश किया जाता है और भारत का नेतृवर्ग, जिसमें राजनीतिज्ञ, नौकरशाही और बड़े औद्योगिक घराने शामिल हैं, समर्थन देता है, जिससे कि देशी शोषकों की पकड़ बनी रहे और इस तरह से यह वर्ग नव उपनिवेशकों के साथ गठजोड़ बनाता है। इसलिए हमें उपनिवेशवाद और उत्तर उपनिवेशवाद की बात न कर पूँजीवादी आधुनिकता की बात करनी चाहिए, जो देश-काल विशेष में उपनिवेश का रूप ग्रहण करता है।

होमी भाभा के विचारों की आलोचना करते हुए कहता है कि भाभा के विवेचन में उत्तर औपनिवेशिक लोग वर्ग, लिंग और राजनीतिक जमीन पर विभाजित दिखते ही नहीं। ऐतिहासिक परिप्रेक्ष्य उठाता भी है तो विभिन्न स्थानों और समयों के अनुभवों को सन्दर्भविरत करने के लिए। संकरता पर जोर देता है तो इसलिए कि देश और समाज की समस्या को सम्पूर्णता में न देखा जा सके और कुछ मुद्दों से ध्यान हटाया जा सके।

बाकी विचारों को हम यथा प्रसंग देखेंगे।

अच्छा हो यदि यहीं पर हम उपनिवेश और उत्तर उपनिवेश के सन्दर्भ में अंग्रेजी की स्थिति देख लें। यूरोप की तमाम भाषाओं जैसे फ्रान्सीसी, स्पेनी, पुर्तगाली और डच की तरह अंग्रेजी उपनिवेशित देशों की

एक भाषा बनती गयी है। उन देशों में उपनिवेशकों की भाषा प्रशासन और शिक्षा की भाषा रही है। स्वतन्त्रता मिलने के बाद जिस तरह से उपनिवेशित राज्यों ने आर्थिक, राजनीतिक, प्रशासनिक और शैक्षणिक संस्थाओं और समस्याओं को उत्तराधिकार में पाया, उसी तरह भाषा को। प्रश्न उठता है कि जिन देशों में अपनी विकसित भाषाएँ हैं, उन देशों में क्या ये विदेशी भाषाएँ उसी औपनिवेशिक वर्चस्व के साथ रह सकती हैं?

हम अंग्रेजी को लें। ब्रिटेनवालों ने हमेशा ही अपनी अंग्रेजी को उपनिवेशों की अंग्रेजी से अलग माना। यह प्रवृत्ति दोनों देशों के लेखकों, विचारकों और प्रशासकों में शुरू से ही रही है। उन्हें लगता रहा है कि ब्रिटेन के सन्दर्भ और अवधारणा की शब्दावली तथा जिस तरह से मूल्यबोध लेकर वह चलती है, उस तरह से वह उपनिवेशित देशों के सन्दर्भ अवधारणा और मूल्यबोध को लेकर नहीं चल सकती। आस्ट्रेलियाई कवयित्री जुडिथ राइट ने जो बात आस्ट्रेलिया के सन्दर्भ में कही है, वह सभी जगहों के लिए समीचीन है। राइट ने कहा है कि यूरोप के लोग जब पूरी दुनिया में फैले तो उन्हें लगा कि उनकी भाषा की परम्परा तथा रिक्थ वहाँ कमजोर पड़ता जा रहा है। "The older culture which had given the settler's life a meaning beyond the personal, by linking him with past, began to loose power over him. It had authority still, but his real share in it dribbled away, for the true function of an art and a culture is to interpret as to ourselves and to relate us to the country and the society in which we live." यानी अब तक प्रयुक्त हो रही अंग्रेजी इस नये वातावरण के विशिष्ट दृश्यों, ध्वनियों, अनुभवों आदि को सम्प्रेषित करने में सक्षम नहीं है। इसलिए भाषा को बदलने की जरूरत पड़ी। लेकिन यह काम हो कैसे? बिल एस्क्रोफ कहता है कि यह परिवर्तन भाषा का स्तर गिराकर किया गया। सिद्धान्तस्वरूप कहा गया कि सभी भाषिक उच्चार यानी पाठ विशेष सन्दर्भों से, विशेष स्थितियों से बनते हैं और सम्प्रेषित होते हैं। उनका अर्थ इस पाठोत्पादन के विशेष क्षण और स्थान पर निर्भर करता है। दोनों ही पाठ के अर्थ को सीमित करते हैं और उसे तय करते हैं। इसलिए उन्हीं शब्दों का अर्थ औपनिवेशिक सन्दर्भों में बदल जाता है। परिणामस्वरूप यह भाषा मूल भाषा से दूर चली जाती है, अलग हो जाती है।

सवाल उठता है कि यूरोपवालों के आने से पहले से ही जो लोग वहाँ रहते थे और उच्चता ग्रन्थि से भरे हुए ये उपनिवेशक लोग, जिन्हें कहीं आदिवासी (Aboriginal) तो कहीं 'नेटिव' कहते थे उनकी भाषा और साहित्य को उन्होंने क्या स्थान दिया? कहना न होगा कि आदिवासी लोगों के भाषा और साहित्य को एक तो भाषा व साहित्य माना ही नहीं गया—अधिक-से-अधिक सम्पर्क की बोली और लोक साहित्य माना गया—और उनका अध्ययन नृतत्त्वशास्त्र के हवाले कर दिया गया। नेटिव लोगों की भाषा और साहित्य का अध्ययन प्राच्यवाद और समाजशास्त्र जैसे विषयों के चौखटे में किया गया। आंकने का मानदण्ड अंग्रेजी भाषा और साहित्य को बनाया गया, बरबस उन्हें नीचा दिखने के लिए।

सच्ची बात यह थी कि उनकी भाषाओं में प्रतिरोध का साहित्य लिखा जा रहा था जो यूरोपीय भाषाओं में लिखे जा रहे साहित्य के बरखिलाफ पड़ता था, इसलिए उसे हाशिये पर डालने का निरन्तर सफल प्रयास होता रहा। यहाँ तक कि उन भाषाओं को भाषा का दर्जा देने में भी हिचक रही और तमाम भाषाओं और बोलियों को इस प्रक्रिया में खा ही डाला गया। खैर, उस यूरोपीय अंग्रेजी साहित्य में स्थानीय आदमी दोयम दर्जे का कुली, निगर, शामी, पिनकी, बनकर ही प्रवेश पाता था गौण पात्र के रूप में। यदि कहीं प्रमुख बनता भी था तो खलनायक के रूप में। फिर यदि कोई आदिवासी या नेटिव अंग्रेजी में लिखता भी था तो उसका संज्ञान नहीं लिया जाता था। कनाडियन लेखिका लारोक जो बात नेटिव स्त्री लेखिका के बारे में कहती हैं, वह बात इस तरह के पूरे लेखन पर लागू होता है—"Native people who have written in English have found it difficult to be heard, or even have their critical representations dismissed as parochial ...Native readers and writers do not look at English words the same way as non-natives may, for we have certain associations with a post of them. It is difficult to accept the following terms as neutral : savage, primitive, pagan, medicine man, shaman, warrior, squaw, redskin, hostile, civilization, developed, progress, the national interest, bitter, angry, happy hunting grounds, brave, buck, redman, chief, tribe or even Indian. These are a few of the string of epithets that have been pejoratively used to specifically indicate the ranking of Indian peoples as inferior to Europeans, thus to perpetuate their dehumanization."

यही प्रवृत्तियाँ आज भी काम कर रही हैं। यह अंग्रेजी या किसी भी यूरोपीय भाषा में लेखन 'आन्तरिक उपनिवेशवाद' पैदा कर रहा है, जिसमें स्थानीय लोगों की जीवन दृष्टि, जीवन मूल्य, भाषा और प्रतिनिधित्व को संकीर्ण कहकर दरकिनार किया जा रहा है।

भारत में यानी एक उपनिवेशित देश में तमाम देशी भाषाओं के साथ-साथ अंग्रेजी में भी कुछ प्रभावशाली रचनाकार आज हैं, जैसे राजा राव, आर. के. नारायन, नयनतारा सहगल, के. की. दारूवाला, सलमान रुश्दी, अमिताभ घोष। किन्तु क्या उनके लेखन को हम राष्ट्रीय लेखन के रूप में ले सकते हैं? नहीं। कारण उपरोक्त है। जिन लोगों ने अपने देशज मूल्य को स्थापित किया है या बढ़ावा दिया है, उनका लेखन अंग्रेजी में होने पर भी अंग्रेजों ने स्वीकार नहीं किया है। ऐसे ही एक रचनाकार हैं अरविन्द घोष। उन्होंने अंग्रेजी में महान् साहित्य की रचना की है। यदि किसी अंग्रेज ने 'सावित्री' महाकाव्य लिखा होता तो उसे नोबेल पुरस्कार दिया गया होता, सम्भवतः मिल्टन के समकक्ष का रचनाकार माना गया होता। क्यों? इसीलिए न कि उन्होंने भारतीय जीवन दृष्टि, भारतीय जीवन समस्या, भारतीय परिवेश का चित्रण किया है, जबकि ये स्वीकृत तमाम दूसरे उसे हटाने की कोशिश करते रहते हैं। उन्हें यदि राष्ट्र के प्रतिनिधि के रूप में लिया जाये तो क्या उचित होगा? एजाज अहमद के तर्कों को हम ऊपर देख आये हैं। उसी तरह की बात केनियाई लेखक ङ्गी वा थियोङ'ओ करते हैं और अपनी मादरी जुबान 'गिकुयू' में लिखते हैं, 1980 से अंग्रेजी में लिखना छोड़ दिया है। अपनी महत्त्वपूर्ण पुस्तक 'Decolonizing Mind' में लिखते हैं, "To dismiss a language is to dismiss a whole culture... Culture embodies those morals, ethical and aesthetic values, the set of spiritual eye-glasses, through which (a people) come to view themselves and their place in the universe. Values are the basis of a people's identity; their sense of particularity as members of the human race. All this is carried by language. Languages as culture is the collective memory bank of a people's experience in history." यानी अंग्रेजी में लिखना शोषकों के मूल्य से साबका रखना है—ये शोषक चाहे भूतकाल के ही क्यों न हों, जगत् को उपनिवेशकों की दृष्टि से देखना है, "and not through the inherited spiritual eye-glass." यानी यहाँ भाषा—अंग्रेजी भाषा—उस राष्ट्रीय चेतना को बाधित करती है, जिसे आजादी के बाद बनना चाहिए था। इसलिए इसके इस्तेमाल का विरोध होना ही चाहिए। यही बात डॉ. राममनोहर लोहिया करते थे।

(4)

हम दूसरी कोटि के विचारकों पर आते हैं। अबतक के विश्लेषण से स्पष्ट हो गया होगा कि एडवर्ड सईद की स्थापनाओं के आलोक में एक बात यह जाँची गयी कि औपनिवेशिक विषयवस्तु को लेकर अबतक का किया गया लेखन औपनिवेशिक विमर्श का समर्थन करता है कि विरोध करता है। दूसरी बात यह जाँची गयी कि यह लेखन सिर्फ साहित्यिक पाठ न रहकर किस तरह से और किस हद तक उपनिवेशित लोगों का प्रतिनिधित्व करता है, उपनिवेशकों की धारणा का विरोध करता है। भाभा, स्पीवाक्, आशीश नन्दी, रंजीत गुहा, ज्ञानप्रकाश, वगैरह इसी कोटि के विचारक हैं। तीसरी बात 'Empire write back' की हुई। इसमें कहा गया कि पहले के दो तरह के विचार, और दूसरावाला तो निश्चय ही हाशिये की ओर से केन्द्र की ओर पुनः संक्रमित करने का विमर्श है। इसलिए यह राष्ट्रमण्डलीय लेखन न होकर उत्तर

औपनिवेशिक लेखन है, क्योंकि यह राजनीतिक स्तर पर अधिक उग्र, स्थिति की दृष्टि से अधिक स्थानीय और सार्वदेशिक सार्वकालिक प्रासंगिकता की बात नहीं करता, जैसा कि राष्ट्रमण्डलीय साहित्य अपने मानववादी आधार पर करता था, "They were deemed to pose direct challenges to the colonial centre from the colonized margins, negotiating new ways of seeing that both contested the dominant mode and gave voice and expression to colonized and once-colonized people. Post colonial literature were actively engaged in the act of decolonizing mind"—Tiffin.

इस विचारधारा के प्रवर्तक तीन आस्ट्रेलियन साहित्य विचारक थे--बिल एस्क्रफट, गारेथ ग्रिफिक्स और हेलेन टीफिन।

हम पहले साहित्य की उनकी राष्ट्रमण्डलीय और उत्तर औपनिवेशिक अवधारणा को लेते हैं। 'कामनवेल्थ लिटरेचर' उपनिवेशों में लिखे गये अंग्रेजी साहित्य का समुच्चय है, चाहे वह उपनिवेश के दौर में लिखा गया हो, या उसके बाद, जबकि उत्तर औपनिवेशिक उस साहित्य को, और उसके माध्यम से तमाम अंग्रेजी साहित्य को देखने का एक ढंग है। इसलिए उत्तर उपनिवेशवाद एक मानदण्ड है, साहित्य का दर्शन है, जबकि राष्ट्रमण्डलीय साहित्य स्वयं पाठ है। पहले उस पाठ को देखने का जो ढंग था, वह उपनिवेशकों के देश में लिखे जा रहे साहित्य और उसके आधार पर बना मानदण्ड था। जाहिर है कि उत्तर उपनिवेश के मानदण्ड का जन्म उपनिवेशों के विघटन के बाद शुरू हुआ, जबकि साहित्य पहले से ही रचा जा रहा था। इस साहित्य में पहले मानववाद ढूँढ़ा जाता था, अब उग्रता और स्थानिकता ढूँढ़ी जाती है।

उपरोक्त तीनों लेखकों ने सलमान रुश्दी की इस बात से इशारा पाकर कि, 'अंग्रेजी भाषा का विउपनिवेशीकरण किया जाना चाहिए' उसे एक मुकम्मल साहित्यालोचन के सिद्धान्त में ढालना चाहा। कहा कि विउपनिवेशित देशों का साहित्य मूलतः औपनिवेशिक शक्तियों की भाषा का प्रतिरोध करता है, उसके विश्वदृष्टि को खारिज करता है और प्रतिनिधित्व के नये ढंग रचता है। इसके लिए उन्होंने कहा, "This refashioning works in several ways. Writer create new 'englishes' (the lack of capital E is deliberate) through various strategies : inserting untranslatable words into their texts; by glossing seemingly obscure terms; by refusing to follow standard English syntax and using structures derived from other languages, incorporating many different creolized versions of English into their texts."

यह लेखन परम्परा से प्राप्त उस अंग्रेजी लेखन को खण्डित कर किया जाता है, जो केन्द्र से बोलती है और यह वर्नाक्युलर यानी देशी भाषाओं के प्रभाव में किया जाता है, उसकी जटिलता को अंगीकार कर किया जाता है। गौर करने की बात यह है कि यह सब भाषा के स्तर पर होता है, विषयवस्तु के स्तर पर नहीं। यह भाषा प्रचलित भाषा से भिन्न और एक रिक्ति लिये होती है। और यह रिक्ति या, "Gap is not negative but positive in its effect. It presents the difference through which an identity (created or recovered) can be expressed." इस रिक्ति के फलस्वरूप ही यह भाषा नये मूल्यों और अस्मिताओं को व्यक्त कर पाती है और नये मूल्यों को रचती है। तब भी एक सवाल बना ही रह जाता है कि क्या वह वास्तविक मूल्यबोध और अस्मिता को व्यक्त कर पाती है, पूर्व के अस्वीकार के बावजूद? क्या राजाराव का 'कन्थापुरा' उसी स्तर का और उसी सच का प्रतिनिधान है जो श्रीलाल शुक्ल का 'विश्रामपुर का सन्त' गोचर करता है? एक भाषा यदि अपने पुराने स्वरूप को अस्वीकार करती है और नये बोध को पकड़ती है तब सवाल उठता है किसका बोध? नयी अस्मिता रचती है तो सवाल उठता है किसकी अस्मिता? भारतीय अंग्रेजी साहित्य में मुल्कराज आनन्द भले ही कुछ आम आदमी की बात उठाते हों, जो एक सामान्य भारतीय हो सकता है, लेकिन वह काम आर. के. नारायन और नयनतारा सहगल से आज नहीं हो पाता।

फिर भी इस दृष्टि ने क्लास रूम में पढ़ाये जा रहे अंग्रेजी साहित्य को पढ़ाने के ढंग को कुछ बदला है।

इस दृष्टि की आलोचना कई तरह से की जा सकती है। एक तो यही कि यह तमाम देशों में रचे जा रहे साहित्य की सम्पूर्णता को ध्यान में रखकर चलती है। तब स्थानीय परिस्थिति, काल-खण्ड और उनके मूल्य बोध की बात बेमानी लगती है। पढ़ने-पढ़ाने का एक ही एजेण्डा तमाम भिन्न इलाकों में काम करने लगता है। फिर यह लिंगभेद को पूरी तरह से ध्यान में नहीं रख पाता। स्त्रीवादियों ने स्पष्ट किया है कि, "Women and men do not live post coloniality in the same way." इसका असर अन्तर्वस्तु पर ही नहीं भाषा पर भी पड़ता है। यही बात वर्ग विभेद के सन्दर्भ में भी कही जा सकती है। एक सामान्य सिद्धान्त की तलाश में ख्वाजा अहमद अब्बास और के. की. दारूवाला की भिन्नता भुला दिया जाता है। चौथे राष्ट्रीय भिन्नता को भी भुला दिया जाता है। उपनिवेश समाप्त होने के बाद जिन देशों में सत्ता उस देश में रह रहे अंग्रेजों को मिली जैसे आस्ट्रेलिया, न्यूजीलैण्ड, कानाडा और आरम्भ में दक्षिण अफ्रीका उन देशों का लेखन उन देशों से भिन्न रहा, जहाँ सत्ता सीधे स्थानीय लोगों को मिली जैसे भारत, पाकिस्तान, बर्मा, हिन्देशिया, हिन्दचीन वगैरह। फिर इन देशों में भी तमाम भिन्न जातियों के लोग बसते थे। वे जब अपना जातीय जीवन लिखते थे तो वह एक ही रंग में रखा राष्ट्रीय जीवन नहीं होता था। निस्सीम इजकील की कविता वही नहीं कहती जो जयन्त महापात्रा की। और यह अन्तर कवि-व्यक्तित्व का अपना अन्तर मात्र नहीं है, उस कम्युनिटी का भी अन्तर है, जिसमें कवि रहता है। फिर अमेरिका का आरम्भिक लेखन उत्तर औपनिवेशिक होने की जगह नवऔपनिवेशिक कहा जाना अधिक समीचीन होगा। पाँचवें एक सवाल यह भी उठता है कि क्या पूरा-का-पूरा उपनिवेश समाप्त होने के बाद का लेखन उत्तर औपनिवेशिक कहा जा सकता है? क्या पूरा-का-पूरा लेखन उपनिवेशवाद के विरुद्ध है? नीरद चौधरी को पढ़ते हुए तो ऐसा नहीं लगता। न ही वी. एस. नायपाल को पढ़ते हुए। फिर लेखन सिर्फ अतीत के ऊपर सवाल जवाब के लिए नहीं होता, तात्कालिक जरूरत के लिए भी होता है, सांस्कृतिक बदलाव को आचक्षु करने के लिए होता है, सिर्फ मन को विउपनिवेशित करने के लिए नहीं होता।

यहीं दो विचारकों की बात और नोट कर लेने की जरूरत है। एक हैं लारोक। उनकी कुछ प्रस्तुतियों को हम ऊपर देख चुके हैं। आगे उनका कहना है कि बजाय अंग्रेजी के स्थानीयकरण के हमें 'शुद्ध अंग्रेजी' (chaste english) सीखनी चाहिए और उसी में अपनी बात कहनी चाहिए, जिससे कि उसके आलोचकों को हमारी भाषा को खराब कहकर और इसलिए अस्वीकार करने का मौका नहीं मिलना चाहिए, बल्कि इससे सुगमतापूर्वक बताया जाना चाहिए कि हम अपने स्थानीय देश का जीवन, दृष्टि और मूल्य उपनिवेशकों की भाषा में ही बताने में समर्थ हैं। और अंग्रेजी या इस मामले में कोई भी भाषा अंग्रेजों या अन्यों की बपौती नहीं है, "To read, speak and write in English is the birth right of any contemporary native people. I have sought to master this language so that it would no longer master me."

यही बात कैरिबियन आलोचक एडवर्ड कमाऊ ब्राथवेट कहता है। अपनी महत्त्वपूर्ण पुस्तक 'History of Voices' में कहता है कि वहाँ के कवि अपने देश और लोग को विशेष अनुभूतियों, सरकारों और दृश्यों को अंग्रेजी में उसे 'nation of language' बनाकर बड़ी सफलतापूर्वक रख रहे हैं। उसमें नयी तरह की ध्वनियाँ, लय, वाक्य विन्यास, अभिव्यक्ति के लिए नूतन प्रयोग, जिनकी जड़ें मूल अफ्रीकी बोली में खोजी जा सकती हैं, शामिल कर रहे हैं, वह भी एक 'चेस्ट' भाषा में। वहाँ 'स्टैण्डर्ड इंग्लिश' को 'नेशन लैंग्वेज' में रूपान्तरित कर दिया जा रहा है, जिसमें तमाम बोलियों के तत्त्व समाहित कर दिये जा रहे हैं। परिणामस्वरूप वह चेस्ट अंग्रेजी जनबोली और जनवाणी बनती जा रही है। सिर्फ 'एलीट' की भाषा बन कर नहीं रह जा रही है। यह बहुलता अंग्रेजी को समृद्ध कर रही है। भारत में भी इधर 'हिंगलिश' चल पड़ी है। आज के लिखे-पढ़े लोग जो न तो ठीक से अंग्रेजी जानते हैं और न ही हिन्दी, दोनों के घालमेल

से अपनी बात कह रहे हैं। इससे एक तरफ वे अशिक्षितों में शिक्षित होने का रोब गाँठ रहे हैं तो दूसरी तरफ शिक्षित का मतलब विदेशी में दीक्षित हो जाना माननेवालों के बीच अपने को स्वदेशी भी कह रहे हैं। अभी तक यह स्थिति बोली के स्तर पर है। पर अब लिखने की माँग उठने लगी है। कहा जा रहा है कि, ''जिस तरह से तू बोलता है, उस तरह से लिख।'' देखिये इस भाषा में कोई पुस्तक कब आती है। और आती भी है तो क्या वह उत्तर औपनिवेशिक विमर्श में उसी तरह से शामिल होने के योग्य होगी जिस तरह से कैरिबियन कवियों की रचनाएँ आज शामिल हो रही हैं? गौर करने की बात यह है कि ये विचार ङ्गी वा थियोङ' ओ की धारणा और कर्म के ठीक विपरीत हैं।

(5)

उत्तर उपनिवेशवाद की अवधारणा और भी स्पष्ट हो जायेगी यदि हम इसे कुछ अन्य समसामयिक अवधारणाओं के साथ सम्बन्ध और अलगाव के आलोक में जाँचे।

ऊपर हम 'कामनवेल्थ साहित्य' से इसका सम्बन्ध और अन्तर देख आये हैं। कामनवेल्थ साहित्य का एक आलोचक मैक्लियाड है। वह कहता है कि यह साहित्य वहीं उपजा जहाँ राष्ट्रीयता की भावना कमजोर थी। इस साहित्य ने वहाँ के वाशिन्दों को एक दृष्टि दी, राष्ट्रीय और सांस्कृतिक अस्मिता प्रदान की। अपनी बात सत्यापित करने के लिए वह कहता है कि फिजी, हांगकांग और माल्टा में ऐसा साहित्य नहीं लिखा जा सका, क्योंकि वहाँ के लोगों में राष्ट्रीयता की भावना पनप नहीं पायी। कुछ दूसरे विचारकों ने कहा कि यह विशिष्ट राष्ट्रीय और सांस्कृतिक पहचान गौण थी, प्राथमिक था इन सभी में एक सामान्य चिन्ता की खोज, चाहे वह जीवन मूल्य के रूप में ही क्यों न हो। जैसा कि वाल्ज लिखते हैं, "Commonwealth literature certainly dealt with national and cultural issues, the best writing possessed the mysterious power to transcend them too." जानने के लिए इस साहित्य को अंग्रेजी साहित्य के मूल्यांकन की संहिता के आलोक में देखा जाना था। यानी उन देशों में अपने साहित्य से बने मानदण्ड (यानी अभिनव गुप्त और रामचन्द्र शुक्ल या हिरेन गोहाइन के बनाये मानदण्ड) को छोड़ देना था। यही नहीं स्वयं वहाँ हुए अंग्रेजी लेखन के मानदण्ड को भी अस्वीकृत कर देना था। क्योंकि वे क्षेत्रीय थे और उनसे सारभौम और स्थायी प्रासंगिकता नहीं निःसृत की जा सकती थी। जैसा कि नारमन जेफर्सन कहते हैं, "A Commanwealth writer of value wants ultimately to be judged not because he gives us a picture of life in a particular place, in a particular situation but by the universal, lasting quality of his writings judged by neither local, nor yet national standards. Good writing is something which transcends borders, whether local or national, whether of mind or of spirit."

यानी राष्ट्रमण्डलीय साहित्य अंग्रेजी साहित्य की कसौटी पर कसे जाकर और आगे कसे जाने के लिए अंग्रेजी साहित्य का अधीनस्थ होना था, उसके पारम्परिक पठन के आधार पर बने कालातीतता और सार्वदेशिकता पर मूल्यांकित किया जाना था। दूसरी आधारभूमि उदारवादी मानववाद था, जो पेटरबेरी के शब्दों में, "The moral preoccupations relevent to the people of all the times and places" है। वह कलात्मक प्रयास (endeavour) की कोटि था, अकादमिक अध्ययन के महत्त्वपूर्ण क्षेत्र का था और ब्रिटेन के मूलतः महत्त्वपूर्ण कार्यवाही से सम्बन्धित था। इसलिए आलोचकों ने उसे गौण न मानकर उस पर गहरी दृष्टि डाली।

यह मानववाद 'उदारवादी' विशेषण के साथ 1970 के दशक में साहित्यालोचन के क्षेत्र में एकदम से बहुप्रचारित हो गया। उदारवादी का मतलब यहाँ राजनीतिक रूप से क्रान्तिकारी और फिर मूलवादी से भिन्न है और परिणामस्वरूप राजनीतिक मुद्दों पर अप्रतिबद्धता है। मानववाद का अर्थ भी कुछ वैसा ही है। अपने में कई नकारात्मक विशेषताओं को लिये हुए है, जैसे गैर-मार्क्सवादी, गैर-स्त्रीवादी, गैर-सैद्धान्तिक वगैरह। उदारवादी मानववादियों को विश्वास है कि मानव-स्वभाव अविचल और स्थायी है,

जिसे साहित्य अभिव्यक्त करता है। स्वयं उदारवादी मानववादी विचारक इस शब्द का प्रयोग अपने लिये किसी स्कूल की तरह नहीं करते। दूसरे तमाम लोग जो किन्ही विचारकों को मार्क्सवादी, संरचनावादी, शैलीविज्ञानी आदि के रूप में नहीं पाते, उन्हें उदारवादी मानववादी कह देते हैं। फिर भी इस उदारवादी मानववादी चिन्तन में कुछ एकरूपता देखी जा सकती है।

इस मानववाद की पहचान भले ही 1970 के दशक में पुनः हुआ हो, इसका इतिहास लम्बा है। आधुनिकता की सबसे बड़ी विशेषता नये मनुष्य की अवधारणा मानी जाती है। यह नया आदमी धर्मो में वर्णित आदमी से भिन्न है। यूरोप में व्याप्त धर्म ईसाइयत में आदमी पतन का प्रतीक है, जो निरन्तर पाप में बँधा है। यह और बात है कि इस पाप के कारण ही उसे मुक्ति मिल सकेगी, यदि ईश्वर की कृपा मिल जाये। यह ईश्वरकृपा प्रयत्न करने से मिलेगी, इसका एकमात्र रास्ता ईसा मसीह ने सुझाया है, जो मानवकल्याण के लिए, उसके पापों के प्रायश्चित्त के लिए क्रास पर चढ़ गये। दरअसल वे ईश्वर के पुत्र थे, जिन्हें ईश्वर ने जगत् के कल्याण के लिए धरती पर भेजा था। (इसी तरह अंग्रेजों को भेजा है गैर अंग्रेजों के तरन-तारन के लिए) उनकी पवित्र आत्मा आदमी को ईश्वर से जोड़ेगी। सिर्फ इस अनवरत पाप के कारण ही नहीं, सामाजिक व आर्थिक जकड़नों में आदमी को देखकर रूसो चीख उठा था कि उसका जन्म तो आजाद हुआ था, किन्तु वह जंजीरों में जकड़ गया है। ये जंजीर ईश्वर के हैं, प्रकृति के हैं, मानव-निर्मित संस्थाओं के हैं। यदि वह उन्हें बदल दे, तोड़ फेंके तो मुक्त हो जायेगा। उससे पहले बेकन कह चुका था कि यदि धर्म, राज्य, समाज और परिवार के वर्चस्व से आदमी मुक्त हो जाये, तो वह नयी सम्भावनाओं का अकूत खजाना है। यह मुक्ति राज्य के माध्यम से मिलेगी। दरअसल राज्य का उद्देश्य ही यही है।

इस चिन्तन की जड़ें रेनेसाँ में हैं, जो स्कोलेस्टिसिज़्म के बरक्स विकसित हुआ। स्कोलेस्टिसिज़्म में तर्कशास्त्र, गणित, नक्षत्र विज्ञान, ओषधि, धर्म विज्ञान, विधि व प्रकृति विज्ञान सभी की पढ़ाई एक साथ होती थी। इसे अन्ततः प्रकृति विज्ञान कहा जाता था। आदमी को केन्द्र में रखकर पढ़ाई सोलहवीं सदी के मध्य में इटली में आरम्भ हुई, जिसमें मनुष्य की उपलब्धियों पर जोर दिया गया और उसी तरह आगे उपलब्धियों को प्राप्त करने के लिए उसे तैयार करने की बात कही गयी। उसके लिए उदारवादी क़लाओं को लेकर पाठ्यक्रम बनाया गया। इस पढ़ाई का उद्देश्य, जैसा कि पाल बोव कहते हैं, "Was an accumulative, co-operative project for the production of knowledge, the exercise of power and the creation of carriers."

इस अध्यन की जड़ें बहुत गहरी थीं। सिसरो ने कहा था कि कला और साहित्य का अध्ययन मानव ज्ञान के लिए बहुत अर्थपूर्ण है। उसके पहले होमर ने कहा था कि 'म्युज' यानी कला की देवी सभी तरह के ज्ञान की खजाना हैं। वर्जील ने कहा था कि वह देवी बौद्धिक क्षमताओं और दर्शन की अधिष्ठाता तथा संरक्षिका हैं। रेनेसाँ काल में इसका दार्शनिक लियोनार्दो ब्रूनी ने कहा कि कविता, कहिये साहित्य, सभी मानवीय ज्ञान की बुनियाद हैं। यह अपने विस्तार में सार्वदेशिक हैं, इसलिए इसकी शिक्षा द्वारा पूर्ण आदमी बनाया जा सकता है—इस काम के लिए वह पर्याप्त है। प्रेट्रार्क ने उसके चिन्तन को आगे बढ़ाते हुए कहा कि कलाएँ दो प्रकार की होती हैं, एक यान्त्रिक, दूसरी उदार। यान्त्रिक कलाएँ दरअसल कौशल हैं, जिनका उपयोग उपकरण के रूप में नित्य प्रति होता है, जबकि उदारवादी कला स्वयं मनुष्य के निर्माण के लिए होती है और वह कौशल नहीं है, मनोवृत्ति के निर्माण से सम्बन्धित है। इसकी विस्तृत व्याख्या करते हुए हेडेग्गर कहता है कि विभाजन दरअसल आदर्शपरक व्यवहारवादी मानवीय व्यक्ति और बर्बर मनुष्य की है।

इस विकास से इतना तो स्पष्ट हो जाता है कि रेनेसाँ का आदमी अपनी साहित्य सम्बन्धी शिक्षा से सभ्यता का प्रतिनिधि बेहतर आदमी तो बनता है, किन्तु यह साहित्य की शिक्षा उसे दूसरे अनुशासनों की शिक्षा से वंचित कर अपूर्ण आदमी ही बनाती है। इसी को ध्यान में रखकर फूको इस पर हमला करते हुए लिखते हैं, "(it works) as a double repression. In terms of those whom it excludes from the process and in terms of model and the standards (the bars) it imposes on those recieving this model."

बात इतनी ही नहीं है। ज्ञानोदय का आदमी और उसका राज्य के लिए उपयोग और भी खतरनाक है। यह वैज्ञानिक मानववाद यूँ तो साहित्यिक मानववाद की ही तरह मनुष्य को केन्द्र में रखता है– उसी से शुरू करता है और वहीं पहुँचता है कि मनुष्य क्या है और क्या जानता है–लेकिन जहाँ रेनेसाँ मानववाद में मनुष्य अपने ज्ञान से निर्मित होता है और उसमें शिक्षा की अपनी भूमिका है, ज्ञानोदयी मानववाद में मानवता चीजों को जानने की पद्धति से बनती है–उसे बनाना ही पद्धति का काम है। जैसा कि दिदरो कहता है उसका सरोकार ज्ञान-मीमांसा की संरचना यानी ज्ञान के आधार और औचित्य से है। इस ज्ञान-मीमांसाई क्रान्ति का परिणाम मानवशास्त्रीय है। यह आत्म की अवधारणा को ही बदल देता है। चार्ल्स टेलर के शब्दों में यह आत्मनिष्ठा की आधुनिक समझ का निर्माण करता है। आदमी को इस तरह से प्रतिष्ठित करने में यह (और रेनेसाँ मनुष्य की अवधारणा भी) भी उपसिद्धान्त की तरह स्पष्ट करता है कि कुछ मनुष्य क्यों दूसरों की तुलना में कुछ ज्यादा ही मानवीय होते हैं–या तो बेहतर ज्ञान प्राप्त किये हुए होने के कारण या फिर संज्ञान लेने की बेहतर क्षमता से लैस होने के कारण। इसके उपयोग का सर्वोत्तम उदाहरण है भारत में शिक्षा नीति के सम्बन्ध में दिया गया लार्ड मैकाले का प्रवचन, "The intrinsic superiority of Western Literature is indeed fully admitted by those members of committee, who support the oriental plan of education... It is, I believe, no exaggeration to say that all the historical information which has been collected in sanskrit language is less valuable than what may be found in the paltry abridgments used at preparatory schools in England."

इन अवधारणाओं की परिणति यह है कि जो जानते हैं–यानी यूरोप के लोग, उपनिवेश बनानेवाले लोग उनको ईश्वर ने उपनिवेशित देशों के लोगों को अपने जैसा बनाने के लिए अतिरिक्त भार दे रखा है। उसे ही पूरा करने के लिए वे साम्राज्य बना रहे हैं, बढ़ा रहे हैं। उपनिवेशवाद स्थानीय लोगों के भले के लिए है। उसे ही व्यवहृत करने के लिए भारत की शिक्षा नीति बनाते हुए मैकाले ने कहा, "We are free, we are civilized to little purpose, if we grudge to any portion of the human race on equal measure of freedom and civilization." दुःखद आश्चर्य यह है कि उसी की तर्ज पर कार्ल मार्क्स कहता है, "England has to fulfil a double role in India. One destructive, the other regenerative—the annihilation of the Asiatic soceity and the laying of the material foundations of Western society in Asia."

इन तमाम स्थापनाओं का दर्शन गढ़ा जर्मन दार्शनिक शिलर ने। उसने कहा, "The primary objective of aesthetic education is the realization of rational state... Each individual being carries within him, potentially and prescriptively an ideal man, the archetype of a human being, and it is his life's task to be, through all his changing manifestations, in harmony with the unchanging unity of this ideal. This archetype, which is to be discerned more or less clearly in every individual, is presented by the state the objective and, as it were, the canonical form in which the diversity of individual subjects strive to unit."

इसका दूसरा दार्शनिक अंग्रेज साहित्यकार मैथ्यू एर्नाल्ड हैं। अपनी पुस्तक 'Culture and Anarchy' में लिखा है, "Culture suggests the idea of state. We find no basis for a firm state-power in our ordinary selves, culture suggests one to us in our best selves."

इस संस्कृति का निर्माण जो वास्तव में सभ्यता है, शिक्षा से होता है और शिक्षा साहित्य और कला की दी जाती है। विज्ञान तो उपकरण बनाने के लिए होता है, इसलिए लाभकारी होता है। लेकिन विचार उस अर्थ में अलाभकारी होते हैं। 'डिस्इण्टरेस्टेड' होते हैं। इस 'डिस्इण्टरेस्टेड' पर दो बातें कही जा सकती

हैं। एक तो यह, जैसा कि सेनेका और पेट्रार्क ने कहा था। एर्नाल्ड 'डिस्इण्टरेस्टेड' का इस्तेमाल अन्तिम, वास्तविक, राजनीतिक और व्यावहारिक हितों को अनुचित ठहराने के लिए किया, उन्हें राज्य से बाहर ठहराने के लिए किया। उन्हें वह असंस्कृत व ईष्यालु श्रमिक वर्ग में वर्तमान पाता है, जो रेनेसाँ के 'मेकानिकोस' के वंशज हैं। पहले उन्हें तमाम अल्पसंख्यक समूहों में विचरित करते पाया जाता था या जिन पर शासन करना लगभग असम्भव होता था, साम्राज्यी विस्तार के भीतर। दूसरे एर्नाल्ड का यह 'डिस्इण्टरेस्टेड' ज्ञान के उत्पादन और बड़े हितों के बीच साँठ-गाँठ में राज्य की भागीदारी को बड़े ही प्रभावशाली ढंग से छिपा कर रखता है। रणनीति के रूप में यह उदासीनता राज्य के सार्वकालिक सार्वदेशिक होने के ढोंग को पूरी छूट देता है। यह विडम्बना ही है कि मार्क्स ने पहले ही कह दिया था कि, "Ruling class is compelled to present its interest as the common interest of all the members of society. That is, expressed in an ideal form: it has to give its ideas the form of universality, to present them as the only rational, universally valid ones."

इस मानववाद के गम्भीर आलोचकों में से एक नीत्शे हैं। वह कहते हैं कि एक तो 'pure origins' की कल्पना झूठी है, दूसरे प्रगति और उद्देश्य मीमांसा भी मिथ ही है। इतिहास बताता है कि मानवजीवन शुरू से ही दुर्भावना, लालच, असमानता और परिग्रह पर आधारित रहा है—'जेनेसिस' वाली पुस्तक इसी पतन को ही तो दिखाती है, जबकि मानववाद मानता है कि मानव जीवन का आरम्भ ही 'plenitude, presence and truth' पर आधारित है। प्रगति का आलम यह है कि इसने चौतरफा असमानता, विरोधाभास, मक्कारी और गुलामी फैलाया है। उद्देश्य-मीमांसा—दुनिया को योजना बनाकर बेहतर बनाने का प्रोजेक्ट गुलामी, शोषण, हिंसा और घृणा आदि की ओर ले गया है।

आज इस उदारवादी मानववाद के आलोचकों के दो समूह हैं। एक फूको, देरिदा और लोता का ग्रूप है जो बरास्ते मैक्स वेबर, मार्टिन, हेडेग्गर, थियोडोर एडोर्नो और मैक्स हरखेमर मानता है कि डेकार्त की अस्तित्व की धारणा 'अन्य' को निकाल कर बनी थी, जो स्वभाव से अमानववादी हैं। इसलिए उसको लेकर चली ज्ञानोदयी उद्देश्य मीमांसा भी अन्ततः अमानववादी ही होगी। इस अन्य का दर्शन रचते हुए फूको कहता है कि 'चिन्तयामि' में जो अचिन्त्य है, चिन्तन से बचा रह गया है वही 'अन्य' है। हेडेग्गर ने इस अन्य से मनुष्य से इतर को जद में लेना चाहा था। उसी को आगे बढ़ाकर फूको अपराधी, पागल, रुग्ण, विदेशी, समलैंगिक, अजनबी, स्त्री को लिया है। देरिदा इन्हें 'बचे हुए लोग' कहता है। लोता इन्हें घटना (event) में एकल या बहुल की अनअपचयित उपस्थिति मानता है। दूसरा ग्रुप मानववाद के जड़ में डेकार्त का विषय यानी मनुष्य इस अन्य के कारण जो अनुपस्थित, बहिष्कृत, निष्कासित और मौन बन जाता है, उसकी आलोचना करता है। बोमैन कहता है कि यह आज का आदमी जानने की शक्ति भी तो प्राप्त किये है और उसी के साहारे अनुपस्थित, बहिष्कृत, निष्कासित और मौन को जान पाता है। मानववादी साहित्य यही तो करता है। इसलिए यह आलोचना दरअसल सकारात्मक गुण में बदल देती है, मानववाद को। एडवर्ड सईद कहता है कि ये आलोचनाएँ अपने आदर्श रूप में जीवन को बढ़ोतरी देनेवाली हैं और हर तरह की तानाशाही, वर्चस्व और शक्ति के दुरुपयोग की विरोधी हैं। इनका उद्देश्य मानव मुक्ति के सन्दर्भ में बिना दबाव डाले ज्ञान का सृजन करना है। ज्ञान के क्षेत्र को और प्रतिनिधित्वपूर्ण बनाना है, जिसमें उपनिवेशित देशों के ज्ञान की अपनी भूमिका है। इस प्रकार कह सकते हैं कि उत्तर उपनिवेशवाद का आरम्भ मानववाद की आलोचना से शुरू होता है। उत्तर उपनिवेशवाद का आलोचनात्मक कलाप 'अन्य' पर ध्यान केन्द्रित कर निर्भरता और शोषण की कलई खोलता है। राष्ट्रमण्डलीय साहित्य यदि बरास्ते मानववाद उपनिवेशवाद के पक्ष में जाता है तो उसकी आलोचना से उत्पन्न उत्तर उपनिवेशवादी दृष्टि आजादी के पक्ष में जाती है।

(6)

एक ऐसी ही दूसरी अवधारणा संरचनावाद है, जिससे उत्तर उपनिवेशवाद का सम्बन्ध और अन्तर देखा जा सकता है। संरचनावाद का जन्म 1950 के दशक में फ्रान्स में हुआ। इसकी जड़ें नृतत्त्वविज्ञानी लेवी-स्ट्रास और साहित्य के विचारक रोला बार्थ के लेखन में है। संरचनावाद की मुख्य स्थापना यह है कि चीजों को बिलगाव में नहीं समझा जा सकता—उन्हें उस पूरी संरचना के परिप्रेक्ष्य में देखना होगा, जिसकी वे अंग हैं। इस संरचना की रचना बाह्य जगत् में अवस्थित वस्तुगत अस्मिताओं को आचक्षु करने की जगह जगत् को देखने के और अनुभवों को संगठित करने के ढंग से होती है। इसलिए अर्थ और तात्पर्य (Meaning and significance) वस्तुओं के भीतर अवस्थित सत्त्व नहीं होता, बल्कि वह वस्तुओं के बाहर सम्बन्धों में होता है। अर्थ हमेशा मानव-मन द्वारा प्रदान किया जाता है, वस्तुओं में अन्तर्भुक्त नहीं होता। साहित्य में इसका प्रयोग एक रचना की जगह तमाम रचनाओं में व्याप्त किसी मूलगामी तत्त्व की तलाश के लिए होता है, जिसकी व्याप्ति उन सभी रचनाओं में होती है। भाषा में इसकी निर्मिति संकेतक, संकेतित और दोनों से बने तात्पर्य से होती है। इस पर सास्यूर का कहना है कि यह अर्थ या तात्पर्य मनमाने ढंग से दिया जाता है और वह परम्परा से बरकरार रहता है। यह अर्थ सांविधिक होता है। फिर भाषा हमारे जगत् का निर्माण करती है, सिर्फ प्रतिबिम्बित तथा वर्णित नहीं करती। फिर 'लांग' और 'पेरोल' में अन्तर होता है। इसकी विस्तृत चर्चा मैं अन्यत्र कर आया हूँ। समाज के सन्दर्भ में इतना कहना है कि सभी सामाजिक संस्थाएँ और मानवीय वर्ग व्यवहार की प्रतीकात्मक व्यवस्था के रूप में देखे जाते हैं। समाजविज्ञानियों ने इसका इस्तेमाल सामाजिक निर्मितियों, राज्य के कलापों और क्रान्तियों की व्याख्या के लिए किया है। जैक लाकाँ कहता है कि मानवीय अचेतन की संरचना भाषा की तरह है और लेवी स्ट्रास कहता है कि आदिवासी समाजों को भाषिक संरचना की तरह देखा जा सकता है। दोनों में ही व्यक्तिगत तत्त्वों की अर्थवत्ता तभी जाहिर होती है, जब उन्हें पूरी संरचना में देखा जाये। यानी ये विचारक सामाजिक संवृत्ति को अन्तर्निहित कारणों या कारकों तक सीमित नहीं करते और न ही सामाजिक वास्तविकता को छोटी-छोटी अणु जैसी घटनाओं या तथ्यों तक अपचयित करते हैं। उन्हें तमाम असम्बद्ध और कभी-कभी अर्थहीन घटनाओं के आलोक में पूरी संरचना में व्याप्त सम्बन्धों के रूपाकारी व्यवस्था से जोड़कर देख सकते हैं। यानी सामाजिक परिघटना को तमाम तत्त्वों के सम्बन्धों, उनके अनेक जोड़-घटानों और उनके वास्तविक सम्बन्धों के विश्लेषण से व्याख्यायित कर सकते हैं। एक तो समाज के व्यवहारों में बहुत गहरी संरचनाएँ होती हैं, दूसरे उनमें रूपान्तरण के नियम भी काम करते रहते हैं। और इन्हें खोजा जा सकता है।

जाहिर है ऐसी सोच मानववाद की सार्वकालिकता और सार्वभौमिकता के खिलाफ पड़ती है। इसलिए यह उत्तर उपनिवेशवाद से जुड़ने की पूरी सम्भावना रखती है। एक शब्द लें, भारतीयों के लिए उपनिवेशकों द्वारा प्रयुक्त किया जानेवाला शब्द 'कुली'। यह शब्द प्रचलन में तब आया, जब सिराजुद्दौला को परास्त करने के बाद क्लाइव के नेतृत्व में अंग्रेजों की फौज मुर्शिदाबाद में घुसी। लूट-पाट के सामान को ढोकर उनके खेमे तक पहुँचाने के लिए वहाँ के आभिजात्य को मजबूर किया। इनको सम्बोधित करने के लिए 'कुली' शब्द का प्रयोग किया, क्योंकि अधिकांश लोग कुली मुर्शीद खान के वंशज थे। इस तरह वे इस सम्मानित शब्द का प्रयोग गाली के लिए करने लगे और पूरी दुनिया में भारतीय कुली, यानी बोझा ढोनेवाले बन गये। एक दूसरा शब्द है ''पैण्डी''। यह 'पाण्डेय' का बिगाड़ा रूप है। बैरकपुर बंगाल में जब मंगल पाण्डेय ने विद्रोह की घण्टी बजायी और वह पूरे उत्तर भारत में फैल गया तो अंग्रेज हर विद्रोही को 'पैण्डी' कहने लगे, इसी नाम से खोजने लगे। अंग्रेजों के लिए यह अवमानना का शब्द था, लेकिन विद्रोहियों के लिए सम्मान का। इसीलिए जब डुमरी गोरखपुर के बबुआन श्रीनेत बन्धु सिंह को 'समरी ट्रायल' कर अंग्रेज ने 'पैण्डी' करार कर उन्हें फाँसी दिया, तो वे खूब हँसे और इस शब्द के आगे नमन किया। इसी तरह से 'निगर', 'रेड इण्डियन' जैसे शब्दों से साम्राज्यवादी उपनिवेशिक वृत्तान्त को समझा जा सकता

है। उस वक्त के लिए विपुल साहित्य को व्याख्यायित किया जा सकता है। लेकिन अफसोस यह काम संरचनावादियों ने नहीं किया। इसलिए यह उत्तर उपनिवेशवाद से जुड़ नहीं पाया।

किन्तु उसी के विस्तार उत्तर संरचनावाद ने कुछ प्रयत्न किया है। देरिदा ने अपने लेख 'Write Mythology' में कहा है कि पश्चिम का विवेकमत स्वभाव से ही नस्लवादी है और साम्राज्यवादी है। इसी तरफ फूको ने जार्ज कांगुलहेम के बारे में अपने एक आरम्भिक लेख में पश्चिम के ज्ञानाश्रय और बुद्धिवाद के मृगतृष्णा को पश्चिम के आर्थिक वर्चस्व और राजनैतिक एकाधिकार से जोड़ा है। उसका समतुल्य पाया है। पश्चिम की संस्कृति और ज्ञान-मीमांसा ने जिस सार्वदेशिकता को जताया है, दोनों ने उसका विरोध किया है। शायद इसीलिए कुछ विचारक मानते हैं कि उत्तर संरचनावाद संरचनावाद का विस्तार नहीं, उसका विरोध है। उत्तर संरचनावादवाले कहते हैं कि उनके पूर्ववर्ती अपने विचारों को उनकी तार्किक परिणति तक ले जाने का साहस नहीं कर पाये, अन्यथा पाते कि संसार में एक उग्र अनिश्चितता होती है—न तो एक ऐसा केन्द्र होता है, जहाँ खड़े होकर विस्तृत दृष्टि डाली जाये, न ही कोई ऐसा मानदण्ड होता है, जिससे बातों को पूरी तरह से समझा जाये। यानी जगत् विकेन्द्रित होता है। इसलिए यदि उपनिवेशवादी अपने को उच्च, सभ्य, दैवी मिशन से ओत-प्रोत आदि कहते हैं तो गलत है, और उस दृष्टि से उपनिवेश के निवासियों को देखना तो और भी गलत। न तो कुछ अच्छा होता है, न ही कुछ बुरा, न कोई अगड़ा होता है, न ही कोई पिछड़ा, न तो कोई उच्च होता है, न ही कोई नीच। यदि संरचना को विनिर्मित कर दिया जाये तो ऐसे प्रवचन भरभराकर गिर पड़ते हैं। उपनिवेश और पिछड़े समाज के सन्दर्भ में देखें तो उसमें जो उच्चता का बोध है, वह व्यर्थ है और उपनिवेशितों को बेहतर बनाने का तर्क और मिशन बकवास है, शोषण का हथकण्डा है।

भाषा सम्बन्धी द्वैध व ध्रुवीकरण को समाज पर आरोपित करते हुए देरिदा बताता है कि यह विरोध आन्तरिक यानी विशेषाधिकार प्राप्त सत्त्व, जिसे प्रमुख माना जाता है और बाह्य यानी अन्य, जिसे गौण माना जाता है, का है। औपनिवेशिक लोग मानते हैं कि यह अन्य आन्तरिक की शुद्धता में खलल डालता है। उनकी यह सोच गलत है, क्योंकि गौण की जरूरत आन्तरिक को परिभाषित करने के लिए पड़ती-ही-पड़ती है। तब यह बाह्य भी उसी तरह प्राथमिक होगा, जिस तरह से आन्तरिक। वास्तव में यह आन्तरिक के निर्माण में एक अनिवार्य घटक है। इसलिए इन अवधारणाओं की श्रेणीबद्धता गलत है। औपनिवेशिक बनने के लिए उपनिवेशितों की भी उतनी ही जरूरत है और वे उतने ही महत्त्वपूर्ण हैं। वे आन्तरिक ढाँचा हैं। वैसे ही जैसे मार्क्सवाद में अधिरचना के लिए आधार होता है। विखण्डन में वास्तविकता की तह तक पहुँचने के लिए सिर्फ अधिरचना और आधार के सम्बन्ध को उलट देने से कुछ नहीं मिलेगा। सिर्फ पुरानी कोटियाँ नये रूप में सामने पड़ने लगेंगी। इसलिए आधार में व्याप्त आर्थिक प्रक्रिया का भी विखण्डन करना पड़ेगा। तभी राजनीतिक और सामाजिक प्रक्रिया ठीक से पकड़ में आ पायेगी। अन्तः ढाँचा यही प्रदान करता है। यह अन्तः ढाँचा (infrastructure) कूट (code) की तरह होता है, जिसके कुछ शब्दों का बार-बार दुहराव एक मानसिकता पैदा करता है। उसका विखण्डन कर वास्तविकता तक पहुँचा जा सकता है। देरिदा 'डिफरेन्स' के 'पन' (Pun) को लेकर खेलता है। उच्चारण में शब्द एक ही है, पर वर्तनी में दो हैं, और दोनों के दो अर्थ हैं। difference यानी भिन्नता और Differance यानी त्याग देना। पाता है कि उपनिवेशवाले जिसे 'त्याग' देना चाहते हैं वह दरअसल 'भिन्न' है। उसे वे त्याग तो सकते ही नहीं, क्योंकि उसे ही अपनाने के लिए, अपना जैसा बनानें के लिए वे दैवी मिशन लेकर चले हैं। इसलिए वह अस्मिता की सम्भावना से ओत-प्रोत है। Iterability यानी दुहराव और विकल्प का समुच्चय उसे अर्थ प्रदान करता है जो दोनों ध्रुवों की शुद्धता को घोलता-घालता रहता है। देरिदा इस अध्ययन को भाषा से निकालकर राजनीति, अर्थनीति, समाजनीति, संस्कृति आदि दूसरे अनुशासनों में ले जाता है। अफ्रीका के नस्लभेद (Apartheid) की व्याख्या वह इसी तरह से करता है, शब्द को पाठ में रूपान्तरित कर। उसके आधार पर वह पश्चिम के दर्शन और ज्ञान-मीमांसा को धुर नस्लवादी और साम्राज्यवादी पाता है।

गायत्री स्पीवाक् उत्तर औपनिवेशिकता का दर्शन देरिदा के इसी चिन्तन से जोड़कर रचती हैं। कहती हैं, "...When I first read Derrida I did not know who he was, I was very interested to see that he was actually dismentling the philosophical tradition from inside rather than from outside, because we were brought up in an educational system in India where the name of the hero of that philosophical system was the universal human being, and we were taught that if we could begin to approach an internationalization of that human being, then we could be human. When I saw in France someone was actually trying to dismantle the tradition which told us what would make as human, that seemed rather interesting too."

गायत्री स्पीवाक् अपने अध्ययन में पाती हैं कि पश्चिम का ज्ञान जिस आदमी को सारभौम बनाकर पेश करता है और जिसे बुद्धि विवेक से सम्पन्न कहता है, जिसे मानवीय, प्रगतिशील और न्यायोचित सामाजिक व्यवस्था की ओर बढ़ते हुए प्रस्तुत करता है, वह अपनी इस विश्वव्यापिकता आधारित औचित्य के कारण 'टोटैलिटैरियन' बन जाता है, जो 'अन्य' और 'भिन्न' को भकोस ले जाता है। यह विवेक-बुद्धि सम्पन्नता और सारभौम एकरस मानवस्वभाव एक ऐतिहासिक निर्मिति है और इसीलिए यह ऐतिहासिक प्रदत्तों और सीमाओं से बँधा हुआ है। जाहिर है कि स्पीवाक् का यह विचार सांस्कृतिक बहुलवाद की ओर ले जाता है जो उत्तर औपनिवेशिक अध्ययन के केन्द्र में है।

उदारवादी मानववाद की थोड़ी विवेचना हम ऊपर कर आये हैं। उसके Humanities (मानव व्यवहार सम्बन्धी अध्ययनों के विभिन्न विभाग) में टूट जाने से ज्ञान का स्वरूप सीमित और क्षेत्रीय होता चला गया है। वहीं से बात उठाते हुए गायत्री स्पीवाक् ने कहा कि उपनिवेशितों के जिस ज्ञान को इस मानववाद ने स्थानीय, संक्रमणशील और सीमित कहकर निचले पायदान पर रख दिया था, उसे ऊपर आने का अब मौका मिला है। अपने ज्ञान का जो उपयोग उपनिवेशवादियों ने सत्ता में आने के लिए किया था, उपनिवेशितों ने अपने ज्ञान का उपयोग उससे मुक्त होने के लिए किया और वहं उत्तर औपनिवेशिकता के निर्माण में आगे काम आता रहेगा 'as relay for a revolutionary machine to come.'

उत्तर संरचनावाद का दूसरा विचारक फूको अपने चिन्तन का आरम्भ देरिदा की आलोचना से करता है। वह देरिदा के विखण्डन के ढंग में कमी पाता है और आधुनिक समाजों में शक्ति, विषयगतता (subjectivity) और ज्ञान तीनों के चरित्र की मीमांसा करता है। कहता है कि ज्ञान वैसे तो अन्ततः 'will to truth' की ओर ले जाता है, वही यदि शक्ति का अंग बनता है तो शोषण का माध्यम बन जाता है। पश्चिमवालों ने ज्ञान को शक्ति का अधीनस्थ बनाकर यही काम लिया है। जरूरत है उससे मुक्त कराने की, जिससे कि वह सत्य की ओर जा सके।

फूको के चिन्तन के तीन चरण हैं, पहला आर्केलॉजिकल दूसरा, जिनीओलॉजिकल, तीसरा प्राब्लेमाइजाइजेशनल। पहले में वह सामाजिक सम्बन्धों, अस्मिताओं और सामाजिक उद्देश्यों के सृजन की बात करता है और कहता है कि उन्हें आर्थिक उत्पादन, सामाजिक संस्था और राजनीतिक व्यवहार जैसी आरम्भिक प्रपत्तियों में अपचयित नहीं किया जा सकता। परिणामस्वरूप वह विचारों के इतिहास के व्यवहार के लिए वैकल्पिक दिशा निर्देशों का निर्माण करता है। इस बात की विवेचना प्रस्तुत करता है कि किसी दिये हुए समाज में निर्वचन किस तरह से नियन्त्रित (regulated and controlled) किये जाते हैं। इस सन्दर्भ में वह विज्ञान और राजनीतिक निर्वचन का विश्लेषण करता है। कहता है, "The political behaviour of a society, a group, or a class is not shot through with a particular discribable discursive practice... Objects, enunciative modalities, concepts and strategies of political activity are discursively constructed and then articulated with specific forms of political behaviour, struggles, conflicts, decisions and tactics."

आगे वह इस निर्वचनीय विश्लेषण और प्रगतिशील राजनीतिक व्यवहार के सम्बन्ध को एक दूसरी दिशा में मोड़ देता है। दिखाता है कि किस तरह वैज्ञानिक निर्वचन राजनीतिक व्यवहार के औजार बन

जाते हैं। वहाँ विज्ञान शुद्ध ज्ञान का स्रोत न रहकर विशेष प्रकार के लोगों का उत्पादन बन जाता है या फिर किसी विशेष राजनीतिक कोण से 'स्वीकृत' या 'अस्वीकृत'। यानी राजनीतिक व्यवहार वैज्ञानिक नियमों के रूपान्तरण में भूमिका रखने लगता है। फिर विज्ञान की अवधारणाएँ जैसे अयवयवाद (organism) "कलाप (function)" विकास (evolution) आदि का इस्तेमाल राजनीतिक सामाजिक शब्दावली में होने लगता है। तब किसी 'आदर्श आवश्यकता' या 'सारभौम मानव विषयवस्तु' की जगह ऐतिहासिक रूप से विशिष्ट व्यवहार पर जोर दिया दिया जाने लगता है शक्ति प्राप्त करने के लिए।

फूको की इन स्थापनाओं की सबसे बड़ी कमी यह है कि निर्णय के नियमों का सैद्धान्तिकस्वरूप बहुत स्पष्ट नहीं है। फिर सत्य की भूमिका और उसके प्रति दृष्टिकोण स्पष्ट नहीं है। तीसरे निर्वचनीय और अनिर्वचनीय के बीच सम्बन्ध भी स्पष्ट नहीं है। उसका राजनीतिक और विचारधारात्मक विश्लेषण सैद्धान्तिक रूप से न्यायोचित नहीं ठहरते। एडवर्ड सईद इन्हीं कमियों से अपना सूत्र पकड़ता है और 'प्राच्यवाद' की स्थापना करता है। दूसरी संस्कृतियों के बारे में यूरोपवालों के विचार को वह प्राच्यवाद में समेकित करता है और उसे निर्वचन के रूप में गढ़ता है। लिखता है, "Without examining Orientalism as a discourse one cannot possibly understand the enormously systematic way by which European culture was able to manage—and even to produce—the orient politically, sociologically, militarily, ideologically, scientifically and imaginatively during the post-Enlightenment period."

आगे वह दिखाता है कि यात्रियों, प्रशासकों, अनुवादकों और शिक्षाविदों ने किस प्रकार प्राच्य की खोज की। वह 'Will to knowledge over Orient' बनकर उपनिवेशीकरण और साम्राज्यवाद का हथकण्डा बन गया। इस प्राच्यवादी विवेचन और औपनिवेशिक व्यवहृति ने 'साम्राज्यवाद का विज्ञान' रचा और ज्ञान तथा राजनीतिक संस्थाओं और उनके कलापों को एकमेव कर दिया। इस तरह प्राच्यवाद एक तरफ 'a system of representations formed by a whole set of forces that brought the orient into western learning' बन गया; दूसरी तरफ मिस्र को कब्जा करने की नैपोलियन की असफलता के बाद प्राच्य की भाषा बदल गयी और "became not merely a style of representation but, a language, indeed a means of creation." प्राच्य सम्बन्धी पाठों ने न केवल ज्ञान का सृजन किया, उस वास्तविकता का भी सृजन किया, जिसे उसने वर्णित किया और हमसे कहा कि इसे स्वीकार करो।

सईद के आलोचक, विशेषतः तिमोथी मिशेल कहता है कि सईद की 'प्रस्तुति' और 'गलत प्रस्तुति', का विभाजन भ्रमकारी है—कोई चीज प्रस्तुत करने के लिए है, जिसकी गलत प्रस्तुति की गयी, तब सवाल उठता है कि क्या कभी किसी भी चीज की सही-सही और पूर्ण प्रस्तुति रखी जा सकती है? यह भी सवाल उठता है कि वास्तविकता और निर्वचन का आपसी सम्बन्ध क्या होता है? फिर निर्वचनीय और अनिर्वचनीय के बीच क्या सम्बन्ध है? यानी पश्चिम के 'आत्म' और प्राच्य के 'अन्य' में क्या सम्बन्ध है। तीसरे सईद प्राच्य तथा 'प्राच्य और पश्चिम' की समालोचना तो करता है, किन्तु इस समालोचना का न्यायोचित आधार निर्मित नहीं करता।

इस आलोचना से प्रभावित होकर लगभग इनका जवाब देने के लिए सईद ने अपने उत्तर औपनिवेशिक विमर्श का निर्माण किया। उसी तरह सईद की आलोचना से प्रभावित होकर फूको ने पहले जिनीओलॉजी और बाद में 'प्राब्लेमाइटीजेशन' के विमर्शों का निर्माण किया, जो उसके चिन्तन के दूसरे और तीसरे चरण हैं। उनमें भी वह राजनीतिक सवाल उठाते हैं, लेकिन वे उत्तर औपनिवेशिकता से नहीं जुड़ते। ऐसे ही एक सवाल 'गवर्नमेण्टैलिटी' को हम यहाँ देख सकते हैं। वह जीव-शक्ति (bio-power) के बारे में कहता है कि इसका सम्बन्ध गात के ऊपर अधिकार और जनसंख्या नियन्त्रण से है। गात के ऊपर अधिकार के कारण ही स्त्री प्रकारान्तर से अधीन बन जाती है, जबकि जनसंख्या नियन्त्रण मुक्ति

का औजार हो सकता है। प्रशासकों से ये दो तरह से जुड़ते हैं—एक तो व्यवस्था चलाने के लिए, इन्हें लागू करने के लिए और दूसरे में शरीर को नियन्त्रित और अनुशासित करने के लिए, जिससे कि दक्षता, उपयोगिता और उत्पादन बढ़ सके। राजनीतिक शब्दावली में इसके लिए दो शब्द गढ़े जा सकते हैं। 'गवर्नमेण्टैलिटी' और 'पास्टोरल पावर'। सरकार की राजवंशीय और संविदा सम्बन्धी धारणाओं की जगह गवर्नमेण्टैलिटी' का सम्बन्ध शासकीय भूमि यानी 'टेरीटोरी' से न होकर व्यक्तियों और वस्तुओं के जटिल सम्बन्धों से है। सरकार का सम्बन्ध मनुष्य के बहुआयामी आर्थिक और सामाजिक सम्बन्धों से है—सम्पत्ति, साधन, स्रोत, गुजारे के साधन, क्षेत्र वगैरह आर्थिक क्षेत्र में और सामाजिक क्षेत्र में सांस्कृतिक और सांकेतिक अन्तःक्रियाएँ, जैसे परम्पराएँ, आदतें, अभिनय के ढंग वगैरह। इसके विपरीत 'पास्टोरलिज़्म' गवर्नमेण्टैलिटी का एक विशेष तकनीकी है, जैसे पुलिस व्यवस्था। इसका उद्देश्य कानून और व्यवस्था बनाये रखना नहीं है, बल्कि विनम्रता, दान, वफादारी, प्रयत्नशीलता, दोस्ताना, सहयोग, ईमानदारी वगैरह है, दोनों का सम्बन्ध अन्ततः लैंगिक अवधारणाओं से बनता है। जाहिर है कि इस तरह का चिन्तन उत्तर औपनिवेशिक काल में उभरे स्त्रीवाद वगैरह से जुड़ता है। और उस अर्थ में उत्तर औपनिवेशिकता से भी कुछ सरोकार रखता है, लेकिन वह सीधे नहीं जुड़ता। इसलिए उन्हें हम यहाँ छोड़ते हैं। उसकी चर्चा फूको सम्बन्धी किसी स्वतन्त्र लेख में कभी करेंगे।

(7)

मार्क्सवाद शुरू से ही मानवमुक्ति की एक वृहद योजना लेकर चला। यह मानवमुक्ति पूँजीवादी व्यवस्था के शोषण के विरुद्ध थी, जिसमें उत्पादक श्रमिक के श्रम को पर्याप्त कीमत न देकर उसके श्रम का निरन्तर अपहरण कर समृद्ध से समृद्धतर बनता जाता है, श्रमिक गरीब से गरीबतर। इस पूँजीवाद की पराकाष्ठा साम्राज्यवाद में है जो एक पूरे देशखण्ड को ही अपने अधीन कर उसकी सम्पदा और लोगों का शोषण करता है।

मार्क्सवाद में शोषण का आधार आर्थिक है। इसलिए वह पूरी दुनिया को वर्ग में विभाजित देखता है। लेकिन उपनिवेशवाद में विभाजन राजनीतिक भी है, जिसमें एक देश दूसरे देश का शोषण करता है। इसलिए उससे जो मुक्ति मिलती है वह राजनीतिक भी है। इस राजनीतिक वर्चस्व को बनाये रखने के लिए कानून, संस्कृति, ज्ञान, साहित्य आदि के जो हथकण्डा अपनाये जाते हैं, उससे मुक्ति का भी है। इसलिए मुक्ति के नाम पर मार्क्सवाद से उत्तर उपनिवेशवाद जुड़ता जरूर है, लेकिन दोनों का जोर दो अलग-अलग मुद्दों पर है।

इस मार्क्सवाद को हम उत्तर उपनिवेशवाद से तीन तरह से जुड़ते हुए पाते हैं। कुछ उपनिवेशों में जहाँ फासिस्टों (स्पेन, जर्मनी) का राज्य था, वहाँ मार्क्सवादी बुद्धिजीवियों ने प्रतिरोध खड़ा किया। अंग्रेजों के उपनिवेशों में ऐसा नहीं किया। बल्कि भारत में तो लम्बे समय तक सत्ता पक्ष का, उपनिवेशकों का ही साथ दिया, यह कहकर कि यहाँ प्रतिरोध बूर्जुआ लोगों द्वारा खड़ा किया गया है। सत्ता हस्तान्तरण के बाद देशी शासकों के खिलाफ प्रतिरोध जरूर खड़ा किया, लेकिन वह धारदार नहीं था, क्योंकि परिवर्तन के लिए संवैधानिक व्यवस्था को स्वीकार कर लेने के कारण प्रतिरोध के दाँत कमजोर पड़ गये। जिन्होंने उग्र क्रान्ति की बात की, वे सैद्धान्तिक मुद्दों की जगह स्थानीय मुद्दों को हवा देकर कोने-अँतरे का जनाधार बनाया। इसलिए उनमें राष्ट्र के स्तर पर एका नहीं हो पाया। व्यक्तित्वों का संघर्ष दूसरा कारण रहा। तीसरे अफ्रीका और लातीन अमेरिकी देशों में आजादी मिलने के बाद बड़ी अराजकता फैली, क्योंकि वहाँ राष्ट्रीय आजादी सम्बन्धी आन्दोलन बहुत कमजोर था। तानाशाहियों की स्थापना हुई, तो उससे उत्पन्न खून-खराबे को न्यायोचित ठहराने के लिए कहीं सत्ता पक्ष ने मार्क्सवाद का दामन पकड़ा तो कहीं विरोधी पक्ष ने। परिणामस्वरूप इन देशों में आन्दोलन कमजोर पड़ता गया।

यह तो व्यावहारिक पक्ष हुआ। सैद्धान्तिक पक्ष में हम पाते हैं कि उत्तर औपनिवेशिक दौर में मार्क्सवाद की व्याख्या दो तरह से हुई और दोनों ही स्कूलों के व्याख्याता पश्चिम के ही विचारक थे। पहला स्कूल मार्क्सवादी मानवतावादियों का है और इसमें नोम चोम्स्की, फ्रेडरिक जेमसन और जुरगेन हेबरमास जैसे विचारक हैं। इनके चिन्तन से बनी मिली-जुली अवधारणा यह है कि मानववाद में इस बात की सम्भावना निहित है कि मानवीय प्रगतिशील और न्यायोचित सामाजिक व्यवस्था तथा जिम्मेदार नागरिकों में समायोजन के लिए एक बुद्धिविवेकपरक सारभौम आधार बन सकता है। दूसरा स्कूल मार्क्सवादी संरचनावादियों का है, जिसमें ग्राम्शी, अल्थूसर, पेचो, बालीबार, पौलान्तजा, कास्तेल्ज जैसे विचारक हैं। इनके चिन्तन से बनी मिली-जुली अवधारणा यह है कि शक्ति की दुनिया में क्लासिकल मार्क्सवादी प्रतिदर्श के आधार पर सामाजिक, राजनीतिक विश्लेषण को पुनः व्यवस्थित किया जा सकता है और उसके द्वारा तात्त्विकवादी (essentialism), प्रत्यक्षवादी (positivism) और प्रकृतिवादी (naturalism) सामाजिक संरचना के विश्लेषण द्वारा मिली खामियों और परिणतियों को रोका जा सकता है। क्लासिकल मार्क्सवादी प्रतिदर्श आधार और अधिरचना का सम्बन्ध है और उससे अव्याख्यायित घटनाओं और तत्त्वों के सेट को जोड़ा जा सकता है।

इन दोनों ही स्कूलों की आलोचना यह कहकर की गयी है कि मानववाद में जो सारभौमिकता और बुद्धिविवेकवाद के तत्त्व हैं, वे इतिहास विरचित हैं। इसलिए एक तो ये इतिहास प्रदत्त हैं, दूसरे इतिहास के द्वारा सीमित हैं। दूसरे स्कूल की कमी यह है कि शक्ति की अवधारणा अन्ततः विचारधारा की ओर सर्वहारा की तानाशाही की ओर ले जाती है। तानाशाही चाहे जिसकी हो, स्वीकार नहीं की जा सकती, क्योंकि आज सामाजिक, राजनीतिक, आर्थिक और सांस्कृतिक आदि उद्देश्य मानव-मुक्ति की बात करते हैं। तीसरे मानववादी और शक्तिवादी मार्क्सवादियों में जो विवाद है वह नैतिक और राजनीतिक स्तर पर सुलझाया नहीं जा सकता। उसके लिए संस्कृतियों के पार जाकर कोई सहमति बनानी होगी, जिसके लिए न तो वे तैयार हैं, न ही उनके चिन्तन में उसके लिए कोई आधार है, क्योंकि वे सांस्कृतिक बहुलता को सिरे से नकारते हैं। यूरोपकेन्द्रिता की ऐसी परिणति स्वाभाविक है। फिर जैसा कि लोता कहता है नैतिक-राजनीतिक विवाद में हिस्सा लेनेवाले न तो आपस में बराबर होते हैं और न सहमति में उनके विचार बराबरी के स्तर पर रखे जाते हैं। इस संवाद में उद्देश्य तो पहले से ही तय हैं, सिर्फ मार्क्सवाद का राजनीतिक उद्देश्य ही नहीं, मानवस्वभाव की सारभौमिकता भी; इसलिए यह संवाद हमेशा ही सम्भावनाओं के दायरे में होता है, जो पहले से ही तय है। दीपेश चक्रवर्ती कहते हैं कि इसमें एक विवादी दूसरे से बेहतर जानता है और इसलिए दूसरे विवादी को उससे संगति बिठाकर अपने को ऊपर उठाना होगा, बेहतर करना होगा। इसमें न तो विचारों की विविधता के लिए स्थान है, न ही तयशुदा विचारों से हटने का। उत्तर उपनिवेशवाद इन तमाम स्थापनाओं को स्वीकार नहीं करता, क्योंकि बहुलता, विकल्प, असहमति आदि को स्वीकार करता है।

(8)

उत्तर उपनिवेशवाद का सीधा सम्बन्ध उपनिवेशविरोधी राष्ट्रवाद से है। तीसरी दुनिया का आजादी का आन्दोलन इसी झण्डे के तले चला था। लेकिन राष्ट्रवाद अपने स्वभाव से ऐसा नहीं है। यह पश्चिम की अवधारणा है और अपने स्वरूप में आधुनिकता से जुड़ता है। पहले राज्य और राष्ट्र अलग-अलग अवधारणाएँ थीं। जरूरी नहीं था कि एक राज्य एक राष्ट्र में पले, या कि एक राष्ट्र एक राज्य के साथ चले। रोमन साम्राज्य एक राज्य था, जिसमें अनेक राष्ट्रीयताएँ थीं। वह साम्राज्य जब टूटा तब राज्य और राष्ट्र एक होकर उभरा। आधार भाषा और नस्लीय एकता थी। इसका दार्शनिक हीगेल था जो कहता है कि मनुष्य जाति की कहानी प्रकृति के अँधेरे से इतिहास की रोशनी की तरफ विचरण की कहानी है। बदले में इतिहास का गद्य आधुनिकता का आख्यान बन जाता है। इतिहास बौद्धिक आत्मचेतना का ऐसा

वाहक है, जिसके सहारे चलकर अपूर्ण मानवीय 'स्पिरिट' धीरे-धीरे अपनी बेहतर सम्पूर्णता प्राप्त करती है। दूसरे शब्दों में कहें तो इतिहास उस बौद्धिक प्रक्रिया का निर्माण करता है जिसके माध्यम से व्यक्ति नागरिक का परकीयित सत्त्व राष्ट्र के सामुदायिक जीवन में एक 'cohesive and reperative' अस्मिता पा जाता है। इस तरह हीगेल के लिए बौद्धिकता, आधुनिकता और इतिहास तीनों अपना वास्तविक उद्देश्य यानी अपनी अर्थवत्ता का अन्तिम सत्य अपीहित करते हैं, राष्ट्र-राज्य के सम्पृक्त रूप में। नागरिक समाज की महान् और प्रभावशाली वकालत राष्ट्रपने की विचारधारा प्रदान करती है और ऐसा करते हुए अशुद्ध रूप से उस प्रक्रिया की ओर इशारा करती है जिसके चलते समसामयिक जगत् में राष्ट्र-राज्य राजनीतिक संगठन का सर्वाधिक कैनोनाइज़्ड (canonized) रूप से पहचान बनाता है। गेलनर और एण्डरसन आज राष्ट्रवाद का पक्ष यह कहकर लेते हैं कि राष्ट्र आज एकमात्र ऐसा राजनैतिक संगठन है जो आधुनिक विश्व के सामाजिक और बौद्धिक स्थिति के लिए उपयुक्त है। इसमें गेलनर का कहना है कि औद्योगिक समाज राष्ट्रीय चेतना के लिए आर्थिक परिस्थितियाँ तैयार करता है, जिसमें राष्ट्र-राज्य निरीक्षण करनेवाले अपने प्राधिकरणों के माध्यम से अपने को मजबूत करता है। लिखता है, "Mobility, communication, size due to refinement of specialization—imposed by the industrial order by its thirst for affluence and growth, obliges its social units to be large and yet culturally homogenous. The maintenance of this kind of inescapable high (because literate) culture requires protection from state."

इसी तरह एण्डरसन कहता है कि पश्चिम यूरोप में राष्ट्र-राज्य का निर्माण धार्मिक तरह के विचारों की मृत्यु नहीं तो कम-से-कम उसके अपकेन्द्रित होने से हुआ है। ज्ञानोदय की विवेकी लौकिकता राजा की दैवी स्थिति, धार्मिक समुदाय, पवित्र भाषा, दैवी चेतना आदि की रहस्यमयता समाप्त कर उनकी जगह लौकिक और सामाजिक बोध और आवश्यकता बनती है। "Nationalism fills up the existantial void left in wake of paradise. What was, then, required was a secular transformation of fatality into continuity, contingently into meaning... few things are better suited for this end than an idea of nation. The nation, then, is the product of a radically secular and modern imagination, invoked through the cultural forms in godless expanse known as homogenous empty time."

एशिया और अफ्रीका में इस राष्ट्रवाद का जन्म कुछ दूसरे तरह से हुआ। भारत को लें तो मुगलों के साम्राज्य के टूटने पर भाषाई एकता के आधार पर इसका जन्म नहीं हुआ। इसका जन्म अंग्रेजों के साम्राज्य की स्थापना के बाद हुआ, जब तलाश इस बात की की गयी कि ऐसा राज्य कब और कैसा था, जिसने पूरे देश को एकता प्रदान की। बाँधने का सूत्र संस्कृति को माना गया, जिसमें धर्म के तत्त्व की अपनी भूमिका थी। और भाषाएँ, नस्ल तथा उस एकता में बाधा डालने के बजाय समुच्चय प्रदान करनेवाली बनीं। (यह और बात है कि इसकी एक परिणति बाद में दो राष्ट्र के सिद्धान्त में हुआ, जिससे देश का विभाजन हुआ, लेकिन लड़ाई तो संयुक्त रूप से लड़ी गयी थी।) यानी पश्चिम में राष्ट्रवाद जहाँ 'डिस्सीमिनेशन' से आया था, भारत में वह 'एसीमिलेशन' से आया।

अफ्रीका में यह चिन्तन बहुत कम बढ़ा। इस तरह के एकता के सूत्र वहाँ कम ही थे। स्थानीय राज्य कबीलाई थे। उनकी सीमा बहुत स्पष्ट नहीं थी। भाषा, मत, संस्कृति वगैरह की भूमिका बहुत कारगर नहीं थी। राष्ट्रीयता की भावना वहाँ दरअसल आजादी के बाद बढ़ी। लेकिन तब वह भी उपनिवेशवाद विरोधी थी। फैनन, ङ्गी आदि के विचार इस सम्बन्ध में द्रष्टव्य हैं।

उत्तरआधुनिकता के सन्दर्भ में राष्ट्रवाद का दर्शन हाब्सबाम रचता है। कहता है, "The characteristic rationalist movements of late twentieth century are essentially negative or rather divisive... they are mostly rejection of modern modes of political organisation, both national and supranational. Time and again they seem to be reactions of weakness and fear, attempt to create barricades to keep at bay the forces of the modern world."

एक तीसरी बात जो इस विवेचन में विद्वानों को शामिल करना चाहिए वह है रूस की एकच्छत्रता से बाहर आये पूर्वी यूरोप और स्वयं सोवियत रूस के टूटने से बाहर आये कुछ राष्ट्र। उत्तर उपनिवेशवाद का आख्यान रचने में उनकी भूमिका और स्वरूप का भी अध्ययन किया जाना चाहिए।

इस विवेचन में जो बात छूट गयी, वह यह है कि पश्चिम के राष्ट्रराज्य ने अपनी सभ्यता के आलोक में संस्कृति और नृतत्त्वबोधी देशों में अपना उपनिवेश फैलाया। लेकिन जब इन उपनिवेशित देशों में राष्ट्रवाद की लहर चली तो वह पश्चिम के राष्ट्रों की प्रदत्त गुलामी को उखाड़ फेंका। इसलिए दोनों जगहों के राष्ट्रवाद में अन्तर है। वहाँ का राष्ट्रवाद यदि साम्राज्यवाद की ओर जाता हैं, तो यहाँ का राष्ट्रवाद मुक्ति की ओर। यह भूमिका आज भी है। अमेरिका के नव-उपनिवेशवाद से इसी राष्ट्रवाद को जाग्रत कर बचा जा सकता है। अपने वैश्वीकरण और बाजारवाद को वर्चस्व के दर्शन में ढालने के लिए वह कहता है कि राष्ट्रवाद अन्तरराष्ट्रीयता में बाधा पैदा करता है। तब सवाल उठता है कि क्यों अन्तरराष्ट्रीयता राष्ट्रीयता से बेहतर मान ली जाये—आखिर उसकी क्या अच्छाइयाँ हैं जो राष्ट्रवाद पर हावी हो सकें। इसका विवेचन कहीं अन्यत्र। लेकिन यदि अन्तरराष्ट्रीयता कहीं से बेहतर सिद्ध होती है तो राष्ट्र को क्षेत्रीय अस्मिता के रूप में उससे समयोजित किया जा सकता है जैसे राज्य में प्रान्त होते हैं।

दूसरे यह बात भी मीमांसित की जानी चाहिए कि हाब्सबाम की यह बात कितनी समीचीन है कि पश्चिम के बाहर राष्ट्रवाद हमेशा ही पक्षपाती और अपरिपक्व रहा है। यह ज्ञानोदय के उदारवादी राज्य के लिए खतरनाक है और आधुनिकता के लिए अपूर्ण। यहीं से बात उठाकर आज अमेरिका के पक्षधर राष्ट्रवाद की निन्दा करते हैं, अन्तरराष्ट्रीयता पर जोर देते हैं और अमेरिकी वर्चस्व की वकालत करते हैं। यहाँ इतना ही नोट करना पर्याप्त होगा कि ज्ञानोदयी योजना ने अन्ततः साम्राज्यवाद का समर्थन किया है, उदारवाद उसका मुखौटा रहा है। औपनिवेशित देशों के लिए वह पहले भी समीचीन नहीं था, आज भी नहीं है।

हाब्सबाम की हाँ-में-हाँ उत्तर उपनिवेशवाद का एक विचारक एडवर्ड सईद भी मिलता है। लेकिन तब उसके मूल में वही पश्चिम का 'कास्मोपोलिटैरियनिज़्म' है। कहता है कि आजादी की लड़ाई के दौरान यह 'necessary evil' था, आज 'absolute evil, हैं। यदि यह विउपनिवेशीकरण के संघर्ष के लिए ऊर्जा प्रदान करता था तो अब उपनिवेशवाद के समाप्त हो जाने के बाद बेमतलब है, अनावश्यक संघर्ष पैदा करता है एक तरफ एक देश के भीतर रह रहे दूसरे देशों के लोगों के बीच, तो दूसरी तरफ दो राज्य-राष्ट्रों के बीच। अन्तरराष्ट्रीयता के सन्दर्भ में यह बाधा देनेवाला है। लेकिन तब सईद जनतन्त्र की एक यूटोपिया में भ्रमण करते दिखते हैं, यथार्थ लोक में नहीं।

उपरोक्त विवेचन से राष्ट्रवाद और उत्तर उपनिवेशवाद का जटिल सम्बन्ध कुछ स्पष्ट हो गया होगा। साहित्य विमर्श के सन्दर्भ में इतना ही कहना है कि राष्ट्रवाद जहाँ साहित्य में राष्ट्र के निर्माण के तत्त्व और 'स्पिरिट' खोजता है, उत्तर उपनिवेशवाद उपनिवेशवाद का प्रतिरोध और उपनिवेश के बाद जो निर्मित हो रहा है उसका आँकलन दोनों प्राथमिकताएँ हैं। राष्ट्र उस साहित्य के रचे जाने की 'टेरिटोरी' देता है, उत्तर उपनिवेशवाद उसका मूल्यांकन करता है।

(9)

साठ के दशक में जो स्त्रीवादी आन्दोलन आरम्भ हुआ, वह दरअसल एक पुराने आन्दोलन का नवीकरण था। उसकी जड़ें तमाम पुरानी पुस्तकों में थीं, जो समाज में स्त्री की असमानता पर बातें करती थीं। मेरी अलस्टोन क्राफ्ट की 'ए विडिकेशन आफ राइट्स आफ वोमेन' (1792), जान स्टुअर्ट मिल की 'सबजेक्शन आफ वोमेन' (1869), एंजेल्स की 'ओरिजिन आफ फैमिली' ओलिव श्रीनर की 'वोमेन ऐण्ड लेबर' (1911), वर्जीनिया उल्फ की 'ए रूम आफ वन'स ओन' (1929) और सिमांद बोआ की 'सेकेण्ड

सेक्स' (1949) जैसी पुस्तकों को इस आन्दोलन का आधार बनाया गया, जिनमें उनकी उस असमानता की समस्या के समाधान के कुछ रास्ते सुझाये गये थे। यह आन्दोलन मूलतः साहित्यिक था, लेकिन धीरे-धीरे वह सामाजिक, आर्थिक और राजनीतिक होता गया, विशेषकर विकासशील और भूतपूर्व औपनिवेशिक देशों में। इसलिए यह मूल्यबोध से जुड़ गया। इसका सम्बन्ध स्त्री की पुरुषों द्वारा गढ़ी गयी छवि से थी, जिसको वे नकारती थीं। समाजीकरण और अनुकूलन को व्याख्यायित करने के लिए तीन शब्दों का प्रयोग हुआ—फेमिनिज़्म, यानी स्त्री की राजनीतिक स्थिति, फीमेल, यानी जैविक संरचना के रूप में, और फेमिनाइन यानी सांस्कृतिक रूप से व्याख्यायित विशेषताएँ। सत्तर के दशक में इनमें पितृसत्तात्मक समाज के उन अंकुशों का पर्दाफाश किया गया, जो स्त्री और पुरुष के भेद को स्त्री और पुरुष दोनों में ही एक लैंगिक 'माइण्ड सेट' में बदलता है असमानता के रूप में। दूसरे इसने पुरुष द्वारा रची स्त्री की छवि की जगह स्त्री में जो शताब्दियों से दमित कर दिया गया था, उसे उभारने का प्रयत्न किया गया। अस्सी के दशक में फिर परिवर्तन आया। आलोचना अधिकाधिक सर्वसर्वोच्चग्राह्यता की बनती गयी। स्त्री के स्वभाव की और गहरे से खुदाई की गयी और स्त्री लेखन के मूल्यांकन के लिए नयी संहिता बनाने की बात चलायी गयी। इस संहिता के निर्माण में तीन तत्त्व थे—(1) सिद्धान्त की भूमिका, (2) भाषा की प्रकृति (3) मनोविज्ञान और कुछ दूसरी बातों का मूल्य।

स्त्रीवाद के दर्शन के थोड़ा और विस्तार में जायें तो पाते हैं कि कुछ विचारकों ने औपनिवेशिक युग में स्त्री की स्थिति का अध्ययन उपनिवेशों और यूरोप के देशों दोनों में की है और कुछ निर्णयों पर पहुँचे हैं। एक तरफ दोनों ही जगहों की स्त्रियों को अधीनस्थ पाया जाता है, तो दूसरी तरफ कुछ क्षेत्रों में यूरोप की स्त्रियों की स्थिति उपनिवेशों की स्त्रियों से बेहतर पायी गयी है धन, उन्मुक्तता, शिक्षा आदि के क्षेत्र में। फिर उपनिवेशों की स्त्रियों को दोहरी गुलामी में फँसा पाया है—एक तो अपनी संस्कृति द्वारा प्रदत्त गुलामी, दूसरे यूरोप के शासकों द्वारा लादी गयी गुलामी। लेकिन वहीं कुछ मामलों में उपनिवेशों की स्त्रियों की स्थिति यूरोप की स्त्रियों से बेहतर पायी गयी है। कुछ विचारकों ने उपनिवेशों की समाप्ति के बाद उत्तर औपनिवेशिक युग में स्त्रियों की स्थिति का अध्ययन किया है और पाया है कि सामाजिक, आर्थिक, राजनीतिक और सांस्कृतिक क्षेत्र में उनका उभार वरेण्य है। उन्होंने इसे पहली दुनिया और तीसरी दुनिया के परिप्रेक्ष्य में सोचा है और कहा है कि जरूरी नहीं है पहली दुनिया की स्त्रियाँ तथाकथित रूप से अगड़े होने के आधार पर ही सारी दुनिया की स्त्रियों को नेतृत्व देने के काबिल बन जायें। उनकी समस्याएँ और क्षमताएँ तो उनसे भिन्न हैं ही, नेतृत्व के मामले में वे कम सशक्त नहीं हैं, तमाम सांस्कृतिक कारणों से। राजनीतिक क्षेत्र में इन्दिरा गाँधी, बेनजीर भुट्टो, बण्डारनायके, शेख हसीना जितनी जल्दी शीर्ष पर पहुँचीं और नेतृत्व देने में सफल रहीं वह गोल्डा मीर, थैचर वगैरह से कुछ अधिक ही प्रशंसनीय था।

खैर, उत्तर उपनिवेशवाद और स्त्रीवाद दोनों ने ही हाशिये के लोगों का अध्ययन किया है, किन्तु स्त्रीवाद जहाँ स्त्री तक सीमित रहा है उत्तर उपनिवेशवाद ने स्त्री और पुरुष दोनों को समेटा है। स्त्रीवाद ने उपनिवेशकों और उपनिवेशितों दोनों की स्त्रियों के दमन को अपनी जद में रखा है, उत्तर उपनिवेशवाद ने उपनिवेशितों के स्त्री और पुरुष को। स्त्रीवाद ने स्त्री की मुक्ति पुरुष से चाही है, वह चाहे क्षेत्र के समाज का हो, राजनीति का हो, अर्थ का हो, या संस्कृति का। उत्तर उपनिवेशवाद ने राजनीतिक गुलामी से मुक्ति प्राथमिक स्तर पर चाही है, आर्थिक, सामाजिक, सांस्कृतिक वगैरह उसमें अन्तर्भुक्त हैं। उसका संघर्ष पूर्व बनाम पश्चिम का रहा है, जबकि स्त्रीवाद का स्त्री बनाम पुरुष का।

इस विमर्श से लगेगा कि स्त्रीवाद उत्तर उपनिवेशवाद में अन्तर्निहित है। किन्तु बात ऐसी नहीं है। कुछ स्त्रीवादी आलोचक मानती हैं कि उत्तर उपनिवेशवाद मुख्यतः पुरुषकेन्द्रित है। दोनों में तनाव अपेक्षित है। दूसरे स्त्रीवाद जहाँ पितृसत्ता के विरुद्ध है, उसके द्वारा गढ़ी छवि के खिलाफ है, उत्तर उपनिवेशवाद उपनिवेशवाद, द्वारा गढ़ी गयी छवि के खिलाफ है। स्त्रीवाद का संघर्ष नया शक्तिसमीकरण की प्राप्ति के लिए है, उत्तर उपनिवेशवाद नयी तरह के अमेरिकी उपनिवेशवाद के खिलाफ है। स्त्रीवाद व्यावहारिक है,

उत्तर उपनिवेशवाद सैद्धान्तिक तथा अकादमिक है। राजनीति से इसका सम्बन्ध प्रकारान्तर से है, स्त्रीवाद का सीधे।

(10)

उपनिवेशवाद की बात सामने आते ही दो शब्द सामने आ जाते हैं, 'साम्राज्यवाद' और 'पूँजीवाद'। दरअसल उपनिवेशवाद के कई रूप हैं और इसने दुनिया को कई तरह से प्रभावित किया है। उसकी पहचान करने में इसका सम्बन्ध साम्राज्यवाद और पूँजीवाद से तलाशा जाना चाहिए। साम्राज्यवाद के बारे में डेनिस जड्ड कहते हैं, "No one conduct that the desire for profitable trade, plunder and enrichment was the primary force that led to the establishment of the imperial structure." इसमें कोई शक नहीं कि उपनिवेशवाद प्रमुखतः पश्चिमी देशों के वाणिज्यिक गतिविधियों का हिस्सा था जो सत्तरहवीं सदी के अन्त में चालू हुआ, हालाँकि उसका आरम्भ दो शताब्दी पहले ही कोलम्बस की समुद्री यात्रा और खोज से ही हो गया था। सरकार के लिए विदेशी जमीनों पर कब्जा और बस्तियों का निर्माण, पश्चिमी देशों की उत्पादित वस्तुओं के लिए बाजार प्रदान करने के लिए आरम्भ हुआ था। साथ ही वहाँ की प्राकृतिक और आर्थिक सम्पदा तथा श्रम पर कब्जा करने के लिए हुआ था। उनका आर्थिक शोषण कर पश्चिम को समृद्ध करना था। यानी साम्राज्यवाद, पूँजीवाद और उपनिवेशवाद का सम्बन्ध पारस्परिकता का था।

कभी-कभी उपनिवेशवाद और साम्राज्यवाद को पर्यायवाची की तरह इस्तेमाल किया जाता है। लेकिन दोनों में फर्क है। पेटर चिल्ड्स और पैट्रिक विलियम्स कहते हैं कि साम्राज्यवाद एक विचारधारात्मक अवधारणा है, जो एक राष्ट्र पर दूसरे राष्ट्र के सैनिक और आर्थिक नियन्त्रण को न्यायोचित ठहराता है, जबकि उपनिवेशवाद साम्राज्यवाद की विचारधारा के व्यवहार का सिर्फ एक हिस्सा है, जो नये इलाके में लोगों के एक ग्रुप के बस जाने से सम्बन्धित है। साम्राज्यवाद में बसना जरूरी नहीं है। वे साम्राज्यवाद को परिभाषित करते हुए कहते हैं, "It is the extension and expansion of trade and commerce under the protection of legal, political and military control." इस मामले में उपनिवेशवाद बसने के सन्दर्भ में साम्राज्यवाद कैसे काम करता है, उसका एक ऐतिहासिक विशिष्ट अनुभव है—साम्राज्यवादी आदर्शों के अनुगमन के लिए एकमात्र रास्ता नहीं है। इसलिए कहा जा सकता है कि आज उपनिवेशवाद तो लगभग समाप्त हो गया है, लेकिन साम्राज्यवाद अभी बरकरार है, क्योंकि अमेरिका जैसे पश्चिमी राष्ट्र अभी भी दूसरे राष्ट्रों का धन अपहरित करने के लिए उसको बढ़ाने और उसके साथ-ही-साथ अपनी शक्ति बढ़ाने में लगे हैं। इसीलिए वेनिता पारी का यह कहना ठीक है, "Colonism is a specific, and the most spectacular mode of imperialism's many and mutable states, one which produced the rule of international finance capitalism and whose formal ending imperialism has serviced." ब्रिटिश साम्राज्य और उपनिवेश को आर्थिक और राजनीतिक संरचना का प्रतिदर्श मानकर एलेक बोइमोर कहती हैं कि उपनिवेशवाद, "is the settlement of territory, the exploitation and development of resources, and the attempt to govern indegenious inhabitants of occupied lands." यहाँ उपनिवेशवाद के तीन तत्त्व एकदम से स्पष्ट हैं : (1) भूमि की व्यवस्था और बसगित पर जोर, (2) केन्द्र में आर्थिक सम्बन्ध, और (3) शक्ति के असमान सम्बन्ध।

उत्तर उपनिवेशवाद की शुरुआत उपनिवेशों के अन्त से होता है। जैसा कि बोइमर की उक्ति 'शासन करने के प्रयत्न' से स्पष्ट है, उपनिवेशवाद कभी भी अपने उद्देश्य में पूरी तरह से सफल नहीं हो पाया, क्योंकि स्थानीय लोगों ने प्रत्यक्ष या अप्रत्यक्ष रूप से हमेशा उसका विरोध किया। यह विरोध यूरोप के उन समुदायों द्वारा भी हुआ जो इन उपनिवेशों में बस गये थे और नहीं चाहते थे कि शासन करने की शक्ति उनकी मातृभूमि के शासकों के पास बनी रहे। इससे विउपनिवेशीकरण की प्रक्रिया आरम्भ हुई,

जिसके तीन भिन्न-भिन्न चरण हैं। पहले चरण में उपनिवेशीकृत राष्ट्र स्वशासन की शक्ति पाये। सबसे पहले अमेरिका ने 18वीं सदी के आरम्भिक वर्षों में अपनी स्वतन्त्रता घोषित की और अपना संविधान बनाया। दूसरा चरण 19वीं सदी के अन्त से लेकर 20वीं सदी के पहले दशक तक फैला हुआ है, जिसमें डॉमिनिअनों का निर्माण हुआ। कनाडा, आस्ट्रेलिया, न्यूजीलैण्ड, दक्षिण अफ्रीका और प्रकारान्तर से आयरलैण्ड का एक हिस्सा इसमें शामिल थे। आज इन्हें 'सेटिलर नेशन' कहा जाता है, जिसमें यूरोप के लोग बड़ी संख्या में बसे थे और सत्ता उन्हें ही प्रदान की गयी थी। इन्होंने अधिकांश स्थानीय लोगों को या तो मार डाला था, या खदेड़ दिया था। जो बचे थे उनमें इतना दम नहीं था कि वे उनका विरोध कर पाते या सत्ता में भागीदारी के लिए आवाज उठाते। बहैशियत डॉमिनिअन उन्होंने 'सेल्फ गवर्नमेण्ट' प्राप्त किया और अन्तिम सत्ता अपनी मातृभूमि के सम्राट या सम्राज्ञी में निहित पाया--उसके सहारे मातृभूमि से सम्बन्ध बनाकर रखा। किन्तु 1931 में इस बाध्यता को ब्रिटेन की संसद व सरकार ने समाप्त कर दिया। तीसरा चरण द्वितीय महायुद्ध की समाप्ति के बाद शुरू किया। चूँकि दक्षिण एशिया, अफ्रीका और कैरिबियन सागर के द्वीपों में अंग्रेज या यूरोपियन उतनी मात्रा में नहीं बसे थे, जितने दूसरे चरण में आजाद हुए देशों में, और स्थानीय लोगों को मार डालने या खदेड़ देने में उस तरह से सफल नहीं हुए थे और दक्षिण के देशों में एक सशक्त आजादी की लड़ाई लड़ी गयी थी, इसलिए सत्ता अन्ततः देशज 'एलीट' को सौंपी गयी। भारत, पाकिस्तान, बर्मा और श्रीलंका, जो भारतवर्ष को ही विभिन्न चरणों में छिनगाकर बने थे, 1948 तक स्वतन्त्र हो गये थे। घाना 1957 में, नाइजीरिया 1961 में, जमाइका 1962, त्रिनिदाद व तोबाको उसके बाद स्वतन्त्र घोषित कर दिये गये। हांगकांग 1987 में आजाद हो गया। आज ब्रिटेन के उपनिवेश में मुश्किल से 15-20 लाख लोग होंगे। स्वतन्त्र करने का कारण वहाँ आजादी के लिए जैसा-तैसा आन्दोलन तो था ही, आर्थिक और सैनिक शक्ति के रूप में ब्रिटेन और अन्य यूरोपीय देशों का महती ह्रास भी था, अमेरिका का दबाव भी था, जो एक बड़ी आर्थिक शक्ति के रूप में उभर रहा था और जमीन कब्जा कर राजनीतिक-सैनिक गुलामी उन जगहों पर स्थापित करने की जगह आर्थिक गुलामी लादने के लिए अग्रसर हो रहा था। यह नये तरह का उपनिवेशवाद था। रूस का सैनिक विस्तार एक दूसरा फेनामेना था, एक नये तरह के उपनिवेशीकरण का, खासकर पूर्वी यूरोप के देशों में। उसका औचित्य पुराने उपनिवेशवादियों के लिए 'डेटेरेण्ट' रचना कहकर ठहराया गया। वे देश भी 1991 के बाद स्वतन्त्र हो गये।

पूँजीवाद सामन्तवाद के बाद एक ऐतिहासिक चरण है। पूँजीवाद उत्पादन और बाजार की प्रक्रिया रचता है, जिसके परिणामस्वरूप उपनिवेशवाद आता है 'एक्सटेन्शन' और 'एक्पेन्सन' के रूप में। यह वाणिज्य से इस मामले में भिन्न है कि वाणिज्य में उत्पादन माँग के आधार पर स्थानीय स्तर पर होता है, जबकि पूँजीवाद पहले उत्पादन करता है, फिर जरूरत पैदा करता है, फिर बाजार खोजता है, उसके लिए तन्त्र रचता है। यानी पूँजीवाद के दो पक्ष हैं आर्थिक और राजनैतिक। उत्तर उपनिवेशवाद अपने मूल में राजनैतिक है, आर्थिक प्रकारान्तर से। दरअसल वह साहित्य का सिद्धान्त है, फिर भी उसकी परिणतियाँ बहुआयामी हैं। वह उपनिवेशवाद का विश्लेषण करता है और उससे मुक्ति से एक सोपान के रूप में उभरता है। यानी पूँजीवाद यदि एक प्रक्रिया है तो उत्तर उपनिवेशवाद दर्शन। पूँजीवाद का विरोध समाजवाद और साम्यवाद करता है, श्रम और श्रमिक के आधार पर। उत्तर उपनिवेशवाद उपनिवेशवाद का विरोध करता है उपनिवेशितों को लेकर। पूँजीवाद आधुनिकता की देन है। सारभौम मानवीय स्वभाव और विवेक की क्षमता के आधार पर नये मनुष्य की अवधारणा लेकर ज्ञानोदय की योजना रचता है। उसका उदारवाद आर्थिक प्रतियोगिता आमन्त्रित करता है, जिससे औपनिवेशिक शोषण का जन्म होता है। उत्तर उपनिवेशवाद लेकर चलता तो है नये मनुष्य को ही, किन्तु उसके सारभौम स्वभाव और विवेकशीलता के ज्ञानोदयी विमर्श पर प्रश्नचिह्न लगाता है, क्योंकि यदि ऐसा होता तो एक देश के लोग दूसरे देश के लोगों के शोषण पर आमादा नहीं होते। वह उसके छद्म को बेनकाब करता है और

मानवमुक्ति का नया विमर्श सामने रखता है। कहता है कि उपनिवेशवाद ने औपनिवेशिक मनुष्य की जो छवि गढ़ी उसे वास्तविक बताया। लेकिन उत्तर उपनिवेशवाद कहता है कि वह गलत है क्योंकि वास्तविकता को तोड़-मरोड़ कर पेश किया। यही नहीं उसने इस तथ्य को छिपाया कि गढ़ी गयी छवि, छवि है; और इसलिए यह नहीं बताया कि इस छवि के पीछे कोई वास्तविकता है भी।

आधुनिकता यदि पूँजीवाद की पृष्ठभूमि है, तो उत्तरआधुनिकता उत्तर उपनिवेशवाद का। ज्ञानोदय का आदमी ज्ञानी है तो उत्तरआधुनिक का आदमी साइबोर्ग। मार्क्स का आदमी श्रमशील है तो उत्तर साम्यवाद का आदमी जनतान्त्रिक। उपनिवेश का आदमी 'मिमिक' है तो उत्तर उपनिवेश का आदमी स्वतन्त्र।

(11)

कुछ दिन पहले तक उपनिवेशों के साहित्य की चर्चा कामनवेल्थ लिटरेचर के रूप में होती थी, जो सिर्फ अंग्रेजी में लिखे साहित्य तक सीमित था, वह भी अंग्रेज सेटलरों द्वारा। उसके एकमात्र अपवाद भारत के आर. के. नारायण थे, जिनके उपन्यासों की चर्चा 1980 के दशक में आरम्भ हुई जार्ज लैमिंग (बाराबडोस), कैथरिन मैन्सफील्ड (न्यूजीलैण्ड), और चिनुआ अचेबे (फ्रान्सीसी भाषा में लिखनेवाला नाइजीरियन) के साथ। गौर करने की बात है कि इसमें अमेरिका और आयरलैण्ड में लिखे साहित्य को समाहित नहीं किया गया—उन्हें स्वतन्त्र और अलग साहित्य माना गया। खैर, उनके तुलनात्मक अध्ययन के आधार पर कोशिश की गयी एक साहित्यिक मानदण्ड बनाने की। केन्द्र में था ब्रिटेन की रिक्थ की व्याख्या, उसका विरोध न करने का निर्णय और उसमें कुछ नया जोड़ने की इच्छा। इसके आधार पर विविधता में एकता पर जोर दिया गया। सभी देशों के साहित्य पर इस मानदण्ड का उपयोग समानता के आधार पर करके देखा गया कि जीवन की व्याख्या में वे क्या नया विचार प्रस्तुत करते हैं। भले ही इस साहित्य को तमाम देशों से जुटाया गया, पर इसके पाठक अंग्रेज ही माने गये, जो यह देखते थे कि हाल ही में स्वतन्त्र हुए देश अपने पुराने शासकों के प्रति क्या धारणा रखते हैं।

दूसरे यह विमर्श दमन की जगह बराबरी पर जोर देता है, कालातीतता की बात करता है, दिव्यता (excellence) को महत्त्व देता है, उदारवादी मानववाद को तवज्जह देता है, कलात्मक प्रयत्न को सराहता है, 'क्लासिकल साहित्य' की अवधारणा को आगे कर एक महत्त्वपूर्ण राजनीतिक कार्यवाही को अंजाम देता है कि स्थानीय भाषाओं में लिखे साहित्य क्षेत्रीय, सीमित और स्तरहीन हैं।

उत्तर उपनिवेशवाद इनसे हटकर 'अन्य' पर ध्यान केन्द्रित करता है, परतन्त्रता और शोषण के काले पक्ष को उजागर करता है, उसके लिए उदारवादी मानववाद को गलत ठहराता है, कलात्मकता की जगह यथार्थ पर जोर देता है और वर्नाक्युलर साहित्य को राष्ट्रीय मानकर उनके भी अध्ययन की गुंजाइश पैदा करता है, हालाँकि इस क्षेत्र में कोई ठोस काम नहीं हो पाया है, सिवाय के भारतेन्दु हरिश्चन्द्र के अध्ययन के, उसमें भी उनके प्रतिरोध को उजागर करने की जगह हिन्दू परम्परा को अधिकृत किये जाने पर बल दिया गया है।

उत्तर उपनिवेशवाद के साहित्य सम्बन्धी धारणाओं को निम्नलिखित ढंग से सूत्रवत किया जा सकता है—

(1) उपनिवेशवादी पश्चिमी साहित्य के देशकालीतीतता के दावे को वे अस्वीकार करते हैं। वे उनकी विश्वदृष्टि की सीमाओं को दिखाते हैं और बताते हैं कि दूसरी संस्कृतियों और नस्लीय अन्यों को समझने की क्षमता उनमें नहीं है।

(2) इस समझ को बनाने के लिए दूसरे सांस्कृतिक और नस्लीय समुदायों के प्रातिनिधान की परख प्रस्तुत करते हैं।

(3) वे दिखाते हैं कि उपनिवेशों के साहित्य किस तरह से उपनिवेशीकरण और साम्राज्य निर्माण सम्बन्धी बातों पर कन्नी काट जाते हैं, या मौन रह जाते हैं।

(4) वे सांस्कृतिक विभेदों और 'अन्य' की भिन्नताओं की जड़ में पैठते हैं और उसके आधार पर साहित्यिक कृतियों का परीक्षण करते हैं।

(5) वे संकरता और 'सांस्कृतिक पॉलीवेलेन्सी' (polyvalency) को स्वीकार करते हैं। पॉलीवेलेन्सी से मतलब है, "The situation whereby individuals and groups belong simultaneously to more than one culture."

(6) वे ऐसा परिप्रेक्ष्य तैयार करते हैं जो सिर्फ उत्तर उपनिवेशिक साहित्य पर ही लागू नहीं होता, उसके आधार पर हाशिये पर के लोगों, बहुलता और 'अन्य' का भी विवेचन कर ऊर्जा और सम्भावना को खोजा-पाया जाता है।

(12)

स्वयं भारत में रहकर और बिना इस आन्दोलन से जुड़े उत्तर उपनिवेशवाद की दृष्टि से चर्चा करनेवाले दो विचारकों को यहाँ देख लेना इस विमर्श को और पूर्णता प्रदान करेगा। एक हैं हिन्दी प्रदेश के डॉ. रामविलास शर्मा, जो प्रमुखतः साहित्य के आलोचक हैं। दूसरे हैं कोनराड एल्स्ट, जो बेल्जियम के रहनेवाले हैं, किन्तु भारत में रहकर इधर उपनिवेशवाद, बहुसंस्कृतिवाद, भाषा सम्बन्धी नीति की समस्याएँ, तुलनात्मक मतान्तर और आर्यों के हमले सम्बन्धी समस्याओं पर गहरा अध्ययन किया है।

डॉ. रामविलास शर्मा मूलतः साहित्य के आलोचक हैं, और उसमें भी हिन्दी साहित्य के—अंग्रेजी साहित्य के नहीं, भले ही वे वह साहित्य जीवन-पर्यन्त पढ़ाते रहे। इस बिना पर कोई कह सकता है कि तब उन्हें उत्तर औपनिवेशिक विमर्श में शामिल करने का क्या औचित्य। किन्तु जैसा कि ऊपर के विवेचनों से स्पष्ट हो गया होगा, आज उत्तर औपनिवेशिकता कोरा साहित्य का विमर्श न रहकर, हमारे समय के तमाम निर्वचनों के साथ हो गयी है और तमाम अनुशासनों से जुड़कर एक सामाजिक, आर्थिक, राजनीतिक और सांस्कृतिक मूल्यबोध की 'ought' की तलाश कर रही है। रामविलास शर्मा अपने साहित्यालोचन कर्म के दौरान भारतीय संस्कृति, इतिहासबोध, राजनीति, अर्थव्यवस्था, सामन्तवाद और उपनिवेशवाद वगैरह का गहरा अध्ययन प्रस्तुत करते हैं। उनकी दृष्टि मार्क्सवादी है और इस दृष्टि से इतना गहरा विशद अध्ययन करनेवाले वे एकमात्र विचारक हैं पूरे देश में, जो सिद्धान्तों तक व्यवहार से पहुँचते हैं। वे हिन्दी प्रदेश की स्वतन्त्र और केन्द्रीय इयत्ता मानते हैं, आदिकाल से लेकर आज तक। वहाँ के नवजागरण और पुनर्जागरण को दूसरों इलाकों में हुए नवजागरण और पुनर्जागरण से भिन्न मानते हैं और उपनिवेशवाद के साथ हुए संघर्ष में अधिक प्रखर और प्रभावशाली। वे साहित्य को नवजागरण और राष्ट्रीय चेतना तथा उपनिवेशवाद के विरोध की महज अभिव्यक्ति नहीं मानते, उसका अंग मानते हैं। विरोध को सिर्फ साहित्य तक सीमित नहीं मानते, उसके बाहर भी मानते हैं और दोनों में आवाजाही देखते हैं। इसके लिए वे आधुनिक काल के पुरस्कर्त्ता भारतेन्दु हरिश्चन्द्र, बलप्रदानकर्त्ता महाबीर प्रसाद द्विवेदी, विश्लेषक रामचन्द्र शुक्ल, खुलासाकर्त्ता प्रेमचन्द्र और प्रौढ़कर्त्ता निराला के विपुल साहित्य का विश्लेषण करते हैं। नजर पूँजीवाद और सामन्तवाद के गठजोड़ पर है, पर इसमें यहाँ की विशेष परिस्थिति में सामन्तवाद की सकारात्मक भूमिका से नजर नहीं चुराते। भारत को आधुनिक बनाने में वे उपनिवेशकों की भूमिका स्वीकार नहीं करते और उसके लिए जरूरत पड़ने पर मार्क्स के विचार में खामी देखने से गुरेज नहीं रखते। कहते हैं कि यह आधुनिकता भारतीयों ने बर्बर उपनिवेशकों से संघर्ष कर प्राप्त की। उसके लिए भारतीयों ने अपनी संस्कृति के मूल्यों को नये सिरे से खंगाला, जाँचा और समसामयिक लड़ाई के लिए प्रासंगिक बनाया। उनसे उपनिवेशकों की सभ्यता सम्बन्धी उच्चताग्रन्थि का प्रतिवाद किया। मार्क्सवादी होते हुए भी वे मार्क्स द्वारा सुझाये गये भारत में अंग्रेजों की प्रगतिशील भूमिका को स्वीकार नहीं करते। कहते हैं

कि भला बर्बरता, प्रगतिशील कैसे हो सकती है? दूसरे 'एशियाटिक मोड ऑफ प्रोडक्शन' की बात गलत है और यह मार्क्स के यूरोपकेन्द्रीयता भरे चिन्तन की देन है। हो सकता है कि उनके पास सही सूचनाएँ न हों क्योंकि मार्क्स जिन सूचनाओं का उपयोग करता है वे उपनिवेशवादी अंग्रेजों की निर्मिति हैं। वह जिन ग्राम्य समाजों को नष्ट करने की बात करता है, वे ग्राम्य समाज उस तरह से थे ही नहीं। फिर 1857 की आजादी की लड़ाई को जिस सामन्तवाद की पुनर्स्थापना की जो बात अंग्रेजों ने कही वह सामन्तवाद भारत में था ही नहीं—भारत का सामन्तवाद अंग्रेजों के सामन्तवाद से काफी भिन्न था। फिर यहाँ पूँजी का विकास भी उस तरह से नहीं था, जिस तरह से यूरोप में, खासतौर से यूनाइटेड किंगडम में। इसलिए पूँजीपति और श्रमिक का सम्बन्ध भी उन जैसा और उस हद तक विकसित नहीं था जिस तरह से यूरोप में। इसलिए उपनिवेशकों से संघर्ष किसानों का होता था और उसके लिए नेतृत्व जमीन रखनेवालों से ही मिलना था। वही हुआ, जिसकी यूरोप की व्यवस्था में कम ही गुंजाइश थी।

रामविलास शर्मा की स्थापनाओं के दो प्रखर आलोचक हैं और संयोग से दोनों ही मार्क्सवादी हैं। ऐसा होना स्वाभाविक है, क्योंकि जहाँ रामविलास शर्मा मार्क्स के सामान्य सिद्धान्तों को बखूबी स्वीकार करते हैं, वहाँ मार्क्स के भारत सम्बन्धी कुछ विशेष विचारों को अस्वीकार करते हैं। इन आलोचकों की दृष्टि उसी के जद्दोजहद में केन्द्रित है। इनमें से एक वीरभारत तलवार कहते हैं कि द्वन्द्ववादी होने के बावजूद रामविलास शर्मा औपनिवेशिक हुकूमत में द्वन्द्व नहीं देख पाते। वे बर्बरता को तो देखते हैं, आधुनिकीकरण के योग को नहीं। 1857 के बाद जो आजादी की लड़ाई लड़ी गयी—स्वतन्त्रता, समानता, भाईचारा, मानववाद वगैरह के आधार पर वह उन्हीं की तो देन थी। रामविलास शर्मा कहते हैं कि यह देन उनकी कम थी, या नहीं के बराबर थी—यदि वे इन मूल्यों के प्रति कटिबद्ध होते तो साम्राज्य बनाने के लिए आमादा ही क्यों होते—यह उनका छद्म था। यह तो भारतीय नेतृत्व की अपनी क्षमता थी कि उसे उन्होंने अपने औजार में ढाल लिया। अंग्रेजों के वे मूल्य उनके काम के थे जो अंग्रेजों के 'ऐलाइ' थे—वह तबका जो साम्राज्यवादियों की नौकरी करता था, उनकी अदालतों में पैरवी करता था। उनमें से कुछ लोग यदि उपनिवेशकों के मुखालिफ खड़े हो गये तो इसलिए नहीं कि अंग्रेजों ने उन्हें प्रेरित किया, बल्कि इसलिए वे उनके छद्म को समझ गये या फिर उनके मूल्य उन लोगों के लिए आकर्षक थे, जो आजादी की लड़ाई में हिस्सा नहीं लेते थे—अंग्रेजों को ही अपना उद्धारक मानते थे।

तलवार की तार्किक कमजोरी उस वक्त जाहिर होती है, जिस वक्त हम पाते हैं कि मार्क्स जिस ग्रामीण समाज, एशियाटिक मोड ऑफ प्रोडक्शन और प्रकारान्तर से सामन्तवाद की बात करता है, वे उस रूप में थे ही नहीं, तब लागू कैसे होते? तलवार दूसरा तर्क यह देते हैं कि यदि रामविलास शर्मा की नजर में ब्रिटिश शासन में आधुनिकता थी ही नहीं, तो संघर्ष के दौरान उसे भारतीयों ने कहाँ से और कैसे पा लिया। इस तर्क की कमजोरी यह है कि भारतीयों की आधुनिकता हू-ब-हू वही नहीं है, जो अंग्रेजों की है। संघर्ष में भारतीयों ने अपनी आधुनिकता खुद बनायी और उसकी जड़ें कई जगह हैं। उसमें नवजागरण से अधिक पुनर्जागरण की भूमिका है। सच पूछिये तो यूरोप की आधुनिकता हमें आधुनिक बनाने के लिए नहीं, गुलाम बनाने के लिए आयी थी। हम हमेशा उनके लिए 'अन्य' थे, जिनके ऊपर ज्ञानोदय का प्रोजेक्ट लादा जाना था, जिसे लादने के लिए वे 'डिवाइन मिशन' लेकर आये थे और जिसे मैकाले ने मूर्त रूप देना चाहा अपनी शिक्षा नीति के बल पर। और सच पूछिये तो उन यूरोपीय देशों में भी उस आधुनिकता का दर्श उस तरह से प्राप्त नहीं किया जा सका, जिस तरह से ढोल पीटा गया था, अन्यथा वहाँ स्त्रियों को बराबरी बहुत पहले मिल गयी होती। राजतन्त्रों की बर्बरता समाप्त हो गयी होती। हिटलर, मुसोलिनी और स्टालिन की क्रूरताएँ नहीं जन्म ली होतीं। एजाज अहमद ने लिखा है, "अब उस इतिहास के अनुभव के बाद जो ब्रिटेन ने बनाया (या फिर यूरोप ने) उस तरह के अवचेतन औजार की कामना भला कौन भारतीय कर सकता है।" हम कह सकते हैं कि यह भारतीय मनीषा की अपनी ताकत थी

कि उपनिवेशकों के मूल्यों के तर्क से ही उन्होंने उस पर हमला बोला और कालक्रम में अपने मूल्य विकसित किये, अपने इतिहास, संस्कृति और मूल्यबोध से।

हाँ, वीरभारत तलवार ने रामविलास शर्मा की सौदागरी पूँजी सम्बन्धी अवधारणा की कमजोरियों का सारगर्भित और तर्कपूर्ण प्रत्याखान किया है। लिखा है, "सच बात तो यह है कि व्यापारिक पूँजी के विकास का पूँजीवादी उत्पादन प्रणाली से कोई विशेष सम्बन्ध तो दूर रहा, उत्पादन की प्रणालीमात्र से भी कोई अनिवार्य सम्बन्ध नहीं होता। बिकाऊ माल का उत्पादन किस प्रणाली से हुआ है, इससे व्यापारिक पूँजी का कोई अनिवार्य सम्बन्ध नहीं होता है। उसका सम्बन्ध तो उत्पादन हो जाने के बाद अस्तित्व में आये माल से होता है। इसलिए यह जरा भी जरूरी नहीं है कि अगर व्यापारिक पूँजी का विकास हो रहा है तो उसके फलस्वरूप उत्पादन की प्रणाली में भी कोई विकास हो रहा हो। व्यापारिक पूँजी सिर्फ बने हुए माल को खरीदने-बेचने का काम करती है, उसकी सारी गतिशीलता इन्हीं के बीच होती है। इसीलिए कभी-कभी उत्पादन प्रणाली तो बहुत ही पिछड़ी हुई बनी रहती है, उसमें कुछ भी फर्क नहीं आता। लेकिन व्यापार का विकास होता रहता है। इस सिलसिले में मार्क्स ने लिखा है कि व्यापारी पूँजी का विकास उत्पादन के विकास की मात्रा के ठीक उलटे क्रम में भी होता है।" यहाँ भी यह गौर करने की बात है कि रामविलास शर्मा व्यवस्था और समाज को परिभाषित करनेवाली सारभौम कोटियों पर प्रश्नचिह्न नहीं लगाते। सिर्फ भारतीय सामन्तवाद को हू-ब-हू यूरोपीय सामन्तवाद की तरह नहीं मानते। फिर आज स्पष्ट हो गया है कि मार्क्सवाद जिस तरह से पूँजीवाद के पहले दौर को प्रगतिशील मानता है, वह उस तरह से है नहीं। तलवार ने उसका विस्तृत विवेचन किया है और पाया है कि वह सामन्तवाद से बेहतर होकर नहीं, सामन्तवाद को नया रूप देकर उभरा था।

तीसरे वीरभारत तलवार कहते हैं कि रामविलास शर्मा ने हीगेल को दकियानूसी सिद्ध करने के लिए उसके उद्धरणों को प्रसंगों से काटकर और कई जगह अपने पक्ष में न जा सकनेवाले उद्धरणों को छिपाकर विमर्श रचा है। इस अतिरेक को वीरभारत तलवार ने ठीक ही लक्ष्य किया है। किन्तु दिक्कत यह है कि उसे स्वीकार करने के बाद क्या हीगेल यूरोपकेन्द्रित, नस्लवादी और गैर-यूरोपीय समाजों के प्रति पूर्वाग्रहयुक्त नहीं रह जाता? उसके दास-स्वामी सम्बन्धी द्वन्द्व क्या नष्ट हो जाते हैं?

इन तमाम बातों की विस्तृत विवेचना करने की जगह यह नहीं है। इशारा कर बात यहीं छोड़ते हैं।

मैनेजर पाण्डेय का कहना है कि जिस तरह से रामविलास शर्मा ने सौदागरी पूँजी के साथ लघुजातियों के संगठन का सम्बन्ध जोड़ा है और राष्ट्र तथा महाजाति को औद्योगिक पूँजीवाद से, वह बहुत समीचीन नहीं है। दूसरे रामविलास शर्मा ने जातीय भाषा के विकास में सामन्तवाद की सकारात्मक भूमिका और सामाजिक विकास में उत्पादन-पद्धति के बदले व्यापार और बाजार की भूमिका को जिस तरह से निर्णायक बताया है, वह गलत है। तीसरे हिन्दी साहित्य को आदिकाल से लेकर आधुनिककाल तक एक अखण्ड प्रवाह के रूप में देखना भी गलत है। इन सारी कमियों के कारण उनमें वर्गीय और वैचारिक अन्तर्विरोध है। रामविलास शर्मा ने इन बातों का उत्तर देने का प्रयत्न किया था। चूँकि हमारा क्षेत्र यहाँ उत्तर औपनिवेशिकता तक सीमित है, इसलिए उन पर विचार स्थगित करते हैं।

कोनराड एल्स्ट भारत में हो रहे सांस्कृतिक राष्ट्रवाद के उत्थान पर दृष्टि केन्द्रित करते हैं। कहते हैं कि यह उत्तर उपनिवेशवाद का निर्माण है। इस उत्तर उपनिवेशवाद का निर्माण भारतीय मनस पर छाये तीन तरह के उपनिवेशों से मुक्ति से बनेगा। पहला है ईसाइयत और यूरोप का प्रभाव, दूसरा है मार्क्सवादियों का प्रभाव और तीसरा है इस्लामी प्रभाव। इस्लामी प्रभाव की चर्चा करते हुए कहते हैं कि भारत पर इस्लाम का दबदबा कोई हजार वर्षों से रहा है। एक तरफ इसका इस्तेमाल उपनिवेशकों ने भारत को आजादी देने में आनाकानी करने के लिए किया, तो दूसरी तरफ देश को बाँटकर ही आजादी दी। इसके फलस्वरूप भारत का पाकिस्तान से और अब बाँग्ला देश से लगातार तनाव बना हुआ है, कभी

जमीन के नाम पर, कभी घुसपैठ के नाम पर, कभी विद्वेष फैलाने के नाम पर तो कभी लड़ी गयी, कभी सम्भावित लड़ाई के नाम पर। दूसरी तरफ देश के भीतर आज भी तरह-तरह की समस्याएँ आये दिन पैदा होती रहती हैं कभी धर्मस्थल के नाम पर, कभी जुलूस के रास्ते के नाम पर, कभी कोटे के नाम पर, कभी जनसंख्या नियन्त्रण के नाम पर, कभी समान संहिता के नाम पर, कभी राष्ट्रगान के नाम पर, कभी पिलायी जानेवाली दवाई के नाम पर, कभी किसी पशु के नाम पर।

ईसाइयत का दबदबा ऐसा नहीं रहा है। शायद इसलिए कि बिलायती हुकूमत हद-से-हद दो सौ वर्षों तक ही रह पायी। उसके साथ आये तमाम बाहरी लोग स्वतन्त्रता मिलने के बाद और कुछ लोग पहले भी यहाँ से चले गये। जो रह गये वे स्थानीय धर्म-बदल लोग थे। विलायतियों का शासन अपने अधिकांश में लौकिकता पर आधारित था—शासक वर्ग (यानी आई. सी. एस. और सेना के लोग) पादरियों को हमेशा नीची निगाह से देखता रहा। तो भी पूर्वोत्तर भारत और दूसरे गिरिजनों के बीच की समस्या उन्हीं की देन है। हेनरी कैम्पवेल ने अम्बेडकर को अछूतिस्तान बनाने के लिए उभारा था ताकि उनके बीच ईसाइयत का प्रचार प्रभावशाली ढंग से भविष्य में किया जा सके। यदि वह सफल हो जाता तो उसका हस्र कुछ मुस्लिम सम्प्रदायवाद जैसा ही होता। सैद्धान्तिक पक्ष की ओर इशारा करते हुए कहते हैं कि अंग्रेजों ने यदि कोई भावना पश्चिम की उनके मन में भरनी चाही तो वह उदारवादी मानववाद था, जिसकी जड़ें ईसाइयत और उसके विमर्श में हैं। वह कभी विज्ञान विरोध, तो कभी विज्ञान, कभी अस्तित्ववाद, तो कभी मार्क्सवाद, कभी व्यक्तिवाद, तो कभी राष्ट्रीय समाजवाद, तो कभी स्टालिन का मानववाद का रूप धर कर मनुष्य की खुली सोच को जकड़ता है जैसा कि बेरनार ने अपने अध्ययन से प्रमाणित करना चाहा है। सभ्यता के नाम पर संस्कृति व नृतत्त्ववालों को अपने देशज सोच, परम्परा, मूल्यबोध, जीवन पद्धति आदि से घृणा करना सिखाता है। मैकाले ने इसके क्रियान्वयन के दौरान अपनी शिक्षा नीति से एक वर्ग को रूप-रंग से तो भारतीय रहने दिया, किन्तु सोच में दो सौ प्रतिशत अंग्रेज बना देना चाहा। ऐसे शिक्षितों का मानना था कि अंग्रेज भारतीयों को मुक्त कराने की उच्च भावना से प्रेरित कर्त्तव्यबोध लेकर आये हैं, भारतीय जो आधे शैतान हैं और आधे बच्चे! परिणामस्वरूप उसने उस भारतीय शिक्षापद्धति को तहस-नहस कर दिया, जिसमें एक तरफ आदमी को ज्ञान दिया जाता था आदमी बनाने के लिए, तो दूसरी तरफ एक शिल्प सिखाया जाता था रोटी कमाने के लिए। मैकाले ने एक ऐसा शुष्क ज्ञान देना शुरू किया जिससे न तो ज्ञानी बना जा सकता था, न ही कारोबारी। हद-से-हद एक कुन्दमति किरानी बना जा सकता था, जो तब के लिखे-पढ़े लोग बहुतायत से बने। उस वक्त एक और लड़ाई चली थी अंग्रेजों के ही बीच प्राच्यविदों बनाम ऐंग्लिकनों की। भारतीय वाङ्मय और जीवन-शैली की प्रचुरता को देखते हुए प्राच्यविदों ने शिक्षा का माध्यम संस्कृत और स्थानीय भाषा को बनाकर रखना चाहा। लेकिन ऐंग्लिकनों ने उन पर पश्चिमी सांस्कृतिक मूल्यों को लादने के लिए अंग्रेजी को आधारभूत और स्थानीय भाषाओं को गौण रूप से अपनाये जाने पर बल दिया था, जिससे कि तमाम किरानी और कुछ स्थानीय स्तर पर काम करनेवाले अधिकारी साम्राज्य को प्राप्त हो सकें। यह और बात है और भारतीयों की अपनी ताकत है कि इसी शिक्षा के परिणामस्वरूप वे जब स्वतन्त्रता व समानता जैसे जीवनमूल्यों से वाकिफ हुए तो बेहतर पोजीशन की माँग करने लगे। अंग्रेजों के साथ बराबरी की माँग अन्ततः आजादी की लड़ाई में तब्दील हो गयी। इसे धक्का पहुँचाने के लिए एलबर्ट बिल की नाकामी के बाद लाहौर में 'ओरिएण्टल यूनिवर्सिटी' की स्थापना की गयी जिसमें प्राच्यविद्या सम्बन्धी शोधों पर जोर इसलिए दिया गया कि इससे बराबरी और आजादी की लड़ाई मन्द पड़ जाये। भारतीय बस अपने अतीत की उच्चता में मगन रहें।

एल्स्ट मार्क्सवाद के बारे में कहते है कि कार्ल मार्क्स के लिए हिन्दुत्व एक सड़ी हुई और दमनकारी रूझान की विचारधारा थी। इसे ये तमाम साम्राज्यवादी यूरोपियनों की तरह घृणा की दृष्टि से देखते थे। वे भारत को एक देश मानने के बजाय धरती का एक विशाल टुकड़ा मानते थे, जिस पर तमाम ऐसी जातियाँ बसती हैं, जिन्हें तमाम दूसरे देशों के वाशिन्दा आये दिन गुलाम बनाते रहते हैं। ऐसे लोगों में

अंग्रेज निश्चय ही इरानियों और तुर्कों से बेहतर हैं, जो इन्हें अन्ततः मुक्ति देंगे— भारतीयों की अंग्रेजों की गुलामी उनके विकास की एक क्रमदशा है। यहाँ मार्क्स बिलकुल मैकाले जैसी बात करता है—एक सुपीरियर रेस की बात। मार्क्स के भारतीय अनुयायी इसी विचारधारा के प्रवक्ता हैं। वे आज भी भारत को कहीं से भी एक राष्ट्रीय इकाई नहीं मानते। दूसरे वे हमेशा सत्ता पक्ष के साथ हाथ मिलाकर चलते हैं। आजादी की लड़ाई के दौरान उनका स्टैण्ड जग जाहिर है। रणदिवे के नेतृत्व में एक बार विरोध करने का प्रयत्न किया था, लेकिन उसके फुस्स हो जाने के बाद वे नेहरू के 'ऐलाइ' बन गये, भले ही उनकी बेटी ने केरल में उनकी सरकार गिरवा दी। वे इन्दिरा क़े भी 'ऐलाइ' रहे और उन्हीं के बीच के कुछ लोगों ने इस सरकारपरस्ती का विरोध किया—नक्सलाइट बने तो ज्योति बसु ने सिद्धार्थ शंकर राय का साथ दे उनकी मिट्टी पलीद करा दी। अपनी तमाम नीतियों के कारण संसदीय प्रणाली स्वीकार करने के बावजूद वे देश की मुख्यधारा से कटे-कटे रहे हैं।

आज रूस के विघटन के बाद उनकी स्थिति और डाँवाँडोल है। रूस, पूर्वी यूरोप और चीन की सफलता का भाण्डा ज्यों-ज्यों फूटता गया है उनकी दुर्गति त्यों-त्यों बढ़ती गयी है। बंगाल में लम्बे समय तक सत्ता में उनकी उपस्थिति के बावजूद वहाँ की समस्याएँ ज्यों-की-त्यों बनी हुई हैं— जैसे देश के अन्य भागों में। ऊपर से औद्योगिक इकाइयों के बन्द हो जाने से और विदेशी पूँजी न लग पाने के कारण लोगों की स्थिति काफी दयनीय होती चली गयी है। इसी तरह केरल में पार्टी ने बड़ी लम्बी-चौड़ी सम्पत्ति बना ली है, जो उसके साम्यवादी स्वरूप पर बट्टा लगाती है। दोनों ही जगह वह मजदूर-किसान आन्दोलन को क्रान्ति में बदलने में असफल रही है।

इन तमाम बातों के परिणामस्वरूप वे विचार के लिए आज नेहरूवियन विचारधारा पर आश्रित हो गये हैं जो छद्म मैकालियन है। दूसरे क्रियाकलाप के लिए कोई और एजेण्डा न मिल पाने के कारण मतनिरपेक्षता पर केन्द्रित होकर रह गये हैं। इस मतनिरपेक्षता को जिस तरह से वे वोट-बैंक में रूपान्तरित करने में लगे रहते हैं, उससे उनकी वास्तविक नियति पर सन्देह होता है।

जाहिर है कि ये तमाम बातें आर्थिक एजेण्डा नहीं हैं, जिसके लिए मार्क्सवाद जाना जाता है। उन्हें सत्ताधारी और गुण्डई करनेवाले दलों से, जातिवादी दलों से गठबन्धन करने में गुरेज नहीं है। यह शुद्ध अवसरवादिता है।

एल्स्ट की विचारधारा सोचने के लिए उत्तेजित करनेवाली विचारधारा है, खासकर तब जब उसमें प्रतिरोध के, विपक्षी के तर्क नदारद हैं। पर दुःख की बात है कि भारतीय इण्टेलीजेन्सिया ने इसे नोटिस में नहीं लिया है। कम-से-कम मार्क्सवादियों को इसका सशक्त जवाब देना चाहिए था। हमें उम्मीद है कि एल्स्ट के चिन्तन की दुर्बलताओं पर वे जरूर प्रहार करेंगे। हमें लगता है कि यह बलराज मधोक के 'इण्डियननाइजेशन' का विस्तार है।

एल्स्ट पश्चिम की 'अन्य' की धारणा का भी मीमांसा करते हैं। कहते हैं कि इसके दो रूप हैं—एक फ्रान्सीसी यहूदी लेखक इमैनुएल लेविनस की, दूसरी एडवर्ड सईद की। पहली धारणा मानती है कि पश्चिम के भौतिकवाद के बरक्स पूर्व का आध्यात्मवाद है और उसमें हिन्दू का अध्यात्म दूसरों के अध्यात्म का मुकाबिला करने की जगह उनको अपना ही एक पक्ष मानकर अपने में आत्मसात् कर लेता है। इसका एक कारण यह है कि भारतीय धर्म किसी एक किताब, किसी एक मसीहा, पैगम्बर या देवदूत और एक कर्मकाण्ड की अवधारणा पर नहीं टिका है। परिणामस्वरूप बहुत-सी पुस्तकें, बहुत-से देवदूत, बहुत-से कर्मकाण्ड स्वभावतः इसका अंग बन जाने की गुंजाइश पा जाते हैं। इस गुंजाइश के परिणामस्वरूप यह आध्यात्मिक साम्राज्यवाद की स्थापना करता है, जो पश्चिम के आध्यात्मवाद के खिलाफ पड़ता है। अंग्रेजों ने जब इस देश को गुलाम बनाया, तभी इस पर रोक लग पायी। इसे रोके रखना जरूरी है। इसलिए हिन्दू पुनरुत्थान को कुचल दिया जाना चाहिए।

पेटर वान वीर इस विचारधारा के नवीनतम पुरस्कर्त्ता हैं। भारत में सोहिनी घोष उनकी बातों को अपनाकर लिख रही हैं। आशीश नन्दी यह कहकर इसका विरोध करते हैं कि आज भारतीयता में पश्चिम की धारणाओं को अनावश्यक रूप से घुसेड़कर उसका अपचयन किया जा रहा है। इसका समर्थन करते हुए एल्स्ट कहते हैं कि यह भूला जा रहा है कि इसी हिन्दू अध्यात्म ने न केवल पारसी और यहूदियों को शरण दिया, दक्षिण में ईसाइयत को, चाहे वह डॉमिनिक रहा हो या सिरियाक—कोई दो हजार वर्षों से संरक्षित करके रखा है, सूफियों को अपना मत प्रचारित करने के लिए बार-बार अवसर दिया है। यदि इस्लाम और ईसाइयत का कुछ हद तक विरोध रहा तो इसलिए कि उन्होंने भारतीयता को ही समाप्त कर देने का बार-बार प्रयास किया। जहाँ नहीं किया—जैसे केरल में मोपला और पूर्वोत्तर भारत में तमाम चर्च—वहाँ बिना किसी विरोध के फलने-फूलने दिया।

एडवर्ड सईद दूसरी बात कहते हैं। वे कहते हैं कि हिन्दुत्व की धारणा तो कभी थी ही नहीं। अंग्रेजों के आने के बाद, यानी पश्चिम के सम्पर्क में आने के बाद, 18वीं सदी के पुनरुत्थानवादियों ने उसे बड़े ही रहस्यमयी और मिथकीय ढंग से पुनर्सृजित किया। उसके आधार पर यूरोपवालों ने 'द अदर सिविलाइजेशन' की कल्पना कर ली। यह उस किसी भी तीसरे देश की मानसिकता के अनुरूप है जिसे वह अपनी अस्मिता के लिए कल्पित कर लेता है। चूँकि कल्पित कर लेता है इसलिए वह असल में होता नहीं है। तब जब हिन्दुत्व है ही नहीं, तो उसे जगाने या पुनर्स्थापित करने की बात ही बेकार है। वह इसलिए भी बेकार है कि जब जगत् की उपलब्धियाँ भौतिक हैं, यह खामखाह अध्यात्म की बात करता है। यह अच्छी बात है कि तमाम भारतीय उसे उखाड़ फेंकना चाहते हैं। उसे मनोवैज्ञानिक और बौद्धिक स्तर पर भी बनाये नहीं रखना चाहते हैं।

एल्स्ट कहते हैं कि ये दोनों ही विचार पश्चिम के उत्तर उपनिवेशवालों के हैं, जो आजाद देशों को आज भी एक कालोनी के रूप में ही देखना चाहते हैं। इस तरह की पोस्ट कालोनियल धारणा वास्तव में कोलोनियल की धारणा है और इससे मुक्ति तमाम देशों के लिए बेहद जरूरी है। दूसरी बात यह कहते हैं कि भारत में विकसित हो रहे सिक्ख आतंकवाद, ईसाई आतंकवाद, मुस्लिम आतंकवाद, कम्युनिस्ट आतंकवाद के साथ-साथ आंचलिक राज्यों की माँग में इस विचारधारा की क्या भूमिका है? नव उपनिवेशवाद इसको किस तरह से हथकण्डा बना रहा है? स्वप्नदास गुप्त इसका जवाब देते हुए कहते हैं कि इन तमाम तरह के आतंकवादों और क्षेत्रीय आन्दोलनों को पलटकर अल्पमत की तानाशाही क्यों न कहा जाये? आखिर तुष्टिकरण के चलते ही तो इस तरह के तमाम ग्रूप उठ खड़े हो रहे हैं, बन्दूक और हिंसा-आगजनी के बल पर अपनी बात मनवाने के लिए, बहुमत को नष्ट करने के लिए। प्रजातन्त्र बर्बर न बन जाये इसके लिए जरूरी है कि लोगों के बीच एक दृढ़ नैतिक संस्कृति बने। उसके लिए उत्तर उपनिवेशवाद के विमर्श से आगे जाना पड़ेगा।

(13)

ऐसे विचारकों की कमी नहीं है जो कहते हैं कि उत्तर उपनिवेशवाद ने उपनिवेशवाद के द्वारा गढ़ी उपनिवेशित देशों की छवि को तोड़ा है, लेकिन उसकी जगह जो छवि निर्मित की है वह नव उपनिवेशवादियों के लिए बड़े काम की सिद्ध हो रही है। हरीश त्रिवेदी और मीनाक्षी मुखर्जी का कहना है, "Post-colonialism may bear a radical or oppositional face, but this only marks its complicity with the continuing oppression of people in the present (What we have been calling neo-colonialism)." सवाल उठता है कि उत्तर उपनिवेशवाद कैसे उस उपनिवेशवाद की सेवा में लग जाता है, जिसका यह विरोध करता है। जॉन मैक्लियाड कहता है कि कम-से-कम पाँच ऐसे क्षेत्र है, जहाँ इसकी जाँच की जा सकती है।

पहला क्षेत्र है उत्तर उपनिवेशवाद के विमर्श के निर्माण में पश्चिम के सिद्धान्त का ऋण। मीनाक्षी मुखर्जी का कहना है कि इस विमर्श का निर्माण पश्चिम के, विशेषतः अमेरिका के विश्वविद्यालयों में हुआ

है, जो जमीन की वास्तविकताओं का सीधा अनुभव न रख पाने के कारण, कभी के उपनिवेशित देशों की समसामयिक आवश्यकताओं की पूर्ति के लिए अपर्याप्त है। इसका निर्माण उपनिवेशित देशों से आव्रजित कर गये बुद्धिजीवियों द्वारा बतौर फैशन, कुछ नया कहकर अपनी पहचान बनाने के लिए किया जा रहा है। ऐसा करने के दौरान वे औपनिवेशिक मूल्यों पर हमला कर रहे हैं वह तो ठीक, लेकिन ऐसा करते-करते वे कभी के उपनिवेशित देशों के मूल मूल्यबोध और जीवनछवि पर जो हमला कर रहे हैं वह नव-उपनिवेशकों के पक्ष में जा रहा है, विशेषकर उनके आर्थिक-वाणिज्यिक साम्राज्य के। फ्रायड व लॉकाँ के लिए भाभा की 'चहचहाहट' और गायत्री स्पीवाक् का विखण्डन पर जोर इसका उदाहरण है। यही नहीं, इस उत्तर उपनिवेशवाद के लिए, "No major theoretical contribution has come to the discourse from home based Indian intellectuals." मैंने ऊपर रामविलास शर्मा और एल्स्ट की चर्चा की है, प्रणयकृष्ण अज्ञेय, रामस्वरूप चतुर्वेदी और निर्मल वर्मा की चर्चा करते हैं। लेकिन ये लोग उत्तर उपनिवेशिकता के विमर्श से जुड़े लोग हैं, उपनिवेशवाद का विरोध करने के कारण उन्हें समाहित किया गया है। अन्यथा रामविलास शर्मा मार्क्सवादी हैं, एल्स्ट सांस्कृतिक राष्ट्रवाद का वकील है, रामस्वरूप चतुर्वेदी "Poetry on page' पढ़नेवालों मे से हैं, अज्ञेय 'भाव और चिन्तन' के बीच अपना वृत्तान्त रचते हैं और निर्मल वर्मा में सांस्कृतिक भारत पर जोर है। खैर, इसके आधार पर मीनाक्षी मुखर्जी कहती हैं कि उपनिवेश के इतिहासवाले देशों का इस विमर्श के माध्यम से पुनः उपनिवेशीकरण हो रहा है, सांस्कृतिक भिन्नता पर जोर देकर, अकादमिक क्षेत्र में। इसमें उपनिवेश साहित्यिक पाठ को कच्चेमाल की तरह पश्चिम को निर्यात कर रहे हैं, जिसे उत्तर उपनिवेश का माल बनाकर उन उपनिवेशित देशों में अकादमिक उपभोग के लिए पुनः पठा दिया जा रहा है। एक दूसरे मुखर्जी, अरुण पी. का कहना है कि इस निर्माण में सिर्फ 'representation' यानी प्रस्तुति और 'politics' यानी राजनीति को ध्यान में रखा जा रहा है, दूसरी बातों को छोड़ दिया जा रहा है, क्योंकि उससे शक्ति का सोपान प्राप्त करने में असुविधा होगी। "Much literature from India cannot be answered within the framing and provided by post colonial theory where readers are instructed solely on how to decode the subtle ironies and parodies directed against the departed colonizer. I think I need another theory." चूँकि सत्ता और विशेषाधिकार यहाँ पश्चिम की अकादमियों में हैं जो उत्तर उपनिवेशवादी विमर्श के स्वरूप को तय करती हैं, इसलिए उनका सम्बन्ध पूर्व उपनिवेशित देशों की अकादमियों से असमान नव-उपनिवेशवाद का बन जाता है। हरीश त्रिवेदी कहते हैं, "Post-colonialism is nothing but a western practice using western theories that is performed in Western (especially American) Universities by privileged migrants from the once colonized nations; who have been able to secure lucrative academic posts. Thus defined, the asymmetrical, unequal relationship between the west and the once colonized countries resembles too closely colonial relationship."

गौर से देखें तो लगेगा कि गायत्री स्पीवाक् नव उपनिवेशवाद से सम्बन्धित इसी धारणा की मीमांसा और जवाब देने में लगती हैं। कहती हैं कि आर. के. नारायन के उपन्यास 'गाइड' को इन उत्तर उपनिवेशवादियों की आरोपित दृष्टि से न पढ़कर अपने पात्रों के माध्यम से लेखक क्या कहना चाह रहा है, इस दृष्टि से पढ़ा जाना चाहिए। एक दूसरी बात ग्रिफिथ कहता है। कहता है इन भारतीय उपन्यास के पात्रों को उनकी स्थानीयता और तात्कालिक इतिहास में न पढ़कर संस्कृति की उस विशालता में पढ़ा जाना चाहिए, जिसको उपनिवेशवादियों ने नजरअन्दाज कर दिया था। इसलिए अरुण पी. मुखर्जी का उत्तर उपनिवेशवादी दृष्टि पर हमला भारतीय साहित्य को संकीर्णता की सीमा में बाँधनेवाला, दरअसल उपनिवेशवाद तक सीमित करनेवाला बन जाता है, क्योंकि वे ही तात्कालिक इतिहास और स्थान की बात करते थे। उसे दरअसल उपनिवेशक और उपनिवेशित की संकरता में पढ़कर सही अर्थ तक पहुँचना चाहिए।

दूसरा क्षेत्र है उत्तर औपनिवेशिक साहित्यिक अध्ययनों का पश्चिम के देशों के विश्वविद्यालयों के अंग्रेजी विभाग और अंग्रेजी साहित्य की डिग्री के लिए नया 'घेटो' बन जाना। अरुण पी. मुखर्जी कहती हैं कि जहाँ साहित्य में शेक्सपियर काल, रेनेसाँ काल, रोमाण्टिक काल को बढ़ाने का विस्तार काफी छोटा है, उत्तर उपनिवेशकाल को बढ़ाने का विस्तार देश और काल दोनों दृष्टि से बहुत विशाल है। यह नवउपनिवेशवाद का दूसरा उदाहरण है। इसमें सांस्कृतिक विभेद और बौद्धिक 'चैलेंज' को बताने का बहुत मौका नहीं मिलता, सिर्फ 'सेन्सेराइज' करके छोड़ दिया जाता है। इसका भी उत्तर देते हुए ग्रिफिथ कहता है कि यह 'श्रम का विभाजन' बहुत महत्त्वपूर्ण नहीं है, महत्त्वपूर्ण है किन मूल्यों को बताया-पढ़ाया जा रहा है। उस स्तर पर उत्तर उपनिवेशवाद के साहित्य के लिए बहुत स्कोप है। अगर कहीं गलती है तो 'संस्था' में है, 'सिद्धान्त' में नहीं। प्रतिउत्तर में मुखर्जी कहती हैं, "Whose interest this post-colonial study serves?"

तीसरा क्षेत्र 'anti-foundationalism' की समस्या है। इस शब्द का प्रयोग देरिदा, फूको, देलूज, लोता जैसे उत्तर संरचनावादियों के विचारों को समाहित करने के लिए किया जाता है, जो भाषा और वास्तविकता के बीच अन्तराल को ध्वस्त करता है। वे यह नहीं मानते कि भाषा वास्तविकता का वर्णन करती है, वे मानते हैं कि वास्तविकता भाषा का प्रभाव है। यानी भाषा वास्तविकता रचती है। जगत् पाठ की निर्मिति है। इस स्थापना ने ज्ञान के महावृत्तान्तों जैसे मार्क्सवाद या राष्ट्रवाद को छिन्न-भिन्न कर दिया है और हमें स्थानीय छितराये टुकड़ों में ही ज्ञान खोजना है। इस स्थापना के आलोचक कहते हैं कि यह उन सामाजिक और आर्थिक अवस्थितियों जैसी मूर्त परिघटनाओं को भुला देता है जो वास्तविकता की बुनियाद होती हैं और हम जो जीवन जीते हैं उसकी शर्त होती है। इसलिए जगत् विखण्डित पाठ से बढ़कर होता है। यही प्रतिरोध को जन्म देता है। यह पाठ उस प्रतिरोध पर अंकुश लगाता है। सईद, भाभा और स्पीवाक् की त्रिमूर्ति पाठ तक सीमित होकर इस प्रतिरोध पर रोक लगाती है और अमेरिका को अपना नवउपनिवेशवाद लादने का मौका देती है। ऐसा डिलरिक का कहना है। मार्क्सवाद और राष्ट्रवाद के ऊपर प्रश्न उठाकर इन्होंने अमेरिका के बढ़ते वर्चस्व पर प्रतिरोध की सम्भावना को भोथरा किया है। यह प्रतिरोध तीसरी दुनिया निर्मित कर सकती है। लेकिन ये लोग तीसरी दुनिया को पहली दुनिया के वैचारिक फैशन में ढाल रहे हैं। प्रतिरोध की दूसरी दुनिया तो पहले ही नष्ट हो गयी है। हम जानते हैं कि सईद और स्पीवाक् का इरादा प्रतिरोध रचना ही है। इसलिए यह आलोचना बहुत रास नहीं आती।

चौथा क्षेत्र 'Temporality' यानी भंगुरता का है। कहा जाता है कि उत्तर उपनिवेशवाद का विमर्श 'passing phase' संक्रमणशील अवस्थिति है। वह अधिक दिन तक नहीं चलेगी। यह उस विवाद को याद दिलाता है, जिसमें पूछा गया था कि यह 'उत्तर' अन्त इंगित करता है कि जारी रहना, आगे बढ़ना। अगर जारी रहना है तो 'प्रतिरोध' नहीं रच सकता और यही नवउपनिवेशवाद के पक्ष में जायेगा। अगर अन्त इंगित करता है और स्वयं भंगुर है—आखिर 'पोस्ट' के अर्थ में कब तक सोचा जायेगा पूर्व उपनिवेशित देशों के बारे में—तो उसका रचा प्रतिरोध भी भंगुर है और उसके बल पर नवउपनिवेशवाद का मुकाबिला नहीं किया जा सकता। उसके लिए एक नये उग्र और मजबूत दर्शन की जरूरत होगी।

पाँचवाँ क्षेत्र है उत्तर उपनिवेशवाद और वैश्विक पूँजी का सम्बन्ध। मैक्कलीण्टाक और एल्ला सोहात का मानना है कि उत्तर उपनिवेशवाद एक तरफ प्रस्तुति, निर्वचन और मूल्य बोध है, तो दूसरी तरफ ऐतिहासिक, सामाजिक और आर्थिक, भौतिक अवस्थिति है—"historically—situated imaginative products and practices". यानी मार्क्स के आधार और अधिरचना की पूरी गुंजाइश लिये हुए है। यह आर्थिक शक्ति और सामाजिक वर्ग के मुद्दों को उठाने और उत्तरित करने में सक्षम है। यानी यह वैश्विक पूँजी से उत्पन्न समस्याओं से टकराने में सक्षम है। इसके ठीक उलट दूसरे विचारक कहते हैं कि उपनिवेशवाद का सम्बन्ध पश्चिम के विस्तारित साम्राज्यवाद और पूँजीवाद से रहा है और उसी सम्बन्ध का खतरा नव उपनिवेशवाद और उत्तर उपनिवेशवाद में है। एजाज अहमद कहते हैं कि उत्तर

उपनिवेशवाद नवउपनिवेशवाद की सेवा करना शुरू कर चुका है। इसके लिए ये भारत और पाकिस्तान को एक तरफ रखते हैं जो उपनिवेशित थे और आज अमेरिका के पिछलग्गू हैं, दूसरी तरफ वे ईरान, इराक और तुर्की को रखते हैं, जो उपनिवेशित नही थे और आज अमेरिका के विस्तारवाद का विरोध कर रहे हैं। अपने अस्तित्व का खतरा उठाकर। इराक नष्ट हो गया है, ईरान युद्ध के कगार पर है। तुर्की की बारी उसके बाद आयेगी। यह पूँजीवादी आधुनिकता भरसक किसी को स्वतन्त्र नहीं रहने देगी और उसका प्रतिरोध वहाँ से पैदा होगा जहाँ पश्चिम की गुलामी नहीं रही है।

(14)

यहाँ हम उत्तर उपनिवेशवाद की अन्य आलोचनाओं को भी देख सकते हैं। कहा जाता है कि आज उत्तर उपनिवेशवाद एक तरफ संरचना और सम्पूर्णता तथा दूसरी तरफ खण्ड-विखण्डों की राजनीति में फँस गया है। यह कहकर यह भी कहा जा सकता है कि यह मार्क्सवाद और उत्तरआधुनिकता व उत्तर संरचनावाद के बीच भी फँस गया है। परिणामस्वरूप यह तीसरी दुनिया की ओर मुखातिब हो गया है।

अपनी प्रतिक्रिया व्यक्त करते हुए उत्तर आधुनिक और उत्तर संरचनावादी विचारक कहते हैं कि उत्तर उपनिवेशवाद में एक और सम्पूर्णतावादी सिद्धान्त और पद्धति बन जाने का खतरा है। वहीं मार्क्सवादी व दूसरे भौतिकवादी कहते हैं कि इस विमर्श में अध्ययन की पद्धति की संरचना की कमी है। साथ ही किसी पूर्णता की प्राप्ति की इच्छा नहीं है जो एक सही सोच के लिए जरूरी होता है। जैसा कि हमने ऊपर देखा है सम्पूर्णता और खण्ड-विखण्डता का सम्बन्ध अन्ततः ज्ञान, नैतिकता और राजनीति की अवस्थापना से होता है, स्वयं अनुशासनों के भीतर नहीं। और उत्तर उपनिवेशवाद तमाम दूसरे अनुशासनों की तरह एक अनुशासन ही है। इसलिए यह माँग बहुत उचित नहीं है।

इस अनुशासन के भीतर यह आलोचना रखी जाती है कि विभिन्न संस्कृतियों और स्थानों के बीच जो अन्तर है, भेद है उसे उत्तर उपनिवेशवाद ध्यान में नहीं रखता—एक तो उत्तर उपनिवेशिक समाजों व संस्कृतियों के बीच, दूसरे इनसे इतर समाज व संस्कृतियों के बीच। दूसरी आलोचना यह की जाती है कि यह विभिन्न संस्कृतियों और समाजों के उपनिवेशीकरण के जो ऐतिहासिक परिप्रेक्ष्य हैं उनमें भी अन्तर नहीं करता, न ही उनके खिलाफ हुए संघर्षों में। जैसा कि एजाज अहमद कहते हैं, "The fundamental effect of constructing this globalized trans- historicity of colonialism is one of the evacuating the very meaning of the word and dispersing that meaning so wide that we can no longer speak of determinate histories of determinate structures." टीफिन कहती हैं कि इसके कारण जो आत्मगतता (subjectivity) बनती है उसमें लिंग, नस्ल, वर्ग, जाति और धर्म का अन्तर गायब हो जाता है। इसके जो अल्पसंख्यक हैं उनका प्रवेश इस विमर्श में नहीं हो पाता। उसका उत्तम उदाहरण एल्स्ट का ऊपर लिखित विमर्श है, जो भारत में मुसलमान, ईसाई और कम्युनिस्टों को पहले ही बिलगा देता है। यह एक interiority पैदा करती है, जिससे न तो व्यक्ति ही पूरा हो पाता है, न ही विमर्श।

एक तीसरी आलोचना राबर्ट यंग की है जो कहता है कि उत्तर उपनिवेशवाद हद-से-हद इतिहास की विवेचना बनकर रह जाता है। दिक्कत यह है कि मार्क्सवादी उत्तर उपनिवेशवाद को कहीं से भी इतिहास की विवेचना नहीं मानते। इन मार्क्सवादियों के आलोचक स्वयं मार्क्सवाद को उत्तर उपनिवेशवाद की विवेचना में समाहित मानते हैं विशेषकर उनके यूरोपकेन्द्रित दृष्टि के कारण। स्वयं उत्तर उपनिवेशवाद इतिहास को एक ऐसा विमर्श मानता है जिसने उपनिवेशों पर पश्चिम के वर्चस्व को न केवल सम्भव बनाया है, उसे न्यायोचित भी ठहराया है। दीपेश चक्रवर्ती कहते हैं कि ऐसा करने में इतिहास को सभ्यता का पर्यायवाची बना दिया गया है और संस्कृति तथा नृतत्त्व का विरोधी। दीपेश चक्रवर्ती की आलोचना करते हुए मैक्कलीण्टाक कहती हैं कि तब उत्तर उपनिवेशवादी विश्लेषण विश्वव्यापी इतिहास के वि-आत्मसादी व्यवस्था का पुनर्स्थापन बन जाता है, "The post in post-colonialism confers on colonialism the prestige of history proper... Other cultures share only a chronological and prepositional relation to a Euro-centered epoch that is over (post) and not yet began (pre)." इसलिए दीपेश की आलोचना दरअसल समर्थन बन जाती है। इसके कई नकारात्मक परिणाम हैं। एक तो यही कि उपनिवेशवाद सांस्कृतिक भिन्नताओं की सम्मुखता की प्रतारणा और फिर उसका विरोधी दोनों बन जाता है। उसमें ज्ञान अधीनता का और उसके प्रतिकार के गतिशील आन्दोलन तक सीमित हो जाता है और इतिहास एक संगति बन जाता है। उसमें जो दोनों की असफलताएँ हैं, अनुपयुक्तता है, कमियाँ हैं, उनपर ध्यान नहीं जाता। उनमें द्वन्द्वात्मक जटिलता न रह कर एक सपाट प्रस्तुति रह जाती है। लगभग यही बात वीरभारत तलवार रामविलास शर्मा के विमर्श के बारे में कहते हैं। सबाल्टर्न अध्ययन यहीं से कुंजी प्राप्त कर दबी आवाजों का कोरस बन जाता है। शाहिद अमीन ने 'चौरी चौरा' की इतिहास कथा का अध्ययन इसी दृष्टि से किया है। इधर जनजातियों को लेकर हिन्दी में लिखे तमाम उपन्यासों का अध्ययन इसी दृष्टि से किया जाना चाहिए। एक दूसरी परिणति यह है कि इससे यह आँका जाना कठिन हो जाता है कि उपनिवेशितों ने किस हद तक उपनिवेश बनाने में उपनिवेशकों को सहयोग दिया और उपनिवेशकों के बीच किस हद तक कुछ लोगों ने इस उपनिवेशीकरण का विरोध किया। आशीश नन्दी और रंजीत गुहा कुछ हद तक इस पर दृष्टि डालते हैं, पर उसमें बहुत सफल नहीं हैं। बाहरी 'अन्य' फिर यूरोपियनों के भीतर 'अन्य' और 'आत्म' के उपनिवेशन की खोज नहीं हो पाता। तीसरे उत्तर उपनिवेश के तलाश में 'उत्तर' इतिहास के प्रति वह वस्तुगतता नहीं रहने देता जो वैज्ञानिक ज्ञान के लिए अपेक्षित होता है। डाचरती का कहना है, "The meaning of an event is not immediately apparent, as if it were never present to itself, it finds sense—to be revealed as the necessity of goodness– is always defered and thus always different (or not) what it may appear to the local eye caught up in the event itself."

इस 'उत्तर' को लेकर एक आलोचना यह भी है कि उत्तर उपनिवेशवाद अन्ततः 'यूटोपियन' बन जाता है। मैक्कलीण्टाक कहती हैं कि उत्तर उपनिवेशवाद में समय एकरेखीय रूप से चलता है–यानी उसमें प्रचरण विकास का है, वह प्रकृति और इतिहास की उद्देश्यपरकता स्वीकार करता है। इस स्वीकार में विकास और पूर्णता अन्तर्भुक्त है। 'उत्तर' कहकर हम सिर्फ समयखण्ड बता पाते हैं, उस विकास और पूर्णता के प्रचरण उपनिवेशवाद का ही एक चरण बन जाता है। लोता कहता है कि यह उत्तर 'indicates something like a convension.' यह हृदयपरिवर्तन और बेहतर परिणति इंगित करता है। पर क्या ऐसा होता है? साइमन ड्यूरिंग कहता है कि यह तो एक विघटन जाहिर करता है, जो जीवन को भरता है, पुनर्नवा करता है।

फिर यह नयी दुनिया, तीसरी दुनिया, राष्ट्रों की दुनिया इसी पश्चिमी शब्दावली में सारी बात करने लगती है, जिससे विच्छिन्न होने की इच्छा से इसने सारा संघर्ष किया था। प्रश्न उठता है कि क्या यह उचित है? स्वाभाविक उत्तर है 'नहीं'।

मैं यहाँ इतना ही कहना चाहूँगा कि जैसे उत्तरआधुनिकता आधुनिकता से विच्छिन्नता और विकास दोनों अवगाहित करती है, उत्तर उपनिवेशवाद उससे हटकर उपनिवेशवाद से विच्छिन्नता का ही बोध अधिक देता है। उपनिवेशवाद से सम्बन्ध पुनरावलोकन के लिए बनाता है, आगे बढ़ाने के लिए नहीं।

साहित्य विमर्श के क्षेत्र में उत्तर उपनिवेशवाद की आलोचना यह कहकर की जाती है कि राष्ट्रमण्डलीय साहित्य से जिस विच्छिन्नता की उम्मीद इससे की गयी थी, उस पर वह खरा नहीं उतरता। इस सन्दर्भ में दो स्थितियाँ बनती हैं। एक तो यह कि उत्तर उपनिवेशवाद बिना किसी ना-नुकुर के राष्ट्रमण्डलीय साहित्य द्वारा किया गया भौगोलिक विभाजन को स्वीकार कर लेती है। दूसरे यह उपनिवेशवाद के विभिन्न

अनुभवों को ठीक से बिलगाती, वर्गीकृत नहीं करती। पहले को हम लें तो पाते हैं कि विलियम वाल्श ने राष्ट्रमण्डलीय साहित्य को भारत, अफ्रीका, वेस्टइण्डीज, कनाडा, न्यूजीलैण्ड और आस्ट्रेलिया में विभाजित किया था। उत्तर औपनिवेशिक अध्ययन के लिए यही वर्गीकारक मोटा-मोटी लेकर चला जाता है। जॉन थेइम ने यह बँटवारा इस तरह से किया हैः पश्चिमी अफ्रीका, पूर्वी अफ्रीका, उत्तरी अफ्रीका, दक्षिणी अफ्रीका, आस्ट्रेलिया, कनाडा, कैरिबियन, न्यूजीलैण्ड व दक्षिणी प्रशान्त एशिया, दक्षिण एशिया (भारत, पाकिस्तान, बँगला देश, श्रीलंका) दक्षिण पूर्व एशिया (मलयेशिया, सिंगापुर, थाइलैण्ड, फिलिपीन्स) और ट्रान्सकल्चरल राइटिंग। इस विभाजन में क्षेत्रीयता और भिन्नता के प्रति संवेदनशीलता अधिक है तथा जो इस क्षेत्र में आने से रह जाता है, उसे ट्रान्सकल्चरल राइटिंग में समेट लिया जाता है। फिर भी योजना तो लगभग वही है जो वाल्श की थी। आयरलैण्ड अभी भी छूटा हुआ है। ब्रिटेन अभी भी केन्द्रबिन्दु में है। फिर भी हम पाते हैं कि इसका क्षेत्र और दृष्टिकेन्द्रिता बढ़ी है। कई आलोचकों ने कहा है कि इसके क्षेत्र में आयरलैण्ड को ले लेना चाहिए क्योंकि भाषा, प्रतिनिधित्व, प्रतिरोध, राष्ट्रीयता, लिंग, आव्रजन, डिआस्पोरा आयरिश साहित्य के अध्ययन के केन्द्र में है। आयरलैण्ड के संघर्ष ने कई देशों के स्वन्तत्रता आन्दोलन को प्रभावित किया है। एडवर्ड सईद कहता है कि डब्ल्यू. बी. यीट्स को राष्ट्रीय और राष्ट्रवादी कवि के रूप में पढ़ा जाना चाहिए। इसी तरह बर्थोल्ड शोएन कहता है कि वेल्स और स्कॉटलैण्ड के साहित्य को भी उत्तर औपनिवेशिक मानकर पढ़ा जाना चाहिए। इसी तरह रूस के वर्चस्व से मुक्त हुए पूर्व साम्यवादी देशों के साहित्य को भी उत्तर उपनिवेश के सम्बन्ध में पढ़ा जाना चाहिए कि किस तरह से उन्होंने प्रतिरोध का साहित्य लिखा। चेक उपन्यासकार मिलान कुण्डेरा की रचनाएँ इस दृष्टि से बहुत ही महत्त्वपूर्ण हैं। कुछ लोग ब्राजील, मैक्सिको, चीली आदि के साहित्य को भी समाहित करना चाहते हैं। यानी यूरोप का उपनिवेश जहाँ भी रहा है वहाँ के साहित्य को शुमार करने की बात है। तब हम कह सकते हैं कि उत्तर उपनिवेश ने अपना इलाका बढ़ाया है और राष्ट्रमण्डलीय साहित्य से भिन्न हुआ है।

इतना बड़ा इलाका कई प्रश्न खड़ा करनेवाला है। एक तो यही कि आयरलैण्ड और स्कॉटलैण्ड के लोग भले ही उपनिवेशित हों अपने यहाँ, भारत के लिए तो वे उपनिवेशकों के प्रतिनिधि के रूप में ही पहचाने जाते हैं, वैसा ही काम किये हैं। दूसरे इसकी आलोचना के केन्द्र में तब क्या ब्रिटेन का साहित्य बना रह पायेगा? नहीं, पूरे यूरोप के साहित्य को मानदण्ड के लिए समाहित करना पड़ेगा। फिर पाठ के लिए तमाम भाषाओं के साहित्य को रखना पड़ेगा और भारत जैसे देश के वर्नाक्युलर साहित्य को भी समेटना पड़ेगा।

जाहिर है कि इससे उत्तर उपनिवेशिता की केन्द्रीयता कमजोर पड़ेगी, ऐतिहासिक और भौगोलिक दोनों सन्दर्भों में। उपनिवेशिता और उत्तर उपनिवेशिता 'स्वीपिंग' शब्द बन जायेंगे। यह भी सवाल उठेगा कि इन विभिन्न देशों का औपनिवेशिक अनुभव क्या उसी प्रकार का रहा है, जैसा ब्रिटेन और फ्रान्स का? तब क्या उपनिवेशवाद और उत्तर उपनिवेशवाद का प्रयोग अन्तरराष्ट्रीय और अन्तर-सांस्कृतिक संघर्षों के लिए किया जा सकेगा? हर देश के विशिष्ट अनुभव की कीमत पर?

इसी के आधार पर एक दूसरी प्रति-आलोचना यह है कि उपनिवेशित देशों के अपने भीतर भी विविधता और अन्तर है और आपस में भी। लेकिन उत्तर उपनिवेशवाद उसे बिलगाने में सफल नहीं है। कैरोल वायस डेविस का कहना है कि यह स्त्री और पुरुष के अनुभव को भी अलगाने में सफल नहीं है।

तमाम तरह के गड्डमड्ड को देखकर सीमान ड्यूरिंग उत्तर उपनिवेशवाद को दो विन्यासों में तोड़ देना चाहत है—'Post colonizing' और Post colonized'. "The former fits those communities and individuals who profit from and identify themselves as heirs to the work of colonizing. The latter fits those who have been dispossessed by that work and who identify themselves as heirs to a more or less undone culture." तब लगता है कि उत्तर उपनिवेशवाद उपयुक्त शब्द नहीं है ऐतिहासिक सही को सही-सही पकड़ने के लिए। उसका यदि इस तरह से विखण्डन किया गया ऐतिहासिक occuracy को पकड़ने के लिए तो इसे एक दिन छोड़ा भी जा सकता है। एडवर्ड सईद कहता है कि शब्दों को त्यागने की जगह उनका तुलनात्मक अध्ययन किया जाना चाहिए, दूसरे शब्दों के साथ जोड़कर पढ़ा जाना चाहिए। इसलिए ड्यूरिंग द्वारा दिखाया डर बहुत मानी नहीं रखता।

(15)

इस लम्बे-चौड़े विवेचन के बावजूद उत्तर उपनिवेशवाद पूरी तरह से विवेचित नहीं हो पाया है और उसमें कुछ-न-कुछ नया आये दिन जुड़ता जा रहा है। कहा जा सकता है कि यह दमन और प्रतिकार की स्थितियों को उपनिवेश और उत्तर उपनिवेशकाल में खोलता चलता है, जिसका साक्ष्य वह दोनों तरह के देशों के साहित्य से जुटाता है और उनमें अन्तरप्रवाह देखता है। इससे हम अपने मन की आदतों को सुधार सकते हैं, उसे नया बना सकते हैं, नयी-नयी अवधारणाओं से सम्पर्क बना सकते हैं और सोच सकते हैं कि साहित्य की दुनिया में अंग्रेजी साहित्य थोड़ी-सी ही जमीन घेरता है। यह भी कि भौगोलिक, ऐतिहासिक, नस्ली, सामाजिक, आर्थिक, राजनीतिक, सांस्कृतिक विभेद अपनी जगह हैं और उनका महत्त्व है, लेकिन उससे कम महत्त्व उनके आपसी सम्बन्ध और अन्तःक्रिया की भी नहीं है। विचारों की तुलनात्मक पद्धति विवेचना के मूल्यवान् साधन हैं और जरूरी नहीं है कि उनसे सामान्यीकरण और सारभौमिकता का निर्माण किया जाये।

●

स्त्रीवाद

(1)

आधुनिक काल में 'स्त्रीवाद' शब्द का प्रयोग सर्वप्रथम 19वीं सदी के अन्तिम दशक में मिलता है फ्रान्स में, इस अर्थ में कि, "लोग मुझे (यानी एक स्त्री कार्यकर्त्ता को) स्त्रीवादी तब कहते हैं, जब मैं किसी वेश्या या उसके दरबान से हटकर स्त्री के अधिकार के बारे में बात करती हूँ।" (रेकेवा वेस्ट)। उन्हीं दिनों जर्मनी में स्त्रीवाद का मतलब उन अधिकारों की माँग थी, जो स्त्री को पुरुष के बराबर बनाये। इसी से इशारा पाकर प्रसिद्ध लेखिका वर्जीनिया उल्फ ने कहा था कि शब्दकोष के अनुसार स्त्रीवादी का अर्थ होता है स्त्रियों के अधिकारों की वकालत करनेवाला। स्त्री उस वक्त सिर्फ एक अधिकार के लिए लड़ रही थी–रोजी का अधिकार, और चूँकि वह अधिकार उसे प्रदान कर दिया गया था, इसलिए वर्जीनिया उल्फ के अनुसार अब किसी को स्त्रीवादी कहने की जरूरत नहीं रह गयी थी। शायद ऐसी ही सोच का प्रभाव था कि अंग्रेजीभाषी क्षेत्रों में स्त्रीवादी आन्दोलन को थोड़ी नीची निगाह से देखा जाता था। किन्तु रोजी का अधिकार पाते ही उसकी सारी समस्याओं का समाधान नहीं हो गया था, क्योंकि उसकी समस्याओं के सामाजिक, राजनैतिक, आर्थिक, सांस्कृतिक और यौनिकता सम्बन्धी पहलू भी थे, जिसके लिए आज तक संघर्ष होता आ रहा है। इन संघर्षों को चलानेवालों का कहना है कि स्त्रियों को पुरातन काल से ही प्रतिकूल दशा में रखा गया है, इसलिए उन्हें पुरुषों की तरह ही अवसर की समानता प्रदान की जानी चाहिए। इसके लिए अनेक राजनैतिक आन्दोलन चले हैं, जिनका सम्बन्ध सामान्य राजनैतिक अधिकारों से लेकर, उसे विशेष दर्जा दिये जाने और कार्यस्थल पर सुरक्षा के अलावा विवाह में उसकी भूमिका और आवाज तक की बात शामिल रही है।

(2)

स्त्रीवाद अनिवार्यतः पश्चिम की अवधारणा है। उसकी जड़ें धार्मिक हैं, मध्यकाल में गड़ी हैं, जिसकी अभिव्यक्ति स्त्रियों द्वारा हुए साहित्यिक, अर्द्ध-साहित्यिक लेखन में हुआ है, जो अपने अधिकांश में आत्मकथात्मक है। शताब्दियों तक पूरे यूरोप में ऐसे बहुतेरे परिवार थे, जो अपनी अनावश्यक, यानी विवाह न हो सकनेवाली लड़कियों को कान्वेण्टों, यानी स्त्री मठों में भेज देते थे। वहाँ अधिकांश लड़कियाँ अपने जीवन को एक कारागार के जीवन के रूप में महसूस करती थीं। वहीं कुछ ऐसी भी थीं, जिन्हें लगता था कि उन्हें लिखने-पढ़ने का, पढ़ाने-लिखाने का, सोचने-विचारने का, कुछ करने-कराने का मौका मिल रहा है। उनकी प्रतिभा का इस्तेमाल ऐसे संगठन चलाने के लिए हो रहा है, जिससे वे अपने भिन्न और विभिन्न आवाजों को बुलन्द कर रही हैं। ऐसी ही एक भिक्षुणी बिनोन की हेल्डेगार्ड थी, जो ग्यारहवीं सदी के अन्तिम वर्षों में राइनलैण्ड के एक छोटे से मठ की अध्यक्षा बनी। वह गाने में बहुत निपुण थी और धर्म सम्बन्धी कुछ पुस्तिकाओं का निर्माण भी किया। उस समय के एक प्रसिद्ध पादरी क्लेरवो के बर्नार्ड के साथ उसने कुछ पत्र व्यवहार भी किया। बर्नार्ड ने उसे धर्म प्रचार करने के लिए प्रेरित किया, जो उस जमाने में स्त्रियोचित कर्म नहीं माना जाता था। फिर भी उसने जर्मनी तक जाकर धर्म प्रचार

किया। कहा कि स्त्री में ईश्वर के प्रति एक मातृ-चेतना होती है, जिसके अन्तर्गत वह ईश्वर को बच्चे की तरह मानती है, प्यार करती है। इसी से प्रेरित होकर एक दूसरी भिक्षुणी नार्विच की जुलिया ने पन्द्रहवीं सदी में कहा कि स्वयं ईश्वर एक माँ की तरह है, जो अपने बच्चों की आवश्यकताओं को जानती-पहचानती है, उस पर नजर रखती है। माँ तो बच्चे को पीने के लिए सिर्फ अपना दूध दे सकती है, किन्तु ईसू ने तो अपना पूरा जीवन ही दे दिया है बड़ी उदारता और कोमलता से। "माँ का स्वभाव ही कोमलता और प्यार का होता है, ज्ञान और होशियारी का होता है यद्यपि... कि हमारा शरीर आत्मा की तुलना में तुच्छ होता है, मातृत्व भरे प्यार के कारण ईश्वर उसे उपकृत करता है।" उसके धर्म-प्रचार पर कुछ लोगों ने उँगली उठायी तो उसने पूछा, "क्या मुझे सिर्फ इसलिए धर्म-प्रचार करना बन्द कर देना चाहिए क्योंकि मैं स्त्री हूँ? और धर्म-प्रचार करने का अधिकार उन्हें दे देना चाहिए, जिनके पास इसकी कोई अनुभूति नहीं है, पर वे पुरुष हैं?"

इन तमाम बातों से प्रेरणा लेकर एसेक्स की रहनेवाली मारगरी केम्प उससे मिलने गयी। अपनी यात्रा और उससे मुलाकात का पूरा वृत्तान्त उसने कलमबन्द किया। आज कहा जाता है कि वही पुस्तक किसी अंग्रेज महिला की प्रथम आत्मकथा है। कथा बहुत ही जटिल और नाटकीय है, पढ़नेवालों को खीझ भी बहुत होती है। किन्तु कैम्प ने अपनी एक-एक बात को बड़ी गम्भीरता से लिया है और बतलाया है कि पहले बच्चे के जन्म के दौरान उसने बड़ा कष्ट भोगा तथा पति समेत तमाम घरवालों ने उसकी कोई परवाह नहीं की। तब उसने ईसू में मन लगाया, जिन्होंने दर्शन देकर कहा कि वह उन्हें पति के रूप में स्वीकार करे, उससे बड़ा आराम मिलेगा। किन्तु उसके वास्तविक पति का रवैया कष्ट देने का ही बना रहा। उसने उसे चौदह बार गर्भिणी बनाया। आखिर में टूटकर उसने अपनी सारी सम्पत्ति उसके नाम कर दी और बदले में परिवार से मुक्ति प्राप्त कर जुलिया से मिलने निकल पड़ी। इस पर पति ने जुमला कसा था, "May your body be as freely available to God as it has been available to me." जुलिया से मिलने के बाद वह तीर्थाटन पर निकली। रास्ते भर वह इतनी रोती-चिल्लाती रही कि साथ के यात्रियों ने उसे त्याग ही दिया। फिर भी वह येरूशलम और कुस्तुनतुनिया तक गयी।

इन तमाम बातों से प्रेरित होकर सोलहवीं सदी की तमाम प्रबुद्ध महिलाओं ने अपनी इयत्ता के लिए तर्क रचे, संघर्ष किया। सुधारवादी आन्दोलन के दौरान स्त्रियों को शिक्षा प्राप्त करने का और अवसर मिला। उन्हीं स्त्रियों में से एक जेन आंगर थी, जिसने 1589 में खण्डन-मण्डन की एक ऐसी पुस्तक लिखी, जिसे, "The earliest piece of English feminist polemics." कहा जाता है। उसमें उसने ईव को आदम से इस आधार पर बेहतर बताया कि यदि आदम मनुष्य के लिए आरम्भिक प्रतिदर्श थे, तो ईव को उनसे बेहतर ईश्वर ने दूसरा प्रतिदर्श बनाया। लिखती हैं, "Whereas Adam was fashioned from dross and fithy clay, God made Eve from Adam's flesh, that she might be purer than he. This doth evidently show how far we women are more excellent than men... From women sprang man's salvation. A woman was first who believed, and a woman likewise the first that repented sin... It is women who make sure that men are fed, clothed and cleaned. Without our care they lie in their beds as dogs in litter, and go like lousy mackerel swimming in the heat of summer."

आंगर के विरुद्ध पुरुषों ने तर्क गढ़ते हुए कहा कि वह ईव थी, जिसके कारण आदम को ज्ञान का फल खाना पड़ा, स्वर्ग से च्युत होना पड़ा, और मनुष्य को स्थायी पाप में डूब जाना पड़ा। औरतों में डेलाइला जैसी दगाबाज और जेजेवेल जैसी खूनी औरतें पैदा हुईं। औरतों से सन्त पाल इतने भयभीत थे कि उन्होंने नियम बनाया, "Let your women keep silence in churches, for it is not permitted to them to speak." तिमोथी ने कहा, "If they will learn anything let them ask their husbands at home, for it is shame for women to speak in Church."

बाद के वर्षों में कुछ कर्मठ स्त्रियों ने इन प्रतितर्कों का उत्तर गढ़ा। 1611 में एमिलिया लांचर ने 'जेनेसिस' की व्याख्या करते हुए कहा कि पतन के लिए आदम भी उतने ही जिम्मेदार थे, जितनी ईव,

और ईसा का जन्म एक औरत की शरीर से हुआ, उसी ने पाला, बड़ा किया तथा वे औरत के ही आज्ञाकारी रहे, औरत ने ही क्षमा किया, दवा दिया, सान्त्वना दिया, पुनर्जन्म होने पर पहले औरत के ही सामने पड़े। रिशेल स्पेग्ट ने 1617 में व्यंग्यपूर्वक लिखा, "If Adam had not approved that deed, which Eve had done and been willing to tread the steps which she had gone, he being her hand would have reproved her, have made the commandment a bit to restrain him from breaking his master's position". दरअसल ईश्वर ने ईव के वंश की मेरी को अपने पुत्र ईसा की माँ बनाकर ईव की कमियों को माफ कर दिया था।

यूँ तो बाद के वर्षों में स्त्रियों को अधिकाधिक धार्मिक स्वतन्त्रता मिलती गयी और वे उपदेश देने के लिए इस छोर से उस छोर तक विचरने लगीं, लेकिन उनके विरोधियों की कमी नहीं हुई। जॉन बुनियान जैसे लेखक उनके पीछे पड़े रहे। उनका जवाब देते हुए क्वेकर मारग्रेट फेल ने 1670 में अपनी एक पुस्तिका में लिखा, "Those who speak against... the spirit of Lord speaking in woman, simply by reason of her sex... speak against Christ and his Church and are of the seed of Serpent." प्राफेट जोएल को उद्धरित करते हुए कहा, "...and your sons and your daughters shall prophesy, your old men shall dream dreams. Your young men should see visions: And also upon the servants and upon the heal maids in those days will I pour out my spirit. And I will shew wonders in the heavens and in the earth, blood and tire, and pillars of smock." इससे बेबिलोन, फारस, यूनान और रोम के चार साम्राज्यों के बाद पाँचवाँ साम्राज्य बनेगा, जो ईसा का होगा, जिसमें स्त्री को पुरुष के बराबर हक और जिम्मेदारी मिलेगी। अपनी बात को प्रमाणित करने के लिए उस समय की तमाम कर्मठ स्त्रियाँ बेल्जियम के मसीहा अण्टानिया बोरोक को उद्धरित करती थीं, जिसने कहा था, "They ought to let God speak by a woman, if it be his pleasure, since he spoke in former times to a Prophet by a Beast."

तो भी सत्तरहवीं सदी में तमाम बड़बोली औरतों को चुड़ैल होने के अन्देशे में जिन्दा जला दिया गया, कुछ को पागल करार दे दिया गया। लेडी इलियनार डेविस एक ऐसी ही महिला थी जो कहा करती थी, "The morning I had a voice from heaven, speaking as through a trumpet these words—there is nineteen years and a half to the Judgment Day." उनका मजाक उड़ाते हुए एक पुस्तक वितरित हुई थी, "डेम एलियनार डेविसः नेवर सो मैड ए लेडी।" फिर धर्म सूत्रों की गलत व्याख्या करने के जुर्म में उन्हें वेडलाम की जेल में डाल दिया गया था।

इसी तरह जब अन्ना ट्रेपनेल ने ईश्वर के सन्देश को एक कविता में इस तरह से लिखा कि वह स्त्री व पुरुष दोनों के लिए था—

John though will no offtended be
that handmaid, here should sing,
That they should meddle to declare
The matters of the king...."

तब उसे पागल करार दे दिया गया था, हालाँकि क्रामवेल के समय में उसकी तमाम भविष्यवाणियाँ सही सिद्ध होती चली गयीं।

इन तमाम घटनाओं के परिणामस्वरूप यह स्पष्ट हो गया कि आगे का स्त्रीवादी आन्दोलन धर्म प्रचारकों की नैतिक उच्चता और धार्मिक अनुभूतियों के कारण नहीं, मनुष्य के प्राकृतिक अधिकारों की माँग के कारण चलेगा, जो स्त्री और पुरुष की बराबरी पर आधारित होगा। बापटिस्ट लोग इसे स्वीकार कर अपना मत प्रचारित करने लगे थे। फलस्वरूप लेवेलरों से जुड़ी स्त्रियाँ अपने पतियों की रिहाई के लिए सम्राट के सामने प्रदर्शन तक करने लगीं। फिर भी स्त्री होने के कारण उनकी बात सुननेवाला तब

कोई नहीं था। फिर भी कई हजार औरतों ने यह साहस किया था कि लिख सकें—"We cannot but wonder and grieve that we should appear so despicable in your eyes as to be thought unworthy to petition to represent our grievances to this honourable house. Have we not equal interest with the men of the nation in those liberties and securities contained in the petition of right and other good laws of the land? Are any of our lines, limbs, liberties or goods to be taken from us, no more than from men, but process of law..."

जाहिर है कि स्त्रीवाद का लौकिक पक्ष काफी बाद में और बहुत धीरे-धीरे विकसित हुआ। मध्य 16वीं सदी में एनब्राड स्ट्रीट ने लिखा,

Let such as say our sex is void of reason
know' tis a slander now, but once was Treason.

1640 में एक अज्ञात लेखिका की पुस्तक 'The Woman's Sharpe Revenge' आयी थी, जिसमें कहा गया था, "The women's exclusion from learning was devised by men to secure their own continued domination." अपने स्कूल के प्रचार में प्रकाशित एक पुस्तक "Essay to Revive the Ancient Education of Gentile Women in Religion, Manners, Arts and Tongues' में बाथसुआ माकिन ने लिखा था, 'Let women be fools and you will make them slaves." लेकिन मजेदार बात यह है कि माकिन ने स्त्रियों को क्लासिक साहित्य में शिक्षा देने के विचार के बावजूद यह स्पष्ट किया था कि वह उन्हें अच्छी कुलवधू बनने से रोकेंगी नहीं और 'My intention is not to equalize women to men, much less to make them superior. They are the weaker sex."

इन लौकिक लेखिकाओं पर भी कम हमले नहीं हुए। प्रसिद्ध कवि सर फिलिप सिडनी की भतीजी लेडी मेरी रोथ ने एक उपन्यास प्रकाशित कराया 'काउण्टेस ऑफ माण्टगोमरी'स उरानिया'। उस पर इतने हमले हुए कि उसे अपना उपन्यास वापस लेना पड़ा। लार्ड डेनी ने उस पर व्यंग्य करते हुए समझाया, "Work lady, Work. Instead of writing book, for surely wiser women never wrote one."

इसी तरह मारग्रेट कावेण्डिस, जो न्यू कैसिल की डचेज थी, के लेखन पर इसलिए हमले हुए कि वह स्त्री होकर किताबें लिखती थी। अपने लेखन में उसने स्त्री के दुःख, भय, बच्चों के प्रति चिन्ता, उनकी बीमारी और अकाल मृत्यृ आदि को जम कर चित्रित किया है। उसका कहना था कि ये चिन्ताएँ सभी स्त्रियों की हैं, समाज में उनका जो भी रुतबा हो। उनके लिए लिखना स्वयं एक क्रान्तिकारी और बहादुरी का काम था, क्योंकि, "We are kept like birds in cages to hop up and down in our houses, not suffered to fly abroad... we are shut out of all power and authority, by reason we are never employed either in civil or martial affairs, our conceals are despised and laughed at, the best of our actions are trodden down with scorn, by the overweening conceit men have of themselves and through despisement of us."

उस जमाने में रंगमंच पर स्त्रियाँ नहीं आती थीं। कैथरिन ट्राटर, मेरी मैनले, मेरी पिक्स जैसी कुछ औरतें आयीं भी, तो उनका मजाक उड़ाया गया। अधिकांश लोगों ने तो वेश्या ही करार दे दिया। तो भी आफ्रा बेन ने बड़ा साहस दिखाया और उसकी प्रशंसा बाद में वर्जीनिया उल्फ ने इस तरह से किया, "A middle class woman with all the plebian virtues of humour, vitality and courage, a woman forced by death of her husband and some unfortunate adventures of her own to make her living by her writs, she had to work on equal terms with men. She made by working very hard, enough to live on. The importance of that fact outweighs anything she actually wrote." उसने स्वयं कई नाटक लिखा था, एक उत्तेजक उपन्यास 'Love Letters' लिखा था। इनमें उसने दिखाया था कि कैसे औरतों को स्थितियों को अपने अनुरूप बनाने के लिए गलत समझौते करने पड़ते हैं, जिनमें मर्द हमेशा ही बड़े ठण्डेपन से उनका शोषण करते हैं। उस पर जब हमला होने लगा तो उसने स्वयं अपने

बचाव में लिखा, “Have the plays I have writ come forth under any man’s name, and never known to have been mine, I appeal to all unbiased judges of sense if they had not said that person had made as good comedies as any one man that has writ in our age, but a devil on it the woman damns the poet... I have fame as much as if I had been born a hero.”

उस जमाने में दूसरे देशों में भी स्त्रियाँ कलम चलाने लगी थीं। ऐसी ही एक महिला क्रिश्चियन द पीजान थी। उसका जन्म 14वीं सदी में इटली में हुआ था, शिक्षा फ्रान्स में हुई थी और इतनी शिक्षित हो गयी थी कि अपने लेखन के बल पर जीवनयापन कर लेती थी, पति की मृत्यृ के बाद। उसके साथ तीन बच्चे, एक भानजी और माँ रहती थीं। उसकी सबसे प्रसिद्ध पुस्तक 'The City of Ladies' (1404) है, जिसमें वह साबित करती है कि अच्छाई किसी योनि की बपौती नहीं होती, उसकी अभिव्यक्ति व्यवहार में होती है, गुणों का अनुसरण करने में होती है। इसी तरह की दूसरी लेखिकाएँ मारगरिट द नावार, जिसने 1599 में ‘हफ्टामेरोन’ लिखा, मेरी द गार्ने, जिसने 1622 में ‘एलेगाइट देस होम्स ए दे फेम’ लिखा, और ‘एन मेरी वान शुरमान’ हैं, जिसने 1640 में ‘आन द कैपेसिटी ऑफ फिमेल माइण्ड फॉर लर्निंग’ लिखा।

18वीं सदी आते-आते महिला लेखकों और पाठकों की भरमार हो जाती है। कविताएँ, उपन्यास और चिन्तनपरक निबन्ध तीनों लिखे जाते हैं। यदि कविताओं में कवयित्रियों का अपना दर्द और कल्पना उभरता है, तो उपन्यासों में पाठिकाओं की मुसीबतों के साथ-साथ उनकी आशा भी वर्णित होती है। दिन-प्रतिदिन के पारिवारिक जीवन का वर्णन होता है। फैली बर्नी और जेन आस्टिन स्त्रियों द्वारा विकल्पों की तलाश की बात करती हैं, विशेषेतः विवाह और उनकी परिणतियों के मामले में। ऐसे ही प्रश्न उठानेवाले ‘गोथिक फिक्शन ’ अनेक तरह की नाटकीयता लिये उन दिनों बहुत लोकप्रिय थे। उनमें ऐसी स्त्रियों का वर्णन होता था जो अपने शील और जीवन की रक्षा भक्षक पुरुषों से संघर्ष कर-कर के करती थीं। इनमें सैमुएल रिचर्ड्सन की नायिकाओं में पामेला अपने मन का पुरुष पाने में सफल होती है, तो क्लैटिसा का अन्त बड़ा त्रासद होता है। दूसरी लेखिकाओं में एन. रेडक्लीफ की ‘मिस्ट्रीज ऑफ अडोल्फो’ और ‘द इटैलियन’, वुल्सटोन क्रैफ्ट की ‘द रॉंग्स आफ वुमेन’ काफी लोकप्रिय हुई थीं। इन तमाम कृतियों के माध्यम से महिला पाठकों को अपनी मनोवृत्तियों और भावनाओं का जायजा लेने का, अँधेरी परिकल्पनाओं से गुजरने का, पुरुषों के सुप्त और जागृत भय से दो-चार होने का तथा विवाह में अपनी पसन्द तय करने का मौका मिला। इसके बाद तो महिला लेखन का भरमार हो गया, अम्बार लग गया। चारलोट ब्रोण्टे के उपन्यास ‘जेन आयर’ में नायिका का प्रेम अधिक महीन और शालीन होकर उभरा, हालाँकि घटनाएँ बहुत ही नाटकीय थीं, यहाँ तक कि नायक एक समय असहाय और विकलांग बन जाता है। गास्केल के उपन्यासों में नायिकाएँ हमेशा बड़ी अपेक्षाएँ रखती हैं, इतनी बड़ी कि उस समय की स्थितियों में उन्हें प्रदान नहीं किया जा सकता था। मेरी एन् इवांस अक्सर ही अपने उपन्यासों में भाई-बहन के सम्बन्धों की गहरी पड़ताल करती है। जार्ज मेरेडिथ अपने उपन्यास ‘इगोइस्ट’ में जाहिर करती है कि विवाह में स्त्री की स्थिति एक ‘स्टेटस’ बनकर रह जाती है। जार्ज गिसिंग अपने उपन्यास ‘द ऑड वुमेन’ में दिखाते हैं कि एक स्त्री अपनी बच्ची का पालन बड़े मनोयोग से करती है। इस उम्मीद से कि बड़ी होकर वह एक बहादुर औरत बनेगी।

(3)

राजनैतिक लेखों के प्रकाशन से स्त्रियों की माँग का स्वरूप राजनैतिक हो गया। इस राजनैतिक चेतना के परिदृश्य पर दृष्टि डालते हैं तो पाते हैं कि 1791 के क्रान्तिकारी फ्रान्स में ओलिम्प द गोह ने एक ‘डिक्लेरेशन ऑफ राइट्स ऑफ वुमेन ऐण्ड द फिमेल सिटीजन’ प्रस्तुत किया। इसमें उसने बड़े ही प्रभावशाली और स्पष्ट रूप से घोषित किया कि औरतों का जन्म पुरुषों की ही तरह स्वतन्त्र रूप से होता है और बराबर का होता है। लेकिन आदिकाल से ही पुरुष स्त्री को, यदि वह सुन्दर और शालीन होती

है तो, तमाम प्रलोभन देकर उसे दास बना लेता है। किन्तु अब समय आ गया है कि उसे सैद्धान्तिक स्तर पर पुरुष की ही तरह स्वतन्त्रता, सम्पत्ति, सुरक्षा, समानता, दमन का प्रतिरोध, बोलने का अधिकार आदि प्रदान किया जाये। वह पुरुषों की ही तरह कानून का विषय और उसकी हकदार है। उस पर कोई भी इल्जाम कानून के ही तहत लगाया जा सकता है। बदले में उसे सामाजिक जीवन में वही जिम्मेदारी और दखलन्दाजी दी जानी चाहिए जो किसी भी पुरुष को दी जाती है। उससे कर वसूला जाना चाहिए और बच्चों पर संरक्षण का वही अधिकार दिया जाना चाहिए जो आज किसी भी पुरुष को प्राप्त है। अभी तक विवाह के द्वारा उनका शोषण होता रहा है। आगे इसमें बराबरी का हकदार बनाना है। यानी एक नये सामाजिक समझौते की घोषणा की जानी चाहिए, जिसके तहत उसके जीवन, व्यक्तित्व और आकांक्षाओं की रक्षा की जानी चाहिए।

इसी तरह 19वीं सदी के अमेरिका में स्त्रीवाद दास प्रथा के विरुद्ध चलाये जा रहे आन्दोलन के बीच से उभरकर सामने आया। दास प्रथा के विरुद्ध आन्दोलन में स्त्रियाँ बहुत सक्रिय थीं। परिणामस्वरूप 1840 में लन्दन में दासता पर एक कन्वेन्शन हुआ तो उसमें भाग लेने के लिए अमेरिका से कई स्त्रियाँ आयीं। उसमें एलिजाबेथ कैथी स्टेन्शन प्रमुख थीं। लेकिन आयोजकों ने उन्हें बोलने नहीं दिया। फलस्वरूप वे लुक्रेसिया मट्ट के साथ मिलकर स्त्रीवादी आन्दोलन चलाना शुरू किया। 1848 में सेनेका फाल्स, न्यूयार्क में एक बड़ा जलसा हुआ जिसमें स्त्रियों और नीग्रो लोगों ने एक स्वर से सरकार से मत देने के अधिकार की माँग रखी। इस आन्दोलन में आगे थीं दासों के एक बड़े घराने के मालिक के परिवार की सारा और दूसरी थी एंजेलिना, जिसके घरवालों ने इस आन्दोलन का जी जान से बड़ा विरोध किया। एंजेलिना ने दो पुस्तिकाएँ प्रकाशित कीं, "An appeal to Christian Women for Southern States' और 'Letters on the equality of sexes." सोजोर्नर ट्रथ, जो पहले एक दास थी, उन पुरुषों की खिल्ली उड़ाने का अभियान चलाया, जो कहते थे कि स्त्रियों को मर्दों के संरक्षण में रहना चाहिए। गृह-युद्ध के उपरान्त उसने उस कानून का कड़ा विरोध किया, जिसमें सिर्फ मर्द-दासों को ही मताधिकार दिया गया था। 1920 में तो औरतों को यह मताधिकार दे दिया गया किन्तु सभी नीग्रो लोगों को पूर्ण मताधिकार 1970 में ही मिल पाया।

इंग्लैण्ड में स्त्रीवादी राजनीतिक आन्दोलन का इतिहास काफी पुराना है। विचारों में इसे हम सबसे पहले मेरी आस्टेल के लेखन में पाते हैं। 21 वर्ष की उम्र में उसने एक कविता में लिखा,

"Nature permits not me the common way
By serving court or state, to gain
That so much value'd triffle fame...

That to the Turk and Infidel
I might the joyful tydings tell
And spare no labour to convert them all
But ah my sex denies me this..."

कुछ साल बाद कैण्टरबरी के आर्चविशप विलियम सैंक्राफ्ट को उसने लिखा, "Since God has given women as well as men intelligent souls, how should they be forbidden to improve them?" Since He has not denied us the faculty of thinking, why should we not (at least in gratitude to Him) employ our thoughts on Himself their noblest object and not unworthily bestow them on Trifles and Gailies and Secular Affairs." 1694 में उसने अपनी पहली पुस्तक 'A Serious Proposal to the Ladies' में स्त्रियों से अनुरोध किया कि वे अपने को गम्भीरता से लें। दूसरी पुस्तक 'Thoughts on Education' में जोर दिया कि स्त्रियाँ अपने को गम्भीरता से लें, इसके लिए जरूरी है कि उन्हें पुरुषों की ही तरह शिक्षित किया जाये। इसके लिए यह भी जरूरी है कि सन्तानोत्पत्ति की जरूरी

संस्था में स्त्री को मात्र 'Superior Servant of Husband' बनाकर न रखा जाये। इसके लिए उसने एक विद्यालयों की शृंखला स्थापित की, जिनकी संख्या 1729 में 132 हो गयी थी

इस शिक्षा के परिणामस्वरूप आगे के वर्षों में स्त्रियाँ अपनी बात को और प्रभावी ढंग से रखने के लिए आगे आयीं। वे पुरुषों के साथ मिलकर परिवार के कामकाज में हिस्सा लेती थीं और अपनी भावनाओं को निःसंकोच ढंग से लेखन में व्यक्त करती थीं। उनसे तिलमिलाकर बेन जानसन जैसे लेखक को 'अमेजन्स आफ पेन' कहना पड़ा था।

ऐसी ही एक अंग्रेजन मेरी उल्स्टोन क्राफ्ट थीं। उसने अपने साथ के स्त्री विचारक कैथरीन मैकाले को पढ़ा था। मैकाले ने कहा था कि औरत की कमजोरी प्राकृतिक न होकर गलत शिक्षा, कहें खराब शिक्षा की देन है। उसने यौनिकता के दोहरे मानदण्ड पर प्रहार करते हुए कहा था कि एक बार के विचलन के कारण न तो कोई औरत अपनी कुमारित्व खो देती है, न ही उसके व्यक्तित्व में कोई ऐसा खोट आ जाता है कि वह अपना पूर्ण विकास न कर सके। उसने पुरुषों के इस वर्चस्व का विरोध किया कि स्त्रियाँ पुरुषों की सम्पत्ति हैं। उन्हें अपना निजी व्यक्तित्व बनाकर रखने का पूरा अधिकार है। क्राफ्ट इन सारे विचारों को स्वीकार करती हैं। अपनी पुस्तक 'ए विण्डिकेशन फार द राइट्स ऑफ वोमेन' (1790) में वह अपने लिंग की औरतों के बारे में खुलकर लिखती हैं, अपने बारे में नहीं। फ्रान्सीसी क्रान्ति के दौरान पुरुषों को मिले अधिकारों का विस्तारण कर वह स्त्री को भी प्रदान करने की वकालत करती हैं। लिखती हैं, "If the abstract rights of man will hear discussion and explanation, those of woman, by a parity of reasoning, will not shrink from the same taste... Who made man the exclusive judge, if women partake with him of the gift of reason?" वह मानती थी कि जिस युग में वह रह रही है, उस युग में स्त्रियाँ हीन हैं, क्योंकि जन्म से ही उनका दमन होता है, शिक्षा नहीं दी जाती, वास्तविक संसार से उन्हें काटकर रखा जाता है, इसलिए वे अज्ञानी और आलसी बन जाती हैं। "Taught from the infancy that beauty is the woman's sceptive, the mind shapes itself to the body and roaming round its gift cage only seeks to adore its prison." वह कहती हैं कि स्त्रीत्व एकदम से बनावटी चीज है, और शालीनता ओढ़ा हुआ वस्त्र है। इसलिए उन्हें एक बेहतर शिक्षा दी जानी चाहिए जो पुरुषों को दी जाती है। वह यह भी कहती हैं कि यदि पुरुषत्व का मतलब, विवेकपूर्ण और गुणसम्पन्न व्यवहार है तो स्त्रियों को पुरुष बन जाने में कोई हर्ज नहीं है। वह मानती हैं कि यह काम सिर्फ अच्छी शिक्षा से ही नहीं हो पायेगा, इसके लिए समाज को भी बदलना होगा। अपनी दूसरी पुस्तक 'थाट्स ऑन एजूकेशन' में कहती हैं कि विवाह का आधार प्रेम को न बनाकर मित्रता और आपसी सम्मान को बनाना चाहिए। प्रेम का स्वरूप भावुक और लिजलिजा होता है और उसमें औरत उन आदर्शों की उम्मीद करने लगती है, जिन्हें बचपन में ही दबा दिया गया होता है। चूँकि उसकी पूर्ति नहीं हो पाती, इसलिए वैवाहिक जीवन में फाँक आ जाती है, अतृप्तिदायी बन जाती है। अपने उपन्यासों में भी उसने इस मनोविज्ञान की मीमांसा की है, जिनमें स्त्रियाँ झूठी प्रसन्नता की खोज में खोखली होती जाती हैं। होना तो यह चाहिए कि स्त्रियाँ खुलकर बोलें, अपनी जीवन-कथा का वर्णन करें, अपनी भावनाओं का इजहार करें, उनके साथ जो धोखा हुआ है और जो उनके सपने थे उन्हें खुलकर स्वीकार करें।

1843 में छपी मोरियन रीड की पुस्तक 'ए प्लीआ फार वोमेन' दूसरी महत्त्वपूर्ण पुस्तक है। उसमें उसने अपने समय की कर्मठ महिलाओं का विश्लेषण कर निचोड़ रखा है कि वे कुल मिलाकर 'स्त्री' बनकर ही रहीं, स्त्री के ही जगत् में विचरती रहीं, अपने आत्म को त्यागकर स्त्रीत्व को बरकरार कर के रखीं। लिखती हैं, "Womanly behaviour in practice means good human and attention to her husband, keeping her children neat and clean, and attending to domestic arrangements." लेकिन यह 'Most criminal self-extinction' है। उनको जो शिक्षा मिलती रही है वह रट्टा मारने और उसी पाठ तक सीमित रह जाने की रही है। उनमें यदि कहीं आत्मनिर्भर बनने की सीख आती भी है तो

तुरन्त दबा दी जाती है, बस उन्हें स्वचालित ढंग से रहने के लिए उपयुक्त बनाकर छोड़ दिया जाता है, जिससे कि वे परम्परा द्वारा लाद दिये गये कर्त्तव्यों का निर्वाह करते कालकलवलि हो जायें। इन तमाम बातों पर उसे एतराज है। वह कहती हैं, "Woman was made for man, yet in another and higher she was also made for herself. Innocence is not the same thing as virtue." वह औरतों के लिए मताधिकार की बात करती हैं, जिससे कि वे अपनी सम्पत्ति, सन्तान और सुख की मलका बन सकें।

19वीं सदी में स्त्रियों के अधिकारों के दो जबरदस्त पुरुष प्रवक्ता हुए हैं विलियम टाम्पसन और जॉन स्टुअर्ट मिल। दोनों ने अपनी प्रबुद्ध पत्नियों के प्रभाव में लिखा और इस इरादे से लिखा कि पुरुष के द्वारा लिखे जाने के कारण तत्कालीन सामाजिक-राजनीतिक परिवेश में उसका अधिक प्रभाव पड़ेगा। 1825 में विलियम टाम्पसन ने 'अपील ऑफ वुमेन' के नाम से एक पुस्तक प्रकाशित करायी जिसमें उसने सेण्ट साइमन के समाजवादी विचारों से जुड़ी अन्ना ह्वीलर के विचारों और क्रियाकलापों की खुलासा और वकालत की। डिजराइली ने अन्ना ह्वीलर को एक साथ ही अतिप्रबुद्ध और उतना ही खतरनाक करार दिया था, क्योंकि वह स्त्रियों के लिए पुरुष से बराबरी की माँग करती थी। उसकी वकालत करते हुए टाम्पसन ने कहा कि तत्कालीन पश्चिमी समाज में स्त्री को शादी से पहले और शादी के बाद कैद करके रखा जाता है, और उस कैदखाने का नाम परिवार दिया जाता है। ऊपर से कर्त्तव्यों का इतना बोझ लाद दिया जाता है कि कैद औरत अपने-आप में कुछ रह ही नहीं पाती, कैदी भी नहीं। टाम्पसन ने जेम्स मिल के इस विचार की कड़ी आलोचना की थी कि स्त्रियों को मताधिकार इसलिए नहीं मिलना चाहिए कि उनके हितों का प्रतिनिधित्व उनके पतियों या पिताओं से हो जाता है। टाम्पसन का कहना था कि तब उन स्त्रियों का प्रतिनिधित्व कैसे होता है, जिनके न पिता हैं, न पति। फिर यह मान लेना कि पिता या पति के हित वही हैं, जो स्त्रियों के, गलत हैं। उसने मेरी वुल्सटोन क्रैफ्ट की भी आलोचना यह कहकर की कि उनके स्त्रियों सम्बन्धी निर्णय बहुत ही संकीर्ण, डरे-डरे और निर्बल हैं। उसका कहना था कि, "As your bondage has chained down man to the ignorance and vices of despotism so will your liberation reward him with knowledge, with freedom and happiness."

जॉन स्टुअर्ट मिल की पुस्तक 'द सब्जेक्शन ऑफ वुमेन' 1869 में आयी। उसमें उसने स्थापित किया कि स्त्री का दमन गलत है और मानवीय विकास में मुख्य बाधा है। मिल के विचारों पर हैरिएट टेलर का बहुत प्रभाव था, जिसके सम्पर्क में वह 1830 से ही था और अपने पिता जेम्स मिल के अनुदार विचारों का तहे दिल से विरोध करता था। हैरिएट ने अपने छोटे-छोटे लेखों में स्त्री के मताधिकार की वकालत की थी और सम्पति, विवाह और बच्चों पर अधिकार के लिए तर्क दिये थे। मिल ने भी तत्कालीन नियमों का विरोध यह कहकर किया, "It gave the man legal power over the person, property and freedom of action of the other party, independent of her own wishes and will." मिल इस बात को स्वीकार नहीं करता था कि स्त्री और पुरुष के बीच का असमान सम्बन्ध प्राकृतिक है। वह कहता था कि वर्चस्व रखनेवाला व्यक्ति कभी यह स्वीकार ही नहीं कर सकता कि दूसरा उसके बराबर है। अमेरिका में दासों के व्यापार का यही आधार है। हम जिसे स्त्रैण कर्म कहते हैं, वह बनावटी है "The result of forced repression in some directions, unnatural stimulations in others." इतने दबाओं और उपेक्षाओं के बावजूद महिलाओं ने बड़ा समृद्ध साहित्य अपने बारे में रचा है। वह मानता है कि आदर्श परिस्थितियों में स्त्री और पुरुष एक समान होंगे, पुरुष अधिकाधिक स्वार्थहीन होते जायेंगे और स्त्रियाँ आत्म-वंचना से ऊपर उठती जायेंगी। फिर भी वह तलाक के अधिकार की वकालत नहीं करता है, लेकिन मताधिकार का करता है ठीक वैसा ही जैसा कि पुरुषों को मिला हुआ है। इसके लिए उसने 1866 में पिटिशन् दिया और 1867 के 'रिफॉर्म बिल' में उनके पक्ष में संशोधन लाया।

तो भी आज तमाम स्त्रीवादी विचारक मिल की आलोचना इसलिए करती हैं कि उसने बात शादी-शुदा औरतों की की, अविवाहित और अकेली औरतों की नहीं। ऐसी औरतों को कानूनी अधिकार नहीं थे, जिससे

बड़ा अत्याचार होता था। नार्टन का मामला ऐसा ही था। उसी से दुःखी होकर नार्टन ने 'द सेपेरेशन ऑफ मदर ऐण्ड चाइल्ड' जैसी लघु पुस्तिका और 'इंगलिश लाज फार वुमेन इन द नाइनटीन्थ सेंचुरी' जैसी पुस्तक लिखी थी। 1855 में महारानी विक्टोरिया को लम्बा पत्र लिखा था, स्त्री को तलाक लेने का अधिकार देने के बारे में। आश्चर्यजनक यह है कि उसने फ्लोरेन्स नाइटिंगिल की तरह उन स्त्रीवादी संगठनों और आन्दोलनों का साथ नहीं दिया जो स्त्री के तमाम अधिकारों के लिए लड़ रही थीं।

अन्य महिला विचारकों में हैरिएट मार्टिनो और फ्रान्सिस पावर काबे का नाम आता है। मार्टिनो ने लिखा था, "Justice to woman is denied on no better plea than the right of strongest. In both cases the acquiescence of the many and the burning discontent of few of the oppressed, testify, the one of the actual degradation of the class and the other to its fitness for the enjoyment of human rights." इसी तरह कोबे ने लिखा था, "We want woman's sense of the law of love to complete man's sense of the law of justice, we want her influence inspiring virtue by gentle promptings within, to complete man's external legislation of morality... we want her genius for detail, her tenderness for age and suffering, her comprehension of the wants of childhood."

इस तमाम वैचारिक पृष्ठभूमि में स्त्री सम्बन्धी आन्दोलन मध्य 19वीं सदी तक बहुत कमजोर था। बरबरा लेह स्मिथ के नेतृत्व में काम करनेवाली 'द लेडीज आफ लांघम प्लेस' औरतों के शिक्षा सम्बन्धी अधिकार, रोजगार का अवसर और विवाहित स्त्रियों की बेहतर कानूनी स्थिति के लिए यहाँ-वहाँ कुछ करती रहती थीं। कारण यह था कि स्त्रियाँ अभी भी इस दुबिधा में पड़ी थीं कि वे परम्परागत स्त्री मूल्यों और आदर्शों का अनुरक्षण कर चलें कि पुरुष के बराबर हो जायें। आन्दोलन का दूसरा चरण तब शुरू हुआ जब 1869 में 'लेडीज नेशनल एसोसिएशन फार रिपील ऑफ काण्टेजियस डिजीस ऐक्ट' की स्थापना हुई और उसका नेतृत्व जोसेफाइन बटलर के हाथों में आया। वेश्याओं से पैदा होनेवाले छुआछूत के रोगों में दोषी स्त्री को माना जाता था। इस संगठन ने इस बात पर जोर दिया कि पुरुष भी उसके लिए उतने ही दोषी हैं और उन्हें भी वही सजा दी जानी चाहिए। स्त्रियों के खिलाफ रवैयावाले कानूनों को हटा दिया जाना चाहिए। इसी तरह एनी बेसेण्ट ने माचिस की फैक्ट्रियों में काम करनेवाली स्त्रियों की दयनीय स्थिति पर फैक्ट्री के तमाम भागीदारों को पत्र लिखा और धीरे-धीरे आन्दोलन खड़ा किया। उनके प्रयासों के साथ जॉन स्टुअर्ट मिल और टाम्पसन की मताधिकार सम्बन्धी माँग मिलकर आगे का नया आन्दोलन खड़ा किया, जिसमें स्त्रीवादियों ने साफ-साफ तय कर लिया कि स्त्रियों को पुरुषों के बराबर ही सब अधिकारों को प्राप्त करना है। यह पूर्ण नागरिकता प्राप्त करने का आन्दोलन था, जो 1928 तक चलता रहा जब औरतों को पूर्णमताधिकार के साथ-साथ तमाम पुरुषों के साथ बराबरी के अधिकार मिल गये। इसमें एमेलाइन पांकहर्स्ट और क्रिस्तोवेल की बड़ी भूमिका थी। गौर करने की बात यह है कि स्त्रियों को ये तमाम अधिकार ब्रिटिश उपनिवेशों में पहले ही मिलते चले गये, विशेषतः उन राज्यों में जो साम्राज्य से अलग होते गये। न्यूजीलैण्ड के स्त्रियों को 1893 में, आस्ट्रेलिया के राज्यों में तीन-चार वर्ष बाद और संघ के लिए 1902 में, कनाडा में 1904 में उन्हें पूर्ण नागरिकता मिल गयी। यूरोप के अन्य देशों में डेनमार्क में 1915 और हालैण्ड में 1919 में यह अधिकार मिल गया।

(4)

हम स्त्रीवाद के सामाजिक और समाजशास्त्रीय पक्ष पर आते हैं। बीसवीं सदी के पूर्वार्द्ध तक स्त्रीवाद और उससे जुड़े आन्दोलन का तात्पर्य था कानूनी और राजनैतिक समानता प्राप्त करना। उनके मिल जाने पर लगा कि उन्हें अभी और नयी दूरियाँ तय करनी हैं, अवसर की समानता के साथ-साथ अपनी विशिष्ट

जैविक और भावनात्मक अस्मिता के प्रबोधन के लिए। उसका सम्बन्ध पारिवारिक क्रियाकलापों में समानता, वैधानिक सम्बन्ध और सांस्कृतिक व्यवहृतियों से हो गया है। अब इसके कई सह-सम्बन्धी रूप हैं जो उदारवाद, मार्क्सवाद, फ्रायडवाद और उत्तरआधुनिकतावाद से जुड़े हैं। इन्हीं के आधार पर स्त्रीवादी सामाजिक सिद्धान्त की रचना अभी हाल में होने लगी है। इनका कहना है कि अभी तक स्त्रियों का अध्ययन पुरुषों द्वारा होता रहा है, जिनमें उनका पुरातन दुराग्रह काम करता रहा है, जिसके चलते वे स्त्रियों के समाजशस्त्रीय महत्त्व की उपेक्षा करते रहे हैं। उदाहरण के लिए कहा जाता है कि एक परिवार की सामाजिक, आर्थिक स्थिति क्या है, यह पुरुष की कमायी के आधार पर तय होता है। यदि स्त्री कमाती है और कहीं पुरुष से ज्यादा कमाती है, तो उसे पुरुष की कमायी का 'सप्लीमेण्ट' मानकर उस पर ध्यान नहीं दिया जाता। इसलिए स्त्रीवादी सामाजिक सिद्धान्त इस बात पर बल देता है कि समाज में स्त्री की अधीनस्थ भूमिका को समझने के लिए और उसकी व्याख्या करने के लिए उसकी लैंगिक भिन्नता को पुरुष सत्तात्मक सिद्धान्त से जोड़कर सन्दर्भित किया जाये।

लैंगिक भिन्नता को एक समय जैविक भिन्नता के आधार पर देखा जाता था। 19वीं सदी के तमाम मेडिकल सिद्धान्त स्पष्ट करते थे कि स्त्री का व्यक्तित्व उसकी शारीरिक संरचना और बच्चे पैदा करने के कार्य से बनता है, जो पुरुष से भिन्न होता है। इस विभेद के कारण मनोवैज्ञानिक रूप से भी स्त्री में ओडियस ग्रन्थि, शिश्न-ईर्ष्या और जननेन्द्री निरोध ग्रन्थि होती है। इस शारीरिक-मनोवैज्ञानिक विभेद के चलते स्त्री और पुरुष के कर्म, सोच और संस्कृति का दायरा भिन्न होता है। पुरुष स्वभाव से ही आक्रामक होता है और ऐसे कर्म करने में रुचि लेता है, जो पौरुष माँगता है, कठोरता माँगता है, अधिक श्रम माँगता है (चाहे शारीरिक हो या मानसिक), दृढ़ता माँगता है। स्वभाव से ही दब्बू होने के कारण स्त्री ऐसे काम करना पसन्द करती है, जिसमें विनम्रता की आवश्यकता होती है, कम शारीरिक शक्ति की जरूरत पड़ती है, स्थविर होकर रहने की जरूरत पड़ती है। और वह भावनाओं में बह जानेवाली होती है। इसलिए उसे पुरुष के संरक्षण की आवश्यकता पड़ती है। डार्विनवाद ने माना कि जीवन को चलाने में प्राकृतिक चुनाव की महती भूमिका होती है, जिसका सम्बन्ध जैविक विशेषताओं से है। सर्वोत्तम के बचे रहने की प्रवृत्ति के कारण जो मनोविज्ञान बनता है, उसमें पुरुष के लिए आक्रामक होना और स्त्री के लिए दब्बू और स्थावर होना स्वाभविक है।

नृतत्त्वशास्त्र और समाजशास्त्र दोनों ने ही व्यवहार के उपरोक्त तर्कों को आज अस्वीकार कर दिया है और कहा है कि व्यक्ति के व्यवहार तथा समूह के संगठन के जड़ में उसकी संस्कृति होती है, जिसका एक तत्त्व मूल्यबोध होता है। सामाजिक नृतत्त्वशास्त्र ने जैविक तर्क को दो आधारों पर खारिज किया है। एक तो यह कि प्रकृति और संस्कृति के बीच का विभाजन स्वयं संस्कृति का बनाया हुआ है। दूसरे यह कि तमाम तुलनात्मक मानवजाति विज्ञानों के अध्ययन से स्पष्ट होता है कि तमाम संस्कृतियों में मानव स्वभाव का रूप भिन्न-भिन्न पाया जाता है। इससे स्पष्ट होता है कि मानव-व्यवहार का कोई जैविक निर्धारण नहीं होता। हम इस तर्क को नहीं मानते। आज के वैज्ञानिक हर व्यवहार के लिए एक 'जीन' खोज निकाल ले रहे हैं, जिससे स्पष्ट होता है कि व्यवहार का निर्धारक जैविक तत्त्व होता है। दूसरे मनुष्य की मूल प्रवृत्तियाँ सर्वत्र एक ही होती हैं और मूल प्रवृत्तियों, संवेगों तथा भावनाओं का सम्बन्ध जैविक स्थिति से होता है, जो मानसिक स्थिति, यानी विवेक, प्रपन्न मति, प्रतिभा आदि से भिन्न होता है। और यह भिन्नता भी जैविक कारणों पर ही आधारित लगती है। संस्कृति का निर्माण इन्हीं के आधार पर होता है। इससे जो सांस्कृतिक भिन्नता आती है वह परिवेश और बाह्य स्थितियों के दबाव में हुए विकास के कारण होती है।

खैर, आज का समाजशास्त्र, अप्रत्यक्ष रूप से ही सही, दार्शनिक नृतत्त्वशास्त्र से प्रभावित रहा है। जर्मन समाजदार्शनिक एर्नाल्ड गेहलेन मानता है कि पशुओं से भिन्न मनुष्य के पास जो मूल प्रवृत्तियाँ हैं, वे इतनी सक्षम नहीं हैं कि वे परिवेश पर, बाह्य स्थिति पर पूरी तरह से नियन्त्रण कर लें। इसीलिए उन्हें संस्कृति की रचना करनी पड़ती है। वे अभी तक पूर्णता प्राप्त कर लिये पशु नहीं बन पाये हैं। इसलिए उन्हें

समाजीकरण की जरूरत पड़ती है। इसी से सामाजिक संस्थाएँ बनती हैं। इसलिए मानवीय व्यवहार मूल प्रवृत्ति या मानवीय स्वभाव से अनुशासित न होकर संस्कृति से अनुशासित होता है। इस संस्कृति ने ही स्त्री और पुरुष में भेद किया है। भला कहीं गाय और बैल, बन्दर और बन्दरियों, नर और मादा मछलियों, पक्षियों आदि के व्यवहार में, बर्ताव में भेद दिखायी देता है? इसलिए शरीर (body) को केन्द्र में रखकर पिछले पचीस-तीस वर्षों में प्रकृति, कहें स्वभाव, और संस्कृति के बीच के सम्बन्धों को 'सामाजिक अधिरचनावाद' से समझने-समझाने की कोशिश हो रही है, जिसका सम्बन्ध व्याख्या तथा निर्मिति की सामाजिक प्रक्रिया से है। इस ग्रुप के समाजशास्त्रियों का कहना है, कि मनुष्य को चलना, दौड़ना, नाचना, बैठना, खाना, थूकना, हँसना, सलाम करना आदि सीखना पड़ता है। विभिन्न समाजों में इनके विभिन्न ढंग हैं और अपने समाज में स्वीकृत होने के लिए बच्चे को अपने समाज के ढंग को सीखना ही पड़ता है। इसके दार्शनिक बार्डियो का कहना है मनुष्य के शरीर को इस तरह से प्रशिक्षित किया जाना है कि वह एक आदत का आवास (habitus) प्राप्त कर ले, जिसके अन्तर्गत वह समुचित चाल-ढाल दिये गये समाज वर्ग के लिए उपयुक्त हासिल कर सकें। "The shapes and mannerisms of the body are the products of a cultural habitus within the specific location of a certain class."

हमारे सामने इसे भी स्वीकार करने में दिक्कत है। जैसा कि हमने ऊपर कहा है इधर जो शोध हो रहे हैं वे हर हरकत को किसी-न-किसी 'जीन' से जोड़ रहे हैं। यहाँ तक कि तलाक, समलैंगिकता, उदास रहने, मार-पीट करने के 'जीन' तक खोज निकाले गये हैं। 'जीन' व मानव-व्यवहार में कार्य-कारण सम्बन्ध खोज निकाले गये हैं। संस्कृति का आधार आज जीवविज्ञान बनता जा रहा है तब स्त्री और पुरुष के विभेद भी इसी 'जीन' के आधार पर स्वाभाविक हैं। स्त्री का दब्बूपना और पुरुष का आक्रामक होना जीनप्रणीत है।

जो भी हो संस्कृति पर जोर देनेवाले कहते हैं कि स्त्री और पुरुष का विभेद सांस्कृतिक है और सारी लड़ाई आज इसी को लेकर चल रही है। विरोध पुरुषसत्ता का है।

पुरुषसत्तात्मकता, जिसे पितृसत्तात्मकता (patriarchy) भी कहा जाता है, का मतलब है स्त्री पर पुरुष की ऐसी सत्ता जिसके आधार पर वह उसकी पूरी जिन्दगी पर हावी रहता है, अभिभावक की भूमिका अदा करता है, उसे प्रभावित करता है, उस पर नियन्त्रण बनाकर रखता है। इसकी मात्रा और प्रकार विभिन्न समाजों में विभिन्न स्तर की होती है। तमाम समाजशास्त्री मानते हैं कि यह प्रभुत्व प्राकृतिक कम, सामाजिक अधिक होता है। इसके मुख्य कारक होते हैं अनिवार्यतः विपरीत लिंगी सम्बन्धों पर जोर, पुरुष की आक्रामकता, काम करने के स्थान पर पुरुष जिस तरह से संगठित होते हैं उसका असर तथा लिंग की भूमिकाओं का समाजीकरण।

स्त्रीवादी समाजशास्त्रियों ने इसकी तीन तरह की भूमिका को दिखाया है। एक तो यह कि यह विचारधारा के रूप में काम करती है। इसका प्रचारक लाकाँ हैं, जो एक साथ ही मनोविश्लेषणवादी और संरचनावादी हैं। वह कहता है कि समाज की संस्कृति पर पुरुष लिंग (falus) का वर्चस्व होता है, कुछ ऐसा कि जरूरत पड़ने पर पुरुष अपने लिंग का प्रयोग स्त्री पर हथियार के रूप में करता है। दूसरे यह कि पुरुष सत्तावाद का आधार परिवार व्यवस्था है, जिसमें पुरुष स्त्री पर दबदबा आर्थिक, सांस्कृतिक और सम्भोग क्रिया के आधार पर कायम करता है। ऐसे में विवाह का संविदा वास्तव में मजदूर बनाकर स्त्री के श्रम पर नियन्त्रण कायम करना है। कुछ मार्क्सवादी स्त्रीवादी कहते हैं कि स्त्री पर पुरुष का वर्चस्व पूँजीवादी व्यवस्था की देन है, क्योंकि पूँजीवाद और पितृवाद एक-दूसरे की सहायता करते हैं। घर-परिवार के भीतर स्त्री का परिवार सम्बन्धी श्रम पुरुष की सहायता करता है, यदि उसकी मजदूरी देनी पड़ती तो यह पूँजी पर भार बन जाती। घर के बाहर श्रम करने पर स्त्रियों को कुछ खास पेशों से जोड़कर उसकी मजदूरी कमतर कर दी जाती है। यह तीसरी भूमिका है।

इसकी थोड़ी विस्तार से चर्चा करते हुए लिंग (gender) की भूमिका की बात की गयी है। समाज में स्त्री और पुरुष की भूमिका तय करने के लिए लिंग के गुणों और अपेक्षाओं को वर्गीकृत किया गया है। इसे ही श्रम का लैंगिक विभाजन भी कहा गया है और उसे लगभग तय माना गया है। स्त्रीवादियों ने इसे चुनौती दी है। साफ कहा है कि इसका सम्बन्ध सामाजिक मान्यताओं और समाजीकरण के पैटर्न के कारण है, तयशुदा स्वभाव के कारण नहीं। यह वास्तव में क्रियाकलाप (functionalism) के कारण है, जो दी हुई पारिवारिक स्थिति के कर्म-कर्त्तव्य को संस्थाबद्ध मानकर आदर्श मान लेता है, संस्थाओं के सुचारू रूप से चलते रहने के लिए। इसलिए मान लिया गया है कि स्त्री की भूमिका घर-परिवार के भीतर है, चाहे वह बच्चे पैदा करना व उनको पालना हो, भोजन बनाना और घर की साफ-सफाई करनी हो, सिलाई-बुनाई करना और मांगलिक अवसरों पर गाना-बजाना हो। यह सब व्यवस्था के लिए कम, बनायी गयी व्यवस्था को सुचारू रूप से चलाने के लिए अधिक है। घर के बाहर काम करती है तो अतिरिक्त आय के लिए और उसके लिए कम मेहनत के काम दिये जाते हैं, जो अमूमन् कम शारीरिक क्षमतावाले होते हैं, बौद्धिक क्षमतावाले नहीं। सफेद कालरवाले काम मिले भी तो नर्स, शिक्षिका, सचिव, टाइपिस्ट, रिसेप्सनिस्ट या दुकान पर सामान बेचने का। भारी बौद्धिक और महत्त्वपूर्ण काम तो पुरुषों के लिए संरक्षित क्षेत्र हैं चाहे वह धर्मप्रचार का क्षेत्र हो, सेनानायक का हो या क्रान्ति का। स्त्रीवादियों ने 'सिमेट्रीकल फैमिली' की अवधारणा लाकर और दुनिया भर के कामों में अपनी सफल भूमिका दिखाकर इस विभाजन को निरन्तर तोड़ती जा रही है। इस सिमेट्रीकल फैमिली की चर्चा एम. यंग और विलमोट ने 1993 में उठायी है। ब्रिटेन के पुराने किस्म के परिवारों के टूटने के बाद जो नये परिवार विकसित हो रहे हैं उनकी तीन विशेषताओं को उन्होंने लक्षित किया है। पहला यह कि पति और पत्नी घर पर ही केन्द्रित रहते हैं, खासकर जब बच्चे छोटे-छोटे रहते हैं। दूसरा यह कि यह न्यूक्लीअर परिवार, एक्सटेण्डेड परिवार की तुलना में बेहतर भूमिका आज के गतिशील जीवन में निभाता है। न्यूक्लीअर परिवार का मतलब है पति, पत्नी और उनके अपने बच्चे भरसक दो ही। बड़े-बूढ़ों से छुट्टी पाने के लिए वृद्धआश्रमों का प्रचलन बढ़ रहा है। यह दोनों के बाहर काम करने की दृष्टि से अधिक फिट रहता है, औद्योगिकीकरण के जमाने में अधिक 'मोबाइल' रहता है, चूँकि जोड़ों का निर्माण अपने चुनाव से होता है, इसलिए पति, पत्नी और बच्चों के बीच अधिक संवेगात्मक लगाव होता है, घर के भीतर वे अपना काम बाँट कर सौहार्दपूर्ण वातावरण में करते हैं और पेशे में उनकी भूमिका उनके क्रियाकलाप से तय होती है। यह दुनिया भर की सामाजिक विभिन्नता को लगातार कायम करता है। एक्सटेण्डेड परिवार का मतलब है परम्परागत रूप से परिभाषित परिवार जिसमें लगभग तीन पीढ़ियाँ एक साथ रहती हैं—पति-पत्नी के माता-पिता, अपने भाई-बहन, अपने बच्चों के साथ उनके बच्चे। कभी-कभी तो वे दुनिया भर के रिश्तेदार भी शामिल होते हैं जो एक छत के नीचे रहते हैं। ऐसे परिवार के चलते काम न करनेवालों की परोपजीविता बढ़ती है, काम करनेवालों पर भार बढ़ता है, उनकी 'मोबिलिटी' बाधित होती है, जिससे 'कैरियर' चौपट होता है औद्योगिकीकरण और आधुनिकता में खलल पड़ती है। फिंच ने इसका विस्तृत अध्ययन किया है। तीसरे इस परिवार में घर के भीतर पति और पत्नी के बीच श्रम विभाजन नहीं के बराबर होता है, या बहुत कम होता है, दोनों कोई भी काम करते हैं, चाहे वह सफाई करना हो, खाना बनाना हो, बच्चे पालना हो, सुरक्षा करनी हो, बाजार करना हो। इससे औरतें घर के बाहर समय बिताने के लिए या काम करने के लिए अधिकाधिक मुक्त होती हैं, आधुनिक बन कर रहती हैं।

इन तमाम बातों से उत्साहित होकर तमाम स्त्रीवादियों ने मातृकुलवाली परिवार-व्यवस्था पर ध्यान दिया है। इसका ढीला-ढाला अर्थ वह परिवार है जिसमें माँ की चलती है। पर वास्तविक अर्थ उस परिवार व्यवस्था से जुड़ा है, जिसमें उत्तराधिकार बेटियों को मिलता है, विशेषतः सबसे छोटी बेटी को, इसलिए मामा की भूमिका कुछ बढ़ जाती है, परिवार का गोत्र माँ के नाम पर चलता है, क्योंकि अमूमन् उसके कई पति एक समय में, या विभिन्न समयों में हो सकते हैं, अक्सर यह परिवार स्थावर होता है और परिवार

का शासन माँ के, कहें स्त्री के हाथ में होता है। इसमें स्त्री की तरफ से तलाक की गुंजाइश अधिक रहती है और स्त्री के दबदबा के कारण पुरुष दोयम दर्जे के नागरिक बन जाते हैं। कुछ विचारकों को लगता है कि मातृकुल पर जोर पुरुष से बदला लेने की भावना के कारण अधिक है, वैकल्पित परिवार-व्यवस्था बनाने के लिए कम, उससे भी कम नये सामाजिक अभियन्त्रण के लिए। दूसरे इसकी समसामयिक वैधता व उपयोगिता पर भी सन्देह है। एंजेल्स ने अपनी पुस्तक 'ओरिजिन आफ फैमिली' में बताया है कि निजी सम्पत्ति के विकास से पहले आदिमकाल के समाजों में मातृसत्ता हुआ करती थी। जबसे समाज घुमन्तू जीवन त्याग कर (चाहे वह फल-मूल इकट्ठा करनेवाला रहा हो, या शिकार करनेवाला) कृषि उत्पादक समाज में संक्रमित हुआ, तब मातृसत्ता की जगह पितृसत्ता ने ले लिया। कुछ दूसरे विचारकों का कहना है कि पितृसत्ता का जन्म एक समाज पर दूसरे समाज के विजयों से हुआ। जो भी हो मातृसत्ता और पितृसत्ता से सम्बन्धित बातों को तर्कों से सिद्ध करने के लिए पुरातात्त्विक प्रमाण कम ही है। फिर भी मातृसत्ता सम्बन्धी अवधारणा का यह महत्त्व तो है ही कि यह स्त्रीवाद के पक्ष में इस रूप में जाता है कि पितृसत्ता सार्वदेशिक सार्वकालिक नहीं है और उसका आधार लैंगिक भिन्नता नहीं है। तो भी यह स्त्रीवाद पर आधारित भावी सामाजिक अभियन्त्रण के लिए बहुत कारगर नहीं है।

मार्क्सवादी प्रभाव में आज के कुछ स्त्रीवादी स्त्री को वर्ग के रूप में देखने लगे हैं। वे जाति और सम्पत्ति की तरह लिंग को भी सामाजिक संस्तरीकरण के रूप में लेते हैं। अब मार्क्स ने तो आर्थिक कारणों से, विशेषतः उत्पादन के साधनों पर नियन्त्रण के आधार पर औद्योगिक समाज को 'haves' और 'have-nots' की कोटि में बाँटा था और उम्मीद किया था कि 'have not' के बीच एक ऐसी वर्ग चेतना जगेगी कि क्रान्ति के द्वारा वे इस विभेद को मिटाकर संसाधनों पर समाज का अधिकार स्थापित कर देंगे और इस तरह से अपना परकीयन दूर करेंगे। वर्ग चेतना के विकास से वे 'in-itself' की जगह 'for itself' बन जायेंगे। एक दूसरा समाजवादी विचारक मैक्स वेबर बाजार सम्बन्धी क्षमता के आधार पर समाज की जनसंख्या को चार भागों में बाँटा था (1) सम्पत्तिशाली वर्ग, (2) बुद्धिजीवी, प्रशासक और व्यवस्थापक वर्ग, (3) परम्परागत पेटी बूर्जुआ वर्ग और खुदरा व्यापारी तथा (4) श्रमिक वर्ग। वेबर के अनुसार संघर्ष उनमें होना था, जिनके हित तत्काल एक-दूसरे के विपरीत पड़ते थे—श्रमिक व व्यवस्थापक के बीच पहले होगा, धनी और गरीब के बीच बाद में, या शायद कभी नहीं। इसके अलावा उसने वर्ग विभाजन का एक आधार रुतबा (status) और रोब (prestige) को बनाया। हम स्वीकार करते हैं कि दोनों के चिन्तन में स्त्री कहीं अलग से वर्ग बनकर नहीं आती और उसके हित अपने साथ के पुरुष के वर्ग के हित से जुड़ा हुआ है। पर आज के पश्चिमी विचारक विशेषतः अमेरिका के यह कहने लगे हैं कि वर्ग विभाजन का आधार सिर्फ आर्थिक सम्बन्ध नहीं है और उसमें लिंग की अपनी भूमिका है। इस दृष्टि से देखें तो स्त्री का शोषण दोहरा है—वर्ग स्थिति के कारण सामान्यीकृत रूप से और परिवार के भीतर पुरुष द्वारा विशेषीकृत रूप से। इससे उसका परिकीयन (alienation) और बढ़ जाता है। वह अपनी स्वेच्छा से किसी भी तरह का कोई उत्पादन नहीं कर सकती और अपनी नैसर्गिकता से निरन्तर दूर होती जाती है। वेबर के रुतबा और रोब सम्बन्धी सिन्द्वात को दूर तक खींचकर वे बताते हैं कि वर्गीकरण का आधार व्यवसाय, मत, शिक्षा और नस्ल भी है और इन चारों में स्त्री का अपना अलग रुतबा व सम्मान निहित है।

ब्रिटेन के कुछ विचारक इस बात को थोड़ा दूसरे ढंग से सोचते हैं। वे श्रम विभाजन को वर्ग विभाजन का आधार मानते हैं। चूकि परम्परागत रूप से स्त्री और पुरुष के श्रम का विभाजन रहा है, इसलिए वे वर्ग विभाजन की योजना में एक अलग वर्ग के रूप में फिट बैठती हैं। उनको वे 'सोसिओ-इकोनॉमिक ग्रूप' के एक उदाहरण के रूप में लेते हैं। गोल्ड थोरपे नामक विचारक इसे 'वर्क सिचुएशन' और 'मार्केट सिचुएशन' से जोड़कर संरचना का एक उदाहरण मानता है। कहता है कि काम करनेवाली स्त्रियाँ कुछ ही व्यवसायों में केन्द्रित होती हैं, उनके काम पुरुषों के काम से अलग रखे जाते हैं, अमूमन् आरक्षित ही रहते हैं, अमूमन् कम शारीरिक और मानसिक श्रम माँगते हैं, अमूमन् कम मजदूरी दी जाती है, काम

भरसक पार्ट टाइम के रूप में रहता है, इसलिए कैरियर बनाने का प्रचलन (और अवसर भी) उनमें कम है। जी. मार्शल ने इस अध्ययन को आगे बढ़ाते हुए स्पष्ट किया है कि कामकाजी महिलाओं की उपस्थिति सामाजिक वर्ग प्रक्रिया को महत्त्वपूर्ण ढंग से प्रभावित करती है और व्यवस्था से जुड़े पदों की माँग दरअसल पुरुष और स्त्री में इधर संघर्ष पैदा करने लगा है। इसकी अभिव्यक्ति एक तरफ काम करनेवाली जगहों पर स्त्री की फजीहत, तो दूसरी तरफ मताधिकार के प्रयोग में पुरुष की राय न मानने आदि में होती है। अपनी सुरक्षा के लिए औरतें इधर अधिक गारण्टी माँगने लगी हैं। उनमें वर्ग चेतना बढ़ती जा रही है, वर्ग हित को अनुरक्षित करने के लिए उनके अपने संगठन बन रहे हैं और तमाम राजनीतिक दल उनका समर्थन पाने के लिए उनका समर्थन कर रहे हैं। भारत जैसे देश में तो उनको संसद तक में अलग से आरक्षण देने की बात कही जा रही है, जिससे कि संविधान से मिले उनके समानता और स्वतन्त्रता के अधिकार की ठोस व्यवहृति हो सके। दरअसल उनकी माँग को, कहें स्थिति को राजनीतिक दल एक निहित स्वार्थ में बदल रहे हैं, जिससे सामाजिक समरसता में दरार पड़ रही है। वर्ग के रूप में स्त्रीवाद का अध्ययन कर एम. मान बताता है कि इसकी स्पिरिट के चार तत्त्व हैं (1) वर्ग अस्मिता, (2) वर्ग-विरोध, (3) वर्ग सम्पूर्णता, तथा (4) एक वैकल्पित समाज की माँग। व्यवहार में ये चारो तत्त्व उन चरणों का बोध कराते हैं, जिनसे होकर आज वर्ग चेतना आगे बढ़ रही है।

इस वर्ग चेतना से वर्ग का बिम्ब भी जुड़ा हुआ है। वर्ग की यह नवछवि वर्ग चेतना के सामाजिक व राजनीतिक दृष्टिकोण को तो प्रभावित करती ही है, व्यवहार को भी प्रभावित करती है। ई. बॉट कहता है कि इन छवियों के दो रूप हैं, एक रुतबा से प्रभावित दूसरा रोब से प्रभावित। रुतबा के कारण एक वर्ग दूसरे वर्ग को दबाता है, तो दबनेवाला वर्ग दबानेवाले वर्ग को उखाड़ फेंकना चाहता है। रोब की छवि केन्द्रीय धुरी बनाकर इस संघर्ष को समाप्त कर स्थायी वर्ग सम्बन्ध बनाने की बात करती है, जिसमें लोग अपनी क्षमता के अनुसार प्रोन्नति की सीढ़ी चढ़ेंगे। गोल्ड थोर्प कहता है कि दरअसल धन के आधार पर विभेद बनता है, लिंग के आधार पर नहीं। स्त्री शोषित स्थिति में है, क्योंकि परम्परागत समाजों में उसके पास अपनी सम्पत्ति नहीं है। और यदि आज के अपराम्परागत समाजों में यदि है भी तो पुरुष से कम। इसलिए उदारवादी और विकासशील देश कानून द्वारा स्त्री की सम्पत्ति को तरजीह दे रहे हैं। पिता और पति की पुश्तैनी सम्पत्ति में हक तो दिला ही रहे हैं, वह जो कमा रही है उसे भी अनुरक्षित कर रहे हैं और अधिक-से-अधिक कमाने के लिए प्रोत्साहित कर रहे हैं। आयकर व सम्पत्ति कर में छूट इसी का उदाहरण हैं। उसे कमाने और खर्च करने के मामले में पुरुष वर्चस्व से बाहर ला रहे हैं। इसी को महत्त्व देने के लिए इधर स्त्रियाँ परिवार नहीं बनाना चाहतीं। आज तमाम कमाऊ स्त्रियाँ उसकी क्षतिपूर्ति कामतृप्ति के लिए समलैंगिक सम्बन्ध बनाकर, हस्तमैथुन के लिए तमाम नकली उपकरणों का इस्तेमाल कर रही हैं, तो सन्तान सुख के लिए किराये का वीर्य और अकेले ही बच्चा गोद लेने का अधिकार प्राप्त कर रही हैं। ये तमाम बातें एक तरफ सामाजिक, राजनीतिक, आर्थिक विवाद और समस्या की ओर ले जा रही हैं तो दूसरी तरफ नैतिकता, कर्त्तव्यपरायणता, अनुशासन, कानून तथा व्यवस्था की ओर। ये एक नये तरह के सामाजिक अभियन्त्रण की माँग कर रही हैं जो रोस्को पाउण्ड के अभियन्त्रण सिद्धान्त से भिन्न है। पर उसका स्वरूप अभी पूरी तरह से उभर नहीं पाया है।

(5)

स्त्रीवाद का दूसरा चरण बीसवीं सदी के उत्तरार्द्ध में आरम्भ हुआ। दो महायुद्धों के दौरान यूरोप और अमेरिका की औरतों को सामाजिक, औद्योगिक, युद्ध सम्बन्धी कामों आदि में अधिकाधिक सेवा करने का मौका मिला। इससे समाज में एक-दूसरे तरह का असन्तुलन पैदा हुआ, जिसके समाधान के लिए नये सिद्धान्तों की तलाश आरम्भ हुई। इसी तरह पोस्ट-इण्डस्ट्रियल समाज ने नयी तरह की माँग रखी। उत्पादन के क्षेत्र में सैद्धान्तिक ज्ञान के हावी होते जाने से स्त्री और पुरुष का कार्यगत विभेद कम होता गया।

उत्तर-आधुनिकतावाद के आगमन ने तमाम परम्परागत सोचों को छिन-भिन्न कर दिया और उससे उत्पन्न गैप को पाटने के लिए कोई नया मुकम्मल दर्शन जगह नहीं ले पाया। स्त्रीवाद पर उत्तर संरचनावादी विश्लेषण का प्रभाव पड़ने लगा। इसने माना कि संरचना भाषा के पाठ की तरह है, जिसके अर्थापन के लिए बाहर की छवियों या स्थितियों का उपयोग नहीं होना है, भीतर की संरचना को तोड़कर ही उसकी वास्तविकता के तह तक पहुँचा जा सकता है। इसको लेकर कई नये विचारक सामने आये।

बेट्टी फ्रायडन ने अपनी पुस्तक 'फेमिनिस्ट मिस्टीक' (1963) में अमेरिका के कुछ औद्योगिक उपनगरों में रह रही (1) पर-निर्भर मजदूर वर्ग की स्त्रियों की भग्नाशा (frustration) व प्रत्याशा (dispair) का जिक्र किया। (2) ''नेशलन आर्गनाइजेशन ऑफ वुमेन'' की स्थापना अपनी अध्यक्षता में कर स्त्री के लिए समान वेतन और गर्भपात की वैधानिक स्वीकृति के लिए आन्दोलन चलाया। रमेन ग्रीन ने इनमें समान शिक्षा और समान काम करने के अधिकार को भी जोड़ दिया। दोनों ने इसे 'पब्लिक स्फेयर' तक ही सीमित रखा, पर केट मिलेट ने इसे 'प्राइवेट स्फेयर' में भी झोंक दिया। कहा कि घर के भीतर जो पुरुष का वर्चस्व रहता है, उसे मिटाया जाना चाहिए। स्त्री मुक्ति के लिए जरूरी है कि घर के भीतर पुरुष वह सभी काम करे, जो स्त्री करती है—यह नहीं कहा जाना है कि यह काम स्त्री का है और यह काम पुरुष का। समाजवादी स्त्रीवादी विचारकों ने कहा कि स्त्री और पुरुष के बीच काम का बँटवारा इसलिए है कि (1) स्त्री घर का काम कर पुरुष को बाहर का काम करने के लिए अधिक-से-अधिक अवसर देती है, (2) बच्चों को पालकर और शिक्षितकर श्रमिकों की अगली पीढ़ी तैयार करती है, और (3) जरूरत पड़ने पर श्रम सेना के लिए रिजर्व बनकर रहती है। उसकी मुक्ति तभी हो सकती है, जब पूँजीवाद पूरी तरह से नष्ट हो जाये। इन दोनों विचारों के द्वन्द्व से एक तीसरा चिन्तन यह आया कि समाज में लिंग विभाजन सबसे आधारभूत और राजनैतिक रूप से महत्त्वपूर्ण विभाजन है। स्त्री और पुरुष का स्वभाव सर्वथा भिन्न है, और उसे पूरा करने के लिए जरूरी है कि भावी समाज में उसे विशेषाधिकार दिया जाये। इसकी प्रवक्ता केट मिलेट हैं जो राजनीतिक और वैधानिक स्तर से बढ़कर सांस्कृतिक स्तर पर इस पुरुष वर्चस्व को तोड़ना चाहती है। हालाँकि बेट्टी फायडन इससे सहमत नहीं। अपनी पुस्तक 'सेकेण्ड स्टेज' में कहती है कि स्त्री द्वारा व्यक्तिपने (Personhood) पर जोर घर-परिवार और बच्चे को उपेक्षित कर देगा, जो सामाजिक जीवन की आधार भूमि है। इसलिए आन्दोलन को पुरुष विरोधी बनाकर नहीं, बराबरी की माँग को लेकर चलाया जाना चाहिए।

अन्तरराष्ट्रीय परिदृश्य पर इन विचारकों से अधिक प्रभाव फ्रान्सीसी लेखिका सिमान द बोआ का रहा। बोआ का कहना था कि पूरे इतिहास क्रम में स्त्री को पूरी तरह से मानवीय बनाकर नहीं देखा गया है। उसे रचने के, आविष्कार करने के, रोजी-रोटी की जुगत के अलावा जीवन के वृहत्तर क्षेत्र में हस्तक्षेप करने के अधिकार से वंचित रखा गया है। जबकि पुरुष "remodels the face of earth, he creates new instruments, he invents, he shapes the future." किन्तु स्त्री आद्यरूप से ही 'अन्य' बनाकर रखी गयी है। वह हमेशा ही वस्तु (object) रही है, विषय (subject) नहीं। यह मूल्यों के निर्माण में पुरुष का क्रियाकलाप है, जिसने स्वयं अस्तित्व को क्रियाकलाप में बदल दिया है। इस क्रियाकलाप ने जीवन की गड्डमड्ड शक्तियों के ऊपर हावी होकर स्त्री और प्रकृति पर विजय प्राप्त कर लिया है। स्त्री प्रकृति की समरूपा बन गयी है, एक रहस्य, एक अ-मानव। वह क्या 'प्रतीकित' करती है वह अधिक महत्त्वपूर्ण हो गया है, वह 'जो है' वह नहीं; वह जो 'अनुभव' करती है, वह नहीं। बोआ इस बात पर बार-बार जोर देती है कि स्त्री पैदा नहीं होती है, उसे बनाया जाता है। इसलिए यदि उसे मौका दिया जाय यानी पुरुष मौका दे—तो वह अपने को बदल सकती है। गलती से तमाम स्त्रियाँ इस बदलाव को, इस मुक्ति को प्रेम में देखती-खोजती हैं। वह ठीक नहीं। स्वतन्त्र स्त्री की छवि वह है, जिसमें वह, "Wants to be active, a taker, and refuses the passivity man means to impose on her. The modern woman accepts masculine values, she prides herself on thinking, taking action, working, creating on the same terms as man."

निश्चय ही यह स्त्रियों के भविष्य का कोई बहुत आकर्षक छवि नहीं है। किन्तु वह उचित ही कहती है कि अधिकांश स्त्रियाँ खामंख्वाह स्त्रीत्व के विशेषाधिकार के पीछे भागती हैं, जबकि पुरुष इस बात से खुश रहते हैं कि ये विशेषाधिकार स्त्री की सीमा निर्धारित कर देते हैं। आज स्त्री अतीत और सम्भावना के बीच चींथी जा रही है, एक ऐसी सम्भावना, जो अभी न तो निश्चित है, न खोजी जा सकी है, जो अभी तक एक कठिन भविष्य के रूप में है।

बोआ किसी भी स्त्रीवादी आन्दोलन के खिलाफ थी। उसका तर्क था कि यह तो उस मिथ के साथ तालमेल बिठाना होगा, जिसे पुरुषों ने स्त्री को बाँधकर दमित स्थिति में रखने के लिए रचा था। उसके लिए अपने को एक स्त्री के रूप में प्रदर्शित करने की जरूरत नहीं है, बल्कि एक भरी-पूरी 'human being' बनने की जरूरत है। तो भी उसने 'मूवमेण्ट फार लिबरेशन आफ वुमेन' का साथ दिया था क्योंकि "It is necessary, before the socialism we dream of arrives, to struggle for actual position of women... even in socialist countries, this equality has not been obtained. Women must, therefore, take their destiny into their own hands."

इस वैचारिक परिप्रेक्ष्य में स्त्रीवाद का दूसरा चरण दो रूपों में विकसित हुआ—एक अन्तरराष्ट्रीय रूप में, दूसरा राष्ट्रीय रूपों में।

पहले अन्तरराष्ट्रीय रूप को लेते हैं। 1947 में संयुक्त राष्ट्र संघ ने औरतों की स्थिति पर एक कमीशन बिठाया, जिसने दो साल बाद मानवाधिकारों की घोषणा करते हुए कहा कि (1) स्त्री और पुरुष को विवाह में भाग लेने, विवाह के वक्त और उसके विच्छेद में बराबर का हक है, तथा (2) मातृत्व के मामले में स्त्रियों को विशेष सहायता और देख-रेख की जानी चाहिए। 1975 से 1985 के बीच संयुक्त राष्ट्र संघ ने स्त्रियों की समस्या पर मैक्सिको सिटी, कोपेनहेग और नैरोबी में तीन अन्तरराष्ट्रीय सम्मेलन का आयोजन किया, जिसमें स्वीकार किया गया कि स्त्रीवाद, "constitutes the political expression of the concerns and interests of women from different regions, classes, nationalities, and ethnic background..., there is and must be a diversity of feminisms, responsive to different needs and concerns of different women, and defined by them for themselves." नैरोबी में अफ्रीका की औरतों ने यह भी कहा, "Woman are also members of classes and countries that dominate others... Contrary to best attention of sisterhood, not all woman share identical interests."

इसे हम विभिन्न देशों में विकसित हो रहे स्त्रीवादी आन्दोलनों में देख सकते हैं। स्वयं अफ्रीका में यह समस्या बड़ी जटिल है। वहाँ की महिलाओं ने हमेशा ही अपनी आवश्यकताओं को स्वयं परिभाषित किया है और उसके लिए आन्दोलन चलाया है। अमीना मामा कहती हैं, "The feminism in Africa is heterosexual, pronatal, and concerned with bread, butter and power issues. Genital mutilation, as a way of suppressing unruly female sexuality, is still carried out in some African countries. It is not an inherently Muslim practice, but has become part of the anti-women stance adopted by certain fundamentalists."

सन् दो हजार में नाइजीरिया में तीस वर्षीय अमीना लावाल को एक शरीआ कोर्ट ने पत्थर मार कर मार डालने की सजा सुनायी थी, क्योंकि उसने एक अवैध बच्चे को जन्म दिया था। हैरत की बात यह थी कि उसके साथ बलात्कार हुआ था और वह बच्चा उसी का परिणाम था। जाहिर है कि उसके जन्म का उत्तरदायित्व अमीना पर नहीं था, उलटे उस पर अत्याचार हुआ था। किन्तु शरीआ कोर्ट कानून के शब्दों को ही चबा रही थी, परिस्थितियों को नहीं देख रही थी। संयोग से उन्हीं दिनों नाइजीरिया में विश्व-सुन्दरी प्रतियोगिता आयोजित की जा रही थी। तमाम प्रतिस्पर्द्धियों ने अमीना पर हो रहे अत्याचार के विरोध में प्रतियोगिता में हिस्सा लेने से मना कर दिया। इससे पूरी दुनिया की निगाह उस पर गयी।

एक फैशन सम्बन्धी लेखों के लेखक ने व्यंग्य कसा कि इन तमाम सुन्दरियों से स्वयं पैगम्बर मोहम्मद शादी कर निहाल हो जाते, तो चौतरफा दंगे होने लगे। कट्टरपन्थियों ने कहा कि यह प्रतियोगिता नग्नता का परेड है जो स्वच्छन्द सम्भोग और एड्स नामक बीमारी को बढ़ावा देगी। इसके प्रतिकार में तमाम स्थानीय मुस्लिम स्त्रियों ने प्रदर्शन करने का साहस दिखाया। यह मुस्लिम देशों में स्त्रीवाद का एक रूप है।

इस्लाम परिवार को अपनी सामाजिक और सांस्कृतिक जीवन की आधारभूत इकाई मानता है। राजनीति में महत्त्वपूर्ण परिवारों का आपसी सम्बन्ध ताकत प्रदान करता है। विस्तारित परिवार की जगह न्यूक्लीअर फैमिली और 'परमिसिव सोसाइटी' की अवधारणा तमाम मुस्लिम विचारकों को इस परिवार को तोड़ने का पश्चिमी हथकण्डा लगता है, जिससे कि पश्चिम का वर्चस्व मुस्लिम देशों पर कायम कर नव-उपनिवेशवाद लादा जा सके। ऐसा ही हिन्दू और बौद्ध बहुल देशों को लगने लगा है। वे समझ नहीं पाते हैं कि उत्तरआधुनिकता को लेकर चलनेवाले पश्चिम के देश जहाँ बहुलवाद की वकालत करते हैं, वहीं वे परम्परागत समाजों के वैविध्य को बरदाश्त क्यों नहीं कर पाते? जो भी हो, इस उत्तरआधुनिक मूल्यों की लाद सम्मान के लिए हत्या जैसी नयी समस्याएँ पैदा कर रहा है। परम्परा को नये आलोक में 'एडजस्ट' करने की समस्या पैदा कर रहा है। वहाँ तेजी से हो रहे आर्थिक और राजनीतिक रूपान्तरणों में स्त्रीवादियों के बीच यह धारण बलवती होती जा रही है कि परिवार और परम्परा के बीच रहते हुए भी नारी-मुक्ति के लिए बहुत-कुछ किया जा सकता है। बल्कि इनका निर्वाह कर समाज की सहानुभूति आसानी से पायी जा सकती है, जिसका उपयोग मुक्ति की लड़ाई के लिए और भी सुचारु ढंग से किया जा सकता है। नाइजीरिया में ही 1987 में लाडो आदमू को स्थानीय स्वशासन के चुनाव में अधिकतम मत मिला। तमाम कट्टरपन्थियों को लगा कि उनकी मुश्किलें इससे बढ़ेंगी। उन्होंने उसके पति पर हमला बोल कर यह कहा कि उसने चुनाव लड़ने के लिए कैसे अनुमति दे दी और यह कि जो औरत परम्परा का निर्वाह नहीं करती है, अपनी बात खुलकर करती है, वह कुलटा ही होगी। आदमू ने साफ-साफ कहा कि उसके पारिवारिक और राजनीतिक कर्त्तव्य में कोई टकराव नहीं है और पारिवारिक मर्यादा में पूरी तरह से रहते हुए वह अपने राजनीतिक उद्देश्य की प्राप्ति के लिए लड़ सकती है। इसके लिए उसने एक तरफ माथा ढक कर रखा और पूरा फूलानी पोशाक पहनती रही और अपना सारा फोटू बच्चों के साथ खिंचवाया, तो दूसरी तरफ साफ-साफ कहा, "My mission is to emancipate women. Men cannot block my path because I follow all the religious injunctions in dress and behaviour."

एक विवाद पर्दा सिस्टम और हिजाब को लेकर है। पश्चिमी मूल्यबोध में रंगी औरतें मानती हैं कि यह उनके व्यक्तित्व और सौन्दर्य को नष्ट करने के लिए है। वहीं परम्परागत जीवन को लेकर चलनेवाली कार्यकर्त्रियों का कहना है कि यह पर्दा उन्हें काम करने के लिए अधिक सुविधा देता है। तब वे स्वयं न देखी जाकर दूसरों को देखती हैं। पाकिस्तान की स्त्रीवादी विचारक मरियम जमीला कहती है, "Although I believed that every woman should be educated to the fullest sense of her intellectual capacities, I certainly question the advantages of taking women out of the home – particularly those with young children – to compete in the business offices and factories with men and substituting nurseries and kindergartens for a home upbringing." इसी तरह मिस्र की स्त्रीवादी जैनब-अल-गज़ाली, जो 'इजिप्सियन मुस्लिम सिस्टर्स' से जुड़ी हुई हैं, कहती हैं कि स्त्रियों को भरपूर शिक्षा दी जानी चाहिए, किन्तु उससे उनके माँ और पत्नी का कर्त्तव्य समाप्त नहीं हो जाता।

नागरिक जीवन व्यवस्था में स्त्रियों को केन्द्र में रखने के कारण परिवार से जुड़े कानूनों के निर्माण में बहुत राजनीति होती रही है। पाकिस्तान में जहाँ 'Women's Action Forum' शरीआ आधारित परिवारिक कानूनों का विरोध कर तलाक, उत्तराधिकार, सम्पत्ति, अभिभावक की भूमिका आदि में स्त्रियों के लिए अधिकाधिक अधिकार की माँग करता रहा है, तमाम राजनीतिक दल इस्लामीकरण का नारा दे,

इस पर रोक लगाते रहे हैं। अंग्रेजों द्वारा जो कुछ अधिकार दिये गये हैं, उन्हें समाप्त करते जा रहे हैं। भारत में भी शाहबानू के मामले में यही हुआ था। इन प्रतिक्रियावादी शक्तियों का प्रभाव इतना अधिक है कि ईरान में शाह ने जो अधिकार स्त्रियों को 1967 में दिया था, आयतोल्ला खुमैनी की क्रान्ति के बाद उन्हें छीन लिया गया। 1991 के बाद कुछ उदारता बढ़ती दिख रही है। परिवार-नियोजन, तलाक, उच्च शिक्षा और नौकरी सम्बन्धी कुछ अधिकार पुनः दिये गये हैं। सूडान और तुर्की में स्त्रियों को न्यायाधीश की भूमिका दी गयी है। स्त्रियों को पुरुषों की ही तरह कानून की सुरक्षा प्रदान की गयी है। हसन-अल्-तुराबी जैसे विचारक का कहना है, "Segregation of women is definitely not a part of Islam." इसी का परिणाम है कि मोरक्को, जार्डन, मिस्र, मलयेशिया, तुर्की, बाँग्ला देश और पाकिस्तान में स्त्रियाँ सर्वोच्च पदों पर पहुँची हैं। वहीं मौलाना मौदूदी जैसे विचारक कहते हैं, "A people who entrust their affairs to a woman will not prosper." इन विरोधी बातों के कारण इस्लामी देशों में स्त्री का आधुनिकीकरण विभिन्न चरणों में है। उसके विस्तार को बताने के लिए एक पूरी पुस्तक चाहिए।

यहाँ हम कुछ पूर्व-मार्क्सवादी देशों में स्त्रीवाद की चर्चा कर सकते हैं। वे पश्चिमी स्त्रीवाद को स्वीकार नहीं करते और कहते हैं कि इस सन्दर्भ में उनका अपना इतिहास है। रूस में 1870 के दशक में भूमिगत क्रान्तिकारियों की एक संस्था 'चाइकोवस्की सरकिल' काम करती थी, जिसमें अनेक महिलाएँ थीं। वे कहती थीं कि पूँजीवादी व्यवस्था के विनाश के बाद ही वे परिवार और फैक्ट्री के दोहरे शोषण से मुक्त हो पायेंगी। 'नरोदनाया वोल्या' नामक आतंकवादी संगठन की तमाम महिलाएँ 1875 में गिरफ्तार हुई थीं और सजा काटा था। 1905 की क्रान्ति में भी वे संसद में जाने की अधिकार की माँग के साथ शामिल हुई थीं। 1907 में 'वर्किंग वुमेन्स' म्युचुअल असिस्टेन्स एसोसिएशन' की स्थापना हुई थी। उसी वर्ष 'इण्टरनेशनल कान्फ्रेन्स ऑफ सोशलिस्ट वुमेन' के मंच से क्लारा जेडकिन ने सर्वजन के मताधिकार की माँग रखी थी, स्त्रियों को शोषण मुक्त करने के लिए। 1909 में एलेक्जेन्द्रा कोलोन्ताई अपनी पुस्तक 'द सोशल बेसिस ऑफ वुमेन क्वेश्चन' लेकर आयीं। कहा, "The feminism was not just a matter of political right, or right to education and equal pay, the real problem was the way the family was organized and imagined." 1920 में उसकी दूसरी पुस्तक आयी, "The History of Working Woman's Movement in Russia." इसमें कोलोन्ताई ने जोर दिया कि स्त्रियों को दो मोर्चों पर लड़ना है–एक तो पश्चिम की मध्यवर्गीय महिलाओं के संगठनों को नकारना है, जो कानूनी समानता व मताधिकार पर जोर देते हैं या फिर स्त्रीवाद का मतलब 'मुक्त प्रेम' लगाते हैं, दूसरे उन्हें रूसी श्रमिक आन्दोलन का भी विरोध करना है, जो औरतों के दमन और विशेष समस्याओं को पश्चिमी बूर्जुआ का प्रचार कह नजरन्दाज कर देते हैं। खैर, 1913 में रूस में प्रथम् महिला अन्तरराष्ट्रीय दिवस मनाया गया। 1917 में पिटर्सबर्ग में भव्य प्रदर्शन किया गया। क्रान्ति के दौरान पुरुष नेताओं ने साफ-साफ कहा कि वर्ग के रूप में स्त्रियों की समस्याएँ पुरुषों से भिन्न नहीं हैं और क्रान्ति होते ही वे दूर हो जायेंगी। क्रान्ति के बाद स्त्रियों को शिक्षा, रोजगार, संगठन और मताधिकार के बेहतर मौके मिले। विडम्बना यह है कि 1991 में सोवियत रूस के बिखर जाने के बाद वहाँ के तमाम स्त्रीवादियों को यह सुखद लगा कि स्त्रियाँ अब घर-परिवार की ओर लौट रही हैं, वे अब पूर्णकालिक रूप से माँ और पत्नी की भूमिका निभायेंगी। जिन पूर्वी यूरोप के देशों में बलात् साम्यवाद लादा गया था, वहाँ नारीवादी आन्दोलन पहले से ही नहीं था और साम्यवाद के दौर में उसके उभरने का कोई सवाल ही नहीं था। उस व्यवस्था के टूटने के बाद संस्कृति-विचारक ज़िज़ेक का कहना है कि इस व्यवस्था के समाप्त हो जाने से स्त्रियाँ परिवार, राज्य और बाहरी दबाव की तिहरी गुलामी से मुक्त अनुभव कर रही हैं।

कन्फ्यूशियस और बौद्ध चीन में ही नहीं, आधुनिक चीन में भी संयुक्त परिवार बड़े शान की चीज समझा जाता रहा है। साम्यवादी आन्दोलन के दौरान जब वह टूटने लगा तो लोगों को बहुत बुरा लगा। उन्हें यह नहीं लगा कि न्यूक्लीअर परिवार कहीं से भी नारी मुक्ति का प्रातिनिधान है। चीन में स्त्रियों

को वैसे भी परम्परा से काफी अधिकार मिला हुआ था और वे अपने को पुरुष से हीन और शोषित नहीं समझती थीं। साम्यवादी शासन के दौरान सत्ताधारी पक्ष को पूर्णतः समर्पित न करनेवाले पुरुषों पर जो अत्याचार हुए, वे औरतों पर भी हुए। जुंग चान ने अपनी आत्मकथा 'वाइल्ड स्वान्स' में इसका विस्तृत वर्णन किया है। परिवार को बड़ा बनाने के लिए वहाँ स्त्री को अतिरिक्त सम्मान दिया जाता था। लेकिन इधर जो परिवार को सीमित रखने की मुहिम चली है तो उसके परिणामस्वरूप कन्या भ्रूण हत्या ही अधिक हो रही है। स्त्रियों की संख्या इतनी घट गयी है कि स्थायी शादी और परिवार कम होते जा रहे हैं। दूर दिहातों में अगर किसी की शादी होती है तो पूरा परिवार वधू की निगरानी में लगा रहता है कि कोई दूसरा उसे न उड़ा ले जाये। लेकिन इस परिप्रेक्ष्य में वहाँ कोई स्त्रीवादी आन्दोलन नहीं खड़ा हो रहा है। शायद आर्थिक उदारता के बावजूद जो राजनीतिक तानाशाही बरकरार है, उसके चलते सामाजिक चिन्तन और आन्दोलन खड़ा नहीं हो पा रहा है।

स्त्रीवाद को एक और भी दृष्टि से देखने की जरूरत है। वह है तीसरी दुनिया में हो रहे इसके विकास की दृष्टि। पहली दुनिया और दूसरी दुनिया के बातों को हम ऊपर नोट कर आये हैं। उस पर टिप्पणी करते हुए तीसरी दुनिया, विशेषकर पिछले उपनिवेशितों का कहना है कि पहली दुनिया के स्त्रीवादी लैंगिकता पर, सामाजिक व राजनीतिक असमानता पर जोर देते रहे हैं। दूसरी दुनिया के विचारक स्त्री की सारी समस्याओं का समाधान वर्ग-विनाश में देखते रहे हैं। पर तीसरी दुनिया के स्त्रीवादियों को लैंगिकता की समस्या को स्थानीय विश्वासों और व्यवहारों की गहरी जड़ों से टकराकर सुलझाना है। उसमें नस्ल, जाति, वर्ण-व्यवस्था, मत-मतान्तर आदि की अपनी भूमिका है। तमाम देशों में इसकी लड़ाई साम्राज्य से लड़ाई के साथ-साथ जनतन्त्र की स्थापना और मूलाधिकारों की माँग से जुड़ी रही है। उसके पूरा हो जाने के बाद अमेरिका के नव-साम्राज्यवाद से लड़ना पड़ रहा है। अमेरिकी बाजारवाद ने इस चिन्तन का इस्तेमाल वैश्वीकरण के रास्ते अपने उत्पाद को खपाने और नये उत्पाद बनाने के लिए किया। नये बाजार की तलाश और निर्माण के लिए किया है। कहता है कि पारम्परिक समाजों को लेकर चल रहे राज्यों में स्त्री सबसे अधिक शोषित है। यह शोषण तभी समाप्त होगा जब उसकी नयी छवि बनेगी। समानता देकर उसे राजनीतिक रूप से पुरुष के बराबर जरूर कर दिया गया है, किन्तु सामाजिक, आर्थिक स्वतन्त्रता पर अभी भी बन्दिश है। नयी छवि वही स्वतन्त्रता देगी। उसकी अभिव्यक्ति घर से बाहर आ, अकूत नये 'सेक्सुअल सेलेक्शन' और सम्बन्ध बनाने की स्वतन्त्रता मिलने पर होगी। उसके लिए बन-ठन कर निकलना, रिझाने से सम्बन्धित प्रसाधनों का इस्तेमाल करना, आर्थिक रूप से स्वतन्त्र रहना, हो सके तो अकेले ही रहना, जरूरी होगा। इसके लिए माहौल बनाने के लिए प्रचार, विज्ञापन और साहित्य का इस्तेमाल किया जाने लगा। बहुप्रचार ने उसे पुरुष के बरअक्स बतौर दुश्मन ला खड़ा किया। यहाँ तक कि परिवार, प्रोक्रिएशन और कामेक्षा की पूर्ति के लिए उसकी जरूरत नकारी जाने लगी है। उसके लिए 'आर्टीफिशियल' साधन और समलैंगिकता पर जोर दिया जाने लगा है। एक नया 'सुपरस्ट्रक्चर' बनाने की कोशिश आरम्भ हुई है।

चन्द्रा तालपड़े महन्ती कहती हैं कि पश्चिम के लोग ही तीसरी दुनिया शब्द का प्रयोग अविकसित, अजनतान्त्रिक और काले लोगों को बहुत ही 'पोलाइट' ढंग से पुकारने के लिए प्रयोग करते हैं। उनके लिए हम हमेशा ही 'अन्य' हैं। इसलिए वे हमारी समस्याओं को नहीं जानते। उनका स्त्रीवाद यूरोप केन्द्रित है और उसी के बल पर वे हमें नेतृत्व देना चाहते हैं। जबकि जरूरत है हमें स्वयं ही उठ खड़े होने की।

लैटिन अमेरिकी देश इसके अच्छे उदाहरण हैं। वे स्पेन व पुर्तगालवालों के गुलाम थे, जिन्होंने स्थानीय जनसंख्या को लगभग समाप्त ही कर दिया था। उनके सम्मिश्रण के जन्में लोग दासता, नस्ल भेद, वर्ग भेद के शिकार तो थे ही, वहाँ के स्त्रीवादी आन्दोलनकारियों को रोमन कैथोलिक चर्च के साथ-साथ पुरुषों में व्याप्त लिंगवादी आक्रामक 'machismo' का भी सामना करना पड़ता था। ऊपर से स्त्रियों में 'hembrismo' व्याप्त था, जिसके तहत वे पुरुष वर्चस्व के आगे पूरी तरह से घुटने टेक कर रहती थीं।

मैक्सिको में स्त्रीवाद की पहली लहर 1910 और 1920 के बीच चली। राष्ट्रपति पारफिरिओदिमाज के विरुद्ध क्रान्ति सुगबुगाती रहती थी। स्त्रियों ने उसमें सक्रिय भूमिका निभायी थी। उन्हें 'सोल्डेरा' कहा जाता था, जिन्होंने कैम्प बनाकर विद्रोहियों के भोजन, आवास और सेवा-शूश्रुषा का इन्तजाम किया था। कुछ ने तो बाकायदे हथियार उठाया था। अपने उत्तम कपड़ों और आभूषणों से सज्जित होकर अपने प्रेमी लड़ाकुओं के साथ-रणक्षेत्र में वास किया था। इस पर विरोधियों ने उन्हें बाहर और भीतर दोनों ही तरफ से 'मैस्कुलीन' होने का इल्जाम लगाया था। युद्ध क्षेत्र में बात कुछ हद तक सही भी थी। कुछ बुद्धिजीवी औरतों ने उन्हें वैचारिक रूप से पूरा समर्थन दिया था। उन्हीं में 'माडर्न वुमेन' की सम्पादिका हर्मिला गालिन्दो दे तोपेते भी थी, जिसने स्त्री शिक्षा, मताधिकार, तलाक का अधिकार आदि के लिए लम्बी लड़ाई लड़ी थी। चुनाव लड़ा था यह जानते हुए कि वह कभी जीत नहीं सकती। वहाँ औरतों को मत देने का पूरा अधिकार 1952 में मिला। सत्तर के दशक में उनकी लड़ाई गर्भपात, बलात्कार के लिए कड़ी सजा और टूट चुकी स्त्रियों की सहातया के लिए हो गयी। वे 'वेजाइनल आर्गाज्म' पर खुल कर बातें करती थीं और इस तरह 'hembrismo' को तोड़ा।

पुएर्टो रिको को अमेरिका ने 1898 में गुलाम बना लिया था। वहाँ की आजादी की लड़ाई में स्त्री की शिक्षा और दूसरे सुधारों की माँग शामिल थी। 1936 में उन्हें मताधिकार मिल गया। हम पाते हैं कि पचास के दशक में पूरे लैटिन अमेरिका के लोगों को मताधिकार मिल गया, लेकिन उससे उनकी सभी समस्याएँ दूर नहीं हो गयीं। शिक्षा, स्वास्थ्य, व्यक्तित्व और पहचान के लिए संघर्ष आज भी हो रहा है।

वहाँ की नीग्रो औरतों की लड़ाई स्वयं अमेरिका की नीग्रो औरतों की तरह है। वियतनाम की लड़ाई के विरुद्ध चले आन्दोलनों में औरतों ने महसूस किया कि पुरुष नेतृत्व उनकी बात नहीं सुनता। इसी तरह नीग्रो औरतों को लगा कि गोरी औरतें उनकी बात नहीं सुनतीं। उनकी उपेक्षा करती हैं। इसी तरह न्यू लेफ्ट के बैनर तले छात्र आन्दोलन में महसूस हुआ। उन्होंने अपना लेफ्ट आन्दोलन स्वयं चलाने को ठाना और उसके लिए 'Voice of Women Liberation Movement' की स्थापना हुई। उनके समर्थन में बेल हुक्स ने 1984 में अपनी पुस्तक 'Feminist Theory : From Margin to Centre' प्रकाशित करायी। कहा कि, "Black women, who are most victimized by sexist oppression, who are powerless to change their condition in life, have never been allowed to speak out themselves... Current Feminism is racist, white women behave as if the movement belonged to them. They ignore the fact that women are divided by all kinds of prejudice by sexist attitude, racism, class privilege".

एशियाई और अफ्रीकी देशों में आन्दोलन की सैद्धान्तिक चर्चा हम ऊपर कर आये हैं। इन तमाम समस्याओं को वैश्विक स्वरूप और मंच देने के लिए संयुक्त राष्ट्र ने कुछ काम किया है, तो कुछ प्राइवेट संगठनों ने भी अन्तरराष्ट्रीय स्तर पर सम्मेलन बुलाया है, विश्व स्त्रीवाद को मंच देने के लिए। ऐसा ही एक सम्मेलन 1981 में हुआ था जिसमें लैटिन अमेरिकी देशों के अलावा अफ्रीका व एशिया से डेलेगेशन गया था, कैरिबियन में। इसमें समान अधिकार और आर्थिक वितरण की बात उठी थी। बाद के सम्मेलनों में घरेलू हिंसा, लैंगिक दबाव और प्रति-पत्नी के बीच बलात्कार की बात उठी थी। 'वुमेन्स डिफेन्स काउन्सिल' की स्थापना कर फण्ड जुटाने की मुहिम चली थी। 1995 में पेकिंग में एक वैश्विक सम्मेलन हुआ था, जिसमें विभिन्न देशों के स्त्रीवाद के अन्तर को स्वीकार किया गया था और उसे बहुलवादी संज्ञा दिया गया था। इसी तरह का एक सम्मेलन काहिरा में भी हुआ था, जिसमें स्वीकार किया गया था कि पश्चिम के स्त्रीवादी अपना वर्चस्व बनाकर एजेण्डे को 'हाइजैक' कर ले जा रहे हैं, जब कि जरूरत है हर देश के एजेण्डे को अलग-अलग समर्थन व सहायता देने की।

(6)

आन्दोलन के इस तरह की प्रगति और विकास से कुछ सैद्धान्तिक पक्ष उभरे। अमेरिकी कवि आन्द्र लार्द ने लिखा, "Difference of race, sexuality, class and age—Advocating the mere tolerance of difference between women is the grossest reformism. It is a total denial of creative function of difference in our lives." आयन रैण्ड ने लिखा, "The inevitable moments of failure of communication between feminists should be accepted as the starting point for a more modest feminism, one which is predicated on the fundamental limits to the very idea of sisterhood... We would gain more from acknowledging confronting the situation solidity of communication barriers than from rushing to break them down in the name of an idealized unity."

इसी पृष्ठभूमि में गायित्री स्पीवाक् ने प्रश्न उठाया कि क्या 'सबाल्टर्न' बोल सकता है? इसकी मीमांसा में स्पष्ट किया गया कि औपनिवेशिक स्थिति में त्रस्त निचले दर्जे का आदमी और उसमें भी स्त्री स्वयं नहीं बोल पायेगी। उसके लिए वह बोलेगा जो उससे बेहतर स्थिति में है। लेकिन तब बेहतर स्थिति का मतलब क्या यह हो जायेगा कि जो सत्ता में हैं, यानी गोरे लोगों की स्त्रियाँ जो सत्ता में नहीं हैं, यानी काले लोगों की स्त्रियों और दूसरी और तीसरी दुनिया की स्त्रियों के लिए बोलने लगेंगी? यदि बोलेंगी तो पूरा मामला पश्चिम यूरोप—अमेरिका केन्द्रित हो जायेगा। इसलिए इन काली औरतों को ही बोलना पड़ेगा। और आज वे बोलने लगीं हैं। उससे स्त्रीवाद का तीसरा दौर चला है, जिसमें पश्चिम स्त्रीवादियों को बोलने से वर्जित नहीं कर दिया गया है।

इस तीसरी लहर की ओर इशारा करते हुए अमेरिकन विचारक निकोलसन ने कहा है कि यह स्थानीय, विभिन्न परिप्रेक्ष्य के आवाजों के प्रति अतिसंवेदनशील लहर है, जो कोई सार्वदेशिक सिद्धान्त बनाने से बचती है। उत्तरआधुनिक सापेक्षतावाद का इसमें महती योग है, जो मानता है कि स्त्री के शरीर के इर्द-गिर्द यह सारा विमर्श होना चाहिए। कहता है कि स्त्री के लिए केन्द्र में उसका शरीर है, और उसे उसका पूरा मालिक होना चाहिए। यानी उसे अपने शरीर के प्रयोग के लिए पूरी स्वतन्त्रता मिलनी चाहिए, चाहे घर हो, परिवार हो, समाज हो, राज्य हो या कोई और संगठन। इसी से जुड़ा चुनने की स्वतन्त्रता है, करने की स्वतन्त्रता है, जो किसी भी तरह की बन्दिश और दासता के खिलाफ है। तीसरे इस शरीर की वृत्तियों को नकली उपकरणों से उत्तेजित कर अगर पूरा आनन्द पाया जा सकता है, उसकी क्षमता बढ़ायी जा सकती है, तो उसे करने का स्त्री को पूरा अधिकार है। बात कुछ-कुछ साइबोर्ग की अवधारणा जैसी है।

इधर की स्त्रीवादी लेखिकाओं ने माना है कि शरीर और मन के बीच जो फाँक देकार्त ने देखा था, वह गलत है। व्यक्ति की पहचान दरअसल शरीर, मन और संस्कृति के योग से बनता है। वह एकमात्र जैविक तथ्य न होकर सामाजिक निर्मिति है, जो सामाजिक व्यवहृतियों से बनता है। फूको कहता है कि आज शरीर अनुशासन, नियन्त्रण और नजर रखने के अन्तहीन सूक्ष्म विवरणों का जखीरा बन गया है। एलिआस कहता है कि उसमें तमाम परिवर्तन मात्र जैविक कारणों से नहीं, सामाजिक और बनावटी कारणों से आता है। इसलिए स्त्रीवादियों का कहना है कि समाज में स्त्री की जो स्थिति बतायी जाती है वह जैविक कारणों की नहीं सामाजिक कारणों की देन है। इन तमाम बातों ने स्त्रीवाद को उसके तीसरे दौर में एक निर्वचन में बदल दिया है। निर्वचन को परिभाषित करते हुए फूको कहते हैं, 'This is a body of language as that is unified by comman assumptions." यह स्थापना हर बयान को पाठ में बदल देती है, जो व्याख्या की माँग करता है। जैसे वात्स्यायन के 'कामसूत्र' का पाठ करते हुए कुमकुम राय उसका अर्थापन इस तरह से करती हैं, "वह केवल उच्च वर्गीय पुरुष की कामनाओं को ही मान्यता देते

हुए... स्त्री की कामना प्रत्यक्ष रूप से और निचले तबके के पुरुष की कामना अप्रत्यक्ष रूप से उपेक्षित कर दी जाती है... उनकी रोशनी में कामनाओं की अन्य अभिव्यक्तियाँ अधीनस्थ अप्रासंगिक, यहाँ तक कि विघटनकारी की तरफ वर्गीकृत कर दी जाती है। जाहिर है कि कामसूत्र द्वारा संहिताबद्ध कामना की ऐसी परिभाषा सत्ता सम्बन्धों के साथ एकीकृत होनी ही थी, ताकि उसे भी सत्ता की एक अभिव्यक्ति के रूप में देखा जा सके।''

विमर्श में बदल देने से स्त्रीवाद की एक परिणति यौनिकता में हुई है। इसे व्याख्यायित करते हुए जानकी नायर कहती हैं, ''एक विषय के रूप में सेक्सुअलिटी के विकास के पाँच आयाम हैं: सिगमण्ड फ्रायड की रचनाएँ, साठ के दशक में स्त्री आन्दोलन की रेडिकल सेक्सुअल राजनीति, जॉन लाकाँ और फ्रान्सीसी नारीवादी सिद्धान्तकार मिशेल फूको द्वारा रचित सेक्सुअलिटी का इतिहास और हाल ही में निकाला गया सेक्सुअलिटी का नया मतलब यानी सेक्सुअलिटी को सेक्सुअल चुनाव के रूप में देखना।''

दुहराव की खतरा उठाते हुए हम उपरोक्त के विस्तार में पैठते हैं तो पाते हैं कि फ्रायड के 'थ्री एसेज ऑन द थियरी ऑफ सेक्सुअलिटी' में बच्चों की यौनिकता पर विचार करते हुए वह स्त्री और उसकी यौनिकता की चिन्ता में डूब गया। उससे उत्प्रेरित ब्रोनिस्लाव मैलिनोवस्की के अध्ययनों के बाद यौनिकता, मनोविश्लेषण और संस्कृति का पाठ एक त्रिकोण बनकर आया। साठ के दशक में स्त्रीवादी समूहों ने सेक्स पर बहस का राजनीतिकरण कर दिया। सूसर ब्राउनमिलर जैसी लेखिकाओं ने मनोविश्लेषणवादियों पर आरोप लगाया कि वे बलात्कार के प्रश्न को नजरन्दाज करते हैं, जहाँ शिश्न का प्रयोग हथियार की तरह होता है। जान लाकाँ ने फ्रायड की व्याख्या भाषिक संरचनावाद के आलोक में किया और पाया "The conceptualization of the self is a dynamic, precarious and divided identify." इसे ही आगे बढ़ाते हुए इरिगारे ने स्पष्ट किया कि फ्रायड के सिद्धान्त दरअसल अन्तर्विरोधी हैं। उनका काम सम्बन्धी व्याख्या इकहरा है, जिसमें शिश्न की सत्ता के तहत स्त्री, स्त्रीत्व और यौनिकता की समस्याएँ विश्लेषण के परे चली जाती हैं। जूलियट मिशेल ने दावा किया कि यौन भिन्नता सामाजिक और निजी जीवन की गतिशीलता पर प्रभाव डालती है। इससे स्त्रीवाद और समाजवाद के बीच कुछ सूत्र हस्तगत होते हैं। रोज़ ने कहा कि नारीवाद और मनोविश्लेषण एक ही परियोजना के दो अशों की तरह देखा जाना चाहिए। लाकाँ ने कहा था कि स्त्री की यौनिकता अस्थिर होती है, दूसरे वह अवचेतन यौनिक अस्मिता को मान्यता नहीं देता। रोज की स्थापना की पृष्ठभूमि में लाकाँ के यही विचार थे।

फूको उन विचारकों में से हैं जो फ्रायड के यौनदमन के सिद्धान्त को स्वीकार नहीं करते। वह उसका पूरा इतिहास रचता है। कमी यह है कि वह अपने सेक्स की 'प्रौद्योगिकी' में जेण्डर की 'प्रौद्योगिकी' गायब कर देता है। यानी संस्कृति का विश्लेषण छोड़ देता है।

अस्सी के दशक से 'गे' और लेस्बियन समुदायों द्वारा की जानेवाली अस्मिता राजनीति की रोशनी में यौनिकता का मतलब सेक्सुअल चयन की स्वतन्त्रता के रूप में देखा जाने लगा है। यहीं से इतरलैंगिकता का मतलब स्त्री का शोषण माना जाने लगा। उसका मजाक यह कहकर उड़ाया जाने लगा, "It begins when you sink into his arms and ends with your arms in his sink." जिल जान्स्टन ने कहा कि स्त्री समलैंगिक स्त्री की मुक्ति इस तरह से कराती है कि उसकी उपस्थिति से पुरुष की प्रधानता समाप्त होती है। इसी को आगे बढ़ाते हुए रीता माई ब्राउन कहती हैं, "The difference between heterosexual and lesbian women is the difference between reform and revolution." कुछ उदार लेस्बियनों को यह भी लगा कि यौन हिंसा के विरोध पर अधिक बल देने के कारण स्त्री के यौनानन्द की चर्चा छूट जाती है। इसलिए उन्होंने सेन्सरशिप, पोर्नोग्राफी और वेश्यावृत्ति पर परस्पर विरोधी बातें करना आरम्भ किया। वह चर्चा अभी भी चल रही है। उसी से जुड़ी देह की एक नयी चर्चा भी है। वे

स्त्री के बाह्य सौन्दर्य पर जोर देती हैं। मीडिया से जुड़ी चमक-दमक के चलते वे सौन्दर्यप्रसाधन, वस्त्र, आभूषण पर तो जोर देने ही लगी हैं, शल्य चिकित्सा द्वारा अपने रूप को सजाने का प्रयास करती हैं। भोजन पर नियन्त्रण और कसरत भी उससे जुड़ा है। सूसी आरबाख और नोआमी उल्फ इसे शारीरिक आत्मघृणा और उम्रदराज होने के भय के रूप में देखती हैं। सुसान फालूदी इसे स्त्री विमर्श का 'बैक लेश' कहती हैं। इसी को आगे बढ़ाते हुए नताशा वाल्टर कहती हैं, "We must join hands with one another and with men to create a more equal society." जर्मेन ग्रीयर कहती हैं, "Feminism is all about money, sex and fashion." नुआमी उल्फ कहती हैं कि इस 'विक्टिम फेमिनिज़्म' को 'पावर फेमिनिज़्म' में बदल देना चाहिए, जिससे कुछ औरतों को नहीं, सभी औरतों को अच्छी जगह मिल सके। इस आलोक में आज स्त्रीवाद अपने को 're-invent' कर रही है।

●

निर्वचन

(1)

'निर्वचन' शब्द का प्रयोग हम अंग्रेजी के शब्द 'Discourse' के लिए करेंगे। इस शब्द का प्रयोग इधर मानव-विज्ञान और सामाजिक-विज्ञान के अध्ययनों में खूब हो रहा है। कारण यह है कि तमाम विचारक विश्लेषण की पद्धति के रूप में प्रत्यक्षवाद के प्रयोग से सन्तुष्ट नहीं हो पा रहे हैं और अध्ययनों में भाषा की भूमिका बढ़ती जा रही है। भाषा विज्ञान, क्रिटिकल थियरी और उत्तर संरचनावाद का जोर बढ़ता जा रहा है। इसी तरह पश्चिमी देशों में दर्शन के रूप में मार्क्सवाद का पुनरुत्थान और मनोविश्लेषणवाद का विभिन्न अध्ययनों में प्रकीर्णन सामाजिक विज्ञानों को बहुलवादी बना दिये है। साहित्य और संस्कृतियों के अध्ययन में इनके प्रयोग से जो नवीनता आयी है, उसने समाजविज्ञानियों को अपने अनुशासनों में उनके प्रयोग के लिए आकर्षित किया है।

जाहिर है कि तब निर्वचन ज्ञान-मीमांसा का दर्शन न होकर पद्धति है, जो अवधारणाओं की नयी व्याख्या और अतिरिक्त मूल्य प्रदान करता है। वह एक तकनीक है और बारीक सैद्धान्तीकरण है। इस पद्धति की उत्पत्ति भाषा विज्ञान और संकेत विज्ञान में हुई है और इसके विचारकों में सास्यूर, लेवी स्ट्रास, जैक लाकाँ, जैक देरिदा, मिशेल फूको, अन्तोनियो ग्राम्शी, लुई अल्थूसर, मिशेल पेशो, अर्नेस्टो लकलाऊ और शान्ताल माऊफ आते हैं। उनका जोर पाठ पर है, पाठ के विश्लेषण पर है, विश्लेषण के लिए भाषा की आन्तरिक संरचना से लेकर बाह्य वातावरण तक का इस्तेमाल है और जरूरी नहीं है कि इस विश्लेषण से एक ही नतीजे पर पहुँचा जाये। अर्थ की छटाओं को उत्कीर्ण करना उनका प्राथमिक उद्देश्य है। यह बहुलवाद पाठक को अपना अर्थ चुनने के लिए स्वतन्त्रता देता है, इसलिए वह व्यक्ति की स्वतन्त्रता का आयाम बढ़ाता है। स्वयं निर्वचन शब्द का अर्थ निश्चित नहीं है, क्योंकि यह एक साथ ही एक अवधारणा है और तमाम दूसरी अवधारणाओं को जाँचने की एक पद्धति है। इसलिए यह सार और प्रवाह दोनों है और दोनों में कब कौन प्राथमिक हो जायेगा, यह प्रयोगकर्त्ता के इरादे पर निर्भर करेगा। कुछ लोगों के लिए यह बहुत ही संकीर्ण कर्म है, जो सिर्फ उच्चार पर जोर देता है और बातचीत को, तर्क-वितर्क को सिर्फ दो व्यक्तियों तक सीमित रखता है यानी सिर्फ वाद और विवाद तक—संवाद की तीसरी गुंजाइश नहीं रखता। दूसरे लोगों के लिए यह इतना विषद कर्म है कि इसमें सम्पूर्ण सामाजिक व्यवस्था समाहित हो जाती है। जैक देरिदा कहता है, "जब भाषा सारभौम समस्याओं में प्रविष्ट होती है, तब सब-कुछ निर्वचन में बदल जाता है।" वहीं लकलाऊ और माऊफ कहती हैं, "निर्वचन इस तथ्य पर जोर देता है कि प्रत्येक सामाजिक संस्थिति, कहें विन्यास, अर्थपूर्ण होता है।"

सामाजिक विज्ञानों की जटिलता के कारण निर्वचन का अर्थ, सीमा और प्रयुक्त करने का ढंग विभिन्न सैद्धान्तिक व्यवस्थाओं के सापेक्ष होता है। ये विभिन्न सिद्धान्त जगत् के बारे में विभिन्न अवधारणाएँ, उद्देश्यों, मान्यताएँ आदि लेकर चलते हैं। इसलिए उनका निर्वचन उनसे सापेक्ष होकर उभरता है।

प्रत्यक्षवादी और अनुभववादी निर्वचन को एक चौखटा, कहें संज्ञान की योजना (cognitive schemeta) मानते हैं। मैक्एडम कहता है कि संज्ञान की योजना लोगों के एक दल की चेतन रणनीतिक (और कार्यनीतिक भी) प्रयत्न है, जगत् के बारे में और अपने बारे में सहभागी समझ को रूप देने के लिए, जो सामूहिक कार्रवाई को उत्प्रेरित करे और उचित ठहराये। स्नो और बेनफोर्ड कहते हैं, "चौखटे के रूप में निर्वचन के उपकरण (instrumental devices) हैं, जो विशिष्ट उद्देश्य के लिए प्रत्यक्ष को और समझ को प्रोत्साहित करते हैं। निर्वचन विश्लेषण का काम कुछ उद्देश्यों को प्राप्त करने में उनके प्रभावशाली होने को मापना है।"

वहीं यथार्थवादी विचारक निर्वचन सिद्धान्त और विश्लेषण के सत्तामीमांसक आयामों पर बल देते हैं। सत्तामीमांसा मानता है कि सामाजिक जगत् स्वतन्त्र रूप से अस्तित्ववान ऐसी वस्तुओं के सेट से निर्मित होता है, जिसमें अपने अन्तर्निहित, कहें जन्मजात, गुण-धर्म होते हैं और अन्तर्भुक्त कार्य-कारण सम्बन्ध की शक्ति। इन वस्तुओं की अपनी उत्पन्न करनेवाली यान्त्रिकी के साथ सम्भाव्य अन्तः क्रिया वास्तविक जगत् में घटनाओं और प्रक्रियाओं को जन्म देती हैं। तब निर्वचन अपने गुण-धर्मों और शक्तियों के साथ ऐसा वस्तु माना जाता है, जिसमें यथार्थवादियों के लिए जरूरी हो जाता है कि वे भाषा में अपने बूते पर खड़े संरचनात्मक व्यवस्था पर दृष्टि केन्द्रित करें। यहाँ निर्दचन-विश्लेषण का काम उन भ्रमों और विलोपनों पर से पर्दा उठाना हो जाता है, जिसके माध्यम से भाषा अपनी शक्ति प्राप्त करती है। फिर कार्य-कारण सम्बन्ध के विशिष्ट प्रभाव को जानने के लिए दूसरी सामाजिक वस्तुओं के साथ सम्बन्धित करके उन्हें रखना पड़ता है। यानी वह ढंग उन अन्तर्निहित सामग्री-संसाधनों पर बल देता है, जो निर्वचन को सम्भव बनाते हैं। पार्कर कहता है, "The study of the dynamics, which structure texts has to be located in an account of the ways discources reproduce and transform the material world."

मार्क्सवादियों का कहना है कि निर्वचन को उत्पादन और पुनरुत्पादन की विरोधाभासी प्रक्रियाओं की व्यवस्था से सम्बन्धित होना है। यहाँ निर्वचन को व्याख्या के विचारधारात्मक व्यवस्था के रूप में लिया जाता है, जो शक्ति और संसाधन के असमान वितरण को अस्पष्ट और स्वाभाविक बनाते हैं। यहाँ निर्वचन-विश्लेषण का काम इस प्रभावोत्पादक यान्त्रिकी को बेपर्द करना है। उससे मुक्ति के लिए विकल्प सुझाना है। इसका ठोस रूप देने के लिए फेयर-क्लोध स्कूल ने ग्राम्शी, बाख्तिन, अल्थूसर, फूको, गिडेन्स और हेबरमास के विचारों को एकत्रित कर आलोचनात्मक निर्वचन-विश्लेषण का एक नया स्कूल बनाया है। गिडेन्स सामाजिक जगत् के खुलासा के लिए मानवीय अर्थ और समझ को केन्द्रीय मानकर चलता है। मानता है कि सामाजिक सम्बन्धों के परिवर्तन और पुनरुत्पादन में मनुष्य के कलाप और कर्तृगामिता की बड़ी भूमिका होती है। सामाजिक संरचना और मानवीय हस्तक्षेप के सूत्र को पकड़कर फेयर-क्लोध स्थापित करता है कि निर्वचन और वह सामाजिक व्यवस्था, जिसमें वे निर्वचन काम करते हैं, में एक पारस्परिक निर्मितिमूलक सम्बन्ध होता है। इसलिए निर्वचन-विश्लेषण का काम इन द्वन्द्वात्मक सम्बन्धों की परीक्षा करना होता है और उन तरीकों को बेपर्द करना होता है, उस भाषा और व्याख्या को बेपर्द करना होता है जिसका इस्तेमाल हावी वर्ग कमजोर या दलित वर्ग को धोखा देने या कुचलने के लिए करता है।

देरिदा, फूको, लकलाऊ और माऊफ जैसे उत्तर संरचनावादी और उत्तर मार्क्सवादी सामाजिक अर्थों की व्याख्या से आगे बढ़कर निर्वचन का प्रयोग यह बताने के लिए करते हैं कि सामाजिक संरचनाएँ अन्तर्निहित रूप से अर्थ की अस्पष्ट, अपूर्ण और सम्भाव्य व्यवस्थाएँ हैं। जैसे देरिदा पाठ को ऐसे निर्वचन के रूप में व्याख्यायित करता है, जिसमें सभी मानवीय और सामाजिक अनुभव विभेद के तर्क पर संरचित होते हैं। फूको निर्वचन-विश्लेषण से विशृंखलित व्यवहतियों और विस्तृत तर्कमूलक व्यवहारों तथा संस्थाओं में सम्बन्ध देखता है। लकलाऊ और माऊफ विचारधारा के मार्क्सवादी सिद्धान्त का विखण्डन करती हैं

और सामाजिक पात्रों के विशेष समाज को रूप देने में क्रियारत सभी व्यवहृतियों और अर्थों को समाहित करती हैं। इस परिप्रेक्ष्य में निर्वचन प्रतीक व्यवस्था और सामाजिक संहिति निर्मित करता है तथा निर्वचन-विश्लेषण का काम उनके ऐतिहासिक और राजनैतिक संरचना और क्रियाकलाप का परीक्षण करना होता है।

निर्वचन सिद्धान्त यह मानकर चलता है कि सभी वस्तुएँ और क्रियाकलाप अर्थपूर्ण होते हैं तथा उनके अर्थ की व्युत्पत्ति ऐतिहासिक रूप से प्राप्त विशिष्ट नियमावली के तहत होती है। इसलिए वह उन मार्गों की खोज करता है, जिससे होकर सामाजिक व्यवहृति उन निर्वचनों का निर्माण और प्रतिरोध करती है जो सामाजिक वास्तविकता का संघटन करते हैं। ये व्यवहृतियाँ सम्भव हैं क्योंकि व्याख्या की व्यवस्था अन्तः आधारित या सम्भाव्य होती है और अर्थ का सामाजिक क्षेत्र कभी पूरी तरह पाया नहीं जा सकता।

इस स्थापना की व्याख्या के लिए तीन शब्द प्रयुक्त होते हैं निर्वचनात्मक (discursive), निर्वचन (discourse) और निर्वचन-विश्लेषण (discourse analysis)। निर्वचनात्मक से मतलब यह है कि सभी वस्तुएँ निर्वचन का विषय हैं और उनके अर्थों की स्थिति सामाजिक रूप से निर्मित नियमावली पर निर्भर करती है तथा वे वस्तुएँ महत्त्वपूर्ण भिन्नता लिये होती हैं। उसमें विशृंखल की एक पूर्णता बनायी जाती है। यदि हम कहें कि (1) अबूझमाड़ के जंगल बहुत सुन्दर हैं, उनकी रक्षा की जानी चाहिए, (2) वे विकास में बाधक हैं, क्योंकि उनके नाते खनिज की खुदाई नहीं हो पा रही है, इसलिए उन्हें काट दिया जाना चाहिए, (3) नहीं, ऐसा नहीं किया जाना चाहिए, क्योंकि इससे पर्यावरण का सन्तुलन बिगड़ जायेगा, (4) यही नहीं, पर्यटक नहीं आयेंगे, तो ये भिन्नताएँ उनके भाव के वर्गीकरण के नियम बन जाते हैं, जिसे प्रस्तोता अपने इरादे के अनुसार रचता-रखता है। जाहिर है कि तब वस्तु को निर्वचन में अपचयित नहीं किया जा सकता, क्योंकि भाषा एक साथ ही एक आख्यान प्रस्तुत करती है तथा कार्रवाई निःसृत करती है। यदि मैं कहूँ, "मैं वादा करता हूँ", तो यह एक साथ ही मेरी नीयत को बताता है और एक कार्रवाई भी करता है। भाषा वस्तुओं के स्वतन्त्र अस्तित्व को छीन नहीं लेती। बैरेट कहता है कि यह पलायन और आदर्शवाद के आक्षेपों को दर किनार करता है, क्योंकि हम हमेशा ही अभिप्राय की ओर संकेत करनेवाली व्यवहृति और वस्तुओं के बीच होते हैं। हम तर्कतः उनका निषेध नहीं कर सकते। इसी स्थिति के बारे में अस्तित्ववादी विचारक हेडेग्गर कहता है कि मनुष्य अर्थपूर्ण निर्वचनों और व्यवहृतियों के बीच फेंक दिया गया होता है, तथा यह वही जगत् है, जिसमें वह उन वस्तुओं से चिह्नित होता है, एक दृष्टिकोण से वचनबद्ध होता है, जिससे उसका मुठभेड़ होता है।

निर्वचन से मतलब उस ऐतिहासिक नियमावली से है, जो विषय और वस्तु की पहचान बनाती है। अमूर्तन के इस निचले पायदान पर निर्वचन उन सामाजिक सम्बन्धों और व्यवहृतियों की मूर्त व्यवस्थाएँ हैं, जो अन्तर्भुक्त रूप से राजनैतिक हैं। ऐसा इसलिए है कि उनका निर्माण मूलजाभासी संस्थाओं द्वारा होता है, जो प्रतिरोध रचती हैं तथा 'अन्य' और 'अन्तस्थ' के बीच राजनैतिक सीमांकन करती हैं। यह शक्ति के प्रयोग की ओर ले जाता है, जिससे विभिन्न सामाजिक प्रतिनिधानों के बीच सम्बन्धों के संस्तरण बनते हैं। यानी निर्वचन में व्यवस्था शृंखला बनायी जाती है। चूँकि निर्वचन सम्भाव्य होते हैं और ऐतिहासिक निर्मितियाँ होते हैं, इसलिए वे हमेशा ही उन राजनैतिक शक्तियों के लिए घातक होते हैं, जिन्हें बाहर कर मौजूदा निर्वचन रचा जाता है। ऐसा घटनाओं के ऊपर नियन्त्रण पा लेने से उत्पन्न विस्थापन-प्रभाव के कारण भी होता है। यहाँ निर्वचन सिर्फ पाठ तक सीमित नहीं रह जाता। बहुत-सी अभिव्यक्तियाँ तो चुप्पी से और अव्यक्त सोच से भी हो जाती हैं, जो आगे का क्रियाकलाप निर्धारित करती हैं। उदाहरण के लिए हम बाँग्ला देश और पाकिस्तान से हो रही घुसपैठ को ले सकते हैं। बाँग्ला देश से हिन्दू और मुसलमान दोनों घुसपैठ करते हैं। पश्चिम बंगाल में हिन्दुओं के प्रति भारतीय राष्ट्रीय कांग्रेस नरम रुख रखती है। किन्तु उन्हें पूर्ण संरक्षण कम्युनिस्ट पार्टियों से मिलता है। इसी तरह मुसलमानों को मिलता है और वे दोनों मिलकर उनके वोट बैंक का काम करते हैं। असम में इनकी घुसपैठ को स्थानीय

असमिया लोग पसन्द नहीं करते। उनको लगता है कि इनकी उपस्थिति से उनकी संस्कृति नष्ट हो रही है। दूसरे वे धीरे-धीरे अपने ही प्रान्त में अल्पसंख्यक बन जायेंगे। इसलिए वहाँ आये दिन लड़ाई-झगड़ा होता है। जबकि बंगाल में ऐसा नहीं होता। दूसरे वहाँ की कांग्रेस पार्टी उन्हें संरक्षण दे अपना वोट बैंक बनाती है, जबकि असम गण परिषद् और दूसरे दल इसका विरोध करते हैं। पाकिस्तान से हिन्दू भागकर भारत आते हैं। भारत को धर्मनिरपेक्ष राज्य घोषित किये जाने के बावजूद उन्हें लगता है कि यह उनका स्वाभाविक देश है—सिर्फ इसलिए नहीं कि आजादी से पहले पाकिस्तान भी इसी देश का अंश था और सारे महत्त्वपूर्ण हिन्दू स्थान यहीं है। पाकिस्तान का धर्मपरायण देश बन जाने के बाद यह लगाव और बलवती होता है। किन्तु भारत की सरकार धर्मनिरपेक्षता की आड़ में इसे सिर्फ एक मानवाधिकार और आव्रजन की समस्या मानती है, और सिर्फ उनका वीसा बढ़ा देने की बात करती है। उन्हें वोट बैंक में रूपान्तरित करने में कोई बड़ा लाभ नहीं मिलता। लेकिन देश की बहुसंख्यक जनता हिन्दू है और उसे उनसे स्वभावतः भाई-चारा अनुभव होता है। यह हिन्दूवादी राजनीति के लिए अवसर प्रदान करती है। यानी सरकार और जन की चुप्पी तथा अव्यक्त सोच इस सन्दर्भ में राजनैतिक व सामाजिक निर्वचन रचते हैं। और उस निर्वचन के कई रूप हैं। जब एक दल सत्ता में आता है तो जो रुख वह अख्तियार करता है, सत्ता में न रहनेवाला दल दूसरा रुख अख्तियार करता है। जब दंगे होते हैं तब एक निर्वचन साम्प्रदायिकता को लेकर चलता है तो दूसरा नस्ल का, तीसरा संस्कृति का। सही बात की चर्चा कोई नहीं करता। निर्वचन का ऐसा भी राजनीतिक उपयोग होता है।

निर्वचन विश्लेषण में विश्लेषक दुनिया-भर की भाषाई और गैर-भाषाई सामग्री का उपयोग करता है। भाषण, साक्षात्कार और लोगों की बातचीत के अलावा घोषणापत्रों, रिपोर्टों, ऐतिहासिक घटनाओं, नीतियों, विचारों, यहाँ तक कि संस्थाओं और संगठनों का अध्ययन करता है। वे वस्तुओं के जगत् का विषय द्वारा किये गये अनुभव के परिचायक होते हैं, भाषा में उन पद्धतियों और अवधारणाओं का निर्माण करते हैं, जो सत्तामीमांसक विश्लेषणों की ओर ले जाते हैं। इसमें देरिदा का विखण्डन, फूको का आद्यतत्त्वात्मक और वंशवृत्यात्मक विश्लेषण, सास्यूर का भाषाई विभेदीकरण, तमाम दूसरों का अलंकारशास्त्रीय, साहित्य शास्त्रीय विश्लेषण, विटगेस्टीन की नियमबद्धता, लकलाऊ और माऊफ का बिम्ब तथा समतुल्य का तर्कशास्त्र सभी समाहत हो जाता है। उसमें मार्क्सवादी और उत्तर मार्क्सवादी विवेचनों की अपनी भूमिका होती है।

जाहिर है कि निर्वचन सिद्धान्त में संरचनावादी, भाष्य व्याख्यावादी और मार्क्सवादी विवेचनों का जाल है। यही उसके विकास के तीन चरणों की भी सूचना देता है। पहले चरण में जोकोब्सन और झेल्मस्केल के विचार आते हैं, जिन्होंने उस पद्धति पर ध्यान केन्द्रित किया, जो अर्थ और प्रतीति के संकेतों की व्यवस्था से ध्वनित होती हैं। उसी को आगे बढ़ाकर निर्वचनवादियों ने कहा कि अर्थ वस्तु के जगत् की जगह व्यवस्था के विभिन्न तत्त्वों के सम्बन्धों के जगत् पर आधारित होता है। लेवी स्ट्रास, जैक लाकाँ, अल्थूसर, रोला बार्थ आदि उसके उन्नायक हैं। देरिदा, फूको, लकलाऊ और माऊफ ने कभी उसे आगे बढ़ाते हुए तो कभी उस पर उँगली उठाते हुए, कभी व्यवस्था की ऐतिहासिक निर्मिति तथा व्यवस्था के तत्त्वों के बीच स्थिर सम्बन्धों को दिखाते हुए, तो कभी सामाजिक जगत् से मानवीय आत्मगतता और प्रतिनिधानी स्थिति को बहिष्कृत कर उसको दूसरा रूप दिया।

दूसरे चरण में निर्वचन का सिद्धान्त एक तरफ उन प्रत्यक्षवादियों, व्यवहारवादियों और सामाजिक जीवन का संरचनावादी विवरण प्रस्तुत करनेवाले विचारकों के विरुद्ध खड़ा होता है, जो सिर्फ निरीक्षण किये जा सकनेवाले तथ्यों तथा कलापों तक अपने को सीमित रखते हैं, या फिर जो अचेतन संरचनात्मक नियमों के पक्ष में नित्य-प्रति के सामाजिक अर्थों की तिलांजलि दे देते हैं। इसके लिए निर्वचन सिद्धान्त हेडेग्गर, विटगेस्टीन, टेलर और विंच के भाष्यविज्ञान को अपनाता है, जिसमें कलाप के कार्य-कारण सम्बन्ध को समझने की जगह उसकी व्याख्या की जाती है, उसकी आत्म-समझ विकसित की जाती है। यहाँ

निर्वचनात्मक सामाजिक पड़ताल का उद्देश्य उन ऐतिहासिक विशिष्ट नियमों तथा परिपाटियों की खोज करना होता है, जो एक दिये गये सामाजिक सन्दर्भ में अर्थनिर्मित को संरचित करते हैं। दूसरी तरफ निर्वचन सिद्धान्तकार सामाजिक व्यवहृतियों के उन छुपे हुए अर्थों का खुलासा नहीं करते, जो कर्म करनेवाले व्यक्तियों से छुपे रहते हैं। न ही अपने कर्मों की जो व्याख्या कर्म करनेवाले स्वयं प्रस्तुत करते हैं, उसकी तलाश में जाते हैं। यानी उनके लिए अर्थ सामाजिक व्यवहृतियों में ही मौजूद रहता है, जिसे भाष्यकार खोज निकालते हैं, उसे एक विषय से दूसरे मिथक विषय की ओर पसार देते हैं, सम्प्रेषित कर देते हैं। वे सामाजिक व्यवहृति की एक नयी व्याख्या के अर्थ को एक विस्तृत ऐतिहासिक संरचनात्मक सन्दर्भ में अवस्थित कर प्रदान करते हैं।

तीसरा चरण मार्क्सवाद का है। वहाँ विचार, भाषा और चेतना को विचारधारात्मक संवृत्ति के रूप में लिया जाता है। उसे अन्तर्भुक्त आर्थिक और राजनैतिक प्रक्रिया के द्वारा समझाया जाता है। उसका सम्बन्ध शोषण और वर्चस्व के प्रतिकार में खड़े होनेवाले सामाजिक अभिकर्मियों की भूमिका से जोड़ा जाता है। पुराने मार्क्सवाद में विचारधारा का उपयोग वर्ग संघर्ष और आर्थिक उत्पादन जैसी तयशुदा सामाजिक प्रक्रियाओं की बनत को समझाने के लिए था। पश्चिमी यूरोप के ग्राम्शी, अल्थूसर जैसे नये मार्क्सवादियों ने उसका उपयोग समाज की और ऐतिहासिक परिवर्तन की व्याख्या के लिए अपचयित और अनिवार्य परिणति के ढंग से हटाकर किया। ये विचारक विचारधारा के भौतिक और व्यावहारिक विशेषताओं पर बल देते हैं। उसे शुद्धतः मानसिक व (गलत) प्रतिनिधित्वमूलक विशेषता नहीं मानते। वे मार्क्सवादी परम्परा के भीतर संरचनावादी, उत्तर संरचनावादी और भाष्यवादी विचारों को समाहितकर सम्बन्धपरकता और परिणतिपरकता और अनिवार्यहीनता का विमर्श रचते हैं।

(2)

इस पृष्ठभूमि में हम कुछ विचारकों को थोड़ा विस्तार से देखते हैं। हम पहले स्विस दार्शनिक फर्दिनान्द द सास्यूर को लेते हैं। वह संरचनावादी विचारक हैं।

संरचनावादी दार्शनिक मानते हैं कि सभी मानवीय क्रियाकलापों और सामाजिक संस्थाओं को व्यवहृति की सांकेतिक व्यवस्था के रूप में देखा जाना चाहिए, क्योंकि भाषा और सामाजिक सम्बन्धों के बीच सादृश्यता है। जैक लाकाँ कहता है कि मानवीय अचेतन भाषा की तरह संरचित है। लेवी स्ट्रास कहता है कि आदिम समाजों के सामाजिक सम्बन्धों को भाषिक संरचना की तरह लिया जा सकता है। उनकी विशेषताएँ और तार्किकस्वरूप एक जैसे हैं। इसी के आधार पर रोला बार्थ कहता है कि सामाजिक निर्मितियों, राजनैतिक विचारधाराओं, धार्मिक मिथों, पारिवारिक सम्बन्धों, रचना का पाठ और खेल जैसी विविध संवृत्तियों को सह-सम्बन्धित तत्त्वों की व्यवस्था की तरह समझा जा सकता है। हम कह सकते हैं कि किसी व्यवस्था के व्यक्तिगत तत्त्व तभी महत्त्व पाते हैं, जब उन्हें पूरी संरचना के अंग के रूप में हम विवेचित करते हैं और तब संरचना को आत्मपूरित, आत्मनियन्त्रित और आत्मरूपान्तरित अस्मिता के रूप में समझते हैं। तब यह वह संरचना नजर आती है, जो व्यवस्था के व्यक्तिगत तत्त्वों की अर्थवत्ता, अर्थ और क्रियाकलाप निर्धारित करती है।

जाहिर है कि संरचनावादी विचारक सामाजिक संवृत्ति को अन्तर्निहित निर्धारकों या कारकों में अपचयित नहीं करते और न ही सामाजिक वास्तविकता को यूँ ही संघटित हो गये आणविक घटनाओं या तथ्यों के रूप में लेते हैं। वे कहते हैं कि असम्बद्ध या अव्याख्यायित घटनाओं या प्रक्रियाओं को सम्बन्धों के औपचारिक व्यवस्था के द्वारा बोधगम्य बनाया जा सकता है। उसके लिए विश्लेषण के एक नये ढंग की जरूरत पड़ेगी जो गणित और भाषा के अध्ययन से प्राप्त होता है। इसमें तत्त्वों के बीच सम्बन्ध जोड़-घटाने के आधार पर बने वास्तविक सम्बन्धों को विश्लेषित कर देखा जाता है। जैसे शतरंज

उसकी योजना दो मान्यताओं पर टिकी है। एक तो यह कि किसी भी समाज की विविध व्यवहृतियों में सिद्धान्ततः गहरी संरचनाएँ छिपी होती हैं, जिनको खोजकर अध्ययन किया जा सकता है। यद्यपि कि वे सतह पर दिखनेवाली संवृत्ति के बहुत नीचे छुपी होती हैं, फिर भी उनकी अभिव्यक्ति भाषा व मिथ के अलावा बर्गानि की विविध व्यवस्थाओं, जैसे गणचिह्न (totem), भोजन, पहनावा, शिष्टाचार, प्रथा आदि में होती रहती है। उसे तो लगता है कि दुनिया के सारे समाजों के भीतर एक ही तरह के सम्बन्धों की संरचना खोजी जा सकती है, जैसे सभी भाषाओं के व्याकरण में कहीं-न-कहीं एकरूपता खोज ली जाती है। उसके लिए एक रूपान्तरण का नियम काम करता है, जिसको पकड़कर सहसम्बन्धियों, सहतुल्यों को खोजा जा सकता है। यह दूसरी मान्यता है।

लेवी स्ट्रास गणचिह्न पर थोड़े विस्तार से बात करता है। गणचिह्न का मतलब वह पशु, वृक्ष, पक्षी या कोई अन्य वस्तु-विशेष से लगाता है, जिससे व्यक्ति और उसका समाज उसे एक पवित्र वस्तु मानते हुए एक विशेष प्रकार का सम्बन्ध रखता है। इस चिह्न के कारण कुछ सम्बन्धों की वर्जनाएँ होती हैं, तो कुछ आपस में जुड़ने का आधार प्रदान करता है, किन्हीं रीतियों और व्यवहृतियों के आधार पर। कुछ गणचिह्न यह भी विदित करते हैं कि उन्हें माननेवाले एक ही वंश के हैं, एक ही पूर्वज के सन्तान हैं। यहाँ वह कुलचिह्न बन जाता है।

गणचिह्न के विश्लेषण के द्वारा वह गणचिह्न से जुड़े कुछ भ्रमों को खारिज करना चाहता है, जो कालान्तर से प्रज्ञा के रूप में मान्यता प्राप्त किये हुए हैं। वह मानता है कि गणचिह्न आदिम समाजों में होते हैं, जो अमूर्त विचारों को अंगीकार नहीं कर पाते। इसलिए वे सिर्फ कुछ व्यावहारिक जरूरतों को पूरा करते हैं, धर्म के स्त्रोत के रूप में काम करते हैं, और सभ्यता की ओर बढ़ रहे एक समाज के चरण के निशान होते हैं। इसका इस्तेमाल पश्चिम के नृतत्त्वशास्त्रियों ने पिछड़े और अगड़े समाजों में भेद करने के लिए किया है और बताया है कि पिछड़े समाज प्रकृति के अधिक निकट होते हैं।

लेवी स्ट्रास अपना विकल्प इस बात पर आधारित करता है कि मनुष्य अर्थपूर्ण ढंग से जगत् का संगठन और वर्गीकरण करता रहा है। गणचिह्न इस काम में अपनी भूमिका निभाते हैं, तो उन्हें निकूट करते हुए वह पूछता है कि मनुष्य कैसे और क्यों पशुओं या पौधों से अपने को 'आइडेण्टिफाई' करता है और कैसे ये प्राकृतिक संवृत्तियाँ एक ही समाज के विभिन्न समूहों में विभेद करती हैं। वह यह भी चाहता है कि इन निर्मितियों से मानव मन और अनुभव के सामान्य रूपों को सुनिश्चित किया जाये। इसके लिए वह गुमराह करनेवाले तथ्यों और विचारधारात्मक भ्रमों के नीचे पैठ कर उन विवेकपूर्ण और व्यवस्थित सम्बन्धों को खोज निकालना चाहता है, जो संवृत्तियों को व्यवस्थित करते हैं। गलत गणचिह्नक सारतत्त्वों को सामाजिक संरचना पर लादकर उन्हें कार्य-कारण रूप में समझाने की जगह लेवी स्ट्रास गणचिह्नों को संकेत सम्बन्धों की विभिन्न व्यवस्थाओं में विखण्डित कर अपनी बात रखना चाहता है। कहता है कि पशुओं और वनस्पतियों को आदिम मनुष्य इसलिए नहीं अपनाते हैं कि वे मनुष्य के अनुरूप होते हैं, इसलिए अपनाते हैं कि वे समूहों में विभेद कर अपने समूह की स्पष्ट पहचान बनाते हैं, क्योंकि मानव समाज में विभिन्न वंश के लोग रहते हैं। इस तरह गणचिह्न दो भिन्न व्यवस्थाओं को जोड़ते हैं, उनमें सहसम्बन्ध स्थापित करते हैं, "It is not the resemblance, but the differences which resemble each other." एक तरफ वे पशु या वनस्पतियाँ हैं, जो एक-दूसरे से अलग हैं, दूसरी तरफ वे लोग हैं जो आपस में भिन्न हैं। परिणामस्वरूप, "The resemblances pre-supposed by so called totemic representations is between these two system of differences." ये गणचिह्न पहले से व्याप्त भिन्नताओं को व्यक्त नहीं करते, उन्हें निर्मित करते हैं। इस तरह आदिम समाज मानव समूहों और पशुओं व वनस्पतियों में सहसम्बन्ध स्थापित करने का प्रयत्न नहीं करता, बल्कि उनकी भिन्नता का इस्तेमाल अपनी भिन्नता जाहिर करने के लिए करता है। इसलिए, "Natural species are chosen not because they are good to eat, but because they are good to think." यही कारण है कि हर राज्य अपना चिह्न, अपनी पताका, अपना वाद्य, अपना राष्ट्रगीत, अपना पक्षी, अपना पुष्प आदि रखता है।

लेवी स्ट्रास मिथ का अर्थ उन मनमौजी अतिकल्पनाशील कहानियों से लगाता है, जो बार-बार दुहराई जाकर कौम के प्राकृतिक, पराप्राकृतिक और सांस्कृतिक समाज रचने के लिए पवित्र या धार्मिक स्रोत का काम करती हैं। पूरे जगत् में प्रचलित इन कहानियों में व्याप्त अनुरूपता के आधार पर वह कहता है कि इन्हें न तो छिन्न-विच्छिन्न कर समझा जा सकता है, न ही उन्हें उस रूप में समझा जा सकता है, जिस रूप में वे प्रस्तुत की जाती हैं। उन्हें विभिन्नताओं और विरोधों के शृंखला के रूप में समझा जा सकता है, जो उनके निर्माणात्मक तात्त्विक तल में अन्तर्निहित होता है।

लेवी स्ट्रास सास्यूर से हटकर भाषा में एक तीसरे तल का प्रवेश कराता है, इन मिथकों के विवेचन के लिए। वह भाष् और वाच् से भिन्न दोनों के तत्त्वों के योग से बनता है। ऐसा इसलिए हो पाता है कि मिथकों का निर्माण किसी एक समाज के किसी एक देश या काल में नहीं होता, बल्कि सभी समाजों के सभी देशों और कालों में होता है। इसलिए वे सभी समाजों के सभी लोगों की भाषा होते हैं। वे वाच् और भाष् के ऊँचे चक्र के होते हैं और उनके निर्माणक तत्त्व 'फोनेम्स' 'मारफीम्स', 'ग्राफिक्स' या 'सीमेन्स' नहीं होते। उन्हें वाक्य के स्तर पर चिह्नित करना होता है। इन्हें वह 'मिथिम्स' या 'ग्रास कान्स्टीट्यूएण्ट यूनिट्स' कहता है। मिथों को छोटे-से-छोटे वाक्यों में विखण्डित कर इन्हें पाया जाता है और तब उनके सहारे उनके सह-सम्बन्धों को उकेरा जाता है। चूँकि मिथेम एक साथ ही कालातीत और एकरेखीय होते हैं, इसलिए वे तत्त्वों के बीच सरल सम्बन्ध नहीं होते, बल्कि आपस में जुड़े तत्त्वों के बण्डलों के बीच के सहसम्बन्ध होते हैं। उनके विभेदीकरण और सहसम्बन्ध निर्माण के बाद ही उनका कालातीतीकरण और विश्लेषण हो सकता है। तभी हम उन बराबर के सम्बन्धों को पा सकेंगे, जो एक आख्यान के भीतर विभिन्न बिन्दुओं पर घटते हैं, तथा उसी वक्त सम्बन्धों के बण्डल के भीतर सम्बन्धों को एवं बण्डलों के आपसी सम्बन्धों को देख सकते हैं। तब वह एक तरफ सतह पर घट रहे आख्यान और दूसरी तरफ अन्तःस्रवित तत्त्वों के कालातीत सम्बन्धों के रूप में दिखेगा।

उपरोक्त विश्लेषण के माध्यम से लेवी स्ट्रास का सारा प्रयत्न उस कालातीत और विश्वव्यापी संरचनाओं को खोज निकालना है, जो विभिन्न समाजों और संस्कृतियों में मानव अस्तित्व को अर्थपूर्ण बनाने के दौरान मिथों के अनन्त उत्पादों और सुधारों को अनुशासित करती हैं। वहाँ समाज व्यक्तिगत अन्तःक्रियाओं का उत्पाद या मानवीय चेतना का उद्देश्यपरक विकास या आर्थिक उत्पादन के सिद्धान्तों पर चलनेवाला न होकर कुछ परिवर्तनशील संकेतों और कूटों पर आधारित विभिन्न सामाजिक व्यवहृतियों की देन बन जाता है।

सास्यूर और लेवी स्ट्रास के विचारों की कड़ी आलोचना विद्वानों ने की है। सास्यूर के बारे में कहा जाता है कि उसने संकेतक और संकेतित के बीच कड़ा विभाजन किया है तथा एक संकेतक के साथ एक संकेतित को रखा है। जबकि तर्कतः यह लगता है कि भौतिक संकेतक यानी ध्वनि-बिम्ब और विचार-संकेतित यानी अवधारणा को आपस में घुल-मिल जाना चाहिए। जब वह मान लेता है कि भाषा रूपपरक और सहसम्बन्धी होती है, तब उसको दो विभक्तों में बाँटकर संकेत के द्वारा पुनर्योजित करना जँचता नहीं। इसकी एक परिणति तो यही होगी कि बिना संकेतक के भी कोई संकेतित हो सकता है, या फिर बिना संकेतित के ही कोई संकेतक। तब यह भी मानना होगा कि विचार मन में अवस्थित होते हैं और भाषा से पहले से ही मौजूद रहते हैं। भाषा की आवश्यकता उन्हें व्यक्त करने के लिए पड़ती है, जो संकेतों को अस्तित्व में लाती है। दूसरी तरफ इस विचार की परिणति यह होगी कि संकेतक सिर्फ भौतिक या ऐन्द्रिक अस्मिताएँ होते हैं, जो अवधारणा या विचार निर्माण की योग्यता से भरे होते हैं। तब संकेतक की भौतिकता की परिणति सरल भौतिकवाद में हो जायेगी। तब तो सास्यूर का यह दावा कि 'भाषा रूप है, सारतत्त्व नहीं,' और वह बिना सकारात्मक पदावली के विभिन्नकों से बनती है, गलत हो

जायेगा। शुद्ध संकेतित की तलाश में हमें दूसरे संकेतितों से मुखातिब होना पड़ता है। विभिन्न संकेतकों में विभेद हम इस मान्यता पर करते हैं कि वे भौतिक न होकर वैचारिक हैं। 'शाला' और 'साला' का भेद सिर्फ 'श' और 'स' का नहीं है, इस बात का भी है कि वे क्या अर्थ बताते हैं। फिर वह संकेतक के दायरे में बोली या ध्वनि जैसे एक तरह के सारतत्त्व लेखन या प्रतिभा को जैसे विशेषाधिकार दे देता है। देरिदा को यहीं हस्तक्षेप करने का मौका मिलता है, विखण्डन के लिए। देरिदा लिखता है, "Saussure's privileging of speech over writing is consonant with the priority attributed to the voice and reason (logos) withing western metaphysical thought since its inception." यहाँ संकेतक संकेतित से हीन बन जाता है। यह संकेत विचारों का और विचार जगत् में वर्तमान वस्तुओं का प्रतिनिधित्व करता है। तब विचार (संकेतित) संकेतक से ऊँचा बन जाता है।

दूसरी आलोचना यह कहकर की जाती है कि वह यह स्थापित करता है कि भाषा में तत्त्व सह-सम्बन्धी होते हैं और इसीलिए अपने अर्थ के लिए एक-दूसरे पर निर्भर रहते हैं, तभी वह यह भी स्थापित कर देता है कि भाषाई व्यवस्था पूर्ण और बन्द (closed) होती है। इसका मतलब यह है कि भाषाई व्यवस्था का अन्तःस्रवित व्यवस्थापरकता (Systemativy) भाषा के हर शब्द का अर्थ निरूपित करती है। तब तो यह एक नयी तरह की संरचनावादी तत्त्ववाद या अनिवार्यवाद (essentialism) की ओर ले जायेगा जिसमें विभेदक तत्त्वों की व्यवस्था को पूर्णतः गठित बाह्यार्थ (object) माना जाता है, वस्तु, शब्द या व्यक्ति। बेनवनिस्ते कहता है कि सास्यूर भाषा पर उत्पादन की एक प्रक्रिया की जगह उत्पाद के रूप में ध्यान केन्द्रित करता है। परिणामस्वरूप, "He does not account for active construction and historicity of structures and does not consider the possibility that structures or systems may be ambiguous or contradictory."

तीसरे सास्यूर भाषा व्यवस्था के बाहर भाषा के एक स्वायत्तकर्त्ता का विचार बनाकर रखता है। भाषा का प्रयोग करनेवाले को वह एक केन्द्रीय भूमिका देता है और मनुष्यवक्ता को पहले संकेतों को विचारों से जोड़नेवाला और फिर वास्तविकता से जोड़नेवाला प्रमुख अभिकर्त्ता मानता है। वह पहले से ही मौजूद रहता है, और भाषा-व्यवस्था के बाहर होता है। इसलिए उसके लेखन में 'मानवीय मन' और 'बोलनेवालों की मनोवैज्ञानिक स्थिति' की भरपूर चर्चा मिलती है। मन में समक्रमिक विश्लेषण की पद्धति पर प्रकाश डालते हुए कहता है, "Synchrony has only one prospective, the speaker's and its whole method consists of gathering evidence from speakers, to know to what extent a thing is a reality, it is necessary and sufficient to determine it exits in the minds of speakers." वहाँ भाषू और वाच् का विभेद धुँधला पड़ जाता है और उससे निकाले गये निष्कर्ष बेमानी हो जाते हैं।

चौथे वह निर्वचन की समुचित अवधारणा विकसित नहीं कर पाता। वह यह तर्क तो देता है कि एकल वाक्य की तुलना में भाषाई परिणामों की व्याप्ति निर्वचन के लिए अधिक होती है, लेकिन तब वह उनके संरचनात्मक रूप में विश्लेषण के लिए औजार नहीं प्रदान करता। ऐसा इसलिए है कि उसने वाक्यों और वाक्यों की व्यवस्था को वाच् माना, भाषू नहीं और इस तरह दोनों के बीच में एक नकली अन्तर किया कि भाषू संकेतों की एक सम्पूर्ण व्यवस्था है, जबकि वाच् हर वक्ता की व्यक्तिगत स्वतन्त्रता है। ऐसा होने पर वाच् भाषू के बाहर हो जाता है और उसका संरचनात्मक विश्लेषण मुश्किल हो जाता है। इसलिए विमर्श का विश्लेषण सहसम्बन्धों और भिन्नक की एक नियमित व्यवस्था के रूप में नहीं हो सकता, क्योंकि सास्यूर मानवीयता की विषयगतता की सर्वशक्तिमान् अवधारणा पर निर्भर हो जाता है। फिर सामाजिक विज्ञानों के निर्वचन सिद्धान्त का मतलब परिवर्तनशील और परिवर्द्धित व्यवस्थाओं के परीक्षण से जुड़ा होता है, इसलिए सास्यूर की पद्धति का उपयोग बिना उसकी प्रमुख स्थापनाओं में परिवर्तन किये नहीं किया जा सकता।

लेवी स्ट्रास की कमी तब गोचर होती है, जब हम मिथक के विश्लेषण में उसकी इस स्थापना पर गौर करते हैं कि उसका कोई अन्त नहीं है। तब वे निरन्तर परिवर्तनशील जगत् में उससे बाहर रहनेवाले इकाई नहीं रह जाते और अपने ही भीतर होनेवाले परिवर्तनों के कायल हो जाते हैं। तो भी वह कहते हैं, "Starting from ethnographic experience, I have always aimed at drawing up an inventory of mental patterns, to reduce apparently arbitrary data to some kind of order, and to attain a level at which a kind of necessity become apparent."

इससे भी बढ़कर वह यह कहता है कि मिथों का निर्माण एक तो उस मन से होता है जो उसे पैदा करते हैं। दूसरे विश्व की उस छवि से होता है जो मन की संरचना में पहले से ही अन्तर्भुक्त होता है। ये सामाजिक विश्लेषण के स्तर पर उसकी बात को दो भागों में बाँट देते हैं। सतह के स्तर पर लेवी स्ट्रास अनुभववादी संवृत्ति की विविधता और समृद्धि की पहचान करता है। सतह के नीचे वह एक स्थिर और तात्त्विक रूप से अनिवार्य संरचना की खोज करता है जो व्यवस्था के मूलभूत तत्त्वों के बीच के सहसम्बन्धों और विरोधों में समझौता करा देता है। इन तत्त्वों और विषयों को वह वस्तुओं के साथ जोड़कर विश्लेषित करता है, निर्माण की विरोधाभासी प्रक्रिया की तरह नहीं। इस तरह वह संवृत्ति की सच्चाई को झूठ की रीति में अपचयित कर देता है। संरचनावादी यही तो करते हैं।

उसकी रीति के तीन आधारभूत चरण हैं। वह स्वयं लिखते हैं–

(1) Define the phenomena under study as a relation between two or more terms, real or supposed;

(2) Contrast a table of possible permutations between these terms.

(3) Take this table as the general object of analysis, which, at this level only can yield necessary connections the empirical phenomenon considered at the beginning being only one possible combination among others, the complete system of which must be reconstructed beforehand.

यानी पद्धति का एक अनिवार्य पक्ष यह है कि वह दिये हुए दृष्टान्त में तत्त्वों को संयुक्तन से पहले ही परिभाषित करता है। इसका मतलब यह है कि जब लेवी स्ट्रास प्रतीकित संवृत्ति के अनिश्चित, कहें अनन्त, प्रकारों का वर्णन कर रहा होता है तो सम्पूर्ण रचना का उसका विवेचन मानव मन की क्षमताओं तक नहीं पसर पाता (चाहे वह उत्पादन करनेवालों का हो या शोध करनेवालों का) विश्व को एक पूर्ण और तार्किक संघटन बनाने में। बल्कि यह मनुष्य की क्षमता है जो मिथ के भीतर की संरचना या तत्त्वों को पकड़ लेता है।

जाहिर है कि लेवी स्ट्रास उसी फँसान का शिकार बन जाता है, जिसे फूको आधुनिक चिन्तन का 'self bekating empirico-transcedental doublet' कहता है। वह एक साथ ही मिथक के अनन्त तत्त्वों को निकालना चाहता है और उनके ऊपर कोटियों का एक अमूर्त सेट, कहें संरचनात्मक स्केमेटा भी लाद देना चाहता है। प्रश्न यह है कि क्या यह सम्भव है कि एक साथ ही सैद्धान्तिक भूमि और वह पद्धतिशास्त्र बनाकर रखा जा सकता है, जो इन ध्रुवान्तों को अस्वीकार करता है? क्या अनुभववाद और संरचनावाद एक साथ चल सकते हैं उनके सम्बन्धों का विवरण प्रस्तुत करने में, चर्चा करने में? दरअसल उत्तर-संरचनावाद का जन्म यहीं से होता है।

तीसरी कमी यह है कि लेवी स्ट्रास जो भाष् और वाच् से आगे बढ़कर वाक्यों और उनके सम्बन्धों का विवेचन प्रस्तुत करता है, वह सिद्धान्त में नहीं ढल पाता। फिर यह सब भाषा के सीमित प्रयोग तक ही सीमित है और तमाम दूसरे पक्ष छूट जाते हैं। उत्तर संरचनावाद की जड़ें उसमें भी हैं।

लेवी स्ट्रास और भी कई विरोधाभासी अवधारणाओं का प्रवेश सास्यूर के सिद्धान्त में करा देता है। वह अनुभववादी संवृत्तियों पर कठोर संरचनात्मक प्रतिदर्शों को लाद देता है, जिन्हें वह आन्तरिक रूप से

जटिल और ऐतिहासिक रूप से सम्भाव्य मानता है। सामाजिक संरचना और अन्तःक्रिया को प्रतीकात्मक मानते हुए वह सामाजिक विज्ञानों पर भाषाई प्रतिदर्श चस्पा कर देता है। लेकिन वह सामाजिक सम्बन्धों को भाषा की बन्द व्यवस्था में अपचयित नहीं करता तथा वह उनके विरोधाभासी और ऐतिहासिक विशेषताओं को स्वीकार करता है। वस्तुओं और सम्बन्धों के संसार पर लोग किस तरह से अर्थपूर्ण संरचना और कोटियों को निरूपित करते हैं, उसको ध्यान में रखकर प्रकृतिवाद और प्रत्यक्षवाद की आलोचना का तर्क गढ़ता है। गणचिह्नों और मिथकों का विश्लेषण आज की अस्मिता और पहचान से जुड़े प्रश्नों को जाँचने के लिए गहरी अन्तर्दृष्टि देता है, चाहे वह नस्ल से जुड़ी हो, राष्ट्र से जुड़ी हो या यौनिकता से।

पद्धति के स्तर पर वह सामाजिक सम्बन्धों के विश्लेषण के लिए बहुत महीन औजार प्रदान करता है जो सामाजिक संवृति के अध्ययन के लिए बहुत ही उपयोगी है। इस तरह वह मनुष्य तथा सामाजिक संस्थाओं के विवेचन के लिए एक उपयोगी धारणा का शुभारम्भ करता है। उसकी मिथेम की अवधारणा भाष् और वाच् की अवधारणा से भिन्न और विस्तृत है और लुई झेल्मस्वेव और रोमन जैकोब्सन के साथ मिलकर निर्वचन का एक नूतन विश्लेषण प्रदान करने में सक्षम हैं। देरिदा और फूको इसी का विस्तार करते हैं।

(4)

सास्यूर भाष् और वाच् को दो ध्रुवान्तों की तरह देखता है, जिसमें वाच् प्राथमिक है, क्योंकि ध्वनि प्रकृति के निकट है, विचार के निकट है तथा प्रयोगकर्त्ता उसके माध्यम से अपना इरादा तत्काल स्पष्ट कर देता है। भाष् प्रकृति से दूर है, विचारों से दूर है, तथा जहाँ ध्वनि विनष्ट हो जाती है, वहाँ लेखन एक खतरनाक स्थानापन्न बन जाता है। देरिदा कहता है कि ये ध्रुवीय विरोध दरअसल पश्चिम के चिन्तन के दो ध्रुवों के विरोध हैं। ये चिन्तन के विरोध विशेषाधिकार प्राप्त सार तत्त्व (inside) और बहिष्कृत गौण (outside) के विरोध हैं। यह विरोध दुर्घटनावश हैं, अवलम्बित हैं। माना यह जाता है कि बाह्य आन्तरिक की शुद्धता को खण्डित करता है। देरिदा कहता है कि यदि बाह्य की आवश्यकता अन्तः को परिभाषित करने के लिए पड़ती है तो वह उतना ही जरूरी और महत्त्वपूर्ण है, जितना स्वयं अन्तः। दरअसल वह अन्तः की अस्मिता का निर्माणकर्त्ता है।

तो भी देरिदा अवधारणाओं के श्रेणीबद्ध सम्बन्धों पर न तो प्रहार करता है, न ही उन्हें उलटता है। वह नये अवधारणात्मक संश्लेषण बनाता है, जो निर्वचन में प्रयुक्त होनेवाले प्रारम्भिक पदों को विस्थापित कर दो नये सम्बन्धों को जोड़ देते हैं। वे 'खेल' (play) करते हैं। उन्हें वह 'infrastructure' अवसंरचना, सूक्ष्म संरचना या व्यतिक्रमी संरचना कहता है। इसे हम इस तरह से समझ सकते हैं कि मार्क्सवादी लोग आधार और अधिरचना की बात करते हैं, जिसमें आधार आर्थिक सम्बन्धों या वर्गों की स्थिति होती है, जिस पर राज्य, कानून, दर्शन, धर्म, संस्कृति, कला, साहित्य आदि की अधिरचना बनती है। इसलिए आर्थिक आधार में परिवर्तन आने पर अधिरचना में भी परिवर्तन आता है। बहस इस बात पर होती रही है कि आर्थिक आधार में परिवर्तन कैसे आता है। विखण्डनवादी चाहें तो इस उद्देश्य के लिए यहाँ इस सम्बन्ध को उलट कर कह सकते हैं कि पहले कुछ परिवर्तन अधिरचना में आता है, जो धीरे-धीरे या एक झटके से, क्रान्तिकारी ढंग से, आधार में परिवर्तन लाता है, जो अन्ततः अधिरचना में पूरी तरह से परिवर्तन ला देता है। देरिदा कहता है कि ऐसा करने के बजाय विशेषाधिकार प्राप्त आर्थिक प्रक्रिया का ही विखण्डन कर कहा जा सकता है कि यह मान्यता रादान्तिक है और तत्त्ववाद की ओर ले जाती है। इसलिए आधार और अधिरचना के सम्बन्ध को एक नये सिरे से समझने की जरूरत है। यही infrastructure सूक्ष्म संरचना या व्यतिक्रमी संरचना है, जो आधार और अधिरचना के पुराने सम्बन्धों को विस्थापित कर राजनैतिक और सामाजिक प्रक्रिया को समझने के लिए एक बेहतर पद्धति प्रदान करती है।

इस तरह देरिदा सास्यूर के भाष् और वाच् में अन्तर और वाच् को विशेषाधिकार देने की बात की सिर्फ आलोचना न कर उसका इस्तेमाल एक नया निर्वचन सिद्धान्त बनाने के लिए करता है, जिसके केन्द्र में प्रधान-लेखन (arche-writing) की अवधारणा है। वह कहता है कि लेखन से जुड़ी पदार्थपरकता, अनुपस्थिति, दुहराव, छूटी जगह आदि की खामियों के कारण उसे गौण नहीं करार दिया जाना चाहिए, बल्कि उन्हें महत्त्व इसलिए दिया जाना चाहिए कि बोल में ये बातें छूट जाती हैं। पर इसके नाते वह लेखन और बोली के भेद को निरस्त नहीं कर देता। बल्कि उनमें 'instituted trace', 'Trace structure', 'difference' और 'itenibility' की अवधारणाएँ जोड़ देता है। इनके सहारे वह 'Transcedental from of argument' तैयार करता है, जो उन अनुकूलनों का निर्माण करते हैं जो कुछ बातों को भाषा और संकेतों से सम्भव बनाते हैं। इनका उपयोग कर वह विचार, शब्द और वस्तुओं को पूरी तरह से सहसम्बन्धित देखने के बजाय, इस बात पर जोर देता है कि निर्वचन अमूमन् जगत् को प्रस्तुत करने में असफल हो जाते हैं। संकेतों और चिह्नों में नये-नये सन्दर्भों में पुनरावृत्त होने की अनन्त क्षमता होती है और हर नये सन्दर्भ में उनका तात्पर्य बदल जाता है। इसलिए वे सन्दर्भित और ऐतिहासिक अस्मिताएँ होते हैं। चूँकि भाषाई व्यवस्था संकेतों की पहचान सुनिश्चित नहीं कर सकती और इसीलिए विचारों, शब्दों और वस्तुओं के बीच सम्बन्ध भी। देरिदा कहता है कि यह संकेतों का खेल है जो अर्थ को अन्ततः तय करता है।

इसी को आगे बढ़ाते हुए वह यह भी कहता है कि कोई भी संरचना या तत्त्व व्यवस्था अपने निर्माण या स्वरूप के लिए एक बाह्य निर्माणकर्त्ता की अपेक्षा रखती है। इसलिए बाह्य पर पड़े प्रभाव इस संरचना पर भी प्रभाव डालते हैं। यहाँ सूक्ष्म संरचना आन्तरिक और बाह्य को जोड़ती है। मूल (तत्त्व, आन्तरिक) और पूरक (घटनक, बाह्य) के बीच इस नयी संश्लिष्टि में जो सम्बन्ध बनता है, उसे वह अनिश्चितेय (undecidable) कहता है।

गौर करने की बात यह है कि वे अवधारणात्मक विरोधों का शमन नहीं कर देते जैसा कि हीगेल अपने द्वन्द्वात्मक पद्धति से मिली संश्लिष्टि में कर देता है। उसमें विचार स्वयं चल कर विरोध से टकराने के बाद दोनों एक उच्च संश्लिष्टि में, अस्थायी ही सही, अवसान पा जाते हैं। यहाँ अनिश्चितेय का निर्माण संकेतों और चिह्नों के वाक्यरचनागत व्यवस्था से होता है, जिसमें उनके विरोध का शमन नहीं होता, सिर्फ सम्बन्ध बनता है और यह सम्बन्ध द्विकेन्द्रीय हो सकता है। इसे हम इस तरह से भी कह सकते हैं कि अवधारणाएँ अनिश्चितेय इसलिए नहीं होती हैं कि वे विविध होती हैं और विरोधी होती हैं, बल्कि यह उनको रखने की संरचनात्मक पद्धति है, जिसके कारण उनका अर्थ अस्पष्ट बना रहता है। इस तर्क का सामान्यीकरण करते हुए देरिदा कहता है कि सभी संरचनाएँ या पाठ सिद्धान्ततः आन्तरिक रूप से बहुल और अनिश्चित होती हैं।

सैद्धान्तिक मानववाद मानता है कि ज्ञान, अर्थ और सत्य का अन्तिम निर्धारक एक स्वायत्त और लोकोत्तर मनुष्य होता है। सास्यूर और लेवी स्ट्रास जैसे क्लासिक संरचनावादियों ने इस विचार से अपना नाता तोड़कर मनुष्य को नये सिरे से केन्द्र में रखना चाहा है। इसके लिए सास्यूर का आधार यह मान्यता थी कि मनुष्य ही भाषा का प्रयोगकर्त्ता है, जो जानता है कि उसका इरादा और जरूरत क्या है। लेवी स्ट्रास का आधार यह मान्यता थी कि मानवीय मन ही विविध प्रतीकों को–जैसे गणचिह्न और मिथक–रचता है और उन्हें आत्मसात् करता है। इसके विपरीत देरिदा यह कहता है कि मनुष्य, चाहे वे सामाजिक जीवन में वक्ता हों, या लेखक हों, या कोई और भूमिका अदा करनेवाले, वे उन संरचनाओं के प्रभाव हैं, जो पहले से अस्तित्ववान हैं। वे ही उनका स्वरूप निर्धारण करती हैं। उसका निर्वचन का सिद्धान्त, "Confirms that the subject, and test of all the conscious and speaking subject, depends upon the system of differences and movements of difference, that the subject is constituted only in being divided from itself, in becoming space, in temporising, in differral; and it confirms that, as Saussure said, Language (Which consists only in differences) is not a function of speaking subject."

जाहिर है कि तब देरिदा की पद्धति विखण्डन की पद्धति होगी। लेकिन वह पद्धति की जगह विखण्डन के प्रत्येक कर्म पर जोर देता है और इस तरह वह उनके सामान्यीकरण से बचना चाहता है। लिखते हैं, "The incision of deconstruction, which is not a voluntary decision or an absolute beginning, does not take place anywhere, or in an absolute elsewhere. An incision... can be made only according to the lines of forces and forces of rupture that are localizable in the discourse to the deconstructed."

जाहिर है कि देरिदा सिद्धान्तविरोधी हैं, क्योंकि वह जोड़नेवाले ऐसा सिद्धान्तप्रस्तावों का सेट नहीं बनाता, जिनका परीक्षण और अनुमोदन अनुभव के आधार पर हो सके। तो भी अध्ययन और चिन्तन के रूप में उसका विखण्डन कुछ लक्ष्यों को हासिल करता है, प्रक्रियाओं से गुजरता है और रणनीति की तरह काम करता है। एक लक्ष्य तो यही है कि अनिवार्यतावादी तर्कशास्त्र को विखण्डित किया जाये, विचार की परम्पराओं में निरपेक्ष ऐतिहासिक विच्छेदों या ज्ञानमीमांसा के सम्बन्ध-भंगों को विखण्डित किया जाये, या मान ली गयी ऐतिहासिक निरन्तरता को, अर्थों के पूर्ण परिप्रेक्ष्यों को विखण्डित किया जाये। पद्धति में वह दोहरी रणनीति अपनाता है। एक तरफ वह पाठ को बड़े ही विश्वसनीय और आन्तरिक ढंग से पुनर्निर्मित करना चाहता है, जिससे कि अच्छा-से-अच्छा युक्तिपूर्ण और उदार व्याख्या हो सके। दूसरी तरफ वह एक निश्चित बाह्य बिन्दु के पाठ की रिक्तियों, असंगतियों, अनिश्चितताओं को खोज निकालना चाहता है, जिससे कि निर्वचन में उनका पुनर्गठन किया जा सके, हालाँकि वे उसकी एकता और समरसता को बाधित करते हैं।

अब यह साहित्य के अध्ययन के लिए कितना ही समीचीन हो, प्रश्न उठता है कि क्या यह समाजविज्ञानों के अध्ययन के लिए सटीक है? फूको, एडवर्ड सईद और हेबरमास मानते हैं कि सटीक नहीं है। इसके लिए वे देरिदा की इस बात को कसकर पकड़ कर रखते हैं कि सामाजिक सम्बन्धों, निर्वचन और पाठ में स्पष्ट सहवर्तिता होती है। फूको कहता है कि देरिदा निर्वचनात्मक कर्म को पाठचिह्नों में अपचयित कर देता है और उसका विखण्डन कर्म अपने शिष्यों को दी गयी इस शिक्षा से बढ़कर नहीं है कि पाठ के बाहर कुछ नहीं होता। सईद देरिदा और फूको में तुलना करते हुए कहता है कि देरिदा की विखण्डन पद्धति निर्वचन का पाठीकरण है जो विचार के स्थानीय भाग्य और शक्ति को ऐतिहासिक वास्तविकता के रूप में समझने नहीं देती। फूको से भिन्न देरिदा, "does not seem willing to treat a text as a series of discurssive events ruled not by a sovereign author but by a set of constraints on the author by the kind of text he is writing, by historical conditions, and so forth."

इसी तरह हेबरमास कहता है कि देरिदा सामाजिक और राजनैतिक प्रश्नों को दार्शनिक पाठों और तर्कों के अनवरत विखण्डन तक सीमित कर देता है। इस तरह वह साहित्य, दर्शन और समाजविज्ञानों के पढ़ने के भेद को मिटा देता है। वहीं लकलाऊ, माऊफ, तिमोथी मिशेल, एन्ना मेरी स्मिथ, अस्लेट्टा नोरवाल और डेविड कैम्पवेल कहते हैं कि विखण्डन सामाजिक और राजनीतिक सम्बन्धों को समझने के लिए भरपूर अर्न्तदृष्टि प्रदान करते हैं। वह प्रत्यक्षवादी और तत्त्ववादी या अनिवार्यतावादी अध्ययन ढंग का विरोध करता है और समाजविज्ञानों के आधारों पर पुनर्विचार करता है।

(5)

मिशेल फूको विखण्डनवादी होने के बावजूद देरिदा का विरोधी है क्योंकि वह निर्वचन का मतलब बदल देता है। इस बदलाव के दो पक्ष हैं। एक में वह कहता है कि निर्वचन उन नियमों की स्वतन्त्र व्यवस्था है, जो वस्तुओं, अवधारणाओं, विषयों और रणनीतियों का निर्माण करते हैं और इस तरह वैज्ञानिक कथनों के उत्पादन को अनुशासित करते हैं। इस अर्थ में वे हिंसा हैं, जिन्हें हम वस्तुओं के प्रति करते हैं, एक ऐसा व्यवहार है, जिन्हें हम उनके ऊपर थोप देते हैं। इस तरह फूको निर्वचन की पूर्ववर्ती वस्तुओं

के पूर्व खजाने की जगह निर्वचन के दौरान अनवरत पैदा होनेवाली वस्तुओं को रख देता है। दूसरे में वह निर्वचन के इस निर्माणपरकता के बरखिलाफ यह तर्क रखता है कि निर्वचन दरअसल कार्यनीतिगत तत्त्व या ब्लाक होते हैं, जो शक्ति सम्बन्धों के क्षेत्र में क्रियाशील रहते हैं। इस दृष्टि से निर्वचन विभिन्न शक्तियों द्वारा अपने हितों और योजनाओं को आगे बढ़ाने के साधन होते हैं और अपने विकास में आनेवाली बाधाओं को दूर करने के लिए प्रति-रणनीति का भी काम करतें हैं। इसलिए निर्वचन विश्लेषणात्मक रूप में व्यवहार, संस्था और तकनीक से भिन्न होते हैं। दोनों का सम्बन्ध उन महत्त्वपूर्ण प्रक्रियाओं में समझा जा सकता है जो ''जैव शक्ति'' या ''सत्य की इच्छा'' से संचालित होती हैं। इसी के आधार पर फूको यह स्थापित करता है कि, "The highlighting, the spotlighting of sexuality did not happen only in discourses but in the reality of institutions and practices." जाहिर है कि फूकों के निर्वचन सम्बन्धी विचार विरोधाभासी हैं और तमाम लेखन के बावजूद अस्पष्ट हैं। वास्तव में फूको के ये दो विचार उसके चिन्तन के दो चरण गोचर कराते हैं। पहला चरण उसके आद्यबिम्ब निर्वचन (Archeaological discourse) का है, दूसरा वंशवृत्त (Genealogy) का।

फूको आधुनिक इतिहास को तीन कालों में बाँटता है—पुनर्जागरण (1450-1640), क्लासिक (1650-1800), और आधुनिक (1800-1990)। बाद में तो यह उत्तरआधुनिक होता जाता है। इस विभाजन का आधार तीन प्रमाणवादी मीमांसाएँ (epistemen) हैं। 'एपिस्टीम' से उसका मतलब, "The totality of relations that can be discovered from a given period... at the level of discursive regularities." है। यह सम्बन्धों की पूर्णता है, जिसे हम एक दिये गये कालखण्ड में निर्वचनात्मक नियमबद्धता के स्तर पर खोज सकते हैं।

अपनी पुस्तक 'Archeaology of Knowledge' में वह पहले किये गये अध्ययनों को समेटकर विचारों की एक व्यवस्था बनाता है, जिसमें से नेृतत्व का तत्त्व निकाल फेंकता है। नीत्शे ने तो बात ईश्वर की मृत्यृ से आरम्भ की थी मनुष्य की अपनी जिम्मेदारी बताने के लिए। फूको उससे एक कदम आगे बढ़कर मनुष्य की ही मृत्यु की बात करता है, जिससे मनुष्य की प्रचलित अवधारणा से मुक्ति पाकर एक नये मनुष्य को सामने रखा जा सके अध्ययन के लिए।

इसके लिए पहले वह पुरातात्त्विक या आद्यबिम्बात्मक अध्ययन के रास्ते में आनेवाली तीन बाधाओं को दूर करता है। पहली बाधा है निर्वचन की मानववादी चर्चा, जो हुसर्ल के इन्द्रियातीत संवृत्ति विज्ञान या विचारों के पारम्परिक इतिहास में पायी जाती है। इससे बुनियादी मानवीयकर्त्ता या विषय की स्थापना होती है जो एक तरफ निर्वचन के आरम्भ का काम करता है, तो दूसरी तरफ उसकी निरन्तरता और अस्मिता की गारण्टी प्रदान करता है। इस तरह का आद्यबिम्बात्मक ढंग पुस्तकों, लेखकों की कृतियों को आधार बनाने का अवसर प्रदान करता है, जो स्वयं तमाम अपरीक्षित अवधारणाओं, जैसे लेखक की सोच, एक लेखक पर दूसरे लेखक का प्रभाव, लेखक का विकास, समय की चेतना, परम्परा आदि से सम्बद्ध होते हैं। वे लोकप्रिय कल्पनाओं के लिए चाहे जितनी सूचनाएँ देते हों, वे न तो आत्मसाक्ष्य हैं, न ही समस्या मुक्त। वे निर्वचन के विश्लेषण और वर्णन के लिए कोई संगत साधन नहीं प्रदान करते।

दूसरे फूको निर्वचन का वास्तविक कारण खोज निकालना चाहता है चाहें उसकी जड़ें गुप्त ही क्यों न हों। मार्क्सवादी लोग इन जड़ों को विचारधारा में देखते हैं, भाष्यवादी पाठ के सच्चे अर्थ में। किन्तु फूको इन अपचयिक प्रयत्नों की जगह, उस व्यक्त गोचरता के सकारात्मक और भौतिक परिप्रेक्ष्य में तलाशता है, जिसका वर्णन उसी के शब्दों में या उसी के शर्तों पर हो सकता है। इसलिए उसकी पद्धति कोई निरपेक्ष पद्धति नहीं है, जिसमें संकेत किसी अन्य के लिए काम करते हैं, बल्कि उसी की जटिलता से निकले हुए, अपनी संगति को स्वयं ही बनाये रखनेवाले होते हैं।

तीसरे फूको उस लेखा-जोखा का विरोध करता है जो निर्वचनात्मक निर्मितियों को इकाई या सारतत्त्व को पिनप्वाइण्ट करना चाहते हैं, क्योंकि तब वह एक असम्भव संगति की ओर ले जाता हैं जो बिखरे संरूप के अलावा कुछ और नहीं होता।

इस पृष्ठभूमि में वह विषम बयानों की चर्चा करता है, जो निर्वचनकर्ता की ऐतिहासिक भूमि में उपजते हैं। यह वे कथन होते हैं, जो उन निर्वचनात्मक व्यवहृतियों की देन होते हैं, निर्माण के ऐतिहासिकतः सम्भाव्य नियमों से अनुशासित होते हैं, जो जरूरी नहीं कि वे उन व्यवहारकर्त्ताओं को उपलब्ध हों जो उनको ज्ञापित करते हैं। फूको लिखता है, "I should like to know whether the subjects responsible for scientific discourse are not determined in their situation, their perceptive capacity, and their practical possibilities by conditions that dominate and even overwhelm them. In short... I explore scientific discourse not from the point of view of the individuals who are speaking, not from the point of view of the formal structures of what they are saying, but from the point of view of the rules that come into play in the very existence of such discourse."

उसकी पुरातात्त्विक पद्धति उस परम्परागत भाषा विश्लेषण पद्धति से भिन्न है जो मानती है कि विशिष्ट कथन वर्तमान में तो दिये ही जा सकते हैं, भविष्य में भी निर्मित किये जा सकते हैं। वह कहता है कि उसका उद्देश्य निर्वचनात्मक घटना का शुद्ध वर्णन करना है। यानी वह उन कथनों के निर्माण के नियमों को अपीहित करना चाहता है, जो निर्वचन उत्पाद की संरचना करते हैं। इनकी कुछ प्रमुख कोटियाँ हैं। उन्हें समझाने के लिए वह कहता है कि निर्वचन के चार प्रमुख तत्त्व होते हैं—वस्तुएँ, जिनके बारे में बयान दिया जाता है, वह जगह जहाँ से बयान दिया जाता है, अवधारणाएँ जो निर्वचन के सूत्रीकरण में लगी होती हैं, और वे थीम और थियरी जिसे वे विकसित करते हैं। गौर करने की बात यह है कि फूको तत्त्ववादियों की तरह निर्वचनात्मक निर्मितियों को किसी शैली, वस्तु, अवधारणा या थीम के इर्द-गिर्द रचकर परिभाषित करने के बजाय उन्हें बिखराव की व्यवस्था के रूप में देखता है, उनके जटिल सम्बन्धों का वर्णन करता है। इस उत्पाद को अनुशासित करनेवाले जो नियम होते हैं, उन्हें वह अपनी खोज का आधारभूत उद्देश्य बनाता है और उस ढंग का परीक्षण करता है, जिससे की अवधारणाओं, रणनीतियों, उच्चार आदि के निर्माण की संरचना बनती है। यानी फूको निर्वचन के भीतर वस्तुओं का निर्माण उन नियमों से जुड़कर होता देखता है जो उसे वस्तु की तरह बनाते हैं, जो प्रकारान्तर से उनके ऐतिहासिक प्रत्यक्ष (appearance) के हालात-निर्धारक होते हैं। यानी निर्वचन की व्यवहृति वस्तु का निर्माण करती है, स्वरूप तय करती है, वस्तु की निर्मिति और स्वरूप निर्वचन की व्यवहृति तय नहीं करती।

वह निर्वचनात्मक वस्तु के निर्माण में तीन तरह के नियमों के बीच भेद करता है। वे 'गोचर होने की सतह पर', 'सीमांकन के प्राधिकार' और 'विशेषीकरण के मानचित्र (grid)' के इर्द-गिर्द निश्चित रूप धारण करते हैं। पहले में वे सामाजिक सम्बन्ध होते हैं, जो वैज्ञानिक पड़ताल की विषयवस्तु बनते हैं। दूसरे में वे प्राधिकार होते हैं जो तय करते हैं कि कौन-सी वस्तु किस निर्वचनात्मक निर्मिति के क्षेत्र की है। तीसरे में वे मार्ग हैं जो वस्तुओं को विशेषीकरण के मानदण्ड पर अवस्थित कर उनका वर्गीकरण करते हैं, उनके निर्माणक तत्त्वों के आधार पर, या फिर जिस तरह से वे लक्षण को विहित करते हैं। इन तीनों वर्गों के नियमों में बड़ी ही जटिल अन्तःक्रीडा चलती रहती है, इसलिए किसी भी नियम को बहुत स्वतन्त्र रूप से नहीं देखा जा सकता।

ये सब एक कोटि के नियम हुए। दूसरी कोटि के नियम वे हैं जो सामाजिक विषयों से सम्बद्ध हैं। उन्हें वह प्रतिज्ञापनी रूपात्मकता (enunciative modalities) कहता है। मानववाद को खारिज करते हुए वह कहता है कि सामाजिक विषय अपने-आप किसी निर्वचन को जन्म नहीं देते, बल्कि विषय निर्वचन के काम और प्रभाव से उत्पन्न होते हैं। इसलिए फूको इस बात पर जोर देता है कि उन विभिन्न तरीकों की तलाश की जानी चाहिए, जिनसे कोई विषय या कर्त्ता बोलने का अधिकार प्राप्त करता है। इनमें उन संस्थाओं की स्थिति, जहाँ से वह बोलता है, व्यक्ति का प्रशिक्षण और उससे उत्पन्न विशेषज्ञता और वह विषय-हैसियत जहाँ से जायज और बाध्यकारी बयान दिये जाते हैं, आते हैं। यह यूँ ही नहीं है कि गायत्री स्पीवाक् पूछती हैं कि क्या सबाल्टर्न बोल सकता है? या मीरा नायर पूछती हैं कि क्या भारतीय स्त्री अपनी कामेक्षा या यौनिकता के बारे में बोल सकती है? खैर, ऐसा कर फूको यह सुनिश्चित करना चाहता है

कि सन्दर्भ का प्रत्येक तत्त्व, जो कथन सम्भव बनाता है, का सहवर्ती निर्माणक नियम तय किया जा सकता है।

तीसरी कोटि के नियम वे हैं जो अवधारणाओं के निर्माण को प्रशासित करते हैं। अवधारणाओं के उदाहरण के रूप में वह संज्ञा, सर्वनाम, विशेषण, क्रिया, क्रियाविशेषण आदि को लेता है। यहाँ वह उन नियमों पर ध्यान गड़ाता है जो बयानों के बीच तार्किक सम्बन्ध स्थापित करते हैं। जैसे (1) अनुमान व निष्कर्ष के नियम, (2) वे नियम जो तय करते हैं कि निर्वचन में किस कथन को लिया जाये और किस कथन को नहीं, (3) हस्तक्षेप की प्रक्रिया के नियम। पूरी व्याख्या में फूको इस बात के प्रति सचेत है कि अवधारणाएँ न तो किसी अनुभवातीत आत्मपरकता की देन होती हैं (जैसा कि काण्ट और हुसर्ल मानते थे), न ही उस अनुभव से प्राप्त ज्ञान के धीरे-धीरे इकट्ठा होते जाने की देन होती हैं, जो किसी तरह बाह्य वास्तविकता को कूत लेना चाहता है।

चौथी कोटि के नियम वे हैं जो रणनीतियों का निर्माण करते हैं। रणनीति से उसका मतलब उन विभिन्न सिद्धान्तों या थीमों से है, जो निर्वचन के भीतर पैदा होते हैं, जैसे आधुनिक राजनैतिक अर्थशास्त्र में मार्क्स का अधिशेष मूल्य (surplus value) का सिद्धान्त। आदर्शवाद में सामान्यतः यह माना जाता है कि सिद्धान्त सम्भाव्य ऐतिहासिक घटनाओं से जन्मते हैं या महान् लोगों की व्यक्तिगत प्रज्ञा उन्हें जन्म देती है। इसका विरोध करते हुए फूको कहता है कि वे निर्वचन को प्रशासित करनेवाले अचेतन नियमों से सम्बन्धित होकर उपजते हैं। इसके लिए वह निर्वचन के भीतर विवर्तन के बिन्दु (point of difraction) की बात करता है। इसका मतलब है, "The existence of antinomical statements that are both permitted, yet incampatible within the same discursive." वह निर्वचन के 'समतुल्य सिद्धान्त' की भी बात करता है, जिसके अनुसार दो सिद्धान्त एक-दूसरे की सहायता करने की बजाय विरोधी परिणाम सामने लाते हैं और फिर भी वे एक साथ एक निर्वचन में रहते हैं। वह यह भी मानता है कि एक निर्वचन में सभी सम्भाव्य सैद्धान्तिक विकल्प मौजूद नहीं होते। इसलिए वह दूसरे निर्वचनों के प्रभावों को भी मान्यता देता है और 'नानडिस्कर्सिव प्रैक्टिसेस' को भी स्वीकार करता है, जो कभी-कभी निर्वचन की रणनीति के निर्माण में निर्णायक भूमिका निभा सकते हैं।

पाँचवीं कोटि स्वयं कथन की है। वह कथन को प्रस्तावना (preposition, जिसे लेकर आधुनिक विश्लेषणवादी दार्शनिक चलते हैं,) उच्चार या वाक्य (जिसे लेकर भाषाविद् चलते हैं) और वाच् कर्म (speech act, जिसे लेकर जॉन आस्टिन और जॉन सियर्ले जैसे दार्शनिक चलते हैं) से अलगाता है और कहता है कि कथन भाषाई इकाई नहीं होते, सहसम्बन्धी अस्मिताएँ होते हैं, जिसे कथन के पूरे-के-पूरे परिदृश्य से जोड़कर देखा जाता है। वे प्रस्तावना के वैयाकरणिक और तार्किक विवेचन की पूर्व स्थिति हैं। फिर वे उच्चार या वाक्य नहीं होते, क्योंकि उसी कथन को बार-बार और कई भाषाओं में दुहराया जा सकता है। और जरूरी नहीं है कि उनका वाक्य बिलकुल व्याकरण के अनुरूप हो। फूको सामान्य वाच् कर्म के विश्लेषण में रूचि नहीं रखता। वह गम्भीर वाच् कर्मों का विश्लेषण करना चाहता है, जिनमें कर्त्ता को यह अधिकार या शक्ति दिया गया होता है कि वह गम्भीर सत्यों के प्रति दावा करे। यह अधिकार उसे संस्था में स्थान, प्रशिक्षण और निर्वचन के तरीकों से मिला होता है।

फूको के इस आद्यबिम्बात्मक निर्वचन के चार परिणाम निकलते हैं। एक तो यह कि वह विचारों के इतिहास को समझने के लिए एक वैकल्पित दिशा-निर्देश प्रदान करता है। दूसरे वह किसी भी दिये हुए समाज में निर्वचन कैसे नियन्त्रित और संचालित होते हैं उसका विवरण प्रस्तुत करता है। तीसरे वह विज्ञान के एक विशेष संकल्पना का खुलासा करता है। चौथे वह राजनैतिक निर्वचन के विश्लेषण के लिए एक साधन मुहैया कराता है।

पहले की चर्चा हम प्रकारान्तर से ऊपर कई तरह से करते रहे हैं। एक तो बहिष्कार के सामाजिक और राजनैतिक रूप हैं, जिनमें कुछ कथनों को एकदम से ही दबा दिया जाता है, कुछ को विवेकपूर्ण और

अविवेकपूर्ण खानों में बाँट दिया जाता है, कुछ को सही और कुछ को गलत करार देकर अलगा दिया जाता है। एक ही कथन के कहीं सही और कहीं गलत टुकड़ों में सही को विशेषाधिकार प्रदान कर दिया जाता है, क्योंकि वह "Will to truth' के लिए उपयोगी होता है। ये पद्धतियाँ बाह्य हैं। कुछ आन्तरिक पद्धतियों की भी बात वह करता है। इन्हें वह 'rarefaction' की प्रक्रिया कहता है, जिसमें अकादमिक अनुशासन, टिप्पणी और लेखक आते हैं। इनके नाते कुछ ही कथन निर्वचन के भीतर सच्चाई और मिथ्या के प्रत्याशी बन पाते हैं। दूसरे कथन ज्ञान की उस शाखा को शासित करनेवाले निर्माण के कलापों द्वारा बाहर कर दिये जाते हैं। फूको लिखता है, "Within its own limits, each discipline recognizes true and false propositions, but it pushes back a whole teratology of knowledge beyond its margins... Perhaps there are no errors in the strict sense, for error can only arise and be decided inside a definite practice." इस तरह बाहर कर दिये गये कुछ सीमित, कहे चुने हुए कथनों पर बार-बार होती टिप्पणियाँ उन्हें निर्वचन के भीतर ला देती हैं। टिप्पणियाँ बार-बार इसलिए होती हैं कि टिप्पणीकारों को लगता है कि उनमें सत्य और ज्ञान का अंश है और उन्हें बाहर लाने की जरूरत है। लेखक का काम है, "To reveal or at least carry authentication of the hidden meaning that traverses literary texts. He is asked to connect his lived experiences, to the real history, which saw their birth. The auther is what it gives the disturving fiction its unities, its modes of coherence, its insertion in the real." लेखक की हैसियत भी उसके निर्वचन से 'संयोग तत्त्व' दूर करता है, कर्त्तापक्ष या युक्तन तत्त्व पर जोर देकर उसके द्वारा लिखे होने के कारण।

तीसरे तरह के साधन न बाह्य हैं, न आन्तरिक। वे निर्वचन को लागू करने की स्थितियाँ निर्धारित कर निर्वचन पर नियन्त्रण करते हैं। इसमें बोलनेवाले के इशारे, शरीर मुद्रा, बर्ताव, परिस्थिति और संकेतों द्वारा बना पूरा सेट तो होता ही है, वे सिद्धान्त भी होते हैं, जिन्हें वह निर्वचन प्राप्त करने के लिए अपनाता है।

फूको विज्ञान को परख (Connissance) के स्तर पर न लेकर कार्यदक्षता (Savoir) के स्तर पर लेता है। परख को वह ज्ञान का सैद्धान्तिक काया मानता है। कार्यदक्षता से उसका मतलब उन निर्वचनात्मक नियमों का विश्लेषण होता है, जो ज्ञान के सैद्धान्तिक स्वरूप (परख) के लिए जरूरी होते हैं। लिखते हैं, "Archaeology explores the discursive practice knowledge (savoir/science axis, that is a domain in which the subject is necessarily situated and dependent and can never figure as titular (either as transcendental activity, or as empirical consciousness)."

इसके लिए वह प्रवेशद्वारों की एक श्रेणी बनाता है, जिससे होकर हर उस निर्वचन को तर्कतः गुजरना पड़ता है, जो विज्ञान की ओर बढ़ते हैं। ऐसे चार दहलीज हैं : प्रत्यक्षवादिता (Positivity), प्रामाण्यवादिता (Epistomologization), विज्ञानानुसारिता (Scientificity) और निरूपीकरण (Formalization) । पहले में नियम प्रशासित निर्वचनों का उद्भव और अस्तित्व आता है। दूसरे में उनका सत्यापन होता है, उनकी संगति बनती है। उनको स्वीकारने के मानदण्ड बनते हैं। उसका विज्ञान का आद्यबिम्बात्मक विश्लेषण यही तक काम करता है। आगे दो प्रवेशद्वारों को वह ज्ञान कहता है, क्योंकि उनसे गुजरकर भौतिकी, जीव विज्ञान, समाजविज्ञान पूरी तरह से विज्ञान बन गये हैं। वह उनका अध्ययन नहीं करता। उनका अध्ययन करता है जो कभी पूरी तरह से विज्ञान नहीं बन पाये हैं, जैसे मनोविज्ञान, वैदक, मानवविज्ञान।

विज्ञान सम्बन्धी उपरोक्त अवधारणाओं के तीन परिणाम हैं। एक तो यह कि विज्ञान एक निर्वचनात्मक निरूपण में सिर्फ एक स्थानीकृत किस्म का निरूपण है। इसलिए वह दूसरे निर्वचनों से ऊपर नहीं उठकर चला जाता, भले ही वे अभी तीसरे और चौथे दहलीजों से न गुजरे हों। दूसरे, यद्यपि कि वे वैज्ञानिक मानकों (norms) के उदय के संवृत्तिमूलक और अपचयमूलक लेखा-जोखा को अस्वीकार करते हैं (क्योंकि वे आत्मगतता की भूमिका या एकदम से ही बाहरी कार्य-कारण सम्बद्धता को विशेषाधिकार प्रदान करते हैं) वह उन्हें उस निर्वचनात्मक और अनिर्वचनात्मक व्यवहृति के अवसर पर

लेखा-जोखा के काबिल मानता है, जो कथन के उत्पाद को संचरित करते हैं, हालात प्रदान करते हैं। तीसरे का सम्बन्ध विचारधारा और विज्ञान के सम्बन्ध से है। फूको यह तो स्वीकार करता है कि विचारधाराओं का सम्बन्ध राजनैतिक हितों से होता है, किन्तु इसी नाते उनका विश्लेषण वैज्ञानिक निर्वचन से भिन्न, और तरह से या उसके विपरीत नहीं किया जाना चाहिए। वह विचारधारा को न तो विज्ञान के लिए खतरनाक मानता है, न ही राजनैतिक उद्देश्यों की शब्दावली में व्यक्त किये जाने के कारण वे विज्ञान को नष्ट कर देते हैं। ऐसा मानने से विज्ञान और विचारधारा को अमूर्तन के अनुपयुक्त स्तरों पर देखना होगा। तब उन्हें विचारों के प्राप्त और क्रियाशील व्यवस्था के रूप में मानना पड़ेगा, निर्वचन निर्माण के नियमों के भीतर निर्वचन-व्यवहृति के रूप में नहीं। इसलिए फूको के अनुसार विज्ञान और विचारधारा उस निर्वचन निरूपण में साथ-साथ रह सकते हैं। यह भी कि विज्ञान का भी एक विचारधारात्मक अभिव्यक्ति बनायी जा सकती है और वह उसकी वैज्ञानिकता को समाप्त नहीं कर देगी।

यही राजनैतिक निर्वचन के विश्लेषण की ओर ले जाता है। फूको कहता है कि इस पुरातात्त्विक या आद्यबिम्बात्मक विशेषण का उद्देश्य यह दिखलाना है कि क्या एक समाज, वर्ग, समुदाय या नेतृत्व का राजनैतिक व्यवहार किसी विशिष्ट वर्णित की जा सकनेवाली निर्वचनात्मक व्यवहृति से होकर गुजरता है? यह इस अध्ययन की ओर ले जाता है कि कैसे राजनैतिक क्रियाकलाप के उद्देश्य उसे प्राप्त करने के ढंग, अवधारणाएँ और रणनीतियाँ निर्वचनात्मक ढंग से निर्मित होती हैं और फिर विशेष प्रकार के राजनैतिक व्यवहार, संघर्ष, निर्णय और कार्यनीति आदि में ढल जाती हैं। क्रान्तिकारी चेतना के विकास को एक उदाहरण के रूप में लेकर वह कहते हैं, "Archaeological approach will try to explain the formation of a discursive practice and a body of revolutionary knowledge that are expressed in behaviour and strategies, which give rise to a theory of society, and which operate the interference and mutual transformation of that behaviour and those strategies."

यहाँ से फूको की चाल बदल जाती है। वह यह बात दिखाने के लिए उद्धत हो जाता है कि कैसे वैज्ञानिक निर्वचन राजनैतिक व्यवहार के विषय बन जाते हैं। वह दोनों का सीमांकन भी करना चाहता है। इसके लिए एक तीसरा रास्ता चुनता है। एक तरफ वह यह मानता है कि विज्ञान सभी दूसरे निर्वचनों की नींव और व्यवहार होता है, क्योंकि वह सच्चे ज्ञान का स्रोत है। दूसरी तरफ वह यह भी मानता है कि विज्ञान सिर्फ कुछ समूहों या व्यक्तियों (यानी सैद्धान्तिक मानववादियों) का उत्पाद है, जिसमें कुछ स्वीकार्य और अस्वीकार्य तत्त्व होते हैं। इनकी स्वीकारता विशेष राजनैतिक हितों से तय होती है (जैसे बूर्जुआ और समाजवादी)। इसकी परिणति यह होती है कि फूको अब वैज्ञानिक निर्वचन के निर्माण के उन सिद्धान्तों की ओर अग्रसर होता है जो राजनैतिक व्यवहृतियों की देन होते हैं। वह बिना दोनों को एक-दूसरे में अपचयित किये दोनों के सम्बन्धों की चर्चा करने लगती है। इसकी परिणति एक त्रिभुज में होती है जिसके एक सिरे पर राजनीति रहती है, दूसरे पर विज्ञान, तीसरे पर तमाम दूसरे निर्वचन। इसके थीम के अन्तः सम्बन्धों को वह व्याख्यायित करने निकल पड़ता है। इसी के परिणामस्वरूप वह जीव विज्ञान के शब्दों 'अवयव', 'कलाप', 'विकास' आदि का अपने लेखन में अधिकाधिक इस्तेमाल करता है अपने समाजशास्त्रीय और राजनैतिक निर्वचन में। इसकी परिणति 'प्रगतिशील राजनीति' की अवधारणा में होती है, जिसमें वह ऐतिहासिकतः विशिष्ट व्यवहृतियों और उनके रचनेवाले नियमों के बीच सम्बन्धों को रूपान्तरित कर देने की ओर उन्मुख होते हैं, सार्वकालिक सार्वदेशिक मानवीय आत्मगतता और आदर्शवादी आवश्यकताओं की तलाश की जगह। यही उसे वंशक्रम विज्ञान (Geneology) की ओर ले जाता है।

उसकी चर्चा करने से पहले विभिन्न विचारकों द्वारा किये गये उसके पुरातात्त्विक निर्वचन के मूल्यांकन पर एक नजर डाल लेनी चाहिए। एक तो यह कि उसके द्वारा बनाये गये निर्माण के नियम

तार्किक और सैद्धान्तिक रूप से अस्पष्ट हैं। उनकी न तो वह कोई स्पष्ट परिभाषा करता है, न ही स्पष्ट निर्माणक तत्त्वों का विश्वसनीय और विधि संगत खुलासा करता है, न ही उनका सम्बन्ध व्यवस्था, व्यवहार, कानून, संरचना और नियमितता से स्पष्ट करता है। ड्रिफस कहता है कि उनको वह एक-दूसरे की जगह प्रयुक्त करता चलता है, क्योंकि वह उनके सम्बन्धों पर जोर देना चाहता है। इससे सम्बन्धों का स्वरूप स्पष्ट नहीं हो पाता। उसकी अवधारणा का विरोध भाष्यविद् और संरचनावादी दोनों ही करते हैं। विटगेस्टीन, विंच और टेलर जैसे भाष्यविद् कहते हैं कि व्याकरण और खेल के नियम मनमौजी मान्यतावाले नहीं, सामाजिक और परम्परा से मिली मान्यता की देन होते हैं और संहिताबद्ध हो गये होते हैं। उनको मनमौजी तरीके से निर्वचन के लिए नहीं अपनाया जा सकता। वहाँ नियम एक तरफ विवेकपूर्ण अभिकर्मी प्रदान करते हैं, उनके कर्म को औचित्य प्रदान करते हैं और कार्य-कारण सम्बन्ध स्वतन्त्र रूप से तथा वस्तुगत रूप में काम करते हैं। इसी तरह संरचनावादी मिथ आदि को तो स्वीकार करते हैं, किन्तु उनकी फूको जैसी व्याख्या स्वीकार नहीं करते। लेवी स्ट्रास और नोम चोम्स्की मानते हैं कि व्याकरण और मिथ के नियम भौतिक और प्राकृतिक नियमों की देन होते हैं, जो सभी मानवीय मन में उदाहरण की तरह जम गये होते हैं। उन्हें प्रत्येक मानवीय मन अपनी तरह से बना, बिगाड़ या प्रयोगकर संवृत्तियाँ नहीं रच सकता। फिर फूको हर काल के लिए एकमात्र 'एपिस्टीम' या 'आर्किक' की बात करता है और उनको परिभाषित करते हुए लिखते हैं, "They define the total set of relations that unite... discursive practices... at the level of discursive regulations." वे न केवल उसके एकल निर्माणात्मक नियमों को समस्याग्रस्त बना देते हैं, उनके सम्बन्धों का लेखा-जोखा भी सटीक नहीं रह जाता, क्योंकि वहाँ बाह्य सम्बन्धों के प्रभाव के लिए रास्ता खुल जाता है।

दूसरे यह कि फूको में व्याप्त यह अस्पष्टता उसके सत्य और अर्थ की भूमिका को, पुरातात्त्विक के आलोचनात्मक काम को भी समस्याग्रस्त बना देती है। इस परेशानी का एक स्वरूप आन्तरिक है क्योंकि फूको निर्वचन के सत्य और अर्थ की जगह उन परिस्थितियों पर बल देता है जो उन्हें बनाते हैं। इसलिए वह अर्थ और सत्य को उनके निर्माण की बाह्यता के चलते रोक कर रखता है। दूसरी तरफ वह कथन के अन्तःस्वरूप के चलते उसके अध्ययन के लिए, अर्थ और सत्य जानने के लिए अन्तः अध्ययन करता है, जिससे आर्केलॉजी का प्लान चौपट हो जाता है।

बाह्य कठिनाई विवेचन रचने की है। वह मनुष्य को विकेन्द्रित कर अपना निर्वचन रचता है। फिर कुछ कथनों को निर्वचन से बाहर कर देना कर्म करने सम्बन्धी आत्मविरोधाभास की ओर ले जाता है। विस्कर लिखते हैं, "Foucault's intimation of radical critique of existing meanings and truths implies that he cannot merely describe the appearance and grouping of statements, but must set out the criteria to evaluate them."

तीसरी आपत्ति यह की जाती है कि निर्वचनात्मक और अनिर्वचनात्मक का जो सम्बन्ध फूको बनाता है वह स्पष्ट नहीं है। दरअसल यह विभेद ही अनेकार्थी है। एक तरफ वह जहाँ निर्वचन-वस्तु के बिखरे कथनों की स्वायत्त व्यवस्था रचता है, वहीं वह निर्वचनात्मक व्यवहृति को एक सत्तामीमांसक प्राथमिकता प्रदान कर देता है। विस्कर कहता है कि इससे निर्वचनात्मक आदर्शवाद की ओर झुकाव बढ़ जाता है। वहीं आर्थिक, सांस्कृतिक और राजनैतिक व्यवहृतियाँ निर्माण के नियमों पर प्रभाव डालकर उनमें तरमीम ला देती हैं। फिर वह निर्वचनात्मक सम्बन्धों और उन गौण सम्बन्धों में अन्तर करता है, जो स्वयं निर्वचन के भीतर बनती हैं। किन्तु वास्तव में वे निर्वचन के बाहर की परनिर्भरता को इंगित करती हैं।

संक्षेप में कहें तो फूको एक तरफ निर्वचनात्मक और अनिर्वचनात्मक में अन्तर करता है, फिर निर्वचन के निर्माण के आन्तरिक नियमों के चरित्र को उनके बाहर के कार्य-कारण सम्बन्धी तर्क के अस्तित्व के साथ सामंजस्य स्थापित करना चाहता है। इसके लिए वह सन्धि-स्थल (Articulation) का सिद्धान्त विकसित करता है। तत्त्वों में अन्तःनिर्वचनात्मक (intra-discursive), आन्तरिक निर्वचनात्मक

(inter-discursive) और बाह्य निर्वचनात्मक (extra-discursive) का भेद करता है। पहले में निर्वचन के भीतर (within) की वस्तुओं, कर्मों और अवधारणाओं के रचनात्मक सम्बन्धों की बात करता है, दूसरे में विशेष 'एपिस्टीम' के भीतर (between) विभिन्न निर्वचनों की बात होती है, और तीसरे में निर्वचन और निर्वचन के बाहर की प्रक्रिया (outside) में सम्बन्ध की बात होती है। इससे सन्धिस्थल की निर्मिति तो होती है, पर वह इसका विस्तृत सैद्धान्तिक खुलासा नहीं करता। वह औपचारिकता भर बनकर रह जाती है।

(6)

आद्यबिम्बात्मकता उन नियमों का वर्णन करती है जो निर्वचन को संरचित करते हैं, किन्तु वंशक्रम विज्ञान निर्वचनात्मक निर्मितियों की ऐतिहासिक उत्पत्ति का परीक्षण करता है, उन सम्भावनाओं को खोज निकालने के लिए जो शक्ति के प्रयोग और प्रभुत्व की व्यवस्था के कारण छूट गयी होती है। वास्तव में फूको वंशक्रमीय अध्ययन के दौरान आद्यबिम्बात्मकता को पूरी तरह से छोड़ नहीं देता है, बल्कि दोनों को जोड़ देना चाहता है। इससे समस्याकरण (problemetization) का जन्म होता है। इसमें निर्वचनों को वैज्ञानिक कथनों के स्वायत्त संसार के रूप में न लखकर उन शक्ति सम्बन्धों और प्रणोदों के रूप में लखा जाता है, जो उन्हें निर्मित करते हैं। जैसा कि वह स्वयं कहते हैं, "It is the discourse that power and knowledge are joined together." इस पर नीत्शे का प्रभाव स्पष्ट है।

परम्परागत इतिहासविद् इतिहास के अध्ययन में एक अधिऐतिहासिक दृष्टि अपनाते हैं, इतिहास को इतिहासकार की दृष्टि से अलग एक वस्तुगत प्रक्रिया के रूप में लेते हुए। वंशक्रमशास्त्र की प्रतिबद्धता परिप्रेक्ष्यवाद से है, जिसमें घटनाओं को शोधकर्त्ता की अवस्थिति की एक विशेष दृष्टिकोण से देखा जाता है। इस तरह फूको का 'प्रभावी इतिहास' निर्वचन संस्थाओं और व्यवहृतियों का एक क्रान्तिकारी ऐतिहासीकरण रचता है, कुछ इस तरह से कि, "nothing in man—not even his body—is sufficiently stable to secure as the basis for self-recognition or for understanding other men."

इससे उसके आद्यबिम्बात्मक और वंशाक्रमागत प्रक्रियाओं में अनेक वैषम्य दृष्टिगोचर होने लगते हैं। एक तो यही कि आद्यबिम्बात्मकता में शोधकर्त्ता दर्शक का मुखौटा लगाकर निर्वचन का लेखा-जोखा प्रस्तुत करता है, जबकि वंशक्रम में शोधकर्त्ता निर्वचनों की ऐतिहासिक उत्पत्ति और निर्माण के मद्दे नजर समकालीन समाज की समस्याओं का निदान खोजता है। यहाँ वह निर्वचन में बयानों की निरन्तरता का खाका प्रस्तुत करने की जगह उनका आलोचक बन जाता है। दूसरे आद्यबिम्बी सत्य, ज्ञान और अर्थ के मूल्यों को स्थगित करके रखते हैं। वंशक्रमी इस बात को स्वीकार करता है कि इन प्रश्नों की उपेक्षा नहीं की जा सकती; तब भी जब ज्ञान और शक्ति को उनके 'face value' पर स्वीकार करना कठिन हो, या स्वतन्त्रता व शक्ति विवेचना के नाम पर उनको बिना किसी समस्या के विस्तारित कर दिया जाये। वंशक्रमी के लिए सत्य न तो शक्ति के बाहर होता है, न शक्तिरहित होता है। बल्कि उसी जगत् का वस्तु होता है, जिसे शक्ति और प्रभुता के तलों के साथ भीतर-ही-भीतर जोड़ा जाता है। तीसरे आद्यबिम्बी निर्वचनों को स्वायत्त नियमशासित व्यवहृतियों के रूप में अध्ययन करता है, जबकि वंशक्रमी इतिहास का एक ऐसा रूप रचता है, जो वस्तु, ज्ञान, विमर्श, प्रभुत्व का लेखा-जोखा प्रस्तुत करता है, जो निर्वचनात्मक और गैर-निर्वचनात्मक व्यवहृतियों की जटिल अन्तःक्रिया के साथ अनिवार्यतः जुड़ी होती है। ओवेन और तुली कहते हैं कि इस तरह से वंशक्रमी अध्ययन पूरी तरह से शक्ति और प्रभुत्व से जुड़ा होता है, जो निर्वचन, पहचान और संस्थाओं का निर्माण करते हैं। उनके प्रति यह आलोचनात्मक दृष्टि रखता है।

अध्ययन की पद्धति में वर्तमान को अतीत का वाहक या उत्पाद नहीं समझा जाता, वर्तमान के सहारे अतीत का विवेचन नहीं किया जाता। इसमें पहले समाज को समस्यास्पद बनाकर, न हो तो उसके किसी एक मुद्दे को समस्यास्पद बनाकर अध्येता उसके सम्भाव्य ऐतिहासिक और राजनैतिक उत्पत्ति को परीक्षित करने के लिए आगे बढ़ता है। इस तरह वंशक्रमविद् संवृत्ति को पैदा करनेवाले प्रभुता के खेल और उनकी 'Lowly origin' का खुलासा करता है। वह उन सम्भावनाओं को भी गोचर करता है जो ऐतिहासिक विकास के प्रभुताशाली तर्कों के द्वारा बहिष्कृत कर दिये गये होते हैं। इस तरह वह भाष्य और व्याख्याओं की नयी व्यवस्था की ओर बढ़ता है।

ऐसा ही एक व्याख्या क्षेत्र दमित परिकल्पना की है। विक्टोरिया युग की यौनिकता उसका प्रमुख विषय है। एक लम्बे विश्लेषण के बाद वह इस नतीजे पर पहुँचता है कि विक्टोरिया युग इतिहास का एक ऐसा दौर है, जिसमें पूँजीवादी सम्बन्धों का विकास प्राथमिक भूमिका प्राप्त कर लेता है। परिणामस्वरूप यौनिकता के निर्वचन पूँजीवादी उत्पादन और प्रजनन की बड़ी जरूरतों के कार्यरूपी बन जाते हैं। दूसरे यौनिकता के निर्वचन और व्यवहतियाँ प्रभुत्ववादी आर्थिक तर्कों और राजनैतिक शक्तियों का स्वतन्त्रता और उदारता के नाम पर मुकाबिला कर सकती हैं। पश्चिम के समाजों में शक्ति की अवधारणा न्याय व्यवस्था के निर्वचनों से होकर आती है—यानी न्याय व्यवस्था दमन का एक माध्यम है। इस वैधानिक अवधारणा में शक्ति दरअसल दमन और निषेध के माध्यम से स्वतन्त्रता में बाधा डालनेवाली वस्तु की तरह उभरती है, तब अधिक सत्य और ज्ञान का उत्पादन शक्ति को चैंलेज करनेवाला बन जाता है, स्वतन्त्रता और यौनिकता के नाम पर। यह प्रतिदर्श उन बौद्धिकों और विरोधकर्त्ताओं के लिए अधिक आकर्षक बन जाता है, जो सर्वव्यापी सत्य या विवेक के नाम पर शक्ति और प्रभुता के खिलाफ आवाज उठाते हैं। यह उदारवादी जनतान्त्रिक व्यवस्थाओं में मौजूद शक्ति की समझ को अवलम्ब देते हैं।

लेकिन मिशेल कहता है कि फूको की उपरोक्त स्थापनाएँ शक्ति के उन अधिक देशज रूपों को एक तरफ छिपा देती हैं, तो दूसरी तरफ स्वीकार भी करती हैं, जिनके द्वारा सामाजिक सम्बन्ध गठित, व्यवस्थित और संचालित किये जाते हैं। न्याय निर्वचनात्मक प्रतिदर्श इस तरह से शक्ति के उन मानकीकरण के कामों और अनुशासन के तकनीकों को टटोलने में चूक जाता है, जो विभिन्न व्यक्तियों और संस्थाओं का निर्माण करते हैं, जो पूँजीवादी संस्थाओं के लिए उपयुक्त होती है, चाहे वह कारखाना हो या सेना। "Foucault thus produces a productive conception of power in which power and true discourses about sexuality are not opposed but interconnected or imminent."

फूको दमनात्मक परिकल्पना के द्वारा शक्ति, ज्ञान, यौनिकता और काया के एक महत्त्वपूर्ण रूपावली को अलग-अलग करता है। इससे वह जैव-शक्ति (bio-power) की अवधारणा का निर्माण करता है। जैव-शक्ति की परिभाषा वह "as an increasing subjugation of bodies and control of population for the sake of generating greater utility, efficiency and productivity" के रूप में करता है। इसका जन्म तो यूनानी काल में ही हो गया था, किन्तु इसका नया अर्थ आधुनिक काल के प्रारम्भ में रचा गया। इसके दो रूप हैं। एक में शासक और प्रशासक लोग मनुष्य नामक प्रजाति के सम्पूर्ण रूप से साबिका रखते हैं, चाहे बात युद्ध से सम्बन्धित हो या जनसंख्या से। दूसरे का सम्बन्ध शरीर की सूक्ष्म भौतिकी से है, जिसके कारण शक्ति का उद्देश्य मानव जगत् को प्रशिक्षित और अनुशासित करना बन जाता है, अपने वृहत्तर उत्पादन और संगठन के लिए। उनके तर्कों का उपयोग वह सरकारिता (governmentality) और चरवाहा शक्ति (pestoral power) सम्बन्धी विचारों के लिए करता है।

अब सरकारिता को परिभाषित करते हुए फूको लिखते हैं, "It is the ensemble formed by the institutions, procedures, analysis and reflexions, the calculations and tactics that allow the exercise of this way specified but complex form of power which has at its target populations as its principal form of knowledge, political economy and its essential technical means apparptures of security." इस परिभाषा का महत्त्व इस बात में है कि यह ऐतिहासिक रूप से राज्य की शक्ति वस्तुओं (यानी जमीन और सम्पत्ति) के ऊपर सम्प्रभुता से कम ही सम्बद्ध रही है। उसका अधिकांश सम्बन्ध जनसंख्या और सन्तानोत्पत्ति के प्रशासन से रहा है जो उत्पादन को अधिकाधिक प्रभावित करता है। फूको ने प्रशासनिक शक्ति को उत्पादन की शब्दावली में व्याख्यायित किया है—परिवार की सहायता कर जनसंख्या की क्षमता को बढ़ाना। तो भी ऐसे स्थान हैं, जहाँ वह सरकारिता की भिन्न, किन्तु अन्तः सम्बन्धित परिभाषा भी रचता है। जैसे एक जगह वह लिखता है, "Governmentality is the contact between the technologies of domination of others and those of self." एक दूसरी जगह वह लिखता है, "It is the economic political effects of the accumulation of the men. The great upsurving in Western Europe, the necessity for co-ordinating and integrating it into the apparatus of production and the urgency of controlling it with finer and more adequate power mechanisms cause population within numerical variables of space and chronology, longevity and health, to emerge not only as a problem, but as an object of surveillance, analysis, intervention, modification etc." एक तीसरी जगह वह कहता है, "...The formulation of a whole series of specific government apparatus, and development of a whole complex of savoirs, and the process through which the state of justice of the middle ages, transformed into the administrative state during the 15th and 16th centuries, gradually becomes governmentality."

यहाँ पर हमारा सम्बन्ध उसकी इस अवधारणा से है कि राजतन्त्रीय और संविधानवादी सरकारों की अवधारणा से भिन्न सरकारिता का सम्बन्ध भूभाग से न होकर मनुष्य और वस्तुओं के जटिल सम्बन्ध से है। सरकार का सम्बन्ध मनुष्य के बहुधन्धी सामाजिक और आर्थिक सम्बन्धों से है, जिसमें सम्पदा, संसाधन, जीवनयापन के साधन, क्षेत्र आदि आते हैं। सांस्कृतिक और प्रतीकात्मक अन्तःक्रियाओं से है, जिनमें परम्परा, जीवन पद्धति, काम करने का ढंग आदि आते हैं, और उसके सामाजिक जीवन के दुर्भाग्य और दुर्घटनाओं से है। इसके विपरीत पास्टोरिलीज़्म का मतलब सरकारिता की एक विशेष तकनीक से है, जैसे पुलिस व्यवस्था। इसका काम सिर्फ कानून व्यवस्था और शक्ति को लागू करना नहीं है, शीलवन्तता, परोपकार, वफादारी, उद्यमशीलता, सहयोग, ईमानदारी पैदा करना भी है।

फूको आधुनिक युग में इन दोनों बातों को यौनिकता से जोड़ देता है। स्त्रियों द्वारा यौनिकता के सम्बन्ध में स्वीकारोक्तियों को वह शरीर और प्रगति की चिन्ताओं से जोड़ देता है। कहता है कि पूँजीवाद में उसका मतलब ब्रह्मचर्य, तपस्या, योग से न होकर शरीर के उदात्तीकरण से था, जिसका सम्बन्ध स्वास्थ्य और सन्तानोत्पत्ति से था। औरत के जीवन के तकनीक से था। फूको लिखता है, "The nineteenth century witnessed a generalization of the deployment of sexuality, starting from a hegemonic centre. Eventually the entire social body was provided with a sexual body, although this was accomplied in different ways and using different tools."

इस दृष्टि से देखने पर स्पष्ट हो जाता है कि 'दमन की परिकल्पना' और स्वीकारोक्तियाँ आपस में विरोधाभासी और बाह्यकारी नहीं हैं, एक ही सिक्के के दो पहलू हैं। वे मानवीकरण की शक्ति के लिए काम करती हैं और दोनों का वंशक्रम निर्वचन विवेचन के विषय हैं।

इस दमन की परिकल्पना के बारे में तीन बातें अलग से नोट करने लायक हैं। एक तो यह कि वह ऐसे यादृच्छित निर्मितियाँ नहीं रचता, जिनका इतिहास में कोई सादृश्य न मिलता हो। हाँ, उनका विवेचन वर्तमान स्थिति के तर्कों से की जाती है। दूसरे उसका मतलब इतिहास के मानवतावादी लेखा-जेखा या सम्पूर्णता के लेखा-जोखा से नहीं है। तीसरे वह जिस संवृत्ति का लेखा-जोखा प्रस्तुत करता है वह शुद्धतः विषयगत या नकारवादी नहीं हैं, भले ही वह ऐतिहासिक रूप से परिशुद्ध और स्पष्ट हो। बस वह उनका आलोचनात्मक और मूल्यांकनात्मक व्याख्या करता है।

उपरोक्त विवेचन से जाहिर है कि पहले फूको जहाँ निर्वचन को स्वायत्त व्यवस्था मानता था, अब उसे शक्ति–ज्ञान के सम्बन्धों का ऐतिहासिक रूप से विशिष्ट निर्माणात्मक नियमों से संचरित एक विशिष्ट व्यवस्था मानता है। अपने को नीत्शे पर आधारित करते हुए वह कहता है, "Power and knowledge directly imply one another... such that there are no power relations without the co-relative constitution of a field of knowledge, or any knowledge that does not presuppose and constitute at the same time power relations." इस तरह वह (1) मानवविज्ञान के निर्वचनों को आधुनिककाल में चले अनुशासन के तकनीकों के विकास और प्रसार से जोड़ता है, (2) मानवविज्ञान का जन्म उन अधम पुरालेखों में होते पाता है, जहाँ शरीर, इशारों, व्यवहारों पर आधुनिक निग्रह जन्म लेते हैं। (3) पहले जहाँ अनुभव पर शक्ति दबाव बनाकर शरीर का भौतिक रूप निर्धारित करती थी, अब वह मनुष्य को एक विषय बनाकर छोड़ देती है, जिसमें उसका शरीर ही नहीं, चेतना भी आ जाती है। इनसे विमर्श का एक बिलकुल ही बदला हुआ रूप सामने पड़ता है। उसको फूको इस तरह से रखता है, "What I said about sex must not be analysed simply as the surface projection of power mechanism. Indeed it is the discourse that power and knowledge are joined together. And for this very reason, we must consider discourse as a series of discontinuous segment whose tactical function is neither uniform nor stable. To be more precise we must not imagine a world of discourse divided between accepted discourse and excluded discourse, or between the dominant discourse and the dominated one; but as a multiplicity of discoursing elements that can come into play in various strategies... Discourses are not once and for all subservient to power or raised up against it, anymore than silences one. We must take allowance for complex and unstable processes whereby discourses can be both an instrument and an effect of power but also a hindrance, a stumbling block, a point of resistance and a starting point for an opposing strategy. Discourses transmit and produce power, it reinforces it, but also undermines and exposes it, renders it fragile and makes it possible to thwart it."

इसकी यान्त्रिकी 'नियन्त्रक' (dispositif) है, जबकि आद्यबिम्बात्मक की (apisteme) ज्ञान-मीमांसक थी। डिस्पाजिटिफ को परिभाषित करते हुए वह लिखता है, "It is a thoroughly heterogeneous ensemble consisting of discourses, institutions, architectural forms, regulatory decisions, laws, administrative reforms, scientific statements, philosophical, moral and philonthropic propositions—in short, the said and unsaid." इसका काम वंशक्रमविज्ञानी से व्यवहृतियों और संस्थाओं की उत्पत्ति का लेखा-जोखा प्रस्तुत कराना है तथा उन्हें एक और विस्तृत परिप्रेक्ष्य में रखना है। यह निर्वचन में अनिर्वचनात्मक उपादानों की घुसपैठ बढ़ा देता है। लेकिन विचारधारा को तो रोककर रखता है। उसके तीन कारण हैं। एक तो यह कि विचारधारा सदैव ही उस वस्तु के विरुद्ध खड़ी हो जाती है, जिससे उम्मीद की जाती है कि उसे सत्य मान लिया जायेगा। दूसरे विचारधारा की अवधारणा उस वस्तु की बात करती है जो विषय के क्षेत्र का होता है। "It presupposes a connection of human capacity that is either deceived by the operation of ideology, or able to break decisively with false belief and become enlightened." तीसरे विचारधारा हमेशा ही उस वस्तु के गौण स्थान में होती है जो उसके अन्तःसंरचना के रूप में काम करता है, उसकी सामग्री या आर्थिक निर्धारक के रूप में।

अपने इस नये चिन्तन में फूको मनुष्य को विषय बनाकर रखता है। वह वस्तुकरण के तीन ढंगों का दिग्दर्शन इस सिलसिले में करता है। पहले में तर्क में दार्शनिक अवधारणाओं की जगह भाषा की अवधारणाओं को रख दिया जाता है मनुष्य को विषय बनाने के लिए। दूसरे में तर्क का सम्बन्ध बाँटनेवाली व्यवहृतियों से है, जिसमें विषय या तो अपने ही भीतर विभाजित दिखता है, या फिर दूसरों से। वही 'आत्म' और 'अन्य' के तर्कों को जन्म देता है। तीसरे में मनुष्य वस्तु के रूप में केन्द्रित हो पहचान, आत्मविजय और आत्म-अतिक्रमण का निर्माण करते हैं। इससे व्यक्ति सक्रिय रूप से 'आत्म' का व्यवहार कर अपने-

आपका निर्माण करता है। इस आत्म को नीतिशास्त्र, या अस्तित्व के सौन्दर्यशास्त्र की खोज व्यक्ति स्वयं नहीं करता। वे संस्कृति के पैटर्न के रूप में काम कर रहे होते हैं। उन्हें संस्कृति प्रस्तावित करती है, समाज 'सजेस्ट' करता है और सामाजिक ग्रुप 'इम्पोज' करता है।

इस आत्म और विषयगतता का विवेचन प्रभुता, निर्वचन और स्वतन्त्रता के सम्बन्धों का लेखा-जोखा प्रस्तुत करता है। प्रभुता की कोटि नियन्त्रण की अपेक्षाकृत स्थिर या तयशुदा व्यवस्था होती है, जो विषय की स्वतन्त्रता को बलपूर्वक घटाकर रखती है, सामाजिक संरचना के भीतर प्रस्तरीकरण की स्थिति में सीमित कर। इसके उलट शक्ति का प्रयोग नियन्त्रण को कमजोर करने के लिए होता है और उन सम्भावनाओं की ओर ले जाता है जो प्रभुता की वर्तमान संरचना में अदृश्य होता है। इसमें सामाजिक अभिकर्मियों को इतनी स्वतन्त्रता जरूर होती है कि वे एक तरफ प्रभुता की व्यवस्था को बनाकर रखें और दूसरी तरफ उस प्रभुता का विरोध करनेवाली रणनीतियों का मुकाबिला करने के लिए रणनीतियाँ रच सकें। विरोध के लिए इस स्तर पर हम पाते हैं कि वर्तमान सामाजिक सम्बन्धों में कतर-ब्योंत करने के लिए और उसकी जगह एक नयी सम्बन्ध व्यवस्था बनाने के लिए जो संघर्ष होगा उसका विरोध भी साथ-साथ चलता रहेगा और जरूरत उस पर विजय प्राप्त करने की होगी; तब यह मानकर चला जाता है कि शक्ति की एक नयी व्यवस्था का प्रयास स्वयं अपने-आप में एक अस्थिर विन्यास होगा, परिवर्तन और रूपान्तरण के लिए हमेशा ही घातक।

उपरोक्त विवेचनों के आधार पर हम फूको के विचार की कुछ सामान्य विशेषताओं को नोट कर सकते हैं—

(1) आरम्भ में फूको इस बात पर जोर देता है कि निर्वचन अंशतः सामाजिक सम्बन्धों, पहचानों और सामाजिक वस्तुओं को निर्मित करते हैं। इस तरह वह निर्वचन की भौतिकता और प्रत्यक्षता पर बल देता है, जिन्हें किन्हीं और भी आधारभूत प्रक्रियाओं में, जैसे आर्थिक उत्पादन, सामाजिक संस्था या राजनैतिक व्यवहार में अपचयित नहीं किया जा सकता।

(2) वह निर्वचन की सम्बन्धपरक और ऐतिहासिक अवधारणा का निर्माण सम्भव बनाता है। विशेषकर वह अपने बाद के लेखन में विभिन्न निर्वचनों के बीच निरन्तर परिवर्तनशील सम्बन्धों पर बल देता है। साथ ही निर्वचनात्मक और अनिर्वचनात्मक व्यवहृतियों के बीच जुड़े सम्बन्धों पर भी जोर देता है। एपिस्टोम से डिस्पोटिफ की ओर संक्रमित होते हुए जो उसके 'आर्केलॉजिकल' की ओर से 'जिनीओलॉजिकल' की ओर संक्रमण को सम्भव बनाते हैं, फूको अपने विवेचन में संस्थाओं, नीतियों और भौतिक वस्तुओं जैसे अनिर्वचनात्मक तत्त्वों को सामाजिक और राजनैतिक संवृत्ति में समाहित करता है।

(3) वह बार-बार इस बात पर बल देता है कि उसकी पड़ताल का मुख्य उद्देश्य निर्वचनात्मक व्यवहृतियाँ हैं। इसके लिए वाच्, लेखन और सम्प्रेषण के व्यावहारिक और क्रियाकलापी पक्ष को पकड़ता है और उनका सम्बन्ध शक्ति, प्रभुता, विषयगतता और शरीर से जोड़ता है। फिर भी वह निर्वचन का सन्तोषजनक निर्माण नहीं कर पाता। 'डिस्पॉजिटिव' के माध्यम से वह निर्वचनात्मक और अनिर्वचनात्मक तत्त्वों के बीच सम्बन्ध उकेरता तो है, किन्तु विभिन्न डिस्पॉजिटिवों के बीच उनका अन्तःसम्बन्ध बहुत सन्तोषजनक ढंग से उभरकर ऊपर नहीं आ पाता।

(4) वह अपने लेखन के सभी चरणों में निर्वचन और निर्वचनों तथा अनिर्वचनों के विश्लेषण के औजार और पद्धतियाँ विकसित करने का प्रयत्न नहीं करता है।

(5) इनके साथ ही वह सत्य, पद्धति और ज्ञान के प्रश्नों पर दार्शनिक बातें करता है, जिससे एक ऐसा ज्ञान सिद्धान्त विकसित होता है, जो सामाजिक और राजनैतिक पड़ताल सम्भव करता है।

(6) आधुनिक समाज के बारे में वह महत्त्वपूर्ण सारगर्भित निष्कर्ष हमारे सामने रखता है। उनके आगे की पड़ताल के लिए सैद्धान्तिक अवधारणाएँ और तर्क व्यवस्था छोड़ जाता है।

इसके बावजूद फूको के आलोचकों का कहना है कि वह प्रतिरोध के लिए प्रतितर्क और विकल्प पर कम ही जोर देता है। दूसरे वह विश्लेषण के सूक्ष्म और विषद स्तरों के सम्बन्ध की पड़ताल नहीं रख पाता। वह तो वर्चस्व जैसी अवधारणाओं से ही सम्भव हो पाता है, जिसकी चर्चा वह नहीं करता। वह शक्ति और उसके प्रतिरोध का ठीक-ठीक अवधारणीकरण नहीं कर पाता। वह निर्वचन की अवधारणा को समुचित शक्ल नहीं दे पाता।

(7)

मार्क्सवाद इस बात पर बल देता है कि सामाजिक और राजनैतिक प्रश्नों की व्याख्या भौतिक उत्पादन के सामाजिक संगठन को समझकर की जा सकती है। मार्क्स लिखता है, "Legal relations and forms of state have their roots in the material conditions of life, and their anatomy is to be sought in political economy." इसी से आधार और अधिरचना की अवधारणा विकसित हुई है। इसमें राज्य और विचारधारा वर्ग-प्रभुता को बनाये रखने का काम करते हैं, जिसके परिणामस्वरूप राज्य बल प्रयोग का और विचारधारा गलत चेतना का प्रातिनिधान बन जाते हैं।

मार्क्स विचारधारा की अवधारणा का निर्माण तीन तरह से करता है। पहले में इसका प्रयोग वह उन सिद्धान्तों पर प्रहार के लिए करता है, जो यह मानते हैं कि जगत् पर शासन विचारों से नहीं किया जाता है। विचार और अवधारणाएँ ही शासन के निर्णायक सिद्धान्त हैं। दूसरे में वह विचारधारा का इस्तेमाल यह दिखाने के लिए करता है कि किस तरह से विचार और चेतना के रूप विशेष प्रकार के सामाजिक व्यवस्थापनों–जैसे निजी सम्पत्ति की मिल्कियत–को वैध और नैसर्गिक बनाते हैं। यहाँ अवधारणा विश्लेषण के औजार की तरह काम करती है, जो इस बात का परीक्षण करती है कि कैसे विश्वास कुछ सामाजिक सम्बन्धों को जन्म देते हैं तथा उन्हें बनाये रखते हैं। तीसरे मार्क्स यह दिखाता है कि विचारधारा न केवल सामाजिक जीवन के पुनरुत्पादन में बलवती भूमिका निभाती है, एक गलत चेतना या व्यवस्थित भ्रम भी अवतरित करती है, जिसमें विचारधारागत विश्वास न केवल गलत होते हैं, लोगों को शक्तियों की वास्तविक नीयत से विमुख कर रखती है, जिन्हें हम जीवन की वास्तविक स्थितियों में हमेशा ही पाते हैं। इन विचारधारात्मक विरूपण या औंधी प्रस्तुति की जड़ें सामाजिक जगत् में गड़ी होती हैं, जो स्वयं ही औंधा और विरोधाभासी हैं।

मार्क्स और एंजेल्स के विचारधारा सम्बन्धी सिद्धान्त नकारात्मक, अपचयिक और निर्धारणवादी माने जाते हैं। ग्राम्शी उन्हें सकारात्मक और आधारभूत बनाता है। वह आधार और अधिरचना के सम्बन्ध को दो तरह से अन्तर्वर्तित करता है। मार्क्स जहाँ उत्पादन के सम्बन्धों और शक्तियों के बीच विरोधाभासी सम्बन्धों को ध्यान में रखकर आर्थिक उत्पादन की प्राथमिकता को विशेषाधिकार प्रदान कर देता है, ग्राम्शी विचारधारात्मक अधिरचनाओं जैसे राज्य और नागरिक समाज पर जोर देता है और आर्थिक संरचना से अधिक महत्त्वपूर्ण मानता है। अधिरचनाओं में भी वह नागरिक समाज को राजनैतिक समाज पर प्राथमिकता देता है। राजनैतिक समाज को वह, 'Moment of force or coersion' कहता है, नागरिक समाज को 'moment of consent and consensus' कहता है। इसका गहन अध्ययन कर बोबिओ कहता है कि ग्राम्शी राज्य और नागरिक समाज के सम्बन्धों के बारे में पुनर्विचार करते हुए समेकित राज्य की अवधारणा को प्रविष्ट करा देता है, जो राजनीतिक शासन के एकाधिकारवादी और वर्चस्ववादी पक्ष का लेखा-जोखा प्रस्तुत करता है। इसके कारण मार्क्सवादी राज्य की अवधारणा को पुनः परिभाषित करने की जरूरत पड़ती है। वह वर्ग शासन न रह कर, "The entire complex of practical and theoretical activities in which the ruling class not only justifies and maintains its dominance, but manages to win the active consent of those over whom it rules." बन जाता है। इसी तरह ऐतिहासिक ब्लाक की अवधारणा समाज के संरचनात्मक और अधिरचनात्मक दोनों तत्त्वों को जोड़ने का काम करती है–निर्णायक आर्थिक नाभि, राजनैतिक समाज और नागरिक समाज जुड़कर विरोधों और

भिन्नकों के योग बन जाते हैं। ऐतिहासिक ब्लाक इस तरह से सहसम्बन्धित तत्त्वों के विन्यास होते हैं, हालाँकि अन्ततः वे किसी मूलभूत सामाजिक वर्ग और उत्पादन की हावी पद्धति के इर्द-गिर्द बने होते हैं।

ग्राम्शी का योगदान यह है कि उसकी विचारधारा और वर्चस्व की अवधारणा तथा सामाजिक परिवर्तन में राजनैतिक अभिकर्मियों की भूमिका ने पड़ताल के नये क्षेत्रों को जन्म दिया है। लुई अल्थूसर ने उन्हें लेकर संरचनावाद की अवधारणा गढ़ी है। मानववादी और अपचयनवादी मार्क्सवाद का विवेचन अल्थूसर और उसके शिष्यों ने ज्ञान-मीमांसात्मक और समाजवैज्ञानिक ढंग से की है। ज्ञान-मीमांसा के स्तर पर अल्थूसर मार्क्सवादी विज्ञान की वकालत सैद्धान्तिक मानववाद के बरखिलाफ करता है। कहता है कि मार्क्स का इतिहास और समाज का वैज्ञानिक लेखा-जोखा उसके बाद के लेखन, विशेषतः 'दास कैपिटल' में आया। पहले के लेखन में तो हीगेल और फायरबाख जैसे आदर्शवादियों का प्रभाव था। हर सही विज्ञान पहले के आदर्शवाद से सम्बन्ध विच्छेद कर ही आगे बढ़ता है। उसके लिए वह पड़ताल का अपना सैद्धान्तिक लक्ष्य बनाता है, जिसके इर्द-गिर्द आगे का बौद्धिक श्रम काम करता है। समाजवैज्ञानिक स्तर पर वह कहता है कि विचारधारा सामाजिक जगत् से नाता तोड़कर रहनेवाले अमूर्त विचारों पर नहीं रची जाती और न ही वह पहले से मौजूद वास्तविकता पर बात करती है। ये प्रतिदर्श तो यह नुमाया करते हैं कि विचारधारा का सम्बन्ध उन मार्गों से होता है, जिनसे चलकर सामाजिक अभिनेता और कर्त्ता वस्तुओं के जगत् को विकृत रूप में समझते हैं या सामाजिक यथार्थ पर प्रभावकारी मानसिक निर्मितियाँ थोप देते हैं। यह विचारधारा का गलत चेतना प्रतिदर्श पहले से प्राप्त अनुभववादी या यथार्थवादी ज्ञान-मीमांसा को स्वीकार कर लेता है, जिसमें विषय या कर्त्ता बाह्य सामाजिक वास्तविकता का प्रतिनिधित्व या गलत प्रतिनिधित्व करने लगते हैं या फिर वे ऐसे जगत् का निर्माण कर लेते हैं जो विचारों, प्रस्तुतियों या प्रातिनिधानों से बना होता है। अल्थूसर कहता है कि समाज के पुनरुत्पादन के लिए विचारधारा बहुत ही जरूरी है और यह वास्तविक भौतिक प्रभावों को उत्पादित करती है। यह एक ऐसी सामाजिक व्यवहृति है जो व्यक्ति को विषय या कर्त्ता में बदल देती है। उसमें वर्ग दृष्टि और विशिष्ट सामाजिक संस्थाओं व राजनैतिक पहचान भर देती है। यह वर्गदृष्टि सामाजिक संस्थाओं और कर्मकाण्डों से सन्निहित होती है, जो चेतना के रूपों और विश्वासों को आधार प्रदान करती है।

ये ज्ञान-मीमांसात्मक और समाजवैज्ञानिक पद्धतियाँ उसके विचारधारा के सिद्धान्त से जुड़ी हैं। एक तरफ विज्ञान अपने को तभी तक विज्ञान बनाकर रख सकता है, जब तक वह विचारधारात्मक विमर्श से अलग बना रहे। दूसरी तरफ विचारधारा समाज में विषयों या कर्त्ताओं के जिये जा रहे सम्बन्धों के रूप में सत्य और मिथ्या से जुड़ी होती है, ज्ञान-मीमांसा की समस्याओं के विस्तार के रूप में। यह जुड़ाव विचारधारात्मक व्यवहृतियों के उन विशिष्ट कलापों से जन्म लेता है, जो वर्ग समाज के अन्तर्भुक्त विरोधाभासी और अस्वीकृत उत्पादनों का अनायास ही उत्पादन करते हैं। ऐसा इसलिए होता है कि विचारधारा जियी जाने के बावजूद काल्पनिक सम्बन्ध है, जिसे व्यक्ति अपने अस्तित्व के एक वास्तविक हालत की तरह लेता है। यानी विचारधारा का काम जगत् की रचना इस तरह से करना है कि जिसमें रहते हुए व्यक्ति को यह जगत् स्वाभाविक व सुगम लगे, भले ही यह गोचर वस्तुगतता और सामान्यता वास्तविक ऐतिहासिक स्थिति की व्यक्ति द्वारा किये गये गलत पहचान के कारण हो।

अपने को संरचनावादी सिद्धान्त पर आधारित करते हुए वह कहता है कि सामाजिक निर्मितियों में आर्थिक, राजनैतिक और विचारधारात्मक जैसी व्यवहृति की तीन व्यवस्थाएँ या स्तर काम करते हैं, और उनमें हरेक का एक सापेक्ष स्वायत्त जगह होती है एक विशिष्ट समाज में। इन तत्त्वों के विभिन्न आनुपातिक योग के कारण हर समाज की एक जटिल निर्मिति होती है, जिसमें एक स्तर या व्यवस्था प्रमुख स्थान निभाता है। इसलिए सभी सामाजिक संरचनाओं को सिर्फ आर्थिक प्रक्रिया में निबद्ध नहीं किया जा सकता। महत्त्वपूर्ण सामाजिक परिवर्तन तब होते हैं, जब बहुविध विरोधाभास पिघलकर आपस में मिल जाते हैं, मिलकर ठोस हो जाते हैं। तभी तो आर्थिक तत्त्वों की भूमिका प्रमुख दिखती है।

बाद के लेखन में अल्थूसर ने पूँजीवादी समाजों के निर्माण में विचारधारात्मक और कर्त्तापरक कारणों के महत्त्व पर जोर देने के लिए दमनात्मक राज्य उपकरणों और विचारधारात्मक राज्य उपकरणों में भेद किया। फौज, पुलिस, कानून, व्यवस्था, हिंसा के माध्यम से काम करते हैं, किन्तु स्कूल, धार्मिक संस्थाएँ, परिवार, मीडिया और राजनैतिक संगठन शान्तिपूर्वक काम करते हैं। यह कुछ-कुछ ग्राम्शी के राजनैतिक समाज और नागरिक समाज में भेद जैसी बात है। यह अल्थूसर की इस स्थापना की ओर ले जाता है कि विचारधारात्मक विश्वास मनुष्य द्वारा रचित मुक्त उड़ते विचार नहीं होते, वे विशेष प्रकार की संस्थाओं और संगठनों में मूर्तित होते हैं।

वह आत्मपरकता का भी एक नया सिद्धान्त रचता है। संरचनावाद के साथ-साथ लाकाँ द्वारा फ्रायड की व्याख्या से उत्पन्न बोध को लेकर वह साबित करता है कि मनुष्य एक विचारधारात्मक प्रभाव है, एक आत्मरचित वस्तु या अभिकर्मी नहीं। वह कहता है कि व्यक्ति को 'आत्म' बनाने के लिए जरूरी है कि वह मुक्त रूप से "The subject' के अधीन हो जाये। यह 'The subject' धर्म में ईश्वर होता है, जो व्यक्ति को स्वयं को केन्द्रित करने के लिए मौका देता है, जहाँ से वह दूसरे व्यक्तियों को 'आत्म' के रूप में पहचानता है। यह अपने लिये और दूसरों के लिए टिकनेवाली पहचान की प्रक्रिया इस बात की गारण्टी देती है कि हर चीज ऐसी ही है और हर चीज ठीक-ठाक है। इसकी यान्त्रिकी विचारधारा है। "Ideology acts or functions in such a way that it recruits among the individuals (if recruits them all) by that very precise operation which I have called 'interpellation' or hailing, and which can be imagined along the lines of the most common place everyday police (or other) hailing : 'Hey, you there!'

Assuming that the theoretical scene I have imagined takes place in the street, the parted individual will turn around. By this one hundred and eighty degree physical conversion, he becomes a 'subject'. Why? Because he has recognized that the hail was 'really' addressed to him (and not someone else)."

इस चिन्तन की जड़ें लाकाँ में वहाँ हैं जहाँ वह दर्पण चरण की बात करता है, जहाँ मंच पर एक असहाय शिशु अपने को एक बाह्य दर्पण बिम्ब में पहचानता है और उसके सहारे अर्थ (meaning) और महत्त्व (significance) की संकेत व्यवस्था में प्रवेश करता है। यह प्रश्नांकन या हस्तक्षेप अन्दाजिया या दर्पण-सदृश्य प्रक्रिया है, जिसमें व्यक्ति अपने को एक बाह्य बिम्ब में ही पहचान सकता है जो अचल और निश्चित है। यह अचल बिम्ब व्यक्ति को पहचान प्रदान करता है।

आत्मपरकता के सिद्धान्त को पहचान और गलत पहचान की प्रक्रिया में सन्निहित कर सीमित कर देने के कारण व्यक्ति की एक ऐसी समेकित आत्मपरकता निर्मित होती है, जो उसका स्वागत करने की प्रक्रिया में काल्पनिक सम्बन्धों के गिर्द केन्द्रित हो जाती है। मिशेल पेशो इसका समाधान सास्यूर के भाषाई संरचनावाद और लाकाँ तथा फ्रायड को अन्तर्दृष्टि में खोजता है। कहता है कि व्यक्ति प्रश्नाकुलता या हस्तक्षेप में सिर्फ अपने को पहचानता या गलत पहचानता नहीं है, एक बाह्य वस्तु के साथ तादात्म्य स्थापित करते हुए अपने को अस्तित्व में लाता है। ज़िज़ेक कहता है कि मनुष्य अपने को वाह्य वस्तुओं, बिम्बों और विचारधाराओं से तादात्म्य स्थापित कर अपने जीवन को अर्थ और तात्पर्य देता है।

इस प्रभाव का खुलासा करने के लिए पेशो निर्मिति-पूर्व और सम्बन्धयोजन के मैकेनिज़्म का प्रयोग करता है। दोनों ही उसके निर्वचनात्मक निर्मिति की अवधारणा पर अवस्थित हैं। निर्मिति-पूर्व उस मार्ग को दर्शाता है जिससे होकर किसी बाह्य वस्तु की पहचान अपना ही आधार या कारण बनकर निर्वचन में छुपी होती है। इसे वह 'Munchausen effect' कहता है। कहता है कि मंचुआसन नामक अमर बैरन ने अपना बाल खींचकर अपने को हवा में उठा लिया था। इस तरह वह एक संश्लिष्ट और सम्प्रभु अस्मिता बन गया था।

भाषा की अवधारणा के आधार पर पेशो कहता है कि अर्थ प्रश्नांकितता या हस्तक्षेप का प्रभाव होता है। इसलिए वह अर्थ के सिद्धान्त (semantics) और विचारधारात्मक व्यवहृति में बनी मनुष्य के पहचान के बीच भेद नहीं करता। इसका मतलब यह है कि अर्थ और उस विशिष्ट निर्वचन, जिसमें यह अर्थ बना है, में कोई विशेष भेद नहीं है। अर्थ का उत्पादन उसी क्षण हो जाता है, जिस क्षण व्यक्ति को विषय के रूप में प्रश्नांकित किया जाता है, जब वह अपने को जगत् के विशेष अनुभव और समाज के साथ पहचानने लगता है।

वह एक दूसरे मैकेनिज़्म की ओर भी ध्यान खींचता है, जिसे वह Articulation (सम्बन्ध योजन) कहता है। वह विषय को इस में भ्रम डाल देता है कि वह उसका कारण है—उसे सम्भव करता है। पेशो इसे अन्तःनिर्वचन कहता है। यह उस मार्ग को विहित करता है, जिससे होकर विशिष्ट निर्वचन में विषय अर्थ की व्यवस्था करता है। इसमें वस्तुएँ एक-दूसरे के आगे-पीछे चलती निर्वचन का निर्माण करती हैं, जिससे उन बाह्य पहचानों का अनुभव होता है, जिसे विषय ने पहले ही बता दिया होता है।

पेशो का प्रयत्न अल्थूसर के विचारधारा के सिद्धान्त का प्रयोग निर्वचन विश्लेषण के लिए एक अनुभववादी ढंग विकसित करना रहा है। वह न केवल विचारधारात्मक व्यवहृतियों के भीतर निर्वचन के निर्माण और क्रियाकलाप को अवस्थित करता है, वह सामाजिक और राजनैतिक विश्लेषण के लिए पद्धति से जुड़े औजारों को भी विकसित करता है। वह अर्थ के सन्दर्भ-सिद्धान्त को भी विकसित करता है, जो इस स्थापना से हटकर है कि शब्द या अभिव्यक्तियाँ केवल जगत् की वस्तुओं का प्रतिनिधित्व करते हैं। उनसे वह सभी सामाजिक अर्थों के आयामों की प्राथमिकता निर्धारित करता है। वह तर्क देता है कि अर्थ रूपकपरक सम्बन्धों से इतर कहीं और नहीं होते। उन्हें स्थानापन्न प्रभावों, पदान्वयों, पर्यायवाची निर्मितियों में हम प्राप्त करते हैं। वे ऐतिहासिकतः दिये गये निर्वचनात्मक निर्मितियों में तदर्थ रूप से अवस्थित रहते हैं। इसका मतलब यह है कि वह विषय के रूप में व्यक्ति की प्रश्नाकुलता और पहचान का परीक्षण शुद्धतः भाषा के स्तर पर कर सकता है। इसे वह लाकाँ की तरह भाषा 'संकेतक की प्राथमिकता' कहता है, जो बिना समाज या मनुष्य सम्बन्धी अनिवार्यतावादी सिद्धान्त के सहारे अवस्थित होते हैं।

लेकिन तब वह विचारधारा और निर्वचन के अध्ययन में संरचनात्मक मार्क्सवाद के चौखटे से मुक्त नहीं हो पाता। वह सास्यूर के भाष् को प्रदत्त विशेषाधिकार के चौखटे से भी मुक्त नहीं हो पाता। वह भाष् को भाषिक भिन्नता का स्थिर और अचेतन व्यवस्था मानता है। यह अर्थ और संकेतन के ऐतिहासिक और सम्भाव्य अवधारणा के विरुद्ध जाता है। वह सास्यूर के संकेतक और संकेतित के युग्म के विभेद को स्वीकार करता है, जिसे देरिदा ने बड़े यत्न से समस्यास्कृत किया था। वह अल्थूसर के दिग्दर्शित समाज और राजनीति सिद्धान्त में निहित समस्याओं से भी नहीं बच पाता। दूसरे शब्दों में कहें तो पेशो यद्यपि कि अर्थ निर्धारण और आत्मगतता या विषय निर्माण में निर्वचनात्मक निर्मितियों की भूमिका पर जोर देता है, निर्वचन हमेशा ही विचारधारात्मक व्यवहृतियों के निर्धारक क्षेत्र में अवस्थित होते हैं और यह विचार-धारात्मक स्तर हावी रहनेवाली संरचना के एक क्षेत्र का निर्माण करते हैं। तब हमें पुनः समाज के अल्थूसर निर्मित प्रतिदर्श की ओर लौटना पड़ता है। यद्यपि कि अल्थूसर ने व्यवहार के उन तीन व्यवस्थाओं की तुलनात्मक स्वायत्तता पर जोर दिया था, जो एक सामाजिक निर्मिति को संगठित करती हैं और उनके सामाजिक विरोधाभासों के अतिनिर्धारित चरित्र पर भी बल दिया था, जिनका मिला-जुला रूप आधार और अधिरचना के तयशुदा और अपचयित प्रतिदर्श को तोड़ने का प्रयास था, तो भी उसका प्रतिदर्श बुरी तरह से अन्तर्ग्रस्त नजर आता है, जब वह इस बात पर जोर देता है कि यह आर्थिक व्यवस्था है, जो यह तय करती है कि किसी विशेष समाज में कौन-सा तत्त्व प्रभुत्वशाली होगा और यह भी कि यह आर्थिक प्रक्रिया है जो अन्ततः पूरे समाज के क्रियाकलाप और पुनरुत्पादन को निर्धारित करती है। यह मार्क्सवादी

पूर्वनिर्धारणवादी सिद्धान्त के आगे नहीं जा पाता। परिणामस्वरूप विचारधारा और राजनैतिक अधिरचना की अपेक्षाकृत स्वायत्तता की भूमिका पूँजीवादी सामाजिक सम्बन्धों की पूर्ण निर्मिति में दशा निर्माणक होकर रह जाती है। फिर वह सामाजिक निर्मिति के विभिन्न स्तरों के विभाजन के आधारभूत आधारों को भी नहीं बता पाता। यह भी उचित नहीं ठहरा पाता कि कैसे आर्थिक और विचारधारात्मक स्तर निर्धारक का काम करते हैं। विभिन्न क्षेत्रों और स्तरों में समाज को बाँट देने की परिणति सामाजिक व्यवहृतियों की विभिन्न व्यवस्थाओं की विवेकपूर्ण अवधारणा के बरक्स उन्हें खड़ा कर देना होता है। यह विचार फ्रायड के इस विचार में अन्तर्भुक्त है कि समाज के विभिन्न तत्त्वों को अलगाना सम्भव नहीं है, क्योंकि वे आपस में खपरैल की छाजन की तरह आबद्ध होते हैं। वह अपनी बात कुछ इस तरह से रखता है कि प्रश्नांकन और पहचान की भिन्नता के लिए कम ही जगह बचती है, जो "Structure indominance' की अवधारणा को चैलेंज दे सके। ये सब उसके सिद्धान्त को कार्यकलापवाद (Functionalist) बनाकर छोड़ देते हैं।

(8)

लकलाऊ और **माऊफ** अपना चिन्तन यहीं से आरम्भ करती हैं। कहती हैं कि मार्क्सवाद में काम कर रहा द्विकेन्द्री विरोध 'Logic of necessity' और 'Logic of contingency' के बीच उस तनाव की देन है, जिस पर विजय नहीं पाया जा सकता है। दोनों में 'लॉजिक आफ कण्टीन्जेंसी'; जिसका सम्बन्ध विषयगतता, रणनीति, राज्य और विचारधारा आदि जैसे राजनैतिक प्रश्नों से है, उपेक्षित कर या गौण बनाकर रखता है। उसे समाज के उन प्रश्नों तक सीमित कर रखा गया है, जिसे कड़े वैज्ञानिक शब्दों से नहीं समझाया जा सकता। परिणामस्वरूप आर्थिक विकास के अनिवार्य नियम में अन्ततः अपचयित कर दिया जाता है। ग्राम्शी और अल्थूसर भी इससे निजात नहीं पाते, क्योंकि वे मूलभूत सामाजिक वर्ग तक प्रतिबद्ध होकर सोचते हैं, जिसमें सिर्फ सर्वहारा परिवर्तन लाता है। दूसरे वे आर्थिक नाभि के निर्णायक भूमिका से अपने को अलग नहीं कर पाते और उसे ही राजनैतिक और विचारधारात्मक अधिरचना का निर्धारक मानते हैं। ये तमाम बातें यह मानकर चलती हैं कि चलानेवाले और विकास के नियम पूर्वनिर्धारित होते हैं। ग्राम्शी इसी के बूते पर प्रभुत्व या आधिपत्य (hegemony) का सिद्धान्त रचता है, ऐतिहासिकता का सिद्धान्त रचता है, जो समाज के विभिन्न अंगों को जोड़ता है। पर दोनों ही अनिवार्यतावाद और इतिहास के एकरेखीय सिद्धान्त के शिकार हो जाते हैं। अल्थूसर और पेशो इससे बचने का जो प्रयत्न करते हैं वह भी कारगर नहीं होता, जैसा कि हमने ऊपर देखा है कि वे जो ज्ञान और विचारधारा में स्पष्ट भेद करते हैं, वह भी काम का सिद्ध नहीं होता और उसकी परिणति ज्ञान-मीमांसा के एक ऐसे सिद्धान्त में होती है जो भ्रमकारी चेतना और सही कोटियों की चेतना बनाती हैं और सही चेतना को विशेषाधिकार प्रदान करती हैं।

लकलाऊ और **माऊफ** इस बात को अस्वीकार कर चलती हैं कि समाज का विभाजन विभिन्न प्रकार की व्यवहृतियों में से किसी एक को प्राथमिकता देकर किया जा सकता है। इसलिए आर्थिक तर्क राजनैतिक और निर्वचनात्मक प्रक्रियाओं को नहीं तय कर सकते। देरिदा, फूको और लाकाँ के तर्कों पर अपने चिन्तन को आधारित करते हुए वे विचारधारा की मार्क्सवादी सिद्धान्त की जगह निर्वचन की एक नयी अवधारणा सामने लाती हैं। उनका तर्क है कि सभी व्यवहृतियाँ निर्वचनात्मक होती हैं और व्यवहार की कोई भी व्यवस्था ऐसी दूसरी व्यवस्थाओं के प्रभाव से मुक्त नहीं हैं। इसलिए अन्तिम निर्धारण असम्भव है। इसके लिए वे योजक-व्यवहार (articulative behaviour) के एक नये सिद्धान्त की रचना करती हैं। कहती हैं कि, "Articulatory practice is the construction of nodal points which partially fix meaning. This fixation of meaning is always partial because of what is called the openness of the social, which in turn is consequence of overflowing of every discourse by the infinitude of the field of discursivit." वे यह भी मानती हैं कि सभी वस्तुएँ और क्रियाकलाप अर्थपूर्ण होते हैं और उनको अर्थ महत्त्वपूर्ण विभिन्नताओं की विशिष्ट व्यवस्था के द्वारा दिया जाता है।

तब सवाल उठता है कि निर्वचन से उनका क्या मतलब है। फूको के आद्यबिम्ब सम्बन्धी लेखन के आधार पर वे कहती हैं कि, "Discursive formations consist of related elements that can in certain contexts of exteriority be signified as totality." इस तरह वे भाषिक और सामाजिक व्यवस्थाओं के बीच सादृश्य निर्मित करते हैं, क्योंकि दोनों व्यवस्थाओं में सभी अस्मिताएँ सहसम्बन्धी होती हैं, और सभी सम्बन्धों की एक अनिवार्य विशेषता या चरित्र होता है। किन्तु दो मामलों में वे भाषाई प्रतिदर्श से भिन्न होते हैं। एक तो यह कि सामाजिक सम्बन्ध शुद्धतः भाषाई संवृत्ति नहीं होते, क्योंकि एक निर्वचनात्मक संरचना एक यौगिक व्यवहृति है, जो सामाजिक सम्बन्धों को निर्मित, सुगठित करती है, सिर्फ संज्ञानात्मक या ध्यानपरायण अस्मिता नहीं होती। दूसरे भाषाई प्रतिदर्श में जो बन्द हो जाने की प्रवृत्ति होती है, जो सभी तत्त्वों को आन्तरिक क्षणों में अपचयित कर देती है, उस पर वे आपत्ति करते हैं। ऐसा मान लेने पर तो यह मानना होगा कि प्रत्येक सामाजिक कलाप अर्थ तथा व्यवहार के पहले से ही अस्तित्ववान न्यवस्था के दुहराव हैं और तब आंशिक रूप से अर्थ निश्चित करनेवाले नये नोडल प्वाइण्टों के निर्माण की सम्भावना समाप्त हो जायेगी, जबकि यौगिक व्यवहृतियों की यही मुख्य विशेषता होती है। इसलिए वे भाषा की उत्तर संरचनावादी अवधारणा के आधार पर निर्वचनात्मक क्षेत्र के सम्भाव्य तत्त्वों और विशेष निर्वचन के आवश्यक क्षणों में अन्तर करते हैं। निर्वचन-विशेष सामाजिक अर्थों के आंशिक निर्धारण होते हैं, जबकि निर्वचनात्मक क्षेत्र अर्थ के अधिशेष से सम्बन्धित होते हैं, जो किसी भी निर्वचन के द्वारा कभी भी पूरी तरह से निःशेष नहीं किये जा सकते। कहा जा सकता है कि निर्वचन अर्थ के क्षेत्र पर व्यवस्था और आवश्यकता लागू करते हैं, जबकि अर्थ की अन्ततः सम्भाव्यता इसको पाने की सम्भावना को बाधित कर देती है, असम्भव ही बना देती है। फिर निर्वचन सम्बन्धपरक अस्मिताएँ होते हैं, जिनकी पहचान दूसरे निर्वचनों से अलगाये जाने पर आधारित रहती है। जबकि वे स्वयं उन अर्थों पर आधारित होते हैं, जो अनिवार्यतः दूसरे निर्वचनतन्त्र जुड़ाव से बहिष्कृत होते हैं। इसे ही लकलाऊ और माऊफ विमर्शात्मक-बाह्य कहती हैं। इसका तात्पर्य यह है कि विमर्श के आवश्यक क्षण भी सम्भाव्यता के द्वारा बेध्य होते हैं।

तर्क का वाग्विस्तार करते हुए लकलाऊ और माऊफ कहती हैं कि स्वयं समाज कभी बन्द नहीं हो सकता और उसका विश्लेषण लगभग असम्भव है। हाँ, हर समाज अर्थ के अधिशेष से उफनाया रहता है, जो 'सामाजिक' का निर्माण करता है। निर्वचन को हमेशा ही अपनी निर्मिति के लिए एक निर्वचनात्मक बाह्य की जरूरत पड़ती है। वे निर्वचनात्मक और अनिर्वचनात्मक व्यवहृति का विखण्डन करते हैं। पाते हैं कि सभी कुछ निर्वचन की वस्तु है और सामाजिक व्यवहार के भाषाई और व्यवहारात्मक पक्ष में कोई सत्तामीमांसक फर्क नहीं है। लेकिन वे इसकी दो सीमाएँ अंकित करते हैं। एक तो यह कि वे इस तथ्य को अस्वीकार नहीं करते कि वस्तुओं का वास्तविक अस्तित्व निर्वचन के बाहर होता है। वे इस बात का विरोध करते हैं कि वस्तुओं का निर्वचन के परे भी कोई अर्थ होता है। यानी उनके निर्वचन में अर्थ केन्द्रीय है। दूसरे वे निर्वचन के भौतिक पक्ष को स्वीकार करते हैं, मानसिक पक्ष को नहीं। इस तरह वे वस्तुगत जगत् और भाषा व विचार के जगत् के भेद को धुँधला कर देते हैं, क्योंकि यह दूसरा जगत् पहले ही जगत् की अभिव्यक्ति या प्रातिनिधान है। निर्वचन किसी मानसिक संवृत्ति के अन्तः जगत् तक सीमित नहीं होता, बल्कि वह सार्वजनिक रूप से उपलब्ध और अनिवार्यतः सम्पूर्ण अर्थ के चौखटे होते हैं, जो सामाजिक जीवन का चलन सम्भव बनाते हैं।

प्रश्न यह खड़ा होता है कि जब पहचान सम्बन्धपरक और भिन्नात्मक होती है और कोई भी निर्वचन सिद्धान्ततः बन्द नहीं किया जा सकता, तब कोई पहचान और समाज कैसे सम्भव है? क्या हम अर्थ के स्वतन्त्र खेल तक सीमित रह जाते हैं? लकलाऊ और माऊफ इन प्रश्नों का जवाब सामाजिक सत्तामीमांसा में राजनीति को प्राथमिक बनाकर देती हैं। कहती हैं कि सामाजिक सम्बन्धों की व्यवस्था, जिन्हें हम निर्वचनों के युक्तन के रूप में लेते हैं, हमेशा ही राजनैतिक निर्मितियाँ होती हैं, जिनमें

विरोधाभासों की निर्मिति और शक्ति का प्रयोग अन्तर्भुक्त होता है। चूँकि सामाजिक व्यवस्थाओं का एक मूलभूत राजनैतिक चरित्र होता है, वे उन शक्तियों के लिए भेद्य बन जाते हैं जो राजनैतिक निर्माण की प्रक्रिया में छूट जाती है। इन्हीं प्रक्रियाओं के गिर्द लकलाऊ और माऊफ अपने निर्वचन का राजनैतिक सिद्धान्त निर्मित करती हैं। इसके तीन रूप हैं, सामाजिक प्रतिद्वन्द्विता, राजनैतिक आत्मपरकता और प्रभुत्व।

सामाजिक प्रतिद्वन्द्विता के सन्दर्भ में निर्वचन उन परम्परागत सामाजिक संघर्षों को स्वीकार नहीं करते, जिनमें सामाजिक अभिकर्मियों की पहचान और हित स्पष्ट होते हैं। इनमें राजनैतिक विश्लेषक उनके कारणों, हालातों और परिस्थितियों की व्याख्या करते हैं। वे कहते हैं कि सामाजिक प्रतिद्वन्द्विताएँ इसलिए होती हैं कि सामाजिक अभिकर्मी अपनी पहचान बनाने में असफल रहते हैं और इसलिए अपने हित की पहचान नहीं करा पाते। इस असफलता की जिम्मेदारी के लिए वे एक दुश्मन का निर्माण करते हैं।

इस सामाजिक प्रतिद्वन्द्विता के आधार पर वे सुनिश्चित करते हैं कि इतिहास के अनिवार्य नियम नहीं होते और न पहले से ही हितों और पहचान के आधार पर निर्मित राजनैतिक अभिकर्त्ता। असफलता, कमी, नकारात्मकता आदि जैसे सामाजिक अनुभव से परिचय कराते हैं, जिन्हें समाज के किसी सकारात्मक या अनिवार्यतावादी तर्क के रूप में नहीं लिया जा सकता। चूँकि कलाप हमेशा पराश्रयी और सम्भाव्य होते हैं, इसलिए उनकी भूमिका सामाजिक वस्तुगतता के लिए निर्माणात्मक होती है क्योंकि सामाजिक निर्मितियाँ सामाजिक निर्माण के 'बाहर' और 'भीतर' के एजेण्टों के प्रतिद्वन्द्वी सम्बन्धों पर निर्भर करती हैं। यह सामाजिक निर्मितियों की राजनैतिक सीमा, कहें राजनैतिक मोर्चे का खुलासा करती हैं क्योंकि वे उन बिन्दुओं को दिग्दर्शित करती हैं, जिन पर पहचान कभी स्थिर नहीं रहती, विभिन्नताओं की अर्थपूर्ण व्यवस्था में। बल्कि उनका विरोध उन शक्तियों द्वारा किया जाता है, जो इस व्यवस्था की हद पर रहती हैं। इसे वह 'Negative identity from outside' कहती हैं।

निर्वचनात्मक व्यवस्था के विस्तार के लिए वे 'भिन्नता के तर्क' का सहारा लेती हैं जो मौजूदा पर्याय (equivalence) की शृंखला को तोड़कर विस्तार निर्मिति में अयौगिक (disarticulated) तत्त्वों का प्रवेश कराती हैं। पर्याय का तर्क तो सामाजिक स्थान को दो प्रतिद्वन्द्वी ध्रुवों के गिर्द अर्थ को घनीभूत कर अर्थ को विभक्त करता है, भिन्नता का तर्क प्रतिद्वन्द्विता को कमजोर कर स्थानच्युत करता है, विभाजन को समाज के हाशिये में डाल कर।

लकलाऊ 'सब्जेक्ट पोजीशन' और 'पॉलिटिकल सब्जेक्टिविटी' में भेद करते हैं। आवश्यक पहचान और हितों के साथ एकरूपी 'सब्जेक्ट' के विरुद्ध वह सब्जेक्ट को निर्वचनात्मक संरचना में स्थान देना चाहता है। चूँकि यह स्थान संरचना में अनन्त हो सकता है, जिससे व्यक्ति अपने को 'आइडेण्टिफाई' करे, इसलिए व्यक्तिकर्त्ता के लिए असंख्य और भिन्न सब्जेक्ट स्थितियाँ होंगी। दलित, पिछड़ा, अगड़ा अतिदलित, अतिपिछड़ा, अल्पसंख्यक, स्त्री, भारतीय, सिन्धी, बाँग्लादेशी शरणार्थी, कश्मीरी पण्डित शरणार्थी, बँधुआ मजदूर या इनके विशिष्ट गठजोड़ किसी खास बिन्दु पर बनते हैं और ऐसे बिन्दु अनन्त हो सकते हैं। इस तरह ये 'सोशल ऐक्टर' बनते हैं। 'पॉलिटिकल सब्जेक्टिविटी' में वे क्रियाकलाप करते हैं। लकलाऊ कहते हैं कि इन कर्मियों के कर्म इसलिए जन्म लेते हैं कि वहाँ निर्वचनों की सम्भाव्यता होती है, जो उन्हें पहचान देते हैं। इससे जुड़ा 'डिस्लोकेशन' का भी सिद्धान्त है, "Which refers to the process by which the contingency of discursive structure comes to be seen." यह पहचान के संकट की ओर ले जाता है, जिसके कारण कर्त्ता को अपनी पहचान बनाने के लिए, कर्म करने के लिए बाध्य होना पड़ता है। इसलिए 'सब्जेक्ट' संरचना के द्वारा सिर्फ निर्धारित नहीं होता, न ही वह संरचना का निर्माण करता है। वह कुछ निर्णय लेने के लिए बाध्य होता है और किन्हीं राजनैतिक योजनाओं और उनसे जुड़े निर्वचनों के साथ जुड़ता है। पहचान की इस प्रक्रिया में राजनैतिक सब्जेक्ट निर्मिति होता है रूपग्रहण काल में। इससे संरचना का पुनर्निमाण होता है। एक बार जब उनकी निर्मिति हो जाती है और उसे कुछ स्थिरता मिल जाती है तो वे 'सब्जेक्ट पोजीशन' बन जाते हैं, जहाँ से व्यक्ति सामाजिककर्त्ता बन जाता है कुछ विशेषताओं और पहचान के तत्त्वों के साथ।

लेनिन ने माना था कि श्रमिकवर्ग विभिन्न वर्गशक्तियों और हितों के बीच अस्थायी समझौता कर अपनी प्रभुता प्राप्त करता है। ग्राम्शी ने कहा था कि इतना ही नहीं, इससे बढ़कर श्रमिक वर्ग अपने संकीर्ण स्वार्थों को पार कर और विभिन्न सामाजिक शक्तियों का संयोजन एक नये ऐतिहासिक ब्लाक में कर यह प्रभुता प्राप्त करता है। यानी श्रमिक वर्ग अपने हित को जन सामान्य के हित, या राष्ट्र के हित में रूपान्तरित कर देता है और इस तरह सामूहिक इच्छा बनकर सारभौम मूल्य और हित का प्रतिनिधित्व करता है। इसे आधार बनाकर लकलाऊ और माऊफ अपने सिद्धान्त का विकास तीन चरणों में करती हैं। अपने आरम्भिक लेखन में वे बताती हैं कि प्रभुता की व्यवहृतियाँ मूलभूत सामाजिक वर्गों द्वारा प्रस्तुत की जाती हैं, जो राज्य तथा उत्पादन की पद्धति को अपने हितों और मूल्यों के अनुसार रूपान्तरित करना चाहते हैं। वे कट्टर मार्क्सवाद को चैलेंज करते हैं और मानते हैं कि यहाँ जन या राष्ट्र की चर्चा अनिवार्यतः वर्ग रूप लिये होती है। "Instead these elements are contingent and can be articulated by competing hegemonic projects, which endeavour to endow them with particular class meanings combination."

दूसरे चरण में वे बताती हैं कि कभी विचारधारात्मक तत्त्वों और सामाजिक अभिकर्मियों की पहचान सम्भाव्य और परकाम्य होती है। इसी कारण प्रतिव्यवहृति और सामाजिक अभिकर्म सम्भव हो पाता है। वे यह भी कहती हैं कि प्रभुता की सम्भावना एक तो प्रतिद्वन्द्वी व्यवहृतियों के कारण होती है, दूसरे उस राजनैतिक सीमा की अस्थिरता होती है जो उन्हें विभक्त करती है।

तीसरे चरण में वे तत्त्वों की सम्भाव्यता को प्रभुता की योजना के विषयों और सामाजिक संरचना दोनों तक विस्तारित कर देती हैं। वे स्थानभ्रंश (dislocation) की अवधारणा पर बल देती हैं, जो प्रतीक व्यवस्था को उखाड़ देता है। स्थानभ्रंश घटनाएँ होते हैं जो एक अस्तित्ववादी निर्वचनात्मक व्यवस्था के द्वारा प्रतीकित नहीं हो पाते और इसलिए उस व्यवस्था को विच्छेदित कर देते हैं। ये एक अतिरिक्त, कहें बाह्य निर्वचनात्मक गतिकी होते हैं। पण्यीकरण, वैश्वीकरण, नौकरशाहीकरण इसके उदाहरण हैं आज के समाज के विच्छेदन में। ये राजनैतिक विषयगतता को एक बढ़ी हुई भूमिका प्रदान करते हैं, जो संरचनाओं के टूटने से मिली हुई जगहों पर काबिज हो जाते हैं और उनके निर्णय टूटी हुई व्यवस्थाओं को पुनः संगठित करते हैं। मिथ और सामाजिक कल्पना इस नयी पहचान को सृजित करते हैं। "Myths are new species of representation which attempt to cover over dislocations." यदि वे अपना काम दक्षतापूर्वक कर लेते हैं सामाजिक कल्पना में रूपान्तरित हो जाते हैं। इसलिए, "Social imaginary is a horizon or absolute limit which structures a field of intelligibility."

चूँकि लकलाऊ और माऊफ ने अपने सामाजिक और राजनैतिक विश्लेषणों में समाज-विज्ञानों की प्रचलित ज्ञान-मीमांसात्मक और पद्धतिमूलक आधारों को चैलेंज किया है, इसलिए कुछ दार्शनिक प्रश्नों का उठना स्वाभाविक है। आलोचनात्मक यथार्थवादियों और प्रत्यक्षवादियों ने माना है कि उनके विचार आदर्शवादी, सापेक्षतावादी और पाठवादी हैं। एण्टोजी उडिविस कहता है कि वस्तुओं के जगत् का एक अतिरिक्त या बाह्य निर्वचनात्मक परिप्रेक्ष्य न मानना और यह मानना कि सभी वस्तुएँ सम्भाव्य निर्वचनात्मक निर्मितियाँ हैं, यथार्थवाद तथा आदर्शवाद दोनों को क्रमशः स्वीकार कर लेता है, और तब उनके विभेद को भी स्वीकार कर लेता है। इसलिए आदर्शवादोन्मुख है। जबकि सही बात यह है कि लकलाऊ और माऊफ विचार के बाहर किसी वास्तविकता के अस्तित्व को अस्वीकार नहीं करती हैं। वे सिर्फ इतना कहती हैं कि वास्तविक वस्तुओं का अर्थ उस विमर्श से स्वतन्त्र नहीं होता, जिसमें वे वस्तु के रूप में निर्मित होते हैं। वे लिखती हैं, "The fact that every object is constituted as an object of discourse has nothing to do with whether there is a world external to thought, or with realism / idealism opposition. An earthquake or falling of a brick is an event that certainly exists, in the sense that it occurs here and now, independently of my will. But whether their specificity as object is construed in terms of natural phenomenon or an expression of the wrath of God, depends on the structuring of a discursive field. What is denied is not that such objects exist externally to thought, but rather the different assertion that they could constitute themselves as objects outside any discursive condition of emergence."

उडविस दरअसल उनके सामाजिक विज्ञानों के विश्लेषण को ज्ञान-मीमांसा और पद्धति के क्षेत्र का न मानकर सामाजिक सत्तामीमांसा के क्षेत्र का मानता है और उसके लिए सिर्फ दो विकल्प मानता है—या तो आदर्शवाद या फिर यथार्थवाद। वह तीसरी बात 'radical materialism' जिसे लकलाऊ और माऊफ रखती हैं, नजरन्दाज कर जाता है।

न्यूमान गेरास उनके चिन्तन को सापेक्षतावादी करार देते हुए कहता है कि इस निर्वचन सिद्धान्त की कोई बुनियाद नहीं है। इसलिए, "It slides into a bottomless, relativist gloom, in which opposed discourses or paradigms are left with no common reference point, uselessly trading blows." वह आगे कहता है, "A prediscursive reality and an extra-theoretical objectivity form the irreplaceable basis of all rational enquiry, as well as the condition of meaningful communication across and between different view points."

इन तर्कों में दो पक्षों को अलगाना जरूरी है। एक तो यह कि निर्वचन सिद्धान्त वास्तविक निर्वचनों या विचारधाराओं की उत्पत्ति, निर्मिति और तर्कों का विश्लेषण करता है। विश्लेषण के इस स्तर पर यह विवाद नहीं खड़ा किया जा सकता कि निर्वचन आंशिक रूप से सामाजिक कर्मियों के उस सामाजिक जगत् का निर्माण करता है जिसमें वे रहते हैं और ये निर्वचन व्यवहृतियों की विभिन्न व्यवस्थाओं के लिए उनके अनुयायियों की खोज करते हैं तथा उन्हें सुरक्षित करते हैं। जब तक हम यह स्वीकार न करें कि निर्वचनों का मूल्यांकन ज्ञान-मीमांसक आधार पर होता है, निर्वचनों की बहुलता का तथ्यपरक अस्तित्व किसी अन्तिम बुनियाद की जरूरत को व्यर्थ बना देता है। हमें सिर्फ उनकी स्पष्टता, व्याख्या और मूल्यांकन की जरूरत रहती है।

दूसरे, निर्वचन के सिद्धान्तवादी वास्तविक निर्वचनों का लेखा-जोखा प्रस्तुत करने से मतलब रखते हैं। निश्चय ही उनके द्वारा प्रस्तुत सच्चाई का लेखा-जोखा मूल्यांकन माँगता है। यहीं सत्य और मिथ्या का प्रश्न खड़ा होता है। यदि वस्तुओं के अर्थ और उनके तथ्य सामाजिक विश्व की प्रकृति के बारे में पहले ही मान ली गयी, कहें पृष्ठभूमिमूलक, धारणाओं पर निर्भर करता है, तब प्रतिद्वन्द्वी चौखटे के भीतर और उनके बीच निर्णय लेना कैसे सम्भव होता है? प्रतिप्रश्न यह उठता है कि क्या निर्णय सभी चौखटों से सहसम्बन्धित होते हैं? और क्या सभी चौखटे बराबर से वैध होते हैं? इसके उत्तर में डेविड होआर्थ कहता है कि गेरास के इन प्रश्नों का सम्बन्ध दरअसल इस क्लासिक ज्ञान-मीमांसक आधार से जुड़ा है कि ज्ञान तभी होता है जब तथ्यों के साथ कथन अनिवार्य रूप से जुड़ा होता है। यह भी मानता है कि निर्वचन भाष्य के लिए बन्द होते हैं और इसलिए असमानुपाती होते हैं।

लकलाऊ और माऊफ इसे स्वीकार नहीं करतीं। वे रूपावली के भीतर कथन के सत्य या मिथ्या को त्याग नहीं देतीं। विटगेस्टीन, हेडेग्गर और कावले जैसे बाद के विचारकों के तर्को पर आधारित कर कहती हैं कि ज्ञान का दावा करने से पहले वस्तु और व्यवहृति के अर्थ के लिए किसी मानदण्ड को अपनाना ही होगा। ऐसा न करने पर अपने सामाजिक जगत् में विभिन्न वस्तुओं और व्यवहृतियों की चर्चा भी न कर पायेंगे। दूसरे, जैसा कि फूको ने कहा था उपरोक्त क्लासिकल ध्यानधारणायी मान्यता का मतलब यह नहीं है कि हम यह निर्णय नहीं ले सकते कि दी गयी निर्वचन व्यवस्था में कुछ विश्वास सच्चे हैं कि मिथ्या। इसका सिर्फ इतना मतलब है कि निर्णय जीवन के किन्ही संवृत्तिपरक मानदण्डों पर, उन रूपावलियों पर निर्भर करते हैं, जिनमें हम अपने को पाते हैं।

हम जब विभिन्न और प्रतियोगी जीवन रूपों के बीच निर्णयों की बात पर आते हैं तो पाते हैं कि लकलाऊ और माऊफ दूसरे जीवन रूपों की सम्भावनाओं को या उसी एक जीवनपद्धति में निर्वचन के उस विरोधीस्वरूप को अस्वीकार नहीं करतीं। बस इनकी समझ और मूल्यांकन के लिए उनको निश्चित करनेवाले या खोजनेवाले तर्कों तथा सन्दर्भों को समझने की जरूरत पड़ती है। चूँकि वे अमूर्त रूप से सहसम्बन्धी होते हैं और दूसरे निर्वचनों तथा निर्वचनात्मक व्यवस्थाओं की अपेक्षा रखते हैं, इसलिए ऐसे दूसरे निर्वचन सम्भव हैं। यानी चूँकि निर्वचनों का भाष्य बन्द नहीं किया जा सकता, इसलिए उनके बीच सम्प्रेषण व आदान-प्रदान तर्कतः हमेशा सम्भव है।

यह भी कि यदि विभिन्न निर्वचनात्मक रूपों का मूल्यांकन करना है तो एक पूर्ण वस्तुगत दृष्टिकोण असम्भव है, क्योंकि ऐसी वस्तुगतता एक मूल्य व्यवस्था और अर्थव्यवस्था के भीतर ही सम्भव है। तब भी यह सम्भावना नष्ट नहीं होती कि एक लेखा की तुलना में दूसरी लेखा बेहतर होती है। इसलिए एक लेखा को दूसरे निर्वचन के आलोक में संशोधित किया जा सकता है। इसीलिए वे प्रतिस्पर्द्धी निर्वचनों की असंगतियों और उनकी ओर ले जानेवाले तर्कों की व्यवस्था करते हैं। उनका शमन विचार-निर्वचनों में ही हो सकता है।

लकलाऊ और माऊफ के चिन्तन पर छह आपत्तियाँ दर्ज की जाती हैं। (1) उनकी समाज की अवधारणा सामाजिक वास्तविकता को भाषा और पाठ में अपचयित कर देती है। (2) यह अपचयन सामाजिक संरचना को पूर्णतः छिन्न-भिन्न या केन्द्रहीनता की ओर ले जाता है। (3) परिणामस्वरूप उनका निर्वचन सिद्धान्ततः सामाजिक और राजनैतिक संस्थाओं का विश्लेषण करने में असमर्थ है। (4) उनकी पद्धति आत्मपरकता की ओर ले जाती है। (5) एप्रोच स्तर पर उत्तर संरचनावादी जोर की परिणतिकर्त्ता/अभिकर्त्ता को निर्वचनात्मक संरचना में अपचयित कर देता है। (6) विचारधारा का उनका विवेचन निर्वचन सिद्धान्त के आलोचनात्मक स्वरूप की जड़ ही खोद डालता है।

इन आलोचनाओं को तीन समूहों में रखा जा सकता है। पहले तीन का सम्बन्ध समाज सम्बन्धी अवधारणा से है, अगले दो का आत्मपरकता और अभिकर्मिता से और अन्तिम का विवेचन और मानकी (critique and normativity) से।

समाज की अवधारणा के सम्बन्ध में प्रश्न यह उठता है कि भाषा के रूपक को समाज पर कितना लागू किया जा सकता है? उसके लिए सत्तामीमांसक और सत्ता-सम्बन्धी (ontic) स्तर पर ध्यान दिया जाना चाहिए। दोनों स्तरों में अन्तर करते हुए हेडेग्गर ने कहा था कि सत्तामीमांसक आयाम का सम्बन्ध उन अन्तर्निहित पूर्व मान्यताओं से होता है, जिन्हें विशिष्ट संवृत्ति की पड़ताल करने से पहले वह मान लेती है, जबकि सत्ता-सम्बन्धी मान्यता वह होती है, जो स्वयं संवृत्ति के बारे में होती है। पहले स्तर के लिए लकलाऊ और माऊफ यह मान लेती हैं कि समाज और राजनीति का निर्वचन सिद्धान्त सम्भाव्यता और अनिवार्यता के तर्क पर आधारित है। इस स्तर पर भाषा कई भिन्न फायदे पहुँचाती है, बढ़त बनाकर रखती है। एक तो वह समाज का सहसम्बन्धी अवधारणा निर्मित करती है जो मार्क्सवादी और प्रत्यक्षवादी निर्धारकवाद और अपचयनवाद को हटाकर होती है। दूसरे देरिदा और लाकाँ का विवेचन कर वे स्पष्ट करती हैं कि सम्भाव्यता और अनिवार्यता के तर्क से उत्पन्न जटिल द्वन्द्ववाद सामाजिक सम्बन्धों की संरचना का लेखा-जोखा प्रभुतावादी व्यवहृतियों से रखा जा सकता है। तीसरे भाषा और समाज में रची तुल्यमानता सामाजिक संवृत्ति और घटनाओं की व्यवस्था के लिए साहित्य से बहुत-कुछ प्राप्त कर लिया जा सकता है।

सत्ता-सम्बन्धी स्तर की उनकी पड़ताल विभिन्न सामाजिक निर्मितियों और निर्वचनों की विशेषताओं पर ध्यान केन्द्रित करने का संसाधन प्रदान करता है। वह उनकी उत्पत्ति, काम और परिवर्तन की भी व्याख्या करता है। होवर्थ कहता है कि लकलाऊ और माऊफ इस स्तर पर विफल हैं। इसके अलावा उनके चिन्तन के तीन और क्षेत्रों पर ध्यान दिया जाना चाहिए। एक तो यह कि वे सत्तामीमांसा पर जरूरत से

ज्यादा जोर देती हैं। सत्तासम्बन्धों की तुलना में शायद उन्हें लगता है कि उनकी अवधारणाएँ और तर्क बहुत ही कमजोर और औपचारिक हैं। इसलिए उन्हें दूसरे तर्कों और अवधारणाओं से मजबूत करने की जरूरत है। दरअसल दोनों की सीमाएँ बहुत निर्धारित नहीं हैं। वे निर्वचन के क्षणों और स्तर में सत्तामीमांसक स्तर पर अन्तर तो करती हैं, पर उदाहरणों से समझा नहीं पातीं। दूसरे वे समाज का निर्माण करनेवाले विभिन्न निर्वचनों के बीच एकता देखने का जो ढंग विकसित करती हैं, वह कई दिक्कतें खड़ा करता है। उनका सम्बन्ध समाजप्रभावों से है। ज़िज़ेक का कहना है कि उनकी अवधारणा अर्थ की लाक्षणिक उद्दीपन की जगह लाक्षणिक फिसलन पैदा करती है, "Their conception of society privilages total contingency, intermenacy and randomness and devices necessary limiting effects of extra discursive material constitutions." यानी वे उत्तर संरचनावाद की बिलकुल गलत प्रस्तुति रखती हैं। 'इन्साइडर्स' और 'आउटसाइडर्स' के बीच नोडल प्वाइण्ट्स को लाकर वे 'पार्शियल क्लोजर' और 'पार्शियल फिक्सेशन' ला देती हैं। इसी तरह समाज की एकता के लिए वे जो 'रिक्त संकेतक' की अवधारणा विकसित करती हैं, वह विस्तृत विश्लेषण माँगता है—सिर्फ इतना भर कह देने से बात नहीं बनती कि, "सर्बिया राष्ट्र के बाहरी दुश्मनों के दबाव में देश के भीतर के तमाम आपस में विरोधी समूह राष्ट्र की एकता की ओर बढ़ने लगते हैं।" तीसरे मिलोश माउजेलिस कहता है कि योजक व्यवहतियों का विश्लेषण वे संस्थागत 'वैक्यूम' में करती हैं, जिसके परिणामस्वरूप निर्वचन का उनके अनिवार्यतावाद विरोधी लेखा-जोखा का मतलब यह हो जाता है कि वे वैश्विक सामाजिक निर्मितियों के निर्माण, स्थिरता और रूपान्तरण का गम्भीर विश्लेषण नहीं प्रस्तुत कर पातीं। बात थोड़ी दूसरी है। विमर्श के सिद्धान्तकार राज्य जैसा संस्थाओं का अध्ययन संस्थागत रूप में पराऐतिहासिक और ऐतिहासिक विकास के वस्तुगत नियमों को हटाकर करते हैं। वे संस्थाओं को हितों और क्षमताओं से भरपूर मानकर अध्ययन नहीं करते। इसका निर्वचन सिद्धान्त वैकल्पित अवधारणात्मक संसाधनों का प्रयोग करता है संस्थाओं और संगठनों के विश्लेषण के लिए संस्थाओं को वहाँ तलछटी (sedimented) निर्वचन माना जाता है, जो प्रभुता की व्यवहतियों से उत्पन्न राजनैतिक जड़तावाला होने के बावजूद काफी हद तक स्थायी हो गये होते हैं। इसलिए निर्वचनों के विभेद गुणात्मक न होकर स्थायी होने के डिग्री के आधार पर भिन्न होते हैं।

संरचना और राजनैतिक अभिकर्म के सन्दर्भ में विवेचना का एक ढंग यह स्थापित करता है कि लकलाऊ और माऊफ की आत्मपरकता और राजनैतिक अभिकर्म एक निरपेक्ष ऐच्छिकवाद से, यानी आत्मपरकतावाद से बढ़कर कुछ नहीं है। वह मानवीय व्यक्ति की भूमिका को संरचनात्मक अवरोध से विशेषाधिकार प्रदान करता है। इसके ठीक उलट बिन्दु से उनके राजनैतिक अभिकर्म के लेखा-जोखा पर सन्देह प्रकट किया जाता है। ज़िज़ेक का कहना है कि उनकी अभिकर्त्ता सम्बन्धी अवधारणा फूको के 'सब्जेक्ट पोजीशन' जैसी है, जिसकी निर्वचनात्मक संरचना व्यक्ति के 'पॉलिटिकल एजेंसी' और सार को हर लेता है। इसलिए व्यक्ति के बारे में सिर्फ बात की जा सकती है एक पहले से ही मौजूद निर्वचनात्मक संरचना द्वारा।

पर सही बात यह है कि लकलाऊ और माऊफ इन दोनों आलोचनाओं के बीच एक नया रास्ता बनाकर चलती हैं। वे आत्मपरकता के बारे में अनिवार्यतावादी ढंग को अस्वीकार करती हैं, जिसमें व्यक्तियों को सिर्फ अपने हितों की अधिकतर पूर्ति करनेवाले आदमी के रूप में देखा जाता है। वे उन एप्रोचों को भी छोड़ देती हैं, जिसमें अभिकर्त्ता का काम पूर्व गठित संरचनाओं को पुनः सत्यापित करने तक सीमित हो जाता है। इसमें कहा जाता है कि मनुष्य तो सिर्फ निर्वचनात्मक संरचनाओं में बनते हैं, ये संरचनाएँ अन्तर्भुक्त रूप से सम्भाव्य हैं और आघातवर्द्धनीय। अनिश्चयात्मकता उखड़ जाने या अव्यवस्था की स्थिति में पैदा होती है, जब संरचनाएँ पहचान देनी छोड़ देती हैं, तो इस स्थिति में व्यक्ति दूसरे से नाता जोड़ लेता है और उससे पहचान बनाता है। तब वे और भी अधिक मजबूत राजनैतिक

अभिकर्मी बन जाते हैं। लकलाऊ कहता है, "Political agents emerge when discourses are ruptured and new forms of decisions understood as identifications—are taken." बस इसकी एक ही सीमा है—क्रान्ति, जिसमें सामाजिक सम्बन्धों की नये सिरे से संरचना होती है। यहाँ भी लकलाऊ की बात कुछ इस तरह से सीमित है कि अधिकांश क्रान्तिकारी आन्दोलन और उसके अभिकर्मी मौजूदा विचारधारात्मक परम्पराओं और संगठनात्मक अभिसंरचनाओं से शासित होते रहते हैं।

दूसरी कठिनाई स्वयं निर्णय लिये जाने के बारे में है। इसमें लकलाऊ कहता है कि राजनैतिक अभिकर्मियों का जन्म और नयी सामाजिक व्यवस्था का निर्माण एक बराबर होता है। लेकिन तब विभिन्न प्रकार की निर्मितियों का अन्तर ढह जाता है। इस सिलसिले में संरचनावाद के भीतर निर्णय और संरचना के बारे में निर्णय में भेद किया जाना चाहिए।

टेरी एगिल्टन ने एक प्रश्न यह उठाया है कि लकलाऊ और माऊफ द्वारा परम्परागत मार्क्सवादी अवधारणा का त्याग क्या इस तरह से विचारधारा की विवेचना को खण्डित कर देता है कि यह प्रश्न पूछना नामुनासिब हो जाता है कि सामाजिक विचारधाराएँ वास्तव में कहाँ से आती हैं? यानी क्या उनकी पद्धति में किसी मानक की कमी है? हम जानते हैं कि लकलाऊ और माऊफ की पद्धति से विचारधारा गायब नहीं हो जाती। बस इतना है कि वह ज्ञान-मीमांसा की भूमि पर निर्भर नहीं करती, पर वह किसी निर्माणात्मक बाह्य पर आधारित नहीं होती।

प्रभुता के सन्दर्भ में उनका विचार है कि प्रभुता की व्यवहृतियों के लिए साहचर्यों के विभिन्न तत्त्वों के बीच कुछ स्वायत्तता और भिन्नता की आवश्यकता पड़ती है। इसके लिए विभिन्न समूह अपनी अलग पहचान बनाकर रखते हैं। ऐसा विचार ग्राम्शी का है जो लेनिन के विचार से भिन्न है। लेनिन तमाम समूहों के बीच सहयोग सिर्फ इसलिए चाहता था कि ज़ार को सत्ता से उखाड़ फेंका जाये। उसके बाद प्रभुता सिर्फ सर्वहारा की होनी थी, अन्य तमाम समूहों के सम्बन्धों की नहीं। खैर, इस तरह से प्रभुता एक तरफ हितों और पहचानों में तरमीम चाहती है, जिससे सम्बन्धों का नया सेट बन सके, दूसरी तरफ सामाजिक अभिकर्मियों के बीच अधिक सरभौम जनतान्त्रिक बहुलवादी नैतिकता का संस्थाकरण हो सके। यहाँ प्रभुता का तर्क अधिक सामान्यीकृत होकर विश्लेषण का एक सारभौम औजार बन गया है। उसकी व्यावहारिक और मानवीय परिणतियाँ स्पष्ट हैं। फिर निर्वचन विश्लेषण मूल्यों को हमेशा ताखे पर नहीं रख देते। वे सिर्फ इतना कहते हैं कि मूल्यों को किन्हीं दार्शनिक पूर्व मान्यताओं और निर्वचन सिद्धान्त के सामाजिक सत्तामीमांसा से खींचकर नहीं निकाला जा सकता। "The aggressional justification of values are thus result of an articulatory practice, rather than a necessary entailment."

●

विचारधारा

(1)

कार्यवाही प्रणीत राजनीतिक चिन्तन को विचारधारा कहते हैं। इस 'विचारधारा' शब्द का प्रयोग करनेवाला पहला विचारक एन्तोन दास्तुत दे त्रासी है, जिसने फ्रान्सीसी क्रान्ति के उपरान्त उसका दर्शन, कहिये विज्ञान गढ़ने के लिए इसका प्रयोग किया था, क्रान्ति से जुड़े विचारों के सन्दर्भ में। उसने इन्द्रियानुभूति द्वारा प्रमाणित होनेवाली बातों के आधार पर विचार और क्रियाकलाप के अध्ययन की बात उठायी थी, जिससे कि विचारों का विज्ञान और आलोचना दोनों की निर्मिति सम्भव हो सके। उसके विचार 19वीं सदी के फ्रान्स में पुष्ट हो रहे प्रत्यक्षवाद की देन थे। प्रत्यक्षवाद समाज का अध्ययन प्राकृतिक विज्ञान में प्रयुक्त हो रहे उपकरणों के उपयोग से करना चाहता था। त्रासी ने विचारधारा के सम्बन्ध में वही करना चाहा। आज इस उत्तर-प्रत्यक्षवादी युग में स्पष्ट हो गया है कि सामाजिक ज्ञान और परिकल्पना को प्राकृतिक विज्ञान की तरह संहिताबद्ध नहीं किया जा सकता। किन्तु त्रासी का यह योगदान तो सराहनीय है ही कि सही-सही और स्थायी रूप से विचारधारा के अध्ययन के लिए, कोई इस तरह की साफगोई के लिए न केवल बात करता है, प्रयत्न भी करता है। उसी की बात को बाद में मार्क्स और एंजेल्स ने दूसरी तरह से विकसित किया। उसके विस्तार में जाने से पहले स्वयं विचारधारा की अवधारणा को थोड़ा समझ लेना चाहिए।

सेलिंगर कहता है कि सामाजिक-वैज्ञानिक दृष्टि से विचारधारा विचारों की एक संगत व्यवस्था है जो एक संगठित राजनीतिक कार्यवाही के लिए आधार प्रदान करती है, चाहे वह मौजूदा शक्ति सम्बन्धों की पद्धति को अनुरक्षित करने के लिए हो, सुधार करने के लिए हो या उखाड़ फेंकने के लिए हो। यानी हर विचारधारा में (1) एक मौजूदा व्यवस्था होती है सामान्यतः विश्ववृदष्टि के रूप में (2) आकांक्षित भविष्य के लिए एक प्रतिदर्श होता है—एक अच्छे और शुभकारी समाज के लिए, और (3) यह परिवर्तन आना ही चाहिए, और वह कैसे आयेगा उसके लिए एक स्पष्ट रूपरेखा बनाता है। विचारधाराएँ टीका-टिप्पणी के लिए उपयुक्त व्यवस्था से बढ़कर प्रवहनशील विचारों की ऐसी व्यवस्थाएँ होती हैं जिनमें तमाम विजातीय विचार तमाम बिन्दुओं पर एक-दूसरे से मिलते रहते हैं।

विचारधारा की परिभाषा करते हुए मिखाइल फ्रीडन लिखता है, "A political ideology is a set of ideas, opinions and values that (1) Exhibit a recurring pattern (2) Are held by significant groups (3) Compete over providing and controlling plans for public policy (4) Do so with the aim of justifying, contesting or changing the social and political arrangements and processes of a political community."

यह 'रिकरिंग पैटर्न' राजनीतिक रूप से बहुत महत्त्वपूर्ण है। यह बार-बार घटनेवाला विन्यास जाहिर करता है कि हम जिस बात की चर्चा कर रहे हैं, वह टिकनेवाली शक्ति की परम्परा है, मनमौजी योजना

नहीं, जो उन राजनीतिक संस्थाओं तथा व्यवहृतियों को पुष्ट करके रख सकती है जो विचारधारा के रास्ते में आती है। उदाहरण के लिए उदारवाद को ले सकते हैं। उसका जन्म तब हुआ जब कुछ थोड़े से लोग छोटे से शासक समूह के खिलाफ खड़े होकर उनकी तानाशाही से अपने को मुक्त किये; फिर इस तरह के तमाम विकसनशील समूह सामाजिक वर्ग के साथ जुड़ गये। ज्ञानोदय से मिले सांस्कृतिक प्रस्फुटन को लेकर चलनेवाले कुछ कर्मठ व्यक्तियों द्वारा उन्हें नेतृत्व मिला। आगे ऐसे उदारवादी दलों का निर्माण हुआ जिन्होंने चुनने की स्वतन्त्रता को हाशिये पर पड़े लोगों तक बढ़ाये जाने की माँग की, जिससे कि उन्हें भी विकसित होने का एक बेहतर मौका मिल सके। निश्चय ही यह एक दूरगामी योजना थी और वह अभी तक पूरी नहीं हो पायी है। आज उस विचारधारा को लेकर चलनेवाले तमाम दल एक जैसे घोषणापत्र और लक्ष्य के बावजूद एक नहीं हैं। भारत में देखें तो नारी मुक्ति को आरक्षण के निहित स्वार्थ में बदलकर चलनेवाले तमाम राजनीतिक दल एक-दूसरे के मददगार तो हैं, एक नहीं। जाहिर है कि ऐसे में विन्यास अधिक लचीला हो जाता है।

दूसरी जरूरत यह कि विचारधारा को कुछ महत्त्ववाले समूह स्वीकार करें, उस वक्त पतला पड़ जाता है जब हम पाते हैं कि बहुल और प्रतिस्पर्द्धी राजनीतिक दुनिया में उसे लेकर चलनेवाले दरअसल नेता होते हैं और इसके बावजूद उसकी उत्पत्ति सामाजिक दबाव में होती है। यह भी गौर करने की बात है कि उसके नियन्ता बौद्धिक लोग होते हैं। इन बौद्धिकों का कोई अपना मण्डल नहीं होता। उनकी भूमिका तो होती है, लेकिन उनको लेकर चलनेवाले लोग दूसरे होते हैं और उनके अपने अलग-अलग समूह होते हैं। यहाँ महत्त्वपूर्ण का मतलब प्रचार के साधनों पर नियन्त्रण की क्षमता या फिर राजनीतिक कार्यवाही की योग्यता अधिक होती है, स्वयं विचारधारा का उत्पाद नहीं। अपने हित के लिए दबाव बनानेवाले समूहों की भागीदारी अधिक रसूख रखती है। वे विचारधारा के बड़े परिवार में सदस्य की तरह काम करने लगते हैं। ये अधिकारों की माँग को प्रोत्साहित करते हैं और मिल जाने पर उपसमूहों में वितरित करते हैं।

महत्त्व अन्ततः एक राजनीतिक पेशकश है और सामाजिक आयत है। इससे यह भी जाहिर होता है कि एक ही देश और काल में विभिन्न विचारधाराएँ होती हैं, जिसे एक समूह स्थापित करना चाहता है, तो दूसरा उसका विरोध करता है। आधार समूहों का अपना स्वार्थ और अधिकार होता है, एक को प्राप्त करने के लिए तो दूसरे को बचाये रखने के लिए। यानी वह नये क्षितिजों का तलाश कम होती है, बने-बनाये क्षितिज में अपनी हिस्सेदारी की माँग अधिक होती है। और यह सब व्यक्तियों के बीच नहीं, समूहों के बीच होता है। विचारधारा समूहों के उत्थान और पतन को विहित करती है, जो उनके भाग्य और महत्त्व के मानदण्ड से जुड़ा होता है।

प्रतिस्पर्द्धी राजनीति की जरूरत से स्पष्ट है कि हम जब विचारधारा की बात करते हैं तो हमारा आशय राजनीतिक विचारधारा से होता है, धार्मिक वगैरह से नहीं। लेकिन तमाम देशों में आज राजनीतिक धार्मिक के साथ अन्तर्भुक्त होता चला जा रहा है, एक-दूसरे के लिए शक्तिसम्पन्न होने का साधन बनता जा रहा है। शक्ति अब व्यक्तिगत बहादुरी और सैन्य संगठन की जगह राजनीतिक/सामूहिक नियन्त्रण में पायी जाने लगी है। वह विस्तृत कार्ययोजनाओं में समाहित की जाती है—राजनीतिक दलों के घोषणा पत्र उसके उदाहरण हैं—उसके लिए प्रभावशाली प्रशासन का निर्माण किया जाता है। हर समूह-योजना विचारधारा नहीं होती, किन्तु उस वृहद् विचारधारा के एक डिजाइन के अंश के रूप में तो व्याख्यायित की ही जा सकती है।

विचारधाराएँ राजनीतिक निर्णय लेनेवालों के लिए व्यावहारिक प्रतिदर्श तो होती ही हैं, वे जनमत को भी प्रभावित करनेवाली होती हैं। विचारधारा के ही माध्यम से महत्त्वपूर्ण कामों के लिए राजनीतिक नेताओं का दाखिला इसके अखाड़े में होती हैं। वहाँ विभिन्न विचारधाराओं के लोग अपनी बात को हाथ-पाँव जोड़ने से लेकर प्रचार तक के माध्यम से लोगों तक ले जाते हैं।

(2)

विचारधारा को हम तब और अच्छी तरह से समझ सकते हैं, जब हम उन्हें एक तरफ राजनीतिक दर्शन और दूसरी तरफ राजनीतिक वादों से अलगा कर देखें। मूलभूत स्तर पर विचारधाराएँ राजनैतिक दर्शन से मेल खाती हैं, पर कार्यवाही के स्तर पर वे राजनीतिक आन्दोलनों का रूप ग्रहण कर लेती हैं। इसी तरह राजनीतिक वाद एक उद्देश्य, एक आदर्श की तरह उभरता है। विचारधारा कार्यवाही के लिए सोपान की तरह दिखती है।

राजनैतिक दर्शन राजनीतिशास्त्र का सबसे बड़ा उपनिवेशक है। वह राजनैतिक सिद्धातों का अध्ययन दो या दोनों में से किसी एक के आधार पर जरूर करता है : (1) जो विधान यह प्रस्तुत करता है उसका नैतिक औचित्य; (2) प्रस्तुत राजनैतिक दर्शन का तार्किक औचित्य, यानी तर्क-वितर्क पर आधारित संगति। यूनानी चिन्तन में ही हम दार्शनिकों को ऐसे प्रश्नों का नैतिकतः उचित और बौद्धिकतः अनुसरणीय उत्तर तलाशते हुए पाते हैं कि न्याय क्या है, या कि राजाज्ञा का अनुपालन क्यों करना चाहिए, इत्यादि। पिछले चार सौ वर्षों से हम उन्हें अच्छे राजनैतिक तर्कों की सूक्ष्मताओं पर भी ध्यान केन्द्रित करते पाते हैं कि वे कितने विवेकपरक हैं। वे विवेकपरक चिन्तन पद्धति में अन्तर्भुक्त तार्किक ढंग, अवधारणाओं के बीच भेद करने की क्षमता, उनका आगमिक और निगमिक स्वरूप तथा अन्तःसंगति पर भी ध्यान केन्द्रित करते हैं। ऐसा करने में वे लगातार आत्मालोचन से गुजरते हुए मिलते हैं। ऐसा कर वे एक साध्य का सिद्धान्त—कम-से-कम एक अन्तिम सम्भावना की ओर उन्मुख होते हैं। ऐसा करने के दौरान वे विचारधाराओं के सत्यों की ओर बढ़ते हैं, जिन्हें अक्सर राजनीतिक एजेण्डे की तात्कालिकता में नजरन्दाज कर दिया गया रहता है। इसके कारण जो दारिद्रय उपजता है, उसे ये दार्शनिक चिन्तन में पटु होने के कारण दूर करते हैं और उसकी गुणवत्ता बढ़ा देते हैं।

इससे लग सकता है कि दार्शनिक लोग विचारधारा के सिद्धान्तकार नहीं होते। वे होते भी हैं, तो सिर्फ विचारधारा के निष्पादक बनकर नहीं रह जाते। उससे आगे बढ़कर वे विचारधारा के मन्सूबे और अर्थ के अधिशेष के बारे में भी सोचते हैं। इसी के चलते वे राजनैतिक चिन्तन में सामाजिक समझौता के सिद्धान्त को ला पाये हैं, जिससे राजनीतिक न्यास के नैतिक मुद्दों को उत्तरित किया जा सकता है (जैसे सरकार के आज्ञापालन के बदले प्राकृतिक अधिकारों की गारण्टी)। इससे लोगों के स्वाभाविक विवेकपरकता को सम्मान देने की घोषणा कर पाये हैं (जैसे अराजकता या युद्ध की तुलना में शान्ति का बेहतर होना)। आत्म अनुरक्षण के लिए तार्किक सम्भावना खोज पाये हैं। जबकि विचारधारा के सिद्धान्तकार सारे तर्कों को अपनी विचारधारा की सच्चाई, उपयोगिता और स्वीकृति तक सीमित रखते हैं। इसलिए उसमें बहुत-कुछ अस्पष्ट बना रह जाता है। समाजवाद और उदारवाद में ऐसी ही रिक्तियाँ हैं। फिर उनका इरादा एक बड़े समूह द्वारा स्वीकार किये जाने तक विस्तृत होती है, तार्किक समेकन तक सीमित नहीं। यह समेकन सिर्फ साथ के दूसरे दार्शनिकों को सन्तुष्ट करने के लिए होता है, जनसमुदाय को सन्तुष्ट करने के लिए नहीं। अगर वह मिल जाये तो बोनस की तरह होता है। उस बोनस के लिए वे अपने चिन्तन को भदेस नहीं बना सकते। राजनीतिज्ञ समर्थन पाने के लिए कुछ भी कर सकते हैं। यहाँ तक कि उनकी विचारधारा वास्तव में जनोपयोगी होगी या उसे पूर्णतः लागू भी किया जा सकता है—उससे मतलब नहीं होता। वे भावना को उत्तेजित कर अपना काम साध सकते हैं, लेकिन दार्शनिक बड़े ठण्डेपन से अपना सब काम करते हैं। न तो वे खुद भावनाओं में बहते हैं, न ही अपने पाठकों या सवोदयों को बहने देते हैं।

तब जाहिर है कि विचारधारा राजनैतिक दर्शन से भिन्न होती है। यह एक चाहत का जगत् रचने की जगह राजनीतिक औजार की तरह काम करती है। इसलिए तात्कालिक उपयोग की वस्तु होती है,

दूरगामी परिणाम का बोध नहीं। यह राजनीतिक चिन्तन का प्रतिदर्श नहीं, राजनीतिक उपभोग का प्रतिदर्श होती है। उसके विवेचन के मानदण्ड वे नहीं हैं, जो दर्शन के हैं। वह स्थायित्व की जगह देश-काल की तात्कालिक जरूरत से निबद्ध होती है। दोनों ही व्यावहारिकता से कुछ दूर हैं, लेकिन वैसा दर्शन अपने स्वरूप के कारण है, विचारधारा आकर्षित करने के लिए यदा-कदा प्रयुक्त अपनी गलतबयानी के कारण। उसका सम्बन्ध राजनीतिक कार्यक्रम की दिशा, निर्णय लेने की आवश्यकता और अधिकार से है। वह शुद्धतः लौकिक और तात्कालिक है। वह नैतिक स्तर के लिए संवेदनशील तो होती है, पर उसे अनिवार्य घटक नहीं मानती, यदि वह जनप्रियता में बाधा डाले। इसलिए वह तमाम अच्छे मूल्यों को छोड़ सकती है और तात्कालिक गलत मूल्यों को संरक्षण दे सकती है। एकच्छत्रतावादी विचारधाराएँ अपने विरोधियों का जान लेने में नहीं हिचकतीं।

वाद और विचारधारा में अन्तर हम अन्यत्र देख आये हैं। यहाँ इतना ही नोट करना समीचीन है कि वाद में प्रवृत्ति और जन के मूड यानी चित्त पर बल होता है। इसलिए एक समय में एक वाद के भीतर कई विचारधाराएँ उपस्थित रह सकती हैं, लेकिन एक ही विचारधारा के भीतर कई वाद नहीं रह पाते, उनके तत्त्व चाहे जो स्थान प्राप्त कर लें। वाद में एक साथ ही कुछ समूहों के विश्वास और कलाप काम करते हैं, जबकि स्वयं वाद क्रियाशील नहीं होता, वह उनसे स्वरूप ग्रहण करता रहता है, जबकि विचारधारा सीधे-सीधे कलाप को निर्देशित और उत्तेजित करती है। वाद 'untried social theory' के रूप में होता है। रेमाण्ड विलियम्स कहता है कि उनका जन्म धार्मिक विवादों से उत्पन्न अधैर्य से हुआ था जो धीरे-धीरे सिद्धान्तों के प्रति अधैर्य में रूपान्तरित हो गया। यानी धार्मिक से सैद्धान्तिक और सैद्धान्तिक से राजनीतिक रूपान्तरण की प्रक्रिया में वाद का जन्म पिछले चार सौ वर्षों में हुआ है। इस रूपान्तरण के भीतर विचारधारा की भूमिका भी रही है। वाद में अनुदारता का तत्त्व काफी होता है, विचारधारा में व्यावहारिकता का। पूँजीवाद एक वाद है। उसे नष्ट करने के लिए हुआ चिन्तन मार्क्सवाद एक विचारधारा है। उसे दृढ़ करने के लिए की गयी उदारवादियों या अनुदारवादियों की कार्यवाही भी विचारधारा है।

(3)

विचारधारा के अध्ययन के आज कई ढंग हैं। उन्हें हम यथाप्रसंग देखेंगे। उनमें एक ढंग अवधारणावादी इतिहास का भी है। अवधारणावादी इतिहास (Conceptual History) में राजनीतिक शब्दावली के शब्दों का अर्थ उनके इस्तेमाल के ऐतिहासिक परिप्रेक्ष्य, बाह्य घटनाओं और व्यवहृतियों से निरूपित किया जाता है और उसके लिए संचयी और विच्छेदक दोनों रूपों को समाहित किया जाता है। अवधारणावादी इतिहास का सम्बन्ध विखण्डनवादी भाषा विज्ञान से है जो अर्थ के लिए तुल्यकालिक (Synchronic) और कालातीत (diachronic) दोनों ही स्थितियों को ध्यान में रखता है। विचारधारा के सम्बन्ध में भिन्नता, संघर्ष, सन्दर्भ और क्षेत्र सभी को ध्यान में रखा जाता है। इसके आधार पर रेन्हार्ट कोसेलेक ने कहा है कि आधुनिक राजनीतिक अवधारणाएँ क्रमशः अमूर्त और सामान्यीकृत होती चली गयी हैं और इस प्रक्रिया में राजनीतिक शब्दावली का अविभिन्न अंग बन गयी हैं। दूसरे उसने विचारधारा के स्थान बदलते के क्षितिज की अवधारणा पर बल दिया है। यानी विचारधाराओं का अर्थ अतीत और वर्तमान के क्षितिजों के मिलन पर निर्भर करता है। अर्थ का भविष्य भी अतीत की उम्मीदों और वर्तमान के अनुभव पर निर्भर करता है। सामूहिक स्मृति संचयी भी होती है और भविष्य के 'विजन' का आधार भी होती है। यह सही है कि मनुष्य अपना इतिहास स्वयं बनाता है। लेकिन यह इतिहास शून्य में नहीं बनता। इसीलिए वह मनमौजी ढंग से भी नहीं बन सकता। उसकी परिस्थितियाँ वह स्वयं

नहीं चुन सकता। उन्हें उन परिस्थितियों को बनाना होता है, जिनसे वे सीधे टकराते हैं और जो अतीत से प्राप्त हुए रहते हैं।

इस अवधारणात्मक इतिहास ने बताया है कि विचारधाराएँ सात प्रकार की होती हैं–

(1) प्रतिक्रियावादी–इसमें समय गतिहीन होता है। ये समय के किसी खास बिन्दु पर बने रहने पर बल देती हैं।

(2) परम्परागत–ये समय के आवर्तन पर, पुनर्घटना पर, चक्र पर जोर देती हैं।

(3) ज्ञानोदयी अनुदारवादी–ये संचयी होती हैं, क्योंकि अतीत के अनुभव पर बनी होती हैं। फिर ये विकसनशील भी होती हैं, क्योंकि ये मानती हैं कि मनुष्य अपनी इच्छा से छोटे-मोटे परिवर्तन कर सकता है।

(4) सामाजिक जनतान्त्रिक–ये सामाजिक संवाद पर जोर देती हैं। ये मानती हैं कि समय के परिप्रेक्ष्य में निरन्तर बेहतरी हासिल की जा सकती है।

(5) क्रान्तिकारी–ये प्रयोजनमूलकता पर बल देती हैं। मानती हैं कि राज्य को एक उद्देश्य के रूप में स्वीकार कर लेने पर राज्य परिवर्तन को तय करने और उसे लाने में सक्षम होता है।

(6) फासीवादी–यह पुनर्नवा करने पर जोर देती है। मानती है कि एक नया सवेरा आगे है।

(7) यूटोपियावादी–यह सम्प्रक्षेपित होती है। हवाई होती है। मानती है कि एक मिथिकल बेहतर भविष्य आगे है, चाहे उसे कभी प्राप्त न किया जा सके।

विचारधाराओं का वर्गीकरण दूसरी तरह से भी किया गया है सामाजिक प्रचलन और संवृत्ति (phenomenon) के आधार पर। आधुनिक काल की एक ऐसी ही विचारधारा उदारवाद है। इसे व्याख्यायित करने के लिए व्यक्तिवाद, स्वतन्त्रता, सहिष्णुता और सहमति पर जोर दिया गया है। उसे आगे देखेंगे। तत्काल यह कहना है कि यह क्लासिक उदारवाद से भिन्न है। क्लासिक उदारवाद में व्यक्तिवाद की पराकाष्ठा मिलती है। मनुष्य को अहमन्य, आत्मरत और आत्मविश्वासी प्राणी के रूप में देखा जाता है। सी. बी. मैक्फर्सन ने उन्हें 'possessive individual' कहा है, "Who are taken to the proprietors of their own person and capacities, owning nothing to society, or to other individuals." समाज की अणुवादी धारणा इस विश्वास पर आधारित है कि समाज की रचना आत्म-पर्याप्त व्यक्तियों के द्वारा होती है, जो दूसरों के प्रति कुछ भी देय नहीं रखते। यह धारणा नकारात्मक उदारता या स्वतन्त्रता में विश्वास रखती है, जिसका मतलब है कि एक को दूसरे के कामों में हस्तक्षेप नहीं करना चाहिए। व्यक्ति के ऊपर कोई बाहरी प्रतिबन्ध नहीं होना चाहिए। यह धारणा राज्य और सरकार की दखलन्दाजी के प्रति कोई सहानुभूति नहीं रखती। इसका एक विचारक टामस पेन राज्य को एक आवश्यक बुराई मानता है। राज्य जरूरी है, क्योंकि वह व्यवस्था और सुरक्षा प्रदान करता है, इस बात की गारण्टी देता है कि समझौतों को, संविदाओं को सम्मान प्रदान किया जायेगा। यह बुरा है क्योंकि यह समाज और व्यक्ति पर सामूहिक इच्छा लादता है और दोनों में व्यक्ति की स्वतन्त्रता और जिम्मेदारी को सीमित कर देता है। क्लासिकल उदारवाद राज्य को कम-से-कम सत्ता दे चौकीदार की भूमिका में रखने का हिमायती है। आर्थिक क्षेत्र में इसकी परिणति एक तरफ खुले बाजार में होती है, तो दूसरी तरफ इस विश्वास में कि आर्थिक कलाप तब सबसे अच्छी तरह के किये जाते हैं जब सरकार लोगों को मुक्त रूप से अपना काम करने का अवसर प्रदान करती है। अन्तरराष्ट्रीय क्षेत्र में Laissez faire अधिकतम् समृद्धि की गारण्टी देता है। इसमें व्यक्ति अपनी योग्यता के अनुसार उठता या गिरता है और जिससे महत्तम सामाजिक न्याय प्राप्त हो पाता है।

फिर भी उदारवाद में क्लासिक उदारवाद के तत्त्व समाहित दिखते हैं। व्यक्ति को ही प्रमुख राजनीतिक कर्मी माना जाता है; उचित राजनीतिक प्रबन्धन के लिए औपचारिक समानता को पर्याप्त माना जाता है

तथा मनुष्यों के बीच सम्बन्ध को परस्पर लेन-देन के सम्बन्ध के रूप में देखा जाता है—क्योंकि सभी राजनीतिक संविदाएँ बाजार के नियमों के आधार पर बनायी जाती हैं। दरअसल उदारवाद का निर्माण कई पराभूत अवधारणाओं से होता है और वे उदारवाद के लिए अपरिहार्य हैं। इसीलिए इसे मेटा-आइडिओलॉजी कहा जाता है, जिसमें कई विरोधाभासी और एक-दूसरे से प्रतिस्पर्द्धा करते मूल्य और विश्वास समाहित रहते हैं। उनमें से कुछ इस प्रकार हैं—यह विश्वास कि मनुष्य विवेकशील होता है; इस बात पर जोर कि विचार की पूरी स्वतन्त्रता और कुछ हद तक कर्म की स्वतन्त्रता व्यक्ति और समाज के लिए जरूरी है, इस बात में पूर्ण विश्वास की प्रगति होती है, यह मान्यता की व्यक्ति ही प्रमुख सामाजिक इकाई है और उसमें चुनाव करने की क्षमता है। इसके अलावा सामाजिकता और मानवीय अनुग्रह की सामान्य स्वीकृति, व्यक्तिगत वफादारी की जगह सामान्य हित पर जोर, शक्ति के प्रति तब तक सन्देह, जब तक कि उसे सीमित और उत्तरदायी न बना दिया जाये। ये सब उदारवाद के निर्माण के न्यूनतम तत्त्व हैं। यह भी अपेक्षा रखती है कि मानवीय कर्म और उसकी नीयत के बारे में हमेशा एक प्रश्न भाव बनाकर रखा जाये, जिससे कि एक तरफ अपने कलापों और अवधारणात्मक व्यवहृतियों का आत्मालोचन हो सके, तो दूसरी तरफ दूसरों के कलापों को बरदाश्त किया जा सके।

इस उदारवाद की उपलब्धियाँ काफी बड़ी रही हैं। काफी हद तक इसी के चलते उपनिवेशों को स्वतन्त्रता मिली है। हाशिये पर पड़े लोगों को तानाशाही और भेद-भाव से मुक्ति मिली है। जनतन्त्रों की स्थापना हुई है। सामाजिक सुधार को बड़े स्तर पर सम्भव बनाया है। कल्याणकारी राज्य की बुनियाद रखी है। प्रथम महायुद्ध के बाद वुडरो विल्सन के चौदह सूत्री कार्यक्रम के आधार पर नयी विश्व व्यवस्था की ओर प्रचरण हुआ है। संयुक्त राष्ट्र संघ और मानवाधिकारों की स्थापना हुई है। इससे तानाशाहियों में कमी आयी है। लगभग सभी संविधानों ने अपने नागरिकों को कुछ मूलाधिकार प्रदान किया है, जिसने सरकार की शक्ति पर सीमा बाँधी है। सरकार के अंगों में अधिकारों का विभाजन हुआ है और सन्तुलन बना है। इन सबने मिलकर दुनिया को बदला है।

इसकी कुछ सीमाएँ भी रही हैं। स्त्री और पुरुष में बराबरी अभी पूरी तरह से स्थापित नहीं हो पायी है। दलितों को आगे बढ़ाने के नाम पर निहित स्वार्थों का निर्माण हुआ है, जिसने एक दूसरे प्रकार की गैरबराबरी पैदा किया है। कई जगह तानाशाहियों को रोकने में नाकाम रहा है। आन्तरिक और बाह्य दोनों ही तरह के आतंकवाद को रोकने में असमर्थ रहा है। अनुदार संस्कृतियों से मुकाबिला करने में असमर्थ सिद्ध हुआ है।

उदारवाद औद्योगीकृत पश्चिम की विचारधारा है। उसकी उत्पत्ति सामन्तवाद के कमजोर पड़ने पर हुई जब उसकी जगह पूँजीवाद और बाजारवाद का विकास हुआ। उसका सम्बन्ध विकसनशील औद्योगिक मध्य वर्ग से बना। पूँजीवाद और उदारवाद में गहरा सम्बन्ध रहा है। आरम्भ में उदारवाद एक राजनीतिक सिद्धान्त था, जिससे तानाशाही और सामन्ती विशेषाधिकार पर हमला किया गया तथा संवैधानिक व प्रतिनिधित्वप्रणीत सरकारों की स्थापना की गयी।

आज उदारवाद अमेरिका के हाथों में पड़कर राज्य के हस्तक्षेप के प्रति अधिक सहानुभूतिपरक बन गया है। आज वहाँ कम-से-कम शासन करनेवाली सरकार की जगह 'बिग गवर्नमेण्ट' की बात हो रही है, जिसका तात्पर्य है आर्थिक प्रबन्धन और सामाजिक नियमन के लिए हस्तक्षेप करने का अधिकार। यह परिवर्तन तब आया, जब देखा गया कि औद्योगिक पूँजीवाद ने नये तरह के अन्यायों को जन्म दिया है और जनता को बाजार की दया पर छोड़ दिया है। जॉन स्टुअर्ट मिल ने 19वीं सदी में व्याप्त सिद्धान्तों सम्बन्धी माहौल के तहत राज्य के सीमित हस्तक्षेप की वकालत की थी और इस तरह से क्लासिकल उदारवाद के उत्कट व्यक्तिवाद पर रोक लगाया था। उसी के आधार पर टी. एच. हिलग्रीन, एल. टी. हाबहाउस, ए. हाबसन जैसे नव-उदारवादियों ने स्वतन्त्रता की सकारात्मक व्याख्या स्वीकार कर उसका परिप्रेक्ष्य विकसित किया। यहाँ स्वतन्त्रता का मतलब व्यक्ति को अकेला छोड़ देना नहीं, व्यक्तिगत

विकास के लिए राज्य द्वारा उन परिस्थितियों और परिवेश का निर्माण करना हो गया, जिससे व्यक्ति के समस्त गुणों को अपना करतब दिखाने का मौका मिले। यही सामाजिक या कल्याणकारी उदारवाद का आधार बना। कहा गया कि राज्य सामाजिक कल्याण के लिए हस्तक्षेप कर स्वतन्त्रता को और बढ़ा देता है, पाँच बड़ी बुराइयों को दूर कर, जिन्हें बेवरीज 'इग्नोरेन्स, वाण्ट, आइडिलनेस, स्क्वैलर एण्ड डिजीज' कहता है। अन्तरराष्ट्रीय क्षेत्र में यह लेजेज फेयर पूँजीवाद को अस्वीकार करता है और उसकी जगह केयेन्स के इस विचार को स्वीकार करता है कि, "growth and prosperity could be maintained only through a system of managed or regulatory capitalism, with key economic responsibilities being placed in the hands of state." लेकिन राज्य के हस्तक्षेप की यह शक्ति जॉन राल्स जैसे विचारक गरीबों और शक्तिहीनों के उत्थान की शर्तों के साथ ही देना चाहते हैं, जिससे कि न्याय का पुनर्वितरण हो सके।

उदारवाद का अधुनातन रूप नव उदारवाद है। और यह पूँजीवाद के आर्थिक स्वरूप की जगह राजनीतिक स्वरूप पर बल देने के कारण है। यह क्लासिकल अर्थनीति के उस पक्ष का सम-सामयिक रूप है, जिसे फ्रेडरिक हाइक और मिल्स फ्रीडमैन जैसे मुक्त बाजार के दार्शनिकों ने द्वितीय महायुद्ध के बाद विकसित किया था। हाइक समाजवाद का कटु आलोचक था तथा व्यक्तिवाद व बाजार व्यवस्था पर भरपूर जोर देता था और उसके लिए राज्य के हस्तक्षेप का हिमायती था। इससे बाद में 'न्यू राइट' का विकास हुआ था, जो दरअसल अनुदारवादियों की अवधारणा है। यह बाजारी व्यक्तिवाद और सामाजिक सत्ता के मिले-जुले रूप का हिमायती है। यदि हाइक आस्ट्रियन स्कूल का संस्थापक था तो फ्रीडमैन शिकागो स्कूल का। उसने मुद्रावाद और मुक्त बाजार की वकालत की। कहा कि सरकार की 'कर लगाओ और खर्च करो' की नीति बिलकुल ठीक नहीं है। जॉन मेनालई किन्स ने 'मैक्रो-इकोनॉमिक्स' की स्थापना एक तरफ नव-क्लासिकल इकोनॉमी की, और दूसरी तरफ लेजेज फेयर की बात करके की थी। फ्रीडमैन ने उसकी भी बड़ी आलोचना की। कहा कि माँग आधारित व्यवस्था ही उचित होती है और सामाजिक जनतन्त्र को बेहतर माना जाना चाहिए। नव उदारवाद का एक दार्शनिक राबर्ट नोचिक है, जिसके लेखन ने 'निउ राइट' को बहुत प्रभावित किया है। उसने 'लिवरटैरियनिज़्म'—यह विश्वास कि व्यक्ति की स्वतन्त्रता का क्षेत्र खूब विस्तृत किया जाना चाहिए और उसके लिए सरकार तथा दूसरे जन प्राधिकरणों का अधिकार अति सीमित कर दिया जाना चाहिए—की जमकर वकालत की थी। कहा था कि सम्पत्ति के अधिकार को किसी भी रूप में नहीं छुआ जाना चाहिए, बशर्ते धन को उचित साधनों से कमाया गया हो या हस्तान्तरित किया गया हो। इसके लिए न्यूनतम कर नीति और न्यूनतम राज्यहस्तक्षेप की जरूरत है। उसने कल्याणकारी राज्य और सम्पत्ति के पुनर्वितरण का विरोध किया है। उसके अधिकार पर आध ारित औचित्य और न्याय के सिद्धान्त को बाद में जॉन राल्स ने विकसित किया है।

आज नव उदारवाद के दो स्तम्भ हैं, बाजार और व्यक्ति। उसके लिए वह राज्य की सीमाओं को संकुचित करने पर बल देता है, जिससे कि राज्य के नियन्त्रण से मुक्त होकर बाजारी पूँजी अधिकतम फायदा उठा सके दक्षता, विकास और जोखिम के फैलाव के रूप में। उसे लगता है कि राज्य का 'मृत हाथ' पहल और जोखिम को बाधित करता है। सरकार अपनी तमाम अच्छे इरादों के बावजूद मानवीय क्रियाकलापों को दूषित करती है। जाहिर है कि इसका सीधा सम्बन्ध जिउ राइट के मालिकाना की राजनीति से है और उसके लिए राष्ट्रीयकरण और राज्य के व्यापारिक क्रियाकलाप का विरोध करती है। सिद्धान्त है 'Private is good, public is bad'. जाहिर है कि यह मारग्रेट थैचर के असम या नवीनत व्यक्तिवाद से सम्बन्धित है जिसका कहना था कि, "There is no such thing as society, only individuals and their families." यह 'नैनी स्टेट' का विरोध करता है, जो निर्भरता को महत्त्व देकर स्वतन्त्रता और खुले बाजार को बाधित करता है और व्यक्तिगत जिम्मेदारी, आत्म-सहायता और उद्यमिता को बढ़ावा देता है। वैश्वीकरण का दर्शन रचता है। वे सम्पत्ति के अधिकार और उससे जुड़े कर्त्तव्य को न्याय की तरह मानते हैं। एक तरफ पुरखों के रिक्थ के रूप में, तो दूसरी तरफ भविष्य के लिए दाय के रूप में।

(4)

अनुदारवाद की विचारधारा उदारवाद की विचारधारा के लगभग ठीक उलट है। इसका जन्म 18वीं सदी के अन्तिम और 19वीं सदी के आरम्भिक दशकों में हुआ था, जब आर्थिक और राजनैतिक परिवर्तन की तेज गति का विरोध आरम्भ हुआ था। उस गति का प्रतीक फ्रान्स की क्रान्ति थी। इसलिए अनुदारवाद का सम्बन्ध पुरानी सरकारों से बनकर उभरा। उसने परम्परागत सामाजिक व्यवस्था के पक्ष में उदारवाद, समाजवाद और राष्ट्रवाद का तगड़ा विरोध किया। किन्तु इस विरोध के स्वरों में भिन्नता भी साथ-ही-साथ उभरती गयी। जोसफ द मायेस्त्र ने सभी तरह के सुधारों को सिरे से नकार दिया। उसके स्वर का स्वरूप प्रतिक्रियावादी और स्वेच्छाचारी था। किन्तु फ्रान्स के इस स्वर से भिन्न स्वर ब्रिटेन और अमेरिका में उभरा। उसका दार्शनिक एडमण्ड बर्क था, जिसने कहा, "Go for change in order to conserve." इसके आधार पर राज्य का स्वरूप अभिभावक का बना और सामाजिक सुधारों के लिए गुंजाइश बनी। एक राष्ट्र में एक राज्य और एक सरकार के दर्शन का विकास हुआ। 1950 के बाद ब्रिटेन में इसको माननेवाले दल के शासन ने केनेसियन सिद्धान्त का विरोध कर 'सामाजिक जनतन्त्र' पर जोर दिया। इसका विरोध बढ़ने पर अनुदारवाद का रूप थोड़ा बदला और उसकी परिणति 'न्यू राइट' में हुई, जिसने राज्य और उसके अभिभावक स्वरूप का विरोध किया। इससे वह क्लासिकल उदारवाद के नजदीक पहुँच गया। इसकी चर्चा करने से पहले जरूरी है कि अनुदारवाद के मूलभूत तत्त्वों को थोड़ा समझ लिया जाये।

पहला तत्त्व है परम्परा। इसका समबन्ध प्रचलित परम्पराओं और संस्थाओं के प्रति सम्मान जताने से है, जिनका परीक्षण सदियों से होता आया है और उपादेय सिद्ध हुए हैं। यानी परम्परा अतीत के संचित प्रज्ञान पर जोर देती है और कामना करती है कि उनसे भविष्य में भी कल्याण होगा। इसलिए उन्हें बचाये रखने पर जोर देती है। वह स्थायित्व, सुरक्षा और निरन्तरता पर जोर देती है, जिससे व्यक्ति को अपनी ऐतिहासिकता और सामाःजिकता की अनुभूति होती है।

दूसरे यह मानवीय बुद्धि-विवेक की सीमाओं को स्वीकार करती है। इनका जन्म हमारे रहने के जगत् की जटिलताओं से होता है। इसलिए विचारों के अमूर्त सिद्धान्त और व्यवस्थाओं को सन्देह की दृष्टि से देखा जाता है। उनकी जगह अनुभव, इतिहास और फलवाद पर जोर दिया जाता है। फलवाद यानी प्रैगमेटिज़्म का मतलब है यह विश्वास कि कर्म को व्यावहारिक परिस्थितियों और उद्देश्यों पर आधारित किया जाना चाहिए। इसलिए अनुदारवादी लोग अपने विश्वास को 'Attitude of mind' और 'approach to life' कहते हैं, विचारधारा नहीं। तो भी वे इसे अवसरवाद नहीं मानते, न ही बनने देते हैं।

तीसरे मानवीय प्रकृति के बारे में उनका दृष्टिकोण निराशावादी है। वे मनुष्य को सीमित, पर निर्भर और सुरक्षापेक्षी मानते हैं। इसलिए वह परिचित, परीक्षित और सुव्यवस्थित समाज-व्यवस्था में रहना चाहते हैं। वे नैतिक रूप से भ्रष्ट, स्वार्थी, लालची और शक्ति के आकांक्षी होते हैं। इसलिए अपराध और अव्यवस्था सामाजिक परिस्थितियों से कम, व्यक्तिगत चूक के कारण अधिक जन्म लेते हैं। इसलिए जरूरत मजबूत राज्य की होती है, जो सख्ती से कानून लागू करे और दण्ड दे।

चौथे अनुदारवादी विचारक समाज को एक अवयवीपूर्णता मानते हैं, जीवित अस्मिता मानते हैं, मानवीय जरूरतों की पूर्ति के लिए एक नकली निर्मिति नहीं। इसलिए वे तमाम सामाजिक संस्थाओं को उसका अंग मानते हैं, जो उसके सामर्थ्य और स्थायित्व को बनाकर रखती है। स्वयं समाज उनका समुच्चय न होकर, उन अंगों से बना एक स्वतन्त्र इकाई और व्यक्तित्व होता है। उसको बनाये रखने के लिए मूल्यों और सार्वजनीन संस्कृति में भगीदारी जरूरी होती है।

पाँचवें इसे चलाने के लिए ऊपर से इस्तेमाल होनेवाली सत्ता की जरूरत पड़ती है और साथ ही अनुभवी लोगों की, जो नेतृत्व, निदेश और समर्थन देते हैं उनके ही हित में। इसके लिए पहले प्राकृतिक कुलीनवाद पर जोर दिया जाता था, किन्तु आज जनतन्त्र के विकास के साथ प्रशिक्षण और अनुभव पर जोर दिया जाता है। सत्ता के गुण के कारण लोगों को सम्पत्ति का अधिकार और निर्णय लेने का अवसर

प्रदान किया जाता है, जिससे लोगों में 'हम कौन हैं, और हमसे क्या आशा की जाती है' का विवेक बनता है। स्वतन्त्रता का जन्म जिम्मेदारी के साथ होता है—जिम्मेदारी और कर्त्तव्य को इच्छित ढंग से स्वीकार किया जाता है।

अनुदारवादी सम्पत्ति के अधिकार को जरूरी मानते हैं, क्योंकि यही स्वतन्त्रता, सुरक्षा और कुछ कर पाने की क्षमता प्रदान करती है और सरकार पर आधारित रहने की प्रवृत्ति में कमी लाती है। यही दूसरों की सम्पत्ति और कानून को सम्मान देने की भावना का निर्माण करती है, उसे बढ़ाती है। वह लोगों के व्यक्तित्व को बाह्यीकरण, यानी मूर्तिकरण, यानी निजता प्रदान करती है।

अनुदारवाद पर अक्सर अवसरवादिता का आरोप लगता है। 19वीं सदी में उसकी भूमिका अभिभावक की और हस्तक्षेपकर्त्ता की थी। वही 20वीं सदी के अन्त पर मुक्त बाजार और कम-से-कम हस्तक्षेप की हिमायती है। ऐतिहासिक दृष्टि से देखें तो पाते हैं कि 19वीं सदी के अनुदारवाद ने 20वीं सदी में चोला बदल लिया—ऐसा रूपान्तरण किया कि पहचानना कठिन हो गया। कहा गया कि इसका पूर्वनिर्धारित कोई मूलभूत तत्त्व नहीं है और जो संस्थाएँ इसे लेकर चलती हैं अपनी निरन्तरता से ही मतलब रखती हैं। उसका प्रतिबिम्बन उसी से होता है, नीतियों से नहीं। इसी कारण यह ब्रिटेन में औद्योगिक संकट के समय या समाज कल्याणकारी कामों में निष्क्रिय भूमिका से निकल कर सक्रिय भूमिका में आ गयी, एक नयी और अलग नीति लेकर। एक समय यूरोप में धर्म और उसमें भी कैथोलिक मत को लेकर 'क्रिश्चयन डिमोक्रैट' के नाम से कई राजनीतिक दल सक्रिय हो गये थे। जब उस नीति की जनप्रियता घटी तो उन्होंने राष्ट्रीय एजेण्डा उठा लिया। हालाँकि उसे लेकर उनके पास करने के लिए कुछ विशेष नहीं था, क्योंकि राष्ट्रीय परम्परा को लेकर तमाम दक्षिणपन्थी दल पहले से ही काम कर रहे थे।

आज अनुदारवाद का चिन्तन नव-अनुदारवाद में रूपान्तरित हो गया है। उसके पहले नये दक्षिणपन्थ ने सत्ता की पुनर्स्थापना की बात की थी, जिससे परिवार, जाति और धर्म से जुड़े पुराने मूल्यों को नये सिरे से लागू किया जा सके और परिणामस्वरूप स्थायित्व और सुरक्षा प्राप्त किया जा सके। आज नव अनुदारवाद उसी को लेकर चल रहा है 'परमिसिवनेस' का मुकाबला करने के लिए। इस 'परमिसिवनेस' को ही भारतीय मुहावरे में 'सब चलता है' कहा जाता है। इसके अनुसार व्यक्ति को और व्यक्ति से जुड़कर जन को पूरी छूट दी जाती है अपना नैतिक चुनाव करने के लिए, क्योंकि यह मानती है कि कोई मूल्य ऐसा नहीं होता, जिसकी सत्ता सभी स्वीकार कर लें। दरअसल अमेरिका में तमाम नवउदारवादी वे हैं, जो कभी उदारवादी हुआ करते थे और जिनका जानसन और केनेडी के सुधारों से मोहभंग हो गया था। दूसरी प्रवृत्ति बहुमतान्तरवादी और बहुसंस्कृतिवादी समाज निर्मिति को लेकर चिन्तित रहने की है। यह मानती है कि वह संघर्ष को न्योता देनेवाली है और स्थायी भी नहीं है। इसी तरह ये संयुक्त राष्ट्र और यूरोपीय संघ जैसे अन्तरराष्ट्रीय संगठनों को भी सन्देह की दृष्टि से देखते हैं। ये तमाम देशों की विदेशनीति को भी प्रभावित करने लगी हैं।

यूरोप से बाहर अनुदारवाद में एक ओर प्रवृत्ति काम करती दिख रही है। वह है धर्म पर जोर। यह जोर नैतिक मूल्य और राजनीतिक विश्वास को निर्मित करनेवाली तो है ही, उसी के आधार पर राजनीतिक व्यवस्था को भी बनाने पर जोर देनेवाली बन गयी है। उसका सबसे बड़ा विस्फोट इस्लामी देशों में हुआ है। इस्लाम के पुराने तीर्थस्थल एक देश में हैं, जबकि अनुयायी पूरी दुनिया में फैले हुए हैं। उनके मत के अनुसार लौकिक स्तर पर उनका एक खलीफा होता है जो मतावलम्बियों में राजनीतिक स्तर पर भी एकता स्थापित करता है। तुर्की के सुल्तान के न रहने पर एक शून्य पैदा हो गया है, जिसे भरने के लिए बिना नाम लिये ही कई रियासतें प्रयत्नशील हैं। फिर उनके यहाँ धर्म और देश में चुनना हो तो धर्म को ही प्रधानता देने की घुट्टी सदियों से पिलायी गयी है। हालाँकि व्यवहार में यह बहुत कमजोर रहा है, फिर भी सामान्य आदमी की सोच को प्रभावित तो करता ही रहा है। इससे तमाम तरह की जटिलताएँ पैदा हुई हैं और अन्तरराष्ट्रीय स्तर पर आतंकवाद का विस्फोट हुआ है, कुछ अमेरिका की गलत नीतियों के कारण।

इसकी प्रतिक्रिया में भारत जैसे देशों में भी अनुदारवाद बढ़ा है और राष्ट्रीय स्वयं सेवक संघ से लेकर शिवसेना की राजनीति प्रभावित हुई है। हालाँकि यह वेदों की ओर वापस जाने की बात नहीं करती, लेकिन देश की अस्मिता बनाये रखने के लिए हिन्दुत्व पर जिस तरह से जोर देती है, उससे भय पैदा होता है और यह कई साम्प्रदायिक दंगों को जन्म दे चुका है। हालाँकि साम्प्रदायिक दंगों की राजनीति यहाँ बहुत जटिल है और साम्प्रदायिक संगठनों से इतर कई सम्प्रदायनिरपेक्ष सत्ताधारी दल इसका इस्तेमाल अपने स्वार्थसाधन के लिए करते रहे हैं—धर्मनिरपेक्षता के नारे का इस्तेमाल अपना वोट बैंक बनाने के लिए किया है—तो भी साम्प्रदायिकता की मानसिकता बनाने में इनकी कुछ भूमिका तो रही ही है।

दरअसल प्रमुख धार्मिक मतों के साथ अनुदारवाद का सम्बन्ध हमेशा ही समस्यास्पद रहा है क्योंकि ईसाइयों, हिन्दुओं, यहूदियों और अब भारत में बुद्धिस्टों ने मत को राजनीति का एक जमा-जमाया चौखटा बनाना चाहा है। उत्तर प्रदेश में मायावती जो मूर्तियों का निर्माण करा रही हैं वह महायान बौद्धमत के विशाल मूर्तियों से प्रेम ही है जो आज राजनीति के प्रतीक का रूप धारणकर उभरा है। वह लिथड़े सामाज़िक व्यवहार की पारदर्शिता को विचारधारात्मक निर्मिति प्रदान करने के लिए हो रहा है। खैर, अनुदारवाद मतनिरपेक्ष होने के लिए दो मुखौटों का प्रयोग करता है। एक है इतिहास। अनुदारवाद में इतिहास परम्परा का चोला पहनकर आता है, चाहे वह पुराना हो, या नया सिलवाकर। दूसरा है विज्ञान। विज्ञान के दो आविर्भाव हैं—एक जीव विज्ञान, दूसरा अर्थशास्त्र। इन दोनों के ही रूपकों को लेकर अनुदारवाद लौकिक सत्य की खोज, स्थापना और उद्देश्य बनाना चाहता है। 'सोशल डार्विनिज़्म' का चिन्तन इसी की देन है। इसे हम कभी किसी स्वतन्त्र लेख में देखेंगे।

इतिहास, जीवविज्ञान और अर्थ के रूपक राजनीतिक सत्ताधारियों को दूसरों की आत्मचेतना से बचाते हैं, यह कहकर कि समाज में जो अक्षमता है उसका जिम्मेदार तत्कालीन सत्ताधारी समूह नहीं है। वह 'Meta politcial framework' की देन है। यही कारण है कि जब 19वीं सदी में राजनीतिक मुक्ति की बात चली तो उन्होंने शासक वर्ग के विशेषाधिकार की बात कही और समानता के अधिकार को झूठा करार दिया। भारत में आज समानता को आरक्षण के घोल से पतला किया जा रहा है और आरक्षण देकर नये-नये निहित हित और विशेषाधिकार प्राप्त समूह पैदा किये जा रहे हैं। उनके लिए समाज का नया इतिहासदर्शन रचा जा रहा है।

पश्चिम में समाजवादियों ने जब सामाजिक सुधार का दर्शन रचा और आर्थिक सुधार के लिए राष्ट्रीयकरण की मुहिम चलायी तो अनुदारवादियों ने यथास्थिति और आर्थिक अधिकारों का आन्दोलन छेड़ा। भारत में जब वर्ग-संघर्ष बढ़ा है, तो उसे तोड़ने के लिए जाति अनुरक्षण और धर्म का नया इलाका खड़ा कर दिया गया है, इन्हीं अनुदारवादी तत्त्वों द्वारा, जो समाजवाद का एजेण्डा ताखे पर रख विकास के नाम पर काली कमायी कर नया धनाढ्य वर्ग विकसित कर रहा है। योजनाबद्ध विकास की जगह खुले बाजार को उसी तरह से प्रश्रय दिया जा रहा है जिस तरह से पश्चिम में रिगन और थैचर ने दिया था। भारत में योजना आयोग धनी वर्ग और अमेरिकन अर्थनीति का पिछलग्गू बन गया है।

आज दुनिया में अनुदारवाद एक मजबूत राजनैतिक विचारधारा इसलिए भी बनता जा रहा है कि यह मनुष्य की निष्क्रियता पर बल देता है, उसके लिए माहौल बनाता है, जिससे कि सामाजिक, आर्थिक और राजनैतिक रूप से सत्तासम्पन्न वर्ग को अपने को बचाये रखने के लिए सुविधा प्राप्त हो जाये—यह सत्ता चाहे उत्तराधिकार में मिली हो, बलपूर्वक प्राप्त की गयी हो, या किसी छद्म के द्वारा हासिल की गयी हो। भारत में परिवारवाद, शिक्षा और नौकरी की भाषा के रूप में अंग्रेजी का वर्चस्व, साम्प्रदायिकता के भय का ढिंढोरा, आरक्षण आदि की वकालत इसीलिए है। यह वर्ग-संघर्ष और आन्दोलनों को भोथरा करने के लिए है। यह और बात है कि अनुदारवाद को उस तरह के दार्शनिक नहीं मिल पाये हैं, जिस तरह के समाजवाद, फासीवाद या उदारवाद के लिए मिले थे। फिर भी इसको खुराक दो जगहों से मिलती रही है—एक तो विचारधाराओं के संघर्ष से, जहाँ यह धीरे-धीरे अपनी जड़ें रोपती रही है। सम्पत्ति के

राष्ट्रीयकरण के विरोध में आर्थिक अधिकार की तरफदारी हम ऊपर देख आये हैं। जब 1920 के दशक में फासीवादियों-नाजीवादियों.ने सड़कों को लहूलुहान कर दिया तो अनुदारवादियों ने कानून की व्यवस्था के लिए हल्ला मचाया। दूसरे जब सामाजिक प्रजातन्त्रवादियों ने योजनाप्रणीत अर्थव्यवस्था लागू किया तो उन्होंने प्रतिस्पर्द्धा की अर्थव्यवस्था और खुले बाजार की माँग रखी। आज वे उपभोक्ता की नयी परिभाषा गढ़ रहे हैं, जिससे अनावश्यक उत्पाद को लोगों की रसोई तक में घुसाया जा सके। इसके लिए वे लचीले बनकर दूसरों की विचारधाराओं से तालमेल बिठा लेते हैं, लेकिन उसने नहीं जो सबसे प्रभावशाली ढंग से कार्यरत रहना चाहती हैं।

(5)

समाजवाद एक तीसरी विचारधारा है। इसके दो रूप हैं--विकसनशील और अधिनायकत्ववादी। अधिनायकवादी रूप मार्क्सवाद का है। उसे हम अलग से स्वतन्त्र रूप में देखेंगे। यहाँ हम विकसनशील को लेते हैं।

यह समाजवाद एक सम्पृक्त विचारधारा न होकर विचारधाराओं का परिवार है। सबमें यह बात उभयनिष्ठ है कि वे समूह को मूलभूत सामाजिक इकाई मानते हैं। यह सामाजिक इकाई पूरा समाज भी हो सकता है और कोई कम्यून या सिण्डीकेट भी। समाजवादियों के लिए मनुष्य अपने सम्बन्धों के कारण ही जाना जाता है, उसी के कारण अस्तित्व पाता है। यह सम्बन्ध सीधे मनुष्यों के बीच हो सकता है या उससे एक कदम पीछे हटकर पूरे मानवीय परिवेश से। वर्ग इस सम्बन्ध से थोड़ा अलग-थलग पड़ गया समूह होता है, विशेषतः भौतिक और सामाजिक वस्तुओं के सन्दर्भ में, जिनकी जरूरत उसके विकास और अभिव्यक्ति के लिए होती है। इसलिए वर्ग एक नकारात्मक अभिधाय है। हालाँकि मार्क्सवादी इसे सकारात्मक स्वरूप देते हैं उसके द्वन्द्वात्मक संघर्ष को दिशा और औचित्य प्रदान करने के लिए। कई गैर मार्क्सवादी समाजवादी इन्हें सांस्कृतिक अधिरचना के रूप में देखते हैं और इसके सदस्यों का भरपूर स्वागत करते हैं।

दूसरे यह समानता पर बल देता है। उसके लिए श्रेणीबद्धता, हैसियत, आर्थिक वर्चस्व आदि को खारिज कर संसाधनों का पुनर्वितरण करना चाहता है व्यक्ति की मानवीय आवश्यकताओं के अनुसार। तीसरे यह श्रम को मानवीय स्वभाव का निर्णायक तत्त्व मानता है और उसी के आधार पर सामाजिक संगठन के निर्माण की बात करता है। इस श्रम को कहीं कर्म, कहीं रचनात्मकता, कहीं उत्पादन, तो कहीं क्रियाकलाप कहा जाता है। चौथे, यह मानवीय जनकल्याण की बात करता है, जिसका पहला चरण गरीबी उन्मूलन है तो अन्तिम चरण भौतिक और वैचारिक दोनों ही तरह के रिक्थ में पूर्ण भागीदारी। पाँचवें यह ऐतिहासिक प्रक्रिया में विश्वास रखता है, उसकी दिशा को पहचान लिये जाने की बात करता है और मनुष्य में वह क्षमता देखता है जो इस दिशा को निरूपित कर सकती है। समाजवाद की विचारधारा भविष्योन्मुखी है और अतीत तथा वर्तमान की कड़ी आलोचना करती है। मानती है कि इतिहास का प्रचरण रोका नहीं जा सकता, हाँ उसकी गति बढ़ायी जा सकती है, चाहे क्रान्ति के द्वारा, चाहे सद् इच्छा पर जोर देकर।

वैसे तो समाजवाद की जड़ें अफलातून की 'रिपब्लिक' में देखी जा सकती हैं, लेकिन आधुनिककाल में इसे लेवेलर्स और डिगर्स के चिन्तन, और मूर की 'यूटोपिया' ने शक्ति प्रदान की। विचारधारा के रूप में यह 19वीं सदी में रूप ग्रहण किया, जब एक राजनीतिक विश्वास के रूप में इसका प्रचार आरम्भ हुआ, औद्योगिक पूँजी के बरखिलाफ जब श्रमिकों और कारीगरों के हितरक्षण की जरूरत महसूस हुई। आरम्भ में इसका चरित्र मूलगामी, यूटोपियन और क्रान्तिकारी था। उद्देश्य बाजार की जरूरत पर आधारित पूँजीवादी अर्थव्यवस्था को समाप्त कर सामूहिक स्वामित्व की अर्थव्यवस्था लाना था, जिससे कि समाजवादी समाज का निर्माण हो सके। कार्ल मार्क्स ने अपनी बात यहीं से उठायी, जिसे हम आगे

देखेंगे। 19वीं सदी के अन्तिम दशकों में एक सुधारवादी समाजवादी परम्परा का सूत्रपात हुआ, जिसने धीरे-धीरे श्रमिक वर्ग को पूँजीवादी समाज से जोड़कर उसके भीतर ही डाल दिया। इसके लिए जो साधन प्रयोग में लाया गया वह काम करने की बेहतर स्थिति और वातावरण, बढ़ी हुई मजदूरी, व्यावसायिक संगठन बनाने की छूट और समाजवाद के प्रचार के लिए सहूलियत था। इसने समाजवाद की ओर संक्रमण के लिए शान्तिपूर्ण, क्रमिक और वैधानिक रास्ता प्रदान किया और इसे 'संसदीय मार्ग' कहा गया। इस समाजवाद की दो जड़ें थीं—एक नैतिक समाज की मानववादी परम्परा, जिसके उन्नायक थे राबर्ट ओवेन चार्ल्स फोरियर और विलियम मोरिस। दूसरी थी एडवर्ड बर्सटीन द्वारा विकसित मार्क्सवाद का संशोधन। उसने समाज में वर्गसंघर्ष की अनुपस्थिति को देखने पर बल दिया और शान्तिपूर्ण ढंग से साम्यवाद की ओर संक्रमण की सम्भावना जतायी। उसके चिन्तन का आधार और पद्धति दोनों ही अनुभववाद था। सामाजिक जनतन्त्र की अवधारणा उसी की देन थी।

बीसवीं सदी का अधिकांश समय इस विवाद में बीता कि समाजवाद जनतान्त्रिक ढंग से लाया जाये कि क्रान्तिकारी ढंग से। शुरू में भेद लक्ष्य का नहीं, साधन का था। बाद में लक्ष्य का भी बन गया, जब समाजवादियों ने सामूहिक स्वामित्व और योजनाबद्ध विकास की अवधारणा त्याग कर जनकल्याण, सम्पत्ति का पुनर्वितरण और आर्थिक प्रवन्धन पर बल दिया। सदी बीतते-बीतते समाजवाद के दोनों ही रूपों पर संकट मँडराने लगा। उग्र समाजवाद का तो नाश ही हो गया, संवैधानिक तरीके से जो समाजवाद की गति चल रही थी, उसने ऐसा रूप परिवर्तन कर लिया कि वह आधुनिक उदारवाद से भिन्न नहीं रह गया। इसे अपनाकर चलनेवाली ब्रिटेन की लेबर पार्टी आज काफी कमजोर पड़ गयी है। भारत में जिस समाजवादी पार्टी का जन्म हुआ था, वह जन्म के साथ ही टुकड़ों-टुकड़ों में बिखरती चली गयी। आज इस शब्द को अपने साथ जोड़कर रखनेवाले या कभी-कभी इसकी बात करनेवाले मुलायम सिंह यादव, लालू प्रसाद यादव और मायावती जैसे लोग हैं, जो जातिवाद, परिवारवाद और भ्रष्टाचार के अगुआ हैं। यह कांग्रेस समेत अन्य दलों में भी है। लेकिन चूँकि ये दल समाजवाद के पैरोकार रहे हैं, इसलिए जब ये आचरण में विचलते हैं तो इस विचारधारा को जाननेवालों को दुःख होता है। भारतीय कम्युनिस्ट पार्टी और मार्क्सवादी कम्युनिस्ट पार्टी ने भी संसदीय मार्ग से समाजवाद की ओर चलने का प्रयास किया है। उनमें परिवारवाद, जातिवाद और भ्रष्टाचार फिलहाल गोचर नहीं हुआ है, यदि हुआ है तो दूसरों से बहुत कम। किन्तु इन्होंने भी पूँजीवादी राह अपना ली है और विदेशी पूँजीनिवेश के लिए उसी तरह से लालायित हैं जैसे कांग्रेसी या भाजपायी। समाजवाद के मूल एजेण्डे को कार्यान्वित करने में इन्होंने भी कोई खास दिलचस्पी नहीं दिखायी है और केन्द्र की राजनीति में हिस्सेदारी के लिए अवसरवादी गठजोड़ बनाया है। इन सबों से लोगों का भरोसा क्रमशः उठता जा रहा है।

(6)

हम सर्वसत्तावादी विचारधाराओं पर आते हैं। इसके दो मुख्य रूप हैं—एक मार्क्सवाद का, दूसरा फासीवाद का। फासीवाद पर हम स्वतन्त्र रूप से अलग लिख आये हैं। उसे वहीं देखना ठीक होगा। यहाँ इतना ही नोट करना पर्याप्त है कि जहाँ उदारवाद, अनुदारवाद और समाजवाद 19वीं सदी की विचारधाराएँ थीं, फासीवाद 20वीं सदी की विचारधारा है। कुछ विचारकों का कहना है कि यह दो महायुद्धों के बीच की विचारधारा है। इसका जन्म तब होता है जब इटली के तानाशाह बेनितो मुसोलिनी ने व्यक्तिगत और सामाजिक के बीच व्याप्त जगह को नष्ट करने को कहा क्योंकि राज्य के पास व्यक्ति और समाज दोनों के ही जीवन को नियन्त्रित और अभियन्त्रित करने का अधिकार होता है। यह कहकर उसने उन सभी मूल्यों और राजनैतिक विचारों की छुट्टी कर दी, जो फ्रान्स की क्रान्ति के बाद पूरे यूरोप में अपनी वैधता लिये घूम रहे थे। नारा ही दिया गया, "1789 is dead." विवेकवाद, प्रगति, स्वतन्त्रता और

समानता को धता बताकर संघर्ष, नेतृत्व, शक्ति और युद्ध में बहादुरी की स्थापना की गयी। यानी फासीवाद प्रति-चरित्र का तत्त्व लिये होता है—इसकी परिभाषा इस बात से शुरू होती है कि वह किन-किन बातों का विरोध करता है—पूँजीवाद का, उदारवाद का, व्यक्तिवाद का, साम्यवाद का और समय-समय पर ऐसे ही तमाम वादों का। यह अवयवी भाव से एकीकृत राष्ट्रीय समाज की छवि को प्रोत्साहित करता है, जिससे कि एकता के सहारे शक्ति अर्जित की जा सके। यह व्यक्ति को कुछ नहीं मानता। चाहता है कि वैयक्तिकता पूरी तरह से समाज या सामाजिक समूहों में समाहित हो जाये। उसका आदर्श है कि कर्त्तव्य, सम्मान और आत्मबलिदान से प्रेरित नया आदमी एक 'नायक' के रूप में अपना सब-कुछ अपने राष्ट्र, संस्कृति या जाति के लिए होम कर देने के लिए तैयार बैठा रहे और सुप्रीम लीडर के आदेश की प्रतीक्षा करता रहे। यूँ ही नहीं बाल ठाकरे या मायावती अपने लिये 'सुप्रीमों' शब्द का प्रयोग करवाते हैं।

फिर भी फासीवाद के कई विचारकों के विचारों में अन्तर है। इटली का फासीवाद अन्ततः अतिवाद पर पहुँचा 'राज्यवाद' था, जो राज्य के प्रति पूरी तरह से वफादारी और सम्मान चाहता था। जेण्टाइल का कहना था, "Everything for state, nothing against state, nothing outside state." हन्ना अरेण्ड्ट फासीवाद का मतलब राज्य के वैधानिक और अवैधानिक के भेद को तिरोहित कर देने में देखता था, जिससे सामान्य जन को पता ही न चल पाये कि वे कानून के किस तरफ हैं। यह कानून नेता की सनक के अनुसार बदलता रहता है। यह स्वयं राज्य के आतंकवाद को जन्म देता है, उसे उचित ठहराता है और राज्यप्रणीति को समाप्त कर अकूत आज्ञापालन प्राप्त करता है। यह उग्र और आक्रामक राष्ट्रवाद का हिमायती है, जो नेतृत्व की इच्छानुसार बर्ताव करता है, अपने आतंक और शारीरिक हिंसा के सहारे अतीत के गौरव की पुनर्स्थापना करना चाहता है। इटली में जोर संस्कृति पर था, जर्मनी में नस्ल पर था। हिटलर मानता था कि जर्मनी के आर्य लोग 'मास्टर रेस' के हैं, जिनकी नियति पूरे विश्व पर अधिकार करके रखना है। दूसरा पक्ष यह था कि सामी नस्ल के लोग जहाँ कहीं भी हों, उन्हें नष्ट कर दिया जाना चाहिए क्योंकि वे निरन्तर दूसरों के शोषण में लगे रहते हैं। इसे वह दुनिया की समस्याओं का अन्तिम हल कहता था।

(7)

फ्रान्सीसी दार्शनिक एन्तोन दास्तुत दे त्रासी ने जिस अर्थ में विचारधारा शब्द का प्रयोग किया था, विचार का विज्ञान और दर्शन रचने की बात कही थी, उसके ठीक उलट अर्थ में मार्क्स और एंजेल्स ने उसका प्रयोग किया। उन्होंने विचारधारा शब्द का प्रयोग सबसे पहले अपनी पुस्तक 'जर्मन आइडिओलॉजी' में किया था। जर्मनी की संस्कृति और दार्शनिक प्रचलन के बारे में उन्होंने जो महसूस किया था उसे वहाँ भ्रमकारी कहा था। उसके आदर्शवाद को आध्यात्मिक और रूमानी प्रवृत्तियों पर आधारित पाया था, जिन्हें उन्होंने गलत धारणा के रूप में पाया था। वहाँ के तमाम दूसरे विचारक विचार, चिन्तन और चेतना के स्वतन्त्र अस्तित्व पर भरोसा करते थे, जिनका उपयोग वे भ्रमों को तोड़कर सही बात जानने के लिए करते थे। लेकिन मार्क्स और एंजेल्स को यह बात गलत लगती थी, क्योंकि वे मानते थे कि विचार, चिन्तन और चेतना कभी भी स्वतन्त्र नहीं होते। वे दरअसल वास्तविकता को छुपाने के औचार होते हैं। वही विचारधारा, यानी 'विचारों का विज्ञान' का रूप ग्रहण करते हैं। इस विचारधारा में मनुष्य और उसकी परिस्थितियाँ 'कैमरा आब्स्क्यूरा' में कैद बिम्ब की तरह ऊपर से नीचे की ओर उलटी दिखायी पड़ती हैं। यह कहकर वे यह कहना चाहते थे कि विचारधारा शीशे में पड़ी भौतिक जीवन की उलटी परछाईं होती है, "Further disturbed by the fact that material world was itself subject to dehumanizing social relations under Capitalism." विचारधारा इस विरोधाभास को सामान्य, आवश्यक और सर्वांगसम बनाकर प्रस्तुत करती है। कहती है कि इससे न केवल सामाजिकता और समरसता बनाकर रखा

जा सकेगा, उसे बढ़ाया भी जा सकेगा। यानी विचारधारा परिष्करण और उदात्तीकरण का काम करती है—नैतिकता, धर्म, आध्यात्मक का रूप ग्रहण कर मानसिक जीवन का उन्नयन करती है।

दरअसल उनकी निगाह पादरियों की उन क्रियाकलापों पर था, जिसके सहारे वे मन के क्रियाकलाप को समुन्नत कर भक्तों को मुक्ति (salvation) प्रदान करते थे। यह कलाप जान-बूझकर की गयी हेरा-फेरी तो होता ही था, एंजेल्स को लगता था कि यह अचेतन ढंग से निर्मित आत्मवंचना या उसकी प्रक्रिया भी हो सकती है। उसी के आधार पर उसने श्रम विभाजन से निर्मित श्रमिक की विचारधारा की परिकल्पना रखी। कहा कि श्रम-विभाजन ने भौतिक जगत् से एक ऐसे मानवीय विचार को सृजित किया है, जो खण्डित है, पर श्रमिक ने उसे नैतिक व शुद्ध दार्शनिक रूप में स्वीकृति दे दी है।

आगे इसमें मार्क्स और एंजेल्स ने एक और आयाम जोड़ा जो बाद में तमाम दूसरे विचारकों के हाथों में पड़कर और भी प्रभावशाली बन गया। उन्होंने विचारधारा को वर्ग से जोड़कर कहा कि शासक वर्ग की विचारधारा शासन करनेवाला, शासन में बना रहनेवाला होता है, "Ideological illusions are an instrument in the hands of rulers, through the state, and are employed to exercise control and domination indeed to manufacture history according to their interests." विचारधारा के छन्ने से छनकर आते हित और स्वार्थ सार्वदेशिक, सार्वकालिक सत्य का विवेकसम्मत रूप ग्रहण कर लेते हैं। यह एकीकृत राजनीतिक समाज के झूठ की ओर जन को लेकर चलता है और भ्रमकारी विधानों, संस्कृति की दिशाओं और भाषा के ऊपर प्रभुता प्राप्त कर लम्बे समय तक बना रहता है। वह शासितों, वंचकों, दमितों के बीच भ्रम पैदा कर देता है कि शासक वर्ग का जीवनमूल्य और विचारधारा ही उनका भी जीवनमूल्य और विचारधारा है। यानी शासितों के लिए जो असामान्य है, उसे ही सामान्य बनाकर पेश करता है, बाह्यस्वरूप पर जोर देकर सारतत्त्व की समझ से विमुख कर देता है। आगे 'दास कैपिटल' में मार्क्स ने उन पूँजीवादी व्यवहृतियों को बेनकाब किया, जिनसे विचारधारा का जन्म होता है। उन्हें बेनकाब कर उसने उन नयी सामाजिक व्यवहृतियों की हिमायत की, जिनसे अनुभव के आधार पर सही सामाजिक चेतना का जन्म सम्भव है।

मार्क्स और एंजेल्स के विचारधारा सम्बन्धी इस छोटे-से विवेचन से स्पष्ट है कि विचारधारा के निर्माण में कई कारकों का हाथ होता है। एक तो यही कि हमारे इर्द-गिर्द के जगत् के विवरण के अध्ययन के लिए एक ऐसी सरलीकृत पद्धति की जरूरत पड़ती है जो आसानी से उन्हें समझा सके। दूसरे कुछ लोगों या समूह की दूसरों पर आधिपत्य बनाकर रखने की इच्छा होती है, उसके लिए विचारधारा बड़ा उपयुक्त साधन है। तीसरे मानव क्रियाकलाप को छोटे-छोटे टुकड़ों में बाँटकर अध्ययन करने की गुंजाइश है, जिससे विचार और क्रियाकलाप को एक-दूसरे से अलगाया जा सकता है। यहीं से श्रम विभाजन का जन्म हुआ है। विचारधारा इन सभी को स्वीकृत करती है, लागू करती है और ऐसा कर अज्ञान और कष्ट की दुनिया में एक बड़े समुदाय को रख सकती है। मार्क्स ने इसे बेनकाब कर विचारों को बड़ी शक्ति प्रदान की और वहाँ से विचार के ऐसे विज्ञान का जन्म हुआ, जिसने मानवमुक्ति के लिए वैचारिक स्तर पर रास्ता खोला।

फ्रीडन मार्क्स और एंजेल्स के इन विचारों का विश्लेषण एक दूसरे ढंग से करता है। पहले वह एक प्रश्न पूछता है—"What has to hold for those arguments to make sense.?" इसके उत्तर में वह कुछ स्थापनाएँ रखता है। पहला यह कि उनके विचार सच्ची चेतना और गलत विश्वास के महत्त्वपूर्ण अन्तर पर आधारित है। यदि हम चाहते हैं कि राजनीतिक जगत् की हमारी समझ किसी भ्रम पर आधारित न हो तो सबसे पहले हमें यह विश्वास करना पड़ेगा कि सच्ची समझ सम्भव है। उसके लिए ऐसी पद्धति निर्मित करनी पड़ेगी, जिससे वह समझ सम्भव हो सके। मार्क्स का कहना है कि यदि एक बार जगत् के बारे में प्रचलित तोड़-मरोड़ पर विजय प्राप्त कर लिया जाये तो यह सच्ची समझ सम्भव है। "That true phenomenon and material relations were both a default position that was obscured by social and ideological distortions and a scientifically anticipated outcome of future social development. That truth could be conclusively excavated is a non-negotiable assumption." मार्क्स के आलोचकों ने इस स्थापना को ही विचारधारात्मक विश्वास कहा है और इस तरह से मार्क्स की स्थापना को मार्क्स के ही खिलाफ खड़ा कर दिया है।

दूसरे यह तर्क विचारधारा की क्षणभंगुरता पर आधारित है। यदि विचारधारा विरूपीकरण है तो जैसे ही सही सामाजिक सम्बन्धों को पुनर्प्रविष्ट किया जायेगा, यह विरूपीकरण गायब हो जायेगा। यदि भौतिक और आधिभौतिक के बीच अस्वाभाविक और बिलगावबोध के कारण यह पार्थक्य है, तो आधिभौतिक की भौतिक जड़ों की जानकारी होते ही यह विरूपीकरण गायब हो जायेगा। और यदि यह शासक और शासित वर्ग के बीच शक्ति हस्तगत करने से सम्बन्धित है तो ऐसे सम्बन्धों को जनतान्त्रिक अर्थों में सामाजिक समुदाय और समानता में हस्तान्तरित होते ही गायब हो जायेगा। इसलिए विचारधारा गौण है। वह ऐतिहासिक परिस्थितियों का रुग्ण उत्पाद है। यह तभी समाप्त होगी, जब राज्य समाप्त होगा—जब ऐतिहासिक परिस्थितियाँ धीरे-धीरे अलोप हो जायेंगी।

तीसरे मार्क्स की विचारधारा सम्बन्धी धारणा ने विचारधारा की ऐकिक समझ विकसित की है। यदि विचारधारा वाकई वास्तविकता पर पड़ा धुएँ का पर्दा है, तो जितनी जल्दी हो सके, विचारधारा को त्याग दिया जाना चाहिए। न तो इसका परीक्षण करने की जरूरत है, न ही विभिन्न विचारधाराओं में अन्तर खोजने की जरूरत है। इसीलिए बाद के कई मार्क्सवादी विचारकों ने इसे अधिरचना की वस्तु माना है—उसका अपने-आप में कोई मूल्य नहीं माना है। स्वयं मार्क्स ने विचाराधारा को एक कमी मानकर उसकी छान-बीन करने के बजाय सीधे उसकी निन्दा की है। जो मार्क्सवादी इसे स्वीकार नहीं करते, वे कहते हैं कि यदि विचारधारा की कमी है, तो कहीं उसका पूर्णतावाला पक्ष भी होगा। उसे खोजा, समझा जाना चाहिए। दूसरे यदि विचारधारा धुएँ का पर्दा है, तो उस पर्दे में घुसने के बाद बहुत से समृद्ध और जटिल इलाके दिखायी देते हैं, जिन्हें जाँचने-परखने की जरूरत है। यानी मार्क्स के इस अमूर्त विचारधारा में कई मूर्त विचारधाराएँ छुपी हुई हैं, जो इस राजनीतिक जगत् को समझने के लिए कई उपकरण प्रदान करती हैं।

चौथे विचारधारा का एकाकी चरित्र यह भी जाहिर करता है कि वह राजनीतिक जगत् के एकल, बल्कि पूर्ण विवरण का अंश है। वह धुरी की ऐसी कील है, जिसके इर्द-गिर्द जगत् की सन्धिरेखाहीन दृश्यावली घूमती रहती है, उसके आन्तरिक विरोधाभासों को धता बताती। यह बात एक अनुसरणीय प्रणोद का काम करती है। यदि यह न हो तो इस अनुसरण के लिए अकूत क्रूरता काम में लानी पड़ती है।

पाँचवें विचारधारा की भूमिका को बढ़ा-चढ़ा कर बताया गया है। यद्यपि कि उसके सामाजिक वर्चस्व की बात कही गयी है, पर उसका स्रोत वर्ग के भीतर बहुत ही सीमित अंश में होता है। विचारधारा तय करनेवाले बौद्धिक लोग बड़े थोड़े होते हैं, और कभी-कभी तो मात्र एक व्यक्ति, एक नेता या एक दार्शनिक। कुछ विद्वानों के लिए विचारधारा निश्चित करनेवाले लोग उन विचारकों की श्रेणी के होते हैं, जिनके इरादे बड़े खतरनाक होते हैं। अपनी इच्छा के अनुसार दुनिया को योजना बनाकर बलपूर्वक बदलनेवाले होते हैं। वहाँ एकाधिकार के मामले में स्टालिन और हिटलर में कोई अन्तर नहीं रह जाता, भले ही वे दोनों एक-दूसरे के विचार को नकारने के लिए आपस के देशों में युद्ध करा दें। फिर विचारधारा को बौद्धिकों से सम्बद्ध कर देने पर वह अमूर्त, अनुभवविरत व पूर्वनिर्धारित लगती है।

तब विचारधारा का मुखौटा उतारने से क्या मिलता है? चार चीजें। एक तो यह कि राजनीतिक तथा दीगर विचारों के निर्माण व मोड़ देने में सामाजिक और ऐतिहासिक परिस्थितियों का बड़ा हाथ होता है। लोग अपने परिवेश के उत्पाद होते हैं। यह और बात है कि अभी ठीक-ठीक आँका नहीं जा सका है कि उनके उत्पादन में कितना वंशानुक्रम का और कितना परिस्थितियों का हाथ होता है, और कितना उनकी अपनी इच्छा शक्ति का। निश्चय ही विचारधारा का सम्बन्ध एक समूह से होता है और उस समूह का सम्बन्ध सांस्कृतिक माहौल से होता है। उसका जन्म उन्हीं के बीच से होता है।

दूसरे विचारधारा का महत्त्व होता ही है। भले ही मार्क्स कहे कि वह भ्रमकारी होती है, तो भी उसका अस्तित्व तो होता ही है। वह मात्र वाग्मिता नहीं होती। वह सत्य न भी हो, वह जिस तरह से आदेशानुरूपी ढंग से प्रभावित करती है, उससे उसे अगम्भीरता से नहीं लिया जा सकता। जितना मार्क्स ने उसे महत्त्व दिया है, उससे बढ़कर उसे केन्द्रीय महत्त्व दिये जाने की जरूरत है।

तीसरे विचारधाराओं के साथ बड़ा संगीन राजनीतिक काम जुड़ा होता है। वे सामाजिक जगत् को व्यवस्था प्रदान करती हैं, कुछ कलापों की ओर निर्देश देती हैं, और कुछ कलापों को उचित या अनुचित ठहराती हैं। विचारधाराएँ शक्ति प्रदान करती हैं, कम-से-कम वह चौखटा बनाती हैं जिसके भीतर निर्णय लिये जाते हैं और उन निर्णयों का अर्थ निःसृत होते हैं। उस शक्ति को शोषक और अमानवीय नहीं बनना चाहिए। इसके लिए वह माहौल रचती हैं।

चौथे मार्क्सवादी ढंग गैरमार्क्सवादी विचारधाराओं को भी कुछ महत्ता प्रदान करता है। यदि हम विचारधाराओं को समझना चाहते हैं तो यह मानना ही पड़ेगा कि वे अर्थवत्ता का एक निश्चित स्तर, उसके उपभोगकर्त्ताओं से (और कभी-कभी तो उसको रचनेवालों से भी) छुपाये रखती हैं। जरूरत उनको निकूट करने की होती है, संरचनाओं, सन्दर्भों और मन्शा के साथ पहचान बनाने की होती है, जो अमूमन अगोचर होते हैं।

(8)

मार्क्स और एंजेल्स ने विचारधारा के बारे में जो चिन्तन आरम्भ किया था, वह लम्बे समय तक रुका रहा और रूस की क्रान्ति के बाद तो ठप-सा हो गया लगा। लेकिन सच्ची बात यह है कि उसके समानान्तर यह चिन्तन गहराई से चलता रहा था, बस वह सर्वजन को सुलभ नहीं था।

इसका पहला महत्त्वपूर्ण विचारक समाजशास्त्री और सामाजिक दार्शनिक मानहेम है। उसने बात सीधे-सीधे मार्क्स की इस उक्ति से उठायी कि विचारधारा सभी ऐतिहासिक और सामाजिक परिवेश का प्रतिबिम्ब होती है। लेकिन जहाँ मार्क्स ने पूँजीवाद के सामाजिक हालात को विचारधारात्मक भ्रम का स्रोत मानकर उसकी निन्दा की थी, मानहेम को लगा था कि मनुष्य के विचार को कोई भी सामाजिक परिवेश उसी प्रकार प्रभावित करता है, जिस प्रकार हम उसे जान पाते हैं और ज्ञान सामूहिक जीवन के सहयोगी प्रक्रिया से निष्पन्न होता है। इसलिए विचारधारा कोई चलताऊ कपोलकल्पना नहीं है। दूसरे समाज में कई प्रकार के समूह और वर्ग परिवेश होते हैं, इसलिए विचारधारा का एकाधिक ढंग, कई विचारधाराओं का एक ही समाज में जन्म सम्भव है। विचारधारा की यह बहुल सम्भावना क्षमता बाद में बहुत महत्त्वपूर्ण बन गयी। ऐसा करने में मानहेम ने त्रासी के उस एजेण्डे को पुनः सक्रिय कर दिया, जिसे मार्क्स व एंजेल्स ने उपेक्षित कर दिया था।

मानहेम विचारधारा की दो जड़ें मानता है, सामाजिक और मनोवैज्ञानिक। सामाजिक क्षेत्र में वह अचेतन रूप से मनुष्य के चिन्तन को प्रभावित व निदेशित करती रहती है और ज्ञान के अबौद्धिक आधारों को निर्मित करती है। क्योंकि सामाजिक समूह सहभागी कर्मकाण्डों, पूर्वाग्रहों, कहानियों और इतिहासों के आधार पर काम करते हैं। ये ही विचारधारा का निर्माण करनेवाले तत्त्व भी हैं। एक तो हम सभी लोग अपने को किन्हीं दूसरे कोणों से नहीं देख पाते, दूसरे आदतन बने प्रचलन के तहत तमाम बातों को बिना विचारे आत्मसात् करते रहते हैं। सामाजिक विकास के काफी आगे के चरण पर ही अचेतन में बसे अविवेकी तत्त्वों को उकेरा-पहचाना जाता है, जब उन्हें विवेकपरक ढंग से न्यायोचित ठहराने का प्रयत्न होता है। मानहेम की उन्हें बेनकाब करने की कोशिश बड़ी सीमित थी।

मानहेम ने मार्क्स की इस बात को काफी हद तक स्वीकार किया कि विचारधारा शासक वर्ग के हितरक्षण के लिए सामाजिक वास्तविकता पर पर्दा डालती है। किन्तु इसके समानान्तर वह यूटोपिया की

धारणा को भी लेकर चला। यूटोपिया में भविष्य की एक पूरी, सही और त्रुटिहीन-सी कल्पना रखी गयी थी, जिसे दलित वर्ग के लिए बनाया जाना था, मौजूदा समाज को नष्ट कर। इस पर मानहेम का कहना था कि यह यूटोपिया प्रगतिशील या रूपान्तरकारी विचारधारा है, परम्परागत या अनुदारवादी विचारधारा से भिन्न। एक तीसरी बात उसने यह कही कि विचारधारा की नयी व्याख्या करनेवाले (जिनमें से एक वह भी है) जो नये सिद्धान्त रखेंगे वह विचारधारा के उन उपभोक्ताओं और उत्पादकों का ज्ञानवर्द्धन कर सकेगा, जो उन सिद्धान्तों से वाकिफ नहीं हैं।

मनोवैज्ञानिक क्षेत्र में उसने भी मार्क्स की तरह यह माना कि विचारधारा चेतन रूप से निर्मित विकृति, सोच-विचारकर प्रचारित झूठ या आत्मवंचना है। आगे उसने इसे उन तर्कों से जोड़ा, जिसे व्यक्ति कमोबेश गलतबयानी के ढाँचे में प्रस्तुत करता है। किन्तु वहीं विचारधारा की सम्पूर्ण अवधारणा एक समूह द्वारा रचित या स्वीकृत जगत् की सर्वपरिवेष्टित दृष्टि की देन होती है, जिसमें हमेशा ही एक इतिहास खण्ड के सामान्य विचारों और विचारपद्धतियों का प्रतिबिम्बन रहता है। स्पष्ट है कि यहाँ चुनौती दुहरी है। पहली चुनौती मार्क्सवादियों द्वारा उन तमाम प्रतिस्पर्द्धी दूसरी विचारधाराओं से आँख चुराना है जो उसी कालखण्ड में अस्तित्व के भिन्न जीवनशैलियों की देन होती हैं। दूसरी चुनौती राजनैतिक दार्शनिकों द्वारा सामाजिक जीवन और व्यक्ति के व्यवहार के लिए एक सार्वकालिक सार्वदेशिक सत्यों की तलाश है। इन दोनों दृष्टियों को लेकर मानहेम सम्पूर्णतावादी ढंग से विचारधारा को समझने की व्यवस्थित कोशिश करता है। पाता है कि विचारधारा सोच-विचार की अन्तःआधारित संरचना है, जो विभिन्न समाजों के लिए विभिन्न प्रकार की होती है, जिसे मनोवैज्ञानिक रूप से सर्वग्राही दृष्टि और समुच्चय में अपचयित नहीं किया जा सकता।

मार्क्स ने विचारधारा के निर्माण के स्रोतों को दार्शनिकों और पादरियों तक सीमित कर दिया था, किन्तु मानहेम ने अपने अध्ययन से स्पष्ट किया कि ऐसा विचारधारा के निर्माण के आरम्भ में तो हो सकता है, आगे इसकी जड़ें विस्तृत होती जाती हैं। उसमें बौद्धिकों का समूह जुड़ जाता है, जिसके सदस्य विस्तृत और विभिन्न पृष्ठभूमियों से आते हैं। इण्टेलिजेन्सिया से उसका मतलब उस छोटे से समूह से है, जिसका विशेष काम उस समूह और समाज के लिए जगत् की व्याख्या प्रदान करना होता है। यह छोटा-सा समूह एक ही बात पर उतारू बन्द और संगति अन्वेषी नहीं रहता है, उनकी विस्तृत बहुआयामी आपसी क्रिया-प्रतिक्रिया से जो विचारधारा बनती है, वह आत्मकेन्द्रित न रहकर वस्तुपरक और स्वतन्त्र बनती चली जाती है। वह यह भी कहता है कि जरूरी नहीं है कि बौद्धिक वर्ग के सभी सदस्य शिक्षित और सुसंस्कृत ही हों। इतना ही काफी है कि वे अपनी सामाजिक पृष्ठभूमि पर गहरी दृष्टि रख उसे विश्लेषित करें और दूसरे सामाजिक और ऐतिहासिक सन्दर्भों से जोड़ सकें।

आगे मानहेम ज्ञान के सापेक्ष (Relative) और सम्बन्धित (Relational) पक्षों में अन्तर करता है। कहता है कि सापेक्षवाद इस स्वीकारोक्ति में होता है कि सभी विचारों का सम्बन्ध विचारक के किसी-न-किसी ठोस, ऐतिहासिक स्थिति से होता है। परिणामस्वरूप वह वस्तुगत और विश्वव्यापी नहीं होता। यदि ऐसा है तो सभी विचारों को आत्मनिष्ठित कहकर खारिज किया जा सकता है। तब शोषकों, तानाशाहों, युद्धनेताओं के ऊपर कलंक या दोष नहीं लगाया जा सकता। वे सभी अपने-अपने परिवेश की देन हैं। निश्चय ही ऐसे विचार का न तो स्वागत हो सकता है, न ही मार्क्स या मानहेम का ऐसा इरादा था। इसलिए उसने सम्बन्धवाद का विकास किया। कहा कि यह सापेक्षवाद की ही तरह विचार के सन्दर्भ में प्रणीत अवस्थिति को स्वीकार तो करता है और मानता है कि वह वस्तुपरक और विश्वव्यापी नहीं होता, फिर भी यह सम्भव नहीं है, कि हम एक विचार को बिना किसी दूसरे विचार से सम्बन्ध जोड़े उसे ठीक-ठीक समझ सकें। इसलिए जरूरी है कि हम तमाम विचारों का अध्ययन एक-दूसरे से सम्बन्धित कर करें। दूसरे सम्पूर्णतावादी दृष्टि के चलते एक सामाजिक दृष्टि बिन्दु से दूसरे सम्बन्धित विचारों और दृष्टियों को समझ सकते हैं। उससे वास्तविक जगत् की सच्चाइयों को जान सकते हैं। यह और बात

है कि इस निर्णय तक पहुँचना कठिन होता है कि ऐतिहासिक रूप से निःसृत सत्य का जीवन अधिक स्थायी होता है। तीसरे विचारधारा की अवधारणा को पूरी तरह से विकसित हो जाने पर ही ज्ञान का समाजशास्त्र उभरता है। परिणामस्वरूप विचारधारा मात्र राजनीतिक शक्ति के प्रयोग या विरोध का हथकण्डा न रहकर एक आलोचनात्मक विश्लेषण की पद्धति बन जाती है जो स्वयं विचारधारात्मक तर्कों को अर्थवत्ता प्रदान करती है।

इन तमाम बातों से मानहेम ने 'राजनीति के विज्ञान' को पुष्ट किया। जिससे मूल्यनिरपेक्ष ढंग से ज्ञान की उसी तरह विवेचना सम्भव हो सके जिस तरह से विज्ञान में होती है। हालाँकि यह ज्ञान क्या होता है, उस पर उसका मन्तव्य स्पष्ट नहीं है। उसे लगता था कि ज्ञान अस्पष्ट होता है और रूप बदलता चलता है। उसी तरह विचारधारा भी। इससे लग सकता है कि उसने जो बात त्रासी से शुरू की थी और मार्क्स के रास्ते आगे बढ़ा था, उसे त्याग दिया है। लेकिन नहीं। वह अभी भी मानता है कि विचारों का अध्ययन वस्तुगत ढंग से हो सकता है। यही नहीं, उन्हें वस्तुगत ढंग से उत्पादित भी किया जा सकता है—सामाजिक वास्तविकता के ज्ञान के रूप में। यद्यपि कि सापेक्षतावाद के आधार पर उसने राजनीतिक विचारों की बहुलता को खोज निकाला था, लेकिन वह स्वयं बहुलता को सामाजिक जीवन को समृद्ध करनेवाला नहीं मानता था। यदि बहुल के एक-एक विचार को प्रश्रय दिया जाने लगे तो समाज में अफरा-तफरी मच जायेगी, जबकि विचारधारा का काम इस अफरा-तफरी को समाप्त करना है।

मानहेम के विचारों की कमियाँ स्पष्ट हैं। उसने एक तरफ यह माना कि सभी विचारधाराएँ अपने वर्ग और ऐतिहासिक सन्दर्भों की देन होती हैं। दूसरी तरफ यह माना कि बौद्धिक वर्ग के कुछ लोग अपने वर्ग और ऐतिहासिक स्थितियों से ऊपर उठकर विचारधारा को अपने सन्दर्भों से निकालकर वस्तुगत और सारभौम बना सकते हैं। इनका विरोधाभास स्पष्ट है। दूसरे वह उस स्थिति से बचना चाहा, जिसमें सभी विचारधाराएँ सिर्फ अपनी अर्थवत्ता के लिए शोर मचायें। उसके लिए एक वस्तुगत तर्क की स्थापना करना चाहा जो मूल्यबोध से परे गैर विचारधारात्मक हो। यानी उस शोर से बचने के लिए उसने विचारधारा को ही छोड़ दिया। एटनबर्ग कहता है, "There was no need to drop ideology, for holding on the same form of relativism does not lead to the condoning all the view points as equally valuable." तीसरे उसने यह भी माना कि तमाम सामाजिक और ऐतिहासिक मुद्दों के लिए एक से अधिक व्याख्याएँ की जा सकती हैं। इससे विचारधारा की अस्पष्टता की गुंजाइश बढ़ती है, कम नहीं होती। इसको इस तरह से भी कह सकते हैं, कि 'यह सड़क दिल्ली जाती है' जैसे ही कोई वस्तुवादी कहता है, कोई सापेक्षवादी कह उठता है, "नहीं सभी सड़कें दिल्ली जाती हैं। हाँ, कौन सड़क अच्छी, सुरक्षित, सुगम है, यह मैं नहीं वह यात्री कह सकता है, जो इन तमाम सड़कों पर आता-जाता रहा है।" इसके बावजूद हर यात्री को स्वतन्त्रता होगी कि वह किस सड़क से जाने के लिए चुने। और यह हो सकता है कि इस चुनाव का आधार उसके मन में स्पष्ट न हो। मानहेम को चाहिए था कि सभी सड़कों को खारिज करने के बजाय, अपने मन की कोई सड़क बता देता, भले ही कोई उस पर चलता या नहीं। जैसे वह सड़क बताने के लिए स्वतन्त्र था, चलनेवाला भी चलने, न चलने के लिए स्वतन्त्र था। तब एक प्रश्न यह भी उठता है कि मानहेम भी बताने, न बताने के लिए भी स्वतन्त्र था, तब यह आलोचना क्यों?

दरअसल मानहेम के विचारों में ही आज के 'विचारधाराओं के अन्त' की सम्भावना दिखती है। यदि यह मान लिया जाये कि आधुनिक समाज सहमत राजनीतिक सिद्धान्तों की नीतियों पर चलता है, तब विचारों की बहुलता धीरे-धीरे समाप्त हो जाती है। चूँकि विचारधाराएँ मत बहुलता से सम्बन्धित होती हैं (उनकी कई-कई व्याख्याएँ आखिर इसी से तो बनती हैं) इसलिए धीरे-धीरे वे भी मर जाती हैं। किन्तु मुझे ऐसा नहीं लगता। कम-से-कम वह विचारधारा तो बनी ही रहती है, जिस पर राज्य राजनीतिक कार्यवाही करता रहता है।

चौथे, विचारधारा की आलोचनात्मक, कहें विवेचनात्मक भूमिका का प्रश्न तब भी बना रहता है। मार्क्स के लिए विचारधारा वह अस्त्र थी, जिससे समाज में बने धुन्ध पर दृष्टि जाती है और उसे दूर करने की जरूरत पड़ती है। मानहेम एक तरफ इस एप्रोच को—यानी विचारधारा को औजार के रूप में—स्वीकार करता है, दूसरी तरफ यह मानता है कि स्वयं विचारधारा का अध्ययन वस्तुगत ढंग से किया जाना चाहिए। यानी उसके औजार रूप को तवज्जह न देकर उसके ज्ञानरूप पर जोर देता है। परिणामस्वरूप वह कई विचारधाराओं पर निगाह डालता है और उनके स्थायी तत्त्वों को खोजता है। इससे कुछ विचारधाराओं को अतरिक्त महत्त्व मिल जाता है। लेकिन उन पर वह अन्तिम विचार नहीं बन पाता, हद-से-हद उन्हें अपने देश-काल का 'relative optimum' बनाकर छोड़ देता है।

यानी वह नयी और पुरानी पद्धतियों के बीच टँगा रह जाता है। एक तरफ वह राजनैतिक दर्शन को समझने के लिए सामाजिक और राजनीतिक परिप्रेक्ष्य में इतना डूब जाता है कि उसका खोजा निकूट बहुत काम का सिद्ध नहीं होता। दूसरी तरफ वह इस प्रश्न को खुला छोड़ देता है कि अस्थायित्व सामाजिक-ऐतिहासिक परिप्रेक्ष्य की देन होता है, कि स्वयं विचारधारा की यह स्थायी प्रवृत्ति होती है। फिर आगे के विचारकों के लिए एक और प्रश्न उछाल देता है कि क्या विचारधारा को मार्क्स के वर्ग सिद्धान्त से अलगाया जा सकता है?

अगला विचारक अन्तानियो ग्राम्शी है। मार्क्स ने तो कहा था कि विचारधारा शासक वर्ग का छद्म है शासित वर्ग को अपनी चंगुल में रखने के लिए, इसलिए वह भ्रम है। इसी बात को आगे बढ़ाकर ग्राम्शी ने कहा कि यदि विचारधारा का स्वरूप ऐसा ही है तो उसका इस्तेमाल शासित वर्ग अपने को मुक्त करने के लिए कर सकता है, और यह मुक्तिप्रदायिनी विचारधारा उसकी अपनी होगी और वह कोई भ्रम नहीं सृजित करेगी, वास्तविकता सृजित करेगी। ऐसी विचारधारा आयेगी कहाँ से? उसके लिए ग्राम्शी कहता है कि वह विचारधारा अविकसित रूप से ही सही सर्वहारा वर्ग में मौजूद रहती है। दरअसल एक समय में कम-से-कम दो विचारधाराएँ वर्चस्व बनाने के लिए एक ही समय और एक ही समाज में व्याप्त होती हैं। चूँकि एक ही समय में एक समाज में दो वर्ग होते हैं, एक हावी वर्ग और दूसरा सर्वहारा वर्ग, इसलिए दरअसल दो विचारधाराएँ प्रचलन में होती हैं, जो दोनों वर्गों के क्रियाकलाप को नियन्त्रित, निदेशित करती रहती हैं और अपना-अपना वर्चस्व बनाये रखने के लिए संघर्षरत रहती हैं। हम यह भी कह सकते हैं कि सर्वहारा वर्ग की विचारधारा हावी वर्ग की विचारधारा के लिए विवेचना प्रस्तुत करती है।

ग्राम्शी पर एक स्वतन्त्र व विस्तृत लेख हम अन्यत्र प्रस्तुत कर चुके हैं। उसके चिन्तन का विस्तार जानने के लिए उसे देखना उपयुक्त होगा। यहाँ यह समझ लेना पर्याप्त होगा कि ग्राम्शी के विचार मानहेम के विचार से भिन्न और उसके समान्तर हैं। ग्राम्शी ने मार्क्स की परम्परा के भीतर विकसित शब्द 'Working' के अंश में थोड़ा संशोधन-परिवर्तन किया और उसे विचारधारा के वर्चस्व के सिद्धान्त में बदल दिया। कहा कि विचारधारात्मक वर्चस्व का इस्तेमाल हावी या बूर्जुआ वर्ग करता है सिर्फ राजसत्ता के प्रयोग के माध्यम से ही नहीं, तमाम दूसरे सांस्कृतिक माध्यमों से भी। इस तरह उसने विचारधारा को राज्य के उपकरण होने की स्थिति से अलगाकर समाज और संस्कृति के उपकरण में खिसका दिया। कहा कि विचारधारा नागरिक समाज का उत्पाद है और उसके द्वारा प्रयुक्त है, राज्य से अलग व्यक्ति के समूह-कलाप के रूप में। यहाँ सांस्कृतिक शक्ति का उपयोग करनेवाला बौद्धिक लघु समूह विचारधारा के मुख्य निर्माता और उपभोगकर्त्ता के रूप में पुनः उभरकर आता है। वे पहले समूह के कई वर्गों के बीच सहमति का निर्माण करते हैं, जिसके परिणामस्वरूप आगे सभी लोग अपनी सहमति आप्यापित रूप से देने लगते हैं। ग्राम्शी इस प्रक्रिया को हावी होने से अलगाकर नेतृत्व देने की प्रक्रिया में बदल देता है और कहता है कि यह स्थिति राजसत्ता द्वारा इस्तेमाल किये जाने के पहले होती है। दरअसल यह सरकारी सत्ता द्वारा प्रयुक्त किये जाने की पृष्ठभूमि रचती है। जाहिर है कि ऐसे में विचारधारा निर्माणकर्त्ताओं के लिए बड़ी चेतन कार्यवाही है और प्रयोगकर्त्ताओं के लिए अचेतन कार्यवाही।

ग्राम्शी दिखाता है कि वर्चस्व का निर्माण समझौतों से होता है। पहले एक छोटा-सा ग्रूप काम करता है, फिर एक बड़े ग्रूप के साथ तालमेल बिठाता है, फिर वह बड़ा ग्रूप पूरे समाज को अपने आँवक में ले लेता है। यह सब आपसी सन्तुलन के सहारे होता है। वर्ग संघर्ष एक ऐसी समरसता की ओर ले जाता है, जिससे एकीकृत समाज का मार्क्सवादी उद्देश्य पाया जा सकता है। ऐसा इसलिए हो सकेगा, कि कई विचारधाराएँ एक साथ वर्चस्व के लिए संघर्षरत रहती हैं, जिनमें से एक या कुछ का गठजोड़ अन्ततः विजयी होकर हावी हो जाता है। इससे एक ऐसी बौद्धिक, नैतिक, आर्थिक और राजनीतिक एकता स्थापित होती है, जो सारभौम लगने लगती है। इस एकता का निर्माण व्यक्ति के स्तर पर इच्छित ढंग से होती है, जिसमें स्वतन्त्र चुनाव, सहमति, वैचारिक और भौतिक मण्डी की अपनी भूमिका होती है।

ग्राम्शी ने वर्चस्व के सिद्धान्त का उपयोग वास्तविकता के आलोचनात्मक और एकत्वस्वरूप के अध्ययन के लिए किया। कहा कि ऐतिहासिक प्रक्रिया के दौरान एक नयी बौद्धिक और नैतिक व्यवस्था विकसित हो सकती है, जो अधिक महीन, निर्णायक, विचारधारात्मक हथियारों से लैस स्वायत्त और बेहतर संस्कृतिवादी होगी। उसकी यह स्थापना कुछ ऐसे प्रश्नों को उठाती है जो मार्क्स के लिए सम्भव नहीं थे। एक तो यही कि विचारधारात्मक नियन्त्रण क्या-क्या रूप धरता है? दूसरे राजनीतिक रूप से हावी होने और विचारधारात्मक रूप से हावी होने में क्या अन्तर है? क्या हम एक से अधिक विचारधाराओं को और उनके उत्थान-पतन को स्वीकार कर सकते हैं? लोग किस अर्थ में किसी विचारधारा में विश्वास करना चुन पाते हैं? बीसवीं सदी के मार्क्सवादी विचारकों का एक बड़ा हलका इन प्रश्नों का उत्तर खोजने में लगा रहा।

इस वर्चस्व के सिद्धान्त के अलावा ग्राम्शी ने विचारधारा के मूर्त रूप को जगत् में खोजने के लिए काफी श्रम किया। वहाँ विचारधारा विचार-व्यवहृति के रूप में सामने पड़ती है, मार्क्स की तरह वास्तविकता पर धुएँ का पर्दा डालती नहीं। यह राजनीतिक चिन्तन के बार-बार घटनेवाले पैटर्न के रूप में गोचर होती है—एक ऐसी स्थिति, जिसके लिए गोचर जगत् में साक्ष्य उपलब्ध हैं। ये साक्ष्य हमारे कलापों और बयानों के रूप में उपस्थित होते रहते हैं। कभी-कभी सिद्धान्त से व्यवहार की ओर संक्रमण खोजना बहुत आसान होता है और कभी-कभी उसे व्यवहार से ही खोजना पड़ता है। इसके लिए हमें हमेशा दो रास्तेवाली सड़क पर खड़ा होना पड़ता है।

मार्क्स और एंजेल्स ने तो जर्मन दर्शन को विचारधारा का आधिभौतिक रूप कहकर खारिज कर दिया था, जिसे बहुत थोड़े से लोग व्यवहृत करते थे। ग्राम्शी ने दर्शन की स्वीकृति को हर व्यक्ति तक पहुँचा देना चाहा था, यह कहकर कि हर व्यक्ति अपने व्यवहार में एक दार्शनिक होता है, क्योंकि उसका हर क्रियाकलाप एक जागतिक दृष्टिकोण से संचालित होता है जिसमें वह रहता है, चाहे अचेतन रूप से ही सही। यह कहकर उसने एक झटके में ही दार्शनिकता की रहस्यमयता को, उसके धुन्ध को झाड़ दिया और उसे व्यक्ति की सामान्य विचार प्रक्रिया से जोड़ दिया। ऐसा उसने राजनैतिक विचार के तीन स्तरीय संरचना को स्वीकार करते हुए किया। एक में दार्शनिकों के द्वारा रचे वे व्यक्ति दार्शनिक थे, जिनमें मोटा-मोटी दार्शनिक संस्कृतियों का नियन्तन नेतृत्व देनेवाले दार्शनिकों से होता है। जनप्रिय विश्वास, मत और धर्म इसके रूप हैं। दूसरा स्तर वर्चस्व का प्रतिमूर्ति होता है। उस वर्चस्व में चिन्तन पर नियन्त्रण रखनेवाले वर्चस्वी समूह की उपस्थिति, संगति और विवेचना विशेषता के रूप में लक्षित होती है। तीसरा स्तर जनसमूहों में गर्भ के रूप में बना रहता है जो मौका मिलते ही उसके बिखरे पड़े टुकड़ों में अचानक चमक उठती है। इन तीनों का विभिन्न योग विभिन्न प्रकार के विचारधाराओं का काकटेल बना देता है। दार्शनिक और विचारधारात्मक में अन्तर तब काफूर हो जाता है, जब राजनीतिक विचार मूर्त जगत् में अपना स्थान ग्रहण कर उसे निदेश देने लगता है।

हम पाते हैं कि मानहेम की ही तरह ग्राम्शी विचारधारा को एक विशिष्ट और स्वतन्त्र संवृत्ति (फेनामेनन) बनाकर उसके अध्ययन का द्वार खोल देता है। राजनीतिक अखाड़े में नैतिक व सांस्कृतिक सिद्धान्तों को ला खड़ा करता है और उनको पहचानने में मीडिया व ऐच्छिक संगठनों की भूमिका लखा

देता है। विचारधाराएँ एकत्व की ओर संक्रमित होती हैं क्योंकि उनके दार्शनिक अपने तर्कों और विचारों के आकर्षण से दूसरे दार्शनिकों को अपने अधीन कर लेते हैं और पूरे जनसमुदाय को दिशा-निर्देश देने लगते हैं। ये दार्शनिक अपनी विचारधारा को त्यागकर नहीं चलते (जैसा कि मानहेम कहता है) वे सिर्फ समय की जरूरत के अनुसार काट-छाँट करते हैं। इस काट-छाँट का कुछ अंश जनसमुदाय के कामन सेन्स का प्रतिबिम्बन करता है। वह कला, कानून, आर्थिक कलाप तथा व्यक्ति और समूह के जीवन में अभिव्यक्ति पाता है।

ग्राम्शी अन्ततः हमें विचारधारा के स्वरूप के बारे में एक अनिश्चय में छोड़ जाता है। लेकिन वह उपकरण तो थमा ही देता है, जिसे लेकर हम आगे बढ़ सकते हैं। एक तरफ वह मार्क्स के विचारधारा के स्वरूप सम्बन्धी डाग्मा और दूसरी तरफ उसके नकारात्मक गुणों से विचारधारा के स्वरूप के निर्माण के बीच डोलता रहता है। एक तरफ वह यह कहता है कि समाज में विचारधारा का जो मौजूदा स्वरूप है उसे गम्भीरता से लिया जाना चाहिए, दूसरी तरफ कहता है कि वह एक सामाजिक 'ब्लाक' के भीतर एकत्व प्राप्त करता है, इसलिए उसके सत्य को वहीं खोजा जाना चाहिए। फ्रीडन लिखता है, "If Marx and Angels wished us to disregard the airy-fairy thoughts of intellectuals and if Mannheim wished to reconstitute the intelligentia as a source of unbiased theorizing about society, Gramci recognized the role of popular thinking in dialogue with intelligentia, producing the kind of complex ideological positions that characterize the modern world."

तीसरा विचारक लुई अल्थूसर है। उसने मार्क्स का अनुसरण करते हुए स्वीकार किया कि विचारधारा की भूमिका श्रमिकों को, सर्वहारा को शासक वर्ग के विचारों को स्वीकार कराने में होती है, उनकी अधीनता में ले जाने के लिए होती है। ऐसा स्थापित व्यवस्था के प्रति सम्मान जताकर, तदनुरूप नैतिकता का निर्माण कर किया जाता है। राज्य, चर्च और सेना लोगों को दबाकर रखनेवाले तन्त्र का निर्माण करती है, उसे अपने नियन्त्रण में रखती है और उसके माध्यम से मौजूदा अर्थव्यवस्था को बनाये रखती है। लेकिन मार्क्स को वह तब छोड़ देता है जब कहता है कि विचारधारा वास्तविकता के ऊपर आवरण डालने के बजाय नयी वास्तविकता को स्थापित करती है। वह विचारधारा को एक तिमंजिली अधिरचना की अन्तिम ऊपरी मंजिल कहता है। पहली मंजिल आर्थिक और उत्पादन के आधारवाली है। दूसरी मंजिल राजनीति और कानून सम्बन्धी संस्थाएँ हैं। वे सुपरस्ट्रक्चर का हिस्सा तो हैं पर बीच की मंजिल के रूप में, एक तरफ आधार से जुड़ी हुई, तो दूसरी तरफ विचारधारा से। इस ऊपरी मंजिल यानी विचारधारा को धारण तो आधार ही करता है, किन्तु काफी हद तक स्वायत्त छोड़कर।

राज्य का नियन्त्रण प्रभावशाली और सीधा होता है, विचारधारा का नियन्त्रण प्रतीकात्मक। विचारधारा का एक अपना जीवन होता है। राज्य का विचारधारात्मक यन्त्र धर्म, कानून, संस्कृति, प्रचार के साधन, परिवार व शिक्षा व्यवस्था में काम करता है। यानी अल्थूसर विचारधारा को लागू करनेवाली संस्थाओं के वैविध्य पर ध्यान देता है। दूसरे वह विचारधारा के विस्तृत विवरण पर—व्यक्ति से लेकर संस्थागत छोर तक—भी ध्यान देता है। पाता है कि विचारधारा तो जीवन के हर क्षेत्र में काम कर रही है। पर इसका मतलब यह नहीं है कि विचारधारा बहुल है। वह उसी अंश तक बहुल है, जिस अंश तक वह विभिन्न सामाजिक आयामों में निहित मिलती है। वह अपने कर्म में बहुलता लिये है—वहाँ तो वह शोषण के लिए आर्थिक सम्बन्धों में पूरी तरह से एकत्व स्थापित किये हुए है। अल्थूसर दुनिया-भर की विचारधाराओं के झमेले में नहीं पड़ना चाहता था। वह उसी विचारधारा से मतलब रखना चाहता था, जिसका सम्बन्ध शोषण से था।

वह विचारधारा की वास्तविकता को स्वीकारकर उसकी व्याख्या माार्क्सवादी दर्शन के भीतर करता है। कहता है कि विचारधारा की कुछ अपनी मूलभूत विशेषताएँ होती हैं। दूसरे वे कुछ विशेषताओं को ऐतिहासिक परिप्रेक्ष्य में प्राप्त कर लेती हैं। ये मूलभूत न होकर विशिष्ट होती हैं और उससे भिन्न होती

हैं। दरअसल उसने विचारधारा को शाश्वत माना जिसकी समय-समय पर व्याख्या होती रहती है। कहा कि लोग अपनी वास्तविक स्थिति के बारे में विश्वास कुछ काल्पनिक विचारों पर बनाते हैं। उसी के आधार पर वास्तविकता से सम्बन्ध स्थापित करते हैं। विचारधारा उन्हीं सम्बन्धों का प्रतीक रचती है, छवि बनाती है, प्रातिनिधान स्थापित करती है। जब हम कहते हैं कि अमुक देश स्वतन्त्रता का अनुगामी है, तब इस बात पर आँखे मूँदे नहीं रह सकते हैं कि वहाँ के लोग सरकार की तमाम स्वेच्छाचारी गतिविधियों को स्वीकार नहीं करना चाहते, जिसे सरकार किसी-न-किसी बहाने करती जा रही है। उसे अस्वीकार करने के लिए वे निष्पक्ष चुनाव, स्वतन्त्र मीडिया, स्वतन्त्र न्यायपलिका को महत्त्व व मान्यता देते हैं। वहीं यह स्वतन्त्रता का अनुगमन विचारधारा का काम करता है। यह उस राष्ट्र का काल्पनिक प्रातिनिधान गढ़ता है, जो स्वतन्त्रता के लिए लड़ता है। अपनी इस लड़ाकू छवि के कारण वह दूसरे लोगों की स्वतन्त्रता ही नहीं, दूसरे राष्ट्रों की स्वतन्त्रता में भी हस्तक्षेप करने लगता है और इसके माध्यम से अपने आर्थिक स्वार्थों की पूर्ति करने लगता है। अमेरिका ने इराक में यही किया है। रूस ने द्वितीय महायुद्ध के बाद पूर्वी यूरोप में यही किया था। विचारधारा लोगों को आश्वस्त करती है कि यह हस्तक्षेप वहाँ के लोगों की स्वतन्त्रता के लिए है। वहाँ के लोगों की स्वतन्त्रता बढ़ाने के लिए है। यह उनको अपने वास्तविक संसार के प्रति दृष्टिकोण प्रदान करता है, जो उसकी व्याख्या करता है और उसके साथ सम्बन्ध बनाकर रखता है। यह काम वह समाज के उस प्रातिनिधान की भ्रमकारी और विकृत प्रवृत्ति को प्रच्छन्न कर करता है। विचारधारा अवश्यगामी है क्योंकि हमारी कल्पनाएँ ऐसी विकृतियों को उपेक्षित नहीं कर सकतीं।

चौथी बात अल्थूसर यह कहता है कि विचारधारा सामाजिक व्यवहृति में भौतिक रूप से मौजूद रहती है। वह उन संस्थाओं में मौजूद रहती है, जिन्हें अल्थूसर सामाजिक उपकरण (social apparatus) कहता है। मार्क्स ने तो उन्हें 'कैमरा आब्सक्यूरा' में पड़ी उल्टी तस्वीर कहा था जो व्यक्ति की विकृत चेतना को प्रतिबिम्बित करती है। अल्थूसर कहता है कि वह वास्तविकता का ही एक पक्ष है। विचारधारा दरअसल कलाप में अविहित होती है (जैसा कि ग्राम्शी ने कहा था थोड़ी भिन्नता के साथ)। हमें व्यक्तियों की विचारधाराप्रणीत कारगुजारियों को स्वीकार करना पड़ता है, यह जानते हुए कि वे उचित मानव व्यवहार का प्रतिबिम्बन नहीं करते। क्योंकि वह कारगुजारी लोग एक वास्तविक जगत् में करते हैं। ऐसी बहुत-सी कारगुजारियाँ तो कर्मकाण्ड की तरह होती हैं (बिना दिल-दिमाग लगाये की गयीं) जिन्हें लोग सामाजिक महत्त्व देते हैं। अल्थूसर अपनी बात को काफी आगे तक खींच कर ले जाता है और कहता है कि सोचना भी एक भौतिक काम ही है। वह भौतिक जगत् में ही होता है। वह भाषण या पाठ के बाह्य रूप तक ही सीमित नहीं होता, आन्तरिक चेतना तक फैला रहता है। इसी के आधार पर वह यह कह पाता है कि राजनीतिक सोच-विचार राजनीतिक जीवन के अनुभववादी बारम्बारता की केन्द्रीय विशेषता है।

पाँचवीं बात अल्थूसर ने यह कही कि मूर्त व्यक्तियों को ही विचारधारा का संवाहक बनाया जा सकता है। यही व्यक्ति को वर्ग से जोड़ता हे। वर्ग भावी व्यक्ति का निर्माण अपनी विचारधारा को अग्रगामित करने के लिए करता है। वही उसकी चेतना बनाती है, इच्छा बनाती है, एजेंसी बनाती है। हम कह सकते हैं कि 'व्यक्ति' और 'विचारधारा' एक-दूसरे को परिभाषित करते हैं। व्यक्ति (विषय) और विचारधारा (विषयवस्तु) के सम्बन्ध को वह 'interpellating' कहता है। इसका अनुवाद कुछ लोग 'नाभिक' करते हैं। इस कोटि से हम मानवीय व्यवहार का अर्थ निश्चित करते हैं। वह व्यक्ति के गुणों को परिभाषित करते हैं, जिसके द्वारा वे सामाजिक संजाल में पहचान के साथ उपस्थित करते हैं। वे उन सभी व्यवहृतियों से सम्बन्धित होते हैं, जो वास्तविक जगत् में घटती हैं, चाहे हम उन्हें स्वीकार करें, या न करें। अन्ततः वे सामाजिक जीवन के स्थायी पक्ष हैं।

(9)

अप्रासंगिक नहीं होगा यदि हम यहीं पर विचारधारा के अन्त की चर्चा कर लें। मार्क्सवादियों ने विचारधारा के चिन्तन और उपयोग पर अपना एकाधिकार माना। साथ ही उसे सिद्धान्त नहीं, व्यवहार की कोटि का माना। तब जब 1991 में सोवियत रूस के साथ पूर्वी यूरोप के साम्यवादी सरकारों का अवसान हो गया, और दुनिया के बाकी हिस्सों में बची सरकारों ने अपना रूप इतना बदल लिया कि अपने को बार-बार मार्क्सवादी कहने के बावजूद उनका मार्क्सवादी रूप पहचानना लगभग असम्भव हो गया, तो विचारधारा का अन्त यूँ ही हो गया। यह एक तर्क है।

दरअसल मार्क्सवादी पारलेन्स में ही तर्कतः विचारधारा के अन्त की सम्भावना तभी बन गयी थी जब मानहेम ने स्थापना रखी कि आधुनिक समाज सहमत राजनीतिक सिद्धन्तों की नीतियों पर चलता है। इससे विचारधारा की बहुलता धीरे-धीरे समाप्त होती जाती है। और वे धीरे-धीरे मर जाती हैं।

एक तर्क यह भी रखा गया है कि विचारधारावालों ने, विशेषकर अनुदारवादियों ने अपने को विचारधारा से ग्रसित नहीं माना। विचारधारा को उनके हवाले रखा जो योजना बनाकर क्रान्तिकारी और पूर्ण परिवर्तन लाने की बात करते हैं, जो एक नयी विचारधारा के आधार पर आगे के समाज का अभियन्त्रण करना चाहते हैं। इसके लिए वे सहमति पर नहीं, नागरिकों के साथ मारपीट और ताकत का इस्तेमाल करते हैं। स्टालिनवादियों, नाजियों-फासियों और सैनिक जुण्टा बालों ने जब विचारधारा का अधिग्रहण अपने नाम पर कर लिया, और जब उनका अन्त हो गया, तब जिन्होंने अपने राजनीतिक दर्शन में विचारधारा पर जोर नहीं दिया, उनके लिए वह अन्त सभी विचारधाराओं के अन्त के रूप में लक्षित किया जाने लगा। उसकी जगह उपभोक्ता प्रणीत समाज की रचना आरम्भ की गयी उत्तर औद्योगिक दौर में। अच्छा जीवनयापन उसका आधार बना। उसे लेकर एक नयी विश्वदृष्टि रची जाने लगी। कल्याणकारी राज्य और आर्थिक स्थिरता उसके मूल में आयी।

आज विचारधारा के अन्त का खोट स्पष्ट होने लगा है। एक तो इसमें निहित तार्किक गलती है। मानहेम का यह कहना कि विचारधारा की बहुलता के सहमत राजनीतिक सिद्धान्तों में तिरोधान हो जाने से वह समाप्त हो गयी, गलत है। सहमति में तत्त्व के रूप में वे विचारधारा अंश तो बने ही रहते हैं, जिन पर राज्य राजनीतिक कार्रवाई करता है। वह स्वयं एक विचारधारा बन जाता है। यदि अनुदारवादी, उदारवादी, समाजवादी, कल्याणकारी राज्य की अवधारणा लेकर चलें, भारत जैसे देश में मिश्रित अर्थव्यवस्था चली, और पूरी दुनिया में उपभोक्तावाद को बढ़ावा दिया गया, तो क्या ये सब स्वयं विचारधाराएँ नहीं थीं? यदि विचारधारा राजनैतिक कार्रवाई के लिए होती है तो ये तीनों विचारधाराओं की ही तरह दिखते हैं—एक विचारधारा न होकर कई विचारधाराओं के बिन्दु।

एक गलती ऐतिहासिक भविष्यवाणी की है। 1960 के दशक में तीसरी दुनिया में नयी विचारधारात्मक भिन्नताओं का विस्फोट हुआ। अफ्रीकी समाजवाद, हिन्देशिया में 'गाइडेड प्रजातन्त्र', पाकिस्तान में 'बेसिक प्रजातन्त्र', अरब देशों की समूहबद्धता और विस्तार आदि ने नयी तरह की विचारधाराओं को जन्म दिया और जाहिर किया कि मानवमन समयानुसार सोच के नये धरातल बना लेता है।

चौथी गड़बड़ी विश्लेषण की है। विचारधाराएँ महान् सिद्धान्तों के नाभिक के इर्द-गिर्द ही नहीं घूमती हैं, वे परिधि तक जाती हैं और विवरणों को भी समेटती हैं। जब हम कल्याणकारी राज्य के कार्यक्रम की बात करते हैं तो सिर्फ इस प्रश्न से ही नहीं जूझते हैं कि उसके लिए पैसे कहाँ से आयेंगे, इस पर भी माथापच्ची करते हैं कि उसका लाभ किन समूहों को प्राथमिकता के स्तर पर दिया जायेगा। उसका समाधान विभिन्न विचारधाराओं में से चुनकर तैयार किया जाता है। इससे प्राथमिकताओं को तय किया

जाता है। प्राथमिकताओं का सम्बन्ध प्रतिस्पर्द्धी शक्ति समूहों से होता है, जो भार और लाभ के पुनर्वितरण की माँग करते हैं। इन सबका सम्बन्ध किन्हीं मूल्यों, मान्यताओं से होता है।

फिर विचारधारा का अन्त कई तरह से पश्चगामी सैद्धान्तिक प्रयत्न था। एक तरफ यह विचारधारा को भविष्योद्देश्यी प्रभामण्डल सम्पन्न बनाने का प्रयास था--वैज्ञानिक ढंग से ऐतिहासिक सत्य को प्रस्थापित करने का प्रयत्न--एक सामाजिक अभियन्त्रण का ढंग--एक लौकिक मतवाद की स्थापना का प्रयास। इसमें बौद्धिकों को पुजारी या धर्मोपदेशक की भूमिका में रखा गया था, जो लोक से दूर रहकर, वैज्ञानिकों की तरह निरपेक्ष रहकर, अपनी स्थापनाएँ बनाते हैं, उन पर प्रयोग करते हैं, परिणामों का विश्लेषण करते हैं। यानी वे एक साथ ही धर्मोपदेशक और वैज्ञानिक हैं। यानी दूसरी तरफ यह शुद्ध विचार है। तब यह निश्चय ही घाल-मेल का द्योतक है, जिसमें दोनों की अच्छाइयाँ गायब हैं। क्योंकि मन्शा तो दुनिया को अपने इरादे के अनुसार हाँकने का है और उसके लिए सिर्फ अपने इरादे को उत्तम कहकर प्रस्तुत करना है, जो वास्तव में है नहीं, क्योंकि वहीं इसी तरह से निःसृत दूसरों के इरादे भी हैं।

इसी को ध्यान में रखकर डेनियल बेल कहता है कि विचारधारा वास्तव में 'असाध्य पतित शब्द' है। एडवर्ड शिल्स दूसरी बात कहता है। कहता है कि विचारधाराएँ हमेशा ही विचार को समाज से पृथक् कर रची जाती हैं और यह हमेशा ही आदमी को जकड़कर रखने के लिए रची जाती हैं। उनका अनुगामी बनने तक मनुष्य को सीमित कर दिया जाता है। इसीलिए पापर विचारधारा प्रवर्तकों को खुले समाज का दुश्मन कहता है तथा मार्क्स और हिटलर को एक ही कोटि में रखता है। इस पर हमें इतना ही कहना है कि पापर की बात तानाशाहीवाली स्वेच्छाचारी विचारधाराओं के सम्बन्ध में सत्य हो सकती है, लेकिन जो विचारधाराएँ धीरे-धीरे विकसित हुई हैं, उन्होंने इस तरह की तानाशाही का विरोध किया है। इसलिए उन्हें इस कोटि में नहीं रखा जा सकता। पेटरसन कहता है कि इस तरह की विचारधाराएँ समाज में रहकर सापेक्ष चिन्तन की देन हैं जो मनुष्य की बेहतरी के लिए चिन्तित रहती हैं, शासक वर्ग की शक्ति के लिए नहीं, और उनका बौद्धिक उपदेशक या वैज्ञानिक न होकर मानवहित का सामान्य कार्यकर्त्ता होता है। यानी विचारधारा का अन्त वास्तव में विचारधारा की उपयोगिता लखाता है। जहाँ एक तरह की विचारधाराओं का अन्त हुआ है (और क्या वाकई उनका अन्त हुआ है?), वहाँ दूसरी तरह की विचारधाराओं के विकास का आरम्भ हुआ है।

(10)

सवाल उठता है कि ऐसी विचारधाराएँ कौन-सी हैं। एक तो जनतन्त्र और संस्कृति में आस्था रखनेवाली हैं। उनकी चर्चा हम अन्यत्र स्वतन्त्र रूप से कर आये हैं। यहाँ हम कुछ उपसंस्कृति की विचारधाराओं की चर्चा कर सकते हैं। उनमें से एक है स्त्रीवाद। दूसरा है लैंगिक चुनाव की स्वतन्त्रता। तीसरा है अपराध और अपराध विज्ञान पर नयी दृष्टि। चौथा है नस्लवाद। भारत में जातिवाद, आरक्षण, मतनिरपेक्षता। पाँचवाँ है अस्मितावाद। इनमें से कई की चर्चा हमने यत्र-तत्र यथाप्रसंग किया है। उन्हें वहीं देखना समीचीन होगा। यहाँ हम सिर्फ एक स्त्रीवाद की थोड़ी चर्चा करते हैं।

सन् 1792 में जब वुल्स्टोन क्राफ्ट की पुस्तक 'ए विण्डीकेशन ऑफ द राइट्स ऑफ वुमेन' प्रकाशित हुई तो उसका उद्देश्य स्त्रियों को भी पुरुषों की तरह बराबरी के स्तर पर मताधिकार के लिए तर्क प्रस्तुत करना था। आधुनिकता ने मानव मुक्ति के लिए बराबरी और स्वतन्त्रता को जरूरी माना था और उसे एक एजेण्डे की तरह लागू करना शुरू किया था। उसे स्त्री तक बढ़ाने के लिए यह पुस्तक आयी थी। उसे आधार बनाकर 1840-50 के दशकों में आन्दोलन चले थे और यूरोप के कई राज्यों ने उसे स्वीकार भी कर लिया था। उसके बाद स्त्रीवाद की पहली लहर समाप्त हो गयी। दूसरी लहर बीसवीं शताब्दी के छठें दशक में तब उठी जब बेट्टी फिडन ने अपनी पुस्तक 'फेमिनिस्ट मिस्टीक' (1963) में अमेरिका

के कुछ औद्योगिक उपनगरों में रह रहीं (1) मध्यवर्गीय नौकरीपेशावालों की औरतों और (2) पर निर्भर मजदूर वर्ग की स्त्रियों की भग्नाशा (frustration) व प्रत्याशा (despair) का जिक्र किया। उससे निजात के लिए उसने 'नेशनल ऑर्गनाइजेशन ऑफ वुमेन' की स्थापना अपनी अध्यक्षता में की स्त्री के लिए समान वेतन और गर्भपात की वैधानिक स्वीकृति के लिए आन्दोलन चलाने के वास्ते। नारमेन ग्रीन ने इसमें शिक्षा और काम करने के अधिकार को भी जोड़ दिया। दोनों ने इसे 'पब्लिक स्फेयर' तक ही सीमित रखा, किन्तु केट मिलेट ने इसे 'प्राइवेट स्फेयर' में भी झोंक दिया। कहा कि घर के भीतर जो पुरुष का प्रभुत्व रहता है, उसे मिटाया जाना चाहिए। स्त्री मुक्ति के लिए जरूरी है कि घर के भीतर पुरुष वह सभी काम करे, जो स्त्री करती है—यह नहीं कहा जाना चाहिए कि यह काम स्त्री का है और यह काम पुरुष का। समाजवादी स्त्रीवादी विचारकों ने कहा कि यह पुरुष प्रधान उत्पादन की पूँजीवादी विधि के चलते है। स्त्री और पुरुष के बीच काम का बँटवारा इसलिए है कि (1) स्त्री घर का काम कर पुरुष को बाहर काम करने के लिए अधिक-से-अधिक अवसर देती है, (2) बच्चों को पालकर और शिक्षित कर श्रमिकों की अगली पीढ़ी तैयार करती है और (3) जरूरत पड़ने पर श्रमसेना के लिए 'रिजर्व' बनकर रहती है। उसकी मुक्ति तभी हो सकती है जब पूँजीवाद पूरी तरह से नष्ट हो जाये। इन दोनों विचारों के द्वन्द्व से एक तीसरा चिन्तन यह आया कि समाज में लिंग विभाजन सबसे आधारभूत और राजनीतिक रूप से महत्त्वपूर्ण विभाजन है। स्त्री तथा पुरुष का स्वभाव व सार्थकता भिन्न है। इसकी प्रवक्ता केट मिलेट हैं जो राजनीतिक और वैधानिक स्तर से बढ़कर सांस्कृतिक स्तर पर इस पुरुष वर्चस्व को तोड़ना चाहती हैं। बेट्टी फिडन इससे सहमत नहीं हैं। अपनी पुस्तक 'सेकेण्ड स्टेज' में कहती हैं कि स्त्री द्वारा व्यक्तिपने (personhood) पर जोर घर, परिवार और बच्चे को उपेक्षित कर देगा, जो सामाजिक जीवन की आधारभूमि है। इसलिए आन्दोलन को पुरुषविरोधी बनाकर नहीं, बराबरी की माँगों को लेकर चलाया जाना चाहिए।

ये बातें सामाजिक और राजनीतिक स्तर पर हैं। अमेरिकी बाजारवाद ने इस चिन्तन का इस्तेमाल दूसरी तरह से किया है। गौर करने की बात है कि स्त्रीवादी चिन्तन तथा आन्दोलन का दूसरा दौर तब चला, जब उत्तर पूँजीवाद उत्तर उद्योगवाद का दौर चला। इन दोनों दौरों का शमन उत्तरआधुनिकवाद में हुआ, जिसके दो परिणति-स्तम्भ हैं, वैश्वीकरण और बाजारवाद। दोनों ने स्त्रीवाद के उत्थान का उपयोग अपने उत्पाद को खपाने और नये उत्पाद बनाने के लिए किया। कहा कि पारम्परिक समाजों को लेकर चल रहे राज्यों में स्त्री सबसे अधिक शोषित है। यह शोषण तभी समाप्त होगा जब उसकी नयी छवि बनेगी। समानता देकर उसे राजनैतिक रूप से पुरुष के बराबर जरूर किया गया है, किन्तु स्वतन्त्रता पर अभी भी बन्दिश है। नयी छवि वही स्वतन्त्रता देगी। उसकी अभिव्यक्ति घर से बाहर आकर अकूत 'सेक्सुअल सेलेक्शन' व सम्बन्ध बनाने की स्वतन्त्रता मिलने पर हो सकेगी। उसके लिए बन-ठन कर निकलना, रिझाने से सम्बन्धित प्रसाधनों का इस्तेमाल करना, आर्थिक रूप से स्वतत्र रहना, हो सके तो अकेले ही रहना जरूरी होगा। उसके लिए माहौल बनाने के लिए प्रचार, विज्ञापन और साहित्य का इस्तेमाल किया जाने लगा। बहुप्रचार ने उसे पुरुष के बरक्स बतौर दुश्मन ला खड़ा कर दिया। यहाँ तक कि परिवार, प्रोक्रिएशन और कामेक्षा की पूर्ति के लिए भी उसकी जरूरत नकारी जाने लगी। उसके लिए 'आर्टीफिशियल' साधन और समलैंगिकता पर जोर दिया जाने लगा। एक नया सुपरस्ट्रक्चर बनाने की कवायद आरम्भ हुई।

भारत में स्त्रीवाद ने दलितवाद की ही तरह सत्ताधारी वर्ग को समाज को बाँटकर राज करने का नया क्षेत्र दिया। आर्थिक और तमाम दूसरे मोर्चों पर असफल शासक 'एलीट' ने उसकी तरफदारी कर नये 'वोटबैंक' में बदलने की कोशिश की। उसके लिए बराबरी के सवैधानिक अधिकार को धता बताकर वैधानिक संरक्षण देने की बात कही जा रही है।

एक चौथी बात उत्तर औपनिवेशिक विमर्श से उभरी है। उसके दो पक्ष हैं। पहला पक्ष कहता है कि औपनिवेशित देशों की महिलाओं ने दोहरी परतन्त्रता झेली है, एक उपनिवेश बनानेवाले देशों द्वारा लादी

गयी सर्वसामान्य परतन्त्रता, दूसरा अपने देश के पितृसत्तात्मक पुरुष प्रधान समाज की विशिष्ट परतन्त्रता। इनसे निजात भी दोनों स्तरों पर खोजना होगा। दूसरा पक्ष इस प्रश्न से टकराता है कि क्या विकसित देशों की महिलाएँ पिछड़े देशों की महिलाओं को नेतृत्व दे सकती हैं? क्या वे उनकी समस्याओं से वाकई वाकिफ हैं? क्या वे खुद पिछड़े देशों की महिलाओं का वैचारिक शोषण नही करतीं? क्या पिछड़े देशों की महिलाएँ अपना नेतृत्व बनाने में सक्षम हैं? क्या वे बोल भी सकती हैं? यदि वे बोलने लगें तो क्या वाकई मुक्त हो जायेंगी?

इन तमाम प्रश्नों का उत्तर टटोलने के लिए हम अपने समय के विचारकों के हवाले ये प्रश्न छोड़ते हैं।

(11)

जिन बड़ी-बड़ी और फिर उपसंस्कृति से जुड़ी विचारधाराओं की चर्चा हम ऊपर कर आये हैं, सिर्फ वे ही नहीं हैं जगत् में। कुछ छोटी-छोटी और स्थानीय विचारधाराएँ भी बड़ी जोर-शोर से काम करती रही हैं, कर रही हैं। इन्हें विद्वानों ने 'माइक्रो' (खुदरा?) विचारधारा कहा है। इनका निर्माण कहीं प्रचलित दो या अधिक विचारधाराओं में से कुछ तत्त्वों को मिलाकर होता है, कहीं निकालकर तो कहीं एक बड़ी, विकसित विचारधारा छत के रूप में काम करती है, जिसके नीचे कई अविकसित छोटी-छोटी विचारधाराएँ पुरजोर ढंग से काम करती हैं, तो कहीं कोई छोटी विचारधारा स्वतन्त्र रूप से जन्म लेती है, काम करने लग जाती है। तीसरी दुनिया की तमाम विचारधाराओं ने इसी तरह से जन्म लिया है, जिनमें से कोई कहीं यूरोपीय विचारधारा के साये तले पली हैं, तो कहीं स्वतन्त्र रूप से अस्तित्व में आयी हैं। दलितों से जुड़ी विचारधारा यूरोप के नीग्रो सम्बन्धी विचारधारा का भारतीयकरण है, तो भूमि-पुत्रों से जुड़ी विचारधारा लगभग स्वायत्त है। डिआसफोरा सम्बन्धी विचारधारा स्वतन्त्र रूप से समस्या के आने के बाद खड़ी हो रही है।

ये तमाम विचारधाराएँ इधर तीस-चालीस वर्षों में उपजे ऐसे नये राजनैतिक विचारों को लेकर चल रही हैं, जो परम्परागत ढंग से जानी-पहचानी गयी विचारधाराओं से बहुत संगत नहीं हैं। इससे एक प्रश्न यह उठ खड़ा हो रहा है कि क्या विचारधाराओं और उनके अध्ययन के ढंग को इन्होंने बदल दिया है? पहले हम इन विचारधाराओं में से कुछ की अतिसंक्षिप्त चर्चा करेंगे, फिर इस प्रश्न का उत्तर टटोलेंगे।

एक जैसा खाना, एक जैसा मकान, एक जैसा कपड़ा, एक जैसा यातायात का साधन, एक जैसा प्रसाधन, एक जैसा मनोरंजन, एक जैसा सभी चीज़ों के प्रचार का माध्यम आज पूरी दुनिया में उपभोग-उपयोग में लाये जा रहे हैं। उन्हें उत्पादित करनेवाली कम्पनियाँ पूरी दुनिया में एक ही तरह की हैं, जिन्हें 'मल्टीनेशनल', बहुराष्ट्रीय कहा जा रहा है। वे अपना उत्पाद तमाम दूसरी स्थानीय कम्पनियों के सहारे बेच रही हैं। बल्कि उत्पादन करने की भी जरूरत नहीं समझ रही हैं। अपनी प्रौद्योगिकी बेचकर स्थानीय स्तर पर अपनी पिछलग्गू कम्पनियों से सामान बनवा ले रही हैं, उस पर अपना पेटेण्ट मार्क लगा दे रही हैं। उनमें एक स्तर है। उसमें थोड़ा स्थानीय जरूरत के अनुसार परिवर्तन तो किया जा सकता है, किन्तु इतना नहीं कि 'ब्रैण्ड' ही बदल जाये। ऐसा करने में एक फायदा यह है कि स्थानीय कच्चा माल और श्रम सस्ते में मिल जा रहा है, जबकि कीमत में कोई खास कमी नहीं की जा रही है। यह समझौते से निर्मित एक नये तरह की गुलामी है, जो आर्थिक है (राजनीतिक बहुत कम)। इसे विश्व बाजार कहा जा रहा है। इसके पीछे जो दर्शन काम कर रहा है उसे वैश्वीकरण कहा जा रहा है। वहाँ कोई विचारधारा नहीं है—आर्थिक और राजनीतिक प्रक्रिया है जो राजनैतिक सीमाओं को तोड़ रहा है और राज्य की सीमाओं का अतिक्रमण कर रहा है। आर्थिक क्षेत्र में उत्पादन पहले हो रहा है और उसे खपाने के लिए विज्ञापन द्वारा जरूरतें पैदा की जा रही हैं। जो उनका उपभोग नहीं करना चाहते उनके ऊपर हँसने

और कटाक्ष करने का जुगाड़ लगाया जा रहा है। सामान को एक स्थान से दूसरे स्थान तक पहुँचाने के लिए 'इन्फ्रास्ट्रक्चर' की माँग की जा रही है, उसे बनाने के लिए कर्जा, मदद और दूसरी सहूलियतें मुहैया करायी जा रही हैं। कच्चे माल और श्रम के दोहन के लिए वनवासियों पर अत्याचार किया जा रहा है। यदि वे विरोध कर रहे हैं तो उन्हें विद्रोही और देशद्रोही कहकर मार डाला जा रहा है। राजनीतिक स्तर पर प्रचारित किया जा रहा है कि न्याय सबको दिया जाना चाहिए, चाहे उनका भौगोलिक मूल जो भी हो। यह एक नये तरह के साम्राज्यवाद को जन्म दे रहा है जो समझौते से पैदा हो रहा है। वह स्वभाव में आर्थिक है। पर उस आर्थिक को रूप देने के लिए राजनीतिक कार्यवाही की जा रही है, जरूरत पड़े तो युद्ध तक। ऊपर से इसमें बाधा डालनेवाले मूल्य राष्ट्रवाद, सादा जीवन, जातीय अस्मिता, भाषाई एकता, उन्नत साहित्य आदि की तमाम तर्कों से भर्त्सना की जा रही है।

इन सबके केन्द्र में अमेरिका है, जो इसका नियन्ता है और लाभार्थी भी। वह इसे धीरे-धीरे विचारधारा में ढालता जा रहा है। आधार नव-उदारवाद है। साथ ही वह उदारवादी परम्परा की विश्वव्यापकता को संकुचित और संकीर्ण करता जा रहा है, उसकी गलत प्रस्तुति कर रहा है। इसकी उत्पत्ति अनुदारवादी संरक्षणवादी प्रवृत्ति से हुई है। दोनों के मिले-जुले स्वरूप को 'लिवरटैरियनिज़्म' कहा जा रहा है। स्वतन्त्रता का मतलब उपभोक्ता के चुनने की अनन्त क्षमता से लगाया जा रहा है और उसके लिए स्वतन्त्रता से जुड़ी दूसरी मुख्य अवधारणाओं को अपचयित किया जा रहा है। पर्यावरण-संरक्षण का मतलब विकासशील देशों के औद्योगिक उत्पादन को सीमित करने और विकसित देशों के औद्योगिक उत्पादन को निर्बाध करने के लिए है, ठीक वैसे ही जैसे बंगाल के बुनकरों पर मैनचेस्टर के कपड़ा-उद्योगपतियों ने ईस्ट इण्डिया कम्पनी के माध्यम से रोक लगाया था। इन तमाम बातों के लिए वर्तमान आर्थिक असमानता को स्वीकार किया जा रहा है और राज्य को सामाजिक बुराइयों को दूर करने से रोका जा रहा है। जोर समुदाय पर दिया जा रहा है, लेकिन इस समुदाय का सम्बन्ध न्यास और सामाजिक समरसता से न होकर सामुदायिक बाजार से बनाया जा रहा है। सच पूछिये तो इस सामाजिक समरसता और न्यास को तोड़ा जा रहा है। भाषा, लिंग, जाति, क्षेत्र आदि के सवालों को उठाया जा रहा है (विशेषकर तीसरी दुनिया और दूसरी दुनिया के पूर्वी यूरोपीय देशों में), स्वायत्ता देने के नाम पर, (वाकई स्वायत्ता देने के लिए नहीं, बाजार बनाने के लिए) उसके लिए किन्हीं महीन विचारधाराओं को विविध, अवसरोचित, अस्थायी विचारधाराओं को तोड़-गाँठ कर रचा जा रहा है, जिससे आधे-अधूरे राजनीतिक हल प्रस्तुत करते हुए तमाम तरह के वैचारिक संशोधन निर्मित किये जा रहे हैं। इन्हें अन्तरराष्ट्रीयता और राष्ट्रीयता के बीच एक तीसरा रास्ता बताया जा रहा है।

जाहिर है कि इसके तत्त्वों में सामाजिक जनतन्त्र, अनुदारवाद और कुछ उदारवादी सिद्धान्त के टुकड़े हैं, जिन्हें मिलाकर एक राजनीतिक कार्यक्रम बनाया जा रहा है, जिसे आगे विचारधारा की संज्ञा से विभूषित किया जाना है, जो उदारवादी पूँजीवाद और राज्य समाजवाद के बीच दोनों से बना एक अजीब घालमेल होगा। इसमें एक तरफ अधिकारों में उदारवादी विश्वास, दूसरी तरफ जिम्मेदारियों का अनुदारवादी-समाजवादी दबाव होगा। वह उन अधिकारों का व्यापारीकरण कर विशेषाधिकारों में तब्दील करेगा, जिसे जिम्मेदार व्यवहार से आगे खरीदा जा सकेगा। वह तीसरी दुनिया के तमाम देशों में मिली-जुली अर्थव्यवस्था की वकालत कर रहा है और जिन देशों में यह अर्थव्यवस्था पहले से रही है, जैसे भारत, वहाँ उदारीकरण के नाम पर उसे प्राइवेट घरानों को सौंप दिया जा रहा है। राज्य की भूमिका दलाल की बनायी जा रही है जो किसानों के संसाधन को राज्यशक्ति के द्वारा छीनकर धनी और औद्योगिक वर्ग के हाथों सौंप दिया जा रहा है। सिंगूर और नन्दीग्राम, नोएडा और साणन्द इसके ताजा उदाहरण हैं। उसके लिए बाकायदा एक मन्त्रालय संगठित किया गया है और योजना आयोग को ऐसे क्षेत्रों को लोकेट करने की जिम्मेदारी दी गयी है। विदेशी अनुदान और कर्ज के सहारे आर्थिक व्यवस्था सुधारी जा रही है, लोगों को उपभोक्ता सामग्री खरीदने की क्षमता बढ़ाने के लिए। यहाँ लोगों का मतलब पूरा जन नहीं, बीस प्रतिशत लोग हैं,

जिनके खरीदते रहने से पश्चिम में आज हो रहे उत्पादन को फिलहाल आसानी से खपाया जा सकेगा। उसके लिए एक धकाधक 'शिक्षित' वर्ग तैयार किया जा रहा है और उसके लिए 'शिक्षा' को बेचा जा रहा है। यह वर्ग उसका भोग भी करेगा और उसकी वकालत भी। उसके लिए भ्रष्टाचार को बढ़ावा दिया जा रहा है, और उसे न्यायोचित ठहराने के लिए (अभी) तर्क, (फिर) दर्शन गढ़े जा रहे हैं। एक तरफ यह जन को नैतिकता का पाठ पढ़ाकर बहुलतावादी व्यक्तिवाद में रूपान्तरित कर रहा है, दूसरी तरफ शक्तिशाली केन्द्रवाले माई-बाप राज्य की माँग कर रहा है। एक तरफ यह जनकल्याण की बात करता है, दूसरी तरफ इस कल्याण का लाभ उठाने के लिए लोगों को सरकार की सेवा में होने की शर्त लगा रहा है, तो तीसरी तरफ शिक्षा, रोजगार और स्वास्थ्य को प्राइवेट घरानों को बेच दे रहा है और ये घराने जन को बेचकर अकूत धन कमा रहे हैं, जिसमें नीति-निर्माताओं और नौकरशाहों का हिस्सा तय है। इस तरह ये वास्तव में चौतरफा शोषण कर रहे हैं। इन सारी बातों को प्रचार व विज्ञापन द्वारा न्यायोचित ठहराया जा रहा है। इसके लिए आये दिन नया-नया दर्शन गढ़ा जा रहा है और विदेश में रह रहे होमी भाभा, रंजीत गुहा, गायत्री स्पीवाक् ही नहीं, अमर्त्य सेन भी इसके प्रवक्ता बन रहे हैं। अंग्रेज ने 'Divide and rule' का सिद्धान्त रखा था, अमेरिकन 'Confuse and Rule' का सिद्धान्त रख रहे हैं।

इसका समाहार कहाँ है? ऊपर हमने पतली विचारधारा (Thin ideology) शब्द का प्रयोग किया है। उससे कुछ उपसंस्कृति के क्षेत्र में उपविचारधाराएँ बन रही हैं। उनमें से एक स्त्रीवाद की चर्चा हमने की है। यदि वह लोगों में विभाजन पैदा करनेवाली है, तो वहीं एक दूसरी पतली विचारधारा 'राष्ट्रवाद' की विकसित हो रही है, जो वैश्विक बाजार के बरक्स खड़ी होने की सामर्थ्य रखती है, बशर्ते राष्ट्रीय अस्मिता के सवाल स्पष्ट होते जायें। एक तरफ यह अस्मिता पूरे जगत् के मानवीय सरोकारों से उत्पन्न मूल्यों को अपनाने की वकालत से तैयार करने की बात कही जा रही है। पर उससे तो राष्ट्रीय अस्मिता मारी जायेगी। यह दरअसल वैश्विक वर्चस्ववालों का षड्यन्त्र है राष्ट्रवादियों को गुमराह करने के लिए। राष्ट्रीय अस्मिता दरअसल राष्ट्र के भीतर रह रहे लोगों के परम्परागत और विशिष्ट जीवनमूल्यों में एकता की कड़ी ढूँढ़कर बनाना होगा। इससे जो विशिष्टता रची जायेगी वह वैश्विकता की बुराइयों से लड़ेगी। उसका प्रति-सन्तुलन तैयार करेगी। आज इस बात को विचारधारा को उठाना है। पैन-इस्लामिज़्म आज इसी को लेकर चल रहा है और तमाम इस्लामी देशों में एकता स्थापित कर रहा है, जो प्रतिरोध की राजनीति खड़ी कर रही है अमेरिकी आर्थिक दादागिरी के खिलाफ। उसे तोड़ने के लिए पहले अमेरिका ने आतंकवाद को प्रश्रय दिया। आज वही आतंकवाद उसके मानसिक स्वास्थ्य को खाये जा रहा है। अब उसे मूलवादी (fundamentalist) विचारधारा कह बदनाम करना चाह रहा है। भारत में भी राष्ट्रवाद की बयार चली है। पर सत्ता की राजनीति के लिए कहीं संस्कृति से जुड़कर, तो कहीं उसका विरोध गलत जमीन पर कर थोड़ी विकृत हो गयी है। जितनी विकृत नहीं हुई है उससे बढ़कर उसका प्रचार विरोध करनेवाले दलों द्वारा किया जा रहा है। जरूरत है उसे परिमार्जित करने की और वैश्वीकरण के बरक्स ठोस वैचारिक आधारों पर खड़ा करने की।

यहीं पर एक प्रश्न यह उठ खड़ा हो रहा है कि क्या विचारधाराएँ पश्चिमी हैं? स्वयं पश्चिमवाले कहते हैं कि विचारधाराओं को पश्चिमी मान लेने पर उनकी विश्वव्यापकता मारी जायेगी। पूर्ववाले कहते हैं कि इस विश्वव्यापकता के चोले में पश्चिमवाले दरअसल पश्चिम का वर्चस्व पूरी दुनिया पर बनाना चाहते हैं, बनाकर रखना चाहते हैं। यह तब और आक्रामक होकर उभरता है जब प्राच्यवाद से उनकी नीयत की पोल खुल गयी है, उपनिवेशवाद जाता रहा है, मार्क्सवाद ध्वस्त हो गया है। तब वे अपनी विचारधारा की सारभौमिकता लेकर दौड़ रहे हैं और पूरी दुनिया को अपने जाल में कस रहे हैं।

प्रति-उत्तर में पश्चिमवाले पूछ रहे हैं कि पूर्ववालों के पास या पूर्व और पश्चिम से भिन्न लोगों के पास वह कौन-सी विचारधारा है, जिसे लेकर वे खड़े हो रहे हैं या खड़े हो सकते हैं उनके बरक्स? पश्चिमवाले स्वयं ही विश्लेषण कर बतलाते हैं कि पूर्व या पूर्वोत्तर के पास दो ही विकल्प हैं। एक है पश्चिम

की किसी विचारधारा में स्थानीयता का थोड़ा-सा रंग-रोगन। जापानवाले एक चौड़े अनुदारवादी आन्दोलन को उदारवादी कहने लगे हैं, क्योंकि अपने परम्परागत जीवन पद्धति में इधर हाई-टेक जीवनशैली मिला ली है। प्रौद्योगिकी ने ही उनके जीवन में बाजार की अवधारणा पैठा दिया है, दूसरी तरफ वे अपने बन्द व्यक्तिवाद से चिपके हुए हैं। फिर भी वे स्वायत्त हैं क्योंकि कभी पश्चिम के गुलाम नहीं हुए। दूसरा है भारत। जब तक वह पराधीन था अपनी लड़ाई के लिए उसने अपनी अस्मिता का निर्माण करने के लिए भारतीयता और पश्चिम का अजीब घालमेल बनाया। आजाद हो जाने के बाद वह भारतीयता गायब हो गयी--बस दिखाने के लिए कुछ धार्मिक कर्मकाण्डों के प्रति सम्मान बढ़ा--और आज पूरी तरह से पश्चिम में रंग गया है। आधुनिक होने के लिए चीन ने पश्चिम की विचारधारा मार्क्सवाद को अपनाया और उसके कमजोर पड़ने पर शनैः-शनैः अमेरिकन होता जा रहा है, आज आर्थिक क्षेत्र में, कल सामाजिक क्षेत्र में, परसों राजनीतिक क्षेत्र में।

दूसरा विकल्प है धर्म को ही विचारधारा मान कर पुनरुत्थानित होना। पर क्या धर्म विचारधारा है? क्या धर्म और विचारधारा की विशेषताएँ एक जैसी होती हैं? कुछ लोग तो माक्सर्वाद को 'सेक्यूलर रेलिजन' के रूप में स्वीकार करते हैं। उसका तर्क गढ़ने के लिए एक बड़ी सुविचारित पुस्तक "The God that Failed" लिखा गया था। हम पाते हैं कि धर्म तब विचारधारा बनने लगता है जब वह जननीति पर नियन्त्रण करने का प्रयास करता है और जब एक पूरे राजनीतिक समुदाय की सामाजिक व्यवस्था को प्रभावित करने के लिए कदम उठाता है। फिर भी उसे विचारधारा नहीं कहा जा सकता। धर्म प्रेशर ग्रूप के रूप में काम कर किसी देवता से जुड़े दिन के लिए छुट्टी की माँग मनवा सकता है, लेकिन इससे वह विचारधारा नहीं बन जायेगा। वह मानवमुक्ति के लिए जगत् को मिथ्या कह सकता है, अपने अनुयायियों को मसीहा के द्वारा बताये लोक में जाने के लिए प्रेरित कर सकता है। लेकिन इसके आधार पर वह विचारधारा नहीं बन जायेगा।

फिर भी धार्मिक मूलवाद का पूरी तरह से राजनीतिकरण किया जा सकता है, और उस पक्ष में वह किसी सर्वसत्तावादी विचारधारा जैसा दिख सकता है। विशेषतः जब वह मत स्वीकार न करनेवालों के प्रति आक्रामक हो उठे। उसके लिए वह अपने तत्त्वों की पुनर्व्याख्या कर नया अर्थ प्रदान कर सकता है। जो काम सर्वसत्तावादी विचारधारावाले भाषा के प्रभावी जाल से करते हैं, वह काम धर्मवाले धर्मग्रन्थों से उद्धरण देकर कर सकते हैं। उनके पहुँचे हुए गुरु और दूसरे ऊँचे धार्मिक लोग सत्य के अभिभावक और व्याख्याता बनकर नेता और बौद्धिक की भूमिका ग्रहण कर सकते हैं।

दरअसल धर्म विचारधारा है का प्रश्न विभेदीकरण के प्रश्न से जुड़ा हुआ है। इस्लाम का राजनीतिक रूप विचारधारा के काफी करीब है, क्योंकि उसके पास एक सामूहिक राजनीतिक एजेण्डा है और धर्म तथा राज्य के बीच चुनना हो तो स्पष्ट विचार है कि धर्म को प्राथमिकता दिया जायेगा। फिर भी उसमें विचारधारा के वे तत्त्व नहीं हैं, जिन्हें 'distinct, reified, system of ideas' कहा जाता है जो हमारे जगत् में अर्द्ध स्वायत्तशासी ढंग से अवस्थित रहते हैं, और जिनका अध्ययन स्वतन्त्र रूप से किया जा सकता है। विचारधारा होती ही है धार्मिक विश्वासों से असम्बद्ध बनकर। फ्रीडन लिखती है, "Religious fundamentalism provides no space for political ideology to emerge as a distinct set of ideas from underwings of religion, nor for a range of religious interpretations to scape from the vice of political discipline."

(12)

इन तमाम तरह की विचारधाराओं की अन्तर्वस्तु के अध्ययन के लिए कुछ नये ढंग इधर सामने आये हैं। इन विचारधाराओं से जो नयी शब्दावली बन रही है उनकी मीमांसा के लिए कुछ नयी पद्धतियाँ विकसित हुई हैं। वे संरचनावाद, भाष्यविज्ञान और रूपप्रक्रियाविज्ञान से सम्बन्धित हैं। भाषा के अध्ययन

में व्याकरण और अर्थविज्ञान का जोर इधर बढ़ा है। विचारधारा की अभिव्यक्ति भाषा के माध्यम से होती है। पहले उनमें अपने व्याकरण पर जोर दिया जाता था। उनमें प्रयुक्त होनेवाले शब्द और उनके योग विशिष्ट अर्थ प्रदान करनेवाले होते थे। उदाहरण के लिए 'प्राधिकार' शब्द लें। सामान्य रूप से इसका मतलब किसी व्यक्ति या संस्था से सम्बन्धित कारगुजारियों की एक श्रृंखला होती है। लेकिन विचारधारा में उसका विशिष्ट अर्थ तमाम सहवर्ती शब्दों के अर्थों से बँधा हुआ रहता है, जो सम्बन्धों का एक संजाल रचता है और अर्थ कहीं उन सम्बन्धों के बीच बनता है। 'स्वतन्त्रता' शब्द का एक अर्थ वहाँ होता है, जब हम कहते हैं, ''राज्य को सभी राजनीतिक बन्दियों को स्वतन्त्र छोड़ देना चाहिए।'' दूसरा अर्थ तब होता है जब हम कहते हैं, ''आप यहाँ कभी भी आने के लिए स्वतन्त्र हैं।'' पहले में स्वतन्त्र क्रिया के रूप में है, दूसरे में विशेषण के रूप में। लेकिन हम जो बताना चाह रहे हैं वह यह है कि पहले में स्वतन्त्रता मुक्ति है, दूसरे में चुनाव।

इस भाषाई और अर्थविज्ञानी अध्ययन ने विचारधाराओं की आन्तरिक जटिलता को अधिक स्पष्ट ढंग से समझाया। स्पष्ट किया कि विचारधारा जिन शब्दों और वाक्यांशों का प्रयोग करती है, उनमें थोड़ा-सा ही तोड़-मरोड़ अर्थ की बहुलता सम्भव बना देता है। मनोवैज्ञानिक अन्तर्दृष्टि के प्रयोग से अचेतन में पड़नेवाले प्रभाव को बखूबी देखा-समझा जा सकता है। इसी तरह विचारधारात्मक मान्यताओं को अनजाने में ही स्वीकार कर चला जा सकता है। इसके आधार पर होनेवाली राजनैतिक विचारों की खोज-बीन एक बड़ा कदम था। अंग्रेज और अमेरिकन दार्शनिकों ने राजनैतिक सिद्धान्तों के प्रतिबिम्बात्मक और उद्देश्यपरक स्वरूप पर बल दिया। इसके पहले अनुभववादी लोग उसकी संज्ञान-क्षमता पर जोर देते थे। वे बिना इरादे के फैले-फैलाये विचारधारात्मक संकेतों को महत्त्व नहीं देते थे, क्योंकि वे मानते थे कि उनका इस्तेमाल करनेवाली राजनीतिक भाषा में उन पर बुद्धि से नियन्त्रण करने की सम्भावना नहीं है। अमेरिकी ब्रितानी विचारकों ने इसे अस्वीकार कर दिया।

विचारधारा में इस अचेतन की तलाश द्वितीय महायुद्ध के बाद फ्रान्स में खूब हुई। पाल रिकोर ने इसके सकारात्मक और नकारात्मक दोनों पहलुओं का बड़ा विस्तृत अध्ययन किया। इस अचेतन के एक पक्ष को उसने 'सरप्लस आफ आइडिओलॉजी' कहा। मतलब यह था कि विचारधारा (और इस मायने में कोई भी मानवीय अभिव्यक्ति) जितना उसका प्रणेता चाहता है, या जानता है, उससे अधिक सूचनाएँ सम्प्रेषित करती हैं। दूसरी बात यह कही कि विचारधारा का न केवल उत्पादन होता है, उनका उपभोग भी होता है। और वह उपभोग सिर्फ 'उदाहरणों से उदाहरणों तक' नहीं होता। यानी विचारधारा को लोग विभिन्न रूपों में व्याख्यायित करते हैं, जो प्रयोक्ताओं के इरादे से भिन्न भी होती हैं। उसी 'कानून के शासन' की व्याख्या अमेरिका, ब्रिटेन, भारत, जर्मनी, रूस और चीन में भिन्न-भिन्न तरह से हुआ है और स्वयं अमेरिका में विभिन्न कालखण्डों में भिन्न-भिन्न रूप से हुआ है। वहाँ भी एक ही समय में दो विचारकों ने उसका दो अर्थ लगाया है। 'भिन्न पर बराबर' का अर्थ पहले नीग्रो और गोरों में भिन्नता दिखाने के लिए किया गया, पर बाद में दोनों में एका स्थापित करने के लिए किया गया। एक में जोर 'भिन्न' पर था, दूसरे में 'बराबर' पर। 'कल्याणवाद' का मतलब अनुदारवादियों के लिए औद्योगिक शान्ति और उत्पादन की महत्तम क्षमता था, तो समाजवादियों के लिए सामाजिक समरसता और सामाजिक वितरण था। इस तरह के अध्ययन को 'Reception theory' कहा गया है।

यह 'सरप्लस आफ मीनिंग' सिर्फ विचारधारा प्रवर्तकों के लिए ही नहीं होता, उपभोक्ता के लिए भी होता है। छोटे बच्चों को जब सामाजिक बनाया जाता है तो वे इस प्रक्रिया को प्रभुत्वशाली, गैरबराबरी और श्रेणीबद्धता की मानते हैं। इसलिए नहीं कि बड़ों का व्यवहार गैरजिम्मेदाराना या अनैतिक होता है, सिर्फ इसलिए कि वे बड़े होते हैं, उम्र में भी और आकृति में भी। वे निर्णय लेने की क्षमता रखते हैं और अपना जीवन ढंग से चलाते हैं, जो बच्चे नहीं कर पाते। वही बात राजनीतिक प्रक्रिया में नेतृत्व की, उससे प्रसरित निर्देश की, समाज के सन्दर्भ में व्यक्ति की नगण्य स्थिति की होती है। विश्व के प्रति एक विशेष

प्रकार का विचारधारात्मक दृष्टिकोण धीरे-धीरे अमूर्त हो समाज के अचेतन को दूर तक प्रभावित करता चला जाता है।

भाष्य विज्ञान—व्याख्याओं का अध्ययन करनेवाले स्कूल—ने कहा कि पाठ का अर्थ तभी निकूट किया जा सकता है, जब उसके सन्दर्भ और प्रसंग को जाना जाये, जिसमें और जिसके लिए वह लिखा गया, उसी में और उसी के लिए वह कोई मतलब रखेगा। विचारधारा भी एक पाठ है—एक बयान, एक विवरण, एक अपील, एक तर्क—चाहे वह जुबानी हो या लिखित। यही कारण है कि चालीस और पचास के दशक में इसाइया बर्लीन, कार्ल पापर, जैकब तालमान वगैरह ने स्वतन्त्रता (liberty) के नकारात्मक अर्थ पर जोर दिया था, राज्य द्वारा व्यक्ति के जीवन में हस्तक्षेप और उसे नियमित करने के अधिकार को नकार कर, क्योंकि इस दौर में नाजी, फासी, साम्यवादी जैसी अधिनायकवादी व्यवस्थाएँ सभी नागरिक अधिकारों को सीमित कर उनकी जीवनचर्या को नर्क बनाने में लगी थीं। भाष्य विज्ञान का यह पक्ष मानहेम की इस स्थापना के अनुरूप है कि विचारधारा सामाजिक अवस्थिति में बनती है।

इस स्कूल ने दूसरी बात यह कही कि चूँकि किसी भी पाठ का प्राधिकारिक पाठ सम्भव नहीं—हर पाठ की समझ की गुंजाइशें अनेक होती हैं—इसलिए किसी भी विचारधारा का स्वरूप निश्चित नहीं होता। एक बार लिख जाने के बाद हर पाठ लेखकविहीन हो जाता है, इसलिए लेखक की मन्शा का उसके अर्थापन के लिए कोई विशेष महत्त्व नहीं रह जाता। इसी तरह विचारधारा एक बार जन्म ले लेने के बाद अपनी गति से चलती है और तब पता चलता है कि एक विचारधारा के भीतर न जाने कितनी विचारधाराएँ पल रही हैं। इसलिए किसी भी विचारधारा का एक ही समय में एक ही अर्थ नहीं रहता। यह शासक वर्ग पर है कि वह कौन-सा अर्थ लेकर चलता है, और यह जन पर है कि वह किस अर्थ को स्वीकार करता है। शासक वर्ग का विरोध करनेवाले उसी विचारधारा का इस्तेमाल हथियार के रूप में कर सकता है एक तीसरा अर्थ लेकर। सोवियत रूस में जिस विचारधारा को लेकर ब्रेझनेव चल रहे थे, उसी विचारधारा का एक दूसरा अर्थ वहाँ के लोग लगा रहे थे। तीसरा अर्थ लेकर सखारोव उनका विरोध कर रहे थे। जिस विचारधारा को लेकर चारु मजूमदार चल रहे थे, उससे उन्हीं के दल के सत्य नारायण सिंह इत्तफाक नहीं रख रहे थे। टी. नागीरेड्डी दोनों का विरोध कर रहे थे। उनकी मृत्यु के बाद उसकी व्याख्या को लेकर महादेव मुखर्जी, सोमेन मित्र, कानू सान्याल वगैरह में इतना विभेद हो गया कि देखते-ही-देखते पूरा आन्दोलन अनगिन धड़ों में बँट गया और समर्थन देनेवाला जन विभ्रमित हो गया। यानी एक ही विचारधारा का एक ही समय में अनेक अर्थ हो सकता है और सभी अर्थ अपनी-अपनी तरह से सही दिख सकते हैं, क्योंकि सभी किन्हीं परिस्थितियों में अर्थवत्ता रखते हैं। आज स्त्री आरक्षण का जो अर्थ सत्ताधारी दल के लिए है, वही अर्थ सरकार को समर्थन देनेवाले लालू-मालू के दल को नहीं है, विरोध में रहकर इस मुद्दे पर समर्थन देनेवाली भारतीय जनता के लिए नहीं है। और वही अर्थ सी. पी. आई., सी. पी. एम. के लिए नहीं है। सवाल उठता है कि तब विचारधारा का कैसे मूल्यांकन किया जा सकता है? कुछ विचारकों का कहना हैः निश्चय ही विवेक या तर्क के आधार पर नहीं, भावनात्मक आधार पर आज नक्सलाइटों के प्रति लोगों के जो विभिन्न दृष्टिकोण हैं, वह तर्क पर कम आधारित हैं, भावना पर अधिक, जो चेतन की निर्मिति कम है, अचेतन की अधिक।

कुछ विचारकों का कहना है कि यह रिक्ति कुछ हद तक ऐतिहासिक और सांस्कृतिक दबावों से, जरूरतों से पाटा जा सकता है। वहाँ भी, जो व्याख्याएँ पहले हो चुकी हैं उनके चिन्ह्न तो साथ रहेंगे ही। खैर, यह पाटना, यह मध्यापन, यह चुनाव, यह विशेषाधिकारीकरण, कुछ सामाजिक अर्थों का प्राथमिकीकरण, अर्थों की कोटियों की जगह उसका विस्तार (range) बनाता है, जिससे विशेष को चुनकर अर्थ सुनिश्चित करने की कोशिश होती है व्यवहृति के स्तर पर। प्रश्न यह बन जाता है कि विचारधाराएँ चाहे जो भी हों, जहाँ वे वास्तव में जाती हैं, वहाँ क्या करती हैं? यह प्रश्न रूपसंरचनावाद (Morphology) का है। जिस तरह से वाक्य में शब्द अन्तःआधारित होते हैं—उससे एक ऐसा पैटर्न बनता है, जिससे शब्दों का अर्थ निःसृत करना सम्भव हो जाता है—उसी तरह से विचारधारा के साथ भी होता है।

विचारधारा में इधर प्रयुक्त होनेवाले कुछ शब्द हैं, स्वतन्त्रता, समानता, सत्ता, अधिकार, विशेषाधिकार, जनतन्त्र वगैरह। ये शब्द राजनैतिक धारणाओं के द्योतक हैं। ये धारणाएँ राजनैतिक दर्शन की सामान्यतः आधारभूत इकाई हैं, राजनैतिक दर्शन के रूप में भी, विचारधारा के रूप में भी। विचारधाराएँ इन राजनैतिक धारणाओं को एक खास क्रम में, पैटर्न में विनियोजित करती हैं। उदाहरण के लिए हम देखते हैं कि उदारवाद में स्वतन्त्रता, व्यक्तिवाद, विवेकवाद, विकास जैसी मूलभूत धारणाओं को मुख्य तत्त्व के रूप में नियोजित किया गया। बाद में जायज और प्राधिकार जैसी धारणाओं को भी उसमें समाहित कर लिया गया। परिणामस्वरूप वही सरकार जायज हो सकती थी जो स्वतन्त्रता प्रदान करे, प्रदत्त स्वतन्त्रता की रक्षा करे। इसी तरह समाजवाद में समूह की समरसता, समानता , श्रम आदि कोर धारणाएँ थीं। शक्ति का औचित्य तभी था, जब वह समानता को उन्नत करे। व्यक्ति को समूह के एक सहयोगी के रूप में ही तवज्जह दी जा सकती थी।

यह रूप-संरचनावादी ढंग विचारधारा को एक नयी परिभाषा प्रदान करता है, "Ideologies are complex combinations and clusters of political conditions in sustainable patterns."

विचारधारा द्वारा सम्प्रेषित अर्थ उसमें निहित धारणाओं के सम्बन्धों को प्रतिबिम्बित करते हैं। 'न्याय' का वही अर्थ नहीं रह जायेगा, जब उसे सम्पत्ति से हटाकर समानता से सम्बद्ध कर दिया जाये। यानी विचारधारा का अर्थ न केवल एक राजनैतिक निर्वचन की ऐतिहासिकता को प्रतिबिम्बित करता है, न केवल उन विभिन्न सन्दर्भों की सांस्कृतिक बहुलता को प्रतिबिम्बित करता है जिसमें विचारधारा निर्मित होती है, उस पैटर्न को भी प्रतिबिम्बित करता है, जिसमें विचारधारा के निर्धारक राजनैतिक धारणाएँ व्यवस्थित की गयी होती हैं। तब विचारधारा की परिभाषा कुछ इस प्रकार से हो जाती है, "An ideology is a wide ranging structural arrangement that attributes meaning to a range of mutually defined political concepts."

जाहिर है कि विचारधारा का निर्माण करनेवाली इकाइयों को विभिन्न तरह से सजाकर तरह-तरह के रूप और परिणाम निकाले जा सकते हैं, क्योंकि तब वे ही इकाइयाँ, वे ही धारणाएँ दो भिन्न रूपों में दो भिन्न तरह की भूमिकाएँ निबाहेंगी।

विचारधारा को समझने में 'essential contestability' की धारणा का भी उपयोग किया जा सकता है। इस धारणा के दो पक्ष हैं। एक तो यह है कि हम कभी भी किसी राजनीतिक अवधारणा के एकदम से सही मूल्यांकन पर कभी भी सहमत नहीं हो सकते। हम इस बात पर कभी एकमत नहीं हो सकते कि स्वतन्त्रता समानता से अधिक अच्छी है, या कि लाल रंग नीले से अधिक अच्छा होता है। पहला उदाहरण नैतिक निर्णय से सम्बन्धित है, दूसरा सौन्दर्य निर्णय से। दोनों में कोई ऐसा सांगोपांग मूल्य-सोपान नहीं है, जिसके आधार पर एक को दूसरे से बेहतर कहा जा सके और इस सम्बन्ध में कोई अन्तिम निर्णय दिया जा सके। इस तरह के निर्णय का आधार कोई सारभौम वस्तुगतता नहीं बन सकती। दूसरा पक्ष यह है कि हर राजनैतिक धारणा में कुछ ऐसे सम्भविष्णु तत्त्व होते हैं, जिन्हें किसी अवधारणा की किसी परिभाषा या उपभोग में पूरी तरह से विनियोजित नहीं किया जा सकता। परिणामस्वरूप एक अवधारणा में कई धारणाएँ सन्निहित होती हैं। हम जब समता कहते हैं तो एक तरफ गणितीय अनुरूपता का बोध होता है, तो दूसरी तरफ एक समूह के सदस्यों के प्रति नैतिकताबोध होता है। वह बोध कभी अवसर की समानता से सम्बद्ध होता है, तो कभी जरूरत की समानता का बोध देता है, तो कभी मेरिट के लिए वरीयता का बोध देता है, तो कभी मेरिट को खारिज कर आरक्षण द्वारा समानता लाने का बोध देता है। समता शब्द का कोई भी प्रयोग इन सभी अर्थों को एक साथ नहीं समेट सकता, क्योंकि एक अर्थ दूसरे अर्थ को नेपथ्य में डालकर ही द्योतित होता है। सन्दर्भगर्भित व्याख्या ही इन अर्थों की कर्मछटाओं को प्रकीर्ण करती है। और इन अर्थछटाओं की सम्भावना उसी एक शब्द में निहित है।

विचारधाराएँ विचारों की ऐसी अवस्थाएँ हैं, जिनके माध्यम से हर राजनीतिक अवधारणा को उसकी सत्ताभूमि में विशिष्ट अर्थ प्रदान करती हैं। इनसे अर्थ की एक छवि को वैधता प्रदान किया जाता है, तो

दूसरी अर्थछवियों का सीमांकन किया जाता है। राजनैतिक अवधारणाएँ अपने-आप में इतनी अस्पष्ट और इतनी रिक्तिगर्भित होती हैं कि वे साफ अर्थों का बयान नहीं कर पातीं। उन्हें विस्तार और विवरण से जोड़कर बोधगम्य बनाना पड़ता है। साथ की कुछ समतुल्य अवधारणाओं को छाँटकर हटाना पड़ता है, तो कुछ सहवर्ती अवधारणाओं को पिरोना भी पड़ता है।

यह पीरोना एक पैटर्न में होता है, जिसमें एक-दूसरे से लड़ी के रूप में जुड़ती जाती हैं, एक-दूसरे के साथ विशिष्ट अवधारणाओं रूपी मन के रूप में। सभी एक-दूसरे के अर्थ को सीमित करती एक दिशा की ओर बढ़ती हैं, जो अन्ततः कुछ समय के लिए अपनी अन्तःक्रिया से एक स्पष्ट अर्थ को जन्म देती हैं, जिस पर कार्रवाई की जा सकती है। यानी वह विचारधारा की लड़ी में पिरोई प्रतिस्पर्द्धी अवधारणाओं में से फिलहाल कुछ अनुपयुक्त अंशों को निकालकर उपयुक्त अंशों का एक समावेशी बनाती हैं। इसमें अर्थ का अन्तःमिश्रण बनता है। अर्थविज्ञान यही करता है। इसी के आधार पर कुछ लोग विचारधारा की परिभाषा इस तरह से करते हैं, "An ideology is a wide ranging structural arrangement that attributes decontested meaning to a range of mutually defining political concepts."

विचाराधाराओं को उन अवधारणाओं का अप्रतिरोधी भी बनना पड़ता है, जिनका वे प्रयोग करती हैं, क्योंकि वे सामूहिक निर्णयों के निर्माण के लिए औजार का काम करती हैं। यह उनकी राजनैतिक भूमिका है। विवाद में विशिष्टताओं को प्रविष्ट कराये बिना ऐसे निर्णय नहीं लिये जा सकते। निर्णय का मतलब होता है एक अन्तिमता की अभिव्यक्ति--चाहे वह वास्तविक हो या बनावटी–जिससे वाद-विवाद का अन्त प्राप्त किया जाता है और विचारधाराएँ उन निश्चिन्तताओं की ओर ले जाती हैं, उनका उत्पादन करती हैं, जो अन्तिमता को आधार प्रदान करती हैं। इस अर्थ में विचारधाराओं के निर्माता अपने को 'सही अर्थ' का हिमायती मानते हैं उन अवधारणाओं का, जिनका वे प्रयोग करते हैं, सन्दर्भ लेते हैं। इसके आधार पर विचारधारा की एक और परिभाषा रची जाती है, "Ideologies compete over the control of political language as well as competing over plans for public policy, indeed, their competition over plans for public policy is primarily conducted through their competition over the control of political language."

अर्थविज्ञानी अध्ययन से एक सीख यह मिलती है कि जो भी इस पर नियन्त्रण रखता है, वह उन राजनैतिक व्यवहृतियों को तय करने में बड़ी मजबूत स्थिति में होता है, जिन्हें अपनाने के लिए समाज के लोग अपनी राय बनाते हैं, कम-से-कम उनके अनुपालन की कल्पना करते हैं। यानी नियन्त्रण पर संघर्ष के कारण विचारधारा राजनीतिक प्रक्रिया के केन्द्र में आ जाती है।

एक बात और गौर करने की है। अभी तक हमने विचारधारा की विवेचना उसके लिखित और मौखिक रूप को लेकर की है। इसका एक तीसरा रूप भी है 'विजुअल रूप'। फिल्म और टेलीविजन, चित्रकला, संगीत, साहित्य, नारे, विज्ञापन, प्रदर्शनी, भाषण, समूह गीत, प्रचरण गीत, नेता की छवि, झण्डे, मूर्तियाँ, प्रतीक, पार्टी दफ्तर, चापलूसों की महासभा, बैण्डबाजा वाहिनी, रंग, पोशाक, गमछे, टोपियाँ, इतिहास पुरुषों की दास्तान आदि के रूप में भी विचारधारा के बयान को सम्प्रेषित किया जाता है। रैली, धरना, प्रदर्शनी उसके अधिक कारगर माध्यम हैं, जो जन के विवेक को नहीं, भावना को उद्वेलित कर अपनी ओर आकर्षित करते हैं और समूह से मनचाही कार्रवाई करा लेते हैं। विभेदों को बनाकर बने समूह, भीड़, बाजार, नेतृत्व से उनका सम्बन्ध, राष्ट्रीय इच्छा की जगह विचारधारा से मिलनेवाले लाभ का सैन्यीकरण, जनप्रिय अभिव्यक्तियों का संयोजन और एकीकरण की अपनी भूमिका होती है। ये सब विचार को दिल और दिमाग दोनों में, विशेषकर दिल में उतारकर आदमी को इतना उत्तेजित कर देते हैं कि वह उपस्थित राजनीतिक कर्मकाण्ड में अन्धा होकर अपनी भूमिका निभाने लगता है।

अपने पाठ, वाच् और प्रस्तुति रूप में विचारधाराएँ अपने रूप को वचनों, वर्णनों, कथाओं आदि के रूप में ऐसे कूटों को सन्निहित करके रखती हैं, जिनको राजनीतिक भाषा में निकूटित करना होता है।

दूसरे विचारधाराओं का सम्बन्ध विवेकी और गैरविवेकी संज्ञानिक और अचेतन से ही नहीं होता, संवेग से भी होता है।

(13)

विचारधाराएँ जिस तरह का चेतन या अचेतन अर्थ रखना चाहती हैं, उस पर नियमन सम्बन्धी दो परेशानियाँ हमारे सामने आती हैं। एक है तर्क सम्बन्धी, दूसरी है संस्कृति सम्बन्धी। तर्क सम्बन्धी बाधा हर विचारधारा के सम्मुख होती है। यह तार्किक रूप से असंगत होगा यदि विचारधारा एक तरफ व्यक्ति के चुनने के अधिकार की वकालत करे और दूसरी तरफ लोगों के मत देने के अधिकार को अस्वीकार कर दे। या एक तरफ सामाजिक समानता की बात करे और दूसरी तरफ सिर्फ गरीबों पर कर लगाये। यह बात नाजीवाद जैसी अविवेकी विचारधाराओं पर भी लागू होती है, जब एक बार वे अपना विकृत जगत् निर्मित करने के बाद अपनी मूल मान्यताओं को लागू करने के लिए आगे बढ़ते हैं। यदि यहूदी आर्य जाति को दूषित करते हैं और यदि ऐसा दूषण मानव जाति के लिए अहितकर है (इन दोनों ही आधारों की तार्किक पड़ताल नहीं की जा सकती) तो यहूदियों को आर्यों से अलगाकर रखना अर्थपूर्ण लगता है। दरअसल सभी विचारधाराएँ कुछ ऐसी मान्यताओं के आधार पर रची जाती हैं, जिन पर विवाद की गुंजाइश पहले ही समाप्त कर दी जाती है—उस पर रोक लगाकर ही आगे बढ़ा जाता है। उसी के आधार पर तार्किक निष्पत्तियाँ प्राप्त की जाती हैं। लेकिन अविवेकी विचारधाराओं को छोड़कर सभी विचारधाराओं की ऐसी मान्यताओं में कुछ ऐसा होता है, जिन्हें बरदाश्त किया जा सकता है और उनसे कुछ बुद्धिपरक, विवेकसंगत और नैतिक बोधमुक्त बात बनती है और जो लोगों के जीवन की गुणवत्ता बढ़ानेवाले होते हैं।

विचारधाराओं में तार्किक विसंगतियाँ तब भी स्थान पा जाती हैं, जब वे दो कोटियों के मूल्यों को एक साथ पूरा करना चाहती हैं, जो दो तरह के ऐसे लोगों का हितवर्द्धन करना चाहती हैं, जिनमें एक विचारधारा के कारण नहीं, एक देश और कालखण्ड में अवस्थित होने के कारण होता है। आज भारत में आदिवासियों के लिए जंगल का संरक्षण, फिर पर्यावरण के नाम पर संरक्षण और उन्हीं जंगलों में खानों के लिए उद्योगपतियों को पट्टा ऐसा ही विरोधाभास पैदा कर रहा है। यह अवधारणा की व्यवहृति में राजनीतिक भाषा की देन है, जो ऐसी गोल-मोल भाषा का प्रयोग करने की कोशिश करती है कि, "किसी का तीता भी अपना और किसी का मीठा भी अपना।" और इस तरह से वोट की राजनीति में दोनों ही अपने। राजनीति का काम निर्णय लेना भर ही नहीं होता, समर्थन भी जुटाना होता है। पहले में अन्तिमता की जरूरत पड़ती है, वाद व प्रतिस्पर्द्धा को समाप्त कर, तो दूसरे में सहमति बनानी पड़ती है तमाम एक-दूसरे के काटते स्वार्थों का पेवन जोड़कर। इसके लिए राजनीतिज्ञों को ऐसी भाषा बनानी पड़ती है, जिसका अर्थ तमाम भिन्न व्यक्तियों, व्यक्ति समूहों को अपनी वांछा के अनुसार कर लेने की गुंजाइश हो। उसमें सभी—उदारवादी, अनुदारवादी, समाजवादी अपनी-अपनी आकांक्षा की पूर्ति होते पढ़ लेते हैं।

इस विवेचन से स्पष्ट होता है कि विचारधारा में निश्चितता और अनिश्चितता, दोनों की अनिवार्य भूमिका होती है। इससे उसकी जीवनरेखा बढ़ती है, काल्पनिक ही सही, स्थायित्व व समरसता को गति मिलती है। यह राजनीति को बुरा नाम दे सकती है, उसे गन्दी कह सकती है, किन्तु राजनीतिज्ञों को सत्ता में आने, बने रहने का जुगाड़ तो कर ही देती है। यह भी हो सकता है कि उसके अर्थापन और विरोध से जो जनमत बने वह उनके नीचे से कुर्सी भी खिसका दे। लेकिन यह जोखिम तो बिना विचारधारा को लेकर की जा रही राजनीति के लिए भी होता है।

हम सांस्कृतिक बन्धन पर आते है। यहाँ संस्कृति का मतलब वे प्रतीकित और भौतिक उपलब्धियाँ होती हैं, जिन्हें समाज उत्पादित करता है। वह कला, विज्ञान, तकनीक, सामाजिक रीति, शिल्प सब-कुछ

होता है। वह कल्पनाशील रचनात्मकता से सम्बन्धित होता है और वह उन विचारों तथा चिन्तनों की व्यवस्थाओं के पार जाता है, जो हमारे जगत् को व्यवस्थित करते हैं और लोगों के व्यवहार तथा कलाप को दिशा-निर्देश देते हैं। सांस्कृतिक बन्धन उन्हें देश-काल के सन्दर्भ में स्थिर करते हैं, उनकी तार्किक व्याख्या प्रस्तुत करते हैं।

अर्थ को सांस्कृतिक विशेषाधिकार मिला होता है—जब विचारधाराएँ अपना तर्क रचती हैं, तब वे प्रचलनों और प्रतीकों के अति विस्तृत संसार, मूल्य व्यवस्थाएँ, धार्मिक विश्वास, सामान्य रीति-रिवाजों तथा कलात्मक प्रचलन जैसी चीजों को लेती हैं। इस अर्थ में विचारधाराएँ विशिष्ट सन्दर्भों में अवस्थित होती हैं, वह भी इतिहास और समाज के समय में, जब वे अमूर्तता, सामान्यीकरण और बिम्बव्यापकता की भाषा बोलती हैं। आज जिस 'यूनिवर्सल ह्यूमन राइट्स' की बहुत चर्चा है, वह पश्चिम के चार सौ वर्षों के भीतर बने और विकसित हुए मूल्यबोध हैं, जिन्हें आज देशकालातीत रूप में बहुप्रचारित किया जा रहा है मानव प्रकृति, प्रवृत्ति और आवश्यकता पर आधारित। उनके विरोध का तर्क भी दूसरी संस्कृतियों द्वारा इसी बात पर रचा जाता है कि वे सीमित पश्चिम की अपनी निर्मितियाँ हैं और हमारे बीच इसलिए घुस आये हैं कि पश्चिम ने हमें लम्बे समय तक गुलाम बनाकर रखा, हमारी मानसिकता बदल दी। आज मजबूत अर्थतन्त्र तथा यूनाइटेड नेशन्स जैसी संस्थाएँ, जिनमें उसी पश्चिम का वर्चस्व है, बरास्ते हस्तक्षेप दूसरे देशों में प्रवेश करा रहे हैं।

एक और बात गौर करने की यह है कि पहले सांस्कृतिक सन्दर्भ का इस्तेमाल विचारधाराओं को समझने के लिए किया जाता था, आज नये विचारधाराओं के निर्माण के लिए किया जा रहा है।

(14)

अर्थविज्ञान विचारधारा के सम्बन्ध में चार 'P' की बात करता है—Proximity (निकटता), priority (प्राथमिकता), permeability (पारगम्यता) और proportionality (अनुपातिकता)। निकटता जाहिर करती है कि राजनीतिक अवधारणाएँ अपने-आप में कोई अर्थ नहीं रखतीं। उन्हें इर्द-गिर्द की अवधारणाओं के खास विचार-वातावरण में जाँचकर ही समझा जा सकता है। विचारधाराएँ उस व्याप्ति को, उस जगह को बनाती हैं, जिसमें राजनैतिक विचार मूर्त रूप ग्रहण करते हैं। प्राथमिकता जाहिर करती है कि विचारधारा में हर राजनैतिक अवधारणा का अर्थ, उस अर्थ के लिए रचे गये तर्क, उस 'कोर' अर्थवत्ता पर टिके होते हैं, जिसके भीतर अवधारणाएँ अवस्थित होती हैं। वे विचारधारा का परिसीमन रचती हैं। पारगम्यता जाहिर करती हैं कि विचारधाराएँ अपनी विचार प्रस्तुतियों, अवधारणा प्रस्तुतियों में एकान्तिक नहीं होतीं। वे एक-दूसरे के भीतर घुसकर उन तमाम बिन्दुओं पर टकराती हैं, जिन बिन्दुओं पर वे प्रतियोगी होती हैं। फिर एक विचारधारा के तत्त्व दूसरी विचारधारा के तत्त्वों के साथ घुल-मिल कर उसका अंश बन जाते हैं। कभी-कभी उनके मेल-जोल से एक दूसरी विचारधारा अस्तित्व में आ जाती है। अनुपातिकता जाहिर करती है कि विचारधारा में हर नियामक तत्त्व के लिए समानुपातिक स्थान प्रदत्त होता है। दूसरे यह कि विचारधारा के तर्क लम्बे-चौड़े, विवरणों से भरे होने पर जटिल बनते जायेंगे और तब सामान्य लोगों के लिए उतने आकर्षक नहीं रह जायेंगे राजनैतिक सिद्धान्तकारों और दार्शनिकों के लिए चाहे जितना आकर्षक हों। इसलिए विचारधाराएँ जन के लिए उपयोगी बने रहने के लिए कोई वैचारिक वास्तविकता न बनकर एक बिम्बपरक पुनर्निमाण बनती हैं। वे खण्डित तथ्यों तथा प्रतिस्पर्द्धी मूल्यों का मेल होती हैं, जो स्वयं वास्तविकता में हस्तक्षेप करते हैं, और वे ही वास्तविकता के रूप में नजर आने लगती हैं।

(15)

विचारधाराओं के विखण्डन और उन पर हो रहे आघात में वृद्धि के कारण आज विचारधारा के सिद्धान्त में कुछ और भी जुड़ गया है। एक तो यही कि तमाम विचारक विचारधारा को पूर्णता में पढ़ने और विश्लेषित करने के बजाय, उसके टुकड़ों के विश्लेषण तक सीमित होते जा रहे हैं। जातिवाद, क्षेत्रवाद, मतवाद, राष्ट्रवाद, भूमिपुत्रों की समस्या, डियासपोरा, लिंग भेद और उससे जुड़े वाद आदि का अध्ययन उसी का संकेत है। दूसरे विचारक मार्क्स की उस स्थापना की ओर वापस मुड़ रहे हैं कि विचारधारा वास्तव में शासकवर्ग का छद्म रचती है और वास्तव में वह कुछ होती नहीं है।

समीक्षा (Review), आलोचना (Criticism), विमर्श (discussion), विवेचना (critique) के बाद निर्वचन (discourse) पर आज जोर दिया जा रहा है। निर्वचन को व्याख्याशास्त्र और अर्थ के सिद्धान्त को उत्तरआधुनिकतावादी अध्ययन से जोड़कर विकसित किया जा रहा है। विचारधारा के क्षेत्र में निर्वचन का ध्यान माइक्रो विचारधाराओं पर है, जिनका सूक्ष्म विश्लेषण और सामान्यीकरण राजनीति की भाषा, उसकी शब्दावली को लेकर किया जा रहा है, तथा अमूमन् उसे किसी दूरगामी परिणाम या आदर्श से न जोड़कर, बस जो अभी बना हुआ है एवं येनकेन प्रकारेण बना रहेगा, उसी तक सीमित कर देखा-परखा व नियोजित किया जा रहा है। इस निर्वचनीय विश्लेषण के केन्द्र में यह धारणात्मक स्थापना काम कर रही है कि भाषा प्रतिक्रियाओं का सम्प्रेषण-सेट है, जिसके माध्यम से सामाजिक और सांस्कृतिक विश्वासों और समझ को निरूपित किया जाता है, बहुप्रचारित किया जाता है। यह अपने अवलोकन में सम्पूर्णतावादी (holistic) है जो सम्प्रेषण के पूरे क्षेत्र को रेखांकित करना चाहती है। कुछ विश्लेषण अन्तर्वस्तु से सम्बन्धित होते हैं जो सामान्य 'मासपैटर्न' के तत्त्वों की खोजबीन व्यवस्थित रूप से करना चाहते हैं। दूसरे वे निर्वचन में गुँथे सांस्कृतिक सन्देशों को निकूट करना चाहते हैं, जिससे लिंग, नस्ल, राष्ट्रीयता, शक्ति आदि को समझा जा सके। जनमत पर पड़नेवाले उनके प्रभाव को पहचाना आँका जा सके। तीसरे तरह के विश्लेषण तमाम प्रभावशाली संस्थाओं की व्यवहतियों को भी अपने अध्ययन के क्षेत्र में समाहित करते हैं।

ये सब बातें निर्वचन को अस्मिता के प्रश्न से जोड़ती हैं। अस्मिता को उस तरह से भी देखा जाता है, जिस तरह से स्वयं व्यक्ति, समूह, संस्था, राष्ट्र या संस्कृति अपने को देखती है, और उस तरह से भी देखा जाता है, जिस तरह से दूसरे व्यक्ति, समूह, संस्था, राष्ट्र या संस्कृति को देखते हैं। निर्वचनवाले आज की उन विशेषताओं को खोजते हैं, जो उन आख्यानों में विन्यस्त होकर प्रमुख बन जाते हैं, जिनसे हम अपने को वह मानते हैं, जो हम सामूहिक रूप से हैं। दूसरी तरफ वे 'हमारे' और 'अन्य' के विभेदक कारकों को ढूँढ़ते हैं। निर्वचनीय समाज की छवि और आत्म-समझ प्रयत्नपूर्वक या अचेतन ढंग से बनाने के लिए जिस भाषाई और रूपक के औजारों का इस्तेमाल किया जाता है उस पर दृष्टि केन्द्रित करते हैं।

समकालीन जगत् में जिस तेजी के साथ सामाजिक व राजनीतिक समूह बदलते जा रहे हैं, उसे देखते हुए निर्वचन की भंगुरता अधिकाधिक गोचर होती जा रही है। आज ईसाइयत और ज्ञानोदय के निर्वचन उत्तर प्राच्यवाद और उत्तर उपनिवेशवाद के आलोक में अप्रासंगिक हो चुके हैं। उनकी जगह जो वैकल्पित निर्वचन हवा में उभर रहे हैं वे और भी अजनबी सिद्ध हो रहे हैं। पुरुषप्रधानता, दलित संरक्षण, नयी श्रेणीबद्धता, बाजारवाद, वैश्वीकरण, क्षेत्रीयता, भाषा की जगह बोलियों की अस्मिता पर जोर सभी एक ही हाँड़ी में पक रहे हैं। उनको लेकर जो वैकल्पित विश्व रचा जा रहा है, उसकी कमजोरियाँ तत्काल ढूँढ़ निकाली जा रही हैं। इसलिए निर्वचन का सिद्धान्त एक बार फिर मार्क्सवादी विचारधारा की ओर प्रतिगमन करने के लिए सिर उठा रहा है दोनों ही अर्थों में–कि विचारधारा एक छलावा है, यह भी कि नहीं, वह आगे कि कार्यवाही के लिए प्रस्थानबिन्दु है। फिर जैसा कि फूको कहता है, निर्वचन सामाजिक जीवन के अहानिकारक तथ्य से रूपान्तरित होकर उस प्रकल्प (contrivence) की ओर अग्रसर हो रहा है जो इससे रचित सांस्कृतिक दबाव से मानवीय अस्तित्व में व्याप्त होता जा रहा है।

गौर करने की बात है कि इस मार्क्सवादी वाक् व्यवहार में आज अस्मिता ने वर्ग का स्थान ले लिया है। वही समूह का भाग्यविधाता बन गया है। अपनी पहचान बनाने का संघर्ष, या दूसरों के द्वारा लादी जा रही पहचान का विरोध, आज शक्ति के सामाजिक सम्बन्धों को नियोजित कर रही है। ऐसे में जहाँ निर्वचनीय विश्लेषण का उद्‌देश्य उन रुकावटों की प्रकृति को बेनकाब करना हो गया है, जो यह सम्प्रेषण रच रहा है, वहीं उसकी सैद्धान्तिक जमीन नास्तिवाद या शून्यवाद की ओर खिसकती जा रही है। भाषा को अनन्त सम्भावनाओं से युक्त पाया जा रहा है और ऐसी कोई केन्द्रीय बिन्दु या धरातल नहीं मिल पा रहा है, जिसके आधार पर सूचना को, ज्ञान को सही या सच्चा साबित किया जा सके। परिवर्तन और प्रवाह स्वयं नयी व्यवस्था बनते जा रहे हैं। तब भाषा एकमात्र वास्तविकता बनकर उभर रही है। वास्तवकिता उस बात तक सीमित होती जा रही है, जिस बात को निर्वचन वास्तविकता कह रहा है। वस्तुगतता हर स्कालर के लिए एक कपोलकल्पित खोज बनकर रह जा रही है। इसलिए मार्क्स की यह स्थापना सच्ची लगने लगी है कि विचारधारा आवाज रचती है, सत्ताधारी वर्ग द्वारा शोषण के लिए।

जो लोग विचारधारा और निर्वचन दोनों को ही शक्ति सम्बन्धों के सन्दर्भ में प्राथमिक मानते हैं, वे निर्वचन को सम्प्रेषण की व्यवहृति मानते हैं, जिसके माध्यम से विचारधारा का प्रयोग किया जाता है। जो लोग भाषा को वह माध्यम मानते हैं, जिसके माध्यम से जगत् अर्थपूर्ण बनता है, उन्हें लगता है कि निर्वचन स्वयं विचारधारा की जगह ले सकता है, और उसमें से राजनीतिक तत्त्व को विलोपित कर सकता है। इसके आधार पर हम उस सम्बन्ध को पुनर्परिभाषित कर सकते हैं: विचारधारा निर्वचन का एक रूप है, पर वह निर्वचन में पूरी तरह से समाहित नहीं है—अनेक रूपों में से सिर्फ एक रूप है। निर्वचन को लेकर विश्लेषित करनेवाला विचारक वास्तविकता की प्रस्तुतिकरण को हटाकर उसकी जगह स्वयं वास्तविकता को रचता है। विचारधारा दोनों काम करती है और दोनों एक साथ करती है। वह राजनैतिक और ऐतिहासिक घटनाओं पर प्रतिक्रिया करती है और उनका प्रतिनिधित्व करनेवाले कुछ मूल्यों को बचाकर रखती है। लेकिन ऐसा वह किन्ही विशेषताओं पर बल देकर करती है, तो किन्हीं को उपेक्षित कर। वास्तविकता की रिक्तियों को भरने के लिए किन्हीं काल्पनिक व मिथकीय घटनाओं का सहारा लेती है। ऐसे में कोमल विचारधारात्मक कल्पनाओं और कठोर जागतिक दबावों के बीच एकतार 'feed back' चलता रहता है।

निर्वचन का विश्लेषण भाषा को एक ऐसे प्रदत्त के रूप में पाता है और वैसा ही मानकर चलता है, जिसमें विकल्प की सम्भावना नहीं बची रहती। लेकिन विचारधारा का विश्लेषक विभिन्न व्याख्याओं में से व्यक्तिगत चुनाव को बहुत महत्त्व देता है। साथ ही उन्हें नये सिरे से नियोजित करने की भी छूट देता है। इस तरह से वह विचारधारात्मकता के लिए जगह देता है, प्रोत्साहित करता है। अर्थ के ऊपर जो भीतरी प्रतिस्पर्द्धा चलती है उसे प्रोत्साहित करता है। विचारधारा के भीतर व्याप्त भिन्नता को सम्मान से देखता है। लेकिन निर्वचन जगत् को अपने बनाम दूसरे के द्विभेदन में निरस्त पाता है।

आज उत्तर मार्क्सवादी लोग विचारधारा को सामूहिक शक्ति बनाये रखने का एक साधन मानते हैं। लेकिन उत्तर संरचनावादी लोग राजनीतिक श्रेणीबद्धता का विखण्डन कर विचारधारा की भूमिका को समाप्त हो गया पाते हैं। अर्नेस्टो लकलाऊ और शान्ताल माऊफ जैसे विचारक अल्थूसर के विचारप्रणीत अधिरचना के सिद्धान्त को अस्वीकार करती हैं। कहती हैं कि सभी व्यवहृतियाँ मानवीय होने के कारण विमर्शात्मक होती हैं, ऐच्छिक होती हैं और इस बात पर आधारित होती हैं कि जगत् को हम कैसे देखते हैं। यानी जगत् का कोई बना बनाया स्वरूप नहीं होता है। सामाजिक व्यवस्था प्रदत्त न होकर निर्मित होती है। इसलिए वह स्थिरता का सिर्फ आभास रचती है। पूर्णता भी बिखराव को लेकर रची जाती है, वह होती नहीं है। इसलिए उसका जो रूप बनता है वह भंगुर होता है। इसमें 'सम्भाव्यता' का क़ोई प्रतिरोधी नहीं होता है। निर्वचन 'में' चर्चा नहीं करता है, 'बारे में' चर्चा करता है। यह एक मानवीय विशेषता है। यही जगत् की अर्थवत्ता बने रहने देता है। समाज के सन्दर्भ में भी यही बात है वहाँ संकेतकों

(Signifires) की रचना की जाती है, जिससे समाज की दरारों को ढँका जा सके। स्वतन्त्रता एक ऐसी ही संकेतक है, जिसे समाज में कभी पूरी तरह से पाया नहीं जा सकता। लेकिन उसका शोर इतना मचाया जाता है कि लगता है वह है और उसके आधार पर सामाजिक व्यवस्था रची जा सकती है। इसके सहारे इस तथ्य पर पर्दा डाला जाता है कि समाज वास्तव में 'स्वतन्त्रताविहीन' है।

खैर, उत्तर मार्क्सवादी कहते हैं कि यह सामाजिक व्यवस्था विचारधारा के आधार पर गढ़ी जाती है। चूँकि समाज रूप बदलनेवाला है, इसलिए विचारधारा भ्रम का पर्दा है। स्लोकोव ज़िज़ेक कहता है कि, "They cannot whither away without creating chaos and panic." इसलिए विचारधारा यहाँ निरन्तर पुनर्नवा होती चलती रहती है, जिसके लिए नये-नये संकेतक बनते रहते हैं छिपाने की प्रक्रिया को अक्षुण्ण रखने के लिए! पर सही बात यह है कि संकेत के मुखौटे के पीछे कुछ होता नहीं है। लाकाँ के मनोविश्लेषण के सिद्धान्त से प्रेरणा ग्रहण कर ज़िज़ेक कहता है, "The horror of contemplating the unknowable leads people to weave imaginary webs or fantacies, of which they claim to be known, and to fabricate harmonies where antagonism rules." यहाँ 'आत्म' और 'पर' का द्वैत प्रेत बन जाता है, क्योंकि 'पर' यदि मृगतृष्णा है, तो 'आत्म' एक अस्थायी पहचान, मनोवैज्ञानिक तुष्टि प्रदान करने के लिए। यदि इस तर्क को हम आगे बढ़ायें तो पाते हैं कि विचारधारा यहाँ उतनी भ्रमकारी या तोड़ी-मरोड़ी नहीं होती, जितना इसके दार्शनिक हमें बता जाते हैं। आखिर किसी सत्य को कैसे तोड़-मरोड़ कर पेश किया जा सकता है, जब कोई सत्य है ही नहीं। वही बात वास्तविकता के सन्दर्भ में भी है। हम किसी वास्तविकता को कैसे जान सकते हैं, जब हमारी पहुँच उस तक नहीं है, या उसकी कल्पना नहीं कर सकते? लेकिन तब, यदि सत्य नहीं है, तो झूठ भी नहीं होगा—आखिर झूठ सत्य का ही तो भ्रष्ट रूप होता है। इसलिए विचारधारा को 'false' मानने की जगह उसे उस ढंग के रूप में स्वीकार करना चाहिए, जिसका उपयोग कर लोग वास्तव में इस जगत् की रचना करते हैं। हम कह सकते हैं कि यह तथ्य है कि विचारधारा (गलत ही सही) निर्वचन को एक वस्तुगत तथ्य के रूप में प्रस्तुत करती है। किन्तु चूँकि निर्वचन इतना भंगुर है कि वह उस स्थायित्व को नहीं रच सकता जो सामाजिक जीवन को चाहिए।

दरअसल उत्तर साम्यवादी और उत्तर संरचनावादी दोनों ही लोग विचारधारा का उपयोग एक प्राविधिक शब्द (Technical Word) की तरह करते हैं। वह स्वयं ही चिह्नक बन गयी है, जिसका कोई स्पष्ट अर्थ नहीं है। इसे मीमांसित करने के लिए विचारकों की जो नयी पीढ़ी आ रही है वह यह मानकर चल रही है कि इसका न तो कोई हल है, न ही कोई ऐसी यूटोपिया है, जिससे इसे सम्बद्ध कर दिया जाये। यह सिर्फ एक बोध है, जिसमें हम एक निर्मित-विश्वास से दूसरे निर्मित-विश्वास में टहलते रह सकते हैं, ऊपर से यह भी विश्वास बना लेते हैं कि यह ज्ञान मनुष्य को कम-से-कम अमानवीय होने से रोके रहेगा। अनुभववाद के प्रति यह प्रतिरोध, इन्द्रिय साक्ष्य की जगह भाषा का यह साक्ष्य उत्तर संरचनावादियों को आज के समाजविज्ञानियों और इतिहासविदों के बीच अड़से में डाल, उनका एक सहयोगी बना दे रहा है।

यह भी गौर करने की बात है कि एक ही समय में कई निर्वचन काम करते हैं। उनमें एका भी हो सकता है और विरोध भी। उत्तर संरचनावादी जहाँ सबका विश्लेषण करते हैं, उत्तर साम्यवादी एक विचारधारा—सिर्फ अपनी विचारधारा लेकर चलते हैं। लेकिन उत्तर संरचनावादियों के लिए वह एक विचारधारा भी निर्वचनीय अध्ययन की वस्तु बन जाती है। उत्तर मार्क्सवादी इस बात को स्वीकार नहीं करना चाहते।

(16)

यदि आलोचना, विमर्श, निर्वचन, संवेग, संस्कृति आदि विचारधारा को अन्तःछेदित करती हैं और उसे अपना विषयवस्तु मानती हैं, तब भी क्या राजनीति उसे अपना प्राथमिक विषयवस्तु मान सकती है?

फिर, क्या विचारधारा को इतना खींचा जा सकता है कि उसकी पहचान बनानेवाले तत्त्व कई-कई स्वामियों का काम करने लगें और उस प्रक्रिया में अपनी इयत्ता ही खो दें और भ्रमकारी बन जायें? हम जानते हैं कि हर शब्द के कई अर्थ होते हैं और उनका निर्धारण उनके प्रसंगों और सन्दर्भों से होता है। विचारधारा शब्द का एक लम्बा इतिहास है और उसमें अर्थबाहुल्य का चलन रहा है। किन्तु राजनीति ने ही उसका सबसे अधिक और सटीक उपयोग किया है, लूट में विजेता की तरह नहीं, खरीद में सबसे अधिक मूल्य चुकाकर, उसके विकास के साथ कदम मिलाकर, उसकी सम्भावना को अधिकाधिक तलाशकर। दरअसल विचारधारा के अन्तः प्रकोष्ठों में खोजबीन सीधे राजनीत के अन्तस्थल में पैठ की मानिन्द है, क्योंकि राजनीति का सीधा सम्बन्ध सामूहिक निर्णयों को लेने से है, उस निर्णय के पहले और बाद के संघर्षों में जूझने से है और ऐसा राजनीति की दिशाओं से सन्दर्भित है जिसे विचारधारा प्रदान करती है। राजनीति एक सामाजिक कलाप है और इसीलिए उसके बारे में सोचना भी एक सामाजिक कलाप है। यह राजनीति के बाहर का कलाप नहीं है, जिसे राजनीति पर ऊपर से थोपा जाता है, उसके भीतर का कलाप है और उससे बढ़कर स्वयं ही विचार-व्यवहार है। इसलिए वह राजनीति के लिए प्राथमिक है, केन्द्रीय है।

इस केन्द्रीयता के चार लक्षण, कारण हैं। एक तो यह कि विचारधाराएँ 'ट्रिपिकल फार्म्स' हैं, जिनमें राजनैतिक विचार अभिव्यक्त होते हैं। वह राजनैतिक विचारों की ऐसी व्यवस्था है, जिसमें राजनैतिक व्यवहार को चलानेवाले केन्द्रीय विचार 'खुली मान्यताएँ' अव्यक्त पूर्वाग्रह आदि आलोकित होते रहते हैं। बिना विचारधारा के राजनैतिक व्यवहृति को स्पष्ट नहीं किया जा सकता। इसी से राजनीति की नाड़ी पकड़ी जाती है। दूसरे विचारधाराएँ राजनैतिक विचार को प्रभावित करनेवाली बातों की कोटि की होती हैं। वह राजनैतिक निर्णय का वह चौखटा प्रदान करती हैं, जिसके बिना कोई राजनीतिक कार्रवाई नहीं की जा सकती। वे शासकों की दृष्टिकोण से शक्ति के उपकरण हैं, और खुले समाज के सदस्यों के दृष्टिकोण से कई बातों के बीच चुनाव को सम्भव और सक्षम बनानेवाले उपकरण हैं। तीसरे विचारधाराएँ कल्पनाशील रचनात्मकता के उदाहरण हैं और इस भूमिका को निभाते हुए वे वैचारिक संसाधन और अवसर का निर्माण करती हैं, जिनसे राजनैतिक व्यवस्थाएँ समय-समय पर बहुत-कुछ लेती रहती हैं। इसलिए विचारधाराओं में एक संगति की जरूरत पड़ती है। वे बौद्धिक निर्णय, संवेग, सन्तुष्टि और रुचिकर अपील से भरी होती हैं। यदि उनमें नैतिक शक्ति जुड़ जाये तो वे और भी प्रभावशाली बन जाती हैं। चौथे चूँकि विचारधाराओं को सम्प्रेषित होना पड़ता है, इसलिए उनमें सम्प्रेषणीय क्षमता का होना बहुत जरूरी है। इसलिए उनको सरल और आकर्षक होना चाहिए, समूह के हितसाधन गें सक्षम होना चाहिए, तमाम दूसरों को चिढ़ानेवाली नहीं होना चाहिए और उनको बलात् नहीं लादा जाना चाहिए। खुली बहस, विचार-विमर्श से उन्हें जनग्राह्य बनाना चाहिए।

विचारधाराएँ न केवल अब-तक जगत् को शक्ल-सूरत देती आयी हैं, वे आगे भी राजनीति को मोड़ देती रहेंगी। इसलिए समसामयिक विचारधाराओं की अन्तर्वस्तु पर बातचीत होती रहनी चाहिए।

•

संस्कृति

(1)

आज उत्तरआधुनिकतावाद, उत्तर साम्यवाद और उत्तर उपनिवेशवाद, तीनों के ही दार्शनिक कह रहे हैं कि आगे का जमाना जनतन्त्र का है, जो संस्कृति के आधार पर चलेगा। तीनों ही मान रहे हैं कि पहले की विचारधाराओं का अन्त हो गया है और राज्यानुशासन के लिए उनकी जगह संस्कृति ले रही है। अब उत्तरआधुनिकतावादी जिनके उत्तराधिकारी हैं—आधुनिकतावादी—वे विचारधारा की बहुलता में विश्वास करते थे, जिसके परिणामस्वरूप वे जोर उदारवादी वैयक्तिकता और जनतन्त्र पर देते थे तथा स्वतन्त्रता उनके लिए जीवनी शक्ति थी। उत्तर साम्यवाद के पूर्ववर्ती साम्यवादी थे, जो सिर्फ साम्यवाद को विचारधारा मानते थे, समाजवाद और सर्वहारा की तानाशाही पर जोर देते थे, जीवनीशक्ति समानता में पाते थे और उसके लिए स्वतन्त्रता की कीमत चुकाने के लिए तैयार थे। उत्तर उपनिवेशवाद के पूर्वाधिकारी साम्राज्यवादी थे, जो अपने उपनिवेशों को पिछड़ा इलाका मानते थे और यह अपना कर्त्तव्य मानते थे, बल्कि ईश्वर प्रदत्त बोझ मानते थे कि उनके भले के लिए शासन करें, जिससे कि वे सभ्य बन सकें। उसके लिए वे कानून की व्यवस्था पर बल देते थे। जीवनी शक्ति उपनिवेशों के आर्थिक संसाधनों के शोषण से प्राप्त करते थे। चूँकि तीनों ही तरह के राज्य समुदायों में जनतन्त्र का स्वरूप भिन्न-भिन्न है (जहाँ तानाशाही है, वहाँ भी वह कमजोर पड़ती नजर आ रही है और उसका स्वाभाविक प्रतिस्थानापन्न जनतन्त्र ही दिख रहा है) इसलिए विचारधारा की जगह लेनेवाली संस्कृति की अवधारणा का कुछ विस्तार से अध्ययन जरूरी है।

उसके पहले संस्कृति क्या है, यह जान लेना जरूरी है। जैसा कि मैंने अन्यत्र थोड़ा विस्तार से विवेचित किया है। 18वीं सदी के मध्य से लेकर 19वीं सदी के मध्य तक संस्कृति और सभ्यता शब्द एक साथ चलन में आये तथा वे पश्चिमी यूरोप के साम्राज्यवादी विचारकों की देन थे। उन्होंने दुनिया को पहले दो भागों में बाँटा—साम्राज्य और उपनिवेश (वास्तविक और सम्भावित दोनों रूपों में)। अपने को सभ्य (Civilized) कहा। फिर उपनिवेशों को दो भागों में बाँटा—एक वे जो प्राचीन और मध्यकाल में उन्नत, विकसित और शक्तिशाली राज्य थे, लेकिन अब उनका विकास अवरुद्ध हो गया था और पतनोन्मुख हो गये थे। इसमें एशिया महाद्वीप के तमाम देश आते थे। दूसरे वे थे जो कभी भी उन्नत, विकसित या शक्तिशाली राज्य नहीं बन पाये और अब उनके कब्जे में आते जा रहे थे, जैसे अफ्रीका और दक्षिणी अमेरिका की तमाम जातियाँ। अपने समाज और जीवन के अध्ययन के लिए उन्होंने सभ्यता (Civilization) की अवधारणा विकसित की अपने को दूसरों से उच्च ठहराने के लिए। एशिया के देशों के लिए प्राच्यविद्या (Orientalism) की अवधारणा विकसित की, उनके अतीत को थोड़ा गौरवान्वित कर आज पतनोन्मुख सिद्ध करने के लिए। दक्षिणी अमेरिका और अफ्रीका के लोग उनकी निगाह में 'rudimentary stage of life' पर रह रहे दिखे। उनके अध्ययन के लिए नृतत्त्वविज्ञान की धारणा विकसित

की। दोनों को ही सभ्य बनाने का भार अपने ऊपर ले लिया और उसे न्यायोचित ठहराने के लिए ईश्वर की अनुकम्पा का ढोल पीटा। इरादा दोनों को गुलाम बनाकर रखना था।

पहले नृतत्त्वशास्त्र को लेते हैं। इसमें पहले यह स्थापित किया गया कि मनुष्य प्रकृति का सबसे ऊँचा और सबसे पूर्ण देन है। फिर नीग्रो, मंगोल और आर्य जातियों (races) का अध्ययन कर बताया गया कि शारीरिक संरचना (Physiology) और मानसिक बनावट (Psychology) दोनों के ही आधार पर नीग्रो सबसे हीन हैं, मंगोल उनसे उच्च हैं, पर आर्य सबसे उच्च हैं। इन आर्यों की दो शाखाएँ हैं उत्तर और दक्षिण की। ये उत्तरवाले दक्षिणवालों से भी ऊँचे हैं। कास्मान के इस सिद्धान्त को आगे बढ़ाकर हार्वे ने कहा कि इस तरह का तुलनात्मक अध्ययन विचारों के विकास के क्षेत्र में भी किया जाना चाहिए। सिर्फ विचारों के अध्ययन से संस्कृति का क्षेत्र बना और उनके संस्थागत उपयोग का क्षेत्र समाज यानी सभ्यता का क्षेत्र बना। क्लेम ने मानव विकास के तीन चरणों को अलगाया—पहला सेवेजरी, दूसरा डोमिस्टिकेशन और तीसरा फ्रीडम। लेविस मार्गन ने भाषाओं के अध्ययन से इसे पुनः प्रमाणित किया। काले लोगों को बर्बर की कोटि में रखा गया। बहुत हुआ तो डोमिस्टिकेट की ओर संक्रमित होते पाया गया। पीले लोगों को सामान्यतः डोमिस्टिकेट माना गया, बाकी को बर्बर। स्वतन्त्रता का चरण गोरे लोगों के लिए आरक्षित कर रखा गया। काले और पीले लोग उनके अधीन रहकर ही स्वतन्त्रता के चरण में जा सकते हैं।

अब सभ्यता को समझने के लिए कहा गया कि बर्बरता को त्यागकर लोगों की सहमति, चाहे वह प्रच्छन्न ही क्यों न हो--के आधार पर स्थापित राज्य और सरकार द्वारा संचालित जीवन पद्धति है जिसमें अपराध यानी कानून द्वारा स्थापित व्यवस्था को तोड़नेवालों के लिए कोई जगह नहीं है। फ्रान्सीसी ज्ञानोदयवादियों ने उस समाज को सभ्य कहा जो विवेक (Reason) और न्याय (Justice) पर आधारित हो। इसके माध्यम से उन्होंने उन कारकों पर बल दिया जो सामाजिक समरसता और सामाजिक समेकन प्रदान करनेवाले हों। समाजशास्त्रियों ने इसे प्रौद्योगिकी, सामाजिक संरचना और दर्शन के तीन तत्त्वों से निर्मित माना, जिसमें प्रौद्योगिकी धुरी के रूप में काम करती है। सभ्यता का जन्म व्यवस्था और स्वतन्त्रता के साथ विकास से होता है। मृत्यु विशृंखन (Chaos) से होती है। सभ्यता की उपलब्धियों के बारे में जेम्स मिल ने कहा, "Take for instance the question how far the mankind has gained by civilization. One observer is forcibly struck by the multiplication of physical comforts, the advancement and diffusion of knowledge, the decay of superstition, the facilities of mutual intercourse, the softening of manners, the decline of war and personal conflict, the progressive limitation of tyranny of the strong over the weak, the general works accomplished throughout the globe by the co-operation of multitudes..." उसने दूसरे नकारात्मक प्रभावों को भी गिनाया। जैसे, "Loss of independence, the creation of artificial wants, monotony, narrow mechanical understanding, inequality and hopeless poverty."

सभ्यता का स्वभाव ही फैलाव है। वह कुछ उसी तरह की मूल प्रवृत्ति का है, जिस तरह की पौधे का रोशनी की तरफ बढ़ना, या फिर जैसे आदमी में सहजता होना। स्वतन्त्रता का मतलब ही है फैलना। इसलिए यदि पश्चिमी यूरोप के देश फैलकर दुनिया-भर के देशों में विराज रहे हैं तो यह स्वाभाविक है। उनकी उपस्थिति से उन तमाम देशों का कल्याण ही होगा।

संस्कृति (Culture) के बारे में कहा गया कि यह एक समय और स्थान पर बरतने का ढंग (Manner) अभिरुचि (taste) और बौद्धिक विकास की स्थिति है। परिभाषित करने के क्रम में कहा गया कि यह लोगों के दृष्टिकोणों (Attitudes), विश्वासों (beliefs), संकेतों और मूल्यों का समुच्चय है। यह जैविक विरासत (biological inheritance) से नहीं, मोटे तौर पर सीखकर, प्रयत्नपूर्वक प्राप्त की जाती है। यह समाज द्वारा अपने विकास की प्रक्रिया में एक विशिष्ट ऐतिहासिक चरण में निर्मित भौतिक और आधिभौतिक मूल्यगत उपलब्धियों का समुच्चय है। भौतिक उपलब्धियों में उत्पादन का अनुभव, यान्त्रिकी

और दूसरे पदार्थ के रूप में उपलब्ध सम्पत्तियाँ आती हैं। आधिभौतिक में आध्यात्मिक के साथ-साथ विज्ञान, कला, साहित्य, दर्शन, नीति, नैतिकता, शिक्षा, आचरण के मानदण्ड आदि की मूलभूत उपलब्धियाँ आती हैं।

विश्व ऐतिहासिक प्रक्रिया के विश्लेषण में संस्कृति को सभ्यता से इस आधार पर अलगाया गया था कि, "संस्कृति का उल्लू तब उड़ान भरता है, जब वह मृत हो जाती है, लेकिन सभ्यता की पहचान तब होती है, जब वह जीवित होती है।" हीगेल की इस स्थापना में काण्ट ने यह जोड़ा कि दोनों में भेद ऐतिहासिक परिप्रेक्ष्य का है। कोलरिज ने कहा था कि, "The permanent distinction and the occasional contrast between culture and civilization... the permanancy of the nation... and its progressiveness and personal freedom... depend on a continuing and progressive civilization. But civilization is itself but a mixed good, if not for more a corrupting influence, the hectic of disease, not the bloom of the health and a nation so distinguished more fitly to be called a varnished than a polished people, where this civilization is not grounded in cultivation, in the harmonious development of those qualities and facilities that characterize our humanity." स्पेंगलर और देविलेवस्की ने संस्कृति और सभ्यता को एक-दूसरे का विरोधी बताया। स्पेंगलर ने कहा कि संस्कृति जीवित और अवयवी होती है, जबकि सभ्यता प्राविधिक और यान्त्रिक का योग। इसलिए सभ्यता पतनशील और नाशनेय होती है। कहाँ जब बात चली थी तो संस्कृति पतनशील और नाशनेय थी और कहाँ 1927 आते-आते 'पश्चिम के पतन' में बात उलट गयी। लेकिन देविलेवस्की ने फिर भी कहा कि संस्कृतिवाले देश मर गये हैं और सभ्यतावाले देश ही उन्हें जीवित कर सकते हैं। अर्नाल्ड ट्यान्वी भी सभ्यता को अनवरत मानते हुए कहा कि उसका कालखण्डों में विभाजन सिर्फ अध्ययन के लिए जरूरी है। वह संस्कृति को एक लम्बे काल से पसरती चली आ रही प्रक्रिया मानता है। यानी संस्कृति की पहचान सभ्यता के बीच मिलती है।

जाहिर है कि जहाँ उपनिवेशवादियों ने सभ्यता को स्थायी और संस्कृति को अस्थायी और गुजरे जमाने की चीज माना, वहीं विश्लेषणकर्त्ताओं ने स्पष्ट कर दिया कि वही बात सभ्यता पर भी लागू होती है। हम अतीत हो चुकी कुछ सभ्यताओं को जानते हैं—मोहनजोदड़ो की सभ्यता, मेसोपोटामिया की सभ्यता, मय लोगों की सभ्यता, मिस्रवासियों की सभ्यता...।

दरअसल हमारे समय में सभ्यता और संस्कृति का भेदभाव मिटा दिया गया है। यदि है भी तो अकादमिक किस्म का। अब अध्ययन संस्कृति के नाम पर की जाती है, जिसमें सभ्यता अन्तर्भुक्त रहती है। वही विचारधारा की जगह लेने जा रही है।

(2)

आज इस संस्कृति के अध्ययन के तीन दृष्टिकोण हैं—

(1) संस्कृति आदर्श के रूप में—यहाँ संस्कृति को पूर्ण और सार्वकालिक, सार्वदेशिक मूल्यों के समुच्चय के रूप में लिया जाता है। आज तक जो सर्वोत्तम सोचा और लिखा गया है, उसे केन्द्र में रखा जाता है। कालातीत मूल्यों की खोज और विश्लेषण में महापुरुषों के जीवन और कर्म को केन्द्र में रखा जाता है। इसमें अध्यात्म और धर्म के मूल्य प्रधान हैं। अब सभी धर्मों में सामान्यतः आस्तिकता पर बल है, ईश्वर को आदि कारण माना गया है, महत्त्व इस जीवन से परे के जीवन को दिया गया है। उसे पाने के लिए इस जीवन को जीवंन की एक पद्धति के रूप में देखा गया है। आस्थाएँ बतायी गयी हैं, उसके लिए दर्शन और कर्मकाण्ड विकसित किया गया है, पुराकथाएँ विकसित की गयी हैं। लोगों का कई तरह की शृंखलाओं में बाँटकर रखा गया है। नास्तिकता और भौतिकवाद पर बल इसके किंचित् बुराइयों को दूर करने के लिए देखने को मिलता है।

निश्चय ही इस तरह के मूल्य आगे के लिए प्रासंगिक नहीं हैं। दुनिया क्रमशः लौकिक (Secular) होती गयी है, और जो मूल्य लोक में विकसित हुए हैं, वे ही प्रासंगिक बने हुए हैं। निरंजन भगत कहते

हैं कि पश्चिम में स्पष्ट रूप से ईश्वर बनाम मनुष्य, प्रकृति बनाम मनुष्य और मनुष्य बनाम मनुष्य का तीन तरह का चिन्तन विशेषतः साहित्य में विकसित हुआ है। अंग्रेजी साहित्य में हम पाते हैं कि मिल्टन ईश्वर बनाम मनुष्य की बात करता है, वर्ड्सवर्थ प्रकृति बनाम मनुष्य की बात करता है और शेक्सपियर मनुष्य बनाम मनुष्य की। हमारे यहाँ अरविन्द घोष मनुष्य बनाम ईश्वर की बात करते हैं और मनुष्य को बेहतर पाते हैं, क्योंकि वही ईश्वर का अनुभवकर्त्ता है। उसके बताये राह का अनुरक्षणकर्त्ता है। रवीन्द्रनाथ ठाकुर भी दूसरी तरह से यही बात करते हैं। खैर, इन तीनों द्वैतों में आगे की संस्कृति मनुष्य बनाम प्रकृति और मनुष्य बनाम मनुष्य को ही लेकर चलनेवाली है। मनुष्य को जगत् के केन्द्र में स्थापित कर, जगत् का सब-कुछ उसके भोगार्थ बना देने पर पर्यावरण और परिवेश में जो विघटन पैदा हो रहा है और उसका जो असर मनुष्य पर पड़ रहा है, उससे प्रकृति एकदम से अध्ययन और रेगुलेशन के केन्द्र में आ पड़ी है, न केवल वनवासियों के जीवन के लिए, पूरी मानवता के ही जीवन के लिए।

राजनीति और धर्म का सम्बन्ध एक बार फिर कसौटी पर है। धर्मनिरपेक्षता के तीन अर्थ बताये गये हैं। सामान्य अर्थ यह है कि राजनीति को धर्म से कुछ लेना-देना नहीं। एक व्यक्तिगत आस्था की वस्तु है तो दूसरा सामाजिक सरोकार में क्रियाशील भागीदार। इसलिए दोनों में सम्बन्ध होने, खासकर टकराने का कोई अवसर ही नहीं होना चाहिए। और यदि होता भी है धर्म के भौतिक सरोकारों के कारण तो राज्य को उस पर हावी होने का पूरा अधिकार है। इसके ठीक उलट एक मत यह है कि राज्य धर्म के अधीन है और यदि दोनों में टकराव पैदा होता है तो धर्म को राजनीति पर हावी रहने की पूरी छूट है। इस्लाम मतानुयायी ऐसा ही मानते हैं। इसलिए धर्मनिरपेक्ष राज्य की कल्पना ही असंगत है। धर्मनिरपेक्षता का एक दूसरा निष्क्रिय अर्थ यह है कि जहाँ कई मत हों वहाँ सभी मतों से बराबर की दूरी बनाकर राज्य को रहना चाहिए। राज्य व सरकार के कामकाज में किसी भी मत को कोई तवज्जह नहीं दिया जाना चाहिए। किसी को भी उसके आधार पर कोई वरीयता नहीं दी जानी चाहिए। तीसरा एक सक्रिय अर्थ यह निकाला गया है कि सभी मतों को समान संरक्षण दिया जाना चाहिए। यह नाना प्रकार की समस्याएँ पैदा कर रहा है। भारत का उदाहरण लें तो हिन्दुओं का जबरदस्त बहुमत होने के नाम पर मुसलमानों और दूसरे छोटे मतावलम्बियों को अल्पसंख्यक मानकर उन्हें विशेष संरक्षण और उसके माध्यम से विशेषाधिकार दिया जा रहा है। यहाँ तक कि समानता के अधिकार के बीच में गलत रास्ते बनाये जा रहे हैं। शाहबानू जैसे मामले में सर्वोच्च न्यायालय के निर्णय को कानून बनाकर उलट दिया जा रहा है। नौकरियों में धर्म के आधार पर आरक्षण दिये जाने की माँग उठने लगी है। हम सभी जानते हैं कि भाषा का कोई धर्म नहीं होता। वह किसी इलाके के सभी लोगों के द्वारा बोलने के लिए होती है, वहाँ की समग्र संस्कृति की प्रवाहिका होती है। किन्तु उर्दू का ऐसा कोई लोकेल हमारे यहाँ नहीं होने के कारण उसे मुसलमानों से जोड़कर सरकारी कामकाज में उन प्रान्तों में सहभाषा बनायी जा रही है, जहाँ उसका कोई उपयोग नहीं है। कामकाज वैसे ही उस मुख्य भाषा में हो रहा है जिसे सभी समझते हैं। फिर उन्हें तीर्थयात्रा के लिए पैसे और अतिरिक्त सुविधाएँ प्रदान की जा रही हैं। उनके बीच परिवार नियोजन और पोलियो ड्राप्स की पिलवायी की विफलता आदि के चलते बहुसंख्यक समाज में आशंकाएँ और उनसे दुराव जन्म ले रहा है, जिसका उपयोग प्रतिक्रियावादी ताकतें अपनी राजनीति को बलवती करने के लिए कर रही हैं। इसलिए राज्य व सरकार को इस सक्रिय संरक्षणवादी कलाप से परहेज करने की जरूरत है।

1970 के बाद अमेरिका में 'न्यू क्रिश्चयन राइट' के उभार से वहाँ मूलवाद को बढ़ावा मिल रहा है। यह संगठन गर्भपात को जायज नहीं मानता। वहाँ के स्कूलों में राष्ट्रगान की अनिवार्यता पर बल देता है। पुराने पारिवारिक जीवन मूल्यों पर बल देता है। फिर इजराइल का जन्म यहूदी मतावलम्बियों को अपना देश, अपनी मातृभूमि प्रदान करने के लिए हुआ, जिसे अगल-बगल के इस्लामी देश स्वीकार नहीं कर पाये। कई युद्ध हो चुके हैं और छिटपुट घटनाएँ आये दिन होती रहती हैं। परिणामस्वरूप वहाँ

कई मूलवादी संगठन अस्तित्व में आ चुके हैं। वे फिलिस्तीन को स्वीकार नहीं कर पा रहे हैं। लगता है कि उनकी उपस्थिति से उनकी गृहभूमि छिन जायेगी।

लेकिन सबसे महत्त्वपूर्ण इस्लामी मूलवाद है। उनके व्याख्याता साफ-साफ कहते हैं कि राज्य और धर्म में चुनना पड़े तो धर्म प्राथमिक माना जायेगा। इस कारण वे 'extra territorial' वफादारी में विश्वास करते हैं। धर्मनिरपेक्षता की अवधारणा के विरुद्ध हैं। उसे उन्हीं देशों में स्वीकार करते हैं, और तभी तक स्वीकार करते हैं जहाँ अल्पमत में हैं, और तभी तक स्वीकार करते हैं, जब तक बहुमत में न आ जायें। क्योंकि ऐसे में कोई दूसरा लाभप्रद विकल्प नहीं हो सकता। हमारे समय में इसका सिद्धान्तकार सैय्यद कुत्ब (1906-66) कहता है कि इस्लामवालों के लिए सामाजिक और पारिवारिक जीवन में प्रबल उग्रवादी विश्वास जरूरी है, न केवल इस्लाम को बनाये रहने के लिए, उसके विस्तार के लिए भी। इसलिए वह विश्व स्तर पर मुस्लिम भाईचारे की वकालत करता है और मौका मिलने पर पूरी दुनिया पर एक शरीआ राज्य की स्थापना का स्थायी लक्ष्य बनाता है। उसी के सिद्धान्तों पर चलते हुए आयतोल्ला खुमैनी ने ईरान में क्रान्ति कर 1979 में प्रथम शरई इस्लामी राज्य की स्थापना की। अब यह विचारधारा तेजी से मध्य-पूर्व, उत्तरी अफ्रीका और एशिया के विभिन्न भागों में फैलती जा रही है। उसी के प्रचार और आधारभूमि के निर्माण के लिए भारत में 'स्टूडेण्ट्स इस्लामिक मूवमेण्ट इन इण्डिया' की स्थापना हुई। सोवियत रूस के टूटने में इसकी खासी भूमिका रही है और चीन में भी इसका प्रभाव दिखायी पड़ने लगा है। इसका दूसरा असर पश्चिम के विरोध के रूप में प्रस्फुटित हो रहा है। इसके लिए वह पश्चिम को उदारवादी मूल्यों और जनतन्त्र के संवाहक के रूप में नजरअन्दाज कर ईसाइयत की प्रतिपूर्ति मानने लगा है, क्योंकि उन देशों में ईसाई बसते हैं। अमेरिका के नवसाम्राज्यवाद ने उन्हें व्यावहारिक रूप से विरोध करने का मौका दिया है, जिसके लिए तमाम जेहादी संगठन जैसे अलकायदा, तालीबान, जैश-ए-मोहम्मद, लश्कर-ए-तोयबा, आई.यस. उठ खड़े हुए हैं और दुनिया के तमाम देशों में आतंकवाद की जड़ें जमा चुके हैं। उन्होंने आध्यात्मिक जीवन को उग्रवादी राजनीति, हथियार बन्द संघर्ष और शहीदी बाना के साथ एकमेव कर दिया है।

स्थानीय स्तर पर भी छोटे-छोटे देशों में धर्म के साथ राजनीति के घुलने से तनाव देखने को मिल रहे हैं। श्रीलंका में तमिलों और दूसरे बाशिन्दों की लड़ाई जातीय ही नहीं धार्मिक भी है—ईसाई बनाम बौद्ध की।

कहने का मतलब यह है कि सांस्कृतिक अध्ययन के लिए धर्म के पुराने रूप के अप्रासंगिक हो जाने के बावजूद उनके मूल्य अभी भी हमारी शक्ति की राजनीति को प्रभावित कर रहे हैं। उनका सांस्कृतिक अध्ययन अधिक सकारात्मक परिप्रेक्ष्य देने के लिए करना पड़ेगा, जिससे कि व्यक्ति को राजनीति के लिए सुसंस्कृत किया जा सके।

(2) संस्कृति दस्तावेज के रूप में—इसमें मानवीय रूप, परम्परा, विचार, भाषा और अनुभव को एक तरफ संचित कर रखा जाता है, कुछ हद तक वर्णन के रूप में, कुछ हद तक व्याख्या के रूप में, उस परम्परा और समाज के परिप्रेक्ष्य में, जिनमें वे गोचर हुए होते हैं तथा जिनमें मूल्यांकन को मानदण्ड से बाँधकर रखा गया है प्रामाणिकता या विश्वसनीयता स्थापित करने के लिए। यह अध्ययन दरअसल पिछड़े समाजों का ही है, लेकिन वहाँ एन्थ्रोपोलोजी की जगह एथनोग्रैफी ने ले लिया है। इसके अध्ययनकर्त्ता नस्ल (Race) को पूर्वस्वीकृत विचार (assumed idea) की तरह लेते हैं, वास्तविकता की तरह नहीं, इसलिए एथनोसीटी रेस की जगह ले लेती है। नस्ल (Race) मानव जगत् के भीतर शारीरिक व आनुवांशिक अन्तरों की तरफ ध्यान ले जाती है जो एक समूह को दूसरे से त्वचा, बालों की मात्रा, रंग और बनावट, आँखों का विकास और रंग, नाक की बनावट, शारीरिक संरचना, खोपड़ी की बनावट व क्षेत्रफल के आधार पर अलगाती है। इसलिए नस्ल लोगों का ऐसा समूह होता है, जिनके पुरुखे एक होते हैं, खून एक होता है। किन्तु यह नस्ल शब्द वैज्ञानिक व राजनीतिक दोनों ही अर्थों में विवादास्पद है। वैज्ञानिक अर्थ में

'स्पेसीज' के रूप में कोई नस्ल नहीं होती। राजनीतिक रूप से नस्ल के विभाजन का आधार रूढ़िबद्ध (stereo type) हो गयी संस्कृति है, जो एक अतिसरलीकरण है, साथ ही अनहितकारी है। इससे अच्छा शब्द 'एथनिक' है जो सांस्कृतिक और सामाजिक विभेदों से मतलब रखता है और जिसकी जड़ें अनिवार्यतः जीव विज्ञान में नहीं है। इसे परिभाषित करते हुए हेवुड कहता है, "...A sentiment of loyalty towards a distinctive population, cultural group or territorial area bound that are cultural, rather than racial." इस अर्थ में हमारा आर्य जो जाति से बढ़कर संस्कृति का शब्द है, भारतीय या जर्मन बनकर 'एथनिक' बन जाता है।

एथनिक शब्द थोड़ा जटिल है, क्योंकि इसमें सांस्कृतिक तथा नस्ली दोनों ही तत्त्व मौजूद हैं। इनके सदस्यों को पहले एक ही पूर्वज से उत्पन्न, एक ही रक्तप्रवाह लिये मनुष्य के रूप में देखा जाता है। फिर इन्हें एक ही सांस्कृतिक समूह के रूप में। भावनात्मक स्तर पर यह एक ही तरह के मूल्यबोध, परम्परा व व्यवहार पर जोर देती है। राज्य को इस एथनिक ग्रुप के विस्तार के ही रूप में ही देखा जाता है। कहते हैं कि एथनिक में जहाँ बन्द (Closed) का आभास मिलता है, राज्य खुला हुआ और विस्तारित। राजनीतिक रूप और सन्दर्भ में परिभाषित। राष्ट्रवाद से जुड़ने पर इसका मतलब, "a form of nationalism that is fuelled primarily by a keen sense of ethnic distinctiveness and desire to preserve it" होता है। वाम और दक्षिण दोनों ही विचारधारा के लोग इस क्षेत्र में एथनोसीटी की वकालत या बचाव करते हैं। रूढ़िवादी और मूलवादी लोग आज भी गोरे लोगों की उच्चता में विश्वास करते हैं और उसके आधार पर उनकी पुरानी एथनिक संस्कृतियों को पतला किये जाने पर एतराज करते हैं। वे आप्रव्रजन के खिलाफ हैं, क्योंकि जाति की सुचिता में विश्वास करते हैं। उन्हें यह भी डर है कि बाहर के लोग बड़ी तादाद में आकर उन्हें अल्पसंख्यक बना देंगे, राजनीतिक अधिकार प्राप्त कर संख्याबल पर राजसत्ता पर काबिज हो जायेंगे। इसके आधार पर नव-फासिस्ट दलों का जन्म हो रहा है। फिर अफ्रीका में नस्लभेद की राजनीति इसी की देन है। वहीं उदारवादी लोग स्थानीय लोगों के (और एथनिक रूप से जरूरत पड़ी तो बाहर से आये लोगों के) समर्थन में उठ खड़े हो रहे हैं। सांस्कृतिक संरक्षण को समर्थन दे रहे हैं—दूसरे एथनिक समूहों को उनके मौलिक स्थिति में रखना चाहते हैं। रिंगटन इस पर टिप्पणी करते हुए लिखता है, "All of these are biased in favour of an idea of naturalness and timelessness of those cultures, blinked against reorganizing them as inventions that have been turned into things, by the process of reification."

पश्चिमी देशों में एथनिक चेतना का बढ़ता महत्त्व दूसरे महायुद्ध के बाद की प्रवृत्ति है। 1960 के बाद यह राजनीति का मुद्दा बनता चला गया। यह हमें चकित करनेवाला है। यह मान-सा लिया गया था कि उदारवादी राजनीतिक मूल्यों के प्रसार से समुदायों की समरसता बढ़ी है जो पूर्वजता सम्बन्धी (atavistic) प्रतिद्वन्द्व को समाप्त कर चुकी है। आधुनिकता ने एथनिक विशिष्टताओं को पतला कर दिया है। किन्तु पिछली सदी के 60 और 70 के दशक में एथनिक राष्ट्रीयता पर आधारित अलगाववादी गुटों की उत्तरी अमेरिका व पश्चिम यूरोप में बाढ़-सी आ गयी। कनाडा के क्यूबेक प्रान्त में अंग्रेजी के खिलाफ फ्रान्सीसी, यूनाइटेड किंगडम में वेल्स और स्काट, स्पेन में कैरेलोनिया और वास्क, फ्रान्स में कोर्सिया, बेल्जियम में फ्लाण्डर्स इसका उदाहरण हैं। ये लोग बड़े पैमाने पर राजनीतिक विकेन्द्रीकरण की माँग कर रहे हैं, इससे कई बार संवैधानिक संकट उठ खड़ा हुआ है। कनाडा और संयुक्त राज्य में नेटिव अमेरिकन, आस्ट्रेलिया में स्थानीय आदिवासी तथा न्यूजीलैण्ड में मावरी उठ खड़े हुए हैं। अमेरिका में एक दूसरे तरह की लड़ाई भी चली है। तमाम काले लोगों ने ईसाइयत तज कर इस्लाम अपनाया अपनी अस्मिता की अलग पहचान बनाने के लिए। इसके सिद्धान्तकार एलिन मोहम्मद थे। उन्होंने कहा कि अमेरिका के काले लोग रेड इण्डियन एक पुराने मुस्लिम वंश की शाखा के लोग हैं। 1929 में संगठित कर एलिन मोहम्मद इन्हें चालीस वर्षों तक नेतृत्व देते रहे। फिर मालकम एक्स आये। आज इसका नाम 'नेशन फार इस्लाम' कर दिया गया है और उसके नेता लुई फरक्का खान हैं।

इससे इतर बीसवीं सदी के आरम्भ में काले लोगों में राष्ट्रवाद की चेतना पैदा हुई थी, अफ्रीकियों के सन्दर्भ में। मारकस गार्वेन ने इसे 'Back to Africa' में रूपान्तरित कर कहा था कि जो लोग अफ्रीका से बाहर रह रहे हैं उन्हें वापस अफ्रीका चला आना चाहिए। यदि नहीं चले आते हैं तो जहाँ हैं, वहाँ के गोरों का बायकाट करना चाहिए। साठ का दशक आते-आते यह विचार स्वयं अफ्रीका में सुधारवादी और क्रान्तिकारी रूप ग्रहण कर लिया। क्रान्तिकारी वहाँ बना, जहाँ साम्राज्य के टूटने पर उपनिवेशों को स्थानीय शासन मिल गया था। सत्ता यदि स्थानीय काले लोगों के हाथों में आयी, किन्तु उनका राजनीतिक तथा सांस्कृतिक रूप से समुचित विकास न हो पाने के कारण सत्ताधारी वर्ग जल्द ही स्वेच्छाचारी बन गया और अपने स्वेच्छाचार को न्यायोचित ठहराने के लिए साम्यवाद का मुखौटा लगा लिया। सुधारवादी वहाँ बना, जहाँ सत्ता अभी भी गोरों के हाथों में थी। उसे छीनने के लिए आन्दोलन चला। उसे कुचलने के लिए गोरों ने रंगभेद की नीति अपनायी। बाद के वर्षों में क्रान्तिकारी और सुधारवादी आन्दोलन में भेद और स्पष्ट हुआ। सुधारवादियों ने नागरिक अधिकारों की माँग पर बल दिया। इसका नेतृत्व संयुक्त राज्य में व्यक्ति के रूप में मार्टिन लूथर किंग ने किया और संगठन के रूप में N.A.A.C.P ने। लेकिन अफ्रीका में इसका रूप उग्रवादी होता चला गया। नेतृत्व व्यक्ति के रूप में पैट्रिस लुमुम्बा और नेल्सन मण्डेला से मिला। संगठन के रूप में 'ब्लैक पैन्थर पार्टी' सामने आयी।

काली राष्ट्रीयता की राजनीति दरअसल जातीय उत्पीड़न, काले लोगों को आर्थिक तथा सामाजिक रूप से हाशिये पर डाल देने के कुचक्र को समाप्त करने के लिए है। इस अर्थ में यह मुक्तिकामी आन्दोलन है, जो अन्तःजनित असमानता तथा संरचनात्मक हानिप्रद स्थिति को समाप्त करना चाहता है। उत्तरी अमेरिका और पश्चिमी यूरोप में यह हावी गोरी संस्कृति को टक्कर दे रहा है।

पश्चिम में आन्तरिक उपनिवेशवाद के खिलाफ भी आवाजें उठने लगी हैं। आन्तरिक उपनिवेशवाद में 'कोर ग्रुप' 'पेरीफेरल ग्रुप' का शोषण करता है। वेल्स और स्काटलैण्ड में इनकी अपनी राष्ट्रीयता की भावना इसी की देन है। वे मानते हैं कि इंग्लैण्ड, विशेषतः पूर्वी इंग्लैण्ड उनका शोषण करता चला आ रहा है। भारत में नगरों से कर इकट्ठाकर ग्रामीणों के कर्जमाफी का धन सरकार द्वारा बैंकों को भरा जा रहा है। उनके खिलाफ उठ रही आवाज का आधार इसी आन्तरिक उपनिवेशवाद का लक्षण है। भूमिपुत्रों को नौकरी, सेवा आदि में वरीयता की उठती माँग इसी क्षेत्रीय असमानता की देन है। इसी तरह की असमानता ब्रिटनी, बास्क, बटालोलिया, कुर्द आदि में एथनिक राष्ट्रीयता की माँग की ओर ले जा रही है, जिसका स्वरूप क्रमशः उग्र और कुछ हद तक वामपन्थी होता जा रहा है। शक्ति में साझेदारी में एथनिक असन्तुलन सोवियत रूस के टूटने का एक कारण था, नव-इस्लाम को माननेवाले एशियाई मूल के लोगों को लगा था कि यूरोपीय मूल के ईसाई उन पर वर्चस्व बना के बैठे हैं। चीन में भी हान बनाम मुसलमान का संघर्ष शुरू हो गया है। पूर्वी यूरोप में बिखरे तमाम एथनिक ग्रूप एक राज्य से निकलकर दूसरे राज्य में जाना चाहते हैं, जहाँ उनका बहुमत है या फिर तमाम राज्यों में फैले हुए ग्रूप एक होकर अपना राज्य बनाना चाहते हैं।

इसी तरह क्षेत्रीय वफादारीवाले कोर एरिया का विरोध फेरिफेरल द्वारा अधिक दक्षिणपन्थी होकर उभर रहा है। प्रशिया के ल्फाण्डर में फ्रान्सीसी भाषी बेलोनियावालों का आर्थिक विकास नव-फासीवाद के समर्थन में जा रहा है। आकोनिक क्षेत्र से बाहरियों के भगाने की माँग पिछले दशक में अन्तर्क के मतदाताओं को इतना उद्वेलित किये था कि पिछले चुनाव में कई समीकरण उलट गये थे। इसी तरह मुम्बई और महाराष्ट्र में शिवसेना प्रभावक्षेत्र बढ़ाती जा रही है गैरमराठियों के खिलाफ आन्दोलन चलाकर। इटली के लम्बार्डी में नार्दर्न लीग का मुक्त बाजार का दर्शन दक्षिण इटली के पदानिवासियों को उपेक्षा की तरह लगने लगी है। हिन्देशिया और मलयेशिया में स्थानीय मूल के लोग चीनी मूल के लोगों का आये दिन विरोध करते दिखते हैं।

लेकिन आन्तरिक उपनिवेशवाद अपने-आपमें एथनिक और क्षेत्रीय राज्य की अवधारणा को बढ़ानेवाला नहीं है। यदि ऐसा होता तो वे बीसवीं सदी के अन्त का शताब्दियों से प्रतीक्षा नहीं करते। दरअसल यह उत्तरआधुनिकतावाद की संस्कृति में अन्तर्भुक्त है। जैसा कि गेलनर कहता है, यदि राष्ट्रवाद आधुनिक औद्योगिक समाजों में सांस्कृतिक संसक्ति (cohesion) लाने के लिए उठ खड़ा हुआ था, तो एथनिक चेतना विकसनशील उत्तरआधुनिक समाज़ में समेकन की शक्ति के रूप में विकसित होगी। उत्तरआधुनिकता की समस्या दरअसल यह है कि यह बहुलता और भिन्नता को बढ़ावा देकर परम्परागत सामाजिक पहचानों को कमजोर करती है। बढ़ती हुई सामाजिक स्थान-परिवर्तनशीलता और विस्तारित बाजारी व्यक्तिवाद ने आर्थिक, राजनीतिक और सांस्कृतिक रूपों को स्थापित करने में राष्ट्र की क्षमता को कमजोर कर दिया है। ऐसी स्थिति में सामाजिक समेकन के मुख्य स्रोत के रूप में राष्ट्रीयता की जगह एथनोसीटी लेती जा रही है। इसमें अच्छाई यह है कि जहाँ राष्ट्र नागरिक वफादारी जैसे बन्धनों से बँधे होते हैं, वहाँ एथनिक और क्षेत्रीय समूह अधिक गहरी पहचान को निर्मित करने में सक्षम हैं।

एशिया और अफ्रीका के देशों में एथनिक के साथ-साथ जनजातीय (Tribal) द्वन्द्व और वैमनस्य भी देखने को मिल रहा है। कूकी और नागाओं का संघर्ष, मेइतेई और थांकुल नागाओं का संघर्ष, बोडो का अहोम और कछारी, कालीता से संघर्ष, असमिया का बंगाली, विशेषतः सिलहटिया बंगाली से संघर्ष, बंगाल में परम्परागत बंगाली और बाँग्लादेश से भाग कर आये बंगाली, त्रिपुरा में तिपेरा और माइग्रेटी बंगाली, बोडो और दीकू, बोक्कालिंगा और लिंगायत का संघर्ष इसके उदाहरण हैं भारत में। यही पाकिस्तान की राजनीति में हैं। बर्मा में जखाई, कारेंग, म्यामा की समस्या है। सभी को लगता है कि एक की उपस्थिति से दूसरे की संस्कृति ही नहीं, आर्थिक और राजनीतिक आकांक्षा मारी जायेगी। इसे 'ट्राइबलिज़्म' कहा गया है। सिन्धी, पंजाबी, मोहाजिर, बलूच 'ट्राइबलिज़्म' का सम्बन्ध भी उपनिवेशवाद से है। उसके विरुद्ध संघर्ष के दौरान एथनिक चेतना को विभिन्न प्रकार से बढ़ावा दिया गया था। उस दौर के शासकों की 'बाँटो और राज करो' की नीति हमें विरासत में मिली है, जिससे इस कटुता में न केवल इजाफा हुआ है, उसे नयापन भी मिला है। राष्ट्र निर्माण के आवरण में प्रभुत्वशाली एथनिक ग्रुप दूसरों को हाशिये पर डालता गया है। लंका में तमिल और दूसरे मूल के लोगों के बीच लड़ाई इसी की देन है। दक्षिणी सूडान में चल रहा गृहयुद्ध इसी की देन है। रुआण्डा में उग्र हुतु लोगों ने कम-से-कम दस लाख तुत्सी और शान्तिप्रिय दूसरे हुतुओं को मार डाला था। नाइजीरिया में बियाफरन युद्ध इसी मानसिकता का परिणाम था। रूसी साम्राज्य के शान्तिपूर्ण पतन ने पूर्वी यूरोप और स्वयं सोवियत रूस में क्षेत्रीय और एथनिक संघर्ष को बाद में बहुत बढ़ावा दिया है। रूस, चेकोस्लोवाकिया, यूगोस्लोवाकिया की टूट से कई नये राष्ट्र बने हैं। पोलैण्ड तमाम दूसरे राज्यों में बसे पोलों को लेकर एक बड़ा राज्य बनाने की तैयारी कर रहा है। साम्यवाद ने समाजवादी मनुष्य बनाकर राष्ट्रीयता की समस्या हल कर लेने का जो दावा किया था, आज वह कितना खोखला नजर आता है? सच पूछें तो वहाँ राष्ट्रीयता को इतना प्रस्तरीकृत कर दिया गया था कि आज वही मूल समस्या बन गयी है। फिर हम पाते हैं कि एथनिक और धार्मिक राष्ट्रवाद वास्तव में रूसी वर्चस्व से टक्कर लेने का अस्त्र बनकर उभरा था। आज चीन में वही हो रहा है। तीसरे साम्यवाद के पतन ने वहाँ जो आर्थिक अनिश्चितता, एथनोसीटी तथा क्षेत्रीयता के आधार पर राजनीतिक अस्थिरता को जन्म दिया था, उसने इन्हें सामूहिक पहचान बनाने में मदद दी थी। चौथे इन नये राज्यों में फिर स्थानीय स्तर पर एथनिक व क्षेत्रीय तनाव तथा संघर्ष के चलते नये विघटनों को जन्म दे रहा है। चेचेनिया, बोस्निया, कोसोवो, सर्ब, क्रोट और शुद्ध मुस्लिमवादी संघर्ष इसी की देन है।

(३) तीसरा अध्ययन संस्कृति को सामाजिक जीवन पद्धति के रूप में करने की है, जहाँ वह एक खास सामाजिक भावनाओं की संरचना (Structure of feelings) को व्यक्त करता है। यह अध्ययन एक तरफ सामान्य व्यवहार के सन्दर्भ में इन सामाजिक भावनाओं की संरचना का विश्लेषण, अर्थापन और

मूल्यांकन किया जाता है तो दूसरी तरफ यह काम सामाजिक संस्थाओं के सन्दर्भ में किया जाता है। फिर शिक्षा और कला में उनका स्थान निर्धारित किया जाता है।

हेरिंग कहता है कि जहाँ एन्थ्रोपॉलोजी में पिछड़े समाजों का अध्ययन होता है, समाजशास्त्र में अगड़े समाजों का अध्ययन होता है। हमें ऐसा वर्गीकरण अब बेमतलब लगता है। रेमाण्ड विलियम्स इस तीसरे तरह का अध्ययन उपरोक्त दूसरे के साथ मिलकर करता है। कहता है कि यदि हम नित्य प्रति के दस्तावेजी जीवन का अध्ययन एक शोधकर्त्ता की तरह करें तो हमारे सामने दिन-प्रतिदिन के सरोकार गोचर होने लगते हैं। उनके आधार पर अतीत के मिथ निर्मात्री विचारों की भी मीमांसा की जा सकती है। स्टीफ हैम्फरीज के अध्ययन इसी तरह के हैं, जो जीवित साक्ष्यों के आधार पर पूरे अतीत की संरचना तैयार करता है। गोर्डन के साथ मिलकर किये गये प्रयोगों के आधार पर उसने यह निर्णय निकाला था कि विक्टोरिया के जमाने की रचनाओं के गोचर काम के प्रति नियन्त्रण और तद्जन्य चारित्रिक विशेषताओं का वर्णन दिन-प्रतिदिन की सच्चाइयों के सन्दर्भ में जरूरत से ज्यादा सरलीकृत ढंग से प्रस्तुत होता रहा है। इसी तरह किशोर अपराधियों से सम्बन्धित अधिकांश कर्म और बातें दस्तावेजों में आने से रह जाती रही हैं। राजनीतिज्ञों और नौकरशाहों के बीच तनाव सामाजिक अव्यवस्था में उससे कहीं ज्यादा होते हैं, जितना स्तरीय ऐतिहासिक वर्णन में आ पाते हैं। चौरी चौरा पर किया गया शाहिद अमीन का अध्ययन इसका उत्कृष्ट उदाहरण है। इस तरह के शोध एक विशेष काल-खण्ड के सरोकारों और भावनाओं की जीवन्त पुनर्निर्मितियाँ बन जाते हैं। इस तरह के विवरण अतीत की अनुभूतियों का भी लेखा प्रस्तुत करते हैं, जो अब दुर्लभ लगती हैं, लेकिन तब हर जगह वैसे ही मौजूद थीं। चौरी चौरा का जो जबानी आख्यान अमीन प्रस्तुत करते हैं, वह उस देश और कस्बे की एक ऐसा सशक्त बिम्बविधान प्रस्तुत करता है, जिससे आज के पाठक लगभग अनजान हैं। यह भी गौर करने की बात है कि ऐसी शक्तिशाली घटनाएँ देश के राजनैतिक जनमानस को चाहे जितना उद्वेलित किये हों, सामान्य लोगों के दिन-प्रतिदिन के चर्या को तनिक भी नहीं छुआ। वह तत्कालीन जेण्डर-रोल को भी स्पष्ट करता है कि स्त्रियों की सहभागिता ऐसी घटनाओं में कितनी थी? उसको लेकर आज कोई उपन्यास लिखा जाये तो इस कमी की पूर्ति के लिए कई काल्पनिक पात्र सृजित हो जायेंगे, लेखन के इस दौर के युगबोध के कारण। झाँसी की रानी के साथ झलकारी बाई का जुड़ना और कहीं-कहीं उन्हें झाँसी की रानी से भी अधिक महत्त्वपूर्ण बना देना इसी की देन है। इनके आधार पर सामान्य पाठक अपना अर्थ बहुत ही जटिल और आशातीत ढंग से बना लेता है। नयी काल्पनिक स्वीकारोक्तियाँ बना लेता है। कभी-कभी रचनाकार भी ऐसा करता है। अजित पुष्कल अपने नाटक 'प्रजा इतिहास रचती है,' में ऐसा ही करते हैं। बुन्देलखण्ड की एक लोककथा इतनी-सी है कि जब देश में अकाल पड़ा है तो राजा सो रहा है। अजित पुष्कल ने उसे 1858 के विद्रोह से जोड़कर न केवल तत्कालीन स्थिति, उसमें राजा की सहभागिता को भी समेट लिया है। यह निर्णयों को चुन लेने की देन है, जिसके आधार पर लेखक या पाठक दूर की स्मृतियों की ओर प्रसरित होकर वांछित अनुभूति ग्रहण कर लेता है। विमल मित्र का उपन्यास 'बेगम मेरी विश्वास' इसका खासा उदाहरण है। इसमें कहानी कहने के कई स्तर हैं। यही स्तर विशेष संस्कृति और उसके सहभागी मूल्यों में व्याप्त भावना और अनुभूति की संरचना की समझ को स्पष्ट करते हैं।

रेमाण्ड विलियम्स और रिचार्ड होगार्ड सांस्कृतिक रूपों की समृद्ध विविधता को गोचर कराने के लिए जनप्रिय संस्कृति को विश्लेषण के लिए वैध वस्तु के रूप में काफी गम्भीरता से लेते हैं। लेखक के अवदान को बीजभूत मानकर विश्लेषण करनेवाला विचारक पाल विलिस संस्कृति में जो सामान्य या असमान्य होता है उसके महत्त्व को इंगित करते हुए लिखता है, "It is the extraordinary in the ordinary which is extraordinary, to which makes both in the culture, common culture. We are thinking of the extraordinary symbolic creativity of the multitude of ways in which young people use, humanize, decorate and invest with meanings. Their common and immediate common spaces and social practices, personal styles and choice of cloths, selective and active use of music, T.V. magazines, decoration of bedrooms, the rituals of romance and the sub-cultural styles, the style, banter and drama of friendship groups, music making and dance. Not are these pursuits and activities trivial or inconsequential... They can be crucial to the creation and sustenance of individual and group identities." यहाँ कृति में से चुनाव की सामान्य प्रक्रिया का विशेष महत्त्व है।

किसी भी सामाजिक और ऐतिहासिक विशिष्ट स्थिति में जियी जा चुकी संस्कृति में से जीवित बचे तत्त्वों को अनुशासन चुनी गयी परम्परा से प्राप्त होता है, जो व्यवहार के उन नियमों को रचते हैं, जो बताते हैं कि किसी कृति में क्या प्रासंगिक, उपयोगी, उत्तम और शुभ है। इस चुनाव सम्बन्धी परम्परा को 'मल्टीजेनेरेशनल प्रोसेस' कहा जाता है जो मूल्यों की व्यवस्था और एक कालखण्ड विशेष की प्रबलता को एक संहिता में रूपान्तरित कर देती है। नामवर सिंह आज के हिन्दी साहित्य की इसी संहिता की माँग कर रहे हैं, अपने भाषणों में। इस संहिता की अर्थवत्ता परम्पराकाल (जो प्रश्नाधीन समय से पहले का है) के विकास की प्रासंगिकता में ही गोचर हो सकती है। वह बाद के विकास काल के भीतर ही मुखरित होती है। यानी रेमाण्ड विलियम्स न केवल सांस्कृतिक अध्ययन के अन्दर विश्लेषण की वस्तुओं और उद्देश्य की जटिलता को स्वीकार करता है, उन नियमों की अनिश्चितता को भी स्वीकार करता है, जिनके माध्यम से सांस्कृतिक निर्णय दिये जाते हैं। गो वे निर्णय देशकाल विशेष में बड़ी मजबूती से जड़े होते हैं। "The selective tradition thus creates, at one level, a general human culture, at another level, the historical record of an other society, at the third most difficult to accept and assess, a rejection of considerable areas of what was once a living culture."

यह चुनाव सामाजिक संरचना से बँधा हुआ है, विशेषतः वर्ग-विभेद से, जो इसे नत्थी करके रखता है। सच पूछिये तो यह बात विज्ञान, नीतिशास्त्र, सौन्दर्यशास्त्र सभी पर लागू होती है, जो विचारकों की पीढ़ियों के बदलते जाने के साथ-साथ बदलते जाते हैं। यह रेमाण्ड विलियम्स को एफ. आर. लीविस के साथ जोड़ता है। लीविस सांस्कृतिक रिक्थ को मिश्रित मानता है। आलोचना का काम उसमें चुनाव करना मानता है। होगार्ड भी लीविस की ही भाषा बोलता है। विलियम्स और होगार्ड दोनों ही दिन-प्रतिदिन के जीवन और संस्कृति में सम्बन्ध देखते हैं। किन्तु विलियम्स जहाँ सांस्कृतिक परम्परा के विश्लेषण तक अपने को सीमित कर लेता है (यद्यपि कि वह सांस्कृतिक और सामाजिक परम्परा पर एलीटवादियों से भिन्न दृष्टि रखता है), होगार्ड लीविस की ही तरह जनप्रिय संस्कृति (Popular culture) के भदेस और अर्थहीनता को स्वीकार करने के बावजूद– उसके पाठ को, कलाकृति को, नाच-गान को जाँच और गहरे विश्लेषण के लिए स्वीकार करता है। पाता है कि अमेरिका द्वारा बड़ी मात्रा में उत्पादित सांस्कृतिक उपभोक्ता सामग्रियों ने ब्रिटिश संस्कृति को बहुत क्षति पहुँचायी है। कामकेन्द्रित उपन्यासों, पत्रिकाओं, सिनेमा आदि को बुरी तरह से लताड़ता है, क्योंकि इसने युवा पीढ़ी को बरबाद करने में कोई कसर नहीं छोड़ी है। कहता है कि हमारे समय में जो विज्ञापन सामने पड़ता है, वह दरअसल उपभोक्ता की हीनता को उजागर करनेवाला होता है। वहाँ आत्मविश्वास सौन्दर्य के प्रसाधनों और दवाइयों के इस्तेमाल से प्राप्त करने के लिए कहा जाता है, अपने स्वभाव व पुरुषार्थ के बल पर नहीं। होगार्ड 'पापुलर' और 'परवर्स' में जो सम्बन्ध देखता है वह समाज को रुग्ण बनाने की रणनीति की तरह लगता है। (हम कह सकते हैं कि अमेरिका का व्यापारिक और राजनीतिक वर्ग का 'एलीट' ऐसा कर पूरी दुनिया को सिर्फ उपभोक्ता समाज तक सीमित कर डालना चाहता है अपने अनावश्यक उत्पाद की खपत के लिए, नकली जरूरतें पैदा कर)। वह कहता है कि पापुलर कल्चर इसलिए निन्दनीय है क्योंकि वह श्रमिक वर्ग की सांस्कृतिक मूल्यबोध को समझने की क्षमता पर सीधे प्रहार करता है। पूँजीवादी लोग पल्प फिक्शन, कैण्ड इण्टरटेनमेण्ट का उपभोग इसी के लिए कर रहे हैं। निश्चय ही रानू और गुलशन नन्दा को पढ़नेवाला प्रेमचन्द की रंगभूमि और शिवप्रसाद सिंह की अलग-अलग वैतरणी नहीं पढ़ना पसन्द करेगा और यदि

पढ़ भी लिया तो उसके उत्स से बहुत नाता बनाकर नहीं रखेगा। यही नहीं, उनसे बेहतर साहित्य भी ऐसी गड़बड़ियाँ पैदा कर सकते हैं। मैत्रेयी पुष्पा और सुरेन्द्र वर्मा के उपन्यासों में वर्णित प्रेम उसी भूमि के नहीं होते जो मीरा, महादेवी वर्मा और अज्ञेय की रचनाओं के होते हैं। माधुरी दीक्षित, ऐश्वर्या राय अभिनीत देवदास को देखने के बाद 14-15 साल के बच्चे आज दिलीप कुमार अभिनीत देवदास देख कर कहते हैं, "रोव-रोव चाचा, अब ऊ नाहीं मिली।" उन्होंने बहुत प्रयत्न से प्राप्त किये गये संस्कृति को 'एप्रेसिएट' करने की क्षमता को नष्ट किया है, सब-कुछ को व्यापार में बदल दिया है, जो स्पिरिचुअल ड्राई राट बनते जा रहे हैं। होगार्ड ने उन्हीं पाठों में व्याप्त रूमानी संरक्षणवादी, रूढ़िवादी अनुदारता और नैतिकतावाद पर भी दृष्टि केन्द्रित किया है। उनमें व्याप्त पापुलर कल्चर के विरोध करने की क्षमता व भूमिका को उभारता है। जोर सेल्फहेल्प मैनुअल कम्युनिटी सेण्टर, वर्कर्स एजूकेशन एसोसिएशन, स्थानीय खेलकूद केन्द्र, गैरपेशेवर थियेट्रिकल क्लब आदि पर देता है।

'संस्कृति और समाज' परम्परा का निर्वाह करते हुए होगार्ड शिक्षा तथा संस्कृति सम्बन्धी प्रचलनों और नित्यप्रति के जीवन की सामाजिक संरचनाओं, यानी परिवार व समुदाय के बीच निकट के सम्बन्धों को खींचता है। इसके लिए वह लीविस की साहित्य सम्बन्धी आलोचना और सांस्कृतिक स्तर के तकनीकों का उपयोग सांस्कृतिक विश्लेषण के लिए करता हैं। पर रेमाण्ड विलियम्स कहता है कि सामाजिक नृतत्त्वशास्त्र से प्राप्त अनुभवों के आधार पर मासमीडिया और हाई कल्चर जैसे सांस्कृतिक संस्थाओं में व्यक्त अनुभूति और सोच के तरीकों का अध्ययन किया जाना चाहिए। निश्चय ही यह अध्ययन सामान्य लोगों के जीवन के दस्तावेजीकरण से बढ़कर होगा, क्योंकि इसमें मूल्यांकन के साथ-साथ पुनर्निर्माण की भी जरूरत पड़ेगी। भागीदारीवाले मूल्यों को पहचानने के साथ-साथ उन मूल्यों की अभिव्यक्ति को भी ध्यान में रखना होगा। इसी को आगे बढ़ाकर श्रमिक वर्ग, लिंगभेद और एथनिक का अध्ययन 'shared structure of feeling, के रूप में इधर होने लगा है। परिणामस्वरूप हम पाते हैं कि जहाँ लीविस का इरादा यथास्थिति की रक्षा करना था, वहाँ रेमाण्ड विलियम्स जनप्रिय संस्कृति के अच्छे तत्त्वों को खोजकर सभी के लिए अच्छे जीवन की वकालत करना है।

जाहिर है कि लीविस के आलोचनात्मक तकनीकों से चिपके रहने के कारण होगार्ड, और सांस्कृतिक तथा सामाजिक परम्परा में साहित्यिक संहिता से चिपके रहने के कारण विलियम्स, दोनों ही सांस्कृतिक कसौटी के ऐसे प्रतिदर्श नहीं दे पाते, जिनके आधार पर आगे के शोधकर्त्ता अपने काम के लिए निर्देश प्राप्त कर सकें। यह काम स्टुअर्ट हाल और पैडी ह्वानेल के अध्ययनों से होता है। वे सांगितिक प्रस्तुतियों और मीडिया प्रोडक्ट पर बल आत्म-अभिव्यक्ति के साधन के रूप में देते हैं और उनकी तुलना में थ्रीलर पिक्चरों को खराब प्रस्तुति मानते हैं।

परिवर्तनशील संस्कृति को पकड़ने में लम्पसन का ढंग अधिक उपयोगी है जो उस जटिल सांस्कृतिक संघर्ष का अध्ययन करता है, जिससे होकर श्रमिक वर्ग औद्योगिक समाज में स्थान पा सका है। अतीत के निचले तबके की संस्कृति का अध्ययन कर वह उस सम्भाव्यता पर ध्यान केन्द्रित करता है, जिससे सामाजिक चेतना उत्पन्न हुई। वर्ग पहचान के निर्माण का यह ढंग मार्क्सवादियों के ढंग से भिन्न है, जो वर्ग और वर्ग चेतना का निर्माण यान्त्रिक रूप से आर्थिक ताकतों और उत्पादन के सम्बन्धों के बीच देखते हैं। 1960 के बाद हो रहे सांस्कृतिक अध्ययनों में इसकी भूमिका अधिक प्रभावशाली है। संस्कृति के भविष्य को समाज के ताने-बाने में बसे रहने पर उनकी दृष्टि गहरी होती चली गयी है, जो विचारधारा की जगह लेती जा रही है।

(3)

इन तमाम नये विकासों के बावजूद संस्कृति का वह समाजशस्त्रीय अध्ययन समाप्त नहीं हुआ है, जो समाजशास्त्र को विकसित संस्कृति का अध्ययन मानता है। वह संस्कृति का अध्ययन तमाम

सामाजिक विज्ञानों के खाने में डालकर नहीं, उनके अध्ययनों को समेकित कर पूरे सामाजिक जीवन को टटोलना चाहता है।

अभी तक हमने यह देखा कि किस प्रकार सांस्कृतिक अध्ययन सामान्य लोगों के जीवन को लेकर किया जाता है, उनको पहचानने और उनकी व्याख्या करने के लिए। किस प्रकार उनके मूल्य और उनसे जुड़ी कहानियों की अर्थवत्ता उजागर होती है। इस तरह का अध्ययन सामान्य जीवन पर जोर देता है, जो पूर्ववर्ती अध्ययनों में नहीं होता था। इस तरह का अध्ययन समाजविज्ञान के दूसरे विभागों में भी होता रहा है। अन्तःप्रक्रियावाले, संवृत्तिवाले और एथनोमेथाडोलॉजीवाले भी जोर इसी बात पर देते रहे हैं कि जिनके जीवन का अध्ययन होना है, उनसे सीधे सम्पर्क बनाया जाये। उनकी जमीन पर खड़े होकर उनके अनुभवों को सीधे-सीधे आत्मसात् कर उनकी व्याख्या की जाये। यानी जोर मेथाडोलॉजी पर है।

अन्तःक्रियावादी समाजशास्त्रियों ने ऐसा इसलिए किया कि बिना ऐसा किये सिर्फ सांख्यिकी के आधार पर लोगों के जीवन को सही-सही नहीं जाना जा सकता था। अपराधियों के या समलैंगिकों के व्यवहार को उनके पूर्व व्यवहार को जाने बिना विश्लेषण करना गलत निर्णयों की ओर जाना होगा। ऐसा करने के दौरान वे नित्यप्रति के जीवन और विशिष्ट वैज्ञानिक ज्ञान में सीधा सम्बन्ध खोजा जाये इस बात पर जोर देते हैं।

अन्तःक्रियावाद तर्कप्रधान व्यवहारवाद (pragmatism) पर आधारित है। वे आलोचनात्मक सांस्कृतिक सोच का विकास जनतन्त्र को मजबूत करने के लिए करना चाहते हैं। प्रैगमैण्टिस्टों का सम्बन्ध सामाजिक जीवन के उद्देश्य और उसकी व्यावहारिक समस्याओं के अध्ययन से है, जिससे कि उसका सही अर्थ और समुचित व्याख्या किया जा सके। वे मन को समस्याओं के समाधान के औजार के रूप में लेते हैं, जो एक ऐसी सोच-प्रक्रिया उत्पन्न करता है जो एक बिन्दु से बाँधकर रखने के बजाय निरन्तर विकास की ओर ले जाता है। वे सामाजिक जीवन का आधार सामाजिक कर्म करनेवालों के आमने-सामने के अन्तःप्रक्रिया को मानते हैं। इसका मतलब यह है कि किसी भी विचार या अवधारणा—राजनीतिक, व्यक्तिगत, दार्शनिक या वैज्ञानिक का अर्थ उस अनुभव की स्थिति में ही गोचर होता है, जिसमें उत्पन्न होते हैं। वे आत्म को एक गणना करनेवाली मशीन की तरह नहीं लेते, बल्कि व्यक्तियों के बीच निरन्तर हो रही अन्तःक्रिया से उत्पन्न परिवर्तनशील उत्पाद मानते हैं और उसकी अर्थपूर्ण व्याख्या एक अन्दाजिया अनिश्चित भविष्यबोधी सम्बन्धों के आधार पर करते हैं। जार्ज हर्बर्टमीड लिखता है, "The prediction of routine habitual practices of others and how we respond in similarily predictable ways enables human beings to participate in interaction and communication while avoiding conflict. Through the example of metaphor of the 'Looking glass self' whereby other people act like mirrors for an individual's imagination how he or she looks to others, how others judge individual and how they react to the imagined judgment, so that we constantly monitor our own behaviour and anticipate the effects of our own actions on others." फिर भी हम पाते हैं कि ये सब उसमें रखे गये सामाजिक अन्तःक्रियाओं का विश्लेषण बहुत सीमित कर प्रस्तुत करते हैं। फिर जो नज़र में नहीं हैं, उनकी बात ही क्या? इसके परिणामस्वरूप जो अर्थपूर्ण सम्बन्ध बनते हैं उनकी भी उपेक्षा हो जाती है। फिर संवृत्तिवादी समाजशास्त्रियों ने जो 'taken for granted' जैसी पूर्व धारणाओं के आधार पर अध्ययन के कुछ द्वार खोजे थे, उसे यह बन्द कर देता है। उसके एक विचारक सुल्ज ने कहा था कि खोज में लगे कर्मियों का अतः आत्मगत सम्बन्धों से निर्मित होता है, जो देशकाल में अपना जगत् निर्मित कर एक-दूसरे के मन को पढ़ते हैं। इसके आधार पर उसने सिद्ध किया था कि पहले चक्र में नित्य-प्रति के जीवन का निर्माण होता है और दूसरे चक्र में समाजविज्ञान और सांस्कृतिक विश्लेषण का सम्बन्ध निरूपित होता है। तब साहित्य में आलोचक की भूमिका समाप्त हो जाती है, क्योंकि वह कृति की व्याख्या और पूर्वा के निर्धारण का 'कस्टोडियन' नहीं रह जाता। लोग वैज्ञानिक और विशेषज्ञ के मनगढ़न्त चेतना के अनुरूप रचना को नहीं लेते। वे हर पात्र को 'टाइप' से नापते हैं, जबकि जीवन

को वैसे टाइपों से नहीं जीया जाता। हर व्यक्ति स्वयं एक टाइप होता है और पाठक इस विविधता का ही आनन्द लेता है। इसलिए प्रतिबद्ध आलोचक साहित्य का राजनीतिज्ञ तो हो सकता है, उस राजनीतिक दल का झण्डाबरदार तो हो सकता है और उसकी साहित्य सम्बन्धी चाहत उसी दल के दर्शन से अनुशासित होकर रहेगा, स्वयं कृति की चाहत से परिचालित नहीं। इसलिए आलोचक साहित्यिक चाहत का प्रतिबिम्ब नहीं होगा। उसकी भूमिका इसलिए भी गौण हो जाती है कि वह रचना के पीछे चलता है, जबकि कृति आलोचना के आगे-आगे। हर अच्छी कृति आलोचना पढ़कर नहीं लिखी जाती। जो लिखी जाती है वह कृति नहीं होती, प्रचार सामग्री या पार्टी लिटरेचर होती है। फिर आलोचक की शब्दावली रूढ़ होती है, जबकि कृति की नयी। इसलिए दोनों में बहुत सामंजस्य नहीं बैठ पाता। सामान्य पाठक कृति को पहले पढ़ता है और उसका अर्थग्रहण करता है तब किसी विशेषज्ञ के मत की ओर उन्मुख होता है और जरूरी नहीं कि पाठक विशेषज्ञ के मत से इत्तफाक ही करे। अध्ययन की संवृत्तिवादी दृष्टि सामाजिक विज्ञान के प्राधिकृत ज्ञान पर उसी तरह से प्रश्न उठाती है, जिस तरह से समाज के श्रेणीबद्ध वर्गीकरण पर।

हेराल्ड गरफिकल को लगता है कि ये दोनों ही दृष्टियाँ पर्याप्त नहीं हैं दी गयी समस्या से टकराने के लिए। इसलिए वह 'एन्थ्रोमेथाडोलॉजी' का विकास करता है। इसमें वह शुल्ज के नित्य-प्राति के जीवन के 'taken for granted' यानी common sense assumption (tacit knowledge) और नृतत्त्वशास्त्रियों व संकेतवादी अन्तःक्रियावादियों दोनों के ही दृष्टियों को लेकर ज्ञान के उस पक्ष को खोजना चाहता है, जो दोनों से ही अनकहा, अनदेखा रह जाता है। कहता है, "In the ethromethodological approach, human actors are constantly attempting to make sense of mass of the sensations they experience by drawing upon their stock of stories, and meaningful interpretations. The moment the evidence seems to fit the application of a particular story, then the evidence is slotted into an existing narrative, transformed into a support for story. This technique, the documentary method, involves a constant reciprocal process of interaction between the story lines and evidence. Consequently, the stock of stories itself undergoes renegotiation and transformation as identities are reinvented."

इसमें प्रयुक्त शब्दावली, विश्लेषण के लिए चुनी गयी वस्तु, बाँधने के लिए चुना गया ढंग, यानी सैद्धान्तिक, सांख्यिक या प्रयोगशील सामान्यीकरण और व्याख्या पर जोर मूल्य और तथ्य के बीच की खाईं, विकास और भौतिक वेहतरी का वादा सभी सुराग देने का काम करते हैं। इनके आधार पर धार्मिक आन्दोलनों, तरुण अपराधियों के सन्दर्भ में पुलिस और न्यायालय की भूमिका आदि, जैसे विस्तृत क्षेत्रों का अध्ययन कर पाया जाता है कि ऐतिहासिक और सामाजिक स्थितियों में ही मूल्यबोध की भूमिका होती है। यह समाजव्यावहारिक अध्ययनों को समाजशास्त्रीय अध्ययन की ओर ले जाता है। दरअसल जहाँ समाजव्यवहारी शोधपरक अध्ययन निचले तबके के लोगों के दिन-प्रतिदिन के अध्ययन से सम्बन्धित होता है, समाजशास्त्र विकसित संस्कृतियों का अध्ययन करता है। उसे लगता है कि संस्कृतियों में बहुलता है, उनके अर्थ बहुल हैं और वे व्यवहार करनेवाले लिखने या उत्पादन करनेवालों तक सीमित नहीं हैं, उनकी कई-कई व्यवहृति और व्याख्या हो सकती है। पड़ताल के तमाम दूसरे क्षेत्रों से भिन्न यह सभी समाज विज्ञानों के अध्ययन को आत्मसात् करता है--राजनीतिशास्त्र, अर्थशास्त्र, मनोविज्ञान, अपराधविज्ञान, विधिविज्ञान आदि-आदि को। रेमाण्ड विलियम्स ने पहले ही लिख दिया था कि संस्कृति आदर्श के रूप में, दस्तावेज के रूप में और सामाजिक जीवन-पद्धति के रूप में अलग-अलग नहीं, आपस में सम्बद्ध है। संस्कृति के विभाजन के कई रूप हैं, किन्तु उनमें 'आदर्श' हमेशा ही केन्द्रीभूत रहता है। फिर उनका क्षेत्र सामाजिक है और शक्ति की अन्तःसलिला के कारण राजनीति से जुड़ा हुआ है। चूँकि निरपेक्ष मूल्यों की अर्थवत्ता अनुभूतियों और भावनाओं की संरचनाओं में ही होती है, इसलिए अर्थ और मूल्य के लिए सामाजिक रिक्थ की अपनी भूमिका होती है। इसका मतलब यह नहीं है कि

अर्थ और मूल्य प्रदत्त होते हैं, बल्कि यह स्वीकार करना है कि सामाजिक अस्तित्व जटिलता में ही अनुभव किये जाते हैं। लिखता है, "Imaginative and intellectual works are analysed in relation to particular traditions and societies, but will also include analysis of elements in the way of life that to the followers of other definitions are not 'culture' at all; the organization of production, the structure of family, the structure institutions, which express or govern social relationships, the characteristic forms through which members of the society communicate."

(4)

मूल्य की दृष्टि से संस्कृति का एक गम्भीर अध्ययन मार्क्सवादियों के द्वारा की गयी है। उन्होंने सभ्यता को ऐतिहासिक रूप से सम्पदा और श्रम के बीच विरोध से जोड़ा है, जिसने गहरे श्रम-विभाजन को जन्म दिया है। विधि व्यवस्था ने वर्ग सम्बन्ध के सत्त्व को ही प्रतिबिम्बित किया है। समाजवाद से पहले की सभ्यताओं में व्याप्त प्रतिद्वन्द्वी या विरोधाभासी सम्बन्धों का विश्लेषण और सामाजिक-आर्थिक निर्मितियों का अध्ययन यह स्थापित करता है कि चरवाहा काल, खेतिहर काल, सामन्तकाल, सभी सभ्यता के स्वाभाविक विकास के चरण हैं ऐतिहासिक प्रक्रिया में। समाजवाद और साम्यवाद का चरण सभ्यता का ऐसा काल है जिसमें प्रतिद्वन्द्विता और विरोधाभास नहीं रह जायेगा। यह भौतिक और आधिभौतिक विकास का ऐसा चरण और ऐसे स्वभाववाला होगा, जिससे नये समाज का जन्म होगा, मानवता के विकास में आधुनिक विश्व की समस्याओं को समाहार प्रदान करेगा। वहीं संस्कृति के सम्बन्ध में कहता है कि इसका आधिभौतिक स्वरूप भौतिक स्थितियों पर आधारित है। संस्कृति एक ऐतिहासिक संवृत्ति है, जिसके चरणों का निर्माण सामाजिक-आर्थिक निर्मितियों के बदलाव से सम्बद्ध होता है। संस्कृति जनसमूह के क्रिया-कलापों की देन होती है। यद्यपि कि संस्कृति का निर्धारण भौतिक परिस्थितियों में होता है, पर भौतिक परिस्थितियों में परिवर्तन अपने-आप संस्कृति में परिवर्तन नहीं ला देता। क्योंकि संस्कृति एक बार बन जाने के बाद कुछ स्वतन्त्र-सी हो जाती है। वर्ग समाज में संस्कृति का रूप भी वर्गीय होता है, विचारधारात्मक अन्तर्वस्तु और व्यावहारिक उद्देश्य, दोनों ही रूपों में। पूँजीवादी व्यवस्था में राष्ट्रीय संस्कृति दो भागों में बँटी होती है, एक हावी बूर्जुआ संस्कृति जो सत्ताधारी बूर्जुआ लोगों की होती है, दूसरा श्रमिक लोगों की कमोबेश विकसित और जनतान्त्रिक। समाजवादी संस्कृति अतीत के सभी प्रगतिशील उपलब्धियों को समेटे आधुनिक बूर्जुआ संस्कृति से इस मामले में विचारधारा और सामाजिक कर्म दोनों ही क्षेत्रो में भिन्न होती है, क्योंकि वह बूर्जुआ संस्कृति से बेहतर होती है। समाजवादी संस्कृति का निर्माण बिना समाजवादी क्रान्ति के नहीं हो सकता। समाजवादी संस्कृति की विशेषता उसके लोगों के साथ सम्बद्ध होने, साम्यवादी विचारधारा को तरजीह देने, वैज्ञानिक विश्वदृष्टि अपनाने, समाजवादी मानववाद, समष्टिवाद, समाजवादी देशभक्ति और अन्तरराष्ट्रीयतावाद आदि में देखी जा सकती है। इसका निर्माण कम्युनिस्ट पार्टी के निदेशन में शिक्षा के द्वारा होता है।

थोड़ा विस्तार में जायें तो पाते हैं कि मार्क्स ने तीन स्थापनाएँ रखी थीं—(1) आधार और अधिरचना के सम्बन्ध की, (2) वर्ग संघर्ष की और (3) पूंजीवाद तथा क्रान्ति की।

पहले में उसने कहा था कि आर्थिक स्थिति आधार है और राज्य, समाज, कानून, साहित्य, दर्शन, कला, धर्म वगैरह की अधिरचना उस पर आधारित है। वह जहाज का रूपक लेता है और कहता है कि अर्थव्यवस्था नाभि (hub) है, मस्तूल और उससे जुड़ी रस्सियाँ तथा छल्ले राजनीतिक संरचना हैं, पाल और उसमें भरी हवा विचारधारा है, वहाँ दार्शनिक दिशासूचक यन्त्र में बैठकर लोक की विभिन्न दिशाओं की ओर इशारा करते रहते हैं।

दूसरे के कारण वर्ग संघर्षों को गति मिलती रहती है। बूर्जुआ लोग उत्पादनहीन कर्मों में लगकर शोषण करते रहते हैं, जबकि श्रमिक वर्ग उत्पादन में जान खपाये रहता है। इससे निजात अर्थव्यवस्था

में परिवर्तन से ही मिल सकती है। अतीत में इसी के आधार पर इतिहास के चरण देखने को मिलते हैं।

तीसरे के अनुसार पूँजीवादी व्यवस्था में उत्पादन की रीति दूसरी व्यवस्थाओं से भिन्न हो जाती है। इसलिए शोषण का रूप भी बदल जाता है। पूँजीवाद-पूर्व समाजों में शोषण आर्थिक संस्थाओं से भिन्न संस्थाओं के माध्यम से होता था, जैसे कर लगाने की राज्य की कई पद्धतियों द्वारा, या फिर श्रम की कीमत बाँधने की पद्धति के द्वारा। राज्य का काम तब इसके लिए प्रभावी स्थिति बनाकर रखने का होता था। पूँजीवादी व्यवस्था में उन स्थितियों और लोगों की सम्भावना बनती है जिससे शोषणहीन सम्बन्ध बनाये जा सकते हैं। पूँजीवादी व्यवस्था में ऐसे क्षण आते हैं, जो सामाजिक व्यवस्था को अस्थिर बना देते हैं। ऐसे अवसरों का फायदा उठाकर, आर्थिक संकट के दौरान सर्वहारा मूलभूत परिवर्तन ला सकता है।

इन तीनों स्थितियों में मनुष्य को रचनाशील प्राणी की तरह देखा गया है। उसकी पूर्णता शोषण की नियन्त्रणकारी स्थितियों को समाप्त कर पाया जा सकता है— श्रमशक्ति को मुक्त कर। इससे सांस्कृतिक जीवन आर्थिक जीवन से भिन्न होकर उभरता है। यह कैसे होता है, इसे 'दास कैपिटल' में मार्क्स बता नहीं पाया। उसे बताने के लिए दूसरे विचारक आगे आते हैं। ऐसा ही एक विचारक जार्ज लुकाच है। उसकी चर्चा करने से पहले यह नोट कर लेना जरूरी है कि तमाम मार्क्सवादी विचारक कभी विचारधारा और संस्कृति को एक मानते हैं और कभी दोनों में अन्तर करते हैं। परिवार, पट्टीदारी, जातीय संगठन, शिक्षा, धर्म आदि कभी सांस्कृतिक संवाहन के यन्त्र के रूप में वर्णित किये जाते हैं तो कभी विचारधारात्मक मूल्य के स्रोत के रूप में। विचारधारा को यहाँ कभी (1) मान्यताओं और विश्वासों के सेट (set) के विवरण के रूप में लिया जाता है, जिस पर सामाजिक जगत् चलता है; तो कभी (2) आदेशात्मक (Prescriptive) सन्देश के रूप में लिया जाता है, जिसके अनुसार जगत् को चलाया जाना है। जाहिर है कि संस्कृति भी यही काम करती है। इसलिए दोनों एकमेव हो जाते हैं। दूसरी तरफ विचारधारा को राजनीतिक योजना के पथ-प्रदर्शक के रूप में देखा जाता है अधिक संगत और बुनियादी तौर पर विशेष हितों के संवर्द्धन पर बल देती हुई। जबकि सांस्कृतिक व्यवहार कुछ ज्यादा ही सम्भाव्यता के साथ व्यवस्थित माना जाता है, कुछ ज्यादा ही असंगत और अन्तःविषयी। वह ऐसे मुकाम प्रदान करता है, जहाँ आत्म दूसरों के भग्न पहचानों के साथ बैठकर संवाद कर सकता है तथा आपसी पुनर्प्राप्ति भी पा सकता है। सांस्कृतिक ज्ञान का वितरण असमान होता है और सामाजिक व्यवस्था में यहाँ-वहाँ बिखरा पड़ा रहता है; जबकि विचारधारा सामाजिक और राजनीतिक व्यवस्था को किन्हीं निश्चित उद्देश्यों की ओर संगठित करने में लगी रहती है।

खैर, जार्ज लुकाच संस्कृति को शोषण के लिए सत्ताधारी वर्ग के औजार से भिन्न उस शोषण से मुक्त होने का औजार मानता है। इसीलिए वह स्टालिन की स्थापनाओं को बहुत स्वीकार नहीं करता। स्टालिन समाजवाद के आ जाने के बाद ही साहित्य या सिनेमा में 'पॉज़िटिव हीरो' के निर्माण की बात करता था। इसीलिए हिटलर की इस स्थापना को भी स्वीकार नहीं करता था कि सांस्कृतिक वर्ग या तो सिर्फ उपकरण होते हैं या फिर युद्ध के स्थल। यानी लुकाच संस्कृति को वर्ग हित तक सीमित नहीं मानता था। ऐसा होने पर तो संस्कृति 'opiates of moves' बनकर रह जायेगी और विचारधारा एक 'simplistic' अवधारणा। दोनों की ही परिणति 'false' चेतना में होगी। लुकाच विचारधारा और संस्कृति को इस परिणति से बचाना चाहता है, मार्क्सवादी राहों पर चलकर। लेकिन स्टालिन का आतंक खुलकर यह करने नहीं देता। इसलिए वह साहित्य की दुनिया में पैठता है। उसके लिए साहित्य विचारों का, अस्तित्व का एक वास्तविक और द्वन्द्वात्मक प्रक्रिया है, न कि वर्गपक्षधरता का जखीरा। वह आधुनिकता की विचारधारात्मक भूमिका और यथार्थवादी साहित्य पर विचार करते हुए कहता है, "For the realist school man is zoom politikon, a social animal. This Aristotilian dictum is applicable to all great realistic literature. In Hegelian terminology their ontological being...cannot be distinguished from their social and historical environment. Their human existence, their specific individuality cannot be separated from the context in which they were created. The ontological view governing the image of man in the work of leading modernist writers in the exact opposite of this. Man for these writers is by nature solitary, asocial, unable to enter into relationships with other human beings... Man thus imagined may establish contact with other individuals, but only in a superfluous accidental manner, only ontologically speaking, by retrospective reflection. For 'the others' too are basically solitary, beyond significant human relationship."

लुकाच दरअसल मार्टिन हेडेग्गर के मानवीय अस्तित्व के अ-ऐतिहासिक अवधारणा को आधार बनाकर आधुनिकतावादी साहित्य को देखता है। हेडेगर का आधार वाक्यांश 'Throw-ness-into-being' है। इसके आधार पर वह कहता है कि चीजों तथा दूसरे लोगों के साथ सम्बन्ध स्थापित करना असंगतता है। मानवीय अस्तित्व के उद्‌देश्य को भी निश्चित करना असम्भव है। आधुनिकतावादी साहित्य बाहरी भौतिक वास्तविकता को नकारता है और मनुष्य को सत्तामीमांसक अर्थ में एकाकी चित्रित करता है। जैसे अज्ञेय अपने उपन्यास 'अपने-अपने अजनबी' में करते हैं। परिणामस्वरूप वर्णना 'Pathological' हो जाता है। पात्र रुग्ण, असामान्य और विकृतियों से जरे होकर उभरते हैं। "This is an ideological device whereby modernism recommends psychopathology as a means of the brutality of capitalism". राजकमल चौधरी का उपन्यास 'मरी हुई मछली' और मोहन राकेश का 'अँधेरे बन्द कमरे' तथा 'न आनेवाला दिन' यही चित्रित करता है।

मानवीय स्थिति के आधुनिकतावादी चित्रण से काफी इत्तफाक रखते हुए भी लुकाच साइकोपैथोलॉजी के द्वारा मानवमुक्ति को 'डिस्टार्शन' मानता है। वह मुक्ति तो सामाजिक-आर्थिक रूपान्तरण में देखता है। परिणामस्वरूप वह काफ्का के लेखन को (जिसे आधुनिकता के लेखन का माडल माना जाता है) क्रियाशील बूर्जुआ हित की अभिव्यक्ति मानता है। यहाँ आधुनिकतावाद सामाजिक परिप्रेक्ष्य की असूचित समझ और परिवर्तन की भौतिक प्रक्रिया पर आधारित समझ पैदा होने से रोक देता है जबकि यथार्थवादी दृष्टिवाले रचनाकारों के लिए जरूरी है कि वे अपने उद्‌देश्य को प्राप्त करने के लिए ठोस सम्भावनाओं। सामर्थ्योंवाले चरित्रों का निर्माण करें। इसलिए 'रंगभूमि' का सूरदास 'गोदान' के होरी से अधिक सक्षम और सकारात्मक चरित्र बनकर उभरता है। आधुनिकतावाद यह मानकर चलता है कि मानवीय सामर्थ्य पौरुषहीन है, किन्तु यथार्थवाद मानता है कि मानवीय क्रियाकलाप में ही वास्तविकता को परिवर्तित करने की सम्भावना है। इतिहास के विभिन्न चरणों के चित्रित नायकों को लेकर जो विश्लेषण लुकाच प्रस्तुत करता है, उससे इतिहास की प्रक्रिया की गतिशीलता, विरोधाभास मानवीय पुरुषार्थ की सम्भावनाएँ सभी उजागर हो जाती हैं। वह उनकी युगीन सीमा भी दिखा देता है।

अपने तमाम समकालीनों से इतर लुकाच सांस्कृतिक हस्तक्षेप को एक तरफ मानवीय अनुभव का प्रतिनिधि, दूसरी तरफ परकीयन के कारणों को छिपाने का ढंग और तीसरी तरफ सामाजिक सम्बन्धों की समानता में रूपान्तरण की भूमिका की सम्भावना को दिखानेवाला मानता है। जैसा कि हमने ऊपर देखा है उसके लिए साहित्य विचारों का, अस्तित्व का वास्तविक और द्वन्द्वात्मक प्रक्रिया है। उसमें जो सर्वहारा के 'विण्टेज प्वाइण्ट' को सामाजिक व्यवस्था के पूर्ण चित्रण के साथ प्रस्तुत होता है, वह मुक्तिदायी ही होता है। लेकिन जो ऐसा करने में हमारे अनुभव को तोड़-मरोड़ कर रखते हैं, या सच्चाई को छिपाते हैं, जिससे बूर्जुआ शोषण का विशाल चित्र उभर नहीं पाता, वे मानवीय रचनाशीलता के उत्पाद को वस्तुकरण (reification) की ओर ले जाते हैं और सम्बन्धों को बाह्यीकृत कर देते हैं। उनका यान्त्रिक और मात्रात्मक उत्पाद संस्कृति को उद्योग में बदल देता है।

इसका विस्तार से चर्चा करने से पहले अच्छा हो यदि हम ग्राम्शी के विचारों को भी संक्षेप में देख लें। ग्राम्शी की समस्या 1920-30 के दौर में यह जानने की थी कि श्रमिक आन्दोलनों पर फासीवाद कैसे हावी होता जा रहा है। उस दौरान उसने मार्क्स और मार्क्सवाद को क्रियाकलाप (praxis) के दर्शन

में पुनर्निर्मित किया। 'प्रैक्सिस' का मतलब होता है लक्ष्यगर्भित व्यवहार, वह क्रिया जिसका लक्ष्य वह क्रिया ही हो। अरस्तू के अनुसार केवल चिन्तनात्मक व्यवहार को 'प्रैक्सिस' कहा जा सकता है, क्योंकि उसका लक्ष्य स्वयं चिन्तन ही होता है। कलात्मक या उत्पादनात्मक क्रियाओं का लक्ष्य स्वयं उन क्रियाओं में नहीं होता, बल्कि उनके बाह्य होता है। इसलिए अरस्तू ने उन्हें चिन्तन की तुलना में निकृष्ट स्थान दिया है। लेकिन ग्राम्शी ने बात दूसरी तरह से कही। कहा कि जटिल अगड़े पूँजीवादी सामाजिक संरचनाओं में रूपान्तरण जन आन्दोलनों के द्वारा सावधानीपूर्वक चलाये गये लम्बे संघर्षों के माध्यम से ही प्राप्त किया जा सकता है। प्रभुत्व (hegemony) यानी राजनीतिक, बौद्धिक और नैतिक नेतृत्व प्राप्त करने का संघर्ष राजनीति, संस्कृति, शिक्षा, जनसंचार माध्यमों के साथ-साथ काम करने की जगह में भी चलाये जाते हैं। यह दृष्टिकोण यह मानकर चलता है कि इतिहास का निर्माण आर्थिक नियमों की क्रियाशीलता या प्रोफेशनल षड्यन्त्रकारी वैंगार्ड दलों की गतिविधियों की जगह बहुरूपी सांस्कृतिक संघर्षों से होता है।

1970 के दशक से संस्कृति का अध्ययन नये सिरे और नये ढंग से आरम्भ हुआ तत्कालीन नये उभारों के विश्लेषण के लिए। संस्कृति का मतलब यहाँ सांस्कृतिक कार्यक्रम, लोक मंगल की जगह बिकाऊ मनोरंजन का साधन, उसके लिए सांस्कृतिक उद्योग जिसमें गुणवत्ता की जगह मात्रा पर जोर दिया जाता हो और मुनाफा कमाने के लिए पूँजी लगाने का एक नया क्षेत्र है। इसके लिए दो प्रश्न सामने आये : (1) जनप्रिय संस्कृति का स्थान और अर्थ निष्पादन में तार्किक ढंग का सम्बन्ध (2) भौतिक उत्पाद के संगठन और पूँजीवादी समाजों के सामाजिक सम्बन्धों के पुनरुत्पादन में संस्कृति की भूमिका के साथ सम्बन्ध। इन दोनों प्रश्नों का उत्तर तलाशने में मार्क्सवाद के दो स्कूल काम करने लगे। एक जर्मनी का फ्रैंकफर्ट स्कूल था, दूसरा ग्राश्मी, बाख्तिन और बोलोशिनोव के अध्ययन। हम पहले दूसरे अध्ययन को लेते हैं।

ग्राम्शी ने इटली के समाज की स्थितियों में व्याप्त राजनीतिक, सामाजिक, आर्थिक जटिल सम्बन्धों को एक सिद्धान्त में बदलते हुए कहा कि जरूरी नहीं है कि अधिरचना आधार से मेल ही खाये, कि वर्ग नौकरशाही और बुद्धिजीवी जैसी आन्तरिक कोटियों के साथ समझौता कर या विरोध कर दोनों ही तरह से काम करते हैं, कि अपने आन्तरिक संघर्षों के कारण वर्ग में टूट-फूट भी पैदा होती है, और यह कि पूँजीवाद अपने नाश के लिए स्वयं ही स्थितियाँ नहीं पैदा करता। यही क्रियाकलाप की ओर ले जाता है, जिसे हम ऊपर नोट कर आये हैं। इस तरह हम पाते हैं कि यह नवमार्क्सवादी चिन्तन 'Marxism without guarantees' बन जाता है। वह मानता है कि क्रान्ति अवश्यम्भावी नहीं है, न ही श्रमिक वर्ग परिवर्तन का अनिवार्य एजेण्ट। वह कहता है कि सामाजिक व्यवस्था की जटिलता, उत्पादन की प्रक्रिया में हस्तक्षेप करने की राज्य की इच्छा और संकट की व्यवस्था तथा सर्वहारा की स्थिति में सुधार लाने की पूँजीवाद की क्षमता, तीनों ही इस बात की ओर संकेत करते हैं कि यदि परिवर्तन लाना है तो एक अधिक लचीली रणनीति अपनानी होगी। सांस्कृतिक सम्बन्ध सर्वहारा को धोखा देने के लिए कोई विचारधारात्मक मुखौटे नहीं होते। बल्कि वे सामाजिक शक्तियों के संघर्ष के लिए जगह (Space) प्रदान करते हैं। यहीं पर संघर्ष कर वर्ग, उनके गठजोड़ और सामाजिक शक्तियाँ राजनीतिक, आर्थिक और नैतिक नेतृत्व यानी एकाधिकार या प्रभुत्व प्राप्त करती हैं। प्रभुत्व का मतलब प्रधानता प्राप्त करना तो होता ही है, इसका मतलब पूर्ण प्रधानता पाने की असम्भवता भी होता है—एक समय में दो संस्कृतियाँ प्रभु वर्ग और शासित वर्ग की हावी होने के लिए संघर्षरत रहती है, जिससे एक की प्रधानता दूसरे से अनुशासित होती रहती है।

सवाल यह है कि यह संघर्ष कैसे संचालित हो? बाख्तिन इसी को उजागर करता है। कहता है कि संस्कृति के विचार को 'विवादी गतिविधि' (dialogic activity) में अवधारित किया जा सकता है। यह विवादी गतिविधि एक अन्तः विषयी (intersubjective) सम्बन्ध है, जिसके द्वारा परिवर्तन लाया जा

सकता है। टेलीफोन पर होनेवाली बातचीत को रूपक में ढालकर बोलोशिनोव ने बड़े ही काव्यात्मक ढंग से कहा था :

शब्द एक पुल है
फिका हुआ
हमारे और तुम्हारे बीच
उसका एक सिरा
मेरे हाथ में है
तो दूसरा तुम्हारे हाथ में
शब्द एक क्षेत्र है
जिस पर हम दोनों का अधिकार है
हम वक्ता—तुम श्रोता

यह दृष्टि यह भी स्वीकार करती है कि शब्द के विविध अर्थ होते हैं और वे वक्ता या लेखक तक ही सीमित होकर नहीं रहते। उनका अर्थ बातचीत, संवाद और विवाद से प्राप्त किया जाता है। रेमाण्ड विलियम्स की तरह संस्कृति का अर्थ नृतत्त्वशास्त्र की तरह लगाते हुए बाख्तिन ने जनप्रिय संस्कृति को बड़े ही सकारात्मक ढंग से देखा, हालाँकि उनमें शृंखलाबद्ध विभिन्नता अपने-आप में ही विहित थी। वह उनके लक्षण भदेस, अति, संलिप्ति आदि में देखा, जिसकी जड़ें मध्यकालीन लोक हास्य में पैठी थीं। कार्निवाल में मुखौटा लगाकर वह खिड़की खोल दी जाती है, जिससे शक्तिहीन लोग भी अपनी बात कह पाते हैं। बालेश्वर यादव, जो बाद में पडरौना से सांसद बने, का नाच हमारे गाँव पर हो रहा था। उसके पहले वे दूसरे गाँव के नये-नये धनी हुए सूदखोरों के यहाँ नाच कर आये थे। वहाँ उन्हें अपेक्षित सम्मान नहीं मिला था। उसका भड़ास उतारने के लिए उन्होंने जोकर को मंच पर भेजा जो अपने पुछण्डे में जलती हुई लालटेन बाँधे था, हाथ में फटफट आवाज करनेवाला फटा बाँस लिये हुए था। उसकी हरकत को देखकर किसी ने पूछा, "यह क्या है भाई?"

उसने कहा, "दीया"
"दीया तो रात में जलता है"
"मैं दिन में जलाता हूँ। मेरी मर्जी।"
"लेकिन पीछे क्यों बाँधे हो?"
"नया धनी हूँ। मेरी मर्जी।"

और पूछनेवाले पर फटा-फटा बाँस चार-पाँच बार फटकार दिया। दर्शक हँसने लगे। सभी नये धनी के आतंक को जानते थे। वह वहाँ नहीं कह सकता था। यहाँ लोक के सामने कह दिया। कार्निवाल में यही होता था, बाख्तिन जिसकी ओर इशारा करता है। यह हावी वर्ग के ढोंग, पाखण्ड, उद्देश्यहीनता, क्रूरता, स्वार्थ सबको एक साथ उजागर कर देता है। उपन्यास बहुत हद तक इस तकनीक का इस्तेमाल करता है। लेकिन महाकाव्य का ढंग 'मोनोग्लाट' का होता है, जिसमें नीति, नैतिकता, केन्द्रीय चरित्र की भूमिका, शब्दों का बहुअर्थ समाप्त कर देता है। कहता है कि, "Instead of monologue, the novel involves a heterologous, multiplicity of registers or speech types within a language, which captures and represents something of the ongoing complexity of lined experience." इसीलिए भगवान दास मोरवाल के उपन्यासों के वही अर्थ नहीं हैं जो उनका अभिप्राय है, वह भी है जो उन पर मुकदमा चलानेवाले लगाते हैं।

बाख्तिन referential denotation और evaluative connotation में बहुत फर्क नहीं मानता। ज्ञान को ऐतिहासिक और सामाजिक समान स्थिति में गड़ा पाता है और उसे पहुँचाने के लिए जो सन्देश के प्रारूप बनाये जाते हैं उन्हें भौतिक परिस्थितियों से बँधा पाता है, जो सम्बोध्य के अनुसार रूप परिवर्तित

कर लेते हैं। यानी सामाजिक वैज्ञानिक ज्ञान Monologic से dialogic की तरफ संक्रमित कर जाता है। यहाँ पाठ संघर्ष की भूमि बन जाता है जहाँ व्याख्याएँ अपना-अपना कौशल दिखाती हैं। वह मानवीय मुक्तिप्रदायी नहीं लगता जैसा कि लुकाच बताना चाहता है।

सम्प्रेषण और अर्थ के निष्पादन को पुनर्खोज के अन्तःविषयी अनुभव के रूप में पहचाना जा सकता है, जहाँ वे रूपान्तरण के लिए खुले रहते हैं। एडम स्मिथ के 'वेल्थ आफ नेशन्स' का पुनर्पाठ प्रस्तुत करते हुए विवियन ब्राउन कहती हैं कि यह संहिता का निर्माण करता है। एकालाप (monologism) और विवाद (dialogism) के अन्तर पर निर्भर कर वे कहती हैं कि, "Writing of Adam Smith are much more polyphonic than contemporary social science assumes" वे 'विवेकी आर्थिक मनुष्य' की स्थापना करने की जगह सांस्कृतिक रूप में एक विशेष नैतिक और मूल्यग्राही व्यक्ति का जिक्र करता है। यानी एकालापी पाठ को समस्याग्रस्त बनाकर उसके अन्तिम निर्णय को दुविधा में डालकर एक सैद्धान्तिक पुस्तक का दूसरा अर्थपाठ तैयार किया जा सकता है। स्टुअर्ट हाल का चिन्तन सन्देश के कूट और निकूट करने की विधि को केन्द्र में रखकर इसी ओर जाता है। किन्तु उसकी विवेचना करने से पहले मास संस्कृति की जो व्याख्या फ्रैंकफर्ट स्कूल ने रखी, जरा उसे भी देख लिया जाये।

इसकी व्याख्या के लिए फ्रैंकफर्ट स्कूल ने पहला सूत्र लुकाच की इस स्थापना के इस पक्ष से लिया कि सांस्कृतिक माध्यमों में बड़ी जटिलता होती है और वह श्रमिक वर्ग को निष्क्रिय करने के लिए प्रवंचक यान्त्रिकी बन जाती है। मार्क्स ने अर्थव्यवस्था, राजव्यवस्था और संस्कृति को संस्थागत रूप से अलग-अलग कर देखने के उदारवादी प्रयत्न को पहले ही त्याग दिया था। फ्रैंकफर्ट स्कूल ने सांस्कृतिक उद्योग के आधार पर इन तीनों के अन्तःसम्बन्ध पर और भी जोर दिया। उन्होंने परकीयन और श्रम की अनिच्छा को एक साथ जोड़कर समूह उत्पादन और समूह उपभोग की नयी प्रवृत्ति पर बल दिया कि जैसे संस्कृति साबुन या सिगार हो। आज सांस्कृतिक उत्पादनों पर लेखक या कलाकार का जरा-सा भी नियन्त्रण नहीं रह गया है। इसलिए उसकी मौलिकता की चर्चा ही तिरोहित हो गयी है। अर्थवत्ता उसके धन कमाने की क्षमता में सिमट गयी है। चर्चा वेस्ट सेलर की होने लगी है, कलात्मक उपलब्धि की नहीं। प्रकाशकों और निर्माताओं के ब्रैण्डेड लेखक व ऐक्टर बन गये हैं—विभिन्न तरह से (स्कैण्डल समेत) उनकी छवियाँ निर्मित की जाने लगी हैं। आश्चर्य तो यह है कि इसका प्रतिरोध करनेवाले वामपन्थी लोग भी अपने ब्रैण्डेड लेखक, कलाकार और एक्टिविस्ट बना लिये हैं, उनकी घोषित प्रतिबद्धता के कारण, रचनात्मक गुणवत्ता या सरोकार के कारण नहीं। अज्ञेय से कहीं अधिक रूपवाद को लेकर चलनेवाले शमशेर बहादुर सिंह इसलिए मार्क्सवादी लेखक माने गये क्योंकि कम्यून में जाकर रहे थे और कम्युनिस्ट पार्टी से नाता रखते थे। अपनी तमाम जनकामी भावनाओं से प्रोत रचनाओं के कारण तेलुगू कवि शेषेन्द्र शर्मा इसलिए प्रगतिशील नहीं माने जाते, क्योंकि उन्होंने 'प्रतिबद्ध-प्रतिबद्ध' का शोर नहीं मचाया। मुक्तिबोध के सन्दर्भ में मानदण्डों के आधार पर अध्ययन और मूल्यांकन करने की जोखिम राम विलास शर्मा ने उठायी तो कई लोगों ने उन्हें प्रतिक्रियावादी कम्युनिस्ट घोषित कर दिया। खैर...

मैक्स हरखाइमर और थियोडोर एडोर्नो ने नाजीवाद के उत्थान और पतन के दौरान मार्क्सवादी सामाजिक विश्लेषण और संस्कृति के नवकाण्टवादी आदर्शवादी अवधारणाओं को मिलाकर बीसवीं सदी के तब तक के पूँजीवादी समाज के विकसनशील यान्त्रिक तथा काट-छाँट कर बनाये गये सामाजिक सम्बन्धों को जाँचने के लिए संस्कृति की भूमिका सम्बन्धी कुछ विचार विकसित किये थे। उसका नाम 'Instrumental Rationality' दिया था, जिसके अनुसार प्रौद्योगिक क्षेत्र के जटिल श्रम विभाजन में रचनात्मक व अभिव्यक्तिपरक भावनाओं का उदात्तीकरण पछतावाविहीन तर्कग्रसित साधन-साध्य निर्णयों और कलापों के द्वारा होता है। लाभ कमाने की दशा में संस्कृति फार्मूला आधारित होती चली जाती है, उसका वाणिज्यीकरण हो जाता है। सामाजिक अस्तित्व के सभी क्षेत्रों में सार्थक रचनात्मक श्रम (labour) की जगह बेमतलब का परिश्रम (toil) ले लेता है। इसलिए कलारूपों का बड़ी मात्रा में वस्तु के रूप में

उत्पादन होने लगता है विस्तारित बाजार में खपाने के लिए। जाहिर है कि ये विचारक लुकाच के वस्तुकरण (reification) की विचारवादी अवधारणा की जगह भौतिक उत्पाद की संस्कृति पर सीधे असर की बात कर रहे हैं।

एक जनप्रिय संगीत ट्यून को सुनकर एडोर्नो ने लिखा है, "The listener can supply the framework automatically, since it is a more musical automatism itself. The beginning of the chorus is replaceable by the begining of innumerable choruses. The interrelationship among the elements or the relationship of the elements to the whole would be unaffected... In serious music each musical element, even the simplest one is 'itself', and the more highly organized the work is, the less possibility is there of substitution in detail. In hit music, however the structure underlying the pieces is abstract, existing independently of the specific core of the music... The complicated in popular music never functions as 'itself' but only as a disguise or embellishment behind which the scheme can always be perceived... The listener when faced with the complicated, actually hears only the simple which it represents and perceives the complicated only as a paradistich distortion of the simple."

एडोर्नो उच्च और निम्न, सरल और जटिल, उचित गम्भीर और भदेस हल्केपन के अन्तर को बिसरा देता है। कहता है कि जनप्रिय संगीत पहले से ही पचा-पचाया होता है। श्रोता पहले से ही जानता है कि आगे क्या आनेवाला है। उसके साथ फौरन तालमेल बिठाकर गाने ही लगता है। जैसे ग़ज़ल में रदीफ़ और काफिया के बल पर कई श्रोता अगले मिसरे को पहले ही गुनगुनाने लगते हैं। यह यान्त्रिकता शास्त्रीय संगीत में नहीं होती। इसलिए अप्रशिक्षित श्रोता को वह उबाऊ लगने लगता है। यही बात मुक्त छन्द की कविता के लिए है। पर इस साम्य के कारण मुक्त छन्द की कविता न तो शास्त्रीय संगीत बन जाती है, न ही उस स्तर पर पहुँच जाती है। जनप्रिय संगीत रचने का एक ढंग यह है कि जन में प्रचलित गानों और धुनों को 'रिसाइकिल' कर लिया जाता है। उसकी पूर्वा को बदल दिया जाता है। यह काम हमारे यहाँ मनोज तिवारी और ए. आर. रहमान कर रहे हैं और पुरस्कृत हो रहे हैं। अपने व्यवसाय के लिए वे राष्ट्रगान तक को नहीं बख्शते। 'स्लमडॉग' के लेखक स्वरूप को इलाहाबाद के बनिये और तीज मनानेवाली स्त्रियों के क्लब तक सम्मानित कर रहे हैं (आश्चर्य है कि यहाँ के किसी लेखक संगठन ने उन्हें सम्मानित नहीं किया है)। यह जनप्रियता का उपभोग करनेवालों का काम है। वे इस तरह की कारवाइयों के माध्यम से अपनी अभिरुचि आगे के उत्पाद के लिए व्यक्त करते हैं।

एडोर्नो कहता है कि इस उत्पादन और उपभोग के व्यवसाय का राजनीतिक पक्ष भी है और परिणाम भी है। "The audiance is portrayed within the terms of reference of behaviourist psychology, as socialized to passively accept simple formulae and so becomes susceptible to authoritarian messages." यही कारण है कि स्पष्ट बहुमत न पानेवाली कांग्रेस (आई) अपने प्रचार माध्यमों पर चिल्ला-चिल्ला कर कह सकती है कि उसे भारी जन समर्थन मिला है और लोग उसे निरपेक्ष भाव से सुन लेते हैं। तमाम राजनीतिक दल बिना माँगे ही उसे समर्थन भी दे आते हैं। प्रचार और विज्ञापन के सन्दर्भ में मारकूज कहता है कि मास कन्जप्सन से सम्बद्ध इनकी रणनीतियों के कारण एक तरफ नकली जरूरतें पैदा होने लगती हैं तो दूसरी तरफ पूँजी का इकट्ठा होना बढ़ता ही जाता है। इसने सामाजिक-आर्थिक रूपान्तरण के ऐतिहासिक सर्वहारा उद्देश्य को उसी तरह से नष्ट कर दिया है, जिस तरह से हिटलर ने 1930 के दशक में श्रमिकों के आन्दोलन को नष्ट कर दिया था। दरअसल अमेरिका ने प्रचार के नाजी ढंग को अपनाकर जिस वाणिज्यी संस्कृति को जन्म दिया है और उसे बढ़ावा दे रहा है, उससे एक ऐसे एकरूपी मास का जन्म हो रहा है, जो राजनीतिक विकल्पों के प्रति ध्यान जमानेवाला नहीं है। व्यापारिक संस्थानों में नौकरी करनेवाले हमारे आज के एम. बी. ए. और एम. टेक. की डिग्रीधारी नौजवान इसी कोटि के प्राणी बनते जा रहे हैं।

फ्रैंकफर्ट स्कूल ने सांस्कृतिक वर्गीकरण को श्रेणीबद्ध वर्गीकरण के अनुरूप कर मास उत्पादन को निम्न कोटि का माना है। यानी यह श्रमिकों में मौलिक सांस्कृतिक रचना की क्षमता के प्रति अभी भी एक रूमानी नजरिया बना कर रखा है। तत्त्वों के पारस्परिक हस्तानान्तरण और अर्द्धवैयक्तिकरण के एडोर्नो के सिद्धान्तों को दृष्टि में रखकर गोरडोन इसकी आलोचना करता है। कहता है कि कलाकृतियों के तत्त्वों का अन्तःपरिवर्तन नहीं किया जा सकता। पहले 'एक कृति' बनेगी फिर यन्त्रों के द्वारा उसका तमाम 'डुप्लीकेट' बनाकर मास उत्पादन किया जायेगा। इसलिए उसका तकनीकी 'रैशनेलाइजेशन' नहीं किया जा सकता। न ही built-in-obsolescence किया जा सकता है, जैसा कि किसी कार या रेल के पुर्जे के लिए होता है। फिर मास कल्चर आनन्द (Pleasure) के स्रोत के रूप में काम करता है, पूँजीवादी विचारधारा को अन्तर्ग्रथित करने के लिए नहीं।

यहाँ संरचनावाद की थोड़ी चर्चा कर लेना अप्रासंगिक नहीं होगा। संरचनावाद का सम्बन्ध भाषा के अध्ययन से है और इसने हमारी भाषा की समझ को बदल दिया है। भारतीय वाङ्मय में कहा गया है कि शब्द ही ब्रह्म है और शब्द की निर्मिति ध्वनियों से हुई है, जिनमें अर्थ आरोपित किये गये हैं। ये ध्वनियाँ और अर्थ गर्वित शब्द तब चलने लगते हैं जब उनको पद मिल जाते हैं। ये पद 'सूप्' और 'तिङ' हैं यानी कारक और आख्यात में जुड़नेवाले रूप हैं। वहीं से इशारा पाकर और कुछ भाषा-विज्ञान के यूरोपीय अध्ययनों को आधार बनाकर इसके प्रवर्तक फर्डिना द सास्यूर ने इसे 'संकेतों के विज्ञान' के रूप में विकसित किया है। उसने कहा है कि भाषा वस्तुओं का प्रतिबिम्ब मात्र है—सत्य को वास्तविकता को वर्णित करने का एक पारदर्शी माध्यम। लेकिन यह काम तभी हो सकता है जब भाषा की एक व्यवस्था हो। हालाँकि सम्प्रेषण शारीरिक हाव-भाव से भी हो सकता है, जैसा कि मूक-बधिरों के बीच होता है, किन्तु उसे हम भाषा नहीं कह सकते। इसलिए सास्यूर जिस भाषा का विश्लेषण करता है उसमें बोला जाना अनिवार्य है। और चूँकि वह विश्लेषण 'पाठ' का करता है, इसलिए उसका रूप लिखित भी होना चाहिए। इसके लिए वह 'लांग' को—यानी बोल का मतलब सक्षम बनानेवाले निहित नियमों की व्यवस्था को—'पैरोल'—यानी बोल में व्याप्त उच्चार—से अलगाता है। कहता है कि इनका मतलब कुछ उसी तरह से है, जिस तरह से शतरंज के खिलाड़ी की चालों का होता है, एक नियम के अनुसार। वही खेल को एक मतलब प्रदान करता है और खिलाड़ियों की रणनीति और इरादों को जानने के लिए विस्तृत सुरक्षा प्रदान करता है। अन्तर यह है कि भाषा में इस तरह के स्पष्ट और लिखित नियम नहीं होते, जो भाषा की संरचना को ठोस अस्तित्व प्रदान कर सकें। इन्हें हम भाषा में व्यक्त स्वरूप से ही निर्मित कर सकते हैं। इसी को हम संरचनावादी भाषा विज्ञान कहते हैं। इसमें कुछ स्थिर तत्त्व होते हैं—Static और कुछ गतिशील तत्त्व होते हैं—Dynamic। सास्यूर ने पहले से चले आ रहे शब्दों के विकास और रूपान्तरण तक सीमित अध्ययन (diachronic) को बढ़ाकर भाषा में अन्तर्भुक्त तमाम अवयवों के आपसी सम्बन्धों और रूपों की समझ (synchronic) के लिए भाषा को एक 'सम्पूर्ण व्यवस्था' के रूप में देखा और कहा कि किसी भी शब्द या उच्चार का अर्थ जाँची जा रही भाषा की व्यवस्था की संरचना के साथ सम्बन्ध के आधार पर देखा जाता है। इस तरह से उसने अब तक हो रही, संज्ञा, सर्वनाम, विशेषण, क्रिया आदि पर आधारित अध्ययन को खारिज कर दिया।

फिर वह शब्द, बिम्ब और ध्वनि को संकेत मानता है। संकेत को हम बहुत सरल मानते हैं, क्योंकि नित्य प्रति के प्रयोग के कारण हम उनसे अतिपरिचित होते हैं। सास्यूर उनकी जटिलता में पैठकर यह जानना चाहता है कि संकेत कैसे अर्थ बन जाते हैं। इसके लिए वह संकेत को 'संकेतक' और 'संकेतित' में तोड़ देता है। इसमें संकेतक माध्यम का काम करता है—पहचाना जानेवाला शब्द, ध्वनि या चित्र, जो हमारा ध्यान आकर्षित करता है और जो एक खास संकेत को सम्प्रेषित करता है। संकेतीय सन्देश यह स्वयं अवधारणा है। सम्प्रेषण की प्रक्रिया संकेतीकरण कर्म होती है। यह अर्थपूर्ण साहचर्य और वि-साहचर्य से प्राप्त होती है। कहता है, "Language is a system of independent terms in which the value of each term results solely from the simultaneous presence of others." भाषा का यह सम्बोधी गुण ही शब्द, ध्वनि या चित्र का अर्थ सम्भव करता है। अब साहचर्य में वह सम्बन्ध शब्दों की एक सहअर्थी शृंखला बनाकर स्थापित किया जाता है और वि-साहचर्य में विलोमी शब्दों को रख लिया जाता है। अब, "It is the existence of arbitrary relationship between signifier and signified within a sign that provides language not only with its capacity to temporarily fix meaning, so that language appears to have a definite structure at any point in time, but also offers possibility that it can shift our time. On the other hand language systems are taken for granted by those who use them yet, on the other hand, they are also reproduced, modified and transformed through these very same uses."

यह संकेतीकरण या संकेतन मूल्यांकन की भी प्रक्रिया है। हम जो देखते हैं, उसे सिद्ध करते हैं, वर्गीकृत करते हैं। जब इनकी जड़ों में सांस्कृतिक मूल्य काम कर रहे होते हैं तो उनके आधार पर हम वर्गीकरण पर निर्णय देते हैं। जब हम उन पर ठप्पा लगाते हैं, तब एक तिरछी होती व्यवस्था में उसे स्थान देते हैं, एक नैतिक अर्थवत्ता की धारणा बनाते हैं। यह मूल्य हम इस्तेमाल किये गये शब्दों के माध्यम से ही प्रदान करते हैं, उसे व्यक्त करते हैं। प्रकारान्तर से ये शब्द सामाजिक सम्प्रदायों में निःसृत मूल्य व्यवस्था में ही अर्थ पाते हैं।

तब संरचनावाद संस्कृति पर क्या कहता है? यही कि प्रत्यक्ष कोई सरल या निरपेक्ष कर्म नहीं होता और अर्थ सम्बन्धों के माध्यम से ही स्थापित किये जाते हैं। हमारे चारों तरफ जो जगत् व्याप्त है उसके समझने-समझाने के लिए जो शब्द प्रयुक्त होते हैं वे अर्थों से भरे होते हैं और ये अर्थ अन्तःस्रवित संरचना पर आधारित पैटर्न में संगठित होते हैं।

क्लाड लेवी स्ट्रास ने इसे ही आगे बढ़ाकर 'cross-cultural evidence' का मतलब निकालने के लिए प्रयोग किया। उसने उन अचेतन संरचनाओं के व्याकरण को खोज निकालना चाहा जो उन प्रतिनिधित्व करनेवाले व्यवस्था में काम करता है, जिनके माध्यम से हम चेतन रूप से अपनी गतिविधियों को अंजाम देते हैं तथा सम्प्रेषण करते हैं। उसने उन विरुद्धक सम्बन्धों को खोजा जो शब्दों के और गतिविधियों के अर्थ बदल देते हैं। संरचना में हर तत्त्व का अर्थ दूसरे तत्त्वों के साथ सम्बन्ध पर निर्भर करता है, यद्यपि कि ऐसे सम्बन्धों का योग संरचना की पूर्णता से सीमित रहता है जैसे गड्डी में ताश की पत्तियों का होता है। इनके आधार पर भोजन, विवाह, आदान-प्रदान, चुनाव, भाषा आदि के मानवीय व्यवहार के सामान्य सिद्धान्तों का पूर्वानुमान लगाया जा सकता है। इसके लिए उसने एमिल डरखेइम और मार्सेन मास के अध्ययनों का खूब उपयोग किया।

सास्यूर ने तो डायक्रोनिक और सिनक्रोनिक विश्लेषण में भेद किया था, लेकिन लेवी स्ट्रास ने उनमें एकता ढूँढ़ा। उनके लिए माइथालोजी का उदाहरण लिया। माइथालोजी को स्पष्ट करने के लिए लिखा, "Mythology confronts the student with a situation which at first sight appears contradictory. On the one hand it would seem that in the course of a myth anything is likely to happen. There is no logic, no continuity. Any characteristic can be attributed to any subject, any conceivable relation can be found. With myth everything becomes possible. But on the other hand this apparent arbitrariness is believed by the astounding, deepen similarity between myths collated in widely different regions. Therefore the problem: If the content of the myth is contingent, how are we going to explain the fact that myths through out the world are similar... A myth always refers to events alleged to have taken place a long time ago. But what gives to myth an operational value is that the specific pattern described is timeless, it explains the present and the past as well as the future."

इसके आधार पर उसने कहा कि मिथ अन्तःस्रवित संरचना को नित्य-प्रति के जीवन में व्यक्त रूपों के साथ एकता स्थापित करते हैं। उसी प्रकार राजनीति में विरोधों के समेकनों की जरूरत पड़ती है,

सामाजिक अस्तित्व को व्यवस्थित करने के लिए। राजनीतिक मिथ यही काम करते हैं। और ये मिथ वैज्ञानिक रूप से अच्छी तरह से संगठित होते हैं। इस अध्ययन ने सभ्य और असभ्य के भेद को मिटाकर पश्चिम के ज्ञान की उच्चता के मिथ को ध्वस्त कर दिया है और सबके साथ बराबरी के स्तर पर बरतने के लिए संकेत दिया है। इसने व्यक्तिगत गुणों पर बल देनेवाले नागरिक समाज और विकसनशील औद्योगिक, नगरीय और निर्वैयक्तिक सामाजिक अस्तित्ववाले समाज के विरोधाभास को खूब उजागर किया है। पहले के छोटे-छोटे समाजों की विशेषीकृत परम्पराओं और मूल्यों का कभी बहुत मान था, लेकिन अबके विकसनशील सामाजिक-राजनीतिक जीवन में उनका महत्त्व नगण्य हो गया है। कारपोरेट पूँजीवाद में आ गये मन्दी और विश्वास के संकट का जो चित्रण कला माध्यमों में होने लगा है वह पाठकों, दर्शकों को अच्छा लगने लगा है। फिल्मों के सम्बन्ध में यहाँ अमर्त्य सेन के विचार ध्यान देने योग्य हैं। मीरा नायर की बहुचर्चित फिल्म 'सलाम बाम्बे' के बारे में कहते हैं कि यह बहुत ही भावपूर्ण ढंग से निर्मित और कलापूर्ण चित्रांकनवाली एक सशक्त रचना है। खलनायकों से भरपूर इस फिल्म में दर्शक उन्हें सभी बुराइयों के लिए उत्तरदायी मानता है और सन्तोष कर लेता है कि मानवताविहीन मनुष्यों से भरे समाज में आप और आशा ही क्या कर सकते हैं? यह जाना-माना सच है कि भारत में गरीबी बहुत है। दर्शक को इसी से सन्तोष हो जाता है कि सभी समस्याओं को पैदा करनेवाले बुरे लोगों को बेनकाब कर दिया गया है। ऐसा ही कुछ अमेरिका की अपराध सम्बन्धी फिल्मों में भी होता है। किसी-न-किसी रूप में रोलैण्ड जैफ की फिल्म 'सिटी आफ ज्वाय' में ऐसा ही कुछ कोलकाता के साथ हुआ है, जहाँ कुछ खलनायकों की पहचान की गयी थी। किन्तु जहाँ खलनायकों की पहचान नहीं की गयी है, वहाँ भी लोग न्याय भावना की कमी को हमदर्दी के साथ लेकर चुप हो जाते हैं। मीरा नायर की दूसरी फिल्म 'मिसीसिपी मसाला' ऐसी ही फिल्म है, जहाँ भारतीय मूल के पूर्व उगाण्डावासियों की पहचान और वृहत्तर समाज में समाहित होने से जुड़ी समस्याओं का चित्रण किया गया है। आज ये फिल्में सत्यजित् राय की फिल्मों से कितनी भिन्न और दूर की हैं। खैर, अमेरिका के सन्दर्भ में राइट कहता है, "The oppositional or binary structures are the tacit organizing principle through which the audiences make sense of and derive pleasure from these films... The evolution of western genres provide as with vital clues for understanding the social conditions within which identities are forged... In 1960-70s the hero is shifted into the wilderness to resist the evil and corrupt forces at work in civilized communities so that the relationship between the binary oppositions has changed with corresponding alterations in the narrative structures."

जाहिर है कि फ्रैंकफर्ट स्कूल की तुलना में यह एप्रोच अधिक सटीक रहा है सांस्कृतिक उद्योग और समूह के सांस्कृतिक उत्पाद पर। फिर भी दो कमियों को नोट किया जा सकता है। एक तो यह कि सांस्कृतिक उत्पादों का स्तरीकरण शोधकर्त्ता को in narrative और विविध उदाहरणों को उपेक्षित करने का मौका देता है अपनी संहिता में फिट करने के लिए। दूसरे उपभोग को उत्पादन का गुलाम माना जाता है तथा अर्थ को पाठ में अन्तर्भुक्त माना जाता है, बजाय उपभोगकर्त्ता द्वारा निर्मित करने के।

अल्थूसर को यह संरचनावाद पहले भी कई सरलीकृत व्याख्याओं को नजरन्दाज कर देने का एक ढंग लगा था। वह मार्क्सवादी था।

आगे रोला बार्थ ने भी सास्यूर के संकेत विज्ञान का उपयोग सांस्कृतिक अध्ययन के लिए किया। उसने सामाजिक विज्ञानों के विश्लेषण में हमारे नित्य-प्रति के जीवन में व्याप्त छवियों, बिम्बों और कलाकृतियों को भी समाहित कर लिया और सास्यूर के सूत्रों के आधार पर दिखाया कि कैसे नामजात या वस्तु-अर्थक (denotative) के स्तर पर काम करनेवाले संकेत लक्ष्यार्थक (conductive) में रूपान्तरित हो विचारधारात्मक यान्त्रिकी का निर्माण करते हैं। वस्तु-अर्थन में वस्तु का तथ्यपरक विवरण होता है जो भाषा के स्तर पर कार्य करता है लेकिन लक्ष्यार्थक में वह मेटा लैंग्वेज यानी मिथ के स्तर पर काम

करने लगता है। "This new parasitic signifieds translate the original signs in to an empty signifier so that it can carry other messages so transforming their meaning." लाक्षणिकता (semiology) की दृष्टि से संस्कृति का अध्ययन करते हुए विहित किया कि लेखक की मृत्यु की घोषणा का एक अर्थ यह होता है कि हम उसकी आवाज पर कितना विश्वास करते हैं और क्यों करते हैं। दूसरा अर्थ यह होता है कि आलोचक उसकी बात को कितना चैलेंज करता है। यदि यह चैलेंज इतना ज्यादा होता है कि लेखक नगण्य हो जाता है और आलोचक प्राथमिक तो लेखक की मृत्यु हो जाती है। कुछ ऐसा ही मामला संस्कृति के भी बारे में है, जब उसके व्याख्याता उस पर कुछ ज्यादा ही हावी हो जायें। इसको विकसित करते हुए देरिदा कहता है कि, "analysis destabilizes the key ideas upon which Western knowledge is grounded... We should map the conceptual land scape for the metaphonic and metanomic relation which provide a sense of order." उसके लिए संस्कृति के पाठ पर वापस जाना पड़ेगा जहाँ विरुद्धक कोटियाँ उसकी व्यवस्था में काम करती दिखती हैं। पर्यायवाची और विलोमवाची शब्द को मान देते हुए संस्कृति को व्याख्यायित करना पड़ेगा।

इन्ही के सूत्र को पकड़कर स्टुअर्ट हाल आगे बढ़ता है। किन्तु उसके चिन्तन पर आने से पहले दों बातें नोट कर लेना जरूरी है। एक तो यह कि फ्रैंकफर्ट स्कूल की तुलना में संरचनावादियों का अध्ययन का ढंग अधिक सटीक रहा है सांस्कृतिक उद्योग और समूह सांस्कृतिक उत्पाद पर। फिर भी दो कमियों को नोट किया जा सकता है। एक तो यह कि सांस्कृतिक उत्पादों का स्तरीकरण शोधकर्त्ता को अपनी संहिता में डालने के लिए 'इन्नैरेटिव' बना देता है और विविध उदाहरणों को छोड़ देने का मौका देता है। दूसरे इसमें उपभोग को उत्पादन का गुलाम माना जाता है और अर्थ को पाठ में अन्तर्भुक्त। उसे उपभोगकर्त्ता द्वारा निर्मित नहीं माना जाता, मध्यवर्तियों द्वारा लखाया माना जाता है। ये दोनों ही आदमी को संस्कृति तक जाने में रोकते हैं।

ऐसे में अल्थूसर के विचारों को भी नोट कर लेना जरूरी है। अल्थूसर एक ऐसा फ्रान्सीसी विचारक है जिसे यह संरचनावाद एक ऐसा ढंग लगा जो पहले की कई सरलीकृत व्याख्याओं को नजरअन्दाज कर देता है। उसके प्रति ध्यान खींचने के लिए वह मार्क्सवादी आर्थिक विश्लेषणों की असफलता के भीतर से उन सांस्कृतिक स्थितियों की व्याख्या का प्रयास करता है जिसके चलते पूँजीवाद का पुनरुत्थान होता नजर आ रहा था। वह संस्कृति को राजनीति व अर्थशास्त्र की ही तरह विचारधारा में अन्तर्भुक्त मानता है। कहता है कि सम्बन्धों की व्याख्या व्यवस्था में व्याप्त दूसरे सम्बन्धों के प्रकाश में ही की जा सकती है। मार्क्सवाद के भीतर सांस्कृतिक सम्बन्धों को स्वतन्त्र रूप से देखने की तरफ यह एक महत्त्वपूर्ण कदम है।

उसे लगता है कि मार्क्स ने उत्पादन की प्रक्रिया का एक सामान्य सिद्धान्त प्रदान किया है, फिर पूँजीवादी उत्पादन के ढंग का एक विशिष्ट सिद्धान्त प्रदान किया है, फिर पूँजीवाद के भीतर अर्थशास्त्र का एक क्षेत्रीय सिद्धान्त प्रदान किया है तो भी उसकी योजना अधूरी रह गयी थी। उसका तर्क है कि सामान्य सिद्धान्त के स्तर पर वर्ग विभाजित सामाजिक निरूपणों, राज्य और राजनीति के साथ-साथ विचारधारा और संस्कृति का सैद्धान्तीकरण टूट-सा गया है। पूँजीवाद में क्षेत्रीय स्तर पर राज्य और विचारधारा की विस्तृत व्याख्या अधूरी रह गयी है। अल्थूसर और गूटिन कलीवर ने अपने 'Reading Capital' नामक पुस्तक में सैद्धान्तिक रूप में मार्क्स की महान् योजना को स्पष्ट करने के दौरान सामाजिक निरूपण के सामान्य सिद्धान्त की स्थापना की है। इसमें अल्थूसर ने विचारधारा को व्यक्तियों के काल्पनिक सम्बन्धों के अस्तित्व को उनकी भौतिक स्थितियों से सम्बन्धित सम्बन्धों का प्रातिनिधान माना। मूर्त सामाजिक निर्मितयों की चर्चा के दौरान उसने सुझाव दिया कि हमें शिक्षा व्यवस्था, परिवार, राजनीतिक दल, श्रमिक संगठन, नागरिक कानून, जन संचार माध्यम, साहित्य, कला, खेल-कूद आदि के विचारधारात्मक राज्यमन्त्रों के प्रभाव पर ध्यान केन्द्रित करना चाहिए। किन्तु यह ढंग एक तरफ

पूर्वनिर्धारणवादी है तो दूसरी तरफ सरलतावादी। मूर्त सैद्धान्तीकरण के दौरान भी ऐसी ही कमी लक्षित होती है जब वह कहता है कि अधिरचना व्यक्तिगत पूँजी के लाभ के बरखिलाफ काम कर सकता है। अपने अधिकांश में वह ऐसा करता भी है। दूसरे माओ त्से तुंग की तरह वह कहता है कि अन्तःसम्बन्धों से विभिन्न सामाजिक निर्णयों में तरह-तरह के परिणाम निकलते हैं। वह अर्थव्यवस्था का पूर्वनिर्धारण, उसकी चलायमान प्रमुखता, राज्य व्यवस्था और विचारधारा तथा मूर्त आर्थिक स्थितियों में क्रियाशील विरोधाभासों के बहुनिर्धारित व्यवहारों में अन्तर तो कर पाता है, फिर भी व्यवस्था के रूप में पूँजीवाद का पुनरुत्पादन के सम्बन्ध में राज्य और विचारधारा को आर्थिक नियतवाद तक सीमित कर देता है। दूसरे वह वर्ग संघर्ष को हमेशा ही क्रान्ति के जगन्नाथ की तरह नहीं स्वीकार करता। यही नहीं, उन्हें समग्र सामाजिक विश्लेषण के लिए पर्याप्त नहीं मानता है जिनमें यह परिवर्तन करता है। जिस तरह का संरचनावादी विश्लेषण वह विकसित करता है वह वर्ग संघर्षों की क्रियाशीलता और सामाजिक विरोधाभासों को सिद्धान्त प्रदान करने के लिए है, जिससे कि ऐतिहासिक रूप से विशिष्ट स्थिति में मूर्त सामाजिक निर्मितियों की जटिलता को व्याख्यायित किया जा सके। उसके आधार पर उसके बाद के यूरोप और उत्तरी अमेरिका में निरन्तर बढ़ते जा रहे राज्य के हस्तक्षेप को समझा जा सकता है आई. एस. ए. (Ideological state apparatus) के सन्दर्भ में। किन्तु उसने उसे विकसित नहीं किया। उसे गलत समझ लिये जाने का भय था—मानव क्रियाकलाप सामाजिक शक्तियों से नियन्त्रित होते हैं—इस सन्दर्भ में।

मार्क्सवादी संरचनावादी पद्धति में अक्सर झुकाव इस बात की ओर हो जाता है कि विषय निष्क्रिय होते हैं, उनका कोई कारणपरक महत्त्व नहीं होता। अल्थूसर कहता है कि पूँजीवादी सामाजिक निर्मितियों में प्रतिनिधित्व की सांकेतिक व्यवस्था विषय को स्थित करती है जिससे हम उन भूमिकाओं से चिह्नित होकर उभरते हैं जो हमारे खण्डित व्यक्तित्व को इकाई की पूर्णता प्रदान करती है। वही सामाजिक संरचना को सांस्कृतिक पुनरुत्पाद प्रदान करती है। अल्थूसर का इरादा यह बताना है कि श्रमिक वर्ग कैसे अपनी पहचान से पूँजी के पुनरुत्पाद में योग देता है, किन्तु बाद के विचारकों ने इसे जेण्डर सेक्सुअलिटी और सांस्कृतिक विभेदों में ढाल दिया है। यानी वर्ग-विभाजन का दर्शन अस्मिता-भिन्नता का दर्शन बन गया है, जो अल्थूसर कभी नहीं चाहता था।

(5)

हाल की बात पर आने से पहले संस्कृति के अध्ययन का अमेरिकी और उससे जुड़े पश्चिमी ढंग को भी देख लेना जरूरी है। इनके अध्ययन का इरादा निश्चय ही मार्क्सवादियों के इरादा जैसा नहीं है। इनके दो स्कूल हैं 'शिकागो स्कूल' और 'बरमिंघम स्कूल'। बरमिंघम स्कूल दरअसल एक काल्पनिक नाम है और इसके अध्ययनार्थी दरअसल सेण्टर फार कण्टेम्पोरेरी कल्चरल स्टडीज (cccs) से जुड़े हुए हैं। दोनों स्कूलों में और चाहे जो अन्तर हो संस्कृति के मामले में वे एक हैं और उसका शीर्ष विचारक स्टुअर्ट हाल ही है।

किन्तु हाल के चिन्तन पर आने से पहले यह नोट कर लेना जरूरी है कि शिकागो स्कूल ने अपने आरम्भिक अध्ययनों से स्थापित किया था कि, "Dominant culture is the product of successful politics"। पहले के सांस्कृतिक अध्ययनों में सामाजिक वर्गों के विभाजन पर बल दिया गया था। किन्तु 1970 आते-आते बल उम्र, लिंग, एथनोसीटी और सेक्सुअलिटी पर दिया लाने लगा। उसके आधार पर सामाजिक सुधार और नये स्वार्थों या हितों की पूर्ति के लिए राजनीतिक व्यवस्था के इस्तेमाल की बात चली। चूँकि यह नहीं कहा जा सकता था कि इनमें कौन-सा एक तत्त्व अति महत्त्वपूर्ण है, इसलिए मुक्ति के लिए किसी एक नहीं, कई-कई प्रोजेक्टों की जरूरत महसूस की जाने लगी। इसने संस्कृति के अध्ययन को एक नया मोड़ दिया, क्योंकि सांस्कृतिक जीवन अब पहले से और जटिल होकर उभरी।

उसके सन्दर्भ की शब्दावली को काफी बदल दिया, गो वह न्यू लेफ्ट की शब्दावली के काफी अनुरूप थी। इसमें सी. सी. सी. एस. के अध्ययनों ने कैटेलिस्ट का काम किया। केवल सांस्कृतिक विश्लेषण में ही नहीं सांस्कृतिक पाठों के निर्माण और उपभोग में भी। ये अध्ययन युद्ध के बाद पूँजीवाद के संकट और राज्य की नीतियों के समर्थन में संगठित श्रम और पूँजी के विभेद की देन थे। परिणामस्वरूप ब्रिटेन के समाज में सामाजिक संघर्ष और मुखर होकर उभरा। उसे दबाने के लिए लेबर पार्टी और कंजरवेटिव सरकार दोनों एक होकर संगठित यूनियनों के कामकाज और सामाजिक आन्दोलनों के खिलाफ काम करने लगीं। परिणामस्वरूप वर्ग विभाजन और संघर्ष एक बार और प्रासंगिक हो गया। तीसरे 1970 आते-आते लगा कि ब्रिटेन अचानक ही 'ungovernable' बन गया है। सांस्कृतिक परिदृश्य पर आर्थिक असम्बद्धता और सरकारी क्षेत्र में चल रहे उद्योगों पर खर्चे पर रोक ने स्थिति को और खराब कर दिया। नवउदारवाद पर आधारित दक्षिणपन्थी राजनीति अचानक बलवती हो उठी। इन सारी बातों का असर संस्कृति पर क्या पड़ा, इसी का अध्ययन इस स्कूल ने किया। उस अध्ययन को स्वरूप देने में संरचनावादी तर्कों का बड़ा असर पड़ा। पूँजीवाद को एक व्यवस्था के रूप में स्वीकार करते हुए उन्होंने उसके विश्लेषण में मार्क्सवादी आर्थिक नियतिवाद को काफी कमजोर पाया। उसकी जगह उन्होंने वर्चस्व की स्थापना करनेवाली आर्थिक, राजनीतिक और विचारधारात्मक रणनीतियों को अपनाया। अध्ययन का ढंग अन्तर्विभागीय बनाकर रखा और उसमें भी सर्वसर्वोत्तमग्राही को वरीयता दी। इसकी जद में असन्तुष्टि, उपसंस्कृति, जन संचार में सांस्कृतिक एकरूपता और एथनिक अल्पसख्यकों की पुलिसिंग रही।

पहले सी. सी. सी. एस. के निदेशक रिचार्ड होगार्ट थे। उन्होंने श्रमिक वर्ग की संस्कृति, शिक्षा और किशोरावस्था सम्बन्धी अध्ययनों पर बल दिया। उसकी चर्चा हम रेमाण्ड विलियम्स के सन्दर्भ में कर आये हैं। वे जब यूनेस्को में चले गये तो उनकी जगह स्टुअर्ट हाल आये। उन्होंने अध्ययन के एजेण्डे को थोड़ा विस्तृत कर दिया और दृष्टि 'हेगेमनी' की रखी। इच्छा आधिकारिक ज्ञान पैदा करने की थी। ध्यान वे सत्ता की प्राप्ति और उसके माध्यम से रूपान्तरण पर देते हैं। पाते हैं कि अलग-अलग ग्रूप के अपने-अपने एजेण्डे के कारण यह स्पष्ट जानना मुश्किल है कि किसका कितना दलन और शोषण इतना केन्द्रीय है कि उसके माध्यम से दूसरों का या सबका दलन और शोषण अनुशासित होता है। उसे शोषणमुक्त कर देने से सभी शोषणमुक्त हो जायेंगे। यह बहुलवाद की ओर ले जाता है, मुक्ति के लिए एक से अधिक एजेण्डों की माँग करता है। यह बहुलवाद आन्दोलन को विभाजित कर कमजोर करता है। इसलिए उसका स्वरूप मार्क्सवादी न रहकर उदारवादी बन जाता है उसकी समस्त उग्रता के साथ।

अपने लेख 'एनकोडिंग ऐण्ड डिकोडिंग टेजीविजन डिस्कोर्स' में हाल जनसंचार सम्बन्धी शोधों से प्राप्त सामग्री से सम्प्रेषण के हावी प्रतिदर्शों का पुनर्सैद्धान्तीकरण करना चाहता है। व्यवहारवादी मान्यता यह रही है कि सम्प्रेषण एकरेखीय प्रक्रिया है प्रेषक, सन्देश और प्राप्तकर्त्ता के बीच एकतरफा सम्बन्ध बनानेवाली। उसकी आलोचना के लिए वह मार्क्सवादियों के पूँजीचक्रवाले रूपक का प्रयोग करता है और कहता है कि संस्कृति का भी चक्र होता है, जिसमें मूल्यों के वृत्त का निर्माण होता है। यह निर्माण पाठ्यवस्तु बन जानेवाली प्रक्रिया का होता है, जो पूँजीवाद की विशेषता है। संस्थागत संरचनाएँ, उनका जाल, तकनीक की आधारभूत विधाएँ, असम्बद्ध रूप से श्रम प्रक्रियाएँ हैं, जबकि श्रोता द्वारा उनका उपभोग सिद्धि या क्रियान्वयन (realization) सांस्कृतिक समवाय है। सांस्कृतिक उत्पादन का मतलब है कूट सन्देशों का निर्माण, जो सांस्कृतिक सन्दर्भ में घटनाओं से, व्यवहारों से और सम्बोध्यों के बिम्बों से प्राप्त किया जाता है और अर्थपूर्ण निर्वचन में काट-छाँट कर, प्रचलित कर रख दिया जाता है। इसमें कुछ सन्देशों को केन्द्रीयता या विशेषाधिकार मिल जाता है। प्राप्त करने के क्षणों के सम्बोध्य लोग उन्हें पहले सामाजिक व्यवहार की संरचना में ढाल लेते हैं, फिर पलट कर उत्पादन की प्रक्रिया में डाल देते हैं।

कूट और निकूट के बीच कोई भी असंगति गलत समझ पैदा करती है। फिर भिन्न-भिन्न क्षेत्र के श्रोता भिन्न-भिन्न अर्थ ग्रहण करते हैं, संवाद पर अपना कामन सेन्स आरोपित कर। तीन तरह की निकूटन रणनीतियों को हम देख सकते हैं। जो लोग हावी एकाधिकारवादी स्थिति में समाजीकृत होते हैं, वे सन्देश के कई अर्थ हावी संस्कृति-व्यवस्था से संगति बिठाने के लिए बना सकते हैं। यदि उसमें कोई स्थानीय हावी ग्रूप है तो उसकी जरूरत के अनुसार सन्देश का कोई वैकल्पिक अर्थ, अपनी जरूरत का अर्थ पढ़ सकता है। यह 'Negotiable position' सहमति और असहमति के बीच की होती है। उदाहरण के लिए एक बयान लें, ''झरिया में एक आन्दोलन कोयला मजदूरों के लिए चल रहा था। उनकी माँगे पूरी हो गयी हैं।'' इसका एक अर्थ यह है कि चूँकि माँगें पूरी हो गयी हैं, इसलिए वे अपना आन्दोलन वापस ले लें। उसी वक्त यदि कोई दूसरा आन्दोलन रेल मजदूरों का चल रहा हो, जिन्होंने कोयला मजदूरों को समर्थन दिया हो, या कोयला मजदूर उन्हें भी पहले से समर्थन दे रहे हों तो सन्देश का अर्थ यह हो जायेगा, ''उनकी माँगों को मान लिये जाने का यह मतलब नहीं है कि रेल मजदूरों के चल रहे आन्दोलन में वे हिस्सा न लें। इस हिस्सेदारी को जताने के लिए वे अपना आन्दोलन चलाते रहें।'' यह दूसरी स्थिति है। एक तीसरी स्थिति में सन्देश को पूरी तरह से नकार ही दिया जा सकता है। यानी उसकी व्याख्या एक दूसरे फ्रेम, विरोध के फ्रेम में की जाती है। डेविड मार्ले ने इस तीसरी स्थिति का बड़ा विषद अध्ययन जीवन और सेवा कार्यों के तमाम क्षेत्रों में किया है। कोलिन स्पार्कटन ने एथनिक ग्रूपों में किया है। वे सभी हाल की स्थापना के ही अनुरूप पड़ते हैं।

जाहिर है कि यहाँ स्टुअर्ट हाल ने रोला बार्थ के अध्ययन को ही आगे बढ़ाया है। जेफर्सन के साथ मिलकर उसने एक पुस्तक लिखी 'Resistance through Rituals ।' उसमें उसने 'एकीकृत युवा संस्कृति' के विचार को ध्वस्त किया और सिद्ध किया कि किस प्रकार ये युवा उपसंस्कृतियाँ वर्ग संस्कृति से जुड़ी हुई हैं और युद्ध के बाद के ब्रिटेन में संस्कृति की एकच्छत्रता को बढ़ावा दे रही हैं। यहाँ संस्कृति का अर्थ वही है जो रेमाण्ड विलियम्स 'जीवन पद्धति' कहकर बताता है। हाल और जेफर्सन के लिए वह, "maps of mcaning through which social experience acquire initelligibility" है। उन्होंने बताया कि सामाजिक-पारिवारिक परम्परा को तोड़कर जिया जानेवाला जीवन किस तरह से श्रमशील वर्ग के मूल्य को दर्ज करता है। टेड, माड, स्किनहेड, पंक लोगों ने न केवल अपने माँ-बाप की सत्ता को नकारा है, उनके माध्यम से पूरी सामाजिक संरचना को नकारा है। उन्होंने मध्यवर्गीय जनाकांक्षाओं को त्याग कर वास्तव में एक राजनीतिक 'protest' दर्ज किया है, बिना राजनीतिक होकर सड़क पर उतरे, क्योंकि जिस तरह से बेरोजगारी बढ़ती जा रही थी, उसमें मध्यवर्गीय आकांक्षाओं का कोई मतलब नहीं रह गया था, क्योंकि वे पूरी नहीं हो सकती थीं। वह यह भी बताती हैं कि कैसे अधिकारी वर्ग अपनी उम्मीद से इतर व्यवहार करनेवालों को अपराधी का ठप्पा लगाकर सम्बोधित कर सकता है, जैसे कि इन्हें 'juvenile deliquents' और 'Problem children' कहकर सम्बोधित किया गया। मुझे याद है साठ के दशक में गोरखपुर और लखनऊ के सड़कों पर पतली मोहरी की पैण्ट पहननेवाले लड़कों को यही कहकर पीटा जाता था। ऐसा दूसरे शहरों में भी हो रहा था। कवि गिन्स्बर्ग के पीछे बनारस में पुलिस हाथ धोकर पीछे पड़ गयी थी और बम्बई में 'धर्मयुग' के सम्पादक धर्मवीर भारती उनसे मिलने से कतराते रहे थे। कोहेन ने उपरोक्त व्यवहार ग्रुपों का एक विस्तृत अध्ययन प्रस्तुत किया था, जिसके आधार पर हेपडिन ने एक सूत्र बनाया था, Working class + Mod + Speed = Action middle class + Hippi + Marijuana = Passivity.

गौर करने की बात यह है कि इन अध्ययनों की वस्तु पुरुषों का व्यवहार है, स्त्रियाँ एकदम से हाशिये पर हैं या फिर उनके व्यवहार को काट-पीट कर पुरुषों के ही व्यवहार में फिट कर दिया गया है। रैबी और गारबर ने अपने अध्ययन से बताया कि यह गलत है। उनके व्यवहारों का अध्ययन अलग से होना चाहिए। वहीं से सूत्र पकड़कर विलीस ने तरुण लड़के-लड़कियों के व्यवहारों का अध्ययन किया।

"Learning to labour : How working class kids get working class jobs" में दिखाया कि लड़के और लड़कियों के जातिबोधी और लिंगबोधी दृष्टिकोणों में बहुत अन्तर है। फिर वे वर्किंग क्लास जाब पाने के लिए सशक्त वर्ग के द्वारा बाध्य नहीं किये जाते थे, उसके लिए स्वयं चलकर आ रहे थे।

'Policing the crisis' में हाल ने आर्थिक सन्दर्भ के बदलाव का असर राजनीतिक परिणामों में दर्ज किया था। उत्तर औद्योगिक स्थिति को ध्यान में रखकर श्रमिकों के संगठन और राजसत्ता के सम्बन्ध को व्याख्यायित किया था। अल्थूसर की तरह उसे लगा था कि सहमति प्राप्त करने की विचारधारात्मक यान्त्रिकी के असफल हो जाने के कारण सामाजिक और राजनीतिक व्यवस्था बनाये रखने के लिए राज्य अधिक दमनकारी तरीकों को आगे अपना सकता है। उसके लिए पुलिसिंग और आपराधिक न्याय के क्षेत्रों में भी परिवर्तन आयेगा। उसके लिए एक तबके की सक्रिय सहमति की ज़रूरत पड़ेगी। मास मीडिया 'मारल पैनिक' का भी संचार कर सकता है, जिससे एथनिक अल्पसंख्यक नैतिक व सामजिक पतन के लिए जिम्मेदार नजर आने लगे। थैचर की सरकार की नीतियाँ काफी हद तक इन भविष्यवाणियों पर चलीं। स्मिथ कहता है, "The Thatcherite project articulated the values and assumptions through which social democracy had largely dominated in such a way that collectivism could only be seen as an intrusion in private life, an expression of the 'nany state' rather than as a benevolent patriarch protecting the people from the cradle to grave. In the process, unemployment, homelessness and poverty came to be redefined as personal trouble rather than social problems."

हाल की ऐसी स्थापना ने 'एथारिटैरियन पापुलिज़्म' को जन्म दिया, जिसने दो महत्त्वपूर्ण स्थितियों को जन्म दिया, जिनमें ग्राम्शी के चिन्तन के तत्त्व मौजूद थे। पहला विकसनशील एथारिटेटिव स्टेटिज़्म था जिसकी व्याख्या निकोस पौलान्त्जास ने अपनी पुस्तक 'State Power Socialism' में की। दूसरा ग्राम्शी की निष्क्रिय क्रान्ति की अवधारणा थी, जिसका विवेचन अर्नेस्टो लकलाऊ लक्लाओ ने जनवाद (populism) की अवधारणा विकसित करने के लिए आधार बनाते वक्त रखा। हाल ने माना था कि सम्बन्धों और क्रान्ति को समझने में पूँजीवादी आर्थिक तत्त्वों पर बहुत जोर बहुत समीचीन नहीं था। दक्षिणपन्थी राजनीति ने इसे पकड़कर जनतन्त्र के प्रश्न को संघर्ष के लिए अधिक बुनियादी बना दिया। हाल से सिर्फ इतना कहा था कि वामपन्थियों को जनतन्त्र को अधिक गम्भीरता से लेना चाहिए जो अब तक वे नहीं कर पा रहे थे, विशेषतः तब जब, "Political rights were successfully articulating popular support against the social democratic power block (a passive revolution from below) around the theme of the defence of law and the social order in a complex war of position."

यहाँ से हम संस्कृति का अध्ययन जनतन्त्र की अन्तर्वस्तु के रूप में करने के लिए आगे बढ़ते हैं।

(6)

स्टुअर्ट हाल ने इस विचार को अस्वीकार कर दिया था कि सांस्कृतिक प्रतिनिधित्व का अध्ययन किसी वर्गहित के सहज प्रस्फुटन के रूप में किया जाना चाहिए। उसने सम्प्रेषण और सांस्कृतिक व्याख्या को एक ऐसे अखाड़े के रूप में देखा, जिसमें अर्थ पर बजनी होती है और जनप्रिय सांस्कृतिक सम्बन्धों के आधार पर व्याख्यायित होती है। वह मानता है कि सांस्कृतिक कोटियों की परिभाषा सांस्कृतिक सम्बन्धों में आनेवाले परिवर्तनों के आधार पर बदलती रहती है। जनप्रिय संस्कृति को घटिया संस्कृति मानने के बजाय इस बात पर ध्यान दिया जाना चाहिए कि उसका अर्थ दूसरी कोटियों के साथ सम्बन्धों से नियन्त्रित होता है। यानी ऊँचा, एलीट और अल्पसंख्यक से उसका सम्बन्ध बनता है। जाहिर है कि यहाँ संस्कृति सम्बन्धी शोध बहुत वस्तुगत नहीं रह जाता।

इससे यह भी जाहिर होता है कि संस्कृति को "an expression of some underlying set of conditions" कहना बहुत सही नहीं है। ग्राम्शी की स्थापना ने जाहिर कर दिया है कि राजनीतिक शक्तियाँ किस तरह बौद्धिक व नैतिक नेतृत्व के लिए निरन्तर प्रयत्नशील और संघर्षशील रहती हैं। इसलिए संस्कृति किसी वर्गहित को नहीं प्रदर्शित करती।

हमने यह भी देखा कि संस्कृति का मतलब जियी जा रही अन्तः विषयी सांकेतिक सम्बन्ध है, जिसके माध्यम से हम जिस स्थिति में जी रहे हैं उसे समझा जा सकता है। वे प्रतिनिधित्व की व्यवस्था के अंग हैं, जो अर्थ के निर्माण को नियमबद्ध करते हैं। यानी संस्कृति यह बताती है कि हम कौन हैं और किस तरह से सामाजिक सम्बन्धों में हम अस्तित्ववान रहते हैं। वह यह भी बताती है कि हमें किस बात को गम्भीरता से लेनी चाहिए और किसे नहीं। एक तरफ संस्कृति भाषा के तमाम तत्त्वों को आपसी क्षणभंगुर सम्बन्धों की देन होती है तो दूसरी तरफ वह उन संस्थाओं से बँधी होती है जिनको वह स्वयं जन्म देती है अपनी व्यवहृति से। संस्कृति यदि एक तरफ भाषाई , सांकेतिक, विवादी सम्बन्धों का सेट है तो दूसरी तरफ सम्भाव्य है और इसके तत्त्वों को विनिर्मित और पुनर्निर्मित किया जा सकता है। यानी संस्कृति एक पूरी संरचना की देन होती है, जिसमें अर्थ तिरते हुए तत्त्वों के एक अस्थायी तयशुदा क्षण में ग्रहण किया जाता है।

अब प्रचलित निर्वचन में जनतन्त्र का संयोजन लोग और शक्ति के घटक के बीच विरोधाभास के रूप में होता है। इसमें सामाजिक, जनतान्त्रिक शक्ति घटक स्थिर रहता है, नौकरशाही के साथ रहता है और समष्टिवाद में दबते चले जाने पर व्यक्तिगत चुनाव, स्वतन्त्रता, व्यक्तिगत जिम्मेदारी का विरोधाभासी बनता चला जाता है। उसमें संस्कृति के समावेश से जाहिर होता है कि जनतन्त्र का मतलब एक वृहद समझौता या तमाम छोटे-छोटे समझौतों का ऐसा समूह है, जिसमें व्यक्ति के रूप में अलग-अलग भूमिकावाले लोग सामूहिक भूमिकावाले लोगों से अच्छी तरह से परिभाषित शर्तों के आधार पर सम्बद्ध होते हैं। इस पूरी व्यवस्था को चलाने को राजनीतिक संस्कृति कहते हैं। फिर जनतन्त्र का मतलब एक ऐसी राज्यव्यवस्था से होता है जिसमें बहुमत अल्पमत पर शासन करता है और इसके बावजूद अपने नागरिकों को बराबरी और स्वतन्त्रता प्रदान करके रखता है। इस व्यवस्था में सभी शक्तियाँ प्रत्यायुक्त या प्रदत्त (delegated) होती हैं। यानी इसमें कोई भी व्यक्ति शक्ति को अपनी मुट्ठी में नहीं रखता, यदि उसको दिया जाये तो भी नहीं। फिर यह डेलेगेशन उनके द्वारा होता है जो इसे माननेवाले होते हैं। सत्ता के वास्तविक मालिक वे ही होते हैं, एक संस्था या लोगों के समुच्चय के रूप में नहीं, राष्ट्र या वर्ग के भी रूप में नहीं, वास्तविक व्यक्ति के रूप में। और यह सारी प्रत्यायुक्ति कुछ खास कामों के सम्पादन के लिए होता है। इसलिए यह स्वभाव से ही अस्थायी होता है। पलटकर समय-समय पर दाताओं के पास चला जाता है, जिसे वे एक लम्बे समय तक पकड़कर अपने पास नहीं रख सकते, पलटकर delegate करने के लिए वे लगभग अभिशप्त होते हैं। अन्यथा व्यवस्था ही चरमरा जायेगी। इस शक्ति की सहभागिता के कुछ नियम हैं– कि सभी शक्ति नागरिकों की सेवा के लिए है, कि शक्ति की स्थितियाँ डेलेगेट की क्षमता पर निर्भर करती हैं, कि डेलेगेट की क्षमता का निर्धारण करनेवाले वे लोग होते हैं जो उनकी आज्ञा को मानते हैं, कि हर व्यक्ति शक्ति प्राप्त करने की कोशिश कर सकता है। इस व्यवस्था का उद्देश्य अन्ततः शान्ति होता है, देश के भीतर निश्चय ही और देश के बाहर प्रयत्नशील रूप में। उसे न्याय के द्वारा प्राप्त किया जाता है। माध्यम कानून और उसको लागू तथा व्याख्या करनेवाली सँस्थाएँ होती हैं। यहाँ शान्ति का मतलब हिंसा की समाप्ति है और न्याय का मतलब समाज को मिलनेवाला लाभ है। इस लाभ का एक पक्ष अधिकार है।

यह सब तभी हो सकता है जब एक स्तर तक राजनीतिक संस्कृति और नागरिक समाज विकसित हो। राजनीतिक संस्कृति का मतलब होता है, "A pattern of psychological orientation towards political objects, a people's political attitudes, beliefs, symbols and values'—एण्ड्रु हेउड।

यह जनमत (public opinion) से इस मामले में भिन्न होता है कि यह लम्बे समय से व्यवहृत हो रहे मूल्यों से निकला होता है, जबकि जनमत नीतियों और समस्याओं पर लोगों की तात्कालिक प्रक्रिया होती है।

यूँ तो पहले के विचारक दृष्टिकोणों, मूल्यों और विश्वासों की चर्चा राजनीति और राजनीतिक स्थिरता के सम्बन्ध में करते रहते थे, लेकिन उसे संस्कृति के रूप में नहीं लेते थे। एडमाण्ड बर्क उसके लिए परम्परा व प्रचलन की बात करता था तो मार्क्स विचारधारा की और हर्डर राष्ट्रीय स्पिरिट की। राजनीतिक संस्कृति की सीधी चर्चा 1950-60 के दशक में आरम्भ हुई राजनीतिशास्त्रियों द्वारा, जब उन्होंने अपने अध्ययन के लिए परम्परा सम्बन्धी और संस्था सम्बन्धी दृष्टिकोण की जगह व्यवहार को विषयवस्तु बनाया। आलमण्ड और वेर्बा ने लोगों के मतों के सर्वेक्षण का प्रयोग राजनीतिक दृष्टिकोण और जनतन्त्र को जानने के लिए किया। आज राजनीतिक संस्कृति की चर्चा जहाँ वह नहीं है 'वहाँ लाने के लिए' और जहाँ है वहाँ और सुदृढ़ करने के लिए की जाती है। जनता को शान्तिपूर्ण और ईमानदार तरीके से राजनीति के पूरे खेल में भाग लेने के लिए प्रशिक्षित करने के लिए की जाती है। उसमें अल्पमत और असहमति को भी महत्त्व दिये जाने का प्रशिक्षण दिया जाता है, मनःस्थिति का निर्माण किया जाता है। इसे सामाजिक पूँजी कहा जाता है, यानी वे सांस्कृतिक और नैतिक संसाधन जो सामाजिक समरसता को बढ़ावा देते हैं, राजनीतिक स्थिरता और समृद्धि को बढ़ावा देते हैं। इधर के अध्ययनकर्त्ताओं ने बताया है कि इस सामाजिक पूँजी में तेजी से स्खलन हो रहा है, व्यक्तिवाद के सिर उठाने और सामाजिक-भौगोलिक आवागमन/आप्रव्रजन की बढ़ोतरी के कारण। उनका कहना है कि सामाजिक पूँजी सुशासन का परिणाम है, उसकी शर्त नहीं।

राजनीतिक संस्कृति की निर्मिति में जन संचार माध्यमों और गैर सरकारी संगठनों की बड़ी भूमिका है। जनतन्त्र के सिलसिले में उनके चार रास्ते हैं। (1) जनता के बीच बहस के लिए मुद्दों को लाकर राजनीतिक साझेदारी को बढ़ावा देकर, (2) शक्ति के दुरुपयोग पर पहरेदारी कर, (3) शक्ति और राजनीतिक प्रभाव का पुनर्वितरण कर और (4) उस यान्त्रिकी को प्रदान करना जिसके माध्यम से जनतन्त्र काम कर सके। इनकी क्षमताओं और सीमाओं की विस्तृत चर्चा मैं कहीं अन्यत्र कर आया हूँ और उन्हें वहीं देखना उचित होगा।

गैरसरकारी संगठन लोगों के द्वारा व्यक्तिगत तौर पर बनाये गये ऐसे गैरव्यापारिक संगठन हैं जो जनकल्याण सम्बन्धी सरकार के काम के बोझ को काफी हलका कर देते हैं। इसके अलावा वे जनचेतना के ऐसे इलाकों में काम करते हैं जहाँ सरकार की दृष्टि और हाथ अमूमन् पहुँच नहीं पाते। वे सरकार की दृष्टि ऐसे क्षेत्रों में खींचते हैं। फिर वे सरकार की ज्यादतियों से लोगों को जागरूक कर और कभी कानूनी लड़ाई लड़कर बचाते हैं। अपनी गतिविधियों के दौरान वे ऐसे जनमत का निर्माण करते हैं जो राजनीतिक संस्कृति को मजबूत करता है। इसकी भी खामियों और दुरुपयोगों की चर्चा मैं अन्यत्र कर आया हूँ और वहीं देखना उचित होगा।

इस राजनीतिक संस्कृति के तीन रूप हैं, सहभागिता का (Participative), अधीनता का (subjective) और संकीर्णता का (Parochical)। पहले में नागरिक लोग राजनीति पर कड़ी नजर रखते हैं और उसमें जनप्रिय साझेदारी को प्रभावशाली व वांछनीय दोनों मानते हैं। दूसरे में नागरिक लोग कुछ अधिक ही निष्क्रिय होकर बरतते हैं और मानते हैं कि एक बार चुन लिये जाने के बाद सरकार को प्रभावित करने की उनकी क्षमता लगभग समाप्त हो जाती है। तीसरे में नागरिकता की भावना ही लगभग गायब रहती है। लोग अपने को क्षेत्र, जाति, धर्म, सम्बन्ध जैसे दीगर आधारों पर राजनीतिक क्रियाकलाप में हिस्सा लेते हैं, राष्ट्र, राज्य व देश की जरूरत और नीति के आधार पर नहीं। दरअसल वे राजनीतिक प्रक्रिया में सीधे हिस्सा लेने के लिए अनिच्छुक से रहते हैं। जाहिर है कि जनतन्त्र के लिए पहला ही

रूप सुखद और समीचीन है। आल्मण्ड तथा वेरा मानते हैं कि किसी भी राजनीतिक व्यवस्था की स्थिरता एक तरफ नागरिकों की सक्रियता और निष्क्रियता के सन्तुलन पर आधारित होता है, तो दूसरी तरफ सरकार की जिम्मेदारी और उसके निर्वाह के सन्तुलन पर। इनमें पश्चिम के जनतन्त्रों में पहले को अधिकतम प्रश्रय मिला हुआ है। दूसरे को पूर्वी यूरोप और उत्तर साम्यवादी राज्यों में (अफ्रीका के कुछ राज्यों को छोड़कर)। तीसरे को उत्तर औपनिवेशिक देशों में, विशेषतः भारत में। लेकिन भारत का वास्तविक अनुभव दूसरे तरह का है। जहाँ शिक्षित, शहरी और धनी वर्ग निष्क्रिय रहता है, वहाँ अधिकांश ग्रामीण, अशिक्षित और गरीब वर्ग सक्रिय, क्योंकि वे जनतन्त्र और मताधिकार को इधर अपने स्थिति-परिवर्तन का साधन मानने लगे हैं, इसके लिए मोबिलाइजेशन चाहे जिन कारणों से हो रहा हो। इसका एक बहुत ही सुन्दर अध्ययन जावेद अहमद ने अपने 'ट्रैक' 'हू नीड्स डिमोक्रैसी' में किया है। खैर, राजनीतिक संस्कृति के अध्ययन के कुछ निष्कर्षों में गड़बड़ियाँ भी हैं। जैसे मताधिकार की प्रक्रिया में लोगों का कम शामिल होना मौजूदा सरकार से सन्तुष्टि माना गया है। तो क्या जब मतदान 50% से कम हो और उसमें से प्राप्त बहुमत सरकार को अपदस्थ कर दे तो क्या सरकार को सत्ता न छोड़नी चाहिए, यह कहकर कि 50% जिन्होंने मत नहीं दिया है वे उनके समर्थक वैसे ही हैं, ऊपर से कुछ और समर्थक यहाँ मिल गये हैं। उसके उलट यदि मताधिकार का कम प्रतिशत सरकार का बॉइकॉट माना जाये और पड़े हुए वोट का बहुमत सरकार के पक्ष में जाये तो क्या तब भी सरकार को सत्ता छोड़ देनी चाहिए? वास्तविकता यह है कि दोनों ही स्थितियों में मतदाता दरअसल उदासीन है। कहता है कि चुनाव के बाद हमें कोई पूछता नहीं, हमारे भले के लिए कुछ करता नहीं। राजनीतिक संस्कृति को चाहिए कि इस मानसिकता को तोड़े।

जनतन्त्र के लिए नागरिक समाज भी उतना ही जरूरी है, जितनी राजनीतिक संस्कृति। डी. ताक्विल कहते हैं कि यह नागरिक समाज राज्य और नागरिक के बीच कुशन का काम करता है। एक के प्रहार को दूसरे तक जाने में अड़ँगा डालता है अपने संस्थाओं के माध्यम से, जिससे व्यवस्था चलती रह पाती है। उसकी परिभाषा करते हुए कहा गया है कि नागरिक समाज, "is a realm of autonomous groups and associations, a private sphere independent from public authority." संस्कृति इस नागरिक समाज को निर्मित करती है। इसकी जरूरत आज उत्तर साम्यवादी देशों में बढ़ गयी है, जहाँ वह पिछले दिनों नष्ट हो गयी थी।

इन दृष्टियों के साथ हम विचारधारा की जगह लेनेवाली संस्कृति पर एक बार फिर आते हैं। दुनिया-भर के राज्यों और राष्ट्रीयताओं के ऐतिहासिक संघर्षों ने एक-दूसरे के मूलभूत विश्वासों और मूल्यों को प्रभावित किया है। इन्हीं का समावेश वहाँ के संविधानों में हुआ है। उनमें जीवन, स्वतन्त्रता, समानता, भाईचारा, बेहतर जीवन-यापन की आकांक्षा, न्याय, सत्य और सामूहिक हित या शुभ सर्वत्र स्वीकार किये गये हैं। प्रश्न यह है कि आज हम कैसे जीयें? इसका उत्तर यदि हम नैतिकता में खोजें तो समुदाय की नैतिकता की अवधारणा हमारे सामने पड़ती है, जो समुदाय के भीतर का जीवन अनुशासित करती है। इसका जन्म और विकास सहभागी विश्वासों से होता है। संस्कृति सम्बन्धी आज का समाजशास्त्रीय अध्ययन बताता है कि दुनिया के सभी समाजों में ये नैतिक मूल्य, आज खतरे में है। उन्हें बचाने के लिए 2005 में यूरोपीय यूनियन ने वैश्विक मूल्यों का एक एटलस प्रकाशित किया है, जिसमें व्यक्तिवाद की जगह और व्यक्ति की मुक्ति के साथ-साथ समाज की मुक्ति की बात कही गयी है, जो राजनीतिक अत्याचार, श्रेणीबद्धता से उत्पन्न दलन, रूढ़ियों की दहशत से मुक्ति आदि को समेटे हुए है। उसमें अभिभावकों, अध्यापकों और बुजुर्गों को सम्मान देने की बात तक कही गयी है। गाँधी ने अपने सपनों के भारत की चर्चा करते हुए कहा था, "I shall work for an India in which the poorest shall feel that it is their country., in whose making they have an effective voice, an India in which there shall be no high class or low class of the people; an India in which all communities shall live in perfect harmony. There can be no room in such India for the curse of untouchability or the curse of intoxicating drinks and drugs. Women will enjoy the same rights as men. We shall be at peace with all the rest of the world. This is the India of my dreams." ये सब आज 'हायर वैलूस' के रूप में दुनिया के सामने व्यावहारिक रूप से उपयोग किये जाने के लिए खड़े हैं। यानी संस्कृति के माध्यम से एक बेहतर जीवन के लिए प्रयास जारी है।

जिमी कार्टर ने एक दूसरा प्रश्न उठाया है, "What is the world's greatest challenge in the new millenium?" और इसका उत्तर देते हुए लिखा है, "The greatest challenge faced is growing chasm between the rich and poor on earth." उन्होंने दिखाया है कि बीसवीं सदी के आरम्भ में दुनिया के दस सबसे धनी देश दुनिया के सबसे गरीब दस देशों से सिर्फ नौ गुना धनी थे। आज वह अनुपात 13 : 1 का है। क्यों? संस्कृति का समाजशास्त्रीय अध्ययन बताता है कि यह उत्तरआधुनिकप्रदत्त बाजारवाद और वैश्वीकरण का परिणाम है, जिसने नैतिकता को तिरोहित कर देने की कसम खा रखी है। जार्ज मेटाफोनोव कहते हैं, "The root causes of global social unrest are not primarily the result of the rise of many types of terrorism, but the new model of society whose core has become economic theory, rather than traditional human values." कहते हैं कि पिछले 75 वर्षों में आर्थिक सिद्धान्त ने विश्व को पलट दिया है, इस बात पर जोर देकर कि हमारा मुख्य मूल्य प्रतिस्पर्द्धी आत्महित होना चाहिए। जरूरत आज आर्थिक सिद्धान्त के लाभों को बिना नष्ट किये पुराने मूल्य-बोध को आधुनिक समाज में ला बिठाने की है। अन्यथा किशन पटनायक के अनुसार यह सदी बड़ी ही क्रूर सदी सिद्ध होगी और अगले तीस-चालीस वर्षों तक वह मार-काट मचेगी कि मानवता शर्मसार हो जायेगी। सच्ची प्रगति आपसी सन्देह और बँटवारे पर नहीं चलती, जन की सामूहिकता पर चलती है। और हमारी सामूहिकता में, गरीबी, अशिक्षा, संसाधनों पर चन्द लोगों का वर्चस्व व्याप्त है। इसे दूर करने की संस्कृति विकसित करनी होगी। फिर हमें विभिन्न संस्कृतियों के बीच उन्हें साथ लेकर चलने की एक बड़ी संस्कृति विकसित करनी होगी, जो हमारी विभिन्नता को सही स्थान और पहचान दे।

•

जनतन्त्र की अवधारणा

(1)

अंग्रेजी में जिसे 'डिमोक्रैसी' कहते हैं, उसे ही हिन्दी में पहले 'प्रजातन्त्र' और अब 'जनतन्त्र' कहते हैं। जनतन्त्र शब्द का प्रयोग करनेवाले कहते हैं कि जब राजा ही नहीं रहे, तो अब प्रजा ही कहाँ रही कि उनके तन्त्र को प्रजातन्त्र कहा जाये। अब सभी जन हो गये हैं। दूसरे जनतन्त्र शब्द मार्क्सवादियों का है। पहले वे पूँजीवाद के खिलाफ हुई क्रान्ति के बाद स्थापित सत्ता को समाजवाद कहते थे, जिसे चलानेवाले तन्त्र को वे 'सर्वहारा की तानाशाही' कहते थे। परन्तु दूसरे महायुद्ध के दौरान रूस की शासन-व्यवस्था में जो परिवर्तन आया और बाद में चीन में हुई क्रान्ति के उपरान्त जो व्यवस्था बनी उसे 'पीपुल्स डिमोक्रैसी' कहा जाने लगा। शायद तानाशाही कहने में एक नैतिक खामी की बू आती थी—लड़े ही थे हिटलर और च्यांग काई शेक की तानाशाही के विरुद्ध। उसे 'बूर्जुआ डिमोक्रैसी' से अलगाने के लिए इस शब्द को प्रचलन में लिया। बूर्जुआ डिमोक्रैसी में लोगों का प्रतिनिधित्व करने के लिए जहाँ कम-से-कम दो दल संगठित होते हैं और हर चुनाव क्षेत्र में कम-से-कम दो प्रतिस्पर्द्धी होते हैं, साम्यवादी देशों के प्रतिदर्शों में तमाम अन्तर होने के बावजूद एक विशेषता सर्वत्र रही है कि वहाँ चुनाव क्षेत्र में एक ही अभ्यर्थी होता था, एकमात्र दल 'साम्यवादी दल' का नामांकित व्यक्ति। उसे ही मत देने के लिए क्षेत्र की जनता बाध्य होती थी, क्योंकि उसके सामने कोई विकल्प नहीं होता था। इस तरह से यह संसदीय और प्रातिनिधानिक जनतन्त्र को नकारता था। आज यह अन्तर भुलाकर सभी डिमोक्रैसियों को हिन्दी में जनतन्त्र कहा जा रहा है।

जनतन्त्र जिस अंग्रेजी शब्द का अनुवाद है, वह यूनानी मूल के दो शब्दों के अनुवाद से बना है। पहला शब्द है 'demos', जिसका अर्थ संख्या के रूप में तमाम व्यक्ति है, जो 'लोग' बन जाते हैं, और वर्ग के रूप में गरीब हैं। दूसरा शब्द है 'krotos' जिसका अर्थ है शक्ति और शासन। यानी जिस राजनीतिक व्यवस्था में शासन करने की शक्ति तमाम गरीब लोगों के हाथों में निहित हो, उसे जनतन्त्र कहा जाता था। इस मामले में वह तमाम दूसरी व्यवस्थाओं विशेषतः राजतन्त्र और कुलीनतन्त्र की तुलना में एक निकृष्ट व्यवस्था मानी जाती थी। अफलातून और अरस्तू इसे एक नकारात्मक व्यवस्था मानते थे, जिसमें सम्पत्ति, बुद्धिमानी और योग्यता की उपेक्षा की जाती थी। 19वीं सदी तक तमाम विचारक इसे 'माब रूल' की संज्ञा दे उपेक्षा करते रहे। किन्तु आज क्या उदारवादी और प्रतिक्रियावादी, क्या साम्यवादी और अराजकतावादी, क्या फासीवादी और जनतन्त्रवादी सभी अपने को जनतन्त्री कहते हैं। विचारधारा को लेकर चलनेवाली राजनीतिक व्यवस्थाएँ ज्यों-ज्यों लड़खड़ाती गयी हैं, समाजवाद धुँधला पड़ता गया है, पूँजीवाद की अच्छाइयों पर प्रश्नचिह्न लगता गया है, त्यों-त्यों इस उत्तरआधुनिक काल में जनतन्त्र का बोलबाला बढ़ता गया है।

पुराने जमाने में जनतन्त्र न केवल तमाम जनजातियों की अविकसित किन्तु स्वाभाविक शासन व्यवस्था था, परिवार के मुखियों की समानता पर आधारित; यूनान, चीन और भारत के तमाम विकसित समाजों में भी इसकी पैठ थी। किन्तु भौगोलिक क्षेत्र सीमित था एक जाति-विशेष के क्षेत्र तक या नगर-विशेष तक विस्तृत, जिसमें अधिकृत लोग सीधे शासन की कार्रवाई में हिस्सा ले सकते थे। लेकिन हम जिस जनतन्त्र की बात कर रहे हैं वह आधुनिक काल के विस्तृत विकसित देशों का है, जिसमें जन की हिस्सेदारी अपने चुने हुए प्रतिनिधियों के माध्यम से होती है। उसके प्रति आज दृष्टिकोण प्रशंसात्मक है क्योंकि उसे सबसे सशक्त 'लिबरेटिंग फोर्स' माना गया है। इसकी उत्पत्ति तब हुई जब रोमन साम्राज्य के कुछ पश्चिमी प्रान्त 1560 के दशक में रोम की केन्द्रीय सत्ता के खिलाफ उठ खड़े हुए। पूरे यूरोपीय महाद्वीप में यह प्रक्रिया 19वीं सदी के अन्त तक चलती रही। यह विरोध रोमन सामन्तवाद के विरुद्ध था, जिसमें कम-से-कम पाँच और अधिक-से-अधिक दस शासन-व्यवस्थाएँ अपनी-अपनी तरह से भूमिकाएँ निभाती रहीं—इंग्लैण्ड व फ्रान्स निरन्तर; स्पेन, पोप के राज्य, वेनेशियन गणतन्त्र, नीदरलैण्ड्स, स्वीडेन, आस्ट्रिया व प्रशिया कभी अब, कभी तब। इसका दूसरा चरण तब अस्तित्व में आया जब उत्तरी अमेरिकी महाद्वीप के कुछ उपनिवेश इंग्लैण्ड और उसके माध्यम से पश्चिमी यूरोप के दबदबे से बाहर आ एक संघीय गणतन्त्र की स्थापना की और नाम दिया संयुक्त राष्ट्र अमेरिका। तीसरा चरण तब आया जब दो महायुद्धों के परिणामस्वरूप कुछ और उपनिवेशों को स्वतन्त्र होने का मौका मिला। चौथा चरण तब आया जब रूस का साम्राज्य टूटा, और उत्तर साम्यवादी देश क्रमशः जनतान्त्रिक होते चले गये।

इस जनतन्त्र के आरम्भिक चरण तीन अवधारणाओं पर टिके रहे—एक आधुनिकतावाद, दूसरा व्यक्तिवाद, तीसरा पूँजीवाद। आधुनिकतावाद की विस्तृत चर्चा हम अन्यत्र कर आये हैं। यहाँ इतना ही नोट करना पर्याप्त है कि आधुनिकता को हम मध्यकालीनता के बरक्स जानते हैं। मध्यकाल में दबदबा धर्म का था, जो नैतिक मूल्यों का सृजन दैवी आज्ञा और इहलाम पर आधारित कर करता था, उसी के आधार पर वैधता प्रदान करता था और उल्लंघन होने पर दण्ड देता था। जोर परम्पराओं पर था। आधुनिकता में नैतिक मूल्यों का आधार अनुभव और विवेक तथा तर्क बना और इस तरह वह लौकिक बना। इसका दार्शनिक काण्ट हुआ, जिसने कहा कि सही मूल्य अन्ततः मनुष्य को व्यक्तित्व प्रदान करने के लिए, उस व्यक्तित्व को सन्तुष्टि प्रदान करने के लिए होते हैं। नैतिकता मनुष्य को साध्य मानने में होती है, साधन मानने में नहीं। इसी पर बल देते हुए जेफर्सन ने कहा था कि सरकारों का अस्तित्व और औचित्य मनुष्य के अदेय अधिकारों की रक्षा और पूर्णता प्रदान करने के लिए होता है। यह काम जनतन्त्र में ही पूरी तरह से हो सकता है। मध्यकाल की राजनीतिक व्यवस्था सामन्ती थी। यानी व्यक्ति और समुदाय की औकात (Status) तय था। उनका पदक्रम भी तय था। सभी उसमें जकड़े हुए थे। उसके विरुद्ध जब लोग उठ खड़े हुए तो औकात की जगह समझौते से व्यक्ति की जगह तय होने लगी। उसके लिए एक पूरा दर्शन रचा गया राज्य के लिए भी, व्यक्ति के लिए भी, समाज के लिए भी। पहले भौतिकवादी आधुनिक दार्शनिक हाब्स ने एक ही समझौते से समाज और राज्य की उत्पत्ति, औचित्य और कर्म को रेखांकित किया। उसका इरादा राज्य के एक ऐसे सिद्धान्त का निर्माण था, जिसमें व्यक्ति को अधिकतम सुरक्षा प्रदान की जा सके। किन्तु परिणति एक तानाशाह सरकार में हुई, जिसमें व्यक्ति की स्वयं अपने-आप में कोई अस्तित्व नहीं रह गया। पापर उसे खुले समाज के दुश्मनों में गिनता है। अनुभववादी दार्शनिक लाक ने दो अलग-अलग समझौतों की कल्पना की, जिसमें पहले से समाज और दूसरे से राज्य की उत्पत्ति हुई। समाज को राज्य के ऊपर माना और व्यक्ति को समाज के। उसे मत देने का अधिकार दिया अपने मन की शासन व्यवस्था चुनने के लिए, पर उसके लिए धन की शर्त लगा दी। इसके अलावा भी ऐसे नैसर्गिक अधिकारों की कल्पना रखी, जिन्हें व्यक्ति से अलगाया नहीं जा सकता था दूसरों द्वारा भी और स्वयं व्यक्ति के द्वारा भी। स्पष्ट नहीं है कि रूसो ने एक ही समझौते से राज्य और समाज की उत्पत्ति बतायी कि दो समझौतों से। पक्षधरता तो व्यक्ति की रखी जो जन्मा

तो स्वतन्त्र है, पर आज सर्वत्र बेड़ियों में जकड़ा है। जरूरत है उसे मुक्त करने की। लेकिन उसके लिए 'जेनेरल विल' की एक ऐसी अमूर्त कल्पना रखी, जिसमें तानाशाही के भी खतरनाक तत्त्व मौजूद थे। फिर समाज को व्यक्ति और राज्य दोनों से ऊपर माना।

हम पाते हैं कि व्यक्ति की इयत्ता को दार्शनिकों ने अलग से परिभाषित किया है। हाब्स ने समझौता इसलिए जरूरी और उचित माना क्योंकि वह जीवन और शरीर को सुरक्षा प्रदान करनेवाला था। लाक ने उसे स्वतन्त्रता और सम्पत्ति के लिए जरूरी माना। रूसो ने समानता, स्वतन्त्रता और भाईचारे के लिए जरूरी माना। उनकी परिणति स्वतन्त्रता व समानता जैसे नैसर्गिक अधिकारों में हुई, जो मानवीय भविता के लिए इतने मूलभूत हैं कि उन्हें न तो कोई छीन सकता है, न ही व्यक्ति चाहकर उन्हें किसी को सौंप सकता है। पश्चिमी यूरोप के ऐसे आदर्शों को समाहित करने की घोषणा अमेरिकी और फ्रान्सीसी बिल ऑफ राइट्स में हुई इस उम्मीद के साथ कि उन्हें प्राप्त करने के लिए भविष्य की दुनिया आगे बढ़ेगी। इन अधिकारों में कुछ नागरिक स्वतन्त्रताएँ शामिल थीं, जैसे विचार, अभिव्यक्ति और संगठित होने की स्वतन्त्रता, सम्पत्ति की सुरक्षा, राजनीतिक संस्थाओं पर जानकार जनमत का नियन्त्रण, उसके लिए ऐसे संवैधानिक सरकारों का गठन जो कानून के दायरे में रहकर जनप्रतिनिधियों द्वारा बनाये गये कानून के माध्यम से काम करें जनहित में, सरकार के ऊपर जन प्रतिनिधियों का नियन्त्रण हो, जो समय-समय पर जनता का विश्वास प्राप्त करें। इस विश्वास को प्राप्त करने में समानता की बड़ी भूमिका बनी—सभी अधिकृत व्यक्ति बिना लिंग, सम्पत्ति, जाति, क्षेत्र, धर्म, पेशा आदि के आधार पर वर्गीकृत नहीं होंगे—सबके मत बराबर होंगे। लेकिन यह सब तुरन्त नहीं हुआ, एक-एक को विकास की लम्बी प्रक्रिया से गुजरना पड़ा, कभी-कभी तो कड़ा संघर्ष करते हुए।

रूसो नैसर्गिक अधिकारों का बड़ा कड़ा आलोचक था और हाब्स की तरह मानता था कि विधि नैसर्गिक न होकर निर्मित होती है। वह राज्य का विरोध इसलिए करता था कि वह व्यक्ति व समाज को कुचलकर रखता है। इस तरह की विधि के निर्माण के लिए, ऐसे राज्य से बचने के लिए, यानी मानव मुक्ति के लिए उससे प्रेरणा लेकर फ्रान्स समेत कई जगह क्रान्तियाँ हुईं। आधुनिकता का एक दावा यह भी था कि भविष्य की, प्रगति की योजना बनायी जा सकती है और उसके लिए क्रान्तिकारी कदम उठाये जा सकते हैं। किन्तु उसकी परिणति नेपोलियन की तानाशाही में हुई। तब क्रान्ति की जगह विकास (evolution) पर जोर दिया जाने लगा। मॉडल इंग्लैण्ड दिखा, जहाँ नागरिक स्वतन्त्रता तथा दूसरे अधिकार मैग्नाकार्टा से चलकर संसदीय शासन प्रणाली तक लम्बी दूरी तय किये हुए थे। एक दूसरे तरह की क्रान्ति संयुक्त राज्य अमेरिका के जन्म के रूप में हुई। इससे जनतन्त्र के दूसरे लक्षणों और साधनों का जन्म हुआ। जैसे कानून की व्यवस्था, सरकार के अंगों में अधिकारों का विभाजन और उससे उत्पन्न 'check and balance', केन्द्र से लेकर स्थानीय संस्थाओं में अधिकारों और कार्यक्षेत्रों का वितरण, नागरिक अधिकारों की फेहरिश्त, इनके लिए लिखित संविधान और उनकी व्याख्या के लिए स्वतन्त्र न्यायपालिका।

जनतन्त्र के विकास के अगले चरण में बेन्थम ने यह जोड़ा कि लोगों की स्थिति और उनका भविष्य कानून बनाकर सुधारा जा सकता है। कानून और शासन का उद्देश्य 'greatest good of greatest number' होना चाहिए। चूँकि आदमी आनन्द खोजता है, इसलिए उसका भला आनन्द प्रदान कर ही किया जा सकता है। इस आनन्द का हिसाब लगाने के लिए एक हिडोनिस्टिक कैल्कुलस बनाया, जिसमें बल सुख की मात्रा पर था, गुणवत्ता पर नहीं। उसके शिष्य मिल ने मात्रा की जगह गुण पर बल दिया। यह सब जनतन्त्र को बलवती करने के लिए हुआ।

तीसरे दौर की क्रान्तियाँ मार्क्सवादी आईने में हुई, जिसकी एक स्थापना यह थी कि मनुष्य की भौतिक स्थितियों में समानता पैदा कर दी जानी चाहिए (और इस समानता के लिए यदि जरूरत पड़े तो स्वतन्त्रता को समाप्त कर दिया जाना चाहिए) जिससे कि आदमी अपनी क्षमता के अनुसार अपना

सर्वोत्तम स्वाभाविक विकास कर सके। विचारधाराप्रणीत जिस राज्य की स्थापना इन क्रान्तियों से हुई, उनका अन्त 1991 में हो गया। इसे यूटोपिया का टूटना कहा गया। माना गया कि बलात् थोपी व्यवस्था चाहे जितना भी व्यक्ति या समुदाय के भले के लिए हो, बहुत दिनों तक नहीं चल सकती--व्यक्ति स्वभाव से ही स्वतन्त्रताकामी होता है। जो व्यवस्था लोगों के बीच से विकसित होकर आती है, वही चल पाती है। ऐसी व्यवस्था जनतन्त्र है जो इन उत्तर साम्यवादी देशों में जड़ जमाती जा रही है।

पूँजीवाद तब प्रभावी हुआ जब सत्ता की साझेदारी में आया, जब राजा को युद्ध के लिए धन की जरूरत पड़ी। राजा ने उसे जनता, यानी तबके धनी लोगों से उगाहना चाहा। धन के बदले में इन लोगों ने व्यवस्था में अपनी मर्जी को समाहित करने पर जोर दिया। वहाँ से चलकर यह बात लेवेलर्स तक आयी जिन्होंने लार्डों, बड़े किसानों आदि को दिये जा रहे तवज्जह को मेंट दिया। बाद में ये पूँजीपति हावी होते चले गये। अपने मत के बल पर अपना प्रतिनिधि चुनने का हक प्राप्त कर लिया, जो राजा के प्रति नहीं, प्रजा के प्रति जिम्मेदार रहनेवाला था। वास्तविक शासक भी उन्हीं के बीच से चुना जाना था जो राजा के प्रति नहीं, संसद के प्रति जवाबदेह था। इन्होंने देश के भीतर व्यापार व्यवस्था में पूरी छूट लेकर आपसी प्रतियोगिता को बढ़ावा दिया मुनाफा कमाने के लिए। देश के बाहर राज्य का संरक्षण प्राप्त किया दूसरे देशों के प्रतिद्वन्द्वी व्यापारियों से निपटने के लिए। इन तमाम बातों ने न केवल जनतन्त्र को विकसित किया, उसे मजबूत भी किया।

पूँजीवाद की पराकाष्ठा आज बाजारवाद और वैश्वीकरण में है। दोनों ही बहुत जटिल प्रक्रिया है और उसकी विस्तृत चर्चा अन्यत्र कर आया हूँ। यह व्यवस्था सर्वग्रासी बनती जा रही है। यहाँ तक कि इसने मार्क्सवादी व्यवस्था को उसके अधिकांश में नष्ट कर दिया है। जहाँ नहीं किया है वहाँ उसकी पहचान खोती जा रही है। परिणति अमेरिका के एकाधिकार में है, सिर्फ बाजार में ही नहीं, राजनीतिक व्यवस्था पर भी। उसके लिए दूसरे देशों के शासनतन्त्रों में दखल देता जा रहा है, कहीं मनोनुकूल सरकार बनवाकर, तो कहीं विरोधी सरकारों को गिराकर। कहीं वह तानाशाही को समर्थन दे रहा है, तो कहीं जन के न चाहने के बावजूद जनतन्त्र लादना चाह रहा है। इससे स्वयं जनतन्त्र को खतरा है। जनतन्त्र देश के भीतर से विकसित होने की प्रक्रिया है और किसी भी तरह से बाहर से लादे जाने पर नुकसानदायी है। इससे बचने की उम्मीद राष्ट्रवाद से है। इस मामले में राष्ट्रवाद एक प्रगतिशील और मुक्तिदायिनी अवधारणा है। वह राष्ट्रीय इकाई को एकता प्रदान कर स्वतन्त्रोन्मुखी बनाती है। दिक्कत यह है कि यह अविवेकी और प्रतिक्रियावादी विश्वास को भी जन्म देती है, जिसे मतान्ध नेतृत्व सैनिक विस्तार और युद्ध में तब्दील कर सकता है। जनतन्त्र को खतरा इससे भी है।

(2)

जनतन्त्र की सबसे प्रचलित परिभाषा अमेरिका के तत्कालीन राष्ट्रपति इब्राहम लिंकन के गेटिस्बर्ग सम्बोधन (1864) का वह अंश है, जिसमें उसने कहा था कि यह एक ऐसी सरकार है जो जनता की है, जनता के वास्ते है और जनता के द्वारा है। वेल्डन अपनी पुस्तक 'वाक्यूविलरी ऑफ पॉलिटिक्स' में इसकी मीमांसा करते हुए कहता है कि दुनिया में भला ऐसी कौन-सी सरकार है जो मनुष्य द्वारा नहीं बनायी जाती, मनुष्य के लिए नहीं चलायी जाती। दरअसल वह जन को मनुष्य में अपचयित कर देता है। अन्यथा होती तो सभी सरकारें आदमी यानी जन की ही हैं, पर उसको चलानेवाला स्वयं जन न होकर नेतृत्व वर्ग होता है, जो अपने वर्ग के हित में काम करता है। लिंकन इसके विरुद्ध बात कर रहा था।

सवाल उठता है कि जनता या लोग (people/public) का क्या मतलब है? सीधा-सा उत्तर यह है कि वे सभी व्यक्ति, वह पूरी जनसंख्या, जो एक राज्य में रहती है और जिसके लिए उस राज्य की सरकार मोटा-मोटी काम करती है। जनतन्त्र में इरादा यह रहता है कि राजनीतिक शक्ति इस पूरी जनसंख्या में वितरित हो। यहाँ राजनीति का मतलब है वह क्रियाकलाप जिसके द्वारा शासन की दी गयी इकाई में

विभिन्न स्वार्थों या हितों का सामंजस्य पूरे समुदाय के कलाप में और उस समुदाय को जिन्दा बचाये रखने के अनुपात में उनकी भूमिका को ध्यान में रखकर उन्हें वांछित हिस्सा दे, प्राप्त किया जाता है। शक्ति का मतलब है एक के द्वारा दूसरे से वह काम करा लेने की क्षमता, जो अन्यथा सम्भव नहीं था। इस शक्ति के कम-से-कम तीन चेहरे हमारे सामने पड़ते हैं—(1) निर्णय लेने की शक्ति, (2) एजेण्डा बना लेने की शक्ति, और (3) विचार पर नियन्त्रण की शक्ति। इस राजनीतिक शक्ति का पूरी जनसंख्या में वितरण का मतलब है सभी लोगों में राजनीतिक समानता। व्यवहार में हम पाते हैं कि सभी जनतान्त्रिक व्यवस्थाओं में कुछ-न-कुछ बन्दिश तो होती ही है। यूनान में जहाँ इसका स्वरूप प्रत्यक्ष था—सभी अधिकृत लोग सीधे-सीधे आमने-सामने बैठकर राज-काज में हिस्सा लेते थे—वहाँ भी औरतें, बच्चे, गुलाम और विदेशियों को हिस्सा लेने की मनाही थी। पश्चिम में, जहाँ पूँजीवाद के दौरान अप्रत्यक्ष जनतन्त्र का विकास हुआ, वहाँ भागीदारी के लिए धन की एक न्यूनतम सीमा रखी गयी थी और उसमें औरतें शामिल नहीं थीं मताधिकार के लिए। इंग्लैण्ड में औरतों को यह अधिकार 1928 में और स्विट्जरलैण्ड में 1971 में दिया गया। अमेरिका में एशिया और अफ्रीका मूल के लोगों को नागरिक बना लिये जाने के बावजूद 1960 के दशक तक चुनाव में हिस्सा लेने का अधिकार प्राप्त नहीं था। बच्चे और विदेशी, सजायाफ्ता और पागलों को इससे आज भी पूरी दुनिया में वर्जित कर रखा गया है। भारत में जेल में बन्द कुछ गुण्डे जरूर इसका अपवाद हैं, कुछ राजनीतिक दलों और अदालतों की कृपा के चलते। हाँ बालिग होने की उम्र जरूर अलग-अलग है—ईरान में 15 वर्ष, तो इंग्लैण्ड में 21 वर्ष।

लोग या जन से जुड़ा एक सवाल यह है कि क्या वह पूरा एक सम्पृक्त इकाई होता है? रूसो ऐसा ही मानता है और कहता है कि समाज में लोगों के भीतर एक सामान्य इच्छा काम करती है, किसी की विशेष इच्छा नहीं। यह सामान्य इच्छा सामूहिक इच्छा से भिन्न होती है—सामूहिक इच्छा में लोगों की निजी इच्छाओं का योग होता है, जबकि सामान्य इच्छा में कुछ समनिष्ठ इच्छाएँ होती हैं, जो लोग को एक अविभाज्य इकाई बनाकर रखती हैं। पर इस इच्छा को पहचानने का कोई रास्ता वह नहीं सुझाता है। नेतृवर्ग इसके नाम पर बड़ा अत्याचार कर सकता है। फासीवाद के मूल में इसी अमूर्तन की अभिव्यक्ति नेता के मुख से होती मिलती है। इसीलिए पापर रूसो को भी खुले समाज के दुश्मन के रूप में देखता है। हम यह भी पाते हैं कि सभी समुदायों में कुछ भिन्नता और विभेद के तत्त्व मिलते ही हैं। हित या स्वार्थ में रूपान्तरित होकर वह समूह का रूप भी ग्रहण करता है। उसको प्रतिनिधित्व देने के लिए दल बन जाते हैं। चुनाव उनके बीच होता है। जिसको बहुमत मिलता है, उसका क्रियान्वयन होता है।

इससे जनतन्त्र की दो परिभाषाएँ निकलती हैं। लोग का मतलब बहुमत। शासन का मतलब बहुमत का शासन। जनतन्त्र का मतलब दल द्वारा शासन व्यवस्था। यह परिभाषा डुवर्जर की है। इसमें खतरा यह रहता है कि बहुमत अल्पमत का दलन न करने लगे। दल अपनी विशिष्ट इच्छा पर इतना बल देने लगे कि सामान्य इच्छा राज्य व्यवस्था से गायब ही हो जाये। भारतीय उपमहाद्वीप में जाति, धर्म, लिंग, क्षेत्र, पेशा आदि की राजनीति कुछ ऐसा ही प्रदर्शित कर रही है। बहुमत के आतंक पर विस्तृत नजर डी. ताक्विल की पड़ी, जिसने अमेरिका की राजनीतिक प्रणाली का अध्ययन कर कहा कि इस बात की सम्भावना बड़ी बलवती है कि जन के नाम पर सत्ताधारी दल व्यक्तिगत स्वातन्त्र्य और अल्पसंख्यक समुदायों के अधिकार हजम कर जाये। जॉन स्टुअर्ट मिल को लगा कि जन के नाम पर बहुमत बौद्धिक बहस को समाप्त कर एकरूपता तथा अपने सिद्धान्तों के प्रति सहमति प्राप्त कर सकता है। बहुमत हमेशा सही ही हो—इसकी क्या गारण्टी? भला हाथ उठाकर सत्य और बुद्धिमानी को कैसे तय किया जा सकता है? मेडिसन ने भी कहा कि बिना प्रतिबन्ध के जनतान्त्रिक शासन व्यक्ति के अधिकारों और सम्पत्ति को लोग के नाम पर ग्रहण कर सकता है। इससे निजात के लिए उसने हितों की बहुलता की पहचान और सम्मान पर जोर दिया। अधिकारों का विभाजन और वितरण, दो सदनों की संसद, संघीय राज्य, मूलाधिकारों का निश्चित रूप, लिखित संविधान, स्वतन्त्र न्यायपालिका आदि के प्रावधानों के मूल

में यही बात थी। मेडिसन ने पाया था कि समाज में बहुलता है और वह वांछनीय भी है। लास्की ने इसे दर्शन में रूपान्तरित करते हुए कहा कि, "It is used in two senses, one broad, the other narrow. In broader sense, it is a belief in, or a commitment to, diversity or multiplicity (the existence of many things). As a descriptive term, pluralism may be used to denote the existence of party competition (political pluralism), a multiplicity of ethical values (moral pluralism), or a variety of cultural norms (cultural pluralism). As a normative term, it suggests that diversity is healthy and desirable, usually because of safeguards individual liberty and prompts debate, argument and understanding. More narrowly pluralism is a theory of the distribution of political power. It holds that power is widely and evenly dispersed in society rather than concentrated in the hands of an elite or a ruling class. In this form pluralism is usually seen as a theory of group politics in which individuals are represented largely through their membership of organized groups, and all such groups have access to policy process." इस पर आधारित बहुलवादी जनतन्त्र की व्याख्या कुछ इस प्रकार से की जाती है, "It is sometimes used interchangably with liberal democracy to indicate a democratic system based on electoral competition between a number of political parties... It refers to a form of democracy that operates through the capacity of organized groups and interests to articulate popular demands and ensure government responsiveness. As such it can be seen as an alternative to parliamentary democracy and to any form of majoritarianism. The conditions for healthy pluralist democracy include (1) a wide dispursal of political power amongst competing groups and specifically elite groups are absent, (2) a high degree of internal responsiveness, with group leaders being accountable to members, (3) a neutral governmental machine, sufficiently fragmented to offer groups a number of points of access."

यह बहुलता बहुदलीय व्यवस्था की ओर ले जाती है। गठबन्धन सरकारों में जन की स्वतन्त्रता की सम्भावना अधिक रहती है और सरकार की तानाशाही की ओर जाने की सम्भावना क्षीण होती है। आज का भारत इसका उदाहरण है।

दहल ने अमेरिकी जनतन्त्र के व्यावहारिक पक्ष का अध्ययन कर 1961 में स्पष्ट किया था कि गो वहाँ की राजनीति में धनी वर्ग का वर्चस्व है और सामान्य आदमी के ऊपर उठने की सम्भावना क्षीण है, फिर भी संविधान के ऊपर वर्णित प्रावधानों के कारण कोई ऐसी स्थायी 'एलीट' नहीं बन पायी है, जो राजनीतिक प्रक्रिया पर लम्बे समय तक दबदबा बनाये रख सके। इसी को आधार बनाकर चार्ल्स लिण्डब्लाम ने 'पोलीआर्की' की अवधारणा विकसित की, जिसमें सत्ता समस्त जन के हाथों में न होकर बहुत से लोगों के हाथों में होती है। लिखता है, "Polyarchy can be understood as a rough or crude approximation of democracy, in that it appears through institutions that force rulers to take account of wishes of electorate... groups and associations enjoy at least relative independence from government... citizens have access to alternative sources of information... The right to run for office is unrestricted... Government is in the hands of elected officials... And there is free expression and right to criticise and protest." यह तमाम दूसरे जनतन्त्रों के बारे में भी सही है।

ऐसा हो सकता है कि बहुलवाद और जनतन्त्र के बीच सम्बन्ध बहुत अनुरक्षित न हो। स्वयं मेडिसन इसकी वकालत इसलिए करता था कि अल्पमत में रह रहे लोगों के सम्पत्ति का अधिकार बहुमत छीन न ले। यानी बहुलवादी शासन व्यवस्था बहुमतवालों को अपनी राजनीतिक शक्ति के इस्तेमाल को रोकने के लिए है। उदाहरण के लिए भारत के संविधान में जो अल्पकालिक अपवादस्वरूप आरक्षण का प्रावधान था, उसका इस्तेमाल अब वोट बैंक बनाने के लिए हो रहा है। उसके लिए सोशल एम्पावरमेण्ट और सोशल डिस्ट्रीब्यूटिव जस्टिस का दर्शन गढ़ा जा रहा है। जो समता और समानता का मुख्य

प्रावधान था, वह गौण हो गया है। जो अपवाद था वह प्रमुख हो गया है। दूसरे आज बहुलवादी ठप्प (stagnation) की समस्या आन पड़ी है। यह तब पैदा होता है जब संगठित समूहों का आर्थिक, सामाजिक व राजनीतिक स्वार्थ इतना बलवती हो जाता है कि वह जैसे रास्ते में जाम लगा देता है, सरकार पर 'ओवर लोड' बनकर छा जाता है। तब यह व्यवस्था काम करना बन्द कर देती है। चन्द हाथों में आर्थिक सत्ता आ जाने पर राजनीतिक सत्ता भी उन्हीं हाथों में चली जाती है। बहुल इकाइयों सम्मत तमाम लोग उससे वंचित हो जाते हैं। यह नव-बहुलवाद को जन्म देता है। यह नव-बहुलवाद पुराने बहुलवाद में संशोधन मार्क्सवाद, निउ राइट और 'एलीट' को ध्यान में रखकर करना चाहता है। यह उत्तरआधुनिकतावादी प्रवृत्तियों को संज्ञान में लेता है। खुले बाजार सम्बन्धी आर्थिक नीतियों का समर्थन करता है। पश्चिम के जनतन्त्रों को 'deformed polyarchy' कहता है, क्योंकि उसमें बड़ी बहुराष्ट्रीय कम्पनियाँ और कारपोरेशन बहुत प्रभाव रखते हैं।

इस बहुलवादी जनतन्त्र के समानान्तर उन्हीं समस्याओं का दूसरे ढंग से समाधान प्रदान करने के लिए सामाजिक जनतन्त्र की अवधारणा विकसित हुई है, जिसमें क्षेत्र, लिंग, जाति, धर्म, राष्ट्रीयता, वर्ग आदि के आधार पर बने विभेदों को मेटकर सबको सामाजिक विकास, आर्थिक उपलब्धि और राजनीतिक हिस्सेदारी में बराबर का अवसर देने की बात कही गयी है। यह लोगों को पहले समाज के स्तर पर बराबर करना चाहती है, उसके लिए आर्थिक बराबरी पर जोर देती है, और राजनीति को उसका एक सशक्त माध्यम मानती है। यह किसी भी तरह के निहित स्वार्थ को महत्त्व नहीं देती। अपने अधुनातन रूप में यह बाजार व राज्य तथा व्यक्ति व समाज के बीच सन्तुलन की खोज करती है। यह एक तरफ पूँजीवाद को सम्पत्ति उगाहने की सबसे विश्वसनीय मशीनरी मानकर, और दूसरी तरफ सम्पत्ति का वितरण बाजार के सिद्धान्त पर नहीं, नैतिकता के सिद्धान्त पर करने की इच्छा के बीच समझौता कराने की चाहत रखती है। इसका मुख्य सरोकार समाज के कमजोर और वंचित लोगों से है। उसके लिए वह कृपादृष्टि और सामान्य मानवता से बढ़कर सकारात्मक स्वतन्त्रता और अवसर की समानता पर बल देती है और उसके रास्ते में जो बाधाएँ हैं, उन्हें प्राथमिकता के आधार पर दूर करने की वांछा रखती है। समाजकल्याण, पुनर्वितरण और सामाजिक न्याय पर बल देती है। केयेन्स के प्रभाव में यह राज्य के हस्तक्षेप से पूँजी का चेहरा मानवीय बनाने में विश्वास रखती है। निजी क्षेत्र और सरकारी क्षेत्र की मिली-जुली अर्थव्यवस्था के आधार पर राष्ट्रीय अर्थव्यवस्था को व्यवस्थित करने पर जोर देता है। बेरोजगारी को दूर करने के साधनों की तलाश करता है। समाज कल्याणकारी योजनाओं के द्वारा, जिसमें धन, प्रगतिपरक कर व्यवस्था से मिले धन को लगाया जायेगा, धनी व गरीब के बीच की खाई पाटना चाहता है।

इस सामाजिक जनतन्त्र की अवधारणा को पहला धक्का तब लगा जब आर्थिक विकास में गिरावट और अगड़े औद्योगिक समाजों में वर्तमान सन्तुष्ट बहुमत के मद्देनजर गालब्राइथ ने इसे अमेरिकी समाज के लिए अस्वीकार कर दिया। साम्यवादी लोग इसे पहले ही एक निन्दनीय अवधारणा घोषित कर चुके थे, क्योंकि यह वर्ग को स्वीकार नहीं करता था, ऊपर से एक सिद्धान्तहीन समझौते में विश्वास रखता था। फिर टेक्नोलॉजी आदि का अध्ययन कर जो नया प्रोफेशनल वर्ग बाजार के आर्थिक प्रबन्धन में दाखिल हुआ था, उसने वर्ग विभाजन को एकदम धुँधला कर दिया है और तमाम आर्थिक नीतियों को अप्रासंगिक बना दिया है। ऊपर से वैश्वीकरण ने उन आर्थिक नीतियों को भी अप्रासंगिक बना दिया है, जिनका आधार राष्ट्र रहे हैं। विकासशील देशों में उद्योगों का राष्ट्रीयकरण और योजनाबद्ध विकास की नीति की दक्षता पर लगे प्रश्नचिह्न इसे और भी कमजोर करते गये हैं। साम्यवाद के पतन के बाद पूरे विश्व का ढाँचा ही जैसे चरमरा गया है और उससे उबरने के लिए एक तीसरे रास्ते की तलाश शुरू हो गयी है। इसने जिन मूल्यों की स्थापना आरम्भ की है उनमें अवसर, जिम्मेदारी और समाज के प्रति निष्ठा का भाव प्रमुख है। यह उदार समुदायवाद की ओर ले जाता है। इस उदार समुदायवाद की व्याख्या कुछ इस प्रकार से की गयी है कि आत्म या व्यक्ति को बनानेवाले तत्त्व समुदाय से मिलते हैं—वे समुदायों

द्वारा ही अपनी शक्ल में ढाले जाते हैं। इसलिए वे समुदाय के प्रति ऋणी हैं—कोई 'un-encumbered self' हो ही नहीं सकता। इस तरह से यह उदारवादी व्यक्तिवाद के खिलाफ है। इसका वामपन्थी पक्ष कहता है कि समुदाय को बिना किसी सीमा की स्वतन्त्रता मिलनी चाहिए और सामाजिक समता हर हालत में स्थापित की जानी चाहिए। कुछ विचारकों के मत में यह स्थापना अराजकतावाद की ओर ले जाती है। बीच के समुदायवादी कहते हैं कि समुदाय का आधार पास्परिक अधिकार और जिम्मेदारियाँ हैं। यह टोरी राजनीति की ओर ले जाता है। दक्षिणपन्थी मानते हैं कि समुदाय सत्ता और स्थापित मूल्यों के प्रति सम्मान की अपेक्षा रखता है। यह न्यू राइट की ओर ले जाता है। न्यू राइट की विस्तृत चर्चा हम आगे करेंगे। यहाँ इतना ही नोट कर लेना समीचीन है कि इसका नवव्यक्तिवाद एक तरफ अधिकार और जोखिम के बीच और दूसरी तरफ सामाजिक कर्त्तव्य और नैतिक जिम्मेदारी के बीच सन्तुलन की वांछा रखता है।

अप्रासंगिक न होगा यदि यहाँ जनतन्त्र पर कारपोरेट दृष्टि की भी चर्चा कर ली जाये। यह मानता है कि राज्य को चलाने के लिए आज तीन पक्षों को एक साथ मिल-बैठकर काम करना चाहिए। राज्य के अधिकारी, औद्योगिक घराने के प्रतिनिधि और कर्मचारी संगठनों के पदाधिकारी। इसमें व्यक्ति के हित अपने संगठनों के माध्यम से सरकार तक पहुँच जाते हैं, जो प्रतिस्पर्द्धी चुनावों से सम्भव नहीं हो पाते। वहाँ वे सीधे सरकार के नीति-निर्धारण पर प्रभाव डालते हैं। इससे जनतन्त्र की तीसरी परिभाषा कि यह कन्सेन्सस के द्वारा चलनेवाली सरकार है जो बनती है। कमी यह है कि जो संगठनों के भीतर के लोग हैं उनकी बात तो ऊपर पहुँच जाती है, जो बाहर हैं उनकी नहीं पहुँच पाती। दूसरे सरकार 'पीक एसोसिएशनों' को चुनकर, उनका हितसाधन कर, उनके माध्यम से दूसरे एसोसिएशनों पर रोक लगाती है, जिससे उनका हितसाधन नहीं हो पाता। तीसरे यह चुनावी प्रक्रिया और संसदीय जनतन्त्र के लिए खतरनाक है। नीतियाँ सरकार और आर्थिक रूप से प्रभावी संगठनों के बीच आपसी बातचीत और समझौतों से बनती है, जन के समर्थन से नहीं। सत्ता जन प्रतिनिधियों के हाथों से निकलकर आर्थिक सामन्तों के हाथों में चली जाती है, जो न तो जन के प्रति जवाबदेह होते हैं, न ही जनता उनकी जाँच-पड़ताल (scrutiny) कर सकती है। यह व्यवस्था स्वीडेन, नार्वे, आस्ट्रिया और हालैण्ड में प्रभावी हुई है। इसने आर्थिक जनतन्त्र को जन्म दिया है, जिसने आर्थिक मामले में राज्य के हस्तक्षेप को रोका है और आर्थिक प्रबन्धन को बेहतर बनाया है।

'लोगों के द्वारा प्रशासित' कहने का मतलब है : लोग स्वयं अपने ऊपर शासन करते हैं—उन महत्त्वपूर्ण निर्णयों को लेने में हिस्सा लेते हैं, जो उनके जीवन का रूप निर्मित करती है, उनके समाज का भाग्य निर्धारित करती है।

इस भागीदारी के कई रूप हो सकते हैं। प्रत्यक्ष जनतन्त्र में (जो आज भी अमेरिका के कुछ भागों और स्विट्जरलैण्ड के कुछ कैण्टोनों में बरकरार है) निर्णय लेने की उनकी भूमिका सीधी और अनवरत होती है, खुली सभा, जनमत संग्रह या मीडिया में विचार-विमर्श के माध्यम से। अप्रत्यक्ष जनतन्त्र में यह हिस्सेदारी मतदान के रूप में होती है जो केन्द्रीय विधा है। मतदान में लोग अपने जीवन और समाज का रूप-भाग्य तय करने में उस तरह से हिस्सा नहीं लेते हैं, जिस तरह से प्रत्यक्ष जनतन्त्र में, बल्कि उन प्रतिनिधियों को चुनते हैं जो उनकी जगह उनके जीवन और समाज का भाग्य-रूप का निर्धारण करेंगे। यह चुनाव प्रतिस्पर्द्धाजनक होता है, दुर्जनों को सत्ता व निर्धारण से निकाल बाहर करने की शक्ति देता है और प्रतिनिधियों को जन के प्रति उत्तरदायी बनाता है। यह दरअसल राजनीति में श्रमविभाजन लाता है, क्योंकि निर्णय लेने की क्षमता उन लोगों के हाथों में निहित करता है, जो अधिक शिक्षित हैं, अनुभवी हैं, जानकार हैं। यह लोगों के दिन-प्रतिदिन की राजनीति से दूर रखकर समझौते की बिना पर तन्त्र को स्थायित्व प्रदान करता है।

जब हम लोगों के वास्ते सरकार की बातें करते हैं तो उसमें जनसहभागिता की बात नहीं के बराबर करते हैं। इसका सबसे ठोस उदाहरण सर्वसत्तावादी या एकदलीय जनतन्त्र है, जिसमें नेता बुद्धिमानी पर एकाधिकार रखता है। यह कभी-कभी बहुत अच्छा काम कर जाती है। जैसे तुर्की में कमालपाशा ने युवा तुर्कों की मदद से देश को रातोंरात मध्यकालीनता से निकाल कर आधुनिकता में ला दिया। वहीं हिटलर, मुसोलिनी और स्टालिन ने व्यवस्था को तानाशाही में बदल देश और राजनीति का सत्यानाश ही कर दिया। उपनिवेशवाद की समाप्ति के बाद तीसरी दुनिया के तमाम देशों के तानाशाहों ने गाइडेड डिमोक्रैसी (हिन्देशिया), बेसिक डिमोक्रैसी (पाकिस्तान), जुन्ता डिमोक्रैसी (बर्मा) वनपार्टी डिमोक्रैसी (मिस्र), प्लेविसिटीयरी डिमोक्रैसी आदि की अवधारणा विकसित कर जन के नाम पर जनतन्त्र की रीढ़ ही तोड़ दी। यह 'जन के हित में शासन' वास्तव में 'जनता के द्वारा शासन' (जिसमें जन की सहभागिता होती है) के बरखिलाफ होता है।

सिर्फ अप्रत्यक्ष जनतन्त्र ही नहीं, किसी भी तरह की शासन व्यवस्था के विश्लेषण से जाहिर होता है कि वास्तविक सत्ता अन्ततः चन्द चुने हुए लोगों के हाथों में ही केन्द्रित रहती है। माइकल इसे 'Iron Law of Oligarchy' कहता है। कहता है कि वैसे तो 'elite' का मतलब होता है सर्वोत्तम और सर्वोच्च, लेकिन अनुभववादी अर्थ में इसका प्रयोग अल्पमत की एक छोटी-सी कोटरी के लिए होता है, जिसके हाथों में शक्ति, सम्पत्ति और विशेषाधिकार संचित रहता है वैधानिक या अवैधानिक ढंग से। इन्दिरा गाँधी की 'किचन कैबिनेट' इसका उम्दा उदाहरण है। ये ही चन्द लोग वास्तव में शासन करते हैं, चाहे अपने ज्ञान के आधार पर या चालाकी के आधार पर। व्यावहारिक रूप से चूँकि कोई बहुत बड़ी संस्था—संसद या कार्यपालिका या दल की केन्द्रीय समिति—अपने भारी-भरकम स्वरूप के कारण नीतिगत निर्णय जल्दी नहीं ले सकती, इसलिए ये चन्द लोग ही प्रभावी निर्णय लेते हैं, जिनको वे भारी-भरकम संस्थाएँ समर्थन देती हैं, उनके सम्मान, धन या शक्ति-सम्पन्नता के कारण। यह नेतृ वर्ग यदि अच्छा है, गुण सम्पन्न है, जन की ओर झुकाववाला है तो जनतन्त्र का कल्याण होगा। अन्यथा जनतन्त्र के नाम के अलावा सब-कुछ डूब जायेगा।

'एलीट' के कुछ विचारक कहते हैं कि एलीट रूल में कुछ-न-कुछ जनतान्त्रिक जवाबदेही जरूर रहती है। शक्ति एलीट एक संगठित इकाई जरूर होती है जो सामान्य या बहुनिष्ठ स्वार्थों के चलते बँधी रहती है, लेकिन प्रतिस्पर्द्धी या जनतान्त्रिक एलीट आपसी प्रतिद्वन्द्विता के चलते बँटी रहती है। यही जनतन्त्र की गारण्टी होती है। जोसफ शुम्पीटर इसे 'realistic model of democracy' कहता है। कहता है, "The democratic method is that institutional arrangement for ariving at political decisions in which individuals acquire the power to decide by means of a competitive struggle for the people's vote." इससे एण्टोनी डाउन्स ने अपनी 'इकोनॉमिक थियरी आफ डिमोक्रैसी' विकसित किया।

उदारवादी व्यक्तिवाद के आधार पर अक्सर कहा गया है कि जनतन्त्र को राजनीतिक जीवन तक ही सीमित रहना चाहिए। बाकी जीवन में व्यक्ति को पूरी छूट होनी चाहिए अपने व्यक्तिगत स्वार्थों, रुचियों, हितों की पूर्ति के लिए। यह दरअसल आर्थिक जनतन्त्र की ओर ले जाता है। इसे कुछ विद्वान् 'economic consequences of democracy' भी कहते हैं। इसके अनुसार जनतन्त्र का उद्देश्य जनप्रिय सहभागिता की प्रक्रिया द्वारा कानून का एक ऐसा चौखटा स्थापित करना है, जिसके भीतर रहकर व्यक्ति अपने निजी स्वार्थों और कर्मों को मूर्त रूप दे सके। यानी जनतन्त्र को समाज या समुदाय तक ही सीमित रहना चाहिए। यदि वह वहाँ से आगे बढ़ता है तो व्यक्ति की स्वतन्त्रता का अतिक्रमण करता है। लेकिन समाजवादी व रैडिकल डिमोक्रैट दूसरी तरह से बात करते हैं। कहते हैं कि जनतन्त्र का काम व्यक्ति की सुविधा के लिए वैधानिक चौखटा बनाना नहीं है, सामाजिक अस्तित्व के पूरे वितान के लिए सामान्य सिद्धान्तों का निर्माण करना है। लोगों का यह मूलभूत अधिकार है कि वे उन सभी निर्णयों में हिस्सा लें, जो उनके जीवन को प्रभावित करनेवाला है। जनतन्त्र उसके लिए एक सामूहिक प्रक्रिया प्रदान करता

है। इसलिए वे धन का समूहीकरण और उसके प्रबन्धन में लोगों की साझेदारी की माँग करते हैं, जिससे कि आर्थिक जीवन का जनतन्त्रीकरण हो सके। इसे सामाजिक जनतन्त्र या औद्योगिक जनतन्त्र कहते हैं। इसी तरह स्त्रीवादी विचारक पारिवारिक जीवन के जनतन्त्रीकरण की माँग करते हैं, जिसमें निर्णय सिर्फ घर के सदस्यों द्वारा न लिया जाकर 'कम्युनिटी एस ए होल' के द्वारा लिया जा सके। यानी वे परिवार में 'प्राइवेट लाइफ' की जगह 'कम्युनिटी लाइफ' लाना चाहते हैं। इस दृष्टि से ये लोग जनतन्त्र को 'फ्रेण्ड ऑफ लिबर्टी' कहते हैं। कहते हैं कि यदि इनकी उपेक्षा की गयी तो शोषण और दमन का साम्राज्य स्थापित हो जायेगा।

अभी तक हमने उदारवादी, प्रत्यक्ष, अप्रत्यक्ष, एलीटवादी, रैडिकल, समाजवादी, बहुलवादी आदि जनतन्त्रों के प्रतिदर्शों की चर्चा की है। इनके अलावा भी कुछ मॉडल हैं, जिनमें संरक्षणवादी (protective) और विकासवादी (developmental) प्रमुख हैं।

संरक्षणवादी जनतन्त्र अपने पूर्वावतार में उदारवादी जनतन्त्र ही था। ब्रिटेन के कंजरवेटिवों ने इसे 1950 तक चलाया। तब उसके निर्णायक तत्त्व थे—

(1) परम्परा, यानी स्थापित प्रचलनों व संस्थाओं के प्रति सम्मान, जिससे कि व्यक्ति को मिली सुरक्षा व स्थायित्व बना रहे।

(2) प्रैग्मेटिज़्म, यानी अनुभव, इतिहास, व्यावहारिक जरूरत जो वर्तमान परिस्थिति के अनुसार उद्देश्यों की ओर मुखातिब हो।

(3) मानवीय अपूर्णता का भान, यानी उसका सीमित, निर्भर, सुरक्षाकामी, अतिपरिचित पर ही विश्वास, नैतिक रूप से भ्रष्टोन्मुख होना और इनसे बचने के लिए

(4) मजबूत शासन व्यवस्था की जरूरत।

(5) समाज के साथ अवयवी भाव, श्रेणीबद्धता।

(6) अथारिटी और प्रापर्टी की जरूरत।

1950 के बाद उन्होंने इसकी एक समसामयिक व्याख्या प्रस्तुत की, जिसे 'न्यू राइट' कहा गया। इसके आधार पर इन्होंने राज्य की दखलन्दाजी और तथाकथित प्रगतिशील मूल्यों को इंग्लैण्ड के जीवन में प्रविष्ट कराने का विरोध किया। सत्तर के दशक में जब केनेसियन जनतन्त्र के सिद्धान्तों का खोखलापन उजागर होने लगा और उसके बाद बढ़ती जा रही सामाजिक घुटन तथा अथॉरिटी का क्षय सामने पड़ा तो दोनों का विरोध किया। अस्सी के दशक में यही इंग्लैण्ड में थैचरवाद और अमेरिका में रिगनवाद बनकर उभरा। विश्व स्तर पर इसी ने राज्यप्रणीत संगठनों की जगह बाजारप्रणीत संगठनों की वकालत की, जिससे क्रमशः पोस्ट इण्डस्ट्रीयलिज़्म और उत्तर आधुनिकतावाद का जन्म हुआ।

किन्तु यह 'न्यू राइट' एक व्यवस्थित दर्शन नहीं बन पाया, क्योंकि नवउदारवाद और नवअनुदारवाद में एका स्थापित नहीं कर पाया। मजबूत राज्य और मुक्त अर्थव्यवस्था में भी एका नहीं स्थापित कर पाया।

जनतन्त्र को संरक्षण के आधार पर उचित ठहराना बहुत सीमित अर्थों में न्यायोचित ठहराना है। शासित की सहमति चुनाव से तो प्राप्त हो जाती है, किन्तु उन्हीं का जो मतदान में हिस्सा लेते हैं। उनका क्या, जो मतदान में हिस्सा नहीं लेते? या खुलकर चुनाव का बायकाट करते हैं? फिर चुनाव की बराबरी तकनीकी बराबरी है, वास्तविक नहीं। ऐसा जनतन्त्र सिर्फ संवैधानिक है जिसमें सरकार के अधिकारों पर नियन्त्रण वैधानिक अधिक है, वास्तविक बहुत कम। भारत जैसे देशों में इसका दुष्परिणाम द्रष्टव्य है।

दूसरा है विकासशील जनतन्त्र (developmental democracy)। यह व्यक्ति को न केवल राज्य की सत्ता की दखलन्दाजी से बचाता है, उससे बढ़कर व्यक्ति व समाज के विकास की बात करता है। इसके

प्रवक्ता 'नव वाम' के विचारक हैं, जो 60 व 70 के दशक में प्रमुखता से सामने आये। इन्होंने अगड़े औद्योगिक समाज का रैडिकल विवेचन कर समाजवादी विचारधारा में पुनः प्राण फूँकना चाहा। उसके लिए सोवियत ढंग के समाजवादी प्रतिदर्श और पश्चिम के सामाजिक जनतन्त्र दोनों ही पुराने विकल्पों को खारिज कर, क्रान्तिकारी प्रातिनिधान के रूप में श्रमिक वर्ग से मिली निराशा के कारण व्यक्तिगत स्वायत्तता, मुक्ति के रूप में आत्मपूर्ति, पार्टीसिपेटरी जनतन्त्र (सहभागी जनतन्त्र) में निष्ठा पर बल दिया। वैसे उनके सिद्धान्त बहुत स्पष्ट नहीं हैं क्योंकि वे एक तरफ अराजकतावाद, संवृत्तिवाद और अस्तित्ववाद से जुड़े हैं तो दूसरी तरफ युवा मार्क्सवाद के मानववाद से। दोनों में जो विभेद है उस पर ध्यान ही नहीं देते, समाहार करना कौन कहे। जनतन्त्र के सम्बन्ध में इनकी अवधारणा है कि सहभागी समाज में व्यक्ति इन निर्णयों में सीधे हिस्सा लेकर अपना विकास कर सकता है, जो उसके जीवन को रूप प्रदान करते हैं। उसे समाज के मुख्य संस्थाओं के विकेन्द्रीकरण, खुलेपन और भाग लेनेवालों की जिम्मेदारी तय कर प्राप्त किया जा सकता है। ये संस्थाएँ परिवार, काम करने की जगह, स्थानीय समुदाय, दल, स्वार्थ समूह, संसद आदि हैं। इन्हें ये जनतन्त्र का तृणमूल स्तर कहते हैं और विश्वास करते हैं कि राजनीतिक शक्ति का इस्तेमाल निम्नतम सम्भव स्तर पर किया जाना चाहिए। इसमें खतरा यह है कि व्यक्ति का निजी स्वार्थ कहीं राज्य की सामान्य इच्छा के चोले में न घुस जाये (जैसा कि आज हम भारत की ग्राम पंचायतों में देख रहे हैं)। यदि उसे ऊपर से परिभाषित कर नीचे भेजा जाये तो नेतृवर्ग के तानाशाह बन जाने की सम्भावना है। सम्भावना मिल की इस स्थापना की भी है कि, "The central virtue of democracy is that it promotes the highest and harmonious development of individual capacities by participating in political life." यानी जनतन्त्र यहाँ एक शैक्षणिक अनुभव होगा। 'एक व्यक्ति एक मत' के खतरे से बचने के लिए यह अधिक योग्य व्यक्तियों को एक से अधिक मत देने की क्षमता और अधिकार प्रदान करने की वकालत करता है। दिक्कत यह है कि इस योग्यता के निर्धारण के लिए वस्तुनिष्ठ मानदण्ड क्या होगा? दूसरी राय यह दी गयी है कि एक निर्वाचन क्षेत्र से एक ही व्यक्ति के चुने जाने की परम्परा समाप्त कर कई व्यक्तियों के चुने जाने की परम्परा कायम की जानी चाहिए और उसके लिए 'ट्रान्स्फरेबुल वोट' की प्रणाली लागू की जानी चाहिए। इसमें दिक्कत यह है कि तब पार्टी की विचारधारा पर हुए चुनाव में स्पष्ट बहुमत का क्या मतलब रह जायेगा। कुछ विचारकों ने सहभागी जनतन्त्र की सफलता के लिए पहल, रिकाल और रेफरेण्डम की व्यवस्था की वकालत की है। पर उनके अपने खतरे हैं।

(3)

अभी तक जनतन्त्र के बारे में हमने जो बात कही है वह पश्चिम के प्रतिदर्शों पर सैद्धान्तिक बातें हैं। उसके दो प्रतिदर्श व्यावहारिक स्तर पर और विकसित हो रहे हैं—एक द्वितीय महायुद्ध के बाद यूरोप के उपनिवेशों के टूटने और स्वतन्त्र होने पर जनतान्त्रिक प्रणाली का अपनाया जाना, और दूसरा बीसवीं शताब्दी के अन्तिम दशक में सोवियत रूस के साम्राज्य टूटने और दूसरे साम्यवादी देशों में साम्यवाद के अप्रासंगिक हो जाने पर जनतान्त्रिक शासन प्रणाली अपनाया जाना। यह आश्चर्य की बात है कि सभी देशों ने जनतन्त्र को ही अपनी सामाजिक संरचना और आर्थिक विकास के लिए प्रासंगिक पाया है। बैशलर तो कहता है कि जनतन्त्र ही मनुष्य के लिए सबसे स्वाभाविक व्यवस्था है। स्वार्थी तत्त्वों ने उस पर कब्जा कर उसकी प्रगति को अब तक रोक रखा था। शान्ति और सामाजिक न्याय के प्रति बढ़ी जनचेतना ने उसे अब सर्वव्यापी बनाया है। अन्तरराष्ट्रीय संगठनों द्वारा उसके मूल्यों को सारभौम घोषित कर दिये जाने के बाद वह और भी बलवती हुई है। उसकी प्रमुख विशेषताओं को यहाँ नोट कर लेना जरूरी है, क्योंकि उत्तर औद्योगिक और उत्तर साम्यवादी देशों ने उसमें यहाँ-वहाँ कुछ तरमीम कर उसे ही अपनाया है।

पश्चिम का जनतन्त्र मूलतः उदारवादी जनतन्त्र रहा है, उसके परिवर्त या भिन्नक चाहें जितने हों। उसकी तीन प्रमुख विशेषताओं को इस तरह से गिनाया गया है—

(1) उदारवादी जनतन्त्र अप्रत्यक्ष और प्रतिनिधिमूलक जनतन्त्र है, जिसमें राजनीतिक पद समय-समय पर होनेवाले चुनावों में मिली जीत के आधार पर प्राप्त किये जाते हैं। ये चुनाव औपचारिक राजनीतिक समानता के आधार पर आयोजित किये जाते हैं।

(2) उदारवादी जनतन्त्र प्रतियोगितापरक मतदातावरण पर आधारित है। यह राजनीतिक बहुलवाद विभिन्न प्रतियोगी विश्वासों के प्रति सहिष्णुभाव, टकराव के तत्त्व लिये दर्शनों, प्रतिद्वन्द्वी राजनीतिक आन्दोलनों और दलों की उपस्थिति से प्राप्त होता है।

(3) उदारवादी जनतन्त्र में राज्य और नागरिक समाज में स्पष्ट अन्तर होता है। यह अन्तर हितों और स्वार्थों का प्रतिनिधित्व करनेवाले विभिन्न ग्रूपों की उपस्थिति से प्राप्त किया जाता है। साथ ही आर्थिक जीवन के पूँजीवादी संगठन, यानी बाजार की उपस्थिति का अपना योगदान होता है।

यह नागरिक समाज और बाजार थोड़ा खुलासा माँगता है, क्योंकि इसकी चर्चा हम ऊपर नहीं कर पाये हैं। मनुष्य के सामाजिक जीवन से सम्बन्धित एक सारभौम मूल्य के हजार रूप हो सकते हैं, ऐतिहासिक परिस्थितियों पर आधारित व्यवहार के कारण। दोस्ती और मेहमाननवाजी का वही मूल्य आन्ध्रों में नहीं है जो एस्किमों लोगों में है। यही नहीं, वह कश्मीरियों में वही नहीं है जो मिजो लोगों में है। व्यक्तिगत स्वायत्तता जैसा मूल्य विभिन्न समुदायों में विभिन्न प्रकार और स्तर का होता है। एक मुण्डा युवा लड़की को अपने कौम के युवा हमजोलियों के साथ नंगी नहाने में कोई शर्म नहीं महसूस होती, वही दीकू के सामने नहीं नहा सकती। हमारे गाँवों की औरतों के सिर से पल्ला अपने जेठ और ससुर के सामने नहीं उतर सकता, इसलिए ससुर या जेठ बिना आहट किये अन्तःपुर में नहीं प्रवेश कर सकते। एक मुस्लिम महिला यदि अपने पति के साथ ड्राइंग-रूम में बैठती है, तो वहाँ भी बुर्का पहने होती है, भले ही चेहरे पर न डाले हो।

यही भिन्नता जनतन्त्र की सुसाध्यता और विकास के लिए भी लाजिमी होती है। ऐसी ही एक सुसाध्यता और आवश्यक स्थिति नागरिक समाज का विकास है, जिसे बैशलर जन अवस्थिति और बाजार कहता है। लेकिन नागरिक समाज को इतर ढंग से भी पहचाना गया है। पालग्रेव लिखता है कि अपनी उत्पत्ति के समय इसे एक ऐसा 'राजनीतिक समुदाय' माना गया जो राज्य के प्राधिकार में विधि द्वारा शासित होता था। यानी उसे राज्य से अलगाया जाता था, क्योंकि वह उन संस्थाओं के माध्यम से काम करता था, पहचाना जाता था जिसे 'Private' कहा जाता था, 'Public' के बरक्स। वह सरकार की जगह व्यक्तियों के द्वारा बनाया जाता था, उनकी निजी जरूरतों की पूर्ति या प्राप्ति के लिए। "Civil society, therefore, refers to a realm of autonomous groups and associations, business interest groups, clubs, families and so on." हीगेल ने परिवार और नागरिक समाज में अन्तर माना था, क्योंकि नागरिक समाज का आधार अहम्‌वाद और स्वार्थ है, जो परिवार का नहीं है। आज उत्तरआधुनिककाल के दौर में वैश्विक नागरिक समाज की धारणा बलवती होती जा रही है, जो राज्य की सीमाओं का अतिक्रमण कर बन रहा है। एन. जी. ओ. उसका एक उदाहरण है, जिनका संचालन व्यक्तिगत, ऐच्छिक और आत्मअनुशासित है, लाभ कमाने से कोई मतलब नहीं है। (लेकिन भारत में तो यह लाभ कमाने के लिए ही बनता है चाहे सरकारी अनुदान गड़पने के लिए हो या विदेशी सरकारी राशि)। एन. जी. ओ. यानी गैरसरकारी संगठन अहिंसक ढंग से काम करते हैं। (भारत में हिंसा करनेवाले संगठनों को संरक्षण देते हैं, उनकी वकालत करते हैं)। इधर उन्हें सरकारों से कुछ वैधानिक अधिकार भी प्राप्त हो गये हैं और संयुक्त राष्ट्र संघ भी कुछ को मान्यता देने लगा है। वे राष्ट्रीय और अन्तरराष्ट्रीय राजनीति में भी इधर कुछ दखल देने लगे हैं। एडवोकेसी एन. जी. ओ. एक विशेष उद्‌देश्य को लेकर आन्दोलित होते हैं।

उनके पास विशेषज्ञता तो काफी होती है, पर वास्तविक काम करने की क्षमता काफी कम। आपरेशनल एन. जी. ओ. का मुख्य काम योजना बनाना और उन्हें कार्यान्वित करना होता है। कुछ विचारक एन. जी. ओ. को बहुराष्ट्रीय कार्यालयों और कारपोरेशनों का विरोधी और सन्तुलित करनेवाला संगठन मानते हैं। ये बहुराष्ट्रीय कम्पनियाँ और ट्रान्सनेशनल कारपोरेशन एक से अधिक राज्यों में आर्थिक गतिविधियों को नियन्त्रित करते हैं। जहाँ इनका हेडक्वार्टर्स होता है, उसे 'पैरेण्टल या होम स्टेट' कहते हैं, वहाँ से हटकर जहाँ वे काम करते हैं, उसे 'होस्ट स्टेट' कहते हैं। हो सकता है होस्ट स्टेट में वे अपनी सब्सिडिअरी कम्पनी या कारपोरेशन बनाकर काम करें, जो वहाँ के देश, काल और परिस्थिति के अनुसार थोड़ा स्वायत्त लें। बाजार में आज इनका दबदबा बढ़ता जा रहा है।

इनसे हटकर, नागरिक समाज के सन्दर्भ में सामाजिक आन्दोलनों की भी भूमिका है। उसकी चर्चा करते हुए नाओमीक्लेन कहती है, "A social movement is a particular form of social behaviour in which the motive to act springs largely from the attitudes and aspirations of numbers, typically acting within a loose organizational framework. Being a part of social movement requires a level of commitment and political activism rather than formal or card carrying membership, above all movements move. A movement is different from spontaneous mass action (such as an uprising or revolution) in that it implies a level of intended and planned condition in pursuit of a recognised social goal. Not uncommonly, social movements embrace interest groups and may even spawn political parties. Trade unions and social parties, for instance, can be seen as a part of a broader labour movement."

इनमें नया यह है कि जहाँ पुराने सामाजिक आन्दोलनों के कार्यकर्त्ता और लाभांशी दलित और वंचित लोग थे, वे आज शिक्षित, आर्थिक रूप से बेहतर और युवा लोग हैं। दूसरे इनका जोर जीवन की गुणवत्ता पर है, मृत वस्तुओं की मात्रा पर नहीं। गो स्त्रीवादी आन्दोलनकारी एक जैसा वेतन और एक जैसे अवसर की माँग करते हैं, लेकिन यह पुरुष प्रधानता को चुनौती देने और लिंग समानता लाने के लिए है। तीसरे पुराने आन्दोलन अमूमन् अलग-अलग चलते थे, आज विचारधारा से सम्बद्ध होने के कारण अलग-अलग चल रहे आन्दोलन भी एक स्तर पर जाकर एक हो जाते हैं। अक्सर यह विचारधारा न्यू लेफ्ट की होती है, जिसकी चर्चा हम ऊपर कर आये हैं। यह नववाम विचारधारा यूरोपीय और विकासमान समाजों में फैली हुई है।

नागरिक समाज का पैतृक सम्बन्ध पश्चिमी यूरोप के समाजों के राष्ट्रीय समुदायों से था। दोनों ही जनतान्त्रिक बोध की देन थे। बढ़ते हुए पूँजीवाद ने लोगों की निस्संगता समाप्त कर सेवा, समझौता और बाजार के माध्यम से एक जगह आने के लिए बाध्य कर दिया। इससे लोगों में एक-दूसरे के प्रति समझदारी और सम्बन्ध विकसित हुआ। बातचीत के लिए भाषा में विस्तार और स्तर आने लगा। इन्होंने राष्ट्रीय समुदायों को जन्म दिया जिन्होंने सामन्ती जकड़न का ऊल-चूल ढीला किया, स्टेटस और हायरार्की का बन्धन ढीला किया। अनुसेवा आधारित सम्बन्धों को हिला दिया। व्यक्ति को नयी इयत्ता और अस्तित्व प्रदान किया। जीवन व समाज को नयी कल्पना प्रदान की। चिन्तनों का विस्फोट हुआ। उनमें संघर्ष भी होने लगा। इन संघर्षों और अन्तःक्रीडाओं से नागरिक समाजों का जन्म हुआ। इसने व्यक्तित्व समाज के अन्तःचेतना को उदारवादी बनाया। पूँजीवाद ने जनतान्त्रिक जागरूकता को जन्म दिया। दोनों एक-दूसरे के लिए मददगार और सुसाध्य रहे। यह ऐतिहासिक चरण इस विश्वास का आधार है कि अपने वजूद व विकास के लिए जनतन्त्र को नागरिक समाज की जरूरत होती है।

हम बाजार पर आते हैं। बैशलर इसे Agony कहता है। परिभाषित इस तरह से करता है, "By nature and definition, agony is a regulated social space, removed from violence and rive, where at least supply and demand meet." अपनी उत्पत्ति में इसका अर्थ राजनीतिक अधिक है,

व्यापारिक कम। महत्त्व उसके public place होने का है। फोरम में भी कुछ ऐसी ही बात है। ये भीड़, मेला, धार्मिक प्रवचन की बैठक आदि से भिन्न होते हैं।

खैर, बाजार एक ऐसी जगह है, जहाँ हर व्यक्ति अपने हित साधन के लिए अकेला होता है। दूसरे बाजार ने 'पब्लिक' यानी लोग का निर्माण किया है। लोग बाजार से भिन्न होता है, क्योंकि लोग में एक स्थायित्व का बोध रहता है, जबकि बाजार में तात्कालिकता का। फिर सम्बन्ध के भी बोध में थोड़ी भिन्नता होती है। इसके आधार पर नागरिक समाज की व्याख्या करते हुए हेबरमास कहता है, "Civil society is a secularized public space made up of atomized egoistic individuals thrown into the competitive bourgeois world." किन्तु इसके साथ ही वह 'a world of right-bearing individuals' भी है, "a sphere which was assumed to be accessible to all without interference of power."

साम्यवादी ब्लाक के पतन के बाद कई पश्चिमी विचारकों ने नागरिक समाज को 'Market-driven social life' कहा है। लेकिन यह गलत है। वैश्वीकरण के चलते आज बाजार दूसरी व तीसरी दुनिया के लिए सर्वग्रासी बन गया है। नागरिक समाज दरअसल शक्ति की संस्थाओं से इतर जो समाज में बचता है, वह पूरा-का-पूरा नागरिक समाज है। इसको परिभाषित करते हुए जावीद आलम कहते हैं, "Civil society may be defined as the public sphere in liberal societies where right bearing individuals battle for the recognition of ideas, convictions and social preferences."

अप्रासंगिक न होगा यदि यहीं हम जनतन्त्र में प्रचार साधनों (media) और राजनीतिक दलों की भूमिका पर भी थोड़ी चर्चा कर ली जाये।

आज राजनीति के केन्द्र में मीडिया आ गया है। सर्वसत्तावादी राज्यों में भी शासकों को अपने लोगों से विचारों का अदान-प्रदान बनाकर रखना पड़ता है, वैधता का ढोंग रचने के लिए। जनतान्त्रिक देशों में प्रचार के साधन बहुत जटिल और महीन हुआ करते हैं। इनका प्रयोग चुनाव प्रचार के लिए, मत पड़ने के पैटर्न पर प्रभाव डालने के लिए, ग्रूपों के ऊपर ध्यान केन्द्रित करने के लिए, अपनी नीतियों को उन तक पहुँचाने आदि के लिए होता है। जनतन्त्र स्वयं ही राजनीतिक संचार का एक रूप लगता है, जो शासक और शासित के बीच बातचीत का रूप रखता है। वे आज राजनीतिक प्रक्रिया के अंग बन गये हैं जो समाज में शक्ति के वितरण को प्रतिबिम्बित करने से बढ़कर उसे प्रभावित करने के ढंग बन गये हैं। जनतन्त्र के लिए जरूरी शर्तों में उनकी भी गिनती है। 'फ्री प्रेस' सरकार की नीतियों की विवेचना कर उसके गुण-दोष को लोगों के सामने लाता है। वह चार तरह से जनतन्त्र को मजबूत करता है : (1) जनता के बीच बहस राजनीतिक मुद्दों पर केन्द्रित करता है; (2) शक्ति के दुरुपयोग पर निगाह रखता है; (3) राजनीतिक प्रभाव व शक्ति को पुनर्वितरण प्रदान करता है, और; (4) जनतन्त्र के चलने को यान्त्रिकी प्रदान करता है। लेकिन इसकी तीन सीमाएँ भी हैं। विचारधारा और एलीट-मूल्यों के विचारक कहते हैं कि मास-मीडिया हमेशा ही निष्पक्ष होने की जगह किसी-न-किसी तरफ झुका रहता है और सारी चर्चा अन्ततः उसी पक्ष की ओर ले जाता है। दूसरे मास मीडिया शायद ही कभी अपने को जन के प्रति जिम्मेदार मानती है, भले ही ऐसा बार-बार कहती हों। यह 'बिना जिम्मेदारी की शक्ति' का उत्तम उदाहरण है। तीसरे मीडिया सरकार से वाकई स्वतन्त्र रहकर काम करती है—इस पर अनुभव काफी सन्देह प्रदान करता है।

राजनीतिक दल सिर्फ इसलिए महत्त्वपूर्ण नहीं होते कि उनके काम का दायरा बहुत बड़ा होता हैः प्रतिनिधित्व देना, एलीट का निर्माण करना, स्वार्थों और हितों को समेकित करना, आदि; इसलिए भी महत्त्वपूर्ण होते हैं कि राजनीति व्यवस्था को चलाने के लिए उनके बीच के जटिल सम्बन्ध राजनीतिक अधिरचना बनाने में बड़ी भूमिका निभाते हैं। दल सिस्टम को डुवर्जर तीन भागों में बाँटता हैः एक पार्टी

सिस्टम, जो अदबादकर तानाशाही की ओर जाता है, दो पार्टी सिस्टम जिसे वह जनतन्त्र के स्वास्थ्य के लिए अति उत्तम मानता है, बहुदलीय सिस्टम जो कभी जनतन्त्र के लिए बहुत वांछित लगता है, कभी रोड़ा अटकानेवाला, जैसा कि हम विकासशील देशों में देख रहे हैं। बहुदलीय व्यवस्था यह जाहिर करती है कि राज्य में दो बढ़कर हितों/स्वार्थों के ग्रूप हैं और इससे उनका सम्यक् प्रतिनिधित्व हो रहा है। उनकी उपस्थिति से जनतन्त्र का मतलब न केवल शक्ति का वितरण, उसमें हिस्सेदारी और प्रयोग करने का ढंग होता है, बल्कि सामाजिक और सांस्कृतिक पहचान का निर्माण करता है, उनमें आनेवाली बाधाओं का शमन करता है, सिद्धान्तों और प्रक्रियाओं द्वारा मूल्यों की सरणी को व्यावहारिक बनाता है। दिक्कत यह है कि हमारे जनतन्त्रों में लोग क्या पार्टी की नीतियों पर मत देते हैं? प्रत्याशी की व्यक्तिगत छवि, लोगों का उससे व्यक्तिगत लगाव और निजी स्वार्थ साधन की सम्भावना, जाति, धर्म, क्षेत्र, भाषा आदि के नाते नजदीकी की अनुभूति, स्थानीय मुद्दे, डर आदि की भूमिका मत प्राप्त करने के लिए अधिक कारगर है। इस तरह से मिले मत का उपयोग शासक वर्ग अपनी नीति का विजय मानता है, जिसका मतदान से दूर-दूर तक सम्बन्ध नहीं होता। इससे बचने के लिए विचारक 'Recall' की व्यवस्था करना चाहते हैं, लेकिन तब उसका दुरुपयोग होने की सम्भावना ही अधिक है, स्वार्थी राजनीतिज्ञों के बीच।

(4)

द्वितीय महायुद्ध की परिसमाप्ति के बाद पश्चिमी देशों के साम्राज्य टूटने के बाद जो देश स्वतन्त्र हुए, उन्हें हम स्वतन्त्र देश चाहे जितना कहें, पश्चिम के अच्छे-से-अच्छे विचारक उन्हें 'Post-colonial' ही कहते हैं। यानी यूरोप की उच्चता ग्रन्थि की मानसिकता उनमें अभी भी काम कर रही है। ये दरअसल 'पोस्ट क्राइसिस' देश हैं, जिनमें पुरानी व्यवस्थाएँ ढप हो गयीं हैं और नयी व्यवस्थाएँ अधिक मजबूत नहीं हो पायी हैं। विवाद चलता जा रहा है कि शक्ति को किस प्रकार वैधानिक बनाया जाये, उसकी संरचना बनायी जाये और उन्हें लागू किया जाये। सुखद बात यह है कि अधिकांश ने वास्तव में, और भी देशों ने चाहे नाम के लिए ही सही, जनतन्त्र को अपनी व्यवस्था के लिए अपनाया है।

यह मुक्ति दो तरह की थी। एक वह थी जहाँ आजादी की लड़ाई चल रही थी और आजादी उसके परिणामस्वरूप मिली। दूसरी वह थी जहाँ आजादी की लड़ाई नहीं चली थी, या बहुत कमजोर थी। किन्तु युद्ध में जर्जर हो जाने के कारण उपनिवेश बनाकर रखनेवाले राज्य अपना साम्राज्य सम्हालने में असमर्थ थे। मुक्त कर देने के अलावा कोई रास्ता बचा ही नहीं था। इससे उन देशों में जनतन्त्र का दो स्वरूप उभरा।

पहले किस्म के देशों में जनतन्त्र के दो स्तम्भ विरासत में मिले थे—एक शासकों द्वारा समय-समय पर दिया गया शासितों को वैधानिक अधिकार। दूसरा आजादी की लड़ाई के दौरान उभरे मूल्य और सम्मानित व अनुभवी नेतृत्व। दोनों में बहुत गहरा आपसी सम्बन्ध था। लड़ाई से अधिकार मिले थे और मिले अधिकारों ने इस लड़ाई को और तेज किया था। आजादी मिली तो उन तमाम अनुभवों और मूल्यों को एक लिखित संविधान में डाल दिया गया। यह तीसरा स्तम्भ बना। आजादी से पूर्व मिले संवैधानिक अधिकारों के चलते जनतन्त्र को कुछ मूलभूत आवश्यकताओं से लोग वाकिफ थे और उसकी प्रक्रिया में भाग लेने का अनुभव था। कुछ राजनीतिक दल बने-बनाये थे, जिनकी नीतियाँ लोगों के सामने थीं और समय-समय पर, सीमित मताधिकार के दायरे में ही सही, हुए चुनावों का अनुभव था। लोगों में राजनीतिक प्रक्रिया को सम्मान देने और अपेक्षित निरपेक्षता बरतने की आदत पड़ गयी थी। एक शासनकर्त्री एलीट का निर्माण हो गया था, जो शिक्षित थी और नौकरशाही उसका सम्मान करती थी। कानून की व्यवस्था और उसके प्रति सम्मान, निरपेक्ष न्यायपालिका, संसदीय जिम्मेदारी की भावना, अधिकारों का विभाजन व बँटवारा, रोक व सन्तुलन, समाज कल्याण आदि की संस्थाएँ आदि बलवती थीं। इसलिए एकदम से कोई बड़ी समस्या इन देशों में नहीं आयी। आयी तो एथनिक और धनीवर्ग के

दबदबे की समस्या थी। आधुनिकता की अच्छाइयों की सीधी जानकारी के चलते अधिकांश राज्यों ने संसदीय प्रणाली, गणतन्त्र, जनतान्त्रिक समाजवाद, जन की सम्प्रभुता, जनतान्त्रिक विकेन्द्रीकरण आदि को अपनाया। भारत जैसे देशों में तो यह बहुत सफल रहा, हालाँकि निहित स्वार्थों ने समय-समय पर निष्पक्ष चुनाव प्रक्रिया को प्रभावित करना चाहा। पर चुनाव आयोग की सख्ती और उपायों ने उसे निष्क्रिय कर दिया। एक पार्टी का वर्चस्व टूटा जो जनतन्त्र के लिए भला था। लेकिन भारत से ही निकले पाकिस्तान व बाँग्ला देश में उतनी सफलता न मिली। एथनिक समस्या, धनी वर्ग का दबदबा, एकधिकारवादी मनोवृत्ति ने सैनिक और वर्ग तानाशाही को जन्म दिया। धर्मनिरपेक्षता हमेशा खतरे में रही। इस्लाम की कट्टरता ने वहाँ आधुनिकता को अपनाने में बाधा डाला। उसे न्यायोचित ठहराने के लिए सामन्ती मानसिकता के शासकों ने, विशेषतः अयूब खान ने 'गाइडेड डिमोक्रैसी' की धारणा रखी। उन्हीं के देखा-देखी दूसरे तानाशाह सुकार्णो ने हिन्दचीन में 'बेसिक डिमोक्रैसी' की अवधारणा विकसित की। दरअसल माडर्निटी की कमी के कारण इस्लामी देशों में जनतन्त्र सफल न हो पाया। मिस्र में मुहम्मद गमाल नासिर, इराक में सद्दाम हुसैन, ईरान में खुमैनी राजसत्ता को समाप्त करने के बाद जनतन्त्र के नाम पर तानाशाह ही बन बैठे। नेपाल में भी कुछ ऐसी ही सम्भावना दूसरे कारणों से है। अफगानिस्तान, बर्मा आदि के उदाहरण सामने हैं।

जिन देशों में आजादी के लिए सशक्त लड़ाई चले बिना ही मुक्ति आ गयी, उनमें अधिकांश देश अफ्रीका और दक्षिणी अमेरिका महाद्वीप के हैं। जनतन्त्र के लिए मूलभूत ढाँचा उपलब्ध न होने के कारण जो नेता सत्ता में आये, उन्होंने अपनी तानाशाही को न्यायोचित ठहराने के लिए समाजवाद की दुम पकड़ ली। इसकी दो परिणति हुई। एक तो सक्रिय या निष्क्रिय आतंक का राज चलता रहा। दूसरे आर्थिक अक्षमता में देश पिसते रहे। राजनीतिक संगठन और शक्तिशाली सामाजिक गतिकी, जो आधुनिकीकरण प्रदान करनेवाली थी, के बीच सम्बन्ध मार्क्स के चिन्तन पर छोड़ दिया गया था, जिसे कार्यान्वित करने के लिए कोई खास प्रयत्न नहीं हुआ। वहाँ के जनतन्त्रीकरण की वास्तविक समस्या उत्तरसाम्यवादी काल में उठी, जिसे हम पूर्वी यूरोपीय राज्यों के साथ आगे देखेंगे।

(5)

साम्यवाद के पतन के बाद वहाँ के देशों में हम पाते हैं कि उस तरह का जनतन्त्र में शिक्षित और उसकी प्रक्रिया में विश्वास रखनेवाला वर्ग नहीं था। वह नागरिक समाज भी नहीं था जो राज्य की सत्ता और व्यक्ति की स्वतन्त्रता के बीच कुशन का काम करता था। राजनीतिक दलों की बहुलता नहीं थी। कानून की व्यवस्था नहीं थी, सरकार और नौकरशाही की जन के प्रति उत्तरदायित्व नहीं था। व्यक्तिगत सम्पत्ति नहीं थी, आधुनिकता का बोध नहीं था, बाजार चलाने का न तो अनुभव था, न ही जनतन्त्र के लिए उसका जो मूल्य होता है, उसकी पहचान थी। थी तो सत्ताधारियों की एलीट जो अभी भी शासन में रहना चाहती थी, उसकी मददगार नौकरशाही थी और दोनों मिलकर राज्य की सम्पत्ति को अपनी निजी सम्पत्ति बना लेना चाहते थे। एक टेक्नोलॉजी में शिक्षित 'मानक बल' था, लेकिन उनका उपयोग जनतन्त्र की बढ़ोतरी के लिए करनेवाला वह नैतिक प्रतिबद्धता नहीं थी।

परिणामस्वरूप जब इन देशों में जनतन्त्र का प्रवेश हुआ तो वह जनतन्त्र की जगह जनतन्त्रीकरण का रूप होकर आया, जिससे पहले दबाव जन को समानता और स्वतन्त्रता देने पर हुआ। इसी से सत्तासीन लोगों की जिम्मेदारी जनोन्मुखी बनी, कुछ कानून का राज्य बना और चुनावी प्रक्रिया बहुदलीय रूप लेकर उभरी। गड़बड़ी यह थी कि यह जनतान्त्रिक प्रक्रिया बाजारवाद की ही तरह लोगों के बीच से न उभरकर ऊपर से थोप दी गयी। इसलिए इसके लाभार्थी नहीं के बराबर रहे। पहली समस्या संविधान बनाने की हुई। दूसरी समस्या जिनके हाथों में शक्ति थी, उसे जन को हस्तान्तरित करने की हुई। निश्चित समय पर निष्पक्ष चुनाव की अनिवार्यता ने इसमें कुछ योग दिया, पर पुराना तानाशाह किस्म का नेतृत्व इसमें

भरपूर अड़ँगा डालता रहा। उसके लिए संसदीय प्रणाली न अपनाकर अध्यक्षीय प्रणाली पर बल देता रहा, जिससे कि जवाबतलबी तात्कालिक न हो। लोगों को कानून का लाभ देने के बजाय सरकारी सम्पत्ति को अपने नाम वैध कराने में लगा रहा। स्वतन्त्र न्यायपालिका की संस्था का विकास ही नहीं होने देना चाहता था। लेकिन विभिन्न देशों में, विभिन्न समयों पर, विभिन्न स्तर पर लोग जनतन्त्रीकरण को जनतन्त्र में बदलते नजर आये। पुराने दलों ने भी कहीं भी खुल्लमखुल्ला पुरानी साम्यवादी व्यवस्था की माँग नहीं की। एशिया के देशों में पहले बाजारवाद लाया गया, फिर जनतन्त्रीकरण। चूँकि यहाँ व्यवस्था टूटी न थी, संक्रमित हुई थी, इसलिए जनतन्त्र नहीं आया। अफ्रीकी और दक्षिण अमेरिकी महाद्वीप में चूँकि व्यवस्थाएँ उलट गयीं, कुछ खून खराबा भी हुआ, किन्तु संयुक्त राष्ट्र संघ की देख-रेख में universal declaration of human rights को पूरी तरह से लागू करने का प्रयत्न किया गया, इसलिए वहाँ जनतन्त्रीकरण मात्र एक चरण के रूप में आया। उद्देश्य जनतन्त्र की स्थापना ही रहा। इसकी विस्तृत चर्चा मैं अपने लेख 'उत्तर साम्यवाद' में कर आया हूँ। उसे वहीं देखना ठीक रहेगा। यहाँ यह नोट कर लेना संगत रहेगा कि साम्यवाद का पतन जहाँ एक असफलता की देन है, उपनिवेशों का नाश आत्म-स्वीकृति और उसके लिए लड़ाई का परिणाम था। इसलिए जनतन्त्र की जड़ें उत्तर औपनिवेशिक देशों में अधिक मजबूती से गड़ीं। दूसरे उत्तर साम्यवादी देशों में आज पूँजी स्वयं एक यूटोपिया है, किन्तु उत्तर औपनिवेशिक देशों में यह साम्यवादी दलन का प्रतीक रहा है, जिससे वे निकल जाना चाहते थे। इसलिए तमाम राज्यों ने अपने संविधान में 'समतावाद' रखा, पर लोगों पर बलात् लादने के लिए अत्याचार नहीं किया। वहाँ मुक्ति और विकास अस्मिता के स्तम्भ हैं, उत्तर साम्यवादी देशों में जनतन्त्रीकरण और बाजारीकरण सरकारों को वैधता प्रदान करने के स्तम्भ हैं।

यह भी नोट करने की जरूरत है कि जनतन्त्र के प्रति आकर्षण मार्क्सवादी विचारकों में लम्बे समय से रहा है। रूस में जब बोल्शेविक दल सत्ता में आया तो उसकी तमाम प्रशंसा करने के बावजूद रोजा लक्जमबर्ग ने इस बात के लिए आलोचना की कि उसने जनतन्त्र को धता बता दिया है, जबकि साम्यवाद व जनतन्त्र का सम्बन्ध सीधा और स्वाभाविक है। वास्तविक क्रान्ति के लिए लेनिन को उसे और बढ़ाना चाहिए। मार्क्स ने यदि बूर्जुआ जनतन्त्र के अवदान नागरिक समाज और कानून को वर्गशोषण का आधार माना तो उनका इस्तेमाल भी साम्यवादी समाज बनाने के लिए करने की राय दी। बर्गस्टेन ने जब शान्तिपूर्ण ढंग से समाजवाद लाने की बात कही तो उसके मूल में जनतन्त्र, नैतिकता और मानवाधिकार को रखा। इसी तरह त्रात्स्की ने संसदवाद को सामाजिक योजना का अनिवार्य अंग माना। कहा कि जनतन्त्र सिर्फ सत्ता के लिए संघर्ष का औजार नहीं है, स्वयं साम्यवाद का अनिवार्य अंग है। गोर्बाचेव ने ग्लासनोत्स के माध्यम से समाजवाद को एक मानवीय चेहरे के साथ प्रत्यक्ष करना चाहा, एक नयी प्रबन्धन प्रणाली के साथ जो राजनीतिक व्यवस्था के लिए अधिक क्रियाशील हो, सहकारी हो। इन सबका मिला-जुला असर सोवियत समाज का जनतन्त्रीकरण ही था। रूस, चेकोस्लोवाकिया, यूगोस्लाविया समेत तमाम साम्यवादी देशों में राज्ययान्त्रिकी की असफलता दरअसल जनतन्त्र की असफलता थी–शक्ति पर रोक बनाकर नहीं रखा जा सका, संघीय प्रणाली का दमन किया गया, मानवाधिकार को कूड़े की टोकरी में डाल दिया गया और नागरिक समाजों को बनने ही नहीं दिया गया। दरअसल मार्क्सवादी क्रान्तिकारी साम्यवाद का निर्माण पूँजी लगानेवाले कारपोरेट युग के पहले किया गया था, जो मास जनतान्त्रिक समाजों के लिए स्वाभाविक था। जब उसका दबाव बढ़ा तो व्यवस्था का ढाँचा चरमरा उठा। पूर्वी यूरोपीय देशों में यह असफलता बाहरी और भीतरी दोनों कारणों से थी। बाहरी कारण रूस द्वारा की गयी थोपाई थी। उससे लोग निकलना चाहते थे। उसके लिए आत्मनिर्धारण और जनतन्त्र को तर्क की तरह पेश करते थे। भीतरी कारण साम्यवादी संस्कृति का न बन पाना था। लोगों की इच्छा जनतन्त्र की ओर झुकी हुई थी, चाहे वह प्रोटेस्ट के लिए ही क्यों न हो। यद्यपि कि चीन ने तियानामेन

चौराहे पर जनतन्त्र की माँग को कुचल दिया, शासक वर्ग ने उसे धीरे-धीरे अपनी प्रणाली में स्वीकार किया पहले पार्टी में, फिर अर्थव्यवस्था में, फिर राज्य व्यवस्था में, फिर समाज में। यही प्रक्रिया तमाम दूसरे देशों ने अपनायी। लगा कि सामाजिक न्याय जनतन्त्र से ही पाया जा सकता है।

इसलिए जब समाजवादी सिस्टम पूरी दुनिया में ध्वस्त या ध्वस्तप्राय हुआ तो उसकी स्वाभाविक परिणति जनतन्त्र में हुई। यूरेशियन देशों में प्रतिस्पर्द्धी चुनावों के माध्यम से औपचारिक जनतन्त्र तत्काल प्रभावी हो गया। लेकिन वह पर्याप्त नहीं था, क्योंकि संसदों को बहुत ही सीमित अधिकार दिया गया। कार्यपालिका के विशेषाधिकार पर बहुत रोक नहीं लग पाया। यानी सारभूत जनतन्त्र के आने में देरी हुई। एक कारण नये संविधान के निर्माण में अनापेक्षित देरी रही। दूसरा कारण पुरानी एलीट के ही हाथों में राजनीतिक व आर्थिक सत्ता केन्द्रित रह जाना रहा जो सत्ता को अपने हाथ से निकलकर जन के हाथ में जाने के रास्ते में रोड़ा अटकाते रहे। समय का इस्तेमाल अपने नव प्राप्त स्मृति को न्यायोचित ठहराने में करते रहे। इसलिए वे आर्थिक स्वतन्त्रता की वकालत तो करते रहे, लेकिन अभिव्यक्ति की स्वतन्त्रता पर टेढ़ी आँख किये रहे। पश्चिम के लोग इनके विचारकों को antipolitical thinker कहते हैं। फिर वहाँ के समाजों में उदारवाद को ग्रहण करने की क्षमता नहीं के बराबर थी, क्योंकि नागरिक समाज सिरे से नष्ट कर दिये गये थे। जनतन्त्र में उनकी उपयोगिता हम ऊपर दर्शा आये हैं। जेर्जी जाकी लिखता है, "Post-communist societies are characterized by premodern ethnic and territorial cleavages and stratification rather than the complex socio economic and interest cleavages of (post) modernity. If in the past parties tended to represent identifiable objective interests, such as the landed gentry or the working industrial class, now with fragmented societies in which the economic interests of the population were diffused and depoliticalised while those of the elite were crudely direct and prepolitical, the role of political parties appeared redundant with the decline of ideological politics classical line of party affiliation were blurred and parties had an inexorable tendency to become diffused into movements and fronts, in which new forms of opinion and power were directly aggregated rather than mediated through a party heirarchy and organization."

उसी समय हम यह भी पाते हैं कि पूर्वी यूरोप के देशों में अच्छी तरह से संगठित हितों पर आधारित ग्रुप काम करते रहे हैं। वे अक्सर सरकार के विरुद्ध उठ खड़े हुए हैं और पुरानी एलीट को अपना काम करने नहीं दिये हैं। इससे एक नये प्रकार का प्रशासनिक सम्बन्ध बना है। उन्होंने समानान्तर 'polis' का काम किया है और नागरिक समाज की कमी को पूरा किया है। डी. ताक्विल ने नागरिक समाज की जरूरत राज्य और व्यक्ति के बीच संघर्ष में कुशन की तरह रहने का महसूस किया है। उसकी कुछ पूर्ति इनसे हुई है। इससे एक नयी नागरिक संस्कृति और नये 'एलीट' का निर्माण हो रहा है। उसी से तमाम नये दलों की सृष्टि होगी, जो जनतन्त्र के लिए जरूरी हैं। जनतन्त्र दरअसल सामाजिक और पहले से ही वर्तमान सांस्कृतिक विकास की देन होता है। उत्तरआधुनिकता ने जो बाजार पर जोर दिया है, तो उससे एक नयी संस्कृति और संस्थागत विकास हो रहा है, जो इस वांछित नागरिक समाज का निर्माण करेगा। बहुराष्ट्रीय कम्पनियाँ और गैरसरकारी संगठनों का उसमें अपना योग है। जनतन्त्र को इन संस्थाओं में विकसित होते देखा जाना है, क्योंकि उसे बलात् लादा नहीं जा सकता। बाजारीकरण ने लोगों को राज्य के 'tutelage' से निकाला है और राजनीतिक उदारता के लिए एक अधिक ठोस व विकसित कार्यक्रम प्रदान किया है। वहाँ पूँजीवाद एक आदर्श की तरह उपस्थित हुआ है, जिधर संक्रमित होने के लिए आज के समाज व्याकुल हो रहे हैं। उनके लिए जनतन्त्र और बाजारीकरण अपनी सरकार को वैधता प्रदान करने का कारण और मानदण्ड दोनों ही है।

(6)

किसी भी तन्त्र के भविष्य पर कुछ कहना मुश्किल और बेमानी दोनों है। कब क्या हो जाये, कुछ कहा नहीं जा सकता। एक साथ जितनी शक्तियाँ काम कर रही होती हैं, उनकी समग्रता को आचक्षु नहीं किया जा सकता। फिर भी जो प्रवृत्तियाँ हावीं है, उनके आधार पर कहा जा सकता है कि जनतन्त्र का भविष्य उज्ज्वल है। राज्य व्यवस्था का उद्देश्य शान्ति, न्याय और समाज तथा व्यक्ति के विकास के लिए अधिकतम अवसर प्रदान करना होता है। जनतन्त्र इससे प्रदान करने में सबसे सक्षम व्यवस्था है। उत्तरआधुनिकता, उत्तर साम्यवाद, उत्तर उपनिवेशवाद, वैश्वीकरण, बाजारवाद आदि ने इसके लिए अधिकतम अवसर प्रदान किया है। साम्यवादी ब्लाक के देश यूरोपीय संघ में शामिल हो रहे हैं। इसी तरह के तमाम क्षेत्रीय संगठन बन रहे हैं। इसके अलावा अन्तरराष्ट्रीय मॉनेटरी फण्ड और विश्व बैंक से देश अधिकाधिक जुड़ते जा रहे हैं, जो नीतियों में उदारतावाद और जनतन्त्र के पोषक हैं। सभी अन्तरराष्ट्रीय संगठन और आज की शिक्षा जनतान्त्रिक मूल्यों के प्रति प्रतिबद्धता ला रहे हैं। तानाशाही के खिलाफ लोग खड़े हो रहे हैं, और उसे कमजोर कर रहे हैं।

फिर भी ऐसे तत्त्वों की कमी नहीं है, जिनसे जनतन्त्र को बहुत खतरा है। उनमें एक है कट्टरवाद, चाहे वह धार्मिक हो या राजनीतिक। इसे सम्यक् शिक्षा से ही दूर किया जा सकता है। दूसरा है बाजारवाद और वैश्वीकरण से उत्पन्न अमेरिका की एकच्छत्रता। इससे निजात एथनिक ग्रूपों की राजनीति और राष्ट्रवाद से है। ये दोनो स्वयं जनतन्त्र के लिए खतरनाक हैं, यदि कोई संकीर्ण मानसिकता का नेता इनका उपयोग विस्तारवाद और सैनिक तानाशाही के लिए करे। इस पर भी रोक मूल्यपरक शिक्षा से ही लग सकती है। तीसरा है आतंकवाद। इसके दो रूप हैं—आन्तरिक और बाह्य। इसके लिए न केवल ग्रूपों के उचित माँगों को स्वीकारना होगा और उसकी पूर्ति के लिए प्रयत्न करना होगा, विशेषतः अमीर व गरीब के बीच की खाई भरनी होगी। आतंकवाद को प्रश्रय देनेवालों देशों का बॉइकॉट करने के साथ-साथ दबाव भी डालना पड़ेगा, जरूरत पड़े तो सैनिक स्तर पर।

खतरे और भी हैं जेण्डर, जाति, नवफासीवाद आदि। उनकी चर्चा कभी और।

पुनश्च :

पिछले कुछ बरस से दुनिया में लोकतन्त्र की ताकतें मजबूत होने के बजाय कमजोर हो रही हैं। सोवियत संघ के विघटन और मार्क्सवादी विचारधारा की असफलता के बाद आशा बँधी थी कि विश्व में लोकतन्त्र का प्रसार होगा तथा मानवाधिकारों की रक्षा में बढ़ोतरी होगी। बीसवीं सदी के अन्तिम दशक में बहुदलीय चुनावों में विश्व स्तर पर बढोतरी देखी गयी, किन्तु जल्दी ही यह प्रक्रिया रुक भी गयी। कुछ मामलों में तो जनतन्त्र उलटे गियर में जाता दिखायी दिया। रूस उसके तथाकथित प्रभाववाले निकटवर्ती क्षेत्र और मध्य एशिया में स्थिति कुछ ज्यादा ही निराशाजनक है। आश्चर्यजनक है कि रूस में जो नेता कम्युनिस्टों की जगह सत्ता पर काबिज हुए उनका व्यवहार कम अधिनायकवादी नहीं है। सरकार की खुफिया एजेंसी अधिक ताकतवर हुई है, अवश्य ही पूर्व खुफिया अध्यक्ष के लम्बे समय से सत्ता में बने रहने के कारण। फिर देखने में आ रहा है कि प्रेस और तमाम प्रचार माध्यमों को सरकारी नीतियों की तरफदारी करने के लिए कई तरह से दबाया और प्रलोभित किया जा रहा है। दूसरी तरफ रूसी प्रभाववाले मध्य एशियाई देश जैसे उजबेकिस्तान, ताजिकिस्तान, किर्गिस्तान, तुर्कमेनिस्तान के लोग लगातार सेण्ट्रल मास्को के ट्रिमफालनया स्क्वायर में पुतिन के विरोध में प्रदर्शन करते देखे गये हैं। वे कह रहे हैं कि सरकार संविधान का दुरुपयोग कर रही है। उसको रोकने के लिए वे संविधान की धारा 31 को समाप्त करने की माँग कर रहे हैं, जो उनकी सरकारों के कामकाज में हस्तक्षेप करने का अधिकार देती है। उधर यूक्रेन की संसद ने क्षेत्रीय चुनावों के कानून में इस तरह से संशोधन किया है

कि सत्तारूढ़ दल को विरोधी दल को कमजोर करने की ताकत मिल गयी है। यह उन पार्टियों को चुनाव में हिस्सा लेने से रोकती है, जिनका गठन चुनाव से सिर्फ एक वर्ष पहले हुआ है।

चीन में तानाशाही उसी प्रकार बरकरार है। बर्मा में सैनिक जुण्टा उसी तरह से काम कर रही है। पाकिस्तान में जेनेरल मुसर्रफ के अपदस्थ होने के बाद उम्मीद बनी थी जनतन्त्र की बहाली होगी, लेकिन निकम्मी और भ्रष्ट सरकार के चलते एक बार फिर सत्ता सेना के हाथों में जाते दिख रही है। क्यूबा में सरकार एक तरफ विरोधियों की धर-पकड़ कर रही है तो दूसरी तरफ समर्थन जुटाने के लिए प्रतिक्रियावादी कैथोलिक नेताओं को रिहा कर रही है। होण्डुरास में पत्रकारों और मानवाधिकारवादियों को तंग किया जा रहा है। वही हाल वेनेजुएला में है। वहाँ के राष्ट्रपति इन पर आरोप लगा रहे हैं कि उन्हें अस्थिर करने के लिए ये लोग अमेरिका से पैसे ले रहे हैं। यमन की सरकार भी अपने विरोधियों को जेल में ठूँस रही है, आतंकवादी करार कर। मिस्र के गृहमन्त्रालय ने देश में फेसबुक की गतिविधियों व उनकी विषयवस्तु पर निगरानी रखने के लिए एक ऐसा विभाग बनाया है जो राष्ट्रपति व सरकार की आलोचना पर रोक लगाती है। हुस्नी मुबारक के खिलाफ चुनाव लड़ चुके अयमैन नौर को जेल में डाल दिया गया है। आतंकवाद विरोधी अभियान का इस्तेमाल सरकार-विरोधियों को सासत में डालने के लिए किया जा रहा है। ईरान में तो अवैध शारीरिक सम्बन्ध बनानेवाली दो बच्चों की माँ को फाँसी पर तो चढ़ाया ही गया उसके वकील को देश से बाहर भाग जाने के लिए मजबूर किया गया है। अफ्रीका में प्रेस पर शिकंजा कसता जा रहा है। स्वतन्त्र मीडिया बेलारूस, बर्मा, क्यूबा, गिनी, ईरान, लीबिया, उत्तर कोरिया, तुर्कमेनिया व उजबेकिस्तान में काम नहीं कर पा रही है। सन्देश यह भी दिया जा रहा है कि चीन के विकास का कारण वहाँ की तानाशाही है। उसे दूसरे देशों को अपनाना चाहिए। भारत का उदाहरण उपेक्षित किया जा रहा है, किन्तु कब तक? मिस्र और अरब देशों में आज हो रहे परिवर्तन और आन्दोलन भारत के मॉडल को सही ठहरानेवाले हैं।

•

वैश्वीकरण

(1)

वैश्वीकरण, जिसे भूमण्डलीकरण भी कहा जाता है, आर्थिक स्तर पर विश्व बाजार और परिणामस्वरूप विश्व ग्राम का स्थापक है, जिसका लाभार्थी अमेरिका है, राजनैतिक स्तर पर वह दुनिया को क्रमशः एक सिस्टम के भीतर रखने या अनुरूप बनाने का साधन है, चाहे वह शान्तिपूर्ण ढंग से हो या हथियार के प्रयोग से, जिसका प्रतिदर्श अमेरिका और हद-से-हद पश्चिमी यूरोप के देश हैं, जिसके प्रतिरोध में आतंकवाद और राष्ट्रीयताएँ उठ खड़ी हो रही हैं, और संस्कृति के स्तर पर वह दुनिया को एक नियमानुवर्तिता, कहें एकरूपता में रचने का प्रयत्न है, तो दूसरी तरफ अस्मिता के नाम पर बहुलता को बढ़ावा देना है, जिससे कि राष्ट्रीयताएँ और मतान्तर इतने बलवती न हो जायें कि वे अमेरिकी वर्चस्व का मुकाबिला करने लगें। वैश्वीकरण वास्तव में उसी प्रक्रिया का भूमण्डलीकरण और स्थानीयता रूपी दोमुखी 'जानुस' है, जो दो विरोधी कर्म एक साथ करता है, एक-दूसरे को खारिज करते हुए और इस तरह अपने पतन का गोचर बीज अपने में ही छिपाये होता है। इसकी परिभाषा करते हुए राबर्ट्सन कहता है, Globalization as a concept refers both to the compression of the world and the intensification of consciousness of the world as a whole... both concrete global interdependence and the consciousness of global whole."

एक दूसरी परिभाषा गिडेन्स की है। वह लिखता है, "Globalization can... be defined as the intensification of worldwide social relations which link distant location in such a way that local happenings are shaped by event occurring many miles away and vice versa. This is a dialectical process because such local happenings may move in an obverse direction from the very distantiated relations that shape them. Local transformation is as much a part of globalization as the lateral extension of social connections across time and space."

अब यदि राबर्ट्सन की परिभाषा का विश्लेषण करें तो हम पाते हैं कि वैश्विक संकुचन राज्यों की अन्तःआधारितता और विश्व-व्यवस्था जैसी अवधारणाओं के अनुरूप है। इसमें व्यापार, सैन्य सहयोग, वर्चस्व और सांस्कृतिक साम्राज्यवाद की अपनी भूमिकाएँ हैं। वाल्सटेन कहता है कि इस तरह का वैश्विक संकुचन सोलहवीं सदी से ही होता चला आ रहा है, किन्तु राबर्ट्सन मानता है कि इसे और भी पहले से देखा जा सकता है। नयी बात यह है कि इसके प्रति चेतना अब जागृत हुई है।

गिडेन्स की परिभाषा का विश्लेषण करें तो हम पाते हैं कि इसमें देश और काल की अवधारणा घुसी पड़ी है। यह स्थानिकता की बात करती है, इसलिए क्षेत्र उपस्थित होता है। तब बड़े-बड़े प्राधिकरणों का

विलयन और विश्व स्तर पर किये जा रहे राजनैतिक ध्रुवीकरण केन्द्रीय न रहकर स्थानीय जीवन-विश्व का स्वायत्तीकरण केन्द्रीय विषय बन जाता है। इसमें सापेक्षीकरण और कर्तृगामिता (reflexivity) की पैठ बढ़ जाती है। इस कर्तृगामिता की परिभाषा करते हुए गिडेन्स लिखता है, "It is a project of self in which individuals, identities... are no longer based just on external factors but are constructed by a constant reflection on, and a working and reworking of their own Giographics". एक अधिक प्रभावशाली परिभाषा गारफिंकल की है, "A reflexive act one in which an individual projects a future goal state, analyses the steps that will need to be taken to achieve that goal, and then acts out the steps." खैर, तब यह स्थानीय लोगों का विशेषाधिकार बन जायेगा कि वे अपने समाज में किन मूल्यों को महत्त्व दें। और उनके ये निर्णय विश्व-व्यवस्था में हस्तक्षेप करेंगे। तब स्थानीकरण का मतलब हो जायेगा विवेकीकरण और वस्तुकरण से उत्पन्न अमानवीयता के बरक्स समुदाय की कर्तृगामिता की पुनर्निर्मिति।

इन तमाम बातों को ध्यान में रखकर माल्कम वाटर्स कहता है कि वैश्वीकरण की परिभाषा को उसके उद्देश्य, उसके अन्त—यानी जब भूमण्डलीकरण पूरा हो जायेगा तब उसका स्वरूप क्या होगा—इस बात को ध्यान में रखकर किया जा सकता है। इस पूर्णतः वैश्वीकृत विश्व में सिर्फ एक समाज और एक संस्कृति होगी। देखने में तो यह समाज और संस्कृति समेकित लगेगी, लेकिन शायद ऐसा वास्तव में न होगा। शायद वह उच्च स्तर पर विभेदपरक, बहुकेन्द्रीय और कुछ-कुछ गड्ड-मड्ड होगी। कोई केन्द्रीय गठित सरकार न होगी। संस्कृति जहाँ तक समेकित होगी, अमूर्त होगी, व्यक्तिगत चुनाव और वैविध्य के प्रति सहिष्णु होगी। सामाजिक और सांस्कृतिक जीवन से क्षेत्रीयता गायब हो जायेगी—समाज बिना किसी क्षेत्रीय सीमा का होगा। भौगोलिक आधार पर सामाजिक व्यवहार और व्यक्तिगत चुनाव की भविष्यवाणी नहीं की जा सकेगी। आज जैसे आसपास के लोगों के बीच सम्बन्ध स्थापित हो जाता है, वैसे ही दूर के लोगों के बीच सम्बन्ध स्थापित हो जाया करेगा। इसलिए वैश्वीकरण की परिभाषा इस तरह से की जा सकती है, “A social process in which the constraints of geography on economic, political, social and cultural arrangements recede, in which people become increasingly aware that they are receding and in which people act accordingly.”

सवाल उठता है कि इस तरह का वैश्वीकरण कब से आरम्भ हुआ। सामान्य धारणा यह है कि बीसवीं सदी के चौथे दशक में उत्तर औद्योगिकीकरण, उत्तर आधुनिकीकरण और पूँजी के विशृंखलन के साथ इसकी उत्पत्ति और विकास हुआ। किन्तु जैसा कि हमने ऊपर नोट किया था वालेर्स्टेन इसका आरम्भ 16वीं सदी से मानता है और राबर्ट्सन इसे इतिहास के आरम्भ से ही होता पाता है। अभी तक उसका विकास शनैः-शनैः हो रहा था, बीसवीं सदी के चौथे दशक से उसकी गति एकदम से तेज हो गयी है। इतना स्पष्ट है कि वैश्वीकरण का सम्बन्ध सीधे-सीधे आधुनिकीकरण से है और आधुनिकीकरण निश्चय ही पश्चिमी अवधारणा है। जैसा कि लैस और उरी कहते हैं, क्षेत्रीयता का संकुचन और समाहार पश्चिम में ही अधिक हुआ है तथा पूरा विश्व आज उसी का अनुकरण कर रहा है। तब वैश्वीकरण का मतलब है पश्चिम की संस्कृति का प्रसरण, उसमें भी पूँजीवादी समाज का। आज चूँकि पश्चिमी समाज के केन्द्र में संयुक्त राज्य अमेरिका है, इसिलए वैश्वीकरण का मतलब है अमेरिका का विश्वव्यापी विस्तार।

इस परिवर्तन और प्रसार को लानेवाली शक्तियों पर मानवीय नियन्त्रण समाप्तप्राय है। इस परिवर्तन के जड़ में आज लोगों के विभिन्न इलाकों के बस जाने, साम्राज्य बना लेने और संस्कृति के प्रतिकृति बनाते जाने, व्यापारिक संसर्ग बना लेने और पूँजी का प्रत्यावर्तन करने का तथ्य है। इन तमाम बातों का विश्लेषण कर हम कह सकते हैं कि इस वैश्वीकरण के पाँच मुख्य अंश हैं—

(1) देश और काल को पार करके संस्कृतियों, वस्तुओं, सूचनाओं और जनसमाजों का अन्तःसम्बन्ध।

(2) देश और काल को संक्षित करनेवाली व्यवस्थाओं, जैसा सूचना प्रौद्योगिकी की क्षमता का विस्फोट।

(3) सूचना, वस्तु, धन और जन के परिनिष्ठित व्यवहार, आदत और संहिता का सम्मिलन।

(4) वैश्वीकरण को आगे बढ़ाने में सहायक व्यवस्थाओं को प्रोत्साहन, नियन्त्रण और नजरखुरानी। जरूरत पड़े तो वैश्वीकरण को अस्वीकार करने की छूट।

(5) कास्मोपोलिटिज़्म जैसी वैश्विक प्रक्रिया की पहचान, संवर्द्धन तथा आलोचना करनेवाली चेतना का उदय।

(2)

वैश्वीकरण के तीन पक्ष हैं, आर्थिक, राजनैतिक और सांस्कृतिक। उनकी चर्चा करने से पहले यह नोट कर लेना जरूरी है कि ऐसे कई वृहद समाजशास्त्रीय सिद्धान्त हैं जो इस प्रवृत्ति के अग्रज हैं। इनमें प्राधिकरणों का अन्तःराज्यीयकरण, कार्ल मार्क्स का लेखन, वालर्स्टेन जैसे विचारकों द्वारा विकसित विश्व-व्यवस्था का सिद्धान्त, एन. एलियास द्वारा किया गया सभ्यताओं का विश्लेषण, ज्ञान और सूचना का कम्प्यूटरीकरण, मैक्लुहान, डी. बेल और एम. कास्टेल द्वारा किया गया उत्तर औद्योगिक स्थिति का अध्ययन तथा विश्लेषण, लोता द्वारा प्रस्तुत संस्कृति का उत्तरआधुनिक निरूपण, गिडेन्स और बेक द्वारा प्रस्तुत सूचना प्रवाह और नेटवर्क के सिद्धान्त प्रमुख हैं।

अब प्राधिकरणों का अन्तःराज्यीय और अन्तरराष्ट्रीयकरण का अध्ययन प्रस्तुत करते हुए गोल्डथोरपे स्पष्ट करता है कि यह अब प्राधिकरणवाद का रूप लेता जा रहा है। प्राधिकरणवाद का मतलब है प्रमुख आर्थिक, राजनीतिक और सामाजिक प्रश्नों पर निर्णय उन कारपोरेट ग्रुपों द्वारा लिया जाना, जिनका विस्तार एक से अधिक देशों में है। यह काम कभी-कभी राज्यों के साथ बातचीत करके भी होता है। दरअसल समय ऐसा आ गया है कि राज्य व्यवस्था कहने के लिए तो राजनीतिज्ञों और प्रशासकों द्वारा चलायी जाती है, लेकिन यह सिर्फ व्यवहार का पक्ष है। उसके नीतिगत निर्णय कारपोरेटों के हाथों में होते हैं और राजनीतिज्ञ तथा प्रशासक सिर्फ उसका कार्यान्वयन करते हैं। यह वैश्विक पूँजी की स्वाभाविक और अनिवार्य परिणति है। प्रभावशाली व्यक्ति अपना प्रभाव सीधे नहीं, उस कारपोरेट ग्रूप के माध्यम से डालता है, जिसका वह सदस्य होता है। क्राउच कहता है कि वैश्वीकरण की यह स्वाभाविक परिणति है, जो ऐसी प्रक्रिया को जन्म देती है, जिसमें व्यक्ति इससे निःसृत नये सामाजिक मूल्यों तथा व्यवहार के प्रचलनों को अंगीकार कर लेता है, अपने सामाजिक ग्रूप या वृहद समाज को उससे बँधा पाता है।

विश्व व्यवस्था के बारे में वालर्स्टेन कहता है कि (1) आधुनिक पूँजीवाद की आर्थिक व्यवस्था राष्ट्रीय आधार पर अवस्थित न रहकर अब वैश्विक हो गयी है। (2) इस व्यवस्था का निर्माण उन 'कोर' क्षेत्रों को लेकर हुई है, जो आर्थिक व राजनीतिक रूप से सशक्त हैं। दूसरे क्षेत्र इन्हीं के इर्द-गिर्द नाचते हैं। (3) कोर क्षेत्र उत्पादन की औद्योगिक व्यवस्था करते हैं और परिधि के क्षेत्र श्रमिक, कच्चा माल, ढुलाई आदि की व्यवस्था करते हैं। (4) इनसे जुड़े कुछ अर्द्ध-परिधि के भी क्षेत्र होते हैं जो दोनों के लिए कुछ-न-कुछ करते हैं। (5) इस प्रवृत्ति का जन्म यूरोप में पन्द्रहवीं सदी में ही हो गया था, जब पूँजीपरक कृषि का धीरे-धीरे विकास आरम्भ हुआ था। गौर करने की बात यह है कि आधुनिकता से पहले के साम्राज्यों में राजनैतिक व प्रशासनिक व्यवस्था तो एक-सी होती थी, किन्तु आर्थिक व्यवस्थाएँ भिन्न-भिन होती थीं। आज की दुनिया में राजनैतिक व प्रशासनिक व्यवस्थाएँ तो भिन्न-भिन हैं, पर आर्थिक व्यवस्था व संगठन एक हैं। नव-साम्राज्यवाद इसी तरह पुराने साम्राज्यवाद से अलग होता है। फिर आज हम एक राज्य का अध्ययन दूसरे राज्य से अलगाकर नहीं कर सकते, क्योंकि उसकी अर्थव्यवस्था कहीं अन्य से और भिन्न-भिन्न जगहों से जुड़ी होती है।

इस सिद्धान्त की खामियों को लखाते हुए कहा गया है कि (1) जरूरी नहीं है कि परिधि के क्षेत्र अविकसित ही हों। अमेरिका की परिधि में यूरोप के कई विकसित राज्य हैं, और यूरोपीय यूनियन उस दुश्चक्र को तोड़ नहीं पा रहा है। हम यह भी देखते हैं कि व्यापार और पूँजीनिवेश अधिकतर उन क्षेत्रों में होता है जो विकसित होते हैं। अविकसित देशों में निवेश से पहले मूलभूत ढाँचे की माँग की जाती है, और अब तो उसके लिए भी खर्च दिया जाने लगा है। यानी विकसित करने के बाद वास्तविक पूँजी लगायी जाती है। (2) इस व्यवस्था में समाजवादी राज्यों की क्या स्थिति है, स्पष्ट नहीं है। (3) यह भी स्पष्ट नहीं है कि सामाजिक प्रक्रिया में बदलाव इस अन्तरराष्ट्रीय दबाव के कारण होता है कि आन्तरिक संघर्षों के कारण। भारत का अध्ययन इस मामले में एक उम्दा उदारहण होगा। बाँग्ला देश एक दूसरा उदाहरण है, जिसकी ओर रामचन्द्र गुहा ने अभी हाल ही में ध्यान खींचा है। (4) तमाम सांस्कृतिक क्षेत्र इस आर्थिक व्यवस्था से अछूते हैं। वे अपना परिवर्तन अन्य कारणों से कर रहे हैं। लाचनर और राबर्ट्सन के विचार इस मामले में दर्शनीय हैं।

एम. एलियास कहता है कि सामाजिक नियामक के रूप में राज्य का विकास आत्म नियन्त्रण की सभ्यता सम्बन्धी विकास के उदय के साथ हुआ है। यह लोगों का एक-दूसरे पर नियन्त्रण होते जाने की देन होता है। चूँकि यह निर्भरता विश्व स्तर पर होती जा रही है, इसलिए सभ्यता की राज्य सीमाएँ अतिक्रमित होकर वैश्विक रूप ग्रहण करती जा रही हैं। यह वैश्वीकरण का एक स्तम्भ बनता जा रहा है। यह अग्रगामी सभ्यता का प्रमुख लक्षण है।

उत्तर औद्योगिक समाज का अध्ययन डेनियल बेल, एम. कास्टेल और मैक्लुहान ने किया था। बेल का कहना था कि आधुनिक समाजों में सैद्धान्तिक ज्ञान समाज की धुरी का निर्माण करता है। वही परिवर्तन और नीति-निर्धारण का स्रोत होता है। अर्थव्यवस्था में इसका लक्षण हम वस्तुओं के उत्पादन और उनके निर्माण के अवरोधन में देखते हैं। उनकी जगह सेवाएँ ले लेती हैं। सामाजिक संरचना में प्रोफेशनलों और तकनीकी काम करनेवालों को वरीयता मिलती है और वे धीरे-धीरे एक नये वर्ग में रूपान्तरित हो जाते हैं। आर्थिक, राजनीतिक और सामाजिक क्षेत्रों में वे ही निर्णय लेने लगते हैं। गालब्राइथ का कहना था कि अमेरिका में वास्तविक शक्ति टेक्नोक्रैटों के हाथ में चली गयी है और एक नयी संरचना काम करने लगी है जिसे वे 'टेक्नोस्ट्रक्चर' कहते थे। फ्रान्स में इसी प्रवृत्ति पर जोर ए. तोराँ ने दिया था। एम. कास्टेल ने 'इन्फारमेशन सोसाइटी' की अवधारणा विकसित की थी। उसका कहना था कि आज की नव-आर्थिक व्यवस्था सूचनापरक है, क्योंकि सूचना अपने-आप में ही मूल्यवान् है। जिसके पास वह है, वह शक्तिशाली है। तमाम प्राविधियों का एकीकरण एक नयी व्यवस्था का, वह भी अन्तरराष्ट्रीय स्तर पर जन्म दे रहा है। उसका स्वरूप वैश्विक है और आर्थिक संगठनों के नेटवर्क से जुड़ा है। इसके पाँच लक्षण स्पष्ट हैं (1) अर्थव्यवस्था के लिए सूचना कच्चे माल की तरह है। (2) सूचना प्रविधि का समाज और व्यक्ति पर प्रभाव परिव्याप्तिमूलक है। (3) सूचना प्रविधि सूचना संस्कारण की क्षमता प्रदान करती है, जो आर्थिक संगठन और प्रक्रिया में प्रयुक्त होता है। नेटवर्किंग का सम्भारतन्त्र निर्मित करती है। (4) सूचना प्रौद्योगिकी और नेटवर्किंग एक ऐसा लचीनापन प्रदान करती हैं जिसका उपयोग नयी प्रक्रिया, संगठन व संस्था बनाने में होता है। इससे एक तरफ निरन्तरता बनी रहती है, तो दूसरी तरफ नया उत्पादन होता है। (5) व्यक्ति द्वारा विकसित प्रौद्योगिकी दूसरों के साथ समेकित होकर अधिक उपयोगी, प्रभावशाली और विकसनशील बन जाती है। उसका स्वरूप वैश्विक हो जाता है। आलोचक लोग कहते हैं कि यह प्रक्रिया एक तरफ सूचित और कम सूचित के बीच अन्तराल पैदा करती है, जो शोषण की ओर ले जाता है। दूसरे यह राष्ट्रीय संस्कृतियों को कमजोर करती है और एक केन्द्र के वर्चस्व को बनाने में सहायक होती है।

प्राविधिक सूचना समाज के आधार पर मैक्लुहान ने 'विश्वग्राम' की कल्पना रखी थी। औद्योगिक मीडिया, आवागमन के साधन और पैसों का अदृश्य हस्तानान्तरण धीरे-धीरे इलेक्ट्रानिक मीडिया से जुड़कर

कबीलाई सामाजिक संस्कृति को पुनर्स्थापित करता जा रहा है विश्व स्तर पर। हम उम्मीद कर सकते हैं कि जब वैश्वीकरण पूरी तरह से हो जायेगा, तो उसका सर्वोच्च शिखर संस्कृति में ही होगा।

ज्ञान के सन्दर्भ में कहा जाता है कि सामाजिक आधार एक खास तरह का ज्ञान पैदा करता है। वैश्वीकरण से निर्मित समाज आज एक खास तरह का ज्ञान पैदा कर रहा है जो अमेरिकी वर्चस्व को पूरी दुनिया के लिए स्वीकार कराने पर आमादा है। इसी तरह मुस्लिम देशों का सामाजिक आधार उसके खिलाफ उठ खड़े होने का ज्ञान निर्मित कर रहा है। राष्ट्रीयता सम्बन्धी ज्ञान भारत, चीन और जापान आदि में उसी दिशा में काम करेगा, बशर्ते ये देश अपने को अमेरिका का पिछलग्गू बनने से रोके रहें। लुहमान ने स्थापना रखी थी कि समाज एक ऐसी व्यवस्था है जिसमें सभी तरह की सूचनाओं और सम्प्रेषणों के लिए जगह होती है। सम्प्रेषण के लिए अर्थ की जरूरत पड़ती है और अर्थ के लिए विभेदों की। "A system is a set of distinctions and meanings that are stored in symbolic generalizations, such as language" इसलिए कलाप के सामान्य सिद्धान्त (General theory of Action) से पहले सामाजिक व्यवस्था के एक सामान्य सिद्धान्त की आवश्यकता पड़ती है। "Social systems function to reduce complexity. As social systems become differentiated, their sub-systems become increasingly autonomus. This process is conceptualized as the autopoietic reproduction of social system... Autopoiesis may be defined broadly as the capacity of organisms to monitor, regulate and adapt to environment." ये ही Autonomous-systems अमेरिकन वर्चस्व को समाप्त करेंगे।

उपरोक्त विवेचन के आधार पर कहा जा सकता है कि वैश्वीकरण ने बहुआयाम ग्रहण कर लिया है, जिसके कुछ सैद्धान्तिक तत्त्व निम्न हैं–

(1) वैश्वीकरण आधुनिकीकरण का समकालीन है और सोलहवीं सदी से आकार ग्रहण करता दिखायी देता है। इसमें आर्थिक व्यवस्था की भूमिका, राज्यों के बीच अन्तःराज्यीय सम्बन्ध जो धीरे-धीरे अन्तरराष्ट्रीय होते जाते हैं और विकासमान वैश्विक संस्कृति या चेतना की भूमिका देखी जा सकती है। इसकी गति क्रमशः बढ़ती रही है और आज पूरे जोम पर है।

(2) वैश्वीकरण संकुचन की संवृत्ति है। पृथ्वी के जिस सिकुड़ने या दूरियों की निरन्तर कमी होते जाने की बात की जाती है, वह भौगोलिक न होकर संवृत्तिमूलक है। चूँकि आकाश की नाप समय में होती है और उसको छूनेवाले उपकरणों की गति निरन्तर तेज होती जाती है इसलिए हम कह सकते हैं कि आज आकाश भी छोटा होता जा रहा है। समय स्थानीकृत होता जा रहा है। कहा जा सकता है कि वैश्वीकरण में आकाश का संवृत्यात्मक विलोपन होता जा रहा है, और समय का सामान्यीकरण।

(3) वैश्वीकरण उन सभी वैयक्तिक सामाजिक सम्बन्धों की व्यवस्थित अन्तः सम्बन्ध से सम्बन्धित है जो इस धरा-धाम पर स्थापित है। पूरी तरह से वैश्विक सन्दर्भ में कोई भी सम्बन्ध या सम्बन्धों का सेट अलग-थलग नहीं रह सकता। इस मामले में भौगोलिक सीमाओं का बहुत अर्थ नहीं रह जाता। वह मानवीय समाज को व अन्तःआदान-प्रदान को लेकर चलता है।

(4) वैश्वीकरण की संस्कृति आत्मवाचक या कर्तृगामी है। इस ग्रह के वासी जान-बूझकर आज अपने को पूरे जगत् से जोड़कर रखते हैं। व्यापारिक संस्थाएँ आज विश्व बाजार खोजती हैं। प्रति-संस्कृतियाँ वैकल्पित समाज की जगह सामाजिक आन्दोलन की ओर अग्रसर होती हैं। सरकारें मानवाधिकार के सम्बन्ध में एक-दूसरे के प्रति ईमानदार रहती हैं और उसका उल्लंघन होने पर, विश्व व्यवस्था का उल्लंघन होने पर जरूरत पड़े तो एक-दूसरे को सहायता देने के लिए वचनबद्ध होती हैं।

(5) वैश्वीकरण में सारभौमीकरण और विशेषीकरण दोनों ही तिरोहित हो जाते हैं। जीवन में आया परिवर्तन, जीवनशैली, वैयक्तिक क्षेत्र और जन क्षेत्र, कार्यशाला और घर, व्यवसाय और जीवन विश्व का अन्तर मिटता जा रहा है।

(6) इसके जोखिम और विश्वास नाम के दो चेहरे हैं। पहले जमाने में आदमी उस आदमी पर विश्वास करता था, जो आसपास होता था, जिसे जानता था, जो उपस्थित होता था, जिससे भौतिक संसर्ग होता था। उसके पार जाने पर ठगे जाने का या शोषण का शिकार बन जाने का जोखिम था। वैश्वीकरण में हम अनजाने लोगों पर विश्वास करते हैं, अवैयक्तिक शक्तियों और व्यवहारों के आधारों पर भरोसा करते हैं, प्रतीकात्मक अदला-बदली करते हैं, जिनके ऊपर मूर्त व्यक्ति या व्यक्तियों का नियन्त्रण नहीं होता। ऐसा करते हुए हम दूसरे लोगों के हाथों में अपने को पूरी तरह से समर्पित कर देते हैं। इसमें एक जगह की आर्थिक घबराहट पूरे विश्व की अर्थव्यवस्था पर चोट पहुँचाती है।

समाजशास्त्रियों ने वैश्वीकरण के विश्लेषण की समस्या पर भी गौर किया है, और उसे छह शीर्षकों में बाँटा है।

(1) आरम्भ में वैश्वीकरण को पारसन्स की दृष्टि से व्याख्यायित करने की कोशिश की गयी थी। उसने इसे आधुनिकता की दृष्टि से देखा था। लेकिन एन. लुहमान जैसे विचारकों ने उसे उत्तर-आधुनिकता से जोड़कर देखा है, जो आधुनिकता के अन्त को गोचर कराता है। उसका एक लक्षण यही है कि आधुनिक राष्ट्र राज्यों का अन्त गोचर होने लगा है।

(2) इस बात पर मतैक्य नहीं है कि वैश्वीकरण संस्कृति का एक परनिष्ठित मानदण्ड रचता है कि सांस्कृतिक भिन्नता को बढ़ावा देता है और इस तरह पहचान या अस्मिता को विखण्डित करता है, संस्कृति की वर्णसंकरता रचने के दौरान।

(3) वैश्वीकरण में विश्व राजनैतिक व्यवस्था की सम्भावना बढ़ जाती है, क्योंकि राजनैतिक संगठनों के बीच संवाद और सम्प्रेषण की समस्याएँ आधुनिक माध्यमों के चलते समाप्त हो जाती हैं। पर वहीं वे नस्ल सम्बन्धी और धर्म व मत-मतान्तर सम्बन्धी नयी समस्याएँ भी खड़ी कर देती हैं, जिसे अन्तरराष्ट्रीय संगठन फिलहाल हल करने में सक्षम नहीं दिखते।

(4) वैश्वीकरण के कारणों और उसकी सीमाओं पर सहमतियाँ नहीं हैं। कुछ लोग इसे आर्थिक संगठन तक सीमित कर देना चाहते हैं, तो दूसरे लोग सम्प्रेषण के इलेक्ट्रानिक मीडिया से उत्पन्न सांस्कृतिक परिणामों पर जोर देते हैं।

(5) इतिहासकार मानते हैं कि 19वीं सदी में ही उदार अन्तःराष्ट्रीय और परिणामस्वरूप अन्तरराष्ट्रीय व्यापारिक अर्थव्यवस्था काम करने लगी थी। बीसवीं सदी के अन्त पर जो प्रवृत्ति देखी जा रही है वह उसी की ओर लौटने जैसा है।

(6) वैश्वीकरण के मूल्यांकन की दो दृष्टियाँ हैं। आशावादी दृष्टि मानती है कि इससे सारभौम मूल्यों पर आधारित एक विश्व व्यवस्था रची जायेगी। निराशावादी दृष्टि मानती है कि यह पर्यावरण नष्ट कर रही है, संस्कृति का तो कबाड़ा करती जा रही है और नस्ली युद्ध की ओर दुनिया को ढकेल रही है।

(3)

हम वैश्वीकरण के आर्थिक, राजनैतिक और सांस्कृतिक पक्ष पर आते हैं। इनके सम्बन्धों और प्रचरण को बतलाने के लिए माल्कम वाटर्स ने एक प्रमेय निर्मित किया है, जो इस तरह से है–

	16-19 सदी	19-20 सदी	21 सदी
प्रवृत्ति	व्यापार उपनिवेशीकरण क्षेत्रीय युद्ध	अन्तरराष्ट्रीय राज्यीयकरण	वैश्विकता
आर्थिक बाजारीकरण	मालिक व्यवस्थापक पूँजी	बहुराष्ट्रीय फोर्डवाद और नवफोर्डवाद	जीवनशैली उपभोगवाद
	पूँजीवाद का संकट		
राजनैतिक उदारीकरण और जनतन्त्रीकरण	सम्प्रभु बूर्जुआ तानाशाही राज्य	अन्तरराष्ट्रीय सम्बन्ध व्यवस्था	विराज्यीकरण और मूल्य-राजनीति
		राज्य का संकट	
सांस्कृतिक सारभौमीकरण	वर्ग नस्ल उपसंस्कृतियाँ	राष्ट्रीय परम्पराएँ व धर्म	वैश्विक आदर्शीकरण और कृतवाची व्याधिकरण

वाटर्स ने इसका शीर्षक 'The path of globalization through time' दिया है। निर्णय दिया है कि "Material exchanges localize, political exchanges internationalize and symbolic exchanges globalize" हम इन्हें एक-एक कर लेते हैं।

आर्थिक वैश्वीकरण के दो चरण हैं एक 1875 से पहले, दूसरा उसके बाद।

पहले चरण को अन्तःराज्यीय और तद्जन्य अन्तरराष्ट्रीय व्यापार व्यवस्था का प्रचरण कहते हैं। इसको दर्शाने के लिए 1978 के सन्धि काल में 'टाइम्स एटलस ऑफ वर्ल्ड हिस्ट्री' छपा था, जिसमें कहा गया था कि अब विश्व में यूरोप का वर्चस्व समाप्त हो गया है, अमेरिका वर्चस्व के केन्द्र में आ रहा है और सभ्यता के क्षेत्र में जगत् वैश्वीकरण के युग में प्रवेश कर रहा है। मजेदार बात यह थी कि यह स्थापना राजनैतिक और सांस्कृतिक आधार पर न रखकर आर्थिक आधार पर रखी गयी थी और उसके केन्द्र में यूरोपीय इकोनॉमिक कम्युनिटी का हो रहा निर्माण था, जिसे आज यूरोपीय यूनियन कहा जाता है। साथ ही विश्व परिदृश्य पर आर्थिक शक्ति के रूप में जापान का उदय था। यह दरअसल वैश्वीकरण के पहले चरण की पराकाष्ठा थी, जिसे अन्तःराष्ट्रीय अर्थव्यवस्था कहा जाता है। बारग्लो कहता है कि इसके तीन पक्ष थे। पहला दुनिया के कोने-कोने को जोड़ने के लिए रेल, जहाज और तार की व्यवस्था थी। दूसरा व्यापार का विकास था, जिसमें दुनिया के तमाम देश यूरोप के औद्योगिक रूप से विकसित देशों पर निर्भर होते चले गये। तीसरा यूरोप के फर्मों द्वारा उद्योग के अलावा तमाम दूसरे क्षेत्रों में बहुत सारा पैसा लगाना था। इन सबकी अभिव्यक्ति, कहें परिणति अन्तरराष्ट्रीय स्तर पर व्यापार, पूँजीनिवेश, आर्थिक आदान-प्रदान, उत्पादन, श्रम आव्रजन, अन्तरराष्ट्रीय आर्थिक सहयोग और संस्थागत व्यवहारों में हुई। इस चरण का सम्बन्ध औद्योगिकीकरण, आधुनिकता, विकास, विश्वव्यापार आदि से था।

डर्खेम ने लिखा है कि सामाजिक परिवर्तन की सामान्य दिशा ढाँचागत विभेदीकरण (Structural differentiation) की होती है। बीसवीं सदी के मध्य में कुछ विचारकों ने इस स्थापना को विस्तारित करते

हुए इसमें कुछ संशोधन कर कहा कि औद्योगिकीकरण में एक आधारभूत सामाजिक अलगाव, कहें विभेद होता है, एक तरफ पूँजीकरण व सामूहिक उत्पादन तथा दूसरी तरफ घरेलू उत्पादन व पुनरुत्पादन में। जिस हद तक यह समाज यह विभेद बनाकर रखता है, उस हद तक उसकी भौतिक सम्पदा तथा उससे जुड़ी राजनैतिक सफलता दूसरे समाजों से बढ़कर रहती है। औद्योगिकीकरण का विकल्प मिलने पर राजनैतिक और आर्थिक नेतृत्व उसे प्राप्त करने में लग जाते हैं। इससे दुनिया अधिकाधिक औद्योगीकृत होती चली जाती है।

इसकी तमाम दूसरी विस्तारित सामाजिक परिणतियाँ सामने आती हैं। एक तो यह सामाजिक जीवन के दूसरे क्षेत्रों में विभेद पैदा करती है। परिवार जैविक उत्पादन और उपभोग में विशिष्ट बनने लगते हैं। विद्यालयों में श्रमशक्ति का विशेषीकृत कौशल का प्रशिक्षण दिया जाने लगता है। सरकारी विशेषज्ञ इकाइयों का मूल ढाँचा तैयार करने लगते है। मास मीडिया विक्रय के प्रतीकों का निर्माण करने लगती है। धार्मिक संगठन उसके लिए सहायक मूल्यों का निर्माण करने लगते हैं। ये सभी मूल्यों को वैयक्तिकता, सारभौमिकता, लौकिकता और विवेकीकरण की ओर खिसकाने लगते हैं। इस जटिल रूपान्तरण को आधुनिकता कहते हैं। जब औद्योगिकीकरण विश्व-व्यापी रूप अख्तियार कर लेता है, तब यह आधुनिकता पूरे जगत् पर छा जाती है, तब ऐसा हो सकता है कि कुछ समाज औद्योगिक होने के पहले ही आधुनिकता को दर्शानेवाली संस्थाओं को अपने यहाँ निर्मित कर लें।

पार्सन्स कहता है कि इस सामाजिक परिवर्तन की एक खास विकासमान दिशा होती है, उसकी एक तर्क या गतिकी होती है, जो उस दिशा की ओर गतिशील करती है। यह गतिकी, "The capacity of a living system to cope with its environments" होती है, और आधुनिकता इस 'adaptive upgrading' की दिशा की ओर बढ़ती है। यह कुछ सारभौमिकताओं की ओर ले जाता है, जिसमें चार प्रमुख हैं: तकनीक, कुटुम्ब भाव, भाषा और धर्म। दो और भी सारभौमिकताएँ हैं, जिनका सम्बन्ध पुराने साम्राज्यों और सामन्तवाद से है। एक पदमूलक संस्तर (status stratification) है, दूसरा सांस्कृतिक औचित्यकरण (cultural justfication) । उसे परम्परा की लिखित प्रस्तुति भी कहा जा सकता है। इनमें चार और सारभौमिकताएँ बाद में जुड़ जाती हैं, जिन्हें नौकरशाही का संगठन, धन व बाजार, विश्वव्यापी विधि व्यवस्था तथा जनतान्त्रिक संगठन (व्यक्तिगत व सरकारी दोनों ही) के रूप में देखा जा सकता है।

इसी को आधार बनाकर, इसे विस्तारित करते हुए लेवी आधुनिकता को औद्योगिकीकरण में अपचयित कर देता है। लिखता है, "A society will be considered more or less modernised to the extent that its members use inanimate sources of power and/or use tools to multiply the effects of their efforts."

श्रमबाजार के सिद्धान्तकार केर, डनलप, हरविसन और मेयर ने अभिबिन्दुता (convergence) की प्रक्रिया का सिद्धान्त विकसित किया है, जिसके अनुसार औद्योगिकीकरण के नाते विभिन्न समाज अधिकाधिक एकरूपता की ओर बढ़ते जाते हैं। इसे वे औद्योगिकीकरण का तर्क कहते हैं। जिस तरह से उद्योग विकास के लिए नये तकनीक तलाश करता चलता है, उसी तरह से समाज उस तकनीक के अनुरूप बनता जाता है। बेल तकनीक की जगह सेवा को रख यही बात कहता है। कहता है कि इस अभिबिन्दुता, कहें अभिसरण के परिणामस्वरूप राष्ट्र-राज्य कमजोर पड़ते जा रहे हैं, क्योंकि वे औद्योगिकीकरण की जरूरतों को अपने बल पर पूरा नहीं कर पाते।

तब बात विश्व पूँजी की आती है। इसका आधार विकास है। इसके लिए दुनिया को विकसित और अविकसित दो खण्डों में रखा गया। अविकसित ही बाद में विकासशील कहे जाने लगे, जब वे औद्योगिकीकरण के रास्ते पर चल पड़े। उनके सामने दो मॉडल थे—एक पश्चिम का, दूसरा साम्यवाद का। उन्हें पहली दुनिया और दूसरी दुनिया भी कहा जाता था। इसलिए विकासशील को तीसरी दुनिया

कहा गया। सोवियत यूनियन के पतन के बाद अब दो ही दुनिया बची है, पहली और तीसरी। सोवियत यूनियन का यूरोपीय हिस्सा पहली दुनिया में समाहित हो गया है और एशियावाला हिस्सा तीसरी दुनिया में। इन्हीं के आधार पर कोर क्षेत्र, परिधि क्षेत्र और अर्द्धपरिधि क्षेत्र का विभाजन बना है, जिसे हम ऊपर नोट कर आये हैं।

विश्वबाजार दुनिया के कोने-कोने के उत्पादकों और उपभोक्ताओं को भौगोलिक सीमा के पार जोड़ देता है। वह उन्हें पहचान भी देता है और अन्तःआधारित भी बनाता है। उसी को बढ़ावा देने के लिए मुक्त व्यापार, 'मोस्ट फेवर्ड नेशन' जैसी अवधारणाओं को विकसित किया गया है। G.A.A.T. और W.T.O. जैसी संस्थाएँ उसी से उभरकर आयी हैं।

विश्व व्यापार की अवधारणा में श्रम का अन्तःराष्ट्रीय विभाजन शामिल है। श्रम विभाजन का जो पुराना सिद्धान्त है उसके अनुसार यह समाजों के भीतर दो पक्षों को लेकर चलता है, एक सामाजिक, दूसरा तकनीकी। सामाजिक में काम करने की, पेशा की विशेषज्ञता आती है, तकनीकी में उसी पेशा के भीतर विशेषज्ञता आती है। साम्राज्यवाद और उपनिवेशवाद श्रम विभाजन का सामाजिक पक्ष ही बढ़ाते हैं, अन्तःराष्ट्रीय स्तर पर। कोर समाज पूँजीनिवेश करता है और उच्च मूल्य प्रदान करनेवाले उत्पाद बनाता है, परिधि समाज श्रमनिवेश करता है और सस्ता मूल्य प्रदान करनेवाला काम करता है। श्रम का यह विभाजन आश्रित और आश्रय का सम्बन्ध विकसित करता है जो आत्मविकसित होता ही चला जाता है। धनी-गरीब का अन्तराल बढ़ता ही जाता है। वाटर्स लिखता है, "The customary vision of a partly globalized world is that it is fractured by a binary division variously characterized as developed/underdeveloped, modern/traditional, core/periphery, industrialized/industrializing, more developed/ less developed, first world/ third world, north/south or simply rich/ poor."

गरीबी का सम्बन्ध अल्पायु, गन्दगी, बीमारी, अशिक्षा, शराबखोरी, पारिवारिक उत्पीड़न, बालमृत्यृ, कुपोषण और बढ़ती जनसंख्या से है। वहीं धनी वर्ग उत्पादन की सीमा निर्धारित कर मूल्यों में बढ़ोतरी करता है, उपभोग कम होने पर उत्पादन घटाने के लिए श्रमिकों की छँटनी करता है, सस्ते श्रम के लिए दूसरे देशों से आदमी मँगाता है, कभी गुलाम बनाकर, कभी बँधुआ मजदूर बनाकर, कभी ठीके पर।

इन तमाम बातों का विश्लेषण कर पाया गया है कि अन्तःराष्ट्रीय अर्थव्यवस्था औद्योगीकृत होती है। इसकी फर्में बड़ी-बड़ी होती हैं, यन्त्रीकृत होती हैं, अपने उत्पादों में विशिष्ट होती हैं, और वे भौतिक उत्पादों पर ही ध्यान केन्द्रित करती हैं। उनका केन्द्र एक राष्ट्र राज्य में होता है, जो उनकी पहचान बनाता है, किन्तु उनका कार्यक्षेत्र कई राज्यों में फैला होता है। वे तमाम देशों से कच्चा माल इकट्ठा करती हैं, जरूरत पड़े तो श्रमिक भी इकट्ठा करती हैं, और उत्पादन अन्तःराष्ट्रीय स्तर पर करती हैं, माँग के आधार पर भी, स्तर के आधार पर भी। वे दूसरे समाजों में सीधे पूँजी लगाती हैं। उसके माध्यम से वे अपने जन्म-राज्य में वर्चस्व बनाने के बाद एक के बाद एक दूसरे राज्यों में वर्चस्व बनाती हैं और तब उनका स्वरूप धीरे-धीरे अन्तःराष्ट्रीय हो जाता है। जो फर्में उनका मुकाबिला नहीं कर पातीं, उन्हें ये आत्मसात् कर लेती हैं, उनके बैंकों को दिवालिया कर देती हैं। वे दूसरे देशों के कुछ फर्मों को अपनी सब्सिडिअरी बना लेती हैं।

इसमें राष्ट्र-राज्य-समाज न केवल पहचान और प्रभुता के काम आता है, आर्थिक व्यवस्था, सुरक्षा और हितसाधन के भी काम आता है। इसलिए ये राज्यों को शक्तिशाली बनाकर रखना चाहती हैं, जहाँ-जहाँ काम करती हैं। शिक्षा, स्वास्थ्य, कल्याण और मूलभूत ढाँचे के विकास में सहयोग करती हैं। राष्ट्र-राज्य-समाज पर यह जोर उन्हें वैश्विक नहीं बनने देता। लेकिन तब वे स्थानीय भी नहीं बनी

रहतीं—उसका विलोपन ही करती हैं। इस तरह वैश्विक का प्राथमिक चरण बनती हैं। वालर्स्टेन कहता है कि अन्तःराष्ट्रीय व्यवस्था उस हद तक व्यवस्थित है, जिस हद तक वह एक राजनैतिक-आर्थिक वर्चस्वक द्वारा वर्चस्वित है। अमेरिकी स्टाक मार्केट इसका उदाहरण है। इस वर्चस्वक से जो बचे रहते हैं, उनका ये कुछ बिगाड़ नहीं पातीं। 1975 के पहले के रूस, जापान, चीन और भारत इसके उदाहरण है। पर इसीलिए ये निरन्तर ऐसे देशों में पाँव फैलाने का प्रयत्न करती हैं, जिसके परिणामस्वरूप आज वैश्वीकरण सबके सिर पर आन पड़ा है, क्योंकि वे उनकी सम्प्रभुता को प्रक्षिप्त करने में सफल हो गयी हैं, कुछ आन्तरिक परिस्थितियों के कारण, कुछ उनके बाहरी दबाव के कारण।

जब टाइम्स एटलस आफ हिस्ट्री छपा था, तब दुनिया में तीन तरह की अर्थव्यवस्थाएँ काम कर रही थीं। एक की चर्चा हम ऊपर कर आये हैं। उसमें उत्पादन और वितरण दोनों ही निजी हाथों में था। सरकार उसके लिए या तो बाह्य वातावरण बनाती थी या आवश्यकता पड़ने पर सहायता करती थी। दूसरी अर्थ व्यवस्था साम्यवादी देशों की थी। वहाँ उत्पादन और वितरण दोनों ही सरकार के हाथों में था। उसे 'टोटेलिटैरियन मार्केट इकोनॉमी' कहा जा सकता है। उसके केन्द्र में सोवियत यूनियन था, पूर्वी यूरोप के देश उसकी परिक्रमा करनेवाले थे। यूगोस्लाविया, चीन और क्यूबा कुछ स्वतन्त्र थे, पर पैटर्न वही था। जल्दी ही वहाँ की बन्द व्यवस्था, भ्रष्टाचार और राजनीतिक टूटन न तो अमेरिका से होड़ लेने देती थी और न ही अपने लोगों की आवश्यकताएँ पूरी होने देती थी। उत्पादन और वितरण की व्यवस्था 1990 आते-आते चूर-चूर हो गयी। प्रोस्टेइका और ग्लासनोस्त की माँग उठने लगी। सोवियत यूनियन क्या बिखरा, पूरे विश्व के नक्शे से साम्यवाद का मूर्त रूप तिरोहित हो गया। चीन और क्यूबा ने अपने को बचाया तो आर्थिक क्षेत्र में उदारीकरण लाकर ही, जिससे दुनिया-भर के बहुराष्ट्रीय कम्पनियों को वहाँ घुसने का मौका मिला। तीसरी व्यवस्था द्वितीय महायुद्ध के बाद स्वतन्त्र हुए देशों की थी। वहाँ कुछ क्षेत्रों में उत्पादन और वितरण निजी हाथों में रहा और कुछ क्षेत्रों में विशेषकर भारी उद्योगों पर सरकार का नियन्त्रण रहा। भारत उसका उम्दा उदाहरण है। इसे मिश्रित अर्थव्यवस्था कहा जाता था। लेकिन 1975 आते-आते स्पष्ट हो गया कि सरकारी नियन्त्रणवाले उद्योग अब चल नहीं पायेंगे। एक तो प्रबन्धन में भ्रष्टाचार व्याप्त था, दूसरे श्रमिकों का रोज-रोज का आन्दोलन कुछ करने ही नहीं देता था। निजी हाथों का दबाव बढ़ा। भ्रष्ट राजनैतिक नेतृत्व और नौकरशाही को उन्हें औने-पौने बेचकर कमाने का अच्छा मौका मिला। नेहरूवियन अर्थव्यवस्था पर हमला किया जाने लगा और सरकारी सम्पत्ति के निजीकरण के लिए एक मन्त्रालय ही बना दिया गया। 1990 आते-आते मिश्रित अर्थव्यवस्था ध्वस्त होकर पूँजीवादी, उदारीकृत व्यवस्था बन गयी। इन दोनों व्यवस्थाओं के ध्वस्त होने पर वैश्वीकरण का रास्ता और सुगम हो गया।

उसी वक्त 'एशियन मेल्ट डाउन' का दौर शुरू हुआ। हुआ यह कि दक्षिण-पूर्व एशिया के देशों में पश्चिम का अकूत धन बहने लगा, शार्ट-टर्म क्रेडिट के रूप में। कारण यह था कि अन्तरराष्ट्रीय उधारी के प्रावधान अधिकाधिक निजी हाथों में जाकर अति प्रवहमान् हो गये थे और पैसा लगाने के नये क्षेत्र तलाशने लगे थे। इस दक्षिण-पूर्वी एशिया में श्रम सस्ता था और व्यापारियों में सस्ता सामान बनाकर बाहर बेचने का उत्साह था। इसका फायदा उठाकर अमेरिका ने करीब 13 बिलियन डालर 1996 तक हिन्देशिया, मलयेशिया, फिलिपीन्स, दक्षिण कोरिया और श्याम में लगा दिया। लेकिन इस धन पर नजर रखने के लिए जिस तरह की बैंकिंग और कानूनी व्यवस्था की जरूरत होती है, वह वहाँ विकसित नहीं थी। परिणामस्वरूप श्याम का नौवाँ सबसे बड़ा बैंक इसलिए धराशायी हो गया क्योंकि उसने जो उधारी दी थी, वह गलत हाथों में थी। अधिकांशतः तो चीफ एक्जेक्यूटिव आफिसर के सम्बन्धी-सहयोगी थे जिनसे उचित जमानत ही नहीं ली गयी थी। 1995 में जी-7 ने तय किया कि डॉलर का मूल्य स्थानीय मुद्रा के अनुपात से बढ़ा दिया जाये, इसलिए कर्ज अपने-आप बढ़ गया और दक्षिण-पूर्व एशिया की अर्थव्यवस्था टूट गयी।

वहाँ उत्पादन बन्द होते ही माँग में भी कमी आने लगी और बचे-खुचे माल या दूसरी जगहों से उत्पादित माल की कीमत गिरने लगी। इससे कनाडा और आस्ट्रेलिया की अर्थव्यवस्था प्रभावित होने लगी तो उससे बचने के लिए उन्होंने अपना एक्सचेंज रेट घटा दिया और आयात की जगह निर्यात पर जोर देने लगे। हिन्द चीन की व्यवस्था बचाने के लिए अन्तरराष्ट्रीय मुद्रा कोष आगे आया पर कुछ खास न हो पाया और सुहार्तो की सरकार चली गयी। कम विकसित देशों और नये विकसित देशों के पास इस संकट से बचने का कोई रास्ता नहीं था। रूस का रुबल इतना दबाव में आ गया कि वहाँ त्राहि-त्राहि मच गयी। ब्राजील को 35 प्रतिशत तक अपनी मुद्रा का डिवैलुएशन करना पड़ा और अन्तरराष्ट्रीय मुद्रा कोष को भी मदद के लिए दौड़ना पड़ा।

इस 'एशियन मेल्ट डाउन' से वैश्वीकृत अर्थव्यवस्था को समझने के लिए कई सुराग मिलते हैं। एक तो यही कि वैश्वीकरण लगभग एक पूर्ण संवृत्ति है, क्योंकि यह पूरी दुनिया की अर्थव्यवस्था को जोड़कर रखती है। दूसरे यह वैश्विक का स्थानीय से सम्बन्ध गोचर कराती है—दक्षिण-पूर्व एशिया में अर्थव्यवस्था टूटने पर न केवल वहाँ के शहरों की सड़कों पर हंगामें बरपे, आस्ट्रेलिया और कनाडा में नौकरियाँ चली गयीं। दुनिया के कई ग्रामीण इलाकों में लोग भूखों मरने लगे। इथियोपिया के अकाल में इसकी भी कुछ भूमिका थी। तीसरे यह पूँजी और उधारी के प्रवहनशील विचरण को सत्यापित करती है जो समय को संकट में संकुचित कर देती है। चौथे यह जाहिर करती है कि वैश्वीकरण एक पूर्णता प्राप्त प्रक्रिया नहीं है—अन्तरराष्ट्रीय मुद्रा कोष ने इस संकट के निवारण के लिए काफी कुछ किया था। उसमें पैसा डालकर अमेरिका ने काफी मदद की थी। इससे अमेरिका का वर्चस्व भी जाहिर होता है।

हम कह सकते हैं कि वैश्वीकृत अर्थव्यवस्था में उत्पादन के कारण इतने चपल होते हैं कि वे क्षेत्र या भूमि से असम्बद्ध होकर पूरे भूमण्डल में घूमते हैं, क्योंकि आकाश की कोई सीमा नहीं होती। इस परिदृश्य में जमीन, जो उत्पादन के लिए आधार-भूमि का काम करता है, का महत्त्व नगण्य हो जाता है। अविकसित देशों का कृषि उत्पादन भी उसी दिशा में प्रत्यागमन करने लगता है। (तब सवाल उठता है कि आज जमीन की कीमत इतनी बढ़ती क्यों जा रही है?) श्रमिकों का आव्रजन जरूर बढ़ जाता है, जो थोड़े से फायदे के लिए पहले अपना देश छोड़ते हैं, फिर काम करने के देशों में बस जाते हैं, भले ही रंग भेद और नस्ल भेद का शिकार होते रहें। गरीबी पर नियन्त्रण नहीं पाया जा पा रहा है।

कच्चे और अधबने माल की स्थिति थोड़ी बेहतर है। उनका मूल्य निर्धारण बाजार की स्थिति के आधार पर होता है। उसमें राज्य भी कभी-कभी दखल देते हैं। व्यापार का स्वरूप अन्तरराष्ट्रीय रहता है और कीमतें बातचीत कर तय की जाती हैं।

वैश्वीकरण में पूँजी और जोखिम का महत्त्व बहुत ज्यादा है। प्रबन्धन और उससे सम्बन्धित अनुभव प्राविधि से कम कीमत नहीं रखती। वह तेजी से अन्तरराष्ट्रीय होती जा रही है और उसका स्वरूप कर्तृकेन्द्रित होता जा रहा है। इसी तरह विज्ञापन, मीडिया, सूचना के साधन और उनसे जुड़े विचारधारा का महत्त्व बढ़ता जा रहा है। जरूरी नहीं है कि उत्पादन जरूरत के अनुसार हो। हो सकता है कि पहले गैरजरूरी उत्पादन कर लिया जाये फिर उपरोक्त का सहारा लेकर उनकी 'मारकेटिंग' की जाये, खपाया जाये। यहाँ तक कि उनका उपयोग न करनेवालों का मजाक उड़ाया जाये। वह अर्थशास्त्र 'Wantlessness' का व्यवहार विज्ञान न रहकर 'want development' का विज्ञान बन गया है। उसके लिए 'जो चलता है, वही आदर्श है', का दर्शन गढ़ा जा रहा है। वस्तुओं के मूल्यों का हस्तानान्तरण अब प्रतीकात्मक होता है, और पैसा हाथ से लगे, यह जरूरी नहीं रह गया है। हमारे यहाँ नोटबन्दी का एक यह भी उद्देश्य है। वह भौतिक आइटम न रहकर 'आभासित' आइटम हो गया है। हाँ जमीन, श्रम और कच्चामाल जरूर अभी तक भौतिक माने जा रहे हैं। व्यक्तिगत चुनाव की सीमा वहीं तक सीमित होती जा रही है। ग्लोकोलाइजेशन के तहत स्तरीय वस्तुओं का स्थानीय माँग या विशिष्टता के अनुरूप जरूर उत्पादित कर दिया जा रहा है। डिजाइनिंग की कीमत काफी बढ़ गयी है।

वाटर्स का कहना है कि इस व्यवस्था में, "Material relationships localize, power relationships internationalize, and symbolic relationships globalize." चूँकि सामाजिक जीवन का दिया हुआ अंश भौतिकता के दबदबे से शक्ति से होते हुए प्रतीक सम्बन्धों की ओर बढ़ता है, इस प्रवृत्ति की स्वाभाविक दिशा वैश्वीकरण है। आर्थिक जीवन के हर आयाम में इस प्रचरण के चरणों का निश्चित समय हम देख सकते हैं। सन् 1600 से 1750 तक हम पूँजीवादी अर्थव्यवस्था को देखते हैं, जब तानाशाही साम्राज्य धीरे-धीरे राष्ट्र राज्यों की ओर संक्रमित हो जाते हैं। भौगोलिक सीमाओं के पार जोखिम उठानेवाले व्यापारी सम्बन्ध बनाते हैं। 1870 से 1970 के बीच हम 'राजनैतिक अर्थव्यवस्था' (political economy) को काम करते हुए पाते हैं, जो अन्तःराष्ट्र-राज्यों के बीच, कहें अन्तःसंगठनों के बीच व्यापारिक सम्बन्ध बनाती है। राज्य की शक्ति उसकी आर्थिक शक्ति पर निर्भर करती है, उस क्षमता पर निर्भर करती है जो वह व्यापार में लगा सकता है और इस तरह बहुराष्ट्रीय बनता है। इसी के माध्यम से वे अपना वर्चस्व बनाते हैं। अब 'सांस्कृतिक अर्थ-व्यवस्था' का चरण आया है। इसमें प्रतीक बाजार प्रबन्ध करने को राज्य की क्षमता से बाहर होते जा रहे हैं और आर्थिक उत्पादन की इकाइयाँ अधिक मनुष्य केन्द्रित होती जा रही हैं--व्यक्ति की निजी माँग और शरीर की जरूरत पूरी करने के मामले में। वह परावर्ती रूप से वैश्विक होती जा रही है। इसमें वे वस्तुएँ उत्पादित हो रही हैं, जो स्वयं प्रतीक हैं, जैसे मनोरंजन, मास मीडिया, फैशन व सेवाएँ आदि। लैश और उरे कहते हैं, "The economy can thus begin to turn on and penetrate the remaining defences of economic and political geography. It also follows that in a culturalized global economy, world class is displaced by a world status system based on consumption, life-style and value-commitment."

(4)

हम राजनीतिक पक्ष पर आते हैं। इस सन्दर्भ में जिपलिन ने कहा है कि वैश्वीकरण का सबसे बड़ा विरोधाभास यह है कि इसके विकास में राष्ट्र-राज्य का संस्थानीकरण इसका एक अनिवार्य और अन्तर्भुक्त तत्त्व है। दूसरी तरफ वही वैश्वीकरण का सबसे बड़ा शिकार है, क्योंकि वही उसकी क्षेत्रीय सम्प्रभुता को सीमित करता है, आर्थिक आत्म-निर्भरता, वैधानिक सम्प्रभुता, सांस्कृतिक विशिष्टता, आत्म-सुरक्षा और सैन्य शक्ति पर प्रहार करता है। तीसरी तरफ छोटे-छोटे सांस्कृतिक जोन और दबी नस्लें अपने लिये स्वतन्त्र सम्प्रभु राज्य की माँग करती हैं।

राज्य के सन्दर्भ में यदि हम वैश्वीकरण का विश्लेषण करें तो पाते हैं कि भौगोलिक स्थानीयता के आधार पर वैश्वीकरण में सामाजिक संरचना की भविष्यवाणी नहीं कर सकते। वास्तव में राष्ट्र-राज्य एक वैश्वीकृत ढाँचा बन गया है, जो ग्लोब के हर क्षेत्र में समान रूप से उपस्थित है। वह वृहद राजनैतिक ढाँचा सभी जगह न केवल सामान्यीकृत होता जा रहा है, राज्य के भीतर भी कमोबेश वही काम कर रहा है। दूसरे, वैश्वीकरण का मतलब है अधिकाधिक दूरियों से भी सम्बन्ध का निर्माण। यह तभी सम्भव है जब इसके लिए सामूहिक रूप से काम करनेवाले लोग हों। इस वैश्विक नेटवर्क के सम्बन्धों के लिए काम करनेवाले राष्ट्र-राज्य ही हैं। उसी को हम अन्तरराष्ट्रीय सम्बन्ध कहते हैं। तीसरे वैश्वीकरण का विकास चरणों में होता है। वह आर्थिक विकास के लिए ही नहीं राजनैतिक विकास के लिए भी सही है। पहला चरण कुछ राज्यों का आपसी सम्बन्ध है। धीरे-धीरे वह सम्बन्ध तमाम दूसरे राज्यों में फैलता जाता है और उसके सिद्धान्तों का रूप परिनिष्ठित हो जाता है। इस दूसरे चरण को 'अन्तःराष्ट्रीयकरण' कहते हैं। इसमें उपनिवेशीकरण, व्यापार, युद्ध, कूटनीति आदि की अपनी भूमिका होती है, जो एक संस्था के रूप में अपने काम के लिए विशेषज्ञता हासिल कर लेते हैं। वही धीरे-धीरे तीसरे चरण में वैश्विक प्रशासन का अंग और आधार बन जाता है। इसे प्राप्त और क्रियान्वयन राष्ट्र-राज्य ही करते हैं। चौथे

एक वास्तविक वैश्वीकृत राजनैतिक व्यवस्था वैश्विक प्रशासन को पार कर बनेगी। उसका आधार दो तरह के विकास होंगे। या तो एक राज्य अपने वर्चस्व के आधार पर सैन्य शक्ति या अर्थ शक्ति या सांस्कृतिक हमले के आधार पर पूरे विश्व पर एक प्रशासन तामील कर दे। आज अमेरिका वही करता नजर आ रहा है। इसीलिए मार्टिन खोर कहता है, "Globalization is what we in third world have for several centuries called colonization." दूसरे दुनिया के तमाम दूसरे देश अपनी सम्प्रभुता को आपसी राय से इकट्ठा कर एक ऐसी सर्वव्यापी व्यवस्था बनायें जो तमाम दूसरों को ग्राह्य हो। यूरोपियन यूनियन और संयुक्त राष्ट्र संघ इसके उदाहरण हैं। अगर यह व्यवस्था यूरोपकेन्द्रित रहती है तो दूसरे महाद्वीपों में उसकी भी भूमिका वर्चस्वक या उपनिवेशक की ही होगी।

इस दूसरे चरण का, जो 1975 तक आता है, हम विश्लेषण करें तो पाते हैं कि (1) यह अन्तरराष्ट्रीय सम्बन्धों का विकास राजनैतिक सन्दर्भ के लिए मूलभूत बात हो गयी थी और अन्तरराष्ट्रीय राजनैतिक संस्थाओं पर हमारा ध्यान न केवल संकट का बल्कि सामान्य समस्याओं का हल ढूँढ़ने के दौरान भी जाता था। (2) इसके बावजूद देश के भीतर सरकार चलाने के लिए, सिविल सोसाइटी को व्यवस्था देने के लिए, संस्कृति को संचालित करने के लिए राज्य ही प्रमुख और सम्प्रभु संस्था था। (3) वैश्विक मुद्दों पर अतिबलशाली राज्यों की ही चलती थी और उनके आपसी तनाव में पूरी मानवजाति का भविष्य दाँव पर लगा होता था। हम यह भी पाते हैं कि सम्प्रभुता का त्याग एक तरफ शक्ति सन्तुलन बनाने के लिए होता था, तो दूसरी तरफ वर्चस्ववादी राज्यों की आक्रामकता का मुकाबिला करने के लिए होता था। दुनिया को तीन ध्रुवों में बँटे रहने के कारण शक्ति सन्तुलन अपनी प्रभावी भूमिका निभा पाती थी। संयुक्त राष्ट्र संघ धीरे-धीरे इन वर्चस्वी राज्यों का उपकरण बनता चला गया था और उसका प्रभाव घटता गया था। हाँ, विश्व बैंक और अन्तरराष्ट्रीय मुद्राकोष की भूमिका आर्थिक जगत् में बढ़ गयी थी।

इस स्थिति का जायजा लुआर्ड एक दूसरे तरह से लेता है। 1990 आते-आते, कहें कम्युनिस्ट ब्लाक के विघटन के बाद राष्ट्रीय समाजों में आन्तरिक विभेद और संघर्ष बढ़ता जा रहा है, जिसका आधार सिर्फ अल्पसंख्यक और बहुसंख्यक सम्प्रदाय ही नहीं, एक ही सम्प्रदाय के बीच विचारधारात्मक, उपमतान्तक और वर्ग तथा जाति भेद भी हैं। इसमें एक राज्य अपनी सीमा के बाहर जा दूसरे राज्यों में अपने लोगों, मतानुयायियों, वर्गमित्रों आदि की मदद कर रहे हैं, कभी सरकार के स्तर पर, तो कभी स्वयंसेवी संगठनों के स्तर पर। तो भी अन्तरराष्ट्रीय समाज का महत्त्व इससे कम नहीं हुआ है। रोजेनौ जैसे विचारक कहते हैं कि अन्तरराष्ट्रीय समाज की जिन विशेषताओं को गिनाया जाता है, दरअसल वे उसकी कमियाँ हैं। इसमें केन्द्रीय सत्ता की कमी है, सम्बन्धों की स्वरूपगत संरचना नहीं है, सामुदायिक संहति नहीं है, विधि द्वारा स्थापित व्यवस्था के प्रति वचनबद्धता नहीं है, सामान्य मूल्यों के प्रति सहमति नहीं है। केवोहाने और नुइ कहते हैं कि यह समाज बस 'एक प्रकार' है। इस प्रकार के समाज को वह बताता है कि वह वास्तव में अन्तरराष्ट्रीय सम्बन्धों की ओर लौटनेवाला समाज है। वह "encompasses both relations between states and transnational practices between non-state actors." फिर भी लुआर्ड कहता है, "The relationships which individuals can undertake across frontiers depend on the understanding and agreements reached between governments. And the general character of international society at any one time, including its characteristic ideology is thus determined by the actions and decisions of states more than by those of individuals and groups."

वाटर्स नामक राजनीतिशास्त्री कहता है कि विकासमान अतः सामाजिक आदान-प्रदान पूँजी, प्रबन्धन, वित्त, श्रम और वस्तुओं के क्षेत्र में बढ़ता ही जा रहा है। लेकिन यह सब आर्थिक स्तर पर है। राजनीति के स्तर पर राज्य अभी भी सारभौम हैं, और निर्णय लेने में महती भूमिका निभाते हैं। यही बात संस्कृति के क्षेत्र में है। पर हेल्ड कहता है कि राज्य भी वैश्वीकरण के अधीन होते जा रहे हैं और

राजनीतिक- कलाप अधिकाधिक समाज-पार के मुद्दों पर ध्यान केन्द्रित कर रहे हैं। राबर्ट्सन कहता है कि वैश्वीकरण की यह प्रक्रिया नयी नहीं है। उसकी जड़ें पूँजीवाद और आधुनिकता से पहले की समाज में हैं। उसके चार चरणों को वह गिनाता है, जो 'जर्मिलन फेज' (ईसाइयत, रोमन साम्राज्य के टूटने के बाद विश्व का नक्शा बनता, अमेरिका, अफ्रीका और एशिया की खोज, सूर्य केन्द्रित गैगेरियन कैलेण्डर का प्रचलन आदि) 'इन्सिपिएण्ट फेज' (राष्ट्र राज्य की स्थापना, उनके बीच कूटनीतिक सम्बन्ध, नागरिकता व पासपोर्ट, संचार सम्बन्धी समझौते, अन्तरराष्ट्रीय कानूनी समझौते, गैरयूरोपीय देशों के अस्तित्व की पहचान, विश्वव्यापी कैलेण्डर का प्रचलन, प्रथम महायुद्ध, अन्तरराष्ट्रीय स्तर पर जनसंख्या का इधर-उधर जाना और उस पर रोक, अन्तरराष्ट्रीय संगठनों में गैर-यूरोपीय देशों का प्रवेश आदि), 'स्ट्रगिल फार हेगमनी फेज' (लीग आफ नेशन्स, यूनाइटेड नेशन्स, द्वितीय महायुद्ध और शीत युद्ध, युद्ध सम्बन्धी अपराध और मानवता के विरुद्ध अपराध, तीसरे विश्व का महत्त्व, एटम बम का डर, आदि) और 'अनसर्टेण्टी फेज' (आकाश में सेटेलाइटों का प्रवेश और खोज, परा-भौतिक मूल्यों और अधिकारों पर बातचीत, सेक्सुअल प्रिफरेन्स, जेण्डर, एथनोसीटी और रेस पर आधारित विश्व समाज, अन्तरराष्ट्रीय सम्बन्धों का दिन-प्रतिदिन जटिल व तरल होते जाना, वैश्विक वातावरण सम्बन्धी समस्याएँ ग्लोबल मास मीडिया आदि) हैं। राबर्ट्सन कहता है कि इनसे आगे के विकास की दशा टटोलना मुश्किल है, क्योंकि वह विकास राज्यों के प्रयास से स्वतन्त्र होकर होगा और स्वरूप सांस्कृतिक होगा। इसे मैक्ग्रीउ और गिडेन्स जैसे यथार्थवादी स्वीकार नहीं करते। कहते हैं कि स्वयं राष्ट्र-राज्यों का जन्म वैश्वीकरण की प्रक्रिया से हुई है और वैश्वीकरण चाहे तो वह उनका स्वरूप विलोपित कर सकता है। राष्ट्र-राज्य के लिए जरूरी है कि उनकी सरकार केन्द्रीभूत और बँधकर रहे। आज वैश्वीकरण उसी पर हमला कर रहा है। इसलिए वैश्वीकरण का स्वरूप सांस्कृतिक कम, राजनीतिक अधिक होगा। उसका क्षेत्र अन्तरराष्ट्रीय सम्बन्ध और राजनैतिक संस्कृति का होगा। उसमें राज्य अपनी सम्प्रभुता के साथ वर्चस्व का मुकाबिला करते रहेंगे और देश के भीतर की समस्याएँ स्वयं हल करते रहेंगे। राजनीति हमेशा ही क्षेत्रीय क्रिया-कलाप होती है और उसकी परिधि तय करती है। जब वर्चस्वी राज्य का शोषण बढ़ेगा तो ये क्षेत्रराज्य ही उसका विरोध करेंगे। तब बात घूम-फिर कर वहीं आती है कि वैश्वीकरण सांस्कृतिक होगा और प्रतीकात्मक होगा। राज्य बचे रहेंगे, मीडिया उनका अतिक्रमण करता रहेगा। उनका स्वरूप उदारवादी जनन्तत्र का होगा और यह उदारता तथा जनतन्त्र बढ़ता ही जायेगा। नेपाल और मिस्र समेत कई मुस्लिम देश इसका उदाहरण हैं। माँग चीन में भी हो रही है। राजनैतिक वैश्वीकरण इसी अर्थ में होगा। सहमति पर जोर बढ़ेगा, पर उसके नाते राज्य 'wither away' नहीं होगा। दरअसल उसका स्वरूप कारपोरेट का हो जायेगा, जिसमें शासन-व्यवस्था कोई चलायेगा, और उसकी कुंजी किसी और के पास रहेगी। जो शक्ति का प्रतीक बनकर सामने होगा, वह कम शक्तिशाली होगा, जो पीछे होगा, छुपा होगा वह अधिक शक्तिशाही होगा। फूकियामा कहता है कि इस उदार जनतन्त्र को सबसे बड़ा चैलेंज इस्लामिक धर्म राज्य से मिलेगा, क्योंकि वहाँ का समाज मुक्त नहीं है। वह ज्यों-ज्यों मुक्त होता जायेगा, उदार जनता का प्रवेश वहाँ बढ़ता जायेगा। अपना वर्चस्व बढ़ाने के लिए अमेरिका उन राज्यों पर बार-बार प्रहार करेगा, जब तक वे टूट न जायें। डेनियल बेल कहता है, "The nation/state is becoming too small for big problems of life and too big for the small problems of life." राज्य के सन्दर्भ में वैश्वीकरण का यही सत्य है।

(5)

क्रुक्स कहता है कि सांस्कृतिक वैश्वीकरण में उन विचारसरणियों की भूमिका है, जो अपनी विश्वव्यापकता पर जोर देती हैं और जिन्होंने विश्व स्तर पर अपना प्रभाव बना लिया। इसी से अन्तरराष्ट्रीय संस्कृति बनी। इन विचार व्यवस्थाओं के दो रूप थे—एक वैश्विक धर्मों का, **जिन्होंने** अपना

प्रचार-प्रसार इस तरह से किया और इतनी सफलता से किया कि एक तरफ स्थानीय धर्मों को गलत साबित कर उन्हें हरा दिया, दूसरी तरफ उन्हें अपने में आत्मसात् कर लिया। दूसरी राजनैतिक विचारधाराएँ थीं, जिन्होंने विभिन्न तरह के लोगों को अपने साथ समूहबद्ध किया एक सामान्य उद्देश्य को प्राप्त करने के लिए। साम्राज्यवाद, राष्ट्रवाद, उदारवाद, जनतान्त्रिक समाजवाद, फासीवाद, साम्यवाद कुछ ऐसी ही विचारधाराएँ हैं। गौर करने की बात है कि ये सभी पश्चिमी यूरोप की उत्पाद हैं और बरास्ते उपनिवेशीकरण पूरी दुनिया में फैली है। इसलिए जो आज हमें विश्वव्यापी लग रही हैं, वे देशज और क्षेत्रीय हैं और उनका स्वरूप साम्राज्यवादी है, सर्वग्रासी है और दूसरे सांस्कृतिक मूल्यों के प्रति दमनात्मक है। वे संस्कृति के नाम पर दरअसल पश्चिमी सभ्यता के स्तम्भ हैं, जो औद्योगिकीकरण के साथ-साथ पसरती और फलती-फूलती गयी हैं, सशक्त देशों के हथियारों के छाये में। इसलिए वे जितना ही अपना दबाव बनाती गयी हैं, उतना ही उनका विरोध होता गया है। हण्टिंगटन इसे सभ्यताओं का संघर्ष कहता है। यह संघर्ष वैश्वीकरण के प्रभाव में वर्गों के संघर्ष और विचारधाराओं के संघर्ष को पार कर जायेगा। हण्टिंगटन कहता है कि सभ्यताओं के संघर्ष का इतिहास काफी पुराना है, आठवीं शताब्दी से ही इसका अस्तित्व है। और यह संघर्ष अभी परिधियों पर होता रहा है। ज्यों-ज्यों वैश्वीकरण बढ़ेगा, त्यों-त्यों यह केन्द्र की ओर आयेगा। अभी जो अमेरिका के वर्चस्व को इस्लामी देश ललकार रहे हैं, तो उसे वे इस्लाम व ईसाइयत में लड़ाई के साथ नयी और पुरानी सभ्यता की, पूर्व और पश्चिम की सभ्यता की लड़ाई भी बता रहे हैं। चूँकि वैश्वीकरण पश्चिम की देन है, इसलिए पूर्व से संघर्ष स्वाभाविक है, और जिन देशों में पश्चिम का साम्राज्य नहीं रहा है वहाँ वह उग्रता अधिक होगी। जहाँ साम्राज्य रहा है, वहाँ के देशों की सभ्यता को उन्होंने लगभग गिरा ही दिया है, इसलिए वहाँ संघर्ष होगा ही नहीं और यदि होगा भी तो उतना उग्र नहीं होगा।

कोवालिस विश्व की मौजूदा सभ्यताओं की संख्या सात बतलायी है, ईसाई, चीनी (कन्फुत्सू-ताओ-बौद्ध का मेल), इस्लाम, हिन्दू, जापानी (शिन्तो-बौद्ध-कन्फुत्सू का मेल), लातीन अमेरिकी समन्वयवादी और गैर-इस्लामी अफ्रीकी। यहूदियों को हम अलग से जोड़ लेते हैं। अब उनका एक राष्ट्र-राज्य इजराइल भी है। कोवालिस के लिए ये 'पॉलिटिकल ब्लाक' नहीं हैं, जो वैश्वीकरण में रोड़ा अटकायेंगे, जैसा कि हण्टिंगटन सोचता था। बल्कि इनके तमाम मानवतावादी तत्त्वों को लेकर शायद एक विश्व सभ्यता रचा जायेगा। हण्टिंगटन इस सम्यताओं के धार्मिक पक्ष को आचक्षु करता था, किन्तु कोवालिस उनके लौकिक पक्ष को। आगामी वैश्विक सभ्यता लौकिक ही होगी। आधुनिकीकरण ने मीडिया को जन्म दिया है, जिसने क्षेत्र की सांस्कृतिक सीमाओं का अतिक्रमण कर उसे दूर-दूर तक फैलाया है, और इस तरह से एक-दूसरे को समझने में मदद की है। दार्शनिक स्तर पर पाया गया है कि विभिन्न मतों और उनसे जुड़े मतों में ज्ञान-मीमांसा, सत्तामीमांसा, उद्देश्य मीमांसा, ब्रह्माण्ड, आत्मा, परमात्मा, प्रकृति, मनुष्य, समाज, कार्य-कारण सम्बन्ध आदि में तमाम समानताएँ हैं। अपने अध्ययनों से मैक्लुहान सिद्ध करता है कि संस्कृति का निर्धारक सिद्धान्त वह माध्यम है, जिसके द्वारा संस्कृति सम्प्रेषित होती है, उसकी अन्तर्वस्तु नहीं। माध यम का मतलब हमारी इन्द्रियों को विस्तारित करनेवाला साधन है, जिसमें आवागमन और सम्प्रेषण के तकनीक आते हैं। रोजेनौ और हार्वे के साथ मिलकर मैक्लुहान के विचार यह भी स्थापित करते हैं कि डरखेम के सुझाये संस्कृति के दो चरण यान्त्रिक संहति और अवयवी संहति सही हैं। पहले को हम जनजातीय या कबीलाई युग कह सकते हैं, जो बोले जा रहे शब्दों की तकनीक और चक्के की तकनीक पर आधारित थी। इस मौखिक संस्कृति में मानवीय अनुभूति अनिवार्यतः आप्यायित या प्रपन्न होती है, तात्कालिक होती है, सामूहिक होती है, संवेदनशील होती है और पूर्ण होती है। दूसरे को हम औद्योगिक युग कह सकते हैं, जो लिखित शब्दों की तकनीक और यान्त्रिकी की तकनीक पर आधारित होती है। इस लिखी-पढ़ी संस्कृति में मानवीय अनुभूति खण्डित होती है, और वैयक्तिक होती है। पुस्तक का लिखा

जाना या पढ़ा जाना एकान्तिक कर्म होता है, कभी-कभी बिलकुल ही अकेला पड़ा। यह स्पर्श, गन्ध व श्रव्य की जगह द्रश्य पर जोर देती है, जो दर्शक को दूर और असम्बद्ध करके रखती है। छपाई विचार को सम्बद्ध पांक्तेय अनुवर्तियों में निर्मित करके रखती है, जो समाजों को विवेकीकृत और औद्योगिक बनाकर रखने में योग देता है।

ये सब वैश्वीकरण में अपनी भूमिका निभाते हैं। कागज, सड़क और चक्के के प्रयोग ने देश-काल के अन्तरालीकरण को सम्भव बनाया। आवागमन और सम्प्रेषण के साधनों ने दूर-दूर के जगहों में सम्बन्ध बनाकर कबीलाई मानसिकता को तोड़ा और एक वृहद चेतना और मानसिकता को जन्म दिया। काल के माध्यम से देश के इस पुनर्गठन ने दो अन्य महत्त्वपूर्ण सारभौमिकता के उपकरणों को जन्म दिया। पहली यान्त्रिक घड़ी थी, जिसने समय को सारभौम इकाइयों में तोड़ा। मनुष्य ने मौसम के अनुसार समय को नापना छोड़ दिया। समय मनुष्य के तात्कालिक अनुभूति से निरपेक्ष एक वैश्विक अस्मिता बन गया। मैक्लुहान कहता है कि समय के इस नये विभाजन के संग ही श्रम का विभाजन भी आरम्भ हुआ। दूसरा मुद्रा का प्रचलन था, जिसे गिडेन्स प्रतीक या टोकन कहता है। इसने सम्बन्धों की गति और आयाम को एकदम से बढ़ा दिया।

छपाई के माध्यम ने इस गति को और बढ़ा दिया था औद्योगिक युग में। किन्तु आज उत्तर औद्योगिक युग में इलेक्ट्रानिक मीडिया ने इस गति को बहुगुणित कर दिया है। यह सही है कि वह कबीलाई संस्कृति को पुनः सजो रही है, लेकिन तब वह इसे विश्व स्तर पर कर रही है। इसलिए वह वैश्वीकरण के सशक्त माध्यमों में से एक है। उसकी प्राथमिक विशेषता गति है। यह घटना और उसकी स्थानिकता को एक साथ खींचकर तत्काल विश्व स्तर पर उसी तरह की घटनाओं के साथ अन्तःआधारित बना देती है। इससे उसका प्रभाव बढ़ जाता है। उसके आधार पर सिर्फ स्थानीय जनमत ही नहीं, जरूरत पड़ने पर विश्व जनमत बनने लगता है, चाहे दियाँ-मियाँ चौक की घटना हो या अमर्त्य सेन की स्थापनाएँ। विद्युत् और संचार पूरे विश्व में मनुष्य के नाड़ीतन्त्र की तरह काम करने लगे हैं। यह पूरे जगत् को एक पूर्ण इकाई के रूप में महसूस करने का मौका देता है। लेकिन क्या यह जगत् को एक व्यवस्था की जगह एक अस्त-व्यस्तता की तरह नहीं महसूस होने देता?

मैक्लुहान इस पूरे प्रकरण को 'Implosion' कहता है। इसे परिभाषित करते हुए लिखता है, "They bring together in one place all the aspects of experience—one can simultaneously sense and touch events and objects that are great distances apart. The centre-margin structure of industrial civilization disappears in the face of synchrony, simultaniety and instantaneousness." मैक्लुहान इसे ही 'विश्व-ग्राम का नया जगत्' कहता है। कहता है कि जिस तरह से कबीले के लोग अपने को एक-दूसरे पर अन्तःआधारित महसूस करते थे, उसी तरह इस विश्वग्राम के लोग पूरे मानवीय समाज की चेतना से किनारा नहीं कस सकते। लेकिन तब वैश्विक-देश कबीलाई पड़ोस की तरह नहीं है। लिखता है, "It's message is total change, ending psychic, social, economic and political parochialism. The old civic, state, and national groupings have become unworkable. Nothing can be further from the spirit of the new technology, that 'the place for everything and everything in its place. You cannot go home again."

किन्तु संस्कृति को सिर्फ तकनीकी माध्यमों से ही नहीं पाया जाता। उसे सीधे-सीधे भी दूसरे माध्यमों से भी पाया जा सकता है। शासन और श्रम का देशान्तरण, उपनिवेशन, मत-प्रचार, देशाटन-तीर्थाटन, दूसरे देशों में जाकर अध्ययन, फौजियों की आवाजाही कुछ ऐसे ही साधन हैं। हमें लगता है कि इससे सांस्कृतिक एकीकरण नहीं, सांस्कृतिक समझ बनती है। एकीकरण के तत्त्व दूसरे ही हैं। और वे सबके सह-अस्तित्व की बात करते हैं, एकीकरण की नहीं। सवाल उठता है कि क्या एकीकरण से सह-अस्तित्व बेहतर स्थिति नहीं है?

1975 के बाद की स्थिति पर बात करते हुए राबर्ट्सन कहता है कि वैश्वीकरण में व्यक्ति का सापेक्षीकरण होता है और उसमें राष्ट्रों का प्रसंग सामान्यीकरण और राष्ट्र ऊपर की बात की ओर ले जाता है। इसलिए इसमें सांस्कृतिक, सामाजिक और संवृत्तिमूलक सम्बन्धों के लिए जगह बनती है, निम्न चार तत्त्वों के लिए–

(1) व्यक्तिगत आत्म, (2) राष्ट्रीय समाज, (3) समाजों की अन्तरराष्ट्रीय व्यवस्था और (4) मानवता सामान्यीकृत रूप से।

ये सभी मिलकर 'ग्लोबल फील्ड' रचते हैं, जिसके विश्लेषण से हम वैश्वीकरण को समझ सकते हैं। राबर्ट्सन यह विश्लेषण कुछ इस तरह से रखता है–

• व्यक्तिगत आत्म (1) की परिभाषा राष्ट्रीय समाज के नागरिक के रूप में की जाती है (2) दूसरे समाजों में हो रहे विकासों से तुलना कर (3) मानवता के एक उदाहरण के रूप में। (4);

• एक राष्ट्रीय समाज (2) अपने सदस्यों के साथ समस्यास्पद सम्बन्धों के साथ रहता है (2) स्वतन्त्रता और नियन्त्रण के शब्दों में, अपने को राष्ट्र के समाज के सदस्य के रूप में देखते हुए, (3) उन नागरिकता सम्बन्धी अधिकारों को प्रदत्त करते हुए जिनकी प्रासंगिकता सामान्य मानवीय अधिकार के रूप में होती है। (4);

• अन्तरराष्ट्रीय व्यवस्था (3) राष्ट्रीय समाजों द्वारा सम्प्रभुता के त्याग पर बनती हैं। (2) व्यक्ति के व्यवहार के मानदण्ड को तय करती है (1) और मानवीय आकांक्षा पर : 'वास्तविक सम्बन्धी नियन्त्रण (reality checks) बनाकर रखती है। (4);

• मानवता (4) की परिभाषा व्यक्तिगत अधिकारों की शब्दावली में की जाती है (1) जो राष्ट्रीय समाजों के नागरिकता सम्बन्धी प्रावधानों में अभिव्यक्त होते हैं (2) जिनका औचित्यीकरण और प्रवर्तन समाजों की अन्तरराष्ट्रीय व्यवस्था के माध्यम से होता है। (3);

ये अन्तःक्रियाएँ निम्न चार बिन्दुओं पर प्रक्रिया सम्बन्धी विकास विहित करती हैं–

(1) वैयक्तिककरण–जिसमें हर व्यक्ति को एक सम्पूर्णता (complete whole) के रूप में वैश्विक स्तर पर पुनः परिभाषित किया जाता है, बजाय स्थानीकृत सामूहिकता के एक अधीनस्थ भाग के रूप में। (2) अन्तरराष्ट्रीयकरण, जो अन्तःराज्यीय सम्बन्धों और व्यवस्थाओं का बहुगुणीकरण होता है। (3) समितिकरण, जिसमें राष्ट्र-राज्य समिति का एकमात्र सम्भव रूप होता है। (4) मानवीकरण, जिसमें यह मानकर चला जाता है कि वैश्विक स्थापना में मानवता को नस्ल, वर्ग, लिंग आदि के आधार पर बिलगाया नहीं जा सकता; उसके आधार पर सम्भावनाओं और अधिकारों से व्यक्तियों को वंचित नहीं किया जा सकता। इन सबका सामूहिक प्रयोग वैश्वीकरण की सामाजिक प्रक्रिया के लिए होता है। ये विकास वैयक्तिक समाजों की गतिकी से अलग और स्वतन्त्र रूप से होते हैं। दरअसल वैश्वीकरण का अपना अननुनेय तर्क होता है, जो इन आन्तरिक गतिकियों को प्रभावित करता है।

यानी वैश्वीकरण न केवल एक ऐसी प्रमुख ऐतिहासिक प्रक्रिया बन गया है, जो संस्कृति को प्रभावित करता है, वह समकालीन संस्कृति का केन्द्रीय सारतत्त्व बन गया है। अब हम सैन्य-राजनैतिक मुद्दों को विश्व-व्यवस्था के तहत पुनःपरिभाषित करते हैं, आर्थिक मुद्दों को वैश्विक मन्दी के तहत पुनः परिभाषित करते हैं, बजार के मुद्दों को भूमण्डलीय उत्पादन के शब्दों में पुनः परिभाषित करते हैं, धार्मिक मुद्दों को सकल सम्प्रदायानुसारी शब्दों में पुनः परिभाषित करते हैं, नागरिकता को मानवाधिकार के तहत पुनः परिभाषित करते हैं, प्रदूषण से धरती को बचाने के शब्दों में पुनः परिभाषित करते हैं। इस तरह की वैश्विक चेतना के साथ एक रूप, एक स्तर के भौतिक उत्पादन और उपभोग को देखते हुए हम कह सकते हैं कि पूरा विश्व एकल व्यवस्था में बँधता जा रहा है।

लेकिन इसके आधार पर इतना ही कहा जा सकता है कि यह दुनिया संगठित (unite) हो रही है, वह एकल (integrate) हो रही है, इस पर गिडेन्स और राबर्ट्सन जैसे विचारकों ने सन्देह व्यक्त किया

है। जैसे अंग्रेजी दवाई की उच्चता की सारभौमिक चर्चा के प्रतिक्रियास्वरूप आज होमियोपैथी, आयुर्वेद, यूनानी या चीनी दवाओं की चर्चा और माँग अधिकाधिक बढ़ती जा रही है। एक धर्म के बीच जिन सम्प्रदायों को दबा दिया था, विभिन्न धर्मों के सह-अस्तित्व पर जोर देते वक्त ये सम्प्रदाय भी उठ खड़े हो रहे हैं और अलग से अपनी पहचान की माँग कर रहे हैं। अंग्रेजी की बढ़ती जा रही सारभौमिकता से होड़ करने के लिए फ्रान्सीसी और रूसी ही नहीं हिन्दी और मन्दारीन भी आगे आ रही हैं, वहीं उनकी ताकत कम करती क्षेत्रीय बोलियाँ अपने को भाषा ही मान लिये जाने के लिए आगे आ रही हैं। लिंग के स्तर पर भेद न किये जाने के अन्तरराष्ट्रीय दौर में स्त्रियाँ अपने लिये अलग से विशेषाधिकार और बरीय व्यवहार की माँग कर रही हैं। सभी नस्लों की बराबरी की चर्चा चाहे जितनी हो, व्यवहार में जाति की एकता बनाकर और भारत जैसे देश में आरक्षण की माँग कर एक विशेषाधिकार प्राप्त वर्ग का निर्माण हो रहा है, जिसमें दबे-कुचलों की स्थिति बेहतर करने के नाम पर समाज का एक मलाईदार पर्त कुण्डली मारकर बैठता जा रहा है। एक तरफ 'चाइल्ड एब्यूज' के खिलाफ कानून बन रहे हैं और जागरूकता अभियान चलाने जा रहे हैं, तो दूसरी तरफ पर्यटकों को आकर्षित करने के लिए इसके लिए रिसार्ट और क्लब बनाये जा रहे हैं। ये सब बिखराव और विभेद उपसंस्कृतियों को जन्म दे रहे हैं, जो प्राथमिक होती जा रही हैं। अपसंस्कृतियाँ मुख्यधारा बनती जा रही हैं। गैरेट कहता है, "The world 'moved' from being merely 'in itself' to the problem or possibilty of 'being itself'. दरअसल वैश्वीकरण अच्छे या बुरे, शुभ या अशुभ से परे की वस्तु है और उसमें नैतिक तत्त्व इन स्थानीय बोधों से आता है। वे वास्तविक जीवन में चुनने की स्वतन्त्रता की माँग करते हैं, जबकि वैश्वीकरण उसके लिए माहौल बनाता है। संस्कृति वहाँ प्रतीक होती है, जब दुनिया आभासित बनती जाती है। राबर्ट्सन कहता है, "The world as a system may well be riven by conflics that are far more intractable than the previous disputes between nations. However (1) The world is experiencing accelerated globalization to such an extent that it can be regarded as an accomplishment. (2) That we need new concepts to analyse this process, (3) The process is fundamentally cultural and reflexive in character, (4) The globalization follows the path of its own inexorable logic." लोता कहता है कि वैश्वीकरण में संस्कृति विशृंखलित हो गयी है, उसके समेकन में उसके निर्मातृ तत्त्व एक-दूसरे के सापेक्षाबोधी हो गये हैं। इसकी व्याख्या करते हुए फिदरस्टोन कहता है कि वैश्वीकरण संसाधन के प्रभाव से बनता है, जिसमें भौतिक पदार्थ, लोग, विचार, सूचनाएँ और रुचि आती हैं। ये संसाधन पहले की संस्कृतियों के गुटकों को इस तरह से जोड़ते हैं कि उनका सापेक्षीकरण हो जाता है। यह सापेक्षीकरण या तो खतरा महसूस किये जा रहे विकल्प की रोशनी में मूल धारणाओं का पुनर्निरीक्षण करने से बनता है, या फिर दूसरी संस्कृति के कुछ तत्त्वों को अपने में समाहित करके बनता है। फिर वे एक ऐसे उचित राष्ट्रपरे की संस्कृति के निर्माण की ओर बढ़ते हैं, जो किसी विशेष राष्ट्र-राज्य-समाज से जुड़ा नहीं होता। उसका रूप एकदम नया हो सकता है या फिर मिला-जुला। अप्पादुरै ने ऐसे क्षेत्रों की खोज की है और उसे एथोस्कैप, टेक्नोस्केप, फाइनैंस्केप, मीडियास्केप, आइडियास्केप और सैक्रीस्केप कहता है। स्केप से उसका मतलब सामाजिक जगत् के वैश्वीकृत मानसिक तस्वीरों से है जो सांस्कृतिक वस्तुओं के प्रवाहों से बनते हैं। इसमें धर्म से जुड़े स्केप का लाचनर ने विशेष अध्ययन किया है, क्योंकि वह धर्म को न केवल जीवन दर्शन, बल्कि जीवन पद्धति भी तय करते हुए पाता है। कहता है कि जिसे हम पश्चिम की मतनिरपेक्षता कहते हैं, वह दरअसल प्रोटेस्टेण्ट ईसाइयत का विस्तार है। मैं ऐसा नहीं मानता। मतनिरपेक्षता दरअसल ग्रीक-दर्शन परम्परा की देन है जो लौकिकता को लेकर चलता है। प्रोटेस्टेण्ट मत उसी का विस्तार करता है, विशेषतः शासन प्रणाली में। जो भी हो लाचनर मानता है कि इसके प्रतिरोध में इस्लाम इधर अधिकाधिक मूलगामी होता गया है। इसके कम-से-कम चार विशेषताएँ हमारे सामने पड़ती हैं। एक तो यह कि उलेमा को समर्थन दिया जाना ही चाहिए जब बात मानवाधिकार, बाजारी

जनतन्त्र और स्त्रियों की स्थिति से जुड़ा हो। दूसरे जब बात चर्च और उससे जुड़े देवताओं को उच्च स्थान देने की हो तो उसका विरोध किया ही जाना चाहिए। तीसरे जब बात सामाजिक व्यवस्था के लिए अमूर्त विधि को लागू करने की हो तो उसका भी विरोध किया जाना चाहिए। चौथे यह बात पूरे जोर के साथ प्रचारित की जानी चाहिए कि जगत् स्वभाव से ही बहुलवादी है, और कोई एक सुपीरियर संस्कृति नहीं है। यदि ऐसा है या आगे करना है तो यह इस्लाम के आधार पर होना चाहिए। हिन्दू धर्म के सम्बन्ध में ऐसा स्पष्ट अध्ययन अभी नहीं हुआ है। पर अर्नेस्ट एल्स कहता है कि हिन्दू मन को शीघ्रातिशीघ्र चार गुलामियों से निजात पा लेनी चाहिए। पूर्व में इस्लाम की गुलामी से, पश्चिम में ईसाइयत की गुलामी से, उत्तर में साम्यवाद की गुलामी से और दक्षिण में नेहरूवियन गुलामी से। तभी हिन्दूराष्ट्र का विकास सम्भव हो पायेगा जो अमेरिकन वर्चस्व से लड़ सकेगा, जैसे आज इस्लाम लड़ रहा है। वह राजीव गाँधी के नीतियों का नेहरू की ही नीति का प्रसार मानता है, जो पश्चिम को अधिक-से-अधिक भारत में आयात कर लेना चाहता है।

इसी तरह रित्जर ने उपभोक्तावाद का अध्ययन कर स्पष्ट किया है कि फोर्ड ने तो उत्पादन में विकेन्द्रीकरण का सिद्धान्त लाकर उसका विस्तार किया था। उपभोक्तावाद में मैक्डोनाल्ड ने उसी का उपयोग कर इफीसीएन्सी, कैल्कुलेबिल्टी, प्रेडिक्टेबिलिटी को बढ़ावा दिया है और इनका उपयोग भौतिक प्रौद्योगिकी द्वारा मनुष्य पर नियन्त्रण करने के लिए किया है। स्केलयर ने 'काम्प्युनिकेशन' का अध्ययन कर स्पष्ट किया है कि यह वैयक्तिककरण, समेकन, डिफ्युजन और स्वायत्तीकरण की ओर ले जाता है। नस्लवादी व भाषाई क्षेत्रों का अध्ययन कर हाब्सबाम ने स्पष्ट किया है ये वैश्वीकरण में राजनीति तथा अर्थव्यवस्था के विभेदीकरण की पैठ बनाते हैं। वे सभी नस्ली-भाषाई भेदों को उचित ठहराते हैं। किन्तु ये विवाह और आहार में बाधा नहीं खड़ा कर रहे हैं। हाँ, भारत और कुछ मुस्लिम देशों में 'सम्मान के लिए हत्या' (honour killing) एक नयी परिघटना है। होता तो यह पहले भी था, किन्तु अब शोर अधिक मचाया जाता है। फिर नस्ल के आधार पर नये राष्ट्र-राज्यों की माँग भी एक नयी परिघटना है, जो वैश्वीकरण में रोड़े डाल रही है।

इन तमाम बातों के आधार पर अरनासन कुछ सामान्यीकरणों पर बात करता है। वे हैं– (1) वैश्वीकरण एक साथ ही संगति और विभेद की संवृत्ति है। यह जगत् में बहुलता गोचर कराता है जो एक तरफ सांस्कृतिक एकीकरण की ओर ले जाते हैं, तो दूसरी तरफ स्थानीय क्षमताओं की ओर। (2) यह राज्य और राष्ट्र के बीच के पैतृक सम्बन्ध को कमजोर करता है और राज्य की सीमाओं का विस्तार करता है। वहीं राष्ट्र के आधार पर नये राज्यों के निर्माण की माँग को भी प्रोत्साहित करता है। कहीं दो राज्यों को एक में मिलाने की भी बात करता है, जैसे पोल लोग माँग करते हैं। (3) केन्द्र को परिधि की ओर ढकेल देता है। यह यूरोप को केन्द्र में नहीं रहने देना चाहता। दूसरी संस्कृतियों को भी वही वर्चस्वी स्थान दिलाना चाहता है। (4) परिणामस्वरूप यह परिधि को ही केन्द्र में लाना चाहता है।

जाहिर है कि समकालीन सर्वसर्वोत्तमग्राही प्रवृत्ति के चलते सांस्कृतिक वैश्वीकरण आधुनिकता से जुड़े चिन्ह्नों, संकेतों, प्रतीकों का विस्फोट है। मानव समाज उस हद तक वैश्विक हो रहा है, जिस हद तक वह मानव संस्थाओं और सम्बन्धों को अनुभव की जगह सूचना पर आधारित करता जा रहा है, जिस हद तक वह उस आकाश में व्यवस्थित किया जा रहा है, जहाँ वह वास्तविक उत्पाद की जगह उससे जुड़ी कल्पना, कहें काल्पनिक वस्तु (simulera) का उपभोग कर रहा है, जिस हद तक मूल्यों के प्रति प्रतिबद्धता पहचान के बैज की तरह काम करती है, जिस हद तक राजनीति का मतलब जीवन-शैली है, जिस हद तक संगठनात्मक दबाव और राजनैतिक नजरखुरानी आत्मविश्लेषण के सन्दर्भ में हटाकर रखी जाती है। ये सांस्कृतिक अन्तःधाराएँ इतनी प्रबल हो गयी हैं कि वे न केवल राष्ट्रीय मूल्य-व्यवस्था को ध्वस्त करने लगी हैं, औद्योगिक संगठनों और राजनैतिक क्षेत्र सम्बन्धी व्यवस्थाओं को

चहेटने लगी हैं1 इस वैश्वीकृत संस्कृति में विचारों का, सूचनाओं का, प्रतिबद्धताओं का, मूल्यों का, अभिरुचियों का निरन्तर प्रवाह हो रहा है एक जगह छोड़कर दूसरी जगह टिक जानेवाले व्यक्तियों द्वारा, सांकेतिक टोकनों द्वारा और इलेक्ट्रानिक सिमुलेशनों द्वारा। इसमें स्थानीय एकरूपता को वैश्विक एकरूपता से नहीं, वैश्विक विभिन्नता से हटा देने की क्षमता है। मैक्डोनेलिज़्म उसका सर्वोत्तम उदाहरण है जो अभिरुचि और स्वाद के आगे दूसरी बातों को गौण बना देता है।

निचोड़ में हम कह सकते हैं कि वैश्वीकरण में राज्य अदृश्य नहीं हो जायेगा, उसकी सम्प्रभुता जरूर क्षीण हो जायेगी, विशेषतः अपने नागरिकों को नियन्त्रित करने में। दूसरे खुले बाजार में काम करने के कारण अन्तरराष्ट्रीय कारपोरेशनों की एकच्छत्रता कमजोर पड़ने लगी है। इसका असर उन संस्थाओं पर अधिक है, जिनमें असमानता का पहले बोलबाला था, जैसे परिवार या जाति का संगठन, या व्यवसाय का संगठन। यह वैश्वीकरण तमाम दूसरे क्षेत्रों में भी हानिकारक लगती है, जहाँ प्रतिस्पर्द्धा एक मूल्य की तरह काम करती थी। फिर एकच्छत्रता वहाँ अधिक सफल होती है, जहाँ काम गुप्त रूप से होता है। वैश्वीकरण खुले में काम करने के लिए चुनौती देती है। इसके सन्देश के रूप में वाटर्स कहता है, "The complexity of globalization extends beyond its multi-dimensionality to polyvalence. It represents an expansion of capitalist production, market based consumption and western culture. But we should not forget that it also involves at least opportunities for expansion of collective responsibility for the mitigation of inequality of human right of environmental values and of feminism."

●

राष्ट्रवाद और भारत

(1)

आज कार्यवाहीप्रणीत राष्ट्र की अवधारणा को राष्ट्रवाद कहते हैं। यह वह अवधारणा है, जिसमें राष्ट्र को राजनैतिक संगठन का केन्द्रीय सिद्धान्त माना जाता है। इसमें राष्ट्र के हित को तमाम दूसरे हितों से, चाहे वे व्यक्ति से सम्बन्धित हों या समाज की दूसरी इकाइयों से, सर्वोपरि माना जाता है। नस्ल, जाति (जो कई नस्लों के सम्मिश्रण से बनती है), क्षेत्र, परिवार, व्यापार, मॉल आदि के संगठन इसके अधीन उपकरण की तरह काम करते हैं। यानी राष्ट्र के सामने एक लक्ष्य होता है, उसे प्राप्त करने की इच्छा होती है और उस इच्छा को पूरा करने की सामर्थ्य और उपकरण भी होते हैं। जब उनमें समुचित तालमेल बैठता है तब राष्ट्रवाद की धारणा एक ठोस रूप पाती है।

इसके विस्तृत विवेचन से पहले यह नोट कर लेना जरूरी है कि राष्ट्रवाद को जाति, राज्य, देश जैसी अवधारणाओं से अलगा कर समझा जाना है। राष्ट्रवाद से जुड़े शब्दों में, जो राष्ट्र और राष्ट्रीयता में कहीं सामान्य प्रदेश, सामान्य भाषा, सामान्य आर्थिक जीवन, सामान्य मूल्यबोध और आत्मिक स्वरूप से इतिहासतः निर्मित एक सामाजिक समुदाय की संकल्पना काम कर रही होती है, जबकि राज्य में एक राजनीतिक प्रशासनिक इकाई और प्रभुसत्ता, देश में अंचल विशेष और उसकी आन्तरिकता तथा जाति में वंश परम्परा और उसके सम्मिश्रण की ज्ञाप्तियाँ काम कर रही होती हैं। यह भी नोट कर लेना जरूरी है कि राष्ट्र की कम-से-कम दो अवधारणाएँ हैं, एक पश्चिम की, दूसरी पूर्व की और दोनों का सम्बन्ध उनकी उत्पत्ति के ढंग और ऐतिहासिक जरूरत से है।

पश्चिम में राष्ट्रवाद से राष्ट्र की धारणा आयी और राष्ट्र से पहले राष्ट्रीयता की। 'नेशन' शब्द का प्रयोग हम पहले पहल बोलोना विश्वविद्यालय के विदेशी छात्रों के बीच मध्यकाल में होते हुए पाते हैं। जब एक देश या क्षेत्र-विशेष के छात्र दूसरे क्षेत्र या विदेश में पढ़ने जाते थे, तब आपसी सुरक्षा और सहयोग के लिए वे आपस में एका स्थापित करते थे। सुरक्षा और सहयोग देनेवाले लोगों ने कालान्तर में अपने देश या क्षेत्र के नये छात्रों को शिक्षित करने और परीक्षा लेने का अधिकार भी प्राप्त कर लिया। फिर अनुशासन बनाये रखने के लिए अपने समुदाय के लोगों के बहुत से प्राक्टरों का चुनाव करने लगे, जिसकी कार्यावधि एक माह (पेरिस विश्वविद्यालय) से लेकर एक वर्ष (बोलोना विश्वविद्यालय) तक होती थी। इन चुनावों के दौरान मिली व्यावहारिक आधारभूत राजनैतिक शिक्षा व अनुभव का उपयोग ये छात्र अपने देशों में काउन्सिलर या सिनेटर के रूप में काम करते वक्त करते थे। इन चुनावों में न तो स्थानीय छात्र और न ही स्थायी रूप से विदेशी छात्र हिस्सा लेते थे, क्योंकि उन्हें इस तरह की किसी सुरक्षा और सहयोग की आवश्यकता नहीं थी। फिर दूसरे विदेशी क्षेत्र के छात्र भी इसमें हिस्सा नहीं लेते थे, क्योंकि

इससे वफादारी में बट्टा पड़ने की सम्भावना थी। प्रतिबद्धता और पहचान का आधार अपना 'नेशन' था, आपस में भी और बाहर के लिए भी।

जाहिर है कि एक क्षेत्र के जब थोड़े से लोग दूसरे क्षेत्र में रहने लगे तो उनमें अपने हितरक्षण के लिए एकता की भावना जगी, जिसका आधार मूल देश का वास बना। कालक्रम में जब रोमन साम्राज्य टूटने लगा तो यह आवास की भावना नये राष्ट्र के संगठन और उनके आधार पर राज्यों के संगठन की बात चली तो उनका आधार बना। और बाद में जब 'होली रोमन एम्पायर' टूटने लगा, मार्टिन लूथर ने कैथोलिक धर्म को चुनौती दी, बाइबिल को अपनी स्थानीय बोलियों में पढ़ने और पादरियों को विवाह का अधिकार देने के लिए आह्वान किया तो उसका दूसरा चरण आया। इसमें उसने स्थानीय राजाओं और सामन्तों की मदद ली पोप के खिलाफ। इससे राज्यों का संगठन कुछ नये ढंग से हुआ। कह सकते हैं कि तब राज्यों के संगठन में राजनैतिक और सांस्कृतिक कारणों ने भूमिका निभायी। राजनैतिक रूप से एक प्रशासन का निर्माण हुआ तो सांस्कृतिक रूप से लोगों के एक ऐसे समूह का निर्माण हुआ जो एक भाषा, एक मत, एक इतिहास और एक परम्परा के आधार पर इकाई के रूप में बँध गये। अन्ततः उन्होंने अपने को एक साथ नागरिक चेतना के आधार पर अस्तित्ववान् पाया, जिसकी अभिरचना एक राज्य को प्राप्त करने या बनाकर रखने में हुई। बोदाँ और हाब्स की सम्प्रभुता सम्बन्धी जो मान्यताएँ हवा में थीं, वे मूर्त रूप लेने लगीं। मानव-निर्मित बँधनों को तोड़कर प्रकृति के अनुरूप जीने का रूसो का आह्वान इसे और बल प्रदान किया और जेनेरल विल की अवधारणा नये राज्य की स्थापना का मार्गदर्शी दर्शन बनी। हीगेल के उदारवादी एकत्ववाद ने इसे एक दूसरे तरह का दार्शनिक आधार प्रदान किया। रोमाण्टिक साहित्यकारों ने कभी अतीत और कभी भविष्य के खुशनुमा जीवन को गाकर लोगों को इतना हिलोर दिया कि शासक वर्ग की जकड़बन्दी इन्तहा पर पहुँचते-पहुँचते फ्रान्सीसी और अमेरिकी क्रान्ति बन गयी, जिन्होंने मानव जीवन को नया क्षितिज प्रदान किया। स्वतन्त्रता, बराबरी, भाई-चारा, धार्मिक सहिष्णुता, फिर धर्म-निरपेक्षता, शासन में जनता का प्रतिनिधित्व जैसे नये मूल्य मानव के मुक्तिकामी उद्‌देश्य के रूप में सामने आये।

ये विचार हैं पश्चिम के उदारवादी विचारकों के। मार्क्सवादी विचारक इससे थोड़ा भिन्न बात कहते हैं। उनकी दृष्टि में राष्ट्र की अवधारणा का इतिहास बिना इस शब्द के प्रयोग के ही काफी पुराना है, जो मनुष्य के सामूहिक जीवनयापन की पद्धति की देन है। वह मानता है कि आदिम काल से लेकर पूँजीवादी काल तक का समय विकास है और भावी का इतिहास क्रान्ति की देन, दूसरी तरफ राष्ट्रीयता की अवधारणा राष्ट्र की अवधारणा से भी पूर्ववर्ती है और राष्ट्र की अवधारणा राष्ट्रवाद के पूर्व। आदिम काल में लोग चाहे चींटी, मधुमक्खी या बन्दर की तरह झुण्ड में रहते हों, या कहीं इक्का-दुक्का किन्हीं खास अवसरों पर ही आपसी सम्बन्ध बनाते हों, उनका सम्बन्ध व्यक्तिगत स्तर पर बहुत जटिल नहीं था। धीरे-धीरे परिवार की उपादेयता को समझकर छोटे-छोटे परिवारों में वे एक हुए होंगे, जिनमें बालिग होते जाते लोग अपना अलग परिवार बनाते चले गये होंगे। काम-तृप्ति सम्बन्धी अवधारणा के आधार पर फ्रायड भी इसका कुछ समर्थन ही करता है। भोजन व रिहाइस में आत्मनिर्भरता रहती होगी। कुछ हद तक आत्मरक्षा में भी। फिर फल-मूल संग्रह और आखेट से आगे बढ़कर पशुपालन और कृषि का जमाना आया होगा तो प्रान्तर का सामूहिक स्वत्त्व, उसकी सीमा की रक्षा और विस्तार की जरूरत पड़ी होगी। एक गोत्र के लोग इसमें एक साथ काम करते होंगे। और आगे बढ़ने पर थोड़े श्रम विभाजन से उपजी दक्षता का लाभ और भी आकर्षक लगा होगा। तब एक गोत्र के लोग आवश्यकतानुसार दूसरे गोत्र के लोगों के साथ रहने लगे होंगे। दूसरे समूहों से लड़ाइयाँ होने पर कहीं विजित तो कहीं विजेता लोग साथ रहने लगे होंगे। पेशेवर जातियों का निर्माण हुआ होगा, कहीं एक ही गोत्र से विभाजित होकर, तो कहीं दूसरे गोत्रवालों को आत्मसात् कर। तब खानदानी धन्धे अस्तित्व में आये होंगे। उत्पादित वस्तुओं के विनिमय के लिए बाजार बने होंगे। उन पर कुछ लोगों के नियन्त्रण से पूँजी बननी शुरू हुई होगी,

जिसका पुनः उपयोग बड़े स्तर पर उत्पादन के लिए होता होगा। मुद्रा के चलन की अपनी भूमिका बनी होगी! पशुपालन, कुटीर उद्योग और कृषि को सुरक्षा देने के लिए लठैतों, योद्धाओं, शासकों का एक वर्ग ही बन गया होगा जो अन्ततः नेतृत्व और प्रशासन देने लगा होगा। उनको चिन्तन, उद्देश्य और नैतिकता प्रदान करनेवाला वर्ग भी अस्तित्व में आया होगा। संस्कृति नाच-गान व कला से हटकर मूल्यबोध की तरफ अग्रसर हुई होगी। बदले में अपने जीवनयापन के लिए कर उगाहा जाने लगा होगा। इससे कर और मुनाफा लेनेवालों का कालान्तर में एक अलग संसार ही बन गया होगा और श्रमजीवी तथा प्रजा का अपना दूसरा संसार।

अब इस विवेचन में राष्ट्र कहाँ आता है? चरवाहा काल में हम पाते हैं कि चारागाह की भूमि के रक्षण और विस्तारण के लिए कबीले हमेशा 'मारो या मरो' की हद तक तैयार रहते होंगे। युद्ध से रक्षित और अर्जित भूमि को बेशकीमती मानते होंगे और युद्ध में नेतृत्व देनेवाले को राजा। आज जो भारतीय वनवासी जंगल के टुकड़े को अपना कहते हैं और सरकारी ठीकेदारों को काटने नहीं देते, तो यह उसी मूल प्रवृत्ति का नमूना है। इसी नाते सुन्दर लाल बहुगुणा का 'चिपको आन्दोलन' देश-काल की सीमा पार कर जाता है। आर्य—जो अपने अधिकांश में संस्कृतिद्योतक शब्द है, वंशद्योतक कम—जब हिन्दुकुश पार कर आगे बढ़े (यदि यह बात सच है) तो उनके पशु अनभ्यस्त जलवायु में आकर मरने लगे। उनका नायक खोज-खोज कर दूसरे यानी असुरों के पशु गाय को छीनने लगा और अपने इस बलकारी कर्म के लिए विजय से पहले और विजय के बाद उत्सवों (यज्ञों) में हिस्सा लेने लगा। कालान्तर में देवता ही बन गया। कृषि काल में सामन्त अपनी प्रजा के लिए एक तरफ बाहरी शत्रुओं से लड़ता था, तो दूसरी तरफ व्यक्तियों के हक-हिस्से की लड़ाई में न्याय करता था, उसके लिए नियम बनाता था और उसका अनुपालन करवाता था। यानी बाहरी और भीतरी शत्रुओं से रक्षा करता था। बदले में कर लेता था और हर वयप्राप्त व्यक्ति को युद्ध में जाने के लिए बाध्य कर सकता था। यानी राष्ट्रीयता की अवधारणा गोत्रों और कबीलों के रक्त सम्बन्धों के सदृढ़ीकरण से आरम्भ होकर क्षेत्र के सुदृढ़ीकरण पर आकर टिकती है। सामुदायिक स्वामित्व पर निजी सम्पत्ति और व्यक्तिगत स्वामित्व हावी हो जाता है। राष्ट्रीयता की धारणा की जगह राष्ट्र की धारणा ले लेती है, जिसमें खून के रिश्ते से बने समुदाय की जगह क्षेत्र के रिश्ते से बने समुदाय उभरते हैं, जिसमें तमाम कबिलाई बोलियों की जगह उनके प्रचलित रहने के बावजूद एक सर्वमान्य भाषा जन्म लेने लगती है। हर राष्ट्र का एक समूहवाची नाम—जो एक तरफ बाहर के लोगों का दिया होता है, तो दूसरी तरफ स्वयं अपना, और जरूरी नहीं कि दोनों नाम एक ही हों—एक सर्वनिष्ठ या बहुनिष्ठ संस्कृति का द्योतक बन जाता है। भारत के सन्दर्भ में हम पाते हैं कि जम्बूद्वीप का आर्यावर्त्त भारत खण्ड बन जाता है। सिन्धु नदी के पूर्व में स्थित होने के कारण उसके पश्चिम के राष्ट्र उसे 'हिन्द' कहने लगते हैं। इस खण्ड की सांस्कृतिक एकता में कई-कई राष्ट्र, देश और राज्य जन्म लेने लगते हैं, बोलियों, जातियों, नदियों की सीमा के आधार पर। तमाम पुरानी बोलियों की मृत्यु पर पण्डितों द्वारा रचित एक गणित की हद तक परिशुद्ध 'देववाणी' में जातीय स्मृति, कर्मकाण्ड, दर्शन, पुराकथा आदि संग्रहीत होता है। एक दूसरे स्तर पर विकसित भाषा में साहित्य रचा जाता है। यूँ विचार अभिव्यक्ति के दोनों माध्यमों में आदान-प्रदान चलता है। इसका उपयोग करनेवाले लोग खण्ड की एकता के द्योतक होते हैं। बिना इस एकता को चुनौती दिये अपनी बोलियों से काम ले रहे जन राष्ट्र का विन्दुमूल, उसका मूर्त रूप होते हैं। किन्तु तब तक कोई भी राष्ट्र और राष्ट्रीयता के प्रति चेतन नहीं दिखता, क्योंकि उसकी राजनीतिक उपादेयता पर उनका ध्यान नहीं जाता। मनु धर्मशास्त्र बनाते हैं, कौटिल्य अर्थशास्त्र बनाते हैं, वात्स्यायन कामशास्त्र और उनकी निर्मिति में क्षेत्र विशेष में प्रचलित वस्तुओं के आदान-प्रदान से लेकर मैथुन की रीति तक का वर्णन कर जाते हैं। पर संस्कृति और राष्ट्र को बनाने की बात कोई नहीं करता। सिर्फ राज्य के प्रतिदर्श (मॉडल) बनाते हैं, जिसे एक अपना सकता है, अनेक अपना सकते हैं।

राष्ट्रीयता के बाद राष्ट्र का अधिक मूर्त और विस्तृत शब्द सामने आने पर इसका उपयोग एक तरफ यूरोप में साम्राज्य को तोड़ने के लिए होता है, तो दूसरी तरफ एक छोटे राज्य का एक बड़े राज्य, कहें साम्राज्य में रूपान्तरण के लिए, विस्तार के लिए। एक राष्ट्र इतिहास-निर्मित समुदाय के रूप में दूसरे राष्ट्र से अपनी भिन्नता जीवन की भौतिक स्थितियों के एकत्व के आधार पर विहित करता है, जिसमें एक क्षेत्र सीमा के भीतर लोगों का अनुरूप आर्थिक जीवन, भाषा, चरित्र और मूल्यबोध एक इकाई के रूप में झलकता है। देश के भीतर सामन्ती सीमाओं के टूटने, क्षेत्रों के बीच आर्थिक सम्बन्ध सुदृढ़ होने और बूर्जुआ वर्ग को एक जबरदस्त शक्ति के रूप में उभरने से इसमें नदद मिलती है। इसका मूर्त रूप हम दो क्रमदशाओं में देख सकते हैं, जिसका वर्णन हमने ऊपर किया है।

एक बार जब सांस्कृतिक और राजनीतिक इकाइयों में एका स्थापित हो गया, तब दार्शनिकों ने राष्ट्रवाद का दर्शन रचा। राजनीतिक राष्ट्रवाद का मतलब एक ऐसा विशिष्ट राजनीतिक समुदाय हो गया जो सम्प्रभुतासम्पन्न हो और जो आत्मनिर्णय की इच्छा व क्षमता रखता हो। इसको एक उद्देश्य का जामा पहनाते हुए ब्रिटिश दार्शनिक काल्विन ने राष्ट्रवाद को साम्राज्य बनाने का उपकरण बनाया। अंग्रेजों में श्रेष्ठता की भावना भरने के लिए उसने इंग्लैण्ड के बाशिन्दों को पुराने इजराइल के लोग बताकर अपना सम्बन्ध रोम के पोप से रखने की अनिवार्यता पर प्रश्नचिह्न लगाया। दूसरे बतलाया कि पुरानी बाइबिल में जो जेण्टाइल लोग हैं वे ही आज के ब्रिटेन लोग हैं। 'नेशन' शब्द का प्रयोग उन लोगों के लिए होता है जिन्हें जेण्टाइल लोग गुलाम बनाते थे। यही काम ब्रिटेनवासियों को करना है। ईश्वर ने उन्हें यह उच्च कर्म करने के लिए अलग से जिम्मेदारी दी है। आगे साम्राज्य की लड़ाई में पिछड़ रहे इटली और जर्मनी ने इसे उग्र और आक्रामक स्वरूप प्रदान किया। देश के भीतर एक नस्ल और एक संस्कृति पर जोर दिया। देश के बाहर सभी देशों पर अपने राष्ट्र के वर्चस्व की वकालत की। इसकी विस्तृत चर्चा हम अलग लेख में कर आये हैं। उसे वहीं देखना समीचीन होगा।

(2)

पूर्व के देशों में राष्ट्रवाद की उत्पत्ति आधुनिककाल में दूसरे तरह से हुई। ये देश पश्चिम के गुलाम थे और उन्होंने इस अवधारणा का इस्तेमाल उनसे मुक्ति पाने के लिए किया। भारत के परिप्रेक्ष्य में देखें तो तमाम शासकों के विशाल राज्यों के बावजूद वृहत्तर भारत एक राजनीतिक इकाई के रूप में संगठित नहीं हो पाया। किन्तु नस्ल, जाति और मतवाद में भिन्नताओं के बावजूद वृहत्तर सांस्कृतिक परिप्रेक्ष्य में हमेशा एक रहा। यहाँ संस्कृति की अवधारणा पश्चिम की सभ्यता की अवधारणा से भिन्न रही और तमाम विचारक संस्कृति को, जिसका सम्बन्ध जीवन-मूल्यों से होता है, सभ्यता से ऊँचा माना, जिसका सम्बन्ध तात्कालिक जीवनयापन के यथार्थ से होता है। इसलिए यहाँ राष्ट्र की अवधारणा भाषा, मत, जाति, परम्परा, क्षेत्र आदि की भिन्नता को भुलाकर उनके योग से निर्माण की रही, जिससे कि ब्रिटेन के वर्चस्व को मिटाकर अपनी अस्मिता का निर्धारण स्वयं किया जाये। इसलिए जोर विभिन्न भाषाओं की इकाइयों पर न देकर उनको बोलनेवाले लोगों को एक में समाहित करने पर दिया गया। हिन्दी को पूरे राष्ट्र की भाषा के रूप में विकसित करने पर बल दिया गया। नस्ल की पवित्रता की जगह जाति के समुच्चय पर ध्यान दिया गया। इकाई की कल्पना धर्म नहीं, संस्कृति के आधार पर दी गयी। ध्यान में आर्थिक कारगुजारी का पक्ष रखा गया। यहाँ अस्मिता का आधार बहुलवाद बना।

जाहिर है कि भारत के सन्दर्भ में जिस राष्ट्रवाद की चर्चा हम करते हैं, वह आधुनिक काल की देन है। उससे यह भी स्पष्ट होता है कि महाराष्ट्र, सौराष्ट्र, निषादराष्ट्र, राष्ट्रकूट जैसे पुराने शब्दयुग्मों के बावजूद राष्ट्र, राष्ट्रीयता या राष्ट्रवाद जैसी बातें भारत के लिए बिलकुल नयी—बिलकुल आजादी की लड़ाई के दौरान की अवधारणाएँ हैं। ये बहुत हद तक यूरोपीय चौखटे में विकसित देशज चेतना की देन है,

जिन पर गहराई से चिन्तन नये तरह का विवाद पैदा करता है। इसकी जड़ में अंग्रेजों की फैलायी यह भ्रान्ति है कि भारत में राष्ट्र और राष्ट्रीयता की भावना उनकी रची हुई है। इसकी शुरुआत जेम्स मिल से होती है। उन्होंने अपनी पुस्तक 'हिस्ट्री आफ इण्डिया' में भारत के इतिहास को तीन चरणों में बाँटा। पहला चरण हिन्दू काल है, जो दिल्ली में मुसलमानी सत्ता के कायम हो जाने के बाद समाप्त हो जाता है। इस काल का जीवन और राजनैतिक घटनाएँ अपने अधिकांश में कबाइली स्तर की दिखाई गयी है। कितु वहीं अशोक मौर्य और चन्द्रगुप्त विक्रमादित्य का शासनकाल स्वर्णयुग की तरह चित्रित किया गया है। मुसलमानी काल में मुस्लिम शासकों को आक्रामक और आक्रान्ताकारी रूप से चित्रित किया गया है, जिसमें हिन्दुओं को बहुत प्रतारणा दी गयी है। कोशिश रही है कि उनका धर्म और संस्कृति समाप्त कर दी जाये। अगर नहीं हो पाया है तो वह हिन्दुओं का और उनकी संस्कृति का बल रहा है, जो उसे हमेशा चुनौती देता रहा है। तीसरा दौर ब्रिटिश हुकूमत का है, जो दोनों समुदायों को बराबर समझता है। उन्हें बराबर बनाये रखने के लिए आधुनिक बनाना चाहता है। और उसके लिए तमाम छोटे-मोटे रजवाड़ों और नवाबियों को विजित कर एक सूत्र में बाँधना चाहता है। इससे भारतीय राष्ट्र और राष्ट्रीयता का निर्माण होगा। कुछ इसी तरह की बात राजा शिवप्रसाद सिंह सितारे हिन्द भी अपने तीन खण्डों के इतिहास में करते हैं। इसके स्पष्ट प्रवक्ता और दार्शनिक बनकर सर वेरने लोवेट उभरते हैं जो आजादी की लड़ाई के दौरान उभर रही भावनाओं के आधार पर अपना मत स्थिर करते हैं। वे कहते हैं कि ब्रिटिश शासकों का इरादा ऐसे भारतीयों के बीच प्रजातान्त्रिक राजनीति का प्रवेश कराना है, जो दुनिया के सबसे अड़ियल अनुदारवादी लोग हैं। जैसा कि टामस मुनरो ने कहा है, ये ऐसे लोग हैं, "Who are purchased by the sacrifice of independence, of national character, and of whatever renders a people respectable." इसलिए इनमें राष्ट्रीयता की भावना भरी जानी है, "Which rest on community of race, of language, and often of religion." तभी ऐसे लोगों का निर्माण हो सकेगा, "Who either hold or are eligible for public life that nations take their character." इसके लिए अंग्रेज प्रशासक कब का काम शुरू कर चुके हैं। 1833 के गवर्नमेण्ट आफ इण्डिया ऐक्ट के अनुसार क्राउन ने कम्पनी से सम्प्रभुता लेकर नीति बनायी, "No personal reason of his birth, creed or colour should be disqualified from holding any office in the East India Company's service" दूसरे इसने कम्पनी को व्यापार करने की जगह राज करने का भार सौंपा, जिसके लिए फोर्ट विलियम के गवर्नर जेनेरल को भारत का गवर्नर जेनेरल बना दिया। सहायता करने के लिए एक काउन्सिल बनायी जिसमें चार सामान्य सदस्य थे, तीन कम्पनी के उच्च अधिकारी थे और एक विधि विभाग के सदस्य की व्यवस्था थी, जो 'क्राउन' की सहमति से नियुक्त होगा, जो सिर्फ विधि-निर्माण के दौरान ही बैठक में हिस्सा लेगा और मतदान करेगा। ऐसे पहले सदस्य लार्ड मैकाले हुए। उन्होंने काम का दूसरा चरण आरम्भ किया शिक्षा सम्बन्धी नीति बनाकर। 7 मार्च, 1835 को घोषणा हुई, "The great object of British government ought to be the promotion of European Literature and the science among the nations of India... whether by conferring on them the advantages of education or by defusing on them the treasures of science, knowledge and moral culture." जब यह विवाद पैदा हुआ कि सरकार के पैसे का इस्तेमाल अंग्रेजी की पढ़ाई के लिए हो या कि प्राच्य विद्या के लिए तब तय पाया गया कि उन्हें पश्चिम के साँचे में ही ढालने के लिए प्रयत्न किया जाये, और उसके लिए यहाँ की जीवन-पद्धति की भर्त्सना की जाये। वरेने लोवेट कहते हैं कि इस शिक्षा नीति में सिर्फ दो कमियाँ थीं—एक तो यह कि उसने विज्ञान के ऊपर साहित्य की शिक्षा को हावी कर दिया। दूसरे यह कि परम्परागत शिक्षा को धता बताकर हिन्दुओं में ब्राह्मणों और मुसलमानों में उच्च वर्ग के मौलवियों को नाराज कर दिया, जो अपनी धार्मिक पुस्तकों और दर्शन को बहुत महत्त्व देते थे। इसी के चलते 1857 का विद्रोह हुआ। लेकिन वह विद्रोह अंग्रेजों के लिए लाभकारी ही था। तमाम इलाकों पर सम्प्रभुता कायम करने के बावजूद भारत की हृद्-भूमि

अवध और पंजाब में स्वतन्त्र सरकारें थीं। इस इलाके में बाहर से आये भूतपूर्व शासकों के वंशज बसते थे, चाहे वे ब्राह्मण हों या क्षत्रिय, वैश्य हों या जाट व सिक्ख, अफगानी मुसलमान हों या ईरानी। ये वे लोग थे जो ज्ञान और युद्ध दोनों में शक्तिशाली थे और अंग्रेजों का भरपूर प्रभावशाली विरोध करते थे। ये न केवल भारत की संस्कृति के निर्माता थे, उसके संचालक भी थे। इन इलाकों के कब्जे के बाद पूरा भारत अंग्रेजों की मुट्ठी में हो गया। जो रियासतें बची थीं, वे विभिन्न सन्धियों के परिणामस्वरूप अंग्रेजी शासन की पिछलग्गू बन गयी थीं। तब तीसरा चरण शुरू हुआ। रानी विक्टोरिया ने घोषित किया कि जहाँ तक सम्भव होगा उनकी भारतीय प्रजा को बिना वंश और धर्म के भेद-भाव के सरकारी पदों पर नियुक्त किया जायेगा। सिर्फ यह देखा जायेगा कि जो काम उन्हें सौंपा जा रहा है उसे करने की योग्यता उन्होंने शिक्षा व प्रशिक्षण से प्राप्त कर ली है और वे अपने कर्त्तव्य के प्रति निष्ठावान् हैं। भारतीय उद्योग-धन्धों को बढ़ावा दिया जायेगा, जन-उपयोग के कामों को प्रोत्साहित किया जायेगा और बेहतर बनाया जायेगा। सरकार अपना काम देश में रहनेवाली तमाम प्रजा के हित में करेगी। "In their prosperity would be our strength, in their contentment our security, and in their gratitude our great reward." यह तब के चन्द पढ़े-लिखे लोगों को 'मैग्नाकार्टा ऑफ देयर लिबर्टीस' लगता था और स्वयं महारानी 'दूध की कटोरिया'। इसे ठोस रूप देने के लिए तीन वर्ष बाद काउन्सिल ऐक्ट, 1861 के अनुसार पाँच सदस्यों की एक समिति बनायी गयी गवर्नर जेनेरल को राय देने के लिए, जिसके तीन सदस्य वे थे जो सरकार की सेवा में कम-से-कम दस वर्ष तक रह चुके थे। और सेनाध्यक्ष को असाधारण सदस्य बनाया गया था। गवर्नर जेनेरल को अधिकार दिया गया था कि कानून बनानेवाली समिति के 12 सदस्यों को नामित करते हुए कम-से-कम ऐसे छह भारतीयों को रखे, जिनका सम्बन्ध सरकार व प्रशासन से न हो। यही प्रावधान मद्रास और बम्बई के गवर्नरों के सन्दर्भ में भी किया गया। बाद में इसे बंगाल, आगरा और पंजाब के ले. गवर्नरों तक बढ़ा दिया गया। हाँ, देशी रजवाड़ों को अपने ढंग से काम करने के लिए सहूलियत तो दी गयी, पर उम्मीद की गयी कि वे ब्रिटिश पैटर्न को ही अपनायेंगे। कुछ प्रबुद्ध राजाओं ने अपनाया भी।

संचार और यातायात के विकास ने देश की एकता को और मूर्त और मजबूत किया। व्यापार के देशव्यापी होने पर राष्ट्रीयता की भावना और बलवती हुई, विकास के नये आयाम जुड़े। लोगों में साहस पैदा होने लगा कि वे सरकार के सामने अपनी समस्याएँ रख उन्हें हल करने का सुझाव दें। इसी को संगठित रूप देने के लिए तब दूसरे प्रभावशाली अंग्रेज डब्ल्यू. ओ. ह्यूम ने कांग्रेस पार्टी की नींव रखी। सर सैयद अहमद खान ने उससे नाता तो नहीं जोड़ा पर अंग्रेजों की नीति से पूरा लाभ उठाने के लिए उन्होंने मुस्लिम समाज को अंग्रेजी शिक्षा देना आरम्भ किया, उनकी समस्याओं को अलग से प्रस्तुत किया। उन्हें भय था कि कांग्रेस की आँधी में हिन्दुओं के सामने मुसलमानों का हित दब जायेगा।

कांग्रेस की स्थापना के बाद दृश्य बदलने लगा। अंग्रेजी शिक्षा, अंग्रेजी, इतिहास की जानकारी, मिल्टन, बर्क और मैकाले के दर्शन से लोगों में स्वतन्त्रता, राष्ट्रीयता और स्वशासन की भावना बलवती हुई और दबे स्वर में ही सही ब्रितानिया की हुकूमत का विरोध होने लगा। एल्बर्ट बिल उसी का उदाहरण है। भारतीयों के मन में अपनी संस्कृति की उच्चता का बोध भरकर स्वाभिमान जताने के लिए अपने अतीत पर दृष्टि डालने की आवश्यकता महसूस की गयी। इसके परिणामस्वरूप एक तरफ इसके सकारात्मक तत्त्वों को अपनाना आरम्भ किया गया, तो दूसरी तरफ उसमें व्याप्त रूढ़ि, अज्ञान और सामन्ती स्वार्थवश आ गयी कुरीतियों को दूर करने के लिए आन्दोलन चलाये गये। यूँ तो इसका बीजारोपण बंगाल में राजा राम मोहन राय द्वारा ही हो गया था, किन्तु निश्चित रूप से ब्रह्म समाज, प्रार्थना समाज, सत्यशोधक मण्डल आदि के साथ-साथ रामकृष्ण-विवेकानन्द के उपदेश और केशवचन्द्र सेन के विचारों से बना। किन्तु इनमें चिन्तन का ही तत्त्व अधिक था। सामाजिक अभियन्त्रण की मुकम्मल धारणा तो ईश्वरचन्द्र विद्यासागर के प्रयासों और दयानन्द सरस्वती के आर्य समाज से आयी। किन्तु वेदों

की ओर लौट जाने की बात (जो हिन्दू धर्म को ईसाइयत की तरह एक पुस्तक पर आधारित धर्म बनाना चाहता था) इतना आग्रहपूर्ण था कि कालान्तर में उसका क्रान्तिकारी स्वरूप नष्ट होकर पुरोगामी बन गया। निश्चय ही यह सनातन धर्मियों के पुनरुत्थान से अधिक उदार था। राजनीतिक स्तर पर इसका मिला-जुला कट्टर रूप पहले हिन्दू महासभा फिर राष्ट्रीय स्वयं सेवक संघ आदि के रूप में प्रस्फुटित हुआ। इसमें मुस्लिम लीग की राजनीति के साथ-साथ जमायत-ए-इस्लामी पर प्रतिक्रिया भी शामिल थी।

लेकिन सर लोवेट बात इस तरह से नहीं करते। वे थोड़ा पीछे जाते हैं और बताते हैं कि 1877 में जब भावी पादशाह एडवर्ड, तब वेल्स के राजकुमार भारत पधारे और दरबार किया तो उनके सन्देश से स्पष्ट हो गया कि, "All its subjects shall live at peace with one another, that everyone of them shall be free to grow rich in his own way, provided his way be not a criminal way, that everyone of them shall be free to hold and follow his own religious belief without assailing the religious beliefs of other people, and to live unmolested by his neighbour." यह कहना आसान था, पर करना मुश्किल। उसके लिए स्पष्ट कानून और कड़े प्रशासन की जरूरत थी। सरकार ने जब उसकी तरफ कदम बढ़ाया तो स्वतन्त्र प्रेस ने हमला शुरू कर दिया। "Their principal topics were the injustice and tyranny of British Government, its utter want of consideration towards its native subjects and the insolence and pride of English men in India both official and non-official. There is no crime however heinous, and no meanness however vile, which according to these writers was not habitually practiced by their English rulers." प्रेस के हमलों से बचने के लिए 1878 का कानून नं. 9 पास किया गया। किन्तु ब्रिटेन में ग्लैडस्टन ने इसका विरोध किया और जब वे 1882 में प्रधानमन्त्री बने तो इसे समाप्त ही कर दिया। इससे भारतीय शिक्षित समाज का मन बढ़ा। आन्दोलन करने का मौका तब मिला जब भारतीय अंग्रेजों ने एल्बर्ट बिल का विरोध किया, जिसमें भारतीय अधिकारियों को अंग्रेजों व अंग्रेज अधिकारियों के जुर्म सुनने का अधिकार देने की बात थी। कांग्रेस पार्टी की स्थापना इन्हीं का परिणाम थी। इन्हीं परिस्थितियों में हिन्दू पुनरुत्थान ने जन्म लिया। सर एल्फ्रेड लायल ने लिखा, "India is not only a land of romance, art and beauty. It is in religion, earth's central shrine." आर्य समाज की स्थापना उसी का परिणाम थी, जिसने पौराणिक धर्म में वैदिक विवेकवाद को प्रविष्ट कराना चाहा। कर्नल ओल्काट और मादाम ब्लावट्स्की पहले आर्य समाज के भीतर फिर उसके बाहर थियोसोफिकल की स्थापना कर इसे पूरा बल दिया। यही काम मैक्समूलर के लेखन ने भी किया। अब इन बातों का प्रचार ग्रामीण लोगों में और देश के भीतर ही शिक्षित लोगों के बीच अधिक हुआ। इससे यूरोप में शिक्षित या यूरोपीय ढंग से शिक्षित लोग जो बड़ी ही अल्पसंख्या में थे, पर उदार थे और भारत में वैज्ञानिक यूरोपीय सभ्यता की स्थापना करना चाहते थे, अलग-थलग पड़ गये। उनकी व्यथा सर आर. जी. भण्डारकर ने इस तरह से व्यक्त की है, "We have been subject to a three fold tyranny political tyranny, priestly tyranny, and a social tyranny or the tyranny of caste. Crushed down by this, no man has dared to stand and assert himself. Even religious reformers have stunned the legitimate consequences of their doctrine to avoid coming into conflict with the established order of things... At present, however, though we live under a foreign government, we enjoy a freedom of thought and action, such as we never enjoyed before under our own Hindu princes. But have we shown a capacity to shake ourselves free from priestly and social tyranny? I am afraid, not much." कांग्रेस ऐसे ही विचारों को खिड़की प्रदान करने के लिए बनी थी, जिससे देश की समस्त राष्ट्रीयता को रूप मिल सके।

भारतीय राष्ट्रवाद का विकास आगे तीन तरह से हुआ। एक तो ब्रितानिया हुकूमत कानून के द्वारा इसका विकास करने लगी। इसी के परिणामस्वरूप 1892 का काउन्सिल ऐक्ट, मार्लोमिण्टो सुधार, प्रेस

ऐक्ट, प्रब्लिक सर्विस कमीशन की स्थापना, 1916 का रिफॉर्म मेमोरैण्डम, 20 अगस्त, 1918 की घोषणा, इण्डस्ट्रियल कमीशन की स्थापना, इम्पीरियल लेजिस्लेटिव काउन्सिल की घोषणा, डिफेन्स फोर्स बिल, सुधार सम्बन्धी रिपोर्ट, सेडिशन बिल, वगैरह का निर्माण हुआ। लोवेट की पुस्तक 1919 तक का ही परिदृश्य प्रस्तुत करती है। अन्यथा वे 1935 और 1947 के संविधान को भी समेट लेते अंग्रेजों की ही अनुकम्पा से प्राप्त। वे अपने तर्कों से यही सिद्ध करना चाहते हैं कि सरकार वही कर रही थी जो उनके खुदा ने गोरे लोगों पर अतिरिक्त जिम्मेदारी डाल रखी थी, इस पिछड़े देश को सभ्य बनाने के लिए, जो एशियन डेस्पाटिज़्म के बीच से जनतान्त्रिक प्रणाली का निर्माण कर रहे थे। इसमें अंग्रेजी लिखे-पढ़े लोग, जिनकी संख्या काफी कम थी, सहयोग कर रहे थे। कुछ दूसरे लोग कांग्रेस से जुड़कर इसमें अड़ँगा डाल रहे थे। उनमें बहुसंख्यक महाराष्ट्र के चितपावन ब्राह्मण थे, जो शिवा जी को हिन्दुआनी का प्रतीक मानते थे और अपने को पेशवा का उत्तराधिकारी। इनके नेता बालगंगाधर तिलक थे, जो खून-खराबे को सत्ता हासिल करने का अधिकार मानते थे। उसकी पृष्ठभूमि तैयार करने के लिए और लोगों में जागृति भरने के लिए उन्होंने गणेश उत्सव और शिवा जी के जन्मदिन को सामूहिक उत्सव में बदल दिया। उनके सहयोगी बाद में बंगाल के लोग बने, जिनमें अरविन्द घोष और विपिन चन्द्र पाल प्रमुख थे, जिन्होंने प्रशासनिक कारणों से किये गये बंग-भंग का विरोध किया। उन्होंने बंकिम चन्द्र से प्रेरणा लेकर भारत को माता के रूप में प्रक्षेपित करना शुरू किया। आधार काली के प्रति झुकाव था। उन्हीं के साथ पंजाब के हिन्दू नेता लाला लाजपत राय और संयुक्त प्रान्त के नेता मदनमोहन मालवीय थे। कांग्रेस में एक नरम दल भी था, जो सरकार का विरोध कुछ ठण्डे ढंग से कर तमाम रिआयतें प्राप्त करना चाहता था। जब तक गोपालकृष्ण गोखले जिन्दा रहे, इस गुट का नेतृत्व भी चितपावन ब्राह्मणों के हाथों में था, कुछ बंगाली नेताओं के सहयोग से। उनके मरने के बाद नेतृत्व मोहनदास करमचन्द गाँधी के हाथों में आ गया, जो थे तो वैष्णव बनिया, पर वर्णाश्रम धर्म में विश्वास करने के कारण थे ब्राह्मणवादी मनोवृत्ति के ही आदमी। ब्राह्मण अंग्रेजी हुकूमत का विरोध इसलिए करते थे कि इस हुकूमत के नाते उनका विशेषाधिकार मारा जा रहा था। सरकार सबको बराबर मानकर चलती थी, जिससे शूद्रों, अछूतों, किसानों, गाँव में रहनेवाले लोगों और स्त्रियों का भला होता था, जो सवर्णों को बरदाश्त नहीं होता था। उसमें क्षत्रिय और राजपूत लोग अपने को इस आन्दोलन से भरसक अलग करके रखते थे, क्योंकि ब्राह्मणों और क्षत्रियों में प्रतिद्वन्द्व रामायण काल से ही है और 1857 का गदर ब्राह्मणों द्वारा आयोजित था, जिसके कारण तमाम क्षत्रियों-राजपूतों की जमींदारियाँ नष्ट हो गयीं।

तीसरा विकास मुस्लिम समाज को लेकर था। उसके नेता मुसलमानों को प्रभुवर्ग का मानते थे, जिनसे अंग्रेजों ने सत्ता छीन ली है। इसलिए वे आन्दोलन में अपनी पूर्व प्रजा हिन्दुओं के साथ बराबरी के स्तर पर नहीं रहना चाहते थे। वे अपना हित अंग्रेजों के हित में देखते थे—क्योंकि दोनों सत्ताधारी वर्ग के थे—एक पूर्व सत्ताधारी, एक वर्तमान सत्ताधारी। इसीलिए सर सैयद अहमद ने मुसलमानों को आधुनिक शिक्षा देकर अंग्रेजों की सरकार के भीतर अधिक-से-अधिक नौकरियाँ और स्थानीय निकायों में सत्ता प्राप्त करने का अभियान चलाया। उन्हें कांग्रेस से दूर रखा। उनका कहना था, "Enlightenment means loyalty to Britain." उन्हीं से प्रेरणा लेकर बाद में मुस्लिम लीग की स्थापना हुई, जो हर सुधार में, हर सत्ता की भागीदारी में अपने लिये अलग से संरक्षण माँगती थी, क्योंकि हिन्दुओं के बहुमत से डरती थीं। चूँकि भारत का राष्ट्रवाद अभी निर्माण की प्रक्रिया में था, इसलिए उसे स्वतन्त्र कर देने का तो सवाल ही नहीं उठता था, डॉमिनिअन स्टेटस देने की भी कोई जरूरत नहीं थी। अगर कोई बाहरी शक्ति इस देश को दाब कर नहीं रखेगी तो यह बिखर जायेगा।

लोवेट के बातों में कितना सच है और कितना दम है, वह भारतीयों से आज छुपा हुआ नहीं है। दरअसल भारतीय राष्ट्रवाद का विकास सरकार के माध्यम से हुआ ही नहीं। वह उसके विरोध से हुआ, विरोध में ही उसका दर्शन गढ़ा गया। विरोध में न गढ़े जाने के कारण ही मुस्लिम राष्ट्रवाद का परिणाम

बहुत घातक हुआ, तब भी और आज भी, क्योंकि वह देश का राष्ट्रवाद न बनकर धर्म का राष्ट्रवाद बन गया, पूरे समाज का राष्ट्रवाद न बनकर एक समुदाय विशेष का राष्ट्रवाद बन गया। पहले हम इस भारतीय राष्ट्रवाद का विकास देखेंगे।

यहीं यह नोट कर लेना जरूरी है कि इसके प्रतिकार में अम्बिका चरण मजूमदार और एनी बेसेण्ट का कहना था कि इस बिखराव की कोई सम्भावना नहीं है, क्योंकि भारत पहले से ही एक राष्ट्र है और यदि उसका स्वरूप अभी तक अस्पष्ट रहा है तो वह अब नित्य-प्रति स्पष्ट होता जा रहा है। अंग्रेजों की विदेशी सत्ता उसके लिए न केवल गैरजरूरी है, वह बाकायदे उसमें बाधा डाल रही है। 'बाँटो और राज्य करो' उसका घोषित सिद्धान्त है।

(3)

भारतीय राष्ट्रवाद के सन्दर्भ में उस वक्त दो मूल प्रश्न थे—एक भारतीय राष्ट्र का निर्माण और दूसरा राष्ट्रीयता का ब्रिटिश साम्राज्य से सम्बन्ध। पहले की सुविचारित मीमांसा सुकुमार दत्त ने की और दूसरे की विपिनचन्द्र पाल ने। हम पहले सुकुमार दत्त के विचारों को लेंगे।

लोवेट की पुस्तक 1920 में आयी थी और सुकुमार दत्त की 1926 में। इससे भ्रम हो सकता है कि सुकुमार दत्त ने अपनी पुस्तक लोवेट की प्रतिक्रिया में तैयार की होगी। सच्ची बात यह है कि उनके सामने वह पुस्तक थी ही नहीं। राष्ट्रीयता सम्बन्धी अंग्रेजों की पुस्तकों का जब वे अध्ययन करते हैं, तो पाते हैं कि उनका तीन दल था। पहला दल नौकरशाहों और प्रशासकों का था, जो मानता था कि भारत बहुविध जातियों और नस्लों का एक विशाल उपमहाद्वीप है। जिस पर थोड़े-थोड़े अन्तराल के बाद विदेशियों की लहरें राज करती रही हैं। इसलिए न तो इनकी कोई राष्ट्रीयता है और न हो सकती है, न तो उन्होंने भारत को एक राष्ट्र के रूप में जीता है, न बनने देंगे। इसी को आगे बढ़ाते हुए हण्टर जैसे इतिहासविद् कहते थे कि उन्होंने भारत को मुसलमानों से नहीं, हिन्दुओं से जीता है। इसके तीन अर्थ थे। एक तो यही कि जिस तरह से विदेशी मुसलमानों ने भारतीय स्थानीय राजाओं को जीत कर अपनी अवैध सत्ता बनायी थी, उसी तरह विदेशी अंग्रेज मुसलमानों की अवैध सत्ता समाप्त कर अपनी सत्ता कायम कर रहे हैं। इससे यदि हिन्दुओं को लगे कि सत्ता हिन्दुओं को अन्ततः वापस कर देनी चाहिए, तो उन्हें ऐसा कहने का अधिकार नहीं। आर्य स्वयं बाहर से आये थे। यदि यह माना जाये कि आर्यों का एक स्ट्राटा स्थानीय था, जो ब्राह्मण बना, तो दूसरा स्ट्राटा जरूर बाहर से आया जो कुरु, इक्ष्वाकु, पुरू, द्रह्यू, यदु, तुर्वसु आदि का था, जो शासन करनेवाला क्षत्रिय था। इसलिए उसकी माँग वैध न होगी। दूसरा यह है कि केन्द्रीय मुस्लिम सत्ता के पराभव कुछ इस तरह से हुआ था कि तमाम मुस्लिम रियासतें किसी भी हिन्दू रजवाड़े की तरह पाकेटों में सीमित होकर रह गयी थीं। उनकी संख्या हिन्दू रजवाड़ों की संख्या से कम थी और उनको जीतना किसी भी हिन्दू रजवाड़े को जीतने की ही तरह था, जिनकी संख्या काफी ज्यादा थी। तीसरा अर्थ यह था कि मुगल शहनशाही का वास्तविक उत्तराधिकारी मराठा पेशवाई थी। उसी ने ब्रितानिया को जबरदस्त टक्कर दिया था, मैसूर, हैदराबाद, दिल्ली, लखनऊ या मुर्शिदाबाद ने नहीं। फिर रणजीत सिंह हिन्दू थे, जो सबसे शक्तिशाली शासक होकर अचानक उभरे थे, पेशवाई के कमजोर पड़ने के बाद। उनके राज्य को जीतने के लिए उनकी मृत्यु का इन्तजार करना पड़ा था। ये दोनों राज्य, विशेषकर मराठा साम्राज्य पहली बार राष्ट्र और राष्ट्रीयता की बात करता था तथा गो, ब्राह्मण, धर्म और धर्मस्थलों की रक्षा के लिए मरने-मारने पर उतारू रहता था। वह किसी मराठाशाही की बात न कर हिन्दूशाही बनाने की बात करता था। इसलिए ब्रिटेन से उसका टक्कर दो राष्ट्रीयताओं भारत और ब्रिटेन की राष्ट्रीयता की टक्कर थी। मुस्लिम राज्य में इस तरह की राष्ट्रीयता की कोई अवधारणा न थी, हद-से-हद हिन्दू और मुस्लिम दो सम्प्रदाय की बात थी, जो राजनीतिक मन्शा का द्योतक नहीं, धार्मिक

मन्शा का द्योतक था—राजनीति धर्म का हथकण्डा थी। उनकी स्थिति अभी लूटेरों की ही बनी हुई थी। चूँकि मुसलमानों में भारतीय राष्ट्रीयता की कोई अवधारणा थी ही नहीं, इसलिए वे अपनी राष्ट्रीय आजादी की कोई माँग रख ही नहीं सकते थे। अंग्रेजों का साथ दे सत्ता के निचले स्तर पर भागीदार जरूर बन सकते थे। आजादी की माँग करने के लिए जरूरी था कि वे भारत से अलग होकर अपना एक दूसरा राष्ट्रवाद विकसित करते! पर उसके लिए साहस और आधार नहीं था। वे एक तरफ अशरफ और गैर-अशरफ में बँटे थे, तो दूसरी तरफ विभिन्न भाषाई कौमों और लोकेशनों में, जिनमें एका होना मुश्किल था। उनके विचारकों को लगता था कि कांग्रेस के मंच से चितपावन ब्राह्मण इसी पेशवाशाही की हिन्दू राष्ट्रीयता को आगे बढ़ाकर स्वतन्त्रता की माँग कर बढ़ रहे हैं। इसीलिए सर सैयद अहमद खान मुसलमानों को कांग्रेस से न जुड़ने के लिए भड़काते थे। यह और बात है कि वे मानते थे कि अंग्रेजों ने भारत को मुसलमानों से छीना है। बहादुरशाह जफर 1857 के बागियों के लिए प्रतीक ही सही, थे पूरे भारत के वैधानिक मालिक।

सुकुमार दत्त ने पाया कि दूसरा दल गिलक्राइस्ट, जेम्स मिल, एच. जी. वेल्स, मार्लो वगैरह का है जो प्रशासक न होकर अखिल भारतीय समस्या पर अकादमिक ढंग से विचार करता है। उनका मानना है कि इस राष्ट्रीयता का निर्माण अब किया जा सकता है। यह निर्माण सम्भव भी है। इनके विचारों की संक्षिप्ति प्रस्तुत करते हुए वे लिखते हैं, "All the normal 'unities' of nationality is absolutely lacking in India which really is a welter of all kinds of anti-national diversities, yet a common sentiment of nationality is emerging out of this hopeless welter, how could this be possible in the teeth of all experience of history? Finding no satisfactory answer to this poser, the writers of this school have from time to time called in aid such dubious factors as the use of English learning and the English language, uniformity of laws and regulation under British rule, oneness of British administration etc. little understanding the extent of the learning of these factors on the psychology of the people." इसी से ग्रूप माइण्ड का निर्माण होगा। वे ऐसा तब भी मानते हैं जब इस राष्ट्रीयता के आधार पर भारत को स्वतन्त्र या दूसरों के बराबर औपनिवेशिक दर्जा देने का कोई इरादा न हो।

तीसरा दल उन लोगों का था जो कहता था कि इस राष्ट्रीयता के निर्माण में स्वयं अंग्रेज काम करने लगा है। आखिर ईश्वर ने गोरों को इस काले, पिछड़े भारतीयों को सभ्य बनाने, प्रगतिशील बनाने और उद्धार करने के लिए ही तो यहाँ भेजा है। यह काम एक तरफ धार्मिक स्तर पर मिशनरियाँ उन्हें ईसाई बनाकर कर रही हैं, तो दूसरी तरफ लौकिक स्तर पर सरकार और प्रशासन कर रहा है। यह दूसरा पक्ष अधिक प्रभावशाली है। सरकार में मूलभूत संविधान बनाने की क्षमता और तन्त्र है, तो प्रशासक में नागरिक समाज की व्यवस्था चलाने की। इण्डियन पैनल कोड, क्रिमिनल प्रोसीजर कोड, सिविल प्रोसीजर कोड, इविडेन्स ऐक्ट, काण्ट्रैक्ट ऐक्ट, कम्पनी लॉ ही नहीं, हिन्दुओं और मुसलमानों के पर्सनल लॉ तक संहिताबद्ध किये जा रहे हैं। अदालतें लगायी जा रही हैं। इस स्कूल में सर टामस मुनरो, सर एल्फ्रेड लायल एब्बे डूबिमों, सर वरेने लोवेट आदि आते हैं।

सुकुमार दत्त ने इन तीनों स्कूलों को कभी खारिज किया है, तो कभी उनसे दूरी बनाकर रखी है। उन्होंने राष्ट्रीयता पर प्रसंगवश सोचनेवाले भारतीयों, जैसे बंकिम, तिलक, गोखले, टैगोर, अरविन्द, पनिक्कर और एनी बेसेण्ट वगैरह के विचारों के साथ-साथ कुछ निरपेक्ष होकर सोचनेवाले विदेशी विचारकों जैसे बेवान, रिशले, गिलक्राइस्ट वगैरह के विचारों को अपनी तरह से सुगठित किया है। इसके लिए उन्होंने राष्ट्रवाद का चित्र इतिहास, मनोवैज्ञानिक प्रतिक्रिया, मौजूदा राजनीति और राजनैतिक सामग्री के आधार पर किया है। उन्होंने इतिहास का उपयोग मौजूदा सामाजिक-राजनीतिक स्थिति की व्याख्या के लिए किया है कि कैसे वे सामान्यजन की मानसिक प्रतिक्रिया को अनुकूलित करते हैं। तात्कालिक राजनीति और साहित्य की भी वही भूमिका होती है। चूँकि भारतीय राष्ट्रीयता उस तरह से एक 'सेटिल्ड फैक्ट' नहीं है, जिस तरह से पश्चिम के इंग्लैण्ड, फ्रान्स या जर्मनी की (और इसीलिए

भारतीय विचारक अपनी प्रेरणा मैजिनी और गैरीबाल्दी से लेते हैं, जो इटली को एक राष्ट्र बनाने के लिए उद्यमशील थे)। इसलिए, "We have to grope over ways through the tangled promiscuity of causes, conditions and tendencies, some of which make a fitful appearance in Indian History others find expression in Indian philosophy and literature which still others have to be fished out of obscure depths of what McDougal calls the group mind."

सुकुमार दत्त आगे कहते हैं कि पश्चिम में पहले राष्ट्र नहीं तो एक राज्य ही सही, एक राजनीतिक काम्पैक्ट इकाई की तरह अस्तित्व में आया, फिर उसकी भावना 'राष्ट्रीयता' बनी, भले ही वह राज्य के बाहर जाने पर वहाँ के लोगों के बीच बनी हो। किन्तु भारत में उसका निर्माण मूर्त सामाजिक और राजनीतिक अनुभव के आधार पर एक अमूर्त सिद्धान्त के रूप में होता है। मूर्त रूप से भारत में पूरे देश का अधिकांश एक राज्य के रूप में कभी-कभी ही रूप ग्रहण कर पाया है। अशोक मौर्य, चन्द्रगुप्त विक्रमादित्य, कुछ हद तक हर्ष, फिर अकबर से औरंगजेब तक का मुगल शासन, शिवा जी का प्रयत्न वगैरह इसके चन्द उदाहरण हैं। इसमें बाह्य एकता चाहे जितनी रही हो, भीतरी एकता गायब रही है। ब्लण्टश्ली जैसे विचारक, राज्य और राष्ट्र को एक साथ ही इकाई के रूप में लेते हैं—उन्हें एक राज्य के भीतर राष्ट्रीयताओं का बहुल साम्राज्य का लक्षण लगता है। इसलिए उन्हें उपरोक्त शासकों के राज्य साम्राज्य लगते हैं। इसके ठीक उलट स्थिति—एक संस्कृतिवाले इलाके में राज्यों का बहुल—भी उन्हें खटकता है और वे इसे समझ नहीं पाते हैं। चूँकि भारत की स्थिति यही रही है, इसलिए उन्हें लगता है कि स्वयं भारत की कोई राष्ट्रीयता नहीं रही है और इसीलिए उसका राष्ट्रवाद भी नहीं बनता। राष्ट्रवाद का जो अमूर्त पक्ष है उस पर वे दृष्टि नहीं डाल पाते।

यहीं पर हमें राष्ट्र की अवधारणा के मनोवैज्ञानिक हस्तक्षेप की आवश्यकता पड़ती है। इससे स्पष्ट होता है कि राज्य की सीमा के बाहर जाकर संस्कृति की सीमा में क्षेत्र, भाषा, मत, परम्परा, नस्ल आदि के विभेद मिट जाते हैं और इनकी बहुलताओं के साथ जो राष्ट्र बनता है—सांस्कृतिक राष्ट्र—वह राज्य राष्ट्र की तुलना में अधिक वृहद और शक्तिशाली होता है। बहुलता इस राष्ट्र में बाधक न होकर सहायक होती है। पूर्व के देशों में नस्ल की पवित्रता की जगह जाति के समुच्चय पर ध्यान दिया जाता है। जन की विभिन्न भाषाओं की इकाइयों में प्राधान्य उनको समाहित करने का होता है। इकाई की परिकल्पना धर्म नहीं, संस्कृति के आधार पर की जाती है। अस्मिता का आधार बहुलवाद बनता है। इस सन्दर्भ में मैक्डूगल कहता है कि राष्ट्रवाद अनिवार्यतः एक मनोवैज्ञानिक अवधारणा है। "To investigate the nature of national mind and character and to examine the conditions that render possible the formation of national mind and tend to consolidate national character, these are the crowning task of psychology."

यही भारतीय राष्ट्रवाद के निर्माण की तत्कालीन प्रक्रिया की ओर ले जाता है। यही भारतीय राष्ट्रवाद के आधार, अर्थ और विकास की ओर ले जाता है। इसी के आधार पर रवीन्द्रनाथ ठाकुर कहते हैं कि नस्ल, भाषा और धर्म की जो अवधारणा पश्चिम की है, उसके आधार पर हमारी इन अवधारणाओं को आँकने के बजाय, उनकी धारणाओं का मूल्यांकन हमारी अवधारणाओं के आधार पर होनी चाहिए। तब हम पायेंगे कि यदि राष्ट्रीयता एक 'स्पिरिट' है—एक मनोवैज्ञानिक तथ्य—तो वह विभिन्न इलाकों में विभिन्न रूप ग्रहण करती है। तब लगता है कि यूरोप एक राष्ट्रीयतावाला देश है, जो विभिन्न राज्यों में विखण्डित कर दिया गया है और एक दिन ऐसा आयेगा जब पूरा यूरोप इस उद्देश्य को पाने का प्रयत्न करेगा। आज जो वहाँ के राज्यों की अपनी-अपनी राष्ट्रीयताएँ हैं, उनका निर्माण बलात् भेद बनाकर हुआ है, इतिहास को एक खास तरह से मोड़ कर। "Under a different sun, with different cultural environments and with a different course of history, the same spirit which has manifested itself in nation state in Europe, may assume another appearance, altogether strange to a mind accustomed to the European idea of nationality." इसी कारण रेमजे म्योर कहता है कि राष्ट्रीयता अपने अन्तिम विश्लेषण में एक भावना (sentiment) से अधिक कुछ नहीं है। "A nation is nation because its members passionately and unanimously believe it to be so." यही देशभक्ति में रूपान्तरित हो जाता है। यह देशभक्ति राज्यादर्श के रूप में काम करती है। वही राष्ट्रवाद है।

जो लोग इस राष्ट्रवाद को भारत में पुराने जमाने से ही निर्मित मानते हैं वे लिण्डसे की इस स्थापना से शुरू करते हैं कि आदर्शों का निर्माण ऐतिहासिक परिस्थितियों में ऐतिहासिक समस्याओं को सुलझाने के लिए होता है। जिन्हें कालातीत आदर्श की सम्भावना के रूप में प्रस्तुत किया जाता है, उन पर उनके देश और काल के स्पष्ट चिह्न देखे जा सकते हैं। भारत के सम्पूर्णता के रूप में, एक अलग अस्मिता के रूप में, यहाँ के निवासियों के मन में एक बिम्ब आदिकाल से ही मौजूदा रहा है। इतिहास में उसका क्रमिक विकास देखना अद्‌भुत अनुभव है। वेदों को पढ़ने से स्पष्ट होता है कि आर्य लोग कहीं बाहर से नहीं आये थे। दरअसल अंग्रेज और यूरोप के कुछ अन्य विद्वान् यदि उन्हें बाहर से आना बताते हैं तो अपने आगमन और उन पर अपना कब्जा तथा साम्राज्य को उचित ठहराने के लिए। यह बात रामविलास शर्मा से बहुत पहले दुर्गादास लाहिरी अपनी पुस्तक 'पृथ्वीर इतिहास' (1887) भगवत दत्त, 'भारत वर्ष का वृहद इतिहास' (1916) और धीरेन्द्र वर्मा 'मध्य देश' (1954) में कह चुके हैं। यदि पंजाब में उनका सरस्वती नदी के किनारे का बाशिन्दा होना सन्दिग्ध हो, तो उनका गंगा के किनारे होना और वहाँ से पूर्व में सदानीरा और दक्षिण में विन्ध्याचल को पार कर पूरे देश में फैलना असन्दिग्ध है। ब्राह्मणों में जो सारस्वत, कान्यकुब्ज, सरयूपारीण, गौड़, मैथिल, विभिन्न दाक्षिणात्य आदि शाखाएँ हैं, या क्षत्रियों के जो सूर्यवंशी, चन्द्रवंशी और यदुवंशी कुल हैं, वे यही सिद्ध करते हैं। वेदों का एक समाजशास्त्रीय तथ्य यह है कि जगहों के नाम वंश के नाम हैं और राजा क्षेत्र का न होकर जन या विस् का होता है। ऋषि अपनी ऋचा में धरती के प्रति प्रेम जताता है एक तो जन्मभूमि होने के कारण, दूसरे शायद तब तक कृषक हो जाने के कारण। यह जन्मभूमि प्रेम ही उसे अपनी संस्कृति को फैलाने की प्रेरणा देती है, जो नये इलाके को जीत कर नहीं, विचार को उस इलाके में प्रसारित कर होता है। यह काम ऋषि, सन्त और व्यास लोग करते हैं, राजा लोग नहीं। इसलिए मूलभूमि से गरिमामय सम्बन्ध की बात हमेशा की जाती है, जो बाद में तीर्थ का रूप ले लेता है। कीथ कहता है, "It was something like territorial assimilation by cultural conquest." यहाँ भौगोलिक विचार सांस्कृतिक बोध के साथ जुड़ता था, राज्य तथ्य से नहीं। धर्म उसका केन्द्रीय बिन्दु था। राधा कुमुद मुखर्जी कहते हैं कि पौराणिक परम्परा में वही तीर्थ, नदियों के प्रति श्रद्धा और उनके आधार पर क्षेत्र की पहचान और महात्म्य वर्णन बन गया। "It is necessary to observe that into this elastic framework of the conception of a spiritual unity of India all immigrant tribes and races, who would catch up even a veneer of Aryan culture could find their respective places."

कठिनाई तब पैदा हुई जब मुसलमानों का आगमन हुआ। वह धर्म आधारित राज्य था, जिसमें लौकिकता एक ईश्वर, एक पुस्तक, एक पैगम्बर से अनुशासित होती थी, जबकि हिन्दू धर्म में ऐसी कोई कट्टरता नहीं थी। सनातनी हिन्दू वेदों के साथ-साथ प्रस्थान-त्रयी को बराबर महत्त्व देते थे। सामाजिक जीवन को अनुशासित करने के लिए एक से अधिक स्मृतियाँ थीं और उनकी अनेक व्याख्याएँ थीं। सूत्र साहित्य थे। दर्शन थे। अनेक-ईश्वरवाद था और पैगम्बर तो कोई था ही नहीं। यदि बौद्ध और जैन मत के बुद्ध और महावीर को पैगम्बर के रूप में लिया जाये तो वहाँ ईश्वर पर मौनता थी और एक पुस्तक की बात मन में आयी ही नहीं। फिर पुरुषार्थ भी चार थे, वर्ण और आश्रम भी चार थे और आस्तिकों के लिए ईश्वर तक पहुँचने के लिए एक नहीं चार मार्ग थे। धर्म और लोक में इतना जनतन्त्र दुनिया के किसी भी अंचल में न था। वह स्वभाव से ही बहुलतावादी था। दूसरे हिन्दू धर्म धर्म परिवर्तन करके अपने अनुयायियों की संख्या बढ़ाने की बात नहीं करता था। हाँ, बौद्ध मत और जैन मत में यह बात

थोड़ी बहुत जरूर थी, क्योंकि वे परम्परागत धर्म के प्रतिकार में अस्तित्व में आये थे। लेकिन वहाँ भी बलात् मत-परिवर्तन की बात नहीं थी। वहाँ 'जेहाद' जैसी कोई अवधारणा नहीं थी। फिर जब इस्लाम का आगमन हुआ तब तक उनका अधिकांश परम्परागत हिन्दू धर्म में समाहित हो गया था, और जहाँ बचा था वहाँ बहुत कमजोर था। इस्लाम लोगों का मत परिवर्तन कर ही अपना विस्तार करता था और इस विस्तार की सीमा पूरा विश्व था। इसलिए वह हिन्दू धर्म में समाहित नहीं हो पाया। जबकि इसके पहले की आयी तमाम विजेता जातियाँ यहाँ के धर्म और मतों में खप-बस गयी थीं। क्योंकि या तो वे इनसे पहले से ही प्रभावित थीं। और यदि नहीं थीं तो उनका मत इतना लचीला था कि इसका अंग बन गया। इस पर सुकुमार दत्त की टिप्पणी है, "As we proceed downwords through epoch after epoch, bright, dim or dark—we marvel to find that, although the historical relations ramify amazingly, they nowhere break off completely–there is vital continuity although, however complicated that never stops dead. Forces bear in upon it from outside—immigrations of races, importations and infiltrations of culture, relations of commerce, invasion by nomadic hordes, conquest by foreign powers—but they mingle after all in the main stream and serve to muddle or strengthen or even divert its current, but never to choke it all as in desert sands." इसी बात को रवीन्द्रनाथ ठाकुर इस तरह से कहते हैं, "Idea is that of racial... harmonization and affiliation which has embodied and manifested itself in the unique and hoary institution of caste." आगे हिन्दू धर्म के जनतान्त्रिक होने का एक कारण यह भी था कि उसका कोई एक पोप या खलीफा नहीं होता था, जो अनुयायियों पर आध्यात्मिक और लौकिक दोनों अधिकार रखे।

पर ऐसा नहीं है कि हिन्दू और मुलसमान में एकता स्थापित करने की कोशिश न हुई हो। एक काम सूफियों ने किया अपने रहस्यवाद के माध्यम से, जो निचले तबके के तमाम हिन्दुओं को बहुत रास आया। एक दूसरा प्रयास ज्ञानाश्रयी सन्तों का था जो दोनों से बराबर दूरी बनाकर एक तीसरा विकल्प रचना चाहते थे। पहले कबीरपन्थी और बाद में सिक्ख मतवाले उसी का विकास थे। एक तीसरा प्रयत्न अकबर बादशाह का था जो सभी धर्मों से सर्वोच्च ग्रहण कर एक नया मत प्रचलित करना चाहता था। एक चौथा प्रयास जायसी जैसे लोगों का था जो मानते थे कि सभी हिन्दू-मुसलमान को अपने धार्मिक मत में दृढ़ रहना चाहिए, लेकिन धर्म से हटकर कुछ ऐसे स्थल हैं–लौकिक–जहाँ सभी को एक साथ होना चाहिए। वहाँ धर्म की कट्टरता के लिए कोई स्थान नहीं। इन सबका प्रभाव यहाँ के सामाजिक जीवन पर काफी पड़ा। पर उसमें इतनी ताकत न दिखी कि दोनों को एक कर दे। उत्तर मध्य काल में एक धारणा जन्म लेने लगी थी कि मुसलमानों को पाँचवाँ वर्ण मानकर उन्हें हिन्दुओं के अंग के रूप में स्वीकार कर लिया जाये। किन्तु वह बात आगे नहीं बढ़ पायी।

आधुनिक काल, यानी अंग्रेजों की लगभग पूर्ण सत्ता स्थापित हो जाने के बाद इस राष्ट्रीयता और राष्ट्रवाद का पहला विस्फोट बंकिम चन्द्र के उपन्यास 'आनन्द मठ' में होता है। इसमें राष्ट्र के संगठन को मुस्लिम सत्ता के विरोध में देखा गया है, जिसमें अंग्रेज हिन्दुओं के समर्थक के रूप में उभरेंगे। इसका एक कारण यह है कि राष्ट्रवाद को अन्ततः ज्ञान के माध्यम से पाना है जिसे अंग्रेज प्रदान करेंगे, कर्म के माध्यम से नहीं। दूसरे बहुदेवतावाद ने हिन्दू धर्म को कमजोर कर दिया है। इसे भी ज्ञान से ही दूर किया जा सकेगा। तीसरे कर्म अन्ततः संन्यासी और ब्रह्मचारी लोग करेंगे और ढंग सशस्त्र क्रान्ति की होगी। चौथे भारत का स्वरूप माता का है। कहना न होगा कि बंकिम की अवधारणाओं में सर सैयद अहमद खान को हिन्दू पुनरुत्थान दिखा था, जिसे वे मुस्लिम पुनरुत्थान के लिए घातक मानते थे। इसलिए वे अपने अनुयायियों को किसी भी हिन्दू बहुल संगठन से जुड़ने से मना करते थे और अंग्रेजों को अपना समानधर्मी मान उनकी मदद कर, उनकी कृपा से मुसलमानों को होता कल्याण देखते थे। इससे बाद में दो संस्कृति और दो राष्ट्रवाद की भावना पनपी, जिससे देश का अन्ततः बँटवारा हुआ। दूसरे आगे

तिलक ने ज्ञान से बढ़कर कर्म को राष्ट्र, राष्ट्रीयता और राष्ट्रवाद के लिए जरूरी माना। गीता का भाष्य उन्होंने इसी दृष्टि से लिखा। और अंग्रेज को अपना 'ऐलाइ' नहीं, दुश्मन माना। तीसरे स्वामी दयानन्द बहुईश्वरवाद के पीछे पड़कर एक पुस्तक के आधार पर आर्यसमाज का गठन कर रहे थे। बंकिम पर उसका प्रभाव था। चौथे हम पाते हैं कि बाद के सशस्त्र क्रान्तिकारियों ने बंकिम से प्रेरणा ली, संन्यास नहीं तो कम-से-कम ब्रह्मचर्य पालन में और हथियार अंग्रेज के खिलाफ उठाया, मुसलमान के खिलाफ नहीं। शायद इसलिए कि सत्तासीन अब अंग्रेज था मुसलमान नहीं। भारत का माता का स्वरूप देशव्यापी होता गया। बंकिम ने दुर्गा के प्रभाव में, मातृदेवता के पूजन के प्रभाव में देश को माँ के रूप में देखा था। शिव प्रसाद गुप्त ने बनारस में भारत माता मन्दिर का निर्माण कराया।

राष्ट्रीयता का यह विस्फोट कोई एक 'Isolated fact' नहीं है। उस वक्त समाज में एक ऐसा माहौल ही बनता जा रहा था। 16 मार्च, 1878 को सुरेन्द्र नाथ बनर्जी ने कलकत्ता के मेडिकल कॉलेज के छात्रों के सामने 'यूनियन यूनिटी' के नाम पर एक जबरदस्त भाषण दिया था। ब्रह्म समाज, प्रार्थना समाज, आर्य समाज ही नहीं, पहले से चले आ रहे भक्ति आन्दोलन और खालसा समाज आन्दोलन ने मध्यकाल में ही इसकी जमीन नये सिरे से तैयार कर दी थी। तभी स्वामी विवेकानन्द समाजविद् अगस्त काम्टे की तरह कह पाये थे "By past, through the present, to the future." विवेकानन्द ने राष्ट्रीयता के सम्बन्ध में कहा था कि, "हमें अपने खोल से बाहर आकर विश्व से बहुत-कुछ सीखना है, और उसे बहुत-कुछ बताना है। हमारी राष्ट्रीयता आध्यात्मिकता पर आधारित होगी, जिसका एक अर्थ बाहरी शासन से मुक्ति है। तभी हम जगत् को आध्यात्मिकता का सन्देश दे सकेंगे।" उनकी शिष्या निवेदिता ने भारतीयों में इतिहास समझ को जागृत करने की बात कही थी, जिससे कि राष्ट्रवाद की धारणा बलवती हो सके। "The mind of India may today be held to have understood that the most important problem before it is the creation of a national idea. For this there must be awakening of a sense of history. But we must carefully distinguish between such an awakening and the process of collecting materials for history."

दरअसल राष्ट्रीयता व राष्ट्रवाद के दो पक्ष हैं—वस्तुगत और आत्मगत। हम जब ठोस इतिहास की बात करते हैं तो वह वस्तुगत होता है। लेकिन जब हम उसके 'स्पिरिट' की बात करते हैं तो वह आत्मगत या विषयीगत होता है। महत्त्व इस विषयीगत का ही अधिक होता है। राष्ट्र है क्योंकि हम राष्ट्र का होना महसूस करते हैं। यूक्रेन कहता है, "Eternal in history is... spiritually speaking... the past which by no means is a finished story. It is always open to the present to discover, to stir up something new in it. Even the past is still in making... This stirring up of something new in the past of India may become psychologically a potent formative factor in Indian Nationality." इसी तरह जेम्स कजीन कहता है, "The India of Indians is no more the real India than a house is its occupants... the Indians of India can not be put wholly in census return. When you have put Indian nation into a string of figures, you are eternity's away from the real nation, unless you have recorded the contents of counted heads. The real India hovers over India's head, it is the totality of all that lives in the region of the imagination."

इस अतीत को वर्तमान में संक्रमित होना चाहिए। यही बात करते हुए कांग्रेस के मंच से तिलक ने स्थापना रखी थी, "स्वराज्य हमारा जन्म सिद्ध अधिकार है और हम इसे लेकर रहेंगे।" राष्ट्रीयता एक राजनीतिक अवधारणा है। उसका सत्त्व राजनीतिक इच्छा है, जो मनोवैज्ञानिक स्तर पर एकता की इच्छा से भिन्न होकर उभरती है, क्योंकि एकता का आधार और दूसरी सम्बद्धताएँ भी हो सकती हैं। इस राष्ट्रीयता को ठोस रूप देने के लिए जरूरी है कि हम सिर्फ ऐतिहासिक एकता पर बात नहीं करें, अपने लिये एक अलग राजनीतिक प्रारब्ध की भावना का विकास करें। उसके लिए हमें राजनीतिक आत्म-निर्णय का अधिकार मिलना ही चाहिए। होमरूल की माँग इसी के लिए है। इस होमरूल में ब्रिटिश सरकार

को निकाल बाहर नहीं किया जायेगा। "The meaning of swaraj is the retention of our Emperor and the rule of English people, and the full possession by the people of the authority to manage the remaining affairs... The village Panchayats, the council of pundits or the elders are to advise the King or Emperor." ऐसा इसलिए है कि भारतीय परम्परा में कानून के मामले में राजा के शब्द अन्तिम नहीं होते हैं। शास्त्रों में स्वराज्यम् और वैराग्यम् शब्द आते हैं, जो राजा से ऊपर होते हैं। स्वराज्य जन का प्रतिनिधित्व करता है, और वैराग्य ऋषि का, ज्ञानी का, पण्डित का। "The Rishis, who led down the law of duty betook themselves to forests because the peoples were already enjoying swarajya or people domain, which was administered and defended by the Kshatriya kings... It does not matter who the sovereign is... It is enough if we have full liberty to elevate ourselves in the best possible manner. This is called immutable Dharma and Karmayoga is nothing but the method which leads to the attainment of Dharma, material and spiritual glory. We demand swaraj, as it is the foundation and not the height of our future prosperity."

लेकिन भगिनी निवेदिता और एनी बेसण्ट की धारणा भिन्न थी। उनके अनुसार अब समय आ गया है कि जब एक वृहद, समृद्ध और अधिक समाविष्ट 'Synthetic self assertion of India" का निर्माण किया जाये जीवन के हर क्षेत्र के लिए, चाहे वह विचार के क्षेत्र में हो या क्रियाकलाप के। होम रूल की जरूरत इसलिए है कि उससे भारत का सामाजिक, राजनैतिक, आर्थिक और आध्यात्मिक चारों ओर सर्वांगीण विकास किया जा सके। इसके लिए अरविन्द ने पहले ही कह रखा था कि जब तक देश गुलाम है, ऐसा विकास सम्भव नहीं है। अरविन्द पहले ही कह चुके थे कि देश जब तक आजाद नहीं होता मनुष्य का सर्वांगीण विकास सम्भव नहीं है। सर्वांगीण से उनका मतलब था, "To build a strong and durable body and vital functioning for a distinct, powerful, well centred and well defused corporate ego is its whole aim and method." भारतीय राष्ट्रवाद को उन्होंने अध्यात्म में देखा था। उसे ही रवीन्द्रनाथ ठाकुर 'senthetic' कहते थे। इसे न समझ पाने की ब्रिटिश मानसिकता पर प्रहार करते हुए अरविन्द ने कहा, "These misunderstandings spring always from the total difference of outlook on religion between the Indian and normal western mind. To the Indian mind, dogma is the least important part of religion, and the religious spirit matters. But to the western mind a fixed intellectual belief is the most important part of a cult, its core of meaning, the thing that distinguishes it and makes it either a false or a true religion. That notion is a consequence of the western idea that intellectual truth is the highest verity. The Indian religious thinker believes that all the eternal verities are the truths of spirit, intellectual truth turned towards the infinite must be not one but many-sided, the most varying intellectual beliefs may be equally true because they mirror different facets forms however separated by intellectual distance. So many sided interances which admit us into the precincts of the eternal verity."

खैर, राष्ट्रीयता और राष्ट्रवाद की इन तमाम निर्मितियों पर पश्चिम के विचारक कहते हैं कि ये निर्मितियाँ क्रिया की न होकर प्रतिक्रिया की हैं। इनका उत्तर देते हुए सुकुमार दत्त कहते हैं कि पहले ही नहीं, आज भी जो कला, साहित्य और भाषा रची जा रही है, धर्म, संस्कृति और परम्परा पर चर्चा हो रही है, वह Wishful thinking नहीं है कि उसे प्रतिक्रिया कहा जाये, वह समाज का स्वाभाविक रचाव है और रचाव समसामयिक में होता है, तो इसलिए कि वह एक राष्ट्रीय समस्या का समाधान खोज रहा है।

इन तमाम विवेचनों की परिणति एक धारा के रूप में पण्डित जवाहरलाल नेहरू की 'Discovery of India' में होती है, जिससे भारतीय राष्ट्रवाद की धारणा सुनिश्चित हो जाती है। यह भी सुनिश्चित हो जाता है कि भारतीय राष्ट्रवाद न तो पहले कभी आक्रामक रहा है, न आगे कभी होगा। उसकी आक्रामकता हद-से-हद आत्मरक्षा तक सीमित होगी।

(4)

यदि हम भारतीय राष्ट्रवाद को आधुनिक काल के परिप्रेक्ष्य में देख रहे हैं और उसका विकास आजादी की लड़ाई के दौरान देख रहे हैं, तब उसका सम्बन्ध ब्रिटिश साम्राज्यवाद से देखना जरूरी है, विशेषकर तब, जब इस लड़ाई का मतलब 1942 से पहले उसी साम्राज्य के भीतर समाधान ढूँढ़ना था। इसका सैद्धान्तिक विवेचन गरमदल के नेता विपिन चन्द्र पाल ने अपनी पुस्तक 'नेशनैलिटी ऐण्ड एम्पायर' में किया है, जो उनके कोई छह वर्षों में लिखे लेखों का संकलन है।

अपनी बात आरम्भ करते हुए वे कहते हैं कि उनका इरादा 'फेडेरल इण्टरनेशनलिज़्म' जिसे प्रकारान्तर से 'इम्पीरियल फेडरेशन' भी कहा जा सकता है, का सिद्धान्त रखना है। यह एक नयी बात है, क्योंकि 1909 से पहले देश की आजादी का मतलब 'एब्सोल्यूट नेशनल आटोनोमी' या 'कोलोनियल सेल्फ गवर्नमेण्ट' माना गया था, राष्ट्रवादी विचारकों द्वारा, जो ब्रिटिश साम्राज्य के भीतर समस्या का हल टूटने के बावजूद साम्राज्य से देश के सम्बन्ध को बहुत 'कैजुअल' ढंग से लेते थे, सोचते थे। चूँकि 1909 के कानून से इस स्वायत्तता के लिए कुछ मार्ग प्रशस्त होता है, इसलिए इसके बारे में सिद्धान्ततः सोचने की जरूरत पड़ती है। उनके मन में यह बात गहराई से बैठ गयी थी कि ब्रिटिश साम्राज्य एक वास्तविकता है और उसका विघटन निकट भविष्य में सम्भव नहीं है। साथ ही विश्वयुद्ध के बादल मँडरा रहे हैं और उसमें ब्रिटेन की भूमिका प्रमुख होनेवाली है। ऐसे में उसकी जरूरत है कि वह अपने उपनिवेशों के साथ सम्बन्ध दृढ़ कर, अपनी ताकत बढ़ा ले। उसके लिए जरूरी है कि वह अपने उपनिवेशों को स्वायत्तता दे। अफ्रीका, न्यूजीलैण्ड, आस्ट्रेलिया, कनाडा को यदि स्वायत्ता देता जा रहा है तो सत्ता गोरों के हाथों में सौंप रहा है। जहाँ गोरे लोगों ने काले लोगों को समाप्त कर दिया है वहाँ तो नहीं, पर जहाँ काले लोग बचे हुए हैं, वहाँ यह रंगभेद की समस्या खड़ी करेगा। उससे बड़ी मारकट मचेगी। उसका समाधान उसे अभी से तलाशना होगा। भारत की समस्या इससे भिन्न है। यहाँ के काले-पीले लोगों को वह इस तरह से समाप्त नहीं कर सकता है, जिस तरह से उसने अन्य देशों में किया है, और वे अफ्रीकियों की तरह इतने कमजोर और चुप बैठनेवाले लोग नहीं हैं, कि सत्ता स्थानीय अंग्रेजों के हाथों में सौंपा जा सके। यहाँ सत्ता अन्ततः भारतीयों को ही सौंपना पड़ेगा। इस सत्ता को सौंपने के बाद ही 'इम्पीरियल फेडरेशन' बन पायेगा, इसके बिना वह सम्भव न होगा। हालाँकि उन्हें सत्ता सौंपने में अंग्रेजों को बड़ी हिचक होगी—वह रंगभेद को स्वीकार करता है, यूरोपियनों की उच्चता को स्वीकार करता है, उपनिवेश के लोगों को 'सभ्य' बनाने के दैवी आदेश को स्वीकार करता है, और बिना इनके शोषण के अपना देश समृद्ध नहीं कर सकता। लेकिन चूँकि वह धन और स्वार्थ के लिए किसी भी हद तक जा सकता है, इसिलए व्यावहारिक स्तर पर इसे आज नहीं तो कल स्वीकार कर लेगा।

विपिन चन्द्र पाल के लिए भारत का मतलब हिन्दू और मुसलमान दोनों है। अब हिन्दू के लिए ब्रिटेन को विशेष दिक्कत न होगी। दिक्कत होगी तो मुसलमान के साथ, क्योंकि वे क्षेत्रीय वफादारी (Territorial loyalty) से बढ़कर धार्मिक मत की वफादारी (religious loyalty) में विश्वास करते हैं, जो स्वभावतः Transterritorial है और Pan-Islamism उसे बढ़ावा दे रहा है। यह Pan-Islamism विश्व राजनीति में मुस्लिम देशों का संयुक्त हस्तक्षेप है। ऐसे में प्रयत्न किया जा सकता है कि ब्रिटिश प्रभाव में रहनेवाले तमाम मुस्लिम देशों को भी इस संघ (federation) में भागी बनाया जाये। मिस्र, ईरान, अरब आदि को साथ लेकर। इन बातों को सूत्रवत् कर वे लिखते हैं—

"I have been led to this by reflecting upon the great problems which threaten to convulse the world in near future. These problems are three in number. There is first the problem of the white against the coloured races. The second question is that of Pan-Islamism. The third question is that of Mangolian confederacy. These three problems are among questions which have no mercy for the peace of nations. Yet in all three it seems to me that

Britain and India united will be able to exercise a far more petent influence for the advancement of war and the arrangement of modus vivendi than could be done by Britain alone or India alone. It is in combination of Britain and India than my hope of the future lies. I object to call it empire, I would rather call it a co-operative partnership."

विपिन चन्द्र पाल की स्पष्ट मान्यता है कि कबीलों के मिलने से राष्ट्र बनता है और राष्ट्रों के मिलने से साम्राज्य। यह मिलना बलात् भी हो सकता है और ऐच्छिक भी। ऐच्छिक हमेशा ही बलात् से बेहतर होगा। इसलिए ब्रिटिश साम्राज्य को चाहिए कि अब वह बलात् से ऐच्छिक की ओर बढ़े। दो राष्ट्रों में भिन्नता इसलिए होती है कि उसी प्रक्रिया से गुजरने के बावजूद कुछ ऐसी भिन्न सांस्कृतिक प्रवृत्तियाँ विकसित हो जाती हैं जो अपने आप में मूल्य बोध के स्तर पर विशिष्ट होती हैं। यह विशिष्टता राष्ट्र का व्यक्तित्व (personality) बनाती है, जो वैयक्तिकता (Individuality) से भिन्न होता है। वह विलगाव (Isolation) की जगह अन्तर (differentiation) पर जोर देता है। यही राष्ट्र-विचार (Nation-Idea) होता है। इसी भेद को संरक्षित रखते हुए साम्राज्य ऐच्छिक रूप से बन सकता है। यह साम्राज्य-विचार (Empire-Idea) होगा।

साम्राज्यवादी सम्मिश्रण से राष्ट्र का व्यक्तित्व क्षरित नहीं हो जाता। इसके उलट वह और संवर्द्धित होता है। एक नया रूप धारण करता है, जिसमें पुराने तत्त्व न तो एकदम से समाप्त हो जाते हैं, न ही उनका 'स्पिरिट' मर जाता है। बल्कि नये तत्त्वों से मिलकर वह कायान्तरित और ऊर्जस्वित हो उठता है। ऊर्जा के संरक्षण और प्रणोद का सिद्धान्त सिर्फ विज्ञान के लिए नहीं है, सामाजिक विकास पर भी लागू होता है।

इसकी सम्भावना तलाशते हुए वे यूरोपवालों द्वारा किया गया संस्कृति और सभ्यता के भेद का भी विवेचन करते हें। पाते हैं कि भारत जैसे पूर्व के पुराने देशों, जिन्हें संस्कृत कहा जाता है और पश्चिम के ब्रिटेन जैसे नये देशों, जिन्हें सभ्य कहा जाता है, में मूल अन्तर यह है कि संस्कृति प्रधान देशों में सहकार (fellowship) की भावना होती है, जबकि सभ्य देश कानूनची होते हैं। सांस्कृतिक देशों में समाज के संगठन का सिद्धान्त सामूहिकता (collectivity) पर आधारित होता है, सभ्य देशों में वैयक्तिकता पर। इसी से आर्थिक संगठन में पहले में जात (caste) काम करता है, दूसरे में वर्ग (class) जिसे आज नकली ढंग से सामूहिक बनाया जाता है। इस कारण जहाँ दूसरे में संघर्ष होता है, पहले में सहयोग। संस्कृतिवालों में त्याग की भावना बलवती होती है, सभ्यों में आत्मप्रदर्शन और बलात् हरण की भावना। इसलिए संस्कृत और सभ्य देशों में संघर्ष स्वाभाविक होता है। फिर भी सभ्यों के मूल्य आज हमें अधिक आकार्षित करते हैं। इसलिए हमें उनके साथ सहयोग करना होगा। पर सहयोग का मतलब यह नहीं है कि उनमें हम खो जायें। सहयोग का मतलब होता है अपनी-अपनी अस्मिता बनाये रखते हुए एक-दूसरे से लाभ उठाना। साम्राज्य और राष्ट्र में सहयोग इसी के आधार पर होगा। क्योंकि साम्राज्य का मतलब निरंकुशता या परम् सत्तावाद (Absolutism) नहीं होता। निरंकुशता में तो जो एक के लिए सत्य है, वही सभी के लिए सत्य मान लिया जाने की अपेक्षा रहती है। किन्तु सत्य बौद्धिक दृढ़ विश्वास या तार्किक विश्वास पर आधारित होता है, जो हमेशा ही सापेक्ष होता है। इसलिए जो एक के लिए वरेण्य है, वही सबके लिए वरेण्य हो जाये, जरूरी नहीं। क्योंकि हमारे बौद्धिक दृढ़ विश्वास हमेशा ही अनुभव, प्रशिक्षण, तर्कणा और स्वभाव से अनुशासित होते हैं। इसी तरह विश्वास वरणशक्ति की देन न होकर संज्ञान व संवेग की देन होता है, जिसका सम्बन्ध हमारे विचार की योजना, आदत और जीवन के शुगल से होता है। यह सब आत्म पर निर्भर करता है और आत्म का निर्माण गणितीय या यान्त्रिक सम्मिश्रण से नहीं होता। वह अवयवी होता है, जीवित और अतिजटिल होता है, जिसमें विरोधाभास और प्रतिस्पर्द्धा भरा पड़ा होता है। अपनी एकता के लिए उसमें संगति और कतर-ब्योंत चलती रहती है। यह आत्म इकाई भी होता है और एकता भी, जो अपने को अनन्त गुणा-भागों से प्राप्त करता है। अच्छा और बुरा इसके विकास के चरणों

से अनुशासित होता है। इसीलिए बुराई गलत जगह पर रखी अच्छाई लगती है। इसीलिए यह आत्म प्राकृतिक चुनाव के लिए उतना ही प्रेषणीय होता है, जितना कोई भी जैविक घटक। इसलिए न तो कोई साम्राज्य निरंकुश हो सकता है, न ही कोई राष्ट्र। बल्कि दोनों को आपस में सहयोग करते हुए आगे बढ़ना है। इसलिए जरूरी है कि ब्रिटेन भारत को स्वतन्त्रता दे और भारत साम्राज्य को शक्तिशाली बनाये। एकता का मतलब एकरूपता नहीं होता, जिसमें साम्राज्य की एकता के लिए राष्ट्र की एकता को सिर्फ एक अंग मान लिया जाये। यह भी कि राष्ट्र अपनी एकता के लिए साम्राज्य का प्रतिस्पर्द्धी न बन जाये। दोनों अपने आप में अन्त हैं और दोनों का अन्त एक-दूसरे का विरोधी न होकर सहयोगी है। इसलिए उनका संघ (Federation) बनाने की जरूरत है। यही एक आदर्श साम्राज्य होगा।

विपिन चन्द्र पाल के विस्तृत विचारों के अध्ययन से जाहिर होता है कि वे भारत को दो राष्ट्रों के रूप में पाते हैं (पर इसके नाते वे दो देश बन जायें, ऐसा भासित नहीं होता)। एक हिन्दू राष्ट्र, दूसरा मुस्लिम राष्ट्र। हिन्दू राष्ट्रवाद यह मानकर चलता है कि बिना रंग, जाति, धर्म, रूप, विश्वास और देश के भेद के सभी लोग नारायण के रूप हैं। इसलिए स्वतन्त्र और स्वाधीन होने के अधिकारी हैं। यहाँ नारायण का मतलब सारभौम मानवता है। इस्लाम का राष्ट्रवाद भी इस सारभौम मानवता को लेकर चलता है, लेकिन तब वह मानवता को इस्लाम के अनुयायियों तक सीमित कर देता है और पान-इस्लामिज़्म के प्रभाव में यह भारत के मुसलमानों को भारतीय राष्ट्रवाद से अलगा कर विश्व इस्लाम से जोड़ देता है, जिसमें न तो ब्रिटिश साम्राज्य के लिए कोई जगह है, न भारतीय हिन्दू के लिए या उसके देश के लिए। जफर अली खान और जलाल नूरी की बात वे इस सन्दर्भ में उद्धरित करते हैं। "Muslims think that they are Muslims first and Indians afterwards.... Pan-Islamism transcendent all consideration of race and class and it is an extra-territorial type in which all the Muslim population of world merge their geographical identity and become one nation. ..It is in this conception of the universality of the Muslim Brotherhood that lies the chief strength of the Pan-Islamic movement, and the Muslims of India are among the above most to realize it."

अब भारतीय परिप्रेक्ष्य में इस्लामी राष्ट्रवाद का अर्थ वही नहीं होगा, जो मिस्र, ईरान, अरब या तुर्की के लिए होगा, जहाँ सभी-के-सभी मुस्लिम हैं। भारतीय राष्ट्रवाद में उनका स्थान आंशिक होगा, जहाँ हिन्दुओं की संख्या उनसे काफी अधिक है। यही बात मुसलमानों को इतनी तकलीफ देती है कि उनके तमाम प्रभावशाली नेता हर तरह से हिन्दुओं के विरुद्ध हो जाते हैं। अंग्रेज नौकरशाही इसका फायदा उठाकर दरार डालती और बढ़ाती जाती है, अपने शासन का हथियार बनाती जाती है। इसलिए मुस्लिम राष्ट्रवाद को भारत के स्तर पर साम्राज्य-संघ में समाहित करना काफी आसान होगा। जरूरत है Pan-Islamism को समाहित करने की। पान-इस्लामिज़्म की राजनीतिक परिणति यह है—(1) यह धार्मिक भावनाओं को उभारकर विश्वव्यापी मुस्लिम एकता की भावना रचती है, (2) उन्हें अधिक-से-अधिक वैज्ञानिक ज्ञान अर्जित करने के लिए उकसाती है आर्थिक से बढ़कर सैनिक जरूरतों के लिए, (3) आधुनिक युद्ध कला में पारंगत होने के लिए सैनिक अस्त्र-शस्त्र, प्रशिक्षण और कला प्राप्त करने, उसे विकसित करने पर जोर देती है, (4) तमाम मुस्लिम देशों की स्वतन्त्रता और निष्ठा तब तक अनुरक्षित कर रखना चाहती है, जब तक कि वे हथियार प्राप्त न करे लें और आधुनिक युद्ध कला में दक्ष न हो जायें। उसके लिए वे मुस्लिम जनसमुदाय से नैतिक समर्थन और तमाम दूसरी राजनीतिक इकाइयों और सरकारों से व समुदायों से हर प्रकार का सहयोग और समर्थन हासिल करना चाहता है, (5) संघर्ष होने पर या दबाये जाने पर इन सरकारों को सत्ताच्युत करने में या उनका विरोध करने में कोई गुरेज न रखने की वकालत करता है। जाहिर है कि यह भविष्य में ब्रिटिश साम्राज्य के लिए बड़ी समस्याएँ पैदा करने जा रहा है। इसलिए उसे साम्राज्य संघ में अभी शामिल कर लेना फायदेमन्द होगा।

विपिन चन्द्र पाल अन्तरराष्ट्रीय राजनीति पर बड़ी गहरी नजर रखते थे। जब वे इन लेखों को लिख रहे थे तब प्रथम विश्व-युद्ध के बादल घिरने लगे थे। उन्हें स्पष्ट लग रहा था कि धीरे-धीरे यूरोप में राज्यों के दो संघ बन रहे हैं। अमेरिका ने अपना अधिकार क्षेत्र और प्रभाव क्षेत्र बना लिया है। एक तरह के मंगोलाइडों को जापान और दूसरे तरह के मंगोलाइडों को चीन संगठित कर रहा है। इसलिए उन्होंने साम्राज्य-संघ की भावना को उपनिवेशों और मुस्लिम राष्ट्रों तक सीमित न रखकर विश्वव्यापी बना देना चाहा। ऐसा करने में वे अकेले नहीं थे। उन तमाम लोगों के सपनों के फलस्वरूप युद्धोपरान्त 'लीग ऑफ नेशन्स' की स्थापना हुई। वह दूसरी बात है। विश्व संघ के बारे में उनका कहना था कि वह ब्रितानी साम्राज्य के विरुद्ध न होकर तमाम साम्राज्यों का संघ होगा, जिसमें तमाम राष्ट्रीयताएँ वृहद मानवता की ओर बढ़ेंगी। इसके लिए उन्होंने एक पूरा स्कीम ही प्रस्तुत किया, जो निम्न है–

"The nationalist movement in India, which is, so far essentially a Hindu movement, stands-

I. Ideally—for (1) Hindu Nationalism, (2) Federal Internationalism, (3) Universal Federation.

II. Practically—for (i) The preservation of the distinctive genius and character of Hindu Culture and Civilization, (ii) The promotion of sympathetic and reverent study of other world cultures *e.g.* Islam and Christian, represented in the composite life of modern India, and the cultivation of the spirit of mutual understanding and helpful co-operation with them. (iii) The continuation of British connection through the gradual building up of a Federal Constitution for the present association called British Empire, a federation in which India and Egypt shall be equal co-partners of Britain with Ireland and British colonies (iv) The Advancement of Universal federation. It stands in a word—

For God, Humanity, and the mother land.

जाहिर है कि विपिन चन्द्र पाल के विचार हिन्दू राष्ट्रवाद की ओर झुके हुए हैं। इसमें कुछ प्रतिक्रिया भी है मुस्लिम राष्ट्र की चर्चा के खिलाफ जो उन दिनों हो रही थी और जिसे हम आगे कहीं देखेंगे।

उनकी राष्ट्रवाद और अन्तरराष्ट्रीयतावाद की धारणा भी बहुत खुलकर और विकसित होकर नहीं आयी। उसके सैद्धान्तिक पक्ष का विवेचन दरअसल आगे रवीन्द्रनाथ ठाकुर ने किया।

(5)

रवीन्द्रनाथ ठाकुर ने बंग-भंग के विरोध में हुए आन्दोलन, विशेषतः उसके स्वदेशी पक्ष में जमकर हिस्सा लिया था। अंग्रेजों का यह कर्म उन्हें बंगाल की ही नहीं पूरे भारत की अस्मिता पर हमला लगा था। इस आन्दोलन की समाप्ति के बाद जब कुछ लोगों ने उनसे कहा कि क्या यह एक तरह का घृणा फैलाना नहीं है, तब उन्होंने देश की स्थिति का पुनरावलोकन किया था और मातृभूमि के प्रति प्यार और देशभक्ति की भावना को राष्ट्रवाद में रूपान्तरित होते देखा था। उन्हें लगा था कि राष्ट्रवाद पश्चिम का शब्द है, वह दमनकारी है, क्योंकि आर्थिक और राजनैतिक है। यान्त्रिक है। भारत का राष्ट्रवाद उसी का अनुकरण कर रहा है, जो ठीक नहीं। भारत का राष्ट्रवाद उससे भिन्न रहा है। उसे संरक्षित कर विश्वव्यापी बनाना चाहिए।

तात्कालिक भारतीय राजनीति पर दृष्टि डालकर उन्होंने पाया कि नरमदल के हाथों में पड़कर राष्ट्रवाद एक अशोचनीय स्थिति में डूबता जा रहा है, जहाँ लोग सत्ता के प्रति श्रद्धालु होकर माँगों को विचारार्थ प्रस्तुत कर रहे हैं। वहीं राष्ट्रवाद गरम दल के नेताओं के हाथ में उग्र और हिंसक रूप लेता जा रहा है। उनकी प्रतिक्रिया में मुसलमानों में अलगाववाद की भावना तेजी से बढ़ती जा रही है। 1906

में हुई मुस्लिम लीग की स्थापना उसी का मूर्त रूप है। अंग्रेज प्रशासन इन दोनों से दूरी बनाकर रखना चाहता है, मौका मिलते ही दबा देना चाहता है और उसके लिए दोनों को लड़वा देना चाहता है। सभी जातियों से बराबर की दूरी रखने के कारण उनके प्रशासन में सम्बन्धों की वह गर्मी नहीं है, जो मानवीय संस्पर्श से पैदा होती है। इसीलिए अंग्रेजों के यहाँ रहने के बावजूद उतने भारतविद् नहीं हुए, जितने दूर रहकर यूरोप के अन्य देशों से। आज की तुलना में मध्यकाल में इस अलगाव में कुछ कम थे। अंग्रेजों में दया और नैतिक जिम्मेदारी का भाव नहीं है। मुसलमानों के शासन में अधिक मानवता थी, क्योंकि उनके यहाँ प्रशासन एक झीने पर्दे की तरह था, जिसके आर-पार शासक और शासित जाकर एक मानवीय सम्बन्ध बनाते थे। इससे लोक प्रभावित होता था और कबीर, नानक, ख्वाजा मोईनुद्दीन चिश्ती तथा चैतन्य जैसे लोग दोनों समुदायों के लोगों को करीब लाने का प्रयत्न करते थे। ऐसा दोष वे सिर्फ अंग्रेजों के सिर नहीं मढ़ते हैं। भारतीय जमींदारों को भी वे अपनी रैयत के साथ ऐसा ही व्यवहार करते हुए पाते हैं। बड़ी जातियों को वैसा ही छोटी जातियों के साथ करते हुए पाते हैं। उन्हें लगता है कि जो सत्ता में होता है, वह कमोबेश ऐसा ही व्यवहार करता है। देश की स्वतन्त्रता का मतलब इन आक्रान्ताओं से स्वतन्त्र होना होगा।

इन बातों ने उनका ध्यान यूरोप के राष्ट्रवाद की ओर खींचा। उन्होंने पाया कि पूर्व और पश्चिम के राष्ट्रवाद में एक स्वाभाविक अन्तर है, दोनों क्षेत्रों के लोगों की मानसिकता के कारण ही नहीं, उद्देश्यों के कारण भी। पश्चिम का राष्ट्रवाद यदि एशियाई देशों के लोगों के शोषण का हथकण्डा है, तो पूर्व का राष्ट्रवाद उससे मुक्त होने का अस्त्र। पर दिक्कत यह है कि इस लड़ाई में वह पश्चिम के ही राष्ट्रवाद का अनुकरण कर रहा है। कम-से-कम उसी पर आधारित कर रहा है, जो फिलहाल यहाँ के वृहत्तर जीवन के लिए न तो उपयुक्त है न ही वरेण्य।

पश्चिम के राष्ट्रवाद को परिभाषित करते हुए उन्होंने लिखा, "A nation is the political and economic union of a people. It is that aspect which a whole population assumes when organized for a mechanical purpose." इसकी व्याख्या करते हुए वे कहते हैं कि राष्ट्रवाद अन्ततः शक्ति का सोपान बनता है और विज्ञान के साथ मिलकर शोषण का माध्यम। राजनैतिक रूप से यह दूसरे राष्ट्रों पर गुलामी थोपता है, तो आर्थिक रूप से शोषण करता है। "With the help of science and perfecting of organization this power begins to grow and brings in harvest of wealth, it crosses its boundaries with amazing rapidity. The time comes when it stops no longer, for competition grows keener, organization grows vast and selfishness attains supremacy. Trading upon greed and tear of man, it occupies more and more space in society, and at last becomes its ruling force."

समाज के बारे में उनका कहना था कि उसका कोई दिया उद्देश्य नहीं होता। समाज स्वयं ही उद्देश्य होता है। वह मनुष्य के सामाजिक प्राणी होने की स्वतःस्फूर्त अभिव्यक्ति होता है। वह मानवीय सम्बन्धों का स्वाभाविक नियमन होता है, जिसमें लोग एक-दूसरे के सहयोग से जीवनादर्शों का विकास करते हैं। इन जीवनादर्शों के दो उद्देश्य होते हैं। एक तो वह मनुष्य के संगतिपूर्ण विकास के लिए उसके भावातिरेकों तथा वुबुक्षा पर रोक लगता है, दूसरे अपने साथ के प्राणियों के बीच निःस्वार्थ प्रेम के विकास में सहायता करता है। उसका एक राजनैतिक पक्ष होता जरूर है, पर वह एक विशेष उद्देश्य लिये होता है—आत्म संरक्षण का उद्देश्य। वह सिर्फ शक्ति का एक पक्ष होता है, मानवीय आदर्श नहीं। पुराने समाजों में उसका स्थान अलग था और वह कुछ पेशेवर समुदायों तक सीमित था। भारतीय समाज में अभी उसी का प्राधान्य है। इसलिए भारतीय राष्ट्रवाद की समस्या राजनैतिक न होकर सामाजिक है। इसके दो कारण हैं। एक तो देशज है। दूसरा पश्चिम का नकल करने के कारण है। अब पश्चिम के देशों में बसनेवाली नस्लें कमोबेश सजातीय (Homogeneous) हैं। इसलिए वहाँ समस्या उनको एक सूत्र में पिरोने की जगह उनका विस्तार करना है। उसके लिए राष्ट्र की अवधारणा बलवती कर राजनैतिक व

आर्थिक उद्देश्य सामने रख दिया गया है। इसी कारण उनमें आक्रामकता आ गयी है, विस्तार की अतिरिक्त जरूरत पड़ गयी है। भारत में नस्लों का सम्मिश्रण उस तरह से नहीं हो पाया है। चतुर्वर्ण के रूप में उनकी पहचान बनी हुई है। इसने नस्ल की समस्या को बिना किसी रगड़-घिस्स के सुलझा लिया है, एक ऐसी सीमा के भीतर जिसमें हर नस्ल को काफी स्वतन्त्रता मिली हुई है। इसलिए यहाँ राष्ट्रीयता से बढ़कर जातीयता की भावना बलवती है। इनको बिना सजातीय बनाये यदि हम पश्चिम की राजनैतिक और आर्थिक उद्देश्य को अपना लें तो बात आगे नहीं बढ़ पायेगी, क्योंकि यहाँ सजातीय बनने की धारणा ही अधिक बलवती रूप से काम करती रहेगी। इसका एक लाभ यह जरूर है कि इसके कारण भारतीय राष्ट्रवाद कभी आक्रामक और विस्तारवादी नहीं बन पायेगा, क्योंकि उसके पास भौगोलिक विस्तार के लिए कोई राष्ट्रीय आधार नहीं रहेगा। भारत अभी अपने राष्ट्रीय मिशन के लिए चेतन नहीं है और आगे यदि होगा तो विश्व को आध्यात्मिक उपदेश देने के लिए। लौकिक सन्देश तो वह अभी पश्चिम से ले रहा है। यह सन्देश कला और साहित्य में समृद्धि का है, न्याय की तीव्र भावना का है, ज्ञान और विज्ञान की उपलब्धियों का है, व्यवस्था और कानून के शासन का है, मानवतावाद का है। लेकिन यह सीख यूरोप के राष्ट्रवाद के नहीं, यूरोप के स्पिरिट से मिल रही है। राष्ट्रवाद का अनुकरण करने से तो वही स्थिति हो जायेगी जो जापान की है। वहाँ देश का समस्त जन एक संगठित शक्ति बन गया है जो जनता को सशक्त और कार्य-कुशल बनाकर रखना चाहता है। किन्तु यह मनुष्य को उसकी उच्च प्रकृति और रचनात्मक प्रज्ञा से काट देता है, क्योंकि मानव जीवन का उद्देश्य और उसका भरापूरा होना शक्तिशाली होने के बजाय परिपूर्ण होना होता है। पश्चिम की राष्ट्रीयता इसमें बाधा डाल रही है।

इसलिए वे विश्व व्यवस्था में ही नहीं राष्ट्र की व्यवस्थाओं में भी No-nation की बात करते हैं, जो अन्ततः अन्तरराष्ट्रवाद बन जाता है। वे कहते हैं कि आज जगत् को नये और पुराने में, संस्कृतियों और सभ्यताओं में, अगड़ों और पिछड़ों में, पूर्व और पश्चिम में बँटा देखा जा रहा है। यही नहीं उनमें संघर्ष देखा जा रहा है। जबकि हर जगह केन्द्र में मनुष्य है, जो आर्थिक और राजनीतिक से बढ़कर नैतिक है, सृजनशील है, विकासमान है। उसकी राष्ट्र के नाम पर उपेक्षा की जा रही है। इन राष्ट्रों में संघर्ष की नहीं, सह-अस्तित्व की जरूरत है, "A kind of federation of nations in which each contributes of own characteristic philosophy." जो अन्ततः एक नयी व्यवस्था की माँग करता है, विश्वराष्ट्र और विश्व नागरिकता की, जिससे एक जगह के अभावों का, दुःखों का मोचन दूसरी जगह से हो सके।

स्वप्न मजूमदार कहते हैं कि टैगोर का यह समवाय उनके व्यक्तिगत जीवन और सभ्यता के स्वरूप दोनों ही कारणों से था। कालान्तर में उसका स्वरूप राजनैतिक हो गया। इस समवाय में परम्परा और आधुनिकता दोनों का योग था। रवीन्द्रनाथ ठाकुर ने लिखा है, "The modernism is freedom of mind, not slavery of taste. It is independence of thought and action, not tutelage under European school masters." इसलिए वे जापान को चेतावनी देते हैं, जो पश्चिम की नकल पर अपना राष्ट्रवाद विकसित कर रहा है। वहाँ राष्ट्र की अनुशंसा इसलिए है कि वह रूस को हरा सकता है, कोरिया को उपनिवेश बना सकता है, जरूरत पड़ने पर चीन पर हमला कर सकता है, अपने को एशिया का नेता घोषित कर सकता है, पूरा एशिया उसे स्वीकार कर ले, इसके लिए वह भारत, चीन और जापान का सर्वोत्तम ग्रहण कर अपने निज को बनानेवाला घोषित कर सकता है। वे अमेरिका की प्रशंसा इसलिए करते हैं कि उसने नस्लों की समस्या को काफी हद तक सुलझा लिया है, वहाँ के युवा निरन्तर प्रयोग में विश्वास करते हैं। उसी से विश्व के भविष्य की आशा बनती है। पर सावधान भी करते हैं कि उसमें राष्ट्रवाद की संकीर्णता नहीं पनपनी चाहिए, जो उसकी राजनीतिक व आर्थिक महत्त्वाकांक्षा के कारण रूप ग्रहण करती नजर आने लगी है। प्रथम महायुद्ध के परिणामों से आक्रान्त होकर उन्होंने लिखा, "The current cult of nation (is) a danger to humanity for the greater amount of success the cult enjoyed, the stronger are the conflicts of interest and jealousy and hatred which are aroused in men's minds, thereby making it more and more necessary for other people, who are still living, to stiffen into nations. With the growth of rationalism, man has become greatest menace to man."

रवीन्द्रनाथ ठाकुर के राष्ट्रीयता सम्बन्धी विचारों को हम उनके तीन भाषणों से जानते हैं, जो उन्होंने प्रथम महायुद्ध से पहले जापान, इंग्लैण्ड और अमेरिका में दिया था और जो जापान, यूरोप, अमेरिका व भारत की राष्ट्रीयता पर केन्द्रित थे। रामचन्द्र गुहा ने अपने अध्ययनों से जाहिर किया है कि उनके ऐसे और भी भाषण हैं, जो चीन, दो बार जापान, फिर यूरोप, ईरान और रूस में दिये गये थे। मुख्य विचार वही होने के बावजूद उनके तीन उत्थान हैं। एक वह जो बंग-भंग आन्दोलन से आरम्भ हुआ था और 1908 तक चला था। उससे सम्बन्धित लेख बंगाली में 'प्रवासी' नामक पत्रिका में छपे थे। उन्हीं को लेकर बाद में उन्होंने अंग्रेजी में लिखा जो 'माडर्न रिव्यू' में छपा। दूसरा दौर नेशनैलिटी के भाषणों का है। तीसरा दौर चीन, ईरान आदि में दिये भाषणों का है। वहाँ से लिखे पत्रों का है। इनमें भी भाव वही पुराना है, पर नये तथ्यों और उन देशों की जीवन-स्थितियों से प्रभावित है।

रामचन्द्र गुहा ने उनके भाषणों पर वहाँ के लोगों की प्रतिक्रियाओं की भी तलाश की है, जो बहुत ही रुचिकर है। कहीं भी उन्हें स्वीकार नहीं किया गया। जापानियों ने उन्हें कवि की कल्पना माना, एक ऐसे कवि की जो हारे हुए देश का है। यूरोपवासियों ने उन्हें एक तरफ ब्रिटिश साम्राज्य का प्रवक्ता माना, तो दूसरी तरफ एक ऐसा उपदेशक जो अपने देश का अतीत और पिछड़ापन जीता है। उनके नोबेल सम्मान मिलने पर और रचनाओं के जर्मन अनुवाद पर प्रसिद्ध मार्क्सवादी साहित्य विचारक जार्ज लुकाच ने कहा, "The award of the Nobel Prize to Tagore was orchestrated by the English gourgeois which by that act was repaying its intellectual agent in struggle against the Indian freedom movement. He is an imaginative writer and a thinker—a wholly insignificant figure. His enormous celebrity among Germany's literate is a typical sign of the total cultural dissolution facing this intellectual elite." चीन के तमाम लोगों ने, विशेषतः साम्यवादियों ने उनके सपने को, अतीत के सौन्दर्य को, राष्ट्रवाद का खण्डन और अन्तरराष्ट्रवाद की वकालत को अनसुनी कर कहा कि, "They had enough of ancient civilization, with its explointing landlords, its wars without rhyme or reason, its primitive agriculture and starving peasants... Mr. Tagore works to enslave them still more by preaching to them patience and apathy." उपन्यासकार शेन येन-पिंग ने कहा कि चीन के लोग उस टैगोर का स्वागत नहीं करना चाहते जो पूर्व की सभ्यता की प्रशंसा करता है और अपनी कविता में प्रेम का स्वर्ग रचता है, जिसमें पड़कर युवा ध्यान का नशा करें, जबकि साम्राज्यवादी उन्हें पदरौंदित करते रहें। यू चिह-हुई ने लिखा, "Mr. Tagore a petrified fossil of India's national past, has retreated into the tearful eyes and dripping noses of the slave people of a conquered country, seeking happiness in future life, squeaking like the hub of a wagon wheel that needs oil." एक अन्य विचारक ने उन्हें, "morphine and coconut wine of those with property and leisure" कहा।

भारतीयों में भी उन्हें कोई प्रशंसा नहीं मिली। गरम दलवालों ने तो उन पर ध्यान ही नहीं दिया। नरम दल के गाँधी जी ने उनके अन्तरराष्ट्रवाद पर कहा कि उपनिवेशित देश के लिए पहली जरूरत अपनी खोज करने की है, दुनिया कीं खोज करने से पहले। जब टैगोर ने उनके असहयोग आन्दोलन का विरोध किया तो गाँधी ने लिखा, "I hope I am as great a believer in free air as the great poet. I do not want my house to be walled in on all sides and my widows to be stuffed. I want the cultures of all the lands to be blown about my house as freely as possible. But I refuse to be blown of my feet by any." असहयोग की वकालत करते हुए उन्होंने लिखा, "We say to them, come and co-operate with us on our terms, and it will be well for us, for you and the world...

A drowning man cannot save others. In order to be fit to save others, we must try to save ourselves. Indian nationalism is not exclusive, nor aggressive, nor destructive. It is health giving, religious and therefore, humanitarian. India must learn to live before she can aspire to die for humanity. The mice which helplessly find themselves between the cat's teeth acquire no merit from their enforced sacrifice."

फ्रान्सवालों ने रवीन्द्रनाथ ठाकुर के विचारों की कुछ प्रशंसा की। अंग्रेजों की मशीन, उद्योग और राष्ट्र की आलोचना में उन्हें फ्रान्स की प्रशंसा दिखी। 1937 में उनके साहित्य की समीक्षा करते हुए अर्जेण्टाइना के साहित्यकार जार्ज लुइ बर्खेस ने लिखा था कि एक टैगोर अपने साथ के बंगालियों की बात करता है, वही टैगोर पूरी दुनिया की भी बात करता है। लेकिन उनके कथन में अनिश्चितता है और कविता तो रूपहीन और तरल है। उसी बर्खेस से जब उनकी पुस्तक 'राष्ट्रवाद' पर लिखने के लिए दो दशक बाद कहा गया तो लिखा, "George Bernard Shaw rejected capitalism, which condemns some to poverty and others to tedium, in the same way Rabindra Nath Tagore rejected imperialism, which diminishes the oppressed and the oppressor. Eastern and Western Cultures combined in the man who managed the two instruments of English and Bengali, each page of this book is filled with the Asiatic affirmation of the unlimited possibilities of soul and the mistrust that the state machinery inspired in spencer." एक दूसरे पैराग्राफ में लिखा था, "Written in 1917, anticipating the latter excesses of national spirit and in Nazi Germany of fascist Italy or during the Second World War or indeed in Soviet Union, where under the innocent mask of Marxism the government of Russia exercised nationalism, validated the book."

1961 में प्रसिद्ध आक्सफोर्ड मार्क्सवादी ईसाइया बर्लिन को उनके राष्ट्रवाद पर बोलने के लिए कलकत्ता बुलाया गया। संयोग ऐसा कि उसने उनके कल्पनाशील साहित्य को तो खूब पढ़ रखा था, कुछ चिन्तनपरक गद्य भी, पर राष्ट्रवादवाली पुस्तक को नहीं। तो भी उसने कहा था कि रवीन्द्र नाथ ने परम्परा और आधुनिकता के बीच का मुश्किल रास्ता पकड़ा था—"Not to give way at a critical point to the temptation of exaggeration—some dramatically extremist doctrine which rivets the eyes of one's countrymen and the world, and brings followers and undying fame and a sense of glory and personal fulfilment, not to yield to this, but to seek to find the truth is the face of scorn and threats from both sides-left and right, Westernizers and traditionalists—that seems to me to be the rarest form of heroism." स्वयं रामचन्द्र गुहा का कहना है कि उनके कल्पनाशील लेखन में तत्कालीन बंगाल और प्रकारान्तर से भारत की समस्याओं की छाया बड़े ही अप्रत्यक्ष रूप से उभरती है। लेकिन उनके कम प्रसिद्ध लेखों और भाषणों में, यानी वस्तुपरक लेखन में भारत और विश्व, पूर्व और पश्चिम, राष्ट्रवाद और अन्तरराष्ट्रवाद, संस्कृतियों का संघर्ष और समन्वय अधिक मुखर होकर उभरता है। इनमें वे बंगाल से ही नहीं, पूरी दुनिया से बात करते हैं।

इस विवेचन से उनके राष्ट्रवाद, कहें अन्तरराष्ट्रवाद की आलोचना और स्वीकृति दोनों जाहिर हो जाती है।

(6)

मध्य काल में राजन्य वर्ग से भिन्न जो सामान्य जन था, उसकी हिन्दू-मुस्लिम दूरी कहीं सूफियों के कारण, कहीं मत परिवर्तन से पूर्व पास की ही जातियों का सदस्य होने के नाते तमाम एक जैसी परम्पराओं के निर्वाह के कारण तो कहीं आर्थिक कारणों से कम होती गयी थी। 1857 की क्रान्ति ने

उन्हें और निकट ला दिया था। कांग्रेस कुछ-कुछ उसी को लेकर आगे बढ़ना चाहती थी। उसमें मुसलमानों का सहयोग भी मिल रहा था। उसके पहले अधिवेशन में दो मुसलमानों ने भाग लिया और दोनों ही बम्बई के वकील थे। दूसरे अधिवेशन में तैंतीस ने हिस्सा लिया, तीसरे में सत्तर ने। बदरूद्दीन तैयब जी तो इसके अध्यक्ष ही चुने गये। चौथे अधिवेशन में 156 थे। यह संख्या हर वर्ष बढ़ती गयी और 1899 में तो 304 हो गयी। इसके बाद संख्या गिरती दिखती है, क्योंकि सर सैयद अहमद खान सन् 1885 से ही इस एकता में पलीता लगाने में जुट गये थे। कांग्रेस में बढ़ते इन मुसलमान नेताओं की संख्या जो भी हो, अकेले सर सैयद अहमद का प्रभाव इतना था कि उनके सामने इनकी संयुक्त शक्ति नगण्य थी। सैयद ने 1885 में ही स्पष्ट नीति रखी थी कि मुसलमानों को शिक्षित होकर अंग्रेजों की गुलामी करनी है। ऐसा करते हुए अधीनस्थ रूप से ही सही उन्हें शासक वर्ग होने का सुख मिलेगा, जिसे वे शताब्दियों से भोगते आये हैं। अंग्रेजों के इस 'ग्रेट मैन' ने लिखा था, "I rejoice with spread and growth of English education in India believing that enlightenment means loyalty to Britain." इसके पहले 1884 में वे लार्ड रिपन को अलीगढ़ कॉलेज कमेटी के सम्बोधन को प्रस्तुत करते हुए लिख चुके थे, "The time has happily passed when the Mohammedans of India looked upon their condition as hopeless, when they regarded the past with feelings of mournful sorrow. Their hopes are now inclined to the promise of the future; their hearts full of loyalty to the rule of Queen & Empress, aspire to finding distinction and prominence among the various races of the vast Empire over which her Majesty holds way. It is to help the realization of these aspirations that this college has been founded, and we fervently hope that among the results which may flow from our system of education, not the least important will be the promotion of friendly feelings of social intercourse and interchange of amenities of life between the English Community in India and Muslim population."

इस सरपरस्ती का परिणाम मुस्लिम लीग की स्थापना हुई, दो संस्कृतियों लिहाजा दो राष्ट्रों के सिद्धान्त का दर्शन गढ़ा गया, जिससे अन्ततः देश का विभाजन हुआ। उससे देश के भीतर और देश के बाहर ऐसी परिस्थितियों का निर्माण हुआ जिसका दुष्परिणाम भारतीय जन मानस को, उसके राष्ट्रवाद को, आज तक झेलना पड़ रहा है। इधर कुछ विचारक, विशेषकर मुस्लिम शोधकर्त्ता, जिसमें मुशीरुल हसन भी शामिल हैं, बताते हैं कि सैयद ने ऐसा अंग्रेजों के प्रभाव में किया था, विशेषकर अलीगढ़ कॉलेज के युवा प्रिन्सिपल थियोडोर बेक के प्रभाव में। बेक कैम्ब्रिज का उग्र टोरी होने के बावजूद आयरलैण्ड में स्वशासन चाहता था, इंग्लैण्ड की स्त्रियों के मताधिकार व अन्य राजनैतिक अधिकारों का हिमायती था और वर्ग-विहीन समाज में विश्वास रखता था। वही बेक भारत में अंग्रेजी शासन की अदनी-सी उदारता की आलोचना इसलिए करता था कि इससे तो एक-एक कर एक दिन अंग्रेजों को अपनी सत्ता ही भारत से समेट लेनी पड़ेगी। हमें नहीं लगता कि सैयद इतनी कमजोर इच्छा शक्ति के आदमी थे कि युवा बेक से इतने प्रभावित हो जायें कि अंग्रेजी शासन के वकील बन जायें। वह वे पहले से ही थे और बेक को प्रिन्सिपल इसलिए बनाया कि वह उनका हित-साधन और प्रभावी ढंग से कर पाये। कुछ साम्यवादी भारतीय विचारक कहते हैं कि सैयद की मानसिकता कांग्रेस में व्याप्त हिन्दू उग्रवाद की प्रतिक्रियास्वरूप बनी, हिन्दी, गाय, गणेशपूजा, शिवा जी का गुणगान आदि पर जोर के नाते। यह भी सटीक तर्क नहीं लगता। वे तो अंग्रेजों का गुणगान 1857 से ही करने लगे थे और अपने मुस्लिम समाज को तभी से अंग्रेजों का अधीनस्थ बनाकर जोड़ने का प्रयत्न कर रहे थे। इसीलिए वे सत्ता में हिस्सेदारी के लिए कांग्रेस के चुनाव सम्बन्धी माँग का विरोध करते थे। उन्होंने जो कुछ भी किया, उसकी जिम्मेदारी से उन्हें मुक्त नहीं माना जा सकता।

सैयद को चाहिए था कि जिस तरह से कांग्रेस के नेताओं ने हिन्दू प्रतीकों का इस्तेमाल अंग्रेजों के विरुद्ध भारतीय राष्ट्रीयता गढ़ने के लिए किया था, उसी तरह मुस्लिम प्रतीकों का प्रयोग भारतीय राष्ट्रीयता

गढ़ने के लिए करते अंग्रेजों के विरुद्ध। वह काम उन्होंने नहीं किया। किया तो जमालुद्दीन अल-असदाबादी अल-अफगानी ने। वह भारत में 'पैन-इस्लाम' का प्रचारक था। इस 'पैन-इस्लाम' के कम-से-कम दो चरण बने। पहले चरण में दुनिया-भर के मुसलमानों को इकट्ठा करना था, जिससे कि यूरोप के वर्चस्व से मुक्ति पायी जा सके। इस वर्चस्व का अगुआ ब्रिटेन था, क्योंकि मिस्र और भारत में उसका राज्य था। मिस्र में इसका दर्शन मोहम्मद अब्दुहु ने रचा। उसका इरादा इस्लाम की एक ऐसी व्याख्या करने की थी, जो न तो पश्चिम यानी यूरोपीय प्रवृत्तियों पर आधारित हो और न ही इस्लाम के अतीत के नीचे दबा हो। इसके लिए उसने इस्लाम को परिमार्जित कर भाई-चारे, सामुदायिकता और संगठन के सहकारी मूल्यों के साथ सामूहिक जीवन की अवस्थिति को व्यक्त करनेवाला बनाना चाहा, जो पश्चिम की चुनौती स्वीकार कर सके, उसके विचारों के समान्तर चल सके और उसकी नकल करने के बजाय एक गतिमान तथा नवाचार युक्त संस्कृति का आधार बन सके। उसने स्पष्ट किया कि सलाफियत की पहली सीढ़ी पर इस्लाम एक ऐसी ही विशिष्ट संस्कृति था। इसीलिए वह मिस्र में व्याप्त रहस्यवाद, सन्तपूजा और सूफी सिद्धान्तों पर हमलावार बन गया। विवेक और तर्क आधारित विज्ञान की पढ़ाई पर जोर दिया। यही काम भारत में सैयद भी करना चाहते थे, पर उसका उपयोग वे अंग्रेजों की गुलामी के लिए करना चाहते थे। इसलिए अफगानी ने उनका सख्त विरोध किया। कहा कि हर देश में इस्लाम का पुनरुत्थान और विकास यूरोपवालों की गुलामी से मुक्त होने के लिए है, उसे दृढ़ करने के लिए नहीं। सैयद इसीलिए पैन-इस्लाम के भी विरुद्ध थे। अब्दुहु और अफगानी के आधुनिकतावादी सुधारवादी विचारों के समर्थक औपनिवेशिक दासता के शिकार देशों में बढ़ते गये और इस्लाम अधिकाधिक राष्ट्रवादी प्रतिरोध का माध्यम और प्रतीक बनता गया। दिक्कत तब आयी जब इस्लाम का प्रतीक खलीफा माना गया। तब कहना पड़ा कि धर्म राष्ट्र से बढ़कर होता है और उसके लिए यदि राष्ट्र को कुर्बान करना पड़े तो कर देना चाहिए। दरअसल इस्लाम जिस तरह से एक ईश्वर, एक पुस्तक, एक पैगम्बर मानता है, उसी तरह उनका एक ही लौकिक प्रतिनिधि मानता है, जो खलीफा है। फिर कहा गया कि मुसलमान सिर्फ मुसलमानी राज में रह सकता है, गैर-मुसलमानी राज में रहना पाप है। यह पैन-इस्लाम का दूसरा चरण हुआ। जब तक अंग्रेज बादशाह तुर्की के खलीफा का समर्थन करता है, तब तक कुछ ठीक; लेकिन यदि वह उसका विरोध करता है तो अंग्रेज का विरोध किया ही जाना चाहिए। अब अंग्रेज मक्का के शरीफ को आगे कर तुर्की के खलीफा के खिलाफ राजनीति करने लगा था, इसलिए भारतीय मुस्लिम अंग्रेज के खिलाफ हो गये। उसी से आगे जाकर खिलाफत आन्दोलन जुड़ा।

इस खिलाफत आन्दोलन के दौरान एक नया नेतृत्व उभरा, जिसमें शौकत अली, मोहम्मद अली, अब्दुल बारी, अबुल कलाम आजाद वगैरह शामिल थे। आजाद अफगानी के विचारों से प्रभावित थे। उन्होंने भारतीय राष्ट्रवाद का प्रयोग हिन्दू मुसलमानों की एकता के आधार पर देखा और उसका इस्तेमाल उपनिवेशवाद के विरुद्ध किया। वे कहते थे कि गैर-मुस्लिमों के एक सत्तासीन वर्ग का विरोध दूसरे गैर-मुस्लिम वर्ग को साथ लेकर किया जाना चाहिए। मुसलमानों को उन तमाम गैर-मुसलमानों के साथ नेकी, प्रेम और मित्रता का व्यवहार करना चाहिए जो मुसलमानों से झगड़ते नहीं हैं और न ही उनकी जमीन हड़पने के लिए हमला करते हैं। शौकत अली में सिद्धान्त रचने की क्षमता नहीं थी। हाँ, मोहम्मद अली 1924 तक यह जरूर कहते रहे कि भारत एक विशाल वृक्ष है, यहाँ के लोग उसका तना हैं, हिन्दू और मुसलमान उनकी दो डालें हैं। इन डालों के बिना वृक्ष का अस्तित्व नहीं। यदि यह वृक्ष कटता है तो दोनों डालें सूख जायेंगी। वही मोहम्मद अली खिलाफत आन्दोलन के पराभव पर कहने लगे कि मुसलमान गैर-मुसलमान के शासन में नहीं रह सकता, चाहे अंग्रेज हो या हिन्दू। हिन्दू और मुसलमान दो मजहब और दो संस्कृतियों के लोग हैं और उनमें राजनीतिक एका का कोई मतलब नहीं। मुसलमानों को अलग से महत्त्व, अधिकार और सुविधाएँ दी जानी चाहिए। बारी के विचार हम आगे देखेंगे।

अफगानी से प्रभावित एक दूसरे बड़े मुस्लिम विचारक और कवि मुहम्मद इकबाल थे। अपनी आरम्भिक रचनाओं में उन्होंने हिन्दू-मुस्लिम एकता पर बड़ा बल दिया। लेकिन बाद में उनका रंग बदल गया। कहने लगे कि अफगानी का महत्त्व इस बात में है कि उसने पश्चिमी प्रभुत्व की प्रतिरोधी शक्तियों की एकता को इस्लाम के भीतर खोजने का प्रयत्न किया तथा इस्लाम के आधार पर यानी धर्म के आधार पर तमाम वर्गों और राष्ट्रों के पार जाकर उनमें एकता खोजी, स्थापित करना चाहा। इसी आधार पर उन्होंने हिन्दी यानी भारतीय मुसलमानों का भविष्य एक अलग, लगभग स्वायत्तशासी प्रदेश, जो पंजाब, अफगानिस्तान, कश्मीर और सिन्ध को मिलाकर बनाया जायेगा, में देखा, जो बाद में पाकिस्तान का आधार बना। चौधरी रहमत अली ने इसे 1933 में एक स्वतन्त्र राष्ट्र के ब्लूप्रिण्ट के रूप में प्रस्तुत किया। मोहम्मद अली जिन्ना इसके वकील बने। 1940 के बाद वह मुस्लिम लीग का लक्ष्य बन गया और 1947 में भारत दो राष्ट्र के सिद्धान्त पर विभाजित हो गया।

मुस्लिम लीग की चर्चा करने से पहले यह देखना जरूरी है कि मुसलमानों के बीच एक तीसरी शक्ति भी काम कर रही थी, जो उलेमा की थी। इस्लाम में पादरियों-पुजारियों का कोई अलग संस्तर नहीं होता। पर कुरान और हदीस, विधिशास्त्र और कुरान की टीकाओं का गहरा ज्ञान रखनेवाले लोगों का एक ऐसा संस्तर जरूर होता है जो तमाम धार्मिक, कानूनी और राजनैतिक मामलों पर फतवा देते हैं, जो कभी शासन की राय से और कभी उसके विरुद्ध लोगों के बीच मान्य होता है। इसके बूते पर उलेमा लोगों ने मध्य काल से ही भारतीय राजनीति में दबदबा बनाकर रखा था। आधुनिक भारत में इसके कई केन्द्र रहे हैं, पर दो अधिक प्रभावशाली थे एक देवबन्द, दूसरा फिरंगी महल। अब देवबन्द की स्थापना शाह बली उल्लाह के शिष्यों ने दिल्ली मदरसा के पराभव के बाद किया था। उद्देश्य मुसलमानों के बीच भीतर से शिक्षा का प्रचार कर उसमें सुधार लाना था। सैयद बाहर से करना चाहते थे। इसलिए यह सैयद और अलीगढ़ के विरुद्ध पड़ता था शिक्षा, दर्शन और उद्देश्य तीनों ही मामलों में। देवबन्दी लोग कुरान, हदीस और शरीआ की ओर लौट चलने की बात करते थे, अपने अतीत में विश्वास व्यक्त करते थे और इसलिए अंग्रेजों का विरोध करते थे। लेकिन तब इसके लिए न तो वे कांग्रेस के साथ थे, न ही भारत की किसी एक राष्ट्रीयता की बात करते थे। यह तो 1919-22 की परिस्थितियाँ थीं कि वे गाँधी के साथ होकर अंग्रेजों के भी विरुद्ध हो गये, क्योंकि एक खिलाफत चाहता था, दूसरे उसके रास्ते स्वाधीनता। नेतृत्व फिरंगी महल के अब्दुल बारी ने दिया था, जब 1919 में जमीयते-उल्-उलेमा-ए-हिन्द की स्थापना हुई थी और वे उसके अध्यक्ष चुने गये। इसके पहले 1913 में उन्होंने खुद्दामे काबा की स्थापना की थी, जो अंग्रेजों का विरोध करने के लिए था। फिरंगी महल का इतिहास काफी पुराना है। इसकी स्थापना औरंगजेब के समय में लखनऊ में हुई थी मुल्ला निजामुद्दीन द्वारा, जिन्होंने दर्स-ए-निजामिया नामक मुस्लिम शिक्षा का एक नया पाठ्यक्रम बनाया जो अभी हाल तक चलता रहा है। इसमें जोर अरबी के व्याकरण, तर्कशास्त्र, दर्शन और विधिशास्त्र पर रहा है। इसलिए वह काफी हद तक लौकिक और वैज्ञानिक रहा है। उससे जुड़े लोग ज्ञानी और सूफी दोनों होते थे और एक तरफ लौकिक शिक्षा की गुरु-शिष्य परम्परा और दूसरी तरफ धार्मिक अनुभूति व शिक्षा की पीर-मुरीद परम्परा से जुड़कर अपने अनुयायियों पर खासा प्रभाव रखते थे। खिलाफत आन्दोलन के दौरान बारी ने इनका भरपूर लाभ उठाया। किन्तु कमाल पाशा के तुर्की में सत्ता में आते ही पूरा आन्दोलन बेमतलब हो गया और वे जल्दी ही कांग्रेस की नजदीकी से हट गये।

मुस्लिम लीग की स्थापना में तीन तत्त्वों ने प्रमुखता से काम किया। अंग्रेजों ने बंग-भंग तो वापस ले लिया पर उसका मलाल नहीं गया। बंग-भंग से ढाका के नवाब को अपनी मुस्लिम राजनीति करने का मौका मिला था। वे स्थानीय स्तर पर मुस्लिम लीग चला भी रहे थे। बंग-भंग वापस होने पर उनके इरादों पर पानी फिरने लगा। अंग्रेजों ने उनसे साँठ-गाँठ की, कांग्रेस और क्रान्तिकारियों के उभार को मटियामेट करने के लिए। लेकिन जो इससे अधिक गहरा तत्त्व था वह अलीगढ़ स्कूल था। वहाँ से अंग्रेजी

शिक्षा प्राप्त धनी वर्ग का एक ऐसा जत्था उभरा जो अंग्रेजों की नौकरी से बढ़कर सीधे राजनीतिक शक्ति में हिस्सेदारी के लिए चेतन हो गया और उसके लिए प्रयत्न करने लगा। सैयद पहले ही सिखा गये थे कि यह हिस्सेदारी कांग्रेसियों के साथ नहीं माँगी जा सकती। कांग्रेस का विरोध कर उसके शुल्क के रूप में सीधे अंग्रेज से माँगी जा सकती है। तीसरे इसके लिए मौका आगत में होनेवाले राजनीतिक सुधारों में मिलनेवाला था। इसलिए भावना बनने लगी कि संख्या के आधार पर तो विशेष लाभ नहीं मिलेगा, इसलिए कम्युनिटी के महत्त्व के आधार पर माँगा जाये। इससे भूतपूर्व शासक वर्ग वर्तमान शासक वर्ग बन सकेगा आधी शताब्दी के अन्तराल के बाद। लिहाजा 1906 में मुस्लिम लीग की स्थापना हुई ढाका के नवाब सलीमुल्लाह खान की अध्यक्षता में। यानी इसकी स्थापना सैयद के पदचिह्नों पर चलकर तत्कालीन परिस्थितियों में अंग्रेजों से अधिकाधिक सहूलियत वसूलने के इरादे से हुई। उस साल की पहली अक्टूबर को सदरुद्दीन आगा खान ने वाइसराय को एक डेलेगेशन ले जाकर ज्ञापन दिया था कि आनेवाले दिनों में मिलनेवाली सत्ता में हिस्सेदारी के लिए अल्पसंख्यकों को साम्प्रदायिक प्रतिनिधित्व दिया जाये, उनकी संख्या नहीं, महत्त्व के आधार पर, सुप्रीम कोर्ट में एक मुसलमान न्यायाधीश नियुक्त किया जाये और एक मुस्लिम विश्वविद्यालय की स्थापना की जाये। 1907 के कराची अधिवेशन के अध्यक्ष आदम जी पीर भाई ने प्रस्ताव पास कराया कि नये काउन्सिलों में पर्याप्त संख्या में मुस्लिमों को प्रतिनिधित्व दिया जाये, नौकरियों में स्थान दिया जाये और उसके लिए शैक्षिक अर्हता हिन्दुओं से कमतर कर रखा जाये और बदले में उनकी अतीव वफ़ादारी स्वीकार की जाये। 1908 में आगाखान मुस्लिम लीग के आजीवन अध्यक्ष लखनऊ में चुन लिये गये, क्योंकि उन्होंने नीति बनायी कि, "Amid much that is good in India, they see a growing indiscipline and contempt for authority, a striving after change without perceiving whither change would lead, and the setting up of false and impracticable constitutional ideas. No man who loves his country as the Indian Muslim does, can stand idly by and see India drifting irrevocably to disaster. Prosperity and contempt can only be reached by proceses of development and evolution working on natural lines. These processes require the existence of a strong, just and stable government, a government securing justice and equal opportunity to all, minorities as well as majorities. It is the duty of all patriots to strengthen British Control under which has been affected the amazing progress of a century." इस विचार के आगाखान ही नहीं थे, आल इण्डिया मुस्लिम कान्फ्रेन्स के अध्यक्ष सैयद अली इमाम भी थे, जो कांग्रेस का विरोध अपनी ही तरह से कर रहे थे। और ये विचार तब भी रहे जब तुर्की से ब्रिटेन का सम्बन्ध बिगड़ गया। 1913 में मुस्लिम लीग का नया संविधान लिखते हुए आगाखान ने लिखा, "The object henceforth will be the promotion among Indians of loyalty to British crown, the protection of rights of Muhammadans, and without detriment to the forgoing objectives, co-operation the attainment of the system of self-government suitable in India."

उन्हीं दिनों मुसलमानी राजनीति में एक ऐसी अल्पकालिक प्रवृत्ति उभरी, जिससे आगाखान का पराभव जल्दी ही हो गया। 1913-14 में नये शिक्षित नौजवानों की एक जमात मुस्लिम लीग से जुड़ी। इनमें अलीगढ़ के ही लोग नहीं थे, दूसरे विश्वविद्यालयों और विदेश से भी पढ़े लोग थे। वे अंग्रेजों के प्रति उतनी स्वामिभक्ति नहीं रखना चाहते थे, जितना सैयद ने सिखाया था और मुस्लिम लीग ने दिखाया था। उन्होंने कांग्रेस से सीखा था कि स्वामिभक्ति से अधिक आन्दोलन से मिलता है और वे इसे मुस्लिम राजनीति में लाना चाहते थे। स्वयं अलीगढ़ में सैयद जितनी स्वामिभक्ति सिखा रहे थे, उसका विरोध उनके निकट के सहयोगियों ने इस आधार पर किया था, कि शिक्षा नीति बनाने में अंग्रेज प्रिन्सिपल और पृष्ठपोषक की नहीं, मुस्लिम विज्ञानों और कर्मठ लोगों की चलनी चाहिए। इसीलिए सैयद की मृत्यु के बाद अंग्रेजों के कठपुतली उनके बेटे महमूद की जगह मुहसिन-उल-मुल्क को कॉलेज का मानद सचिव बनाया गया था। दूसरा विरोध विश्वविद्यालय बनाने को लेकर था। विश्वविद्यालय बनने पर सरकार का

नियन्त्रण बढ़ जाता, जिसें दूसरा घटक स्वीकार नहीं करना चाहता था। तीसरे कॉलेज के सत्तर ट्रस्टी वे लोग होते थे जो फण्ड जुटाने की कमेटी में होते थे, जो धनी लोग थे। नौजवान वर्ग इसका विरोध करता था और उसे और विस्तृत आधार पर बनाने की माँग करता था। माँग ओल्ड ब्यायज एसोसिएशन द्वारा उठाया जाता था, जिसके नेता शौकत अली, मोहम्मद अली और आफताब अहमद खान थे। ये लोग जब लीग से जुड़े, तो स्वामिभक्ति पर हमला होने लगे। मोहम्मद अली जिन्ना के नेतृत्व में "(They) were writting to combine muslim self assertion with the methods and goods of indian nationalism." (मिनाल्ट)। इससे मुस्लिम लीग कांग्रेस के निकट आयी। 1916 में दोनों में लखनऊ में समझौता हुआ और लगा कि देश की एक राष्ट्रीय चेतना तेजी से बढ़ेगी, मुसलमानों के बीच मोम्मद अली, अब्दुल बारी, मौलाना महमूद अल् हसन, मौलाना अबुल कलाम आजाद और मोहम्मद अली जिन्ना के नेतृत्व में। प्रथम विश्वयुद्ध समाप्त होते-होते तुर्की का पराभव हो गया और लौकिक मुस्लिम राजनीति तुरन्त ही धार्मिक राजनीति की ओर मुड़ गयी। कांग्रेस में उदारवादी गोपाल कृष्ण गोखले नहीं रहे। तिलक का पुनरुत्थान होने लगा था, मदन मोहन मालवीय एक बार फिर महत्त्वपूर्ण हो उठे। एनी बेसेण्ट परिदृश्य पर आयीं। वे हिन्दू प्रतीकों का इस्तेमाल भारतीय राष्ट्रीयता के लिए करनेवाले लोग थे। वहाँ मोतीलाल नेहरू और चितरंजनदास भी थे पर उतने प्रभावी नहीं थे। तिलक की मृत्यृ के बाद गाँधी जी एकदम से महत्त्वपूर्ण हो गये। दोनों में नीतिगत अन्तर था। तिलक खिलाफत के समर्थक नहीं हो सकते थे। पर गाँधी जी दोनों कौमों में एकता और आन्दोलन के एक अच्छे मौके के लालच में उनके समर्थक हो गये। धर्म और राजनीति का यह गठजोड़ बस एक आदमी को रास नहीं आया--मोहम्मद अली जिन्ना को। लेकिन वे अकेले पड़ गये। इस राजनीति से क्या नुकसान हुआ वह तब पता चला जब मुद्दा पिट गया और अंग्रेज 'बाँटो और राजनीति करो' में एक बार फिर सफल हो गया। कुछ राजनीतिक अधिकार, कुछ स्वायत्तता की उम्मीद ने मुसलमानों को फिर साम्प्रदायिक बना दिया। प्रतिक्रिया में हिन्दू साम्प्रदायिकता भी उभरने लगी और दो संस्कृतियों का दो राष्ट्रीयता का बोलबाला उभरने लगा जो दो राज्यों में रूपान्तरित हो गया। गौर करने की बात यह है कि अंग्रेजों के शासन से थोड़ा स्वतन्त्र जो देसी राज्य थे, वहाँ इस तरह का अलगाव नोटिस में नहीं आया, सिवाय उन राज्यों के, जहाँ के शासक मुसलमान थे।

(7)

भारतीय राष्ट्रवाद के उत्थान में एक झटका लगने की सम्भावना तब बनी थी, जब भीमराव अम्बेडकर राजनीतिक परिदृश्य पर आये। अंग्रेज मुस्लिम लीग का इस्तेमाल भारत को स्वाधीनता देने के रास्ते में बाधा डालने के लिए करते थे। द्वितीय गोलमेज कान्फ्रेन्स के दौरान यह स्पष्ट होने लगा था कि उसके नेता मोहम्मद अली जिन्ना शायद मुस्लिम कार्ड का इस्तेमाल नहीं होने देंगे। वे स्वभाव से मतनिरपेक्ष आदमी थे और कांग्रेस के मंच पर काम करते हुए उन्होंने मुसलमानों के बीच वही छवि बनाने की आकांक्षा पाली थी, जो गोपालकृष्ण गोखले ने हिन्दुओं के बीच बनायी थी। इसीलिए उन्होंने खिलाफत आन्दोलन व गाँधी जी की नीति का विरोध किया था। किन्तु 1928 आते-आते कलकत्ता कांग्रेस के दौरान वे बिलकुल अलग-थलग पड़ गये थे। अपनी राजनीतिक पकड़ बनाये रखने के लिए उन्होंने मुसलमानों के हित की वकालत आरम्भ की थी और पूरी तरह से मुस्लिम लीग में चले गये थे। देश की सम्भावित कुछ स्वाधीनता के लिए वे मुस्लिम हित पर कुछ समझौता करने के लिए तैयार होने लगे थे। इससे अंग्रेजों में बड़ी छटपटाहट मची और उसे रोकने के लिए किसी और नेता और हित की तलाश करने लगे। एक पादरी स्काट तथा दूसरे गृहमन्त्री हेनरी कैम्पबेल भारत को कुछ स्वाधीन किये जाने के बावजूद ईसाइयत के प्रचार के लिए अकूत स्वतन्त्रता और इलाका बनाये रखना चाहते थे। इसलिए वे हिन्दुओं के असन्तुष्ट पिछड़े लोगों और उनके नेताओं पर ध्यान रखते थे जो उनके कभी हितसाधक बन सकते थे। उनकी निगाह में ऐसे ही एक नेता भीमराव अम्बेडकर थे, जो हिन्दुओं के बीच अछूतों की स्थिति से सन्तुष्ट

नहीं थे, बल्कि बहुत दुःखी थे और उन्हें हिन्दुओं से बरगा कर बाहर रखना चाहते थे, यदि उससे उनकी स्थिति में सुधार हो सके। इसका फायदा उठाते हुए कैम्बेल ने ब्रिटिश खुफिया विभाग को उनका नाम इस अड़ँगेवाले काम के लिए सुझाया और वे अछूतिस्तान की माँग लेकर समझौता वार्त्ता में शामिल हो गये। गाँधी के प्रयत्नों से यह अलगाव तत्काल तो दूर हो गया और राष्ट्रीयता विछिन्न होने से बच गयी। पर एक ऐसी प्रवृत्ति का बीजारोपण हो गया, जो आज विभेदवादी राजनीति का हथकण्डा बन गया है। अछूतों की स्थिति बेहतर बनाने के लिए आरक्षण का प्रावधान 15 वर्षो के लिए रखा गया, जो उनकी स्थिति भला क्या बेहतर कर पाया, अनेक बार संशोधनों से बड़ाकर, आज वोट बैंक की राजनीति का हथकण्डा बन गया है। एक ऐसा विशेषाधिकार प्राप्त संस्तरण देश में तैयार हो गया है जो अछूतों और अब पिछड़ों को तमाम दूसरों के बराबर होने ही नहीं देता। उसकी माँग मुसलमानों से लेकर ब्राह्मणों तक के लिए उठने लगी है, जो भारतीय राष्ट्रवाद को कमजोर किये जा रहा है।

(8)

आज भारतीय राष्ट्रवाद की समस्याएँ दोतरफा हैं—एक आन्तरिक परिप्रेक्ष्य की , दूसरी अन्तरराष्ट्रीय परिप्रेक्ष्य की। पहले आन्तरिक परिप्रेक्ष्य को लेते हैं। स्वतन्त्रता प्राप्ति के बाद भारत ने एक नयी शुरुआत की थी, एक संविधान के तहत। यहाँ के लोगों ने अपनी सम्प्रभुता एक संविधान को सौंप दी थी। संविधान ने एक क्षेत्र बनाया लोगों के आपसी सम्बन्ध का व्यक्ति के स्तर पर भी, लोग के स्तर पर भी। दूसरा क्षेत्र बनाया लोगों के राज्य व सरकार के साथ सम्बन्ध का। राज्य को एक देश, कई प्रान्त और तमाम स्थानीय निकायों के रूप में केन्द्रीभूत किया, उनके बीच अधिकारों का बँटवारा किया। इसी तरह सरकार के तीनों अंगों के अधिकार व कर्त्तव्य का सीमांकन किया। गणतन्त्र, संसदीय प्रणाली, उत्तरदायी कार्यपालिका, संविधान और कानून की व्याख्या के लिए स्वतन्त्र न्यायपालिका, धर्मनिरपेक्ष राज्य, स्वतन्त्रता, समानता, नीति निर्देशक तत्त्व आदि की व्यवस्था की गयी। इनसे उत्पन्न समस्याएँ, टकराहट, लागू करने की नीति के कारण उत्पन्न विभेद आदि आज हमारे आन्तरिक राष्ट्रवाद की समस्याएँ हैं।

साम्प्रदायिकता और धर्मनिरपेक्षता एक ही समूह की दो अवधारणाएँ हैं। साम्प्रदायिकता का सम्बन्ध दो धार्मिक समुदायों के बीच सम्बन्ध से सम्बन्धित है तो धर्मनिरपेक्षता अनेकानेक धर्मों से राज्यों के सम्बन्ध से सम्बन्धित है। हम पहले साम्प्रदायिकता को लें। मुसलमानों को अल्पसंख्यक करार देते वक्त यहूदी, ईसाई, फारसी आदि को भुला दिया जाता है। न्यायमूर्ति शम्भूनाथ श्रीवास्तव मानते हैं कि 14 प्रतिशत की आबादी को अल्पसंख्यक नहीं माना जा सकता। अल्पसंख्यक वे हैं जो बहुत ही कम हैं और उसका आधार धर्म नहीं, भाषा, जाति वगैरह होना चाहिए। खैर लड़ाई हमारे यहाँ हिन्दू-मुसलमानों के बीच आये दिन होती रही है। तमाम लोगों के मन में सामान्य-सी बात यह उठती है कि जब पाकिस्तान का निर्माण मुसलमानों की माँग पर, जिसका आधार मुस्लिम राष्ट्रीयता और उनका 'होम लैण्ड' था, हो गया तो तमाम मुसलमानों को पाकिस्तान जाकर रहना चाहिए और किसी कारणवश इस देश में रहना है तो इस देश के संविधान और कानून के अनुसार रहना चाहिए। उसमें अपवाद और विशिष्टता की माँग बेमानी है। प्रतितर्क यह दिया जाता है कि सभी मुसलमान पाकिस्तान नहीं चाहते थे, तब वे वहाँ क्यों जायें? जैसे यह भूमि हिन्दुओं की है, वैसे ही यह भूमि मुसलमानों की है। बात तो ठीक है। टीस तब उठती है जब मुसलमान लोग राष्ट्र और धर्म के बीच द्वन्द्व उठने पर राष्ट्र को छोड़कर धर्म की ओर झुक जाते हैं और हिन्दुओं से उम्मीद की जाती है कि वे राष्ट्र की ओर झुके रहें। राष्ट्र की तुलना में धर्म को महत्त्व और वरीयता दिये जाने के कारण वे राष्ट्रगान में शामिल नहीं होते, सभी नागरिकों के लिए एक जैसी आचार संहिता और कानून का विरोध करते हैं। यहाँ तक कि अपनी तलाकशुदा पत्नियों को गुजारा-भत्ता तक नहीं देना चाहते। उत्तराधिकार के अपने विशेष कानून पर बल देते हैं। परिवार-नियोजन

कौन कहे, पोलियो की दवा तक अपने बच्चों को नहीं पिलाते हैं। इससे हिन्दू चौंकता है। उसे लगता है कि यह अल्पमत की तानाशाही के कारण है।

ऐसे में राज्य की क्या भूमिका नजर आती है? इसके लिए हमारे संविधान में शब्द 'सेक्युलरिज़्म' है। इस 'सेक्युलरिज़्म' का स्वरूप क्या है? इसका विवेचन करने से पहले यह नोट कर लेना चाहिए कि 'सेक्युलरिज़्म' की अवधारणा अन्ततः विदेशी है, पश्चिम की है। यह प्रचलन में तब आया, जब कैथोलिकों और प्रोटेस्टेण्टों के बीच लड़ाई होने लगी। तब राज्य से उम्मीद की गयी कि वह इन मतवादों से ऊपर उठकर लौकिक मामले में दोनों से दूरी स्थापित कर विवेक और 'मेरिट' के आधार पर अपना कर्त्तव्य निबाहे। कानून और व्यवस्था में, नागरिक अधिकार के मामले में, नौकरी में एक जैसा कड़ा पड़े, व्यवहार करे।

भारत के सन्दर्भ में सीताराम गोयल कहते हैं कि यह 'सेक्युलरिज़्म' अप्रासंगिक है। 'सेक्युलरिज़्म' की उत्पत्ति एक ही वृहत्तर मत की दो शाखाओं के बीच विवाद के कारण उसको सुलझाने के लिए हुई। भारत में विवाद दो शाखाओं के बीच नहीं, दो स्वतन्त्र मतों या धर्मों के बीच है और उनमें भी एक ऐसा मत है जो अपने धर्म के आगे दूसरे मूल्यों को मान्यता नहीं देता। इसलिए हल सेक्युलरिज़्म में नहीं, कहीं अन्यत्र खोजना होगा। गौतम अधिकारी कहते हैं कि 19वीं सदी के आरम्भिक चरणों में ही जब राष्ट्रवाद का जन्म हुआ, तो वह धर्म के संस्पर्श के साथ हुआ। यह जितना मुसलमानों के लिए सही है उतना ही हिन्दुओं और सिक्खों के लिए। बीसवीं सदी में आजादी की लड़ाई के दौरान यह धर्म-सापेक्षता कुछ निर्बल अवश्य पड़ी, किन्तु मुस्लिम लीग के बढ़ते प्रभाव के कारण मुस्लिम मतवाद का जोर बढ़ा तो प्रतिक्रिया में हिन्दू और सिक्ख मतवाद भी आगे आया और देश को आजादी, कहें उसकी उत्पत्ति, धर्म के आधार पर खून-खराबे से हुई। इसलिए सेक्युलरिज़्म की अवधारणा आरोपित है तथा उसकी व्यवहृति अस्वाभाविक है। आशीश नन्दी कहते हैं कि यदि एक बार जन और राष्ट्र के सन्दर्भ में धार्मिक अस्मिताओं की पहचान बन गयी है तो सेक्युलरिज़्म की बात करना समस्या से आँख चुराना है। यह भी कि समाज के क्षेत्र में मतवाद को ढकेल देने पर राज्य को व्यक्ति और उसके सामूहिक जीवन पर दबाव बनाने का बहुत मौका दे दिया जाता है। मतवाद और राजनैतिक क्षेत्रों के बीच संवाद को समाप्त कर दिया जाता है, जिससे नयी और दूसरी जटिलताएँ उत्पन्न हो जाती हैं। कठमुल्लों और पोंगापण्डितों को अपना संकीर्ण हित-साधन का मौका मिल जाता है। आशीश नन्दी को 'एण्टी-माडर्न' आधुनिकता-विरोधी कहा जाता है। इसलिए उनकी बात पर ध्यान न दिये जाने की बात कही जाती है। पर टी.एन. मदन समाजशास्त्री हैं और दलित सिद्धान्तकार हैं। वे भी कहते हैं, "Secularism in South Asia as a generally shared credo of life is impossible... Religion in the reason establishes the place of individuals in society and gives meaning to their lives. It would, therefore, be foolish and arrogant to impose secularism on the faithful." वे कहते हैं कि दलितों को बराबरी की लड़ाई हिन्दू धर्म से बाहर निकलकर चाहे वह सेक्युलर बनकर ही क्यों न हो, नहीं लड़नी चाहिए। उसके भीतर लड़कर अपना स्थान बनाना चाहिए। मदन का चिन्तन अम्बेडकर के चिन्तन से भिन्न और उसका विरोधी है।

जो लोग उपरोक्त चारों विचारकों से अलग हटकर सोचते हैं और 'सेक्युलरिज़्म' को मानकर चलते हैं, उनके सामने इससे जुड़े तीन शब्द मिलते हैं—धार्मिक सहिष्णुता, धर्म निरपेक्षता और साम्प्रदायिकता। राष्ट्रवाद के सन्दर्भ में उनका कहना है कि धार्मिक सहिष्णुता को स्वीकार कर लेने पर सीताराम गोयल के उठाये प्रश्न को उत्तर मिल जाता है कि जो सेक्युलरिज़्म एक ही मत के भीतर दो या दो से अधिक शाखाओं के विवाद के शमन के लिए है, वही दो 'एक्सक्लुसिव' धर्मों के बीच विवाद के शमन के लिए भी है। रणंजय सेन इसी तरह के विचारक हैं!

लेकिन तब सेक्युलरिज़्म की अवधारणा भारत के लिए एकदम से विदेशी नहीं है। कम-से-कम इसके तीन रूप पिछले पाँच-छह सौ वर्षो में हमारे इतिहास में देखने को मिलते हैं, जिसमें संयोग से दो साहित्यकार-धार्मिक नेता हैं, वह भी एक मंच के, तीसरा एक बादशाह है। कबीर दास हिन्दू और मुसलमान दोनों की आलोचना करते हैं, दोनों से बराबर की दूरी बनाकर चलने की बात करते हैं। लेकिन तब वे कोई लौकिक प्राणी नहीं बन जाते। दोनों से हटकर वे अपना तीसरा पन्थ चलाते हैं—अनहद नाद का पन्थ। वह पन्थ चल नहीं पाता, उनके 'निर्गुण' को लोक में नित-नित गाये जाने के बावजूद। एक अकबर बादशाह हैं जो दोनों से दूर हो जाने की जगह दोनों से, और दुनिया के तमाम दूसरे मतों से, उनमें जो सर्वोत्तम हैं उन्हें ग्रहण कर एक नया मत चलाते हैं 'दीन-ए-इलाही'। लेकिन वह मत भी नहीं चल पाता। लोग सर्वोत्तम के इतने ग्राही नहीं हैं कि एक नकली धर्म के आगे माथा टेक दें। उन्हें लगता है कि एक बादशाह अब पैगम्बर की भूमिका में आना चाहता है। उनके लोक पर राज करते हुए उनके इतर लोक पर भी राज करना चाहता है। तीसरा मत कवि जायसी का है। वे साफ-साफ कहते हैं कि सभी को अपने मजहब में पक्का रहना चाहिए। हाँ, जो बातें मजहब से हटकर हैं, जो बातें लौकिक हैं, उनमें मजहब को भुलाकर मानवता के स्तर पर बरतना चाहिए। भारतीय संविधान ने राज्य के लिए यह तीसरा विकल्प ही चुना है। इसे ही धर्मनिरपेक्षता कहा है।

व्यवहार में इस धर्मनिरपेक्षता की व्याख्या कई तरह से हुई है। स्वाभाविक व्याख्या सभी धर्मों से बराबर की दूरी बनाकर रहने की हुई है। महात्मा गाँधी जब राजनीति में आये तो पाया कि यदि उन्हें जन आन्दोलन छेड़ना है तो उन्हें धार्मिक अस्मिताओं के राजनीतिकरण की समस्या का निवारण करना ही होगा, जिसकी अभिव्यक्ति मुस्लिम लीग, हिन्दू महासभा और अकाली दल में हो रही थी। उसके लिए उन्हें एक ऐसे विचार की खोज करनी पड़ी, जिसके इर्द-गर्द लोग जमा हो सकें अपने मतों में पाँव जमाये रहने के बावजूद। इसके लिए उन्होंने 'सर्वधर्भ समवाय' का सिद्धान्त रचा, जिसके अनुसार एक तरफ सभी धर्मों की बराबरी को स्वीकार किया गया, तो दूसरी तरफ राष्ट्र के मामले में उनसे हटकर बरताव करने की हिदायत दी। किन्तु गाँधी जी के विचार संविधान बनने के पहले थे। संविधान बनाते वक्त धर्मनिरपेक्षता को व्याख्यायित करने और बन जाने के बाद उन्हें लागू करने का भार जवाहर लाल नेहरू और भीमराव अम्बेडकर पर आया। आरम्भ में नेहरू के लिए धर्मनिरपेक्षता एक औपचारिक धारणा थी, जिसका मतलब था जन सम्बन्धी काम करने में तथा जन सम्बन्धी नीति को लागू करने में राज्य मतवादी चाहतों से प्रभावित नहीं होगा। लेकिन जब उसे व्यावहारिक रूप देने का समय आया तो लिखना पड़ा, "Some people think that it means something opposed to religion. That obliviously is not correct. What it means is that it is a state which honours all the faiths equally and gives them equal opportunities." यहाँ से धर्मनिरपेक्षता के सकारात्मक व्याख्या का प्रचलन शुरू हुआ, जिसमें तमाम धर्मों के रक्षण के पर्दे में अल्पसंख्यकों के धर्म को वरीयता और सहायता दी जाने लगी, जो वोट बैंक की राजनीति में तब्दील होकर समस्याओं और सन्देहों का जखीरा बन गया है।

अम्बेडकर की निगाह इस समस्या पर थी। इसलिए वे कड़े हाथों से इसका संचालन करना चाहते थे। यही कारण है कि जब संविधान की धारा 44 के अन्तर्गत 'यूनीफार्म सिविल कोड' बनाने की बात चली तो संसद में तमाम मुस्लिम सदस्यों ने इसका विरोध किया। तब अम्बेडकर ने बड़ी दृढ़ता से कहा, "If personal laws are to be saved for particular communities, in the social matters we will come to a stand-still. In order to advance much needed social reforms in a traditional society there are many inequalities and wide shared discriminations, any comprehensive influence of religion on life has to be curtailed." पर उनकी चल नहीं पायी। हिन्दुओं में सुधार के लिए विवाह सम्बन्धी कानून, उत्तराधिकार सम्बन्धी कानून, गोद लेने और अभिभावक प्रदान करने सम्बन्धी कानून और हर्जाना-खर्चा दिये जाने सम्बन्धी कानून तो पास हो गये। मुसलमानों सम्बन्धी कानून नहीं पास हो

पाये। यहाँ तक कि अंग्रेजों के बनाये कानून में जहाँ ये बराबरी के प्राविधान थे, वहाँ से कठमुल्लों के शोर पर निकाले जाने लगे। शाहबानू के पक्ष में दिये गये निर्णय को निरस्त करना एक ऐसी ही कार्रवाई थी, जहाँ कठमुल्लों के विचार को ही जनसमुदाय का विचार मान लिया गया। इससे सामान्य जन के मन में कांग्रेस व सरकार की धर्मनिरपेक्षता पर सन्देह पैदा होने लगा। राम जन्मभूमि का ताला खुलने के बाद इसने हिन्दू साम्प्रदायिकता के उभार को बल दिया।

यहाँ न्यायपालिका की भूमिका को भी नोट कर लेना जरूरी है। रणंजय सेन का कहना है कि इसमें जजों का व्यक्तित्व और तत्कालीन सामाजिक माहौल तथा परिस्थितियों की अपनी भूमिका है। सरकार ने जनहित और बेहतर व्यवस्था के नाम पर तमाम हिन्दू मन्दिरों का अधिग्रहण कर लिया। देवदासी जैसी कुप्रथाओं को समाप्त कर दिया। पर एक भी मस्जिद या चर्च को इस नीति के तहत अधिगृहीत नहीं किया गया। तब साठ के दशक में धर्म और धर्मनिरपेक्षता की व्याख्या की जरूरत पड़ी। न्यायमूर्ति गजेन्द्र गडकर ने नेहरू की धारणा से इत्तफाक बिठाया, जो विवेकानन्द की देन थी—'हाई माडर्निज़्म' की देन थी। इसके दार्शनिक जेम्स स्काट से तालमेल बिठाते हुए माना गया कि आधुनिकता का मतलब, "Supreme confidence in progress and rationalist understanding of the world" है। "The faith reposed by high modernism in progress and rationality implies a truely radical break with history and tradition." राजनीतिशास्त्री मिखाइल आकशाट से तालमेल बिठाते हुए माना गया, "Rationalist is someone who stands for independence for mind on all occasions, for thought free from obligation to any authority, save the authority of reason. As he is enemy of authority, and of prejudice, the merely habitual or customary has no value for him and the rationalist can easily engage in distruction and creation." गजेन्द्र गडकर ने अन्ततः कहा, "कि धर्म के मामले में भी राज्य के पास इतनी शक्ति है और वह उसका उपयोग कर सकता है", "to bring about enormous changes in people's habits, work, living patterns, moral conduct and world views." लेकिन यह सारा मामला हिन्दू धर्म के सन्दर्भ में ही रहा। इसका उपयोग जब न्यायमूर्ति चन्द्रचूड़ ने मुस्लिम धर्म के सन्दर्भ में किया, वह भी कोई शताब्दी भर से चले आ रहे कानून के अन्तर्गत शाहबानू के केस में, तो मुस्लिम कठमुल्ला समाज पर जैसे आसमान ही फट पड़ा। इतना शोर मचा कि सरकार को झुक जाना पड़ा। धर्मनिरपेक्षता क्रमशः साम्प्रदायिकता में समाहित होती चली गयी। राष्ट्रवाद के सामने साम्प्रदायिकता आज सबसे बड़ा खतरा है। मुस्लिम आतंकवाद ही नहीं, खालिस्तान का आतंकवाद भी बचा है। पाकिस्तान से फार्मूला k-2 के अन्तर्गत पंजाब व कश्मीर में इसको बढ़ावा मिल रहा है।

राष्ट्रवाद के खतरे के रूप में जुड़ी अल्पसंख्यकों की एक दूसरी समस्या पूर्वोत्तर की है। वह कहीं ईसाइयों से जुड़ी हुई है, कहीं पादरियों द्वारा लालच देकर धर्म परिवर्तन से जुड़ी हुई है और उसकी जद में भारत के तमाम पिछड़े आदिवासी इलाके आते हैं। जनजातीय समस्या बनकर वह कहीं मंगोल बनाम आर्य का रूप ले लेती है, कहीं पहाड़ बनाम प्लेन का रूप, कहीं असमिया बनाम बंगाली का रूप, कहीं बाँग्ला देश से आये मुसलमान बंगाली और असम की जनजातियों के बीच संघर्ष का रूप, तो कहीं जनजातियों का आपसी विवाद का रूप ले लेती है। सब की जड़ में भारतीय गणतन्त्र से अलग हो जाने की भावना है, जिसको कार्यान्वित करने के लिए हथियार उठा लिया गया है और आतंकवाद ही नहीं, कहीं-कहीं सेना के साथ बाकायदे लड़ाई की जाती है। समस्या की जड़ में अंग्रेजों के जमाने से चली आ रही यह दुविधा है कि इन आदिवासियों को जैसे हैं वैसा ही छोड़ दिया जाये, अपने में भीतर से परिवर्तन लाने के लिए स्वतन्त्र, एक एन्थ्रोपोलॉजिकल म्यूज़ियम की तरह, कि आगे बढ़कर उनके जीवन का अभियन्त्रण कर भारतीय जीवन की मूल धारा से जोड़ा जाये? खतरा दोनों में है और वहाँ के लोग कभी एक से बिदकते हैं, तो कभी दूसरे से। भारतीय राष्ट्रवाद को खतरा दोनों से ही दिखता है। मुझे लगता है कि सिर्फ शिक्षा और आरक्षण के नाम पर नौकरी, विकास के नाम पर अकूत निधि का प्रवाह आदि

से ही इस समस्या से नहीं निपटा जा सकता। एक स्पष्ट सामाजिक और सांस्कृतिक अभियन्त्रण की नीति बनानी होगी।

जनजातीय इलाके से जुड़ी एक तीसरी समस्या नक्सलवादियों की है, जो एम.सी.सी. और पीपुल्स वार ग्रूप के एक होकर सी. पी. आई. (माओवादी) बन जाने के बाद विकराल रूप से उभर रही है। सिर्फ इसलिए नहीं कि उन्होंने हथियार उठा लिया है, उनके पास बहुत धन आ गया है, कुछ राजनीतिक दलों का सत्तास्वार्थवश संरक्षण मिल रहा है, लड़नेवालों की संख्या काफी है, उन्हें तमाम बुद्धिजीवियों का समर्थन मिल रहा है, विदेशों में भी उनके नियन्ता हैं, गहरे जंगलों में मुक्त इलाके बनाकर अपना शासन स्थापित कर लिया है, कि वे जल, जमीन और जंगल के लिए लड़ रहे हैं, जबकि सरकार उन्हें वहाँ से खदेड़कर उपलब्ध प्राकृतिक साधनों और खदानों पर बहुराष्ट्रीय कम्पनियों के लिए कब्जा बना रही है, इसलिए भी कि वे वोट देने के खिलाफ हैं और उसके लिए लोगों को जबरन रोकते हैं, कि वे जनतान्त्रिक प्रक्रिया से नहीं बन्दूक के बल पर सत्ता पर काबिज होना चाहते हैं, तानाशाही स्थापित करना चाहते हैं। सरकार इस राष्ट्रवाद के खतरे को कहीं कानून व्यवस्था के खतरे के रूप में निबटती है, तो कभी विकास के लिए योजना बनाकर, तो कहीं युद्ध के लिए आह्वान कर, उनमें फूट डालकर। विचारधारा के रूप में इनसे निपटने के लिए कोई औजार नहीं है, जबकि माओवादियों का जोर विचारधारा पर है और वे उसी के सहारे अपना सारा काम करते हैं।

अल्पसंख्यकों की ही एक दूसरी समस्या भूमिपुत्रों बनाम बाहर के लोगों का है। बड़े शहरों में श्रमिकों और सागरपेशाधारियों के रूप में तमाम राज्यों के गरीब रोजी की तलाश में जाते हैं। शिवसेना सहित तमाम स्थानीय छोटे दलों के लोग भूमिपुत्रों के मन में आशंका भरते हैं कि इनके आगमन से न केवल स्थानीय लोगों की रोजी जाती रहेगी, कालक्रम में स्थानीय लोग अल्पसंख्यक हो जायेंगे और आर्थिक साधन तथा राजनीतिक सत्ता इन बाहरी लोगों के हाथों में चली जायेगी। परिणामस्वरूप भारतीय संविधान जहाँ पूरे राष्ट्र को रोजी-रोटी के मामले में और कुछ हद तक राजनीति और नागरिक अधिकार के मामले में एक इकाई मानता है, ये राजनीतिविचारक और कार्यकर्त्ता इनमें विभेद पैदा कर रहे हैं और आये दिन मार-पीट की नौबत आ रही है। यदि इस समस्या पर जल्दी विजय नहीं प्राप्त किया गया तो बेरोजगारी स्वयं राष्ट्रवाद के लिए एक खतरा बन कर उभरेगी।

प्रान्तवाद, विशेषकर प्राकृतिक साधनों की प्रचुरता और उस पर नियन्त्रण, जिसमें कई प्रान्तों से होकर बहती नदियों का पानी बहुत अहम् है, अक्सर राष्ट्रवाद के विरुद्ध सिर उठाकर खड़ा हो जाता है। छोटे-छोटे प्रान्तों की माँग और उसके लिए मार-काट दूसरा बड़ा खतरा है, विशेषकर तब जब ये माँग किसी विवेकपूर्ण तर्क पर आधारित न होकर नेताओं की पदलिप्सा से संचालित होते हैं।

इनसे बड़ा खतरा जातिवाद से है। कुछ 'आनर कीलिंग' की घटनाओं के बावजूद जातिवाद रोटी-बेटी के सन्दर्भ में समाप्त होता जा रहा है, विशेषकर शहरी शिक्षित वर्ग के भीतर। किन्तु राजनीति में वह निरन्तर गहरी जड़ें जमाता जा रहा है। इसका आरम्भ हम उन्नीसवीं सदी में ही देखते हैं जब ईस्ट इण्डिया कम्पनी के वर्चस्व का विरोध कुछ लोग प्राणपण से कर रहे थे तो कुछ जातियों के नेता अंग्रेजों की व्यवस्था का स्वागत कर रहे थे कि उनके आगमन से इन जातियों के माथे पर चढ़ा कलंक मिट जायेगा, क्योंकि उनके यहाँ वर्ण-व्यवस्था नहीं है। इसका हस्र राउण्ड टेबिल कान्फ्रेन्स के दौरान देखने को मिला। जब लगा कि देश की जल्दी आजादी के लिए मोहम्मद अली जिन्ना मुसलमानों के लिए विशेष माँग की जिद को त्यागनेवाले हैं, तब जल्दी मिलनेवाली आजादी में बाधा डालने के लिए नये हथकण्डे की तलाश अंग्रेजों ने आरम्भ की। पत्रकार दुर्गादास ने अपनी पुस्तक 'From Curson to Nehru and After' में लिखा है कि उन दिनों पादरी स्काट इस बात की माँग कर रहे थे कि भारत को आजाद कर दिये जाने के बावजूद अछूतों और ट्राइबलों के बीच ईसाइयत के प्रचार की अकूत छूट मिशनरियों को 'गारण्टीड' होनी चाहिए, क्योंकि वे द्विज जातियों की तरह आगे बढ़े हुए लोग नहीं हैं। ब्रिटेन के गृह मन्त्रालय के अधिकारी उनसे

मिले और उनसे अपने विचार की वकालत कराने के लिए किसी भारतीय नेता को खड़े करने की बात कही। वहाँ डॉ. बी. आर. अम्बेडकर मौजूद थे, जो अछूतों के उद्धार और हितरक्षण के लिए जी जान से काम कर रहे थे। वहाँ के बुद्धिजीवियों में उनकी काफी पैठ थी, सम्मान था। उनसे सम्पर्क साधा गया तो वे ईसाइयत के प्रचार के लिए अकूत छूट के लिए तो नहीं, पर अछूतों के लिए एक अलग राज्य की माँग उठाने के लिए तैयार हो गये। वार्त्ता में वे पहले से ही शामिल थे। मौका मिलते ही उन्होंने 'अछूतिस्तान' की माँग रखी और कहा कि अछूत लोग हिन्दू धर्म के अंग नहीं हैं। यदि आजादी बिना उनके लिए अलग राज्य के दे दी गयी तो वे सवर्ण हिन्दुओं के गुलाम बनकर रह जायेंगे। योगेश चन्द्र ने अपनी गाँधी की जीवनीवाली पुस्तक में विस्तार से लिखा है कि इस नयी समस्या से जूझने के लिए गाँधी और अन्य नेताओं को कितनी मशक्कत करनी पड़ी। तो भी जब भारत का संविधान बना तो उसमें अस्पृश्यता को समाप्त कर उसे एक मूल अधिकार बना दिया गया और अनुसूचित जातियों और जनजातियों को सरकारी नौकरी में पन्द्रह वर्ष के लिए आरक्षण प्रदान किया गया। जल्दी ही इस सूची में शामिल होने के लिए जातियों में होड़ लग गयी और पन्द्रह साल का प्राविधान बढ़ाकर आज तक चलाया जा रहा है। उसे एक निहित स्वार्थ में तब्दील कर दिया गया है और वोट बैंक की राजनीति उसे समाप्त करने के लिए चर्चा तक नहीं करने देती। यही नहीं, दूसरा वोट बैंक तलाश करने के लिए पिछड़ी जातियों पर जो रिपोर्ट मण्डल कमीशन ने दी थी, उसे विश्वनाथ प्रसाद सिंह ने लागू किया किसी सद् इच्छा से नहीं, देवी लाल की किसानों में बढ़ती पैठ से डर कर। माना गया कि नौकरियों में, शिक्षा में आरक्षण देकर इन तमाम पिछड़ी जातियों को आगे बढ़ाया जा सकेगा। किन्तु इसका लाभ समाज के दबे-कुचले लोगों को तो मिला नहीं, नव-धनाढ्यों, नव-शिक्षितों और पीढ़ी-दर-पीढ़ी सरकारी नौकरी कर रहे तबके तक सीमित होकर रह गया। सर्वोच्च न्यायालय ने उसका लाभ 'क्रीमीलेयर' तक सीमित होता देख उस पर कुछ रोक लगायी, पर वोट बैंक की राजनीति ने उसे व्यावहृत होने नहीं दिया।

राजनीति में यह विभेद हम सातवें दशक में देखते हैं जब डॉ. राममनोहर लोहिया ने स्थापना रखी थी कि भारत में वर्ग संघर्ष नहीं, वर्ण संघर्ष होगा। इसका एक अर्थ यह था कि तमाम छोटी जातियाँ अपने स्वाभिमान और अस्मिता के लिए वर्णान्तरित हो अपने को बड़ी जातियों में शुमार मानेंगी और कहेंगी कि ऐतिहासिक परिस्थितियों के चलते वे छोटी जातियों में शामिल हो गयी थीं। दूसरा अर्थ यह था कि कांग्रेस पार्टी के प्रतिरोध के लिए इन पिछड़ी जातियों को चुनावों में संगठित होकर अपने मताधिकार का प्रयोग करना चाहिए। इसकी राजनीति उन्होंने बिहार में कर्पूरी ठाकुर और दूसरे नेताओं और उत्तर प्रदेश में चौधरी चरण सिंह समेत अन्य नेताओं के सहयोग से आरम्भ किया। धीरे-धीरे तमाम दलों ने इस ढंग को अपनाया। प्रत्याशी की योग्यता और राजनैतिक दल की नीति इसके आगे बेकार हो गयी। समाज में व्याप्त समरसता टूटी। इससे राष्ट्रवाद के आगे बड़ी चुनौती आकर खड़ी हो गयी। लोग अब यहाँ तक सोचने लगे हैं कि जिन जातियों ने आजादी की लड़ाई में खुलकर हिस्सा नहीं लिया, वे आज सत्ता का आनन्द लूट रही हैं, उसके लिए तमाम नकली हीरो प्रोजेक्ट किये जा रहे हैं, उनकी मूर्तियाँ स्थापित की जा रही हैं।

राष्ट्रवाद के सामने एक बड़ी चुनौती परिवारवाद की है। डॉ. गाउबा ने अपने अध्ययनों से स्पष्ट किया है कि तमाम नेताओं के मन में यह बात काम कर रही होती है कि बड़ी मेहनत से जनता में उन्होंने अपनी पैठ बनायी है, तो उसका सीधा लाभ उनकी सन्ततियों को क्यों न मिले! फिर तमाम राजनीतिक दल एक सांसद या विधायक के मर जाने पर उसकी पत्नी, सन्तति या परिवार के किसी अन्य सदस्य को टिकट इसलिए देते हैं कि सहानुभूति की लहर में वह जीत जायेगा। यानी उन्हें भरोसा अपने दल की नीति, कार्यकर्त्ता और अन्य वैकल्पित नेताओं पर न रहकर मात्र मतदाताओं की सहानूभूति पर रहती है। तीसरा कारण कांग्रेस के व्यवहार का अनुकरण है। मोती लाल नेहरू के बाद जब जवाहरलाल नेहरू को कांग्रेस का अध्यक्ष पद दिया गया, 1930 में, तब सरदार वल्लभभाई पटेल ने इसका विरोध यह कहकर

किया था कि यह 'डाइनेस्टिक रूल' की शुरुआत है। उनकी बात सही निकली। जवाहरलाल के बाद इन्दिरा गाँधी, उनके बाद राजीव गाँधी और अब जो हाल है वह देश के सामने है। तमाम कांग्रेसी नेताओं को दल की नीति और अपने व्यक्तित्व पर भरोसा नहीं होता चुनाव जीतने के लिए। वे किसी करिश्माई व्यक्तित्व की खोज में रहते हैं, नहीं मिलता है तो बना लेते हैं और उसके पात्र नेहरू परिवार में ही मिलते हैं। उससे जुड़ी सामन्ती मानसिकता ऐसी है कि सम्भावित उत्तराधिकारी को 'युवराज' के नाम से सम्बोधित किया जाता है, मुकुट और तलवार मंचों पर थमाया जाता है और वफादारी की कसमें खायी जाती हैं। उनके प्रमुख दरबारी भी वंश परम्परा से आये लोग ही होते हैं। यह व्याधि अपने को समाजवादी और लोहियावादी कहनेवालों को भी लग गयी है। बचे हैं तो मार्क्सवादी और भाजपाई। वह भी शायद इसलिए कि उनकी पार्टी कैडर पर आधारित है, अभी भी राजनीति में किसी नीति की बात करते हैं और 'एलीट' निर्णय जनतान्त्रिक प्रक्रिया से गुजरने के बाद लेती है। सवाल यह है कि कब तक?

भ्रष्टाचार इसी परिवारवाद की मानसिकता की देन है। एन. आर. नारायणमूर्ति अपने अध्ययनों से जाहिर करते हैं कि स्वतन्त्र भारत में इसकी उत्पत्ति तब हुई जब नेताओं और नौकरशाहों ने अपने परिवार, रिश्ते और वर्ण के लोगों को पक्षपातपूर्वक नौकरियों में घुसाना आरम्भ किया, कोटा-परमिट देने लगे और बदले में पैसा-पद लेने लगे। लेकिन इसकी जड़ें और गहरी हैं। 1930 में और उसके पहले भी जब स्थानीय स्वशासन भारतीयों के हाथों में आया तो वे लोग भर्ती में और आपूर्ति में दलाली खाने लगे, पार्टी फण्ड तो पहले ही खाते थे। कांग्रेस के खजांची प्रकाशम् की करतूत जगजाहिर है। स्वतन्त्र भारत में विज्ञान भवन का घोटाला और जीप घोटाला नेहरू के समय में ही हुआ। मध्य प्रदेश के पहले मुख्य मन्त्री रविशंकर शुक्ल जब मरे तो उनकी तकिया से चार लाख रुपये मिले। सालिकराम जायसवाल ने जब इलाहाबाद के कैण्ट स्टेशन भवन के उद्घाटन के अवसर पर पण्डित नेहरू से भरी सभा में इसके बारे में पूछा तो नेहरू कुछ समय तक अवाक् रहे, फिर आँखों में आँसू भर कर कहा, "मैं विदेश से ईमानदार डॉक्टर ला सकता हूँ, कुशल इंजीनियर ला सकता हूँ, योग्य वैज्ञानिक ला सकता हूँ। पर क्या आप उम्मीद करते हैं कि मन्त्री और प्रशासक भी वहाँ से लाऊँ? आजादी की लड़ाई आप लोगों ने हमारे साथ लड़ी है। देश के निर्माण का जिम्मा आपके ऊपर है। उसे पूरा न कर यदि आप भ्रष्टाचार में लिप्त होते हैं, तो बताइये मैं क्या करूँ? मैं कुछेक लोगों को सजा दे सकता हूँ। लेकिन जब तमाम वरिष्ठ लोग ऐसा करते हैं तो मैं क्या कर सकता हूँ?" नेहरू ईमानदार आदमी थे, उनकी आँखों में कुछ शील था, पर इन्दिरा गाँधी ने कहा था, "Corruption is an international phenomenon. If it is in India, it is part of it." यानी प्रकारान्तर से उन्होंने इसकी वकालत ही कर डाली। तुलमोहन राम और ललित नारायण मिश्र का काण्ड उसी जमाने में हुआ था। उसके कुछ पहले जगजीवन राम का रेल इंजन घोटाला काण्ड हुआ था। तब चुनाव में दल अपनी नीतियों से नहीं, पैसा बाँटकर मतदाताओं को रिझाने लगे थे। ऊपर से बूथ कैप्चरिंग होने लगी थी। पहले भ्रष्टाचार पार्टी के लिए आया, फिर अपने लिये और नातेदारों के लिए होने लगा। नारायण मूर्ति लिखते हैं कि भ्रष्टाचार का कारण यह मानसिकता है कि हमारा परिवार और हमारे रिश्तेदार यानी नातावाद देशहित के ऊपर हैं। हमें अपनी नालायक सन्ततियों के लिए अपने पद का दुरुपयोग कर इतना धन जुटा लेना चाहिए कि वे अनेक पीढ़ियों तक राज करते रहें। यह राष्ट्रवाद के लिए बहुत बड़ा खतरा है। हमारी राजनीति और संसद उसी के आरोप और प्रत्यारोप में लिपटी रह जा रही है। उसे आज गठबन्धन धर्म के नाम पर न्यायोचित ठहराया जा रहा है। विरोधियों पर सी.बी.आई. का धौंस चढ़ाकर बहुमत जुटाया जा रहा है। आशीश नन्दी दर्शन गढ़ते हैं कि इस भ्रष्टाचार के चलते ही देश में जनतन्त्र बचा है, जहाँ सरकार का विरोध करने के लिए कुछ दल उठ खड़े होते हैं और चुनाव होता है। अन्यथा भ्रष्टाचार के विरुद्ध आन्दोलन खड़ा करनेवाले अन्ना हजारे और रामदेव ढकेल दिये जाते हैं, तिहाड़ पहुँचा दिये जाते हैं। सबसे दुःखद बात यह है कि वह कालाधन देश में न रहकर विदेश में रखा जा रहा है, जिसकी मात्रा इतनी अधिक है कि हमारे देश का कई साल का बजट उससे पूरा किया

जा सकता है। उसे सफेद बनाने के लिए एफ.डी.आई. और कई बैंकों का सहारा इधर लिया जाने लगा है।

राष्ट्र को एक खतरा भाषा सम्बन्धी अस्मिताओं से है। हिन्दी के केन्द्र सरकार के सरकारी काम-काज की भाषा घोषित होने पर तमाम भाषाओं को लगा था कि उनका अस्तित्व खतरे में है। पर किसी भी भाषा का अस्तित्व उसके बोलनेवालों और रचे जानेवाले साहित्य के आधार पर बनता है, बिगड़ता है। हिन्दी से तो उस पर कोई खतरा था नहीं। कुछ क्षेत्रीय दलों की रोटी सिंकने के बाद वह भय और उससे जुड़ा आन्दोलन समाप्त हो गया। आज भय दूसरा है और वह हिन्दी समेत सभी भारतीय भाषाओं के लिए है। उसके दो रूप हैं। एक है अंग्रेजी का खतरा। जीवन के हर क्षेत्र में उसकी जो पैठ हो रही है (और वह पैठ अंग्रेजों के जाने के बाद हो रही है) उससे सभी भाषाओं का अस्तित्व डगमगाने लगा है। उसका मुकाबिला सभी को मिलकर करना होगा। आप जानते ही हैं, अमेरिका आज ग्लोबल लिटरेचर की बात कर रहा है—वह लिटरेचर जो अंग्रेजी और दीगर यूरोपीय भाषाओं में लिखा जा रहा है। हमारे लिटरेचर को 'नेशनल लिटरेचर' कहा जा रहा है, वह भी उस लिटरेचर को जो उपनिवेशक की भाषा में पूर्व उपनिवेशित देश में लिखा जा रहा है। देश की भाषाओं में लिखा जानेवाला साहित्य 'वर्नाक्युलर लिटरेचर' कहा जा रहा है। कहा जा रहा है कि उन्हें तवज्जह नहीं दिया जाना चाहिए। पूर्व उपनिवेशक की भाषा में लिखे साहित्य को 'Post colonialism' के तहत पढ़ा जाना चाहिए, विवेचित किया जाना चाहिए। इसलिए हमारी भाषाओं के साहित्य को निरन्तर गौण बनाया जा रहा है। भारतीय लेखकों की जो लिस्ट बनी है उसमें अंग्रेजी के साठ लेखक हैं, जिनके अधिकांश का हम नाम भी नहीं जानते, हिन्दी के उन्नीस लेखक हैं, बंगाली के तेईस, जिनमें चौदह बँगला देश के हैं। इसी से अन्य भाषाओं के लेखकों की संख्या समझ लें। दूसरा खतरा है बोलियों को भाषा के रूप में स्वीकार करने की मुहिम। ऊपर से तो लगता है कि यह इन बोलियों के कुछ रचनाकारों को, जो हिन्दी या दूसरी समृद्ध भाषा के रचनाकारों के सामने फीके हैं, पुरस्कार आदि दिलाने का प्रयत्न है। किन्तु अन्ततः इन बोलियों के आधार पर छोटे-छोटे राज्यों के गठन के लिए हिंसक आन्दोलन को बढ़ावा देना है, जिससे राष्ट्र कमजोर हो।

यही स्थिति अस्मिता के अन्य मुद्दों की है। जैसे स्त्रीवाद। यह लोगों को एक गलत मुद्दे पर बाँटने की मुहिम है, जिससे कि वर्ग-संघर्ष की बात को दबाया जा सके, ध्यान विचलित किया जा सके। पश्चिम में स्त्रीवादी आन्दोलन स्त्रियों को मताधिकार दिलाने के लिए चला था। आज जहाँ जीवन के दूसरे क्षेत्रों में बराबरी नहीं है, उसे दिलाने के लिए चल रहा है। भारत में इसके तीन रूप हैं। चूँकि आजादी की लड़ाई यहाँ की तमाम स्त्रियों ने कन्धा-से-कन्धा लगाकर लड़ा—चाहे वह सशस्त्र क्रान्ति रही हो, या कांग्रेस के बैनर तले जनवादी संघर्ष—संविधान बनते ही उन्हें हर मामले में पुरुष के बराबर अधिकार दे दिया गया। तब पश्चिम की तरह का आन्दोलन अप्रासंगिक हो गया। उसे प्रासंगिक बनाने के लिए अमेरिका के अकादमियों में दर्शन रचा गया, वह भी वहाँ रह रही भारतीय विदुषियों द्वारा कि भारत और तीसरी दुनिया की तमाम स्त्रियाँ दोहरी गुलामी झेलती रही हैं, एक पुरुषों के साथ विदेशी गुलामी का, दूसरी अपने देश के पितृसत्तात्मक समाज की गुलामी का। आजादी के बाद चाहे पहली गुलामी समाप्त हो गयी हो, दूसरी गुलामी बरकरार है। बात तो सही है। पर उससे निजात के जो रास्ते सुझाये जा रहे हैं वह भयानक हैं। पहला रास्ता यह सुझाया जा रहा है कि यह गुलामी तब समाप्त होगी जब स्त्री अपनी देह पर पूर्ण नियन्त्रण रखेगी और यह नियन्त्रण तब प्रभावित होगा जब वह निर्बाध यौन-सुख प्राप्त करने के लिए आगे बढ़ेगी। यानी परिवार और समाज की मर्यादाओं को महत्त्व न देगी। यह तभी होगा जब वह शिक्षित होगी, आर्थिक रूप से स्वतन्त्र होगी, अकेली रहेगी। जरूरी नहीं है कि इस यौन-सुख के लिए पुरुष से संसर्ग करे। नकली उपकरण और समलैंगिक सम्बन्ध काम में लाये जा सकते हैं। पुरुष के साथ रहना भी पड़े तो विवाह जरूरी नहीं। गोद लेना पड़े तो स्त्री अकेले ही ले ले। बच्चा पैदा करना चाहे तो किराये

का वीर्य प्राप्त कर ले। चाहे तो कोख ही किराये पर दे दे। इस अबाध यौन-जीवन को सुगम बनाने के लिए जरूरी है कि वह अपनी यौनिकता का खुलकर प्रदर्शन करे, चाहे कपड़े के माध्यम से हो, चाहे शृंगार से। ऐसे उत्पादों के प्रचार के लिए भी उसकी देह का भरपूर इस्तेमाल हो रहा है। ऐसे साहित्य को प्रचार दिया जा रहा है जो इस देह की वकालत करे, दर्शन रचे। यह सारा काम बहुराष्ट्रीय कम्पनियाँ कर रही हैं, जिसकी जड़ में अन्ततः बहुराष्ट्रीय कम्पनियाँ हैं अपना वस्त्र, उत्पाद, सौन्दर्य प्रसाधन और उनसे जुड़ी तकनीक बेचने के लिए। इसका एक राजनैतिक विस्तार भी है। देश के भीतर यह कि आरक्षण के बल पर स्त्रियाँ सत्ता में आयें। वे सामान्य स्त्रियाँ नहीं जिनकी मुक्ति की वकालत की जा रही है, वे खायी-पीयी, क्रीमीलेयर की स्त्रियाँ, जिनके पति या रिश्तेदार या तो चुनाव हार जाते हैं, या टिकट ही नहीं पाते हैं। वे पुरुष इन स्त्रियों के माध्यम से सत्ता में हिस्सेदारी प्राप्त करना चाहते हैं। वे स्त्रियों को बराबरी से बढ़कर विशेषाधिकार दिलाना चाहते हैं। दूसरा है अमेरिका का हित। वह राष्ट्र को कमजोर देखना चाहता है, चाहे वह जैसे भी हो, जिससे कि दुनिया में उसका वर्चस्व बना रहे, राष्ट्र उसे चुनौती न दे सके। भारतीयों को इस खतरे के बारे में सोचना है। यह स्त्री व्यक्तिवाद को बढ़ावा देकर परिवार व संगठित नागरिक समाज को तोड़ने की साजिश है, जिससे देश व राष्ट्र कमजोर पड़े।

इन तमाम संकटों से निजात का रास्ता शिक्षा है। पर हमारे यहाँ शिक्षा का उद्देश्य मनुष्य होने यानी 'To be' से हटकर 'To do' तक सीमित हो गया है। अन्धी दौड़ में सभी व्यावसायिक अध्ययन में जुटे हैं, जिससे कि बहुराष्ट्रीय कम्पनियों की नौकरी पायी जा सके, आउटसोर्सिंग से कमायी की जा सके। सरकार भी इस शिक्षा को ही बढ़ावा दे रही है क्योंकि एक तरफ जन की माँग है, दूसरी तरफ उसके नेताओं की कमायी का धन्धा है, तो तीसरी तरफ मूल्यों से विरत ऐसे प्रशासकों की फौज खड़ी करना है, जिनको आसानी से अपने हितसाधन का औजार बनाया जा सके, चौथे जन राष्ट्र को क्षति पहुँचानेवाली बुराइयों के विरुद्ध तन कर खड़ा न हो सके, उनका कोई नेता खड़ा भी हो तो उसे समर्थन न मिले। लोग अपने छोटे-छोटे स्वार्थों की पूर्ति में ही आन्दोलित होते रहें, किसी बड़े काम के लिए एक न हो सकें। हमारे पाठ्यक्रमों में राष्ट्र की अवधारणा के लिए कोई स्थान नहीं है। इसलिए इतना पैसा खर्च कर, वह भी राष्ट्र के बैंकों से कर्जा लेकर, सीमित सीटों पर प्रवेश पाकर एक बार जो आदमी नौकरी का वैतरणी पार कर ले रहा है, वह भरसक देश छोड़कर विदेश में जाकर बस रहा है और उसमें फख्र भी अनुभव कर रहा है, भले ही वहाँ नस्लभेद का शिकार हो रहा है, पगड़ी बुर्का उतारकर अपनी तलाशी दे रहा है।

कोई पूछ सकता है कि जब भारतीय राष्ट्रवाद आक्रामक नहीं है, कोई और देश सीमा क्षेत्रों के अलावा मुख्य भूमि को कब्जा नहीं करना चाह रहा है, तो इस अवधारणा को पाल-पोस कर क्या मिलेगा? अन्तरराष्ट्रीय दुनिया में अपनी पहचान मिलेगी, अमेरिका की आर्थिक और उसके माध्यम से राजनीतिक तानाशाही पर रोक लगेगी। देश के भीतर समरसता कायम होगी, जीवन के हर क्षेत्र में विकास होगा, सौहार्द कायम होगा। उससे बड़ी बात यह कि उदारवादी मानववाद कायम होगा, उदारवादी जनतन्त्र विजयी होगा।

•

सामाजिक अभियन्त्रण

(1)

आजकल भारतवासियों के बीच, विशेषतः हिन्दी-पट्टी के लोगों के बीच 'सामाजिक अभियन्त्रण (social engineering)' एक बहु-प्रचलित अवधारणा है, जबसे दलित राजनेत्री मायावती ने जातिवादी राजनीति में अछूतों (जिन्हें अब दलित कहा जाता है) और ब्राह्मणों (जिन्हें अब अति अगड़ा कहा जाता है) के गठजोड़ से 2007 के चुनाव में उत्तर प्रदेश में स्पष्ट बहुमत पा लिया था। तब से हर राजनैतिक दल—क्या राष्ट्रीय और क्या क्षेत्रीय—इस सूत्र का प्रयोग विभिन्न जातिवादी समीकरण बनाकर सत्ता में आने के लिए कोशिश कर रहा है। इस तरह से यह आज जाति-केन्द्रित राजनीति का पर्याय बन गया है। किन्तु वास्तव में यह एक सुगठित समाजशास्त्रीय अवधारणा है और अमेरिका के विधिवेत्ता रोस्को पाउण्ड ने इसे एक पूर्ण विधिशास्त्रीय आयाम दिया है, समाज के अभियन्त्रण के लिए, जिससे कि समाज के तमाम घटकों के बीच हितों (interests) का संघर्ष समाप्त कर सामाजिक समरसता बनाया जा सके।

पाउण्ड के चिन्तन के मूल में यह अवधारणा है कि मनुष्य अपनी आवश्यकताओं के साथ पैदा होता है। उनका सम्बन्ध उसकी मूल प्रवृत्तियों के साथ होता है। उनकी पूर्ति के दौरान वह लोगों से साहचर्य बनाता है, जो सम्बन्धों का एक अपना संसार रच लेता है। इसलिए मनुष्य अकेले के स्तर पर व्यक्ति बना रहता है और समाज के स्तर पर सामाजिक प्राणी। इस समाज का एक अपना व्यक्तित्व बन जाता है, जो कभी-कभी व्यक्ति के विरुद्ध चला जाता है। इसी तरह इस समाज के भीतर व्यक्तियों के कुछ दूसरे संगठन भी हित-साधन के लिए बन जाते हैं और धीरे-धीरे व्यक्तित्व ग्रहण कर लेते हैं। इस तरह व्यक्ति, समाज और संगठन के अपने-अपने हित अस्तित्व में आ जाते हैं। उनकी पूर्ति के दौरान टकराव पैदा होता है, जिनके शमन के लिए कुछ निरपेक्ष नियम विकसित होते हैं। उनका महत्त्व और जोर समयानुसार बदलता रहता है। उसी को सन्तुलित बनाने की प्रविधि को सामाजिक अभियन्त्रण कहते हैं।

उसकी विवेचना से पहले समाजशास्त्रियों के एक प्रश्न के उत्तर से गुजर लिया जाना जरूरी है। वे पूछते हैं कि समाज कैसे सम्भव है? यह प्रश्न समाज की उत्पत्ति से नहीं, उसके चलते रहने से सम्बन्धित है। खुलासे के तौर पर हम नोट कर सकते हैं कि हर नित्य-प्रति के जीवन में सामाजिक व्यवस्था को पूर्वस्वीकृति मिली दिखती है, फिर भी समाजशास्त्रियों के सामने एक ऐसी बात अवस्थित है, जिसके एक निश्चित उत्तर की आवश्यकता उन्हें महसूस होती है। उदाहरणार्थ हम पूछ सकते हैं कि जगत् में प्रचलित इतने अन्याय, दलन और दरिद्रता के बावजूद इतनी कम क्रान्तियाँ क्यों होती हैं। क्या कारण है कि लोग

दूसरों के घरों में पत्थर नहीं फेंकते। यह क्योंकर है कि प्रतिदिन के जीवन के बारे में हम पूर्वानुमान लगा सकते हैं? क्योंकर लोग दूसरों के प्रति व्यवहार करने के अकथित नियमों को नहीं तोड़ते हैं?

इन प्रश्नों के उत्तर चार प्रकार से दिये जा सकते हैं–

एक तो यह कि उपयोगितावादी विचारक मानते हैं कि ऐसा व्यवहार व्यक्ति के अपने ही हित में होता है कि वह सामाजिक व्यवस्था को बनाकर रखे, विशेषतः उन जटिल समाजों में, जहाँ श्रम-विभाजन शीर्ष पर होता है और लोग परस्पर निर्भर रहते हैं। इस उपयोगितावाद का असर समाज से बढ़कर उसके आर्थिक पहलू पर होता है (अदला-बदली के सिद्धान्त को छोड़कर) और व्यवस्था के समाजशास्त्रीय विवरण में प्रबुद्ध आत्महित प्रमुखता से नहीं उभरता।

दूसरे, सांस्कृतिक दृष्टिकोणवाले मानते हैं कि यह मूल्यों और सामान्य व्यवहार के सिद्धान्तों में सहभागिता के कारण है। समाज के लोगों में कुछ बातों में एक-सा विश्वास होता है–जैसे जीवन की पवित्रता, उचित ढंग से प्राप्त सत्ता के प्रति वैध निष्ठा, विवाह का महत्त्व। यह सहमति ही व्यवस्था को स्थायित्व प्रदान करती है। धर्म की, कहें मत और विश्वास की उसमें अपनी भूमिका होती है। डरखेम और पारसन्स इसके सिद्धान्तकार हैं। मार्क्सवादी भी इस तथ्य को स्वीकार करते हैं, पर कहते हैं कि सहमति वास्तव में प्रभावी वर्ग द्वारा दूसरों पर लाद दी जाती है, इसलिए वह बहुस्वीकृत नहीं होती। वह हावी वर्ग की विचारधारा का प्रातिनिधान होती है।

इसी से शक्ति और वर्चस्व के सिद्धान्त का विकास होता है, जो विवशता (Compulsion) के सिद्धान्त में रूपान्तरित हो जाता है। व्यवस्था अन्ततः सैन्य शक्ति द्वारा तय होती है। कुछ ऐसी ही भूमिका पुलिस और न्यायालयों की होती है। यहाँ तक कि शिक्षण संस्थाओं, अस्पताल, कार्यशाला, जेल और नौकरशाही आदि में जो हम आन्तरिक अनुशासन देखते हैं वह भी इसी विवशता की देन होता है। कहीं-कहीं आर्थिक मजबूरी भी अपनी भूमिका निभाती है। यह तीसरे प्रकार का उत्तर है। मार्क्स और वेबर इसे स्वीकार करते हैं। साथ ही इससे संस्कृति और मूल्यबोध की भूमिका को भी जोड़ देते हैं। कहते हैं कि व्यवस्था स्वाभाविक संवृत्ति नहीं है–वह ऊपर से लदी जाती है। यह विश्लेषित किया जा सकता है कि इस व्यवस्था के असली और सबसे बड़े लाभार्थी कौन लोग होते हैं।

चौथे, अन्तःप्रक्रिया (Interaction) वाले विचारक निम्नतम स्तर पर व्यवस्था बनाने की प्रक्रिया का अध्ययन कर नित्य-प्रति के व्यवहार में पाते हैं कि एक ही व्यवस्था में एक ही समय पर अनेकानेक नियम काम करते हैं, जिनमें से अधिकांश को हम सजग रूप से जानते ही नहीं। उन नियमों पर हमारा ध्यान तब जाता है, जब वे टूटते हैं और जब उन पर कार्रवाई होती है। इस सन्दर्भ में गाफमैन के अध्ययन दर्शनीय हैं।

ये तमाम बातें सामाजिक संरचनावाद (social construction) की ओर ले जाती हैं। संरचनावाद मानता है कि तथ्य होते नहीं हैं, निर्मित किये जाते हैं। ज्ञान-मीमांसा के इस पक्ष का इस्तेमाल प्राकृतिक विज्ञान और समाज विज्ञान दोनों में किया गया है। समाजविज्ञानी कहते हैं कि जो कुछ भी स्वाभाविक या प्राकृतिक घटता हुआ लगता है वह वास्तव में सामाजिक सम्बन्धों का उत्पाद होता है। इसलिए सभी कुछ सामाजिक तथा सामाजिक इकाइयों की, संस्थाओं की, समुदायों की निर्मिति है। इसके कारण वे ज्ञान के अनुभववादी सिद्धान्त का परीक्षण करते हैं। अनुभववाद मानता है कि जगत् में जो कुछ है, और जो कुछ भी जाना जा सकता है, उसको जानने का सर्वोत्तम साधन हमारी इन्द्रियाँ हैं। सामाजिक संरचनावाद इन्द्रियों की विश्वसनीयता पर अविश्वास करता है। वह मानता है कि यह संस्कृति है जो हमें इस जगत् को देखने, अनुभव करने और समझने को तय करती है, उसे दिशा देती है। "Our knowledge of natural and social world is determined or constructed by background cultural assumptions."

यहाँ भाषा सम्बन्धी संरचनावादी अध्ययन का प्रभाव स्पष्ट है। उसी को आगे बढ़ाते हुए इस ग्रूप के समाज-विज्ञानियों ने कहा है कि सामाजिक वास्तविकता एक पाठ या एक 'नैरेटिव' से बढ़कर कुछ नहीं है। उसकी व्याख्या सांस्कृतिक रूपावली (paradigm) में ही हो सकती है।

इस पर आपत्ति करते हुए कहा गया है कि सामाजिक संरचनावाद कोई एक और सर्वत्र एक समान व्यवहार करनेवाला सिद्धान्त नहीं है। इसमें कई तरह की निर्मितियों एवं क्षेत्रों की गुंजाइश है। उससे मनुष्य का कई प्रकार का विवरण प्राप्त होता है, जिससे मानव सम्बन्धों का अनेक तरह से अध्ययन की और विविध निष्कर्षों तक पहुँचने की सम्भावना बनती है। दूसरे यह संरचनावाद या तो सांस्कृतिक जगत् को नष्ट कर देता है, या उसकी उपेक्षा कर देता है, जिससे गलत परिणाम निकलते हैं। इससे व्यवस्था का विविध सांस्कृतिक अध्ययन तो हो पाता है, किन्तु उसका जो सारभूत स्वरूप है, वह छूट जाता है। इसलिए इन अध्ययनों से प्राप्त निष्कर्षों का ज्ञान में समुच्चय नहीं हो पाता, वे सूचना का गुच्छ बनकर चाहे जितना रह जायें। फिर वह जीवित अनुभव भी नहीं बन पाता। संरचनावाद नित्य-प्रति के जागतिक संवृत्ति का अध्ययन भी नहीं प्रस्तुत कर पाता और संवृत्ति के पाठ में प्रयुक्त संरचनावाद की शब्दावली व्यक्ति और समाज के क्रियाकलाप और मानवीय अनुभूति को पढ़ने में अनुपयुक्त हो जाती है। जैसे दन्त-चिकित्साशास्त्र हमें मुँह की सामाजिक संरचना के बारे में तो बता जाये, किन्तु इससे दाँत के दर्द के अनुभव को न समझा सके। तीसरे संरचनावाद यह नहीं बता पाता कि क्यों कुछ सामाजिक संवृत्तियाँ दूसरी सामाजिक संवृत्तियों की तुलना में अधिक संरचित होती हैं? यदि समाज पाठों का जखीरा है तो क्या कुछ पाठ दूसरों की तुलना में अधिक महत्त्वपूर्ण होते हैं कि सभी बराबर होते हैं? यदि महत्त्वपूर्ण होते हैं तो उनके महत्त्व को हम कैसे जान पाते हैं? क्या गरीबी के कारण शरीर में उत्पन्न खून की कमी का पाठ समलैंगिकता के पाठ के बराबर है? इसका राजनीति पर क्या प्रभाव पड़ता है? क्या स्वयं संरचनावाद राजनीति पर कोई असर डालता है, विशेषतः दिशा-निर्देश के सन्दर्भ में?

विचारकों का मानना है कि संरचनावाद से जुड़े अध्ययनकर्त्ताओं ने विचारधारा के ऐसे सिद्धान्तों को जन्म नहीं दिया है, जिनका समाज के निर्माण में, कम-से-कम संघर्षरत हितों और मूल्यों के परिसीमन में व्यावहारिक उपयोग किया जा सके। उनकी बातें बस साहित्यिक अभिव्यक्ति बन कर रह जाती हैं। इसी को लेकर रोस्को पाउण्ड ने सामाजिक अभियन्त्रण के सिद्धान्त को विकसित किया। उसने माना कि व्यक्ति और समाज का जो अपना-अपना कानूनी हक है, व्यावहारिक जीवन में वही महत्त्वपूर्ण है। इसलिए उन हितों की सरणी खोजी जानी चाहिए और उनके आपसी संघर्ष के जो स्थल हैं, उन्हें दूर करने के लिए नीति बनायी जानी चाहिए, जिससे सामाजिक समरसता स्थापित हो सके। चूँकि यह काम अन्ततः न्याय-व्यवस्था और विधि-व्यवस्था को करना पड़ता है, इसलिए उसके सामने इस सामाजिक अभियन्त्रण का एक ठोस रूप होना चाहिए।

पाउण्ड के विचारों को जानने से पहले यह नोट करना जरूरी है कि जर्मन विधि विचारक हेरिंग ने कहा था कि कानून का जन्म एक उद्देश्य की पूर्ति के लिए होता है—संघर्षरत सामाजिक और व्यक्तिगत हितों में सामंजस्य स्थापित करने के उद्देश्य का। किन्तु वह यह नहीं बता पाया कि यह सामंजस्य कैसे स्थापित होता है। उससे पहले बेन्थम ने इसके लिए 'सुख-दुःख के सिद्धान्त' की विवेचना की थी और कहा था कि इस सामंजस्य का आधार 'greatest good of greater number' या 'maximum pleasure of maximum number, होता है। बेन्थम के विचारों को जर्मनी में एडवर्ड बेनेक ले गया था। इसी को लेकर वहाँ न्यायविदों का एक स्कूल विकसित हुआ था, जिसे 'टुबिंजन स्कूल' कहते हैं। उन्होंने हेरिंग की बात को बेन्थम की बात से समन्वित कर 'हितों का विधिशास्त्र' विकसित करने का प्रयत्न किया था। अपनी यथार्थवादी दृष्टि के चलते उन्होंने मान्यता रखी थी कि बेन्थम की बात तो ठीक है, किन्तु वास्तव में कानून कुछ लोगों के हितों को संरक्षित करता है, सबके हितों को नहीं। इसलिए विधिक नियम एक सम्भावित विवाद पर निर्णय की मानिन्द होता है, जिसमें प्रतिस्पर्द्धी हितों में सन्तुलन स्थापित करने का

तत्त्व होता है। इस नियम को समझने के लिए पहले यह देखना होगा कि किस सामाजिक हित ने इस विवाद को जन्म दिया और उस नियम ने उसे कैसे नियोजित किया। इसकी व्याख्या और तामील यह सुनिश्चित करता है कि कानून बनानेवालों ने जिस हित को वरीयता दी, वह बरकरार रहे। इस तरह के बहुत से नियमों को एक अवधारणा में अन्तर्भुक्त किया जा सकता है और इस तरह से प्राप्त तमाम अवधारणाओं को उन नियमों के साथ एक कानूनी व्यावस्था में। इस तरह की अन्तर्भुक्त अवधारणाएँ व्यवस्थित खुलासे के लिए तो उपयोगी होती हैं, किन्तु उनकी व्याख्या और तामील के लिए दूसरी अवधारणाओं की जरूरत पड़ती है। इन्हें 'निदेशन की अवधारणाएँ' कहा जा सकता है। वे उनके लिए होती हैं जो उनका उपयोग करते हैं। दुर्भाग्यवश इन कार्यकारी अवधारणाओं का विकास नहीं हो पाया, क्योंकि इस स्कूल का इन उद्देश्यों में कोई रुचि नहीं थी, जिन्हें कानून प्राप्त करता।

इन उद्देश्यों की निर्मिति अमेरिकन समाजशास्त्री और विधिवेत्ता रोस्को पाउण्ड ने किया जो हार्वर्ड लॉ स्कूल से जुड़ा था। उसने माना कि समाजविज्ञानी विधिशास्त्र को सामाजिक तथ्यों को ध्यान में रखकर कानून के निर्माण, व्याख्या और तामील की बात करनी चाहिए। इस उद्देश्य को प्राप्त करने के लिए (1) विधिक प्रशासन के सामाजिक प्रभावों का वस्तुगत अध्ययन किया जाना चाहिए (2) विधि के निर्माण से पहले प्राथमिकताओं की तलाश की जानी चाहिए; (3) विधि को अधिकाधिक प्रभावशाली बनाने के लिए उसके साधनों का निरन्तर अध्ययन करते रहना चाहिए, (4) न्यायिक रीति के मनोवैज्ञानिक और दार्शनिक दोनों पक्षों का अध्ययन करते रहना चाहिए; (5) विधि के इतिहास का समाजशास्त्रीय अध्ययन किया जाना चाहिए, (6) प्रत्येक मुकदमे को न्यायोचित और विवेकसंगत ढंग से सुलझाने की सम्भावनाओं को खोजते रहना चाहिए; (7) सभी प्रान्तों में एक न्याय मन्त्रालय होना चाहिए जो अपनी समस्याओं और अनुभव को एक-दूसरे में बाँटते रहें, और (8) तमाम तरह के कानूनों द्वारा जो उद्देश्य प्राप्त किया जाता है, उनका पुनर्परीक्षण करते रहना चाहिए। जाहिर है कि यह कार्यक्रम विधि-विधान के सभी पक्षों का सामाजिक अध्ययन करते चलनेवाला है।

पाउण्ड ने इतने विस्तार से अपनी बात रखी है कि एक छोटे से लेख में सिर्फ उसकी चन्द महत्त्वपूर्ण बातों का सार-संक्षेप ही दिया जा सकता है।

वह कहता है कि परम्परा से मिले कानून अभी भी व्यक्ति के अधिकारों का संरक्षण करते हैं, विशेषकर 'कामन लॉ' को लेकर चलनेवाले देशों में, जैसे इंग्लैण्ड। इसलिए विधि-व्यवस्था के उद्देश्यों को प्राप्त करने के लिए जरूरी है कि (1) व्यक्ति, जन और समाज के कुछ हितों की पहचान की जानी चाहिए, (2) उस सीमा का निर्धारण किया जाना चाहिए जिसमें इन हितों को पहचाना और संरक्षित किया जाना है, (3) और उन हितों को उस सीमा में वास्तव में प्रभावी किया जाना चाहिए।

उसके बाद (1) उन हितों की खोज और वर्गीकरण किया जाना चाहिए, (2) उन हितों को चुना जाना चाहिए, जिन्हें कानूनी पहचान और संरक्षण दिया जाना है, (3) ऐसे चुने हितों की सीमा तय की जानी चाहिए, (4) उन साधनों पर विचार किया जाना चाहिए जो इस तरह से पहचाने और सीमांकित हितों को अवदत्त कर सकें, और (5) इन हितों के मूल्यांकन के लिए सिद्धान्त विकसित किया जाना चाहिए।

यहाँ पाउण्ड विधिवेत्ता के लिए वही भूमिका तय करता है जो एक अभियन्ता का होता है। विधिवेत्ता को यह सामाजिक अभियन्ता कहता है। कहता है कि सामाजिक अभियन्त्रण का उद्देश्य यथासम्भव एक ऐसी सामाजिक व्यवस्था का निर्माण करना है, जिसमें अधिकतम हितसाधन न्यूनतम रगड़-घिस्स और बरबादी से प्राप्त किया जा सके। वह इसके लिए प्रतिस्पर्द्धी हितों में सन्तुलन बनाता है। यहाँ हित का मतलब है, "a demand or desire or expectation which human beings either individually or in groups or in associations or relations seek to satisfy, of which, therefore, the adjustment of human relations and ordering of human behaviour through the force of a politically organized society must take account." यह न्यायविद् का काम है कि वह कानून द्वारा

संरक्षित हितों को वर्गीकृत कर और फिर दोषविमुक्त कर न्यायपालिका की मदद करे। इस सन्दर्भ में उसके तर्क बहुत लम्बे-चौड़े हैं। सार संक्षेप में हम उन्हें कुछ इस तरह से रख सकते हैं—

क. 1. व्यक्ति सम्बन्धी हित—इस कोटि में वे हित आते हैं जो व्यक्ति के जीवन से तत्काल सम्बन्ध रखते हैं। जैसे व्यक्तित्व। इसमें (अ) व्यक्ति का शरीर, (ब) इच्छा की स्वतन्त्रता, (स) सम्मान और ख्याति, (द) निजता का एकान्त, (य) विश्वास और मत आते हैं।

2. पारिवारिक सम्बन्ध—परिवार और विवाह सम्बन्धी संस्थाओं से जुड़े पारिवारिक सम्बन्धों और उनसे जुड़े सामाजिक सम्बन्धों में अन्तर किया जाना जरूरी है। पारिवारिक सम्बन्धों में (अ) माँ-बाप और पुरुखों से सम्बन्ध, (ब) सन्ततियों से सम्बन्ध (स) पतियों से सम्बन्ध और (द) पत्नियों से सम्बन्ध आते हैं।

3. सारभूतों का सम्बन्ध—इसमें (अ) सम्पत्ति, (ब) उद्योग और संविदा, (स) लाभ के करार, (द) दूसरों के साथ सम्बन्ध (य) संगठन बनाने की स्वतन्त्रता और (र) रोजगार की नित्यता आते हैं।

ख. जन हित—ये वे दावे, माँग और आकांक्षाएँ है, जिन्हें व्यक्ति राजनैतिक जीवन को ध्यान में रखकर करता है। इनके दो रूप हैं—

1. एक न्यायिक व्यक्तित्व के रूप में राज्य के हित—(अ) राज्य की अविभाज्यता (ब) क्रियाकलाप की स्वतन्त्रता, (स) सम्मान। इसकी एक दूसरी कोटि प्राधिकरण के रूप में संगठित समिति की उपलब्ध सम्पत्ति का संरक्षण और उस सम्पत्ति का उसके उद्देश्य के अनुरूप उपयोग।

2. सामाजिक हितों के अभिभावक के रूप में राज्य के हित—यह अगली कोटि के हितों में संक्रमित है।

ग. सामाजिक हित—ये वे दावे, माँग और आकांक्षाएँ हैं, जिन्हें सामाजिक जीवन के सन्दर्भ में समझा जाता है। सामान्यतः ये एक सामाजिक समूह से जुड़े होते हैं। ये अतिमहत्त्वपूर्ण हित हैं क्योंकि ये ऊपरलिखित व्यक्ति के हित हैं, जिन्हें समाज की दृष्टि से रखा जाता है। इनके अन्तर्गत ये हित आते हैं—

1. सामान्य सुरक्षा से जुड़े हित—(अ) सामान्य सुरक्षा व बचाव, (ब) सामान्य स्वास्थ्य, (स) शान्ति व व्यवस्था, (द) सम्पत्ति की सुरक्षा, (य) लेन-देन की सुरक्षा।

2. सामाजिक संस्थाओं की सुरक्षा में सामाजिक हित—(अ) पारिवारिक संस्थाएँ, (ब) धार्मिक संस्थाएँ, (स) राजनीतिक संस्थाएँ, और (द) आर्थिक संस्थाएँ।

विवाह-विच्छेद के कानून, मैत्री सम्बन्ध, समलैंगिकता की माँग आदि को इनके उदाहरण के रूप में देखा जा सकता है, जो एक तरफ व्यक्ति के हित से जुड़ा है, तो दूसरी तरफ समाज से।

3. सामान्य नैतिक व्यवस्था में सामाजिक हित—इसमें वेश्यावृत्ति, मद्यपान, जुआ खेलना जैसे विविध प्रकार के आचरण सम्बन्धी नियम आते हैं।

4. सामाजिक संसाधनों को संरक्षित करने सम्बन्धी सामाजिक हित—इन्हें व्याख्यायित करते हुए पाउण्ड लिखता है—"The claim or want or demand of society that the goods of existence shall not be wasted, that where all human wants may not be satisfied, in view of infinite individual desires and limited natural means of satisfying them, the latter he made to go as for as possible, and to that end that acts or courses of conduct which tend needlessly to impair these goods shall be restrained."

यह सामाजिक हित कुछ हद तक व्यक्ति के अपनी सम्पत्ति सम्बन्धी हित से टकराता है। इनमें (अ) प्राकृतिक संसाधनों का संरक्षण, (ब) विकलांगों और पर-निर्भरों का प्रशिक्षण तथा संरक्षण, (स) मानवीय संसाधन का निर्माण, आदि आता है।

5. सामान्य प्रगति में सामाजिक हित—इसकी व्याख्या पाउण्ड ने इस तरह से की है—"The demand that the development of human powers and of human control over nature for the satisfaction of human wants go forward, the demand that social engineering for increasingly and continually improved, as it were, the self-assertion of the group towards higher and more complete development of human powers."

इसके तीन पक्ष हैं—

1. आर्थिक—इसमें (अ) सम्पत्ति के उपयोग और क्रय-विक्रय की छूट, (ब) स्वतन्त्र व्यापार, (स) स्वतन्त्र उद्योग और (द) शोध तथा खोज को पेटेण्ट देकर संरक्षित तथा उत्साहित करना आता है।

2. राजनैतिक—इसमें (अ) अभिव्यक्ति की स्वतन्त्रता, (ब) संगठन की स्वतन्त्रता, (स) सांस्कृतिक प्रगति की स्वतन्त्रता, जिसमें (द) स्वतन्त्र विज्ञान, (य) स्वतन्त्र सौन्दर्य शास्त्र, (र) स्वतन्त्र साहित्य और कला का विकास, (ल) शिक्षण व प्रशिक्षण की उन्नति आता है।

3. वैयक्तिक जीवन में सामाजिक हित—इसमें समाज का वह दावा, माँग और आकांक्षा आता है, जिसमें व्यक्ति समाज के मानदण्डों के अनुसार मानवीय जीवन जी सके सम्बन्धी बातें आती हैं। जैसे (अ) आत्माभिव्यक्ति, (ब) अवसर, (स) जीवन की दशाएँ।

हितों की सरणी बनाने के बाद पाउण्ड ने उन्हें प्राप्त करने के साधनों पर भी विचार किया है। इसके लिए उसने विधिक व्यक्ति (legal person) की अवधारणा को पुष्ट किया है, उसे दावों, कर्त्तव्यों, विशेषाधिकारों, शक्तियों और छूटों से लैस किया है। उनके पीछे समाधान प्रदान करनेवाले उपकरणों को रखा है, जो कभी समाज के रूप में, कभी क्षतिपूर्ति के रूप में, तो कभी अनुमान के रूप में सामने पड़ते हैं। उसने इस बात पर भी विचार किया है कि किसी दी हुई परिस्थिति में कैसे हितों के बीच सन्तुलन स्थापित किया जा सकता है। वह इस बात पर भी जोर देता है कि हितों को वही वजन प्रदान की जानी चाहिए जो उनकी अपनी भूमि पर थी। यानी व्यक्ति हित को सामजिक हित की जमीन पर सन्तुलित नहीं किया जा सकता, क्योंकि ऐसा करने का मतलब होगा कि उसके बारे में निर्णय पहले ही लिया जा चुका है। इसलिए सम्बन्धित हित को उसी जमीन पर स्थानान्तरित किया जाना चाहिए जिस जमीन पर समाज को वैसा हित सामान्य दशा में अवस्थित है। उदाहरण के लिए व्यक्ति के शरीर (person) की स्वतन्त्रता को व्यक्ति हित में माना जा सकता है, लेकिन उसे समाज की उस जमीन पर स्थानान्तरित किया जा सकता है, जिसमें समाज मानता है कि उसके सदस्यों को स्वतन्त्र होना चाहिए। लेकिन यह मानते हुए कि एक चुनाव कर लिया गया है, उसको किस हद तक दिये गये मामले में प्रभावी बनाया जा सकता है वह उन विधिक संस्थाओं की बुनावट पर निर्भर करेगा जो उसमें शामिल हैं। ऐसी कुछ संस्थाएँ दूसरों की अपेक्षा अधिक लचीली होती हैं और सन्तुलन बनाने की प्रक्रिया में अधिक स्वतन्त्रता देती हैं।

पाउण्ड ने विधिक संस्थाओं को इस प्रकार से वर्गीकृत किया है। एक तो वे नियम (rule) हैं, जो निश्चित वस्तुगत स्थितियों के साथ निश्चित परिणामबोध प्रदान करते हैं। दूसरे वे सिद्धान्त (principle) हैं, जो नियमों की अनुपस्थिति में विधिक सोच-विचार के लिए निश्चित प्रस्थान-बिन्दु प्रदान करते हैं। तीसरे वे अवधारणाएँ हैं, वे कोटियाँ हैं, जिनमें कार्य-व्यापारों को सुनिश्चित कर नियमों, सिद्धान्तों या मानदण्डों को लागू किया जाता है। फिर वे मत-सिद्धान्त (doctrine) हैं जो विशेष स्थितियों, या मामले के प्रकारों के तार्किकतः अन्तःआधारित योजनाओं सम्बन्धी नियमों, सिद्धान्तों और अवधारणाओं के संघटक हैं, जो प्रस्थान की योजना और उसकी तार्किक परिणति प्रदान करते हैं। फिर वे स्तर या मानदण्ड (standard) हैं जो अनुमत्य व्यवहार का सीमांकन करते हैं, जिन्हें मामले की परिस्थितियों के अनुसार लागू किया जाता है।

जाहिर है कि अपने भारी-भरकम लेखन और चिन्तन के माध्यम से रोस्को पाउण्ड ने हमें विधि तथा उसके प्रशासन के साथ सामाजिक जीवन के सम्बन्ध से अवगत कराया है। उसने वकीलों और न्यायाधीशों के व्यावहारिक तथा रचनात्मक कलापों और जिम्मेदारियों पर मुहर लगायी है। उसके द्वारा किया गया हितों का लम्बा-चौड़ा विश्लेषण और कोटि-निर्धारण दूरगामी महत्त्व का है। फिर भी कुछ कमियों की ओर हम इशारा कर सकते हैं।

एक तो यह कि उसका अभियन्त्रणवाला रूपक लोगों को भ्रमित कर सकता है। जैसे पुल का निर्माण एक पहले से तय योजना तथा स्वरूप के अनुसार होता है। उसका चित्र स्पष्ट होता है। उसके सारे तत्त्वों का पहले से ही विस्तृत विवेचन किया जा चुका होता है, जिससे उस पुल का निर्माण किया जा सके। किन्तु विधि में इस तरह की योजना, स्पष्ट स्वरूप, सारे विवरण पहले से ही तय और विश्लेषित नहीं हो सकते, क्योंकि समाज एक जीवित संरचना की तरह निरन्तर विकासमान रहता है। इसलिए प्रत्येक हित का मूल्य और महत्त्व पहले से ही तय करके नहीं रखा जा सकता।

दूसरे हित अपने आप में कोई माने नहीं रखते। उनसे बढ़कर वह मानदण्ड महत्त्वपूर्ण होता है, जिनसे वे नापे जाते हैं। ऐसा हो सकता है कि कुछ हितों को अपने आप में ही आदर्श मान लिया जाये। तब वे हित हित के रूप में नहीं, आदर्श के रूप में दूसरे हितों के सन्दर्भ में अपेक्षाकृत अधिक महत्त्व प्राप्त करेंगे। दास-प्रथा अच्छी है कि बुरी—यह दास के मालिक के अधिकार से बढ़कर उस सामाजिक सोच पर निर्भर करेगा, जो दास प्रथा को बुरा या भला मानता है। किसी आदर्श को ऊँचा मानना या दो आदर्शों में चुनना सन्तुलन बनाने सम्बन्धी काम न होकर निर्णय लेने सम्बन्धी काम होता है और तब वकीलों का सम्बन्ध न्यायाधीशों के आदर्शों और चुनावों से जुड़ जाता है, सन्तुलन साधने से नहीं।

तीसरे यह सन्तुलन का रूपक स्वयं ही भ्रामक है। यदि दो हितों में सन्तुलन स्थापित करना है तो यह बात पूर्वमान्यता-सी लगती है कि उसके लिए कोई तराजू, कोई गज-फीता मौजूद है। हम जानते हैं कि हितों को इस तरह से नापा-जोखा नहीं जा सकता—उसी जमीन पर भी। किन्तु आदर्शों के सन्दर्भ में कहा जा सकता है कि एक-दूसरे की तुलना में अधिक समीचीन है। तब उससे जुड़ा हित अपने-आप दूसरों से जुड़े हितों से अधिक भारी पड़ने लगता है। यानी हित का वजन इस बात पर निर्भर करता है कि वह किस आदर्श से जुड़ा है। यही कारण है कि वही स्वतन्त्रता खुले समाजों में और साम्यवादी देशों में दो तरह की हो जाती है। सम्पत्ति का अधिकार उदारवादी देश में और जनकल्याणी राज्य में दो तरह का हो जाता है। समाज का प्रचरण आदर्शों के इस फेर-बदल से जुड़ा होता है।

जो भी हो हितों और आदर्शों के सभी प्रश्न उस स्थिति और विशेष मुद्दे से जुड़े हैं, जो जब और जैसे उत्पन्न होते हैं। हर स्थिति का एक अपना पैटर्न होता है और उससे जुड़े कलाप विविध होते हैं, जिन्हें पूर्व-निर्धारित नहीं किया जा सकता। इसलिए न्यायाधीशों को पहले से ही कोई हितों की सरणी नहीं मुहैया की जा सकती। वह हर स्थिति में उसकी जरूरत के अनुसार प्रतिस्पर्द्धी हितों की पहचान करेगा, उनमें सन्तुलन साधेगा, आदर्शों का चुनाव करेगा, लागू करेगा। इसलिए महत्त्व इस बात का नहीं है कि उसके पास हितों की एक कोटिकृत लिस्ट है, बल्कि इस बात का है कि वह मामला-विशेष में क्या रुख अख्तियार करता है और उसे आँकने के लिए किस मानदण्ड को अपनाता है।

पाँचवें हम यह कैसे जान सकते हैं कि उपस्थित हित किस तरह से मुखर होते हैं। वे हर विवाद में मुद्दई और मुद्दालय द्वारा अभिव्यक्ति पाते हैं। यह अभिव्यक्ति अलग-अलग होती है। इसलिए बजाय पहले से ही हितों की फेहरिश्त बनाने के, विवाद सुलझ जाने के बाद उसे बनाया जाना चाहिए।

छठें, किसी नये हित की पहचान नीतिगत बात होती है। इसलिए फैसला करने में पहले से प्रदत्त हितों की सरणी का महत्त्व सीमित होगा।

जो भी हो हितों की यह पहचान तथा वर्गीकरण व्यक्तिगत मत पर आधारित है। इसलिए विभिन्न विचारकों ने विभिन्न सरणी प्रस्तुत की है। यहाँ पाउण्ड के सन्दर्भ में दो बातें कही जा सकती हैं। एक

तो यह कि उसका जनहित और समाज हित का वर्गीकरण सन्देहास्पद है। उसके शिष्य स्टोन ने उसे त्याग ही दिया है। फिर व्यक्तिहित और समाजहित का वर्गीकरण और विवेचन कुछ खास नहीं लगता। क्योंकि वह स्वयं ही एक को दूसरे की जमीन पर स्थानान्तरित करने की बात करता है। ऐसा आदर्श को ध्यान में रखने के कारण हो पाता है। इसलिए स्वयं हित का कोई महत्त्व नहीं रह जाता। लेकिन इससे पाउण्ड द्वारा किये गये विश्लेषण और उसकी व्यवस्थित चर्चा महत्त्वहीन नहीं हो जाती। यह दूसरी बात है।

अन्त में हम कह सकते हैं कि सामाजिक अभियन्त्रण और हितों के सन्तुलन का पूरा सिद्धान्त एक ऐसे समाज की माँग करता है जो ससंजनी या एकपर्तीय (cohessive) हो। और काफी प्रौढ़ हो चुका हो। तब जाहिर है कि वह उन समाजों में लागू नहीं हो सकता जहाँ ऐसे अल्पसंख्यक हों, जिनका हित बहुसंख्यकों से मेल न खाता हो। विशेषतः जब दोनों में से कोई एक घटक बहुत संकीर्ण मनवाला हो और राष्ट्रीयता की एकता में विश्वास न रखता हो। तब वहाँ हितों के संरक्षण और सन्तुलन की जगह आदर्शों पर जोर देने की अधिक ज़रूरत पड़ेगी। जाहिर है कि वहाँ पाउण्ड का सिद्धान्त लागू नहीं हो पायेगा।

दरअसल पाउण्ड ने आदर्श की उपेक्षा नहीं की थी। बस उसे विस्तार से विवेचित नहीं किया। उसने इसके लिए कदम तो बढ़ाया था, जब उसने 'Natural natural law' और 'Positive natural law' में विभेद किया था। उसके अनुसार स्वाभाविक प्राकृतिक विधि का मतलब है, "A rationally conceived picture of justice in an ideal relation among men, of the legal order as a rationally conceived means of promoting and maintaining that relation, and of legal precepts as a rationally conceived ideal instruments of making the legal order effective for its ideal end." प्रत्यक्ष प्राकृतिक विधि से उसका मतलब है, "A system of logically derived universal legal precepts shaped to the experience of the past, postulated as capable of formation to the exigencies of universal problems and so taken to give legal precepts of universal validity."

दरअसल 1919 में ही पाउण्ड ने समकालीन समाज के बारे में, विशेषतः अमेरिका और ब्रिटेन को दृष्टि में रखकर, कुछ ऐसी अभिधारणाओं को रखा था, जो समय के साथ अप्रासंगिक हो गये। उन्हें बाद में न्याय की दृष्टि से राल्स और अब अमर्त्यसेन ने विकसित किया है, जिसे आगे देखेंगे।

●

न्याय

(1)

लगता है कि मानवता, संस्कृति, मूल्यबोध और न्याय की उत्पत्ति एक साथ हुई होगी। कौन अवधारणा किसके पहले है—कहना कठिन है, क्योंकि चारों में एक-दूसरे की अन्वीति है, इनमें से कोई भी अभी तक पूर्णता प्राप्त किये हुए नहीं है और देश, काल तथा परिस्थिति का प्रभाव उस पर पड़ता रहता है। यद्यपि कि सम्यक् विश्लेषण के लिए चारों को अलग-अलग कर बात की जाती है, चूँकि चारों का सम्बन्ध जीवन से है, वे चारों अन्ततः अन्तर्भुक्त हो जाती हैं। यहाँ हम न्याय के वर्तमान स्वरूप की चर्चा करना चाहते हैं।

न्याय को परिभाषित करना कठिन काम है। उसका स्वरूप देश, काल और परिस्थिति के अनुसार बदलता रहा है। फिर भी उसमें कुछ स्थायी तत्त्वों की तलाश आदि काल से ही जारी रही है। पुरातन काल में आध्यात्मिकता पर बल अधिक था। इसिलए न्याय को उसकी परिधि में आत्मा और परमात्मा के सम्यक् सम्बन्ध के रूप में देखा जाता था। बाद में जब भौतिकता पर बल बढ़ा तो न्याय के स्वरूप को भौतिक जगत् में ढूँढ़ा जाने लगा। उसमें भी जब मन और विवेक पर बल अधिक था तब उसका स्वरूप तर्कानुप्राणित था और जब भौतिक स्थिति को मन से ऊपर माना गया, तब उपलब्धियाँ उसके केन्द्रबिन्दु में आ गयीं। इसी तरह पूर्व और पश्चिम के दृष्टिकोण में भेद था। धर्म के केन्द्र में रहने पर मनु ने न्याय को वर्णाश्रम धर्म के अनुपालन में देखा। जागतिक सत्य के केन्द्र में आने पर उन्होंने न्याय को 'मत्स्य न्याय' को समाप्त करने में देखा। कृष्ण ने अपने कर्त्तव्य की पूर्ति में निष्काम कर्म में देखा। बुद्ध ने जरा, रोग और मृत्यु के मोचन में देखा। कौटिल्य ने न्याय को राज की नीति माना। अकबर ने सद्भावना में माना। कन्फुत्सू और लाओ त्जू ने पारिवारिक जीवन और उसके माध्यम से सामाजिक जीवन के संवर्द्धन में माना। पर आज पूरी दूनिया पर पश्चिम के विचार हावी होते जा रहे हैं। इसलिए यहाँ हम न्याय को पश्चिम की दृष्टि से मीमांसित करेंगे।

पश्चिम में समकालीन ज्ञान के दो स्रोत हैं—एक धार्मिक जो ईसाइयत में व्यक्त हैं, दूसरा अपेक्षाकृत लौकिक यूनानी चिन्तन। इसमें आज लौकिकता पर जोर बढ़ता गया है, जिससे यूनानी चिन्तन और रोमन व्यवहृति बढ़ता गया है। इसका इतिहास भी ईसाइयत से पुराना है। इसलिए हमारी उन्मुखता उधर अधिक रहेगी। उससे पहले यह जानना ज़रूरी है कि न्याय शब्द का प्रयोग किन अर्थों में होता रहा है। यूनानी विचार प्रवाह में सोलन की यह उक्ति मिलती है कि न्याय धनी और गरीब जैसे दो विरुद्धों के बीच सन्तुलन या संगति है जो दोनों को उनका उचित प्रदान करती है। यह संगति, जिसका सम्बन्ध समानुपात से होता है, दरअसल सौन्दर्य और नैतिकता के क्षेत्र से आया शब्द है। दर्शनशास्त्र

की निर्मिति से पहले ही एनेक्जिमेण्डर ने भौतिक पदार्थों में द्वैत देखा था, जिनकी उत्पत्ति किसी तटस्थ या निरपेक्ष सारतत्त्व से होती है। भौतिक जगत् में संगति, सामंजस्य न्याय के रूप में हमेशा काम करता रहता है। उसी को पाइथागोरस ने संगीत, ओषधि, भौतिकी और राजनीति में अन्तर्भुक्त माना। वह कहता है कि न्याय एक वर्गाकार संख्या के समान होता है। नीति में उसी की परिणति 'अति सर्वत्र वर्जयेत्' में हुआ। साहित्य में इसकी परिणति एरिपिडस की इन पंक्तियों में होती है–

Equality, which knitteth friends to friends,
cities to cities, allies unto allies.
Man's law of nature is equality.

Measures for men equality ordained
Meting of weights and numbers she assigned.

जाहिर है कि यूनानी विचार में समरसता एक साथ ही प्रकृति में, भौतिक और मानव सम्बन्धों में नैतिक था। वह जितना भौतिक प्रकृति का तत्त्व था, उतना ही मानवीय यानी चेतन और नैतिक प्रकृति का। प्रकृति में संगति नाप-जोख की चीज थी, जो अपने बाह्य रूपों में बदलती रहती थी, पर उसका सारतत्त्व स्थिर रहता था। इसी से परिवर्तन और शाश्वतता की धारणा विकसित हुई। अणु का सिद्धान्त इसी से निकला। सोलन ने उसी को नैतिकता के क्षेत्र में लाकर न्याय की अवधारणा रखी। इसके दो अर्थ निकले। एक तो यह कि नियम और न्याय सामाजिक उद्देश्यों की पूर्ति के माध्यम हैं। दूसरा यह कि ब्रह्माण्डीय नियमों को मानवीय व्यवहार में उतारने की जगह, जो मानवीय व्यवहार के नियम बने थे, उसे ब्रह्माण्डीय व्यवहार पर घटाया जाये। मानवता पर उसके जोर ने भौतिक शास्त्रों के अध्ययन की जगह मानविकी का अध्ययन जोर पकड़ता गया, जिसमें व्याकरण, संगीत, भाषण कला, लेखन, मनोविज्ञान, नीतिशास्त्र और राजनीतिशास्त्र समाहित होता गया। केन्द्र में मनुष्य के आ जाने पर सोफिस्टों के हाथों में वह सब दर्शन तो नहीं बन पाया, पर पुरानी चिन्तनधारा के निरपेक्ष आदर्श की बात पर सन्देह बढ़ता गया। उसके साथ ही मानवता पर जोर बढ़ता गया। प्रोटेगोरस ने कहा, "Man is the measure of all things, of what is that is it and of what is not that it is not." इसने इस बात पर बल दिया कि ज्ञान मानवीय इन्द्रियों की निर्मिति है। यह निर्मिति उसकी क्षमताओं की निर्मिति है। इसिलए ज्ञान एक मानवीय प्रदत्त है। इसलिए मानवीय जगत् के अध्ययन का वास्तविक विषय स्वयं मनुष्य है। इस युक्ति के आधार पर बाद के दार्शनिक एण्टीफोन ने कहा कि प्रकृति सीधे-सीधे अहमूवाद या आत्महित है। उसे ही आगे बढ़ाकर कैलिकिल्स ने स्थापना रखी कि नैसर्गिक न्याय शक्तिशाली व्यक्ति का अधिकार है और वैधिक न्याय एक ओट है, जिसे कमजोरों का समूह अपनी रक्षा के लिए खड़ा करता है। एण्टीफोन ने दरअसल इस स्थापना को एथेन्स की विदेशनीति को खड़ा करने के लिए रखा था। कहना न होगा कि इस बीच यूनानी लोगों का सम्बन्ध दूसरे लोगों से हो गया था, जो परम्परा पर जोर देते थे और उसका इस्तेमाल समाज के असमर्थ लोगों के हित रक्षण के लिए करते थे। यह मानववाद की जगह मानवतावाद की स्थापना थी और एण्टीफोन ने इसे उचित नहीं माना। एपिक्यूरस ने इसे आगे बढ़ाया, जब कहा, "There never was an absolute justice but only a convention made in mutual intercourse, in whatever region, from time to time providing against the infliction or suffering or harm." एपिक्यूरस जीवन का उद्देश्य सुख प्राप्ति मानता था और उसमें बाधा डालनेवाली हर बात को अन्याय संगत मानता था। आधुनिक काल में इस व्यक्तिकेन्द्रित सुख को बेन्थम ने सामूहिक सुख में बदल दिया, "greatest pleasure of greatest number." कहकर और व्यक्ति के हितों में होनेवाले टकराव को रोकने के लिए सामंजस्यवादी सामाजिक समझौते के सिद्धान्त को स्वीकार किया।

यूनान में भी इस तरह की सोच पर रोक लगी ग्लूकोन के सामाजिक समझौते के सिद्धान्त से, जिसमें लोग एक-दूसरे को हानि पहुँचानेवाले कृत्य पर परहेज रखने के लिए वादा करते हैं। किन्तु तब इसके मूल में आत्महित ही था और उसे मानवनिर्मित विधिप्रदत्त न्याय कहा गया। इसकी परिणति दो धाराओं में हुई। एक ने प्रकृति को न्याय और औचित्य के नियम के रूप में देखा। उसे जगत् तथा मानव स्वभाव में व्यक्त पाया। दूसरे ने प्रकृति को नैतिकता से परे माना तथा उसकी अभिव्यक्ति मनुष्य के आत्मवाद या आत्माभिव्यक्ति में देखा, जिसकी जड़ में शक्ति की इच्छा या सुख की इच्छा थी। इसका विकास आधुनिक काल में एक तरफ नीत्शे के शक्तिवादी चिन्तन में हुआ, दूसरी तरफ बेन्थम के बहुसंख्यक के सुखवाद में। उस युग में इसका विकास मनुष्य की पारस्परिक आवश्यकताओं और श्रम विभाजन में हुआ। मनुष्य की आवश्यकताएँ अनेक हैं और कोई भी मनुष्य पर्याप्त नहीं है। इसलिए वे एक-दूसरे की सहायता लेते हैं, जिससे समाज का जन्म होता है। यह समाज सेवाओं की एक व्यवस्था है, जिसमें हर मनुष्य देता है और लेता है। उसके पास जो है वह उसका पद (status) निर्धारित करता है, जो उसे करने की, अवदान प्रदान करने की स्वतन्त्रता व सहूलियत देता है और लेने का अधिकार तथा मात्रा। आधुनिक काल में कार्ल मार्क्स ने इसे ही ''हर व्यक्ति को उसकी जरूरत के अनुसार और हर व्यक्ति से उसकी क्षमता के अनुसार'' में रूपान्तरित कर दिया। बाद में इसको व्यावहारिकता प्रदान करते हुए लेनिन ने ''सभी से उनकी क्षमता के अनुसार और सभी को उनके काम के अनुसार'' बना दिया। पर उस युग में वह श्रम के विभाजन और तद्‌जन्य उपलब्धि की ओर ले गया। उसका आधार यह तथ्य था कि मनुष्य की क्षमता व रूझान भिन्न-भिन्न होती है। वही काम बार-बार करने से कौशल प्राप्त किया जाता है। यही कौशल दूसरों से भिन्न और बढ़कर बन जाता है। आधुनिक काल में राल्स इससे अपना न्याय का सिद्धान्त रचता है, जिसका आधार fairness है, जो कभी औचित्य है तो कभी समदर्शिता। उस काल में अफलातून ने अपने न्याय का सिद्धान्त समरसता के आधार पर रचा। उसने कहा कि मनुष्य की आत्मा तीन प्रकार की होती है शासक, सहायक और उत्पादक के रूप में। दरअसल हर आत्मा में ये तीनों गुण एक साथ होते हैं, बस एक की प्रधानता रहती है। न्याय तब होता है जब इन आत्मगुणों का अधिकतम उपयोग होता है और उनका आपसी सामंजस्य बना रहता है, चाहे वह समाज के स्तर पर हो या व्यक्ति के। सेबाइन लिखता है, "Justice is the bond which holds a society together, a harmonious union of individuals, each of whom has found his life-work in accordance with his natural fitness and his training . It is both a public and a private virtue because the highest good both of the state and of its members is thereby conserved. There is nothing better for a man than to have his work and to be fitted to do it, there is nothing better for other men and for the whole society than that each should thus be filling the station to which he is entitled." स्वयं अफलातून लिखता है, "Social justice thus may be defined as the principle of a society, consisting of different type of men... who have combined under the impulse of their need for one another, and by their combination in one society, and their concentration on their separate functions, have made a whole which is perfect because it is the product and the image of the whole of the human mind." यानी न्याय हर व्यक्ति को उसका 'due' देना है।

न्याय सम्बन्धी अफलातून की अवधारणा वह नहीं है, जिसके आधार पर न्यायालय न्याय देते हैं। वह कानून आधारित नहीं है, दर्शन आधारित है। इसलिए अमूर्त है, एक विचार है और एक आदर्श है। उसे मूर्त रूप देता है उसका शिष्य अरस्तू जो उसे कानून आधारित बनाता है। वह भी मानता है कि मनुष्य अपनी आत्मा के गुणों के आधार पर तीन तरह के होते हैं, दैवी, पाशविक और वानस्पतिक। पर उनका सम्बन्ध न्याय की धारणा से नहीं है। न्याय का सम्बन्ध विधि से है जो राज्य को और मनुष्य के सम्बन्धों को चलाता है, व्यवस्थित करता है। उनके लिए न्याय समतामूलक होता है। यानी वह समानुपातिक होता है, बहुत ज्यादा और बहुत कम के मध्य स्थित रहता है। उसका एक रूप वितरणात्मक

होता है, दूसरा सुधारात्मक। वितरणात्मक में जोर इस बात पर होता है कि कौन पाता है और क्या पाना 'डिजर्व' करता है। सुधारात्मक का सम्बन्ध सजा से होता है, जिसका आनुपातिक सम्बन्ध अपराध और हानि से होता है। उसने परम्परागत और नैसर्गिक न्याय में भी अन्तर किया, जिसे कहीं आगे उपयुक्त स्थान पर देखेंगे। कुल मिलाकर उसने न्याय के बारे में इतना स्पष्ट किया कि, "Justice is someting that pertains to person."

इससे स्पष्ट है कि अफलातून के विचार में न्याय का दार्शनिक पक्ष है और अरस्तू के चिन्तन में उसका व्यावहारिक पक्ष। पर ऐसा नहीं है कि यूनान में चिन्तन-ही-चिन्तन था, आस्था और उसका खुलासा करनेवाली पुराणकथा नहीं । न्याय के सन्दर्भ में हम पाते हैं कि आकाश के देव उरेनस और धरती की देवी गाइया की एक बेटी है थेमिस, जो आकाश की तरह व्याप्त और धरती की तरह गहरी मानी गयी है। उसका चरित्र तितान का चरित्र है, जो शारीरिक शक्ति पर जोर देता है। पर धीरे-धीरे वह नैतिकता और विवेक की प्रतिमूर्ति बनती गयी। इस क्षमता के कारण वह अपने सौतेले पुत्र, जो बाद में उसका पति भी बना, जिअस की सलाहकार बन गयी, जो देवों का राजा था। बाद में वह होशियार लोगों की भी सलाहकार बन गयी, जो सभ्यता सम्बन्धी अनेक संस्थाओं में काम करते हैं। जिअस से थेमिस को चार पुत्रियाँ हुईं इरीन, एउनोमिया, टाइच और डाइक जो क्रमशः शान्ति, सुव्यवस्था, गुप्त सम्भावनाओं और न्याय की देवियाँ बनीं। तब जाहिर है कि न्याय, शक्ति और अच्छी राय की बेटी है, जो शान्ति, सुव्यवस्था और संयोग की बहन है—तीनों से भिन्न, फिर भी सम्बद्ध। डाइक के सहायक हैं स्टिक्स, नेमेसिस, एरिनिस और प्राक्सीडिकाई, जो कानून के अनुसरण में योग देती हैं, तोड़ने पर सजा देती हैं और डाइक द्वारा दिये गये न्याय-निर्णय का अनुसरण कराती हैं। उसकी शत्रु हैं अति और विकृति की देवी हाइब्रिस, कलह की देवी सटिस, अव्यवस्था की देवी डिस्नोमिया, विस्मृति और छिपाव की देवी लेथे, झूठ और अव्यवस्था की दूसरी देवी एण्टिकलोनिआइया। इनमें अन्तिम तीन सटिस की बेटियाँ हैं। मजेदार बात यह है कि डाइक का न्याय कभी-कभी थेमिस के इरादों और क्रियाकलापों के विरुद्ध चला जाता है तथा गलतफहमी और विवाद की ओर ले जाता है। गो वह सभी न्याय चाहनेवालों को बिना किसी भय या पक्षपात के न्याय प्रदान करती है, किन्तु अन्तिम मर्जी तिचे की ही चलती है, जिसका कार्यकलाप तकदीर का कार्यकलाप होता है—टिटान देव मोइरा के कार्यकलाप के समानान्तर चलता है। दूसरी मजेदार बात यह है कि न्याय सम्बन्धी पूरा मामला स्त्रियों का ही है, पुरुष देवों की भागीदारी नहीं के बराबर है।

इस तितान देव मोइरा पर चर्चा करने से पहले यह नोट कर लेना जरूरी है कि न्याय का सम्बन्ध नियमबद्धता, औचित्य, विवेक, निष्पक्षता, दैवी उत्पत्ति से मानवीय जीवन की ओर संक्रमण, गत्यात्मक जीवन संघर्ष में समरसता व सन्तुलन की सम्भाव्यता और सबका शमन इच्छापूर्वक परवाह की चक्रात्मकता में होने से है। इसकी निष्पत्ति प्रशान्ति में होती है, क्योंकि कुँआरी रहते हुए भी उसने एक बेटी हेसिचियस को जन्म दिया था, जो 'stillness resting in itself' है। ग्रीक पुराकथा में मोइरा प्राकृतिक नियम का प्रतीक है। वह बताता है कि हर व्यक्ति को उसका भाग्य दिया जा चुका है। वह भाग्य अच्छा है कि बुरा, सुखदायी है कि दुःखदायी, उसे सभी को स्वीकार करना ही है। इसलिए न्याय ईश्वर की इच्छा का अनुपालन है और बुद्धि उसकी अतार्किकता या अविवेक का भेदन नहीं कर सकती। उम्मीद इस बात में निहित है कि जगत् में जो अव्यवस्था है उसमें एक व्यवस्था देखी जाये। वही मानवीय भाग्य के सन्दर्भ में ठीक रहेगा। तब ईश्वर की इच्छा तर्कपूर्ण या विवेकपरक लगेगी, जिसे मनुष्य जान भी सकता है और समझ भी सकता है। तब स्पष्ट है कि मानवीय नियम, जिसे nomos (यह सिद्धान्त कि विधि पालन में नैतिक आचार निहित है) कहा जाता है और जिसका निदर्शन परम्पराओं में होता है और अभिव्यक्ति भौतिक, मनोवैज्ञानिक, राजनैतिक और सामाजिक परिस्थितियों में होता है, Logos (दैवी नियम) से भिन्न होता है। लोगोस का निर्माण विवेक से होता है और अभिव्यक्ति भी विवेक में होती है—अचिन्त्य भाग्य

में नहीं। समाज इन्हीं नोमोस और लोगोस पर बनता और चलता है। हेरेक्लाइटस इसी निर्णय पर पहुँचता है।

न्याय पर हुए इस धार्मिक चिन्तन का असर यूनानी दर्शन पर दो तरह का रहा है। एक तो यह कि हम आज तक यह तय नहीं कर पाये हैं कि न्याय में वह 'अच्छा', 'शुभ' या 'जो होना चाहिए' क्या है। वह कैसे दूसरे क्षेत्रों के (न्याय से इतर के क्षेत्रों के) शुभ, अच्छा या जो होना चाहिए से भिन्न है। दूसरे न्याय हमेशा ही मानव व्यवहार के पार ऐसी जगह की ओर ले जाता है, जिसका मानवीय व्यवहार से सम्बन्ध नहीं होता।

(2)

न्याय के प्रति रोमनों का दृष्टिकोण व्यावहारिक है, यूनानियों की तरह दार्शनिक नहीं। उन्होंने न्याय को विधि प्रदत्त माना। इस विधि के तीन स्रोत हैं। पहला स्रोत वहाँ के कृषक परिवारों के बीच प्रचलित दिन-प्रतिदिन प्रयोग में लायी जानेवाली परम्पराएँ थीं। दूसरा स्रोत रोम के वाणिज्य केन्द्र बन जाने के बाद उत्पन्न नये प्रचलन थे। तीसरा स्रोत उसके साम्राज्य बनते जाने पर तमाम दूसरे राष्ट्रों और नागरिकों के बीच उत्पन्न सम्बन्धों की देन थी। यह एक तरफ राज्यों के बीच आपसी सम्बन्धों से जुड़ी थी, तो दूसरी तरफ तमाम राज्यों के नागरिकों के कुछ सामान्य अधिकारों और उनके प्रति कर्त्तव्यों से जुड़ी थी। आधार विवेक व बुद्धि था। उसने प्राकृतिक नियमों को जन्म दिया। रोमन प्राकृतिक नियम यूनानी प्राकृतिक नियमों से इस मामले में भिन्न थे कि यूनान के नियम दर्शन के देन थे, जबकि रोम के व्यावहारिक। इसीलिए रोम के नागरिक अधिक विधि-परायण होकर उभरे।

दूसरी तरफ वह यूनानी दैवी प्रभाव के नियमों को भी लेकर चला। दैवी नियम और मानवीय नियम के बीच बौद्धिक सम्बन्ध स्थापित किया, कुछ उसी प्रकार जिस प्रकार उत्तरकालीन यूनानी विचारकों ने प्राकृतिक और परम्परागत कानून में सम्बन्ध स्थापित किया था। इससे स्टोइकों का एक दल बना, जो रोमन कानून को अफलातून और अरस्तू से जोड़कर रोमन विधि दर्शन को एक नया रूप दिया, जिसमें Lex aeterena, ius naturale और ius human की अपनी-अपनी भूमिका थी। इसमें मानवीय कानून मनुष्य के बनाये हुए थे और मनुष्यों के बीच काम करते थे। प्राकृतिक कानून मानवीय कानून से ऊपर थे और दोनों में विरोध होने पर प्राकृतिक कानून को ही वरीयता दी जाती थी, जो सभी मनुष्यों के कुछ सामान्य अधिकारों की बात करती थी। लेक्स एटेरना ब्रह्माण्ड के विवेक का नियम था, जो पूरे जगत् पर शासन करता था। मानवीय विवेक उसी का अंश है। वह मनुष्य के ऊपर rata ratio (विवेक मूल) की तरह काम करता है। वह शाश्वत है—यानी देश-काल सापेक्ष नहीं है। वह ऐसा प्राकृतिक नियम है जो मनुष्य के भी पार जाता है। इसलिए मनुष्य को उसका अनुसरण करना ही पड़ता है। यह सभी मनुष्यों में एक-सा काम करता है, इसलिए उसे जानने के लिए अफलातून के दर्शन की जरूरत पड़ती है। सिसरो ने लिखा कि वास्तव में एक सच्ची विधि है, जिसे सही विवेक कहते हैं, जो प्रकृति के अनुरूप है, सभी मनुष्यों पर लागू होती है, परिवर्तनहीन है तथा शाश्वत है। वह एक नियम रोम में और दूसरा एथेन्स में नहीं बनता और न ही आज एक नियम होगा, कल दूसरा। "वह एक देश-कालातीत विधि है, जो सभी मनुष्यों पर सब समय एक-सी लागू होती है। वह पशु... जिसे हम मनुष्य कहते हैं, दूरदृष्टि और मति सम्पन्न है। परम ईश्वर ने, जिसने इसे बनाया है, इसे दूसरे पशुओं से कुछ भिन्न पद दिया है, क्योंकि विभिन्न जीवित प्राणियों में वही एकमात्र ऐसा प्राणी है, जिसके हिस्से में विवेक और विचार आया है, जबकि दूसरों को ये नहीं मिले हैं। ...जिन्हें विवेक मिला है उन्हें सही विवेक मिला है और इसलिए उन्हें विधि का उपहार मिला है, जो कि आदेश और निषेध पर लागू होनेवाला सही विवेक है।"

बाद में सिसरो ने इससे आगे बढ़कर अपनी सम्मति इस तरह से रखी, "यदि जीवन को चलानेवाली बातों के बीच भिन्नता न होती और उनके मूल्यों के बीच विभेद पर निर्णय लेने की क्षमता न होती तो पूरा जीवन ही अव्यस्थित हो जाता।" ऐसे निर्णयों को लेने के लिए आधार प्रदान करने के वास्ते सिसरो ने अफलातून के आदर्शवाद को रोमन चिन्तन में पुनः प्रवेश कराया प्राकृतिक विधि के रूप में, जो न केवल मौजूदा व्यवस्था को वैधता प्रदान करने के लिए थी, एक अधिक पूर्ण सामाजिक व्यवस्था के आदर्श के निशान की तरह थी, जिसकी तरफ वर्तमान व्यवस्था अपने पूर्ण विकास के दौरान क्रमशः संक्रमित होनेवाली है। जुलियस स्टोन कहता है, "All this, in its due time took its place not only among the foundation of Roman world imperium, but in the later conception under the Christian Emperors of the imperial and Christian oecumene, the spiritual-cum-political commonness of humanity."

यूनानी प्रभाव से बना रोमन कानून अनैतिक था—इसका प्रभाव नीचे के लोगों, विशेषकर दासों और स्त्रियों पर नहीं पड़ता था। नव अफलातूनी व्यवस्था के नाम पर यह विधान सामाजिक श्रेणीबद्धता को दैवी और प्राकृतिक नियम के रूप में स्वीकार करता था, जो ईश्वर से चल कर भौतिक जगत् तक उतरता था। आध्यात्मिकता उसका समर्थन करती थी। ईसाइयत ने उसे अस्वीकार किया। उसने कहा कि ईश्वर ने ही पूरे जगत् को निर्मित किया है, सिर्फ जागतिक व्यवस्था के प्रथम सिद्धान्तों को ही नहीं। इसलिए वह अपनी प्रजा को इस तरह के अन्याय में नहीं डाल सकता। अब अपेक्षाकृत लौकिक विचारवाले विवेकवादी यूनानी-रोमनों को यह आध्यात्मिक स्थापना, जिसका आधार प्यार जैसा संवेग था, आश्चर्यचकित करनेवाली और असमंजस में डालनेवाली लगी। यह आरम्भिक अविवेकवादी और परोगामी ग्रीक दर्शन जैसी बात थी, क्योंकि सन्त पाल ने कहा था कि दैवी इच्छा को मानवीय विवेक द्वारा स्वीकार तो किया जा सकता है, किन्तु उसका जिस तरह से परम्परागत ढंग से प्रयोग होता आ रहा है, वह पर्याप्त नहीं है। सच पूछिये तो ईश्वर के आदेश मानवीय बुद्धि द्वारा नहीं समझे जा सकते और न ही वे मानवीय विवेक के अनुरूप विवेकपूर्ण हैं। उसे आध्यात्मिक ढंग से ही समझा जा सकता है, वह भी उस हद तक, जिस हद तक उसने अपनी शुभेच्छा से एक उद्‌देश्य के लिए स्वयं हमें समझाना चाहा है। यह ईश्वरीय इच्छा ही नैतिक बोध, नियम और न्याय का स्रोत है।

ईसाइयत के जड़ में यहूदी धर्म और हिब्रू विधि है। हिब्रू विधि ईश्वर प्रदत्त है, जबकि रोमन विधि मानवबुद्धि की व्यावहारिक खोज। हिब्रू लोगों के यहाँ न्याय और सदाचार अकादमिकों के विचार-विमर्श से नहीं, नित्य-प्रति के जीवन—चाहे वह घर का हो या दरबार का, बाजार का हो या जंगल में शिकार का—व्यवहृति से आता था। व्यवहृतियों के नियम बलि और खरीद-फरोख्त के प्रचलनों के समुच्चय थे। मसीहाओं के उपदेश उन पर शताब्दियों बाद लादे गये, जो उनसे उपजनेवाली क्रूरताओं पर रोक लगाते थे। उनका प्रकृति से, शाश्वतता से कोई सम्बन्ध नहीं था। कहा जाता है कि हिब्रू न्याय बदला लेने के भाव की प्रपत्ति है—'आँख के लिए आँख और दाँत के लिए दाँत' के न्याय से संचालित है। जेहोवा उसी का देव है। उसकी प्रजा जो बदला लेगी वह जरूरी नहीं है कि जन के खिलाफ किये गये अत्याचार के लिए ही हों, उसके ईश्वर के प्रति किये गये अत्याचार के लिए भी हो सकता है। व्याख्या में इसकी एक परिणति यह है कि यदि अपराध ईश्वर के खिलाफ है तो उसे ही बदला लेना चाहिए, उसकी प्रजा को नहीं। मनुष्य को तो अपने पड़ोसी से प्यार करना चाहिए। तब एक अपराधी भी प्यार का विषय बन जाता है, क्योंकि ईश्वर ने उसे अपनी ही छवि में बनाया है।

दूसरी व्याख्या यह है कि यह समानता के अधिकार का पूर्वगामी है। एक दाँत के बदले सिर्फ एक दाँत, दस दाँत नहीं, और एक जान के बदले सिर्फ एक जान, पूरा खानदान नहीं। यानी कानून के सामने ... हैं। पर इस बात पर सन्देह है कि यह व्यवस्था कभी वास्तव में लागू की गयी थी। उसके ...र्थिक क्षतिपूर्ति, फिर अपराधी के सुधार की बात कही गयी है।

दरअसल कानून के अनुसार न्याय की व्यवस्था यूनानी लोगों से बढ़कर हिब्रू लोगों के माध्यम से आयी। गौर करने की बात है कि अपने यूटोपिया में ग्रीक कवि ओविड और अपने ऐतिहासिक भौतिकवाद में कार्ल मार्क्स व फ्रेडरिक एंजेल्स न्याय तब होते पाते हैं जब कानून, जज और न्याय न हो। पर मजूसी मत तीनों को न्याय के लिए जरूरी मानता है। उनके लिए न्याय, विधि के पालन से आता है निर्णय देने में भी लागू करने में भी। चूँकि विधि व न्याय दोनों ईश्वरप्रदत्त है–वही अन्तिम न्यायकर्त्ता और लागूकर्त्ता है–इसलिए दोनों एक हैं। दोनों में, कहें दोनों शक्तियों में बँटवारा नहीं है। यह ईश्वर के स्तर पर तो जायज है, पर मानवीय स्तर पर हम पाते हैं कि तानाशाही के अन्याय से बचने के लिए शक्तियों में बँटवारा जरूरी है। जो भी हो मजूसी मत में मनुष्य की बुद्धि को ईश्वर की बुद्धि के माध्यम से प्रकट होना माना गया। इसका एक अर्थ यह है कि दोनों में यदि संघर्ष हो तो ईश्वर की बुद्दि को ऊपर माना जायेगा। दूसरे मनुष्य की बुद्धि ईश्वर की बुद्दि के पार नहीं जा सकती। हलख (oral tradition) के सिद्धान्त ने अलिखित नियम, ईश्वर के द्वारा बतायी गयी बात–श्रुति–को ही महत्त्व दिया गया। मुस्लिम कानून का भी वही आधार है–कुरान श्रुति ही तो है। गौर करने की बात यह भी है कि हिन्दू न्यायशास्त्र में श्रुति व स्मृति दोनों को महत्त्व दिया गया। भ्रम तब पैदा होता है जब हम पाते हैं कि एक तरफ मीमांसा कहता है कि श्रुति और स्मृति में विरोध होने पर श्रुति को प्राथमिकता दी जायेगी, दूसरी तरफ व्यवहार में लोक वेद पर भारी माना जाता है। पण्डितों ने इसका शमन यह कहकर किया है कि श्रुति-स्मृति सम्बन्धी स्थापना कर्मकाण्ड के लिए है, लोक-वेद सम्बन्धी स्थापना व्यावहारिक न्याय के लिए।

मजूसी मत ने भी कुछ व्यावहारिक स्थापनाएँ की हैं। एक तो यही कि यदि अधिकांश लोगों की सहमति और कुछ लोगों की असहमति के बीच टकराव होने पर अधिकांश की बात मान ली जानी चाहिए। वह ईश्वर की वाणी, देववाणी से बढ़कर है। वहीं यह भी कहा गया है कि यदि कोई दोगला सही बात जानता है तो उस मामले में वह ज्ञानी सत्ताधारी से बढ़कर है। यह भी कहा गया है कि आत्मा की आवाज को स्वीकार कर अकेला चलना बेहतर है, बिना आत्मा के भेड़ियाधसान में शामिल होने से। यदि दो स्थितियों में अलगाव करना है तो वह भी नियम के आधार पर ही होना चाहिए। हम यह भी पाते हैं कि वहाँ साक्ष्य सम्बन्धी अवधारणाएँ क्रमशः क्रूरता से उचित प्रक्रिया की ओर संक्रमित होती गयी हैं।

ईसाइयत की उत्पत्ति यहूदी मत से हुई है। इसलिए न्याय सम्बन्धी ईसाइयत की अवधारणा के मूल में यहूदी न्याय ही है। उसमें विवेक और उचित प्रक्रिया की भूमिका अन्तर्भुक्त है ही, आधार प्रेम की अतिव्याप्ति है, जिसका विकास रब्बियों और पराकारागारकालीन मसीहाओं के समय में हुआ था, जिसकी अभिव्यक्ति ईसाइयत की शिक्षाओं में हुई। न्याय में इसका जोर इतना अधिक था कि पहली सदी के यहूदी न्यायविदों ने विधिवाद पर नये सिरे से जोर देना आरम्भ किया। ईसाइयों ने इसका विरोध किया। परिणति इस कथन में हुई, "Thou shalt love the lord, thy God with all the heart, and with all thy soul, and with all thy mind, and with all thy strength... love thy neighbour as thyself." कहा जाता है कि यह उक्ति ईसा की है, किन्तु इसे हम रब्बी अकिबा के कथन में भी पाते हैं। इसी के आधार पर कुछ विद्वानों ने कहा है कि ईसा रब्बी थे और अकीबा की परम्परा के रब्बी थे। बेकहिलेल की उक्ति को मैथ्यू ने इस तरह से रखा है, "What is hateful to you, do not to your fellow man. This is the entire law, all the rest is commentary." न्याय सम्बन्धी पश्चिम के चिन्तन का यही आधार बना, "What one should act within the spirit, as well as the letter of law that his heart as well as his mind must be right, that his motives and not merely actions were to be judged." यह एक तरफ आदमी के लिए आन्तरिक, तो दूसरी तरफ न्याय के लिए बाह्य मानदण्ड बना। न्याय देने में और उसका अनुगमन करने में व्यक्ति की अन-अपचयित रूझान और उसके साथ व्यक्ति की कमजोरी और तद्जन्य दया की आवश्यकता न्याय पर लम्बे विमर्श की सूत्र बनी।

इस तरह न्याय एक सामाजिक नैतिक मूल्य बन गया। अरस्तू भी मानता था कि न्याय एक सामाजिक मूल्य है—यानी उसका सम्बन्ध उस व्यवहार से है, जो अन्तःव्यक्तिगत सम्बन्धों से सन्दर्भित होता है। न्याय एक ऐसा मूल्य है जिसकी तलाश में सभी लोग लगे रहते हैं। इसका एक अर्थ यह है कि आदमी की ठीक-ठीक पहचान तब होती है जब न्याय अनुपस्थित रहता है। दूसरे न्याय एक नैतिक मूल्य इसलिए है कि उसके द्वारा लोग दूसरों के व्यवहार का परीक्षण करते हैं—उस व्यवहार का जो व्यक्ति की इच्छा से संचालित रहता है। तीसरे औचित्य का प्रयोग कर्त्ता और कर्म के लिए अलग-अलग तथा कभी-कभी दोनों के लिए एक साथ व्यवहृत होता है। कुल मिलाकर कहा गया, "Justice is a positive, ethical, social value"। पर यह मूल्य सहज है कि आदिम—इस पर विवाद है।

हमने सन्त पाल की बात जहाँ छोड़ी थी, वहाँ लौटते हैं। रोमन साम्राज्य पर जब ईसाइयत की पकड़ मजबूत हो गयी तब उसने न्याय की अवधारणा और शासन पर प्रभाव डालना आरम्भ किया। इसका दार्शनिक हुआ सन्त आगस्टाइन। उसने ईश्वर-इच्छा के नैतिकबोध, नियम और न्याय के स्रोत की बात को फिर से उठाया और उसे समकालीन बनाकर प्रस्तुत किया। क्या रोमन साम्राज्य बिना ईसाइयत के जीवित रह सकता है? रहे भी तो क्या उसका दैवी और परमस्वरूप बना रह सकता है? अपने उत्तर को उसने स्टोइकों के तीन तल्लेवाली श्रेणीबद्धता पर आधारित किया। कहा कि लौकिक कानून प्रत्यक्ष कानून है जो देश, काल और परिस्थिति के अनुसार बदलता रहता है। वह या तो विधि बनानेवाली संस्था द्वारा निर्मित होता है, या फिर उन परम्पराओं की देन होता है, जिन्हें राज्य मान्यता देकर चलाते हैं। किन्तु उस विधि को अन्ततः अपरिवर्तनशील या शाश्वत विधि से बाँधकर रहना होता है। जो विधि ऐसी नहीं होती, वह विधि होती ही नहीं। प्राकृतिक विधि उस शाश्वत विधि की प्रतिलिपि है, जो मनुष्य की आत्मा, हृदय और विवेक में जन्म लेती है, जिनके सहारे ईश्वर हमारी चेतना में हमसे बात करता है। यह शाश्वत विधि ईश्वर की इच्छा या विवेक है, जो हमें ईश्वरीय व्यवस्था को बनाकर रखने की आज्ञा देता है। उसमें विघ्न डालने से रोकता है। इस तरह वह प्रकृति को विधि की स्वेच्छावादी और विवेकवादी अवधारणाओं के बीच चुनने की बात आने पर दोनों को यथाप्रसंग चुनता है। प्रश्न उठता है कि तब क्या वह एक समवाद (synthesis) की ओर बढ़ता है? नहीं, आगस्टाइन स्पष्टः स्वेच्छावादी था—वह सन्त पाल की तरह स्वीकार करता था कि ईश्वर की इच्छा के लिए किसी आधार की जरूरत नहीं है तथा मनुष्य का प्रारब्ध उसकी इच्छा की सबसे बड़ी अभिव्यक्ति है। फिर, चूँकि उसने ईश्वर की इच्छा और विवेक दोनों पर प्राकृतिक विधि को आधारित किया, इसलिए उसे जानने के लिए मानवीय इच्छा और विवेक दोनों को माध्यम माना। विवेक तथा इच्छा का शमन प्रेम में होता है, जो सर्वोच्च नैतिक मूल्य है। ईश्वर का प्रेम इसीलिए परम होने के बावजूद यादृच्छितता को नकारता है। यह ईश्वर का प्रेम पड़ोसी के साथ प्रेम से तदाकार होकर आगस्टइन के समवाद का विधिक आधार बन जाता है। स्टोन लिखता है, "For Cicero's concordant sharing of laws among a rational mutiltude, then Augustine substituted that of 'the things loved which included justice and therefore implied the rendering to God of which is due to Him."

ईसाइयत के साथ रोमन कानून का ताना-बाना 12वीं सदी के विचारक सन्त टामस एक्वीनास ने भी बुना। उसके पहले रोमन साम्राज्य बर्बरों के हाथों ध्वस्त होता गया था और तमाम कौमी राज्यों की स्थापना होने लगी थी। इस बीच इस्लाम का जन्म हुआ था और कुरान के आधार पर विधिशास्त्र का विकास होने लगा था। इसने तो रोमन कानून और न्याय की अवधारणा को प्रभावित नहीं किया, किन्तु कुछ इस्लामी दार्शनिकों ने कुछ प्रभाव अवश्य डाला। कट्टर इस्लाम के अनुसार चूँकि कुरान के बाहर कुछ भी नहीं है, इसलिए किसी दर्शन और दार्शनिक की सम्भावना नहीं रह जाती। किन्तु उदार इस्लाम, विशेषतः सूफियों के इस्लाम में दर्शन और दार्शनिक की सम्भावना बनती है। ऐसा ही एक दार्शनिक इब्न सीना था, जिसने एक तरफ पैगम्बर की कानून देने की क्षमता पर पूर्ण विश्वास किया, तो दूसरी

तरफ यूनानी दर्शन में व्याप्त विवेक और बुद्धिमत्ता पर भरोसा जताया। इसके लिए अरस्तू के दर्शन का पुनरुद्धार किया। ध्यातव्य है कि सन्त आगस्टाइन के बाद अफलातून की पुस्तकें और चिन्तन विचारकों को प्रभावित करती रहीं, पर अरस्तू का चिन्तन एक तरह से बहिष्कृत रहा और उसकी पुस्तकें लुप्तप्राय हो गयीं। उनका पुनरुद्धार करने का श्रेय इब्न सीना को जाता है। अरस्तू के मध्य मार्ग के सिद्धान्त के आधार पर उसने मनुष्य की पाशविक वृत्ति और विवेकमत आत्मा के संघर्ष को शमित करना चाहा। अरबेरी लिखता है, "The soul endowed as it was with perfect reason and for reaching all embracing thought strives to become as it were an intellectual microcosm, impressed with the form of the all the order intelligible in the all and the good pervading the all." मानवीय समाज के बारे में इब्न सीना ने कहा कि न केवल विवेक में, दूसरों की सहायता और समाज की आवश्यकता के मामले में भी ईश्वर मनुष्य की विशिष्टता को जानता था और उसके लिए इच्छा भी किया था। आवश्यकता की पारस्परिकता और उनकी पूर्ति के लिए समाज और नागरिक कर्त्तव्य अस्तित्व में आते हैं। इस अनवरत सहयोग के लिए विधि संहिता और समुचित नियमों की आवश्यकता पड़ती है। मोहम्मद साहब ने उसे ही प्रदान किया है भौतिक जगत् की सुव्यवस्था के लिए राजनैतिक सरकार और दर्शन की चेतना के माध्यम से।

दूसरा दार्शनिक इब्न रूश्द है। रूश्द ने अरस्तू का अनुसरण करते हुए कहा कि बिना राज्य के मानवीय जीवन असम्भव है और मनुष्य अपने स्वभाव की पूर्णता राज्य के अंग के ही रूप में प्राप्त करता है। यह पूर्णता पैगम्बर के द्वारा सुझाये गये आदर्श राज्य में ही मिल सकती है, जिसका आधार आदर्श संविधान और विधि है, जो न्याय प्रदान करते हैं। अब यह संविधान और विधि विभिन्न समुदायों के लिए भिन्न-भिन्न हो सकती है। यह भी कि ऐसे कानूनों की व्याख्या के लिए धर्मशास्त्रियों के पास जाने से अच्छा है दार्शनिकों के पास जाया जाये, जो इस्लाम की तार्किक और विवेकपूर्ण व्याख्या करते हैं। धर्मशास्त्री उसकी व्याख्या द्वन्द्वात्मक और भावनात्मक ढंग से करता है जो कट्टरता चाहे जितना प्रदान करे, समुचित ज्ञान नहीं प्रदान करता।

तीसरा दार्शनिक इब्राहीम इब्न दाऊद है। वह इहलाम को उसी रूप में लेता है, जिस रूप में इब्न सीना ने लिया था। श्रुति विधि में परिवर्तन की समस्या का निदान उसने यह कहकर किया कि तोरा के विधान विवेकपूर्ण हैं और पूरे विश्व द्वारा स्वीकृत कर लिये जाने के कारण विश्वव्यापी, शाश्वत तथा स्थायी बन गये हैं। किन्तु परम्परागत, औपचारिक और कर्मकाण्ड से जुड़े विधि-विधान में परिवर्तन हो सकता है, क्योंकि मालिक हर विधान को एक खास उद्‌देश्य से बनाता है, जिसे (उद्‌देश्य को) हम नहीं जानते हैं, किन्तु उसका प्राकट्य उस नये विधान में होता है जो पुराने विधान की जगह लेता है। दूसरे, इब्न दाऊद ने कानूनों में विभेद उनके काम के महत्त्व के आधार पर किया—जैसे ज्ञात को यानी विश्वास, मत, परिवार, समाज, राज्य को अनुशासित करने के आधार पर या अज्ञात को अनुशासित करने के आधार पर। इसमें ज्ञात और अज्ञात में विश्वास को नियमित करनेवाले नियम भौतिक दृष्टि से चाहे महत्त्वपूर्ण न दिखें, आध्यात्मिक दृष्टि से सबसे महत्त्वपूर्ण हैं, इसलिए बदले नहीं जा सकते; जब कि दीगर भौतिक नियम बदले जा सकते हैं।

उसी दौर में एक यहूदी दार्शनिक मूसा मोमिनीय हुआ था। उसने दर्शन और विज्ञान के बढ़ते प्रभाव से यहूदी विधि को मिलनेवाली टक्कर को दूर कर उसे कट्टर बनाये रखने के लिए ईश्वर और विवेक के सम्बन्ध को नये सिर से परिभाषित किया। उसने ईसाइयत से जुड़े तमाम धार्मिक लेखन से उत्पन्न नृतत्त्वशास्त्रीय रूपकों को त्यागकर ईश्वर की अशरीरी स्थिति और पूर्ण एकता की यहूदियों में व्याप्त प्रियता पर नये सिरे से बल दिया। ईश्वर के निर्गुण स्वरूप के आलोक में उसके नकारात्मक गुणों—जैसे भंगुरता, दुर्बलता, अज्ञानता, निरुद्‌देश्यता आदि—को खारिज कर सकारात्मक गुणों को उस एकता का पुंज बनाया। इससे मोमिनीय ने ईश्वर की इच्छा और ईश्वर के विवेक के द्वैध को समाप्त कर दैवी नियम

और न्याय के स्रोत को एकनिष्ठ किया। इसके आधार पर उसने कहा कि ऐसी कोई ईश्वर-इच्छाजनित विधि नहीं हो सकती जो विवेकपूर्ण न हो, या जिसका कोई उद्देश्य न हो। इसलिए इब्न दाऊद द्वारा अज्ञात और विश्वास के नियम को ज्ञात और भौतिक उपलब्धियों से जुड़े नियम का अलगाया जाना गलत है। तब तो ईश्वरप्रदत्त विधि अतार्किक या रहस्यमय बनकर मनुष्य निर्मित कानून की तुलना में निम्न कोटि की बन जायेगी। परिणामस्वरूप ईश्वर मनुष्य से हीन हो जायेगा। दरअसल ईश्वरीय विधान अच्छाई प्राप्त करने के लिए और बुराई से बचने के लिए प्रशिक्षण देने के वास्ते हैं और इस प्रशिक्षण से आदमी जो चाहे वह बन सकता है। इसलिए कानून की कसौटी कोई रहस्यमयता न होकर व्यक्ति का खुला चरित्र होता है। "There is thus divine providence for men, but not predestination for the biblical law would be vain if men were not free to obey or disobey. Since the law of Moses was perfect, it could never change, and Moses, who received it directly from God was the perfect prophet."

टामस एक्वीनास के विचार इसी पृष्ठभूमि में विकसित हुए और कुछ इस तरह से विकसित हुए कि उसके चिन्तन को 'Living Theory of Justice' कहा गया। उसने यूनानी चिन्तन, विशेषतः अरस्तू के चिन्तन को ईसाइयत के घोल में सान कर विभिन्न प्रकार की विधियों की श्रृंखलाबद्धता निर्मित की। सामाजिक व्यवस्था में विवेक उत्पादित विधि सुचारु रूप से काम कर सके, इसके लिए थोड़ी कड़ाई जरूरी है। लेकिन यह विवेक विधि और कड़ाई शाश्वत विधि यानी पूरे विश्व के लिए ईश्वर की विधि उसी के बनाये मनुष्य के भले के लिए होती है, लागू की जाती है। प्राकृतिक विधि शाश्वत विधि का वह अंश है, जिसे मनुष्य अपने निस्सहाय अकेले विवेक से समझ तो सकता है, किंतु अपने विवेक या इच्छा से बदल नहीं सकता, क्योंकि ईश्वर का विवेक सभी वस्तुओं का मानदण्ड है, मनुष्य का विवेक नहीं। यह बात सही है कि दैवी विधि, जो शाश्वत विधि का वह अंश है जिसे ईश्वर श्रुति द्वारा मनुष्य को बोधगम्य बनाता है, उसे मनुष्य की मति समझ नहीं सकती, बस शाश्वत सत्य के रूप में वह मनुष्य को प्रदत्त है। तो भी वह दैवी विवेक से ही उत्पन्न होती है। इन तीनों के विस्तृत चौखटे में मानवीय विधि—मनुष्य निर्मित प्रत्यक्ष विधि—उसके (मनुष्य के) विवेक द्वारा निर्मित होती है सभी लोगों के भले के लिए। उसकी सीमा वही है जो प्राकृतिक विधि तैयार किये होती है—मनुष्य की सुरक्षा और सामान्य पारस्परिक हित साधन के लिए।

दैवी विवेक पर आधारित होने के कारण शाश्वत, प्राकृतिक और दैवी विधि में कतर-ब्योंत नहीं किया जा सकता। मनुष्य के विवेक की पहुँच प्राकृतिक विधि के कुछ समादेशों तक ही हो सकती है—तात्कालिक, अविचारणीय, प्रपन्नमति प्रदत्त ज्ञान तक, जिस पर मनोविकारों और पाप की आदतों का असर नहीं पड़ता। जिस पर तमाम दूसरे समादेश आधारित हैं, वह मूलभूत समादेश हैं—"God is to be done and sought after, and evil is to be avoided." प्राकृतिक विधान के गौण सिद्धान्त मूसा के दस धर्मादेश हैं और वे तमाम दूसरे सिद्धान्त भी, जो जीवन को संरक्षित करने, सन्तान पैदा करने, शिक्षित करने, ईश्वर के सत्य को जानने, समाज में रहने, अज्ञान से जूझने और बिलावजह हिंसा न करने के कर्तव्य से जुड़े हैं।

एक्वीनास के चिन्तन की पृष्ठभूमि में दूसरी बात रोमन साम्राज्य की कमजोरी है, जो टूटकर कबीलाई राज्यों में बिखरता जा रहा था। ये राज्य प्रकारान्तर से अपने को सर्वोच्च सत्ता प्राप्त मानते थे। एक्वीनास ने राज्य की इस केन्द्रीयता को स्वीकार किया। कहा कि मनुष्य स्वभाव से ही राजनैतिक प्राणी है। उसका सर्वोच्च विकास राज्य में ही हो सकता है। परिवार और दूसरे सामाजिक समूह राज्य से सिर्फ विशालता में ही नहीं, गुणात्मक रूप से भी भिन्न होते हैं। सम्प्रभु को शक्ति मनुष्य के भले के लिए प्रदान की गयी है और इस मामले में वह 'सम्पूर्ण लोग' की जगह अवस्थित है। इस शक्ति में कानून बनाने का अधिकार, उसे अनुपालन कराने का अधिकार, उसके लिए सख्ती बरतने का अधिकार तथा सभी मनुष्यों

के लिए क्या हितकर है निर्धारित करने का अधिकार आता है। मनुष्य का सामान्य हित या शुभ सभी व्यक्तियों के हितों या शुभों का समुच्चय नहीं है। उससे इतर वह स्वयं एक कोटि है, एक सम्पूर्णता जिसमें अंग भी जुड़े होते हैं। इस तरह राज्य मनुष्य की प्रकृति में ही निहित है, किसी समझौते में नहीं। एक्वीनास इस तरह व्यक्तिवाद और समाजवाद की अतियों से हटकर मध्यमान को स्वीकार करता है। यही मध्यमान न्याय का प्रतिरूप है।

यूनानी चिन्तन और ईसाइयत के प्रभाव से रोमन न्याय का जो सम्यक् रूप बना, उसे हम यहाँ प्रस्तुत कर सकते हैं। यह कि विधि के तीनों स्वरूपों में जो भी भेद है, इतना तय है कि एक उच्च विधान है, जिसके अधीन मनुष्य के बनाये कानून हैं। रोम के वकीलों ने स्पष्ट माना कि न्याय दिलानेवाले कानून अन्ततः विवेकपूर्ण होते हैं, सर्वव्यापी होते हैं, यूँ ही बदलते नहीं रहते हैं और कुछ दैवी तत्त्व लिये रहते हैं, औचित्य और न्याय के मामले में निश्चय ही। वे मानते थे कि प्रकृति मानकों को स्थापित करती है, जिन्हें स्वीकार कर ही मनुष्य निर्मित विधि को चलना पड़ता है। यह प्राकृतिक विधि, "Was an ultimate principle of fitness with regard to the nature of man as a rational and social being, which is, or ought to be the justification of every form of positive law."

—फ्रेडरिक पोलक

सिद्धान्ततः प्रत्यक्ष विधिपूर्ण न्याय और औचित्य की सन्निकट स्थिति है। वह उनके उद्देश्यों का प्रतिनिधित्व करती है और उनके मानकों का निर्माण करती है। ऐसे में न्याय, जैसा कि सेल्सस को उद्धरित करते हुए अल्पेन कहता है, "Justice is a fixed and abiding disposition to give to everyman his right. The precepts of law are as follows : to live honourably, to injure no one, to give to every man his own. Jurisprudence is a knowledge of things human and divine, the science of just and the unjust."

सेबाइन इसे विस्तारित करते हुए कहता है कि अपने मूर्त रूप में न्याय का मतलब कानून के सामने सभी की बराबरी, वायदों के प्रति निष्ठा, उचित व्यवहार और निष्पक्षता, शब्दों से बढ़कर उनके पीछे की नीयत, आश्रितों की अनुरक्षा, रक्त-सम्बन्ध पर आधारित दावों की पहचान आदि है। कानूनी प्रक्रिया को औपचारिकता से मुक्त करना, स्वीकारोक्ति पर आधारित संविदा, सम्पत्ति और बच्चों के ऊपर अभिभावकत्व के मामले में स्त्री-पुरुष, पति-पत्नी के बीच समानता, दासों की मुक्ति और क्रूरता से बचाव आदि के लिए भी उसमें जगह है। इसके आधार पर स्टैमलर कहता है, "Justice was the crowning glory of Roman jurisprudence."

(3)

यहाँ से चिन्तन का आधुनिक युग आरम्भ होता है और न्याय सम्बन्धी विधिशास्त्र के दो रूप हो जाते हैं। एक रूप है प्रत्यक्ष कानून के आधार पर न्यायालयों द्वारा व्यावहारिक रूप से न्याय का दिया जाना। दूसरा रूप है न्याय पर दार्शनिक चिन्तन।

हम पहले को लेते हैं। स्टैमलर कहता है कि यहीं से न्याय न्यायपालिका द्वारा दिया जानेवाला वह निर्णय बन जाता है, जो दो लोगों के प्रतिस्पर्द्धी हितों के बीच निष्पक्ष रूप से औचित्य का पक्ष लेता है। उसके लिए जरूरी है कि एक कानून हो, वह कानून सही हो (यानी उसे बनानेवाला उसे बनाने के लिए सत्ता प्राप्त व्यक्ति या संस्था हो, उसने वह काम सत्ता के भीतर किया हो और न्यायालय उसे कानून माने) उसे लागू करने के लिए एक संस्थान हो जो एक तरफ उस कानून की व्याख्या करे तो दूसरी तरफ उसके आधार पर निर्णय दे और निर्णय को लागू करने के लिए भी एक संस्थान हो। यानी एक विधायिका हो, एक न्यायपालिका हो और एक कार्यपालिका, जिनके अधिकार सुनिश्चित और बँटे हुए हों। विरोधी हितों

के दो दल हों, जो उस न्यायपालिका के पास जायें और अपने हितों को पुष्ट करने के लिए उनके पास वैध और उचित तर्क हों, साक्ष्य हों। कानून के सही होने के दो स्रोत हैं, जिन्हें एक नाम हैंस केल्सन 'ग्रैण्ड नार्म' देता है। वह अपने अमूर्त रूप में संविधान है, जो दिये हुए समाज के सामूहिक मूल्यों की देन है। मूर्त रूप में वह राज्य है, जो लोगों की सम्प्रभुता का प्रतिनिधित्व करता है। कानूनी न्याय का व्यावहारिक पक्ष यह है कि विधि के नियमों की वैधता उनके वैधिक औचित्य पर नहीं, न्यायपालिका द्वारा उन्हें स्वीकार किये जाने पर आधारित होती है। दूसरे वैध नियम स्वयं विवादों का निर्णय नहीं करते। विधान और नजीर होने के बावजूद अदालतों के पास विवेकाधिकार होता है। परम्परा, प्रचलन और तमाम दूसरी सामग्रियों की भी अपनी भूमिका होती है इस विवेकाधिकार में। यह विवेकाधिकार दरअसल न्यायाधीशों के लम्बे अनुभव और अध्ययन से उत्पन्न मूलप्रवृत्ति की देन होती है। एलेन कहता है, "One of the most important interpretative factors is a trained sense of discretionary justice."

जैसा कि हमने ऊपर नोट किया है विधि के अनुसार न्याय की विस्तृत व्याख्या अरस्तू ने की है। वह एक तरफ विशिष्ट न्याय को सामान्य न्याय से अलगाता है, दूसरी तरफ वह वितरक न्याय और सुधारात्मक न्याय में अन्तर करता है। तीसरी तरफ वह नैसर्गिक न्याय और परम्पराप्रदत्त न्याय में भी अन्तर करता है। सामान्य न्याय वह है जो मूल्यों के, गुणों के समुच्चय की बात करता है, उसमें भी सामाजिक गुणों पर जोर देता है। वहीं न्याय विशेष में समानता का, बराबरी का प्रतिरूप बन जाता है। उसमें संगति पर, माध्यमिकता पर, अत्यधिक और अत्यल्प के बीच बराबर की दूरी पर बल देता है। उनके विशेष उदाहरण के रूप में धन और सम्मान के वितरण पर ध्यान केन्द्रित करता है। उनका आधार व्यक्ति जो वास्तव में पाता है और जो पाने का अधिकारी होता है के बीच सन्तुलन होता है। सुधारात्मक न्याय में दो व्यक्तियों के आपसी सम्बन्ध को देखा जाता है। नैसर्गिक और परम्परागत का अन्तर मनुष्य-प्रकृति और मनुष्य-इतिहास का अन्तर है। सोफिस्टों ने माना था कि मनुष्य स्वभाव से ही सभी चीजों का मानदण्ड है और उसी की पूर्ति न्याय का उद्देश्य है। वहीं परम्परा देश-काल सापेक्ष होती है और उससे जुड़ी विधि नैसर्गिकता में बाधा खड़ी करती है। एण्टिफोन कहता था, "A man can best conduct himself in harmony with justice, if when in company of witnesses he upholds the law of city, and when without witnesses he upholds the edicts of the nature. For the edicts of law are imposed artificially, but those of nature are compulsory. And the edicts of law are arrived at by consent, not by natural growth, whereas those of nature are not a matter of consent." अफलातून ने मनुष्य को नहीं, विचार को वस्तुओं का मानदण्ड माना था, इसलिए कानून और न्याय के लिए उनका विचार प्राथमिक था, वास्तविक कानून और न्याय उसके अनुसार बरतनेवाले घटक। अरस्तू ने इन्द्रियों के पार वस्तुओं की प्रकृति को स्वीकार किया, किन्तु उनके आधार पर वस्तुओं के सत्त्व और वस्तुओं के विचार के बीच की द्वैधता को अस्वीकार किया। उसने माना कि सभी संवृत्तियों के बीच समरसता होती है और यह समरसता तब पैदा होती है जब सभी संवृत्तियों का उच्चतम विकास हो जाता है। इसके आधार पर नैसर्गिक न्याय और परम्परागत न्याय के विभेद पर उसने कहा, "Of political justice part is natural that which everywhere has the same force and does not exist by peoples thinking this or that, part is laid down by law, that which is originally indifferent, but when it has been laid down is not indifferent ... The things which are just by virtue of convention and expediency are like measures: for wine and corn measures are not everywhere equal... similarly the things which are just not by nature but by human enactments are not everywhere the same…though there is one which is everywhere by nature the best." वितरक न्याय की बीज अवधारणा समानता हैः बराबर के लोगों में समान वितरण होगा, गैरबराबर के लोगों में असमान। सुधारात्मक न्याय इस समानता को पुनर्स्थापित करना चाहता है, जब उसमें खोट

उजागर होती है। वह यह मानकर चलता है कि जो स्थिति बिगड़ गयी थी वह वितरण की दृष्टि से न्यायोचित थी।

यहाँ अरस्तू के विचार की दो बड़ी खामियाँ सामने पड़ती हैं। एक तो यह कि क्या बराबर है और क्या गैरबराबर, यह इस बात पर निर्भर करता है कि उसे कैसे तय किया जाता है। दूसरे जो वास्तव में असमान हैं—प्रतिभा, शक्ति आदि के आधार पर उसे कानून में समान मानने पर असमानता और बढ़ जायेगी। किसी संविदा के सन्दर्भ में कानून यदि यह मानकर चले कि समझौता करते समय दोनों बराबर व स्वतन्त्र थे, जबकि वास्तव में वे एक-दूसरे से बेहतर या दबाव देने की स्थिति में थे, तो इससे असमानता और तद्जन्य अन्याय ही होगा। इससे बचने के लिए असमानता पर जोर देना होगा। ऐसे में यह तय करना जरूरी होगा कि कानून कब समानता को ध्यान में रखे और कब असमानता को, तथा असमानता को स्वीकार करनेवाले सिद्धान्त क्या हों। निश्चय ही वे सिद्धान्त समानता को स्वीकार करनेवाले सिद्धान्त से भिन्न होंगे। न्याय विचारकों का कहना है कि वे सिद्धान्त मूल्य के होंगे। होम्स के अनुसार, वे "The inarticulate major premise of judicial reasoning" हैं। वे अव्यक्त (inarticulate) हैं, क्योंकि उनके प्रभाव को खुल्लमखुल्ला इसलिए स्वीकार नहीं किया जाता कि लोग यही मानकर चलते हैं कि कानून तो कानून है और जजों का काम उसको लागू करना है। लेकिन न्याय का स्वरूप ही ऐसा है कि ऐसा अक्सर नहीं किया जा सकता। दूसरी तरफ कानून का सम्मान तब तिरोहित हो जायेगा जब लोगों को पता चलेगा कि न्याय कानून के आधार पर नहीं, जजों के मनतरंगों और पसन्दों के आधार पर किये जाते हैं—जबकि बात ऐसी नहीं है। व्यक्तिगत तत्त्व होता जरूर है, पर वह मनतरंग की देन न होकर एक सोचा-समझा दूरगामी उद्देश्य और तार्किक अनुशासन होता है, जो उनके लम्बे अनुभव, अध्ययन और सोच से प्राप्त होता है। ऐसे में मूल्य वे अनुचिन्त्य हैं, जो न्याय के अन्तरिम नियमों को रूप देते हैं और संघर्षरत हितों को नापने का पैमाना देकर नियमों को लागू करने के विवेक का पथ-प्रदर्शन करते हैं। जैसा कि डिपलाक कहता है, "My value judgement is signified choice of a particular value as well as the result of measuring interests with reference to chosen value."

इस सन्दर्भ में कुछ महत्त्वपूर्ण बातें नोट कर लेना जरूरी है। एक तो यह कि वह मामला बहुत महत्त्वपूर्ण होता है जो कोई नयी बात प्रस्तुत करता है। 'नयी' का मतलब ही है कि मौजूदा कानून में वह तत्त्व नहीं था, जो उस स्थिति पर बात करता। और तब वह तत्त्व बाहर से लाना होता है। अब महत्त्व की अपनी मात्राएँ होती हैं। अधिकांश मामलों में कानून धीरे-धीरे अगोचर रूप से विकसित होता चलता है और उस दिशा या प्रकार का कोई नया महत्त्वपूर्ण मामला आता है जो उस पूरे परिदृश्य पर दृष्टि डालने की माँग करता है, तो प्रदत्त नया तत्त्व अकिंचन ही होता है। दूसरी तरफ कोई ऐसा नया मामला भी आ सकता है जो कुछ पुराने नियमों को एकदम से खारिज कर दे, उनमें कुछ महत्त्वपूर्ण और दूरगामी परिणाम का परिवर्तन कर दे, या फिर कोई एकदम से नयी बात रख दे। किन्तु ऐसे मामले होते खूब कम हैं।

दूसरे मूल्य-निर्णय के प्रभाव की सीमा मौजूदा कानून की संरचना पर निर्भर करती है। यदि कोई नियम नहीं है तो न्यायिक विस्तार की वृहद गुंजाइश है, यदि है तो गुंजाइश कम ही सही, पर होती जरूर है। तीसरे कानून के अनुसार न्याय एक अनवरत प्रक्रिया है। चौथे मूल्यों का अध्ययन नजीरों के सन्दर्भ में किया जाता है। पाँचवें मामलों पर विचार एक श्रृंखला में किया जाता है। छठवें विरोधी हितों का मूल्यांकन किन्हीं परिप्रेक्ष्यों में होता है, जैसे राष्ट्रीय और सामाजिक सुरक्षा, व्यक्ति की अनलंघ्यता, सम्पत्ति की अनलंघ्यता, सामाजिक कल्याण, समानता, परम्परा व सिद्धान्त के प्रति निष्ठा, नैतिकता, सुविधा, अन्तरराष्ट्रीय सौजन्य आदि।

इनमें समानता पर कुछ और चर्चा की आवश्यकता है। जैसा कि हमने ऊपर देखा है न्याय की अवधारणा—चाहे वितरक हो या सुधारात्मक—अस्पष्ट ही सही, समानता के बोध पर आधारित है। किन्तु

यदि वह किन्ही परिस्थितियों में अन्याय पैदा करे तो जजों ने माना है कि, "I should have found some method, I have no doubt of getting rid of the technical objection." —लार्ड जस्टिस लिण्डले।

दूसरे न्याय दो विकल्पों या व्याख्याओं में से एक को चुनकर चलती है। लार्ड रीड ने कहा है, "If a decision in one sense will on the whole lead to much more just and reasonable results, that appears to me to be a strong argument in its favour." तीसरे यदि कहीं प्राधिकार नहीं हैं तो निर्णय न्याय पर आधारित किया जायेगा। जैसा कि बाइकाउण्ट रीड ने कहा है, "In the end and in the absence of authority binding on this house, the question is simply : What does justice demand in such a case as this?... If I have to base my opinion on any principle, I would venture to say it was the principle of natural justice." चौथे कानूनी अवधारणाओं का अर्थ न्याय की जरूरत पर परिप्रेक्ष्य के अनुसार बदलता रहता है। पाँचवें सभी नये सिद्धान्तों की उत्पत्ति न्याय की भावना से होती है। छठें यदि न्यायालयों को लगता है कि विदेशी कानून उचित नहीं है तो वे उन्हें लागू करने से साफ मना कर देते हैं। सातवें नैसर्गिक न्याय की माँग को ठुकराया नहीं जा सकता। इसका मतलब है कि कोई भी व्यक्ति अपने से सम्बन्धित मामले में स्वयं न्यायाधीश नहीं हो सकता। अपने से मतलब यहाँ रिश्तेदार और मित्र भी होते हैं। फिर बिना सबूत के किसी को सजा नहीं दी जा सकती। बिना मुल्जिभ को सुने, अपनी बात कहने का मौका दिये, उसे अपराधी नहीं ठहराया जा सकता। एक ही अपराध के लिए दो बार सजा नहीं दी जा सकती। न्यायालय को बिना पूर्वाग्रह के अपना काम करना चाहिए। सजा और हर्जाना अपराध के अनुपात में होना चाहिए। आठवें वितरक न्याय की माँग होती है कि लाभों का वितरण बराबर के लोगों में बराबर-बराबर होना चाहिए। होनोरे लिखता है, "All men considered merely as men and apart from their conduct or choice have a claim to an equal share in all those things, here called advantages, which are generally desired and are infact conducive to their well-being." यह समस्या जरूर है कि यह कौन निर्णय करेगा कि कौन बराबर है और कौन नहीं। वितरण न्याय न्याय के साथ-साथ देय के भार को भी स्वीकार करने की माँग करता है। नवें बराबरी के व्यवहार की जरूरत नजीरों के सिद्धान्त को उचित ठहराता है, किन्तु यह stare decisis पर भी लागू हो, जरूरी नहीं। दसवें इधर न्यायालय समानता के मामले में गरीबों और वंचितों की ओर अधिक झुकते जा रहे हैं। इससे मूल्यों की श्रेणीबद्धता काफी प्रभावित हुई है। इसकी विस्तृत चर्चा हम सामाजिक न्याय के सन्दर्भ में आगे करेंगे।

(4)

न्याय की अवधारणा के विकास की दूसरी दिशा थी दार्शनिक चिन्तन। वह आधुनिक काल के आरम्भ से ही शुरू हो गया था, किन्तु चर्चा में इधर आया है जान राल्स की पुस्तक 'ए थियरी आफ जस्टिस' (1970) और राबर्ट नाजिक की पुस्तक 'एनार्की स्टेट ऐण्ड यूटोपिया' (1974) के प्रकाशन के बाद। राल्स ने न्याय के सिद्धान्त को समदर्शिता (fairness) पर आधारित करते हुए स्पष्ट कहा है कि सामाजिक असमानता को तभी न्यायोचित ठहराया जा सकता है, जब वह समाज के सबसे निचले वंचित तबके को लाभ पहुँचाता हो (जिसमें वह उन्हें काम करने के लिए प्रोत्साहन देता हो)। इसके जड़ में राल्स का यह विश्वास है कि अपनी प्रतिभा और क्षमता को न जाननेवाले लोग ही समतामूलक समाज में रहना पसन्द करते हैं और गरीब हो जाने के भय के कारण उनके समृद्ध होने की क्षमता दब जाती है। इसलिए समदर्शिता के आधार पर कल्याण और पुनर्वितरण को न्यायोचित ठहराया जा सकता है। थोड़ा विस्तार में जायें तो हम राल्स को यह लिखते हुए पाते हैं, "All social values—liberty and opportunity, income and wealth and the bases of self-respect—are to be distributed equally unless an unequal distribution of any, or all, of these values is to everyone's advantages." वह समानता के पक्ष में तर्क देते हुए व्यक्तिवाद का बचाव करता है। वह उपयोगितावाद और काण्ट के चिन्तन का विरोध करता है। उपयोगितावाद मानता है कि वह कर्म सर्वोत्तम है जो अधिकतम लोगों का अधिकतम सुख साधता है। काण्ट मानता था कि हर व्यक्ति अपने शुभ का, हित का निर्माण करने में रुचि रखता है, स्वार्थ रखता है, उसी को लेकर चलता है और इसीलिए एक-दूसरे के साथ सहयोग करते हुए रहता है, एक-दूसरे का हितसाधन करते हुए। राल्स कहता है कि न्याय को तभी समदर्शिता के रूप में समझा जा सकता है जब सहकारी योजनाओं को प्रत्येक प्रभावित व्यक्ति स्वीकार करे, पुष्ट करे और मूलभूत आर्थिक, राजनैतिक और सामाजिक संस्थाएँ (जिन्हें आधारभूत संरचनाएँ कह सकते हैं) इसकी पूर्ति और बढ़ोतरी की ओर उन्मुख हों। इससे लग सकता है कि वह राजनैतिक-सामाजिक समझौतावादी विचारकों में से एक है जो ऐसे समझौते को सम्भव-ऐतिहासिक घटना मानते हैं। पर नहीं, वह परम्परागत समझौतावादियों से भिन्न ऐसे समझौते को परिकल्पित (hypothetical) मानता है। सुझाव रखता है, "Fairness results from what could be reasonably considered as impartial procedures in an original position between deliberating co-operators… The infinitive idea of justice as fairness is to think of the first principles of justice as themselves the object of an original agreement in a suitably defined initial situation…which rational person concerned to advance their interests accept in this (Original) situation of equality to settle the basic terms of their association." इन औचित्य प्रक्रियाओं को निर्गत करने के लिए सूक्ष्म सहयोगी अज्ञानता (ignorance) के पर्दे के पीछे रहते हैं। यह अज्ञान का पर्दा एक विचार-प्रयोग है, जहाँ हम कल्पना करते हैं कि तमाम सदस्य अपनी सामाजिक स्थितियों, धार्मिक विश्वासों, सांस्कृतिक सम्बद्धताओं और दीगर व्यक्तिगत हितों पर राय कायम करने में असमर्थ होते हैं, जो इच्छित परिणामों को पूर्वाग्रही ढंग से सम्प्रभावित करते हैं। वे यह तो जानते हैं कि उनके पास एक शुभ की अवधारणा है और उसे प्राप्त भी करना चाहते हैं, पर वह शुभ क्या है--इस पर स्पष्ट नहीं होते। परिणामस्वरूप यह पर्दा हर व्यक्ति को समानता, निष्पक्षता, सहयोग की सतत प्रक्रिया की ओर ले जाता है। यदि वे ऐसा न करें तो वे अपनी धारणा के शुभ, आत्महित के ही विरुद्ध काम करनेवाले बन जायेंगे। क्योंकि जब तक पर्दा नहीं उठेगा, वे अपनी सामाजिक स्थिति, तद्‌जन्य अपने शुभ और उसे प्राप्त करने की प्रक्रिया के ही प्रति अनजान रहेंगे।

राल्स कहता है कि इस मूलभूत स्थिति से न्याय के दो सिद्धान्त उभरते हैं, जो आपस में संगत भी हैं और आधारभूत भी, जिन पर राजनैतिक संगठन बन पाता है। ये सिद्धान्त इसलिए उभर पाते हैं कि व्यक्ति यह नहीं जानते कि उनके विशिष्ट मामले को विभिन्न विकल्प किस तरह से प्रभावित करेंगे। इसलिए वे सिद्धान्तों का मूल्यांकन बिलकुल सामान्य अभिसन्धान (general consideration) के आधार पर कर पाते हैं। ये दोनों श्रेणीबद्ध सिद्धान्त निम्न हैं—

(1) सामान्य मूलभूत स्वतन्त्रताओं का वितरण। इस पर राल्स कहता है, "Each person has an equal claim to a fully adequate scheme of equal basic rights and liberties, which scheme is compatible with the same scheme of all."

(2) सामाजिक और आर्थिक वितरण सम्बन्धी न्याय यानी (क) सामाजिक और आर्थिक प्रक्रियाओं को इस तरह से रखा जाना है कि सभी को सामाजिक अवसर एक समान प्राप्त हो। (ख) उम्मीद की जाती है कि आर्थिक प्रक्रिया सभी के लिए लाभप्रद होगी।

दूसरे शब्दों में कहें तो सामाजिक और आर्थिक संरचना इस तरह से गढ़ी जानी चाहिए कि समाज के सबसे निचले तबके के आदमी की स्थिति इस आपसी लाभ से बेहतर बन सके। इसे वह भिन्नता का सिद्धान्त (differential principle) कहता है।

इस न्याय सिद्धान्त ने न केवल उपयोगितावाद का विकल्प रचा है, समतावादी उदारवादियों के लिए भी अन्वेषणात्मक ढंग से उपयोगी रहा है। लेकिन तब समुदाय-सदस्यतावादियों (communitarians) ने यह कहकर इसकी आलोचना की है कि राल्स ने न्याय के प्रथम सिद्धान्त के भीतर व्यक्तिवाद को कुछ ज्यादा ही प्राथमिकता दे दी है। ऐसा करके उसने मानवीय विकास और बढ़ोतरी में समाज की महती भूमिका को छोटा कर दिया है। दूसरी तरफ इच्छा-स्वतन्त्रतावादियों (libertarians) ने यह कहकर आलोचना की है कि राल्स ने अपने समतावाद से व्यक्ति की स्वतन्त्रता को काफी सीमित कर दिया है। उससे आज के बाजार में मोल-भाव करके अपनी योग्यता का सर्वोच्च मूल्य पाने से अनुचित ढंग से रोक दिया है। खुले और स्वतन्त्र समाज में नैसर्गिक योग्यता की खुली प्रतिस्पर्द्धा के लाभ पर प्रहार किया है। विश्व नागरिकतावादियों (Cosmopolitans) ने कहा है कि मौलिक स्थिति को राज्य तक सीमित कर देने का कोई नैतिक औचित्य नहीं है और राल्स के न्याय के मूलभूत सिद्धान्त को विश्व स्तर पर लागू किया जाना चाहिए।

राल्स ने अपने अगले लेखन में न्याय सम्बन्धी अपने सिद्धान्त को पुनर्गठित किया है और उसे विस्तार दिया है। 'पॉलिटिकल लिबरलिज़्म' में उसने इस बात की विवेचना करना चाही है कि शुभ (जिसे अब वह उचित बहुलवाद—Rational pluralism कहता है) पर असहमति के बावजूद कैसे हम न्याय की अवधारणा पर एक स्थिर और दूरगामी सहमति बना सकते हैं। वह कहता है कि इसके लिए हमें जन तर्क (public reason) के आधार पर अतिव्याप्त सहमति (consensus) बनानी होगी, जिसमें लोग—व्यक्ति के रूप में—शासन को निर्मिति व सत्यापित करेंगे कि यह न केवल न्यायोचित है, राजनैतिक स्थायित्व के बोध का समुचित सिद्धान्त भी है। इसे वह प्रतिबिम्बित सन्तुलन (reflective equilibrium) कहता है। 'द लॉ ऑफ पीपुल्स' (1999) में वह विश्वनागरिकतावादियों के विचार को अस्वीकार करते हुए अच्छे लोगों (यानी जनों और समुदायों) के बीच बरदाश्त करने (tolerance) के उदारवादी सिद्धान्त (notion) पर ध्यान केन्द्रित करता है। कहता है कि उसका न्याय का सिद्धान्त अन्तरराष्ट्रीय स्तर पर लागू करने के लिए नहीं है। उदार तथा अच्छे गैर-उदार लोग सामाजिक न्याय के भिन्न सिद्धान्तों को स्वीकार कर उन्हें विकसित कर सकते हैं। इसके लिए उन्हें लोगों के लिए आपसी संगत सिद्धान्त को मानना पड़ेगा जो मानवीय अधिकार तथा जीवन की विभिन्न शैलियों को स्वीकार कर लेने पर आधारित होगा।

राबर्ट नाज़िक भी अमेरिकन विचारक है। उसने राल्स की प्रतिक्रिया में अधिकार आधारित न्याय का सिद्धान्त विकसित किया अपनी पुस्तक 'एनार्की स्टेट ऐण्ड यूटोपिया' (1974) में। उसने व्यक्तिगत स्वतन्त्रता और सामाजिक न्याय के बीच बढ़ते जा रहे तनाव को ध्यान में रखकर निजी सम्पत्ति, व्यक्तिगत अधिकार और आत्मनिर्णय पर बल दिया। वह राज्य की उपस्थिति को भी उचित मानता है यदि वह इनमें न्यूनतम दखलन्दाज़ी करे, आय का कम-से-कम वितरण करे और व्यक्ति तथा सम्पत्ति की सुरक्षा करे। इसके आधार पर वह न्याय के हकदारी सिद्धान्त (entitlement theory of justice) का विकास करता है। इसका मतलब है कि एक तरफ व्यक्ति अपनी सम्पत्ति, अपने शरीर और अपनी योग्यता पर पूर्ण अधिकार रखते हैं, दूसरी तरफ जगत् की तमाम सम्पत्ति पर किसी का अधिकार नहीं है। तो भी इन संसाधनों को व्यक्तिगत सम्पत्ति के रूप में अधिगृहीत किया जा सकता है, बशर्ते इस अधिग्रहण से तमाम दूसरे लोगों की स्थिति उस स्थिति से बदतर न हो जाये, जो इस अधिग्रहण से पूर्व थी या अधिग्रहण न किये जाने पर रहती। इसे वह (justice in acquisition) कहता है। कहता है कि समानता के नाम पर बलात् अधिग्रहण और पुनर्वितरण व्यक्ति के अधिकारों का हनन करता है और श्रम के द्वारा कमाये गये धन पर भारी टैक्स तो बिना पारिश्रमिक दिये कराये गये बलात्-श्रम की तरह है, "Since it involves giving beneficiaries of redistribution a property right in the productive abilities of the tax-payers."

नाज़िक की स्थापनाओं की बड़ी सख्त आलोचनाएँ सामने आयी हैं। पर उनका जवाब देने के बजाय उसने आधिभौतिकी, ज्ञान-मीमांसा और बुद्धिवाद पर लिखना पसन्द किया है। शायद उसके मन में यह बात पैठ गयी थी कि न्याय सम्बन्धी उसकी धारणा बहुत सटीक नहीं है, या फिर वह बरास्ते दर्शन व्यावहारिक न्याय पर आना चाहता था। जो भी हो, उसका चिन्तन अधूरा ही रह गया।

अमर्त्य सेन राल्स को अनुबन्धवादी विचारक मानते हैं और अनुबन्धवाद को अनुभवातीत और रहस्यात्मक मानते हैं। कहते हैं कि फिर भी हमें आश्वस्त किया जा रहा है कि उनके सामान्य तर्क हमें न्याय के सुस्पष्ट नियम और अद्वितीय संस्थागत रचना प्रदान कर देंगे। राल्स के न्याय-सिद्धान्त के नियम हैंः स्वतन्त्रता की प्रमुखता (प्रथम नियम), प्रविधिगत समता की शर्त (प्रथम भाग, द्वितीय नियम), और समाज के सर्वाधिक अभावग्रस्त सदस्यों के हितों में अधिकतम संवर्द्धन के रूप—समता के साथ-साथ दक्षता (द्वितीय भाग, द्वितीय नियम)। राल्स के सिद्धान्त में इस प्रकार बारीकी से प्रत्येक बात को रखने के बाद दावा किया जाता है कि हमें किसी प्रकार की अनिश्चितता की चिन्ता नहीं करनी चाहिए। किन्तु क्या यहाँ अति-निश्चिन्तता विद्यमान है? यदि जैसे तर्क यहाँ दिये गये हैं वे सत्य हैं तो फिर इस सिद्धान्त के निरूपण का उत्कृष्ट स्तर हमसे अनेक सम्बद्ध बातों की ओर आँखें मूँद लेने की अपेक्षा करता प्रतीत होगा। ये सम्बद्ध बातें वास्तव में बहुत ही महत्त्वपूर्ण सरोकार हैं। राल्स के न्याय के स्वरूप, रचना और उसकी रचनाविधि से अनेक गम्भीर अपवर्जनाओं की समस्या पैदा हो सकती है। इनमें सम्मिलित हैं—

1. केवल पूर्णतः न्यायनिष्ठ समाज की पहचान से सन्तुष्ट होकर न्याय के विषय में तुलना-भरे प्रश्नों के उत्तर देने के अनुशासन से मुँह चुराना।

2. केवल न्यायनिष्ठ संस्थाओं से सम्बद्ध नियमों के आधार पर न्याय की सभी कसौटियों का निर्धारण करना और सामाजिक सम्प्राप्तियों के अधिक व्यापक परिप्रेक्ष्य की अनदेखी करना।

3. देश के घटनाक्रम और चयनों के सीमापार सम्भव नकारात्मक प्रभावों की अनदेखी करना, बाहरी व्यक्तियों की वाणी को सुन पाने की संस्थागत व्यवस्था की आवश्यकता नहीं समझना।

4. शेष विश्व से अलग रहे समाज में संकीर्ण जीवन मूल्यों के प्रभाव का निवारण करने की व्यवस्था का अभाव।

5. इस सम्भावना की ओर ध्यान नहीं देना कि मूल अवस्था में भी काफी सार्वजनिक चर्चा के बावजूद कुछ व्यक्तियों के विचार में न्याय के बहुत ही अलग नियम उपयुक्त हो सकते हैं। (इसका कारण उनके निहित स्वार्थों में अन्तर नहीं, तर्क आधारित राजनैतिक मानदण्डों और जीवन मूल्यों के प्रति वैचारिक बहुलता होती है।)

6. इस सम्भावना को अस्वीकार कर देना कि कल्पित सामाजिक अनुबन्ध में भाग लेनेवाले कुछ लोगों का व्यवहार भी सदैव औचित्यपूर्ण नहीं रह पाता तथा इससे सभी सामाजिक व्यवस्थाओं की उपयुक्तता पर प्रभाव पड़ सकता है (संस्थाओं के चयन सहित)।

इन चिन्तनों और चिन्ताओं के आधार पर अमर्त्य सेन न्याय की स्थापना की जगह अन्याय के प्रतिकार की बात करते हैं। अन्याय को कम करना न्याय का संवर्द्धन करना ही है। दूसरे वे संस्थाओं द्वारा न्याय के संवर्द्धन की जगह व्यक्ति के जीवन में अनुभूत अन्याय पर जोर देते हैं। तीसरे वे लोकतन्त्र को 'चर्चा द्वारा शासन' के रूप को स्वीकार करते हैं और इसका विस्तार विश्व स्तर तक करना चाहते हैं। उन्हें लगता है कि इससे न्याय और अन्याय की विश्वव्यापी अवधारणा रची जा सकती है। उसके लिए पश्चिम ही नहीं, पूर्व और दक्षिण के चिन्तन का भी योग लिया जा सकता है, क्योंकि मानवीय वरीयताएँ दिशाओं से नहीं, मानवीय समस्या और उसकी अनुभूति से पैदा होती है। उसमें बुद्ध, कृष्ण,

कन्फ्यूशियस, लाओ त्से, अशोक, जरथुस्त्र, ईसा, मूसा, मोहम्मद और आज के गाँधी के विचार कम महत्त्वपूर्ण और प्रभावी नहीं हैं। चौथे वे न्याय और नीति में अन्तर करते हैं। नीति संस्थाओं के काम करने के लिए पथ-निर्देशक होती है, जबकि न्याय उसकी उपलब्ध परिणति। राल्स और नाज़िक ने दोनों को एक कर देना चाहा है, जिससे कई गड़बड़ियाँ हुई हैं। छठें ज्ञानोदय काल से ही न्याय चिन्तन दो खेमों में बँटा रहा है। एक खेमा अनुबन्धवादियों का है, जिसमें हाब्स, लाक, रूसो, काण्ट आदि आते हैं। वे अनुभवातीत संस्थावाद का सृजन करते हैं। यानी वे किसी भावी आदर्शपूर्ण और न्याय देनेवाली संस्था का निर्माण करने की जगह मौजूदा संस्थाओं में ही उनकी और न्याय की शिनाख्त करते हैं। दूसरा खेमा तुलनावादियों का है, जिसमें स्मिथ, कार्डोसो, वालस्टोन क्राफ्ट, बेन्थम, जान स्टुअर्ट मिल, मार्क्स आदि आते हैं, जिन्होंने जनता के जीवनयापन की विभिन्न पद्धतियों के विषय में अलग-अलग मत अपनाया है। वे अनुभूतिकेन्द्रित तुलनाओं को लेकर समकालीन संस्थाओं में न्याय के लिए विचरने की जगह न्याय आधारित एक बेहतर विश्व के निर्माण की ओर उन्मुख होते हैं। उसके लिए अन्याय की शिनाख्त करते हैं। अमर्त्य सेन इन्हीं के पक्षधर हैं। राल्स का चिन्तन अनुबन्धवादियों के चिन्तन की पराकष्ठा है—वह न्याय की स्थापना निष्पक्षता के आधार पर करना चाहता है। नाज़िक का भी आधार वही है। तुलनावादियों की परिणति चयन के सिद्धान्त के गणितीय विश्लेषणधारा में होती है, जिसका उद्देश्य अन्याय को शमित करना है। कहा जा सकता है कि इसमें तर्क की जगह भावना पर अधिक जोर है। किन्तु तर्क और भावना में टकराव ही हो—यह कहाँ जरूरी है? हम पाते हैं कि पूर्वाग्रह भी तर्क पर आधारित होते हैं।

यह भी दिक्कत है कि इस तुलनात्मक अनुभववाद की कोई एक जमीन नहीं है। अमर्त्य सेन ने खुद ही एक उदाहरण प्रस्तुत किया है। एक बाँसुरी है और उसे तीन हासिल करनेवाले हैं। एक कहता है कि इसे मैंने बनाया है, इसलिए यह मुझे मिलनी चाहिए। दूसरा कहता है कि मैं बहुत गरीब हूँ, मेरे पास खेलने का कोई और खिलौना नहीं है, इसलिए हमें मिलना चाहिए। तीसरा कहता है कि मैं ही ठीक से बाँसुरी बजाना जानता हूँ, जिससे तमाम लोगों को सुख मिलता है, इसलिए मुझे मिलनी चाहिए। यदि तीनों तर्क एक जैसे 'वैलिड' हैं तो भला कैसे तय होगा कि किसे मिलनी चाहिए। न्यायाधीश के तत्कालीन विवेक से। लेकिन तब क्या एक के पक्ष में गया फैसला दूसरे दोनों के लिए अन्याय न होगा। एक दूसरा उदाहरण लें। देश की बहुसंख्यक हिन्दू जनता कहती है कि राम जन्म भूमि की जमीन गलत ढंग से कब्जा कर एक आक्रान्ता द्वारा उस पर बलात् मस्जिद बनायी गयी है। हम उसका विरोध करते रहे हैं। आज उसे ध्वस्त कर दिया है। हम उस पर अपने आस्था का प्रतीक बनायेंगे। मुसलमान कहता है कि अरे वाह! वह सम्पत्ति अब मेरी है और शताब्दियों से है। जैसे हिन्दू के लिए वह आस्था की बात है, उसी तरह हमारी आस्था की भी बात है। सरकार कहती है कि गड़े मुर्दे न उखाड़े जायें—यथास्थिति बनी रहे— इससे सामाजिक सौहार्द टूटता है। दोनों पक्ष कहता है कि सामाजिक सौहार्द तो रोज ही किसी-न-किसी बहानें कहीं-न-कहीं टूटता है। यह तो न्याय में रोड़ा अटकाने की बात है। अब न्यायालय किस आधार पर तुलना करे? स्वामित्व के आधार पर? कब्जे के आधार पर? आस्था के आधार पर? सामाजिक समरसता के आधार पर? बनारस के सुन्नी क्रब में कुछ शियाओं को दफन किया गया था। सर्वोच्च न्यायालय ने निर्णय दिया कि चूँकि कब्रिस्तान सुन्नियों का है, इसलिए शियाओं के मृत शरीर को वहाँ से हटा दिया जाना चाहिए। प्रशासन कहता है कि भला कब्र खोदना भी कोई बात हुई? वह नहीं खोदी जाती। पर हम देखते हैं कि हिंसा में मारे गये, जहर से, कि जला कर मारे गये लोगों की स्थिति जानने के लिए पुलिस और प्रशासन आये दिन कब्र खुदवाता है, तो इस केस में क्यों नहीं। दरअसल तुलनात्मक अनुभववाद में बहुत तर्क यदि एक-दूसरे का समर्थन करते हैं तब न्याय के कारणों को पुष्ट करते हैं। लेकिन यदि एक-दूसरे का विरोध करते हैं तो असमंजस पैदा करते हैं। चिन्तन न्याय के स्वरूप से हटकर उसके उद्देश्य पर आ जाता है।

(5)

आज न्याय का स्वरूप वितरणवादी सामाजिक न्याय में परिवर्तित होता जा रहा है। वितरण का वही अर्थ नहीं रह गया है जो पहले था। पहले वितरण का न्याय मानता था कि व्यक्ति को जो देय (due) है, वह दे दिया जाये। उसके जड़ में suum cuique होता था। दिक्कत आज इसी 'सम क्वीक' यानी 'ड्यू' को तय करने की है। सामान्यतः इसके निर्णय की जड़ में आवश्यकता, अधिकार और नैतिक तथा कानूनी दायित्व को पूरा न करना (desert) होता है। वितरणवादी न्याय के झगड़े उन परिक्षेत्रों को लेकर होते हैं, जो इस न्याय के मानकों को लागू करना चाहते हैं। क्या उनका परिक्षेत्र सिर्फ वह होता है जहाँ व्यक्ति को कुछ लाभ मिलनेवाला होता है, या वह भी होता है जो लाभ के बजाय मित्रता वगैरह के दायरे में आता है? झगड़े का दूसरा कारण उस मानदण्ड को लेकर होता है जो लाभ, हित, आवश्यकता, हकदारी या दायित्व को मापने के लिए बनता है। तीसरा कारण यह विवाद होता है कि सभी मामलों और हालात में व्याख्या का एक ही सिद्धान्त अपनाया जाये कि भिन्न-भिन्न? और यदि इस भिन्न-भिन्न में टकराव पैदा हो जाये तो उसका शमन कैसे किया जाये?

इधर के विचारकों ने इन तमाम समस्याओं से निपटने के लिए व्यक्ति की जगह समाज पर तवज्जह देना आरम्भ किया है। परिणामस्वरूप वितरणवादी न्याय आज सामाजिक न्याय कहा जाने लगा है और उसका सम्बन्ध सामाजिक अभियन्त्रण से बन गया है, जिसकी विस्तृत चर्चा रोस्को पाउण्ड ने किया है। उसे हम पिछले अध्याय में देख आये हैं।

सामाजिक न्याय को परिभाषित करते हुए कहा गया है, "It is a consideration of requirements of justice applied to the benefits and burdens of a common existence, and in this sense social justice is necessarily a matter of distribution." जोर यहाँ पर सामाजिक जीवन के बुनियादी चरित्र पर है। परिणामस्वरूप हमारी गति सामाजिक, राजनैतिक, आर्थिक और सांस्कृतिक क्षेत्रों की ओर बढ़ जाती है। इस तरह सामाजिक न्याय उस चौखटे को परिभाषित करता है, जिसमें वितरणवादी न्याय काम करता है, उसे लागू किया जाता है। सामाजिक सहयोग की उचित परिस्थितियों का निर्माण उसका कर्त्तव्य बन जाता है।

जाहिर है कि सामाजिक न्याय न केवल निहित स्वार्थ को लेकर चलनेवाली संरचना व शृंखलाबद्धता को तोड़ने का प्रयत्न करता है, व्यक्ति के विकास की परिस्थितियों को अनुकूल बनाने के लिए जो तमाम दूसरे क्षेत्रों की जरूरतें हैं, उनकी भी पूर्ति के लिए अवसर रचता है। भारत में जातिवाद पर हमला उसी की देन है। लेकिन तब पहचान का संकट आड़े आता है। यदि तमाम पिछड़ी और छोटी जातियाँ आर्थिक, राजनैतिक और प्रशासन में हिस्सेदारी या दूसरी अगड़ी और ऊँची जातियों के बराबर बनना चाहती हैं तो जिनकी पहचान जिस आधार पर पहले ही बना हुआ है, उसे क्यों छोड़ना चाहेंगी? यदि आरक्षण के बल पर किसी समुदाय या सामाजिक संस्तर को विशेषाधिकार दिया जा रहा है, तो जिन्हें बिना विशेषाधिकार के ही वर्चस्व प्राप्त है, वे उसे क्यों त्यागना चाहेंगे? एल्त्स कहता है कि इस प्रकार का आरक्षण जो एक सीमित संक्रमण काल के लिए भारत में दिया गया था, आज वोट बैंक की राजनीति के चलते यदि निहित स्वार्थ बन गया है तो वह न्याय कहाँ कर पा रहा है? राजनीतिक न्याय के लिए जरूरी है कि सिर तोड़ने की जगह सिर गिना जाये। किन्तु यदि कुछ दल विचारधारा की आड़ में सिर तोड़कर सत्ता में आना चाहें तो वह कहाँ का न्याय होगा। इसी तरह चुनाव में धन, बाहुबल, जातिवाद, धर्मवाद, क्षेत्रवाद का उपयोग कर और देश-विदेश सम्बन्धी नीतियों को त्यागकर सत्ता में आया जाये तो वह न्याय न होगा। इसमें वंचित तबके की अवस्था वंचित बने रह जाने की ही रह जायेगी। आर्थिक क्षेत्र में प्राकृतिक ही नहीं निर्मित संसाधनों का उपयोग इस तरह से होना चाहिए कि उसका लाभ समाज के सबसे निचले संस्तरण को मिले। किन्तु इसकी ओट में यदि उस संस्तरण को आलसी बनाया जाये

और वह संस्तरण यदि दिहात का हो तो इसलिए आलसी बनाया जाये कि बड़े किसानों को खेत मजदूर न मिलें और छोटे किसान मजदूर में तब्दील हो जायें, जिससे कि विदेशियों के हाथ में कारपोरेट खेती कर दी जाये, तो वह कहाँ का सामाजिक न्याय है? क्रिकेट का खेल जुआ खेलने का साधन बन जाये और उसके बचाव में सरकार आ जाये, क्योंकि उससे जुड़े चन्द प्रभावशाली लोग उस जुए के लाभ-से जुड़े हैं, तो यह कहाँ का न्याय है?

प्राकृतिक संसाधन सबके लिए होते हैं। किसी एक का वर्चस्व उस पर तब होता है जब वह अपने श्रम और बुद्धिबल से उस पर अधिकार कर लेता है। उसका प्रयोग वह ऐसे उत्पादन के लिए करता है, जिसका लाभ अनेक लोगों को मिले। आज विकास के नाम पर सरकार इन संसाधनों का दोहन कर रही है। यह अपने-आप में बुरा नहीं है। बुरा तब है जब उसका टकराव दूसरे हितों से होता है। जैसे भारत के जंगलों में तमाम जनजातियाँ रहती हैं। वे इसकी प्राकृतिक सम्पदा का उपयोग अपने जीवनयापन के लिए करती हैं। यह उपयोग इस तरह से होता है कि जंगल के किसी टुकड़े को व्यक्तिगत धन बनाने की जरूरत नहीं पड़ती। अब सरकार यह कहकर कि जंगल का टुकड़ा किसी की व्यक्तिगत सम्पदा नहीं है, वहाँ के बाशिन्दों को विस्थापित कर दे, इस तरह से दोहन करने लगे कि लोग बिलबिलाकर, पटपटाकर मरने लगें और कुछ लोग जंगल छोड़ने के लिए बाध्य हो जायें तो यह कहाँ का न्याय होगा? लोग अपनी रक्षा के लिए मजबूर होकर हथियार उठा लें और बदले में सरकार अपनी फौज के साथ उन पर पिल पड़े तो यह कहाँ का न्याय होगा? यानी विकास और परम्परागत जीवन-पद्धति में टकराव हो तो न्याय किन मूल्यों को लेकर चले?—यह एक बड़ी समस्या है दुनिया-भर के तमाम विकासशील देशों के लिए। ऐसे में लगता है कि विकास कोई सर्वव्यापी मूल्य नहीं है, चन्द समर्थ लोगों का वर्चस्वी हथकण्डा है, चुनाव जीतने से लेकर धन बनाने तक का।

ऐसी तमाम समस्याओं की ओर अन्तरराष्ट्रीय स्तर पर लोगों का, राजनेताओं का, विधिवेत्ताओं का, अर्थशास्त्रियों का, पर्यावरणविदों का ध्यान गया है। पुराने जमाने से ही व्यक्ति नागरिक के रूप में और व्यक्ति मनुष्य के रूप में बँटा रहा है। नागरिक के रूप में अपने देश में, राज्य में प्रदत्त अधिकारों का सुखोपभोगी रहा है, मनुष्य के रूप में कुछ बुनियादी विशेषाधिकारों का मतलबी रहा है। वही आज मानवाधिकार के रूप में पहचान और स्वीकारोक्ति पा रहा है। जापान के बादशाह ने छठवीं शताब्दी में ही बाहर के व्यक्तियों को मनुष्य होने के नाते कुछ अधिकार प्रदान किया था। वही काम ब्रिटेन में मैग्नाकार्टा ने किया था। फ्रान्स और अमेरिका की क्रान्तियों ने उन्हें स्वीकार किया था और बल प्रदान किया था। द्वितीय महायुद्ध के बाद संयुक्त राष्ट्र संघ ने उन्हें और मूर्त रूप दिया। यद्यपि कि वे कानून के रूप में बाध्यकारी नहीं थे, पर सदस्य राज्यों से उम्मीद थी कि वे अपने यहाँ स्वीकृति देंगे। और उन्होंने विभिन्न स्तर पर उन्हें दिया भी है। वे आज न्याय के सर्वव्यापी स्तम्भ बनते जा रहे हैं। अकाल, अपंगता, गरीबी से मुक्ति, समाजकल्याण, बराबरी, स्वतन्त्रता आदि उसके मूर्त रूप हैं।

•

लोकप्रियतावाद

(1)

लोकप्रियतावाद क्या है? अपनी पुस्तक 'गवर्नमेण्ट ऐण्ड अपोजीशन' में ईसाइया बर्लिन कहता है कि हम जब इसे परिभाषित करने चलते हैं तो यह 'सिण्ड्रेला काम्प्लेक्स' की तरह खुलता है, जिसमें हम इसके बार-बार बिछल जानेवाले किसी 'परफेक्ट फिट' को खोजते रहते हैं, जिसके आधार पर हम उसके किसी शुद्ध रूप या किसी केन्द्रीय अंग को पकड़ सकें। परिणामस्वरूप यह तलाश भ्रमोत्पादक और असन्तुलनकारी दोनों है और उसकी परिणति सुखद नहीं होती।

इसी से इशारा पाकर अर्नेस्टो लकलाऊ कहता है कि लोकप्रियतावाद को परिभाषित करना एक ऐसी प्रक्रिया से गुजरना है, जिसमें हम यह पहले ही मान लेते हैं कि लोकप्रियतावाद कोई वास्तविक वस्तु है, जिसे परिभाषित करना है; उसके कुछ लक्षण हैं, जिन्हें खोज निकालना है; उनके आधार पर कुछ उदाहरणों से टकराना है, उन्हें जाँचना है; फिर परिभाषा पर पुनः दृष्टि डालकर उनसे मिले तत्त्वों को सँजोना है, जिससे कि इस परिभाषा को सामान्यीकृत किया जा सके। और तब पाते हैं कि इतना सब करने के दौरान उसका सारतत्त्व ही गायब हो गया।

पर ईसाइया बर्लिन एक मार्क्सवादी विचारक है, भले ही वह यह काम लोक के बीच जाकर नहीं, बन्द कमरे में करता है। इसलिए वह पाता है कि इसमें विचारधारा के तमाम तत्त्व (सभी नहीं) समाहित हैं। कार्यवाहीप्रणीत राजनैतिक विचार को विचारधारा कहते हैं। इसमें विश्वव्यापी होने की सम्भावना है। पर वहीं वह स्थानीय स्तर पर ही बेमतलब का बन जाता है। भारत में देखें तो राजनीति के लिए, विशेषकर चुनाव जीतने के लिए जो दलितवाद, पिछड़ावाद, अति पिछड़ावाद, आरक्षणवाद, धर्म आधारित अल्पसंख्यकवाद, बहुसंख्यकवाद, भ्रष्टाचारवाद और उसका विरोध, नातावाद, वंशवाद, राजनीति का अपराधीकरण, उद्योगों और बैंकों का सरकारीकरण, शिक्षा और स्वास्थ्य का निजीकरण, चमत्कारवाद, भाषावाद, क्षेत्रवाद, नस्लवाद आदि ऐसे लोकलुभावन मुद्दे हैं, जो चुनावों के दौरान महान् मुद्दों और मूलभूत समस्याओं की तरह उभरते हैं और धीरे-धीरे जाने कहाँ खो जाते हैं। नेतृवर्ग उन्हें एक समूह के लिए एक तरफ मन्त्रमुग्ध करने की वस्तु की तरह उभारता है, तो दूसरी तरफ एक दूसरे समूह के लिए बड़ा ही खतरनाक और अतिविनाशकारी बताता है। राजनैतिक प्रणोद में उत्प्रेरक की भूमिका निभाते वक्त यह कभी महान् नेताओं पर सम्बलित होता है, तो कभी मामूली जनसमूह पर। जब इसे नेताओं पर सम्बलित होना होता है, तब यह असामान्य नेताओं की ताक में रहता है जो अति सामान्य जन का नेतृत्व करते हैं। जब इसे जन पर सम्बलित होना होता है, तब यह नेताओं के चमत्कार को धता बता देता है। संक्रमण के समय यह बड़ी ताकत के रूप में उभरता है और क्रान्ति तक सम्भव कर देता है। किन्तु इसका वास्तविक स्वभाव

सुधारवादी होता है, और कभी-कभी तो इतना कमजोर कि आमूल-चूल परिवर्तन कौन कहे, अपेक्षित सुधार भी नहीं कर पाता। यह एक अन्तर्कथा की तरह हस्तक्षेप करता है, राजनीति की अन्तर्वस्तु और प्रभाव का निर्माण करता है और दूसरे ही क्षण बाढ़ की पानी की तरह उतर जाता है।

लकलाऊ भी मार्क्सवादी है। वह पाता है कि लोकप्रियतावाद उन आन्दोलनों की तरह नहीं होता, जो राजनीतिक दबावों का निर्माण करते हैं, कार्य योजनाओं का निर्माण करते हैं, उन नीतियों का निर्माण और समर्थन करते हैं, जो दूरगामी परिणाम के होते हैं। दरअसल वे राजनीति से भी नीचे कार्यनीति की तरह होते हैं और रूप बदलते रहते हैं। इसका सर्वोत्तम उदाहरण 2014 का भारतीय लोकसभा का चुनाव है, उसमें कांग्रेस, भाजपा, आम आदमी दल के साथ-साथ क्षेत्रीय दलों का गिरगिटा रंग है। उनकी आन्दोलित करनेवाली बातों में कोई स्थायी तत्त्व न होकर आवश्यकता के अनुसार तत्त्वों का निर्माण व त्याग था, जिन्हें न तो किसी सिस्टम में बाँधा जा सकता था, न ही किसी आन्दोलन के लिए उपयोग किया जा सकता था। खैर, लकलाऊ को हमेशा लगता रहा कि लोकप्रियतावाद के तत्त्व मार्क्सवाद को खण्डित करते हैं, छोटी-छोटी उपलब्धियों के लिए बड़े और मूल मुद्दों से भटकाते हैं।

किन्तु यह सारी चर्चा यह बताने के लिए हुई कि लोकप्रियतावाद करता क्या है। उस आधार पर दी गयी परिभाषा 'कैसे' की दृष्टिकोण से होगी, 'क्या' की दृष्टिकोण से नहीं। और ज्ञान-मीमांसा 'क्या' की दृष्टिकोण से परिभाषा माँगती है, 'क्यों', 'कैसे' और 'क्या होना चाहिए' को दिग्दर्शित करने के लिए। इसके लिए एक प्रयत्न पाल टेगार्ट करता है। कहता है कि यदि निम्न छह मुद्दों का विश्लेषण कर लिया जाये तो काम हो सकता है।

(1) लोकप्रियता को लेकर चलनेवाले लोग प्रतिनिधित्व की राजनीति के विरोधी होते हैं।

(2) वे जिस समुदाय के पक्ष में होते हैं, उसके भीतर एक आदर्श हृद्-प्रदेश की कामना कर उसके साथ अपना नाता जोड़ते हैं।

(3) लोकप्रियतावाद सारमूल्यों से विरत विचारधारा होता है।

(4) अतिसंकट की भावना उत्पन्न होने पर वह एक शक्तिशाली प्रतिक्रिया की तरह काम करता है।

(5) उसमें मूलभूत दुविधा अन्तर्निहित होती है, जो उसकी आत्म-सीमा बन जाती है।

(6) उसका रंग गिरगिटा होता है, जो वातावरण के अनुसार बदलता रहता है।

जाहिर है कि ये मुद्दे आदर्श की तरह हैं, अलग-अलग हैं, एक-दूसरे के साथ परिप्रेक्ष्य के अनुसार बरतते हैं और चूँकि परिप्रेक्ष्य गतिशील होता है, इसलिए बरतने के स्वरूप में भिन्नता आती रहती है। जोर तत्त्वों की भिन्नता पर रहता है। तब इनसे निःसृत परिभाषा आदर्श परिभाषा होगी, जो उपयोगी तो होगी, पर 'इक्जैक्ट' नहीं।

अब विषयवस्तु के रूप में परिभाषित करने पर इसकी परिभाषा तीन तरह की हो सकती है :–

(1) सन्दर्भ के अनुसार

(2) भिन्नताबोध के अनुसार, और

(3) विश्वव्यापी।

सन्दर्भ के अनुसार परिभाषित करने पर इसका रूप ऐतिहासिक होगा। बीसवीं सदी के मध्य में अमेरिका में चले मैक्कार्थीवाद को ध्यान में रखकर एडवर्ड शिल्स कहता है, "Populism exists whenever there is an ideology of popular resentment against the order imposed on society by a long established differentiated ruling class which is behind to have a monopoly of power, property, breeding and culture." इस परिभाषा की पृष्ठभूमि में यूरोप में फैली नाजी और साम्यवादी

तानाशाहियाँ थीं। इसलिए वह लोकप्रियतवाद को समझने की कुंजी विशिष्ट जन और जनसमूह के सम्बन्धों में पाता है। वह राज्य, विश्वविद्यालय, नौकरशाही, आर्थिक प्रतिष्ठानों जैसी संस्थाओं से सम्बद्ध उभयवृत्तियों में पाता है। उनसे जुड़े लोगों पर सन्देह करता है। भरसक उन्हें भ्रष्ट ही मानता है। उनके विवेक पर विश्वास नहीं करता। वह विवेक को जन में निहित देखता है। और जो राजनीति उससे तारतम्य बिठाकर चलती है (प्रतिनिधित्व कर नहीं) उसे वैध मानता है।

शिल्स को लगता है कि अमेरिका में लोकप्रियतावाद का अध्ययन दो तरह से हुआ है। एक में उसका सम्बन्ध पापुलिस्ट पार्टी से जोड़कर देखा गया है। उस पार्टी ने 1892 में राष्ट्रपति पद के लिए एक प्रत्याशी खड़ा किया था, उस दल से तब चार सिनेटर भी चुने गये थे। अपनी महत्त्वपूर्ण भूमिका निभाते हुए वह दल 1896 में डिमोक्रैटिक पार्टी में घुस गया और धीरे-धीरे प्रगतिशील आन्दोलनों में समाहित होता चला गया। इसकी पृष्ठभूमि में 1870 के दशक में चला पश्चिमी अमेरिका के उन किसानों का आन्दोलन था, जिनकी जमीन रेल बिछाने के लिए ले ली गयी थी, इस वादा के साथ कि उन्हें अन्यत्र जमीन दी जायेगी, पर नहीं दी गयी। इसके अध्ययन ने लोकप्रियतावाद को अतिवादी, पिछड़ा हुआ और कट्टरपन्थी बताया। इसी पर आधारित एक दूसरे अध्ययन ने इसके प्रतिकार में लोकप्रियतावाद के लिए एक सामाजिक आधार की तलाश की और सिद्ध किया कि इससे जुड़े लोग वाकई कुछ उचित माँग कर रहे थे।

कुछ अकादमिक अध्ययनकर्त्ताओं ने इस लोकप्रियतावाद को अमेरिका से बाहर यूरोप में खोजा। उन्होंने पाया कि इसकी चर्चा सबसे पहले रूस में मिलती है। 19वीं सदी के अन्तिम दशकों में 'नोरोदि्नक' नाम का एक आन्दोलन जनतन्त्र और कलेक्टिविज़्म की माँग को लेकर चला था। दरअसल इसी 'नोरोदि्नक' शब्द का अनुवाद आक्सफोर्ड शब्दकोष में पहली बार 'पापुलिज़्म' छपा था 1895 में। यह अनुवाद मिल्योउकोव द्वारा किया गया था।

इन अध्ययनों से प्रभावित होकर शिल्स ने अपने अध्ययन के दायरे में एशिया और अफ्रीका को भी लपेटा और पाया कि लोकप्रियतावाद तब अस्तित्व में आता है, जब वैश्विक स्तर पर विचारकों की दुनिया बनती है। तब उसका अर्थ एक ऐसी संवृत्ति हो जाता है जो महानगरों और देहाती दुनिया के बीच तनाव से जन्में विश्वव्यापी बौद्धिक सोच की प्रवृत्ति को जन्म देती है। जर्मनी के इतिहास को केन्द्र में रखकर उसने पाया कि इसकी जड़ में राजसत्ता, धर्मसत्ता और अकादमिक सत्ता की अस्वीकृति है। इनकी जगह लोक (folk) ले लेता है, जिसे समग्र लोग या समग्र जन माना जाने लगता है। रूस में इस लोक का प्रातिनिधान दल बन जाता है। किन्तु एशिया और अफ्रीका के सन्दर्भ में वह पाता है, "Populism is characterised by oppositionalism". सरकारें सत्ता में बने रहने के लिए इसका प्रयोग कम करती हैं, विरोधी दल उसे हटाकर स्वयं सत्ता में आने के लिए अधिक करते हैं। इस स्थापना की सच्चाई की मीमांसा हम आगे करेंगे, भारत का उदाहरण लेकर।

यहाँ यह नोट कर लेना समीचीन होगा कि शिल्स की विवेचना का उपयोग कार्नहाउसर 'मास सोसाइटी' के विश्लेषण के लिए करता है। अब कार्नहाउसर ने 'मास सोसाइटी' की कोई परिभाषा नहीं दी है, किन्तु उसकी पुस्तक से लगता है कि उसका आशय उस समाज से है जो राजनीति में एक समूह के रूप में हिस्सा लेती है और जिसमें बहुलता या विविधता कम ही होता है। वह पाता है कि इनमें भावनाओं का उभार इतना अधिक होता है कि लोग अन्य सामाजिक धागों को त्यागकर सर्वसत्तावाद की ओर आकर्षित होते हैं। इसकी परिणति अन्ततः फासीवाद, साम्यवाद, फौजी अधिनायकवाद की ओर होती है, जो विधि द्वारा स्थापित संस्थाओं को धता बताते चलते हैं। इसमें सत्ताधारी लोग जन से सीधी बात कर अपने स्वार्थ की पूर्ति करते हैं। अपने विश्लेषण में कार्नहाउसर ने यह भी पाया कि लोकप्रियतावाद समूह समाज का कारण और परिणाम दोनों है और दोनों एकसाथ है, क्योंकि यह बहुलता को नकारकर एक ऐसी एकरूपता गढ़ता है तात्कालिक लाभ के लिए कि लोग उसकी चकाचौंध में खो जाते हैं। इसलिए यह उदारवादी जनतन्त्र की जगह भीड़तन्त्र की स्थापना करता है। लिखता है, कि यह

भीड़तन्त्र, जो जनप्रिय जनतन्त्र बन जाता है, "involves direct participation of people as a way of circumventing the institutions and associations of representation and also has the effect of taking away the liberty of individual as people, assumed to be monolithic, have the priority."

हम शिल्स पर लौटते हैं। उसके अध्ययन से तीन बातें साफ हैं। एक तो यह कि यह अध्ययन विश्वव्यापी बौद्धिक समाज पर जोर और उसका चुनिन्दा लोगों तथा समाज के विशिष्ट समुदायों के साथ सम्बन्धों पर प्रभाव की खोज की ओर अग्रसर होता है। दूसरे यह कि यह आधुनिकतावाद को भोथर करता है। तीसरे यह कि यह देश के भीतर शासक व शासित के सम्बन्धों को तथा देश के बाहर अन्तरराष्ट्रीय स्तर पर केन्द्र व परिधि के सम्बन्धों के–विशेषतः आर्थिक परिप्रेक्ष्य में–अध्ययन की ओर ले जाता है। तमाम समुदायों, समाजों, देशों और महाद्वीपों के तुलनात्मक अध्ययन का द्वार खोलता है।

इससे प्रभावित होकर तोरकुआतो दि तिल्ला ने लातीन अमेरिका का अध्ययन यूरोप से तुलना करते हुए यह स्थापना रखी कि इन देशों में लोकप्रियतावाद का विकास यूरोपीय देशों से भिन्न रूप में हुआ है। अपनी दूसरी पुस्तक में उसने 1989 के बाद यूरोप में हुए संक्रमण की तुलना लातीनी देशों से पुनः किया। पाया कि लोकप्रियतावाद तब जन्म लेता है जब मध्यस्तर के चुनिन्दा लोगों के बीच यथास्थिति का विरोध करने की भावना पनपती है। उसको समर्थन जन के उभरते उम्मीदों से मिलता है। जन में वह ऐसा सामूहिक उत्साह पैदा करता है जो केन्द्र व परिधि के सम्बन्ध को प्रभावित करता है। इसके आधार पर वह लोकप्रियतावाद की परिभाषा इस तरह से करता है, "It is a political movement based on a mobilized but not yet automatically organized popular sector, led by an elite rooted among the middle and upper echelons of society, and kept togather by a charismatic, personalized link between leader and led." कहता है कि इन परिस्थितियों में लोकप्रियतावाद आर्थिक रूप से अधिक विकसित देशों में पैदा होता है। इसलिए यह वाद आधुनिकता की ओर संक्रमित हो रहे देशों में उपजता है। गौर करें शिल्स ने इसके ठीक उलट बात कही थी।

जाहिर है कि दि तिल्ला चुनिन्दा लोगों और जनसमूह में विभेद देखता है, धनी और गरीब में विभेद देखता है और दोनों का समन्वय समर्थनकारी उदीयमान सामाजिक चरित्र में देखता है। यहाँ महत्त्वपूर्ण विभेद है जो दोनों की सीमा तय करता है। इससे यदि लोकप्रियतावाद को जमीन मिलती है तो वहीं उसकी ताकत भी कम होती है, क्योंकि उनका सामाजिक आधार विभिन्न होता है, इसलिए परिणतियाँ भी भिन्न हो जाती हैं। इसका विस्तार करते हुए वह पाता है कि इस वैश्वीकरण के दौर में एक देश के चुनिन्दा लोग दूसरे देशों के चुनिन्दा लोगों से भिन्न हो गये हैं। इसलिए अपनी स्थिति बेहतर करते रहने के लिए वे यथास्थिति को तोड़ते रहते हैं, जिससे नये-नये सम्बन्ध बनते हैं और परिधि को साथ लेकर चलने के लिए लोकप्रियतावाद के नये-नये रूप सामने आते हैं, जो प्रकारान्तर से केन्द्र व परिधि के सम्बन्धों के नये रूप बनाते हैं। यहाँ वह एक बड़ी मजेदार बात कहता है, "These social groups are both educated who feel that they are unable to satisfy their aspirations and the uneducated mass whose low social status and poor living conditions foster a sense of grievance."

दिक्कत यह है कि दि तिल्ला समाज को विकास की एक स्थिर बिन्दु से चलते हुए देखता है। तब लगता है कि आधुनिक विकास का कोई एकल लक्ष्य है। वह विकास की प्रकृति और सामाजिक लक्ष्य की एकतरफा बात करता है और दोनों में समाहित मूलभूत सम्भाव्य भिन्नताओं को नजरअन्दाज कर देता है। यह गलत है। दूसरे दि तिल्ला लोकप्रियतावाद को अनिवार्यतः विकसित समाज में देखता है। तब जो सामन्तवाद से जूझ रहे देश हैं, या जो आधुनिकता की ओर संक्रमित हो रहे देश हैं वहाँ के लोकप्रियतावाद का सम्यक् अध्ययन उसकी दृष्टि से नहीं हो सकता। भारत समेत एशिया व अफ्रीका के तमाम देश इससे छूटे जायेंगे। यही कारण है कि गावन कीचिंग एशिया और अफ्रीका के–कहें

तीसरी दुनिया के—देशों का अध्ययन करते हुए निष्कर्ष निकालता है कि इन देशों में लोकप्रियतावाद औद्योगिकीकरण के विरुद्ध जन्मता है, काम करता है। भारत में खेतिहर किसानों की समस्याएँ अधिक है। आदिवासियों का जल, जमीन, जंगल को लेकर चल रहा आन्दोलन इसका दूसरा उदाहरण है। वह लघु उद्योगों, कुटीर उद्योगों पर जोर देता है और मास-उत्पादन कर विरोध करता है। दरअसल इन देशों में लोकप्रियतावाद आर्थिक मुद्दा कम है, सत्ता में आने-जाने की गरज से जात-धर्म की राजनीति अधिक है। सामाजिक परिवर्तन की गरज से सांस्कृतिक अधिक है। कुछ लोग कहते हैं कि कीचिंग गौण को प्राथमिक बनाकर पेश करता है, जो तमाम दूसरे मुद्दों को जन्म देते हैं, जिससे केन्द्रीय मुद्दा छूट जाता है।

उपरोक्त विवेचन से स्पष्ट है कि ऐतिहासिक परिप्रेक्ष्य से हटकर जो नये परिप्रेक्ष्यों में बात की गयी, उससे विभिन्न परिभाषाओं का जन्म हुआ। इनका रेंज बढ़ता गया और तब विरोधाभासी बातें आने लगीं। इसके शमन के लिए एक सारतात्त्विक परिभाषा की खोज आरम्भ हुई, जो सार्वदेशिक बन सके। ऐसा एक प्रयास ओयनेस्कू और अर्नेस्ट गेलनर ने 1967 में लन्दन स्कूल ऑफ इकोनॉमिक्स में एक गोष्ठी आयोजित करके किया। जाहिर है कि किसी अवधारणा को परिभाषित करने का सामूहिक प्रयास विश्लेषण चाहे जितना कर ले, कोई सर्वमान्य परिभाषा निर्धारित नहीं कर सकता। तभी पिटर वोर्सलों ने लिखा, "Populism is better regarded as an emphasis, a dimension of political culture in general not simply a particular kind of overall political system or type of organization"। आगे उसने तीसरी दुनिया में उसके स्वरूप को ध्यान में रखकर लोकप्रियतावाद की चार विशेषताओं की चर्चा की है। (1) वहाँ के समाज वस्तुतः समरूपी हैं, जिनमें विभेद होते भी हैं तो वे विरोधाभासी नहीं होते। भारत में देखें तो जात-व्यवस्था और एक ही जात के भीतर तमाम जातें विभेद चाहे जितना पैदा करें, विरोधाभासी नहीं बनते। वैसे भारत में एक तरफ शूद्रों में भी आपसी ऊँच-नीच की खोज होती है (और इसलिए दलित-विमर्श बहुत शक्तिशाली नहीं बन पाता—फैशन बनकर रह जाता है)। दूसरी तरफ राजनैतिक दल विभिन्न जात के नेताओं को मिलाकर एक प्लेटफार्म बनाते हैं, अपनी हार-जीत के लिए। यहाँ तक कि हिन्दू-व्यवस्था से बाहर जाकर लालू यादव और मुलायम यादव यादवों के साथ मुसलमानों का गठजोड़ करते हैं और कुछ सफलता भी पाते हैं। वहीं महापिछड़ा और महादलित की भी बात उठती है, किन्तु वह कोई विरोधाभास नहीं पैदा करती। नितीश कुमार और रामविलास पासवान के कृत्य द्रष्टव्य हैं। यही कारण है कि यह मार्क्सवादियों के वृहत्तर वर्ग-विभेद को राजनीतिक वितण्डा में तोड़ देता है और दूसरी तरफ जात के भीतर के वर्ग-विभेद को भुलाकर एक समुदाय, कहें एक समाज के रूप में व्यवहार करता है। (2) देश के भीतर वास्तविक संघर्ष पैदा होने पर देश और पड़ोस के देश या बाहरी दुनिया के देशों की ओर संघर्ष को मोड़ दिया जाता है। उदाहरण के लिए पाकिस्तान भीतरी बवण्डर से त्रस्त होने पर कश्मीर का भावनात्मक मुद्दा उठाकर संघर्ष को पाकिस्तान व भारत के बीच बना देता है और इस तरह अपने देश के भीतर के लोगों को शान्त कर देता है। ऐसी स्थिति आने पर नेपाल में भारत के साथ हुए समझौते के मुद्दों को उभारकर ध्यान बँटा दिया जाता है। (3) वहाँ एक ही राजनैतिक दल को हावी बनाने का प्रयास रहता है, जो समाज, राज्य और राष्ट्र को एकमेव कर चलता है। (4) वह दलमुक्ति और आर्थिक विकास के साधन के रूप में काम करने की बात करता है। इन स्थापनाओं में आज 48 साल बाद कितना दम है, यह अलग से मीमांसा माँगता है। उसे हम कहीं आगे देखेंगे।

उस कान्फ्रेन्स की उपलब्धि दरअसल पेटर वाइल्स और ईसाइया बर्लिन के विचार हैं, जो हमें आज भी दिशा देते हैं। वाइल्स ने जनप्रियतावाद को एक लक्षण समष्टि (syndrome) मानकर पचीस विशेषताओं को गिनाया है। जैसे वह (1) नैतिकताविरोधी होता है, (2) उसके गोचर होने की एक अपनी शैली है, (3) असामान्य नेताओं पर वह निर्भर रहता है, (4) आन्दोलन में ढीले-ढाले अनुशासन में चलता है, (5) अपनी परिभाषा में भी आत्मचेतना की ढिलाई लिये होता है, (6) तर्कसंगतता पर जोर नहीं देता

है, (7) अक्सर सत्ता के विरुद्ध होता है, (8) बहुत विस्तृत नहीं होता, (9) छोटी-मोटी हिंसा को नजरन्दाज करता चलता है, (10) वर्ग चेतना तो होती है, पर समझौता करने के लिए भी हमेशा तैयार रहता है, (11) इसलिए वर्ग-युद्ध में शामिल नहीं होता, (12) थोड़ी सफलता मिलते ही भ्रष्ट हो बूर्जुआ रूप अपना लेता है, (13) छोटा-मोटा सहयोग पाने के लिए हमेशा तैयार रहता है, (14) सीमित वित्त के लोग ही इसका समर्थन करते हैं, (15) वित्त पोषकों (financiers) का विरोध करता है, (16) बड़े उद्योगपतियों और पूँजीपतियों का खुला विरोध कम ही करता है, (17) यह अरबन भी हो सकता है और रूरल भी, (18) राज्य के हस्तक्षेप का मुखापेक्षी होता है, (19) जिन संस्थाओं का यह विरोध करता है उनके द्वारा निर्मित सामाजिक और आर्थिक असमानता का भी विरोध करता है, (20) विदेश नीति में यह सैन्य उपस्थिति का विरोध करता है (21) धर्म पर जोर देता है तो उनसे जुड़े मठों का विरोध करता है (22) विज्ञान और प्रौद्योगिकी को नीचा समझता है, (23) गृहासक्तिग्रसित होता है, (24) काफी हद तक नस्लवादी होता है, (25) अपने विविध स्वरूप में उद्योगपूर्व स्थिति पर ध्यान देता है, किसान पर ध्यान देता है, औद्योगीकरण का विरोध करता है और कुटीर उद्योग पर जोर देता है, (26) चाहता है कि इस जनप्रियतावाद को नीची निगाह से न देखा जाये।

इसे और इस तरह के हुए अन्य विश्लेषणों को सामान्यीकृत करते हुए ईसाइया बर्लिन ने स्थापित किया कि इसके लक्षणों की छह कोटियाँ बनती हैं—(1) लगभग बनते समुदायों (approximate communities) के प्रति कटिबद्धता, जो एक समेकित समाज के विचार को जन्म देती है। (2) जनप्रियतावाद स्वभाव से राजनीति-निरपेक्ष होती है, क्योंकि यह प्रचलित सामाजिक संस्थाओं का विरोध करती है। (3) यह लोगों को आधिभौतिक विनाश के पहले की नैसर्गिक और आप्यायित अवस्था में ले जाना चाहती है। (4) यह दुरागामी है, जो पुराने मूल्यों को समसामयिक जगत् में स्थापित करना चाहती है। (5) यह विभिन्न लोगों की बात करते हुए भी हमेशा बहुमत की बात करती है। उस पर जोर देती है। (6) यह उन समाजों को जन्म देती है जो आधुनिकता की ओर अग्रसर हो रहे होते हैं।

यहाँ गौर करने की बात यह है कि ईसाइया बर्लिन की छह बातें टेगार्ट की छह बातों से कितना भिन्न हैं। फिर भी वाइल्स, ईसाइया बर्लिन और टेगार्ट की बातें जनप्रियतावाद के एक सर्वव्यापी परिभाषा की ओर ले जाती हैं। कम-से-कम उनमें समाहित होनेवाले तत्त्वों का खुलासा करती हैं, भले ही उनमें कहीं-कहीं विरोधाभास हो। वे विरोधाभास वास्तव में होते हैं और स्थितियों की देन होते हैं। इसलिए उनको साथ रखने पर जनप्रियतावाद को समझना सुगम हो जाता है।

वैसे तो ईसाइया बर्लिन भी मार्क्सवादी विचारक है, पर वह अकादमिक अधिक है और आक्सफोर्ड स्कूल ऑफ फिलासफी से प्रभावित है। उससे अधिक व्यावहारिक विचारक लकलाऊ है। वह कहता है कि उपरोक्त विचारकों का विश्लेषण वास्तव में गोल-मोल है। वे पहले मान लेते हैं कि जनप्रियतावाद क्या है और तब जनप्रिय आन्दोलनों का अध्ययन उसके अनुसार करते हैं। तब सभी आन्दोलन उनके लिए एक जैसे हो जाते हैं, जबकि उनमें अनिवार्य भिन्नता होती है। इसलिए हर आन्दोलन का अलग-अलग अध्ययन होना चाहिए। हमारी दिक्कत यह है कि तब हम कैसे पहचानेंगे कि कौन आन्दोलन जनप्रियता का है, कौन राष्ट्रीयता का, कौन मूलभूत बातों का, कौन क्रान्तिकारी? दूसरे, लकलाऊ भी मानकर चलता है कि जनप्रियतावाद पकड़ में न आनेवाला एक वाद है, क्योंकि विरोधाभासों से भरा है। एक गोल-मोल तर्क रखते हुए कहता है कि समाज का एक दबंग विचार जो वर्चस्वी वर्ग का विचार होता है, दूसरे विचारों को विनष्ट कर या अपने में समाहित कर चलता है और उन्हें इस तरह से रखता है कि वह भिन्न तो लगे, पर विरोधी नहीं। इसलिए जनप्रियतावाद चुनिन्दा लोगों की विचारधारा बन जाता है—उन चुनिन्दा लोगों की, जो वर्चस्व तो बनाना चाहते हैं पर जो काबिज हैं वे बनने नहीं देते, तब वे लोगों से, समूहों से सीधे बात करते हैं। जाहिर है कि लकलाऊ बिना नाम लिये ग्राम्शी के विचारों को लेकर चलता है, उसे लोकप्रियतावाद पर घटाता है। वहाँ समाज उत्पादन में लगी

सामाजिक शक्तियों के विरोधाभास का प्रातिनिधान होता है। लकलाऊ कहता है कि ऐसी स्थितियाँ हो सकती हैं जब विरोधाभास वर्गों का न होकर एक वर्ग-निरपेक्ष, वर्ग से संक्रमण कर, वृहत्तर समूह की आकांक्षाओं को लेकर हो और हावी-वर्ग के अंश न हों, शासित हों। तब यहाँ संघर्ष 'जन' और 'शक्ति-ब्लाक' के बीच होगा, जब शासित जन के विचार जनप्रिय-जनतान्त्रिक विचार बनकर उभरेंगे। वही जनप्रियतावाद होगा। गौर करने की बात यह है कि लकलाऊ एक साथ ही वर्ग रूप और जनप्रिय-जनवादी रूप की यानी दो रूपों की वकालत करता है। यानी वह एक साथ ही एक वर्ग-शासित वर्ग और जन की बात करता है—शासित वर्ग को जन में रूपान्तरित कर देता है। यही कारण है कि उसके लिए जनप्रियतावाद एक तरफ पकड़ में न आनेवाला, तो दूसरी तरफ विरोधाभासी बन जाता है। लोग और पावर-ब्लाक की लड़ाई परिव्यापी होकर भी अपने प्राकट्य में इतनी भिन्न हो जाती है।

ये बातें लोकप्रियतावाद के एक तीसरे सामान्यीकृत रूप की ओर ले जाती हैं। उसमें सामान्य लोगों के हितों, चाहतों, प्राथमिकताओं के समर्थन की बात होती है। अक्सर वह परम्पराओं को बनाने के लिए होता है, जबकि जो परिवर्तन लाया जाता है वह सत्ताधारी वर्ग के द्वारा होता है, जिसे वर्चस्वक माना जाता है, चाहे वह शक्तिशाली बाहरी हो, कारपोरेट हो, कोई यूनियन हो, या स्वयं सरकार। कुछ विचारक लोकप्रियतावाद के इस रूप को अवमाननीय मानते हैं—इसका टोन विवेक-विरोधी (anti-intellectual) के रूप में देखते हैं। इसको नेतृत्व तब मिलता है, जब वह फायदेमन्द सिद्ध होनेवाला लगता हो। नहीं तो इण्टेलेक्चुअल लोग इसकी भर्त्सना ही करते हैं।

लोकप्रियतावाद सम्बन्धी तमाम सामग्री का, यानी ऐतिहासिक सामग्री का, महाद्वीपों सम्बन्धी सामग्री का, उनके तुलनात्मक अध्ययन की सामग्री का विस्तृत विश्लेषण मारग्रेट कैनोवान ने किया है। उसकी दृष्टि एक समाजशास्त्री की रही है। उसने पाया है कि लोकप्रियतावाद के फिलहाल सात रूप हैं। पहले रूप को वह 'populism of littleman' कहती है। इसमें छोटे किसान, खेत मजदूर, छोटे व्यापारी आदि राजनीतिक रूप से निजी सम्पत्ति का समर्थन करते हैं, छोटे उत्पादकों के आपसी सहयोग पर बल देते हैं और बड़े व्यापार तथा उसकी सहयोगी सरकार को सन्देह की दृष्टि से देखते हैं। वे लोग अक्सर 'प्रगति' का विरोध करते हैं, चाहे वह शहरीकरण के रूप में हो, औद्योगिकीकरण के रूप में हो, पूँजी की एकच्छत्रता के रूप में हो। उन्हें लगता है कि यह सब नैतिक क्षरण की ओर ले जाता है। इसलिए कोई-कोई पुरानी जिन्दगी की ओर लौट चलने की बात करते हैं। इसलिए वे ऐसे आन्दोलनों और नेतृत्व का समर्थन करते हैं जो जनप्रिय जनतन्त्र की बात करता है। ये अकादमियों में बैठकर शोध करनेवाले बुद्धिजीवियों और राजनीतिज्ञों को अविश्वास की दृष्टि से देखते हैं। दूसरे रूप को वह 'Authoritarian populism' कहती है। वह उस करिश्माई नेतृव से संचालित होती है, जो राजनैतिक रूप से चुनिन्दा लोगों की मध्यस्थता को छोड़कर सीधे जनता से बात करता है। उसमें प्रतिक्रियावादी भावबोध ही अधिक रहता है। तीसरे रूप को वह 'Revolutionary Populism' कहती है। वह चुनिन्दावाद और प्रगति को त्यागकर, जो बुद्धिजीवियों द्वारा लोगों के सामूहिक भावबोध और परम्परा को आदर्शरूप दिया गया होता है, उसे लेकर चलता है। वह तमाम मौजूद राजनैतिक संस्थाओं को छोड़कर, जन द्वारा सीधे सत्ता पर काबिज होने या किसी करिश्माई व्यक्तित्व द्वारा सत्ता हथिया लेने का पक्षपाती होता है। नरेन्द्र मोदी का उभार कुछ ऐसा ही है। चौथे को वह राजनैतिक लोकप्रियतावाद कहती है। इसके चार रूप हैं। उनको वह लोकप्रिय तानाशाही, लोकप्रिय जनतन्त्र, प्रतिक्रियावादी लोकप्रियतावाद और राजनीतिज्ञों की लोकप्रियतावाद कहती है। लोकप्रिय तानाशाही के अन्तर्गत वह लातीन अमेरिका में हुए किसानों, खेतिहर मजदूरों के आन्दोलन को लेती है, जिसने एक मजबूत नेतृत्व को जन्म दिया था और जो सत्ता पर काबिज होने के बाद शहरी और देहाती विभेदों को नष्टकर काम करनेवालों के बीच सुधारवाद को लागू किया था। उसका सबसे सटीक उदाहरण पेरों का राज्यकाल है। उसी की तर्ज पर अमेरिका के लुसियाना प्रान्त में हुए लांग ने अभियान चलाया था, जिसने सामाजिक विकास के लिए 'वाल स्ट्रीट' में धन संचय को नुकसानदायी

माना था। लोकप्रिय जनतन्त्र के अन्तर्गत वह 'डाइरेक्ट डिमोक्रैसी' की विवेचना करती है, जिसका एक रूप अमेरिका के कुछ राज्यों में है, तो दूसरा स्विट्जरलैण्ड में। वह पाती है कि इससे सम्बन्धित विचार जन आन्दोलनों की देन न होकर ऊपर के नेतृत्व द्वारा आरोपित होते रहते हैं। उनका मुकाबिला करने के लिए उसने पहले, जनमत संग्रह और प्रतिनिधियों को वापस बुलाने के अधिकार पर जोर दिया है। उसका कहना है कि प्रतिनिधित्ववाला जनतन्त्र लोगों के हित और आकांक्षा का 'ओवर प्रेजेण्टेशन' कर सकता है या फिर 'अण्डर प्रेजेण्टेशन', या फिर भ्रष्ट ही हो सकता है। इसलिए लोगों के पास न केवल ये शक्तियाँ होनी चाहिए, उन्हें समय-समय पर इस्तेमाल भी करते रहना चाहिए। प्रतिक्रियावादी लोकप्रियतावाद के अन्तर्गत वह अमेरिका के जान वेलास और इंग्लैण्ड के एनख पावेल की कारगुजारियों को रखती है, उनकी मीमांसा करती है। दोनों ने ही देश के बाहर के लोगों की अधिकता के कारण स्वयं अपने देश की संस्कृति और राजनैतिक सत्ता के पतला होते जाने का विरोध किया था। दोनों ही इस बात की वकालत करते थे कि सामान्य जन में आ रही मूल्यबोध की रिक्ति को चुनिन्दा लोगों के द्वारा दूर किया जाना चाहिए, क्योंकि ऐसा न होने पर एक तरफ "reactionary, authoritative, racist or chauvinistic view at grass-root level", और दूसरी तरफ "progressive, liberal, tolerant cosmopolitan characteristic of elite" के बीच संघर्ष होने की सम्भावना बढ़ती दिख रही थी। वे विकास के तो समर्थक थे, पर उसकी आँधी के विरोधी थे। राजनीतिज्ञ के लोकप्रियतावाद के तहत वह अफ्रीका के उन देशों की राजनीति का विश्लेषण करती है, जहाँ के नेता 'People as a whole' के नाम पर या 'united peoples' के नाम पर राजनीति करते थे और उनके आधार पर किसी तरह की असहमति या लोगों के बहुल विचार का विरोध करते थे। कैनोवान को यहाँ लगता है कि 'The people' एक बहुत ही रहस्यमय शब्द है और उसकी वकालत उसी तरह तानाशाही की ओर ले जाता है, जिस तरह से 'folk' हिटलर के समय में जर्मनी को ले गया था। यह सब एक दल के शासन को न्यायोचित ठहराता है, उसका दर्शन रचता है।

अपने इन सात कोटियों के विवेचन के आधार पर कैनोवान को लगता है कि लोकप्रियतावाद का कोई कोर बिन्दु नहीं होता, जबकि विभिन्न सिनोड्रोमों को चिहित किया जा सकता है। अगर उनकी समानताओं की बात करें तो पहले, दूसरे और तीसरे में वे भरपूर हैं। यदि विभिन्नताओं की बात करें तो वे सभी कोटियों में व्याप्त हैं और वे कभी युक्त हो जाती हैं तो कभी बिछल जाती हैं। सातों में उभयनिष्ठ तत्त्व यह है कि वे चुनिन्दा लोगों पर विश्वास नहीं करतीं और सीधे लोगों से अपील करती हैं। वह निर्णय के रूप में लिखती है, "Populism is a term that is widely used and so it is important to provide some clarity, but that it incorporates a wide range of phenomenon without a common arc and that, therefore, an attempt to provide a taxonomy is the only way to deal with this complexity."

इस विषय पर प्रकाशित होनेवाली एक पत्रिका 'टलोस' (Telos) के योगदान की भी एक संक्षिप्त विवेचना यहाँ कर सकते हैं। उसका मानना है कि लोकप्रियतावाद उदारवाद के वर्चस्व की एक अच्छी मीमांसा प्रस्तुत करता है और एक अच्छे विकल्प की आशा बँधाता है। इसकी जरूरत इधर 'न्यू डील' और 'न्यू क्लास' के बीच उभरते अन्तराल के कारण पड़ रही है। 'न्यू डील' का मतलब है तमाम तरह के घरेलू सुधारों का संयोजन, जिसमें बैंक से लेकर बेरोजगारी तक की बात आती है। पहले इसमें सफेद कॉलर कामगारों, नीग्रो मजदूरों, बाहर से आये काम करनेवाले लोगों का संयुक्त मोर्चा आता था, जो डिमोक्रैटिक पार्टी का समर्थन करता था। इधर के वर्षों में अच्छी तरह से शिक्षित, प्रोफेसनल और नौकरशाह लोगों का नया वर्ग बन गया है, जो पुराने युक्तन को स्वीकार नहीं करता और नये तरह की माँगे रखता है। 'टलोस' के अध्ययन से पता चलता है कि वे उदारतावाद के विरोधी हैं और तात्कालिक लोकप्रियता के हिमायती हैं, जो राजनीति के चुनिन्दा लोगों और समाज के बीच आये अन्तराल से उपजता है। पत्रिका को लगता है कि यदि यह प्रवृत्ति रही तो कहीं नस्लवाद और बहिष्कृत करनेवाली

विचारधाराओं के टण्टे न खड़े हो जायें। जाहिर है कि पत्रिका के विचार अमेरिका तक सीमित हैं—वह भी जो रिगन के समय के बाद उभरे हैं।

लोकप्रियतावाद का कुछ अध्ययन संस्कृति और संचार के क्षेत्र में भी हुआ है। किन्तु तब वह राजनीति से भिन्न अर्थ और क्षेत्र की अवधारणा है। मैक्गिगान कहता है, "Cultural populism describes a position which privileges the culture that is consumed by ordinary people, rather than the high culture as consumed by elites." यहाँ लोकप्रियतावाद सामान्य लोगों की सांस्कृतिक कलापों को महत्त्व देता है और उन्हें रूमानी बनाता है। निश्चय ही वह राजनैतिक लोकप्रियतावाद से भिन्न है। इसलिए उसका विवेचन हम छोड़ते हैं।

वैश्वीकरण के सन्दर्भ में टेगार्ट कहता है कि उससे पहचान की समस्या पैदा हुई है। एक तो 'ग्लोबल कम्युनिटी' क्या है स्पष्ट नहीं है। दूसरे उस 'कम्युनिटी' में व्यक्ति कहाँ है, उसकी नस्ल, भाषा, मत, विचार, संस्कृति आदि क्या है, यह स्पष्ट नहीं हो पाता। उसे पहचान देने के लिए और उस पहचान की वैधता देने के लिए बहुलवाद की चर्चा की जाती है। किन्तु तब बहुलवाद भी एक फिसल-फिसल पड़नेवाली अवधारणा बनकर रह गया है। फिर जो लोग उस 'ग्लोबल कम्युनिटी' के बाहर हैं, वे एक दूसरे तरह का संकट भोगते हैं। इससे लोकप्रियतावाद की एक नयी ताकत और एक नया क्षेत्र मिलता लग रहा है। वह राष्ट्रीय और धार्मिक पहचान की ओर बढ़ रहा है। इनसे एक तरफ विचारधाराओं के चूल ढीले हो रहे हैं, तो दूसरी तरफ विचारधाराओं के तमाम तत्त्वों के घुल-मिल जाने की छूट और अवसर मिल रहा है। इनका गिरगिटा रंग आनेवाले दिनों में प्रातिनिधिक राजनीति के लिए बड़ी समस्या खड़ी कर सकती है। उसके परिप्रेक्ष्य अभी अघोषित हैं।

पाद टिप्पणी—1. मैक्कार्थीवाद का मतलब होता है सुरक्षा से सम्भावित खतरों के प्रति जाँच के लिए अनैतिक साधनों का प्रयोग और तद्‌जन्य भय और सन्देह का वातावरण।

(2)

भारत में लोकप्रियतावाद की प्रवृत्तियों की विवेचना के लिए एक भारी-भरकम स्वतन्त्र ग्रन्थ चाहिए और चाहिए पचासों स्वतन्त्र शोधों का निचोड़। एक छोटे से लेख के एक छोटे से अंश में कुछ सरसरी इशारा ही किया जा सकता है।

भारत में लोकप्रियतावाद चुनावी हथकण्डों की देन है, जिसका प्रयोग सत्ताधारी दल ने और सत्ता में आने के लिए प्रयासरत दलों ने, यानी दोनों ने ही किया है। वह दरअसल लोकलुभावनवाद बन गया है, जिसने संविधान और जन-आकांक्षा के बीच फाँक पैदा किया है, उदारवादी जनतन्त्र को गलत पटरियों पर डाला है और देश क्रमशः भीड़तन्त्र की ओर बढ़ता गया है। इसका 'एलीट वर्ग' महत्त्वाकांक्षी लोगों का रहा है जो अपनी आकांक्षा की पूर्ति के लिए विघटन के किसी हद तक जा सकते हैं और दबाव बनाने की राजनीति करते हैं। इसका प्रयोग नेहरू युग से ही हो रहा है और तमाम दलों ने उसे वहीं से सीखा है।

इसका पहला विस्फोट हम जातिवादी राजनीति में देखते हैं। नेहरू और उनके द्वारा संचालित कांग्रेस पार्टी की छवि आजादी की लड़ाई लड़ चुकी उदारवादी जनतान्त्रिक पार्टी की थी। नेहरू की नीति के चार स्तम्भ थे : ब्रिटेन के अनुभव से प्राप्त बहुदलीय लोकतन्त्र, लिंग, वर्ग, धर्म और क्षेत्र से अलग हर नागरिक की राज्य की नजर में बराबरी, सरकार के नेतृत्व में औद्योगिक विकास के लिए मिली-जुली अर्थव्यवस्था तथा एशियाई एकता के साथ-साथ महाशक्ति के दोनों खेमों से बराबर की दूरी के आधार पर विदेश नीति। अपने लम्बे शासनकाल में वे इसे मूर्त रूप देने में कुछ कामयाब भी हुए थे। किन्तु उन्हें चैलेंज मिलना 1955-56 से ही आरम्भ हो गया था। उनको दक्षिणपन्थी विरोध जनसंघ से मिलने लगा था जो

मानता था कि देश की योजनाओं और नीतियों में हिन्दू की भावनाओं को भी जगह मिलनी चाहिए। बाद में 1959 से राजगोपालचारी की स्वतन्त्र पार्टी से भी टक्कर मिलने लगी थी कि देश का विकास खुले पूँजीवाद की ओर होना चाहिए। दोनों देश को अमेरिका के नजदीक ले जाना चाहते थे। उनका वामपन्थी विरोध कम्युनिस्टों और समाजवादियों के द्वारा हो रहा था, जो निजी सम्पत्ति का विरोध करते थे और देश को रूस के करीब ले जाना चाहते थे। 1957 के चुनाव में कांग्रेस के रणनीतिकारों को लगा कि इन्कम्बेन्सी और मजबूत हो रहे विरोधी दलों के कारण सत्ता में आना कठिन हो सकता है, इसलिए सिर्फ नीति के आधार पर ही नहीं जातों के गठजोड़ के आधार पर भी चुनाव लड़ा जाना चाहिए। उच्च जात के लोगों के साथ अनुसूचित जातियों और मुसलमानों का वोट हासिल करने के लिए उन्हें अतिरिक्त तरजीह दी। यहीं से जातिवादी और धर्मवादी राजनीति की नींव पड़ी। बाद में प्रतिक्रियास्वरूप समाजवादी दल तथाकथित पिछड़ी जातियों को गोलबन्द करने लगे और साम्यवादी लोग धर्म के आधार पर अल्पसंख्यकों को। समाजवादियों के प्रवक्ता डॉ. लोहिया और जयप्रकाश नारायण ने कहा कि बिना जात-पाँत मिटाये भारतीय जन का विकास नहीं हो सकता। डॉ. लोहिया ने कहा कि भारत में वर्ग संघर्ष नहीं, वर्ण संघर्ष होगा। जयप्रकाश ने कहा कि सत्ता का विकेन्द्रीकरण तत्काल जरूरी है। अशोक मेहता ने 'डिमोक्रैटिक डिसेण्ट्रलिज़्म' की अवधारणा रखी। इनका मिला-जुला परिणाम बजाय जातियों के विनष्ट करने के उनको गोलबन्द करने में हुई। उसमें हिस्सा समाजवादियों ने ही नहीं, उनके विरोधियों ने भी लिया। जैसे चौधरीचरण सिंह। उनके और कर्पूरी ठाकुर के प्रयत्नों से हिन्दी पट्टी में पिछड़ी जातियों की राजनीति विकसित हुई। इसकी परिणति मण्डल कमीशन के सुझावों को लागू करने में हुई। अनुसूचित जातियों को, जो दरअसल अछूत लोग थे और अतिदयनीय स्थिति में रह रहे थे, कुछ आरक्षण दिया गया था उनके उत्थान के लिए। उसे इन पिछड़ों को भी प्रदान कर दिया गया। यह नहीं देखा कि इस आरक्षण के दलितों का कोई खास भला नहीं हुआ है। बल्कि उनके बीच एक सुविधाभोगी संस्तरण उठ खड़ा हुआ है, जो प्रावधानों का उपयोग निहित स्वार्थों की पूर्ति के लिए करता है और अपने ही जाति के लोगों का शोषण करता है। उनकी हितरक्षा के लिए इन संक्रमणकालीन प्रावधानों को बार-बार आगे ले जाया जा रहा है। वे लगभग स्थायी हो गये हैं। जाति के आधार पर बनाये गये ये भेदभाव अब लिंग, धर्म और क्षेत्र के आधार पर भी माँगे जाने लगे हैं। संविधान में जिसे अपवादस्वरूप रखा गया था, वही मुख्य हो गया है और जो समानता का अधिकार मुख्य था, वह गौण हो गया है।

इस लोकलुभावनवाद की विकृति पराकष्ठा पर है। जनवरी 2008 में कांग्रेस पार्टी के तत्कालीन जेनेरल सेक्रेटरी राहुल गाँधी दलितों को लुभाने के लिए सुनीता के घर एक रात अमेठी में रुके। परिणामस्वरूप उसके पति को एक नौकरी मिल गयी। पर कुछ ही दिन बाद उसे काम से हटा भी दिया गया। इस सन्दर्भ में सुनीता ने राहुल गाँधी से मिलने का अनेक बार प्रयत्न किया, पर मिलने नहीं दिया गया। जनवरी 2009 में वे इसी तरह शिवकुमारी के घर में एक रात रहे। उनके लिए नये गद्दे मँगाये गये। उनके जाने के बाद कार्यकर्त्ता लोग उठा ले गये। उनकी देखा-देखी कई कांग्रेसी नेता दलितों के घर सोने जाने लगे। वे अपने साथ फाइव स्टार होटल का दाना-पानी ही नहीं, तमाम दूसरी सुविधाएँ एक रात के लिए लेकर जाते थे। और दूसरे दिन सब फिस्स हो जाता था। यह दलितों का उपहास नहीं तो क्या है।

इन दलितों और पिछड़ों के और भी टुकड़े कर अतिदलित और अतिपिछड़ों के झुण्ड बनाये जा रहे हैं, वोट की राजनीति की खातिर।

इस जातिवादी लोकलुभावनवाद के चुनिन्दा या नेतृसंस्तरण की बात करें तो पाते हैं कि चौधरी चरण सिंह अतिमहत्त्वाकांक्षी आदमी थे। उन्होंने दल-बदल के सहारे उत्तर प्रदेश के मुख्यमन्त्री का पद हथिआया, बाद में भारत के प्रधानमन्त्री बने। यह दल-बदल उनका भारतीय राजनीति में स्थायी अवदान है। कर्पूरी ठाकुर मुख्यमन्त्री बनने के बाद भी अपनी जजमनिका नहीं छोड़ी—बड़े जजमानों के यहाँ हक से जाते

थे। इससे उनकी छवि विनम्र व्यक्ति की बनती थी, जिसका उपयोग वे राजनीति के लिए करते थे। दूसरे दौर के जातिवादी नेताओं में मुलायम सिंह यादव और लालू यादव हैं। इन्होंने यादवों और मुस्लिमों के गठजोड़ से सत्ता हासिल की। इसके लिए अन्य पिछड़ी जातियों के नेतृत्व को दरकिनार किया। इन दरकिनार जातियों से बिहार में नितीश कुमार और शरद यादव का नेतृत्व उभरा और स्वतन्त्र रहा। उत्तर प्रदेश में कुशवाहा, राजभर वगैरह का नेतृत्व उभरा और बहुजन समाज पार्टी में जुड़ गया। भ्रष्टाचार को बढ़ावा दिया। वंशवाद को मजबूत किया। तर्क दिया कि इतनी मेहनत से अपनी पार्टी खड़ी की है तो उसका लाभ अपने परिवार को क्यों न दें। प्रेरणा कांग्रेस पार्टी से लिया, जिसका नेतृवर्ग नेहरू परिवार और उसकी करिश्मा से बाहर देख नहीं सकता था। इसलिए इसने नेतृत्व की दूसरी पंक्ति को उभरने नहीं दिया। सत्ता में बने रहने के लिए ढीला प्रशासन, लाल बत्ती, नातावाद, कार्यकर्त्ता कानून से ऊपर, भ्रष्टाचार आदि को प्रश्रय ने लोकलुभावनवाद को दृढ़ कर समाजवाद का मखौल उड़ाया। उत्तर प्रदशे में आज आलम यह है कि बिना घूस दिये नौकरी नहीं मिलती। उसमें भी आरक्षण को इस तरह से मैनिपुलेट किया जाता है कि अधिकांश नौकरी यादवों को ही मिले। खैर, मुलायम सिंह यादव अहीर ही बने रहे, पर लालू यादव गड़ेरिया से अहीर में रूपान्तरित हुए। जाति के पायदान में अहीर गड़ेरिया से ऊपर माना जाता है। पर दलित जाति-राजनीति में मायावती ने ऐसा नहीं किया। बस जीवित रहते ही अपनी मूर्ति लगवायी कि जिससे जाति के स्वाभिमान के नाम पर पूजा हो सके। उसके लिए बड़ा तामझाम फैलाया। अपने साथ बुद्ध, अम्बेडकर, कांशीराम, ज्योतिबा फूले, पेरियार, गायकवाड़ की भी मूर्तियाँ लगवायीं। हिन्दू धर्म से बाहर होने के लिए बौद्ध धर्म अपनाया। हाँ, नातावाद, परिवारवाद से किनारा कसा। गौर करने की बात है कि दलितवादी नेताओं ने वंशवाद को प्रश्रय नहीं दिया। न भोला पासवान ने, न जगजीवन राम ने, न अम्बेडकर ने, न कांशीराम ने, न मायावती ने। यदि मीरा कुमार आगे आयीं तो अपनी शिक्षा और अच्छी नौकरी के बल पर। पर अतिदलित वर्ग की राजनीति करनेवाले रामविलास पासवान वंशवाद पर जोर दे रहे हैं। चुनाव हारने के बाद मायावती को भी चस्का लग रहा है।

लोकलुभावनवाद का दूसरा उदाहरण साम्प्रदायिक राजनीति है। इस पर विस्तार से मैं अन्यत्र लिख आया हूँ। यहाँ इतना ही नोट करना पर्याप्त है कि भारत के संविधान ने धर्मनिरपेक्षता को स्वीकारा है। इसकी तथाकथित 'सकारात्मक व्याख्या' कर, सभी मतों को प्रश्रय देने के नाम पर साम्प्रदायिकता में तब्दील कर दिया गया है। यहाँ तक कि धर्मनिरपेक्षता की बात करनेवाले धर्म के आधार पर अल्पसंख्यक को अतिरिक्त महत्त्व देकर इसे छद्म धर्मनिरपेक्षता में बदल दिये हैं, जिससे बहुसंख्यक की बात करनेवालों को अतिरिक्त तर्क मिल गया है। हालिया चुनाव में भारतीय जनता पार्टी को मिले बहुमत ने जातिवाद के बाड़े को तोड़ा है, जो एक अच्छी बात है। किन्तु सिर्फ तोड़ा है, समाप्त नहीं किया है। प्रान्तों के चुनाव में उसके हावी होने की पूरी सम्भावना है। फिर, तब क्या जातिवादी राजनीति का उत्तर सम्प्रदायवादी राजनीति होगी? दूसरी बात यह है कि इस दल ने साम्प्रदायिकता को आधार न बनाकर विकास को अपनी राजनीति का आधार बनाया है। वह भी एक जनप्रिय मुद्दा है। साम्प्रदायिकता की चर्चा तो विरोधी दलों ने चुनाव में किया और उनका प्रचार पिट गया। तो इससे लोकलुभावनवाद का क्या स्वरूप बनता है? इसका नेतृवर्ग अपेक्षाकृत युवा वर्ग से आता है। इसने बुर्जुग वर्ग को दरकिनार किया है। यह दरकिनार करने की बात दरअसल पहले सत्तारूढ़ कांग्रेस पार्टी में उठी थी। पर उसे इसका लाभ नहीं मिला। यह सब अलग से मीमांसा माँगता है, खासकर यह जानने के लिए कि जो अनुयायी वर्ग है, वह इसे किस तरह से लेता है और अपने नेतृवर्ग से कैसा सम्बन्ध बनाता है।

लोकलुभावनवाद का तीसरा उदाहरण नस्लवाद है। इसका उदय दक्षिण में हुआ, जब द्रविड़ लोगों ने अपने को आर्यो से अलग माना। हालाँकि आर्य शब्द नस्ल से बढ़कर संस्कृति का द्योतक है। तब द्रविड़ लोगों ने अपने को संस्कृति खासकर भाषा के आधार पर भिन्न माना और हिन्दी के विरोध में आन्दोलन चलाया। संस्कृति और भाषा से होती हुई वह क्षेत्र पर आकर टिकी। यद्यपि कि उसका दबाव

आज कम है पर उसका विष तो मौजूद है ही। उसके आधार पर बड़े प्रान्तों का छोटे-छोटे प्रान्तों में विभाजित होना जारी है। आन्ध्र प्रदेश का विभाजन इसका अद्यतन उदाहरण है।

इसकी दूसरी परिणति उत्तर पूर्व में है। एक तो वहाँ की तमाम पहाड़ी जातियाँ अलग-अलग प्रान्तों में गठित हो गयी हैं। उनकी देखा-देखी मैदानी इलाकों की जातियाँ, विशेषकर बड़, कछारी और मिकिर अहोम तथा कालिता लोगों से, जिन्हें मिले-जुले रूप में असमिया कहा जाता है, अलग होकर छोटे-छोटे प्रान्तों के लिए हिंसक लड़ाइयाँ कर रही हैं। फिर जहाँ एक ही पहाड़ी प्रान्त में कई जातियाँ हैं, वहाँ भी विघटन के लिए संघर्ष हो रहा है। मेघालय में गारो और खासी, मणिपुर में मेइतेई और थांकुल नगा, त्रिपुरा में टिप्पेरा, कूकी और बंगाली एक-दूसरे को बरदाश्त नहीं कर पा रहे हैं। दूसरी तरफ असमिया लोगों को एक खतरा यह सता रहा है कि बाँग्ला देश से अवैध रूप से आये बंगाली, विशेषकर बिहारी मुस्लिम उन्हें अपने ही प्रान्त में अल्पसंख्यक बनाते जा रहे हैं। उनकी जमीनों पर कब्जा किये जा रहे हैं। परिणामस्वरूप सामूहिक हिंसा होने लग जा रही है। पर कुछ राजनीतिज्ञ लोग बजाय उन्हें खदेड़ने के अपने वोट बैंक के बाड़े में डाल रहे हैं। जो ऐसा नहीं कर पा रहे हैं वे इनका विरोध कर रहे हैं—निकाल बाहर करने के लिए दबाव डाल रहे हैं। दोनों तरफ से लोकलुभावनवाद चल रहा है। उसी से प्रेरणा प्राप्त कर महाराष्ट्र में एक दल भूमिपुत्रों की बात उठाये है, तो कश्मीर में पण्डितों को घाटी से खदेड़ दिया गया है। उन पर जनप्रिय राजनीति हो रही है।

नस्लवाद की राजनीति ने आगे क्षेत्रवाद और भाषाई विघटनवाद को जन्म दिया। क्षेत्रवाद और भाषावाद के जनप्रियतावाद से जुड़े नेतृवर्ग को देखें तो उसके मूल में पद प्राप्ति, सत्ता प्राप्ति की आकांक्षा है, जनहित की आकांक्षा बहुत कम। जो गुट हावी है, वह दूसरे गुट को स्पेस नहीं देता। तब लगता है कि प्रान्तों का बँटवारा क्षेत्र और बोलियों के आधार पर हो जाने पर वे मुख्यमन्त्री बन सकेंगे, राज्यपाल बन सकेंगे, मन्त्री बन सकेंगे। भूमिपुत्रों को लेकर चलनेवाली राजनीति की भी यही मन्शा है। यह भी गौर करने की बात है कि उत्तर प्रदेश में नारायणदत्त तिवारी उर्दू को दूसरी राजभाषा बनाकर सत्ता पर काबिज रहना चाहे, अस्सी के दशक के उत्तरार्द्ध में। नहीं रह पाये वह दूसरी बात है।

थोड़ा भ्रष्टाचार सभी राष्ट्रीय दलों में रहा है, पर पराकाष्ठा पर पहुँचाया है क्षेत्रीय दलों ने। डी. एम. के., अन्ना डी. एम. के., स.पा., ब. स. पा., अकाली दल, नेशनल कान्फ्रेन्स, झा. मु. मो., एन. सी. पी. इसके उदाहरण हैं। जनता दल (बीजू) और तृणमूल कांग्रेस की कारगुजारियाँ अभी टटोली जा रही हैं। केन्द्र में गठबन्धन की राजनीति आने पर इन्होंने भ्रष्टाचार में महती भूमिका निभायी है। इस भ्रष्टाचार के विरोध ने एक नयी तरह के लोकप्रियतावाद को जन्म दिया है। अन्ना हजारे और बाबा रामदेव के नेतृत्व में हुए आन्दोलन में राजनैतिक महत्त्वाकांक्षा के लोग भी शामिल हुए। उसमें से एक धड़े ने बी.जे.पी. का पल्ला पकड़ा, दूसरे ने स्वतन्त्र आम आदमी पार्टी बनायी। वह घटक टकराव की राजनीति कर दिल्ली में सत्ता में आया। उम्मीद है कि राष्ट्रीय राजनीति के परिदृश्य में वह तीसरी शक्ति के रूप में उभरेगा। कांग्रेस और बी.जे.पी. दोनों को दबाकर अपना स्पेस बनायेगा। इसके 'एलीट' का अध्ययन बड़ा मजेदार होगा। उसी तरह उसका समर्थन दे रहे जन-समुदायों से सम्बन्धों का अध्ययन भी आकर्षक होगा। इतना तो है ही कि चुनिन्दा लोगों का एक गुट सामने आया है। एक तरफ बाबा रामदेव, किरण बेदी दूसरी तरफ अरविन्द केजरीवाल, योगेन्द्र यादव, कुमार विश्वास, मेधा पाटकर, राखी विरला, वगैरह।

●